全唐诗

第五卷

[清]彭定求等 编

中州古籍出版社
·郑州·

全唐诗卷四百四十六

白居易

元微之除浙东观察使,喜得杭越邻州,先赠长句 十七首并与微之和答

稽山镜水欢游地,犀带—作角金章荣贵身。官职比君虽校小,封疆与我且为邻。郡楼对玩千峰—作望千山月,江界平分两岸春。杭越风光诗酒主,相看更合与何人。

席上答微之

我住浙江西,君去浙江东。勿言一水隔,便与千里同。富贵无人劝君酒,今宵为我尽杯中。

答微之上船后留别

烛下尊前一分手,舟中岸上两回头。归来虚白堂中梦,合眼先应到越州。

答微之泊西陵驿见寄—无泊字

烟波尽处一点白,应是西陵古驿台。知在台边望不见,暮潮空送渡船回。

答微之夸越州州宅

贺上人回得报书,大夸州宅似仙居。厌看冯翊风沙久,喜见兰亭烟景初。日出旌旗生气色,月明楼阁在空虚。知君暗数江南郡,除却余杭尽不如。

微之重夸州居,其落句有西州罗刹之谑,因嘲兹石,聊以寄怀

君问西州城下事,醉中叠纸为君书。嵌空石面标罗刹,压捺潮头敌子胥。神鬼曾鞭犹不动,波涛虽打欲何如。谁知太守心相似,抵滞坚顽两有余。

张十八员外新诗二十五首见寄,郡楼月下吟玩通夕,因题卷后,封寄微之

秦城南省清秋夜,江郡东楼明月时。去我三千六百里,得君二十五篇诗。阳春曲调高难和,淡水交情老始知。坐到天明吟未足,重封转寄与微之。

酬微之 微之题云:郡务稍简,因得整集旧诗,并连缀删削。封章谏草,繁委箧筒,仅逾百轴。偶成自叹,兼寄乐天。

满帙一作箧填箱唱和诗,少年为戏老成悲。声声丽曲敲寒玉,句句妍辞缀色丝。吟玩独当明月夜,伤嗟同是白头时。由来才命相磨折,天遣无儿欲怨谁。微之句云:天遣两家无嗣子,欲将文字付谁人。故以此答之。

余思未尽,加为六韵,重寄微之 一作微之整集旧诗及文笔为百轴,以七言长句寄乐天。乐天次韵酬之,余思未尽,加为六韵。

海内声华并在身,箧中文字绝无伦。美微之也。遥知独对封章草,忽忆同为献纳臣。走笔往来盈卷轴,予与微之前后寄和诗数百篇,近代无如此多有也。除官递互掌丝纶,予除中书舍人,微之撰制词。微之除翰林学士,予撰制词。制从长庆辞高古,微之长庆初知制诰,文格高古,始变俗体,继者效之也。诗到元和体变新。众称元白为千字律诗,或号元和格。各有文姬才稚齿,蔡邕无儿,有女琰,字文姬。俱无通子继余尘。陶潜小儿名通子。琴书何必求王粲,与女犹胜与外人。

答微之咏怀见寄

阁中同直前春事,船里相逢昨日情。分袂二年劳梦寐,并床三宿话平生。紫微北畔辞宫阙,沧海西头对郡城。聚散穷通何足道,醉来一曲放歌行。

酬微之夸镜湖

我嗟身老岁方徂,君更官高兴转孤。军门郡阁曾闲否,禹穴耶溪得到无。酒盏省陪波卷白,骰盘思共彩呼卢。一泓镜水谁能羡,自有胸中万顷湖。微之诗云:孙园虎寺随宜看,不必遥遥羡镜湖。故以此戏言答之。

雪中即事答 一作寄微之

连夜江云黄惨淡,平明山雪白模糊。银河沙海三千里,梅岭花排一万株。北市风生飘散面,东楼日出照凝酥。谁家高士关门户,何处行人失道途。舞鹤庭前毛稍定,捣衣砧上练新铺。戏团稚女呵红手,愁坐衰翁对白须。压瘴一州除疾苦,呈丰万井尽欢娱。润含玉德怀君子,寒助霜威忆大夫。莫道烟波一水隔,何妨气候两乡殊。越中地暖多成雨,还有瑶台琼树无。

醉封诗筒寄微之

一生休戚与穷通,处处相随事事同。未死又怜沧海郡,无儿俱作白头翁。展眉只仰三杯后,代面唯凭五字中。为向两州邮吏道,莫辞来去递诗筒。

除夜寄微之

鬓毛不觉白毵毵,一事无成百不堪。共惜盛时辞阙下,同嗟除夜在江南。家山泉石寻常忆,世路风波子细谙。老校于君合先退,明年半百又加三。

苏州李中丞以元日郡斋感怀诗寄微之及予,辄依来篇,七言八韵,走笔奉答,兼呈微之

白首余杭白太守,落魄一作拓抛名来已久。一辞渭北故园春,再把江南新岁酒。杯前笑歌徒勉强,镜里形容渐衰朽。领郡惭当潦倒年,邻州喜得平生友。长洲草接松江岸,曲水花连镜湖口。老去还能痛饮无,春来会作闲游否。凭莺传语报李六,倩雁将书与元九。莫嗟一日日催人,且贵一年年入手。

早春西湖闲游,怅然兴怀,忆与微之同赏,因思在越官重事殷,镜湖之游,或恐未暇,偶成十八韵寄微之

上马复呼宾,湖边景气新。管弦三数事,骑从十余人。立换登山屐,行携漉酒巾。逢花看当妓,遇草坐为茵。西日笼黄柳,东风荡白

蘋。小桥装雁齿,轻浪蹙鱼鳞。画舫牵徐转,银船酌慢巡。野情遗世累,醉态任天真。彼此年将老,平生分最亲。高天从所愿,远地得为邻。云树分三驿,烟波限一津。翻嗟寸步隔,却厌尺书频。浙右称雄镇,山阴委重臣。贵垂长紫绶,荣驾大朱轮。出动刀枪队,归生道路尘。雁惊弓易散,鸥怕鼓难驯。百吏瞻相面,千夫捧拥身。自然闲兴少,应负镜湖春。

答微之见寄 时在郡楼对雪

可怜风景浙东西,先数余杭次会稽。禹庙未胜天竺寺,钱湖不羡若耶溪。摆尘野鹤春毛暖,拍水沙鸥湿翅低。更对雪楼君爱否,红栏碧瓦点银泥。

祭社宵兴灯前偶作

城头传鼓角,灯下整衣冠。夜镜藏须白,秋泉漱齿寒。欲将闲送老,须著病辞官。更待年终后,支持归计看。

闲卧

尽日前轩卧,神闲境亦空。有山当枕上,无事到心中。帘卷侵床日,屏遮入座风。望春春未到,应在海门东。

新春江次

浦干潮未应,堤湿冻初销。粉片妆梅朵,金丝刷柳条。鸭头新绿水,雁齿小红桥。莫怪珂声碎,春来五马骄。

春题湖上

湖上春来似画图,乱峰围绕水平铺。松排山面千重翠,月点波心一颗珠。碧毯线头抽早稻,青罗裙带展新蒲。未能抛得杭州去,一半句留是此湖。

早春忆微之

昏昏老与病相和,感物思君叹复歌。声早鸡先知夜短,色浓柳最占春多。沙头雨染斑斑草,水面风驱瑟瑟波。可道眼前光景恶,其如难见敌人何。

失鹤

失为庭前雪,飞因海上风。九宵应得侣,三夜不归笼。声断碧云外,影沉明月中。郡斋从此后,谁伴白头翁。

自感 一作自叹

宴游寝食渐无味,杯酒管弦徒绕身。宾客欢娱僮仆饱,始知官职为他人。

得湖州崔十八使君书,喜与杭越邻郡,因成长句代贺,兼寄微之

三郡何因此结缘,贞元科第忝同年。故情欢喜开书后,旧事思量在眼前。越国封疆吞碧海,杭城楼阁入青烟。吴兴卑小君应屈,为是蓬莱最后仙。贞元初同登科,崔君名最在后。当时崔自咏云:人间不会云间事,应笑蓬莱最后仙。

同诸客携酒早看樱桃花

晓报樱桃发,春携酒客过。绿饧粘盏杓,红雪压枝柯。天色晴明少,人生事故多。停杯替花语,不醉拟如何。

柳絮

三月尽是头白日,与春老别更依依。凭莺为向杨花道,绊惹春风莫放归。

早饮湖州酒,寄崔使君

一榼扶头酒,泓澄泻玉壶。十分蘸甲酌,潋滟满银盂。捧出光华动,尝看气味殊。手中稀琥珀,舌上冷醍醐。瓶里有时尽,江边无处沽。不知崔太守,更有寄来无。

病中书事

三载卧山城,闲知节物情。莺多过春语,蝉不待秋鸣。气嗽因寒发,风痰欲雨生。病身无所用,唯解卜阴晴。

与微之唱和,来去常以竹筒贮诗,陈协律美而成篇,因以此答

拣得琅玕截作一作短筒,缄题章句写心胸。随风每喜飞如鸟,渡水常忧化作龙。粉节坚如

太守信,霜筠冷称大夫容。烦君赞咏心知愧,鱼目骊珠同一封。

醉戏诸妓

席上争飞使君酒,歌中多唱舍人诗。不知明日休官后,逐我东山去是谁。

北院

北院人稀到,东窗事最偏。竹烟行灶上,石壁卧房前。性拙身多暇,心慵事少缘。还如病居士,唯置一床眠。

酬周协律

五十钱唐守,应为送老官。滥蒙辞客爱,犹作近臣看。凿落愁须饮,琵琶闷遣弹。白头虽强醉,不似少年欢。

题石山人

腾腾兀兀在人间,贵贱贤愚尽往还。膻腻筵中唯饮酒,歌钟会处独思山。存神不许三尸住,混俗无妨两鬓斑。除却余杭白太守,何人更解爱君闲。

诗解

新篇日日成,不是爱声名。旧句时时改,无妨悦性情。但令长守郡,不觉—作觅却归城。只拟江湖上,吟哦过一生。

潮

早潮才落晚潮来,一月周流六十回。不独光阴朝复暮,杭州老去被潮催。

闻歌妓唱严郎中诗,因以绝句寄之严前为郡守

已留旧政布中和,又付新词与艳歌。但是人家有遗爱,就中苏小感恩多。

柘枝妓

平铺一合锦筵开,连击三声画鼓催。红蜡烛移桃叶起,紫罗衫动柘枝来。带垂钿胯花腰重,帽转金铃—作细雪面回。看即曲终留不住,云飘雨送向阳台。

急乐世辞《乐府诗》作《急世乐》

正抽碧线绣红罗,忽听黄莺敛翠蛾。秋思冬愁春怅望,大都不称—作得意时多。

天竺寺送坚上人归庐山

锡杖登高寺,香炉忆旧峰。偶来舟不系,忽去鸟无踪。岂要留离偈,宁劳动别容。与师俱是梦,梦里暂相逢。

除官赴阙,留赠微之

去年十月半,君来过浙东。今年五月尽,我发向关中。两乡默默心相别,一水盈盈路不通。从此津人应省事,寂寥无复递诗筒。

留题郡斋

吟山歌水嘲风月,便是三年官满时。春为醉眠多闭阁,秋因晴望暂褰帷。更无一事移风俗,唯化州民解咏诗。

别州民

耆老遮归路,壶浆满别筵。甘棠无一树,那得泪潸然。税重多贫户,农饥足旱田。唯留一湖水,与汝救凶年。今春增筑钱唐湖堤,贮水以防天旱,故云。

留题天竺、灵隐两寺

在郡六百日,入山十二回。宿因月桂落,醉为海榴开。天竺尝有月中桂子落,灵隐多海石榴花也。黄纸除书到,青宫诏命催。僧徒多怅望,宾从亦裴回。寺暗烟埋竹,林香雨落梅。别桥怜白石,辞洞恋青苔。石榴在天竺,明洞在灵隐。渐出松间路,犹飞马上杯。谁教冷泉水,送我下山来。

西湖留别

征途行色惨风烟,祖帐离声咽管弦。翠黛不须留五马,皇恩只许住三年。绿藤阴下铺歌席,红藕花中泊妓船。处处回头尽堪恋,就中难别是湖边。

重寄别微之

凭仗江波寄一辞,不须惆怅报微之。犹胜

往岁峡中别,滟滪堆边招手时。

重题别东楼

东楼胜事我偏知,气象多随昏旦移。湖卷衣裳白重叠,山张屏障绿参差。海仙楼塔晴方出,江女笙箫夜始吹。春雨星攒寻蟹火,秋风霞飐弄涛旗。余杭风俗,每寒食雨后夜凉,家家持烛寻蟹,动盈万人。每岁八月,迎涛弄水者,悉举旗帜焉。宴宜云髻新梳后,曲爱霓裳未拍时。太守三年嘲不尽,郡斋空作百篇诗。

别周军事

主人头白官仍冷,去后怜君是底人。试谒会稽元相去,不妨相见却殷勤。

看常州柘枝,赠贾使君

莫惜新衣舞柘枝,也从尘污汗沾垂。料君即却归朝去,不见银泥衫故时。

汴河路有感

三十年前路,孤舟重往还。绕身新眷属,举目旧乡关。事去唯留水,人非但见山。啼襟与愁鬓,此日两成斑。

埇桥旧业

别业埇城北,抛来二十春。改移新径路,变换旧村邻。有税田畴薄,无官弟侄贫。田园何用问,强半属他人。

茅城驿

汴河无景思,秋日又凄凄。地薄桑麻瘦,村贫屋舍低。早苗多间草,浊水半和泥。最是萧条处,茅城驿向西。

河阴夜泊忆微之

忆君我正泊行舟,望我君应上郡楼。万里月明同此夜,黄河东面海西头。

杭州回舫

自别钱塘山水后,不多饮酒懒吟诗。欲将此意凭回棹,报与西湖风月知。

途中题山泉

决决涌岩穴,溅溅出洞门。向东应入海,从此不归源。似叶飘辞树,如云断别根。吾身亦如此,何日返乡园。

欲到东洛,得杨使君书,因以此报

向公心切向财疏,淮上休官洛下居。三郡政能从独步,十年生计复何如。使君滩上久分手,别驾渡头先得书。且喜平安又相见,其余外事尽空虚。

洛下寓居

秋馆清凉日,书因解闷看。夜窗幽独处,琴不为人弹。游宴慵多废,趋朝老渐难。禅僧教断酒,道士劝休官。渭曲庄犹在,钱唐俸尚残。如能便归去,亦不至饥寒。

味道

叩齿晨兴秋院静,焚香冥坐晚窗深。七篇真诰论仙事,一卷檀经说佛心。此日尽知前境妄,多生曾被外尘侵。自嫌习性犹残处,爱咏闲诗好听琴。

好听一作弹琴

本性好一作爱丝桐,尘机闻即空。一声来耳里,万事离心中。清畅堪销疾,恬和好养蒙。尤宜听三乐,安慰白头翁。

爱咏诗

辞章讽咏成千首,心行归依向一乘。坐倚绳床闲自念,前生应是一诗僧。

酬皇甫庶子见寄

掌纶不称君应笑,典郡无能我自知。别诏忽惊新命出,同僚偶与凤心期。春坊潇洒优闲地,秋鬓苍浪老大时。独占二疏应未可,龙楼见拟觅分司。

卧疾

闲官卧疾绝经过,居处萧条近洛河。水北水南秋月夜,管弦声少杵声多。

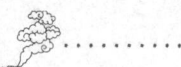

远师

东宫白庶子，南寺远禅师。何处遥相见，心无一事时。

问远师

荤膻停夜食，吟咏散秋怀。笑问东林老，诗应不破斋。

小院酒醒

酒醒闲独步，小院夜深凉。一领新秋簟，三间明月廊。未收残盏杓，初换热衣裳。好是幽眠处，松阴六尺床。

赠侯三郎中

老爱东都好寄身，足泉多竹少埃尘。年丰最喜唯贫客，秋冷先知是瘦人。幸有琴书堪作伴，苦无田宅可为邻。洛中纵未长居得，且与苏田游过春。

求分司东都，寄牛相公十韵

忽忽心如梦，星星鬓似丝。纵贫长有酒，虽老未抛诗。俭薄身都惯，疏顽性颇宜。饭粗餐亦饱，被暖起常迟。万里归何得，三年伴是谁。华亭鹤不去，天竺石相随。余罢杭州，得华亭鹤、天竺石，同载而归。王尹贳将马，田家卖与池。开门闲坐日，绕水独行时。懒慢交游许，衰羸相府知。官僚幸无事，可惜不分司。

酬杨八

君以旷怀宜静境，我因蹇步称闲官。闭门足病非高士，劳作云心鹤眼看。

履道新居二十韵

履道坊西角，官河曲北头。林园四邻好，风景一家秋。门闭深沈树，池通浅沮沟。秋夜反沟。拔青松直上，铺碧水平流。篱菊黄金合，窗筠绿玉稠。疑连紫阳洞，似到白蘋洲。僧至多同宿，宾来辄少留。岂无诗引兴，兼有酒销忧。移榻临平岸，携茶上小舟。果穿闻鸟啄，萍破见鱼游。地与尘相远，人将境共幽。泛潭菱点镜，沉浦月生钩。厨晓烟孤起，庭寒雨半收。老饥初爱粥，瘦冷早披裘。洛下招新隐，秦中忘旧游。辞章留凤阁，班籍寄龙楼。病惬官曹静，闲惭俸禄优。琴书中有得，衣食外何求。济世才无取，谋身智不周。应须共心语，万事一时休。

九日思杭州旧游，寄周判官及诸客

忽忆郡南山顶上，昔时同醉是今辰。笙歌委曲声延耳，金翠动摇光照身。风景不随官相去，欢娱应逐使君新。江山宾客皆如旧，唯是当筵换主人。

秋晚

烟景淡濛濛，池边微有风。觉寒蛩近壁，知暝鹤归笼。长貌随年改，衰情与物同。夜来霜厚薄，梨叶半低红。

分司

散秩留司殊有味，最宜病拙不才身。行香拜表为公事，碧洛青嵩当主人。已出闲游多到夜，却归慵卧又经旬。钱唐五马留三匹，还拟骑游搅扰春。

河南王尹 一作王仆射 初到，以诗代书先问之

别来王阁老，三岁似须臾。鬓上斑多少，杯前兴有无。官从分紧慢，情莫问荣枯。许入朱门否，篮舆一病夫。

池西亭

朱栏映晚树，金魄落秋池。还似钱唐夜，西楼月出时。

临池闲卧

小竹围庭匝，平池与砌连。闲多临水坐，老爱向阳眠。营役抛身外，幽奇送枕前。谁家卧床脚，解系钓鱼船。

吾庐

吾庐不独贮妻儿，自觉年侵身力衰。眼下营求容足地，心中准拟挂冠时。新昌小院松当

户,履道幽居竹绕池。莫道两都空有宅,林泉风月是家资。

题新居,寄宣州崔相公 所居南邻即崔家池

门庭有水巷无尘,好称闲官作主人。冷似雀罗虽少客,宽于蜗舍足容身。疏通竹径将迎月,扫掠莎台欲待春。济世料君归未得,南园北曲漫为邻。

忆杭州梅花,因叙旧游,寄萧协律

三年闲闷在余杭,会为梅花醉几场。伍相庙边繁似雪,孤山园里丽如妆。蹋随游骑心长惜,折赠佳人手亦香。赏自初开直至落,欢因小饮便成狂。薛刘相次埋新垅,沈谢双飞出故乡。薛、刘二客,沈、谢二妓,皆当时歌酒之侣。歌伴酒徒零散尽,唯残头白老萧郎。

病中辱张常侍题集贤院诗,因以继和

天禄阁门开,甘泉侍从回。图书皆帝籍,僚友尽仙才。骑省通中掖,龙楼隔上台。犹怜病宫相,诗寄洛阳来。

早春晚归

晚归骑马过天津,沙白桥红返照新。草色连延多隙地,鼓声闲缓少忙人。还如南国饶沟水,不似西京足路尘。金谷风光依旧在,无人管领石家春。

赠杨使君

曾嗟放逐同巴峡,且喜归还会洛阳。时命到来须作用,功名未立莫思量。银衔叱拨欺风雪,金屑琵琶费酒浆。更待城东桃李发,共君沉醉两三场。

赠皇甫庶子

何因散地共徘徊,人道君才我不才。骑少马蹄生易蹶,用稀印销涩难开。妻知年老添衣絮,婢报天寒拨酒醅。更愧小胥咨拜表,单衫冲雪夜深来。

池上竹下作

穿篱绕舍碧逶迤,十亩闲居半是池。食饱窗间新睡后,脚轻林下独行时。水能性淡为吾友,竹解心虚即我师。何必悠悠人世上,劳心费目觅亲知。

闲出觅春,戏赠诸郎官

年来数出觅风光,亦不全闲亦不忙。放辔体安骑稳马,隔袍身暖照晴阳。迎春日日添诗思,送老时时放酒狂。除却髭须白一色,其余未伏少年郎。

别春炉

暖阁春初入,温炉兴稍阑。晚风犹冷在,夜火且留看。独宿相依久,多情欲别难。谁能共天语,长遣四时寒。

泛小舸二首

水一塘,舸一只。舸头漾漾知风起,舸背萧萧闻雨滴。醉卧船中欲醒时,忽疑身是江南客。

船缓进,水平流。一茎竹篙剔船尾,两幅青幕覆船头。亚竹乱藤多照岸,如从凤口向湖州。

梦行简

天气妍和水色鲜,闲吟独步小桥边。池塘草绿无佳句,虚卧春窗梦阿怜一作连。

题新居呈王尹,兼简府中三掾

弊宅须重葺,贫家乏羡财。桥凭川守造,树倩府僚栽。朱板新犹湿,红英暖渐开。仍期更携酒,倚槛看花来。

云和

非琴非瑟亦非筝,拨柱推弦调未成。欲散白头千万恨,只消红袖两三声。

春老

欲随年少强游春,自觉风光不属身。歌舞屏风花障上,几时曾画白头人。

春雪过皇甫家

晚来篮舆雪中回,喜遇君家门正开。唯要

主人青眼待,琴诗谈笑自将来。

崔侍御以孩子三日示其所生诗见示,因以二绝句和之

洞房门上挂桑弧,香水盆中浴凤雏。还似初生三日魄,嫦娥满月即成珠。

爱惜肯将同宝玉,喜欢应胜得王侯。弄璋诗句多才思,愁杀无儿老邓攸。

与皇甫庶子同游城东

闲游何必多徒侣,相劝时时举一杯。博望苑中无职役,建春门外足池台。绿油剪叶蒲新长,红蜡粘枝杏欲开。白马朱衣两宫相,可怜天气出城来。

洛城东花下作

记得旧诗章,花多数洛阳。旧诗云:洛阳城东面,今来花似雪。又云:更待城东桃李发。又云:花满洛阳城。及逢枝似雪,已是鬓成霜。向后光阴促,从前事意忙。无因重年少,何计驻时芳。欲送

愁离面,须倾酒入肠。白头无藉在,醉倒亦何妨。

晚春寄微之并崔湖州

洛阳陌上少交亲,履道城边欲暮春。崔在吴兴元在越,出门骑马觅何人。

城东闲行,因题尉迟司业水阁

闲绕洛阳城,无人知姓名。病乘篮舆出,老著茜衫行。处处花相引,时时酒一倾。借君溪阁上,醉咏两三声。

寄皇甫七

孟夏爱吾庐,陶潜语不虚。花樽飘落酒,风案展开书。邻女偷新果,家僮漉小鱼。不知皇甫七,池上兴何如。

访皇甫七

上马行数里,逢花倾一杯。更无停泊处,还是觅君来。

全唐诗卷四百四十七

白居易

除苏州刺史,别洛城东花

乱雪千花落,新丝两鬓生。老除吴郡守,春别洛阳城。江上今重去,城东更一行。别花何用伴,劝酒有残莺。

奉和汴州令狐令公二十二韵_{同用淹字}

客有东征者,夷门一落帆。二年方得到,五日未为淹。_{相府领镇隔年,居易方到。既到,陪奉游宴,凡经五日。}在浚旌重葺,游梁馆更添。心因好善乐,貌为礼贤谦。俗阜知敦劝,民安见察廉。仁风扇_{平声}道路,阴雨膏_{去声}闾阎。文律操将柄,兵机钓得钤。碧幢油叶叶_{一作业业},红斾火襜襜。景象春加丽,威容晓助严。枪森赤豹尾,纛吒黑龙髯。门静尘初敛,城昏日半衔。选幽开后院,占胜坐前檐。平展丝头毯,高褰锦额帘。雷捶柘枝鼓,雪摆胡_{音鹘,一作鹘}腾衫。发滑歌钗坠,妆光舞汗沾。回灯花簇簇,过酒玉纤纤。馔盛盘心殢,酤浓盏底粘。陆珍熊掌烂,海味蟹螯咸。福履千夫祝,形仪四座_{一作海}瞻。羊公长在岘,傅说莫归岩。_{盖祝者词意也。}眷爱人人遍,风情事事兼。犹嫌客不醉,同赋夜厌厌。

船夜援琴

鸟栖鱼不动,月照夜江深。身外都无事,舟中只有琴。七弦为益友,两耳是知音。心静即声淡,其间无古今。

答刘和州禹锡

换印虽频命未通,历阳湖上又秋风。不教才展休明代,为罚诗争造化功。我亦思归田舍下,君应厌卧郡斋中。好相收拾为闲伴,年齿官班约略同。

渡淮

淮水东南阔,无风渡亦难。孤烟生乍直,

远树望多圆。春浪棹声急,夕阳帆影残。清流宜映月,今夜重吟看。

赴苏州至常州,答贾舍人

杭城隔岁转苏台,还拥前时五马回。厌见簿书先眼合,喜逢杯酒暂眉开。未酬恩宠年空去,欲立功名命不来。一别承明三领郡,甘从人道是粗才。

去岁罢杭州,今春领吴郡,惭无善政,聊写鄙怀,兼寄三相公

为问三丞相,如何秉国钧。那将最剧郡,付与苦慵人。岂有吟诗客,堪为持节臣。不才空饱暖,无惠及饥贫。昨卧南城月,今行北境春。铅刀磨欲尽,银印换何频。杭老遮车辙,吴童扫路尘。虚迎复虚送,惭见两州民。

宣武令狐相公以诗寄赠,传播吴中,聊奉短草,用申酬谢

新诗传咏忽纷纷,楚老吴娃耳遍闻。尽解呼为好才子,不知官是一作在上将军。辞人命薄多无位,战将功高少有文。谢朓篇章韩信钺,一生双得不如君。

自咏

形容瘦薄诗情苦,岂是人间有相人。只合一生眠白屋,何因三度拥朱轮。金章未佩虽非贵,银榼常携亦不贫。唯是无儿头早白,被天磨折恰平均。

吟前篇,因寄微之

君颜贵茂不清羸,君句雄华不苦悲。何事遣君还似我,髭须早白亦无儿。

紫薇花

紫薇花对紫微翁,名目虽同貌不同。独占芳菲当夏景,不将颜色托春风。浔阳官舍双高树,兴善僧庭一大丛。何似苏州安置处,花堂栏下月明中。

自到郡斋,仅经旬日,方专公务,未及宴游,偷闲走笔,题二十四韵,兼寄常州贾舍人、湖州崔郎中,仍呈吴中诸客

渭北离乡客,江南守土臣。涉途初改月,入境已经旬。甲郡标天下,环封极海滨。版图十万户,兵籍五千人。自顾才能少,何堪宠命频。冒荣惭印绶,虚奖负丝纶。除苏州制云:藏于己为道义,施于物为政能。在公形骨鲠之志,阃境有袴襦之乐。候病须通脉,防流要塞津。救烦无若静,补拙莫如勤。削使科条简,摊令赋役均。观兹为报效,安敢不躬亲。襦袴提于手,韦弦佩在绅。敢辞称俗吏,且愿活疲民。常常州未征黄霸,湖湖州犹借寇恂。愧无铓脚政,河北三郡相邻,皆有善政,时为铓脚刺史。见《唐书》徒忝犬牙邻。制造一作诏夸黄绢,美贾常州也。诗篇占白蘋,美崔吴兴也。铜符抛不得自谓也,琼树见无因。警寐钟传夜,催衙鼓报晨。唯知对胥吏,未暇接亲宾。色变云迎夏,声残鸟过春。麦风非逐扇,梅雨异随轮。武寺山如故武丘寺也,王楼月自新。郡内东南楼名也。池塘闲长草,丝竹废生尘。暑遣烧神酎,晴教嗾舞茵。待还公事了,亦拟乐吾身。

题笼鹤

经旬不饮酒,逾月未闻歌。岂是风情少,其如尘事多。虎丘惭客问,娃馆妒人过。莫笑笼中鹤,相看去几何。

答客问杭州

为我踟蹰停酒盏,与君约略说杭州。山名天竺堆青黛,湖号钱唐泻绿油。大屋檐多装雁齿,小航船亦画龙头。所嗟水路无三百,官系何因得再游。

登阊门闲望

阊门四望郁苍苍,始觉州雄土俗强。十万夫家供课税,五千子弟守封疆。阖闾城碧铺秋草,乌鹊桥红带夕阳。处处楼前飘管吹,家家门外泊舟航。云埋虎寺山藏色,月耀娃宫水放

光。曾赏钱唐嫌—作兼茂苑，今来未敢苦夸张。

代诸妓赠送周判官

妓筵今夜别姑苏，客棹明朝向镜湖。莫泛扁舟寻范蠡，且随五马觅罗敷。兰亭月破能回否，娃馆秋凉却到无。好与使君为老伴，归来休染白髭须。

秋寄微之十二韵

娃馆松江北，稽城浙水东。屈君为长吏，伴我作衰翁。旌旆知非远，烟云望不通。忙多对酒榼，兴少阅诗筒。比在杭州，两浙唱和诗赠答，于筒中递来往。淡白秋来日，疏凉雨后风。余霞数片绮，新月一张弓。影满衰桐树，香凋晚蕙丛。饥啼春谷鸟，寒怨络丝虫。览镜头虽白，听歌耳未聋。老愁从此遣，醉笑与谁同。清旦方堆案，黄昏始退公。可怜朝暮景，销在两衙中。

池上早秋

荷芰绿参差，新秋水满池。早凉生北槛，残照下东篱。露饱蝉声懒，风干柳意衰。过潘二十岁，何必更愁悲。

郡西亭偶咏

常爱西亭面北林，公私尘事不能侵。共闲作伴无如鹤，与老相宜只有琴。莫遣是非分作界，须教吏隐合为心。可怜此道人皆见，但要修行功用深。

故衫

暗淡绯衫称老身，半披半曳出朱门。袖中吴郡新诗本，襟上杭州旧酒痕。残色过梅看向尽，故香因洗嗅犹存。曾经烂熳三年著，欲弃空箱似少恩。

郡中夜听李山人弹三乐

风琴秋拂匣，月户夜开关。荣启先生乐，姑苏太守闲。传声千古后，得意一时间。却怪钟期耳，唯听水与山。

东城桂三首并序。一作桂华曲。

苏之东城，古吴都城也，今为樵牧之场。有桂一株，生乎城下，惜其不得地，因赋三绝句以唁之。

子堕本从天竺寺，根盘今在阖闾城。当时应逐南风落，落向人间取次生。旧说，杭州天竺寺每岁秋中，有月桂子堕。

霜雪一作雪霜压多虽不死，荆榛长疾欲相埋。长忧落在樵人手，卖作苏州一束柴。

遥知一作可怜天上桂花孤，试问嫦娥更要无。月宫幸有闲田地，何不中央种两株。

闻行简恩赐章服，喜成长句寄之

吾年五十加朝散，尔亦今年赐服章。齿发恰同知命岁，官衔俱是客曹郎。予与行简，俱年五十始著绯，皆是主客郎中。荣传锦帐花联萼，彩动绫袍雁趁行。绯多以雁衔瑞莎为之也。大抵著绯宜老大，莫嫌秋鬓数茎霜。

唤笙歌

露坠菱花槿，风吹败叶荷。老心欢乐少，秋眠感伤多。芳岁今如此，衰翁可奈何。犹应不如醉，试遣唤笙歌。

对酒吟

一抛学士笔，三佩使君符。未换银青绶，唯添雪白须。公门衙退掩，妓席客来铺。履舄从相近，讴吟任所须。金衔嘶五马，钿带舞双姝。不得当年有，犹胜到老无。合声歌汉月，齐手拍吴歈。今夜还先醉，应烦红袖扶。

偶饮

三盏醺醺四体融，妓亭檐下夕阳中。千声方响敲相续，一曲才和戛未终。今日心情如往日，秋风气味似春风。唯憎小吏樽前报，道去衙时水五筒。

早发赴洞庭舟中作

阊门曙色欲苍苍，星月高低宿水光。棹举影摇灯烛动，舟移声拽管弦长。渐看海树红生日，遥见包山白带霜。出郭已行十五里，唯消一曲慢霓裳。

宿湖中

水天向晚碧沉沉,树影霞光重叠深。浸月冷波千顷练,苞霜新橘万株金。幸无案牍何妨醉,纵有笙歌不废吟。十只画船何处宿,洞庭山脚太湖心。

拣贡橘书情

洞庭贡橘拣宜精,太守勤王请自行。珠颗形容随日长,琼浆气味得霜成。登山敢惜驽骀力,望阙难伸蝼蚁情。疏贱无由亲跪献,愿凭朱实表丹诚。

夜泛阳坞入明月湾即事,寄崔湖州

湖山处处好淹留,最爱东湾北坞头。掩映橘林千点火,泓澄潭水一盆油。龙头画舸衔明月,鹊脚红旗蘸碧流。为报茶山崔太守,与君各是一家游。_{尝美吴兴每春茶山之游,洎入太湖,美意减矣,故云。}

泛太湖书事,寄微之

烟渚云帆处处通,飘然舟似入虚空。玉杯浅酌巡初匝,金管徐吹曲未终。黄夹缬林寒有叶,碧琉璃水净无风。避旗飞鹭翩翻白,惊鼓跳鱼拨刺红。涧雪压多松偃蹇,岩泉滴久石玲珑。书为故事留湖上,_{所见胜景,多记在湖中石上。}吟作新诗寄浙东。军府威容从道盛,江山气色定知同。报君一事君应羡,五宿澄波皓月中。

题新馆

曾为白社羁游子,今作朱门醉饱身。十万户州尤觉贵,二千石禄敢言贫。重裘每念单衣士,兼味尝思旅食人。新馆寒来多少客,欲回歌酒暖风尘。

西楼喜雪命宴

宿云黄惨淡,晓雪白飘摇。散面遮槐市,堆花压柳桥。四郊铺缟素,万室甃琼瑶。银檝携桑落,金炉上丽谯。光迎舞妓动,寒近醉人销。歌乐虽盈耳,惭无五袴谣。

新栽梅

池边新种七株梅,欲到花时点检来。莫怕长洲桃李妒,今年好为使君开。

酬刘和州戏赠

钱唐山水接苏台,两地褰帷愧不才。政事素无争学得,风情旧有且将来。双蛾解佩啼相送,五马鸣珂笑却回。不似刘郎无景行,长抛春恨在天台。

戏和贾常州醉中二绝句

闻道毗陵诗酒兴,近来积渐学姑苏。鬌头新令从偷去,刮骨清吟得侣无。

越调管吹留客曲,吴吟诗送暖寒杯。娃宫无限风流事,好遣孙心暂学来。

岁暮寄微之三首

微之别久能无叹,知退书稀岂免愁。甲子百年过半后,光阴一岁欲终头。池冰晓合胶船底,楼雪晴销露瓦沟。自觉欢情随日减,苏州心不及杭州。

荣进虽频退亦频,与君才命不调匀。若不九重中掌事,即须千里外抛身。紫垣南北厅曾对,沧海东西郡又邻。唯欠结庐嵩洛下,一时归去作闲人。

白头岁暮苦相思,除却悲吟无可为。枕上从妨一夜睡,灯前读尽十年诗。_{读前后唱和诗。}龙钟校正骑驴日,憔悴通江司马时。_{通州,江州。}若并如今是全活,纡朱拖紫且开眉。

岁日家宴戏示弟侄等,兼呈张侍御二十八丈、殷判官二十三兄

弟妹妻孥小侄甥,娇痴弄我助欢情。岁盏后推蓝尾酒,春盘先劝胶_{去声}牙饧。形骸潦倒虽堪叹,骨肉团圆亦可荣。犹有夸张少年处,笑呼张丈唤殷兄。

正月三日闲行

黄鹂巷口莺欲语,乌鹊河头冰欲销。_{黄鹂,}

坊名。乌鹊,河名。绿浪东西南北水,红栏三百九十桥。苏之官桥大数。

鸳鸯荡漾双双翅,杨柳交加万万条。借问春风来早晚,只从前日到今朝。

夜归

逐胜移朝宴,留欢放晚衙。宾僚多谢客,骑从半吴娃。到处销春景,归时及月华。城阴一道直,烛焰两行斜。东吹先催柳,南霜不杀花。皋桥夜沽酒,灯火是谁家。

自叹

岂独年相迫,兼为病所侵。春来痰气动,老去嗽声深。眼暗犹操笔,头斑未挂簪。因循过日月,真是俗人心。

郡中闲独,寄微之及崔湖州

少年宾旅非吾辈,晚岁簪缨束我身。酒散更无同宿客,诗成长作独吟人。蘋洲会面知何日,镜水离心又一春。两处也应相忆在,官高年长少情亲。

小舫

小舫一艘新造了,轻装梁柱庳安篷。深坊静岸游应遍,浅水低桥去尽通。黄柳影笼随棹月,白蘋香起打头风。慢牵欲傍樱桃泊,借问谁家花最红。

马坠强出赠同座

足伤遭马坠,腰重倩人抬。只合窗间卧,何由花下来。坐依桃叶枝,行呷地黄杯。强出非他意,东风落尽梅。

夜闻贾常州、崔湖州茶山境会,想羡欢宴,因寄此诗

遥闻境会茶山夜,珠翠歌钟俱绕身。盘下中分两州界,灯前合作一家春。青娥递舞应争妙,紫笋齐尝各斗新。自叹花时北窗下,蒲黄酒对病眠人。时马坠损腰,正劝蒲黄酒。

酬微之开拆新楼初毕相报末联见戏之作

海山郁郁石棱棱,新豁高居正好登。南临赠部三千界,东对蓬宫十二层。报我楼成秋望月,把君诗读夜回灯。无妨却有他心眼,妆点亭台即不能。

病中多雨逢寒食

水国多阴常懒出,老夫饶病爱闲眠。三旬卧度莺花月,一半春销风雨天。薄暮何人吹觱篥,新晴几处缚秋千。采绳芳树长如旧,唯是年年换少年。

清明夜

好风胧月清明夜,碧砌红轩刺史家。独绕回廊行复歇,遥听弦管暗看花。

苏州柳

金谷园中黄袅娜,曲江亭畔碧婆—作毵娑。老来处处游行—作行应遍,不似苏州柳最多。絮扑白头条拂面,使君无计奈春何。

三月二十八日赠周判官

一春惆怅残三日,醉问周郎忆得无。柳絮送人莺劝酒,去年今日别东都。

偶作

红杏初生叶,青梅已缀枝。阑珊花落后,寂寞酒醒时。坐闷低眉久,行慵举足迟。少年君莫怪,头白自应知。

重答刘和州来篇云:苏州刺史例能诗,西掖今来替左司。又云:若共吴王斗百草,不如唯是欠西施。

分无佳丽敌西施,敢有文章替左司。随分笙歌聊自乐,等闲篇咏被人知。花边妓引寻香径,月下僧留宿剑池。可惜当时好风景,吴王应不解吟诗。采香径在馆娃宫。

奉送三兄

少年曾管二千兵,昼听笙歌夜斫营。自反丘园头尽白,每逢旗鼓眼犹明。杭州暮醉连床卧,吴郡春游并马行。自愧阿连官职慢,只教兄作使君见。

城上夜宴

留春不住登城望,惜夜相将秉烛游。风月

万家河两岸，笙歌一曲郡西楼。诗听越客吟何苦，酒被吴娃劝不休。从道人生都是梦，梦中欢笑亦胜愁。

重题小舫，赠周从事，兼戏微之

细篷青篾织鱼鳞，小眼红窗村麹坐。阔狭才容从事座，高低恰称使君身。舞筵须拣腰轻女，仙棹难胜骨重人。不似镜湖廉使出，高檣大舸闹惊春。

吴樱桃

含桃最说出东吴，香色鲜秾气味殊。洽恰举头千万颗，婆娑拂面两三株。鸟偷飞处衔将火，人摘争时踏破珠。可惜风吹兼雨打，明朝后日即应无。

春尽劝客酒

林下春将尽，池边日半斜。樱桃落砌颗，夜合隔帘花。尝酒留闲客，行茶使小娃。残杯劝不饮，留醉向谁家。

仲夏斋居，偶题八韵，寄微之及崔湖州

腥血与荤蔬，停来一月余。肌肤虽瘦损，方寸任清虚。体适通宵坐，头慵隔日梳。眼前无俗物，身外即僧居。水榭风来远，松廊雨过初。褰帘放巢燕，投食施池鱼。久别闲游伴，频劳问疾书。不知湖与越，吏隐兴何如。

官宅

红紫共纷纷，只承老使君。移舟木兰棹，行酒石榴裙。水色窗窗见，花香院院闻。恋他官舍住，双鬓白如云。

六月三日夜闻蝉

荷香清露坠，柳动好风生。微月初三夜，新蝉第一声。乍闻愁北客，静听忆东京。我有竹林宅，别来蝉再鸣。不知池上月，谁拨小船行。

莲石

青石一两片，白莲三四枝。寄将东洛去，心与物相随。石倚风前树，莲栽月下池。遥知安置处，预想发荣时。领郡来何远，还乡去已迟。莫言千里别，岁晚有心期。

眼病二首

散乱空中千片雪，蒙笼物上一重纱。纵逢晴景如看雾，不是春天亦见花。以上四句，皆病眼中所见者。僧说客尘来眼界，医言风眩在肝家。两头治疗何曾瘥，药力微茫佛力赊。

眼藏损伤来已久，病根牢固去应难。医师尽劝先停酒，道侣多教早罢官。案上谩铺龙树论，盒中虚捻决明丸。人间方药应无益，争得金篦试刮看。

题东武一作虎丘寺六韵

香刹看非远，祇园入始深。龙蟠松矫矫，玉立竹森森。怪石千僧坐，灵池一剑沉。海当亭两面，山在寺中心。酒熟一作热凭花劝，诗成倩鸟吟。寄言轩冕客，此地好抽簪。

夜游西武一作虎丘寺八韵

不厌西丘寺，闲来即一过。舟船转云岛，楼阁出烟萝。路入青松影，门临白月波。鱼跳惊秉烛，猿觑怪鸣珂。摇曳双红旆，娉婷十翠娥。容、满、蝉、态等十妓从游也。香花助罗绮，钟梵避笙歌。领郡时将久，游山数几何。一年十二度，非少亦非多。

咏怀

苏杭自昔称名郡，牧守当今当好官。两地江山踏得遍，五年风月咏将一作来残。几时酒盏曾抛却，何处花枝不把看。白发满头归得也，诗情酒兴渐阑珊。

重咏

日觉双眸暗，年惊两鬓苍。病应无处避，老更不宜忙。徇俗心情少，休官道理长。今秋归去定，何必重思量。

百日假满

心中久有归田计，身上都无济世才。长告

初从百日满,故乡元约一年回。马辞辕下头高举,鹤出笼中翅大开。但拂衣行莫回头,的无官职趁人来。

九日寄微之

眼暗头风事事妨,绕篱新菊为谁黄。闲游日久心慵倦,痛饮年深肺损伤。吴郡两回逢九月,越州四度见重阳。怕飞杯酒多分数,厌听笙歌旧曲章。蟋蟀声寒初过雨,茱萸色浅未经霜。去秋共数登高会,又被今年减一场。

题报恩寺

好是清凉地,都无系绊身。晚晴宜野寺,秋景属闲人。净石堪敷坐,寒泉可濯巾。自惭容鬓上,犹带郡庭尘。

晚起

卧听冬冬衙鼓声,起迟睡足长心情。华簪脱后头虽白,堆案抛来眼校明。闲上篮舆乘兴出,醉回花舫信风行。明朝更濯尘缨去,闻道松江水最清。

自思益寺次楞伽寺作

朝从思益峰游后,晚到楞伽寺歇时。照水姿容虽已老,上山筋力未全衰。行逢禅客多相问,坐倚渔舟一自思。犹去悬车十五载,休官非早亦非迟。

松江亭携乐观渔宴宿

震泽平芜岸,松一作吴江落叶波。在官常梦想,为客始经过。水面排罾网,船头簇绮罗。朝盘脍红鲤,夜烛舞青娥。雁断知风急,潮一作湖平见一作得月多。繁丝与促管,不解和渔歌。

宿灵岩寺上院

高高白月上青林,客去僧归独夜深。荤血屏除唯对酒,歌钟放散只留琴。更无俗物当人眼,但有泉声洗我心。最爱晓亭东望好,太湖烟水绿沉沉。

酬别周从事二首

腰痛拜迎人客倦,眼昏勾押簿书难。辞官归去缘衰病,莫作陶潜范蠡看。

洛下田园久抛掷,吴中歌酒莫留连。嵩阳云树伊川月,已校归迟四五年。

武丘寺路 去年重开寺路,桃李莲荷,约种数千株。

自开山寺路,水陆往来频。银勒牵骄马,花船载丽人。芰荷生欲遍,桃李种仍新。好住湖堤上,长留一道春。

齐云楼晚望,偶题十韵,兼呈冯侍御、周、殷二协律 楼在苏州

潦倒宦情尽,萧条芳岁阑。欲辞南国去,重上北城看。复叠江山壮,平铺井邑宽。人稠过杨府,坊闹半长安。插雾峰头没,穿霞日脚残。水光红漾漾,树色绿漫漫。约略留遗爱,殷勤念旧欢。病抛官职易,老别友朋难。九月全无热,西风亦未寒。齐云楼北面,半日凭栏干。

河亭晴望 九月八日

风转云头敛,烟销水面开。晴虹桥影出,秋雁橹声来。郡静官初罢,乡遥信未回。明朝是重九,谁劝菊花杯。

留别微之

于时久与本心违,悟道深知前事非。犹厌劳形辞郡印,那将一作能趁伴著朝衣。五千言里教知足,三百篇中劝式微。少室云边伊水畔,比君校老合先归。

自喜

自喜天教我少缘,家徒行计两翩翩。身兼妻子都三口,鹤与琴书共一船。僮仆减来无冗食,资粮算外有余钱。携将贮作丘中费,犹免饥寒得数年。

武丘寺路宴留别诸妓

银泥裙映锦障泥,画舸停桡马簇蹄。清管曲终鹦鹉语,红旗影动骏骅一作波汗嘶。惭消醉色朱颜浅,欲语离情翠黛低。莫忘使君吟咏

处,女坟湖北武—作虎丘西。

江上对酒二首

酒助疏顽性,琴资缓慢情。有慵将送老,无智可劳生。忽忽忘机坐,怅怅任运行。家乡安处是,那独在神京。

久贮沧浪意,初辞桎梏身。昏昏常带酒,默默不应人。坐稳便箕踞,眠多爱欠伸。客来存礼数,始著白纶巾。

望亭驿酬别周判官

何事出长洲,连宵饮不休。醒应难作别,欢渐少于愁。灯火穿村市,笙歌上驿楼。何言五十里,已不属苏州。

见小侄龟儿咏灯诗并腊娘制衣,因寄行简

已知腊子能裁服,复报龟儿解咏灯。巧妇才人常薄命,莫教男女苦多能。

酒筵上答张居士

但要前尘—作程减,无妨外相同。虽过酒肆上,不离道场中。弦管声非实,花钿色是空。何人知此义,唯有净名翁。

鹦鹉

陇西鹦鹉到江东,养得经年觜渐红。常恐思归先剪翅,每因喂食暂开笼。人怜巧语情虽重,鸟忆高飞意不同。应似朱门歌舞妓,深藏牢闭后房中。

听琵琶妓弹略略

腕软拨头轻,新教略略成。四弦千遍语,一曲万重情。法向师边得,能从意上生。莫欺江外手,别是一家声。

写新诗寄微之,偶题卷后

写了吟看满卷愁,浅红笺纸小银钩。未容寄与微之去,已被人传到越州。

宝历二年八月三十日夜梦后作

尘缨忽解诚堪喜,世网重来未可知。莫忘全吴馆中梦,岭南泥雨步行时。

与梦得同登栖灵塔—无栖字

半月悠悠在广陵,何楼何塔不同登。共怜筋力犹堪在,上到栖灵第九层。

梦苏州水阁,寄冯侍御

扬州驿里梦苏州,梦到花桥水阁头。觉后不知冯侍御—作御史,此中昨夜共谁游。

喜罢郡

五年两郡亦堪嗟,偷出游山走看花。自此光阴为己有,从前日月属官家。樽前免被催迎使,枕上休闻报坐衙。睡到午时欢到夜,回看官职是泥沙。

答次休上人来篇云:闻有余霞千万首,何妨一句乞闲人。

姓白使君无丽句,名休座主有新文。禅心不合生分别,莫爱余霞嫌碧云。

全唐诗卷四百四十八

白居易

感悟妄缘,题如上人壁

自从为骇童,直至作衰翁。所好随年异,为忙终日同。弄沙成佛塔,锵玉谒王宫。彼此皆儿戏,须臾即色空。有营非了义,无著是真宗。兼恐勤修道,犹应在妄中。

思子台有感二首 凡题思子台者,皆罪江充,予观祸胎,不独在此,偶以二绝句辨之。

曾家机上闻投杼,尹氏园中见掇蜂。但以恩情生隙罅,何人不解作江充。

暗生魑魅蠹生虫,何异谗生疑阻中。但使武皇心似烛,江充不敢作江充。

赋得边城角

边角两三枝,霜天陇上儿。望乡相并立,向月一时吹。战马头皆举,征人手尽垂。呜呜三奏罢,城上展旌旗。

忆洛中所居

忽忆东都宅,春来事宛然。雪销行径里,水上卧房前。厌绿栽黄竹,嫌红种白莲。醉教莺送酒,闲遣鹤看船。幸是林园主,惭为食禄牵。宦情薄似纸,乡思急于弦。岂合姑苏守,归休更待年。

想归田园

恋他朝市求何事,想取丘园乐此身。千首恶诗吟过日,一壶好酒醉消春。归乡年亦非全老,罢郡家仍未苦贫。快活不知如我者,人间能有几多人。

琴茶

兀兀寄形群动内,陶陶任性一生间。自抛官后春多醉,不读书来老更闲。琴里知闻唯渌水,茶中故旧是蒙山。穷通行止长相伴,谁道吾今无往还。

赠楚州郭使君

淮水东南第一州,山围雉堞月当楼。黄金印绶悬腰底,白雪歌诗落笔头。笑看儿童骑竹马,醉携宾客上仙舟。当家美事堆身上,何啻林宗与细侯。

和郭使君题枸杞—作枸杞寄郭使君

山阳—作阴太守政严明,吏—作夜静人安无犬惊。不知灵药根成狗,怪得时闻吠夜声。

初到洛下—作阳闲游

汉庭重少身宜退,洛下闲居迹可逃。趁伴入朝应老丑,寻春放醉尚粗豪。诗携彩纸新装卷,酒典绯花旧赐袍。曾在东方千骑上,至今蹭蹬马头高。

醉赠刘二十八使君

为我引杯添酒饮,与君把箸击盘歌。诗称国手徒为尔,命压人头不奈何。举眼风光长寂寞,满朝官职独蹉跎。亦知合被才名折,二十三年折太多。

太湖石

烟翠三秋色,波涛万古痕。削成青玉片,截断碧云根。风气通岩穴,苔文护洞门。三峰具体小,应是华山孙。

过敷水

垂鞭欲渡罗敷水,处分鸣驺且缓驱。秦氏双蛾久冥漠,苏台五马尚踟蹰。村童店女仰头笑,今日使君真是愚。

南院

林院无情绪,经春不一开。杨花飞作穗,榆荚落成堆。壮气—作志从中灭,流年逐后催。只应如过客,病去老迎来。

闲咏

步月怜清景,眠松爱绿阴。早年诗思苦,晚岁道情深。夜学禅多坐,秋牵兴暂吟。悠然两事外,无处更留心。

初授秘监,拜赐金紫,闲吟小酌,偶写所怀

紫袍新秘监,白首旧书生。鬓雪人间寿,腰金世上荣。子孙无可念,产业不能营。酒引眼前兴,诗留身后名。闲倾三数酌,醉咏十余声。便是羲皇代,先从心太平。

新昌闲居,招杨郎中兄弟

纱巾角枕病眠翁,忙少闲多谁与同。但有双松当砌下,更无一事到心中。金章紫绶堪如梦,皂盖朱轮别似空。暑月贫家何所有,客来唯赠北窗风。

秘省后厅

槐花雨润新秋地,桐叶风翻欲夜天。尽日后厅无一事,白头老监枕书眠。

松斋偶兴

置心思虑外,灭迹是非间。约俸为生计,随官换往还。耳烦闻晓角—作鼓,眼醒见秋山。赖此松檐下,朝回半日闲。

和杨郎中贺杨仆射致仕后杨侍郎门生合宴席上作

业重关西继大名,恩深阙下遂高情。祥鳣降伴趋庭鲤,贺燕飞和出谷莺。范蠡舟中无子弟,疏家席上欠门生。可怜玉树连桃李,从古无如此会荣。

松下琴赠客

松寂风初定,琴清夜欲阑。偶因群动息,试拨一声看。寡鹤当徽怨,秋泉应指寒。惭君此倾听,本不为君弹。

秋斋

晨起秋斋冷,萧条称病容。清风两窗竹,白露一庭松。阮籍谋身拙,嵇康向事慵。生涯别有处,浩气在心胸。

涂山寺独游

野径行无伴,僧房宿有期。涂山来去熟,

唯是马蹄知。

登观音台望一作贤城

百千家似围棋局,十二街如种菜畦。遥认微微入朝火,一条星宿五门西。

登灵一作宝应台北望

临高始见人寰小,对远方知色界空。回首即归朝市去,一稊米落太仓中。

酬裴相公题兴化小池见招长句

为爱小塘招散客,不嫌老监与新诗。山公一作翁倒载无妨学,范蠡扁舟未要追。蓬断偶飘桃李径,鸥惊误拂凤皇池。敢辞课拙酬高韵,一勺争禁万顷陂。

闲行

五十年来思虑熟,忙人应未胜闲人。林园傲逸真成贵,衣食单疏不是贫。专掌图书无过地,遍寻山水自由身。倘年七十犹强健,尚得闲行十五春。

闲出

兀兀出门何处去,新昌街晚树阴斜。马蹄知意缘行熟,不向杨家即庾家。

与僧智如夜话

懒钝尤知命,幽栖渐得朋。门闲无谒客,室静有禅僧。炉向初冬火,笼停半夜灯。忧劳缘智巧,自喜百无能。

忆庐山旧隐及洛下新居

形骸黾勉班行内,骨肉勾留俸禄中。无奈攀缘随手长,亦知恩爱到头空。草堂久闭庐山下,竹院新抛洛水东。自是未能归去得,世间谁要白须翁。

晚寒晚一作暝

急景流如箭,凄风利似刀。暝催鸡翅敛,寒束树枝高。缩水浓和酒,加绵厚絮袍。可怜冬计毕,暖卧醉陶陶。

偶眠偶一作醉

放杯书案上,枕臂火炉前。老爱寻思事一作睡,慵多一作便取次眠。妻教卸乌帽,婢与展青毡。便是屏风样,何劳画古贤。

华城西北雉堞最高,崔相公首创楼台,钱左丞继种花果,合为胜境,题在雅篇,岁暮独游,怅然成咏时华州未除刺史

高居称君子,潇洒四无邻。丞相栋梁久,使君桃李新。凝情看丽句,驻步想清尘。况是寒天客,楼空无主人。

奉使途中,戏赠张常侍

早风吹土满长衢,驿骑星轺尽疾驱。共笑篮舆一作舆亦称使,日驰一驿向东都。

有小白马乘驭多时,奉使东行至稠桑驿,溘然而毙,足可惊伤,不能忘情,题二十韵

能骤复能驰,翩翩白马儿。毛寒一团雪,鬃薄万条丝。皂盖春行日,骊驹晓从一作促时。双旌前独步,五马内偏骑。芳草承蹄叶,垂杨拂顶枝。跨将迎好客,惜不换妖姬。慢鞚游萧寺,闲驱醉习池。睡来乘作梦,兴发倚成诗。鞭为驯难下,鞍缘称不离。北归还共到,东使亦相随。赭白何曾变,玄黄岂得知。嘶风觉声一作声觉急,踏雪怪行迟。昨夜犹刍秣,今朝尚絷维。卧槽应不起,顾主遂长辞。尘灭骎骎迹,霜留皎皎姿。度关形未改,过隙影难追。念倍燕求一作骏,情深项别骓。银收钩臆带,金卸络头羁。何处埋奇骨,谁家觅弊帷。稠桑驿门外,吟罢涕双垂。

题喷玉泉泉在寿安山下,高百余尺,直泻潭中

泉喷声如玉,潭澄色似空。练垂青嶂一作嶂上,珠泻绿盆中。溜滴三秋雨,寒生六月风。何时此岩下,来作濯缨翁。

酬皇甫宾客

闲官兼慢使,著处易停轮。况欲逢新岁,仍初见故人。冒寒寻到洛,待暖始归秦。亦拟

同携手,城东略看春。

种白莲
吴中白藕洛中栽,莫恋江南花懒开。万里携归尔知否,红蕉朱槿不将来。

答苏庶子
偶作关东使,重陪洛下游。病来从断酒,老去可禁愁。款曲偏青眼,蹉跎各白头。蓬山闲气味,依约似龙楼。

答尉迟少监水阁重宴
人情依旧岁华新,今日重招往日宾。鸡黍重回千里驾,林园暗换四年春。水轩平写琉璃镜,草岸斜铺翡翠茵。闻道经营费心力,忍教成后属他人。时主人欲卖林亭。

和刘郎中伤鄂姬
不独君嗟我亦嗟,西风北雪杀南花。不知月夜魂归处,鹦鹉洲头第几家。姬,鄂人也。

赠东邻王十三
携手池边月,开襟竹下风。驱愁知酒力,破睡见茶功。居处东西接,年颜老少同。能来为伴否,伊上作渔翁。

早春同刘郎中寄宣武令狐相公
梁园不到一年强,遥想清吟对绿觞。更有何人能饮酹,新添几卷好篇章。马头拂柳时回鞚,豹尾穿花暂亚枪。谁引相公开口笑,不逢白监与刘郎。

寄太原李相公
闻道北都今一变,政和军乐万人安。绮罗二八围宾榻,组练三千夹将坛。蝉鬓应夸丞相少,貂裘不觉太原寒。世间大有虚荣贵,百岁无君一日欢。

雪中寄令狐相公,兼呈梦得
兔园春雪梁王会,想对金罍咏玉尘。今日相如身在此,不知客右坐何人。

出使在途,所骑马死,改乘肩舆,将归长安,偶咏旅怀,寄太原李相公
驿路崎岖泥一作况雪寒,欲登篮舆一长叹。风光不见桃花骑,尘土空留杏叶鞍。丧乘独归殊不易,脱骖相赠岂为难。并州好马应无数,不怕旌旄试觅看。

有双鹤留在洛中,忽见刘郎中依然鸣顾,刘因为鹤叹二篇寄予,予以二绝句答之
辞乡远隔华亭水,逐我来栖缑岭云。惭愧稻粱长不饱,未曾回眼向鸡群。

荒草院中池水畔,衔恩不去又经春。见君惊喜双回顾,应为吟声似主人。

宿窦使君庄水亭
使君何在在江东,池柳初黄杏欲红。有兴即来闲便宿,不知谁是主人翁。

龙门下作
龙门涧下濯尘缨,拟作闲人过此生。筋力不将诸处用,登山临水咏诗行。

姚侍御见过,戏赠
晚起春寒慵裹头,客来池上偶同游。东台御史多提举,莫按金章系布裘。

履道春居
微雨洒园林,新晴好一寻。低风洗池面,斜日拆花心。暝助岚阴重,春添水色深。不如陶省事,犹抱有弦琴。

题洛中第宅
水木谁家宅,门高占地宽。悬鱼挂青甃,行马护朱栏。春榭笼烟暖,秋庭锁月寒。松胶黏琥珀,筿粉扑琅玕。试问池台主,多为将相官。终身不曾到,唯展宅图看。

寄殷协律多叙江南旧游
五岁优游同过日,一朝消散似浮云。琴诗酒伴皆抛我,雪月花时最忆君。几度听鸡歌白日,亦曾骑马咏红裙。予在杭州日,有歌云:听唱黄鸡

与白日。又有诗云:著红骑马是何人。吴娘暮雨萧萧曲,自别江南更不闻。江南吴二娘曲词云:暮雨萧萧郎不归。

洛下诸客就宅相送,偶题西亭

几榻临池坐,轩车冒雪过。交亲致杯酒,僮仆解笙歌。流岁行将晚,浮荣得几多。林泉应问我,不住意如何。

答林泉

好住旧林泉,回头一怅然。渐知吾潦倒,深愧尔留连。欲作栖云计,须营种黍钱。更容求一郡,不得亦归田。

将发洛中,枉令狐相公手札,兼辱二篇宠行,以长句答之

尺素忽惊来梓泽,双金不惜送蓬山。八行落泊飞云雨,五字枪钊动佩环。玉韵乍听堪醒酒,银钩细读当披颜。收藏便作终身宝,何啻三年怀袖间。

临都驿答梦得六言二首

扬子津头月下,临都驿里灯前。昨日老于前日,去年春似今年。

谢守归为秘监,冯公老作郎官。前事不须问著,新诗且更吟看。

喜钱左丞再除华州,以诗伸贺

左辖辍中台,门东委上才。彤襜经宿到,绛帐及春开。民望恳难夺,天心慈易回。那知不隔岁,重借寇恂来。

和钱华州题少华清光绝句

高情雅韵三峰守,主领清光管白云。自笑亦曾为刺史,苏州肥腻不如君。

送陕府王大夫

金马门前回剑佩,铁牛城下拥旌旗。他时万一为交代,留取甘棠三两枝。

代迎春花招刘郎中

幸与松筠相近栽,不随桃李一时开。杏园岂敢妨君去,未有花时且看来。

玩迎春花赠杨郎中

金英翠萼带春寒,黄色花中有几般。忍君与一作语向游人道,莫作蔓菁花眼看。

闲出

身外无羁束,心中少是非。被花留便住,逢酒醉方归。人事行时少,官曹入日稀。春寒游正好,稳马薄绵衣。

座上赠卢判官

把酒承花花落频,花香酒味相和春。莫言不是江南会,虚白亭中旧主人。

曲江有感

曲江西岸又春风,万树花前一老翁。遇酒逢花还且醉,若一作莫论惆怅事何穷。

杏园花下赠刘郎中

怪君把酒偏惆怅,曾是贞元花下人。自别花来多少事,东风二十四回春。

花前有感,兼呈崔相公、刘郎中

落花如雪鬓如霜,醉把一作拾花看益自伤。少日为名一作文多检束,长年无兴可颠狂。四时轮转春常少,百刻支分夜苦长。何事同生一作共同壬子岁,老于崔相及刘郎。余与崔、刘年同,独早衰白。

微之就拜尚书,居易续除刑部,因书贺意,兼咏离怀

我为宪部入南宫,君作尚书镇浙东。老去一时成白首,别来七度换春风。簪缨假合虚名在,筋力销磨实事空。远地官高亲故少,些些谈笑与谁同。

喜与韦左丞同入南省,因叙旧以赠之

早年同遇陶钧主,利钝精粗共在熔。宪宗朝与韦同入翰林。金剑淬来长透匣,铅刀磨尽不成锋。差肩北省惭非据,接武南宫幸再容。跛鳖虽迟骐骥疾,何妨中路亦相逢。

伊州

老去将何散老愁,新教小玉唱伊州。亦应不得多年听,未教成时已白头。

早朝

鼓动出新昌,鸡鸣赴建章。翩翩稳鞍马,楚楚健衣裳。宫漏传残夜,城阴送早凉。月堤槐露气,风烛桦烟香。双阙龙相对,千官雁一行。汉庭方尚少,惭叹鬓如霜。

答裴相公乞鹤一作酬裴相公乞予双鹤

警露声音好,冲天相貌殊。终宜向辽廓,不称在泥涂。白首劳为伴,朱门幸见呼。不知疏野性,解爱凤池无。

晚从省归

朝回北阙值清晨,晚出南宫送暮春。入去丞郎非散秩,归来诗酒是闲人。犹思泉石多成梦,尚叹簪裾未离身。终是不如山下去,心头眼底两无尘。

北窗闲坐

虚窗两丛竹,静室一炉香。门外红尘合,城中白日忙。无烦寻道士,不要学仙方。自有延年术,心闲岁月长。

酬严给事闻玉蕊花下有游仙绝句

嬴女偷乘凤去时,洞中潜歇弄琼枝。不缘啼鸟春饶舌,青琐仙郎可得知。

京路

西来为看秦山雪,东去缘寻洛苑春。来去腾腾两京路,闲行除我更无人。

华州西

每逢人静慵多歇,不计程行困即眠。上得篮舆未能去,春风敷水店门前。

从陕至东京

从陕至东京,山低路渐平。风光四百里,车马十三程。花共垂鞭看,杯多并辔倾。笙歌与谈笑,随分自将行。

送春

银花凿落从君劝,金屑琵琶为我弹。不独送春兼送老,更尝一着更听看。

宿杜曲花下

觅得花千树,携来酒一壶。懒归兼拟宿,未醉岂劳扶。但惜春将晚,宁愁日渐晡。篮舆为卧舍,漆盝是行厨。斑竹盛茶柜,红泥毕饭炉。眼前无所阙,身外更何须。小面琵琶婢,苍头觱篥奴。从君饱富贵,曾作此游无。

逢旧

久别偶相逢,俱疑是一作似梦中。即今欢乐事,放盏又成空。

绣妇叹

连枝花样绣罗襦,本拟新年饷小姑。自觉逢春饶怅望,谁能每日趁功夫。针头不解愁眉结,线缕难穿泪脸珠。虽凭绣床都不绣,同床绣伴得知无。

春词

低花树映小妆楼,春入眉心两点愁。斜倚栏干背一作臂鹦鹉,思量何事不回头。

恨词

翠黛眉低敛,红珠泪暗销。从来恨人意,不省似今朝。

山石榴花十二韵

晔晔复煌煌,花中无比方。艳夭宜小院,条短称低廊。本是山头物,今为砌下芳。千丛相向背,万朵互低昂。照灼连朱槛,玲珑映粉墙。风来添意态,日出助晶光。渐绽胭脂萼,犹含琴轸房。离披乱剪彩,斑驳未匀妆。绛焰灯千炷,红裙妓一行。此时逢国色,何处觅天香。恐合栽金阙,思将献玉皇。好差青鸟使,封作百花王。

送敏中归豳宁幕

六十衰翁儿女悲，傍人应笑尔应知。弟兄垂老相逢日，杯酒临欢欲散时。前路加餐须努力，今宵尽醉莫推辞。司徒知我难为别，直过秋归未讶迟。

宴散

小宴追凉散，平桥步月回。笙歌归院落，灯火下楼台。残暑蝉催尽，新秋雁带—作戴来。将何迎睡兴，临卧举残杯。

人定

人定月胧明，香消枕簟清。翠屏遮烛影，红袖下帘声。坐久吟方罢，眠初梦未成。谁家教鹦鹉，故故语相惊。

池上

袅袅凉风动，凄凄寒露零。兰衰花始白，荷破叶犹青。独立栖沙鹤，双飞照水萤。若为寥落境，仍值酒初醒。

池窗

池晚莲芳谢，窗秋竹意深。更无人作伴，唯对一张琴。

花酒

香醅浅酌浮如蚁，雪鬓新梳薄似蝉。为报洛城花酒道，莫辞送老二三年。

题崔常侍济源庄

谷口谁家住，云扃锁竹泉。主人何处去，萝薜换貂蝉。籍在金闺内，班排玉扆前。诚知忆山水，归得是何年。

认春戏呈冯少尹、李郎中、陈主簿

认得春风先到处，西园南面水东头。柳初变后条犹重，花未开时枝已稠。暗助醉欢寻绿酒，潜添睡兴著红楼。知君未别阳和意，直待春深始拟游。

魏堤有怀

魏王堤下水，声似使君滩。惆怅回头听，踟蹰立马看。荡风波眼急，翻雪浪心寒。忆得瞿唐事，重吟行路难。

柘枝词

柳暗长廊合，花深小院开。苍头铺锦褥，皓腕捧银杯。绣帽珠稠缀，香衫袖窄裁。将军拄毬杖，看按柘枝来。

代梦得吟

后来变化三分贵，同辈凋零太半无。世上争先从尽上声汝，人间斗在不如吾。竿头已到应难久，局势虽迟未必输。不见山苗与林叶，迎春先绿亦先枯。

寄答周协律 来诗多叙苏州旧游

故人叙旧寄新篇，惆怅江南到眼前。暗想楼台万余里，不闻歌吹一周年。桥头谁更看新月，池畔犹应泊旧船。最忆后庭杯酒散，红屏风掩绿窗眠。

全唐诗卷四百四十九

白居易

太和戊申岁大有年,诏赐百僚出城观稼,谨书盛事,以俟采诗

　　清晨承诏命,丰岁阅田间。膏雨抽苗足,凉风吐穗初。早禾黄错落,晚稻绿扶疏。好入诗家咏,宜令史馆书。散为万姓食,堆作九年储。莫道如云稼,今秋云不如。

赠悼怀太子挽歌辞二首奉诏撰进

　　竹马书薨岁,铜龙表葬时。永言奄岁事,全用少阳仪。寿夭由天命,哀荣出圣慈。恭闻褒赠诏,轸念在与夷。

　　剪叶藩封早,承华册命尊。笙歌辞洛苑,风雪蔽梁园。卤簿凌霜宿,铭旌向月翻。宫寮不逮事,哭送出都门。

雨中招张司业宿

　　过夏衣香润,迎秋簟色鲜。斜支花石枕,卧咏蕊珠篇。泥泞非游日,阴沉好睡天。能来同宿否,听雨对床眠。

和集贤刘学士早朝作

　　吟君昨日早朝诗,金御炉前唤仗时。烟吐白龙头宛转,扇开青雉尾参差。暂留春—作书殿多称屈,合入纶闱即可知。从此摩霄去非晚,鬓边—作间未有一茎丝。

送陕州王司马建赴任建,善诗者。

　　陕州司马去何如,养静—作病资贫两有余。公事闲忙同少尹,料钱多少敌尚书。只携美酒为行伴,唯—作独作新诗趁下车。自有—作得铁牛无咏者,料君投刃必应虚。

对琴待月

　　竹院新晴夜,松窗未卧时。共琴为老伴,与月有秋期。玉轸临风久,金波出雾迟。幽音待清景,唯是我心知。

杨家南亭

小亭门向月斜开,满地凉风满地苔。此一作北院好弹秋思处,终须一夜抱琴来。

早寒

黄叶聚墙角,青苔围柱根。被经霜后薄,镜遇雨来昏。半卷寒檐幕,斜开暖阁门。迎冬兼送老,只仰酒盈尊。

斋月静居

病来心静一无思,老去身闲百不为。忽忽眼尘犹爱睡,些些口业尚夸诗。荤腥每断斋居月,香火常亲宴坐时。万虑消停百神泰,唯应寂寞杀三尸。

宿裴相公兴化池亭兼蒙借船舫游泛

林亭一出宿风尘,忘却平津是要津。松阁晴看山色近,石渠秋放水声新。孙弘阁闹无闲客,傅说舟忙不借人。何似抡才济川外,别开池馆待交亲。

和刘郎中望终南山秋雪

遍览古今集,都无秋雪诗。阳春先唱后,阴岭未消时。草讶霜凝重,松疑鹤散迟。清光莫独占,亦一作还对白云司。

广府胡尚书频寄诗,因答绝句

尚书清白临南海,虽饮贪泉心不回。唯向诗中得珠玉,时时寄到帝乡来。

送鹤与裴相临别赠诗

司空爱尔尔须知,不信听吟送一作乞鹤诗。羽翮势高宁惜别,稻粱恩厚一作重莫愁饥。夜栖少一作莫共鸡争树,晓一作日浴先饶凤占池。稳上青云勿回顾,的应胜在白家时。

令狐相公拜尚书后有喜从一作罢镇归朝之作,刘郎中先和,因以继之

车骑新从梁苑回,履声珮响入中台。凤池望在终重去,龙节功成且纳来。金勒最宜乘雪出,玉觞何必待花开。尚书首唱郎中和,不计官资只计才。

送河南尹冯学士赴任

石渠金谷中间路,轩骑翩翩十日程。清洛饮冰添苦节,碧嵩看雪助高情。谩夸河北操旄钺,莫羡江西一作南拥旆旌。时新除二镇节度。何似府僚京令外,别教三十六峰迎。

读鄂公传

高臣深居不见人,功名斗薮似灰尘。唯留一部清商乐,月下风前伴老身。

乌夜啼一有赋得字

城上归时晚,庭前宿处危。月明无叶树,霜滑有风枝。啼涩饥喉咽,飞低冻翅垂。画堂鹦鹉鸟,冷暖不相知。

镜换杯

欲将珠一作朱匣青铜镜,换取金尊白玉卮。镜里老来无避处,尊前愁至有消时。茶能散闷为功浅,萱纵忘忧得力迟。不似一作是杜康神用速,十分一盏便开眉。

冬夜闻虫

虫声冬思苦于秋,不解愁人闻亦愁。我是老翁听不畏,少年莫听白君头。

双鹦鹉

绿衣整顿双栖起,红觜分明对语时。始觉琵琶弦莽卤,方知吉了舌参差。郑牛识字吾常叹,谚云:郑玄家牛触墙成八字。丁鹤能歌尔亦知。若称白家鹦鹉鸟,笼中兼合解吟诗。

赠朱道士

仪容白皙上仙郎,方寸清虚内道场。两翼化生因服药,三尸卧一作饿死为休粮。醮坛北向宵占斗,寝室东开早纳阳。尽日窗间更无事,唯烧一炷降真香。

昨以拙诗十首寄西川杜相公,相公亦以新作十首惠然报示,首数虽等,工拙不伦,重以一章,用伸答谢

诗家律手在成都,权与寻常将相殊。剪截五言兼用钺,陶钧六义别开炉。惊人卷轴须知有,随事文章不道无。篇数虽同光价异,十鱼目换十骊珠。

和汴州令狐相公,新于郡内栽竹百竿,拆壁开轩,旦夕对玩,偶题七言五韵

梁园修竹旧传名,园废年深竹不生。千亩荒凉寻一作栽未得,百竿青翠种新成。墙开乍见重添兴,窗静时闻别有情。烟叶蒙笼侵夜色,风枝萧飒欲秋声。更登楼望尤堪重,千万人家无一茎。汴州人家并无竹。

重答汝州李六使君见和忆吴中旧游五首

为忆娃宫与虎丘,玩君新作不能休。蜀笺写出篇篇好,吴调吟时句句愁。洛下林园终共住,江南风月会重游。先与李六有此二句之约。由来事过多堪惜,何况苏州胜汝州。李前刺苏,故有是句。

见殷尧藩侍御忆江南诗三十首,诗中多叙苏杭胜事,余尝典二郡,因继和之

江南名郡数苏杭,写在一作题写殷家三十章。君是旅人犹苦忆,我为刺史更难忘。境牵吟咏真诗国,兴入笙歌好醉乡。为念旧游终一去,扁舟直拟到沧浪。

闻新蝉赠刘二十八

蝉发一声时,槐花带两枝。只应催我老,兼遣报君知。白发生头速,青云入手迟。无过一杯酒,相劝数开眉。

赠王山人

玉芝观里王居士,服气餐霞善养身。夜后不闻龟喘息,秋来唯长鹤精神。容颜尽怪长如故,名姓多疑不是真。贵重荣华轻寿命,知君

闷见世间人。

和刘郎中学士题集贤阁

朱阁青山高库齐,与君才子作诗题。傍闻大内笙歌近,下视诸司屋舍低。万卷图书天禄上,一条风景月华西。欲知丞相优贤意,百步新廊不蹋泥。

观幻

有起皆因灭,无暌不暂同。从欢终作戚,转苦又成空。次第花生眼,须臾烛一作竹过风。更无寻觅处,鸟迹印空中。

病假中庞少尹携鱼酒相过

宦情牢落年将暮,病假联绵日渐深。被老相催虽白首,与春无分未甘心。闲停茶碗从容语,醉把花枝取次吟。劳动故人庞阁老,提鱼携酒远相寻。

听田顺儿歌

戛玉敲冰声未停,嫌云不遏入青冥。争得黄金满衫袖,一时抛与断年听。

听曹刚琵琶兼示重莲

拨拨弦弦意不同,胡啼番语两玲珑。谁能截得曹刚手,插向重莲衣袖中。

酬令狐相公春日寻花见寄六韵

病卧帝王州,花时不得游。老应随日至,春肯为人留。粉坏杏将谢,火繁桃尚稠。白飘僧院地,红落酒家楼。空里雪相似,晚来风不休。吟君怅望句,如到曲江头。

和刘郎中曲江春望见示

芳景多游客,衰翁独在家。肺伤妨饮酒,眼痛忌看花。寺路随江曲,宫一作官墙夹道斜。羡君犹壮健,不枉度年华。

送东都留守令狐尚书赴任

翠华黄屋未东巡,碧洛青嵩付大臣。地称高情多水竹,山宜闲望少风尘。龙门即拟为游客,金谷先凭作主人。歌酒家家花处处,莫空

管领上阳春。

自题新昌居止,因招杨郎中小饮
地偏坊远巷仍斜,最近东头是白家。宿雨长齐邻舍柳,晴光照出夹城花。春风小榼三升酒,寒食深炉一碗茶。能到南园同醉否,笙歌随分有些些。

南园试小乐
小园斑驳花初发,新乐铮摐拟教成。红萼紫房皆手植,苍头碧玉尽家生。高调管色吹银字,慢拽歌词唱渭城。不饮一杯听一曲,将何安慰老心情。

和微之春日投简阳明洞天五十韵
青阳行已半,白日坐将徂。越国强仍大,稽城高且孤。利饶盐煮海,名胜水澄湖。牛斗天垂象,台明地展图。天台、四明二山。瑰奇填市井,佳丽溢闉阇。勾践遗风霸,西施旧俗姝。船头龙夭矫,桥脚兽睢盱。乡味珍螃蚏一作彭越,时鲜贵鹧鸪。语言诸夏异,衣服一方殊。捣练蛾眉婢,鸣榔蛙角奴。江清敌伊洛,山翠胜荆巫。华表双栖鹤,联檣几点乌。烟波分渡口,云树接城隅。涧远松如画,洲平水似铺。绿科秧早稻,紫笋折新芦。暖蹋泥中藕,香寻石上蒲。雨来萌尽达,雷后蛰全苏。柳眼黄丝类,花房绛蜡珠。林风新竹折,野烧老桑枯。带弹长枝蕙,钱穿短贯榆。喧和生野菜,卑湿长街芜。女浣纱相伴,儿烹鲤一呼。山魈啼稚子,林狖挂山都。产业论蚕蚁,孳生计鸭雏。泉岩雪飘洒,苔壁锦漫糊。堰限舟航路,堤通车马途。耶溪岸回合,禹庙径盘纡。洞穴何因凿,星槎谁与刳。石凹仙药臼,峰峭佛香炉。去为投金简,来因挈玉壶。贵仍招客宿,健未要人扶。闻望贤丞相,仪形美丈夫。前驱驻旌旆,偏坐列笙竽。刺史筋翻隼,尚书履曳凫。学禅超后有,观妙造虚无。髻里传僧宝,环中得道枢。登楼诗八咏,置砚赋三都。捧拥罗将绮,趋跄紫与朱。庙谟藏稷契,兵略贮孙吴。令下三军整,风高四海趋。千家得慈母,六郡事严姑。重士过三哺,轻财抵一铢。送觥歌宛转,嘲妓笑卢胡。佐饮时炮鳖,蠲醒数鲙鲈。醉乡虽咫尺,乐事亦须臾。若不中贤圣,何由外智愚。伊予一生志,我尔百年躯。江上三千里,城中十二衢。出多无伴侣,归只对妻孥。白首青山约,抽身去得无。

酬郑侍御多雨春空过诗三十韵次用本韵
南雨来多滞,东风动即狂。月行离毕急,龙走召云忙。鬼转雷车响,蛇腾电策光。浸淫天似漏,沮洳地成疮。惨淡阴烟白,空濛宿雾黄。暗遮千里目,闷结九回肠。寂寞羁臣馆,深沉思妇房。镜昏鸾灭影,衣润麝消香。兰湿难纫珮,花凋易落妆。沾黄莺翅重,滋绿草心长。紫陌皆泥泞,黄污共森茫。恐霖成怪渗,望霁剧祯祥。楚柳腰肢軃,湘筠涕泪滂。昼昏疑是夜,阴盛胜于阳。居士巾皆垫,行人盖尽张。跳蛙还屡出,蚁蚁欲深藏。端坐交游废,闲行去步妨。愁生垂白叟,恼杀踏青娘。变海常须虑,为鱼慎勿忘。此时方共惧,何处可相将。此以下叙浙东政事。已望东溟祷,仍封北户禳。却思逢旱魃,谁喜见商羊。预怕为蚕病,先忧作麦伤。惠应施浃洽,政岂假揄扬。祀典修咸秩,农书振满床。丹诚期恳苦,白日会昭彰。赈廪赒饥户,苫城备坏墙。且当营岁事,宁暇惜年芳。德胜令灾弭,人安在吏良。尚书心若此,不枉系金章。

和春深二十首
何处春深好,春深富贵家。马为中路鸟,妓作后庭花。罗绮驱论队,金银用断一作短车。眼前何所苦,唯苦日西斜。

何处春深好,春深贫贱家。荒凉三径草,冷落四邻花。奴困归佣力,妻愁出赁车。途穷平路险,举足剧褒斜。

何处春深好,春深执政家。凤池添砚水,鸡树落衣花。诏借当衢宅,恩容上殿车。延英开对久,门与日西斜。

何处春深好,春深方镇家。通犀排带胯,

瑞鹘—作鹖勘袍花。飞絮冲球马,垂杨拂妓车。戎装拜春设,左握宝刀斜。

何处春深好,春深刺史家。阴繁棠布叶,岐秀麦分花。五匹鸣珂马,双轮画轼—作载车。和风引行乐,叶叶隼旟斜。

何处春深好,春深学士家。凤书裁五色,马鬣剪三花。蜡炬开明火,银台赐物车。相逢不敢揖,彼此帽低斜。

何处春深好,春深女学家。惯看温室树,饱识浴堂花。御印提随仗,香笺把下车。宋家宫样髻,一片绿云斜。

何处春深好,春深御史家。絮萦骢马尾,蝶绕绣衣花。破柱行持斧,埋轮立驻车。入班遥认得,鱼贯一行斜。

何处春深好,春深迁客家。一杯寒食酒,万里故园花。炎瘴蒸如火,光阴走似车。为忧鹏鸟至,只恐日光斜。

何处春深好,春深经业家。唯求太常第,不管曲江花。折桂名惭郄,收萤志慕车。官场泥补处,最怕寸阴斜。

何处春深好,春深隐士家。野衣裁薜叶,山饭晒松花。兰索纫幽珮,蒲轮驻软车。林间箕踞坐,白眼向人斜。

何处春深好,春深渔父家。松湾随棹月,桃浦落船花。投饵移轻楫,牵轮转小车。萧萧芦叶里,风起钓丝斜。

何处春深好,春深潮户家。涛翻三月雪,浪喷四时花。曳练驰千马,惊雷走万车。余波落何处,江转富阳斜。

何处春深好,春深痛饮家。十分杯里物,五色眼前花。铺歠眠糟瓮,流涎见曲车。杜甫诗云:路见曲车口流涎。中山一沉醉,千度日西斜。

何处春深好,春深上巳家。兰亭席上酒,曲洛岸边花。弄水游童棹,湔裾小妇车。齐桡争渡处,一匹锦标斜。

何处春深好,春深寒食家。玲珑镂鸡子,宛转彩球花。碧草追游骑,红尘拜扫车。秋千细腰女,摇曳逐风斜。

何处春深好,春深博弈家。一先争破眼,六聚斗成花。鼓应投壶马,兵冲象戏车。弹棋局上事,最妙是长斜。

何处春深好,春深嫁女家。紫排襦上雉,黄帖鬓边花。转烛初移障,鸣环欲上车。青衣传去声毡褥,锦绣一条斜。

何处春深好,春深娶妇家。两行笼里烛,一树扇间花。宾拜登华席,亲迎障幰车。催妆诗未了,星斗渐倾斜。

何处春深好,春深妓女家。眉欺杨柳叶,裙妒石榴花。兰麝熏行被,金铜钉坐车。杭州苏小小,人道最夭伊耶反斜。

咏家酝十韵

独醒从古笑灵均,长醉如今教伯伦。旧法依稀传自杜杜康,新方要妙得于陈。陈郎中岵传受此法。井泉王相资重九,曲蘖精灵用上寅。水用九月九日,麹用七月上寅。酿糯岂劳炊范黍,撇篘何假漉陶巾。常嫌竹叶犹凡浊,始觉榴花不正真。瓷揭开时香酷烈,瓶封贮后味甘辛。捧疑明水从空化,饮似阳和满腹春。色洞玉壶无表里,光摇金盏有精神。能销忙事成闲事,转得忧人作乐人。应是世间贤圣物,与君还往拟终身。

池鹤二首

高竹笼前无伴侣,乱鸡群里有风标。低头乍恐丹砂落,晒翅常疑白雪消。转觉鸧鹒毛色下,苦嫌鹦鹉语声娇。临风一唳思何事,怅望青田云水遥。

池中此鹤鹤中稀,恐是辽东老令威。带雪松枝翘膝胫,放花菱片缀毛衣。低回且向林一作笼间宿,奋迅终须天外飞。若问故巢知处在,主人相恋未能归。

对酒五首

　　巧拙贤愚相是非，何如一醉尽忘机。君知天地中宽窄，雕鹗鸾凰各自飞。

　　蜗牛角上争何事，石火光中寄此身。随富随贫且欢乐，不开口笑是痴人。

　　丹砂见火去无迹，白发泥人来不休。赖有酒仙相暖热，松乔醉即到前头。

　　百岁无多时壮健，一春能几日晴明。相逢且莫推辞醉，听唱阳关第四声。第四声：劝君更尽一杯酒，西出阳关无故人。

　　昨日低眉问疾来，今朝收泪吊人回。眼前流例君看取，且遣琵琶送一杯。

僧院花

　　欲悟色空为佛事，故栽芳树在僧家。细看便是华严偈，方便风开智慧花。

老戒

　　我有白头戒，闻于韩侍郎。老多忧活计，病更恋班行。矍铄夸身健，周遮说话长。不知吾免否，两鬓已成霜。

洛桥寒食日作十韵

　　上苑风烟好，中桥道路平。蹴球尘不起，泼火雨新晴。宿醉头仍重，晨游眼乍明。老慵虽省事，春诱尚多情。遇客踟蹰立，寻花取次行。连钱嚼金勒，凿落写银罂。府酝伤—作觞教送，官娃岂—作喜，一作气要迎。舞腰那及柳，歌舌不如莺。乡国真堪恋，光阴可合轻。三年遇寒食—作寒食节，尽在洛阳城。

快活

　　可惜莺啼花落处，一壶浊酒送残春。可怜月好风凉夜，一部清商伴老身。饱食安眠消日月，闲谈冷笑接交亲。谁知将相王侯外，别有优游快活人。

送令狐相公赴太原

　　六纛双旌万铁衣，并汾旧路满光辉。青衫书记何年去，红旆将军藩镇例驱红旆昨日归。诗作马蹄随笔走，猎酣鹰翅伴觥飞。此一作北都莫作多时计，再为苍生入紫微。

不出

　　檐前新叶覆残花，席上余杯对早茶。好是老身销日处，谁能骑马傍人家。

惜落花

　　夜来风雨急，无复旧花林。枝上三分落，园中二一作一寸深。日斜啼鸟思，春尽老人心。莫怪添杯饮，情多酒不禁。

老病

　　昼听笙歌夜醉眠，若非月下即花前。如今老病须知分，不负春来二十年。

忆晦叔

　　游山弄水携诗卷，看月寻花把酒杯。六事尽思君作伴，几时归到洛阳来。

送徐州高仆射赴镇

　　大红旆引碧幢一作油幢，新拜将军指点行。战将易求何足贵，书生难得始堪荣。离筵歌舞花丛散，候骑刀枪雪队迎。应笑蹉跎白头尹，风尘唯管洛阳城。

琴酒

　　耳根得听琴初畅，心地忘机酒半酣。若使启期兼解醉，应言四乐不言三。

听幽兰

　　琴中古曲是幽兰，为我殷勤更弄看。欲得身心俱静好，自弹不及听人弹。

六年秋重题白莲

　　素房含露玉冠鲜，绀叶摇风钿扇圆。本是吴州供进藕，今为伊水寄生莲。移根到此三千里，结子经今六七年。不独池中花故旧，兼乘旧日采花船。

元相公挽歌词三首

　　铭旌官重威仪盛，骑吹声繁卤簿长。后魏

帝孙唐宰相,六年七月葬咸阳。

墓门已闭筘萧去—作远,唯有夫人哭不休。苍苍露草咸阳坂,此是千秋第一秋。

送葬万人皆惨淡,反虞驷马亦悲鸣。琴书剑珮谁收拾,三岁遗孤新学行。

卧听法曲霓裳

金磬玉笙调—作和已久,牙床角枕睡常迟。朦胧闲梦初成后,宛转柔声入破时。乐可理心应不谬,酒能陶性信—作定无疑。起尝残酌听余曲,斜背银缸半下帷。

结之

欢爱今何在,悲啼亦是空。同为一夜梦,共过十年中。

五凤楼晚望 六年八月十日作

晴阳晚照湿烟销,五凤楼高天泬寥。野绿全经朝雨洗,林红半被暮云烧。龙门翠黛眉相对,伊水黄金线一条。自入秋来风景好,就中最好是今朝。

寄刘苏州

去年八月哭微之,今年八月哭敦诗。何堪老泪交流日,多是秋风摇落时。泣罢几回深自念,情来一倍苦相思。同年同病同心事,除却苏州更是—作有谁。

送客

病上篮舆相送来,衰容秋思两悠哉。凉风袅袅吹槐子,却请行人劝一杯。

秋思

夕照红于烧,晴空碧胜蓝。兽形云不一,弓势月初三。雁思来天北,砧愁满水南。萧条秋气味,未老已深谙。

酬梦得秋夕不寐见寄 次用本韵

碧簟绛纱帐,夜凉风景清。病闻和药气,渴听碾茶声。露竹偷灯影,烟松护月明。何言千里隔,秋思一时生。

题周家歌者

清紧如敲玉,深圆似转簧。一声肠一断,能有几多肠。

忆梦得 梦得能唱竹枝,听者愁绝。

齿发各蹉跎,疏慵与病和。爱花心在否,见酒兴如何。年长风情少,官高谷虑多。风时红烛下,闻唱竹枝歌。

赠同座

春黛双蛾嫩—作敛,秋蓬两鬓侵。谋欢身太晚,恨老意弥深。薄解灯前舞,尤能酒后吟。花丛便不入,犹自未甘心。

失婢 今集本脱此首

宅院小墙库,坊门贴牓迟。旧恩惭自薄,前事悔难追。笼鸟无常主,风花不恋枝。今宵在何处,唯有月明知。

夜招晦叔

庭草留霜池结冰,黄昏钟绝冻云凝。碧毡帐上正飘雪,红火炉前初炷灯。高调秦筝一两弄,小花蛮榼二三升。为君更奏湘神曲,夜就依来—作家能不能。

戏答皇甫监 时皇甫监初丧偶

寒宵劝酒君须饮,君是孤眠七十身。莫道非人身不暖,十分一盏暖于人。

和杨师皋伤小姬英英

自从娇骏一相依,共见杨花七度飞。玳瑁床空收枕席,琵琶弦断倚屏帏。人间有梦何曾入,泉下无家岂是归。坟上少啼留取泪,明年寒食更沾衣。

池边即事

毡帐胡琴出塞曲,兰塘越棹弄潮声。何言此处同风月,苏北江南万里情。

闻乐感邻

老去亲朋零落尽,秋来弦管感伤多。尚书

宅畔悲邻笛,延尉门前叹雀罗。东邻王大理去冬云亡,南邻崔尚书今秋薨逝。绿绮窗空分妓女,绛纱帐掩罢笙歌。欢娱未足身先去,争奈书生薄命何。

全唐诗卷四百五十

白居易

戊申岁暮咏怀三首

穷冬月末两三日，半百年过六七时。龙尾趁朝无气力，牛头参道有心期。荣华外物终须悟，老病傍人岂得知。犹被妻儿教渐退，莫求致仕且分司。

唯生一女才十二，只欠三年未六旬。婚嫁累轻何怕老，饥寒心惯不忧贫。紫泥丹笔皆经手，赤绂金章尽到身。更拟踟蹰觅何事，不归嵩洛作闲人。

七年囚闭作笼禽，但愿开笼便入林。幸得展张今日翅，不能辜负昔时心。人间祸福愚难料，世上风波老不禁。万一差池似前事，又应追悔不抽簪。

赠梦得

心中万事不思量，坐倚屏风卧向阳。渐觉咏诗犹老丑，岂宜凭酒更粗狂。头垂白发我思退，脚蹋青云君欲忙。只有今春相伴在，花前剩醉两三场。

想东游五十韵并序

太和三年春，予病免官后，忆游浙右数郡，兼思到越一访微之。故两浙之间、一物以上，想皆在目，吟且成篇，不能自休，盈五百字，亦犹孙兴公想天台山而赋之也。

海内时无事，江南岁有秋。生民皆乐业，地主尽贤侯。郊静销戎马，城高逼斗牛。平河七百里，沃壤二三州。自常及杭，凡三百里。坐有湖山趣，行无风浪忧。食宁妨解缆，寝不废乘流。泉石谙天竺，烟霞识虎丘。天竺、虎丘寺，皆领郡时旧游最熟处。余芳认兰泽，遗咏思蘋洲。古诗云："兰泽多芳草。"又柳恽诗云："汀洲采白蘋。"菡萏红涂粉，菰蒲绿泼油。鳞差渔户舍，绮错稻田沟。

2314

紫洞藏仙窟,玄泉贮怪湫。精神昂老鹤,姿彩媚潜虬。大谢诗云:"潜虬媚幽姿。"静阅天工妙,闲窥物状幽。投竿出比目,掷果下猕猴。味苦莲心小,浆甜蔗节稠。橘苞从自结,藕孔是谁锼。逐日移潮信,随风变棹讴。递夫交烈火,候吏次鸣驺。梵塔形疑踊重玄阁,闾门势欲浮吴阊门。客迎携酒榼,僧待置茶瓯。小宴闲谈笑,初筵雅献酬。稍催朱蜡炬,徐动碧牙筹。圆盏飞莲子,长裾曳石榴。柘枝随画鼓,调笑从香球。幕飐云飘槛,帘褰月露钩。舞繁红袖凝去声,歌切翠眉愁。弦管宁容歇,杯盘未许收。良辰宜酩酊,卒岁好优游。鲙缕鲜仍细,莼丝滑且柔。饱飧为日计,稳睡是身谋。名愧空虚得,官知止足休。自嫌犹屑屑,众笑太悠悠。物表疏形役,人寰足悔尤。蛾须远灯烛,兔勿近置罘。幻世春来梦,浮生水上沤。百忧中莫入,一醉外何求。未死痴王湛,无儿老郑攸。蜀琴安膝上,周易在床头。去去无程客,行行不系舟。劳君频问讯,劝我少淹留。自此后,并属微之。云雨多分散,关山苦阻修。一吟江月别,七见日星周。昔在杭州别微之,微之留诗云:"明朝又向江头别,月落潮平是去时。"珠玉传新什,鹓鸾念故俦。悬旌心宛转,束楚意绸缪。驿舫妆青雀,官槽饫紫骝。镜湖期远泛,禹穴约冥搜。预扫题诗壁,先开望海楼。饮思亲履舄,宿忆并衾裯。志气吾衰也,风情子在不。应须相见后,别作一家游。"吾衰"、"子在",并出《家语》。

病免后喜除宾客

卧在漳滨满十旬,起为商皓伴三人。从今且莫嫌身病,不病何由索得身。

长乐亭留别

灞浐风烟函谷路,曾经几度别长安。昔时蹙促为迁客,今日从容自去官。优诏幸分四皓秩,祖筵惭继二疏叹。尘缨世网重重缚,回顾方知出得难。

陕府王大夫相迎偶赠

紫微阁老自多情,白首园公岂要迎。伴我绿槐阴下歇,向君红旆影前行。纶巾发少浑欹仄,篮舆肩齐甚稳平。但问主人留几日,分司宾客去无程。

别陕州王司马

笙歌惆怅欲为别,风景阑珊初过春。争得遣君诗不苦,黄河岸上白头人。

将至东都先寄令狐留守

黄鸟无声叶满枝,闲吟想到洛城时。惜逢金谷三春尽,恨拜铜楼一月迟。诗境忽来还自得,醉乡潜去与谁期。东都添个狂宾客,先报壶觞风月知。

答崔十八见寄

明朝欲见琴尊伴,洗拭金杯拂玉徽。君乞曹州刺史替,我抛刑部侍郎归。倚疮老马收蹄立,避箭高鸿尽翅飞。岂料洛阳风月夜,故人垂老得相依。

赠皇甫宾客

轻衣稳马槐阴路,渐近东来渐少尘。耳闹久憎闻俗事,眼明初喜见闲人。昔曾对作承华相,今复连为博望宾。始信淡交宜久远,与君转老转相亲。

归履道宅

驿吏引藤舆,家童开竹扉。往时多暂住,今日是长归。眼下有衣食,耳边无是非。不论贫与富,饮水亦应肥。

问江南物

归来未及问生涯,先问江南物在耶。引手摩挲青石笋,回头点检白莲花。苏州舫故龙头暗,王尹桥倾雁齿斜。别有夜深惆怅事,月明双鹤在裴家。

萧庶子相过

半日停车马,何人在白家。殷勤萧庶子,爱酒不嫌茶。

答尉迟少尹问所须

乍到频劳问所须,所须非玉亦非珠。爱君水阁宜闲咏,每有诗成许去无。

咏闲

但有闲销日,都无事系杯。朝眠因客起,午饭伴僧斋。树合阴交户,池分水夹阶。就中今夜好,风月似江淮。

同崔十八寄元浙东王陕州

未能同隐云林下,且复相招禄仕间。随月有钱胜卖药,终年无事抵归山。镜湖水远何由泛,棠树枝高不易攀。惆怅八科残四在,两人荣闹两人闲。

答苏庶子月夜闻家僮奏乐见赠

墙西明月水东亭,一曲霓裳按小伶。不敢邀君无别意,弦生管涩未堪听。

偶吟

里巷多通水,林园尽不扃。松身为外户,池面是中庭。元氏诗三帙,陈家酒一瓶。醉来狂发咏,邻女映篱听。

白莲池泛舟

白藕新花照水开,红窗小舫信风回。谁教一片江南兴,逐我殷勤万里来。

池上即事

行寻甃石引新泉,坐看修桥补钓船。绿竹挂衣凉处歇,清风展簟困时眠。身闲当贵真天爵,官散无忧即地仙。林下水边无厌日,便堪终老岂论年。

酬裴相公见寄二绝

习静心方泰,劳生事渐稀。可怜安稳地,舍此欲何归。

一双垂翅鹤,数首解嘲文。总是迂闲物,争堪伴相君。

答梦得闻蝉见寄 一作新蝉酬刘梦得见寄

开缄思浩然,独咏晚风前。人貌非前日,蝉声似去年。槐花新雨后,柳影欲秋天。听罢无他计,相思又一篇。

令狐尚书许过弊居先赠长句

不矜轩冕爱林泉,许到池头一醉眠。已遣平治行药径,兼教扫拂钓鱼船。应将笔砚随诗主,定有笙歌伴酒仙。只候高情无别物,苍苔石笋白花莲。

自题

老宜官冷静,贫赖俸优饶。热月无堆案,寒天不趁朝。傍看应寂寞,自觉甚逍遥。徒对盈尊酒,兼无愁可销。

答崔十八

劳将白叟比黄公,今古由来事不同。我有商山君未见,清泉白石在胸中。

偶咏

御热蕉衣健,扶羸竹杖轻。诵经凭槛立,散药绕廊行。暝槿无风落,秋虫欲雨鸣。身闲当将息,病亦有心情。

答苏六

但喜暑随三伏去,不知秋送二毛来。更无别计相宽慰,故遣阳关劝一杯。

秋游

下马闲行伊水头,凉风清景胜春游。何事古今诗句里,不多说著洛阳秋。

偶作

张翰一杯酒,荣期三乐歌。聪明伤混沌,烦恼污头陀。簟冷秋生早,阶闲日上多。近来门更静,无雀可张罗。

游平原赠晦叔

照水容虽老,登山力未衰。欲眠先命酒,暂歇亦吟诗。且喜身无缚,终惭鬓有丝。回头语闲伴,闲校十年迟。

不出门

不出门来又数句,将何销日与谁亲。鹤笼开处见君子,书卷展时逢古人。自静其心延寿命,无求于物长精神。能行便是真修道,何必降魔调伏身。

叹一作劝鹤病

右翅低垂左胫伤,可怜风貌甚昂藏。亦知白日青天好,未要高飞且养疮。

临都驿送崔十八

勿言临都五六里,扶病出城相送来。莫道长安一步地,马头西去几时回。与君后会知何处,为我今朝尽一杯。

对镜

三分鬓发二分丝,晓镜秋容相对时。去作忙官应太老,退为闲叟未全迟。静中得味何须道,稳处安身更莫疑。若使至今黄绮在,闻吾此语亦分司。

劝酒十四首并序

予分秩东都,居多暇日。闲来辄饮,醉后辄吟。若一作苦无词章,不成谣咏。每发一意,则成一篇。凡十四篇,皆主于酒,聊以自劝,故以《何处难忘酒》、《不如来饮酒》命篇。

何处难忘酒七首

何处难忘酒,长安喜气新。初登高第后,乍作好官人。省壁明张榜,朝衣稳称身。此时无一盏,争奈帝城春。

何处难忘酒,天涯话旧情。青云俱不达,白发递相惊。二十年前别,三千里外行。此时无一盏,何以叙平生。

何处难忘酒,朱门羡少年。春分花发后,寒食月明前。小院回罗绮,深房理管弦。此时无一盏,争过艳阳天。

何处难忘酒,霜庭老病翁。暗声啼蟋蟀,乾叶落梧桐。鬓为愁先白,颜因醉暂红。此时无一盏,何计奈秋风。

何处难忘酒,军功第一高。还乡随露布,半路授旌旄。玉柱剥葱手,金章烂椹袍。此时无一盏,何以骋雄豪。

何处难忘酒,青门送别多。敛襟收涕泪,簇马听笙歌。烟树灞陵岸,风尘长乐坡。此时无一盏,争奈去留何。

何处难忘酒,逐臣归故园。赦书逢驿骑,贺客出都门。半面瘴烟色,满衫乡泪痕。此时无一盏,何物可招魂。

不如来饮酒七首

莫隐深山去,君应到自嫌。齿伤朝水冷,貌苦夜霜严。渔去风生浦,樵归雪满岩。不如来饮酒,相对醉厌厌。

莫作农夫去,君应见自愁。迎春犁瘦地,趁晚喂羸牛。数被官加税,稀逢岁有秋。不如来饮酒,相伴醉悠悠。

莫作商人去,恓惶君未谙。雪霜行塞北,风水宿江南。藏镪百千万,沉舟十二三。不如来饮酒,仰面醉酣酣。

莫事长征去,辛勤难具论。何曾画麟阁,只是老辕门。虮虱衣中物,刀枪面上痕。不如来饮酒,合眼醉昏昏。

莫学长生去,仙方误杀君。那将蓱上露,拟待鹤边云。矻矻皆烧药,累累尽作坟。不如来饮酒,闲坐醉醺醺。

莫上青云去,青云足爱憎。自贤夸智慧,相纠斗功能。鱼烂缘吞饵,蛾燋为扑灯。不如来饮酒,任性醉腾腾。

莫入红尘去,令人心力劳。相争两蜗角,所得一牛毛。且灭嗔中火,休磨笑里刀。不如来饮酒,稳卧醉陶陶。

和令狐相公寄刘郎中兼见示长句

日月天衢仰面看,尚淹池凤滞台鸾。碧幢

千里空移镇,赤笔三年未转官。别后纵吟终少兴,病来虽饮不多欢。酒军诗敌如相遇,临老犹能一据鞍。

即事

见月连宵坐,闻风尽日眠。室香罗药气,笼暖焙茶烟。鹤啄新晴地,鸡栖薄暮天。自看淘酒米,倚仗小池前。

期宿客不至

风飘雨洒帘帷故,竹映松遮灯火深。宿客不来嫌冷落,一尊酒对一张琴。

问移竹

问君移竹意如何,慎勿排行但间—作见窠。多种少栽皆有意,大都少校不如多。

重阳席上赋白菊

满园花菊郁金黄,中有孤丛色似霜。还似今朝歌酒席,白头翁入少年场。

偶吟二首

眼下有衣兼有食,心中无喜亦无忧。正如身后有何事,应向人间无所求。静念道经深闭目,闲迎禅客小低头。犹残少许云泉兴,一岁龙门数度游。

晴教晒药泥茶灶,闲看科松洗竹林。活计纵贫长净洁,池亭虽小颇幽深。厨香炊黍调和酒,窗暖安弦拂拭琴。老去生涯只如此,更无余事可劳心。

何处春先到

何处春先到,桥东水北亭。冻花开未得,冷酒酌—作著难醒。就日移轻榻,遮风展小屏。不劳人劝醉,莺语渐丁宁。

勉闲游

天时人事常多故,一岁春能几处游。不是尘埃便风雨,若非疾病即悲忧—作愁。贫穷心苦多无兴,富贵身忙不自由。唯有分司官恰好,闲游虽老未能休。

寄两银榼与裴侍郎,因题两绝句

贫无好物堪为信,双榼虽轻意不轻。愿奉谢公池上酌,丹心绿酒一时倾。

惯和曲糵堪盛否,重用盐梅试洗看。小器不知容几许,襄阳米贱酒升宽。<small>银匠洗银,多以盐花梅浆也。</small>

小桥柳

细水涓涓似泪流,日西惆怅小桥头。衰杨叶尽空枝在,犹被霜风吹不休。

哭微之二首

八月凉风吹白幕,寝门廊下哭微之。妻孥朋友来相吊,唯道皇天无所知。

文章卓荦生无敌,风骨英灵殁有神。哭送咸阳北原上,可能随例作灰尘。

马上晚吟

人少街荒已寂寥,风多尘起重萧条。上阳落叶飘宫树,中渡流澌拥渭桥。出早冒寒衣校薄,归迟侵黑酒全消。如今不是闲行日,日短天阴坊曲遥。

醉中重留梦得

刘郎刘郎莫先起,苏台苏台隔云水。酒盏来从一百分,马头去便三千里。

雪夜喜李郎中见访,兼酬所赠

可怜今夜鹅毛雪,引得高情鹤氅人。红蜡烛前明似昼,青毡帐里暖如春。十分满盏黄金液,一尺中庭白玉尘。对此欲留君便宿,诗情酒分合相亲。

任老

不愁陌上春光尽,亦任庭前日影斜。面黑眼昏头雪白,老应无可更增加。

劝欢

火急欢娱慎—作切勿迟,眼看老病悔难追。尊前花下歌筵里,会有求来不得时。

答王尚书问履道池旧桥

　　虹梁雁齿随年换,素板朱栏逐日修。但恨尚书能久别,莫忘州一作川守不频游。重移旧柱开中眼,乱种新花拥两头。李郭小船何足问,待君乘过济川舟。

晚归府

　　晚从履道来归府,街路虽长尹不嫌。马上凉于床上坐,绿槐风透紫蕉衫。

从龙潭寺至少林寺,题赠同游者

　　山屐田衣六七贤,搴芳蹋翠弄潺湲。九龙潭月落杯酒,三品松风飘管弦。强健且宜游胜地,清凉不觉过炎天。始知驾鹤乘云外,别有逍遥地上仙。

夜从法王寺下归岳寺

　　双刹夹虚空,缘云一径通。似从忉利下,如过剑门中。灯火光初合,笙歌曲未终。可怜狮子座,异出净名翁。

宿龙潭寺

　　夜上九潭谁是伴,云随飞盖月随杯。明年尚作三川守,此地兼将歌舞来。

嵩阳观夜奏霓裳

　　开元遗曲自凄凉,况近秋天调是商。爱者谁人唯白尹,奏时何处在嵩阳。回临山月声弥怨,散入松风韵更长。子晋少姨闻定怪,人间亦便有霓裳。

过元家履信宅

　　鸡犬丧家分散后,林园失主寂寥时。落花不语空辞树,流水无情自入池。风荡宴船初破漏,雨淋歌阁欲倾敧。前庭后院伤心事,唯是春风秋月知。

和杜录事题红叶

　　寒山十月旦,霜叶一时新。似烧非因火,如花不待春。连行排绛帐,乱落剪红巾。解驻篮舆看,风前唯两人。

题崔常侍济上别墅时常侍以长告罢归,今故先报泉石

　　求荣争宠任纷纷,脱叶金貂只有君。散员疏去未为贵,小邑陶休何足云。山色好当晴后见,泉声宜向醉中闻。主人忆尔尔知否,抛却青云归白云。

过温尚书旧庄

　　白石清泉抛济口,碧幢红旆照河阳。村人都不知时事,犹自呼为处士庄。

天坛峰下赠杜录事

　　年颜气力渐衰残,王屋中峰欲上难。顶上将探小有洞小有洞在天坛顶上,喉中须咽大还丹。时杜方炼伏火砂次。河车九转宜精炼,火候三年在好看。他日药成分一粒,与君先去扫天坛。

赠僧五首

钵塔院如大师师年八十三,登坛秉律,凡六十年,每岁于师处授八关戒者九度

　　百千万劫菩提种,八十三年功德林。若不秉持僧行苦,将何报答佛恩深。慈悲不瞬诸天眼,清净无尘几地心。每岁八关蒙九授,殷勤一戒重千金。

神照上人照以说坛为佛事

　　心如定水随形应,口似悬河逐病治。曾向众中先礼拜,西方去日莫相遗。

自远禅师远以无事为佛事

　　自出家来长自在,缘身一衲一绳床。令人见即心无事,每一相逢是道场。

宗实上人实即樊司空之子,舍官位妻子出家

　　荣华恩爱弃成唾,戒定真如和作香。今古虽殊同一法,瞿昙抛却转轮王。

清闲上人自蜀入洛,于长寿寺说法度人

　　梓潼眷属何年别,长寿坛场近日开。应是蜀人皆度了,法轮移向洛中来。

弹秋思

　　信意闲弹秋思时,调清声直韵疏迟。近来

渐喜无人听,琴格高低心自知。

自咏

随宜饮食聊充腹,取次衣裘亦暖身。未必得年非瘦薄,无妨长福是单贫。老龟岂羡牺牲饱,蟠木宁争桃李春。随分自安心自断,是非何用问闲人。

分司初到洛中,偶题六韵,兼戏呈冯尹

相府念多病,春宫容不才。官衔依—作随口得,俸料—作录逐身来。白首林园在,红尘车马回。招呼新客侣—作旅,扫掠旧池台。小舫宜携乐,新荷好益杯。不知金谷主,早晚贺筵开。

春风

春风先发苑中梅,樱杏桃梨次第开。荠花榆荚深村里,亦道春风为我来。

全唐诗卷四百五十一

白居易

洛阳春

洛阳陌上春长在,惜一作昔别今来二十年。唯觅少年心不得,其余万事尽依然。

恨去年

老去唯一作犹耽酒,春来不著家。去年来校晚,不见洛阳花。

早出晚归

早起或因携酒出,晚归多是看花回。若抛风景长闲坐,自问东京作底来。

魏王堤

花寒懒发鸟慵啼,信马闲行到日西。何处未春先有思,柳条无力魏王堤。

尝黄醅新酎忆微之

世间好物黄醅酒,天下闲人白侍郎。爱向卯时谋洽乐,亦曾酉日放粗狂。醉来枕曲贫如富诗云一醉日富,身后堆金有若亡。元九计程殊未到,瓮头一盏共谁尝。

劝行乐

少年信美何曾久,春日一作到虽迟不再中一作逢。欢笑胜愁歌胜哭,请君莫道等头空。

老慵

岂是交亲向我疏,老慵自爱闭门居。近来渐喜知闻断,免恼嵇康索报书。

酬别微之临都驿醉后作

沣头峡口钱唐岸,三别都经二十年。且喜筋骸俱健在,勿嫌须鬓各皤然。君归北阙朝天帝,我住东京作地仙。博望自来非弃置,承明重入莫拘牵。醉收杯杓停灯语,寒展衾裯对枕眠。犹被分司官系绊,送君不得过甘泉。

予与微之,老而无子,发于言叹,著在诗篇。今年冬各有一子,戏作二什,一以相贺,一以自嘲

常忧到老都无子,何况新生又是儿。阴德自然宜有庆,于公阴德,其后蕃昌。皇天可得道无知。皇天无知,伯道无儿。一园水竹今为主,微之履信新居,多水竹也。百卷文章更付谁。微之文集凡一百卷。莫虑鹓雏无浴处,即应重入凤皇池。

五十八翁方有后,静思堪喜亦堪嗟。一珠甚小一作少还惭蚌,八一作九子虽多不羡鸦。秋月晚生丹桂实,春风新长紫兰芽。持杯祝愿无他语,慎勿顽愚似汝爷。

自问

年来私自问,何故不归京。佩玉腰无力,看花眼不明。老慵难发遣,春病易滋生。赖有弹琴女,时时听一声。

晚桃花

一树红桃亚拂池,竹遮松荫晚开时。非因斜日无由见,不是闲人岂得知。寒地生材遗校易,贫家养女嫁常迟。春深一作风欲落谁怜惜,白侍郎来折一枝。

夜调琴忆崔少卿

今夜调琴忽有情,欲弹惆怅忆崔卿。何人解爱中徽上,秋思头边八九声。

阿崔

谢病卧东都,羸然一老夫。孤单同伯道,迟暮过商瞿。岂料鬓成雪,方看掌弄珠。已衰宁望有,虽晚亦胜无。兰入前春梦,桑悬昨日弧。里闾多庆贺,亲戚共欢娱。腻剃新胎发,香绷小绣襦。玉芽开手爪,酥颗点肌肤。弓冶将传汝,琴书勿坠吾。未能知寿夭,何暇虑贤愚。乳气初离壳,啼声渐变雏。何时能反哺,供养白头乌。

赠邻里往还

问予何故独安然,免被饥寒婚嫁牵。骨肉都卢无十口,粮储依约有三年。但能斗薮人间事,便是逍遥地上仙。唯恐往还相厌贱,南家饮酒北家眠。

王子晋庙

子晋庙前山月明,人闻一作间往往夜吹笙。鸾吟凤唱听无拍,多似霓裳散序声。

晚起

起晚怜春暖,归迟爱月明。放慵长饱睡,闻健且闲行。北阙停朝簿,西方入社名。唯吟一句偈,无念是无生。

酬皇甫宾客

玄晏家风黄绮身,深居高卧养精神。性慵无病常称病,心足虽贫不道贫。竹院君闲销永日,花亭我醉送残春。自嫌诗酒犹多兴,若比先生是俗人。

池上赠韦山人

新竹夹平流,新荷拂小舟。众皆嫌好拙,谁肯伴闲游。客为忙多去,僧因饭暂留。独怜韦处士,尽日共悠悠。

无梦

老眼花前暗,春衣雨后寒。旧诗多忘却,新酒且尝看。拙定于身稳,慵应趁伴难。渐销名利想,无梦到长安。

对小潭寄远上人

小潭澄见底,闲客坐开襟。借问不流水,何如无念心。彼惟清且浅,此乃寂而深。是义谁能答,明朝问道林。

闲吟二首

留司老宾客,春尽兴如何。官寺行香少,僧房寄宿多。闲倾一盏酒,醉听两声歌。忆得陶潜语,羲皇无以过。

闲游来早晚,已得一周年。嵩洛供云水,朝廷乞俸钱。长歌时独酌,饱食后安眠。闻道山榴发,明朝向玉泉。

独游玉泉寺 三月三十日

云树玉泉寺,肩舁半日程。更无人作伴,只共酒同行。新叶千万影,残莺三两声。闲游竟未足,春尽有余情。

晚出寻人不遇

篮舆不乘乘晚凉,相寻不遇亦无妨。轻衣稳马槐阴下,自要闲行一两坊。

苦热

头痛汗盈巾,连宵复达晨。不堪逢苦热,犹赖是闲人。朝客应烦倦,农夫更苦辛。始惭当此日,得作自由身。

销暑

何以销烦暑,端居一院中。眼前无长物,窗下有清风。热散由心静,凉生为室空。此时身自得,难更与人同。

行香归

出作行香客,归如坐夏僧。床前双草履,檐下一纱灯。珮委腰无力,冠欹发不胜。鸾台龙尾道,合尽上声少年登。

同王十七庶子、李六员外、郑二侍御同年,四人游龙门,有感而作

一曲悲歌酒一尊,同年零落几人存。世如阅水应堪叹,名是浮云岂足论。各从仕禄休明代,共感平生知己恩。今日与君重上处,龙门不是旧龙门。

池上小宴问程秀才

洛下林园好自知,江南景一作境物暗相随。净淘红粒署香饭,薄切紫鳞烹水葵。雨滴篷声青雀舫,浪摇花影白莲池。停杯一问苏州客,何似吴松江上时。

桥亭卯饮

卯时偶饮斋时卧,林下高桥桥上亭。松影过窗眠始觉,竹风吹雨醉初醒。就荷叶上包鱼鲊,当石渠中浸酒缸。生计悠悠身兀兀,甘从妻唤作刘伶一作灵。

舟中夜坐

潭边霁后多清景,桥下凉来足好风。秋鹤一双船一只,夜深相伴月明中。

戏和微之答窦七行军之作 依本韵

旌钺从囊鞬,宾僚礼数全。夔龙来要地,鹓鹭下辽天。赭汗骑骄马,青娥舞醉仙。合成江上作,散到洛中传。陋巷能无酒,贫池亦有船。春装秋未寄,谩道有闲钱。

闲忙

奔走朝行内,栖迟林墅间。多因病后退,少及健时还。斑白霜侵鬓,苍黄日下山。闲忙俱过日,忙校不如闲。

西风

西风来几日,一叶已先飞。新霁乘轻屐,初凉换熟衣。浅渠销一作铺慢水,疏竹漏斜晖。薄暮青苔巷,家僮引鹤归。

题西亭

多见朱门富贵人,林园未毕即无身。我今幸作西亭主,已见池塘五度春。

观游鱼

绕池闲步看鱼游,正值儿童弄钓舟。一种爱鱼心各异,我来施食尔垂钩。

看采莲

小桃闲上小莲船,半采红莲半白莲。不似江南恶风浪,芙蓉池在卧床前。

看采菱

菱池如镜净无波,白点花稀青角多。时唱一声新水调,谩人道是采菱歌。

天老

早世身如风里烛,暮年发似镜中丝。谁人断得人间事,少夭堪伤老又悲。

秋池

洗浪清风透水霜,水边闲坐一绳床。眼尘心垢见皆尽,不是秋池是道场。

登天宫阁

午时乘兴出,薄暮未能还。高上烟中阁,平看雪后山。委形群动里,任性一生间。洛下多闲客,其中我最闲。

新雪二首 寄杨舍人

不思北省烟霄地,不忆南宫风月天。唯忆静恭杨阁老,小园新雪暖炉前。

不思朱雀街东鼓,不忆青龙寺后钟。唯忆夜深新雪后,新昌台上七株松。

日高卧

怕寒放懒日高卧,临老谁言牵率身。夹幕绕房深似洞,重裀衬枕暖于春。小青衣动桃根起,嫩绿醅浮竹叶新。未裹头前倾一盏,何如冲雪趁朝人。

和微之任校书郎日过三乡

三乡过日君年几,今日君年五十余。不独年催身亦变,校书郎变作尚书。

和微之十七与君别及陇月花枝之咏

别时十七今头白,恼乱君心三十年。垂老休吟花月句,恐君更结后身缘。

和微之叹槿花

朝荣殊可惜,暮落实堪嗟。若向花中比,犹应胜眼花。

思往喜今

忆除司马向江州,及此凡经十五秋。虽在簪裾从俗累,半寻山水是闲游。谪居终带乡关思,领郡犹分邦国忧。争似如今作宾客,都无一念到心头。

题平泉薛家雪堆庄

怪石千年应自结,灵泉一带是谁开。蹙为宛转青蛇项,喷作玲珑白雪堆。赤日旱天长看雨,玄阴腊月亦闻雷。所嗟地去都门远,不得肩舁每日来。

和微之道保生三日

相看鬓似丝,始作弄璋诗。且有承家望,谁论得力时。莫兴三日叹,犹胜七年迟。予老微之七岁。我未能忘喜,君应不合悲。嘉名称道保,乞姓号崔儿。但恐持相并,蒹葭琼树枝。

哭皇甫七郎中湜

志业过玄晏,词华似祢衡。多才非福禄,薄命是聪明。不得人间寿,还留身后名。涉江文一首,便可敌公卿。持正奇文甚多,涉江一章尤著。

晚起

烂熳朝眠后,频伸晚起时。暖炉生火早,寒镜裹头迟。融雪煎香茗,调酥煮乳糜。慵馋还自哂,快活亦谁知。酒性温无毒,琴声淡不悲。荣公三乐外,仍弄小男儿。

疑梦二首

莫惊宠辱虚忧喜,莫计恩仇浪苦辛。黄帝孔丘无处问,安知不是梦中身。

鹿疑郑相终难辨,蝶化庄生讵可知。假使如今不是梦,能长于梦几多时。

夜宴惜别

笙歌旖旎曲终头,转作离声满坐愁。筝怨朱弦从此断,烛啼红泪为谁流。夜长似岁欢宜尽,醉未如泥饮莫休。何况鸡鸣即须别,门前风雨冷修修。

归来二周岁

归来二周岁,二岁似须臾。池藕重生叶,林鸦再引雏。时丰实仓廪,春暖葺庖厨。更作三年计,三年身健无。

吾土

身心安处为吾土,岂限长安与洛阳。水竹花前谋活计,琴诗酒里到家乡。荣先生老何妨乐,楚接舆歌未必狂。不用将金买庄宅,城东无主是春光。

题岐王旧山池石壁

树深藤老竹回环,石壁重重锦翠斑。俗客看来犹解爱,忙人到此亦须闲。况当霁景凉风后,如在千岩万壑间。黄绮更归何处去,洛阳城内有商山。

病眼花

头风目眩乘衰老,只有增加岂有瘳。传云:有加而无瘳。花发眼中犹足怪,柳生肘上亦须休。大窠罗绮看才辨,小字文书见便愁。必若不能分黑白,却应无悔复无尤。

早饮醉中除河南尹敕到

雪拥衡门水满池,温炉卯后暖寒时。绿醅新酎尝初醉,黄纸除书到不知。厚俸自来诚忝滥,老身欲起尚迟疑。应须了却丘中计,女嫁男婚三径资。

除夜

病眼少眠非守岁,老心多感又临春。火销灯尽天明后,便是平头六十人。

府西池

柳无气力枝先动,池有波纹冰尽开。今日不知谁计会,春风春水一时来。

天津桥

津桥东北斗亭西,到此令人诗思迷。眉月晚生神女浦,脸波春傍窈娘堤。柳丝袅袅风缲出,草缕茸茸雨剪齐。报道前驱少呼喝,恐惊黄鸟不成啼。

不准拟二首

篮舆腾腾一老夫,袍裘乌帽白髭须。早衰饶病多蔬食,筋力消磨合有无。不准拟身年六十,上山仍未要人扶。

忆昔谪居炎瘴地,巴猿引哭虎随行。多于贾谊长沙苦,予自左迁江峡,凡经七年。小校潘安白发生。不准拟身年六十,游春犹自有心情。

府中夜赏

樱桃厅院春偏好,石井栏堂夜更幽。白粉墙头花半出,绯纱烛下水平流。闲留宾客尝新酒,醉领笙歌上小舟。舞袖飘飖棹容与,忽疑身是梦中游。

府西池北新葺水斋,即事招宾,偶题十六韵

缭绕府西面,潺湲池北头。凿开明月峡,决破白蘋洲。清浅漪澜急,夤缘浦屿幽。直冲行径断,平入卧斋流。石叠青棱玉,波翻白片鸥。喷时千点雨,澄处一泓油。绝境应难别悲列反,同心岂易求。少逢人爱玩,多是我淹留。夹岸铺长簟,当轩泊小舟。枕前看鹤浴,床下见鱼游。洞户斜开扇,疏帘半上钩。紫浮萍泛泛,碧亚竹修修。读罢书仍展,棋终局未收。午茶能散睡,卯酒善销愁。檐雨晚初霁,窗风凉欲休。谁能伴老尹,时复一闲游。

哭崔儿

掌珠一颗儿三岁,鬓一作发雪千茎父六旬。岂料汝先为异物,常忧吾不见成人。悲肠自断非因剑,啼眼加昏不是尘。怀抱又空天默默,依前重作邓攸身。

初丧崔儿报微之晦叔

书报微之晦叔知,欲题崔字泪先垂。世间此恨偏敦我,敦音堆,见诗注。天下何人不哭儿。蝉老悲鸣抛蜕后,龙眠惊觉失珠时。文章十一作千轶官三品,身后传谁庇荫谁。

府斋感怀酬梦得时初丧崔儿,梦得以诗相安云:"从此期君比琼树,一枝吹折一枝生。"故有此落句以报之

府伶呼唤争先到,家酝提携动辄随。合是人生开眼日,自当年老敛眉时。丹砂炼作三铢土,玄发看成一把丝。劳寄新诗远安慰,不闻枯树再生枝。

斋居

香火多相对,荤腥久不尝。黄耆数匙粥,

赤箭一瓯汤。厚俸将何用,闲居不可忘。明年官满后,拟买雪堆庄。

与诸道者同游二室至九龙潭作

喜逢二室游仙子,厌作三川守土臣。举手摩挲潭上石,开襟斗薮府中尘。他日终为独往客,今朝未是自由身。若言尹是嵩山主,三十六峰应笑人。

履道池上作

家池动作经旬别,松竹琴鱼好在无。树暗小巢藏巧妇,渠荒新叶长慈姑。不因车马时时到,岂觉林园日日芜。犹喜春深公事少,每来花下得踟蹰。

六十拜河南尹

六十河南尹,前途足可知。老应无处避,病不与人期。幸遇芳菲日,犹当强健时。万金何假藉,一盏莫推辞。流水光阴急,浮云富贵迟。人间若无酒,尽合鬓成丝。

重修府西水亭院

因下疏为沼,随高筑作台。龙门分水入,金谷取花栽。绕岸行初匝,凭轩立未回。园西有池位,留与后人开。

与诸公同出城观稼

老尹醉醺醺,来随年少群。不忧头似雪,但喜稼如云。岁望千箱积,秋怜五谷分。何人知帝力,尧舜正为君。

水堂醉卧问杜三十一

闻君洛下住多年,何处春流最可怜。为问魏王堤岸下,何如同德寺门前。无妨水色堪闲玩,不得泉声伴醉眠。那似此堂帘幕底,连明连夜碧潺湲。

岁暮言怀

职与才相背,心将口自言。磨铅教切玉,驱鹤一作雁遣乘轩。只合居岩窟,何因入府门。年终若无替,转恐负君恩。

座中戏呈诸少年

衰容禁得无多酒,秋鬓新添几许霜。纵有风情应淡薄,假如老健莫夸张。兴来吟咏从成癖,饮后酣歌少放狂。不为倚官兼挟势,因何入得少年场。

雪后早过天津桥偶呈诸客

官桥晴雪晓峨峨,老尹行吟独一过。紫绶相辉应不恶,白须同色复如何。悠扬短景凋年急,牢落衰情感事多。犹赖洛中饶醉客,时时诒我唤笙歌。

新制绫袄成,感而有咏

水波文袄造新成,绫软绵匀温复轻。晨兴好拥向阳坐,晚出宜披踏雪行。鹤氅毳疏无实事,木棉花冷得虚名。宴安往往欢侵夜,卧稳昏昏睡到明。百姓多寒无可救,一身独暖亦何情。心中为念农桑苦,耳里如闻饥冻声。争得大裘长万丈,与君都盖洛阳城。

早春雪后赠洛阳李长官长水郑明府二同年

献岁晴和风景新,铜驼街郭暖无尘。府庭一作亭共贺三川雪,悬道分行百里春。朱绶洛阳官位屈,青袍长水俸钱贫。有何功德纡金紫,若比同年是幸人。

醉吟

醉来忘渴复忘饥,冠带形骸杳若遗。耳底斋钟初过后,心头卯酒未消时。临风朗咏从人听,看雪闲行任马迟。应被众疑公事慢,承前府尹不吟诗。

府酒五绝

变法

自惭到府来周岁,惠爱威棱一事无。唯是改张官酒法,渐从浊水作醍醐。

招客

日午微风且暮寒,春风冷峭雪干残。碧毡帐下红炉畔,试为来尝一盏看。

辨味

　　甘露太甜非正味,醴泉虽洁不芳馨。杯中此物何人别,柔旨之中有典刑。

自劝

　　忆昔羁贫应举年,脱衣典酒曲一作出江边。十千一斗犹赊饮,何况官供不著钱。

论妓

　　烛泪夜粘桃叶袖,酒痕春污石榴裙。莫辞辛苦供欢宴,老后思量悔煞君。

晚归早出

　　筋力年年减,风光日日新。退衙归逼夜,拜表出侵晨。何处台无月,谁家池不春。莫言无胜地,自是少闲人。坐厌推囚案,行嫌引马尘。几时辞府印,却作自由身。

南龙兴寺残雪

　　南龙兴寺春晴后,缓步徐吟绕一作到四廊。老趁风花应不称,闲寻松雪正相当。吏人引从多乘舆,宾客逢迎少下堂。不拟人间更求事,些些疏懒亦何妨。

天宫阁早春

　　天宫高阁上何频,每上令人耳目新。前日晚登缘看雪,今朝晴望为迎春。林莺何处吟筝柱,墙柳谁家晒曲尘。可惜三川虚作主,风光不属白头人。

履道居三首

　　莫嫌地窄林亭小,莫厌贫家活计微。大有高门锁宽宅,主人到老不曾归。

　　东里素帷犹未彻,南邻丹旐又新悬。衡门蜗舍自惭愧,收得身来已五年。

　　世事平分众所知,何尝苦乐不相随。唯余耽酒狂歌客,只有乐时无苦时。

和梦得冬日晨兴

　　漏传初五点,鸡报第三声。帐下从容起,窗间晓瞢明。照书灯未灭,暖酒火重生。理曲弦歌动,先闻唱渭城。

雪夜对酒招客

　　帐小青毡暖,杯香绿蚁新。醉怜今夜月,欢忆去年人。暗落灯花烬,闲生草座尘。殷勤报弦管,明日有嘉宾。

赠晦叔忆梦得

　　自别崔公四五秋,因何临老转风流。归来不说秦中事,歇定唯谋洛下游。酒面浮花应是喜,歌眉敛黛不关愁。得君更有无厌意,犹恨尊前欠老刘。

醉后重赠晦叔

　　老伴知君少,欢情向我偏。无论疏与数,相见辄欣然。各以诗成癖,俱因酒得仙。笑回青眼语,醉并白头眠。岂是今投分,多疑宿结缘。人间更何事,携手送衰年。

睡觉

　　星河耿耿漏绵绵,月暗灯微欲曙天。转枕频伸书帐下,披裘箕踞火炉前。老眠早觉常残夜,病力先衰不待年。五欲已销诸念息,世间无境可勾牵。

全唐诗卷四百五十二

白居易

咏兴五首并序

七年四月,予罢河南府,归履道第,庐舍自给,衣储自充,无欲无营,或歌或舞,颓然自适,盖河洛间一幸人也。遇兴发咏,偶成五章,各以首句,命为题目。

解印出公府

解印出公府,斗薮尘土衣。百吏放尔散,双鹤随我归。归来履道宅,下马入柴扉。马嘶返旧枥,鹤舞还故池。鸡犬何忻忻,邻里亦依依。年颜老去日,生计胜前时。有帛御冬寒,有谷防岁饥。饱于东方朔,乐于荣启期。人生且如此,此外吾不知。

出府归吾庐

出府归吾庐,静然安且逸。更无客干谒,时有僧问疾。家僮十余人,枥马三四匹。慵发经旬卧,兴来连日出。出游爱何处,嵩碧伊瑟瑟。况有清和天,正当疏散日。身闲自为贵,何必居荣秩。心足即非贫,岂唯金满室。吾观权势者,苦以身徇物。炙手外炎炎,履冰中栗栗。朝饥口忘味,夕惕心忧失。但有富贵名,而无富贵实。

池上有小舟

池上有小舟,舟中有胡床。床前有新酒,独酌还独尝。熏若春日气,皎如秋水光。可洗机巧心,可荡尘垢肠。岸曲舟行迟,一曲进一觞。未知几曲醉,醉入无何乡。寅缘潭岛间,水竹深青苍。身闲心无事,白日为我长。我若未忘世,虽闲心亦忙。世若未忘我,虽退身难藏。我今异于是,身世交相忘。

四月池水满

四月池水满,龟游鱼跃出。吾亦爱吾池,池边开一室。人鱼虽异族,其乐归于一。且与尔为徒,逍遥同过日。尔无羡沧海,蒲藻可委质。吾亦忘青云,衡茅足容膝。况吾与尔辈,本非蛟龙匹。假如云雨来,只是池中物。

小庭亦有月

小庭亦有月,小院亦有花。可怜好风景,不解嫌贫家。菱解执笙簧,谷儿抹琵琶。红绡信手舞,紫绡随意歌。<small>菱、谷、紫、红,皆小臧获名也。</small>村歌与社舞,客哂主人夸。但问乐不乐,岂在钟鼓多。客告暮将归,主称日未斜。请客稍深酌,愿见朱颜酡。客知主意厚,分数随口<small>一作后</small>加。堂上烛未秉,座中冠已峨。左顾短红袖,右命小青娥。长跪谢贵客,蓬门劳见过。客散有余兴,醉卧独吟哦。幕天而席地,谁奈刘伶何。

秋凉闲卧

残暑昼犹长,早凉秋尚嫩。露荷散清香,风竹含疏韵。幽闲竟日卧,衰病无人问。薄暮宅门前,槐花深一寸。

酬思黯相公见过弊居戏赠

轩盖光照地,行人为裴回。呼传君子出,乃是故人来。访我入穷巷,引君登小台。台前多竹树,池上无尘埃。贫家何所有,新酒三两杯。停杯款曲语,上马复迟回。<small>一本作款曲语上马,从客复迟回。</small>留守不外宿,日斜宫漏催。但留金刀赠,未接玉山颓。家酝不敢惜,待君来即开。村妓不辞出,恐君靦然咍。

再授宾客分司

优稳四皓官,清崇三品列。伊予再尘忝,内愧非才哲。俸钱七八万,给受无虚月。分命在东司,又不劳朝谒。既资闲养疾,亦赖慵藏拙。宾友得从容,琴觞恣怡悦。乘篮城外去,系马花前歇。六游金谷春,五看龙门雪。吾若默无语,安知吾快活。吾欲更尽言,复恐人豪夺。应为时所笑,苦<small>一作古</small>惜分司阙。但问适意无,岂论官冷热。

把酒

把酒仰问天,古今谁不死。所贵未死间,少忧多欢喜。穷通谅在天,忧喜即由己。是故达道人,去彼而取此。勿言未富贵,久忝居禄仕。借问宗族间,几人拖金紫。勿忧渐衰老,且喜加年纪。试数班行中,几人及暮齿。朝飧不过饱,五鼎徒为尔。夕寝止求安,一衾而已矣。此外皆长<small>去声</small>物,于我云相似。有子不留金,何况兼无子。

首夏

林静蚊未生,池静蛙未鸣。景长天气好,竟日和且清。春禽余哢在,夏木新阴成。兀尔水边坐,翛然桥上行。自问一何适,身闲官不轻。料钱随月用,生计逐日营。食饱惭伯夷,酒足愧渊明。<small>陶潜诗云:"饮酒常不足。"</small>寿倍颜氏子,富百黔娄生。有一即为乐,况吾四者并。所以私自慰,虽老有心情。

代鹤

我本海上鹤,偶逢江南客。感君一顾恩,同来洛阳陌。洛阳寡族类,皎皎唯两翼。貌是天与高,色非日浴白。主人诚可恋,春奈轩庭窄。饮啄杂鸡群,年深损标格。故乡渺何处,云水重重隔。谁念深笼中,七换摩天翮。

立秋夕有怀梦得

露簟荻竹清,风扇蒲葵轻。一与故人别,再见新蝉鸣。是夕凉飙起,闲境入幽情。回灯见栖鹤,隔竹闻吹笙。夜茶一两杓,秋吟三数声。所思渺千里,云外<small>一作水</small>长洲城。

哭崔常侍晦叔

顽贱一拳石,精珍百炼金。名价既相远,交分何其深。中诚一以合,外物不能侵。透迤二十年,与世同浮沈。晚有退闲<small>一作寒</small>约,白首归云林。垂老忽相失,悲哉口语心。春日嵩高<small>一作高嵩</small>阳,秋夜清洛阴。丘园共谁卜,山水共谁寻?风月共谁赏,诗篇共谁吟?花开共谁看,酒熟共谁斟?惠死庄杜口,钟殁师废琴。道理使之然,从古非独今。吾道自此孤,我情安可任。唯将病眼泪,一洒秋风襟。

新秋晓兴

浊暑忽已退,清宵未全长。晨釭耿残焰,宿阁凝微香。喔喔鸡下树,辉辉日上梁。枕低茵席软,卧稳身入床。睡足景犹早,起初风乍凉。展张小屏幛,收拾生衣裳。还有惆怅事,迟迟未能忘。拂镜梳白发,可怜冰照霜。

秋日与张宾客舒著作同游龙门,醉中狂歌,凡二百三十八字

秋天高高秋光清,秋风袅袅秋虫鸣。嵩峰余霞锦绮卷,伊水细浪鳞甲生。洛阳闲客知无数,少出游山多在城。商岭老人自追逐,蓬丘逸士相逢迎。南出鼎门十八里,庄店逦迤桥道平。不寒不热好时节,鞍马稳快衣衫轻。并辔踟蹰下西岸,扣舷容与绕中汀。开怀旷达无所系,触目胜绝不可名。荷衰欲黄荇犹绿,鱼乐自跃鸥不惊。翠藻蔓长孔雀尾,彩船橹急寒雁声。家酝一壶白玉液,野花数把黄金英。昼游四看西日暮,夜话三及东方明。暂停杯觞辍吟咏,我有狂言君试听。丈夫一生有二志,兼济独善难得并。不能救疗生民病,即须先濯尘土缨。况吾头白眼已暗,终日戚促何所成。不如展眉开口笑,龙门醉卧香山行。

履信池樱桃岛上,醉后走笔,送别舒员外,兼寄宗正李卿考功崔郎中

樱桃岛前春,去春花万枝。忽忆与宗卿闲饮日,又忆与考功狂醉时。岁晚无花空有叶,风吹满地干重叠。蹋叶悲秋复忆春,池边树下重殷勤。今朝一酌临寒水,此地三回别故人。樱桃花,来春千万朵,来春共谁花下坐。不论崔李上青云,明日舒三亦抛我。

秋池独泛

萧疏秋竹篱,清浅秋风池。一只短舫艇,一张斑鹿皮。皮上有野叟,手中持酒卮。半酣箕踞坐,自问身为谁。严子垂钓日,苏门长啸时。悠然意自得,意外何人知。

冬日早起闲咏

水—作冰塘耀初旭,风竹飘余霰。幽境虽目前,不因闲不见。晨起对炉香,道经寻两卷。晚坐拂琴尘,秋思弹一遍。此外更无事,开尊时自劝。何必东风来,一杯春上面。

岁暮

惨淡岁云暮,穷阴动经旬。霜风裂人面,冰雪摧车轮。而我当是时,独不知苦辛。晨炊廪有米,夕爨厨有薪。夹帽长覆耳,重裘宽裹身。加之一杯酒,煦妪如阳春。洛城士与庶,比屋多饥贫。何处炉有火,谁家甑无尘。如我饱暖者,百人无一人。安得不惭愧,放歌聊自陈。

南池早春有怀

朝游北桥上,晚憩南塘畔。西日雪全销,东风冰尽畔。莅莅鱼尾掉,瞥瞥鹅毛换。泥暖草芽生,沙虚泉脉散。晴芳冒苔岛,宿润侵蒲岸。洛下日初长,江南春欲半。时光共抛掷,人事堪嗟叹。倚棹忽寻思,去年池上伴。

古意

脉脉复脉脉,美人千里隔。不见来几时,瑶草三四碧。玉琴声悄悄,鸾镜尘幂幂。昔为连理枝,今作分飞翮。寄书多不达,加饭终无益。心肠不自宽,衣带何由窄。

山游示小妓

双鬟垂未合,三十才过半。本是绮罗人,今为山水伴。春泉共挥弄,好树同攀玩。笑容共底迷,酒思风前乱。红凝舞袖急,黛惨歌声缓。莫唱杨柳枝,无肠与君断。

神照禅师同宿

八年三—作二月晦,山梨花满枝。龙门水西寺,夜与远公期。晏坐自相对,密语谁得—作能知。前后际断处,一念不生时。

张常侍相访

西亭晚寂寞,莺散柳阴繁。水户帘不卷,

风床席自翻。忽闻车马客,来访蓬蒿门。况是张常侍,安得不开尊。

早夏游宴

虽慵兴犹在,虽老心犹健。昨日山水游,今朝花酒宴。山榴艳似火,玉蕊飘如霰。荣落逐瞬迁,炎凉随刻变。未收木绵褥,已动蒲葵扇。且喜物与人,年年得相见。

感白莲花

白白芙蓉花,本生吴江濆。不与红者杂,色类自区分。谁移尔至此,姑苏白使君。初来苦憔悴,久乃芳氛氲。月月叶换叶,年年根生根。陈根与故叶,销化成泥尘。化者日已远,来者日复新。一为池中物,永别江南春。忽想西凉州,中有天宝民。埋殁汉父祖,孳生胡子孙。已忘乡土恋,岂念君亲恩。生人尚复尔,草木何足云。

咏所乐

兽乐在山谷,鱼乐在陂池。虫乐在深草,鸟乐在高枝。所乐虽不同,同归适其宜。不以彼易此,况论是与非。而我何所乐,所乐在分司。分司有何乐,乐哉人不知。官优有禄料,职散无羁縻。懒与道相近,钝将闲自随。昨朝拜表回,今晚行香归。归来北窗下,解巾脱尘衣。冷泉灌我顶,暖水濯四肢。体中幸无疾,卧任清风吹。心中又无事,坐任白日移。或开书一篇,或引酒一卮。但得如今日,终身无厌时。

思旧

闲日一思旧,旧游如目前。再思今何在,零落归下泉。退之服硫黄,一病讫不痊。微之炼秋石,未老身溘然。杜子得丹诀,终日断腥膻。崔君夸药力,经冬不衣绵。或疾或暴夭,悉不过中年。唯予不服食,老命反迟延。况在少壮时,亦为嗜欲牵。但耽荤与血,不识汞与铅。饥来吞热物,渴来饮寒泉。诗役五藏神,酒汩三丹田。随日合破坏,至今粗完全。齿牙未缺落,肢体尚轻便。已开第七秩,饱食仍安眠。且进一作尽杯中物,其余皆付天。

寄卢少尹一作卿

老诲心不乱,庄戒形太劳。生命既能保,死籍亦可逃。嘉肴与旨酒,信是腐肠膏。艳声与丽色,真为伐性刀。补养在积功,如裘集众毛。将欲致千里,可得差一毫。心不乱,形太劳,至差一毫,皆出老庄及诸道书、仙方、禁诫。颜回何为者,箪瓢才自给。肥酞不到口,年不登三十。张苍何为者,染爱浩无际。妾媵填后房,竟寿百余岁。苍寿有何德,回夭有何辜。谁谓具圣体,不如肥瓠躯。遂使世俗心,多疑仙道书。寄问卢先生,此理当何如。

池上清晨候皇甫郎中

晓景丽未热,晨飚鲜且凉。池幽绿蘋合,霜洁白莲香。深扫竹间径,静拂松下床。玉柄鹤翎扇,银罂云母浆。屏除无俗物,瞻望唯清光。何人拟相访,嬴女从萧郎。

咏怀

我知世无幻,了无干世意。世知我无堪,亦无责我事。由兹两相忘,因得长自遂。自遂意何如,闲官在闲地。闲地唯东都,东都少名利。闲官是宾客,宾客无牵累。嵇康日日懒,毕卓时时醉。酒肆夜深归,僧房日高睡。形安不劳苦,神泰无忧畏。从官三十年,无如今气味。鸿虽脱罗弋,鹤尚居禄位。唯此未忘怀,有时犹内愧。

北窗三友

今日北窗下,自问何所为。欣然得三友,三友者为谁。琴罢辄举酒,酒罢辄吟诗。三友递相引,循环无已时。一弹惬中心,一咏畅四肢。犹恐中有间,以酒弥缝之。岂独吾拙好,古人多若斯。嗜诗有渊明,嗜琴有启期。嗜酒有伯伦,三人皆吾师。或乏儋石储,或穿带索衣。弦歌复觞咏,乐道知所归。三师去已远,高风不可追。三友游甚熟,无日不相随。左掷白玉卮,右拂黄金徽。兴酣不叠纸,走笔操狂词。谁能持此词,为我谢亲知。纵未以为是,岂以我为非。

吟四虽 杂言

酒酣后,歌歇时。请君添一酌,听我吟四虽。年虽老,犹少于韦长史。命虽薄,犹胜于郑长水。眼虽病,犹明于徐郎中。家虽贫,犹富于郭庶子。省躬审分何侥幸,值酒逢歌且欢喜。忘荣知足委天和,亦应得尽生理。分司同官中,韦长史绩年七十余,郭庶子求贫苦最甚,徐郎中晦因疾丧明。予为河南尹时,见同年郑俞始受长水县令。因叹四子而成此篇也。

裴侍中晋公以集贤林亭即事诗三十六韵见赠,猥蒙征和,才拙词繁,辄广为五百言以伸酬献

三江路千里,五湖天一涯。何如集贤第,中有平津池。池胜主见觉,景新人未知。竹森翠琅玕,水深洞琉璃。水竹以为质,质立而文随。文之者何人,公来亲指麾。疏凿出人意,结构得地宜。灵襟一搜索,胜概无遁遗。因下张沼沚,依高筑阶基。嵩峰见数片,伊水分一支。南溪修且直,长波碧逶迤。北馆壮复丽,倒影红参差。东岛号晨光,杲一作昊曜迎朝曦。西岭名夕阳,杳暧留落晖。前有水心亭,动荡架涟漪。后有开阖堂,寒温变天时。幽泉镜泓澄,怪石山欹危。以上八所,各具本名。春葩雪漠漠谓杏花岛,夏果珠离离谓樱桃岛。主人命方舟,宛在水中坻。亲宾次第至,酒乐前后施。解缆始登泛,山游仍水嬉。沿洄无滞碍,向背穷幽奇。瞥过远桥下,飘旋深涧陲。管弦去缥缈,罗绮赤霏微。樟风逐舞回,梁尘随歌飞。宴余日云暮,醉客未放归。高声索彩笺,大笑催金卮。唱和笔走疾,问答杯行迟。一咏清两耳,一酣畅四肢。主客忘贵贱,不知俱是谁。客有诗魔者,吟哦不知疲。乞公残纸墨,一扫狂歌词。维云社稷臣,赫赫文武姿。十授丞相印,五建大将旗。四朝致勋华,一身冠皋夔。去年才七十,决赴悬车期。公志不可夺,君恩亦难希一作违。从容就中道,俛僶来保厘。貂蝉虽未脱,鸾皇已不羁。历征今与古,独步无等夷。陆贾功业少,二疏官秩卑。乘舟范蠡惧,辟谷留侯饥。岂若公今日,身安家国肥。羊祜在汉南,空留岘首碑。柳恽在江南,只赋汀洲诗。谢安入东山,但说携蛾眉。山简醉高阳,唯闻倒接䍦。岂如公今日,余力兼有之。愿公寿如山,安乐长在兹。愿我比蒲稗,永得相因依。谢灵运诗云:"蒲稗相因依。"

晚归香山寺,因咏所怀

我年日已老,我身日已闲。闲出都门望,但见水与山。关塞碧岩岩,伊流清潺潺。中有古精舍,轩户无扃关。岸草歇可藉,径萝行可攀。朝随浮云出,夕与飞鸟还。吾道本迂拙,世途多险艰。尝闻嵇吕辈,尤悔生疏顽。巢悟入箕颖,皓知返商巅一作颜。岂唯乐肥遁,聊复袪忧患。吾亦从此去,终老伊嵩间。

张常侍池凉夜闲宴赠诸公

竹桥新月上,水岸凉风至。对月五六人,管弦三两事。留连池上酌,款曲城外意。或啸或讴吟,谁知此闲味。回看市朝客,矻矻趋名利。朝忙少游宴,夕困多眠睡。清凉属吾徒,相逢勿辞醉。

和皇甫郎中秋晓同登天宫阁言怀六韵

碧天忽已高,白日犹未短。玲珑晓楼阁,清脆秋丝管。张翰一杯酣,嵇康终日懒。尘中足忧累,云外多疏散。病木斧斤遗,冥鸿羁绁断。逍遥二三子,永愿为闲伴。

送吕漳州

今朝一壶酒,言送漳州牧。半自要闲游,爱花怜草绿。花前下鞍马,草上携丝竹。行客饮数杯,主人歌一曲。端居惜风景,屡出劳僮仆。独醉似无名,借君作题目。

短歌曲 一作行

世人求富贵,多为奉嗜欲。盛衰不自由,得失常相逐。问君少年日,苦学将干禄。负笈

尘中游,抱书雪前读。布衾不周体,藜茹一作茄才充腹。三一作四十登宦途,五十被朝服。奴温新一作已挟纩,马肥初食粟。未敢议欢游,尚为名检束。耳目聋暗后,堂上调丝竹。牙齿缺落时,盘中堆酒肉。彼来此已去,外余中不足。少壮与荣华,相避如寒燠。青云去地远,白日经天速。从古无奈何,短歌听一作空一曲。

咏怀

高人乐丘园,中人慕官职。一事尚难成,两途安可得。遑遑干世者,多苦时命塞。亦有爱闲人,又为穷饿逼。我今幸双遂,禄仕兼游息。未尝羡荣华,不省劳心力。妻孥与婢仆,亦免愁衣食。所以吾一家,面无忧喜色。

府西亭纳凉归

避暑府西亭,晚归有闲思。夏浅蝉未多,绿槐阴满地。带宽衫解领,马稳人拢辔。面上有凉风,眼前无俗事。路经府门过,落日照官次。牵联缧绁囚,奔走尘埃吏。低眉悄不语,谁复知兹意。忆得五年前,晚衙时气味。

老热

一饱百情足,一酣万事休。何人不衰老,我老心无忧。仕者拘职役,农者劳田畴。何人不苦热,我热身自由。卧风北窗下,坐月南池头。脑凉脱乌帽,足热濯清流。慵发昼高枕,兴来夜泛舟。何乃有余适,只缘无过求。或问诸亲友,乐天是与不。亦无别言语,多道天一作大悠悠。悠悠君不知,此味深且幽。但恐君知后,亦来从我游。

新秋喜凉,因寄兵部杨侍郎

外强火未退,中锐金方战。一夕风雨来,炎凉随数变。徐徐炎景度,稍稍凉飙扇。枕簟忽凄清,巾裳亦轻健。老夫纳秋候,心体殊安便。睡足一屈伸,搔首摩掌面。褰帘对池竹,幽寂如僧院。俯观游鱼群,仰数浮云片。闲忙各有趣,彼此宁相见。昨日闻慕巢,召对延英殿。

懒放二首,呈刘梦得、吴方之

青衣报平旦,呼我起盥栉。今早天气寒,郎君应不出。又无宾客至,何以销闲日。已向微阳前,暖酒开诗帙。

朝怜一床日,暮爱一炉火。床暖日高眠,炉温夜深坐。雀罗门懒出,鹤发头慵裹。除却刘与吴,何人来问我。

六十六

病知心力减,老觉光阴速。五十八归来,今年六十六。鬓丝千万白,池草八九绿。童稚尽成人,园林半乔木。看山倚高石,引水穿深竹。虽有潺湲声,至今听未足。

三适赠道友

褐绫袍厚暖,卧盖行坐披。紫毡履宽稳,蹇步颇相宜。足适已忘履,身适已忘衣。况我心又适,兼忘是与非。三适今一作合为一,怡怡复熙熙。禅那不动处,混沌未凿时。此固不可说,为君强言之。

洛阳春赠刘李二宾客 齐梁格

水南冠盖地,城东桃李园。雪消洛阳堰,春入永通门。淑景方霭霭,游人稍喧喧。年丰酒浆贱,日晏歌吹繁。中有老朝客,华发映朱轩。从容三两人,藉草开一尊。尊前春可惜,身外事勿论。明日期何处,杏花游赵村。洛城东有赵村,杏花千余树。

寒食

人老何所乐,乐在归乡国。我归故园来,九度逢寒食。故园在何处,池馆东城侧。四邻梨花时,二月伊水色。岂独好风土,仍多旧亲戚。出去恣欢游,归来聊燕息。有官供禄俸,无事劳心力。但恐优稳多,微躯销不得。

和裴令公一日日一年年杂言见赠

一日日,作老翁。一年年,过春风。公心不以贵隔我,我散唯将闲伴公。我无才能忝高秩,合是人间闲散物。公有功德在生民,何因得作自由身。前日魏王潭上宴连夜,今日午桥池头游拂晨。山客砚前吟待月,野人尊前醉送春。不敢与公闲中争第一,亦应占得第二第三人。

全唐诗卷四百五十三

白居易

题裴晋公女几山刻石诗后并序。一本此篇无此题，序即题也。

裴侍中晋公出讨淮西时，过女几山下，刻石题诗。末句云："待平贼垒报天子，莫指仙山示武夫。"果如所言，克期平贼，由是淮蔡迄今底宁，殆二十年，人安生业。夫嗟叹不足，则咏歌之。故居易作诗二百言，继题公之篇末，欲使采诗者、修史者、后之往来观者，知公之功德本末前后也。

何处画功业，何处题诗篇。麒麟高阁上，女几小山前。尔后多少时，四朝二十年。贼骨化为土，贼垒犁为田。一从贼垒平，陈蔡民晏然。骡军成牛户，蔡寇号骡子军，陈蔡间农骁锐者。人畜牛者，呼为牛户。鬼火变人烟。生子已嫁娶，种桑亦丝绵。皆云公之德，欲报无由缘。公今在何处，守都镇三川。旧宅留永乐，新居开集贤。公今在一作作何官，被衮珥貂蝉。战袍破犹在，髀肉生欲圆。襟怀转萧洒，气力弥精坚。登山不拄杖，上马能掉鞭。利泽浸入池，福降升自一作自升天。昔号天下将，今称地上仙。勿追赤松游，勿拍洪崖肩。商山有遗老，可以奉周旋。

洛阳有愚叟

洛阳有愚叟，白黑无分别。浪迹虽似狂，谋身亦不拙。点检盘中饭，非精亦非粝。点检身上衣，无余亦无阙。天时方得所，不寒复不热。体气正调和，不饥仍不渴。闲将酒壶出，醉向人家歇。野食或烹鲜，寓眠多拥褐。抱琴荣启乐，荷锸刘伶达。放眼看青山，任头生白发。不知天地内，更得几年活。从此到终身，尽为闲日月。

饱食闲坐

红粒陆浑稻，白鳞伊水鲂。庖童呼我食，饭热鱼鲜香。箸箸适我口，匙匙充我肠。八珍与五鼎，无复心思量。扪腹起盥漱，下阶振衣裳。绕庭一作亭行数匝，却上檐下床。箕踞拥裘坐,半身在日旸。可怜饱暖味,谁肯来同尝。是岁太和八,兵销时渐康。朝廷重经术,草泽搜贤良。尧舜求理切,夔龙启沃忙。怀才抱智者,无不走遑遑。唯此不才叟,顽慵恋洛阳。饱食不出门,闲坐不下堂。子弟多寂寞,僮仆少精光。衣食虽充给,神意不扬扬。为尔谋则短,为吾谋甚长。

闲居自题

门前有流水,墙上多高树。竹径绕荷池,萦回百余步。波闲戏鱼鳖,风静下鸥鹭。寂无城市喧,渺有江湖趣。吾庐在其上,偃卧朝复暮。洛下安一居,山中亦慵去。时逢过客爱,问是谁家住。此是白家翁,闭门终老处。

览镜喜老

今朝览明镜,须鬓尽成丝。行年六十四,安得不衰羸。亲属惜我老,相顾兴叹咨。而我独微笑,此意何人知。笑罢仍命酒,掩镜捋白髭。尔辈且安坐,从容听我词。生若不足恋,老亦何足悲。生若苟可恋,老即生多时。不老即须夭,不夭即须衰。晚衰胜早夭,此理决不疑。古人亦有言,浮生七十稀。我今欠六岁,多幸或庶几。倘得及此限,何羡荣启期。当喜不当叹,更倾酒一卮。

风雪中作

岁暮风动地,夜寒雪连天。老夫何处宿,暖帐温炉前。两重褐绮衾,一领花茸一作丛毡。粥熟呼不起,日高安稳眠。是时心与身,了无闲事牵。以此度风雪,闲居来六年。忽思远游客,复想早朝士。踣冻侵夜行,凌寒未明起。心为身君父,身为心臣子。不得身自由,皆为心所使。我心既知足,我身自安止。方寸语形骸,吾应不负尔。

对琴酒

西窗明且暖,晚坐卷书帷。琴匣拂开后,酒瓶添满时。角尊白螺盏,玉軫黄金徽。未及弹与酌,相对已依依。泠泠秋泉韵,贮在龙凤池。油油春云心,一杯可致之。自古有琴酒,得此味者稀。只因康与籍,及我三心知。

雪中晏起,偶咏所怀,兼呈张常侍、韦庶子、皇甫郎中 杂言

穷阴苍苍雪纷纷,雪深没胫泥埋轮。东家典钱归碍夜,南家赁米出凌晨。我独何者无此弊,复帐重衾暖若春。怕寒放懒不肯动,日高眠足方频伸。瓶中有酒炉有炭,瓮中有饭庖有薪。奴温婢饱身晏起,致兹快活良有因。上无皋陶伯益廊庙材,的不能匡君辅国活生民。下无巢父许由箕颍操,又不能食薇饮水自苦辛。君不见南山悠悠多白云,又不见西京一作北阙浩浩唯红尘。红尘闹热白云冷,好于冷热中间安置身。三年侥幸忝洛尹,两任优稳为商宾。非贤非愚非智慧,不贵不富不贱贫。冉冉老去过六十,腾腾闲来经七春。不知张韦与皇甫,私唤我作何如人。

和裴侍中南园静兴见示

池馆清且幽,高怀亦如此。有时帘动风,尽日桥照水。静将鹤为伴,闲与云相似。何必学留侯,崎岖觅松子。

春寒

今朝春气寒,自问何所欲。酥暖薤白酒,乳和地黄粥。岂惟厌馋口,亦可调病腹。助酌有枯鱼,佐餐兼旨蓄。省躬念前哲,醉饱多惭忸。君不闻靖节先生尊长空,广文先生饭不足。

菩提寺上方晚望香山寺,寄舒员外

晚登西宝刹,晴望东精舍。反照转楼台,辉辉似图画。冰浮水明灭,雪压松偃亚。石阁僧上来,云汀雁飞下。西京闹于市,东洛闲如社。曾忆旧游无,香山明月夜。

二月一日作,赠韦七庶子

园杏红荨坼,庭兰紫芽出。不觉春已深,今朝二月一。去冬病疮痏,将养遵医术。今春

入道场,清净依僧律。尝闻圣贤语,所慎斋与疾。遂使爱酒人,停杯一百日。明朝二月二,疾平斋复毕。应须挈一壶,寻花觅韦七。

犬鸢

晚来天气好,散步中门前。门前何所有,偶睹犬与鸢。鸢饱凌风飞,犬暖向日眠。腹舒稳贴地,翅凝去声高摩天。上无罗弋忧,下无羁锁牵。见彼物遂性,我亦心适然。心适复何为,一咏逍遥篇。此仍著于适一作迹,尚未能忘言。

梦刘二十八,因诗问之

昨夜梦梦得,初觉思踟蹰。忽忘来汝郡,犹疑在吴都。吴都三千里,汝郡二百余。非梦亦不见,近与远何殊?尚能齐近远,焉用论荣枯?但问寝与食,近日两何如?病后能吟否,春来曾醉无?楼台与风景,汝又何如苏?相思一相报,勿复慵为书。

闲吟

贫穷汲汲求衣食,富贵营营役心力。人也不富即贫穷,光阴易过闲难得。我今幸在穷富间,虽在朝廷不入山。看雪寻花玩风月,洛阳城里七年闲。

西行

衣裘不单薄,车马不羸弱。蔼蔼三月天,闲行亦不恶。寿安流水馆,硖石青山郭。官道柳阴阴,行宫花漠漠。常闻俗间语,有钱在处乐。我虽非富人,亦不苦寂寞。家僮解弦管,骑从携杯杓。时向春风前,歇鞍开一酌。

东归

翩翩平肩舆一作舁,中有醉老夫。膝上殿诗卷,竿头悬酒壶。食宿无定程,仆马多缓驱。临水歇半日,望山倾一盂。藉草坐嵬峨并上声,攀花行踟蹰。风将景共暖,体与心同舒。始悟有营者,居家如在途。方知无系者,在道如安居。前夕宿三堂三堂在虢,今且游申湖申湖在陕。残春三百里,送我归东都。

途中作

早起上肩舁一作舆,一杯平旦醉。晚憩下肩舁,一觉残春昨。身不经营物,心不思量事。但恐绮与里,只如吾气味。

小台

新树低如帐,小台平似掌。六尺白藤床,一茎青竹杖。风飘竹皮落,苔印鹤迹上。幽境与谁同,闲人自来往。

睡后茶兴忆杨同州

昨晚饮太多,嵬峨并上声连宵醉。今朝餐又饱,烂漫移时睡。睡足摩挲眼,眼前无一事。信脚绕池行,偶然得幽致。婆娑绿阴树,斑驳青苔地。此处置绳床,傍边洗茶器。白瓷瓯甚洁,红炉炭方炽。沫下曲尘香,花浮鱼眼沸。盛来有佳色,咽罢余芳气。不见杨慕巢,谁人知此味。

题文集柜

破柏作书柜,柜牢柏复坚。收贮谁家集,题云白乐天。我生业文字,自幼及老年。前后七十卷,小大三千篇。诚知终散失,未忍遽弃捐。自开自锁闭,置在书帷前。身是邓伯道,世无王仲宣。只应分付女,留与外孙传。

旱热二首

彤云散不雨,赫日吁可畏。端坐犹挥汗,出门岂容易。忽思公府内,青衫折腰吏。复想驿路中,红尘走马使。征夫更辛苦,逐客弥憔悴。日入尚趋程,宵分不遑寐。安知北窗叟,偃卧风飒至。簟拂碧龙鳞,扇摇白鹤翅。岂唯身所得,兼示心无事。谁言苦热天,元有清凉地。

勃勃旱尘气,炎炎赤日光。飞禽飑将坠,行人渴欲狂。壮者不耐饥,饥火烧其肠。肥者不禁热,喘急汗如浆。此时方自悟,老瘦亦何妨。肉轻足健逸,发少头清凉。薄食不饥渴,端居省衣裳。数匙粱饭冷,一领绡衫香。持此聊过日,焉知畏景长。

偶作二首

战马春放归,农牛冬歇息。何独徇名人,终身役心力。来者殊未已,去者不知还。我今悟已晚,六十方退闲。犹胜不悟者,老死红尘间。

名无高与卑,未得多健羡。事无小与大,已得多厌贱。如此常自苦,反此或自发。此理知甚易,此道行甚难。勿信人虚语,君当事上看。

池上作 西溪、南潭,皆池中胜地也

西溪风生竹森森,南潭萍开水沈沈。丛翠万竿湘岸色,空碧一泊松江心。浦泒萦回误远近,桥岛向背迷窥临。澄澜方丈若万顷,倒影咫尺如千寻。泛然独游邈然坐,坐念行心思古今。莬裘不闻有泉沼,西河亦恐无云林。岂如白翁退老地,树高竹密池塘深。华亭双鹤白矫矫,太湖四石青岑岑。眼前尽日更无客,膝上此时唯有琴。洛阳冠盖自相索,谁肯来此同抽簪。

何处堪避暑

何处堪避暑,林间背日楼。何处好追凉,池上随风舟。日高饥始食,食竟饱还游。游罢睡一觉,觉来茶一瓯。眼明见青山,耳醒闻碧流。脱袜闲濯足,解巾快搔头。如此来几时,已过六七秋。从心至百骸,无一不自由。拙退是其分,荣耀非所求。虽被世间笑,终无身外忧。此语君莫怪,静思吾亦愁。如何三伏月,杨尹谪虔州。

诏下

昨日诏下去罪人,今日诏下得贤臣。进退者谁非我事,世间宠辱常纷纷。我心与世两相忘,时事虽闻如不闻。但喜今年饱饭吃,洛阳禾稼如秋云。更倾一尊歌一曲,不独忘世兼忘身。

七月一日作

七月一日天,秋生履道里。闲居见清景,高兴从此始。林间暑雨歇,池上凉风起。桥竹碧鲜鲜,岸莎青靡靡。苍然古磐石,清浅平流水。何言中门前,便是深山里。双僮侍坐卧,一杖扶行止。饥闻麻粥香,渴觉云汤美。胡麻粥,云母汤。平生所好物,今日多在此。此外更何思,市朝心已矣。

开襟

开襟何处好,竹下池边地。余热体犹烦,早凉风有味。黄萎槐蕊结,红破莲芳一作房坠。无奈每年秋,先来入衰思。

自宾客迁太子少傅分司

头上渐无发,耳间新有毫。形容逐日老,官秩随年高。优饶又加俸,闲稳仍分曹。饮食免藜藿,居处非蓬蒿。何言家尚贫,银榼提绿醪。勿谓身未贵,金章照紫袍。诚合知止足,岂宜更贪饕。默默一作然心自问,于国有何劳。

自在

杲杲冬日光,明暖真可爱。移榻向阳坐,拥裘仍解带。小奴捶我足,小婢搔我背。自问我为谁,胡然独安泰。安泰良有以,与君论梗概。心了事未了,饥寒迫于外。事了心未了,念虑煎于内。我今实多幸,事与心和会。内外及中间,了然无一碍。所以日阳中,向君言自在。

咏史 九年十一月作

秦磨利刀斩李斯,齐烧沸鼎烹郦其。可怜黄绮入商洛,闲卧白云歌紫芝。彼为菹醢机上尽,此为鸾皇天外飞。去者逍遥来者死,乃知祸福非天为。

因梦有悟一作寤

交友沦殁尽,悠悠劳梦思。平生所厚者,昨夜梦见之。梦中几许事,枕上无多时。款曲数杯酒,从容一局棋。棋酒皆梦中所见事。初见一作是韦尚书弘景,金紫何辉辉。中遇李侍郎建,笑言甚怡怡。终为崔常侍玄亮,意色苦依依。一夕三改变,梦心不惊疑。此事人尽怪,此理谁得知。我粗知此理,闻于竺乾师。识行忘分别,智隐迷是非。若转识为智,菩提其庶几。

春游

上马临出门,出门复逡巡。回头问妻子,应怪春游频。诚知春游频,其奈老大身。朱颜去复去,白发新更新。请君屈十指,为我数交亲。大限年一作言百岁,几人及七旬。我今六十五,走若下坂轮。假使得七十,只有五度春。逢春不游乐,但恐是痴人。

题天竺南院赠闲元旻清四上人

杂芳涧草合,繁绿岩树新。山深景候晚,四月有余春。竹寺过微雨,石径无纤尘。白衣一居士,方袍四道人。地是佛国土,人非俗交亲。城中山下别,相送亦殷勤。

哭师皋

南康丹旐引魂回,洛阳篮舁送葬来。北邙原边尹村一作草树畔,月苦烟愁夜过半。妻孥兄弟号一声,十二人肠一时断。往者何人送者谁,乐天哭别师皋时。平生分义向人尽,今日哀冤唯我知。我知何益徒垂泪,篮舆回竿马回辔。何日重闻扫市歌,谁家收得琵琶伎。师皋醉后善歌扫市词,又有小妓工琵琶,不知今落何处。萧萧风树白杨影,苍苍露草青蒿气。更就坟前哭一声,与君此别终天地。

隐几赠客

宦情本淡薄,年貌又老丑。紫绶与金章,于予亦何有。有时独一作独隐几,答音嗒然无所偶。卧枕一卷书,起尝一杯酒。书将引昏睡,酒用扶衰朽。客到忽已酣,脱巾坐搔首。疏顽倚老病,容恕惭交友。忽思庄生言,亦拟鞭其后。

夏日作

葛衣疏且单,纱帽轻复宽。一衣与一帽,可以过炎天。止于便吾体,何必被罗纨。宿雨林笋嫩,晨露园葵鲜。烹葵炮嫩笋,可以备朝餐。止于适吾口,何必饫腥膻。饭讫盥漱已,扪腹方果然。婆娑庭前步,安稳窗下眠。外养物不费,内归心不烦。不费用难尽,不烦神易安。庶几无夭阏,得以终天年。

晚凉偶咏

日下西墙西,风来北窗北。中有逐凉人,单床独栖息。飘萧过云雨,摇曳归飞翼。新叶多好阴,初筠有佳色。幽深小池馆,优稳闲官职。不爱勿复论,爱亦不易得。

酬牛相公宫城早秋寓言见示兼呈梦得时梦得有疾

七月中气后,金与火交争。一闻白雪唱,暑退清风生。碧树未摇落,寒蝉始悲鸣。夜凉枕簟滑,秋燥衣巾轻。疏受老慵出,刘桢疾未平。何人伴公醉,新月上宫城。

小台晚坐忆梦得

汲泉洒小台,台上无纤埃。解带面西坐,轻襟随风开。晚凉闲兴动,忆同倾一杯。月明候柴户,藜杖何时来。

种桃歌

食桃种其核,一年核生芽。二年长枝叶,三年桃有花。忆昨五六岁,灼灼盛芬华。追兹八九载,有减而无加。去春已稀少,今春渐无多。明年后年后,芳意当如何。命酒树下饮,停杯拾余葩。因桃忽自感,悲咤成狂歌。

狂言示诸侄

世欺不识字,我忝攻文笔。世欺不得官,我忝居班秩。人老多病苦,我今幸无疾。人老多忧累,我今婚嫁毕。心安不移转,身泰无牵率。所以十年来,形神闲且逸。况当垂老岁,所要无多物。一裘暖过冬,一饭饱终日。勿言舍宅小,不过寝一室。何用鞍马多,不能骑两匹。如我优幸身,人中十有七。如我知足心,人中百无一。傍观愚亦见,当已贤多失。不敢论他人,狂言示诸侄。

偶以拙诗数首寄呈裴少尹侍郎,蒙以盛制四篇,一时酬和,重投长句,美而谢之。

投君之文甚荒芜,数篇价直一束刍。报我之章何璀璨,累累四贯骊龙珠。毛诗三百篇后得,文选六十卷中无。一麑丽龟绝报赛,五鹿连柱难支梧。高兴独因秋日尽,清吟多与好风俱。银钩金错两殊重,宜上屏风张座隅。

全唐诗卷四百五十四

白居易

六年冬暮赠崔常侍晦叔 时为河南尹

鬓毛霜一色,光景水争流。易过唯冬日,难销是老愁。香开绿蚁酒,暖拥褐绫裘。已共崔君约,尊前倒即休。

戏招诸客

黄醅绿醑迎冬熟,绛帐红炉逐夜开。谁道洛中多逸客,不将书唤不曾来。

十二月二十三日作,兼呈晦叔

案头历日虽未尽,向后唯残六七行。床下酒瓶虽不满,犹应醉得两三场。病身不许依年老,拙宦虚教逐日忙。闻健偷闲且勤一作欢饮,一杯之外莫思量。

七年元日对酒五首

庆吊经过懒,逢迎跪拜迟。不因时节日,岂觉此身羸一作时衰。

众老忧添岁,余衰喜入春。年开第七秩,屈指几多人。

三杯蓝尾酒,一楪胶牙饧。除却崔常侍,无人共我争。

今朝吴与洛,相忆一欣然。梦得君知否,俱过本命年。余与苏州刘郎中同壬子岁,今年六十二。

同岁崔何在,同年杜又无。余与吏部崔相公甲子同岁,与循州杜相公及第同年。秋、冬,二人俱逝。应无藏避处,只有且欢娱。

七年春题府厅

潦倒守三川,因循涉四年。推诚废钩距,示耻用蒲鞭。以此称公事,将何销俸钱。虽非好官职,岁久亦妨贤。

早春醉吟,寄太原令狐相公、苏州刘郎中

雪夜闲游多秉烛,花时暂出亦提壶。别来少遇新诗敌,老去难逢旧饮徒。大振威名降北

房,勤行惠化活东吴。不知歌酒腾腾兴,得似河南醉尹无。

洛下送牛相公出镇淮南

北阙至东京,风光十六程。坐移丞相阁,春入广陵城。红旆拥双节,白发无一茎。万人开路看,百吏立班迎。阃外君弥重,尊前我亦荣。何须身自得,将相是门生。元和初,牛相公应制策登第三等,予为翰林考核官。

筝

云髻飘萧绿,花颜旖旎红。双眸剪秋水,十指剥春葱。楚艳为门阀,秦声是女工。甲明银玓瓅,柱触玉玲珑。猿苦啼嫌月,莺一作莺娇语诋一作泥风。移愁来手底,送恨入弦中。赵瑟清一作情相似,胡琴闹一作调不同。慢弹回断雁,急奏转飞蓬。霜珮锵还委,冰泉咽复通。珠联千拍碎,刀截一声终。倚丽精神定,矜能意态融。歇时情不断,休去思无穷。灯下青春夜一作清歌夜,尊前白首翁。且听应得在,老耳未多聋。

洛中春游呈诸亲友

莫叹年将暮,须怜岁又新。府中三遇腊,洛下五逢春。春树花珠颗,春塘水曲尘。春娃无气力,春马有精神。咏春游一时之态。并辔鞭徐动,连盘酒慢巡。经过旧邻里,追逐好交亲。笑语销闲日,酣歌送老身。一生欢乐事,亦不少于人。

酬舒三员外见赠长句

自请假来多少日,五旬光景似须臾。已判到老为狂客,不分当春作病夫。杨柳花飘新白雪,樱桃子缀小红珠。头风不敢多多饮,能酌三分相劝无。

将归一绝

欲去公门返野扉,预思泉竹已依依。更怜家酝迎春熟,一瓮醍醐待我归。

罢府归旧居自此后重授宾客归履道宅作

陋巷乘篮入,朱门挂印回。腰间抛组绶,缨上拂尘埃。屈曲闲池沼,无非手自开。青苍好竹树,亦是眼看栽。石片抬琴匣,松枝阁酒杯。此生终老处,昨日却归来。

睡觉偶吟

官初罢后归来夜,天欲明前睡觉时。起坐思量更无事,身心安乐复谁知。

问支琴石

疑因星陨空中落,叹被泥埋涧底沈。天上定应胜地上,支机未必及支琴。提携拂拭知恩否,虽不能言合有心。

自喜

身慵难勉强,性拙易迟回。布被辰时起,柴门午后开。忙驱能者去,闲逐钝人来。自喜谁能会,无才胜有才。

裴常侍以题蔷薇架十八韵见示,因广为三十韵以和之

托质依高架,攒花对小堂。晚开春去后,独秀院中央。霁景朱明早,芳时白昼长。秾因天与色,丽共日争光。剪碧排千萼,研朱染万房。烟条涂石绿,粉蕊扑雌一作雄黄。根动彤云涌,枝摇赤羽翔。九微灯炫转,七宝帐荧煌。淑气熏行径,清阴接步廊。照梁迷藻棁,耀壁变雕墙。烂若丛然火,殷于叶得霜。胭脂含脸笑,苏合裹衣香。浃洽濡晨露,玲珑漏夕阳。合罗排勘缬,醉晕浅深妆。乍见疑回面,遥看误断肠。风朝舞飞燕,雨夜泣萧娘。桃李惭无语,芝兰让不芳。山榴何细碎,石竹苦寻常。蕙惨偎栏避,莲羞映浦藏。怯教蕉叶戢,妒得柳花狂。岂可轻嘲咏,应须痛比方。画屏风自展,绣缥盖谁张。翠锦挑成字,丹砂印著行。猩猩凝血点,瑟瑟蹙金匡。散乱萎红片,尖织嫩紫芒。触僧飘氎褐,留妓冒罗裳。寡和阳春曲,多情骑省郎。缘夸美颜色,引出好文章。东顾辞仁里,语曰:里仁为美。又裴君所居名仁和里。西归入帝乡。假如君爱杀,留著莫移将。裴君题诗之次,而常侍诏到,唱和未竟,而轩骑西归,故云。

感旧诗卷

夜深吟罢一长吁,老泪灯前湿白须。二十年前旧诗卷,十人酬和九人无。

酬李二十侍郎

笋老兰长花渐稀,衰翁相对惜芳菲。残莺著雨慵休啭,落絮无风凝不飞。行掇木芽供野食,坐牵萝蔓挂朝衣。十年分手今同醉,醉未如泥莫道归。

和梦得 梦得来诗云:谩读图书四十车,年年为郡老天涯。一生不得文章力,百口空为饱暖家。

纶阁沈沈无宠命,苏台籍籍有能声。岂唯不得清文力,但恐空传冗吏名。郎署回翔何水部,江湖留滞谢宣城。所嗟非独君如此,自古才难共命争。

赠草堂宗密上人

吾师道与佛相应,念念无为法法能。口藏宣传十二一作五部,心台一作传照耀百千灯。尽离文字非中道,长住虚空是小乘。少有人知菩萨行,世间只是重高僧。

喜照密闲实四上人见过

紫袍一作衫朝士白髯翁,与俗乖疏与道通。官秩三回分洛下,交游一半在僧中。臭帑世界终须出,香火因缘久愿同。斋后将何充供养,西轩泉石北窗风。

赠皇甫六张十五李二十三宾客

昨日三川新罢守,今年四皓尽分司。幸陪散秩闲居日,好是登山临水时。家未苦贫常酝酒,身虽衰病尚吟诗。龙门泉石香山月,早晚同游报一期。

微之敦诗晦叔相次长逝,岿然自伤,因成二绝

并失鹓鸾侣,空留麋鹿身。只应嵩洛下,长作独游人。

长夜君先去,残年我几何。秋风满衫泪,泉下故人多。

池上闲咏

青莎台上起书楼,绿藻潭中系钓舟。日晚爱行深竹一作径里,月明多上一作在小桥头。暂尝新酒还成醉,亦出中门便当游。一部清商聊送老,白须萧飒管弦秋。

凉风叹

昨夜凉风又飒然,萤飘叶坠卧床前。逢秋莫叹须知分,已过潘安三十年。

和高仆射罢节度让尚书授少保分司喜遂游山水之作

暂辞八座罢双旌,便作登山临水行。能以忠贞酬重任,不将富贵碍高情。朱门出去簪缨从,绛帐归来歌吹迎。鞍辔闹装光满马,何人信道是书生。

送考功崔郎中赴阙

称意新官又少年,秋凉身健好朝天。青云上了无多路,却要徐驱稳著鞭。

重修香山寺毕,题二十二韵以纪之

阙塞龙门口,祇园鹫岭头。曾随减劫坏,今遇胜缘修。再莹新金刹,重装旧石楼。病僧皆引起,忙客亦淹留。四望穷沙界,孤标出赡州。地图铺洛邑,天柱倚嵩一作松丘。两面苍苍岸,中心瑟瑟流。波翻八滩雪,堰护一潭油。台殿朝弥丽,房廊夜更幽。千花高下塔,一叶往来舟。岫合云初吐,林开雾半收。静闻樵子语,远听棹郎讴。官散殊无事,身闲甚自由。吟来携笔砚,宿去抱衾裯。霁月当窗一作轩白,凉风满簟秋。烟香封药灶,泉冷洗茶瓯。南祖心应学,西方社可投。先宜知止足,次要悟浮休。觉路随方乐,迷涂到老愁。须除爱名障,莫作恋家囚。便合穷年住,何言竟日游。可怜终老地,此是我菟裘。

送杨八给事赴常州

无嗟别青琐,且喜拥朱轮。五十得三品,

百千无一人。须勤念黎庶,莫苦忆交亲。此外无过醉,毗陵何限春。

闻歌者唱微之诗

新诗绝笔声名歇,旧卷生尘箧笥深。时向歌中闻一句,未容倾耳已伤心。

酬送李二十常侍赴镇浙东

靖安客舍花枝下,共脱青衫典浊醪。今日洛桥还醉别,金杯翻污麒麟袍。喧阗凤驾君脂辖,酩酊离筵我藉糟。好去商山紫芝伴,珊瑚鞭动马头高。

醉别程秀才

五度龙门点额回,却缘多艺复多才。贫泥客路黏难出,愁锁乡心掣不开。何必更游京国去,不如且入醉乡来。吴弦楚调潇湘弄,为我殷勤送一杯。程生善琴,尤能沈湘曲。

自咏

白衣居士紫芝仙,半酣行歌半坐禅。今日维摩兼饮酒,当时绮季不请平声钱。等闲池上留宾客,随事灯前有管弦。但问此身销得否,分司气味不论年。

把酒思闲事二首

把酒思闲事,春愁谁最深。乞钱羁客面,落第举人心。月下低眉立,灯前抱膝吟。凭君劝一醉,胜与万黄金。

把酒思闲事,春娇何处多。试鞍新白马,弄镜小青娥。掌上初教舞,花前欲按歌。凭君劝一醉,劝了问如何。

衰荷

白露凋花花不残,凉风吹叶叶初干。无人解爱萧条境,更绕衰丛一匝看。

池上送考功崔郎中,兼别房窦二妓

文昌列宿征还日,洛浦行云放散时。鸂鶒上天花逐水,无因一作由再会白家池。

自问

依仁台废悲风晚,履信池荒宿草春。晦叔亭台在依仁,微之池馆在履信。自问老身骑马出,洛阳城里觅何人。

送陈许高仆射赴镇

敦诗说礼中军帅,重士轻财大丈夫。常与师徒同苦乐,不教亲故隔荣枯。花钿坐绕黄金印,丝管一作竹行随白玉壶。商皓老狂唯爱醉,时时能寄酒钱无。

青毡帐二十韵

合聚千羊一作年毳,施张百子奓。司马迁书云张空奓。骨盘边柳健,色染塞蓝鲜。北制因戎创,南移逐房迁。汰音阔风吹不动,御雨湿弥坚。有顶中央耸,无隅四向圆。傍通门豁尔,内密气温然。远别关山外,初安庭户前。影孤明月夜,价重苦寒年。软暖围毡毯,枪拟束管弦。最宜霜后地,偏称雪中天。侧置低歌座,平铺小舞筵。闲多揭帘入,醉便拥袍眠。铁檠去声移灯背,银囊带火悬。深藏晓兰焰,暗贮宿香烟。兽炭休亲近,狐裘可弃捐。砚温融冻墨,瓶暖变春泉。蕙帐徒招隐,茅庵浪坐禅。贫僧应叹羡,寒士定留连。客宾于中接,儿孙向后传。王家夸旧物,未及此青毡。王子敬语偷儿云:青毡我家旧物。

答梦得秋日书怀见寄

幸免非常病,甘当本分衰。眼昏灯最觉,腰瘦带先知。树叶霜红日,髭须雪白时。悲愁缘欲老,老过却无悲。

同诸客题于家公主旧宅

平阳旧宅少人游,应是游人到即愁。布一作春谷鸟啼桃李院,络丝虫怨凤皇楼。台倾滑石犹残砌,帘断珍珠不满钩。闻道至今萧史在,髭须雪白向明一作韶州。

答梦得八月十五日夜玩月见寄

南国碧云客,东京白首翁。松江初有一作

上月,伊水正无风。远思两乡断,清光千里同。不知娃馆上,何似石楼中。其夜,余在龙门石楼上望月。

初冬早起寄梦得
起戴乌纱帽,行披白布裘。炉温先暖酒,手冷未梳头。早起一作景烟霜白,初寒鸟雀愁。诗成遣谁和,还是寄苏州。

秋夜听高调凉州
楼上金风声渐紧,月中银字韵初调。促张弦柱吹高管,一曲凉州入沆寥。

香山寺二绝
空山寂静老夫闲,伴鸟随云往复还。家酝满瓶书满架,半移生计入香山。

爱风岩上攀松盖,恋月潭边坐石一作住日楼。且共云泉结缘境,他生当作此山僧。

送舒著作重授省郎赴阙
三岁相依在洛都,游花宴月饱欢娱。惜别笙歌多怨咽,愿留轩盖少踟蹰。剑磨光彩依前出,鹏举风云逐后驱。从此求闲应不得,更能重醉白家无。

同诸客嘲雪中马上妓
珊瑚鞭弹马踟蹰,引手低蛾索一盂。腰为逆风成弱柳,面因冲冷作凝酥。银篦稳簪去声乌罗帽,花袴宜乘叱拨驹。雪里君看何所似,王昭君妹写真图。

喜刘苏州恩赐金紫,遥想贺宴,以诗庆之
海内姑苏太守贤,恩加章绶岂徒然。贺宾喜色欺杯酒,醉妓欢声遏管弦。鱼珮葺鳞光照地,鹘衔瑞带势冲天。莫嫌鬓上些些白,金紫由来称长年。

蓝田刘明府携酎一作酢相过,与皇甫郎中卯时同饮,醉后赠之
腊月九日暖寒客,卯时十分空腹杯。玄晏舞狂乌帽落,蓝田醉倒玉山颓。貌偷花色老暂

去,歌蹋柳枝春暗来。不为刘家贤圣物,愁翁笑口大难开。

刘苏州以华亭一鹤远寄,以诗谢之
老鹤风姿异,衰翁诗思深。素毛如我鬓,丹顶似君心。松际雪相映,鸡群尘不侵。殷勤远来意,一只重千金。

早春忆苏州寄梦得
吴苑四时风景好,就中偏好是春天。霞光曙后殷于火,水色晴来嫩似烟。士女笙歌宜月下,使君金紫称花前。诚知欢乐堪留恋,其奈离乡已四年。

尝新酒忆晦叔二首
尊里看无色,杯中动有光。自君抛我去,此物共谁尝。

世上强欺弱,人间醉胜醒。自君抛我去,此语更谁听。

负春
病来道士教调气,老去山僧劝坐禅。孤负春风杨柳曲,去年断酒到今年。

池上闲吟二首
高卧闲行自在身,池边六见柳条新。幸逢尧舜无为日,得作羲皇向上人。四皓再除犹且健,三州罢守未全贫。莫愁客到无供给,家酝香浓野菜春。

非庄非宅非兰若,竹树池亭十亩余。非道非僧非俗吏,褐裘乌帽闭门居。梦游信意宁殊蝶,心乐身闲便是鱼。虽未定知生与死,其间胜负两何如。

早春招张宾客
久雨初晴天气新,风烟草树尽欣欣。虽当冷落衰残日,还有阳和暖活身。池色溶溶蓝染水,花光焰焰火烧春。商山老伴相收拾,不用随他年少人。

营闲事

自笑营闲事，从朝到日斜。浇畦引泉脉，扫径避兰芽。暖变墙衣色，晴催木笔花。桃根知酒渴，晚送一瓯茶。

感春

老思不禁春，风光照眼新。花房红鸟嘴，池浪碧鱼鳞。倚棹谁为伴，持杯自问身。心情多少在，六十二三人。

春池上戏赠李郎中

满池春水何人爱，唯我回看指似君。直似挼蓝新汁色，与君南宅染罗裙。

玩半开花赠皇甫郎中 八年寒食日池东小楼上作

勿讶春来晚，无嫌花发迟。人怜全盛日，我爱半开时。紫蜡粘为蒂，红苏点作蕤。成都新夹缬，梁汉碎胭脂。树杪真珠颗，墙头小女儿。浅深妆驳落，高下火参差。蝶戏争香朵，莺啼选稳枝。好教郎作伴，合共酒相随。醉玩无胜此，狂嘲更让谁。犹残少年兴，不似一作未是老人诗。西日凭轻照，东风莫杀去声吹。明朝应烂漫，后夜更一作即离披。林下遥相忆，尊前暗有期。衔杯嚼蕊思，唯我与君知。

池边

柳老香丝宛，荷新钿扇圆。残春深树里，斜日小楼前。醉遣收杯杓，闲听理管弦。池边更无事，看补采莲船。

家酿新熟，每尝辄醉，妻侄等劝令少饮，因成长句以谕之

君应怪我朝朝饮，不说向君君不知。身上幸无疼痛处，瓮头正是撇尝时。刘妻劝谏夫休醉，王侄分疏叔不痴。六十三翁头雪白，假如醒黠欲何为。

送常秀才下第东归

东归多旅恨，西上少知音。寒食看花眼，春风落日心。百忧当二月，一醉直千金。到处公卿席，无辞酒盏深。

且游

手里一杯满，心中百事休。春应唯仰酬，老更不禁愁。弄水回船尾，寻花信马头。眼看筋力灭，游得且须游。

题王家庄临水柳亭

弱柳缘堤种，虚亭压水开。条疑逐风去，波欲上阶来。翠羽偷鱼入，红腰学舞回。春愁正无绪，争不尽残杯。

题令狐家木兰花

腻如玉指涂朱粉，光似金刀剪紫霞。从此时时春梦里，应添一树女郎花。

拜表回闲游

玉珮金章紫花绶，纻衫藤带白纶巾。晨兴拜表称朝士，晚出游山作野人。达磨传心令息念，玄元留意遣同尘。八关净戒齐销日，一曲狂歌醉送春。酒肆法堂方丈室，其间岂是两般身。

西街渠中，种莲垒石，颇有幽致，偶题小楼

朱槛低墙上，清流小阁前。雇人栽菡萏，买石造潺湲。影落江心月，声移谷口泉。闲看卷帘坐，醉听掩窗眠。路笑淘官水，家愁费料钱。是非君莫问，一对一翛然。

晚春闲居，杨工部寄诗、杨常州寄茶同到，因以长句答之

宿醒寂寞眠初起，春意阑珊日又斜。劝我加餐因早笋，恨人休醉是残花。闲吟工部新来句，渴饮毗陵远到茶。兄弟东西官职冷，门前车马向谁家。

玉泉寺南三里涧下，多深红踯躅，繁艳殊常，感惜题诗，以示游者

玉泉南涧花奇怪，不似花丛似火堆。今日多情唯我到，每年无故为谁开。宁辞辛苦行三里，更与留连饮两杯。犹有一盘辜负事，不将

歌舞管弦来。

早服云母散
晓服云英漱井华,寥然身若在烟霞。药销日晏三匙饭,酒渴春深一碗茶。每夜坐禅观水月,有时行醉玩风花。净名事理人难解,身不出家心出家。

三月晦日一下又有日字晚闻鸟声
晚来林鸟语殷勤,似惜风光说向人。遣脱破袍劳报暖,催沽美酒敢辞贫。声声劝醉应须醉,一岁唯残半日春。

早夏游平原回
夏早日初长,南风草木香。肩舆颇平稳,涧路甚清凉。紫蕨行看采,青梅旋摘尝。疗饥兼解渴,一盏冷云浆。

宿天竺寺回
野寺经三宿,都城复一还。家仍念婚嫁,身尚系官一作朝班。萧洒秋临水,沈吟晚下山。长闲犹未得,逐日且偷闲。

侍中晋公欲到东洛,先蒙书问,期宿龙门,思往感今,辄献长句
昔蒙兴化池头送,太和三年春,居易授宾客,分司东来,特蒙侍中于兴化里池上宴送。今许龙门潭上期。聚散但惭长见念,荣枯安敢道相忘。功成名遂来虽久,云卧山游去未迟。闻说风情筋力在,只如初破蔡州时。

奉和晋公侍中蒙除留守,行及洛师,感悦发中,斐然成咏之作
鸾凤翱翔在寥廓,貂蝉萧洒出埃尘。致成尧舜升平代,收得夔龙强健身。抛掷功名远史册,分张欢乐与交亲。商山老皓虽休去,终是留侯门下人。

送刘五司马赴任硖州兼寄崔使君
位下才高多怨天,刘兄道胜独怡然。贫于扬子两三倍,老过荣公六七年。笔砚莫抛留压案,箪瓢从陋也销钱。郡丞自合当优礼,何况夷陵太守贤。

菩提寺上方晚眺
楼阁高低树浅深,山光水色暝沈沈。嵩烟半卷青绡幕,伊浪平铺绿绮衾。飞鸟灭时宜极目,远风来处好开襟。谁知不离簪缨内,长得逍遥自在心。

杨柳枝词八首
六幺水调家家唱,白雪梅花处处吹。古歌旧曲君休听,听取新翻杨柳枝。

陶令门前四五树,亚夫营里百千条。何似东都正二月,黄金枝映洛阳桥。

依依袅袅复青青,勾引春一作清风无限情。白雪花繁空扑地,绿丝条弱不胜莺。

红板江桥青酒旗,馆娃宫暖日斜时。可怜雨歇东风定,万树千条各自垂。

苏州杨柳任君夸,更有钱唐胜馆娃。若解多情寻小小,绿杨深处是苏家。

苏家小女旧知名,杨柳风前别有情。剥条盘作银环样,卷叶吹为玉笛声。

叶含浓露如啼眼,枝袅轻风似舞腰。小树不禁攀折苦,乞君留取两三条。

人言柳叶似愁眉,更有愁肠似柳丝。柳丝挽断肠牵断,彼此应无续得期。

全唐诗卷四百五十五

白居易

读老子

言者不如─作知知者默，此语吾闻于老君。若道老君是知者，缘何自著五千文。

读庄子

庄生齐物同归一，我道同中有不同。遂性逍遥虽一致，鸾凰终校胜蛇虫。《万首绝句》作"去国辞家谪异方，中心自怪少忧伤。为寻庄子知归处，认得无何是本乡。"

读禅经

须知诸相皆非相，若信无余即有余。言不忘言一时了，梦中说梦两重虚。空花岂得兼求果，阳─作物焰如何更觅鱼。摄动是禅禅是动，不禅不动即如如。

感兴二首

吉凶祸福有来由，但要深知不要忧。只见火光烧润屋，不闻风浪覆虚舟。名为公器无多取，利是身灾合少求。虽异匏瓜难不食，大都食足早宜休。

鱼能深入宁忧钓，鸟解高飞岂触罗。热处先争炙手去，悔时其奈噬脐何。尊前诱得猩猩血，幕上偷安燕燕窠。我有一言君记取，世间自取苦人多。

问鹤

乌鸢争食雀争窠，独立池边风雪多。尽日踏冰翘一足，不鸣不动意如何。

代鹤答

鹰爪攫鸡鸡肋折，鹘拳蹴雁雁头垂。何如敛翅水边立，飞上云松栖稳枝。

闲卧一作居有所思二首

向夕搴帘卧枕琴,微凉入户起开襟。偶因明月清风夜,忽想迁臣逐客心。何处投荒初恐惧,谁人绕泽正悲吟。始知洛下分司坐,一日安闲直万金。

权门要路是一作足身灾,散地闲居少祸胎。今日怜君岭南去,当时笑我洛中来。虫全性命缘无毒,木尽天年为不才。大抵吉凶多自致,李斯一去二疏回。

喜闲

萧洒伊嵩下,优游黄绮间。未曾一日闷,已得六年闲。鱼鸟为徒侣,烟霞是往还。伴僧禅闭目,迎客笑开颜。兴发宵游寺,慵时昼掩关。夜来风月好,悔不宿香山。

诗酒琴人,例多薄命,予酷好三事,雅当此科,而所得已多,为幸斯甚,偶成狂咏,聊写愧怀

爱琴爱酒爱诗客,多贱多穷多苦辛。中散步兵终不贵,孟郊张籍过于贫。一之已叹关于命,三者何堪并在身。只合飘零随草木,谁教凌厉出风尘。荣名厚禄二千石,乐饮闲游三十春。何得无厌时咄咄,犹言薄命不如人。

寄明州于驸马使君三绝句

有花有酒有笙歌,其奈难逢亲故何。近海饶风春足雨,白须太守闷时多。

平阳音乐随都尉,留滞三年在浙东。吴越声邪无法用,莫教偷入管弦中。

何郎小妓歌喉好,严老呼为一串珠。严尚书与于驸马诗云:莫惜歌喉一串珠。海味腥咸损声气,听看犹得断肠无。

闲卧

薄食当斋戒,散班同隐沦。佛容为弟子,天许作闲人。唯置床临水,都无物近身。清风散发卧,兼不要纱巾。

春早秋初,因时即事,兼寄浙东李侍郎

春早秋初昼夜长,可怜天气好年光。和风细动帘帷暖,清露微凝枕簟凉。窗下晓眠初灭被,池边晚坐乍移床。闲从蕙草侵阶绿,静任槐花满地黄。理曲管弦闻后院,熨衣灯火映深房。四时新景一作境何人别,遥忆多情李侍郎。

新秋喜凉

过得炎蒸月,尤宜老病身。衣裳朝不润,枕簟夜相亲。楼月纤纤早,波风袅袅新。光阴与时节,先感是诗人。

初夏闲吟,兼呈韦宾客

孟夏清和月,东都闲散官。体中无病痛,眼下未饥寒。世事闻常闷,交游见即欢。杯觞留客切,妓乐取人宽。雪鬓随身老,云心著处安。此中殊有味,试说向君看。

哭崔二十四常侍崔好酒放歌,忘怀生死,知疾不起,自为志文。

貂冠初别九重门,马鬣新封四尺坟。薤露歌词非白雪,旌铭官爵是浮云。伯伦每置随身锸,元亮先一作初为自祭文。莫道高风无继者,一千年内有崔君。

奉酬侍中夏中雨后游城南庄见示八韵

岛树间林峦,云收雨气残。四山岚色重,五月水声寒。老鹤两三只,新篁千万竿。化成天竺寺,移得子陵滩。心觉闲弥贵,身缘健更欢。帝将风后待,人作谢公看。角里年虽老,高阳兴未阑。佳辰不见召,争免趁杯盘。来诗云何处趁杯盘。

送衮州崔大夫驸马赴镇《唐人绝句》作送崔驸马赴衮州

戚里夸为贤驸马,儒家认作好诗人。鲁侯不得辜风景,沂水年年有暮春。

少年问

少年怪我问如何,何事朝朝醉复歌。号作乐天应不错,忧愁时少乐时多。

问少年

千首诗堆青玉案,十分酒写白金盂。回头却问诸年少,作个狂夫得了无。

代琵琶弟子谢女师曹供奉寄新调弄谱

琵琶师在九重城,忽得书来喜且惊。一纸展看非旧谱,四弦翻出是新声。蕤宾掩抑娇多怨,散水玲珑峭更清。珠颗泪沾金捍拨,红妆弟子不胜情。蕤宾、散水皆新调名。

代林园戏赠 裴侍中新修集贤宅成,池馆甚盛,数往游宴,醉归自戏耳。

南院今秋游宴少,西坊近日往来频。假如宰相池亭好,作客何如作主人。

戏答林园

岂独西坊来往频,偷闲处处作游人。衡门虽是栖迟地,不可终朝锁老身。

重戏赠

集贤池馆从他盛,屡道林亭勿自轻。往往归来嫌窄小,年年为主莫无情。

重戏答

小水低亭自可亲,大池高馆不关身。林园莫妒裴家好,憎故怜新岂是人。

早秋登天宫寺阁赠诸客

天宫阁上醉萧辰,丝管闲听酒慢巡。为向凉风清景道,今朝属我两三人。

晓上天津桥 一作阁闲望,偶逢卢郎中、张员外,携酒同倾

上阳宫里晓钟后,天津桥头残月前。空阔境疑非下界,飘飘身似在寥天。星河隐映实生日,楼阁葱茏半出烟。此处相逢倾一盏,始知地上有神仙。

八月十五日夜同诸客玩月

月好共传唯此夜,境闲皆道是东都。嵩山表里千重雪,洛水高低两颗珠。清景难逢宜爱惜,白头相劝强欢娱。诚知亦有来年会,保得晴明强健无。

对晚开夜合花赠皇甫郎中

移晚校一月,花迟过半年。红开杪秋日,翠合欲昏天。白露滴未 一作不死,凉风吹更鲜。后时谁肯顾,唯我与君怜。

醉游平泉

狂歌箕踞酒尊前,眼不看人面向天。洛客最闲唯有我,一年四度到平泉。

题赠平泉韦征君拾遗

箕颍千年后,唯君得古风。位留丹陛上,身入白云中。躁静心相背,高低迹不同。笼鸡与梁燕,不信有冥鸿。

酬皇甫郎中对新菊花见忆

爱菊高人吟逸韵,悲秋病客感衰怀。黄花助兴方携酒,红叶添愁正满阶。居士荤腥今已断,仙郎杯杓为谁排。愧君相忆东篱下,拟废重阳一日斋。

夜宴醉后留献裴侍中

九烛台前十二姝,主人留醉任欢娱。翩翩舞袖双飞蝶,宛转歌声一索珠。坐久欲醒还酩酊,夜深初散又踟蹰。南山宾客东山妓,此会人间曾有无。

和韦庶子远坊赴宴未夜先归之作,兼呈裴员外 员外亦爱先逃归

促席留欢日未曛,远坊归思已纷纷。无妨按辔行乘月,何必逃杯走似云。银烛忍 一作忽抛杨柳曲,金鞍潜送石榴裙。到时常晚归时早,笑乐三分校一分。

集贤池答侍中问

主人晚入皇城宿,问客裴回何所须。池月幸闲无用处,今宵能借客游无。

杨柳枝二十韵并序

杨柳枝,洛下新声也。洛之小妓,有善歌之者,词

章音韵,听可动人,故赋之。

　　小妓携桃叶,新声蹋柳枝。妆成剪烛后,醉起拂衫时。绣履娇行缓,花筵笑上迟。身轻委回雪,罗薄透凝脂。笙引簧频暖,筝催柱数移。乐童翻怨调,才子与妍词。便想人如树,先将发比丝。风条摇两带,烟叶贴双眉。口动樱桃破,鬟低翡翠垂。枝柔腰袅娜,荑嫩手葳蕤。唳鹤晴呼侣,哀猿夜叫儿。玉敲音历历,珠贯字累累。袖为收声点,钗因赴节遗。重重遍头别,一一拍心知。塞北愁攀折,江南苦别离。黄遮金谷岸,绿映杏园池。春惜芳华好,秋怜颜一作翠色衰。取来歌里唱,胜向笛中吹。曲罢那能别,情多不自持。缠头无别物,一首断肠诗。

答皇甫十郎中秋深酒熟见忆

　　烟景冷苍茫,秋深夜夜霜。为思池上酌,先觉瓮头香。未暇倾巾漉,还应染指尝。醍醐惭气味,琥珀让晶光。若许陪歌席,须容散道场。月终斋戒毕,犹及菊花黄。

老去

　　老去愧妻儿,冬来有劝词。暖寒从饮酒,冲冷少吟诗。战胜心还壮,斋勤体校羸。由来世闲法,损益合相随。

送宗实上人游江南

　　忽辞洛下缘何事,拟向江南住几时。每过渡一作船头应一作伤问法,无妨菩萨是船师。

和同州杨侍郎夸柘枝见寄

　　细吟冯翊使君诗,记作余杭太守时。君有一般输我事,柘枝看校十年迟。

冬初酒熟二首

　　霜繁脆庭柳,风利剪池荷。月色晓弥苦,鸟声寒更多。秋怀久寥落,冬计又如何。一瓮新醅酒,萍浮春水波。

　　酒热无来客,因成独酌谣。人间老黄绮,地上散松乔。忽忽醒还醉,悠悠暮复朝。残年多少在,尽付此中销。

送姚杭州赴任,因思旧游二首

　　与君细话杭州事,为我留心莫等闲。闾里固宜勤抚恤,楼台亦要数跻攀。笙歌缥缈虚空里,风月依稀梦想间。且喜诗人重管领,遥飞一盏贺江山。

　　渺渺钱唐路几千,想君到后事依然。静逢竺寺猿偷橘,闲着苏家女采莲。故妓数人凭问讯,新诗两首倩留传。舍人虽健无多兴,老校当时八九年。杭民至今呼余为白舍人。

寄李相公

　　渐老只谋欢,虽贫不要官。唯求造化力,试为驻春看。

冬日平泉路晚归

　　山路难行日易斜,烟村霜树欲栖鸦。夜归不到应闲事,热饮三杯即是家。

利仁北街作

　　草色斑斑春雨晴,利仁坊北面西行。踟蹰立马缘何事,认得张家歌吹声。

洛阳堰闲行

　　洛阳堰上新晴日,长夏门前欲暮春。遇酒即沽逢树歇,七年此地作闲人。

过永宁

　　村杏野桃繁似雪,行人不醉为谁开。赖逢山县卢明府,引我花前劝一杯。

往年稠桑,曾丧白马,题诗厅壁,今来尚存,又复感怀,更题绝句

　　路傍埋骨蒿草合,壁上题诗尘藓生。马死七年独怅望,自知无乃太多情。

罗敷水

　　野店东头花落处,一条流水号罗敷。芳魂艳骨知何处,春草茫茫墓亦无。

路逢青州王大夫赴镇,立马赠别

　　大旆拥金羁,书生得者稀。何劳问官职,岂不见光辉。赫赫人争看,翩翩马欲飞。不期_{一作欺}前岁尹,驻节语依依。前年春,余为河南尹,王为少尹。

和杨同州寒食乾坑会后,闻杨工部欲到,知予与工部有宿醒

　　夜饮归常晚,朝眠起更迟。举头中酒后,引手索茶时。拂枕青长袖,欹簪白接䍦。宿醒无兴味,先是肺神知。

和刘汝州酬侍中见寄长句,因书集贤坟胜事,戏而问之

　　洛川汝海封畿接,履道集贤来往频。一复时程虽不远,百余步地更相亲。_{汝去洛程一宿,履道、集贤两宅,相去一百三十步。}朱门陪宴多投辖,青眼留欢任吐茵。闻道郡斋还有酒,花前月下对何人。

池上二绝

　　山僧对棋坐,局上竹阴清。映竹无人见,时闻下子声。

　　小娃撑小艇,偷采白莲回。不解藏踪迹,浮萍一道开。

白羽扇

　　素是自然色,圆因裁制功。飒如松起籁,飘似鹤翻空。盛夏不销雪,终年无尽风。引秋生手里,藏月入怀中。尘尾斑非疋,蒲葵陋不同。何人称相对,清瘦白须翁。

五月斋戒,罢宴彻乐,闻韦宾客、皇甫郎中饮会亦稀,又知欲携酒馔出斋,先以长句呈谢

　　妓房匣镜满红埃,酒库封瓶生绿苔。居士尔时缘护戒,车公何事亦停杯。散斋香火今朝散,开素盘筵后日开。随意往还君莫怪,坐禅僧去饮徒来。

闲园独赏_{因梦得所寄蜂鹤之咏,因成此篇以和之}

　　午后郊园静,晴来景物新。雨添山气色,风借水精神。永日若为度,独游何所亲。仙禽狎君子,芳树倚佳人。蚁斗王争肉,蜗移舍逐身。蝶双知伉俪,蜂分见君臣。蠢蠕形虽小,逍遥性即均。不知鹏与鷃,相去几微尘。

种柳三咏

　　白头种松桂,早晚见成林。不及栽杨柳,明年便有阴。春风为催促,副取老人心。

　　从君种杨柳,夹水意如何。准拟三年后,青丝拂绿波。仍教小楼上,对唱柳枝歌。

　　更想五年后,千千条曲尘。路傍深映月,楼上暗藏春。愁杀闲游客,闻歌不见人。

偶吟

　　好官病免曾三度,散地归林已七年。老自退闲非世弃,贫蒙强健是天怜。韦荆南去留春服,王侍中来乞酒钱。便得一年生计足,与君美食复甘眠。

池上即事

　　移床避日依松竹,解带当风挂薜萝。钿砌池心绿蘋合,粉开花面白莲多。久阴新霁宜丝管,苦热初凉入绮罗。家酝瓶空人客绝,今宵争奈月明何。

南塘暝兴

　　水色昏犹白,霞光暗渐无。风荷摇破扇,波月动连珠。蟋蟀啼相应,鸳鸯宿不孤。小僮频报夜,归步_{一作路}尚踟蹰。

小宅

　　小宅里闾接,疏篱鸡犬通。渠分南巷水,窗借北家风。庾信园殊小,陶潜屋不丰。何劳问宽窄,宽窄在心中。

谕亲友

　　适情处处皆安乐,大抵园林胜市朝。烦闹荣华犹易过,优闲福禄更难销。自怜老大宜疏散,却被交亲叹寂寥。终日相逢不相见,两心相去一何遥。

龙门送别皇甫泽州赴任、韦山人南游

隼旟归洛知何日,鹤驾还嵩莫过春。惆怅香山云水冷,明朝便是独游人。

刘苏州寄酿酒糯米,李浙东寄杨柳枝舞衫,偶因尝酒试衫,辄成长句寄谢之

柳枝谩蹋试双袖,桑落初香尝一杯。金屑醅浓吴米酿,银泥衫稳越娃裁。舞时已觉愁眉展,醉后仍教笑口开。惭愧故人怜寂寞,三千里外寄欢来。

诏授同州刺史,病不赴任,因咏所怀

同州慵不去,此意复谁知。诚爱俸钱厚,其如身力衰。可怜病判案,何似醉吟诗。劳逸悬相远,行藏决不疑。徒烦人劝谏,只合自寻思。白发来无限,青山去有期。野心惟怕闹,家口莫愁饥。卖却新昌宅,聊充送老资。

寄杨六侍郎 时杨初授户部,予不赴同州。

西户最荣君好去,左冯虽稳我慵来。秋风一箸鲈鱼鲙,张翰摇头唤不回。

韦七自太子宾客再除秘书监,以长句贺而饯之 韦往年尝与予同为秘监

离筵莫怆且同欢,共贺新恩拜旧官。屈就商山伴麋鹿,好归芸阁狎鹓鸾。落星石上苍苔古,画鹤厅前白露寒。老监姓名应一作题在壁,相思试为拂尘看。

酒熟忆皇甫十

新酒此时熟,故人何日来。自从金谷别,不见玉山颓。疏索柳花盌,寂寥荷叶杯。今冬问毡帐,雪里为谁开。

九年十一月二十一日感事而作 其日独游香山寺

祸福茫茫不可期,大都早退似先知。当君白首同归日,是我青山独往时。顾索素琴应不暇,忆牵黄犬定难追。麒麟作脯龙为醢,何似泥中曳尾龟。

即事重题

重裘暖帽宽毡履,小阁低窗深地炉。身稳心安眠未起,西京朝士得知无。

将归渭村先寄舍弟

一年年觉此身衰,一日日知前事非。咏月嘲风一作花先要灭,登山临水亦宜稀。子平嫁娶贫中毕,元亮田园醉里归。为报阿连寒食下,与吾酿酒扫柴扉。

看嵩洛有叹

今日看嵩洛,回头叹世间。荣华急如水,忧患大于山。见苦方知乐,经忙始爱闲。未闻笼里鸟,飞出肯飞还。

咏怀

随缘逐处便安闲,不入一作住朝廷不住一作入山。心似虚舟浮水上,身同宿鸟寄林间。尚平婚嫁了无累,冯翊符章封却还。时阿罗初嫁,及同州官吏放归。处分贫家残活计,匹一作正如身后莫相关。

咏老赠梦得

与君俱老也,自问老何如。眼涩夜先卧,头慵朝未梳。有时扶仗出,尽日闭门居。懒照新磨镜,休看小字书。情于故人重,迹共少年疏。唯是闲谈兴,相逢尚有余。

全唐诗卷四百五十六

白居易

从同州刺史改授太子少傅分司

承华东署三分务,履道西池七过春。歌酒优游聊卒岁,园林萧洒可终身。留侯爵秩诚虚贵,疏受生涯未苦贫。月俸百千官二品,朝廷雇我作闲人。张良、疏受并为太子少傅。

奉和裴令公新成午桥庄绿野堂即事

旧径开桃李,新池凿凤皇。只添丞相阁,不改午桥庄。远处尘埃少,闲中日月长。青山为外屏,绿野是前堂。引水多随势,栽松不趁行。年华玩风景,春事看农桑。花妒谢家妓,兰偷荀令香。游丝飘酒席,瀑布溅琴床。巢许终身稳,萧曹到老忙。千年落公便,进退处中央。时裴加中书令。

自题小草亭

新结一茅茨,规模俭且卑。土阶全垒块,山木半留皮。阴合连藤架,丛香近菊篱。壁宜藜杖倚,门称荻帘垂。窗里风清夜,檐间月好时。留连尝酒客,句引坐禅师。伴宿双栖鹤,扶行一侍儿。绿醅量盏饮,红稻约升炊。龌龊豪家笑,酸寒富室欺。陶庐闲自爱,颜巷陋谁知。蝼蚁谋深穴,鸒鹅占小枝。各随其分足,焉用有余为。

自咏

细故随缘尽,衰形具体微。斗闲僧尚闹,较瘦鹤犹肥。老遣宽裁袜,寒教厚絮衣。马从衔草展,鸡任啄笼飞。只要天和在,无令物性违。自余君莫问,何是复何非。

新亭病后独坐,招李侍郎公垂

新亭未有客,竟日独何为。趁暖泥茶灶,防寒夹竹篱。头风初定后,眼暗欲明时。浅把三分酒,闲题数句诗。应须置两榻,一榻待公垂。

闲卧寄刘同州

软褥短屏风,昏昏醉卧翁。鼻香茶熟后,腰暖日阳中。伴老琴长在,迎春酒不空。可怜闲气味,唯欠与君同。

残酌晚餐

闲倾残酒后,欲拥小炉时。舞看新翻曲,歌听自作词。鱼香肥泼火,饭细滑流匙。除却慵馋外,其余尽不知。

喜见刘同州梦得

紫绶白髭须,同年二老夫。论心共牢落,见面且欢娱。酒好携来否,诗多记得无。应须为春草,五马少踟蹰。

裴令公席上赠别梦得

年老官高多虽离,转难相见转相思。雪销酒尽梁王起,便是邹枚分散时。

寻春题诸家园林

闻健朝朝出,乘春处处寻。天供闲日月,人借好园林。渐以狂为态,都无闷到心。平生身得所,未省似而今。

又题一绝

貌随年老欲何如,兴遇春牵尚有余。遥见人家花便入,不论贵贱与亲疏。

家园三绝

沧浪峡水子陵滩,路远江深欲去难。何似家池通小院,卧房阶下插鱼竿。

篱下先生时得醉,瓮间吏部暂偷闲。何如家酝双鱼榼,雪夜花时长在前。

鸳鸯怕捉竟难亲,鹦鹉虽笼不著人。何似家禽双白鹤,闲行一步亦随身。

老来生计

老来生计君看取,白日游一作闲行夜醉吟。

陶令有田唯种黍,邓家无子不留金。人间荣耀因缘浅,林下幽闲气味深。烦虑渐消虚白长,一年心胜一年心。

早春题少室东岩

三十六峰晴,雪销岚翠一作气生。月留三夜宿,春引四山行。远草初含色,寒禽未变声。东岩最高石,唯我有题名。

早春即事

眼重朝眠足,头轻宿酒醒。阳光满前户,雪水半中庭。物变随天气,春生逐地形。北檐梅晚白,东岸柳先青。葱垞抽羊角,松巢堕鹤翎。老来诗更拙,吟罢少人听。

叹一作笑春风兼赠李二十侍郎二绝

树根雪尽催花发,池岸冰消放草生。唯有须霜依旧白,春风于我独无情。

道场斋戒今初毕,酒伴欢娱久不同。不把一杯来劝我,无情亦得似春风。

春来频与李二宾客郭外同游,因赠长句

风光引步酒开颜,送老消春嵩洛间。朝蹋落花相伴出,暮随飞鸟一时还。我为病叟诚宜退,君是才臣岂合闲。可惜济时心力在,放教临水复登山。

二月二日

二月二日新雨晴,草芽菜甲一时生。轻衫细马春年少,十字津头一字行。

奉和令公绿野堂种花

绿野堂开占物华,路人指道令公家。令公桃李满天下,何用堂前更种花。

清明日登老君阁望洛城,赠韩道士

风光烟火清明日,歌哭悲欢城市间。何事不随东洛水,谁家又葬北邙山。中桥车马长无已,下渡舟航亦不闲。冢墓累累人扰扰,辽东怅望鹤飞还。

三月三日

画堂三月初三日,絮扑窗纱燕拂檐。莲子数杯尝冷酒,柘枝一曲试春衫。阶临池面胜看镜,户映花丛当下帘。指点楼南玩新月,玉钩素手两纤纤。

雨中听琴者弹别鹤操

双鹤分离一何苦,连阴雨夜不堪闻。莫教迁客孀妻听,嗟叹悲啼讵—作泥杀君。

酬郑二司录与李六郎中寒食日相过,同宴见赠二人并是同年

偶因冷节会嘉宾,况是平生心所亲。迎接须矜疏傅老,祇供莫笑阮家贫。杯盘狼籍宜侵一作亲夜,风景阑珊欲过春。相对喜欢还怅望,同年只有此三人。

喜杨六侍御同宿—喜下有与字

岸帻静言明月夜,匡床闲卧落花朝。二三月里饶春睡,七八年来不早朝。烛水清尘难会合,高鹏低鷃各逍遥。眼看又上青云去,更卜同衾一两宵。

残春咏怀,赠杨慕巢侍郎

位逾三品日,太子少傅官三品。年过六旬时。予今年六十五。不道官班下,其如筋力衰。犹怜好风景,转重旧亲知。少壮难重得,欢娱且强为。兴来池上酌,醉出袖中诗。静话开襟久,闲吟放盏迟。落花无限雪,残鬓几多丝。莫说伤心事,春翁易酒悲。

闲居春尽

闲泊池舟静掩扉,老身慵出客来稀。愁应暮雨留教住,春被残莺唤遣归。揭瓮偷尝新熟酒,开箱试著旧生衣。冬裘夏葛相催促,垂老光阴速似飞。

春尽日天津桥醉吟偶—无偶字呈李尹侍郎

宿雨洗天津,无泥未有尘。初晴迎早夏,落照送残春。兴发诗随口,狂来酒寄身。水边行嵬峨,桥上立逡巡。疏傅心情老,吴公政化新。三川徒有主,风景属闲人。

池上逐凉二首

青苔地上消残暑,绿树阴前逐晚凉。轻屦单衫薄纱帽,浅池平岸庳藤床。簪缨怪我情何薄,泉石谙君味甚长。遍问交亲为老计,多言宜静不宜忙。

窗间睡足休高枕,水畔闲—作行来上小船。棹遣秃头奴子拨,茶教纤手侍儿煎。门前便是红尘地,林外无非赤日天。谁信好风清簟上,更无一事但翛然。

香山避暑二绝

六月滩声如猛雨,香山楼北畅师房。夜深起凭阑干立,满耳潺湲满面凉。

纱巾草履竹疏衣,晚下香山蹋翠微。一路凉风十八里,卧乘篮舆睡中归。

老夫

七八年来游洛都,三分游伴二分无。风前月下花园里,处处唯残个老夫。世事劳心非富贵,人间—作生实事是欢娱。谁能逐我来闲坐,时共酣歌倾一壶。

香山下—无下字卜居

老须为老计,老计在抽簪。山下初投足,人间久息心。乱藤遮石壁,绝涧护云林。若要深藏处,无如此处深。

无长物

莫讶家居窄,无嫌活计贫。只缘无长物,始得作闲人。青竹单床簟,乌纱独幅巾。其余皆称是,亦足奉吾身。

宿香山寺酬广陵牛相公见寄

来诗云:唯美东都白居士,月明香积问禅师。时牛相三表乞退,有诏不许。

手札八行诗一篇,无曲相见但依然。君臣圣主方行道,我事空王正坐禅。支许徒思游白

月,夔龙未放下青天。应须且为苍生住,犹去悬车十四年。牛相公今年五十七。

以诗代书,寄户部杨侍郎,劝买东邻王家宅
劝君买取东邻宅,与我衡门相并开。云映嵩峰当户牖,月和伊水入池台。林园亦要闻闲置,筋力应须及健回。莫学因循白宾客,欲年六十始归来。

赠谈客
上客清谈何亹亹,幽人闲思自寥寥。请君休说长安事,膝上风清琴正调。

初入香山院对月 太和六年秋作
老住香山初到夜,秋逢白月正圆时。从今便是家山月,试问清光知不知。

题龙门堰西涧
东岸菊丛西岸柳,柳阴烟合菊花开。一条秋水琉璃色,阔狭才容小航 一作艇 回。除却悠悠白少傅,何人解入此中来。

秋霖中奉裴令公见招,早出赴会,马上先寄六韵
雨暗三秋日,泥深一尺时。老人平旦出,自问欲何之。不是寻医药,非干送别离。素书传好语,绛帐赴佳期。续借桃花马,催迎杨柳姬。只愁张录事,罚我怪来迟。

尝酒听歌招客
一瓮香 一作新 醪新插蒭 一作刍,双鬟小妓薄能讴。管弦渐好新教得,罗绮虽贫免外求。世上贪忙不觉苦,人间除醉即须愁。不知此事君知否,君若知时从我游。

八月三日夜作 一无夜字
露白月微明,天凉景物清。草头珠颗冷,楼角玉钩生。气爽衣裳健,风疏砧杵鸣。夜衾香有思,秋簟冷无情。梦短眠频觉,宵长起暂行。烛凝临晓影,虫怨欲寒声。槿老花先尽,莲凋子始成。四时无了日,何用叹衰荣。

病中赠南邻觅酒
头痛牙疼三日卧,妻看煎药婢来扶。今朝似校抬头语,先问南邻有酒无。

晓眠后寄杨户部
软绫腰褥薄绵被,凉冷秋天稳暖身。一觉晓眠殊有味,无因寄与早朝人。

秋雨夜眠
凉冷三秋夜,安闲一老翁。卧迟灯灭后,睡美雨声中。灰宿温瓶火,香添暖被笼。晓晴寒未起,霜叶满阶红。

喜梦得自冯翊归洛,兼呈令公
上客新从左辅回,高阳兴助洛阳才。已将四海声名去,又占三春风景来。甲子等头怜共老,文章敌手莫相猜。邹枚未用争诗酒,且饮梁王贺喜杯。

斋戒满夜,戏招梦得
纱笼灯下道场前,白日持斋夜坐禅。无复更思身外事,未能全尽世间缘。明朝又拟亲杯酒,今夕先闻理管弦。方丈若能来问疾,不妨兼有散花天。

和令公问刘宾客归来称意无之作
水南秋一半,风景未萧条。皂盖回沙苑,蓝舆上洛桥。闲尝黄菊酒,醉唱紫芝谣。称意那劳问,请平声钱不早朝。

酬梦得穷秋夜坐,即事见寄
焰细灯将尽,声遥漏正长。老人秋向火,小女夜缝裳。菊悴篱经雨,萍销水得霜。今冬暖寒酒,先拟共君尝。

偶于维扬牛相公处觅得筝,筝未到,先寄诗来,走笔戏答 来诗云:但愁封寄去,魔物或惊禅
楚匠饶巧思,秦筝多好音。如能惠一面,何啻直双金。玉柱调须品,朱弦染要深。会教魔女弄,不动是禅心。

答梦得秋庭独坐见赠

林梢隐映夕阳残,庭际萧疏夜气寒。霜草欲枯虫思急,风枝未定鸟栖难。容衰见镜同惆怅,身健逢杯且喜欢。应是天教相暖热,一时垂老与闲官。

长斋月满,携酒先与梦得对酌,醉中同赴令公之宴,戏赠梦得

斋宫一作公前日满三旬,酒槛今朝一拂尘。乘兴还同访戴客,解醒仍对姓刘人。病心汤沃寒灰活,老面花生朽木春。若伯平原怪先醉,知君未惯吐车茵。

奉酬淮南牛相公思黯见寄二十四韵每对双关分叙两意

白老忘机客,牛公济世贤。鸥栖心恋水,鹏举翅摩天。累就优闲一作贤秩,连操造化权。贫司甚萧洒,荣路自喧阗。望苑三千日,台阶十五年。是人皆弃忘,何物不陶甄。居易三任官僚,皆分司东都,于兹八载。思黯出入外内,凡十五年,皆同平章事。篮舆游嵩岭,油幢镇海壖。竹篱撑钓艇,金甲拥楼船。雪夜寻僧舍,春朝列妓筵。长斋俨香火,密宴簇花钿。自觉闲胜闹,遥知醉笑禅。是非分未定,会合杳无缘。我正思杨府,君应望洛川。西来风袅袅,南去雁连连。日落龙门外,潮生瓜步前。秋同一时尽,月共两乡圆。旧眷交欢在,新交气调全。惭无白雪曲,难答碧云篇。金谷诗谁赏,芜城赋众传。珠应晒鱼目,铅未伏龙泉。远讯一作许惊魔物,深情寄酒钱。霜纨一百匹,玉柱十一弦。思黯远寄筝来,先寄诗云:"但愁封寄去,魔物或惊禅。"仍与酒资同去。楚醴来尊里,秦声一作筝送耳边。何时一作如红烛下,相对一陶然。

吴秘监每有美酒,独酌独醉,但蒙诗报,不以饮招,辄此戏酬,兼呈梦得

蓬山仙客下烟霄,对酒唯吟独酌谣。不怕道狂挥玉爵,记云:饮玉爵者弗挥。亦曾乘兴解金貂。吴监前任散骑常侍。君称名士夸能饮,王孝伯云:但常无事,读《离骚》,痛饮,即可称名士。我有愚夫肯一作可见招。独酌谣云:愚夫子不招。赖有伯伦为醉伴,何愁不解傲松乔。

酬梦得霜夜对月见怀

凄清冬夜景,摇落长年情。月带新霜色,砧和远雁声。暖怜炉火近,寒觉被衣轻。枕上酬佳句,诗成梦不成。

初冬月夜得皇甫泽州手札并诗数篇,因遣报书,偶题长句

清泠玉韵两三章,落箔银钩七八行。心逐报书悬雁足,梦寻来路绕羊肠。水南地空多明月,山北天寒足早霜。履道所居在水南,泽州在太行之北地也。最恨泼醅新熟酒,迎冬不得共君尝。

雪中酒熟,欲携访吴监,先寄此诗

新雪对新酒,忆同倾一杯。自然须访戴,不必待延枚。雪赋云延枚叟。陈榻无辞解,袁门莫懒开。笙歌与谈笑,随事自将来。

酬令公雪中见赠,讶不与梦得同相访

雪似鹅毛飞散乱,人披鹤氅立徘徊。邹生枚叟非无兴,唯待梁王召即来。

题酒瓮呈梦得

若无清酒两三瓮,争向白须千万茎。曲蘖销愁真得力,光阴催老苦无情。凌烟阁上功无分,伏火炉中药未成。更拟共君何处去,且来同作醉先生。

迁叟

一辞魏阙就商宾,散地闲居八九春。初时被目为迁叟,近日蒙呼作隐人。冷暖俗情谙世路,是非闲论任交亲。应须绳墨机关外,安置疏愚钝滞身。

洛下闲居,寄山南令狐相公

已收身向园林下,犹寄名于禄仕间。不锻嵇康弥懒静,无金疏傅更贫闲。支分门内余生计,谢绝朝中旧往还。唯是相君忘未得,时思

汉水梦巴山。

惜春赠李尹
春色有时尽,公门终日忙。两衙但平声不阙,一醉亦何妨。芳树花团雪,衰翁鬓扑霜。知君倚年少,未苦惜风光。

对酒劝令公开春游宴
时泰岁丰无事日,功成名遂自由身。前头更有忘忧日,向上应无快活人。自去年来多事故,从今日去少交亲。宜须数数谋欢会,好作开成第二春。

与梦得偶同到敦诗宅,感而题壁
山东才副苍生愿,《汉书》云:山东出相。川上俄惊逝水波。履道凄凉新第宅,敦诗宅在履道,修造初成。宣城零落旧笙歌。崔家妓乐,多归宣州也。园荒唯有薪堪采,门冷兼无雀可罗。今日相逢一作随偶同到,伤心不是故经过。

杨六尚书新授东川节度使,代妻戏贺兄嫂二绝
刘纲与妇共升仙,弄玉随夫亦上天。何似沙哥领崔嫂,碧油幢引向东川。

金花银碗饶君一作兄用,罨画罗衣尽上声嫂裁。觅得黔娄为妹婿,可能空寄蜀茶来。

闲游即事
郊野游行熟,村园次第过。蓦山寻浥涧,踏水渡伊河。寒食青青草,春风瑟瑟波。逢人共杯酒,随马有笙歌。胜事经非少,芳辰过亦多。还须自知分,不老拟如何。

六十六
七十欠四岁,此生那足论。每因悲物故,还且喜身存。安得头长黑,争教眼不昏。交游成拱木,婢仆见曾孙。瘦觉腰金重,衰怜鬓雪繁。将何理老病,应付与空门。

池上早春,即事招英华作嘲梦得
老更惊年改,闲先觉日长。晴熏榆荚黑,

春染柳梢黄。云一作雪破山呈色,冰融水放光。低平稳船舫,较暖好衣裳。白角三升榼,红茵六尺床。偶游难得伴,独醉不成狂。我有中心乐,君无外事忙。经过莫慵懒,相去两三坊。

因梦得题公垂所寄蜡烛,因寄公垂
照梁初日光相似,出水新莲艳不如。却寄两条君令一作领取,明年双引入中书。宰相入朝举双烛,余官各一。

令公南庄花柳正盛,欲偷一赏,先寄二篇
最忆楼花千万朵,偏怜堤柳两三株。拟提社酒携村妓,擅入朱门莫怪无。映楼桃花,拂堤垂柳,是庄上最胜绝处,故举以为对。

可惜亭台闲度日,欲偷风景暂游春。只愁花里莺饶舌,飞入宫城报主人。

春夜宴席上戏赠裴淄川
九十不衰真地仙,裴年九十不衰羸。六旬犹健亦天怜。予自谓也。今年相遇莺花月,此夜同欢歌酒筵。四座齐声和丝竹,两家随分斗金钿。留君到晓无他意,图向君前作少年。

赠梦得
年颜老少与君同,眼未全昏耳未聋。放醉卧为春日伴,趁欢行入少年丛。寻花借马烦川守,弄水偷船恼令公。闻道洛城人尽怪,呼为刘白二狂翁。

晚春欲携酒寻沈四著作,先以六韵寄之
病容衰惨淡,芳景晚蹉跎。无计留春得,争能奈老何。篇章慵报答,杯宴喜经过。顾我酒狂久,负君诗债多。沈前后惠诗十余首,春来多醉,竟未酬答。今故云尔。敢辞携绿蚁,只愿见青娥。最忆阳关唱,真珠一串联。沈有讴者,善唱西出阳关无故人词。

三月三日祓禊洛滨并序。《才调集》作祓禊日游于斗门亭。一本无此题,序即题也。
开成二年三月三日,河南尹李待价以人和岁稔,将祓于洛滨。前一日,启留守裴令公。令公明日,召太子少傅白居易、太子宾客萧籍、李仍叔、刘禹锡、前

中书舍人郑居中、国子司业裴恽、河南少尹李道枢、仓部郎中崔晋、司封员外郎张可续一作绩、驾部员外郎卢言、虞部员外郎苗愔、和州刺史裴俦、淄州刺史裴洽、检校礼部员外郎杨鲁士、四门博士谈弘谟等一十五人,合宴于舟中,由斗亭历魏堤,抵津桥,登临溯沿。自晨及暮,簪组交映,歌笑间发。前水嬉而后妓乐,左笔砚而右壶觞。望之若仙,观者如堵,尽风光之赏,极游泛之娱,美景良辰,赏心乐事,尽得于今日矣。若不记录,谓洛无人。晋公首赋一章,铿然玉振,顾谓四座,继而和之。居易举酒抽毫,奉十二韵以献。(座上作)

三月草萋萋,黄莺歇又啼。柳桥晴有絮,沙路润无泥。禊事修初半一作毕,游人到欲齐。全钿耀桃李,丝管骇凫鹥。转岸回船尾,临流簇马蹄。闹翻一作于扬子渡,踏破魏王堤。妓接谢公宴,诗陪荀令题。舟同李膺泛,醴为穆生携。水引春心荡,花牵醉眼迷。尘街从鼓动,烟树任鸦栖。舞急红腰软一作凝,歌迟翠黛低。夜归何用烛,新月凤楼西。

同梦得暮春寄贺东西川二杨尚书

龙节对持真可爱,雁行相接更堪夸。两川风景同三月,千里江山属一家。鲁卫定知连气色,潘杨亦觉有光华。予与二公皆忝姻眷。应怜洛下分司伴,冷宴闲游老看花。

喜小楼西新柳抽条

一行弱柳前年种,数尺柔条今日新。渐欲拂他骑马客,未多遮得上楼人。须教碧玉羞眉黛,莫与红桃作曲尘。为报金堤千万树,饶伊未敢苦争春。

晚春酒醒寻梦得

料合同惆怅,花残酒亦残。醉心忘老易,醒眼别春难。独出虽慵懒,相逢定喜欢。还携小蛮去,试觅老刘看。小蛮,酒榼名也。

感事

服气崔常侍晦叔、烧丹郑舍人居中。常期生羽翼,那忽化灰尘。每遇凄凉事,还思潦倒身。唯知趁杯酒,不解炼金银。睡适三尸性,慵安五藏神。无忧亦无喜,六十六年春。

和裴令公南庄绝句 裴云:野人不识中书令,唤作陶家与谢家

陶庐僻陋那堪比,谢墅幽微不足攀。何似嵩峰三十六,长随申甫作家山。

宅西有流水,墙下构小楼,临玩之时,颇有幽趣,因命歌酒,聊以自娱,独醉独吟,偶题五绝句

伊水分来不自由,无人解爱为谁流。家家抛向墙根底,唯我栽莲越一作起小楼。

水色波文何所似,曲尘罗带一条斜。莫言罗带春无主,自置楼来属白家。

日滟水光摇素壁,风飘树影拂朱栏。皆言此处宜弦管,试奏霓裳一曲看。

霓裳奏一作试罢唱梁州,红袖斜翻翠黛愁。应是遥闻胜近听,行人欲过尽回头。

独醉还须得歌舞,自娱何必要亲宾。当时一部清商乐,亦不长将乐外人。

偶作

篮舁出即忘归舍,柴户昏犹未掩关。闻客病时惭体健,见人忙处觉心闲。清凉秋寺行香去,和暖春城拜表还。木雁一篇须记取,致身才与不才间。

因梦得酬牛相公初到洛中小饮见赠 时牛相公辞罢扬州节度,就拜东都留守

淮南挥手抛红旆,洛下回头向白云。政事堂中老丞相,制科场里旧将军。宫城烟月饶全占,关塞风光请半分。诗酒放狂犹得在,莫欺白叟与刘君。

幽居早秋闲咏

幽僻嚣尘外,尘凉水木间。卧风秋拂簟,步月夜开关。且得身安泰,从他世险艰。但休争要路,不必入深山。轩鹤留何用,泉鱼放不还。谁人知此味,临老十年闲。

和令狐仆射小饮听阮咸

　　掩抑复凄清,非琴不是筝。还弹乐府曲,别占阮家名。古调何人识,初闻满座惊。落盘珠历历,摇珮玉琤琤。似劝杯中物,如含林下情。时移音律改,岂是昔时声。

烧药不成命酒独醉

　　白发逢秋王_{去声},丹砂见火空。不能留姹女,争免作衰翁。赖有杯中绿,能为面上红。少年心不远,只在半酣中。

送卢郎中赴河东裴令公幕

　　别时暮雨洛桥岸,到日凉风汾水波。荀令见君应问我,为言秋草闭门多。

送李滁州

　　君于觉路深留意,我亦禅门薄致功。未悟病时须去病,已知空后莫依空。白衣卧病_{一作}_疾嵩山下,皂盖行春楚水东。谁道三年千里别,两心同在道场中。

长斋月满寄思黯

　　一日不见如三月,一月相思如七年。似隔山河千里地,仍当风雨九秋天。明朝斋满相寻去,挈榼抱衾同醉眠。

冬夜对酒寄皇甫十

　　霜杀中庭草,冰生后院池。有风空动树,无叶可辞枝。十月苦长夜,百年强半时。新开一瓶酒,那得不相思。

岁除夜对酒

　　衰翁岁除夜,对酒思悠然。草白经霜地,云黄欲雪天。醉依_{乌皆切}香枕坐,慵傍暖炉眠。洛下闲来久,明朝是十年。

全唐诗卷四百五十七

白居易

寄献北都留守裴令公并序今本以序为题，此从英华本增。

司徒令公分守东洛，移镇北都，一心勤王，三月成政。形容盛德，实在歌诗，况辱知音，敢不先唱。辄奉五言四十韵寄献，以抒下情。

天上中台正，人间一品高。中书令上应中台，司徒官一品。休明值尧舜，勋业过萧曹。始擅文三捷，进士及第、博学、制策、连登三科。终兼武六韬。动人名赫赫，忧国意忉忉。荡一作伐蔡擒封豕吴元济也，平齐斩巨鳌李师道也。两河收土宇，四海定波涛。宠重移宫籥，自东都留守授北京留守。思新换阃筶。保厘东宅静，周公、召公东治洛邑。守护北门牢。晋国封疆阔，并州士马豪。胡兵惊赤帜，边雁避乌号。令下流如水，仁沾泽似膏。路喧歌五袴，军醉感单醪。将校森貔武，宾僚俨隽髦。客无烦夜柝，吏不犯秋毫。神在台骀助，魂亡猃狁逃。德星销慧孛，霖雨灭腥臊。烽戍高临代，关河远控洮。汾云晴一作时漠漠，朔吹冷飔飔。豹尾交牙戟，虯须捧佩刀。通天白犀带，照地紫麟袍。羌管吹杨柳，燕姬酌蒲萄。蒲萄酒出太原。银含凿落盏一作线，金屑琵琶槽。遥想从军乐，应忘报国劳。紫微留一作含北阙，中书令即紫微令也。绿野寄东皋。绿野堂在东都午桥庄也。忽忆前时会，多惭下客叨。清宵陪宴话，美景从游遨。花月还同赏，琴诗雅自操。朱弦拂宫徵，洪笔振风骚。近竹开方丈，依林架桔槔。春池八九曲，画舫两三艘。径滑苔粘屐，潭深水没篙。绿丝萦岸柳，红粉映楼桃。皆午桥庄中佳境。为穆先陈醴，居易每十斋日在会，常蒙以二勒汤代酒也。招刘共藉糟。刘梦得也。舞鬟金翡翠，歌颈玉蟠螬。盛德终难过一作退，明时岂易遭。公虽慕张范，张良、范蠡。帝未舍伊皋。眷恋心方结，踟蹰首已搔。鸾皇上寥廓，燕雀任蓬蒿。欲献文狂简，徒烦思郁陶。可怜四百字，轻重抵鸿毛。

和东川杨慕巢尚书府中独坐，感戚在怀，见寄十四韵 慕巢感戚虔州弟丧逝，感已之荣，盛有归洛之意，故叙而和之也。

我是知君者，君今意若何。穷通时不定，苦乐事相和。东蜀欢殊渥，西江叹逝波。只缘荣贵极，翻使感伤多。行断风惊雁，慕巢及杨九、杨十，前年来，兄弟三人，各在一处。年侵日下坡。片心休惨戚，双鬓已磋跎。紫绶黄金印，青幢白玉珂。老将荣补贴，愁用道销磨。外府饶杯酒，中堂有绮罗。应须引满饮，何不放狂歌。锦水通巴峡，香山对洛河。将军驰铁马，少傅步铜驼。深契怜松竹，高情忆薜萝。悬车年甚远，未敢故一作放相过。

分司洛中多暇，数与诸客宴游，醉后狂吟，偶成十韵，因招梦得宾客，兼呈思黯奇章公

性与时相远，身将世两忘。寄名朝士籍，寓兴少年场。老岂无谈笑，贫犹有酒浆。随时来伴侣，逐日用风光。数数游何爽，些些病未妨。天教荣启乐，人恕接舆狂。改业为逋客，移家住醉乡。不论招梦得，兼拟诱奇章。要路风波险，权门市井忙。世间无可恋，不是不思量。

小岁日喜谈氏外孙女孩满月

今旦夫妻喜，他人岂得知。自嗟生女晚，敢讶见孙迟。物以稀为贵，情因老更慈。新年逢吉日，满月乞名时。因名引珠。桂燎熏花果，兰汤洗玉肌。怀中有可抱，何必是男儿。

闲吟赠皇甫郎中亲家翁 新与皇甫结姻

谁能嗟叹光阴暮，岂复忧愁活计贫。忽忽不知头上事，时时犹忆眼中人。早为良友非交势，晚接嘉姻不失亲。最喜两家婚嫁毕，一时抽得尚平身。

梦得卧病，携酒相寻，先以此寄

病来知少客，谁可以为娱。日晏开门未，秋寒有酒无。自宜相慰问，何必待招呼。小疾无妨饮，还须挈一壶。

酬思黯戏赠同用狂字

钟乳三千两，金钗十二行。妒他心似火，欺我鬓如霜。思黯自夸前后服钟乳三千两，甚得力，而歌舞之妓颇多。来诗谑予羸老，故戏答之。慰老资歌笑，销愁仰酒浆。眼看狂不得，狂得且须狂。

又戏答绝句 来句云：不是道公狂不得，恨公逢我不教狂

狂夫与我两相忘，故态些些亦不妨。纵酒放歌聊自乐，接舆争解教人狂。

令狐相公与梦得交情素深，眷予分亦不浅，一闻薨逝，相顾泫然。旋有使来，得前月未殁之前数日书及诗，寄赠梦得，哀吟悲叹，寄情于诗，诗成示予，感而继和

缄题重叠语殷勤，存没交亲自此分。前月使来犹理命，今朝诗到是遗文。银钩见晚书无报，玉树埋深哭不闻。最感一行绝笔字，尚言千万乐天君。令狐与梦得手札后云：见乐天君，为伸千万之诚也。

洛下雪中，频与刘李二宾客宴集，因寄汴州李尚书

水南水北雪纷纷，雪里欢游莫厌频。日日暗一作多来唯老病，年年少去是交亲。碧毡帐暖梅花湿，红燎炉香竹叶春。今日邹枚俱在洛，梁园置酒召何人。

看梦得题答李侍郎诗，诗中有文星之句，因戏和之

看题锦绣报琼瑰，俱是人天第一才。好遣文星守缠次，亦须防有客星来。

闲适

禄俸优饶官不卑，就中闲适是分司。风光暖助游行一作人处，雨雪寒供饮宴时。肥马轻裘还且有，粗歌薄酒亦相随。微躯所要今皆得，只是蹉跎得校迟。

戏答思黯 思黯有能筝者，以此戏之

何时得见十三弦，待取无云有月天。愿得

金波明似镜,镜中照出月中仙。

酬裴令公赠马相戏裴诗云:"君若有心求逸足,我还留意在名姝。"盖引妾换马戏,意亦有所属也。

　　安石风流无奈何,欲将赤骥换青娥。不辞便送东山去,临老何人与唱歌。

新岁赠梦得

　　暮齿忽将及,同心私自怜。渐衰宜减食,已喜更加年。紫绶行联袂,篮舆出比肩。与君同甲子,岁酒合谁先。

早春持斋,答皇甫十见赠

　　正月晴和风气一作景新,纷纷已有醉游人。帝城花笑长斋客,三一作二十年来负早春。

戏赠梦得,兼呈思黯

　　露一作双鬓莫欺今老矣,传曰:今老矣,无能为也。一杯莫笑便陶然。陈郎中处为高户,裴使君前作少年。陈商郎中酒户渭滴,裴洽使君年九十余。顾我独狂多自哂,与君同病最相怜。月终斋满谁开素,须拟一作说奇章置一筵。

早春忆游思黯南庄,因寄长句

　　南庄胜处心常忆,借问轩车早晚游。美景难忘竹廊下,好风争奈柳桥头。冰消见水多于地,雪霁看山尽入楼。若待春深始同赏,莺残花落却堪愁。

酬皇甫十早春对雪见赠

　　漠漠复霏霏,东风散玉尘。明催竹窗晓,寒退柳园春。绿酝一作醅香堪忆,红炉暖可亲。忍心三两日,莫作破斋人。

奉和思黯自题南庄见示兼呈梦得

　　谢家别墅最新奇,山展屏风花夹篱。晓月渐沈桥脚底,晨光初照屋梁时。台头有酒莺呼客,水面无尘风洗池。除却吟诗两闲客,此中情状更谁知。

送蕲春李十九使君赴郡

　　可怜官职好文词,五十专城未是迟。晓日镜前无白发,春风门外有红旗。郡中何处堪携酒,席上谁人解和诗。唯共交亲开口笑,知君不及洛阳时。

自题酒库

　　野鹤一辞笼,虚舟长任风。送愁还闹处,移老入闲中。身更求何事,天将富此翁。此翁何处当,酒库不曾空。刘仁轨诗云"天将富此翁,以一醉为富"也。

寒食日寄杨东川

　　不知杨六逢寒食,作古做字底欢娱过此辰。兜率寺高宜望月,嘉陵江近好游春。蛮旗似火行随马,蜀妓如花坐绕身。不使黔娄夫妇看,夸张富贵向何人。

醉后听唱桂华曲诗云:"遥知天上桂华孤,试问嫦娥更要无。月宫幸有闲田地,何不中央种两株。"此曲韵怨切,听辄感人,故云尔。

　　桂华词意苦丁宁,唱到嫦娥醉便醒。此是人间肠断曲,莫教不得意人听。

酬梦得以予五月长斋延僧徒绝宾友见戏十韵

　　宾客懒逢迎,翛然池馆清。檐闲空燕语,林静未蝉鸣。荤血还一作初休食,杯觞亦罢倾。三春多放逸,五月暂修行。香印朝烟细,纱灯夕焰明。交游诸长老,师事古先生。竺乾,古先生也。禅后心弥寂,斋来体更轻。不唯忘肉味,兼拟灭风情。蒙以声闻待,难将戏论争。虚空若有佛,灵运恐先成。

奉和裴令公三月上巳日游太原龙泉忆去岁禊洛见示之作依来体杂言

　　去岁暮春上巳,共泛洛水中流。今岁暮春上巳,独立香山下头。风光闲寂寂,旌旆远悠悠。丞相府归晋国,太行山碍并州。鹏背负天龟曳尾,云泥不可得同游。

又和令公新开龙泉晋水二池

　　旧有潢污泊,今为白水塘。诗云:方塘含白水。

笙歌闻四面，楼阁在中央。春变烟波色，晴添树木光。龙泉信为美，莫忘午桥庄。

早夏晓兴赠梦得

窗明帘薄透朝光，卧整巾簪起下床。背壁灯残经宿焰，开箱衣带隔年香。无情亦任他春去，不醉争销得昼长。一部清商一壶酒，与君明日暖新堂。

春日题乾元寺上方最高峰亭

危亭绝顶四无邻，见尽三千世界春。但觉虚空无障碍，不知高下几由旬。回看官路三条线，却望都城一片尘。宾客暂游无半日，王侯不到便终身。始知天造空闲境，不为忙人富贵人。

奉和思黯相公以李苏州所寄太湖石奇状绝伦因题二十韵见示，兼呈梦得

错落复崔嵬，苍然玉一堆。峰骈仙掌出，罅坼剑门开。峭顶高危矣，盘根下壮哉。精神欺竹树，气色压亭台。隐起磷磷状，凝成瑟瑟胚。廉棱露锋刃，清越扣琼瑰。岌嶪形将动，巍峨势欲摧。奇应潜鬼怪，灵合蓄云一作风雷。黛润沾新雨，斑明点古苔。未曾栖鸟雀，不肯染尘埃。尖削琅玕笋，洼剜玛瑙罍。海神移碣石，画障簇天台。在世为尤物，如人负逸才。渡江一苇载，入洛五丁推。出处虽无意，升沈亦有媒。媒为李苏州。拔从水府底，置向相庭隈。对称吟诗句，看宜把酒杯。终随金砺用，不学玉山颓。疏傅心偏爱，园公眼屡回。共嗟无此分，虚管太湖来。居易与梦得俱典姑苏，而不获此石。

奉和思黯相公雨后林园四韵见示

新晴夏景好，复此池边地。烟树绿含滋，水风清有味。便成林下隐，都忘门前事。骑吏引归轩，始知身富贵。

晚夏闲居，绝无宾客，欲寻梦得，先寄此诗

鱼笋朝餐饱，蕉纱暑服轻。欲为窗下寝，先傍水边行。晴引鹤双舞，秋生蝉一声。无人解相访，有酒共谁倾。老更谙时事，闲多见物情。只应刘与白，二叟自相迎。

寄李蕲州

下车书奏龚黄课，动笔诗传鲍谢风。江郡讴谣夸杜母，洛城一作阳欢会忆车公。笛愁春尽梅花里，簟冷秋生蕲叶中。蕲州出好笛，并蕲叶簟。不道蕲州歌酒少，使君难称与谁同。

酬思黯相公晚夏雨后感秋见赠

暮去朝来无歇期，炎凉暗向雨中移。夜长只合愁人觉，秋冷先应瘦客知。两幅彩笺挥逸翰，一声寒玉振清辞。无忧无病身荣贵，何故沉吟亦感时。

久雨闲闷，对酒偶吟

凄凄苦雨暗铜驼，袅袅凉风起漕在到切河。自夏及秋晴日少，从朝至暮闷时多。鹭临池立窥鱼笱，隼傍林飞拂雀罗。赖有杯中神圣物，百忧无奈十分何。

雨后秋凉

夜来秋雨后，秋气飒然新。团扇先辞手，生衣不著身。更添砧引思，难与簟相亲。此境谁偏觉，贫闲老瘦人。

酬梦得早秋夜对月见寄

吾衰寡情趣，君病懒经过。其奈西楼上，新秋明月何。庭芜凄白露，池色淡金波。况是初长夜，东城砧杵多。

题谢公东山障子

贤愚共在浮生内，贵贱同趋群动间。多见忙时已衰病，少闻健日肯休闲。鹰饥受绁从难退，鹤老乘轩亦不还。唯有风流谢安石，拂衣携妓入东山。

谢杨东川寄衣服

年年衰老交游少，处处萧条书信稀。唯有巢兄不相忘，春茶未断寄秋衣。

咏怀寄皇甫朗之

老大多情足往还,招僧待客夜开关。学调气后衰中健,不用心来闹处闲。养病未能辞薄俸,忘名何必入深山。与君别有相知分,同置身于木雁间。

东城晚归

一条邛杖悬龟榼,双角吴童控马街。晚入东城谁识我,短靴低帽白蕉衫。

与梦得沽酒闲饮,且约后期

少时犹不忧生计,老后谁能惜酒钱。共把十千沽一斗,相看七十欠三年。闲征雅令穷经史,醉听清吟胜管弦。更待菊黄家酝熟,共君一醉一陶然。

与牛家妓乐雨后合宴

玉管清弦声旖旎,翠钗红袖坐参差。两家合奏洞房夜,八月连阴秋雨时。歌脸有情凝睇久,舞腰无力转裙迟。人间欢乐无过此,上界西方即不知。

和杨六尚书喜两弟汉公转吴兴,鲁士赐章服,命宾开宴,用庆恩荣,赋长句见示

华筵贺客日纷纷,剑外欢娱洛下闻。朱绂宠光新照地,彤襜喜气远凌云。荣联花萼诗难和,乐助埙篪酒易醺。感羡料应知我意,今生此事不如君。

自咏

须白面微红,醺醺半醉中。百年随手过,万事转头空。卧疾瘦居士,行歌狂老翁。仍闻好事者,将我画屏风。

梦得相过,援琴命酒,因弹秋思,偶咏所怀,兼寄继之待价二相府

闲居静侣偶相招,小饮初酣琴欲调。我正风前弄秋思,君应天上听云诏。云韶雅曲,上多与宰相同听。时和始见陶钧力,物遂方知盛圣朝。双凤栖梧鱼在藻,飞沈随分各逍遥。

九月八日酬皇甫十见赠

君方对酒缀诗章,我正持斋坐道场。处处追游虽不去,时时吟咏亦无妨。霜蓬旧鬓三分白,露菊新花一半黄。惆怅东篱不同醉,陶家明日是重阳。

慕巢尚书书云室人欲为置一作买一歌者,非所安也。以诗相报,因而和之

东川已过二三春,南国须求一两人。富贵大都多老大,欢娱太半为亲宾。如愁翠黛应堪重,买笑黄金莫诉贫。他日相逢一杯酒,尊前还要落梁尘。

杪秋独夜

无限少年非我伴,可怜清夜与谁同。欢娱牢落中心少,亲故调零四面空。红叶树飘风起后,白须人立月明中。前头更有萧条物,老菊衰兰三两丛。

凭李睦州访徐凝山人凝即睦州之民也

郡守轻诗客,乡人薄钓翁。解怜徐处士,唯有李郎中。

苏州故吏

江南故吏别来久,今日池边识我无。不独使君头似雪,华亭鹤死白莲枯。莲鹤皆苏州同来。

得杨湖州书,颇夸抚民,接宾纵酒题诗,因以绝句戏之

岂独爱民兼爱客,不唯能饮又能文。白蘋洲上春传语,柳使君输杨使君。

天宫一作官阁秋晴晚望

洛城秋霁后,梵阁暮登时。此时风烟好,今秋节候迟。霞光红泛体,树影碧参差。莫虑言归晚,牛家有宿期。

酬梦得暮秋晴夜对月相忆

霁月光如练,盈庭复满地。秋深无热后,夜浅来寒时。露叶团荒菊,风枝落病梨。相思

懒相访,应是各年衰。

同梦得和思黯见赠,来诗中先叙三人同宴之欢,次有叹鬓发渐衰嫌孙子催老之意,因酬_{一作继妍唱},兼吟鄙怀

醉伴腾腾白与刘,何朝何夕不同游。留连灯下明犹饮,断送尊前倒即休。催老莫嫌孙稚长,加年须喜鬓毛秋。教他伯道争存活,无子无孙亦白头。

听歌

管妙弦清歌入云,老人合眼醉醺醺。诚知不及当年听,犹觉闻时胜不闻。

三年冬,随事铺设小堂,寝处稍似稳暖,因念衰病,偶吟所怀

小宅非全陋,中堂不甚卑。聊堪会亲族,足以贮妻儿。暖帐迎冬设,温炉向夜施。裘新青兔褐,褥软白猿皮。似鹿眠深草,如鸡宿稳枝。逐身安枕席,随事有屏帷。病致衰残早,贫营活计迟。由来蚕老后,方是茧成时。

初冬即事呈梦得

青毡帐暖喜微雪,红地炉深宜早寒。走笔小诗能和否,泼醅新酒试尝看。僧来乞食因留宿,客到开尊便共欢。临老交亲零落尽,希君恕我取人宽。

自罢河南,已换七尹,每一入府,怅然旧游,因宿内厅,偶题西壁,兼呈韦尹常侍

每入河南府,依然似到家。杯尝七尹酒,_{七官酒味不同,备尝之矣。}树看十年花。_{即府中新果园。}且健须欢喜,虽衰莫叹嗟。迎门无故吏,侍坐有新娃。暖阁谋宵宴,寒庭放晚衙。主人留宿定,一任夕阳斜。

天寒晚起,引酌咏怀,寄许州王尚书、汝州李常侍

叶覆冰池雪满山,日高慵起未开关。寒来更亦无过醉,老后何由可得闲。四海故交唯许汝,十年贫健是樊蛮。相思莫忘樱桃会,一放狂歌一破颜。_{樱桃花时,数与许汝二君欢会,甚乐。}

四年春

柳梢黄嫩草芽新,又入开成第四春。近日放慵多不出,少年嫌老可相亲。分司吉傅频过舍,致仕崔卿拟卜邻。时辈推迁年事到,往还多是白头人。

白发

白发生来三十年,而今须鬓尽皤然。歌吟终日如狂叟,衰疾多时似瘦仙。八戒夜持香火印,三光_{一作元}朝念蕊珠篇。其余便被春收拾,不作闲游即醉眠。

追欢偶作

追欢逐乐少闲时,补贴_{一作帖}平生得事迟。何处花开曾后看,谁家酒熟不先知。石楼月下吹芦管,金谷风前舞柳枝。十听春啼变莺舌,三嫌老丑换蛾眉。乐天一过难知分,犹自咨嗟两鬓丝。_{芦管、柳枝已下,皆十年来洛中之事。}

公垂尚书以白马见寄,光洁稳善,以诗谢之

翩翩白马称金羁,领缀银花尾曳丝。毛色鲜明人尽爱,性灵驯善主偏知。免将妾换惭来处,试使奴牵欲上时。不蹶不惊行步稳,最宜山简醉中骑。

西楼独立

身著白衣头似雪,时时醉立小楼中。路人回顾应相怪,十一年来见此翁。

书事咏怀

官俸将生计,虽贫岂敢嫌。金多输陆贾,酒足胜陶潜。_{陶潜诗云:常苦酒不足。}妆暖僧敷坐,楼晴妓卷帘。日遭斋破用,_{每月常持十斋。}春赖闰加添。_{是年闰正月也。}老向欢弥切,狂于饮不廉。十年闲未足,亦恐涉无厌。

酬梦得比萱草见赠_{来篇云:唯君比萱草,相见可忘忧}

杜康能散闷,萱草解忘忧。借问萱逢杜,

何如白见刘。老衰胜少夭,闲乐笑忙愁。试问同年内,何人得白头。

问皇甫十

苦乐心由我,穷通命任他。坐倾张翰酒,行唱接舆歌。荣盛傍看好,优闲自适多。知君能断事,胜负两如何?

早春独登天宫阁 一作阙

天宫日暖阁门开,独上迎春饮一杯。无限游人遥怪我,缘何最老最先来。

送苏州李使君赴郡二绝句

忆抛印绶辞吴郡,衰病当时已有余。今日贺君兼自喜,八回看换旧铜鱼。予自罢苏州及兹,换八刺史也。

馆娃宫深春日长,馆娃宫,今灵岩寺也。乌鹊桥高秋夜凉。乌鹊桥在苏州南门。风月不知人世变,奉君直似奉吴王。

长洲曲新词

茂苑绮罗佳丽地,女湖桃李艳阳时。心奴已死胡容老,后辈风流是阿谁。

忆江南词三首 此曲亦名《谢秋娘》,每首五句。

江南好,风景旧曾谙。日出江花红胜火,春来江水绿如蓝。能不忆江南?

江南忆,最忆是杭州。山寺月中寻桂子,郡亭枕上看潮头。何日更重游?

江南忆,其次忆吴宫。吴酒一杯春竹叶,吴娃双舞醉芙蓉。早晚复相逢。

全唐诗卷四百五十八

白居易

病中诗十五首并序

开成己未岁,余蒲柳之年六十有八。冬十月甲寅旦,始得风痹之疾,体瘝音关目眩,左足不支,盖老病相乘时而至耳。余早栖心释梵,浪迹老庄,因疾观身,果有所得。何则?外形骸而内忘忧恚,先禅观而后顺医治。旬月以还。厥疾少间,杜门高枕,澹然闲安,吟讽兴来,亦不能遏。因成十五首,题为病中诗,且贻所在,兼用自广。昔刘公幹病漳浦,谢康乐卧临川,咸有篇章,抒咏其志。今引而序之者,虑不知我者或加诮焉。

初病风

六十八衰翁,乘衰百疾攻。朽株难免蠹,空穴易来风。肘瘵宜生柳,头旋剧转蓬。恬然不动处,虚白在胸中。

枕上作

风疾侵凌临老头,血凝筋滞不调柔。甘从此后支离卧,赖是从前烂漫游。回思往事纷如梦,转觉余生杳若浮。浩气自能充静室,惊飙何必荡虚舟。腹空先进松花酒,膝冷重装桂布裘。若问乐天忧病否,乐天知命了无忧。

答闲上人来问因何风疾

一床方丈向阳开,劳动文殊问疾来。欲界凡夫何足道,四禅天始免风灾。色界四天,初禅具三灾,二禅无火灾,三禅无水灾,四禅无风灾。

病中五绝句

世间生老病相随,此事心中久自知。今日行年将七十,犹须惭愧病来迟。

方寸成灰鬓作丝,假如强健亦何为。家无忧累身无事,正是安闲好病时。

李君墓上松应拱,元相池头竹尽枯。多幸乐天今始病,不知合要苦治无。李、元,皆予执友也。杓直少予八岁,即世已九年。微之小予七年,薨已八年矣。今予始病,得非幸乎?

目昏思—作畏寝即安眠,足软妨行便坐禅。身作医王心是药,不劳和扁到门前。

交亲不要苦相忧,亦拟时时强出游。但有心情何用脚,陆乘肩舆水乘舟。

送嵩客

登山临水分无期,泉石烟霞今属谁。君到嵩阳吟此句,与教二—作三十六峰知。

罢灸

病身佛说将何喻,变灭须臾岂不闻。莫遣净—作浮名知—作我笑,休将火艾灸浮云。《维摩经》云:是身如浮云,须臾变灭也。

卖骆马

五年花下醉骑行,临卖回头嘶一声。项籍顾骓犹解叹,乐天别骆岂无情。

别柳枝

两枝杨柳小楼中,袅袅多年伴醉翁。明日一作白放归归去后,世间应不要春风。

就暖偶酌戏诸诗酒旧侣

低屏软褥卧藤床,舁向前轩就日阳。一足任他为外物,三杯自要沃中肠。头风若见诗应愈,齿折仍夸笑不妨。细酌徐吟犹得在,旧游未必便相忘。

岁暮呈思黯相公、皇甫朗之及梦得尚书

岁暮皤然一老夫,十分流辈九分无。莫嫌身病人扶侍,犹胜无身可遣扶。

自解

房传往世为禅客,世传房太尉前生为禅僧,与娄师德友善,慕其为人,故今生有娄之遗风也。王道前生应画师。王右丞(相)诗云:宿世是词客,前身应画师。我亦定中观宿命,多生债负是歌诗。不然何故狂吟咏,病后多于未病时。

岁暮病怀赠梦得时与梦得同患足疾

十年四海故交亲,零落唯残两病身。共遣数奇从是命,同教步蹇有何因。眼随老减嫌长夜,体待阳舒望早春。新乐堂前旧池上,相过亦不要他人。

雪后过集贤裴令公旧宅有感

梁王捐馆后,枚叟过门时。有泪人还泣,无情雪不知。台亭留尽在,宾客散何之。唯有萧条雁,时来下故池。

酬梦得贫居咏怀见赠

岁阴生计两蹉跎,相顾悠悠醉且歌。厨冷难留乌止屋,诗云:"赡乌爰止,于谁之屋。"言乌多止富家之屋也。门闲可与雀张罗。病添庄舄吟声苦,贫欠韩康药债多。日望挥金贺新命,来篇云:若有金挥胜二疏。俸钱依旧又如何。时梦得罢宾客,除秘监,禄俸略同,故云。

酬梦得见喜疾瘳

暖卧摩绵褥,晨—作寒倾药酒螺。昏昏布裘底,病醉睡相和。末疾徒云尔,传云:风淫末疾,末谓四肢。余年有几何。须知差与否,相去校无多。

夜闻筝中弹潇湘送神曲感旧

缥缈巫山女,归来七八年。殷勤湘水曲。留在十三弦。苦调吟还出,深情咽不传。万重云水思,今夜月明前。

感苏州旧舫

画梁朽折红窗破,独立池边尽日看。守得苏州船舫烂,此身争合不衰残。

感旧石上字

闲拨船行寻旧池,幽情往事复谁知。太湖石上镌三字,十五年前陈结之。

见敏中初到邠宁秋日登城楼诗,诗中颇多乡思,因以寄和从殿中侍御出副邠宁

想尔到边头,萧条正值秋。二年贫御史,八月古邠州。丝管闻虽乐,风沙见亦愁。望乡心若苦,不用数登楼。

斋戒

每因斋戒断荤腥,渐觉尘劳染爱轻。六贼定知无气色,三尸应恨少恩情。酒魔降伏终须尽,诗债填还亦欲平。从此始堪为弟子,竺乾师是古先生。

戏礼经老僧

香火一炉灯一盏,白头夜礼佛名经。何年饮著声闻酒,直到如今醉未醒。

近见慕巢尚书诗中屡有叹老思退之意,又于洛下新置郊居,然宠寄方深,归心大遽,因以长句戏而谕之

近见诗中叹白发,遥知阃外记东都。烟霞偷眼窥来久,富贵粘身摆得无。新置林园犹濩落,未终婚嫁且踟蹰。应须待到悬车岁,然后东归伴老夫。

对镜偶吟,赠张道士抱元

闲来对镜自思量,年貌衰残分所当。白发万茎何所怪,丹砂一粒不曾尝。眼昏久被书料理,肺渴多因酒损伤。今日逢师虽已晚,枕中治老有何方。

病人新正

枕上惊新岁,花前念旧欢。是身老所逼,非意病相干。风月情犹在,杯觞兴渐—作又阑。便休心未伏,更试一春看。

卧疾来早晚

卧疾来早晚,悬悬将十旬。婢能寻本草,犬不吠医人。酒瓮全生醭,歌筵半委尘。风光还欲好,争向枕前春。

强起迎春,戏寄思黯

杖策人扶废病身,晴和强起一迎春。他时蹇跛纵行得,笑杀平原楼上人。

梦得前所酬篇有炼尽美少年之句,因思往事,兼咏今怀,重以长句答之

炼尽少年成白首,忆初相识到今朝。昔饶春桂长先折,今伴寒松取—作最后凋。昔登科第,梦得多居先。今同暮年,洛下为老居。生事纵贫犹可过,风情虽老未全销。声华宠命人皆得,若个如君历七朝。梦得贞元中及今,凡仕七朝也。

病后寒食

故纱绛帐旧青毡,药酒醺醺引醉眠。斗擞弊袍春晚后,摩挲病脚日阳前。行无筋力寻山水,坐少精神听管弦。抛掷风光负寒食,曾来未省似今年。

老病相仍以诗自解

荣枯忧喜与彭殇,都是人间戏一场。虫臂鼠肝犹不怪,鸡肤鹤发复何伤。昨因风发甘长往,今遇阳和又小康。春暖来,风痹稍退也。还似远行装束了,迟回且住亦何妨。

皇甫郎中亲家翁赴任绛州,宴送出城赠别

慕贤入室交先定,结援通家好复成。新妇不嫌贫活计,娇孙同慰老心情。洛桥歌酒今朝散,绛路风烟几日行。欲识离群相恋意,为君扶病出都城。

春暖

风痹宜和暖,春来脚较轻。莺留花下立,鹤引水边行。发少嫌巾重,颜衰讶镜明。不论亲与故,自亦昧平生。

残春晚起,伴客笑谈

掩户下帘朝睡足,一声黄鸟报残春。披衣岸帻日高起,两角青衣扶老身。策杖强行过里巷,引杯闲酌伴亲宾。莫言病后妨谈笑,犹恐多于不病人。

送唐州崔使君侍亲赴任

连持使节历专城,独贺崔侯最庆荣。乌府一抛霜简去,朱轮四从板舆行。崔郎中从殿中连典

四郡,皆侍亲赴任。发时止许沙鸥送,到日方乘竹马迎。唯虑郡斋宾友少,数杯春酒共谁倾。

春晚咏怀赠皇甫朗之

艳阳时节又蹉跎,迟暮光阴复若何。一岁平分春日少,百年通计老时多。多中更被愁牵引,少处兼遭病折磨。赖有销忧治闷药,君家浓酎我狂歌。

春尽日宴罢,感事独吟 开成五年三月三十日作

五年三月今朝尽,客散筵空独掩扉。病共乐天相伴住,春随樊子一时归。闲听莺语移时立,思逐杨花触处飞。金带缂腰衫委地,年年衰瘦不胜衣。

病中辱崔宣城长句见寄,兼有觥绤之赠,因以四韵总而酬之

刘桢病发经春卧,谢朓诗来尽日吟。三道旧夸收片玉,昔予考制策,崔君登科也。一章新喜获双金。信题霞绮缄情重,酒试银觥表分深。科第门生满霄汉,岁寒少得似君心。

前有别杨柳枝绝句,梦得继和云春尽絮飞留不得,随风好去落谁家。又复戏答

柳老春深日又斜,任他飞向别人家。谁能更学孩童戏,寻逐春风捉柳花。

池上早夏

水积春塘晚,阴交夏木繁。舟船如野渡,篱落似江村。静拂琴床席,香开酒库门。慵闲无一事,时弄小娇孙。

谈氏外孙生三日,喜是男,偶吟成篇,兼戏呈梦得

玉芽珠颗小男儿,罗荐兰汤浴罢时。苯莒春来盈女手,梧桐老去长孙枝。庆传媒氏燕先贺,喜报谈家乌预知。明日贫翁具鸡黍,应须酬赛引雏诗。前年谈氏外孙女初生,梦得有贺诗云:从此引驾雏。今幸是男,前言似有征,故云。

开成大行皇帝挽歌词四首,奉敕撰进

御宇恢皇化,传家叶至公。华夷臣妾内,尧舜弟兄中。制度移民俗,文章变国风。开成与贞观,实录事多同。

晏驾辞双阙,灵仪出九衢。上云归碧落,下席葬苍梧。寞晚余尧历,龟新启夏图。三朝联棣萼,从古帝王无。

严恭七月礼,哀恸万人心。地感胜秋气,天愁结夕阴。鼎湖龙渐远,濛汜日初沈。唯有云韶乐,长留治世音。

化成同轨表清平,恩结连枝感圣明。帝与九龄虽吉梦,山呼万岁是虚声。月低仪仗辞兰路,风引笳箫入柏城。老病龙髯攀不及,东周退傅最伤情。

时热少客,因咏所怀

冠帻心多懒,逢迎兴渐微。况当时热甚,幸遇客来稀。湿洒池边地,凉开竹下扉。露床青篾簟,风架白蕉衣。院静留僧宿,楼空放妓归。衰残强欢宴,此事久知非。

宣州崔大夫阁老忽以近诗数十首见示,吟讽之下,窃有所喜,因成长句,寄题郡斋

谢玄晖殁吟声寝,郡阁寥寥笔砚闲。无复新诗题壁上,虚教远岫列窗间。谢宣城郡内诗云:窗中列远岫。忽惊歌雪今朝至,必恐文星昨夜还。再喜宣城章句动,飞觞遥贺敬亭山。谢又有题敬亭山诗,并序,并见《文选》中。

足疾

足疾无加亦不瘳,绵春历夏复经秋。开颜且酌尊中酒,代步多乘池上舟。幸有眼前衣食在,兼无身后子孙忧。应须学取陶彭泽,但委心形任去留。

晚池泛舟,遇景成咏,赠吕处士

岸浅桥平池面宽,飘然轻棹泛澄澜。风宜扇引开怀入,树爱舟行仰卧看。别境客稀知不易,能诗人少咏应难。唯怜吕叟时相伴,同把磻溪旧钓竿。

梦微之

夜来携手梦同游,晨起盈巾泪莫收。漳浦老身三度病,咸阳草树—作宿草八回秋。君埋泉上泥销骨,我寄人间雪满头。阿卫韩郎相次去,夜台茫昧得知不。阿卫,微之小男。韩郎,微之爱婿。

感秋咏意

炎凉迁次速如飞,又脱生衣著熟前。绕壁暗蛩无限思,恋巢寒燕未能归。须知流辈年年失,莫叹衰容日日非。旧语相传聊自慰,世间七十老人稀。

老病幽独,偶吟所怀

眼渐昏昏耳渐聋,满头霜雪半身风。已将身出浮云外,维摩经云:是身如浮云也。犹寄形于逆旅中。觞咏罢来宾阁闭,笙歌散后妓房空。世缘俗念消除尽,别是人间清净翁。

和杨尚书罢相后夏日游永安水亭,兼招本曹杨侍郎同行

道行无喜退无忧,舒卷如云得自由。良冶动时为哲匠,巨川济了作虚舟。竹亭阴合偏宜夏,水槛风凉不待秋。遥爱翩翩双紫凤,入同官署出同游。

在家出家

衣食支吾婚嫁毕,从今家事不相仍。夜眠身是投林鸟,朝饭心同乞食僧。清泪数声松下鹤,寒光一点竹间灯。中宵入定跏趺坐,女唤妻呼多不应。

夜凉

露白风清庭户凉,老人先著夹衣裳。舞腰歌袖抛何处,唯对无弦琴一张。

继之尚书自余病来寄遗非一,又蒙览醉吟先生传题诗以美之,今以此篇用伸酬谢

衰残与世日相疏,惠好唯君分有余。茶药赠多因病久,衣裳寄早及寒初。所寄赠之物,皆及时。交情郑重金相似,诗韵清锵玉不如。醉傅狂言人尽笑,独知我者是尚书。

五年秋病后独宿香山寺三绝句

经年不到龙门寺,今夜何人知我情。还向畅师房里宿,新秋月色旧滩声。

饮徒歌伴今何在,雨散云飞尽不回。从此香山风月夜,只应长是一身来。

石盆泉畔石楼头,十二年来昼夜游。更过今年年七十,假如无病亦宜休。

题香山新经堂招僧

烟满秋堂月满庭,香花漠漠磬泠泠。谁能来此寻真谛,白老新开一藏经。

偶题郑公公即给事中之子也,饥穷老病,退居此村。

偶因携酒寻村客,聊复回车访薜萝。且值雪寒相慰问,不妨春暖更经过。翁居山下年空老,我得人间事校多。一种共翁头似雪,翁无衣食自—作又如何。

早入皇城赠王留守仆射

津桥残月晓沈沈,风露凄清禁署深。城柳宫槐谩摇落,悲愁不到贵人心。

寄题庐山旧草堂,兼呈二林寺道侣

三十年前草堂主,而今虽在鬓如丝。登山寻水应无力,不似江州司马时。渐伏酒魔休放醉,犹残口业未抛诗。君行过到炉峰下,为报东林长老知。此诗凭钱知进侍御往题草堂中也。

改业

先生老去饮无兴,居士病来闲有余。犹觉醉吟多放逸,不如禅定更清虚。予先有醉吟先生传,今故云。柘枝紫袖教丸药,羯鼓苍头遣种蔬。却被山僧戏相问,一时改业意何如。

山下留别佛光和尚

劳师送我下山行,此别何人识此情。我已七旬师九十,当知后会在他生。

山中五绝句 游嵩阳见五物,各有所感,感兴不同,随兴而吟,因成三绝。

岭上云
岭上白云朝未散,田中青麦旱将枯。自生自灭—作减成何事,能逐东风作雨无。

石上苔
漠漠斑斑石上苔,幽芳静绿绝纤埃。路傍凡草荣遭遇,曾得七香车辗来。

林下樗
香檀文桂苦雕镌,生理何曾得自全。知我无材老樗否,一枝不损尽天年。

涧中鱼
海水桑田欲变时,风涛翻覆沸天池。鲸吞蛟斗波成血,深涧游鱼乐不知。

洞中蝙蝠
千年鼠化白蝙蝠,黑洞深藏避网罗。远害全身诚得计,一生幽暗又如何。

自戏三绝句 闲卧独吟,无人酬和,聊假身心相戏往复,偶成三章。

心问身
心问身云何泰然,严冬暖被日高眠。放君快活知恩否,不早朝来十一年。

身报心
心是身王身是宫,君今居在我宫中。是君家舍君须爱,何事论恩自说功。

心重答身
因我疏慵休罢早,遣君安乐岁时多。世间老苦人何限,不放君闲奈我何。

会昌元年春五绝句 病后喜过刘家—作梦得
忽忆前年初病后,此生甘分不衔杯。谁能料得今春事,又向刘家饮酒来。

赠举之仆射 今春与仆射三为寒食之会
鸡毬饧粥屡开筵,谈笑讴吟间管弦。一月三回寒食会,春光应不负今年。

卢尹贺梦得会中作
病闻川守贺筵开,起伴尚书饮一杯。任意少年长笑我,老人自觅老人来。

题朗之槐亭
春风可惜无多日,家酝唯残软半瓶。犹望君归同一醉,篮舁早晚入槐亭。

劝梦得酒
谁人功画麒麟阁,何—作酒客新投魑魅乡。两处荣枯君莫问,残春更醉两三场。

过裴令公宅二绝句 裴令公在日,常同听杨柳枝歌,每遇雪天,无非招宴,二物如故,因成感情。
风吹杨柳出墙枝,忆得同欢共醉时。每到集贤坊地—作北过,不曾一度不低眉。

梁王旧馆雪濛濛,愁杀邹枚二老翁。此句兼属梦得。假使明朝深一尺,亦无人到兔园中。

百日假满,少傅官停,自喜言怀
长告今朝满十旬,从兹萧洒便终身。老嫌手重抛牙笏,病喜头轻换角巾。疏傅不朝悬组绶,尚平无累毕婚姻。人言世事何时了,我是人间事了人。

早热
畏景又加旱,火云殊未收。篱暝饥有雀,池涸渴无鸥。岸帻头仍痛,褰裳汗亦流。若为当此日,迁客向炎州。时杨、李二相各贬潮、韶。

题崔少尹上林坊新居
坊静居新深且幽—作深居新且幽,忽疑缩地到沧洲。宅东篱缺嵩峰出,堂后池—作门开洛水流。高下三层盘野径,沿洄十里泛渔舟。若能为客烹鸡黍,愿伴田苏日日游。

新涧亭
烟萝初合涧新开,闲上西亭日几回。老病

归山应未得,且移泉石就身来。

对酒有怀寄李十九郎中

往年江外抛桃叶,结之也。去岁楼中别柳枝。樊蛮也。寂寞春来一杯酒,此情唯有李君知。吟君旧句情难忘,风月何时是尽时。李君尝有悼故妓诗云:直应人世无风月,始是心中忘却时。今故云。

杨六尚书频寄新诗,诗中多有思闲相就之志,因书鄙意,报而谕之

君年殊未及悬车,未合将闲逐老夫。身健正宜金印绶,位高方称白髭须。若论尘事何由了,但问云心自在无。进退是非俱是梦,丘中阙下亦何殊。

偶吟自慰兼呈梦得予与梦得甲子同,今俱七十

且喜同年满七旬,莫嫌衰病莫嫌贫。已为海内有名客,又占世间长命人。耳里声闻新将相,眼前失尽故交亲。尊荣富寿难兼得,闲坐思量最要身。

寄潮州杨继之

相府潮阳俱梦中,梦中何者是穷通。他时事过方应悟,不独荣空辱亦空。

雪暮偶与梦得同致仕裴宾客王尚书饮

黄昏惨惨雪霏霏,白首相欢醉不归。四个老人三百岁,裴年九十余,王八十余,予与梦得俱七十,合三百余岁,可谓希有之会也。人间此会亦应稀。

雪朝乘兴欲诣李司徒留守,先以五韵戏之

夜寒生酒思,晓雪引诗情。热饮一两盏,冷吟三五声。铺花怜地冻,销玉畏天晴。好拂乌巾出,宜披鹤氅行。梁园应有兴,何不召邹生。

赠思黯前以履道新小滩诗寄思黯,报章云:请向归仁砌下看。思黯归仁宅,亦有小滩。

为怜清浅爱潺湲,一日三回到水边。若道归仁滩更好,主人何故别三年。

听歌六绝句

听都子歌词云:试问嫦娥更要无。

都子新歌有性灵,一声格转已堪听。更听唱到嫦娥字,犹有樊家旧典刑。

乐世一名六幺

管急弦一作丝繁拍渐稠,绿腰宛转曲终头。诚知乐世声声乐,老病人听未免愁。

水调第五遍乃五言调,调韵最切。

五言一遍最殷勤,调少情多似有因。不会当时翻曲意,此声肠断为何人。

想夫怜王维右丞词云:秦川一半夕阳开,此句尤佳。

玉管朱弦莫急催,容听歌送十分杯。长爱夫怜第二句,请君重唱夕阳开。

何满子开元中,沧州有歌者何满子,临刑进此曲以赎死,上竟不免。

世传满子是人名,临就刑时曲始成。一曲回调一作词歌八叠,人头便是断肠声。

离别难一下有词字

绿杨陌上送行人,马去车回一望尘。不觉别时红泪尽,归来无泪可一作更沾巾。

闲乐

坐安卧稳舆仄声平肩,倚杖披衫绕四边。空腹三杯卯后酒,曲肱一觉醉中眠。更无忙苦吟闲乐,恐是人间自在天。

全唐诗卷四百五十九

白居易

立秋夕凉风忽至,炎暑稍消,即事咏怀,寄汴州节度使李二十尚书

袅袅檐树动,好风西南来。红缸霭微灭,碧幌飘飖开。披襟有余凉,拂簟无纤埃。但喜烦暑退,不惜光阴催。河秋稍清浅,月午方裴回。或行或坐卧,体适心悠哉。美人在浚都,旅旗绕楼台。虽非沧溟阻,难见如蓬莱。蝉迎节双换,雁送书未回。君位日宠重,我年日摧颓。无因风月下,一举平生一作与共持杯。

开成二年夏闻新蝉赠梦得 十年来,常与梦得索居,同在洛下,每闻蝉,多有寄答,今喜以此篇唱之。

十载与君别,常感新蝉鸣。今年共君听,同在洛阳城。噪处知林静,闻时觉景清。凉风忽袅袅,秋思先秋生。残槿花边立,老槐阴下行。虽无索居恨,还动长年情。且喜未聋耳,年年闻此声。

题牛相公归仁里宅新成小滩

平生见流水,见此转留连。况此朱门内,君家新引泉。伊流决一带,洛石砌千拳。与君三伏月,满耳作潺湲。深处碧磷磷,浅处清溅溅。碕岸束鸣一作鸣咽,沙汀散沦涟。翻浪雪不尽,澄波空共鲜。两岸滟滪口,一泊潇湘天。曾作天南客,漂流六七年。何山不倚杖,何水不停船。巴峡声心里,松江色眼前。今朝小滩上,能不思悠然。

春日闲居三首

陶云爱吾庐,吾亦爱吾屋。屋中有琴书,聊以慰幽独。是时三月半,花落庭芜绿。舍上晨鸠鸣,窗间春睡足。睡足起闲坐,景晏方栉沐。今日非十斋,庖童馈鱼肉。饥来恣餐歠,冷热随所欲。饱竟快搔爬,筋骸无检束。岂徒畅肢体,兼欲遗耳目。便可傲松乔,何假杯中渌。

广池春水平,群鱼恣游泳。新林绿阴成,众鸟欣相鸣叶韵。时我亦潇洒,适无累与病。鱼鸟人则殊,同归于遂性。缅思山梁雉,时哉感孔圣。圣人不得所,慨然叹时命。我今双鳞羽,取乐成谣咏。得所仍得时,吾生一何幸。

劳者不觉歌,歌其劳苦事。逸者不觉歌,歌其逸乐意。问我逸如何,闲居多兴味。问我乐如何,闲官少忧累。又问俸厚薄,百千随月至。又问年几何,七十行欠二。所得皆过望,省躬良可愧。马闲无羁绊,鹤老有禄位。设自为化工,优饶只如是。安得不歌咏,默默受天赐。

小阁闲坐

阁前竹萧萧,阁下水潺潺。拂簟卷帘坐,清风生其间。静闻新蝉鸣,远见飞鸟还。但有巾挂壁,而无客叩关。二疏返故里,四老归归山。吾亦适所愿,求闲而得闲。

游平泉宴浥涧,宿香山石楼,赠座客

逸少集兰亭,季伦宴金谷。金谷大繁华,兰亭阙丝竹。何如今日会,浥涧平泉曲。杯酒与管弦,贫中随分足。紫鲜林笋嫩,红润园桃熟,采摘助盘筵,芳滋盈口腹。闲吟暮云碧,醉藉春草绿。舞妙艳流风,歌清叩寒玉。古诗惜昼短,劝我今秉烛。是夜勿言归,相携石楼宿。

池上幽境

袅袅过水桥,微微入林路。幽境深谁知,老身闲独步。行行何所爱,遇物自成趣。平滑青盘石,低密绿阴树。石上一素琴,树下双草履。此是荣先生,坐禅三乐处。

夏日闲放

时暑不出门,亦无宾客至。静室深下帘,小庭新扫地。褰裳复岸帻,闲傲得自恣。朝景枕簟清,乘凉一觉睡。午餐何所有,鱼肉一两味。夏服亦无多,蕉纱三五事。资身既给足,长音丈物徒烦费。若比箪瓢人,吾今太富贵。

和思黯居守独饮偶醉见示六韵,时梦得和篇先成,颇为丽绝,因添两韵,继而美之

宫漏滴渐阑,城乌啼复歇。此时若不醉,争奈千门月。主人中夜起一作生,妓烛前罗列。歌袂欻收声,舞鬟低赴节。弦吟玉柱品,酒透金杯热。朱颜忽已酡,清奏犹未阕。妍词黯先唱,逸韵刘继发。铿然双雅音,金石相磨戛。

和梦得洛中早春见赠七韵

众皆赏春色,君独怜春意。春意竟如何,老夫知此味。烛余减夜漏,衾暖添朝睡。恬和台上风,虚润池边地。开迟花养艳,语懒莺含思。似讶隔年斋,如劝迎春醉。何日同宴游,心期二月二。此日出斋,放云。

樱桃花下有感而作 开成三年春季美周宾客南池者

蔼蔼美周宅,樱繁春日斜。一为洛下客,十见池上花。烂熳岂无意,为君占年一作物华。风光饶此树,歌舞胜诸家。失尽白头伴,长成红粉娃。停杯两相顾,堪喜亦堪嗟。白头伴、红粉娃,皆有所属。

洗竹

布裘寒拥颈,毡履温承足。独立冰池前,久看洗霜竹。先除老且病,次去纤而曲。剪弃犹可怜,琅玕十余束。青青复簌簌,颇民凡草木。依然若有情,回头语僮仆。小者截鱼竿,大者编茅屋。勿作箒与箕,而令粪土辱。

新沐浴

形适外无恙,心恬内无忧。夜来新沐浴,肌发舒且柔。宽裁夹乌帽,厚絮长白裘。裘温裹我足,帽暖覆我头。先进酒一杯,次举粥一瓯。半酣半饱时,四体春悠悠。是月岁阴暮,惨冽天地愁。白日冷无光,黄河冻不流。何处征戍行,何人羁旅游。穷途绝粮客,寒狱无灯囚。劳生彼何苦,遂性我何优。抚心但自愧,熟知其所由。

三年除夜

晰晰燎火光,氲氲腊酒香。嗤嗤童稚戏,

迢迢岁夜长。堂上书帐前,长幼合成行。以我年最长,次第来称觞。七十期渐近,万缘心已忘。不唯少欢乐,兼亦无悲伤。素屏应居士,青衣侍孟光。夫妻老相对,各坐一绳床。顾虎头画维摩居士图,白衣素屏也。

自题小园

不斗门馆华,不斗林园大。但斗力主人,一坐十余载。回看甲乙第,列在都城内。素垣夹朱门,蔼蔼遥相对。主从安在哉,富贵去不回。池乃为鱼凿,林乃为禽栽。何如小园主,柱杖闲即来。亲宾有时会,琴酒连夜开。以此聊自足,不羡大池台。

病中宴坐

有酒病不饮,有诗慵不吟。头眩平声罢垂钓,手痹休援琴。竟日悄无事,所居闲有深。外安支离体,中养希夷心。窗户纳秋景,竹木澄夕阴。宴坐小池畔,清风时动襟。

戒药

促促急景中,蠢蠢微尘里。生涯有分限,爱恋无终已。早夭羡中年,中年羡暮齿。暮齿又贪生,服食求不死。朝吞太阳精,夕吸秋石髓。徼福反成灾,药误者多矣。以之资嗜欲,又望延甲子。天人阴隙间,亦恐无此理。域中有真道,所说不如此。后身始身存,吾闻诸老氏。

赠梦得

前日君家饮,昨日王家宴。今日过我庐,三日三会面。当歌聊自放,对酒交相劝。为我尽一杯,与君发三愿。一愿世清平,二愿身强健。三愿临老头,数与君相见。

逸老 庄子云:劳我以生,逸我以老,息我以死也。

白日下驶驶,青天高浩浩。人生在其中,适时即为好。劳我以少壮,息我以衰老。顺之多吉寿,违之或凶夭。我初五十八,息老虽非早。一闲十三年,所得亦不少。况加禄仕后,衣食常温饱。又从风疾来,女嫁男婚了。胸中

一无事,浩气凝襟抱。飘若云信风,乐于鱼在藻。桑榆坐已暮,钟漏行将晓。幡然七十翁,亦足称寿考。筋骸本非实,一束芭蕉草。眷属偶相依,一夕同栖鸟。去何有顾恋,住亦无忧恼。生死尚复然,其余安足道。是故临老心,冥然合玄造。

遇物感兴因示子弟

圣择狂夫言,俗信老人语。我有老狂词,听之吾语汝。吾观器用中,剑锐锋多伤。吾观形骸内,骨劲一作劲骨齿先亡。寄言处世者,不可苦刚强。龟性愚且善,鸠心钝无恶。人贱拾支床,鹛欺擒暖脚。寄言立身者,不得全柔弱。彼固一作因罹祸难,此未免忧患平声。于何保终吉,强弱刚柔间。上遵周孔训,旁鉴老庄言。不唯鞭其后,亦要轫其先。

首夏南池独酌

春尽杂英歇,夏初芳草深。薰风自南至,吹我池上林。绿蘋散还合,颊鲤跳复沈。新叶有佳色,残莺犹好音。依然谢家物,池酌对风琴。惭无康乐作,秉笔思沈吟。境胜才思劣,诗成不称心。

官俸初罢,亲故见忧,以诗谕之

七年为少傅,品高俸不薄。乘轩已多惭,况是一病鹤。又及悬车岁,筋力转衰弱。岂以贫是忧,尚为名所缚。今春始病免,缨组初摆落。蜩甲有何知,云心无所著。困中残旧谷,可备岁饥恶。园中多新蔬,未至食藜藿。不求安师卜,不问陈生药。但对丘中琴,时开池上酌。信风舟不系,掉尾鱼方乐。亲友不我知,而忧我寂寞。安与陈皆洛下艺术精者。

闲居偶吟,招郑庶子、皇甫郎中

自哂此迂叟,少迁老更迁。家计不一问,园林聊自娱。竹间琴一张,池上酒一壶。更无俗物到,但与秋光俱。古石苍错落,新泉碧萦纡。焉用车马客,即此是吾徒。犹有所思人,各在城一隅。杳然爱不见,搔首方踟蹰。玄晏

风韵远,子真云貌孤。诚知厌朝市,何必忆江湖。能来小涧上,一听潺湲无。

亭西墙下伊渠水中置石,激流潺湲成韵,颇有幽趣,以诗记之

嵚巇嵩石峭,皎洁伊流清。立为远峰势,激作寒玉声。夹岸罗密树,面滩开小亭。忽疑严子濑,流入洛阳城。是时群动息,风静微月明。高枕夜悄悄,满耳秋泠泠。终日临大道,何人知此情。此情苟自惬,亦不要人听。

闲题家池寄王屋张道士

有石白磷磷,有水清潺潺。有叟头似雪,婆娑乎其间。进不趋要路,退不入深山。深山太濩落,要路多险艰。不如家池上,乐逸无忧患。有食适吾口,有酒酡吾颜。恍惚游醉乡,希夷造玄关。五千言下一作不悟,十二年来闲。富者我不愿,贵者我不攀。唯有天坛子,时来一往还。

李卢二中丞各创山居,俱夸胜绝,然去城稍远,来往颇劳,弊居新泉实在宇下,偶题十五韵,聊戏二君

龙门苍石壁,李所有也。泥涧碧潭水。卢所有也。各在一山隅,迢遥一作迢几十里。清镜碧屏风,惜哉信为美。爱而不得见,亦与无相似。闻君每来去,矻矻事行李。脂辖复裹粮,心力颇劳止。未如吾舍下,石与泉甚迩。凿凿复溅溅,昼夜流不已。洛石千万拳,衬波铺锦绮。海珉一两片,激濑含宫徵。绿宜春灌足,净可朝漱齿。绕砌紫鳞游,拂帘白鸟起。何言履道叟,便是沧浪子。君若趁归程,请君先到此。愿以潺湲声,洗君尘土耳。

北窗竹石一作石竹

一片瑟瑟石,数竿青青竹。向我如有情,依然看不足。况临北窗一作檐下,复近西塘曲。筠风散馀清,苔雨含微绿。有妻亦衰老,无子方茕独。莫掩夜窗扉,共渠相伴宿。

饮后戏示弟子

吾为尔先生,尔为吾弟子。孔门有遗训,复坐吾告尔。先生馈酒食,弟子服劳止。孝敬不在他,在兹而已矣。欲我少忧愁,欲我多欢喜。无如酝好酒,酒须多且旨。旨即宾可留,多即叠不耻。吾更有一言,尔宜听入耳。人老多忧贫,人病多忧死。我今虽老病,所忧不在此。忧在半酣时,尊空座客起。

闲坐看书,贻诸少年

雨砌长寒芜,风庭落秋果。窗间有闲叟,尽日看书坐。书中见往事,历历知福祸。多取终厚亡,疾驱必先堕。劝君少干名,名为锢身锁。劝君少求利,利是焚身火。我心知已久,吾道无不可。所以雀罗门,不能寂寞我。

梦上山时足疾未平

夜梦上嵩山,独携藜杖出。千岩与万壑,游览皆周毕。梦中足不病,健似少年日。既悟神返初,依然旧形质。始知形神内,形病神无疾。形神两是幻,梦寐一作悟俱非实。昼行虽蹇涩,夜步颇安逸。昼夜既平分,其间何得失。

对酒闲吟,赠同老者

人生七十稀,我年幸过之。远行将尽路一作路尽,春梦欲觉时。家事口不问,世名心不思。老既不足叹,病亦不能治。扶持仰婢仆,将养信妻儿。饥饱进退食,寒暄加减衣。声妓放郑卫,裘马脱轻肥。百事尽除去,尚馀酒与诗。兴来吟一篇,吟罢酒一卮。不独适情性,兼用扶衰羸。云液洒六腑,阳和生四肢。于中我自乐,此外吾不知。寄问同老者,舍此将安归。莫学蓬心叟,胸中残是非。

晚起闲行

皤然一老子,拥衾仍隐几。坐稳夜忘眠,卧安朝不起。起来无可作,闭目时叩齿。静对铜炉香,暖漱银瓶水。午斋何俭洁,饼与蔬而已。西寺讲楞伽,闲行一随喜。

香山居士写真诗 并序

元和五年,予为左拾遗、翰林学士,奉诏写真于集贤殿御书院,时年三十七。会昌二年,罢太子少傅,为白衣居士,又写真于香山寺藏经堂,时年七十一。前后相望,殆将三纪,观今照昔,慨然自叹者久之。形容非一,世事几变,因题六十字以写所怀。

昔作少学士,图形入集贤。今为老居士,写貌寄香山。鹤毳变玄发,鸡肤换朱颜。前形与后貌,相去三十年。勿叹韶华子,俄成皤叟仙。请看东海水,亦变作桑田。

二年三月五日斋毕,开素当食,偶吟赠妻弘农郡君

睡足肢体畅,晨起开中堂。初旭泛帘幕,微风拂衣裳。二婢扶盥栉,双童异簟床。庭东有茂树,其下多阴凉。前月事斋戒,昨日散道场。以我久蔬素,加笾仍异粮。鲂鳞白如雪,蒸炙加桂姜。稻饭红似花,调沃新酪浆。佐以脯醢味,间之椒薤芳。老怜口尚美,病喜鼻闻香。娇骄三四孙,索哺绕我傍。山妻未举案,馋叟已先尝。忆同牢卺初,家贫共糟糠。今食且如此,何必烹猪羊。况观姻族间,夫妻半存亡。偕老不易得,白头何足伤。食罢酒一杯,醉饱吟又狂。缅想梁高士,乐道喜文章。徒夸五噫作,不解赠孟光。

不出门

弥月不出门,永日无来宾。食饱更拂床,睡觉一嚬伸。轻箑白鸟羽,新簟青箭筠。方寸方丈室,空然两无尘。披衣腰不带,散发头不巾。袒跣北窗下,葛天之遗民。一日亦自足,况得以终身。不知天壤内,目我为何人。

感旧 并序

故李侍郎杓直,长庆元年春薨;元相公微之,太和六年秋薨;崔侍郎晦叔,太和七年夏薨;刘尚书梦得,会昌二年秋薨。四君子,予之执友也。二十年间,凋零共尽,唯予衰病,至今独存。回味悲怀,题为感旧。

晦叔坟荒草已陈,梦得墓湿土犹新。微之捐馆将一纪,杓直归丘二十春。城中虽有故第宅,庭芜园废生荆榛。箧中亦有旧书札,纸穿字蠹成灰尘。平生定交取人窄,屈指相知唯五人。四人先去我在后,一枝蒲柳衰残身。岂无晚岁新相识,相识面亲心不亲。人生莫羡苦长命,命长感旧多悲辛。

送毛仙翁 江州司马时作

仙翁已得道,混迹寻岩泉。肌肤冰雪莹,衣服云霞鲜。绀发丝并致,韶容花共妍。方瞳点玄漆,高步凌非一作飞烟。几见桑海变,莫知龟鹤年。所憩九清外,所游五岳巅。轩昊旧为侣,松乔难比肩。每嗟人世人,役役如狂颠。孰能脱羁鞅,尽遭名利牵。貌随岁律换,神逐光阴迁。惟余负忧谴,憔悴溢江壖。衰鬓忽霜白,愁肠如火煎。羁旅坐多感,裴回私自怜。晴眺五老峰,玉洞多神仙。何当悯涽厄,授道安虚羼。我师惠然来,论道穷重玄。浩荡八溟阔,志泰心超然。形骸既无束,得丧亦都捐。岂识椿菌异,那知鹏鷃悬。丹华既相付,促景定当延。玄切曷可报,感极惟勤拳。霓旌不肯驻,又归武夷川。语罢倏然别,孤鹤升遥天。赋诗叙明德,永续步虚篇。

达哉乐天行 一作健哉乐天行

达哉达哉白乐天,分司东都十三年。七旬才满冠已挂,半禄未及车先悬。或伴游客春行乐,或随山僧夜坐禅。二年忘却问家事,门庭多草厨少烟。庖童朝告盐米尽,侍婢暮诉衣裳穿。妻孥不悦甥侄闷,而我醉卧方陶然。起来与尔画生计,薄产处置有后先。先卖南坊十亩园,次卖东都五顷田。然后兼卖所居宅,仿佛获缗二三千。半与尔充衣食费,半与吾供酒肉钱。吾今已年七十一,眼昏须白头风眩平声。但恐此钱用不尽,即先朝露归夜泉。未归且住亦不恶,饥餐乐饮安稳眠。死生无可无不可,达哉达哉白乐天。此卷自此首以上,俱题作半格诗。

春池闲泛

绿塘新水平,红槛小舟轻。解缆随风去,开襟信意行。浅怜清演漾,深爱绿澄泓。白扑

柳飞絮,红浮桃落英。古文科斗出,新叶剪刀生。村集莺朋友,云行雁弟兄。飞沈皆适性,酣咏自怡情。花助银杯气一作器,松添玉轸声。鱼跳何事乐,鸥起复谁惊。莫唱沧浪曲,无尘可濯缨。

池上寓兴二绝

濠梁庄惠谩相争,未必人情知物情。獭捕鱼来鱼跃出,此非鱼乐是鱼惊。

水浅鱼稀白鹭饥,劳心瞪目待鱼时。外容闲暇中心苦,似是而非谁得知。

宴后题府中水堂,赠卢尹中丞昔予为尹日创造之

水斋岁久渐荒芜,自愧甘棠无一株。新酒客来方宴饮,旧堂主在重欢娱。莫言杨柳枝史老,府妓有歌杨柳枝曲者,因以名焉。直致樱桃树空枯。府西有樱桃厅,因树为名,今树亦枯也。从我到君十一尹,相看自置府来无。自予罢后至中丞,凡十一尹也。

和敏中洛下即事时敏中为殿中分司

昨日池塘春草生,阿连新有好诗成。花园到处莺呼入,骢马游时客避行。水暖鱼多似南国,人稀尘少胜西京。洛中佳境应无限,若欲谙知问老兄。

送敏中新授户部员外郎西归

千里归程三伏天,官新身健马翩翩。行冲赤日加餐饭,上到青云稳著鞭。长庆老郎唯我在,客曹故事望君传。前鸿后雁行难续,相去迢迢二十年。长庆初,予为主客郎中、知制诰,迁中书舍人,去今二十一年也。

南侍御以石相赠,助成水声,因以绝句谢之

泉石磷磷声似琴,闲眠静听洗尘心。莫轻两片青苔石,一夜潺湲直万金。

闲居自题,戏招宿客

水畔竹林边,闲居二十年。健常携酒出,病即掩门眠。解绶收朝佩,褰裳出野船。屏除身外物,摆落世间缘。报曙窗何早,知秋簟最先。微风深树裏,斜日小楼前。渠口添新石,篱根写乱泉。欲招同宿客,谁解爱潺湲。西亭墙下,泉石有声。

李留守相公见过,池上泛舟,举酒话及翰林旧事,因成四韵以献之

引棹寻池岸,移尊就菊丛。何言济川后,相访钓船中。白首故情在,青云往事空。同时六学士,五相一渔翁。

闰九月九日独饮

黄花丛畔绿尊前,犹有些些旧管弦。偶遇闰秋重九日,东篱独酌一陶然。自从九月持斋戒,不醉重阳十五年。

览卢子蒙侍御旧诗,多与微之唱和,感今伤昔,因赠子蒙,题于卷后

早闻元九咏君诗,恨与卢君相识迟。今日逢君开旧卷,卷中多道赠微之。相看掩泪情难说,别有伤心事岂知。闻道咸阳坟上树,已抽三丈白杨枝。

寒亭留客

今朝闲坐石亭中,炉火销残尊又空。冷落若为留客住,冰池霜竹雪髯翁。

新小滩

石浅沙平流水寒,水边斜插一渔竿。江南客见生乡思,道似严陵七里滩。

和李中丞与李给事山居雪夜同宿小酌

宪府触邪峨豸角,琐闱驳正犯龙鳞。二人当官盛事,为时所称也。那知近地斋居一作名客,忽作深山同宿人。一盏寒灯云外夜,数杯温酎雪中春。林泉莫作多时计,谏猎登封忆旧臣。

履道西门二首

履道西门有弊居,池塘竹树绕吾庐。豪华肥壮虽无分,饱暖安闲即有余。行灶朝香炊早饭,小园春暖掇新蔬。夷齐黄绮夸芝蕨,比我盘飧恐不如。

履道西门独掩扉,官休病退客来稀。亦知轩冕荣堪恋,其奈田园老合归。跛鳖难随骐骥足,伤禽莫趁凤凰飞。世间认得身人少,今我虽愚亦庶几。

偶吟

人生变改故无穷,音是朝官分野翁。久寄形于朱紫内,渐抽身人蕙荷中。荷衣、蕙带,是楚词也。无情水任方圆器,不系舟随去住风。犹有鲈鱼莼菜兴,来春或拟往江东。

雪夜小饮赠梦得

同为懒慢园林客,共对萧条雨雪天。小酌酒巡销永夜,大开口笑送残年。久将时背成遗老,多被人呼作散仙。呼作散仙应有以,曾看东海变桑田。

岁暮夜长,病中灯下闻卢尹夜宴,以诗戏之且为来日张本也

荣闹兴多嫌昼短,衰闲睡少觉明迟。当君秉烛衔杯夜,是我停飡一作灯服药时。枕上愁吟堪发病,府中欢笑胜寻医。明朝强出须谋乐,不拟车公更拟一作说谁。

病中数会张道士见讥,以此答之

亦知数出妨将息,不可端居守寂寥。病即药窗眠尽日,兴来酒席坐通宵。贤人易狎须欢饮,姹女难禁莫慢烧。张道士输白道士,一杯沉瀣便逍遥。

卯饮

短屏风掩卧床头,乌帽青毡白氎裘。卯饮一杯眠一觉,世间何事不悠悠。

寄题余杭郡楼,兼呈裴使君

官历二十政,宦游三十秋。江山与风月,最忆是杭州。北郭沙堤尾,西湖一作潮石岸头。绿觞春送洛,红烛夜回舟。不敢言遗爱,空知念旧游。凭君吟此句,题向望涛楼。

杨六尚书留太湖石在洛上,借置庭中,因对举杯,寄赠绝句

借君片石意何如,置向庭中慰索居。每就玉山倾一酌,兴来如对醉尚书。

喜入新年自咏 时年七十一

白须如雪五朝臣,又值新正第七旬。老过占他蓝尾酒,病余收得到头身。销磨岁月成高位,比类时流是幸人。大历年中骑竹马,几人得见会昌春。

滩声

碧玉班班沙历历,清流决决响泠泠。自从造得滩声后,玉管朱弦可要听。

题石泉

殷勤傍石绕泉行,不说何从知我情。渐恐耳聋兼眼暗,听泉看石不分明。

送王卿使君赴任苏州,因思花迎新使感旧游,寄题郡中木兰西院一别一无此二字

一别苏州十八载,时光人事随年改。不论竹马尽成人,亦恐桑田半为海。莺入故宫含意思,花迎新使生光彩。为报江山风月知,至今白使君犹在。

出斋日喜皇甫十早访

三旬斋满欲衔杯,平旦敲门门未开。除却朗之携一榼,的应不是别人来。

会昌二年春题池西小楼

花边春水水边楼,一坐经今四十秋。望月桥倾三遍换,采莲船破五回修。园林一半成乔木,邻里三分作白头。苏李冥蒙随烛灭,陈樊漂泊逐萍流。苏庶子弘、李中丞道枢及陈、樊二妓,十余年皆楼中歌酒中伴,或殁或散,独予在焉。虽贫眼下无妨乐,纵病心中不与愁。自笑灵光岿然在,春来游得且须游。

酬南洛阳早春见赠

物华春意尚迟回,赖有东风昼夜催。寒缲

柳腰收未得,暖熏花口噤初开。古诗云:口噤不能开。欲披云雾联襟去,先喜琼琚入袖来。久病长斋诗老退,争禁年少洛阳才。

对新家酝玩自种花

香曲亲看造,芳丛手自栽。迎春报酒熟,垂老看花开。红蜡半含萼,绿油新酦醅。玲珑五六树,潋滟两三杯。恐有狂风起,愁无好客来。独酌还独语,待取月明回。

携酒往朗之庄居同饮

慵中又少经过处,别后都无劝酒人。不挈一壶相就醉,若为将老度残春。

以诗代书,酬慕巢尚书见寄 慕巢书中,颇切归休结侣之意,故以此答。

书意诗情不偶然,苦—作若云梦想在林泉。愿为愚谷烟霞侣,思结空门香火缘。每愧尚书情眷眷,自怜居士病绵绵。不知待得心期否,老校于君六七年。

春尽日

芳景销残暑气生,感时思事坐含情。无人开口共谁语,有酒回头还自倾。醉对数丛红芍药,渴尝一碗绿昌明 蜀茶之名也。春归似—作自遣莺留语,好住园林三两声。

招山僧

能入城中乞食否,莫辞尘土污袈裟。欲知住处东城下,绕竹泉声是白家。

夏日与闲禅师林下避暑

洛景城—作落景城西尘土红,伴僧闲坐竹泉东。绿萝潭上不见日,白石滩边长有风。热恼—作熟闹渐知随念尽,清凉常愿与人同。每因毒暑悲亲故,多在炎方瘴海中。是岁,潮、韶等郡,皆有亲友谪居。

题新涧亭,兼酬寄朝中亲故见赠

何处披襟风快哉,一亭临涧四门开。金章紫绶辞腰去,白石清泉就眼来。自得所宜还独乐,各行其志莫相咍。禽鱼出得池笼后,纵有人呼可更回。

病中看经赠诸道侣

右眼昏花左足风,金篦石水用无功。金篦刮眼病,见涅槃经;磁石水治风,见外台方。不如回念三乘乐,便得浮生百病空。无子同居草庵下,见法华经。有妻偕老道场中。何烦更请僧为侣,月上新归伴—作侍病翁。时适谈氏女子自太原初归,维摩诘有女,名月上也。

游丰乐招提佛光三寺

竹鞋葵扇白绡巾,林野为家云是身。山寺每游多寄宿,都城暂出即经旬。汉容黄绮为遗客,尧放巢由作外臣。昨日制书临郡县,不该—作谈愚谷醉乡人。

醉中得上都亲友书,以予停俸多时,忧问贫乏,偶乘酒兴,咏而报之

头白醉昏昏,狂歌秋复春。一生耽酒客,五度弃官人。苏州、刑部侍郎、河南尹、同州刺史、太子少傅,皆以病免也。异世陶元亮,前生刘伯伦。卧将琴作枕,行以锸随身。岁要衣三对,年支谷一囷。园葵烹佐饭,林—作秋叶扫添薪。没齿甘蔬食,摇头谢缙绅。自能抛爵禄,终不恼交亲。但得杯中渌,从生甑上尘。烦君问生计,忧醒不忧贫。

池畔逐凉

风清泉冷竹修修,三伏炎天凉似秋。黄犬引迎骑马客,青衣扶下钓鱼舟。衰容自觉宜闲坐,蹇步谁能更远游。料得此身终老处,只应林下与滩头。

池鹤八绝句

池上有鹤,介然不群。乌鸢鸡鹅,次第嘲噪。诸禽似有所诮,鹤亦时复一鸣。予非冶长,不通其意,因戏与赠答,以意斟酌之,聊亦自取笑耳。

鸡赠鹤

一声警露君能薄,五德司晨我用多。不会

悠悠时俗士，重君轻我意如何。

鹤答鸡

尔争伉俪泥中斗，吾整羽仪松上栖。不可遣他天下眼，却轻野鹤重家鸡。

乌赠鹤

与君白黑大分明，纵不相亲莫见轻。我每夜啼君怨别，玉徽琴里孞同声。琴曲有乌夜啼，别鹤怨。

鹤答乌

吾爱栖云上华表，汝多攫肉下田中。吾音中羽汝声角，琴曲虽同调不同。别鹤怨在羽调，乌夜啼在角调。

鸢赠鹤

君夸名鹤我名鸢，君叫闻天我戾天。更有与君相似处，饥来一种啄腥膻。

鹤答鸢

无妨自是莫相非，清浊高低各有归。鸢鹤群中彩云里，几时曾见喘鸢飞。

鹅赠鹤

君因风送一作起入青云，我被人驱向鸭群。雪颈霜毛红网掌，请看何处不如君。

鹤答鹅

右军殁后欲何依，只合随鸡逐鸭飞。未必牺牲及吾辈，大都我瘦胜君肥。

谈氏小外孙玉童

外翁七十孙三岁，笑指琴书欲遣传。自念老夫今耄矣，因思稚子更茫然。中郎余庆一作祚钟羊祜，子幼能文似马迁。才与不才争料得，东床空后且娇怜。谈氏初逝。

送后集往庐山东林寺，兼寄云皋上人

后集寄将何处去，故山迢递在匡庐。旧僧独有云皋在，三二年来不得书。别后道情添几许，老来筋力又何如。来生缘会应非远，彼此年过七十余。

客有说 客即李浙东也，所说不能具录其事。

近有人从海上回，海山深处见楼台。中有仙龛虚一室，多传此待乐天来。

答客说

吾学空门非学仙，恐君此说是虚传。海山不是吾归处，归即应归兜率天。予晚年结弥勒上生业，故云。

哭刘尚书梦得二首

四海齐名白与刘，百年交分两绸缪。同贫同病退闲日，一死一生临老头。杯酒英雄君为操，曹公曰：天下英雄，唯使君与操耳。文章微婉我知丘。仲尼云：后世知丘者，《春秋》又云：春秋之旨，微而婉也。贤豪虽殁精灵在，应共微之地下游。

今日哭君吾道孤，寝门泪满白髭须。不知箭折弓何用，兼恐唇亡齿亦枯。窅窅穷泉埋宝玉，骎骎落景挂桑榆。夜台暮齿期非远，但问前头相见无。

全唐诗卷四百六十

白居易

昨日复今辰

昨日复今辰,悠悠七十春。所经多故处,却想似前身。散秩优游老,闲居净洁—作清净贫。螺杯中有物,鹤氅上无尘。解佩收朝带,抽簪换野巾。风仪与名号,别是一生人。

病疮

门有医来往,庭无客送迎。病销谈笑兴,老足叹嗟声。鹤伴临池立,人扶下砌行。脚疮春断酒,那得有心情。

游赵村杏花—无游字

赵村红杏每年开,十五年来看几回。七十三人难再到,今春来是别花来。

刑部尚书致仕

十五年来洛下居,道缘俗累两何如。迷路心回因向佛,宦途事了是悬车。全家遁世曾无闷,半俸资身亦有余。唯是名衔人不会,毗耶长者白尚书。

初致仕后戏酬留守牛相公,并呈分司诸寮友

南北东西无所羁,挂冠自在胜分司。探花尝酒多先到,拜表行香尽不知。炮笋烹鱼饱餐后,拥袍枕臂醉眠时。报君一语君应笑,兼亦无心羡保厘。

问诸亲友

七十人难到,过三更较稀。占花租野寺,定酒典朝衣。趁醉春多出,贪欢夜未归。不知亲故口,道我是耶非。

戏问牛司徒

抖擞尘缨捋白须,半酣扶起问司徒。不知诏下悬车后,醉舞狂歌有例无。

不与老为期

不与老为期,因何两鬓丝。才应免夭促,

便已及衰羸。昨夜梦何在,明朝身不知。百忧非我所,三乐是吾师。闭目常闲坐,低头每静思。存神机虑息,养气语言迟。行亦携诗箧,眠多枕酒卮。自惭无一事,少有不安时。

开龙门八节石滩诗二首并序

东都龙门潭之南,有八节滩、九峭石。船筏过此,例及破伤。舟人楫师,推挽束缚,大寒之月,裸跣水中,饥冻有声,闻于终夜。予尝有愿,力及则救之。会昌四年,有悲智僧道遇,适同发心,经营开凿,贫者出力,仁者施财。於戏,从古有碍之险,未来无穷之苦,忽乎一旦尽除去之,兹吾所用适愿快心拔苦施乐者耳,岂独以功德福报为意哉?因作二诗,刻题石上。以其地属寺,事因僧,故多引僧言见志。

铁凿金锤殷苦雷,八滩九石剑棱摧。竹篙桂楫飞如箭,百筏千艘鱼贯来。振锡导师凭众力,挥金退傅施家财。他时相逐四方去,莫虑尘沙路不开。

七十三翁旦暮身,誓开险路作通津。夜舟过此无倾覆,朝胫从今免苦辛。十里叱滩变河汉,八寒阴狱化阳春。八寒地狱见佛名及涅槃经,故以八节滩为比。我身虽殁心长在,暗施慈悲与后人。

闲坐

婆娑放鸡犬,嬉戏任儿童。闲坐槐阴下,开襟向晚风。沤麻池水里,晒枣日阳中。人物何相称,居儿田舍翁。

酬寄牛相公同宿话旧劝酒见赠

每来政事堂中宿,共忆华阳观里时。日暮独归愁米尽,泥深同出借驴骑。交游今日唯残我,富贵当年更有谁。彼此相看头雪白,一杯可合重推辞。

道场独坐

整顿衣巾拂净床,一瓶秋水一炉香。不论烦恼先须去,直到菩提亦拟忘。朝谒久停收剑佩,宴游渐罢废壶觞。世间无用残年处,只合逍遥坐道场。

偶作寄朗之

历想为官日,无如刺史时。欢娱接宾客,饱暖及妻儿。自到东都后,安闲更得宜。分司胜刺史,致仕胜分司。何况园林下,欣然得朗之。仰名同旧识,为乐即新知。有雪先相访,无花不作期。斗酕干酿酒,夸妙细吟诗。里巷千来往,都门五别离。岐分两回首,书到一开眉。叶落槐亭院,冰生竹阁池。雀罗谁问讯,鹤氅罢追随。身与心俱病,容将力共衰。老来多健忘,唯不忘相思。

狂吟七言十四韵十六句缺二字,十七句缺一字

亦知世是休明世,自想身非富贵身。但恐人间为长物,不如林下作遗民。游依二室在三友,住近双林当四邻。性海登淳平少浪,心田洒扫净无尘。香山闲宿一千夜,梓泽连游十六春。是客相逢皆故旧,无僧每见不殷勤。药停有喜闲销疾,金尽无忧醉忘贫。补绽衣裳愧妻女,支持酒肉赖交亲。俸随日计钱盈贯,禄逐年支粟满囷。尚书致仕,请半俸,百觔亦五十千,岁给禄粟二千,可为。洛堰鱼鲜供取足,游村果熟馈争新。诗章人与传千首,寿命天教过七旬。点检一生侥幸事,东都除我更无人。

喜裴涛使君携诗见访,醉中戏赠

忽闻扣户醉吟声,不觉停杯倒屣迎。共放诗狂同酒癖,与君别是一亲情。

得潮州杨相公继之书并诗,以此寄之

诗情书意两殷勤,来自天南瘴海滨。初睹银钩还启齿,细吟琼什欲沾巾。凤池隔绝三千里,蜗舍沈冥十五春。唯有新昌故园月,至今分照两乡人。凤池,属杨相也。蜗舍,自谓也。

宿府池西亭

池上平桥桥下亭,夜深睡觉上桥行。白头老尹重来宿,十五年前旧月明。

闲眠

暖床斜卧日曛腰,一觉闲眠百病销。尽日

一餐茶两碗,更无所要到明朝。

杨柳枝词

《云溪友议》:居易有妓樊素,善歌;小蛮,善舞。尝为诗曰:"樱桃樊素口,杨柳小蛮腰。"年既高迈,而小蛮方丰艳,因杨柳词以托意云。

一树春风千万枝,嫩于金色软于丝。永丰西角荒园里,尽日无人属阿谁。

诏取永丰柳植禁苑感赋

又云:宣宗朝,国乐唱前词,上问谁作,永丰在何处。左右具以对。遂因东使,命限永丰柳两枝,植于禁中。居易感上知其名,且好尚风雅,又为诗一章。

一树衰残委泥土,双枝荣耀植天庭。定知玄象今春后,柳宿光中添两星。

斋居春久,感事遣怀

斋戒坐三旬,笙歌发四邻。月明停酒夜,眼暗看花人。赖学空为观,深知念是尘。犹思闲语笑,未忘旧交亲。久作龙门主,多为兔苑宾。水嬉歌尽日,雪宴烛通晨。事事皆过分,时时自问身。风光抛得也,七十四年春。

每见吕南二郎中新文,辄窃有所叹惜,因成长句,以咏所怀

双金百炼少人知,纵我知君徒尔为。望梅阁老无妨渴,二贤词藻赡丽,众多以予曾忝制诰,故呼阁老。画饼尚书不救饥。喻无益,自戏也。白日回头看又晚,青云举足蹴何迟。壮年可惜虚销掷,遣把闲杯吟咏诗。

胡、吉、郑、刘、卢、张等六贤皆多年寿,予亦次焉,偶于弊居合成尚齿之会,七老相顾,既醉且欢,静而思之,此会稀有,因成七言六韵,以纪之传好事者

七人五百七十岁一作八十四,拖紫纡朱垂白须。手里无金莫嗟叹,尊中有酒且欢娱。诗吟两句一作吟成六韵神还王,酒饮一作伙到三杯气尚粗。岿峨狂歌教婢拍,婆娑醉舞遣孙扶。天年

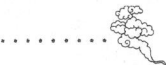

高过二疎傅,人数多于四皓图。除却三山五天竺,人间此会更应无。三仙山、五天竺国多老寿者。前怀州司马安定胡杲,年八十九。卫尉卿致仕冯翊吉皎,年八十六。前右龙武军长史荥阳郑据,年八十四。前磁州刺史广平刘真,年八十二。前侍御史内供奉官范阳卢真,年七十二。前永州刺史清河张浑,年七十四。刑部尚书致仕太原白居易,年七十四。以上七人,合五百七十岁。会昌五年三月二十一日,于白家履道宅同宴,宴罢赋诗。时秘书监狄兼谟、河南尹卢贞,以年未七十,虽与会而不及列。

欢喜二偈

得老加年诚可喜,当春对酒亦宜欢。心中别有欢喜事,开得龙门八节滩。

眼暗头旋耳重听,唯余心口尚醒醒。今朝欢喜缘何事,礼彻佛名百部经。

闲居贫活计

冠盖闲居少,筝瓢陋巷深。称家开户牖,量力置园林。俭薄身都惯,营为力不任。饥烹一斤肉,暖卧两重衾。尊有陶潜酒,囊无陆贾金。莫嫌贫活计,更富即劳心。

赠诸少年

少年莫笑我蹉跎,听我狂翁一曲歌。入手荣名取虽少,关心稳事得还多。老惭退马沾刍秣,谓致仕半俸也。高喜归鸿脱弋罗。官给俸钱无与寿,些些贫病奈吾何。

感所见

巧者焦劳智者愁,愚翁何善复何忧。莫嫌山木无人用,大胜笼禽不自由。网外老鸡因断尾,盘中鲜鲙为吞钩。谁人会我心中事,冷笑时时一掉头。

寄黔州马常侍

闲看双节信为贵,乐饮一杯谁与同。可惜风情与心力,五年抛掷在黔中。

和李相公留守题漕上新桥六韵同用黎字

选石铺新路,安桥压古堤。似从银汉下,落榜玉川西。影定栏杆倒,标高华表齐。烟开虹半见,月冷鹤双栖。材映夔龙小,功嫌元凯

低。从容济世后,余力及黔黎。

闲居

风雨萧条秋少客,门庭冷静昼多关。金羁骆马近卖—作贳却,罗袖柳枝寻放还。书卷略寻聊取睡,酒杯浅把粗开颜。眼昏入夜休看月,脚重经春不上山。心静无妨喧处寂,机忘兼觉梦中闲。是非爱恶销停尽,唯寄空身在世间。

新秋夜雨

蟋蟀暮啾啾,光阴不少留。松檐半夜雨,风幌满床秋。曙早灯犹在,凉初簟未收。新晴好天气,谁伴老人游。

春眠

枕低被暖身安稳,日照房门帐未开。还有少年春气味,时时暂到梦中来。

喜老自嘲

面黑头雪白,自嫌还自怜。毛龟蓍下老,蝙蝠鼠中仙。名籍同逋客,衣装类古贤。裘轻被白氎,靴暖踏乌毡。周易休开卦,陶琴不上弦。任从人弃掷,自与我周旋。铁马因疲退,铅刀以钝全。行开第八秩,可谓尽天年。时俗谓七十以上为开第八秩。

能无愧

十两新绵褐,披行暖似春。一团香絮枕,倚坐稳于人。婢仆遣他尝药草,儿孙与我拂衣巾。回看左右能无愧,养活枯残废退身。

河阳石尚书破回鹘、迎贵主、过上党射鹭鹚,绘画为图,猥蒙见示,称叹不足,以诗美之

塞北房郊随手破,山东贼垒掉鞭收。乌孙公主归秦地,白马将军入潞州。剑拔青鳞蛇尾活,弦抨赤羽火星流。须知鸟目犹难漏,尚将入潞府,偶逢水鸟鹭鹚,引弓射之,一发中目,三军踊跃。其事上闻,诏下美之。纵有天狼岂足忧。画角三声刁斗晓,清商一部管弦秋。他时麟阁图勋业,更合何人居上头。

自咏老身示诸家属

寿及七十五,俸沾五十千。夫妻偕老日,甥侄聚居年。粥美尝新米,袍温换故绵。家居虽濩落,眷属幸团圆。置榻素屏下,移炉青帐前。书听孙子读,汤看侍儿煎。走笔还诗债,抽衣当药钱。支分闲事了,爬背向阳眠。

自问此心呈诸老伴

朝问此心何所思,暮问此心何所为。不入公门慵敛手,不看人面免低眉。居士室间眠得所,少年场上饮非宜。闲谈亹亹留诸老,美酝徐徐进一卮。心未曾求过分事,身常少有不安时。此心除自谋身外,更问其余尽不知。

六年立春日人日作

二日立春人七日,盘蔬饼饵逐时新。年方吉郑犹为少,家比刘韩未是贫。乡园节岁应堪重,亲故欢游莫厌频。试作循潮封眼想,何由得见洛阳春。分司致仕官中,吉傅、郑咨议最老,韩庶子、刘员外尤贫。循、潮、封三郡迁客,皆洛下旧游也。

斋居偶作

童子装炉火,行添一炷香。老翁持麈尾,坐拂半张床。卷缦看天色,移斋近日阳。甘鲜新饼果,稳暖旧衣裳。止足安生理,悠闲乐性场。是非一以遣,动静百无妨。岂有物相累,兼无情可忘。不须忧老病,心是自医王。

咏身

自中风来三历闰,病风八年,凡三闰矣。从悬车后几逢春。周南留滞称遗老,见太史公传。汉上羸残号半人。见习凿齿传。薄有文章传子弟,断无书札答交亲。余年自问将何用,恐是人间剩长身。

予与山—作荆南王仆射起、淮南李仆射绅,事历五朝逾三纪,海内年辈,今唯三人,荣路虽殊,交情不替,聊题长句,寄举之、公垂二相公

故交海内只三人,二坐岩廊一卧云。老爱

诗书还似我—作应是我，荣兼将相不如君。百年胶漆初心在，万里烟霄中路分。阿阁鸾凰野田鹤，何—作谁人信道旧同群。

读道德经

　　玄元皇帝著遗文，乌角先生仰后尘。金玉满堂非己物，子孙委蜕是他人。世间尽不关吾事，天下无亲手我身。只有一身宜爱护，少教冰炭逼心神。

禽虫十二章并序

　　庄列寓言，风骚比兴，多假虫鸟，以为筌蹄。故《诗》义始于《关雎》、《鹊巢》，道说先乎鲲、鹏、蜩、鷃之类，是也。予闲居乘兴，偶作一十二章，颇类志怪放言，每章可致一哂。一哂之外，亦有以自警其衰耄封执之惑焉。顷如此作，多与故人微之、梦得共之。微之、梦得尝云：此乃九奏中新声，八珍中异味也。有旨哉，有旨哉。今则独吟，想二君在目，能无恨乎！

　　燕违戊巳鹊避岁，兹事因何羽族知。疑有凤凰—作王颁鸟历，一时一日不参差。不知其然也，燕衔泥常避戊巳日，鹊巢口常避太岁，验之皆信。

　　水中科斗长成蛙，林下桑虫老作蛾。蛙跳蛾舞仰头笑，焉用鹍鹏鳞羽多。齐物也。

　　江鱼群从称妻妾，塞雁联行号弟兄。但恐世间真眷属，亲疏亦是强为名。故名也。江沱间有鱼，每游辄三，如媵随妻，一先二后，土人号为婢妾鱼。礼云：雁兄弟行。

　　蚕老茧成不庇身，蜂饥蜜熟属他人。须知年老忧家者，恐是二虫虚苦辛。自警也。

　　阿阁鹓鸾田舍乌，妍蚩贵贱两悬殊。如何闭向深笼里，一种摧颓独四隅。有所感也。

　　兽中刀枪多怒吼，鸟遭罗弋尽哀鸣。羔羊口在缘何事，暗死屠门无一声。有所悲也。

　　蟭螟杀敌蚊巢上，蛮触交争蜗角中。应是诸天观下界，一微尘内斗英雄。自照也。

　　蟏蛸网上罥蜉蝣，反覆相持死始休。何异浮生临老日，一弹指顷报恩雠。诫报也。

　　蚁王化饭为臣妾，蠃母偷虫作子孙。彼此假名非本物，其间何怨复何恩。

　　豆苗鹿嚼解乌毒，艾叶雀衔夺燕巢。鸟兽不曾看本草，谙知药性是谁教。尝猎者说云：鹿若中箭，发即嚼豆叶食之，多消。解箭毒多用马头，故云乌毒。又燕恶艾，雀欲夺其巢，先衔一艾致其巢，辄避去，因而有之。

　　一鼠得仙生羽翼，众鼠相看有羡色。岂知飞上未半空，已作乌鸢口中食。

　　鹅乳养雏遗在水，鱼心想子变成鳞。细微幽隐何穷事，知者唯应是圣人。鹅放乳水中，不能离群。雏从而食之，皆饱而去之。又如鱼想子，子成鱼，并是佛经中说。

全唐诗卷四百六十一

白居易 以下别集

窗中列远岫 题中以平声为韵见本集宣州试谢中正鹄赋后

天静秋山好,窗开晓翠通。遥怜峰窈窕,不隔竹朦胧一作蒙笼。万点当虚室,千重叠远空。列檐攒秀气,缘隙助清风。碧爱新晴后,明宜反照中。宣城郡斋在,望与古时一作古诗同。

玉水记方流 以流字为韵,六十字成。

见本集省试性习相远近赋后。中书侍郎高郢下试。贞元十六年二月十四日及第第四人。

良璞含章久,寒泉彻底幽。矩浮光滟滟一作尹和光泛泛,方折浪悠悠。凌乱波纹异,萦回水性柔。似风摇浅濑,疑一作如月落清流。潜颖应傍达,藏真岂上浮。玉人如不见,沦弃即千秋。

大社观献捷诗 以功字为韵,四韵成。元和二年十一月四日,自集贤院召赴银台候旨。五日,召入翰林,奉敕度制书诏批答诗等五首。翰林院使梁守谦奉宣宣授翰林学士,数月,除左拾遗。

淮海妖氛灭,乾坤嘉一作喜气通。班师郊社内,操袂凯歌中。庙算无遗策,天兵不战功。小臣同鸟兽,率舞向皇风。

自诲

乐天乐天,来与汝言。汝宜拳拳,终身行焉。物有万类,锢人如锁。事有万感,爇人如火。万类递来,锁汝形骸。使汝未老,形枯如柴。万感递至,火汝主怀。使汝未死,心化为灰。乐天乐天,可不大哀,汝胡不惩往而念来。人生百岁七十稀,设使与汝七十期。汝今年已四十四,却后二十六年能几时。汝不思二十五六年来事,疾速倏忽如一寐。往日来日皆瞥然,胡为自苦于其间。乐天乐天,可不大哀。而今而后,汝宜饥而食,渴而饮;昼而兴,夜而寝;无浪喜,无妄忧;病则卧,死则休。此中是汝家,此中是汝乡,汝何舍此而去,自取其遑遑。遑遑兮欲安往哉,乐天乐天归去来。

三谣并序

余庐山草堂中,有朱藤杖一,蟠木机一,素屏风二。时多杖藤而行,隐机而坐,掩屏而卧。宴息之暇,笔砚在前,偶为三谣,各导其意,亦犹座右、陋室铭之类尔。

蟠木谣

蟠木蟠木,有似我身;不中乎器,无用于人。下拥肿而上鳞菌,楄不楄兮轮不轮。天子建明堂兮既非梁栋,诸侯斫大辂兮材又不中。唯我病夫,或有所用。用尔为几,承吾臂支吾颐而已矣。不伤尔性,不枉尔理。尔怏怏为几之外,无所用尔。尔既不材,吾亦不材,胡为乎人间裴回?蟠木蟠木,吾与汝归草堂去来。

素屏谣

素屏素屏,胡为乎不文不饰,不丹不青?当世岂无李阳冰之篆字,张旭之笔迹?边鸾之花鸟,张璪之松石?吾不令加一点一画于其上,欲尔保真而全白。吾于香炉峰下置草堂,二屏倚在东西墙。夜如明月入我室一作怀,晓如白云围我床。我心久养浩然气,亦欲与尔表里相辉光。尔不见当今甲第与王宫,织成步障银屏风。缀珠陷钿贴云母,五金七宝相玲珑。贵豪待此方悦目,晏然寝卧乎其中。素屏素屏,物各有所宜,用各有所施。尔今木为骨兮纸为面,舍吾草堂欲何之?

朱藤谣

朱藤朱藤,温如红玉,直如朱绳。自我得尔以为杖,大有裨于股肱。前年左选,东南万里。交游别我于国门,亲友送我于浐水。登高山兮车倒轮摧,渡汉水兮马蹶蹄开。中途不进,部曲多回。唯此朱藤,实随我来。瘴疠之乡,无人之地。扶卫衰病,驱诃魑魅。吾独一身,赖尔为二。或水或陆,自北徂南。泥粘雪滑,足力不堪。吾本两足,得尔为三。紫霄峰头,黄石岩下。松门石磴,不通舆马。吾与尔披云拨水,环山绕野。二年蹋遍匡庐间,未尝一步而相舍。虽有佳子弟、良友朋,扶危助蹇,不如朱藤。嗟乎,穷既若是,通复何如,吾不以常杖待尔,尔勿以常人望吾。朱藤朱藤,吾虽青云之上、黄泥之下,誓不弃尔于斯须。

无可奈何歌一无歌字

无可奈何兮,白日走而朱颜颓。少日往而老日催,生者不住兮死者不回。况乎宠辱丰悴之外物,又何常不十去而一来?去不可挽兮来不可推,无可奈何兮,已焉哉。惟天长而地久,前无始兮后无终。嗟吾生之几何,寄瞬息乎其中。又如太仓之稊米,委一粒于万钟。何不与道逍遥,委化从容,纵心放志,泄泄融融。胡为乎分爱恶于生死,系忧喜于穷通。倔强其骨髓,龃龉其心胸。合冰炭以交战,只自苦兮厥躬。彼造物者,云何不为?此与化者,云何不随?或煦或吹,或盛或衰,虽千变与万化,委一顺以贯之。为彼何非,为此何是?谁冥此心,梦蝶之子。何祸非福,何吉非凶?谁达此观,丧马之翁。俾吾为秋毫之妙,吾亦自足,不见其小;俾吾为泰山之阿,吾亦无余,不见其多。是以达人静则脗然与阴合迹,动则浩然与阳同波。委顺而已,孰知其他。时邪命邪,吾其无奈彼何;委邪顺邪,彼亦无奈吾何。夫两无奈何,然后能冥至顺而合太和。故吾所以饮太和,扣至顺,而为无可奈何之歌。

池上篇并序

都城风土水木之胜,在东南偏。东南之胜,在履道里,里之胜在西北隅。西闬北垣第一第,即白氏叟乐天退老之地,地方十七亩,屋室三之一,水正之一,竹九之一,而岛树桥道间之。初乐天既为主,喜,且曰:"虽有台,无粟不能守也。"乃作池东粟廪。又曰:"虽有子弟,无书不能训也。"乃作池北书库。又曰:"虽有宾朋,无琴酒不能娱也。"乃作池西琴亭,加石樽焉。乐天罢杭州刺史时,得天竺石一,华亭鹤二以归,始作西平桥,开环池路;罢苏州刺史时,得太湖石、白莲、折腰菱、青版舫以归,又作中高桥,通三岛径。罢刑部侍郎时,有粟千斛、书一车,洎臧获之习筦磬弦歌者指百以归。先是颍川陈孝山与酿法,酒味甚佳。博陵崔晦叔与琴，韵甚清；蜀客姜发授秋思，声甚淡；弘农杨贞一与青石三，方长平滑，可以坐卧。太和三年夏，乐天始得请为太子宾客，分秩于洛下，息躬于池上。凡三任所得，四人所与，泊吾不才身，今率为池中物矣。每至池风春，池月秋，水香莲开之旦，露清鹤唳之夕，拂杨石，举陈酒，援崔琴，弹姜秋思，颓然自适，不知其他。酒酣琴罢，又命乐童登中岛亭，合奏霓裳散序，声随风飘，或凝或散，悠扬于竹烟波月之间者久之，曲未竟而乐天陶然，已醉睡于石上矣。睡起偶咏，非诗非赋，阿龟握笔，因题石间，视其粗成韵章，命为池上篇云尔。

　　十亩之宅，五亩之园。有水一池，有竹千竿。勿谓土狭，勿谓地偏。足以容膝，足以息肩。有堂有庭，有桥有船。有书有酒，有歌有弦。有叟在中，白须飘然。识分知足，外无求焉。如鸟择木，姑务巢安。如龟居坎，不知海宽。灵鹤怪石，紫菱白莲。皆吾所好，尽在吾前。时饮一杯，或吟一篇。妻孥熙熙，鸡犬闲闲。优哉游哉，吾将终老乎其间。

齿落辞 并序

　　开成二年。予春秋六十六，癯黑衰白，老状具矣。而双齿又堕，慨然感叹者久之。因为齿落辞以自广，其辞曰：

　　嗟嗟乎双齿，自吾有之尔，俾尔嚼肉咀蔬，衔杯漱水；丰吾肤革，滋吾血髓；从幼逮老，勤亦至矣。幸有辅车，非无龈龂。胡然舍我，一旦双落。齿虽无情，吾岂无情。老与齿别，齿随涕零。我老日来，尔去不回。嗟嗟乎双齿，孰谓而来哉，孰谓而去哉？齿不能言，请以意宣。为口中之物，忽乎六十余年。昔君之壮也，血刚齿坚；今君之老矣，血衰齿寒。辅车断龂，日削月朘。上参差而下觑觎，曾何足以少安。嘻，君其听哉：女长辞姥，臣老辞主。发衰辞头，叶枯辞树。物无细大，功成者去。君何

嗟嗟，独不闻诸道经：我身非我有也，盖天地之委形；君何嗟嗟，又不闻诸佛说；是身如浮云，须臾变灭。由是而言，君何有焉？所宜委百骸而顺万化，胡为乎嗟嗟于一牙一齿之间。吾应曰：吾过矣，尔之言然。

不能忘情吟 并序

　　乐天既老，又病风。乃录家事，会经费，去长物。妓有樊素者，年二十余，绰绰有歌舞态，善唱杨枝，人多以曲名名之，由是名闻洛上。籍在经费中，将放之。马有骆者，駔壮骏稳，乘之亦有年。籍在经物中，将鬻之。圉人牵马出门，马骧首反顾一鸣，声音间似知去而旋恋者。素闻马嘶，惨然立且拜，婉娈有辞（辞具上）。辞毕，泣上。予闻素言，亦愍默不能对。且命回勒反袂，饮素酒，自饮一杯，快吟数十声，声成文，文无定句，句随吟之短长也，凡二百五十五言。噫，予非圣达，不能忘情。又不至于不及情者，事来搅情，情动不可栀。因自哂，题其篇曰《不能忘情吟》。吟曰：

　　鬻骆马兮放杨柳枝，掩翠黛兮顿金羁。马不能言兮长鸣而却顾，杨柳枝再拜长跪而致辞。辞曰：主乘此骆五年，凡千有八百日。衔橛之下，不惊不逸；素事主十年，凡三千有六百日。巾栉之间，无违无失。今素貌虽陋，未至衰摧。骆力犹壮，又无馻瞵。即骆之力，尚可以代主一步；素之歌，亦可以送主一杯。一旦双去，有去无回。故素将去，其辞也苦；骆将去，其鸣也哀。此人之情也，马之情也，岂主君独无情哉？予俯而叹，仰而哈，且曰：骆，骆，尔勿嘶；素，素，尔勿啼。骆反厩，素反闺。吾疾虽作，年虽颓，幸未及项籍之将死。何必一日之内，弃雎兮而别虞兮。乃目素兮素兮，为我歌杨柳枝。我姑酌彼金罍，我与尔归醉乡去来。

全唐诗卷四百六十二

白居易 以下补遗

劝酒 以下见《文苑英华》

昨与美人对尊酒,朱颜如花腰似柳。今与美人倾一杯,秋风飒飒头上来。年光似水向东去,两鬓不禁白日催。东邻起楼高百尺,璇题照日光相谢。珠翠无非二八人,盘筵何啻三千客。邻家儒者方下帷,夜诵古书朝忍饥。身年三十未入仕,仰望东邻安可期。一朝逸翮乘风势,金榜高张登上第。春闱未了冬登筵,九万抟风谁与继。不逾十稔居台衡,门前车马纷纵横。人人仰望在何处,造化笔头云雨生。东邻高楼色未改,主人一作父云亡息犹在。金玉车马一不存,朱门更有何人待。墙垣反锁长安春,楼台渐渐属西邻。松篁薄暮亦栖鸟一作鸣栖鸟,桃李无情还笑人。忆昔东邻宅初构,云甍彩栋皆非旧。玳瑁筵前悲翠栖,芙蓉池上鸳鸯斗。日往月来凡几秋,一衰一盛何一作皆悠悠。但教帝里笙歌在,池上年年醉五侯。

南阳小将张彦硖口镇税人场谢虎歌

海内昔年狎太平,横目穰穰何峥嵘。天生天杀岂天怒,忍使朝朝喂猛虎。关东驿路多丘荒,行人最忌税人场。张彦雄特制残暴,见之叱起如叱羊。鸣弦霹雳越幽阻,往往依林犹旅拒。草际旋看委锦茵,腰间不更一本作见抽白羽。老饕已毙众雏恐,童稚揶揄皆自勇。忠良效顺势亦然,一剑猜狂敢轻动。有文有武方为国,不是英雄伏不得。试征张彦作将军,几个将军愿策勋。

阴雨

润叶濡枝浃四方,浓云来去势何长。旷然寰宇清风满,救旱功高暑气凉。

喜雨

西北油然云势浓,须臾滂沛雨飘空。顿疏万物焦枯意,定看秋郊稼穑丰。

过故洛城

故城门前春日斜,故城门里无人家。市朝欲认不知处,漠漠野田飞草花。

江南喜逢萧九彻,因话长安旧游,戏赠五十韵见《才调集》

忆昔嬉游伴,多陪欢宴场。寓居同永乐,幽会共平康。师子寻前曲,声儿出内坊。花深态奴宅,竹错得怜堂。庭晚开红药,门闲荫绿杨。经过悉同巷,居处尽连墙。时世高梳髻,风流淡作妆。戴花红石竹,帔晕紫槟榔。髻动悬蝉翼,钗垂小凤行。拂胸轻粉絮,暖手小香囊。选胜移银烛,邀欢举玉觞。炉烟凝麝气,酒色注鹅黄。急管停还奏,繁弦慢更张。雪飞回舞袖,尘起绕歌梁。旧曲翻调笑,新声打义扬。名情推阿轨,巧语许秋娘。风暖春将暮,星回夜未央。宴余添粉黛,坐久换衣裳。结伴归深院,分头入洞房。彩帷开翡翠,罗荐拂鸳鸯。留宿争牵袖,贪眠各占床。绿窗笼水影,红壁背灯光。索镜收花钿,邀人解夹裆。暗娇妆靥笑,私语口脂香。怕听钟声坐,羞明映缦藏。眉残蛾翠浅,鬟解绿云长。聚散知无定,忧欢事不常。离筵开夕宴,别骑促晨装。去住青门外,留连浐水傍。车行遥寄语,马驻共相望。云雨分何处,山川共异方。野行初寂寞,店宿乍栖惶。别后嫌宵永,愁来厌岁芳。几看花结子,频见露为霜。岁月何超忽,音容坐渺茫。往还书断绝,来去梦游扬。自我辞秦地,逢君客楚乡。常嗟异歧路,忽喜共舟航。话旧堪垂泪,思乡数断肠。愁云接巫峡,泪竹近潇湘。月落江湖阔,天高节候凉。浦深烟渺渺,沙冷月苍苍。红叶江枫老,青芜驿路荒。野风吹蟋蟀,湖水浸菰蒋。帝路何由见,心期不可忘。旧游千里外,往事十年强。春昼提壶饮,秋林摘橘尝。强歌还自感,纵饮不成狂。永夜长相忆,逢君各共伤。殷勤万里意,并写赠萧郎。

赠薛涛 见张为《主客图》

蛾眉山势接云霓,欲逐刘郎北路迷。若似

剡中容易到,春风犹隔武陵溪。

酬令狐留守尚书见赠十韵

长庆清风在,夔龙燮理余。太和膏雨降,周邵保厘初。嵩少当宫署,伊瀍入禁渠。晓关开玉兔,夕钥纳银鱼。旧眷怜移疾,新吟念索居。离声双白鹇,行色一篮舆。罢免无余俸,休闲有敝庐。慵于嵇叔夜,渴似马相如。酒每蒙酤我,诗郑笺云:酤,卖也,音沽。 诗尝许起予。洛中归计定,一半为尚书。

听芦管

幽咽新芦管,凄凉古竹枝,似临猿峡唱,疑在雁门吹。调为高多切,声缘小乍迟。粗豪嫌觱篥,细妙胜参差。云水巴南客,风沙陇上儿。屈原收泪夜,苏武断肠时。仰秣胡驹听,惊栖越鸟知。何言胡越异,闻此一同悲。

送滕庶子致仕归婺州

春风秋月携歌酒,八十年来玩物华。已见曾孙骑竹马,犹听侍女唱梅花。入乡不杖归时健,出郭乘轺到处夸。儿著绣衣身衣锦,东阳门户胜滕家。

送刘郎中赴任苏州

仁风膏雨去随轮,胜境欢游到逐身。水驿路穿儿店月,花船棹入女湖春。语儿店、女坟湖,皆胜地也。 宣城独咏窗中岫,柳恽单题汀上蘋。何似姑苏诗太守,吟诗相继有三人。领吴郡日,刘尝赠予诗云:苏州刺史例能诗,西掖今来替左司",故有三人之戏耳。

福先寺雪中饯刘苏州

送君何处展离筵,大梵王宫大雪天。庚岭梅花落歌管,谢家柳絮扑金田。乱从纨袖交加舞,醉入篮舆取次眠。却笑召邹兼访戴,只持空酒驾空船。

除夜言怀,兼赠张常侍

三百六旬今认尽,六十四年明日催。不用叹身随日老,亦须知寿逐年来。加添雪兴凭毡帐,消杀春愁付酒杯。唯恨诗成君去后,红笺纸卷为一作共谁开。

送张常侍西归
二年花下为闲伴,一旦尊前弃老夫。西午桥街行怅望,南龙兴寺立踟蹰。洛城久住留情否,省骑重归称意无。出镇归朝但相访,此身应不离东都。

和河南郑尹新岁对雪
白雪吟诗铃阁开,故情新兴两裴回。昔经勤苦照书卷,今助欢娱飘酒杯。楚客难酬郢中曲,吴公兼占洛阳才。铜街金谷春知否,又有诗人作尹来。

吹笙内人出家
雨露难忘君念重,电泡易灭妾身轻。金刀已剃头然发,佛经云:若救头然。玉管休吹肠断声。新戒珠从衣里得,初心莲向火中生。道场夜半香花冷,犹在灯前礼佛名。

醉中见微之旧卷有感
今朝何事一沾襟,检得君诗醉后吟。老泪交流风病眼,春笺摇动酒杯心。银钩尘覆年年暗,玉树泥埋日日深。闻道墓松高一丈,更无消息到如今。

寿安歇马重吟
春衫细薄马蹄轻,一日迟迟进一程。野枣花含新蜜气,山禽语带破苞声。垂鞭晚就槐阴歇,低倡闲冲柳絮行。忽忆家园须速去,樱桃欲熟笋应生。

赠张处士山人
萝襟蕙带竹皮巾,虽到尘中不染尘。每见俗人多惨淡,惟逢美酒即殷勤。浮云心事谁能会,老鹤风标不可亲。世说三生如不谬,共疑巢许是前身。

池畔闲坐,兼呈侍中
池畔最平处,树阴新合时。移床解衣带,坐任清风吹。举棹鸟先觉,垂纶鱼未知。前头何所有,一卷晋公诗。

初冬即事忆皇甫十
冷竹风成韵,荒街叶作堆。欲寻联句卷,先饮暖寒杯。帽为迎霜戴,炉因试火开。时时还有客,终不当君来。

小庭寒夜寄梦得
庭小同蜗舍,门闲称雀罗。火将灯共尽,风与雪相和。老睡随年灭,衰情向夕多。不知同病者,争奈夜长何。

西还寿安路西歇马
槐明歇鞍马,柳絮惹衣巾。日晚独归路,春深多思人。去家才百里,为客只三旬。已念纱窗下,应生宝瑟尘。

雨中访崔十八
肩舁仍挈榼,莫怪就君来。秋雨经三宿,无人劝一杯。

梦得得新诗
池上今宵风月凉,闲教少乐理霓裳。集仙殿里新词到,便播笙歌作乐章。

初见刘二十八郎中有感
欲话毗陵君反袂,欲言夏口我沾衣。谁知临老相逢日,悲叹声多语笑稀。

夜题玉泉
遇客多言爱山水,逢僧尽道厌嚣尘。玉泉潭畔松间宿,要且经年无一人。

拜表早出,赠皇甫宾客
一月一回同拜表,莫辞侵早过中桥。老于君者应无数,犹趁西京十五朝。

赠郑尹
府池东北旧亭台,久别长思醉一回。但请主人空扫地,自携杯酒管弦来。

别杨同州后却寄
潘驿桥南醉中别,下邽村北醒时归。春风怪我君知否,榆叶杨花扑面飞。

狐泉店前作
野狐泉上柳花飞,逐水东流便不归。花水悠悠两无意,因风吹落偶相依。

赠卢绩
余杭县里卢明府,虚白亭中白舍人。今日相逢头似雪,一杯相劝送残春。

与裴华州同过敷水戏赠
使君五马且踟蹰,马上能听绝句无。每过桑间试留意,何妨后代有罗敷。

闲游
欲笑随情酒逐身,此身虽老未辜春。春来点检闲游数,犹自多于年少人。

招韬光禅师 见咸淳临安志
白屋炊香饭,荤膻不入家。滤泉澄葛粉,洗手摘藤花。青芥除黄叶,红姜带紫芽。命师相伴食,斋罢一瓯茶。

和柳公权登齐云楼
楼外春晴百鸟鸣,楼中春酒美人倾。路旁花日添衣色,云里天风散珮声。向此高吟谁得意,偶来闲客独多情。佳时莫起兴亡恨,游乐今逢四海清。

毛公坛
毛公坛上片云闲,得道何年去不还。千载鹤翎归碧落,五湖空镇万重山。

灵岩寺
馆娃宫畔千年寺,水阔云多客到稀。闻说春来更惆怅,百花深处一僧归。

白云泉
天平山上白云泉,云自无心水自闲。何必奔冲山下去,更添波浪向人间。

寄韬光禅师
一山门一作分作两山门,两寺原从一寺分。东涧水流西涧水,南山云起北山云。前台花发后台见,上界钟声下界闻。遥想吾师行道处,天香桂子落纷纷。

和梦得夏至忆苏州呈卢宾客
忆在苏州日,常谙夏于筵。粽香筒竹嫩,炙脆子鹅鲜。水国多台榭,吴风尚管弦。每家皆有酒,无处不过船。交印君相次,褰帷我在前。此乡俱老矣,东望共依然。予与刘、卢三人,前后相次典苏州,今同分司,老于洛下。洛下麦秋月,江南梅雨天。齐云楼上事,已上十三年。

曲江
细草岸西东,酒旗摇水风。楼台在花杪,鸥鹭上烟中。翠幄晴相接,芳洲夜暂空。何人赏秋景,兴与此时同。

岁夜咏怀,兼寄思黯
遍数故交亲,何人得六旬。与思黯、梦得数还沧没者,少过得六十。今年已入手,余事岂关身。老自无多兴,春应不拣人。陶窗民弘阁,风景一时新。

寒食日过枣团店
寒食枣团后,春低杨柳枝。酒香留客住,莺语和人诗。困立攀花久,慵行上马迟。若为将此意,前字与僧期。

宿张云举院
不食胡麻饭,杯中自得仙。隔房一作篱招好客,可室致芳筵。美一作家酿香醪嫩,时新异果鲜。夜深唯畏晓,坐稳不一作岂思眠。棋罢嫌无敌,诗成愧在前。明朝题壁上,谁得众人传。

惜花
可怜夭一作妍艳正当时,刚被狂风一夜吹。

今日流莺来旧处,百般言语泥一作啼空枝。

七夕

烟霄微月淡长空,银汉秋期万古同。几许欢情与离恨,年年并在此宵中。

宿诚禅师山房题赠

不出孤峰上,人间四十秋。视身如传舍,阅世任东流。法为因缘立,心从次第修。中宵问真偈,有住是吾忧。

新池

数日自穿凿,引泉来近陂。寻渠通咽处,绕岸待清时。深好求鱼养,闲堪与鹤期。幽声听难尽,入夜睡常迟。

南池

萧条微雨绝,荒岸抱清源。入舫山侵塞,分泉道接村。秋声依树色,月影在蒲根。淹泊方难遂,他宵关梦魂。

宿池上

泉来从绝壑,亭敞在中流。竹密无空岸,松长可绊舟。蟪蛄潭上夜,河汉岛前秋。异夕期新涨,携琴却此游。

翻经台 见咸淳临安志

一会灵山犹未散,重翻贝叶有来由。是名精进才开眼,岩石无端亦点头。

寄题上强山精舍寺 见王象之《舆地纪胜》

惯游山水住南州,行尽天台及虎丘。惟有上强精舍寺,最堪游处未曾游。

一字至七字诗 赋得诗,乐天分司东洛,朝贤悉会兴化池亭送别。酒酣,各请一字至七字诗,以题为韵。

诗。绮美,瑰奇。明月夜,落花时。能助欢笑,亦伤别离。调清金石怨,吟苦鬼神悲。天下只应我爱,世间唯有君知。自从都尉别苏句,便到司空送白辞。

九老图诗 并序

会昌五年三月,胡、吉、刘、郑、卢、张等六贤,于东都敝居履道坊合尚齿之会。其年夏,又有二老,年貌绝伦,同归故乡,亦来斯会。续命书姓名年齿,写其形貌,附于图右,与前七老,题为九老图,仍以一绝赠之。二老谓洛中遗老李元爽,年一百三十六归洛;僧如满,年九十五岁。

雪作须眉云作衣,辽东华表鹤双归。当时一鹤犹希有,何况今逢两令威。

和裴相公傍水闲行绝句

行寻春水坐看山,早出中书晚未还。为报野僧岩客道,偷闲气味一作意味胜长闲。

全唐诗卷四百六十三

胡杲

胡杲,安定人,怀州司马。诗一首。

七老会诗杲年八十九

闲居同会在三春,大抵愚年最出群。霜鬓不嫌杯酒兴,白头仍爱玉炉熏。裴回玩柳心犹健,老大看花意却勤。凿落满斟判酩酊,香囊高挂任氤氲。搜神得句题红叶,望景长吟对白云。今日交情何不替,齐年同事圣明君。

吉皎

吉皎,冯翊人,卫尉卿致仕。诗一首。

七老会诗皎年八十八

休官罢任已闲居,林苑园亭兴有余。对酒最宜花藻发,邀欢不厌柳条初。低腰醉舞垂绯袖,击筑讴歌任褐裾。宁用管弦来合杂,自亲松竹且清虚。飞觥酒到须先酌,赋咏成诗不住

书。借问商山贤四皓,不知此后更何如。

刘真一作贞

刘真,广平人,磁州刺史。诗一首。

七老会诗真年八十七

垂丝今日幸同筵,朱紫居身是大年。赏景尚知心未退,吟诗犹觉力完全。闲庭饮酒当三月,在席挥毫象七贤。山茗煮时秋雾碧,玉杯斟处彩霞鲜。临阶花笑如歌妓,傍竹松声当管弦。虽未学穷生死诀,人间岂不是神仙。

郑据

郑据,荥阳人,右龙武军长史。诗一首。

七老会诗据年八十五

东洛幽闲日暮春,邀欢我是白头宾。官班朱紫多相似,年纪高低次第匀。联句每言松竹意,停杯多说古今人。更无外事来心肺,空有清虚入思神。醉舞两回迎劝酒,狂歌一曲会娱

身。今朝何事偏情重,同作明时列任臣。

卢真

卢真,范阳人,侍御史内供奉。诗一首。

七老会诗真年八十三

三春已尽洛阳宫,天气初晴景象中。千朵嫩桃迎晓日,万株垂柳逐和风。非论官位皆相似,及至年高亦共同。对酒歌声犹觉妙,玩花诗思岂能穷。先时共作三朝贵,今日犹逢七老翁。但愿酿醽常满酌,烟霞万里会应同。

张浑

张浑,清河人,永州刺史。诗一首。

七老会诗浑年七十七

幽亭春尽共为欢,印绶居身是大官。遁迹岂劳登远岫,垂丝何必坐谿磻。诗联六韵犹应易,酒饮三杯未觉难。每况襟怀同宴会,共将心事比波澜。风吹野柳垂罗带,日照庭花落绮纨。此席不烦铺锦帐,斯筵堪作画图看。

韦式

韦式,太和中人。诗一首。

一字至七字诗 以题为韵,同王起诸公送白居易分司东都作。

竹

竹。临池,似玉。裛露静,和烟绿。抱节宁改,贞心自束。渭曲偏种多,王家看不足。仙杖正惊龙化,美实当随凤熟。唯愁吹作别离声,回首驾骖舞阵速。

张彤

张彤,长庆诗人。诗一首。

奉和白太守拣橘

凌霜远涉太湖深,双卷朱旗望橘林。树树笼烟疑带火,山山照日似悬金。行着采撷方盈手,暗觉馨香已满襟。拣选封题皆尽力,无人不感近臣心。

周元范

周元范,句曲人。诗一首。

和白太守拣贡橘

离离朱实绿丛中,似火烧山处处红。影下寒林沈绿水,光摇高树照晴空。银章自竭人臣力 一作分,玉液谁知造化功。看取明朝船发后,余香犹尚逐仁风。

句

谁云蒿上烟,随云依碧落。投白公。

莫怪西陵风景别,镜湖花草为先春。贺朱庆余及第。已上并见张为《主客图》。

繁知一

繁知一,秭归令。诗一首。

书巫山神女祠 《云溪友议》:白居易除忠州刺史,自峡沿流赴郡。时秭归县繁知一闻居易将过巫山,先于神女祠粉壁大书此诗。居易睹之,怅然,邀知一至,曰:历山刘郎中禹锡,三年理白帝,欲作一诗于此,怯而不为。罢郡经过,悉去诗板千余首,但留沈佺期、王无竞、皇甫冉、李端四章而已。此四章古今绝唱,人造次不合为之,与知一同济,卒不赋诗。

忠州刺史今才子,行到巫山必有诗。为报高唐神女道,速排云雨候清词。

严休复

严休复,官散骑常侍,平卢节度使。诗二首。

唐昌观玉蕊花折有仙人游,怅然成二绝 《剧谈录》:长安安业坊唐昌观,有玉蕊花,每发若琼林瑶树。元和中,见一女子,年可十七八,容色婉娆,从二女冠造花所,伫立良久,折花数枝,曰:囊有玉峰之期,可以行矣。行百许步,不复见。

终日斋心祷王宸,魂销目断未逢真。不如满树琼瑶蕊,笑对藏龙洞里人。

羽车潜下玉龟山,尘世何由睹舜颜。唯有多情枝上雪,好风吹缀绿云鬟。

卢拱

卢拱,秘书郎,终申州刺史,与白居易同时。诗二首。

江亭寓目

江郭带林峦,津亭倚槛看。水风蒲叶战,沙雨鹭鸶寒。晚木初凋柳,秋丛欲败兰。哀猿自相叫,乡泪好无端。

中元日观法事

四孟逢秋序,三元得气中。云迎碧落步,章奏玉皇宫。坛滴槐花露,香飘柏子风。羽衣凌缥缈,瑶毂转虚空。久慕餐霞客,常悲习蓼虫。青囊如可授,从此访鸿蒙。

句

地甃如拳石,溪横似叶舟。《骆浚春日》,见《语林》。

李谅

李谅,字复言。三宰剧县,再为郡牧,终京兆尹。诗一首。

苏州元日郡斋感怀,寄越州元相公、杭州白舍人 时长庆四年也

称庆还乡郡吏归,端忧明发俨朝衣。首开三百六旬日一作历,新知四十九年非。当官补拙犹勤虑,游宦量才已息机。举族共资随月俸,一身惟忆故山薇。旧交邂逅封疆近,老牧萧条宴赏稀。书札每来同笑语,篇章时到借光辉。丝纶暂厌分符竹,舟楫初登拥羽旗。未知今日情何似,应与幽人事有违。

刘猛

刘猛,梁州进士,与元稹同时。诗三首。

月生

月生十五前,日望光彩圆。月满十五后,日畏光彩瘦。不见夜花色,一尊成暗酒。匣中苔背铜,光短不照一作遍空。不惜补明月,惭无此良工。

苦雨

自念数年间,两手中藏钩。于心且无恨,他日为我羞。古老传童歌,连淫亦兵象。夜梦戈甲鸣,苦不愿年长。

晓

朝梳一把白,夜泪千滴雨。可耻垂拱时,老作在家女。

万彤云

万彤云,为白居易所赏。诗一首。

献卢尚书 《云溪友议》云:彤云游梓州,谒卢尚书弘宣,为阍为艰阻,为诗以献。公怒阍者,而礼万生焉。

荷衣拭泪几回穿,欲谒朱门抵上天。不是尚书轻下客,山家无物与王权。

卢贞

卢贞,字子蒙,官河南尹。开成中,为大理卿,终福建观察使。诗二首。

和白尚书赋永丰柳有序

永丰坊西南角有垂柳一株,柔条极茂。白尚书曾赋诗,传入乐府,遍流京都。近有诏旨取两枝植于禁苑,乃知一顾增十倍之价,非虚言也。因此偶成绝句,非敢继和前篇。

一树依依在永丰,两枝飞去杳无踪。玉皇曾采人间曲,应逐歌声入九重。

和刘梦得岁夜怀友

文翰走天下,琴尊卧洛阳。贞元朝士尽,新岁一悲凉。名早缘才大,官迟为寿长。时来知病已,莫叹步趋妨。

全唐诗卷四百六十四

王起

王起,字举之,扬州人,宰相播之弟。贞元十四年进士第,又登制策直言极谏科,累官尚书左仆射,终山南西道节度使。起书尽不读,一经目弗忘,三典贡举,皆得人。集一百二十卷,今存诗六首。

和李校书雨中自秘省见访知早入朝使入集贤不遇诗有序

起顷任集贤校书,及升伯台,又与秘阁相对。今直书殿有张学士,尝忝同幕,而与秘书稍远,故瞻望之词多。

台庭才子来欹扉,典校初从天录归。已惭陋巷回玉趾,仍闻细雨沾彩衣。诘朝始趋凤阙去,此日遂愁鸡黍违。忆昨谬官在乌府,喜君对门讨鱼鲁。直庐相望夜每阑,高阁遥临月时吐。昔闻三入承明庐,今来重入中一作今日重来入秘书。校文复忝丞相属,博物更与张侯居。新冠峨峨不变铁,旧泉脉脉犹在渠。忽枉情人吐芳讯,临风不羡潘锦舒。忆见青天霞未卷,吟玩瑶华不知晚。自怜岂是风引舟,如何惭与蓬山远。

贡举人谒先师闻雅乐

蔼蔼观光士,来同鹄鹭群。鞠躬遗像在,稽首雅歌闻。度曲飘清汉,余音遏晓云。两楹凄已合,九仞杳难分。断续同清吹,洪纤入紫氛。长言听已罢,千载仰斯文。

浊水求珠

行潦沈明月,光辉也不浮。识珍能洞鉴,精宝一作意此来求。几被泥沙杂,常随混浊流。润川终自媚,照乘且何由。的砾终难掩,晶荧愿见收。蛇行无胫至,饮德已闻酬。

和周侍郎见寄会昌三年,起三典举场,周侍郎墀时刺华州,以诗贺之。起因答和,门生亦皆有和。

贡院离来二十霜,谁知更忝主文场。杨叶

纵能穿旧的,桂枝何必爱新香。九重每忆同仙禁,六义初吟得夜光。莫道相知不相见,莲峰之下欲征黄。

赠毛仙翁

冰霜肌骨称童年,羽驾何由到俗间。丹灶化金留秘诀,仙宫噈玉叩玄关。壶中世界青天近,洞里烟霞白日闲。若许随师去尘网,愿陪鸾鹤向三山。

赋花并序

乐天分司东都,起与朝贤悉会兴化亭送别,酒酣,各赋一字至七字诗,以题为韵。

花,点缀,分葩。露初裛,月未斜。一枝曲水,千树山家。戏蝶未成梦,娇莺语更夸。既见东园成径,何殊西子同车。渐觉风飘轻似雪,能令醉者乱如麻。

王损之

王损之,贞元十四年进士第。诗一首。

赋得浊水求珠

积水非澄彻,明珠不易求。依稀沈极浦,想像在中流。瞪目思清浅,褰裳恨暗投。徒看川色媚,空爱夜光浮。用人疑龙吐,星归似蚌游。终希识珍者,采掇冀冥搜。

王炎

王炎,宰相播之弟,铎之父。登贞元进士第,累官至太常博士。诗一首。

赋得行不由径

邪径趋时捷,端心恶此名。长衢贵高步,大路自规行。且虑—作避萦纡僻,将求—作还多坦荡情。讵同流俗好,方保立身—作心贞。远迹如违险,修仁在履平。始知夫子道,从此得坚诚。

封孟绅—作孟对,又作孟封

封孟绅,贞元十五年进士第一人,官终太常御。诗一首。

赋得行不由径—作萧昕诗

欲速意—作竟何成,康庄欲—作亦砥平。天衢皆利往,吾道泰—作本方行。不复由莱—作荒径,无由见—作因访蒋生。三条遵广达—作道,九轨尚安贞。紫陌悠悠去,芳尘步步清。澹台千载后,公正—作道有遗名。

邵楚苌

邵楚苌,字待伦,闽县人。贞元十五年进士第,官校书郎。诗一首。

题马侍中燧木香亭

春日迟迟木香阁,窈窕佳人褰绣幕。淋漓玉露滴紫蕤,绵蛮黄鸟窥朱萼。横汉碧云歌处断,满地花钿舞时落。树影参差斜入檐,风动玲珑水晶箔。

郑俞

郑俞,贞元十六年登进士第,为长水县令。诗一首。

赋得玉水记方流

积水綦文动,因知玉产幽。如天涵素色,俾地引方流。潜润滋云起,荧华射浪浮。鱼龙泉不夜,草水岸无秋。璧沼宁堪比,瑶池讵可俦。若非悬坐测,谁复寄冥搜。

吴丹

吴丹,字真存,吴人。贞元十六年登第,历官至镇州宣慰副使、尚书郎、饶州刺史。诗一首。

赋得玉水记方流

玉泉何处记,四折水纹浮。润下宁逾矩,居方在上流。映空虚漾漾,涵白净悠悠。影碎疑冲斗,光清耐触—作掩舟。珪璋分辨状,沙砾共怀柔—作愁。愿赴朝宗日—作愿献朝宾海,萦回入御沟。

王鉴

王鉴,贞元十六年登进士第,诗一首。

赋得玉水记方流

玉润在中洲,光临碕岸幽。氤氲冥瑞影,演漾度方流。乍似轻涟合,还疑骇浪收。夤缘知有异,洞彻信无俦。比德称殊赏,含辉处至柔。沈沦如见念,况乃属时休。

陈昌言

陈昌言,贞元十六年进士。诗三首。

赋得玉水记方流

明媚如怀玉,奇姿自托幽。白虹深不见,绿水折空流。方珏清沙遍,纵横气色浮。类圭才有角,写月让成钩。久处沈潜贵,希当特达收。滔滔在何许,揭厉愿从游。

白日丽江皋 一作鲍溶诗

迟景临遥水,晴空似不高。清明开晓镜,昭晰辨秋毫。郁郁长堤土,离离浅渚毛。烟销占一候,风静拥千艘。独媚青春柳,宜看白鹭涛。何年谢公赏,遗韵在江皋。

杜元颖

杜元颖,杜陵人,如晦五世孙。贞元十六年登第,又擢宏词,累官司勋员外。穆宗时,拜中书舍人。不阅岁,至宰相,再期,出为剑南西川节度使。太和中,贬循州司马。有五题诗一卷,今存一首。

赋得玉水记方流

重泉生美玉,积水异常流。始玩清堪赏,因知宝可求。斗回虹气见,磬折紫光浮。中矩皆明德,同方叶至柔。月华偏共映,风暖伫将游。遇鉴终无暗,逢时愿见收。一作异宝虽无胫,逢时愿俯收。

胡直钧

胡直钧,登贞元十九年进士第。诗一首。

太常观阅骠国新乐

异音来骠国,初被奉常人。才可宫商辨,殊惊节奏新。转规回绣面,曲折度文身。舒散随鸾吹,喧呼杂鸟春。襟袿怀旧识,丝竹变恒陈。何事留中夏,长令表化淳。

俞简

俞简,贞元进士。诗一首。

行不由径

古人心有尚,乃是孔门生。为计安贫乐,当从大道行。讵应流远迹,方欲料前程。捷径虽云易,长衢岂不平。后来无枉路,先达擅前名。一示遵途意,微衷益自精。

杨嗣复

杨嗣复,字继之,於陵子也。贞元中擢第,初署幕府,进右拾遗,累迁中书舍人。牛僧孺、李宗闵引之,由户部侍郎擢尚书右丞。太和中,宗闵罢相,嗣复出为剑南东川节度使。宗闵复知政事,入为户部侍郎,俄拜同中书门下平章事。武宗立,贬潮州刺史。宣宗大中初,以吏部尚书召。卒,谥孝穆。诗五首。

丁巳岁八月祭武侯祠堂,因题临淮公旧碑

斋庄修祀事,旌旆出郊闉。薙草轩墀狭,涂墙赭垩新。谋猷期 一作开 作圣,风俗奉为神。酹酒成坳泽,持兵列偶人。非才膺宠任,异代挹芳尘。况是平津客,碑前泪满巾。

仪凤

八方该帝泽,威风急来宾。向日朱光动,迎风翠羽新。低昂多异趣,饮啄迥无邻。效蓺今翔集,河图意等伦。闻韶知鼓舞,偶圣愿逡巡。比屋初同俗,垂恩击壤人。

赠毛仙翁

天上玉郎骑白鹤,肘后金壶盛妙药。暂游下界傲五侯,重看当时旧城郭。羽衣茸茸轻似雪,云上双童持绛节。王母亲缝紫锦囊,令向

怀中藏秘诀。令威子晋皆俦侣,东岳同寻太真女。搜奇缀韵和阳春,文章不是人间语。药成自固黄金骨,天地齐兮身不没。日月宫中便是家,下视昆仑何突兀。童姿玉貌谁方比,玄发绿鬓光弥弥。满朝将相门弟子,随师尽愿抛尘滓。九转琅玕必有千,愿乞刀圭救生死。

题李处士山居

卧龙决起为时君,寂寞匡庐惟白云。今日仲容修故业,草堂焉敢更移文。

谢寄新茶 嗣复作相后,止贬观察郡守。此称司马,疑非嗣复诗。

石上生芽二月中,蒙山顾渚莫争雄。封题寄与杨司马,应为前衔是相公。

全唐诗卷四百六十五

杨衡

杨衡,字仲师,吴兴人。初与符载、崔群、宋济隐庐山,号山中四友。后登第,官至大理评事。诗一卷。

卢十五竹亭送侄偁归山

落叶寒拥壁,清霜夜沾石。正是忆山时,复送归山客。殷勤一尊酒,晓月当窗白。

旅次江亭

扣舷不能寐,皓露清衣襟。弥伤孤舟夜,远结万里心。幽兴惜瑶草,素怀寄鸣琴。三奏月初上,寂寥寒江深。

赋得夜雨滴空阶送魏秀才

委檐方滴滴,沾红复洒绿。醉听乍朦胧,愁闻多断续。始兼泉—作松向细,稍杂更声促。百虑自萦心,况有人如玉。

征人—作思归

西风屡鸣雁,东郊未升日。繁烟幕幕昏,暗骑萧萧出。望云愁玉塞,眠月想蕙质。借问露沾衣,何如香满室。

游陆先生故岩居

独壑临万—作高嶂,苍苔绝行迹。仰窥猿挂树—作松,俯对鹤巢石。上有一岩屋,相传灵人宅。深林无阳辉,幽水转鲜碧。拾薪遇遗鼎,探穴得古籍。结念倏—作倏云兴,烧香坐终夕。

题玄和师仙药室

山边萧寂—作寥室,石掩浮云扃。绕室微有路,松烟深冥冥。入松汲寒水,对鹤问仙经。石几香未尽,水花风欲零。何年去华表,几度穷苍冥。却顾宦游子,眇如霜中萤。

宿陆氏斋赋得残灯诗

殷勤照永夜,属思未成眠。余辉含薄雾,

落烬迸空筵。谁比秦楼晓,缄愁别幌前。

夷陵郡内叙别

礼娶嗣明德,同牢夙所钦。况蒙生死契,岂顾蓬蒿心。雁币任野薄,恩爱缘义深。同声若鼓瑟,合韵似鸣琴。将迓空未立,就贽意难任。皎月托言誓,沧波信浮沉。荆台理晨辙,巫渚疑宵襟。悯悯百虑起,回回万恨深。候更促徒侣,先晓彻夜禽。灯彩凝寒风,蝉思噪密林。留念同心带,赠远芙蓉簪。抚怀极投漆,感物重黄金。分鸾岂遐阻,别剑念相寻。倘甘蓬户贱,愿俟故山岑。

将之荆州南与张伯刚马惣钟陵夜别

荆台别路长,密绪分离状。莫诉杯来促,更筹屡已倡。烛花侵雾暗,瑟调寒风亮。谁—作讵念晓帆开,默睇—作点参差浪。

经端溪峡中

阴岸东流水,上有微风生。素羽漾翠涧,碧苔敷丹英。重林宿雨晦,远岫孤霞明。飞猱相攀牵,白云乱纵横。有客溯轻楫,阅胜匪羁程。逍遥一息间,粪土五侯荣。搴茗庶骚热,漱泉聊析酲。礼乐志:秦尊枯浆析朝酲。寄言丝竹者,讵识松风声。

南海苦雨,寄赠王四侍御

炎风杂海气,暑雨每成霖。涂泥亲杖屦,苔藓渍衣襟。念近剧怀远,涉浅定知深。暗沟夜滴滴,荒庭昼霖霖。折简展离旷,理径俟招寻。处阴诚多修,况乃触隅禽。

秋夜闲居,即事寄庐山郑员外、蜀郡符处士

忧思繁未整,良辰会无由。引领迟佳音,星纪屡以周。蓬阆绝晔耀,况乃处穷愁。坠叶寒拥砌,灯火—作光夜悠悠。开琴弄清弦,窥月俯澄流。冉冉鸿雁度,萧萧帷箔秋。怅怀石门咏,缅慕碧鸡游。仿佛蒙颜色,崇兰隐芳洲。

寄赠田仓曹湾

芳兰媚庭除,灼灼红英舒。身为陋巷客,门有绛辕车。朝览夷胡—作吴传,暮习颍阳书。盼云高羽翼,待贾蕴璠玙。缨弁虽云阻,音尘岂复疏。若因风雨晦,应念寂寥居。

咏春色

霭霭复濛濛,非—作霏雾满晴空。密添宫柳翠,暗泄路—作露桃红。萦丝光乍失,缘隙影才通。夕迷鸳枕上,朝漫绮弦中。促骊驰香陌,劳莺转艳丛。可怜肠断望,并在洛城东。

送春

三月三十日,春归日复暮。惆怅问春风,明朝应不住。送春曲江上,眷眷东西顾。但见扑水花,纷纷不知数。人生似行客,两足无停步。日日进前程,前程几多路。兵刃与水火,尽可违之去。惟有老到来,人间无避处。感时良未已,独倚池南树。今日送春心,心如别亲故。

游峡山寺

结构天南畔,胜绝固难俦。幸蒙时所漏,遂得恣闲游。路石荫松盖,槛藤维鹤舟。雨霁花木润,风和景气柔。宝殿敞丹扉,灵幡垂绛旒。照曜芙蓉壶,金人居上头。翔禽拂危刹,落日避层楼。端溪弥漫驶,曲涧溽漆流。高居何重沓,登鉴自夷犹。烟霞无隐态,岩洞讵遗幽。奔驷非久耀,驰波肯暂留。会从香火缘,灭迹此山丘。

宿陟岵寺云律师院

像宇郁参差,宝楚疏复密。中有弥天子,燃灯坐虚室。心证红莲喻,迹羁青眼律。玉炉扬翠烟,金经开缥帙。肆陈坚固学,破我梦幻质。碧水洒尘缨,凉扇当夏日。宿禽讵相保,迸火烟欲失。愿回戚促劳,趋隅事休逸。

秋夜桂州宴送郑十九侍御

秋至触物愁,况当离别筵。短歌销夜烛,繁绪遍高弦。桂水舟始泛,兰堂榻讵悬。一杯勾—作勿离阻,三载奉周旋。鸦噪更漏飒,露濡风景鲜。斯须不共此,且为更留连。

九日陪樊尚书龙山宴集

孟嘉从宴地,千乘复登临。缘危陟高步,凭旷写幽襟。黄花玩初馥,翠物喜盈掬。云杂组绣色,乐和山水音。旆摇秋吹急,筵卷夕光沉。都人瞻骑火,犹知隔寺深。

江陵送客归河北

远客归故里,临路结装回。山长水复阔,无因重此来。聊将歌一曲,送子手中杯。

送郑丞之罗浮中习业

百年泛飘忽,万事系衰荣。高鸿脱矰缴,达士去簪缨。始从天目游,复作罗浮行。云卧石林密,月窥花洞明。全形在气和,习默凭境清。夙秘绛囊诀,屡投金简名。钟管促离舫,烟霞随去程。何当真府内,重得款平生。

送王秀才往安南

君为蹈海客,客路谁谙悉。鲸度乍疑山,鸡鸣先见日。听嗟回棹晚,倍结离情密。无贪合浦珠,念守江陵橘。

送公孙器自桂林归蜀

桂林浅复碧,潺湲半露石。将乘触物舟,暂驻飞空锡。蜀乡异青眼,蓬户高朱戟。风度杳难寻,云飘讵留迹。旧户闲花草,驯鸽傍檐隙。挥手共忘怀,日随千山夕。

赠罗浮易炼师

海上多仙峤,灵人信长生。荣卫冰雪姿,咽嚼日月精。默书绛符遍,晦步斗文成。翠发披肩长,金盖凌风轻。晓籁息尘响,天鸡—作鹿叱幽声。碧树来户阴,丹霞照窗明。焚香叩虚寂,稽首回太清。鸾鹭振羽仪,飞翔拂旆旌。左把玉泉液,右搴云芝英。念得参龙驾,攀天度赤城。

登紫霄峰赠黄仙师

紫霄不可涉,灵峰信穷崇。下有琼树枝,上有翠发翁。鸡鸣秋汉侧,日出红霞中。璨璨真仙子,执旄为侍童。焚香杳忘言,默念合—作思含太空。世华徒熠耀,虚室自朦胧。云飞琼瑶圃,龟息芝兰丛。王篆掩不开,天窗微微风。兹焉悟佳旨,尘境亦幽通。浩渺临广津,永用挹无穷。

乌啼曲

可怜杨叶复杨花,雪净烟深碧玉家。乌栖不定枝条弱,城头夜半声哑哑。浮萍流荡门前水,任冒芙蓉莫浣纱。

白纻歌—作词二首

玉缨翠佩杂轻罗,香汗微渍朱颜酡。为君起唱白纻歌,清声袅云繁思—作思繁多,凝筝哀瑟—作琴时相和。金壶半倾芳夜促,梁尘霏霏暗红烛。令君安坐听终曲,坠叶飘花难再复。

蹑珠履,步琼筵,轻身起舞红烛前。芳姿艳态妖且妍,回眸转袖暗催弦。凉风萧萧漏—作流水急,月华泛艳红莲湿,牵裙揽带翻成泣。

长门怨

丝声繁兮管声急,珠帘不卷风吹入。万遍凝愁枕上听,千回候命花间立。望望昭阳信不来,回眸独掩红巾泣。

寄彻公

北风吹霜霜月明,荷叶枯尽越水清。别来几度龙宫宿,雪山童子应相逐。

哭李象

白鸡黄犬不将去,寂寞空余葬时路。草死花开年复—作更几年,后人知是何人墓。忆君思君独不眠,夜寒月照青枫树。

宿云溪观,赋得秋灯引送客

云房寄宿秋夜客,一灯荧荧照虚壁。虫声呼客客未眠,几人语话清景侧。不可离别愁纷多,秋灯秋灯奈别何。

采莲曲

凝鲜雾渚夕,阳艳绿波风。鱼游乍散藻,

露重销欹红。楚客伤暮节,吴娃泣败丛。促令芳本固,宁望雪霜中。

他乡七夕—本无他乡二字

汉渚—作浦常多别,山—作星桥忽重游。向云迎翠辇,当月拜珠旒。寝幌凝宵态,妆奁闭晓—作晚愁。不堪鸣杼日,空对白榆秋。

春日偶题

何处春先到,桥东水北亭。冻花开未得,冷酒酌难醒。就日移轻榻,遮风展小屏。更无—作不劳人劝饮—作醉,莺语渐叮咛。

题山寺

千峰白露后,云—作雪壁挂残灯。曙色海边日—作月,经声松下僧。意闲门不闭,年去水空澄。稽首如何问,森罗尽一乘。

广州石门寺重送李尚赴朝,时兼宗正卿

象阙趋云陛,龙宫憩石门。清铙犹启路,黄发重攀辕。藻变朝天服,珠怀委地言。那令蓬蒿客,兹席未—作咏离尊。

送孔周之南海谒王尚书

泛棹若—作送流萍,桂寒山更青。望云生碧落,看日下沧溟。潮尽收珠母,沙闲抬翠翎。自趋龙戟下,再为诵芳馨。

冬夜举公房送崔秀才归南阳

闻君动征棹,犯夜故来寻。强置一尊酒,重款百年心。灯白霜气冷,室虚松韵深。南阳三顾地,幸偶价千金。

送陈房谒抚州周使君

匡山一亩宫,尚有桂兰丛。凿壁年虽异,穿杨志幸同。貌羸缘塞苦,道蹇为囊空。去谒临川守,因怜鹤在笼。

山斋独宿赠晏上人

幢—作石幢云树秋,黄叶下山头。虫响夜虽—作空度,梦闲神不游。窗灯寒几尽—作净,带雨晓阶愁。何以禅栖客,灰心在沃州。

桂州与陈羽念别

惨戚损志抱,因君时解颜。重叹今夕会,复在几夕间。碧桂水连海,苍梧云满山。茫茫从此去,何路入秦关。

经赵处士居

云居避世客,发白习儒经。有地水空绿,无人山自青。废梁悲逝水,卧术思荒庭。向夕霏烟敛,徒看处士星。

病中赴袁州次香馆

病舆憩上馆,缭绕向山隅。荒葛漫欹壁,幽禽啄朽株。力微怯升降,意欲结踟蹰。谁能挹香水,一为濯烦纡。

送人流雷州

逐客指天涯,人间此路赊。地图经大庾,水驿过长沙。腊月雷州雨,秋风桂岭花。不知荒徼外,何处有人家。

送—作赠彻公

白首年空度,幽居俗岂知。败蕉依晚日,孤鹤立秋埤—作池。久客何由造,禅门不可窥。会同尘外友,斋沐奉威仪。

赠庐山道士

寂寥高室古松寒,松下仙人字委鸾。头垂白发朝鸣磬,手把青芝夜绕坛。物像自随尘外灭,真源长向性中看。悠悠万石皆如此,秋比松枝春比兰。

赋得直如朱丝弦

寂寞瑶琴上,深知直者情。幸传朱鹭曲,那止素丝名。瑞草人空仰,王言世久行。大方闻正位,乐府动清声。文武音初合,宫商调屡更。谁能向极柽,终日泣无成。

早春即事

眼重朝眠足,头轻宿醉醒。阳光满前户,雪水半中庭。候—作物变随天气,春生逐地形。北檐梅晚白,东岸柳先青。葱垅抽羊角,松巢

堕鹤翎。老来诗更拙,吟罢少人听。

题花树
都无看花意,偶到树边来。可怜枝上色,一一为愁开。

宿吉祥寺寄庐山隐者
风一作凤鸣云外钟,鹤宿千年松。相思杳不见,月出山重重。一作孤月出山重。

边思
苏武节旄尽,李陵音信稀。梅一作花当陇上发,人向陇头归。

夜半步次古城
茫茫死复生一作行复坐,惟有古时城。夜半无鸟雀,花枝当月明。

春梦
空庭日照花如锦,红妆美人当昼寝。傍人不知梦中事,唯见玉钗时坠枕。

宿青牛谷一本此下有梁炼师仙居五字
随云步入青牛谷,青牛道士留我宿。可怜夜久月明中,唯有坛边一枝竹。

槿一作戎昱诗
自用金钱买槿栽,二年方始一花开。怜红未许家一作佳人见,胡蝶争知早到来。

九日
黄菊一作花紫菊傍篱落,摘菊泛酒爱芳新。不堪今日望乡意,强插茱萸随众人。

仙女词
玉京一作弃初侍紫皇君,金缕鸳鸯满绛裙。仙宫一闭无消息,遥结芳心向碧云。

句
贤人处霄汉,荒泽自耕耘。

陇首降时雨,雷声出夏云。《答崔钱二补阙》。见《诗式》。

一一鹤声飞上天。见《纪事》。

全唐诗卷四百六十六

牛僧孺

牛僧孺,字思黯,陇西人。贞元中,擢进士第,历相穆、敬两朝,封奇章郡公,后出为武昌节度使。文宗朝,征入再相。凤与李德裕相恶,会昌中贬循州长史。大中初,还为太子少师,卒。集五卷,今存诗四首。

享太庙乐章

湜湜顒顒,融昭德辉。不纽不舒,贯成九围。武烈文经,敷施当宜。纂尧付启,亿万熙熙。

乐天梦得有岁夜诗聊以奉和

惜岁岁今尽,少年应不知。凄凉数流辈,欢喜见孙儿。暗减一身力,潜添满鬓丝。莫愁花笑老,花自几多时。

李苏州遗太湖石奇状绝伦,因题二十韵,奉呈梦得、乐天

胚浑何时结,嵌空此日成。掀蹲龙虎斗,挟怪鬼神惊。带雨新水静,轻敲碎玉鸣。搀义锋刃簇,缕络钓丝萦。近水摇奇冷,依松助澹清。通身鳞甲隐,透穴洞天明。丑凸隆胡准,深凹刻兕觥。雷风疑欲变,阴黑讶将行。噤㾕微寒早,轮囷数片横。地祇愁垫压,鳌足困支撑。珍重姑苏守,相怜懒慢情。为探湖里—作底物,不怕浪中鲸。利涉余千里,山河仅百程。池塘初展见,金玉自凡轻。侧眩魂犹悚,周观意渐平。似逢三益友,如对十年兄。旺兴添魔力,消烦破宿醒。媲人当绮皓,视秩即公卿。南朝有司空石,盖以定石之流品。念此园林宝,还须别识精。诗仙有刘白,为汝数逢迎。

席上赠刘梦得

粉署为郎四十春,今来名辈更无人。休论

世上升沉事,且斗樽前见在身。珠玉会应成咳唾,山川犹觉露精神。莫嫌恃酒轻言语,曾把文章谒后尘。

句

但愁封寄去,魔物或惊禅。《赠白乐天筝》。

惟羡东都白居士,年年香积问禅师。《赠白》,下同。

不是道公狂不得,恨公逢我不教狂。

地瘦草丛短。

求人气色沮,凭酒意乃伸。

叶季良

叶季良,登贞元进士第。诗三首。

赋得月照冰池

霁夕云初敛,栖娥月未亏。圆光生碧海,素色满瑶池。天迥轮空见,波凝影讵窥。浮霜玉比彩,照像镜同规。皎洁寒偏净,裴回夜转宜。谁怜幽境在,长与赏心随。

赋得琢玉成器

片玉寄幽石,纷纶当代名。荆人献始遇,良匠琢初成。冰映寒光动,虹开晚—作晓色明。雅容看更澈,余响扣弥清。自与琼瑶比,方随掌握荣。因知君有用,高价仵连城。

省试吴宫教美人战

强吴矜霸略,讲武在深宫。尽出娇娥妓,先观上将风。挥戈罗袖卷,摆甲汗妆红。掩笑分旗下,含羞入队中。鼓停行未正,刑举令才崇。自可威邻国,何劳逞战功。

湛贲

湛贲,宋长史茂之十二世孙。本家毗陵,后为宜春人。贞元中登第,尝以江阴县主簿权知无锡县事,后为毗陵守。诗三首。

题历山司徒右长史祖宅

缭官长史籍,高步历山椒。丽句传黄绢,香名播宋朝。分能知止足,迹贵出尘嚣。松竹心长固,池台兴自饶。龙宫欣访旧,莺谷忝迁乔。从事叨承乏,铜章愧在腰。

伏览吕侍郎渭丘员外丹旧题十三代祖历山草堂诗,因书记事

名遂贵知己,道腾方晦迹。高居葺莲宫,遗文焕石壁。桑田代已变,池草春犹碧。识曲遇周郎,知音荷宗伯。调逸南平兆,风清建安迹。祖德今发扬,还同书史册。

别慧山书堂

卷帘晓望云平槛,下榻宵吟月半窗。病守未能依结社,更施何术去为邦。

薛存诚

薛存诚,字资明,河东人。登贞元进士第。元和末,官至御史中丞。诗十二首。

暮春自南台丞再除给事中仍是本厅,几榻杖屦,宛然如旧。

再入青锁闱,忝官诚自非。拂尘惊物在,开户似—作待僧归。积草渐无径,残花犹洒衣。禁垣偏日近,行坐是恩辉。

御制段太尉碑—作薛有诚诗

葬仪从俭礼,刊石荷尧君。露迹垂繁字—作藻,天哀洒丽文。诏深荣嗣子,海变记孤坟。宝思皆函象,皇心永念勋。雅词黄绢妙,渥泽紫泥分。青史应同久,芳名万古闻。

御题国子监门

宸翰符玄造,荣题国子门。笔锋回日月,字势动乾坤。檐下云光绝,梁间鹊影翻。张英圣莫拟,索靖妙难言。为著盘龙迹,能彰舞凤蹲。更随垂露像,常以沐皇恩。

御箭连中双兔

宸游经上苑,羽猎向闲田。狡兔初迷窟,纤骊讵著鞭。三驱仍百步,一发遂双连。影射含霜草,魂消向月弦。欢声动寒木,喜气满晴

天。那似陈王意，空随乐府篇。

太学创置石经

圣唐复古制，德义功无替。奥旨悦诗书，遗文分篆隶。银钩互交映，石壁靡尘翳。永与乾坤期，不逐日月逝。儒林道益广，学者心弥锐。从此理化成，恩光遍遐裔。

观南郊回仗

传警千门寂，南郊彩仗回。但惊龙再见，谁识日双开。德泽施云雨，恩光变烬灰。阅兵貔武振，听乐凤皇来。候刻移宸辇，遵时集观台。多惭远臣贱，不得礼容陪。

闻击壤

尧年听野老，击壤复何云。自谓欢由己，宁知德在君。气平闲易畅，声贺作难分。耕凿方随日，恩威比望云。簨桴均下调，和木等南薰。无落於吾事，谁将帝已闻。

膏泽多丰年

帝德方多泽，莓莓井迳同。八方甘雨布，四远报年丰。厫庾千厢在，幽流万壑通。候时勤稼穑，击壤乐农功。畎亩人无惰，田庐岁不空。何须忧伏腊，千载贺尧风。

东都父老望幸

銮舆秦地久，羽卫洛阳空。彼土虽凭固，兹川乃得中。龙颜观白日，鹤发仰清风。望幸诚逾邈，怀来意不穷。昔因封泰岳，今伫蹑维嵩。天地心无异，神祇理亦同。翠华翔渭北，玉检候关东。众愿其难阻，明君早勒功。

嵩山望幸

峻极位何崇，方知造化功。降灵逢圣主，望幸表维嵩。隐映连青壁，嵯峨向碧空。象车因叶瑞，龙驾愿升中。万岁声长在，千岸气转雄。东都歌盛事，西笑佇皇风。

华清宫望幸

骊岫接新丰，岧峣驾碧空。凿山开秘殿，隐雾蔽仙宫。绛阙犹栖凤，雕梁尚带虹。温泉曾浴日，华馆旧迎风。肃穆瞻云辇，深沉闭绮栊。东郊望幸处，瑞气霭濛濛。

谒见日将至双阙

晓色临双阙，微臣礼位陪。远惊龙凤睹，谁识冕旒开。蔼蔼千年盛，颙颙万国来。天文标日月，时令布云雷。迥出黄金殿，全分白玉台。雕虫竟何取，瞻恋不知回。

裴次元

裴次元，贞元中第进士。元和中，为福州刺史、河南尹，终江西观察使。诗三首。

南至日隔仗望含元殿炉香—作烟

冕旒初负扆，卉服尽朝天。旸谷初移—作移时日，金炉渐起—作出御烟。芬馨流远近，散漫入貂蝉。霜仗凝逾白，朱栏映转鲜。始看浮阙在，稍见逐风迁。为沐皇家庆，来瞻羽卫前。

律中应钟—作裴元诗

律穷方数寸，室暗在三重。伶管灰先动，秦正节已逢。商声辞玉笛，羽调入金钟。密叶翻霜彩，轻水敛冰容。望鸿南去绝，迎气北来浓。愿托无凋性，寒林自比松。

赋得亚父碎玉斗

雄谋竟不决，宝玉将何爱。倏尔霜刃挥，飒然春冰碎。飞光动旗帜，散响惊环佩。霜浓绣帐前，星流锦筵内。图王业已失，为虏言空悔。独有青史中，英风冠千载。

句

积高依郡城，迥拔凌霄汉。题望京山，见《闽志》。

李宣远

李宣远，贞元进士登第。诗二首。

并州路—作杨达诗，题云塞下作。

秋日并州路，黄榆落故关—作照间。孤城吹

角罢,数骑射雕还。帐幕遥临水,牛羊自下山。征人正垂泪,烽火起云间。

近无西耗 一作李敬方诗

远戍兵压境,迁客泪横襟。烽堠惊秦塞,囚居困越吟。自怜牛马走,未识犬羊心。一月无消息,西看日又沈。

李君何

李君何,贞元中进士第。诗一首。

曲江亭望慈恩寺杏园花发

春晴凭水轩,仙杏发南园。开蕊风初晓,浮香景欲喧。光华临御陌,色相对空门。野雪遥添净,山烟近借繁。地闲分鹿苑,景胜类桃源。况值新晴日,芳枝度彩鸳。

周弘亮

周弘亮,登贞元进士第。诗三首。

除夜书情

何处风尘岁,云阳古驿前。三冬不再稔,晓日又明年。春入江南柳,寒归塞北天。还伤知候客,花景对韦编。

曲江亭望慈恩寺杏园花发

江亭闲望处,远近见秦源。古寺迟春景,新花发杏园。萼中轻蕊密,枝上素姿繁。拂雨云初起,含风雪欲翻。容辉明十地,香气遍千门。愿莫随桃李,芳菲不为言。

故乡除夜

三百六十日云终,故乡还与异乡同。非唯律变情堪恨,抑亦才疏命未通。何处夜歌销腊酒,谁家高烛候春风。诗成始欲吟将看,早是去年牵课中。

陈翥

陈翥,贞元进士第。诗一首。

曲江亭望慈恩寺杏园花发

曲江晴望好,近接梵王家。十亩开金地,千林发杏花。映雪犹误雪,煦日欲成霞。紫陌传香远,红泉落影斜。园中春尚早,亭上路非赊。芳景堪游处,其如惜物华。

曹著

曹著,贞元进士第。诗一首。

曲江亭望慈恩寺杏园花发

渚亮临净域,凭望一开轩。晚日分初地,东风发杏园。异香飘九陌,丽色映千门。照灼瑶华散,葳蕤玉露繁。未教游妓折,乍听早莺喧。谁复争桃李,含芳自不言。

王公亮

王公亮,登贞元进士第。长庆初,自司门郎中为商州刺史。诗一首。

鱼上冰

春生寒气减,稍动久潜鱼。乍喜东风至,来看曲岸初。出冰朱鬣见,望日锦鳞舒。渐觉流渐近,还欣掉尾余。唅喁情自乐,沿溯意宁疏。倘得随鲲化,终能上太虚。

张仲方

张仲方,韶州始兴人,九龄族孙。贞元中,擢进士宏词,历散骑常侍、京兆尹。左迁华州刺史。入为秘书监。集三十卷。今存诗二首。

赋得竹箭有筠

东南生绿竹,独美有筠箭。枝叶讵曾凋,风霜孰云变。偏宜林表秀,多向岁寒见。碧色乍葱茏,清光常菁练。皮开凤彩出,节劲龙文现。爱此守坚贞,含歌属时彦。

赠毛仙翁

毛仙翁,毛仙翁,容貌常如二八童。几岁头梳云鬓绿,无时面带桃花红。眼前人世阅沧海,肘后药成辞月宫。方口秀眉编贝齿,瞭然灵灵双瞳子。芝椿禀气本坚强,龟鹤计年应不死。四海五山长独游,矜贫傲富欺王侯。灵通一作通灵指下砖甓一作龙虎化，瑞气炉中金玉流。定是烟霞列仙侣，暂来尘俗救危苦。紫霞妖女琼华飞，秘法虔文传付与，阴功足，阴功成，羽驾何年归上清。待我休官了婚嫁，桃源洞里觅仙兄。

句

入门池鱼静，登阁雨声来。见《三山志》。

崔玄亮

崔玄亮，字晦叔，磁州人。贞元中，与元白同登第。宪宗时，为监察御史，历密、歙、湖三州刺史。太和中，由谏议大夫迁散骑常侍，终虢州刺史。有《三州倡和集》，今存诗二首。

和白乐天时以太子宾客分司东都

病余归到洛阳头，拭目开眉见白侯。凤诏恐君今岁去，龙门欠我旧时游。自余未游龙门。几人樽下同歌咏，数盏灯前共献酬。相对忆刘刘在远，寒宵耿耿梦长洲。

临终诗

暂荣暂悴石敲火，即空即色眼生花。许时为客今归去，大历元年是我家。

句

共相呼唤醉归来。

徐牧

徐牧，贞元进士。诗一首。

省试临渊一作川羡鱼

清泚濯缨处，今来喜一临。惭无下钓处，空有羡鱼心。退省时频改，谋身岁屡沈。鬶成川上媚，网就水宁深。赪尾临波里，朱须破浪浔。此时倘不漏，江上免行吟。

王播

王播，字明敭，其先太原人，父恕，为扬州仓曹参军，遂家焉。播与弟炎、起皆有文名，并擢进士。长庆初，拜相。太和初，复专政。卒，赠太尉。诗三首。

淮南游故居感旧，酬西川李尚书德裕一本题作为淮南节度使游故居感旧

昔年献赋去江湄，今日行春到却悲。三径仅存新竹树，四邻惟见旧孙儿。壁间潜认偷光处，川上宁忘结网时。更见桥边记名姓，始知题柱免人嗤。

题木兰院一作惠照寺二首

播少孤贫，尝客扬州惠照寺木兰院，随僧斋餐。僧厌怠，乃斋罢而后击钟。后二纪，播自重位出镇是邦，因访旧游。向之题名，皆以碧纱幕其诗，播继以二绝句。

三十年前此院游，木兰花发院新修。如今再到经行处，树老无花僧白头。

上堂已了各西东，惭愧阇黎饭后钟。三十年来尘扑面，如一作而今始得碧纱笼。

独孤良弼

独孤良弼，贞元间进士，官左司郎中。诗一首。

上巳接清明游宴

上巳欢初罢，清明赏又追。闰年侵旧历，令节并芳时。细一作暮雨莺飞重，春风酒酝迟。寻花迷白雪，看柳拆青丝。淑气如相待，天和意为谁。吁嗟名未立，空咏宴游诗。

沈传师

沈传师，字子言，吴人。贞元末登第，历官拾遗、翰林学士、中书舍人。宝历中，由尚书右丞出为宣歙观察使，复入为吏部侍郎。有才行，工楷法。诗五首。

次潭州，酬唐侍御、姚员外游道林岳麓寺题示

承明年老辄自论，乞得湘守东南奔。为闻楚国富山水，青嶂逦迤僧家园。含香珥笔皆眷旧，谦抑一作拐自忘台省尊。不令执简候亭馆，

直许携手游山樊。忽惊列岫晓—作晚来逼,朔雪洗尽烟岚昏。碧波回屿三山转,丹槛缭郭千艘屯。华镳躞碟绚砂步,大旆彩错辉松门。樛枝竞骛龙蛇势,折干不灭风霆痕。相重古殿倚岩腹,别引新径紫云根。目伤平楚虞帝魂,情多思远聊开樽。危弦细管逐歌飘—作飏,画鼓绣靴随节翻。铿金七言凌老杜,入木八法蟠高轩。嗟余潦倒久不利—作知,忍复感激论元元。

和李德裕观玉蕊花见怀之作

曾对金銮直,同依玉树阴。雪英飞舞近,烟叶动摇深。素尊年年密,衰容日日侵。劳君想华发,近欲不胜簪。德裕元倡有"今来想颜色,还似忆琼枝"之句,故云。

赠毛仙翁

安期何事出云烟,为把仙方与世传。只向人间称百岁,谁知洞里过千年。青牛到日迎方朔,丹灶开时共稚川。更说桃源更深处,异花长占四时天。

寄大府兄侍史见《云烟过眼录》

积雪山阴马过难,残更深夜铁衣寒。将军破了单于阵,更把兵书仔细看。

蒙泉见《方舆胜览》

京路马駸駸,尘劳日向深。蒙泉聊息驾,可以洗君心。

白行简

白行简,字知退,白居易之弟。贞元末第进士,累官度支郎中。有兄风,尝从居易谪所,天性友爱,当时无比。集二十卷,今存诗七首。

春从何处来

欲识春生处,先从木德来,入门潜报柳,度岭暗惊梅。透雪寒光散,消冰水镜开。晓迎郊骑发,夜逐斗杓回。淑气空中变,新声雨后催。偏宜资律吕,应是候阳台。

贡院楼北新栽小松

华省春霜曙,楼阴植小松。移根依厚池,委质别危峰。北户知犹远,东堂幸见容。心坚终待鹤,枝嫩未成龙。夜影看仍薄,朝岚色渐浓。山苗不可荫,孤直俟秦封。

金在熔

巨橐方熔物,洪炉欲范金。紫光看渐发,赤气望逾深。焰热晴云变,烟浮昼景阴。坚刚由我性,鼓铸任君心。踊跃徒标异,沈潜自可钦。何当得成器,待叩向知音。

归马华山

牧野功成后,周王战马闲。驱驰休伏皂,饮龁任依山。逐日朝仍会,随风暮自还。冰生疑陇坂,叶落似榆关。躞蹀仙峰下,腾骧渭水湾。幸逢时偃武,不复鼓鼙间。

夫人鼓琴得其人

宣父穷玄奥,师襄授素琴。稍殊流水引,全辨圣人心。慕德声逾感,怀人意自深。泠泠传妙手,摵摵振空林。促调清风至,操弦白日沈。曲终情不尽,千古仰知音。

李都尉重阳日得苏属国书

降虏意何如,穷荒九月初。三秋异乡节,一纸故人书。对酒情无极,开缄思有馀。感时空寂寞,怀旧几踌躇。雁尽平沙迥,烟销大漠虚。登台南望处,掩泪对双鱼。

在巴南望郡南山呈乐天时从乐天忠州

临江一嶂白云间,红绿层层锦绣班。不作巴南天外意,何殊昭应望骊山。

裴澄

裴澄,闻喜人。德宗朝登第,官至苏州刺史。诗一首。

春云

漠漠复溶溶,乘春任所从。映林初展叶,触石未成峰。旭日消寒翠,晴烟点净容。霏微将似灭,深浅又如重。薄彩临溪散,轻阴带雨浓。空余负樵者,岭上自相逢。

罗立言

罗立言,宣州人。大和中历司农少卿,李训引为京兆少尹,知府事,同谋诛宦官,被害。诗一首。

赋得沽美玉

谁怜被褐士,怀玉正求沽。成器终期达,逢时岂见诬。宝同珠照乘,价重剑论都。浮彩朝虹满,悬光夜月—作月影孤。几年沦瓦砾,今日出泥涂。采斫资良匠,无令瑕掩瑜。

张灿

张灿,贞元元和间进士。诗一首。

寒食遣怀

繁华泣清露,悄悄落衣巾。明日逢寒食,春风见故人。病来羞滞楚,西去欲迷秦。惟悴此时久—作夜,青山归四邻。

全唐诗卷四百六十七

牟融

牟融,有赠欧阳詹、张籍、韩翃诸人诗,盖贞元、元和间人也。诗一卷。

春日山亭

醉来重整华阳巾,搔首惊看白发新。莫道愁多因病酒,只缘命薄不辞贫。龙鱼失水难为用,龟玉蒙尘未见珍。正是圣朝全盛日,讵知林下有闲人。

寄周韶州

十年学道困穷庐,空有长才重老儒。功业要当垂永久,利名那得在须臾。山中荆璞谁知玉,海底骊龙不见珠。寄语故人休怅怏,古来贤达事多殊。

秋夜醉归,有感而赋

衔杯谁道易更阑,沈醉归来不自欢。惆怅后时孤剑冷,寂寥无寐一灯残。竹窗凉雨鸣秋籁,江郭清砧捣夜寒。多少客怀消不得,临风搔首浩漫漫。

寄范使君

未秋为别已终秋,咫尺娄江路阻修。心上惟君知委曲,眼前独我逐漂流。从来姑息难为好,到底依栖总是取。西望家山成浩叹,临风搔首不胜愁。

送罗约

雨晴江馆柳依依,握手那堪此别离。独鹤孤琴随远旆,红亭绿酒惜分岐。月明野店闻鸡早,花暗关城匹马迟。后夜定知相忆处,东风回首不胜悲。

题李昭训山水

卜筑藏修地自偏,尊前诗酒集群贤。半岩松暝时藏鹤,一枕秋声夜听泉。风月谩劳酬逸兴,渔樵随处度流年。南州人物依然在,山水幽居胜辋川。

处厚游杭,作诗寄之
江村摇落暂逢秋,况是闻君独远游。浙水风烟思吊古,楚乡人物赋登楼。书沈寒雁云边影,梦绕清猿月下愁。念我故人劳碌久,不如投老卧沧洲。

山中有怀李十二 第七句缺三字,第八句缺一字
林前风景晚苍苍,林下怀人路杳茫。白发流年淹旧业,碧山茅屋卧斜阳。客边秋兴悲张翰,病里春情笑沈郎。何事登楼□□□,几回搔首□思归。

客中作
异乡岁晚怅离怀,游于驱驰愧不才。夜夜砧声催客去,年年雁影带寒来。半林残叶迎霜落,三径黄花近节开。几度无聊倍惆怅,临风搔首独兴衰。

山寺律僧画兰竹图
偶来绝顶兴无穷,独有山僧笔最工。绿径日长袁户在,紫荃秋晚谢庭空。离花影度湘江月,遗珮香生洛浦风。欲结岁寒盟不去,忘机相对画图中。

送客之杭
西风吹冷透貂裘,行色匆匆不暂留。帆带夕阳投越浦,心随明月到杭州。风清听漏惊乡梦,灯下闻歌乱别愁。悬想到杭州兴地,尊前应与话离忧。

有感二首
何事离怀入梦频,贫居寂寞四无邻。诗因韵险难成律,酒为愁多不顾身。眼底故人惊岁别,尊前华发逐时新。十年飘泊如萍迹,一度登临一怅神。

搔首临风独倚栏,客边惊觉岁华残。栖迟未遇常钩荇,邂逅宁弹贡禹冠。有兴不愁诗韵险,无聊只怕酒杯干。何如日日长如醉,付与诗人一笑看。

送沈侯之京
悠悠旌旆出东楼,特出仙郎上帝州。刘晏才高能富国,萧何人杰足封侯。关河弱柳垂金缕,水驿青帘拂画楼。欲尽故人尊酒意,春风江上暂停舟。

寄羽士
别来有路隔仙凡,几度临风欲去难。乐道无时忘鹤伴,谈玄何日到星坛。山中胜景常留客,林下清风好炼丹。使我浮生尘鞅脱,相从应得一盘桓。

题赵支
林间曲径掩衡茅,绕屋青青翡翠梢。一枕秋声鸾舞月,半窗云影鹤归巢。曾闻贾谊陈奇策,肯学扬雄赋解嘲。我有清风高节在,知君不负岁寒交。

司马迁墓
落落长才负不羁,中原回首益堪悲。英雄此日谁能荐,声价当时众所推。一代高风留异国,百年遗迹剩残碑。经过词客空惆怅,落日寒烟赋黍离。

春游
锦袍日暖耀冰蚕,上客陪游酒半酣。笑拂吟鞭邀好兴,醉欹乌帽逞雄谈。楼前弱柳摇金缕,林外遥山隔翠岚。正是太平行乐处,春风花下且停骖。

水西草堂 第四句缺二字,第七句缺一字
萝径萧然曲业存,闲云流水四无邻。身留白屋潜踪迹,门□□吟学隐沦。吟对琴尊江上月,笑看花木镜中春。遗书自有亲□处,何必驱驰扰世尘。

送羽衣之京
羽衣缥缈拂尘嚣,怅别河梁赠柳条。阆苑云深孤鹤迥,蓬莱天近一身遥。香浮宝辇仙风润,花落瑶坛绛雨消。自是长生林下客,也陪

鸳鹭入清朝。

题道院壁
山中旧宅四无邻，草净云和迥绝尘。神枣胡麻能饭客，桃花流水荫通津。星坛火伏烟霞瞑，林壑春香鸟雀驯。若使凡缘终可脱，也应从此度闲身。

赠欧阳詹
为客囊无季子金，半生踪迹任浮沉。服勤因念劬劳重，思养徒怀感慨深。岛外断云凝远日，天涯芳草动愁心。家林千里遥相忆，几度停车一怅吟。

邵公母
搔首惊闻楚些歌，拂衣归去泪悬河。劬劳常想三春恨，思养其如寸草何。涮水梦怀千里远，苏台愁望白云多。伤心独有黄堂客，几度临风咏蓼莪。

客中作
千里云山恋旧游，寒窗凉雨夜悠悠。浮亭花竹频劳梦，别路风烟半是愁。芳草傍人空对酒，流年多病倦登楼。一杯重向樽前醉，莫遣相思累白头。

赠杨处厚
十年学道苦劳神，赢得尊前一病身。天上故人皆自贵，山中明月独相亲。客心淡泊偏宜静，吾道从容不厌贫。几度临风一回首，笑看华发及时新。

重赠张籍
旧日仪容只宛然，笑谈不觉度流年。凡缘未了嗟无子，薄命能孤不怨天。一醉便同尘外客，百杯疑是酒中仙。人生随处堪为乐，管甚秋香满鬓边。

赠殷以道
世路红尘懒步趋，长年结屋傍岩隅。独留乡井诚非隐，老向山林不自愚。肯信白圭终在璞，谁怜沧海竟遗珠。闲来抚景穷吟处，尊酒临风不自娱。

翁母些
满头华发向人垂，长逝音容迥莫追。先垅每怀风木夜，画堂无复彩衣时。停车遥望孤云影，翘首惊看吊鹤悲。独有贤人崇孝义，伤心共咏蓼莪诗。

题山庄
萝屋萧萧事事幽，临风搔首远凝眸。东园松菊存遗业，晚景桑榆乐旧游。吟对清尊江上月，笑谈华发镜中秋。床头浊酒时时漉，上客相过一任留。

沈存尚林亭夜宴
草堂寂寂景偏幽，到此令人一纵眸。松菊寒香三径晚，桑榆烟景两淮秋。近山红叶堆林屋，隔浦青帘拂画楼。终日忘情能自乐，清尊应得遣闲愁。

题孙君山亭
长年乐道远尘氛，静筑藏修学隐沦。吟对琴樽庭下月，笑看花木槛前春。闲来欲著登山屐，醉里还披漉酒巾。林壑能忘轩冕贵，白云黄鹤好相亲。

题徐俞山居
青山重叠巧裁攒，引水流泉夜激湍。岚锁岩扉清昼瞑，云归松壑翠阴寒。不因李相门前见，曾向袁生画里看。老我不堪诗思杳，几回吟倚曲栏干。

送范启东还京
萧萧行李上征鞍，满目离情欲去难。客里故人尊酒别，天涯游子弊裘寒。官桥杨柳和愁折，驿路梅花带雪看。重到京华旧游处，春风佳丽好盘桓。

楼城叙别
故人为客上神州，倾盖相逢感昔游。屈指

年华嗟远别,对床风雨话离愁。清樽不负花前约,白发惊看镜里秋。此际那堪重分手,绿波芳草暂停舟。

写意二首

寂寥荒馆闭闲门,苔径阴阴屐少痕。白发颠狂尘梦断,青毡泠落客心存。高山流水琴三弄,明月清风酒一樽。醉后曲肱林下卧,此生荣辱不须论。

萧萧华发满头生,深远蓬门倦送迎。独喜冥心无外慕,自怜知命不求荣。闲情欲赋思陶令,卧病何人问马卿。林下贫居甘困守,尽教城市不知名。

赠浙西李相公

长庚烈烈独遥天,盛世应知降谪仙。月里昔曾分兔药,人间今喜得椿年。文章政事追先达,冠盖声华羡昔贤。尊酒与君称寿毕,春风人醉绮罗筵。

天台

碧溪流水泛桃花,树绕天台迥不赊。洞里无尘通客境,人间有路入仙家。鸡鸣犬吠三山近,草静云和一径斜。此地不知何处去,暂留琼珮卧烟霞。

送陈衡

秋江烟景晚苍苍,江上离人促去航。千里一官嗟独往,十年双鬓付三霜。云迷楼曲亲庭远,梦绕通山客路长。不必临风悲冷落,古来白首尚为郎。

送沈翔

江上西风一棹归,故人此别会应稀。清朝尽道无遗逸,当路谁会访少微。谩有才华嗟未达,闲寻鸥鸟暂忘机。临岐不用空惆怅,未必新丰老布衣。

过蠡湖

东湖烟水浩漫漫,湘浦秋声入夜寒。风外暗香飘落粉,月中清影舞离鸾。多情袁尹频移席,有道乔仙独倚阑。几度褰帘相对处,无边诗思到吟坛。

登环翠楼

山中地僻好藏修,寂寂幽居架小楼。云树四围当户暝,烟岚一带隔帘浮。举杯对月邀诗兴,抚景令人豁醉眸。我亦人间肥遁客,也将踪迹寄林丘。

游淮云寺

白云深锁沃州山,冠盖登临众仰攀。松径风清闻鹤唳,昙花香暝见僧还。玄机隐隐应难觉,尘事悠悠了不关。兴尽凡缘因未晚,裴回依旧到人间。

游报本寺

山房寂寂荜门开,此日相期社友来。雅兴共寻方外乐,新诗争羡郢中才。茶烟袅袅笼禅榻,竹影萧萧扫径苔。醉后不知明月上,狂歌直到夜深回。

了然尘事不相关,锡仗时时独看山。白发任教双鬓改,黄金难买一生闲。不留活计存囊底,赢得诗名满世间。自笑微躯长碌碌,几时来此学无还。

题陈侯竹亭

曾向幽亭一榻分,清风满座绝尘氛。丹山凤泣钩帘听,沧海龙吟对酒闻。漠漠暝阴笼砌月,盈盈寒翠动湘云。岁寒高节谁能识,独有王猷爱此君。

送报本寺分韵得通字_{第七句第八句缺}

几度乘闲谒梵宫,此即声价重江东。贵侯知重曾忘势,闲客频来也悟空。满地新蔬和雨绿,半林残叶带霜红。□□□□□□□,□□□□□□□。

寄永平友人

故人千里隔天涯,几度临风动远思。贾谊上书曾伏阙,仲舒陈策欲匡时。高风落落谁同调,往事悠悠我独悲。何日归来话畴昔,一樽重叙旧襟期。

朔风猎猎惨寒沙,关月寥寥咽暮笳。放逐一心终去国,驱驰千里未还家。青蝇点玉原非病,沧海遗珠世所嗟。直道未容淹屈久,暂劳踪迹寄天涯。

陈使君山庄

新卜幽居地自偏,士林争羡使君贤。数椽潇洒临溪屋,十亩膏腴附郭田。流水断桥芳草路,淡烟疏雨落花天。秋成准拟重来此,沈醉何妨一榻眠。

题寺壁

僧家胜景瞰平川,雾重岚深马不前。宛转数声花外鸟,往来几叶渡头船。青山远隔红尘路,碧殿深笼绿树烟。闻道此中堪遁迹,肯容一榻学逃禅。

送徐浩

渡口潮平促去舟,莫辞尊酒暂相留。弟兄聚散云边雁,踪迹浮沈水上鸥。千里好山青入楚,几家深树碧藏楼。知君此去情偏切,堂上椿萱雪满头。

谢惠剑

感君三尺铁,挥擢鬼神惊。浩气中心发,雄风两腋生。犬戎从此灭,巢穴不时平。万里横行去,封侯赖有成。

送僧

梵王生别思,之子事遐征。烟水浮杯渡,云山只履行。三生尘梦醒,一锡衲衣轻。此去家林近,飘飘物外情。

送友人

有客棹扁舟,相逢不暂留。衣冠重文物,诗酒足风流。官路生归兴,家林想旧游。临岐分手后,乘月过苏州。

题朱庆余闲居四首

潇洒藏修处,琴书与画图。白丁门外远,俗子眼前无。楚楚临轩竹,青青映水蒲。道人能爱静,诸事近清枯。

尽日衡门闭,苍苔一径新。客心非厌静,悟道不忧贫。白屋悬尘榻,清樽忆故人。近来疏懒甚,诗债后吟身。

闲客幽栖处,潇然一草庐。路通元亮宅,门对子云居。按剑心犹壮,琴书乐有余。黄金都散尽,收得邺侯书。

寂寥荒馆下,投老欲何为。草色凝陈榻,书声出董帷。闲云长作伴,归鹤独相随。才薄知无用,安贫不自危。

寄张源

咫尺西江路,悲欢暂莫闻。青年俱未达,白社独离群。曲径荒秋草,衡茅掩夕曛。相思不相见,愁绝赋停云。

题竹

潇洒碧玉枝,清风追晋贤。数点渭川雨,一缕湘江烟。不见凤皇尾,谁识珊瑚鞭。柯亭丁相遇,惊听奏钧天。

有感

盛世嗟沉伏,中情快未舒。途穷悲阮籍,病久忆相如。无客空尘榻,闲门闭草庐。不胜岑绝处,高卧半床书。

题山房壁

珠林春寂寂,宝地夜沈沈。玄奥凝神久,禅机入妙深。参同大块理,窥测至人心。定处波罗蜜,须从物外寻。

访请上人

曲径绕丛林,钟声杂梵音。松风吹定衲,萝月照禅心。抚景吟行远,谈玄入悟深。不能尘鞅脱,聊复一登临。

送范启东

杨柳春江上,东风一棹轻。行囊归客兴,尊酒故人情。画史名当代,声华重两京。临岐分手处,无奈别离生。

客中作

十年江汉客,几度帝京游。迹比风前叶,身如水上鸥。醉吟愁里月,羞对镜中秋。怅望频回首,西风忆故丘。

赠韩翃

京国久知名,江河近识荆。不辞今日醉,便有故人情。细雨孤鸿远,西风一棹轻。暂时分手去,应不负时盟。

禁烟作

柳拖金缕拂朱栏,花扑香尘满绣鞍。尊酒临风酬令节,越罗衣薄觉春寒。

闽中回

帆影随风过富阳,橹声摇月下钱塘。千山积雪凝寒碧,梦入枫宸绕御床。

全唐诗卷四百六十八

刘言史

刘言史,邯郸人,与李贺同时。歌诗美丽恢赡,自贺外,世莫能比。亦与孟郊友善。初客镇冀,王武俊奏为枣强令,辞疾不受,人因称为刘枣强。后客汉南,李夷简署司空掾,寻卒。歌诗六卷,今编一卷。

苦妇词

地远易骄崇,用刑匪精研。哀哉苦妇身,夫死百殃缠。草草催出门,衣坠发披肩。独随军吏行,当夕余—作途欲迁—作迈。来时已厌生—作坐,到此自不全。临江卧黄砂,二子死在边。气哕不发声,背头血涓涓。有时强为言,只是尤青天。藁蓐无一枝,冷气两悬悬。穷荒夷教卑,骨肉病弃捐。况非本族音—作姻,肌露谁为怜。事痛感行宾,住得贪程船。必当负严法,岂有胎孕篇。游畋复释麝,羔兔尚免鹯。何处摈逐深,一罪三见颠。校尉勋望重—作崇,幕府才且贤。兰裙间珠履,食玉处花筵。但勿轻所暗,莫虑无人焉。

与孟郊洛北野泉上煎茶

粉细越笋芽,野煎寒溪滨。恐乖灵草性,触事皆手亲。敲石取鲜火,撇泉避腥鳞。荧荧爨风铛,拾得坠巢薪。洁色既爽别,浮氲亦殷勤。以兹委曲静,求得正味真。宛如摘山时,自歠指下春。湘瓷泛轻花,涤尽昏渴神。此游惬醒趣,可以话高人。

七夕歌

星寥寥兮月细轮,佳期可想兮不可亲。云衣香薄妆态新,彩軿悠悠度天津。玉幌相逢夜将极,妖红惨黛生愁色。寂寞低容入旧机,歇著金梭思往夕。人间不见因谁知,万家闺艳求此时。碧空露重彩盘湿,花上乞得蜘蛛丝。

立秋日

商风动叶初,萧索一贫居。老性容茶少,

赢肌与簟疏。旧醅难重漉,新菜未胜钼。才薄无潘兴,便便画—作昼偃庐。

题茅山仙台药院

扰扰浮生外,华阳一洞春。道书金字小,仙圃玉苗新。芝草迎飞燕,桃花笑俗人。楼台争笋汉,鸡犬亦嫌秦。愿得青芽散,长年驻此身。

送婆罗门归本国

刹利王孙字迦摄,竹锥横写叱萝叶。遥知汉地未有经,手牵白马绕天行。龟兹碛西胡雪黑,大师冻死来不得。地尽年深始到船,海里更行三十国。行多耳断金环落,冉冉悠悠不停脚。马死经留却去时,往来应尽一生期。出漠—作汉独行人绝处,碛西天漏雨丝丝。

潇湘游

夷女采山蕉,缉纱浸江水。野花满髻妆色新,闲歌欸乃深峡里。欸乃知从何处生,当时泣舜肠断声。翠华寂寞婵娟没,野箓空余红泪情。青烟冥冥覆杉桂,崖壁凌天风雨细。昔人幽恨此地遗,绿芳红艳含怨姿。清猿未尽鼯鼠切,泪水流到湘妃祠。北人莫作潇湘游,九疑云入苍梧愁。

放萤怨

放萤去,不须留,聚时年少今白头。架中科斗万余卷,一字千回重照见。青云杳渺不可亲,开囊欲放增余怨。且逍遥,还酩酊,仲舒漫不窥园井。那将寂寞老病身,更就微虫借光影。欲放时,泪沾裳。冲篱落,千点光。一作去冲篱落千点光。

观绳伎潞府李相公席上作

泰陵遗乐何最珍,彩绳冉冉天仙人,广场寒食风日好,百夫伐鼓锦臂新。银画青绡抹云发,高处绮罗香更切。重肩接立三四层,著屐背行仍应节。两边丸—作圆剑渐相迎,侧身交步何轻盈。闪然欲落却收得,万人肉上寒毛生。危机险势无不有,倒挂纤腰学垂柳。下来

一一芙蓉姿,粉薄钿稀态转奇。坐中还有沾巾者,曾见先皇初教时。

买—作卖花谣

杜陵村人不田穑,入谷经黎复缘壁。每至南山草木春,即向侯家取金碧。幽艳凝华春景曙,林—作村夫—作采夫移得将何处。蝶惜芳丛送下山,寻断孤香始回去,豪少居连鵁鹋东,千金使买一株红。院多花少栽未得,零落绿娥纤指中。咸阳亲戚长安里,无限将金买花子。浇红湿绿千万家,青丝玉轳声哑哑。

王中丞宅夜观舞胡腾王中丞武俊也

石国胡儿人见少,蹲舞尊前急如鸟。织成蕃帽虚顶尖,细氎胡衫双袖小。手中抛下蒲萄盏,西顾忽思乡路远。跳身转毂宝带鸣,弄脚缤纷锦靴软。四座无言皆瞪目,横笛琵琶遍头促。乱腾新毯雪朱毛,傍拂轻花下红烛。酒阑舞罢丝管艳,木槿花西见残月。

竹里梅

竹里—作与梅花相并枝,梅花正发竹枝垂。风吹总向竹枝上,直似王家雪下时。

春过赵墟

下马邯郸陌头歇,寂寥崩隧临车辙。古柏重生枝亦干,余燎—作漆见风幽焰灭。白蒿微发紫槿新,行人感此复悲春。

初下东周赠孟郊

鹤老身—作耳更卬—作工,龟死壳亦灵。正信—作性非外讼,终始全本情。童子不戏尘,积书就岩扃。身著木叶衣,养鹿兼牸耕。偶随下山云,荏苒失故程。渐入机险中,危思难太行。十发九缕丝,悠然东周城。言词野麋态,出口多累形。因依汉元寮,未似羁细轻。冷灶助新热,静砧与寒声。断蓬在门栏,岂当桃李荣。寄食若蠹虫,侵损利微生。固非拙为强,懦劣外—作寂疗并。素坚冰蘖心,洁持保坚贞。修文返正风,刊字齐古经。惭将衰末分,高栖喧世名。

过春秋峡

　　峭壁苍苍苔色新,无风晴景自胜春。不知何树—作事幽崖里,腊月开花似北人。

长门怨

　　独坐炉边结夜愁,暂时思—作恩去亦难留—作收。手持金箸垂红泪,乱拨寒灰不举头。

春游曲—作乐府

　　花额红骎—作颜鬓发—何一作向偏,绿槐香陌欲朝天。仍嫌众里娇行疾,傍鞚深藏白玉鞭。

　　喷沫—作珠喷团香小桂条,玉鞭兼赐霍嫖姚。弄影便从无禁出,碧蹄声碎五门桥。

广州王园寺伏日即事寄北中亲友

　　南越逢初伏,东林度一朝。曲池煎畏景,高阁绝微飔。竹箪移先洒,蒲葵破复摇。地偏毛瘴近,山毒火威饶。裛汗绨如濯,亲床枕并烧。坠枝伤翠羽,萎叶惜红蕉。且困流金炽,难成独酌谣。望霖窥润础,思吹候生—作鸣条。旅恨生乌浐,乡心系洛桥。谁怜在炎客,一夕壮容销。

立秋

　　兹晨戒流火,商飚早已惊。云天收夏色,木叶动秋声。

别落花

　　风艳霏霏去,羁人处处游。明年纵相见,不在此枝头。

登甘露台

　　偶至无尘空翠间,雨花甘露境闲闲。身心未寂终为累,非想天中独退还。

夜泊润州江口

　　秋江欲起白头波,贾客瞻风无渡河。千船火绝寒宵半,独听钟声觉寺多。

看山木瓜花二首

　　裛露凝氛紫艳新,千般婉娜不胜春。年年此树花开日,出尽丹阳郭里人。

　　柔枝湿艳亚朱栏,暂作庭芳便欲残。深藏数片将归去,红缕金针绣取看。

题十三弟竹园

　　绕屋扶疏耸翠茎,苔滋粉漾有幽情。丹阳万户春光静,独自君家秋雨声。

乐府杂词三首

　　紫禁梨花飞雪毛,春风丝管翠楼高。城里万家闻不见,君王试舞郑樱桃。

　　蝉鬓红冠粉黛轻,云和新教羽衣成。月光如雪金阶上,迸却颇梨义甲声。

　　不耐檐前红槿枝,薄妆春寝觉仍迟。梦中无限风流事,夫婿多情亦未知。

岁暮题杨录事江亭杨生,蜀客

　　垂丝蜀客涕濡衣,岁尽长沙未得归。肠断锦帆风日好,可怜桐鸟出花飞。

冬日峡中旅泊

　　霜月明明雪复残,孤舟夜泊使君滩。一声钟出远山里,暗想雪窗僧起寒。

泊花石浦

　　旧业丛台废苑东,几年为梗复为蓬。杜鹃啼断回家梦,半在邯郸驿树中。

闻崔倚旅葬

　　远客那能返故庐,苍梧埋骨痛何如。他时亲戚空相忆,席上同悲一纸书。

赋蕃子牧马

　　碛净山高见极边,孤烽引上一条烟。蕃落多晴尘扰扰,天军猎到鸊鹈泉。

牧马泉

　　平沙漫漫马悠悠,弓箭闲抛郊水头。鼠毛

衣里取羌笛，吹向秋天眉眼愁。

越井台望

独立阳台望广州，更添羁客异乡愁。晚潮未至早潮落，井邑暂依沙上头。

扶病春亭

强梳稀发著纶巾，舍杖空行试病身。花间自欲褰回立，稚子牵衣不许人。

赠童尼

旧时艳质如明玉，今日空心是冷灰。料得襄王惆怅极，更无云雨到阳台。

读故友于君集

大底从头总是悲，就中偏怆筑城词。依然想得初成日，寄出秋山与我时。

病僧二首

竺国乡程算不回，病中衣锡遍浮埃。如今汉地诸经本，自过流沙远背来。

空林衰病卧多时，白发从成数寸丝。西行却过流沙日，枕上寥寥心独知。

右军墨池

永嘉人事尽归空，逸少遗居蔓草中。至今池水涵余墨，犹共诸泉色不同。

送僧归山

楚俗翻—作菁花自送迎，密人来往岂知情。夜行独自寒山寺，雪径泠泠金锡声。

题源分竹亭

绕屋扶疏千万竿，年年—作人相诱独行看。日光不透烟常在，先校诸家一月寒。

山寺看樱桃花题僧壁

楚寺春风腊尽时，含桃花坼一千枝。老僧不语傍边坐，花发人来总不知。

伤清江上人

往年偏共仰师游，闻过流沙泪不休。此身岂得多时住，更著尘心起外愁。

山寺看海榴花

琉璃地上绀宫前，发翠凝红已—作几十年。夜久月明人去尽，火光霞焰递相燃。

赠成炼师四首

花冠蕊帔色婵娟，一曲清萧凌紫烟。不知今日重来意，更住人间几百年。

黄昏骑得下天龙，巡遍茅山数十峰。采芝却到蓬莱上，花里犹残碧玉钟。

等闲何处得灵方，丹脸云鬟日月长。大罗过却三千岁，更向人间魅阮郎。

曾随阿母汉宫斋，凤驾龙轩列玉—作御阶。当时白燕无寻处，今日云鬟见玉钗。

上巳日陪襄阳李尚书宴光风亭

碧池萍嫩柳垂波，绮席丝镛舞翠娥。为报会稽亭上客，永和应不胜元和。

奉酬

闻余春早景沈沈，禊饮风亭恣赏心。红袖青娥留永夕，汉阴宁肯羡山阴。

病中客散复—作后言怀

华发离披卧满头，暗虫衰草入乡愁。枕前人去空庭暮，又见芭蕉白露秋。

处州月夜穆中丞席和主人

羌竹繁弦银烛红，月光初出柳城东。忽见隐侯裁一咏，还须书向郡楼中。

寻花

游春未足春将度，访紫寻红少在家。借问流莺与飞蝶，更知何处有幽花。

赠陈长史妓本内宫人

宝钿云和玉禁仙，深含媚靥裛朱弦。春风不怕君王恨，引出幽花落外边。

题王况故居

入巷萧条起悲绪，儿女犹居旧贫处。尘满

空床屋见天,独作驴鸣一声去。

偶题
迟日新妆游冶娘,盈盈彩艇白莲塘。掬水远湿岸边郎,红绡缕中玉钏光。

恸柳论
孀妻栖户仍无嗣,欲访孤坟谁引至。裴回无处展哀情,惟有衣襟知下泪。

夜入筒子古城
远火荧荧聚寒鬼,绿焰欲销还复起。夜深风雪古城空,行客衣襟汗如水。

桂江中题香顶台
岩岩香积凌空翠,天上名花落幽地。老僧相对竟无言,山鸟却呼诸佛字。

僧檐前独竹咏
乱石田中寄孤本,亭亭不住凌虚引。欲以袈裟拂著来,一边碧玉无轻粉。

送人随姊夫任云安令
闲逐维私向武城,北风青雀片时行。孤帆瞥过荆州岸,认得瞿塘急浪声。

山中喜崔补阙见寻
鹿袖青藜鼠耳巾,潜夫岂解拜朝臣。白屋藜床还共入,山妻老大不羞人。

偶题二首
金榜荣名俱失尽,病身为庶更投魑。春娥慢笑无愁色,别向人家舞柘枝。

得罪除名谪海头,惊心无暇与身愁。中使不知何处住,家书莫寄向春州。

嘉兴社日
消渴天涯寄病身,临邛知我是何人。今年社日分余肉,不值陈平又不均。

席上赠李尹
伛偻山夫发似丝,松间石上坐多时。瓢饮不曾看酒肆,世人空笑亦何为。

粥公院问病
一头细发两分丝,卧见芭蕉白露滋。欲令居士身无病,直待众生苦尽时。

惜花
年少共怜含露色,老人偏惜委尘红。如何遂得心中事,每要花时不厌风。

代胡僧留别
此地缘疏语未通,归时老病去无穷。定知不彻南天竺,死在条支阴碛中。

桂江逢王使君旅榇归
故人丹旐出南威,少妇随丧哭渐归。遥想北原新垅上,日寒光浅水松稀。

玉京词
绝景寥寥日更迟,人间甲子不同时。未知樵客终何得,归后无家是看棋。

葛巾歌 贝州漳南县赠杨炯炯
一片白葛巾,潜夫自能结。篱边折枯蒿,聊用簪华发。有时醉倒长松侧,酒醒不见心还忆。谷鸟衔将却趁来,野风吹去还寻得。十年紫竹溪南住,迹同玄豹依深雾。草堂窗底漉春醅,山寺门前逢暮雨。临汝袁郎得相见,闲云引到东阳县。鲁性将他类此身,还拈野物赠傍人。空留柷仗犊鼻裈,濛濛烟雨归山村。

北原情三首
错莫天色愁,挽歌出重闉。谁家白网车,送客入幽尘。铭旌下官道,葬舆去辚辚。萧条黄蒿中,奠酒花翠新。米雪晚霏微,墓成悄无人。乌鸢下空地,烟火残荒榛。生人更多苦,入户事盈身。营营日易深,却到不得频。寂寥孤隧头,草绿棠梨春。

洛阳城北山,古今葬冥客。聚骨朽成泥,此山土多白。近来送葬人,亦去闻归声。岂能车轮疾,渐是墓侵城。城中人不绝,哀挽相次行。莫非北邙后,重向洛城生。

卜地起孤坟,全家送葬去。归来却到时,不复重知处。叠叠葬相续,土干草已绿。列纸泻壶浆,空向春云哭。

林中独醒

晚来林沼静,独坐间瓢尊。向已非前迹,齐心欲不言。微凉生乱箨,轻馥起孤萱。未得浑无事,瓜田草正繁。

江陵客舍留别樊尚书

信陵门馆下,多病有归思。坠履忘情后,寒灰更湿时。委栏芳蕙晚,凭几雪鬓垂。明日秋关外,单车风雨随。

全唐诗卷四百六十九

长孙佐辅

长孙佐辅,德宗时人。其弟公辅为吉州刺史,往依焉。其诗号《古调集》,今存十七首。

拟古咏河边枯树

野火—作人烧枝水洗根,数围孤树—作枯朽半心存。应是无机承雨露,却将春色寄苔痕。

别友人

愁多不忍醒时别,想极还寻静处行。谁遣同衾又分手,不如行路本无情。

伤故人歌妓

愁脸无红衣满尘,万家门户不容身。曾将一笑君前去,误杀几多回顾人。

南中客舍对雨送故人归北

猿声啾啾雁声苦,卷帘相对愁不语。几年客吴君在楚,况送君归我犹阻。家书作得不忍封,北风吹断阶前雨。

杭州秋日别故友

相见又相别,大江秋水深。悲欢一世事,去住两乡心。淅沥篱下叶,凄清阶上琴。独随孤棹去,何处更同衾?

代别后梦别

别中还梦别,悲后更生悲。觉梦俱千里,追随难再期。翻思梦里苦,却恨觉来迟。纵是非真事,何妨梦会时。

答边信—作代答边信同心结

征人去年戍辽水,夜得边书字盈纸。挥刀就烛裁红绮,结作同心答千里。君寄边书书莫绝,妾答同心心自结。同心再解心不离,书字频看字愁灭。结成一夜和泪封,贮书只在怀袖中。莫如书字故难久,愿学同心长可同。

对镜吟

忆昔逢君新纳娉,青铜铸出千年镜。意怜

光彩固无瑕,义比恩情永相映,每将鉴面兼鉴心,鉴来不辍情逾深。君非结心空结带,结处尚新恩已背。开帘览镜悲难语,对面相看孟门阻。掩匣徒惭双凤飞,悬台欲效孤鸾舞。王安石《百家诗选》此下有"汝成持照尚当时,只畏愁多遽变衰"二句。昔日照来人共许,今朝照罢自生疑。镜上有尘犹可淬一作拂,君恩讵肯无回时。

山行书事

日落风飕飕,驱车行远郊。中心有所悲,古墓穿黄茅。茅中狐兔窠,四面乌鸢巢。鬼火时独出,人烟不相交。行行近破村,一径欹还坳。迎霜听蟋蟀,向月看螵蛸。翁喜客来至一作坐,客来羞厨庖。浊醪夸泼一作拨蚁,时果仍新苞。相劝对寒灯,呼儿爇枯梢。性朴颇近古,其言无斗筲。忧欢世上并,岁月途中抛。谁知问津客,空作杨雄嘲。

古宫怨

窗前好树名玫瑰,去年花落今年开。无情春色尚识返,君心忽断何时来。忆昔妆成候仙仗,宫琐玲珑日新上。拊心却笑西子嚬,掩鼻谁忧郑姬谤。草染文章衣下履,花黏甲乙床前帐。三千玉貌体自夸,十二金钗独相向。盛衰倾夺欲何如,娇爱翻悲逐佞谀。重远岂能惭沼鹄,弃前方见泣船鱼。看笼不记熏龙脑,咏扇空曾秃鼠须。始喜一作意类萝新托柏,终伤如荠却甘荼。院深一作深院独开还独闭,鹦鹉惊飞苔覆地。满箱旧赐前日衣,渍枕新垂夜来泪。痕多开镜照还悲,绿鬓青蛾尚未衰。莫道新缣长绝比,犹逢故剑会相追。

关山月

凄凄还切切,戍客多离别。何处最伤心,关山见秋月。关月竟如何,由来远近过。始经玄菟塞,终绕一作照白狼河。忽忆秦楼妇,流光应共有。已得并蛾眉,还知揽纤手。去岁照同行,比翼复连形,今宵照独立,顾影自荧荧。余晖渐西落,夜夜看如昨。借问映旌旗,何如鉴帷幕。拂晓朔风悲,蓬惊雁不飞。几时征戍罢,还向月中归。

陇西行

阴云凝朔气,陇上正飞雪。四月草不生,北风劲如切。朝来羽书急,夜救长城窟。道隘行不前,相呼抱鞍歇。人寒指欲堕,马冻蹄亦裂。射雁旋充饥,斧冰还止渴。宁辞解围斗,但恐乘疲没。早晚边候空,归来养羸卒一作骨。

寻山家见《才调集》,《纪事》作羊士谔诗。

独访山家歇还涉一作步还歇,茅屋斜连隔松叶。主人闻语未开门,绕篱野菜飞黄蝶。

山居

看书爱幽寂,结宇青冥间。飞泉引风听,古桂和云攀。地深草木稠,境静鱼鸟闲。阴气晚出谷,朝光先照山。有时独杖藜,入夜犹启关。星昏归鸟过,火出樵童还。神体自和适,不是离人寰。

楚州盐塆古墙望海

混沌本冥冥,泄为洪川流。雄哉大造化,万古横中州。我从西北来,登高望蓬丘。阴晴乍开合,天地相沈浮。长风卷繁云,日出扶桑头。水净露鲛室,烟销凝蜃楼。时来会云翔,道蹇即津游。明发促归轸,沧波非宿谋。

闻韦驸马使君迁拜台州

溟藩轸帝忧,见说初鸣驺。德胜祸先戢,情闲思自流。蚕殷桑柘空,廪实雀鼠稠。谏虎昔赐骏,安人将问牛。曾陪后乘光,共逐平津游。旌旆拥追赏,歌钟催献酬。音微一寂寥,贵贱双沈浮。北郭乏中崖,东方称上头。跻山望百城,目尽增遐愁。海逼日月近,天高星汉秋。无阶异渐鸿,有志惭驯鸥。终期促孤棹,暂访天台幽。

山行经村径

一径有人迹,到来唯数家。依稀听机杼,寂历看桑麻。雨湿渡头草,风吹坟上花。却驱羸马去,数点归林鸦。

张碧

张碧,字太碧,贞元时人。盖郊读其集,诗云:"天宝太白没,六义已消歇。先生今复生,斯文信难缺。下笔证兴亡,陈辞备风骨。高秋数奏琴,澄潭一轮月。"推之者至矣。诗十六首。

野田行

风昏昼色飞斜雨,冤骨干堆髑髅语,八纮牢落人物悲—作稀,是个—作尽田无荒废主。悲嗟自古争天下—作子,几度乾坤复如此。秦皇矻矻筑长城,汉祖—作主区区白蛇死。野田之骨兮又成尘,楼阁风烟兮还复新。愿得华山之下长归马,野田无复堆冤者。

贫女

岂是昧容华,岂不知机织。自是生寒门,良媒不相识。

幽思

金炉烟霭微,银釭残影灭。出户独裴回,落花满明月。

惜花三首

千枝万枝占春开,彤霞著地红成堆。一窖闲愁驱不去,殷勤对尔酌金杯。

老鸦拍翼盘空疾,准拟浮生如瞬息。阿母蟠桃香未齐,汉皇骨葬秋山碧。

朝开暮落煎人老,无人为报东君道。留取秾红伴酗吟,莫教少女来吹扫。

游春引三首

句芒爱弄春风权,开萌发翠无觉偏。句芒小女精神巧,机罗杼绮满平川。

五陵年少轻薄客,蛮锦花多春袖窄。酌桂鸣金玩物华,星蹄绣縠填香陌。

千条碧绿轻拖水,金毛泣怕春江死。万汇俱含造化恩,见我春工无私理。

农父

运锄耕斸侵星起,陇亩丰盈满家喜。到头禾黍属他人,不知何处抛妻子。

古意

銮舆不碾香尘灭,更残三十六宫月。手持纨扇独含情,秋风吹落横波血。

秋日登岳阳楼晴望

三秋倚练飞金盏,洞庭波定平如刬。天高云卷绿罗低,一点君山碍人眼。漫漫万顷铺琉璃,烟波阁远无鸟飞。西南东北竟—作竞无际,直疑侵断青天涯。屈原回日牵愁吟,龙宫感激致应沈。贾生憔悴说不得,茫茫烟霭堆湖心。又云:范蠡张帆一掌风,无人来往继其中。

鸿沟

毒龙衔日天地昏,八纮暖騣生愁云。秦园走鹿无藏处,纷纷争处蜂成群。四溟波立鲸相—作用吞,荡摇五岳崩山根。鱼虾舞浪—作渡狂鳅鲲,龙蛇胆战登鸿门。星旗羽镞强者尊,黑风白雨东西屯。山河欲拆人烟分,壮士鼓勇君王存。项庄愤气吐不得,亚父斜声天上闻。玉光堕地惊昆仑,留侯气魄吞太华。舌头一寸生阳春,神农女娲愁不言。蛇枯老媪啼泪痕,星曹定秤秤王孙。项籍骨轻迷精魂,沛公仰面争乾坤。须臾垓下贼星起,歌声缭绕凄人耳。吴娃捧酒横秋波,霜天月照空城垒。力拔山兮忽—作呼到此,骓嘶懒渡乌江水。新丰瑞色生楼台,西楚寒蒿哭愁鬼。三尺霜鸣金匣里,神光一掉—作透八千里。汉皇骤马意气生,西南扫地迎天子。

美人梳头

玉堂花院小枝红,绿窗一片春光晓。玉容惊觉浓睡醒,圆蟾挂出妆台表。金盘解下丛鬓碎,三尺巫云绾朝翠。皓指高低寸黛愁,水精梳滑参差坠。须臾拢掠蝉鬓生,玉钗冷透冬冰明。芙蓉拆向新开脸,秋泉慢转眸波横。鹦鹉偷来话心曲,屏风半倚遥山绿。

题祖山人池上怪石

　　寒姿数片奇突兀,曾作秋江秋水骨。先生应是厌风云—作雷,著向江边塞龙窟。我来池上倾酒尊,半酣书破青烟痕。参差翠缕摆不落,笔头惊怪黏秋云。我闻吴中项容水墨有高价—作溶溶水墨有高价,邀得将来倚松下。铺却双缯直道难,掉首空归不成画。

山居雨霁即事—作长孙佐辅诗

　　结茅苍岭下,自与喧卑隔。况值雷雨晴,郊原转岑寂。出门看反照,绕屋残溜滴。古路绝人行,荒陂响蝼蝈。篱崩瓜豆蔓,圃坏牛羊迹。断续古祠鸦,高低远村笛。喜闻东皋润,欲往未通屐。杖策试危桥,攀萝瞰苔壁。邻翁夜相访,缓酌聊跂石。新月出污尊,浮云在巾舄。常赓腐儒操,谬习经邦画。有待时未知,非关慕沮溺。

张瀛

　　张瀛,碧之子。事广南刘氏,官至曹郎。诗一首。

赠琴棋僧歌

　　我尝听师法一说,波上莲花水中月。不垢不净是色空,无法无空亦无灭。我尝听师禅一观,浪溢鳌头蟾魄满。河沙世界尽空空,一寸寒灰冷灯畔。我又听师琴一抚,长松唤住秋山雨。弦中雅弄若铿金,指下寒泉流太古。我又听师棋一著,山顶坐沈红日脚。阿谁称是国手人,罗浮道士赌却鹤,输却药。法怀挝下红霞丹,束手不敢争头角。

全唐诗卷四百七十

卢殷 宋时避讳,改作隐。

卢殷,范阳人,为登封尉。诗十三首。

妾换马
伴凰楼中妾,如龙枥上宛。同年辞旧宠,异地受新恩。香阁更衣处,尘蒙喷草痕。连嘶将忍泪,俱恋主人门。

七夕
河耿月凉时,牵牛织女期。欢娱方在此—作此在,漏刻竟由谁。定不嫌秋驶,唯当乞夜迟。全胜客子妇,十载泣生离。

月夜
露下凉生簟,无人月满庭。难闻逆河浪,徒望白榆星。树绕孤栖鹊,窗飞就暗萤。移时宿兰影,思共习芳馨。

仲夏寄江南
五月行将近,三年客未回。梦成千里去,酒醒百忧来。晚暮时看槿,悲酸不食梅。空将白团扇,从寄复赍回。

欲销云
欲隐从龙质,仍余触石文。霏微依碧落,仿佛误非云。度月光无隔,倾河影不分。如逢作霖处,当为起氤氲。

遇边使
累年无的信,每夜梦边城。袖掩千行泪,书封一尺情。

移住别居 一作友
自到西川住,唯君别有情。常逢对门远,又隔一重城。

埒口逢友人
艰难别离久,中外往还深。已改当时法,

空余旧日心。

雨霁登北岸—作原寄友人
稻黄扑扑黍油油,野树连山涧自—作北流。忆得年时冯翊部,谢郎相引上楼头。

长安亲故
楚兰不佩佩吴钩,带酒城头别旧游。年事已多筋力在,试将弓箭到并州。

悲秋
秋空雁度青天远,疏树蝉嘶白露寒。阶下败兰犹有气,手中团扇渐无端。

晚蝉
深藏高柳背斜晖,能轸孤愁灭昔围。犹畏旅人头不白,再三移树带声飞。

维扬郡西亭赠友人
萍飒风池香满船,杨花漠漠暮春天。玉人此日心中事,何似乘羊入市年。

独孤申叔
独孤申叔,字子重,以博学宏词为校书郎。诗一首。

终南精舍月中闻磬
精庐残夜景,天宇灭埃氛。幽磬此时击,余音几处闻。随风树杪去,支策月中分。断绝如残漏,凄清不隔云。羁人方罢梦,独雁忽迷群。响尽河汉落,千山空纠纷。

严公弼
严公弼,梓州人,擢进士第,袭父震爵,封郧国公。诗一首。

题汉州西湖
西湖创置自房公,心匠纵横造化同。见说凤池推独步,高名何事滞川中。

严公贶
严公贶,公弼之弟。诗一首。

题汉州西湖
凤沼才难尽,余思凿西湖。珍木罗修岸,冰光映坐隅。琴台今寂寞,竹岛尚萦纡。犹蕴济川志,芳名终不渝。

庄南杰
庄南杰,进士。与贾岛同时。《杂歌行》一卷。今存诗五首。

湘弦曲
楚云铮铮戛秋露,巫云峡雨飞朝暮。古磬高敲百尺楼,孤猿夜哭千丈树。云轩碾火声珑珑,连山卷尽长江空。莺啼寂寞花枝雨,鬼啸荒郊松柏风。满堂怨咽悲相续,苦调中含古离曲。繁弦响绝楚魂遥,湘江水碧湘山绿。

黄雀行
穿屋穿墙不知止,争树争巢入营死。林间公子挟弹弓,一丸致毙花丛里。小口黄雏未有知,青天不解高高飞。虞人设网当要路,白日啾嘲祸万机。

雁门太守行
旌旗闪闪摇天末,长笛横吹房尘阔。跨下嘶风白练狞,腰间切玉青蛇活。击革拟金燧牛尾,犬羊兵败如山死。九泉寂寞葬秋虫,湿云荒草啼秋思。

阳春曲
紫锦红囊香满风,金鸾玉轼摇丁冬。沙鸥白羽剪晴碧,野桃红艳烧春空。芳草绵延锁平地,垅蝶双双舞幽翠。风叶龙吟白日长,落花声底仙娥醉。

伤歌行
兔走鸟飞不相见,人事依稀速如电。王母夭桃一度开,玉楼红粉千回变。车驰马走咸阳道,石家旧宅空荒草。秋雨无情不惜花,芙蓉一一惊香倒。劝君莫谩栽荆棘,秦皇虚费—作负驱山力。英风一去更无言,白骨沈埋暮山碧。

李溟

李溟,与贾岛同时。诗一首。

无题

乔木挂斗邑—作色,水驿坏门开。向月片帆去,背云行雁来。晚年名利迹,宁免路歧哀。前计不能息,若为玄鬓回。

贺兰朋吉

贺兰朋吉,与贾岛同时。诗一首。

客舍喜友人相访

荒居无四邻,谁肯访来频。古树秋中叶,他乡病里身。雁声风送急,萤影月流新。独为成名晚,多惭见友人。

王鲁复

王鲁复,字梦周,连江人,从事邕府。诗四首。

诣李侍郎

文字元无底,功夫转到难。苦心三百首,暂请侍郎看。

吊灵均

万古汨罗深,骚人道不沈。明明唐日月,应见楚臣心。

吊韩侍郎

星落少微宫,高人入古风。几年才子泪,并写五言中。

故白岩禅师院

能师还世名还在,空闭禅堂满院苔。花树不随人寂寞,数枝犹自出墙来。

徐希仁

徐希仁,与卢仝同时。诗一首。

招玉川子咏新文

清气宿我心,结为清泠音。一夜吟不足,君来相和吟。

全唐诗卷四百七十一

雍裕之

雍裕之,贞元后诗人也。诗一卷。

五杂组

五杂组,刺绣窠。往复还,织锦校。不得已,戍交河。

剪彩花

敢竞桃李色,自呈刀尺功。蝶犹迷剪翠,人岂辨裁红。

春晦送客 一作三月晦日郊外送客

野酌乱无巡,送君兼送春。明年春色至,莫作未归人。

自君之出矣

自君之出矣,宝镜为谁明。思君如陇水,长闻呜咽声。

四气

春禽犹竞啭,夏木忽交阴,稍觉秋山远,俄惊冬霰深。

四色

壶中冰始结,盘上露初圆。何意瑶池雪,欲夺鹤毛鲜。

道士牛已至,仙家鸟亦来。骨为神不朽,眼向故人开。

劳鲂莲渚内,汗马火旂间。平生血诚尽,不独左轮殷。

已见池尽墨,谁言突不黔。漆身恩未报,貂裘弊岂嫌。

大言

四溟杯渌醑,五岳髻青螺。挥汗曾成雨,画地亦成河。

细言
蚊眉自可托,蜗角岂劳争。欲效丝毫力,谁知蝼蚁诚。

山中桂
八树拂丹霄,四时青不凋。秋风何处起,先衰最长条。

芦花
夹岸复连沙,枝枝摇浪花。月明浑似雪,无处认渔家。

江边柳
袅袅古堤边,青青一树烟。若为丝不断,留取系郎船。

江上山 一本无山字
绮霞明赤岸,锦缆绕丹枝。楚客正愁绝,西风且莫吹。

游丝
游丝何所似,应最似春心。一向风前乱,千条不可寻。

柳絮
无风才到地,有风还满空。缘渠偏似雪,莫近鬓毛生。

残莺
花阑莺亦懒,不语似含情。何言百啭舌,唯余一两声。

早蝉
一声清溽暑,几处促流年。志士心偏苦,初闻独泫然。

秋蛩
雨绝苍苔地,月斜青草阶。蛩鸣谁不怨,况是正离怀。

江上闻猿
枫岸月斜明,猿啼旅梦惊。愁多肠易断,不待第三声。

折柳赠行人
那言柳乱垂,尽日任风吹。欲识千条恨,和烟折一枝。

题蒲葵扇
倾心曾向日,在手幸遥风。羡尔逢提握,知名自谢公。

赠苦行僧
幽深红叶寺,清净白毫僧。古殿长鸣磬,低头礼昼灯。

两头纤纤
两头纤纤八字眉,半白半黑灯影帷。腽腽脬脬晓禽飞,磊磊落落秋果垂。

了语
扫却烟尘寇初剿,深水高林放鱼鸟。鸡人唱绝残漏晓,仙乐拍终天悄悄。

不了语
浮名世利知多少,朝市喧喧尘扰扰。车马交驰往复来,钟鼓相催天又晓。

听弹沈湘
贾谊投文吊屈平,瑶琴能写此时情。秋风一赛沈湘曲,流水千年作恨声。

豪家夏冰咏
金错银盘贮赐冰,清光如笋玉山棱。无论尘客闲停扇,直到消时不见蝇。

宿棣华馆闻雁
不堪旅宿棣花馆,况有离群鸿雁声。一点秋灯残影下,不知寒梦几回惊。

农家望晴
尝闻秦地西风雨,为问西风早晚回,白发老农如鹤立,麦场高处望云开。

宫人斜

几多红粉委黄泥,野鸟如歌又似啼。应有春魂化为燕,年来(一作年年)飞入未央栖。

曲江池上

殷勤春在曲江头,全藉群仙占胜游。何必三山待鸾鹤,年年此地是瀛洲。

全唐诗卷四百七十二

段弘古

段弘古,澧州人。吕温守道州,尝客焉。后谒窦群容州,殁旅舍。诗一首。

奉陪吕使君—作郎中楼上夜—本下有把火二字看花

城上芳园花满枝,城头太守夜看时。为—作与报林中高举烛,感人情思欲题诗。

何元上—作玄之

何元上,自称峨眉山人,尝居道州。诗一首。

所居寺院凉夜书情,呈上吕和叔温郎中

庾公念病宜清暑,遣向僧家占上方。月光似水衣裳湿,松气如秋枕簟凉。幸以薄才当客次,无因弱羽逐鸾翔。何由一示云霄路,肠断星星两鬓霜。

宋济

宋济,德宗时人,与杨衡、符载同栖青城。诗二首。

塞上闻笛—作和王七度玉门关上吹笛

胡儿吹笛戍楼间,楼上萧条海月闲。借问梅花何处落,风吹一夜满关山。

东邻美人歌

花暖江城斜日阴,莺啼绣户晓云深。春风不道珠帘隔,传得歌声与客心。

符载

符载,字厚之,蜀人,初隐庐山,后辟西川掌书记,加授监察御史。集十四卷,今存诗二首。

题李八百洞

太极之年混沌坼,此山亦是神仙宅。后世

何人来飞升，紫阳真人李八百。

甘州歌
月里嫦娥不画眉，只将云雾作罗衣。不知梦逐青鸾去，犹把花枝盖面归。

句
绿迸穿篱笋，红飘隔户花。见《杨慎外集》。

张俨
张俨，贞元中人。诗三首。

贞元八年十二月谒先主庙绝句三首
仗顺继皇业，并吞势由已。天命屈雄图，谁歌大风起？

得股肱贤明，能以奇用兵。何事伤客情，何人归帝京？

雄名垂竹帛，荒陵压阡陌。终古更何闻，悲风入松柏。

先汪
先汪，合江人，贞元中举孝廉。诗一首。

题安乐山 合江青溪上六七里，隋刘珍登真之地，有祠。
碧峰横倚白云端，隋氏真人化迹残。翠柏不凋龙骨瘦，石泉犹在镜光寒。

李赤
李赤，吴郡举子。尝自比李白，故名赤。诗十首。

姑熟杂咏 一作李白诗

姑熟溪
爱此溪水闲，乘流兴无极。击楫怕鸥惊，垂竿待鱼食。波翻晓霞影，岸叠春山色。何处浣纱人，红颜未相识。

丹阳湖
湖与元气通，风波浩难止。天外贾客归，云间片帆起。龟游莲叶上，鸟宿芦花里。少女棹舟归，歌声逐流水。

谢公宅
青山日将暝，寂寞谢公宅。竹里无人声，池中虚月白。荒庭衰草遍，废井苍苔积。唯有清风闲，时时起泉石。

凌歊台
旷望登古台，台高极人目。叠嶂列远空，闲花杂平陆。白云入窗牖，野翠生松竹。欲览碑上文，苔侵岂堪读。

桓公井
桓公名已古，废井曾未竭。石甃冷苍苔，寒泉湛孤月。秋来桐暂落，春至桃还发。路远人罕窥，谁能见清澈。

慈姥竹
野竹攒石生，含烟映江岛。翠色落波深，虚声带寒早。龙吟曾未听，凤曲吹应好。不学蒲柳凋，贞心常自保。

望夫山
颙望临碧空，怨情感离别。芳草不知愁，岩花但争发。云山万重隔，音信千里绝。春云秋复来，相思几时歇。

牛渚矶
绝壁临巨川，连峰势相向。乱石流洑间，回波自成浪。但惊群木秀，莫测精灵状。更听猿夜啼，忧心醉江上。

灵墟山
丁令辞世人，拂衣向仙路。伏炼九丹成，方随五云去。松萝蔽幽洞，桃杏深隐处。不知曾化鹤，辽海归几度。

天门山
回出江水上，双峰自相对。岸映松色寒，石分浪花碎。参差远天际，缥缈晴霞外。落日舟去遥，回首沈青霭。

薛昇

薛昇，河东人，德宗朝诗人也。诗一首。

敕赠康尚书日知美人

天门喜气晓氛氲，圣主临轩召冠军。欲令从此行霖雨，先赐巫山一片云。

孙叔向

孙叔向，德宗时人。诗三首。

将赴东都上李相国

四海兵初偃，平津阁正开。谁知大炉火，还有不然灰。

题昭应温泉

一道温泉绕御楼，先皇曾向此中游。虽然水是无情物，也到宫前咽不流。

送咸安公主

卤簿迟迟出国门，汉家公主嫁乌孙。玉颜便向穹庐去，卫霍空承明主恩。

刘皂

刘皂，贞元间人。诗五首。

边城柳

一株新柳色，十里断孤城。为近东西路，长悬离别情。

长门怨三首

雨—作泪滴长门秋夜长，愁心和雨到昭阳。泪痕不学—作共君恩断，拭却千行更万行。

宫殿沈沈月欲—作色分，昭阳更漏不堪闻。珊瑚枕上千行泪，不是思君是恨君。

蝉鬓慵梳倚帐门，蛾眉不扫惯承恩。旁人未必知心事，一面残妆空泪痕。

旅次朔方—作贾岛诗

客舍并州数十霜，归心日夜忆咸阳。无端又渡桑乾水，却望并州似故乡。

杨厚

杨厚，贞元间诗人。诗一首。

早起

星汉转寒更，伊余索寞情。钟催归梦断，雁引远愁生。危壁兰光暗，疏帘露气清。闲庭聊一望，海日未分明。

裴交泰

裴交泰，贞元间诗人。诗一首。

长门怨

自闭长门经几秋，罗衣湿尽泪还流。一种蛾眉明月夜，南宫歌管—作吹北宫愁。

李秘

李秘，唐宗室也，贞元、元和间人。诗一首。

禁中送任山人 此人自青城献伏火诸石，恩命令于本山更取大还

子去非长往，君恩取大还。补天留彩石，缩地入青山。献寿千春—作秋外，来朝数月间。莫抛残药物，窃取—作切欲驻童颜。

殷尧—作克恭

殷尧恭，元和间人。诗一首。

府试中元观道流步虚—作殷尧藩诗

玄都开秘箓，白石礼先生。上界秋光静，中元夜景清。星辰朝帝处，鸾鹤步虚声。玉洞花长发，珠宫月最明。扫坛天地肃，投简鬼神惊。倘赐刀圭药，还成不死名。

林杰

林杰，字智周，闽人。幼而秀异，六岁赋诗，援笔立成，唐扶见而赏之。又精琴棋草隶，举神童。年十七卒。诗二首。

王仙坛

羽客已登仙路去，丹炉草木尽凋残。不知

千载归何日,空使时人扫旧坛。

乞巧

七夕今宵看碧霄,牵牛织女渡河桥。家家乞巧望秋月,穿尽红丝几万条。

句

金盘摘下挂朱颗,红殻开时饮玉浆。《咏荔枝》。见《纪事》。

郑立之

郑立之,贞元、元和中人。诗一首。

哭林杰

才高未及贾生年,何事孤魂逐逝川。萤聚帐中人已去,鹤离台上月空圆。

苏郁

苏郁,贞元、元和间诗人。诗三首。

咏和亲—作和戎

关月夜悬青冢镜,寒云秋薄汉宫罗。君王莫信和亲策,生得胡雏虏—作转更多。

鹦鹉词

莫把金笼闭鹦鹉,个个分明解人语。忽然更向君前言,三十六宫愁几许。

步虚词

十二楼藏玉堞中,凤凰双宿碧芙蓉—作梧桐。流霞浅酌谁同—作留君醉,今夜笙歌—作吹箫第几重。

句

吟倚雨残树,月收山下村。见张为《主客图》。

浩虚舟

浩虚舟,隰州刺史。丰之子。中宏词科。诗一首。

赋得琢玉成器

已沐识坚贞,应怜器未成。辉山方可重,散璞乍堪惊。玷灭随心正,瑕消夺眼明。琢磨虹气在,拂拭水容生。赏玩冰光冷,提携月魄轻。伫当亲捧握,瑚琏幸齐名。

蔡京

蔡京,初为僧。令狐楚镇滑台,劝之学。后以进士举上第,官御史,谪澧州刺史,迁抚州。诗三首。

责商山四皓

秦末家家思逐鹿,商山四皓独忘机。如何鬓发霜相似,更出深山定是非。

假节邕交道由吴溪

停桡横水中,举目孤烟外。借问吴溪人,谁家有山卖。

咏子规

千年冤魄化为禽,永逐悲风叫远林。愁血滴花春艳死,月明飘浪冷光沉。凝成紫塞风前泪,惊破红楼梦里心。肠断楚词归不得,剑门迢递蜀江深。

张顶

张顶,抚州人。诗一首。

献蔡京 蔡京刺抚州,州有放生池,京禁鱼罟。顶乘小舟垂钓,京捕之,因献此诗。

抛却长竿卷却丝,手持蓑笠献新诗。临川太守清如镜,不是渔人下钓时。

全唐诗卷四百七十三

李逢吉

李逢吉,字虚舟,陇西人,登进士第。元和、长庆两朝,尝再为宰相。太和中,以司徒致仕。卒,谥曰成。其诗与令狐楚同编者名《断金集》,今存八首。

享惠昭太子庙乐章

既洁酒醴,聿陈熟腥。肃将震念,昭格储灵。展矣礼典,薰然德馨。愔愔管磬,亦具是听。

望京楼—作台上寄令狐华州

祇役滞南服,颓思属暮年。闲上望京台,万山蔽其前。落日归飞翼,连翩东北天。涪江适在下,为我久潺湲。中叶成文教,德威清远边。颁条信徒尔,华发生苍然。寄怀三峰守,岐路隔云烟。

再赴襄阳,辱宣武相公贻诗,今用奉酬

解绂辞丹禁,扬旌去赤墀。自惊非素望,何力及清时。又据三公席,多惭四老祠。岘山风已远,棠树事难追。江汉饶春色,荆蛮足梦思。唯怜吐凤句,相示凿龙期。

奉送李相公重镇襄阳

海内埏埴遍,汉阴旌旆还。望留丹阙下,恩在紫霄间。冰雪背秦岭,风烟经武关。树皆人尚爱,辕即吏曾攀。自惜两心合,相看双鬓斑。终期谢戎务,同隐凿龙山。

和严揆省中宿斋遇令狐员外当直之作

致斋分直宿南宫,越石卢谌此夜同。位极班行犹念旧,名题章奏亦从公。曾驱爪士三边静,新赠髯参六义穷。竟夕文昌知有月,可怜如在庾楼中。

奉酬忠武李相公见寄

直继先朝卫与英,能移孝友作忠贞。剑门

失险曾缚一作搏虎,淮水安流缘斩鲸。黄阁碧幢惟是俭,三公二伯未为荣。惠连忽赠池塘句,又遣嬴师破胆惊。

酬致政杨祭酒见寄

初还相印罢戎旃,获守皇居在紫烟。妄比邓侯功蔑尔,每怀疏傅意一作思悠然。应将半俸沾闾里,料入中条访洞天。十载别离那可道,倍令惊喜见来篇。

送令狐秀才赴举

子有雄文藻思繁,龆年射策向金门。前随鸾鹤登霄汉,却望风沙走塞垣。独忆忘机陪出处,自怜何力继飞翻。那堪两地生离绪,蓬户长扃行旅喧。

于顿

于顿,字允元,河南人。以荫补千牛,擢累驾部郎中,湖、苏二州刺史,襄州节度观察使。元和初,拜司空。寻贬恩王傅,终太子宾客。诗二首。

郡斋卧疾赠昼上人

夙陪翰墨徒,深论穷文格。丽则风骚后,公然我词客。晚依方外友,极理探精赜。吻合南北宗,昼公我禅伯。尤明性不染,故我行贞白。随顺令得解,故我言芳泽。雪水漾清浔,吴山横碧岑。含珠复蕴玉,价重双南金。的皪曜奇彩,凄清流雅音。商声发楚调,调切谱瑶琴。吴山为我高,雪水为我深。万景徒有象,孤云本无心。众木岂无声,椅桐有清响。众耳岂不聆,钟期有真赏。高洁古人操,素怀凤所仰。觌君冰雪姿,祛我淫滞想。常吟柳恽诗,苕浦久相思。速此远为郡,蘋洲芳草衰。逢师年腊长,值我病容羸。共话无生理,聊用契心期。

和丘员外题湛长史旧居

萧条历山下,水木无氛滓。王门结长裾,岩扃怡暮齿。昔贤枕高躅,今彦仰知止。依依瞩烟霞,眷眷返墟里。湛生久已没,丘也亦同耻。立言咸不朽,何必在青史。

卢景亮

卢景亮,字长晦,范阳人。少孤,力学,善属文。德宗时,历右补阙,鲠毅无所回,贬斥二十年。至元和初,召还,再迁中书舍人。诗一首。

寒夜闻霜钟

洪钟发长夜,清响出层岑。暗入繁霜切,遥传古寺深。何城乱远漏,几处杂疏砧。已惊离人梦,仍沾旅客襟。待时当命侣,抱器本无心。倘若无知者,谁能设此音。

李渤

李渤,字濬之,洛阳人。少隐嵩山。元和中,征为著作郎。敬宗时,由考功郎中拜给事中。伉直敢言,出为桂管观察使。诗五首。

南溪诗并序

桂水漓山,右汇阳江,数里余得南溪口。溪左屏外崖嵚,斗丽争高,其孕翠曳烟,逦迤如画。左连幽墅,园田鸡犬,疑非人间。溯流数百步至岩,岩下有湾壤沮洳,因导为新泉。山有二洞九室,西南曰白龙洞,横透巽维,蜕骨如玉;西北曰玄岩洞,曲通坎隅,晴眺漓水。玄岩之上曰丹室,白龙之右曰夕室,巽维北,梯险至仙窟。北又有石室,参差呀谺,延景宿云。其洞室并乳溜凝化,诡势奇状,俯而察之,如伞如拳,如奕栌支撑,如莲蔓藻井。左晚右瞰,似帘似帏,似松偃竹袅,似海荡云惊,其玉池井岚飘回逻交错,迷不可纪。从夕室、梁溪向郭,四里而近,去松衢二百步而遥,余获之,若获荆璆与蛇珠焉,亦疑夫大舜游此而忘归矣。遂命发潜敞深,磴危宅,既翼之以亭榭,又韵之以松竹。似宴方丈,似升瑶台。丽如也,畅如也。以溪在郡之南,因目为南溪,兼赋诗以纪之。宝历三年三月七日。

玄岩丽南溪,新泉发幽色。岩泉孕灵秀,云烟纷崖壁。斜峰信天插,奇洞固神辟。窈窕去未穷,环回势难极。玉池似无水,玄井昏不测。仙户掩复开,乳膏凝更滴。丹砂有遗址,石径无留迹。南眺苍梧云,北望洞庭客。萧条风烟外,爽朗形神寂。若值浮丘翁,从此谢尘役。

喜弟淑再至为长歌 第六句缺四字

前年别时秋九月,白露吹霜金吹烈。离鸿一别影初分,泪袖双挥心哽咽。别来几度得音书,南岳知□□□□。庐山峨峨倚天碧,捧排空崖千万尺。社榜长题高士名,食堂每记云山迹。我本开云此山住,偶为名利相萦误。自负心机四十年,羞闻社客山中篇。忧时魂梦忆归路,觉来疑在林中眠。昨日亭前乌鹊喜,果得今朝尔来此。吾吟行路五十篇,尽说江南数千里。自怜兄弟今五人,共萦儒素家尚贫。虽然廪饩各不一,就中总免拘常伦。长兄年少曾落托,拔剑沙场随卫霍。口里虽谭周孔文,怀中不舍孙吴略。次兄一生能苦节,夏聚流萤冬映雪。非论疾恶志如霜,更觉临泉心似铁。第三之兄更奇异,昂昂独负青云志。下看金玉不如泥,肯道王侯身可贵。却愁清逸不干时,高踪大器无人知。倘逢感激许然诺,必能万古流清规。念尔年来方二十,夙夜孜孜能独立。卷中笔落星汉摇,洞里丹灵鬼神泣。嗟余流浪心最狂,十年学剑逢时康。心中不解事拘束,世间谈笑多相妨。广海青山殊未足,逢著高楼还醉宿。朝走安公枥上驹,暮伦陶令篱边菊。近来诗思殊无况,苦被时流不相放。云腾浪走势未衰,鹤膝蜂腰岂能障。送尔为文殊不识,贵从一一传胸臆。若到湖南见紫霄,会须待我同攀陟。

留别南溪二首

常叹春泉去不回,我今此去更难来。欲知别后留情处,手种岩花次第开。

如云不厌苍梧远,似雁逢春又北归。惟有隐山溪上月,年年相望两依依。

桂林叹雁

三朝四黜倦遐征,往复皆愁万里程。尔解分飞却回去,我方从此向南行。

孟简

孟简,字几道,德州人。举进士、宏词,皆及第。元和中,累官至户部侍郎,坐事贬吉州司马。诗七首。

享惠昭太子庙乐章

喧喧金石容既缺,肃肃羽驾就行列。猴山遗响昔所闻,庙庭进旅今攸设。

拟古

剑客不夸貌,主人知此心。但营纤毫义,肯计千万金。勇发看鸷击,愤来听虎吟。平生贵酬德,刃敌无幽深。

咏欧阳行周事 并序

闽越之英,惟欧阳生,以能文擢第,爰始一命,食太学之禄,助成均之教,有庸绩矣。我唐贞元年己卯岁,曾献书相府,论大事,风韵清雅,词旨切直。会东方军兴,府县未暇慰荐。久之,倦游太原,还来帝京,卒官灵台。悲夫,生于单贫,以徇名故,心专勤俭,不识声色,及兹筮仕,未知洞房纤腰之为盅惑。初抵太原,居大将军宴。席上有妓,北方之尤者,屡目于生。生感悦之,留赏累月,以为燕婉之乐,尽在是矣。既而南辕,妓请同行。生曰:"十目所视,不可不畏",辞焉。请待至都而来迎,许之,乃去。生竟以塞连不克如约,过期,命甲遣乘,密往迎妓。妓因积望成疾,不可为也。先死之夕,剪其云髻,谓侍儿曰:"所欢应访我,当以髻为贶。"甲至,得之,以乘空归,授髻于生。生为之恸怨,涉旬而生亦殁,则韩退之何蕃书所谓欧阳詹生者也。河南穆玄道访予,常叹息其事。呜呼,钟爱于男女,素期效死,夫亦不蔽也。大凡以断割,不为丽色所汩,岂若是乎?古乐府诗有《华山畿》,《玉台新咏》有庐江小史,相死或类于此。暇日偶作诗以断之云。

有客西北逐,驱马次太原。太原有佳人,神艳照行云。座上转横波,流光注夫君。夫君意荡漾,即日相交欢。定情非一词,结念誓青山。生死不变易,中诚无间言。此为太学徒,彼属北府官。中夜欲相从,严城限军门。白日欲同居,君畏仁人闻。忽如陇头水,坐作东西分。惊离肠千结,滴泪眼双昏。本达京师回,贺期相追攀。宿约始乖阻,彼忧已缠绵。高髻若黄鹂,危鬓如玉蝉。纤手自整理,剪刀断其根。柔情托侍儿,为我遗所欢。所欢使者来,侍儿因复前。抆泪取遗寄,深诚祈为传。封来赠君子,愿言慰穷泉。使者回复命,迟迟蓄悲酸。詹生喜言旋,倒履走迎门。长跪听未毕,惊伤涕涟涟。不饮亦不食,哀心百千端。襟情一夕空,精爽旦日残。哀哉浩然气,溃散归化元。短生虽别离,长夜无阻难。双魂终会合,两剑遂蜿蜒。丈夫早通脱,巧笑安能干。防身本苦节,一去何由还。后生莫沈迷,沈迷丧其真。

惜分阴

业广因功苦,拳拳志士心。九流难酌挹,四海易消沈。对景嗟移晷,窥园讵改阴。三冬劳聚学,驷景重兼金。刺股情方励,偷光思益深。再中如可冀,终嗣绝编音。

嘉禾合颖

玉烛将成岁,封人亦自歌。八方沾圣泽,异亩发嘉禾。共秀芳何远,连茎瑞且多。颖低甘露滴,影乱惠风过。麦穗由神化,为祥识气和。因知兴嗣岁,王道旧无颇。

赋得亚父碎玉斗

献谋既我违,积愤从心痗。鸿门入已迫,赤帝时潜退。宝位方苦竞,玉斗何情爱。犹看虹气凝,讵惜冰姿碎。而磋大事返,当起千里悔。谁为西楚王,坐见东城溃。

酬施先辈

襄阳才子得声多,四海皆传古镜歌。乐府正声三百首,梨园新入教青娥。

王仲舒

王仲舒,字弘中,并州祁人。少客江南,与梁肃、杨凭游,并有文名。元和初,为职方郎中、知制诰。穆宗初,为中书舍人。终江南西道观察使。诗一首。

寄李十员外

百丈悬泉旧卧龙,欲将肝胆佐时雍。惟愁又入烟霞去,知在庐峰第几重。

孙革 一作华

孙革,宪宗朝为监察御史。诗一首。

访羊尊师 一作贾岛诗

松下问童子,言师采药去。只在此山中,云深不知处。

汪万於

汪万於,字叔振,歙人。宪宗时为江陵户曹参军。诗一首。

晚眺

杖策倚柴门,泉声隔岸闻。夕阳诸岭出,晴雪万山分。静对豺狼窟,幽观麋豕群。今宵寒月近,东北扫浮云。

何儒亮

何儒亮,与孟简同时人。诗一首。

亚父碎玉斗

嬴女昔解网,楚王有遗躅。破关既定秦,碎首闻献玉。贞姿应刃散,清响因风续。匪徇切泥功,将明怀璧辱。莫量汉祖德,空受项君勗。事去见前心,千秋渭水绿。

李宗闵

李宗闵,字损之。擢进士,补洛阳尉,累官驾部郎中、知制诰。穆宗即位,拜中书舍人。宝历初,进兵部侍郎。太和中,同中书门下平章事,迁中书侍郎,出为山南西道节度使。寻复秉政。后贬死。诗一首。

赠毛仙翁

不知仙客占青春,肌骨才教称两旬。俗眼暂惊相见日,疑心未测几时人。闲推甲子经何代,笑说浮生老此身。残药倘能沾朽质,愿将霄汉永为邻。

韦表微

韦表微,字子明。擢进士第,数辟诸使府,入授监察御史里行,俄为翰林学士、知制诰。久之,迁中书舍人。文宗立,进户部侍郎。卒,赠礼部尚书。诗一首。

池州夫子庙麟台

二仪既闭,三象乃乖。圣道埋郁,人心不开。上无文武,下有定哀。吁嗟麟兮,孰为来哉。周虽不纲,孔实嗣圣。诗书既删,礼乐大定。劝善惩恶,奸邪乃正。吁嗟麟兮,克昭符命。圣与时合,化行位尊。苟或乖戾,身穷道存。于昭鲁邑,栖迟孔门。吁嗟麟兮,孰知其仁。运极数残,德至时否。楚国寝广,秦封益侈。墙仞迫陑,崎岖阙里。吁嗟麟兮,靡有攸止。世治则麟,世乱则麛。出非其时,麋鹿同群。孔不自圣,麟不自祥。吁嗟麟兮,天何所亡。

全唐诗卷四百七十四

徐凝

徐凝，睦州人。元和中官至侍郎。诗一卷。

送马向入蜀

游子出咸京，巴山万里程。白云连鸟道，青壁遰猿声。雨雪经泥坂，烟花望锦城。工文人共许，应纪蜀中行。

送李补阙归朝

驷马归咸秦—作城阙，双凫出—作去海门。还从清切禁，再沐圣明恩。礼乐中朝贵—作盛，文章大雅存。江湖多放—作旅逸，献替欲谁论。

送日本使还

绝国将无外，扶桑更有东。来朝逢圣日，归去及秋风。夜泛潮回际，晨征苍莽中。鲸波腾水府，蜃气壮仙宫。天眷何期远，王文久已同。相望杳不见，离恨托飞鸿。

题开元寺牡丹

此花南地知难种，惭愧僧闲用意栽。海燕解怜频睥睨，胡蜂未识更徘徊。虚生芍药徒劳妒，羞杀玫瑰不敢开。惟有数苞红萼在，含芳只待舍人来。

香炉峰

香炉一峰绝，顶在寺门前。尽是玲珑石，时生旦暮烟。

白铜鞮

骄衺锦障泥，楼头日又西。留欢住不住，素齿白铜鞮。

杨叛儿

哀怨杨叛儿，骀荡郎知否。香死博山炉，烟生白门柳。

春寒
　　乱雪从教舞,回风任听吹。春寒能作底,已被柳条欺。

庐山独夜
　　寒空五老雪,斜月九江云。钟声知何处,苍苍树里闻。

天台独夜
　　银地秋月色,石梁夜溪声。谁知屐齿尽,为破烟—作苍苔行。

送寒岩归士
　　不挂丝纩衣,归向寒岩栖。寒岩风雪夜,又过岩前溪。

送陈司马
　　家寄茅洞中,身游越城下。宁知许长史,不忆陈司马。

武夷山仙城
　　武夷无上路,毛径不通风。欲共麻姑住,仙城半在空。

避暑二首
　　一株金染密,数亩碧鲜疏。避暑临溪坐,何妨直钓鱼。

　　斑多筒簟冷,发少角冠清。避暑长林下,寒蝉又有声。

浙西李尚书奏毁淫昏庙
　　传闻废淫祀,万里静山陂。欲慰灵均恨,先烧靳尚祠。

酬相公再游云门寺
　　远羡五云路,逶迤千骑回。遗簪唯一去,贵赏不重来。

杭州祝涛头二首
　　不道沙堤尽,犹欺石栈顽。寄言飞白雪,休去打青山。

　　倒打钱塘郭,长驱白浪花。吞吴休得也,输却五千家。

问渔叟
　　生事同漂梗,机心在野船。如何临逝水,白发未忘筌。

云封庵
　　登岩背山河,立石秋风里。隐见浙江涛,一尺东沟水。

汉宫曲
　　水色帘前流玉霜,赵家飞燕侍昭阳。掌中舞罢箫声绝,三十六宫秋夜长。

和嵩阳客月夜忆上清人
　　独夜嵩阳忆上仙,月明三十六峰前。瑶池月胜嵩阳月,人在玉清眠不眠。

八月望夕雨
　　今年八月十五夜,寒雨萧萧不可闻。如练如霜在何处,吴山越水万重云。

观浙江涛—作看潮
　　浙江悠悠海西绿—作曲,惊涛日夜—作一日波涛两翻覆。钱塘郭里看潮人,直至—作到白头看不足。

庐山瀑布
　　虚空落泉—作瀑布瀑布千仞—作丈直,雷奔入江—作海不暂息。今古长如白练飞,一条界—作解破青山色。

嘉兴寒食
　　嘉兴郭里逢寒食,落日家家拜扫回。唯有县前苏小小,无人送与纸钱来。

忆扬州
　　萧娘脸下难胜泪,桃叶眉头—作尖易得愁。天下三分明月夜,二分无赖是扬州。

八月灯夕寄游越施秀才
　　四天净色寒如水,八月清辉冷似霜。想得

越人今夜见,孟家珠在镜中央。

八月十五夜

皎皎秋空八月圆,常娥端正桂枝鲜。一年无似如今夜,十二峰前看不眠。

题伍员庙

千载空祠云海头,夫差亡国已千秋。浙波只有灵涛在,拜奠青山人不休。

员峤先生

员峤先生无白发,海烟深处采青芝。逢人借问陶唐主,欲进冰蚕五色丝。

莫愁曲

玳瑁床头刺战袍,碧纱窗外叶骚骚。若为教作辽西梦,月冷如丁—作针风似刀。

寄白司马

三条九陌花时节,万户千车看牡丹。争遣江州白司马,五年风景忆长安。

相思林

游客远游新过岭,每逢芳树问芳名。长林遍是相思树,争遣愁人独自行。

寄海峤丈人

万丈只愁沧海浅,一身谁测岁华遥。自言来此云边住,曾看秦王树石桥。

寄潘先生

至人知姓不知名,闻道黄金骨节轻。世人仙方无觅处,欲来西岳事先生。

宫中曲二首

披香侍宴插山花,厌著龙绡著越纱。恃赖倾城人不及,檀妆唯约数条霞。

身轻入宠尽恩私,腰细偏能舞柘枝。一日新妆抛旧样,六宫争画黑烟眉。

七夕

一道鹊桥横渺渺,千声玉佩过玲玲。别离还有经年客,怅望不如河鼓星。

八月九月望夕雨

八月繁云连九月,两回三五晦漫漫。一年怅望秋将尽,不得常娥正面看。

喜雪

长爱谢家能咏雪,今朝见雪亦狂歌。杨花道即偷人句,不那杨花似雪何。

春饮

乌家若下蚁还浮,白玉尊前倒即休。不是春来偏爱酒,应须得酒遣春愁。

二月望日

长短一年相似夜,中秋未必胜中春。不寒不暖看明月,况是从来少睡人。

读远书

两转三回读远书,画檐愁见燕归初。百花时节教人懒,云髻朝来不欲梳。

古树

古树欹斜临古道,枝不生花腹生草。行人不见树少时,树见行人几番老。

独住僧

百补袈裟一比丘,数茎长睫覆青眸。多应独住山林惯,唯照寒泉自剃头。

伤画松道芬上人

因画钓台江山而逝

百法驱驰百年寿,五劳消瘦五株松。昨来闻道严陵死,画到青山第几重。

观钓台画图

一水寂寥青霭合,两崖崔崒白云残。画人心到啼猿破,欲作三声出树难。

荆巫梦思

楚水白波风袅袅,荆门暮色雨萧萧。相思合眼梦何处,十二峰高巴字遥。

浙东故孟尚书种柳

　　孟家种柳东城去,临水逶迤思故人。不似当时大司马,重来得见汉南春。

长洲览古

　　吴王上国长洲奢,翠黛寒江一道斜。伤见摧残旧宫树,美人曾插九枝花。

却归旧山望月有寄

　　年年明月总相似,大抵人情自不同。今夜故山依旧见,班家扇样碧峰东。

再归松溪旧居宿西林

　　五粒松深溪水清,众山摇落月偏明。西林静夜重来宿,暗记人家犬吠声。

玩花五首

　　一树梨花春向暮,雪枝残处怨风来。明朝渐校无多去,看到黄昏不欲回。

　　曲尘溪上素红枝,影在溪流半落时。时人自惜花肠断,春风却是等闲吹。

　　朱霞焰焰山枝动,绿野声声杜宇来。谁为蜀王身作鸟,自啼还自有花开。

　　谁家踯躅青林里,半见殷花焰焰枝。忆得倡楼人送客,深红衫子影门时。

　　花到蔷薇明艳绝,燕支颗破麦风秋。一番弄色一番退,小妇轻妆大妇愁。

长庆春

　　山头水色薄笼烟,久客新愁长庆年。身上五劳仍病酒,夭桃窗下背花眠。

山鹧鸪词

　　南越岭头山鹧鸪,传是当时守贞女。化为飞鸟怨何人,犹有啼声带蛮语。

郑女出参丈人词

　　凤钗翠翘双宛转,出见丈人梳洗晚。擎曳罗绡跪拜时,柳条无力花枝软。

春雨

　　花时闷见联绵雨,云入人家水毁堤。昨日春风源上路,可怜红锦枉抛泥。

和白使君木兰花

　　枝枝转势雕弓动,片片摇光玉剑斜。见说木兰征戍女,不知那作酒边花。

正月十五夜呈幕中诸公

　　宵游二万七千人,独坐重城圈一身。步月游山俱不得,可怜辜负白头春。

乐府新诗

　　一声卢女十三弦,早嫁城西好少年。不羡越溪歌者苦,采莲归去绿窗眠。

春陪相公看花宴会二首

　　丞相邀欢事事同,玉箫金管咽东风。百分春酒莫辞醉,明日的无今日红。

　　木兰花谢可怜条,远道音书转寂寥。春去一年春又尽,几回空上望江桥。

牡丹

　　何人不爱牡丹花,占断城中好物华。疑是洛川神女作,千娇万态破朝霞。

过马当

　　风波隐隐石苍苍,送客灵鸦拂去樯。三月尽头云叶秀,小姑新著好衣裳。

金谷览古

　　金谷园中数尺土,问人知是绿珠台。绿珠歌舞天下绝,唯与石家生祸胎。

上阳红叶

　　洛下三分红叶秋,二分翻作上阳愁。千声万片御沟上,一片出宫何处流。

洛城秋砧

　　三川水上秋砧发,五凤楼前明月新。谁为秋砧明月夜,洛阳城里更愁人。

和川守侍郎緱山题仙庙
王子缑山石殿明,白家诗句咏吹笙。安知散席人间曲,不是寥天鹤上声。

和夜题玉泉寺
岁岁云山玉泉寺,年年车马洛阳尘。风清月冷水边宿,诗好官高能几人。

和秋游洛阳
洛阳自古多才子,唯爱春风烂漫游。今到白家诗句出,无人不咏洛阳秋。

和嘲春风
源上拂桃烧水发,江边吹杏暗园开。可怜半死龙门树,懊恼春风作底来。

侍郎宅泛池
莲子花边回竹岸,鸡头叶上荡兰舟。谁知洛北朱门里,便到江南绿水游。

和侍郎邀宿不至
蟾蜍有色门应锁,街鼓无声夜自深。料得白家诗思苦,一篇诗了一弹琴。

自鄂渚至河南将归江外留辞侍郎
一生所遇唯元白,天下无人重布衣。欲别朱门泪先尽,白头游子白身归。

蛮入西川后
守隘一夫何处在,长桥万里只堪伤。纷纷塞外乌蛮贼,驱尽江头濯锦娘。

忆紫溪
长忆紫溪春欲尽,千岩交映水回斜。岩空水满溪自紫,水态更笼南烛花。

夸红槿
谁道槿花生感促,可怜相计半年红。何如桃李无多少,并打千枝一夜风。

题缙云山鼎池二首
黄帝旌旗去不回,空余片石碧崔嵬。有时风卷鼎湖浪,散作晴天雨点来。

天地茫茫成古今,仙都凡有几人寻。到来唯见山高下,只是不知湖浅深。

宿冽上人房
浮生不定若蓬飘,林下真僧偶见招。觉后始知身是梦,更闻寒雨滴芭蕉。

汴河览古
炀帝龙舟向此行,三千宫女采桡轻。渡河不似如今唱,为是杨家怨思声。

束白丈人
昔时丈人鬓发白,千年松下锄茯苓。今来见此松树死,丈人斩新鬓发青。

览镜词
宝镜磨来寒水清,青衣把就绿窗明。潘郎懊恼新秋发,拔却一茎生两茎。

寄玄阳先生
不能相见见人传,嶰岸山中岱岸边。颜貌只如三二十,道年三百亦藏年。

白人
暖风入烟花漠漠,白人梳洗寻常薄。泥郎为插珑璁钗,争教一朵牙云落。

奉酬元相公上元
出拥楼船千万人,入为台辅九霄身。如何更羡看灯夜,曾见宫花拂面春。

奉和鹦鹉
毛羽曾经剪处残,学人言语道暄寒。任饶长被金笼阖,也免栖飞雨雪难。

将至妙喜寺
清风袅袅越水陂,远树苍苍妙喜寺。自有车轮与马啼,未曾到此波心地。

红蕉
红蕉曾到岭南看,校小芭蕉几一般。差是

斜刀剪红绢,卷来开去叶中安。

见少室

适我一筇孤客性,问人三十六峰名。青云无忘白云在,便可嵩阳老此生。

语儿见新月

几处天边见新月,经过草市忆西施。娟娟水宿初三夜,曾伴愁蛾到语儿。

回施先辈见寄新诗二首

九幽仙子西山卷,读了绦绳系又开。此卷玉清宫里少,曾寻真诰读诗来。

紫河车里丹成也,皂荚枝头早晚飞。料得仙宫列仙籍,如君进士出身稀。

送沈亚之赴郢掾

千万乘骢沈司户,不须惆怅郢中游。几年白雪无人唱,今日唯君上雪楼。

答白公

高景争来草木头,一生心事酒前休。山公自是仙一作山人侣,携手醉登城上楼。

句

青山旧路在,白首醉还乡。《别白公》。

试到第三桥,便入千顷花。以上并见《纪事》。

乱后见淮水,归心忽迢遥。《京都还汴口作》。

乍疑鲸喷浪,忽似鹘凌风。呀呷汀洲动,喧阗里巷空。《竞渡》,见《诗式》。

全唐诗卷四百七十五

李德裕

李德裕,字文饶,赵郡人,宰相吉甫子也。以荫补校书郎,拜监察御史。穆宗即位,擢翰林学士,再进中书舍人。未几,授御史中丞。牛僧孺、李宗闵追怨吉甫,出德裕为浙江观察使。太和三年,召拜兵部侍郎。宗闵秉政,复出为郑滑节度使。逾年,徙剑南西川,以兵部尚书召,俄拜中书门下平章事,封赞皇县伯。宗闵罢,代为中书侍郎、集贤殿大学士。郑注、李训怨之,乃召宗闵,拜德裕为兴元节度使。入见帝,自陈愿留阙下,复拜兵部尚书,为王璠、李汉所谮,贬太子宾客,分司东都。再贬袁州刺史,未几徙滁州。开成初,起为浙西观察使,迁淮南节度使。武宗立,召为门下侍郎,同中书门下平章事,拜太尉,封卫国公,当国凡六年,威名独重于时。宣宗即位,罢为荆南节度使。白敏中、令狐绹使党人构之,贬崖州司户参军卒。德裕少力学,善为文,虽在大位,手不去书。《会昌一品集》二十卷,别集十卷,外集四卷。今编诗一卷。

奉和圣制南郊礼毕诗

磬筦歌大吕,冕裘旅天神。烧萧辟间阖,祈谷为蒸人。羽旗洒轻雪,麦陇含阳春。昌运岁一作感今会,王猷从此新。三臣皆就日,万国望如云。仁寿信非远,群生方在钧。

郊坛回舆,中书二相公蒙圣慈召至御马前,仰感恩遇,辄书是诗,兼呈二相公

七萃和銮动,三条葆吹回。相星环一作还日道,苍一作臣马近龙媒。古诗歌,臣马苍。咫尺天颜接,光华喜气来。自惭衰且病,无以效涓埃。

寒食日三殿侍宴,奉进诗一首

宛转龙歌节,参差燕羽高。风光摇禁柳,霁色暖宫桃。春露明仙掌,晨霞照御一作日,一作锦袍。雪凝陈组练,林植耸干旄。广乐初跄

凤,神山欲抃鳌。鸣笳朱鹭起,叠鼓紫骍一作骊豪。象舞严金铠,丰歌耀宝刀。不劳孙子法,自得太公韬。已上四句,奉述内乐破阵乐。分席罗玄冕,行觞举绿醽。縠中时落羽,撞末乍升猱。瑞景开阴翳,薰风散郁陶。天颜欢益醉,臣节劲尤高一作磬忘劳。楛矢方来贡,雕弓已载櫜。英威扬绝漠,神算尽临洮。已上四句,奉述北虏款塞,西戎畏威。赤县阳和布,苍生雨露膏。野平惟有一作秀麦,田辟久无蒿。禄秩荣三事,功勋一作勤乏一毫。寝谋惭汲黯,秉羽贵孙敖。焕若游玄圃,欢如享太牢。轻生何以报,只自比鸿毛。

雨中自秘书省访王三侍御,知早入朝,便入集贤,侍御任集贤校书,及升柏台,又与秘阁相对,同院张学士亦余特厚,故以诗赠之

共怜独鹤青霞姿,瀛洲故山归已迟。仁者焉能效鸳鹨,飞舞自合追长离。梧桐迥齐鸂鶒观,烟雨屡拂蛟龙旗。鸿雁冲飙去不尽,寒声晚下天泉池。顾我蓬莱静无事,玉版宝书藏众瑞。青编尽以一作似汲冢来,科斗皆从鲁室至。金门待诏何逍遥,名儒早问张子侨。王褒轶材晚始入,宫女已能传洞箫。应令柏台长对户,别来相望独寥寥。

奉和太原张尚书一作相公山亭书怀

岩石在朱户,风泉当翠楼。始知岘亭赏,难与清晖留。余景淡将夕,凝岚轻欲收。东山有归志,方接赤松游。

奉和韦侍御陪相公游开义五言六韵

羊公追胜概,兹地暂逍遥。风景同南岘,丹青见北朝。石渠清夏气,高树激鲜飙。念法珍禽集,闻经醉象调。偶分甘露味,偏觉众香饶。便食僧饭,故云。为问毗城一作内,余薰几日销。

赠圆明上人圆公,佛顶之最

远公说易长松下,龙树双经海藏中。今日导师闻佛慧,始知前路化成一作城空。

赠奉律上人律公精于维摩经

知君学地厌多闻,广渡群生出世氛。饭色不应殊宝器,树香皆遣入禅薰。

戏赠慎微寺主道安上座三僧正

甘露洒空惟一味,旃檀移植自成薰。遥知畅献分南北,应用调柔致六群。

长安秋夜

内宫一作官传诏问戎机,载笔金銮夜始归。万户千门皆寂寂,月中清露点朝衣。

清冷池怀古余别有序刻石

区囿一作有三百里,常闻驷马来。旌旗朝甬道,箫鼓燕平台。追昔赋文雅,从容游上才。竹园秋水净,风苑雪烟开。牛祸衅将发,羊孙谋始回。羊胜、公孙诡。爰丝徒伏剑,长孺欲成灰。韩安国。兴废由所感,湮沦斯可哀。空留故池雁,刷羽尚徘徊。

述梦诗四十韵有序

去年七月,溽暑之后,骤降。其夕五鼓未尽,凉风凄然,始觉枕簟微冷。俄而假寐斯熟,忽梦赋诗怀禁掖旧游,凡四十余韵。初觉尚忆其半,经时愁已遗忘。今属岁杪无事,羁怀多感,因缀其所遗,为《述梦诗》,以寄一二僚友。

赋命诚非薄,良时幸已遭。君当尧舜日,官接凤凰曹。目睇烟霄阔,心惊羽翼高。此六句梦中作。椅梧连鹤禁,壖一作埤堄接龙韬。内署北连春宫,西接羽林军。我后怜词客,先朝曾宣谕,卿等是我门客。吾僚并隽髦。著书同陆贾,待诏比王褒。重价连悬一作怜玄璧,英词淬宝刀。泉流初落涧,文赋称言泉流于吻齿。露滴更濡毫。赤豹欣来献,彤弓喜暂櫜。时西戎乞盟,幽镇二帅,束身赴阙,海内无事累月。诗称赤豹黄黑,盖蛮貊之贡物。非烟含瑞气,驯雉洁霜毛。静室便幽独,虚楼散郁陶。学士各有一室,西垣有小楼,时宴语于此。花光晨艳艳,松韵晚骚骚。画壁看飞鹤,仙一作山图见巨鳌。内署垣壁,皆画松鹤。先是西壁画海中曲龙山,宪宗曾欲临幸,中使惧而涂焉。倚一作傍檐阴药树,落格一作落

蔓蒲桃。此八句悉是内署物色,惟尝游者,依然可想也。荷静蓬池鲙,冰寒郢水醪。每学士初上赐食,皆是蓬莱池鱼鲙。夏至后,颁赐冰及烧香酒,以酒味稍浓,每和冰而饮,禁中有郢酒坊也。荔枝来自远,卢橘赐仍一作常叨。先朝初临御,南方曾献荔枝,亦蒙颁赐,自后以道远罢献也。麝气随兰泽,霜华入杏膏。恩光惟觉重,携挈未为劳。此八句以述恩赐,每有赐与,常携挈而归。夕阅梨园骑,宵闻禁仗鼛。每梨园猎回,或抵暮夜,院门常见归骑。扇回交彩翟,雕起飐银一作金绦。錂待袁丝揽,书期蜀客操。尽规常謇謇,退食一作舍尚忉忉。此八句述内庭所睹。龟顾垂金钮,鸾飞一作回曳锦袍。曾蒙赐锦袍,曳者,盖取诗人不曳不娄之义也。御沟杨柳弱,天厩骅骝豪。学士皆蒙借飞龙马。屡换青春直,闲随上苑遨。普济寺与芙蓉苑相连,常所游眺,芙蓉亦谓之南苑也。烟低行殿竹,风拆绕墙一作垣桃。此八句述休浣日游戏。聚散俄成昔,悲愁益自熬。每怀仙驾远,更望茂陵号。地接三茅岭,川迎伍子涛。代称海涛是伍子愤气所作。花迷瓜步暗,石固蒜山牢。此两句又是梦中所作。兰野凝香管,梅洲动翠篙。泉鱼惊彩妓,溪鸟避干旄。感旧心犹绝,思归首更搔。无聊燃密炬,谁复劝金觞。余自到此,绝无夜宴,酒器中大者呼为觞,宾僚顾形迹,未曾以此相劝。岚气朝生栋,城阴夜一作溟入濠。望烟归海峤,送雁渡江皋。宛马嘶寒枥,吴钩在锦鞘。未能追狡兔,空觉长黄一作江蒿。水国逾千里,风帆过万艘。阅川终古恨,惟见暮滔滔。

招隐山观玉蕊树戏书即事奉寄江西沈大夫阁老此树吴人不识,因予尝玩,乃得此名。

玉蕊天中树,金闺昔共窥。落英闲舞雪,密叶乍低帷。内署沈大夫所居门前有此树,每花落,空中回旋久之,方集庭际。大夫草诏之月,皆邀于同玩。旧赏烟霄远,前欢岁月移。今来想颜色,还似忆琼枝。

寄题惠林李侍郎旧馆

栋宇非吾室,烟山是我邻。百龄惟侍尽,一世乐长贫。半壁悬秋日,空林满夕尘。只应双鹤吊,松路更无人。

寄茅山孙炼师

何地最倏然,华阳第八天。松风清有露,萝月净无烟。乍警瑶坛鹤,时嘶玉树蝉。欲驰千里恋一作思,惟有一作恋凤门泉。

又二绝

石上豀荪发紫茸,碧山幽蔼水溶溶。菖花定是无人见,春日惟应羽客逢。

独寻兰渚玩迟晖,闲倚松窗望翠微。遥想春山明月曙一作晓,玉坛清磬步虚归。

题奇石石在浙西公署

蕴玉抱清辉,闲庭日潇洒。块然天地间,自是孤生者。

送张中丞入台从事

驿骑朝天去,江城暝阙深。夜珠先去握,芳桂乍辞阴。泽国三千里,羁孤万感心。自嗟文归久,此曲为卢谌。

怀京国

海上东风犯雪来,腊前先折镜湖梅。遥思禁苑青春夜,坐待宫人画诏回。

追和太师颜一本此下有鲁字公同一作刻清远道士游虎丘寺一作诗

茂苑有灵峰,嗟余未游观。藏山半一作在平陆,坏谷为高岸。冈绕数仞墙,岩潜千丈干。乃知造化意,回斡资奇玩。镠腾昔虎踞,剑没尝龙焕。潭黛入海底,崟岑耸霄半。层峦未升日,哀狄宁知旦。绿篆夏凝阴,碧林秋不换。冥搜既窈窕,回一作迥望何萧散。川晴一作晓岚气收,江春杂英乱。逸人缀清藻,前哲留篇翰。共扣哀玉音,皆舒文绣段。难追彦回赏,徒起兴公叹。一夕如再升,含毫星斗烂。

东郡怀古二首太和四年六月一日题

王京兆

河水昔将决,冲波溢川浔。峥嵘金堤下,

喷薄风雷音。投马灾未弭,为鱼叹方深。惟公执珪璧,誓与身俱沈。诚信不虚发,神明宜尔临。湍流自此回,咫尺焉能侵。逮我守东郡,凄然怀所钦。虽非识君面,自谓知君心。意气苟相合,神明无古今。登城见遗庙,日夕空悲吟。

阳给事

宋氏远家—作江左,豺狼满中州。阳君守滑台,终古垂英猷。数仞城既毁,万夫心莫留。跳身入飞镞,免胄临霜矛。毕命在旗下,僵尸横道周。义风激河汴,壮气沦山丘。嗟尔抱忠烈,古来谁与俦。就烹感汉使,握节悲阳秋。颜子缀清藻,铿然如素璆。徘徊望故垒,尚想精魂游。

秋日登郡楼望赞皇山感而成咏

昔人怀井邑,为有挂冠期—本此字缺。顾我飘蓬者,长随泛梗移。越吟因病感,潘鬓入秋悲。北指邯郸道,应无归去期。

雨后净望河西连山怆然成咏

宿雨初收晚吹繁,秋光极目自销魂。烟山北下归辽海,鸿雁南飞出蓟门。只恨无功书史籍,岂悲临老事戎轩。唯怀药饵蠲衰病,为惜余年报主恩。

秋日美晴,郡楼闲眺,寄荆南张书记

高槛凉风起,清川旭景开。秋声向野去,爽气自山来。霄外鸿初返,檐间燕已归。不因烟雨夕,何处梦阳台。

故人寄茶

剑外九华英,缄题下玉京。开时微月上,碾处乱泉声。半夜邀僧至,孤吟对竹烹。碧流霞脚碎,香泛乳花轻。六腑睡神去,数朝诗思清。其余不敢费,留伴读—作肘书行。

奉送相公十八丈镇扬州—作和王播游故居感旧

千骑风生大旆舒,春江重到武侯庐,共悬龟印衔新绶,同忆鳣庭访旧居。取履桥边啼鸟换,钓璜溪畔落花—作霞初—作野花疏。今来却笑临邛客,入蜀空驰使者车。

题剑门

奇峰百仞悬,清眺出岚烟。迥若戈回日,高疑剑倚天。参差霞壁耸,合沓翠屏连。想是三刀梦,森然在目前。

汉州月夕游房太尉—作房公西湖

丞相鸣琴地,何年闭—作黯玉徽。房公以好琴闻于四海。偶因明月夕,重敞故楼扉。桃柳谿空在,芙蓉客暂依。《南史》：安陆侯与王仲宝长史庾杲之书称："泛渌水,依芙蓉,何其丽也?"谁—作唯怜济川楫,长与夜舟归。

重题

晚日临寒渚,微风发棹讴。凤池波自阔—作阅,鱼水运难留。亭古思宏栋,川长忆夜—作济舟。想公高世志,只似冶—作化城游。

房公旧竹亭闻琴,缅慕风流,神期如在—作对因重题此作

流水音长在,青霞意不传。独悲形解后,谁听广陵弦。

忆金门旧游奉寄江西沈大夫

东望沧溟路几重,无因白首更相逢。已悲泉下双琪树,韦中令、武元昌,皆已沦没。又惜天边一卧龙。杜西川谪官南海。人事升沉才十载,宦游漂泊过千峰。思君远寄西山药,大夫尝镇钟陵,兼好金丹之术。岁暮相期向赤松。

早入中书行公主册礼事毕,登集贤阁成咏

明星入东陌,灿灿光层宙。皎月映高梧,轻风发凉候。金门列葆吹,钟室传清漏。简册自中来,貂黄忝宣授。更登天禄阁,极眺终南岫。遥羡商山翁,闲歌紫芝秀。晨兴念始—作殆辱,夕惕思致寇。倾夺非我心,凄然感田窦。

题罗浮石刻于石上

清景持芳菊,凉天倚茂松。名山何必去,

此地有群峰。

重过列子庙,追感顷年自淮服与居守王仆射同题名于庙壁,仆射已为御史,余尚布衣。自后俱列紫垣,继游内署,两为夏官之代,复联左揆之荣,荷宠多同,感涕何极,因书四韵奉寄

　　白首过遗庙,朱轮入故城。已惭联左揆,犹喜抗前旌。曳履忘年旧,弹冠久要情。重看题壁处,岂羡弃繻生。

遥伤茅山县孙尊师三首

　　蝉蜕遗虚白,蜺飞入上清。同人悲剑解,旧友觉衣轻。黄鹄遥将举,斑麟俨未行。惟应鲍靓室,中夜识琴声。

　　金格期初至,飙轮去不停。山摧武担石,天陨少微星。弟子悲徐甲,门人泣蔡经。空闻留玉舄,犹在阜乡亭。

　　空宇留丹灶,层霞被羽衣。旧山闻鹿化,遗舄尚凫飞。数日奇香在,何年白鹤归。想君旋下泪—作游下泊,方款里间扉。

尊师是桃源黄先生传法弟子,常见尊师称先师灵迹,今重赋此诗,兼寄题黄先生旧馆

　　后学方成市,吾师又上宾。今茅山官观道士并是先生弟子。洞天应不夜,源树只如春。此并述桃源事。棋客留童子,瞿山童即先生弟子,桃源得仙人棋子,载在传记。山精避直神。先生初至茅山,童子触法坐有声,先生疑山神所为,书符召至之,其灵异如此矣。无因握石髓,及—作分与养生人。

仆射相公偶话于故集贤张学士厅写得德裕与仆射旧唱和诗,其时和者五人,惟仆射与德裕皆列高位,凄然怀旧,辄献此诗

　　赋感邻人笛,诗留夫子墙。延年如有作,应不用山王。颜延年五君咏,山涛、王戎以贵不得列于五君之数。

惠泉

　　兹泉由太洁,终不畜纤鳞。到底清何益,

含虚势自贫。明玑—作珠难秘彩,美玉讵潜—作藏珍。未及黄陂量,滔滔岂有津。

无题

　　松倚苍崖老,兰临碧洞—作涧衰。不劳邻舍笛,吹起旧时悲。

题冠盖里在襄州南大山下

　　偶来冠盖里,愧是旧三公。自喜无兵术,轻装上闷宫。

离平泉马上作—作离东都平泉

　　十年紫殿掌洪钧,出入三朝一品身。文帝宠深陪雉尾,武皇恩厚—作重宴龙津。黑山永破和亲虏,乌领全阮跋扈臣。自是功高临尽处,祸来名灭不由人。

谪岭南道中作

　　岭水争分路转迷,桄榔椰叶暗蛮溪。愁冲毒雾逢蛇草,畏落沙虫避燕泥。五月畲田收火米,三更津吏报潮鸡。不堪肠断思乡处,红槿花中越鸟啼。

到恶溪夜泊芦岛

　　甘露花香不再持,远公应怪负前期。青蝇岂独悲虞氏,黄犬应闻笑李斯。风雨瘴昏蛮日月,烟波魂断恶溪时。岭头无限相思泪,泣向寒梅近北枝。

登崖州城作

　　独上高楼望帝京,鸟飞犹是半年程。青山似欲留人住—作也恐人归去,百匝千遭绕郡城。

鸳鸯篇

　　君不见昔时同心人,化作鸳鸯鸟。和鸣一夕不暂离,交颈千年尚为少。二月草菲菲,山樱花未稀。金塘风日好,何处不相依。既逢解佩游女,更值凌波宓妃。精光摇翠盖,丽色映珠玑。双影相伴,双心莫违。淹留碧沙上,荡漾洗红衣。春光兮宛转,嬉游兮未反。宿莫近天泉池,飞莫近长洲苑。尔愿欢爱不相忘,须

去人间罗网远。南有潇湘洲,且为千里游。洞庭无苦寒,沅江多碧流。昔为薄命妾,无日不含愁。今为水中鸟,颉颃自相求。洛阳女儿在青阁,二月罗衣轻更薄。金泥文彩未足珍,画作鸳鸯始堪著。亦有少妇破瓜年,春闺无伴独婵娟。夜夜学织连枝锦,织作鸳鸯人共怜。悠悠湘水滨,清浅漾初蘋。菖花发艳无人识,江柳逶迤空自春。唯怜独鹤依琴曲,更念孤鸾隐镜尘。愿作鸳鸯被,长覆有情人。

南梁行和二十二兄

江南郁郁春草长,悠悠汉水浮清光。杂英飞尽空和景,绿杨阴重官舍静。此时醉客纵横书,公言可荐承明庐。青天诏下宠光至,颁籍金闺征石渠。重归山路烟岚隔,巫山未深晚花折。涧底红光夺目一作日燃,摇风有毒愁行客。杜鹃啼咽花亦殷,声悲绝艳连空山。斜阳瞥映浅深树,云雨翻迷崖谷间。山鸡锦质矜毛羽,透竹穿萝命侪侣。乔木幽谷上下同,雄雌不异飞栖处。望秦峰回过商颜,浪叠云堆万簇山。行尽杳冥青嶂外,九重钟漏紫云间。元和列侍明光殿,谏草初焚市朝变。北阙趋臣半隙尘,南梁笑客皆飞霰。追思感叹却昏迷,霜鬓愁吟到晓鸡。故园岁深开断简,秋堂月晓掩遗袿。呜呜晓角霞辉粲,抚剑当楹一长叹。乌狗无由学圣贤,空持感激终昏旦。

近于伊川卜山居,将命者画图而至,欣然有感,聊赋此诗,兼寄上浙东元相公大夫,使求青田胎化鹤乙巳岁作

弱岁弄词翰,遂叨明主恩。怀章过越邸,建旆守吴门。西圯阴难驻,东皋意尚存。惭逾六百石,愧负五千言。寄世知一作如婴缴,辞荣类触藩。欲追绵上隐,况近子平村。邑有桐乡爱,山余黍谷暄。既一作虽非逃相地,乃是故侯园。野竹多微径,严泉岂一源。映池方一作芳树密,傍涧古藤繁。邛杖堪扶老,黄牛已服辕。只应将泪鹤,幽谷共翩翩。

忆平泉山居,赠沈吏部一首中书作

昔闻羊叔子,茅屋在东渠。岂不念归路,徘徊畏简书。乃知轩冕客,自与田园疏。没世有遗恨,精诚何所如。嗟予寡时用,夙志在林间。虽抱山水癖,敢希仁智居。清泉绕舍下,修竹荫庭除。幽径松盖密,小池莲叶初。从来有好鸟,近复跃儵鱼。少室映川陆,鸣皋对蓬庐。张何旧僚采,予与吏部,乃金门僚故也。相勉在悬舆。常恐似伯玉,瞻前惭魏舒。

夏晚有怀平泉林居宜春作

孟夏守畏途,舍舟在徂暑。愀然何所念,念我龙门坞。密竹无蹊径,高松有四五。飞泉鸣树间,飒飒如度雨。菌桂秀层岭,芳荪媚幽渚。稚子候我归,衡门独延伫。谁言圣与哲,曾是不怀土。公旦既思周,宣尼亦念鲁。矧余窜炎裔,日夕谁晤语。眷阙悲子牟,班荆感椒举。凄凄视环玦,恻恻步庭庑。岂待庄舄吟,方知倦羁旅。

早秋龙兴寺江亭闲眺,忆龙门山居,寄崔张旧从事宜春作

江亭感秋至,兰径悲露泫。粳稻秀晚川,杉松郁一作蔚晴巘。嗟予有林壑,兹夕念原一作繁衍。绿箨一作竹连岭多,青莎近溪浅。渊明菊犹在,仲蔚蒿莫剪。乔木粲凌苕一作霄,阴崖积幽藓。遥思伊川水,北渡龙门巘。苍翠双阙间,逶迤清湍一作溪转。故人在乡国,岁晏路悠缅。惆怅此生涯,无由共登践。

比闻龙门敬善寺有红桂树独秀伊川,尝于江南诸山访之莫致,陈侍御知予所好,因访剡溪樵客,偶得数株,移植郊园,众芳多沮,乃知敬善所有是蜀道兰一作菌草,徒得嘉名,因赋是诗,兼赠陈侍御金陵作

昔闻红桂枝一作树,独秀龙门侧。越叟遗数株,周人未尝识。平生爱此树,攀玩无由得。君子知我心,因之为羽翼。岂烦嘉客誉,且就清阴息。来自天姥岑,长疑一作凝翠风色。芬芳世所绝,偃蹇枝渐直。琼叶润不凋,珠英粲如织。犹疑翡翠宿,想待鹓雏一作鸾食。宁止暂淹留,终当更封植。

怀山居邀松阳子同作

我有爱山心,如饥复如渴。出谷一年余,常疑十年别。春思岩花烂,夏忆寒泉冽。秋忆泛兰卮,冬思玩松雪。晨思小山桂,暝忆深潭月。醉忆剖红梨,饭思食紫蕨。坐思藤萝密,步忆莓苔滑。昼夜百刻中,愁肠几回绝。每念羊叔子,言之岂常辍。人生不如意,十乃居七八。我未及悬舆,今犹佩朝绂。焉能逐麋鹿,便得游林樾。范恣沧波舟,张怀赤松列。惟应讵身怈,岂敢忘臣节。器满自当欹,物盈终有缺。从兹返樵径,庶可希前哲。

思归赤松村呈松阳子

昔人思避世,惟恐不深幽。禽庆潜名岳,鸥夷漾钓舟。顾余知止足,所乐在归休。不似寻山者,忘家恣远游。

近腊对雪有怀林居

蓬门常昼掩,竹径寂无人。鸟起飘松霰,麕行动谷榛。应知—作惟应禽鱼侣,合—作得与薜萝亲。遥忆平皋望,溪烟已发春。

思山居一十首

清明—作寒食后忆山中

遥思寒食后,野老林下醉。月照一山明,风吹百花气。飞泉与万籁,仿佛疑箫吹。不待曙华分,已应喧鸟至。

题寄商山石

绮皓岩中石,尝经伴—作坐隐沦。紫芝呈—作余几曲,红藓阅千春。聊用支琴尾,宁惟倚病身。自知来处所,何暇问严遵。

忆种苽时

尚平方毕娶,疏广念归期。涧底松成盖,檐前桂长枝。径闲芳草合,山静落花迟。虽有苽园在,无因及种时。

春日独坐思归

壮龄心已尽,孤赏意犹存。岂望图麟阁,惟思卧鹿门。无谋堪适野,何力可拘原。只有容—作客身去,幽山自灌园。

思登家山林岭

自知无世用,只是爱山游。旧有嵇康懒,今惭赵武偷。登峦未觉疾,泛水便忘忧。最惜残筋力,扪萝遍一丘。

思乡园老人

常羡荜门翁,所思惟岁稔。遥知松月曙,尚在山窗寝。兰气入幽帘,禽言傍孤枕。晨兴步岩径,更酌寒泉饮。

寄龙门僧

龙门有开士,爱我春潭碧。清景出东山,闲来玩松石。应怜林壑主,远作沧溟客。为我谢此僧,终当理归策。

忆药苗

溪上药苗齐,丰茸正堪掇。皆能扶我寿,岂止坚肌骨。味掩商山芝,英逾首阳蕨。岂如甘谷士,只得香泉啜。南阳甘谷有菊水,是胡广饮者。

忆村中老人春酒有刘、杨二叟善酿

二叟茅茨下,清晨饮浊醪。雨残红芍药,风落紫樱桃。巢燕衔泥疾,檐虫挂网高。闲思春谷事,转觉宦途劳。

忆葛胜—作藤木禅床

忆我斋中榻,寒宵几独眠。管宁穿亦坐,徐孺去常悬。虫网垂应遍,苔痕染更鲜。何人及身在,归对老僧禅。

初夏有怀山居

山中有所忆,夏景始清幽。野竹阴无日,岩泉冷似秋。翠岑当累榭,皓月入轻舟。只有思归夕,空帘且梦游。

张公超谷中石

鼓箧依绿槐,横经起秋雾。有时连岳客,尚辨弦歌处。自予去幽谷,谁人袭芳杜。空留古苔石,对我岩中树。

初归平泉,过龙门南岭,遥望山居即事

　　初归故乡陌,极望且徐轮。近野樵苏至,平泉烟火新。农夫馈鸡黍,渔子荐霜鳞。惆怅怀杨仆,惭为关外人。

伊川晚眺

　　桑叶初黄梨叶红,伊川落日尽无风。汉储何假终南客,甪里先生在谷中。

潭上喜见新月

　　簪组十年梦,园庐今夕情。谁怜故乡月,复映碧潭生。皓彩松上见,寒光波际轻。还将孤赏意,暂寄玉琴声。

郊外即事寄侍郎大尹

　　高秋渐非隐,闲林喜退居。老农争席坐,稚子带经锄。竹径难回骑,仙舟但跂予。岂知陶靖节,只自爱吾庐。

山居遇雪喜道者相访

　　幽居近谷西,乔木与山齐。野竹连池合,岩松映雪低。喜君来白社,值我在青谿。应笑於陵子,遗荣自灌畦。

雪霁晨起

　　雪覆寒溪竹,风卷野田蓬。四望无行迹,谁怜孤老翁。

洛中士君子多以平泉见呼,愧获方外之名,因以此诗为报奉寄刘宾客

　　非高柳下逸,自爱竹林闲。才异居东里,愚因在北山。径荒寒未扫,门设昼长关。不及鸱夷子,悠悠烟水间。

早春至言禅公法堂忆平泉别业 金陵作

　　昔我伊原上,孤游竹树间。人依红桂静,鸟傍碧潭闲。松盖低春雪,藤轮倚暮山。永怀桑梓邑,衰老若为还。

峡山亭月夜独宿对樱桃花有怀伊川别墅 金陵作

　　皎月照芳树,鲜葩含素辉。愁人惜春夜,达曙想岩扉。风静阴满砌,露浓香入衣。恨无金谷妓,为我奏思归。

春暮思平泉杂咏二十首 自此并淮南作

望伊川

　　远村寒食后,细雨度川来。芳草连溪合,梨花映墅开。槿篱悬落照,松径长新苔。向夕亭皋望,游禽几处回。

潭上紫藤

　　故乡春欲尽,一岁芳难再。岩树已青葱,吾庐日堪爱。幽溪人未去,芳草行应碍。遥忆紫藤垂,繁英照潭黛。

书楼晴望

　　幽居人世外,久厌市朝喧。苍翠连双阙,微茫认九原。东望尽见万安山南名臣丘垄。残红一作虹映巩树,斜日照辕辕。薄暮柴扉掩,谁知仲蔚园。

西岭望鸣皋山

　　高秋对凉野,四望何萧瑟。远见鸣皋山,青峰原上出。晨兴采薇蕨,向暮归蓬荜。讵假数挥金,餐和养余日。

瀑泉亭

　　向老多悲恨,凄然念一丘。岩泉终古在,风月几年游。菌阁饶佳树,菱潭有钓舟。不如羊叔子,名与岘山留。

红桂树 此树白花红心,因以为号

　　欲求尘外物,此树是瑶林。后素合余绚,如丹见本心。妍姿无点辱,芳意托幽深。愿以鲜葩色,凌霜照碧浔。

金松 出天台山,叶带金色

　　台岭生奇树,佳名世未知。纤纤疑大菊,

落落是松枝。照日含金晰，笼烟淡翠滋。勿言人去晚，犹有岁寒期。

月桂 出蒋山，浅黄色

何年霜夜月，桂子落寒山。翠干生岩下，金英在世间。幽崖空自老，清汉未知还。惟有凉秋夜，嫦娥来暂攀。

山桂 此花紫色，英藻繁缛

吾爱山中树，繁英满目鲜。临风飘碎锦，映日乱非烟。影入春潭底，香凝月榭前。岂知幽独客，赖此当朱弦。

柏 别树经霜暂红，惟此柏枝叶尽丹，四时一色。一本题作朱柏

闻有三株树，惟应秘阆风。珊瑚不生叶，朱草又无丛。未若凌云柏，常能终岁红。晨霞与落日，相照在岩中。

芳荪 生茅山东溪，陶隐居谓之溪荪，花紫色，生浅水中

楚客重兰荪，遗芳今未歇。叶抽清浅水，花照暄妍节。紫艳映渠鲜，轻香含露洁 一作结，一作发。离居若有赠，暂与幽人折。

流杯亭

激水自山椒，析波分浅濑。回环疑古篆，诘曲如萦带。宁愬羽觞迟，惟欢 一作贪 亲友会。欲知中圣处，皓月临松盖。

东谿

近蓄东谿水，悠悠起绿波。彩鸳留不去，芳草日应多。夹岸生奇篆，缘岩覆女萝。兰桡思无限，为感濯缨歌。

鸂鶒

清汕双鸂鶒，前年海上雏。今来恋洲屿，思若在江湖。欲起摇荷盖，闲飞溅水珠。不能常泛泛，惟作逐波凫。

西园

西园最多趣，永日自忘归。石濑流清浅，风岑澹翠微。晓翻红药艳，晴皛碧潭辉。独望娟娟月，宵分半掩扉。

海石楠

昔见历阳山，鸡笼已孤秀。今看海峤树，翠盖何幽茂。霰雪讵能侵，此树枝叶密，霜雪不侵。烟岚自相揉。攀条独临憩，况值清阴昼。

双碧潭

清剡与严湍，潺湲皆可忆。适来玩山水，无此秋潭色。莫辨幽兰丛，难分翠禽翼。迟迟洲渚步，临眺忘餐食。

竹径

野竹自成径，绕溪三里余。檀栾被层阜，萧瑟荫清渠。日落见林静，风行知谷虚。田家故人少，谁肯共焚鱼。

花药栏 花药四时相续，常可留玩

蕙草春已碧，兰花秋更红。四时发英艳，三径满芳丛。秀色濯清露，鲜辉摇惠风。王孙未知返，幽赏竟谁同。

自叙 非尚子遍游五岳

五岳径虽深，遍游心已荡。苟能知止足，所遇皆清旷。七十难可期，一丘乃微尚。遥怀少室山，常恐非吾望。

首夏清景想望山居 一本此下有赠幕僚三字

嘉树阴初合，山中赏更新。禽言未知夏，兰径尚余春。散满萝垂带，扶疏桂长轮。丹青写不尽，宵梦叹非真。累榭空留月，虚舟若待人。何时倚兰棹，相与掇汀蘋。

思平泉树石杂咏一十首

钓台

我有严湍思，怀人访故台。客星依钓隐，仙石逐槎回。倒影含清汕，凝阴长碧苔。飞泉信可挹，幽客未归来。

似鹿石

林中有奇石，仿佛兽潜行。乍似依岩桂

还疑食野苹。茸长绿藓映,斑细紫苔生。不是见羁者,何劳如顿缨。

海上石笋

常爱仙都山,奇峰千仞悬。迢迢一何迥,不与众山连。忽逢海峤石,稍慰平生忆。何以慰—作似我心,亭亭孤且直。

叠石 此石韩给事所遗

潺湲桂水湍,漱石多奇状。鳞次冠烟霞,蝉联叠波浪。今来碧梧下,迥出秋潭上。岁晚苔藓滋,怀贤益惆怅。

重台芙蓉

芙蓉含露时,秀色波中溢。玉女袭朱裳,重重映皓质。晨霞耀丹景—作紫,片片明秋日。兰泽多众芳,妍姿不相匹。

白鹭鹚

余心怜白鹭,潭上日相依。拂石疑星落,凌风似雪飞。碧沙常独立,清景自忘归。所乐惟烟水,徘徊恋钓矶。

海鱼骨

昔日任公子,期年钓此鱼。无由见成岳,聊喜识专车。皎皎连霜月,高高映碧渠。陶潜虽好事,观海只披图。

泛池舟

桂舟兰作枻,芬芳皆绝世。只可弄潺湲,焉能济大川。树悬凉夜月,风散碧潭烟。未得同鱼子,菱歌共扣舷。

舴艋舟

无轻舴艋舟,始自鸱夷子。双阙挂朝衣,五湖极烟水。时游杏坛下,乍入湘川里。永日歌濯缨,超然谢尘滓。

二猿

钓濑水涟漪,富春山合沓。松上夜猿鸣,谷中清响合。冲网忽见羁,故山从此辞。无由碧潭饮,争接绿萝枝。

思在山居日偶成此咏邀松阳子同作

闲思昔岁事,忽忽念伊川。乘月—作兴步秋坂,满山闻石泉。回塘碧潭映,高树绿萝悬。露下叫田鹤,风来嘶晚蝉。怀兹长在梦,归去且无缘。幽谷人未至,兰茞应更鲜。

重忆山居六首

平泉源

山谷才浮芥,中园已滥觞。逶迤过竹坞,浩淼走兰塘。夜静闻鱼跃,风微见雁翔。从兹东向海,可泛济川航。

泰山石 兖州从事所寄

鸡鸣日观望,远与扶桑对—作外,沧海似熔金,众山如点黛。遥知碧峰首,独立烟岚内。此石依五松,苍苍几千载。

巫山石

十二峰前月,三声猿夜愁。此中多怪石,日夕漱寒流。必是归星渚,先求历斗牛。扬州是斗牛分。还疑烟雨霁,仿佛是嵩丘。

罗浮山 番禺连帅所遗

龙伯钓鳌时,蓬莱一峰坼。裴渊《广州记》:罗浮山是蓬莱边山浮来。飞来碧海畔,遂与三山隔。其下多长溪,《茅君内传》:山下有七十二长溪。潺湲淙乱石。知君分—作介如此,赠逾荆山璧。

漏潭石 鲁客见遗

常疑六合外,未信漆园书。及此闻溪漏,方欣验尾闾。大哉天地气,呼吸有盈虚。美石劳相赠,琼瑰自不如。

钓石 于鬐人处求得

严光隐富春,山色黯又碧。所钓不在鱼,挥纶以自适。余怀慕君子,且欲坐潭石。持此返伊川,悠然慰衰疾。

怀伊川郊居

衰疾常怀土,郊园欲掩扉。虽知明目—作

日地,不及有身归。巩树秋阴遍,伊原霁色微。此生看白首,良愿已应违。

晨起见雪忆山居

忽忆岩中雪,谁人拂薜萝。竹梢低未举,松盖偃应多。山溜随冰落,林麛带霰过。不劳闻鹤语,方奏苦寒歌。

忆平泉杂咏

忆初暖

今日初春暖,山中事若何。雪开喧鸟至,渐散跃鱼多。幽翠生松栝一作柏,轻烟起薜萝。柴扉常昼掩,惟有野人过。

忆辛夷余赴金陵日,辛夷欲开

昔年将出谷,几日对辛夷。倚树怜芳意,攀条惜岁滋。清阴须暂憩,秀色正堪思。只待挥金日,殷勤泛羽卮。

忆寒梅

寒塘数树梅,常近腊前开。雪映缘岩竹,香侵泛水苔。遥思清景暮,还有野禽来,谁是攀枝客,兹辰醉始回。

忆药栏

野人清旦起,扫雪见兰芽。始畎春泉入,惟愁暮景斜。未抽萱草叶,才发款冬花。谁念江潭老,中宵旅梦赊。

忆茗芽

谷中春日暖,渐忆掇茶英。欲及清明火,能销醉客醒。松花飘鼎泛,兰气入瓯轻。饮罢闲无事,扪萝溪上行。

忆野花 余未尝春到故园

虽游洛阳道,未识故园花。晓忆东巘雪,晴思冠岭霞。谷深兰色秀,村迥柳阴斜。怅望龙门晚,谁知小隐家。

忆春雨

春鸠鸣野树,细雨入池塘。潭上花微落,溪边草更长。梳风白鹭起,拂水彩鸳翔。最羡归飞燕,年年在故乡。

忆晚眺

伊川新雨霁,原上见春山。缑岭晴虹断,龙门宿鸟还。牛羊平野外,桑柘夕烟间。不及乡园叟,悠悠尽日闲。

忆新藤

遥闻碧潭上,春晚紫藤开。水似晨霞照,林疑彩凤来。清香凝岛屿,繁艳映莓苔。金谷如相并,应将锦帐回。

忆春耕

郊外杏花坼,林间布谷鸣。原田春雨后,溪水夕流平。野老荷蓧至,和风吹草轻。无因共沮溺,相与事岩耕。

余所居平泉村舍,近蒙韦常侍大尹,特改嘉名,因寄诗以谢

未谢留侯疾,常怀仲蔚园。闲谣紫芝曲,归梦赤松村。忽改蓬蒿色,俄吹黍谷暄。多惭孔北海,传教及衡门。

山信至说平泉别墅草木滋长,地转幽深,怅然思归,复此作

忽闻樵客语,暂慰野人心。幽径芳兰密,闲庭秀木深。麕麚来涧底,凫鹄遍川浔。谁念沧溟上,归欤起叹音。

临海太守惠予赤城石,报以是诗

闻君采奇石,剪断赤城霞。潭上倒虹影,波中摇日华。仙岩接绛气,豀路杂桃花。若值客星去,便应随海槎。

上巳忆江南禊事

黄河西绕郡城流,上巳应无祓禊游。为忆渌江春水色,更永宵梦向吴州。

北固怀古

自有此山川,于今几太守。近世二千石,

毕公宣化厚。丞相量纳川，平阳气冲斗。三贤若时雨，所至跻仁寿。毕构政事为开元第一，陆丞相象先、平阳齐澣，三贤皆为此郡。

汨罗

远谪南荒一病身，停舟暂吊汨罗人。都缘靳尚图专国，岂是怀王厌直臣。万里碧潭秋景静，四时愁色野花新。不劳渔父重相问，自有招魂拭泪巾。

岭外守岁 一作李福业诗

冬逐更筹尽，春随斗柄回。寒暄一夜隔，客鬓两年催。

访韦楚老不遇

昔日征黄绮，余惭在凤池。今来招隐士，恨不见琼枝。

题柳郎中故居

下马荒阶日欲曛，潺潺石溜静中闻。鸟啼花发人声绝，寂寞山窗掩白云。

盘陀岭驿楼

嵩少心期杳莫攀，好山聊复一开颜。明朝便是南荒路，更上层楼望故关。

句

检经求绿字，凭酒借红颜。

君不见秋山寂历风飙歇，半夜青崖吐明月。寒光乍出松条间，万籁萧萧从此发，忽闻歌管吟朔风，精魂想在幽岩中。霜夜听小童薛阳陶吹笛。

银花悬院榜，神撼引铃绦。题学士院。

葳蕤轻风里，若衔若垂何可拟。

以上并《事文类聚》。

自从一梦高唐后，可是无人胜楚王。《赋巫山神女》，见《云溪友议》。

牛羊具特俎。《琥昌诗》，见《东观余论》。

心悟觉身劳，云中弃宝刀。久闲生胜肉，多寿长眉毫。《有怀甘露寺自省上人》，《京口志》。

书空跷足睡，路险侧身行。德裕尝吟此句云是先达诗。附记见《桂苑丛谈》。

谁家幼女敲箸歌，何处丁妻点灯织。

鱼虾集橘市。以下并《海录碎事》。

休咎占人甲，挨持见天丁。

洛下推年少，山东许地高。

世上文章士，谁为第一人。老生夸隐拙，时辈毁尖新。

温潆寒泉深百尺。

奇觚率尔操，讽谏欣然纳。

全唐诗卷四百七十六

熊孺登

熊孺登,钟陵人,登进士第。元和中,终藩镇从事。诗一卷。

至日荷李常侍过郊居

贱子守柴荆,谁人记姓名。风云千骑降,草木一阳生。礼异江河动,欢殊里巷惊。称觞容侍坐,看竹许同行。遇觉沧溟浅,恩疑太岳轻。尽搜天地物,无谕此时情。

日暮天无云

杳杳复苍然,无云日暮天。象分青气外,景尽赤霄前。渐吐星河色,遥生水木烟。从容_{一作龙}难附丽,顾步欲澄鲜。但见收三素,何能测上玄。应非暂呈瑞,不许出山川。

新成小亭月夜

已被月知处,斩新风到来。无人伴幽境,多取木兰栽。

和窦中丞岁酒喜见小男两岁

更添十岁应为相,岁酒从今把未休。闻得一毛添五色,眼看相逐凤池头。

寒食

东风泼火雨新休,异尽春泥扫雪沟。走马觳车当御路,汉阳公主谢鸡毬。

送僧游山

云身自在山山去,何处灵山不是归。日暮寒林投古寺,雪花飞满水田衣。

雪中答僧书

八行银字非常草,六出天花尽是梅。无所与陈童子别,雪中辛苦远山来。

题逍遥楼伤故韦大夫

利及生人无更为,落花流水旧城池。逍遥楼上雕龙字,便是羊公堕泪碑。

戏赠费冠卿
　　　但恐红尘虚白首,宁论蹇逸分先后。莫占莺花笑寂寥,长安春色年年有。

与左兴宗溢城别
　　　江逢九派人将别,猿到三声月为秋。不知相见更何日,此夜少年堪白头。

八月十五夜卧疾
　　　一年只有今宵月,尽上江楼独病眠。寂寞竹窗闲不闭,夜深斜影到床前。

正月十五日
　　　汉家遗事今宵见,楚郭明灯几处张。深夜行歌声绝后,紫姑神下月苍苍。

曲池陪宴即事上窦中丞
　　　水自山阿绕坐来,珊瑚台上木绵开。欲知举目无情罚,一片花流酒一杯。

董监庙
　　　仁杰淫祠废欲无,枯枫老栎两三株。神乌惯得商人食,飞趁征帆过蠡湖。

赠侯山人
　　　一见清容惬素闻,有人传是紫阳君。来时玉女裁春服,剪破湘山几片云。湘山在泉州郡治后。

送马判官赴安南
　　　故人交趾去从军,应笑狂生挥阵云。省得蔡州今日事,旧曾都护帐前闻。

送淮上人归石经院
　　　旃檀刻像今犹少,白石镌经古未曾。归去更寻翻译寺,前山应遇雁门僧。

寒食野望
　　　拜扫无过骨肉亲,一年唯此两三辰。冢头莫种有花树,春色不关泉下人。

祗役遇风谢湘中春色
　　　水生风熟布帆新,只一作唯见公程不见春。应被百花撩乱笑,比来天地一闲人。

湘江夜泛
　　　江流如箭月如弓,行尽三湘数夜中。无那子规知向蜀,一声声似怨春一作东风。

蜀江水来自蕃界
　　　日夜朝宗来万里,共怜江水引蕃心。若论巴峡愁人处,猿比滩声是好音。

寄安南马中丞
　　　龙韬能致虎符分,万里霜台压瘴云。蕃客不须愁海路,波神今伏马将军。

甘子堂陪宴上韦大夫
　　　武陵楼上春长早,甘子堂前花落迟。楚乐怪来声竞起,新歌尽是大夫词。

青溪村居二首
　　　家占溪南千个竹,地临湖上一群山。渔船多在马长放,出处自由闲不闲。

　　　深树黄鹂晓一声,林西江上月犹明。野人早起无他事,贪绕沙泉看笋生。

奉和兴元郑相公早春送杨侍郎
　　　征鞍欲上醉还留,南浦春生百草头。丞相新裁别离曲,声声飞出旧梁州。

送舍弟孺复往庐山
　　　能骑竹马辨西东,未省烟花暂不同。第一早归春欲尽,庐山好看过湖风。

野别留少微上人
　　　若为相见还分散,翻觉浮云亦不闲。何处留师暂且住,家贫唯有坐中山。

经古墓
　　　碑折松枯山火烧,夜台从闭不曾朝。那将逝者比流水,流水东流逢上潮。

赠灵彻上人
　　　诗句能生世界春,僧家更有姓汤人。况闻

暗忆前朝事，知是修行第几身。

春郊醉中赠章八元

　　三月踏青能几日，百回添酒莫辞频。看君倒卧杨花里，始觉春光为醉人。

全唐诗卷四百七十七

李涉

李涉,洛阳人。初与弟渤同隐庐山,后应陈许辟。宪宗时,为太子通事舍人,寻谪峡州司仓参军。太和中,为太学博士,复流康州。自号清谿子。集二卷,今编诗一卷。

怀古

尼父未适鲁,屡屡倦迷津。徒怀教化心,纡郁不能伸。一遇知己言,万方始喧喧。至今百王则,孰不挹其源。

咏古

大智思济物,道行心始休。垂纶自消息,岁月任春秋。纣虐武既贤,风云固可求。顺天行杀机,所向协良谋。况以丈人师,将济安川流。何劳问枯骨,再取阴阳筹。霸国不务仁,兵戈恣相酬。空令渭水迹,千古独悠悠。

题清溪鬼谷先生旧居

翠壁开天池,青崖列云树。水容不可状,杳若清河雾。常闻先生教,指示秦仪路。二子才不同,逞词过尺度。偶因丛吏役,远到冥栖处。松月想旧山,烟霞了如故。未遑炼金鼎,日觉容光暮。万虑随境生,何由返真素。寂寞天籁息,清迥鸟声曙。回首望重重,无期挹风驭。

感兴

隋氏造宫阙,峨峨倚云烟。搜奇竭四海,立制谋千年。秦兵半夜来,烈火焚高台。万人聚筋血,一旦为尘埃。君看汴河路,尚说隋家柳。但问哭陵人,秋草没来久。

鹧鸪词二首

湘江烟水深,沙岸隔枫林。何处鹧鸪飞,日斜斑竹阴。二女空—作虚垂泪,三间柱自沉。惟有鹧鸪啼,独伤行客心。

越冈连越井,越鸟更南飞。何处鹧鸪啼,夕烟东岭归。岭外—作头行人少,天涯北客稀。鹧鸪啼别处,相对泪沾衣。

山中

无奈牧童何,放牛吃我竹。隔林呼不应,叫笑如生鹿。欲报田舍翁,更深不归屋。

寄荆娘写真

章华台南莎草齐,长河柳色连金堤。青楼曈昽曙光盖,梨花满巷莺新啼。章台玉颜年十六,小来能唱西梁曲。教坊大使久知名,郢上词人歌不足。少年才子心相许,夜夜高堂梦云雨。五铢香帔结同心,三寸红笺替传语。缘池并戏双鸳鸯,田田翠叶红莲香。百年恩爱两相许,一夕—作日不见生愁肠。上清仙女征游伴,欲从湘灵住河汉。只愁陵谷变人寰,空叹桑田归海岸。愿分精魄定形影,永似银壶挂金井。召得丹青绝世工,写真与身真相同。忽然相对两不语,疑是妆成来镜中。岂期人愿天不违,云轩却驻从山归。画图封裹寄箱箧,洞房艳艳生光辉。良人翻作东飞翼,却遣江头问消息。经年不得一封书,翠幕云屏绕空壁。结客有少年,名总身姓江。征帆三千里,前月发豫章。知我别时言,识我马上郎。恨无羽翼飞,使我徒怨沧波长。开箧取画图,寄我形影与客将。如今憔悴不相似,恐君重见生悲伤。苍梧九疑在何处,斑斑竹泪连潇湘。

与弟渤新罗剑歌

我有神剑异人与,暗中往往精灵语。识者知从东海来,来时一夜因风雨。长河临晓北斗残,秋水露背青螭寒。昨夜大梁城下宿,不借跌跌光颜看。刃边飒飒尘沙缺,瘢痕半是蛟龙血。雷焕张华久已无,沉冤知向何人说。我有爱弟都九江,一条直气今无双。青光好去莫惆怅,必斩长鲸须少壮。

六叹并序,本六首,今存三首。

五噫、四愁、九歌、七启,皆创文者立意之终,纪其

数而名之也。清江、白云、孤山、远屿,皆得时之人吟咏性情耳。余无暇於是焉,穷居岁阴,偶怀无惊,因追感闻见,成文六篇,目曰《六叹》。惧质文之不备,复何全於比兴乎? 录之私斋,以示同道,格韵枯缺,多惭见知。

绮罗—作幌香风翡翠车,清明独傍芙蓉渠。上有云鬟洞仙女,垂髫掩縠烟中语。风月频惊桃李时,沧波久别鸳鸿侣。欲传一札孤飞翼,山长水远无消息。却锁重门一院深,半夜空庭明月色。

深院梧桐夹金井,上有辘轳青丝索。美人清昼汲寒泉,寒泉欲上银瓶落。迢迢碧甃千余尺,竟日倚阑空叹息。惆怅不来照明镜,却掩洞房抱—作花寂寂。

汉臣一没丁零塞,牧羊西过阴沙外。朝凭南雁信难回,夜望北辰心独在。汉家茅土横九州,高门长戟封—作分王侯。但将钟鼓悦私爱,肯以犬羊—作戎为国羞。夜宿—作夜空寒云卧冰雪,严风触刃垂旌节。丁年奉使白头归,泣尽李陵衣上血。

春山三朅来

钓鱼朅来春日暖,沿溪不厌舟行缓。野竹初栽碧玉长,澄潭欲下青丝短。昔人避世兼避雠,暮栖云外朝悠悠。我今无事亦如此,赤鲤忽到长竿头。泛泛随波凡几里,碧莎如烟沙似砥。瘦壁横空怪石危,山花斗日禽争水。有时带月归扣舷,身闲自是渔家仙。

山上朅来采新茗,新花乱发前山顶。琼英动摇钟乳碧,丛丛高下随崖岭。未必蓬莱有仙药,能向鼎中云漠漠。越瓯遥见裂鼻香,欲觉身轻骑白鹤。

采药朅来药苗盛,药生只傍行人径。世人重耳不重目,指似药苗心不足。野客住山三十载,妻儿共寄浮云外。小男学语便分别,已辩君臣知匹配。都市广长开大铺,疾来求者多相误。见说韩康旧姓名,识之不识先相怒。

牧童词

朝牧牛,牧牛下江曲。夜牧牛,牧牛度村

谷一作村口。荷蓑一作笠出林春雨细,芦管卧吹莎草绿。乱插蓬蒿箭满腰,不怕猛虎欺黄犊。

醉中赠崔膺

与君兄弟匡岭故,与君相逢扬子渡。白浪南分吴塞云,绿杨深入隋宫路。隋家文物今虽改,舞馆歌台基尚在。炀帝陵边草木深,汴河流水空归海。古今悠悠人自别,此地繁华终未歇。大道青楼夹翠烟,琼墀绣帐开明月。与君一言两相许,外舍形骸中尔女。扬州歌酒不可追,洛神映箔湘妃语。白马黄金为身置,谁能独羡他人醉。暂到香炉一夕间,能展愁眉百世一作年事。君看白日光如箭,一度别来颜色变。早谋侯印佩腰间,莫遣看花鬓如霰。

岳阳别张祜

十年蹭蹬为逐臣,鬓毛白尽巴江春。鹿鸣猿啸虽寂寞,水蛟山魅多精神。山疟困中闻有赦,死灰不望光阴借。半夜州符唤牧童,虚教衰病生惊怕。巫峡洞庭千里余,蛮陬水国何亲疏。由来真宰不宰我,徒劳叹者怀吹嘘。霸桥昔与张生别,万变桑田何处说。龙蛇纵在没泥涂,长衢却为驽骀设。爱君气坚风骨峭,文章真把江淹笑。洛下诸生惧刺先,乌鸢不得齐鹰鹞。岳阳西南湖上寺,水阁松房遍文字。新钉张生一首诗,自余吟著皆无味。策马前途须努力,莫学龙钟虚叹息。

寄河阳从事杨潜

忆昨天台寻石梁,赤城枕下看扶桑。金乌欲上海如血,翠色一点蓬莱光。安期先生不可见,蓬莱目极沧海长。回舟偶得风水便,烟帆数夕归潇湘。潇湘水清岩嶂曲,夜宿朝游常不足。一自无名身事闲,五湖云月偏相属。进者恐不荣,退者恐不深。鱼游鸟逝两虽异,彼此各有遂生心。身解耕耘妾能织,岁晏饥寒免相逼。稚子才年七岁余,渔樵一半分渠力。吾友从军在河上,腰佩吴钩佐飞将。偶与嵩山道士期,西寻汴水来相访。见君颜色犹憔悴,知君未展心中事。落日驱车出孟津,高歌共叹伤心地。洛邑秦城少年别,两都陈事空闻说。汉家天子不东游,古木行宫闭烟月。洛滨老翁年八十,西望残阳临水泣。自言生长开元中,武皇恩化亲沾及。当时天下无甲兵,虽闻赋敛毫毛轻。红车翠盖满衢路,洛中欢笑争逢迎。一从戎马来幽蓟,山谷虎狼无捍制。九重宫殿闭豺狼,万国生人自相噬。蹭蹬疮痍今不平,干戈南北常纵横。中原膏血焦欲尽,四郊贪将犹凭陵。秦中豪宠争出群,巧将言智宽明君。南山四皓不敢语,渭上钓人何足云。君不见昔时槐柳八百里,路傍五月清阴起。只今零落几株残,枯根半死黄河水。

重登滕王阁

滕王阁上唱伊州,二十年前向此游。半是半非君莫问,好山长在水长流。

重到襄阳哭亡友韦寿朋

故人坟树立秋风,伯道无儿迹便空。重到笙歌分散地,隔江吹笛月明中。

再至长安

十年谪宦鬼方人,三遇鸿恩始到秦。今日九衢骑马望,却疑浑是刹那身。

赠道器法师

冰作形一作仪容雪作眉,早知谈论两川知。如今不用空求佛,但把令狐宰相诗。

庐山得元侍御书

惭君知我命龙钟,一纸书来意万重。正著白衣寻古寺,忽然邮递到云峰。

竹枝词一作歌

荆门滩急水潺潺,两岸猿啼烟满山。渡头少年一作年少应官去,月落西陵望不还。

巫峡云开神女祠,绿潭红树影参差。不劳一作下牢戍口初相问,无义滩头剩别离。

石壁千重树万重,白云斜掩碧芙蓉。昭君溪上年年月,偏照一作独自婵娟色最浓。

十二峰头月欲低,空聆—作潺,又作潺滩上子规啼。孤舟一夜东归客,泣向东—作春风忆建溪。

京口送朱昼之淮南—作寄赠妓人
两行客泪愁中落,万树山花雨后—作里残。君到扬州见桃叶,为传风水渡江难。

题鹤林寺僧舍寺在镇江
终日昏昏醉梦间,忽闻春尽强登山。因过竹院逢僧话,又—作偷得浮生半日闲。

重过文上人院
南随越鸟北燕鸿,松月三年别远公。无限心中不平事,一宵清话又成空。

双峰寺得舍弟书
暂入松门拜祖师,殷勤再读塔前碑。回头忽向—作见寻阳使,太守如今是惠持。

木兰花
碧落真人著紫衣,始堪相并木兰枝。今朝绕郭花看遍,尽是深村田舍儿。

过招隐寺
每忆中林访惠持,今来正遇早春时。自从休去无心事,唯向高僧说便知。

酬举生许遇山居
琉璃潭上新秋月,清净泉中智惠珠。不似本宗疏二教,许过云壑访潜夫。

春晚游鹤林寺寄使府诸公
野寺寻花春已迟,背岩唯有两三枝。明朝携酒犹堪赏—作醉,为报春风且莫吹。

题开圣寺
宿雨初收草木浓,群鸦飞散下堂钟。长廊无事僧归院,尽日门前独看松。

奉使淮南
汉使征兵诏未休,两行—作南行旌旆接扬州。试上高楼望春色,一年风景尽堪愁。

登北固山亭
海绕重山江抱城,隋家宫苑此分明。居人不觉三吴恨,却笑关河—作山又战争。

秋日过员太祝林园
望水寻山二里余,竹林斜到地仙居。秋光何处堪消日,玄晏先生满架书。

题武关
来往悲欢万里心,多从此路计浮沉。皆缘不得空门要,舜葬苍梧直至今。

题温泉—本此下有宫字
能使时平四十春,开元圣主得贤臣。当时姚宋并燕许,尽是骊山从驾人。

经涢川馆寄使府群公
涢川水竹十家余,渔艇蓬门对岸居。大胜尘中走鞍马,与他军府判文书。

葺夷陵幽居
负郭依山一径深,万竿如束翠沉沉。从来爱物多成癖,辛苦移家为竹林。

再游头陀寺
无因暂泊鲁阳戈,白发兼愁日日多。只恐雪晴花便尽,数来山寺亦无他。

看射柳枝
玉弝朱弦敕赐弓,新加二斗得秋风。万人齐看翻金勒,百步穿杨逐箭空。

寄峡州韦郎中
年过五十鬓如丝,不必前程更问师。幸得休耕乐尧化,楚山深处最相宜。

赠田玉卿
长安里巷旧邻居,未解梳头五岁余。今朝嫁得风流婿,歌舞闲时看读书。

题招隐寺即戴颙旧宅

　　两崖古树千般色，一井寒泉数丈冰。欲问前朝戴居士，野烟秋色—作草是丘陵。

山居送僧—本题上有青溪二字

　　失意因休便买山，白云深处寄柴关。若逢城邑人相问，报道花时也不闲。

过襄阳上于司空頔

　　方城汉水旧城池，陵谷依然世自移。歇马独来寻故事，逢人唯说岘山碑。

送魏简能东游二首

　　献赋论兵命未通，却乘羸马出—作去关东。灞陵原上重回首，十载长安似—作是梦中。

　　燕市悲歌又送君，目随征雁过寒云。孤亭宿处时看剑，莫使尘埃蔽斗文。

中秋夜君山台望月

　　大堤花里锦江前，诗酒同游四十年。不料中秋最明夜，洞庭湖上见当天。

酬彭伉

　　公孙阁里见君初，衣锦南归二十余。莫叹屈声犹未展，同年今日在中书。

硖石遇赦

　　天网初开释楚囚，残骸已废自知休。荷蓑不是人间事，归去沧江有钓舟。

赠龙泉洞尘上人

　　八十山僧眼未昏，独寻流水到穷源。自言共得龙神语，拟作茅庵住洞门。

题湖台

　　山有松门江有亭，不劳他处问青冥。有时带月床舁到，一阵风来酒尽醒。

送妻入道

　　人无回意似波澜，琴有离声为一弹。纵使空门再相见，还如秋月水中看。

遇湖州妓宋态宜二首

　　曾识—作尝忆云仙至小时，芙蓉头上绾青丝。当时惊觉高唐梦，唯有如—作而今宋玉知。

　　陵阳夜会—作谯使君筵，解语花枝出—作在眼前。一—作自从明月西沉海，不见嫦娥二十年。

逢旧二首

　　碧落高高云万重，当时孤鹤去无踪。不期陵谷迁朝市，今日辽东特地逢。

　　将作乘槎去不还，便寻云海住三山。不知留得支机石，却逐黄河到世间。

润州听暮角—作晚泊润州闻角

　　江—作孤城吹角水茫茫，曲引边声—作风引胡笳怨思长。惊起暮天沙上雁，海门斜去两三行。

头陀寺看竹

　　寺前新笋已成竿，策马重来独自看。可惜班皮空满地，无人解取作头冠。

奉使京西

　　卢龙已复两河平，烽火楼边处处耕。何事书生走羸马，原州城下又添兵。

题连云堡

　　由来天地有关扃，断壁连山接杳冥。一出纵知边上事，满朝谁信语堪听。

再宿武关—作从秦城回再题武关

　　远别秦城万里游，乱山高下出商州。关门不锁寒溪水，一夜潺湲—作潺潺送客愁。

长安闷作

　　宵分独坐到天明，又策羸骖信脚行。每日除书空—作虽满纸，不曾闻有介推名。

和尚书舅见寄

　　欲随流水去幽栖，喜伴归云入虎溪。深谢

陈蕃怜寂寞,远飞芳字警沉迷。

送王六觐巢县叔父二首
巢岸南分战鸟山,水云程尽到东关。弦歌自是君家事,莫怪今来一邑闲。

长忆山阴旧会时,王家兄弟尽相随。老来放逐潇湘路,泪滴秋风引—作别献之。

偶怀
转知名—作久宦是悠悠,分付空源始到头。待送妻儿下山了,便随云水一生休。

秋夜题夷陵水馆
凝碧初高海气秋,桂轮斜落到江楼。三更浦上巴歌歇,山影沉沉水不流。

与梧州刘中丞
三代卢龙将相家,五分符竹到天涯。漳山江上重相见,醉里同看荳蔻花。

听多美唱歌
黄莺慢转—作啭语引秋蝉,冲断行—作浮云直入天。一曲梁州听初了,为君别唱想夫怜。

题涧饮寺
百年如梦竟何成,白发重来此地行。还似萧郎许玄度,再看庭石悟前生。

题苏仙宅枯松
几年苍翠在仙家,一旦枝枯类海槎。不如酸涩棠梨树,却占高城独放花。

山居
一从身世两相遗,往往关门到午时。想得俗流应大笑,不知年老识便宜。

听邻女吟
含情遥夜几人知,闲咏风流小谢诗。还似霓旌下烟露,月边吹落上清词。

题宇文秀才樱桃
风光莫占少年家,白发殷勤最恋花。今日颠狂任君笑,趁愁得醉眼麻茶。

汉上偶题
谪仙唐世游兹郡,花下听歌醉眼迷。今日汉江烟树尽,更无人唱白铜鞮。

送杨敬之倅湖南
久嗟尘匣掩青萍,见说除书试一听。闻君却作长沙傅,便逐秋风过洞庭。

送孙尧夫赴举
自说轩皇息战威,万方无复事戎衣。却教孙子藏兵法—作术,空把文章向礼闱。

题水月台
平流白日无人爱,桥上闲行若个知。水似晴天天似水,两重星点碧琉璃。

早春霁后发头陀寺寄院中
红楼金刹倚晴冈,雨雪初收望汉阳。草檄可中能有暇,迎春一醉也无妨。

哭田布
魏师临阵却抽营,谁管豺狼作信兵。纵使将军能伏剑,何人岛上哭田横。

黄葵花
此花莫遣俗人看,新染鹅黄色未乾。好逐秋风上天—作天上去,紫阳宫女要头冠。

别南溪二首
如云不厌苍梧远,似雁逢春又北飞。唯有隐山溪上月,年年相望两依依。

常叹春泉去不回,我今此去更难来。欲知别后留情处,手种岩花次第开。

井栏砂宿遇夜客
涉尝过九江,至皖口。遇盗,问何人,从者曰:"李博士也。"其豪首曰:"若是李涉博士,不用剽夺,久闻诗名,愿题一篇足矣。"涉遂赠诗云云。

暮—作春雨萧萧江上村,绿林豪客夜知闻—作敲门。他时不用逃名姓—作他时不用相回避,一作相逢不必论相识,世上如今半是君。

谢王连州送海阳图

谢家为郡实风流,画得青山寄楚囚。惊起草堂寒气晚,海阳潮水到床头。

再谪夷陵题长乐寺

当时谪宦向夷陵,愿得身闲便作僧。谁知渐渐因缘重,羞见长燃一盏灯。

谴谪康州先寄弟渤

唯将直道信苍苍,可料无名抵宪章。阴骘却应先有谓,已交鸿雁早随阳。

赠廖道士

膏已明煎信矣哉,二年人世不归来。庭前为报仙桃树,今岁花时好好开。

山花

六出花开赤玉盘,当中红湿耐春寒。长安若在五侯宅,谁肯将钱买牡丹。

听歌

飒飒先飞梁上尘,朱唇不动翠眉颦。愿得春风吹更远,直教愁杀满城人。

送颜觉赴举

颜子将才应四科,料量时辈更谁过。居然一片荆山玉,可怕无人是卞和。

题五松驿

云木苍苍数万株,此中言命的应无。人生不得如松树,却遇秦封作大夫。

湘妃庙

斑竹林边有古祠,鸟啼花发尽堪悲。当时惆怅同今日,南北行人可得知。

赠长安小主人

上清真—作童子玉童—作真颜,花态娇羞月思闲。仙路迷人应有术,桃源不必在深山。

邠州词献高尚书三首

单于都护再分疆,西引双旌出帝乡。朝日诏书添战马,即闻千骑取河湟。

将家难立是威声,不见多传卫霍名。一自元和平蜀后,马头行处即长城。

朔方忠义旧来闻,尽是邠城父子军。今日兵符归上将,麀头不用更妖氛。

游西林寺

十地初心在此身,水能生月即离尘。如今再结林中社,可羡当年会里人。

题白鹿兰若

只去都门十里强,竹阴流水绕回廊。满城车马皆知有,每唤同游尽道忙。

寄赵准乞湘川山居

闲说班超有旧居,山横水曲占商於。知君不用磻溪石,乞取终年独钓鱼。

晓过函谷关

因韩为赵两游秦,十月冰霜渡孟津。纵使鸡鸣遇关吏,不知余也是何人。

奉和九弟渤见寄绝句

忽启新缄吟近诗,诗中韵出碧云词。且喜陟冈愁已散,登舟只恨渡江迟。

赠友人孩子

骊龙颔下亦生珠,便与人间众宝殊。他时若要追风日,须得君家万里驹。

奉宣慰使鱼十四郎

年才二十众知名,孤鹤仪容彻骨清。口传天语来人世,却逐祥云上玉京。

题善光寺

云门天竺旧姻缘,临老移家住玉泉。早到可中滇南寺,免得翻经住几年。

题宣化寺道光上人居

二十年前不系身,草堂曾与雪为邻。常思和尚法时语,衣钵留将与此人。

柳枝词

锦池江上柳垂桥,风引蝉声送寂寥。不必如丝千万缕,只禁离恨两三条。

竹枝词

十二山晴花尽开,楚宫双阙封阳台。细腰争舞君沈醉,白日秦兵天下来。

竹里

竹里编茅倚石根,竹茎疏处见前村。闲眠尽日无人到,自有春风为扫门。

失题

华表千年一鹤归,丹砂为顶雪为衣。泠泠仙语人听尽,却向五云翻翅飞。

全唐诗卷四百七十八

陆畅

陆畅，字达夫，吴郡人。元和元年登进士第，为皇太子僚属。后官凤翔少尹。诗一卷。

云安公主下降—本无此六字奉诏作催妆诗 顺宗女下嫁刘士泾，百僚举畅为傧相。

云安公主贵，出嫁五侯家。天母亲调粉，日兄怜赐花。催铺百子帐，待障七香车。借问妆成未，东方欲晓霞。

山出云

灵山蓄云彩，纷郁出清晨。望树繁花白，看峰小雪新。映松张盖影，依涧布鱼鳞。高似从龙处，低如触石频。浓光藏半岫，浅色类飘尘。玉叶开天际，遥怜占早春。

惊—作对雪

怪得北风急，前庭如月辉。天人宁许—作底巧，剪水作花飞。

闻早蝉

落日早蝉急，客心闻更愁。一声来枕上，梦里故园秋。

别刘端公

连骑出都门，秋蝉噪高柳。落日辞故人，自醉不关酒。

新晴爱月—作山斋玩月

野性平生惟爱—作好月，新晴半夜睹蝉娟。起来自擘纱窗破，恰—作教漏清光落枕前。

云安公主出降杂咏催妆二首—作为傧相诗六首

天上琼花不避秋，今宵织女嫁牵牛。万人惟待乘鸾出，乞巧齐登明月楼。

少妆银粉饰金钿，端正天花贵自然。闻道禁中时节异，九秋香满镜台前。

坐障

白—作碧玉为竿丁字成,黄金—作鸳鸯绣带短长轻—作馨。强遮天上花颜色,不隔云中语笑声。

帘

劳将素手卷虾须,琼室流光更缀珠。玉漏报来过半夜,可怜潘岳立踟蹰。一本作真珠文织挂檐端,锦缘罗袿千万端。早把玉钩和月卷,神仙愁怕水晶寒。

阶

甃玉编金次第平,花纹隐起踏无声。几重便上华堂里,得见天人吹凤笙。

扇

宝扇持来入禁宫,本教花下动香风。姮娥须逐彩云降,不可通宵在月中。

解内人嘲一作酬宫人。时内人以畅吴音才捷,作诗嘲之,畅酬诗云云。

粉面仙郎选圣朝,偶逢秦女学吹箫。须教翡翠闻王母,不奈乌鸢噪鹊桥。

成都赠别席夔

不值分流二江水,定应犹得且同行。三千里外情人别,更被子规啼数声。

游城东王驸马亭

城外无尘水间松,秋天木落见山容。共寻萧史江亭去,一望终南紫阁峰。

望毛女峰

我种东峰千叶莲,此峰毛女始求仙。今朝暗算当时事,已是人间七万年。

送李山人归山

来从千山万山里,归向千山万山去。山中白云千万重,却望人间不知处。

长安新晴

九重深浅人不知,金殿玉楼倚朝日。一夜城中新雨晴,御沟流得宫花出。

出蓝田关寄董使君

万里烟萝锦帐间,云迎水送度蓝关。七盘九折难行处,尽是龚黄界外山。

题悟公禅堂

临坛付法十三春,家本长城若下人。芸阁少年应不识,南山钞主是前身。

宿陕府北楼奉酬崔大夫二首

楼压黄河山满坐,风清水凉谁忍卧。人定军州禁漏传,不妨秋月城头过。

一别朱门三四春,再来应笑尚风尘。昨宵唯有楼前月,识是谢公诗酒人。

陕州逢窦巩同宿,寄江陵韦协律

共出丘门岁九霜,相逢凄怆对离觞。荆南为报韦从事,一宿同眠御史床。

夜到泗州酬崔使君

徐城洪尽到淮头,月里山河见泗州。闻道泗滨清庙磬,雅声今在谢家楼。

送崔员外使回入京金钩驿逢因赠一本无下六字

六星宫里一星归,行到金钩近紫微。侍史别来经岁月,今宵应梦护香衣。

成都送别费冠卿

红椒花落桂花开,万里同游俱未回。莫厌客中频送客,思乡独上望乡台。

题商山庙

商洛秦时四老翁,人传羽化此山空。若无仙眼何由见,总在庙前花洞中。

题独孤少府园林

四面青山是四邻,烟霞成伴草成茵。年年洞口桃花发,不记曾经迷几人。

送独孤秀才下第归太白山

逸翮暂时成落羽,将归太白赏灵踪。须寻最近碧霄处,拟倩和云买一峰。

下第后病中
献玉频年命未通,穷秋成病悟真空。笑看朝市趋名者,不病那知在病中。

送深上人归江南
留得莲花偈付谁,独携金策欲归时。江南无限萧家寺,曾与白云何处期。

题自然观
剑阁门西第一峰,道陵成道有高踪。行人若上升仙处,须拨白云三四重。

疾愈步庭花
桃红李白觉春归,强步闲庭力尚微。从困不扶灵寿杖,恐惊花里早莺飞。

筹笔店江亭
九折岩边下马行,江亭暂歇听江声。白云绿树不关我,枉与樵人乐一生。

赠贺若少府
十日广陵城里住,听君花下抚金徽。新声指上怀中纸,莫怪潜偷数曲归。

太子刘舍人邀看花
年少风流七品官,朱衣白马冶游盘。负心不报春光主,几处偷看红牡丹。

蔷薇花
锦窠花朵灯丛醉,翠叶眉稠裹露垂。莫引美人来架下,恐惊红片落燕支。

句
蜀道易,易于履平地。《蜀道易》。

蝉噪入云树,风开无主花。《崔谏议林亭》。

全唐诗卷四百七十九

柳公权

柳公权，字诚悬，公绰之弟。精于书学。元和初，擢进士第。穆宗时，拜右拾遗、侍书学士，改弘文馆学士。文宗复召侍书，寻以谏议为学士、知制诰，转工部侍郎。咸通初，改太子少师。诗五首。

应制贺边军支春衣

去岁虽无战，今年未得归。皇恩何以报，春日得春衣。

挟纩非真纩，分衣是假衣。从今貔武士，不惮戍金微。

应制为宫嫔咏

《太平广记》云：武宗尝怒一宫嫔，久之。既而复召，谓公权曰："朕怪此人，若得学士一篇，当释然矣。"公权略不伫思而成一绝，上大悦，赐锦彩二百疋，命宫人上前拜谢之。

不分前时忤主恩，已甘寂寞守长门。今朝却得君王顾，重入椒房拭泪痕。

题朱审寺壁山水画

朱审偏能视夕岚，洞边深墨写秋潭。与君一顾西墙画，从此看山不向南。

阊门即事

耕夫占募逐楼船，春草青青万顷田。试上吴门看郡郭，清明几处有新烟。

吴武陵

吴武陵，信州人。元和初，擢进士第。窦易直判度支，表武陵主盐北边。入为太学博士。太和中，出刺韶州，寻贬潘州司户参军。诗一卷，今存二首。

贡院楼北新栽小松

拂槛爱贞容，移根自远峰。已曾经草没，终不任苔封。叶少初陵雪，鳞生欲化龙。乘春濯雨露,得地近垣墉。逐吹香微动,含烟色渐浓。时回日月照,为谢小山松。

题路左佛堂

雀儿来逐飓风高,下视鹰鹯意气豪。自谓能生千里翼,黄昏依旧委——作入蓬蒿。

韦处厚

韦处厚,字德载。京兆人。元和初登第,又擢贤良方正异等,授秘书郎,兼史职,改咸阳尉,迁右拾遗,转考功员外,出为开州刺史,入拜户部郎中、知制诰。穆宗召入翰林为侍讲学士,改中书舍人。文宗即位,拜兵部侍郎,寻以中书侍郎同平章事。集七十卷,今存诗十二首。

盛山十二诗

隐月岫

初映钩如线,终衔镜似钩。远澄秋水色,高倚晓河流。

流杯渠

激曲萦飞箭,浮沟泛满卮。将来山太守,早向习家池。

竹岩

不资冬日秀,为作暑天寒。先植诚非凤,来翔定是鸾。

绣衣石榻 为温侍御置

巍一作岩巍雪中峤,磊磊一作落标方峭。勿为枕苍山,还当础清庙。

宿云亭

雨合飞危砌,天开卷晓窗。齐平联郭柳,带绕抱城江。

梅溪

夹岸凝清素,交枝漾浅沦。味调方荐实,腊近又先春。

桃坞

喷日舒红景,通蹊茂绿阴。终期王母摘,不羡武陵深。

胡卢沼

疏凿徒为巧,圆洼自可澄。倒花纷错秀,鉴月静涵冰。

茶岭

顾渚吴商绝,蒙山蜀信稀。千丛因此始,含露紫英肥。

盘石磴

缭绕缘云上,璘玢甃玉联。高高曾几折,极目瞰秋鸢。

琵琶台

褊地难层土,因厓遂削成。浅深岚嶂色,尽向此中呈。

上士瓶泉 为柳律师置

绠汲岂无井,颠崖贵非浚。愿洒尘垢馀,一雨根茎润。

杨敬之

杨敬之,字茂孝,元和初,登进士第,擢累屯田、户部二郎中。坐李宗闵党,贬连州刺史。文宗向儒术,以敬之为国子祭酒。诗二首。

客思吟

禾黍正离离,南园剪白芝。细腰沈赵女,高髻唱蛮姬。路愧前冈月,梳惭一颔丝。乡人不可语,独念畏人知。

赠项斯

几度见诗诗总好,及观标格过于诗。平生不解藏人善,到处逢人说项斯。

句

霜树鸟栖夜,空街雀报明。

碧山相倚暮,归雁一行斜。并见张为《主客

图》。

李虞仲

李虞仲,字见之,端之子。元和初,登进士第,累官中书舍人、知制诰,终吏部侍郎。诗集四卷。今存一首。

初日照凤楼

旭日烟云殿,朝阳烛帝居。断霞生峻宇,通阁丽晴虚。流彩连朱槛,腾辉照绮疏。曈昽晨景里,明灭晓光初。户牖仙山近,轩楹凤翼舒。还如王母过,遥度五云车。

张又新

张又新,字孔昭,工部侍郎荐之子。元和中,擢第,历左右补阙,坐李逢吉党,贬江州刺史。后附李训,迁刑部郎中。训死,复贬申州刺史。诗十七首。

郡斋三月下旬作 以下三首一作崔护诗

春事日已歇,池塘旷幽寻。残红披独坠,初绿间浅深。偃仰倦芳褥,顾步爱新阴。谋春未及竟,夏初遽见侵。

五月水边柳

结根挺涯涘,垂影覆清浅。睡脸寒未开,懒腰晴更软。摇空条已重,拂水带方展。似醉烟景凝,如愁月露泫。丝长鱼误恐,枝弱禽惊践。怅别几多情,含春任攀搴。

三月五日陪大夫泛长沙东湖 一作李群玉诗

上巳余风景,芳辰集这垌。彩舟浮泛荡,绣縠下娉婷。栖树回葱蒨,笙歌转杳冥。湖光迷翡翠,草色醉蜻蜓。鸟弄桐花日,鱼翻谷雨萍。从今留胜会,谁看画兰亭。

赠广陵妓

云雨分飞二十年,当时求梦不曾眠。今来头白重相见,还上襄王玳瑁筵。

牡丹 一作成婚

牡丹一朵值千金,将谓从来色最深。今日满栏开似雪,一生辜负看花心。

游白鹤山 末句缺一字

白鹤山边秋复春,张文宅畔少风尘。欲驱五马寻真隐,谁是当初囗竹人。

行田诗 一作白石岩

白石岩前湖水春,湖边旧境有清尘。欲追谢守行田意,今古同忧是长人。

罗浮山

江北重峦积翠浓,绮霞遥映碧芙蓉。不知末后沧溟上,减却瀛洲第几峰。

青障山 一作慈湖山

一派远光澄碧月,万株耸翠猎金飙。陶仙谩学长生术,暑往寒来更寂寥。

中界山

瑟瑟峰头玉水流,晋时遗迹更堪愁。愁人到此劳长望,何处烟波是祖州。

帆游山

涨海尝从此地流,千帆飞过碧山头。君看深谷为陵后,翻覆人间未肯休。

谢池

郡郭东南积谷山,谢公曾是此跻攀。今来惟有灵池月,犹是婵娟一水间。

华盖山

一岫坡陀凝绿草,千重虚翠透红霞。愁来始上消归思,见尽江城数百家。

吹台山

吹台山上彩烟凝,日落云收叠翠屏。应谓焦桐堪采斫,不知谁是柳吴兴。

青嶼山

灵海泓澄匝翠峰,昔贤心赏已成空。今朝亭馆无遗制,积水沧浪一望中。

孤屿

碧水迤逦浮翠巘,绿萝蒙密媚晴江。不知谁与名孤屿,其实中川是一双。

春草池

谢公梦草一差微,谪宦当时道不机。且谓飞霞游赏地,池塘烟柳亦依依。

封敖

封敖,字硕夫,蓨人。元和中登第。会昌初,以左司员外郎召为翰林学士、知制诰,迁御史中丞。大中中,历平卢、兴元节度使,终尚书右仆射。翰稿八卷,今存诗二首。

春色满皇州

帝里春光正,葱茏喜气浮。锦铺仙禁侧,镜写曲江头。红萼开萧阁,黄丝拂御楼。千门歌吹动,九陌绮罗游。日近风先满,仁深泽共流。应非憔悴质,辛苦在神州。

题西隐寺

三年未到九华山,终日披图一室间。秋寺喜因晴后赏,灵峰看待足时还。猿从有性留僧坐,云霭无心伴客闲。胜事倘能销岁月,已叨名利不相关。

马植

马植,字存之,扶风人。元和中进士擢第,历安南招讨、黔中观察使。宣宗朝,以户部侍郎同中书门下平章事,寻罢为太子宾客,分司东都,起忠武节度使,徙宣武,卒。诗一首。

奉和白敏中圣道和平致兹休运岁终功就合咏盛明呈上

舜德尧仁化犬戎,许提河陇款皇风。指挥貔武皆神算,恢拓乾坤是圣功。四帅有征无汗马,七关虽戍已弢弓。天留此事还英主,不在他年在大中。

李廓

李廓,宰相程之子。登元和进士第,累官颍州刺史。大中中,终武宁节度使。诗十八首。

夏日途中

树夹炎风路,行人正午稀。初蝉数声起,戏蝶一团飞。日色欺清镜,槐膏点白衣。无成归故里,自觉少光辉。

长安一作汉宫少年行

金紫少年郎,绕街鞍马光一作狂。身从左中尉,官属右春坊。划戴扬州帽,重薰异国香。垂鞭踏青草,来去杏园芳。

追逐轻薄伴,闲游不著绯。长拢出猎马,数换打球衣。晓日寻花去,春风带酒归。青楼无昼夜,歌舞歇时稀。

日高春睡足,帖马赏年华。倒插银鱼袋,行随金犊车。还携新市酒,远醉曲江花。几度归侵黑,金吾送到家。

好胜耽长夜,天明烛满楼。留人看独脚,赌马换偏头。乐奏曾无歇,杯巡不暂休。时时遥冷笑,怪客有春愁。

遨游携艳妓,装束似男儿。杯酒逢花住,笙歌簇马吹。莺声催曲急,春色送一作讶归迟。不以闻街鼓,华筵待月移。

赏春惟逐胜,大宅可曾归。不乐还逃席,多狂惯袒衣。歌人踏日起,语燕卷帘飞。妇好一作好妇唯相妒,倡楼不醉稀。

戟门连日闭,苦饮惜残春。开锁通新客,教姬屈醉人。倩一作请歌牵白马,自舞踏红茵。时辈皆相许,平生不负身。

新年高殿上,始见有光辉。玉雁排方带,金鹅立仗衣。酒深和碗赐,马疾打珂飞。朝下人争看,香街意气归。

游市慵骑马,随姬入坐车。楼边听歌吹,

帘外见莺—作插钗花。乐眼从人闹,归心畏日斜。苍头来去报,饮伴到倡家。

　　小妇教鹦鹉,头边唤醉醒。犬娇眠玉簟—作鼻,鹰制撼金铃。碧地攒花障,红泥待客亭。虽然长按曲,不饮不曾听。

鸡鸣曲

　　星稀月没入—作上五更,胶胶角角鸡初鸣。征人牵马出门立,辞妾欲向安西行。再鸣引颈檐头下,楼中角声催上马。才分曙色第二应作三鸣,旌旆红尘已出城。妇人上城乱招手,夫婿不闻遥哭声。长恨鸡鸣别时苦,不遣鸡栖近窗户。

镜听词 古之镜听,犹今之瓢卦也。

　　匣中取镜辞灶王,罗衣掩尽明月光。昔时长著照容色,今夜潜将听消息。门前地黑—作黑地人来—作未稀,无人错道朝夕归。更深弱体冷如铁,绣带菱花怀里热。铜片铜片如有灵,愿照得—作得照见行人千里形。

猛士行

　　战鼓惊沙恶天色,猛士虬髯眼前黑。单于衣锦日行兵,阵头走马生擒得。幽并少年不敢轻,虎狼窟里空手行。

送振武将军

　　叶叶归边骑,风头万里乾。金装腰带重,铁—作锦缝耳衣寒。芦酒烧蓬暖,霜鸿撚箭看。黄河古戍道,秋雪白漫漫。

落第

　　榜前潜制泪,众里自嫌身。气味如中酒,情怀似别人。暖风张乐席,晴日看花尘。尽是添愁处,深居—作宫乞过春。

赠商山东于岭僧

　　商岭东西路欲分,两间茅屋一溪云。师言耳重知师意,人是人非不欲闻。

上令狐舍人

　　名利生愁地,贫居岁月移。买书添架上,断酒过花时。宿客嫌吟苦,乖童恨睡迟。近来唯俭静,持此答深知。

全唐诗卷四百八十

李绅

李绅,字公垂,润州无锡人。为人短小精悍,于诗最有名,时号短李。元和初,擢进士第,补国子助教,不乐,辄去。李锜辟掌书记,绅抗命,不为草表,几见害。穆宗召为右拾遗、翰林学士,与李德裕、元稹同时号三俊,历中书舍人、御史中丞、户部侍郎。敬宗立,李逢吉构之,贬端州司马,徙江州长史,迁滁、寿二州刺史,以太子宾客分司东都。太和中,擢浙东观察使。开成初,迁河南尹、宣武节度使。武宗即位,召拜中书侍郎同平章事,进尚书右仆射,封赵郡公。居位四年,以检校右仆射平章事节度淮南。卒,赠太尉,谥文肃。《追昔游诗》三卷,《杂诗》一卷。今合编为四卷。

南梁行

江城郁郁春草长,悠悠汉水浮青—作清光。杂英飞尽空昼景,绿杨重阴官舍静。此时醉客纵横书,公言可荐承明庐。元和十四年,故山南节度仆射崔公奏观察判官,蒙以书奏见委,常戏拙速。青天诏下宠光至,颁籍金闺征石渠。是岁五月,蒙恩除右拾遗。稀归山路烟岚隔,山木幽深晚花拆。涧底红光夺火燃,摇风扇毒愁行客。骆谷中多毒树,名山琵琶,其花明艳,与杜鹃花同。樵者识之,言曰:早花杀人。杜鹃啼咽花亦殷,声悲绝艳连—作怜空山。斜阳瞥映浅深树,云雨翻迷崖谷间。山鸡锦质矜毛羽,透竹穿萝命俦侣。乔木幽谿上下同,雄雌不惑—作异飞栖处。望秦峰回过商颜,浪叠云—作波堆万簇山。行尽杳冥青嶂外,九重钟漏紫霄间。元和列侍明光殿,谏草初焚市朝变。北阙趋承—作臣半隙尘,南梁笑客—作吟啸皆飞霰。追思感叹却昏迷,霜鬓愁吟到晓鸡。故箧岁深开断简,秋堂月曙掩遗题—作祛。呜呜晓角霞辉粲,抚剑当应—作楹一长叹。凡狗无由学圣贤,空持感激—作谢终昏旦。

趋翰苑遭诬构四十六韵

九五当乾德,三千应瑞符。纂尧昌圣历,

宗禹盛丕图。穆宗正月登位。画象垂新令,消兵易旧谟。选贤方去智,招谏忽升愚。穆宗听政五日,蒙恩除右拾遗,与淮南李公,召入翰林也。大乐调元气,神功运化垆。脱鳞超沉濩,翻翼集蓬壶。捧日恩光别,抽毫顾问殊。凤形怜彩笔,龙颔借骊珠。掷地声名寡,摩天羽翮孤。洁身酬雨露,利口扇谗谀。碧海同宸眷,鸿毛比贱躯。辨疑分黑白,举直觝朋徒。思政面论逢吉、崔植奸邪,刘栖楚、柏耆凶险,张又新、苏景修朋党也。庭兽方呈角,阶蓂始效孚。日倾乌掩魄,星落斗摧枢。穆宗升遐。坠剑悲乔岳,号弓泣鼎湖。乱群逢害马,择肉纵狂貙。逢吉、守澄、栖楚、柏耆、又新等,连为搏噬之徒。胆为瘵肝竭,心因沥血枯。满帆摧骇浪,征棹折危途。余以户部侍郎贬端州司马。燕客书方诈,尧门信未孚。敬宗即位之初,遭逢吉等诬构,宸襟未察,衔冤遂深。谤兴金就铄,毁极玉生瘉。砺吻狺先搏,张罗骋疾驱。余遭逢吉构成谴,敬宗听政之前一日,宣命于月华门外窜逐。地嫌稀魑魑,海恨止番禺。栖楚等见逢吉,怨所贬太近。瘴岭冲蛇入,蒸池蹴虺趋。望天收雪涕,看镜揽霜须。草毒人惊剪,茅荒室未诛。火风晴处扇,山鬼雨中呼。穷老乡关远,羁愁骨肉无。鹊灵窥牖户,龟瑞出泥途。余到端州,有红龟一,州人李再荣来献,称尝有里人言,吉征也。余放之于江中,回头者三四,游泳前后不去久之。又南中小鹊,名曰蛮鹊,形小如燕雀。里中言:此鸟不常见,至而鸟舞,必有喜应。是日与龟同至于馆也。烟岛深千瘴,沧波森四隅。海标传信使,江梓认妻孥。到接三冬暮,来经六月徂。暗滩朝不怒,惊濑夜无虞。从吉州而南,历封康,并足湍濑,危险至极。其有灭门、搞鲊、霸州等滩,惟江水泛涨,则无此患。康州悦城县有媪龙祠,或能致云雨。余以书祝之,家累以十月溯流,龙为之三涨江水以达也。俯首安赢业,齐眉慰病夫。涸鱼思雨润,僵燕望雷苏。诏下因颁朔,恩移讵省辜。余以宝历元年五月,量移江州长史。诳天犹指鹿,依社尚凭狐。逢吉尚为相。度岭瞻牛斗,浮江滓辘轳。未平人睚眦,谁惧鬼揶揄。盆一作湓浦潮通楚,匡山地接吴。庾楼清桂满,远寺素莲敷。仿佛皆停马,悲欢尽隙驹。旧交封宿草,沈八侍郎、武十五侍郎、元九相公、庞严京兆、蒋防舍人皆为尘世。衰鬓重生刍。万载分梁苑,双旌

寄鲁儒。骎骎移岁月,冉冉近桑榆。疲马愁千里,孤鸿念五湖。终当赋归去,那更学杨朱。

忆春日太液池一作东亭一作亭东候对长庆三年

宫莺报晓一作晓报瑞烟开,三岛灵禽拂水回。桥转彩虹当绮殿,舰浮花鹢近蓬莱。草承香一作步辇王孙长,桃艳仙颜阿母栽。簪笔此时方侍从,却思金马笑邹枚。

忆夜直金銮殿承旨

月当银汉玉绳低,深听箫韶碧落齐。门压紫垣高绮树,阁连青琐近丹梯。墨宣外渥催飞诏,草布一作定深一作新恩促换题。明日一作惟我独归花路远一作近,可怜人世隔云霓一作泥。

忆春日曲江宴后许至芙蓉园

春风上苑开桃李,诏许看花入御园。香径草中回玉勒,凤皇池畔泛金樽。绿丝垂柳遮风暗,红药低丛拂砌繁。归绕曲江烟景晚,未央明月锁千门。

新昌宅书堂前有药树一株,今已盈拱,前长庆中于翰林院内西轩药树下移得,才长一寸,仆夫封一泥丸以归植,今则长成,名之天上树

白榆星底开红甲,珠树宫中长紫霄。丹彩结心才辨质,碧枝一作姿抽叶乍成一作舒条。羽衣道士偷玄圃,金简真人护玉苗。长带九天余雨露,近来葱翠欲成乔。

过荆门

荆江水阔烟波转,荆门路绕一作远山葱蒨。帆势侵云灭又明,山程背日昏还见。青青麦陇啼飞鸦,寂寞野径棠梨花。行行驱马万里远,渐入烟岚危栈赊。林中有鸟飞出一作幽谷,月上千岩一声哭。肠断思归不可闻,人言恨魄来巴蜀。我听此鸟祝我魂,魂死莫学一作死勿学此声衔冤。纵为羽族莫栖息,直上青云呼帝阍。此时山月如衔镜,岩树一作岫参差互辉映。皎洁深看入涧泉,分明细见樵人径。阴森鬼庙当

邮亭,鸡豚日宰闻膻腥。愚夫祸福自迷惑,魍魉凭何通百灵。月一作日低山晓一作晚问行客,已酹椒浆拜荒陌。惆怅忠贞徒自持,谁祭山头望夫石。

涉沅潇一作湘。注内缺二字。

屈原死处潇湘阴,沧浪森森云沈沈。蛟龙长怒虎长啸,山木翛翛波浪深。烟横日落惊鸿起,山映余一作云霞杳一作森千里。鸿叫离离入暮天,霞消漠漠深云水。水灵一作虚江暗扬波涛,鼋鼍动荡风骚骚。行人愁望待明月,星汉沈浮魅鬼号。屈原尔为怀王一作忠没,水府通天化灵物。何不驱雷击电除奸邪,可怜空作沈泉一本此下有抱冤二字骨。举杯沥酒招尔魂,月影一作彩滉漾开乾坤。波白一作明水黑山隐见,汨罗之上遥昏昏。风帆候晓看五两,戍鼓鼕鼕一作鼟鼟远山响。潮满江津猿鸟啼,荆夫楚语飞蛮桨。潇湘岛浦无人居,风惊水暗惟鲛鱼。行来击棹独长叹,问尔精魄何所如。

逾岭峤止荒陬抵高要

天将南北分寒燠,北被羔裘南卉服。寒气凝为戎虏骄,炎蒸结作虫虺毒。周王止化惟荆蛮,汉武凿远通屠颜。南标铜柱限荒徼,五岭从兹穷险艰。衡山截断炎方北,回雁峰南瘴烟黑。万壑奔伤溢作泷,湍飞浪激如绳直。南人谓水为泷,如原漾流,自郴南至韶北,有八泷。其名神泷、伤泷、鸡附等泷,皆急险不可上。南中轻舟迅疾可入此水者,因名之泷船,善游者为泷夫。千崖傍耸猿啸悲,丹蛇玄虺潜蝘蛇。泷夫拟楫劈高浪,瞥忽浮沉如电随。岭头刺竹蒙笼密,火折红蕉焰烧日。岭上泉分南北流,行人照水愁肠骨。阴森石路盘萦纡,雨寒日暖常斯须。瘴云暂卷火山外,苍茫海气穷番禺。鹧鸪猿鸟声相续,椎髻晓呼同戚促。百处谿滩异雨晴,四时雷电迷昏旭。鱼肠雁足望缄封,地远三江岭万重。鱼跃岂通清远一作遥峡,雁飞难渡漳江东。余在南中日,知累以其年九月九日发衡州,因寄云:"菊花开日有人逢,知过衡阳回雁峰。江树送秋黄叶少,海天迎远碧云重。音书断达听蛮鹊,风水多虞祝鳁龙。想见病身浑不识,自磨青镜照衰容。"

慨然追感,以疏其下。又端州界有清远峡,深险莫测,皆言水府为鱼龙之限也。云蒸地热无霜霰,桃李冬华匪时变。天际长垂饮涧虹,檐前不去衔泥燕。南中虹四时长见,见数则多飓风,燕不归蛰,燕泥多沙。人惧其沾污于人,每逐其巢也。幸逢雷雨荡妖昏,提挈悲欢出海门。西日眼明看少长,北风身醒辨寒温。贾生谪去因前席,痛哭书成竟何益。物忌忠良表是非,朝驱绛灌为雠敌。明皇圣德异文皇,不使无辜困鬼方。汉日一作口傅臣终委弃,如今衰叟重辉光。高明白日恩深海,齿发虽残壮心在。空愧驽骀异一毛,无令朽骨惭一作仂千载。

移九江效何水部。余自九江及今,周一纪矣。

秋波入白水,帆去侵空小。五两剧奔星,樯乌疾飞鸟。盆城依落日,盆浦看云眇。云眇更苍苍,匡山低夕阳。楚客喜风水,秦人悲异乡。异乡秋思苦,江皋月华吐。漾漾隐波亭,悠悠通月浦。津桥归候吏,竹巷开门户。容膝有匡床,及肩才数堵。隙光非白驹,悬罄我无虞。体瘦寡行立,家肥安啜哺。天书怜谴谪,重作朱辖客。四座眼全青,一麈头半白。今来思往事,往事益凄然。风月同今昔,悲欢异目前。四时嗟阅水,一纪换流年。独有西庭鹤,孤鸣白露天。

泛五湖效谢惠连

范子蜕冠履,扁舟逸霄汉。嗟予抱险艰,怵惕惊弥漫。穷通泛滥劳,趣适殊昏旦。浴日荡层空,浮天森无畔。依滩落叶聚,立浦惊鸿散。浪叠雪峰连,山孤翠一作紫崖断。风帆同巨壑,云蠹成高岸。宇庙可一作或东西,星辰沈粲烂。霞生濒洞远,月吐青荧乱。岂复问津迷,休为吕梁叹。漂沈自诟保,覆溺心长判。吴越郡异乡,婴童及为玩。依稀占井邑,嘹唳同鹅鹳。举棹未宵分,维舟方日旰。徵斯济川力,若鼓凌风翰。易狃当悔游,临深罔知难。

过钟陵余长庆三年除江西观察使,奉诏不之任。

龙沙江尾抱钟陵,水郭村一作津桥晚景澄。

江对楚山千里月,郭连渔浦万家灯。省抛双旆辞荣宠,遽落丹霄起爱憎。惆怅旧游同草露,却思恩顾一沾膺。

溯西江

江风不定半晴阴,愁对花时尽日吟。孤棹自迟从蹭蹬,乱帆争疾竞浮沉。一身累困怀千载,百口无虞贵万金。空阔远看波浪息,楚山安稳过云岑。

早发

沙洲月落宿禽惊,潮起风微晓雾生。黄鹤浪明知上信,黑龙山暗避前程。火旗似辨吴门戍,水驿遥迷楚塞城。萧索更看江叶下,两乡俱是宦游情。

守滁阳深秋忆登郡城望琅琊

山城小阁临青嶂,红—作江树莲宫接薜萝。斜日半岩开古殿,野烟浮水掩轻波。菊迎秋节西风急,雁引砧声北思多。深夜独吟还不寐,坐看凝露满庭莎。

滁阳春日怀果园闲宴 园中杂树,多手植也。

西园到日栽桃李,红白低枝拂酒杯。繁艳只愁风处落,醉筵多就月中开。劝人莫折怜芳早,把烛频看畏晓催。闻道数年深草露,几株犹得近池台。

悲善才

余守郡日,有客游者,善弹琵琶。问其所传,乃善才所授。顷在内庭日,别承恩顾,赐宴曲江,敕善才等二十人备乐。自余经播迁,善才已没,因追感前事,为悲善才。

穆王夜幸蓬池曲,金銮殿开高秉烛。东头弟子曹善才,琵琶请进—作奏新翻曲。翠蛾列坐层城女,笙笛—作歌参差齐笑语。天颜静听朱丝弹,众乐寂然无敢举。衔花金凤当承拨,转腕拢—作笼弦促挥抹—作霍。花翻凤啸—作扶花翻风天上来,裴回满殿飞春雪。抽弦度曲新声发,金铃玉珮相瑳切。流莺子母飞上林,仙鹤雌雄唳明月。此时奉诏侍金銮,别殿承恩许召弹—作看。三月曲江春草绿,九霄天乐下云端。紫髯供奉前屈膝,尽弹妙曲当春日。寒泉注射陇水开,胡雁翻飞向—作朔天没。日曛尘暗车马散,为惜新声有余叹。明年冠剑闭桥山,万里孤臣投海畔。笼—作离禽铩翩—作羽尚还—作强回飞,白首生来从五岭归。闻道善才成朽骨,空余弟子奉音—作宣徽。南谯寂寞三春晚,有客弹弦独凄怨。静听深奏楚月光,忆昔初闻曲江宴。心悲不觉泪阑干,更为调弦反覆弹。秋吹动摇神女佩,月珠敲击水晶盘。自怜淮海同泥滓,恨魄凝心未能死。惆怅追怀万事空,雍门感慨—作琴瑟徒为尔。

闾里谣效古歌

乡里儿,桑麻郁郁禾黍肥,冬有襏襫夏有絺。兄锄弟耨妻在机,夜犬不吠开蓬扉。乡里儿,醉还饱,浊醪初熟劝翁媪—作嫂。鸣鸠拂羽知年好,齐和杨花踏春草。劝年少,乐耕桑。使君为我剪荆棘,使君为我驱豺狼。林中无虎山有鹿,水底无蛟鱼有鲂。父渔子猎日归暮—作父子猎归白日暮,月明处处舂黄粱。乡里儿,东家父老为尔言,鼓腹那知生育恩?莫令太守驰朱輹,悬鼓—鸣卢鹊喧。恶声主吏噪尔门,唧唧力力烹鸡豚。乡里儿,莫悲咤。上有明王颁诏下,重选贤良恤孤寡。春日迟迟驱五马,留犊投钱以为谢。乡里儿,终尔词。我无工—作却巧唯—作惠无私,举手一挥临路岐。

转寿春守,太和庚戌岁二月,祗命寿阳时替装五墉终殁。因视壁题,自墉而上,或除名在边坐殿殁,凡七子,无一存焉。寿人多寇盗,好讦许,时谓之凶郡,犷俗特著,蒙此处之顾,余衰年甘蹑前患,俾三月而寇静,期岁而人和,虎不暴物,奸吏屏窜,三载复遭邪佞所恶,授宾客分司东都,或举其目,或寄于风,亦粗继诗人之末云

未登崖谷寻丹灶,且历轩窗看壁题。那遇八公生羽翼,空悲七子委尘泥。旧坛无复翔云鹤,废垒曾经振鼓鼙。点检遗编尽朝菌,应难

戎一作永望一刀圭。

忆寿春废虎坑,余以春二月至郡,主吏举所职,称霍山多虎,每岁采茶为患,择肉于人,至春常修陷阱数十所,勒猎者采其皮睛,余悉除罢之。是岁,虎不复为害,至余去郡三载

匪将履尾求兢惕,那效探雏所患争。当路绝群尝诫一作试暴,为猫驱狱亦先迎。每推至化宣余力,岂用潜机害尔生。休逐豺狼止贪戾,好为仁兽答皇明。

寿阳罢郡日,有诗十首,与追怀不殊,今编于后兼纪瑞物今止八首

肥河维舟阻冻祗待敕命太和七年十二月

罢分符竹作闲官,舟冻肥河拟棹难。食檗苦心甘处困,饮冰持操敢辞寒。夜灯空应渔家火,朝食还依雁宿滩。西奏血诚遥稽首,乞容归病老江干。

淮阳效理空多病,疏受辞荣岂恋班。陈力不任趋北阙,有家无处寄东山。疲骖岂念前程税,倦鸟安能待暮还。珍重八公山下叟,不劳重泪更追攀。

别连理树

盛唐县有连理树二株。一株生于长乐乡百姓地内,从底两枝向上为一体。一本生于龙泉乡百姓徐德地内,两根隔涧水,交干合为一体。涧名香风,水阔一丈五尺。

垂阴敢慕甘棠叶,附干将呈瑞木符。十步兰荪一作芝兰同秀彩,万年枝叶表皇图。芟夷不及知无患,雨露曾沾自不枯。好住孤根托桃李,莫令从此混樵苏。

虎不食人

霍山县多猛兽,顷常择肉于人,每至采茶及樵苏,常遭啖食,人不堪命。自太和四年至六年,遂无侵暴,鸡犬不鸣,深山穷谷,夜行不止,得摄令和僎状,称潜山县乡村正赵珍夜归,中路与虎同行至家,竟无伤害之意。

南山白额同驯扰,亦变仁心去杀机。不竞牛甘令买患,免遭狐假妄凭威。渡河岂适他邦害,据谷终无暴物非。尔效驺虞护生草,岂徒柔伏在淮淝。

发寿阳分司敕到又遇新正感怀书事七年正月八日立春,在寿阳凡四年。

休为建隼临淝守,转作垂丝入洛人。罢阅旧林三载籍,又开新历四年春。云遮北雁愁行客,柳起东风慰病身。渐喜雪霜消解尽,得随风水到天津。

初出淝口入淮

东风百里一作五日雪初晴,淝口冰开好濯缨。野老拥途知意重,病夫抛郡喜身轻。人心莫厌如弦直,淮水长怜似镜清。回首夕岚山翠远,楚郊烟树隐襄一作忆层城。

入淮至盱眙

山凝翠黛孤峰迥,淮起银花五两高。天外绮霞迷海鹤,日边红树艳仙桃。岸惊目眩同奔马,浦溢心疑睹抃鳌。寄谢云帆疾飞鸟,莫夸回雁卷轻毛。

忆东湖《南昌志》:洪州城内有大湖,通章江,名曰东湖。

菱歌罢唱鹢舟回,雪鹭银鸥左右来。霞散浦边云锦截,月升一作临湖面镜波开。鱼惊翠羽金鳞跃,莲脱红衣紫茵摧。淮口值春偏怅望,数株临水是寒梅。

全唐诗卷四百八十一

李绅

七年初到洛阳，寓居宣教里，时已春暮，而四老俱在洛中分司

青莎满地无三径，白发缘—作簪头忝四人。官职谬齐商岭客，姓名那重汉廷臣。圣朝寡罪容衰齿，愚叟多惭未退身。惟有门人怜钝拙，劝教沉醉洛阳春。

初秋忽奉诏除浙东观察使检校右貂

龙楼寄引簪裾客，凤阙陪趋朔望朝。疏受杜门期脱屣，买臣归邸忽乘轺。印封龟纽知颁爵，冠饰蝉绥更珥貂。飞诏宠荣欢里舍，岂徒斑白与垂髫。

忆至巩县河宿待家累追怀

巩树翻红秋日斜，水分伊洛照余霞。弓开后骑低初月，鹗驻前旌拂暮鸦。闺信坐迟青玉案，弄儿闲望白羊车。今来忆事凉风晚，烟浦空悲黄—作寒菊花。

宿扬州

江横渡阔烟波晚，潮过金陵落叶秋。嘹唳塞鸿经楚泽，浅深红树见扬州。夜桥灯火连星汉，水郭帆墙近斗牛。今日市朝风俗变，不须开口问迷楼。

忆被牛相留醉州中，时无他宾，牛公夜出真珠辈数人余有换乐曲词，时小有传于歌者。

严城画角三声闭，清宴金樽一夕同。银烛坐隅听子夜，宝筝筵上起春风。酒徽旧对惭衰质，曲换新词感上宫—作公。淮海一从云雨散，杳然俱是梦魂中。

早渡扬子江 时王璠在浙西

日冲海浪翻银屋，江转秋波走雪山。青嶂迥开蹲虎戍，碧流潜伏跃龙关。地分吴楚星辰内，水迫沧溟宇宙间。焚却戎船无战伐，使知

风教被乌蛮。

忆过润州

元和二年，余以前进士为镇海军书奏从事。秋九月兵乱，余以不从书奏飞檄之诈一作遭庶人李锜暴怒，腰领不殊者再三。后军平，尚书李公欲具事以闻。余以本乃誓节，非欲求荣，请罢所奏。

昔年从宦干戈地，黄绶青春一鲁儒。弓犯控弦招武旅一作族，剑当抽匣问狂夫。帛书投笔封鱼腹，玄发冲冠捋虎须。谈笑谢金何所愧一作贵，不为偷买用兵符。

忆登栖一作西霞寺峰效梁简文。一本下有怀望二字。

香印烟火息，法堂钟磬余。纱灯耿晨焰，释子安禅居。林叶脱红影，竹烟含绮疏。星珠错落耀，月宇参差虚。顾眺匪恣适，旷襟怀卷舒。江海森清荡，丘陵何所如。滔滔可问津，耕者非长沮。茅岭感仙客，萧园成古墟。移步下碧峰，涉涧更踌躇。乌噪一作戏啄秋果，翠惊衔素鱼。回塘彩鷁来，落景标一作林竿。漾漾棹翻月，萧萧风袭裾。劳歌起旧思，戚一作感叹竟难一作谁摅。却数共游者，凋落非里闾。

忆万岁楼望金山

里言金山有龙盘护。《吴志》云：金陵虎踞。又云：万岁楼，往年清夜浮于江中，有宿楼者觉之，金锁縻于城上。

楼高雉堞千师垒，峰拔惊波万壑攒。山绝地维消虎踞，水浮天险尚一作上龙盘。蜃嘘云拱飞江岛，鳌喷仙岩隔海澜。长对碧波临古渡，几经风月与悲欢。

过梅里七首家于无锡四十载，今敝庐数堵犹存，今列题于后

上家山山即惠山

余顷居梅里，常于惠山肄业，旧室犹在，垂白重游，追感多思，因效吴均体。

上家山，家山依旧好。昔去松桂长，今来容须老。上家山，临古道。高低入云树，芜没连天草。草色绿萋萋，寒蛩遍草啼。噪鸦啼树

远，行雁帖云齐。岩光翻落日，僧火开经室。竹洞磬声长，松楼钟韵疾。苔阶泉溜铁，石瓮青莎密。旧径行处迷，前交坐中失。叹息整华冠，持杯强自欢。笑歌怜稚孺，弦竹纵吹弹。山明溪月上，酒满心聊放。草发此淹留，垂丝匪闲旷。青山不可上，昔事还惆怅。况复白头人，追怀空望望。

忆东郭居效丘迟

昔余过稚齿，从师昧知奥。徒怀利物心，不获藏身宝。曳娄一缝掖，出处劳昏早。醒醉迷啜哺，衣裳辨颠倒。忠诚贯白日，直己凭苍昊。卷舌堕谗谀，惊波息行潦。衰禽识一作息旧木，疲马知归道。杨柳长庭柯，兰荃覆阶草。旌旆光里舍，骑服欢妻嫂。绿鬓绝新知，苍须稀旧老。冠绶身忝贵，斋沐心常祷。笙磬谅谐和，庭除还洒扫。栖迟还竹巷，物役浸江岛。倏忽变星霜，悲伤满衷一作怀抱。

忆题惠山寺旧堂

故山一别光阴改，秋露清风岁月多。松下壮心年少去，池边衰影老人过。白云生灭依岩岫，青桂荣枯托薜萝。惟有此身长是客，又临旌斾寄烟波。

忆西湖双鸂鶒效鲍明远

双鸂鶒，锦毛斓斑长比翼。戏绕莲丛回锦臆，照灼花丛两相得。渔歌惊起飞南北，缭绕追随不迷惑。云间上下同栖息，不作惊禽远相忆。东家少妇机中语，剪断回文泣机杼。徒嗟孔雀衔毛羽，一去东南别离苦。五里裴回竟何补。

早梅桥

早梅花，满枝发。东风报春春未彻，紫萼迎风玉珠裂。杨柳未黄莺结舌，委素飘香照新月。桥边一树伤离别，游荡行人莫攀折。不竞江南艳阳节，任落东风伴春雪。

翡翠坞

翡翠飞飞绕莲坞，一啄嘉鱼一鸣舞。莲茎

触散莲叶欹,露滴珠光似还浦。虞人掠水轻浮弋,翡翠惊飞飞不息。直上层空翠影高,还向云间双比翼。弹射莫及弋不得,日暮虞人空叹息。

忆放鹤

顷年无锡闲居,里人献鹤雏,余驯养之。周岁,羽毛既成,见其宛颈长鸣,有烟霄之志。开笼放之,一举冲天,复回翔久之,乃去。

羽毛似雪无瑕点,顾影秋池舞白云。闲整素仪三岛近,回飘清泪九霄闻。好风顺举应摩日,逸翮将成—作翔莫恋群。凌励坐看空碧外,更怜凫鹭老江渍。

过吴门二十四韵

烟水吴都郭,阊门架碧流。绿杨深浅巷,青翰往来舟。朱户千家室,丹楹百处楼。水光摇极浦,草色辨长洲。忆作—作昨麻衣翠—作日,一作客,曾为旅棹游。放歌随楚老,清宴奉诸侯。贞元中,余以布衣多游吴郡中,韦夏卿首为知遇,常陪宴席,段平仲、李季何、刘从周、綦毋咸十余辈,日同杯酒。及余以太和七年领镇会稽,则当时宾客、群吏、乐徒、寺僧、里客,无一人存者。至于韦公子,凋丧略尽。花寺听莺入,春湖看雁留。里吟传绮唱,乡语认歈讴。桥转攒虹饮—作影,波通斗鹢浮。竹扉梅圃静,水巷橘园幽。缝堵荒麇苑,穿岩破虎丘。旧风犹越鼓,余俗尚吴钩。故馆曾闲访,遗基—作从亦遍搜。吹台山木尽,香径佛宫秋。帐殿菰蒲掩,云房露雾收。芭萝妖覆—作废灭,荆棘鬼包羞。风月俄黄绶,经过半白头。元和七年,余以校书郎从役,再至苏州。时范十五传正为郡,而贞元中宾客散落,半已徂谢。及宴,而伶人酒徒悉往日者。问僧,惟令起二人已疾。重来冠盖客,非复别离愁。太和七年,余镇会稽。刘禹锡为郡,则元和中苏州相识,知与不知,索然皆尽,河柳衰谢,邑居更易,乃甚令咸之叹也。候火分通陌,前旌驻外邮。水风摇彩旆,堤柳引鸣驺。问吏儿孙隔,呼名礼敬修。顾瞻殊宿昔,语默过悲忧。义感心空在,容衰日易偷。还持沧海诏,从此布皇猷。

杭州天竺、灵隐二寺顷岁亦布衣一游,及赴镇会稽,不敢以登临自适,竟不复到寺。寺多猿猱,谓之孙团弥长其类,因追思为诗二首_{此寺殷富}

翠岩幽谷高低寺,十里松风碧嶂连。开尽春花芳草涧,遍通秋水月明泉。石文照日分霞壁,竹影侵云拂暮烟。时有猿猱扰钟磬,老僧无复得安禅。

人烟不隔江城近,水石虽清海气深。波动只观罗刹相,静居难识梵王心。鱼肩昼锁龙宫宝,雁塔高摩欲界金。近日尤闻重雕饰,世人遥礼二檀林。

渡西陵十六韵

七年冬,十有三日,早渡浙江,寒雨方霖,军吏悉在江次。越人年谷未成,霪雨不止,田亩浸溢,水不及穗者数寸。余至驿,命押衙裴行宗先赍祝辞,东望拜大禹庙,且以百姓请命,雨收云息,日朗者三旬有五日,刘护皆毕,有以见神之不欺也。

雨送奔涛远,风收骇浪平。截流张旆影,分岸走鼙声。兽逐衔波涌,龟艨喷棹轻。海门凝雾暗,江渚湿云横。雁翼看舟子,鱼鳞辨水营。骑交遮戍合,戈簇拥沙明。谬履千夫长,将询百吏情。下车占黍稷,冬雨害粢盛。望祷依前圣,垂休冀厚生。半江犹惨澹,全野已澄清。爱景三辰朗,祥农万庾盈。浦程通曲屿,海色媚重城。弓日鞬櫜动,旗风虎豹争。及郊挥白羽,入里卷红旌。恺悌思陈力,端庄冀表诚。临人与安俗,非止奉师贞。

新楼诗二十首

到越州日,初引家累登新楼,望镜湖,见元相微之题壁诗云:"我是玉京天上客,谪居犹得小蓬莱。四面寻常对屏障,一家终日在楼台。"微之与乐天,此时只隔江津,日有酬和相答。时余移官九江,各乖音问,顷在越之日,荏苒多故,未能书壁。今追思为新楼诗二十首。

新楼

戎容罢引旌旗卷,朱户褰开雉堞高。山耸

翠微连郡阁,地临沧海接灵鳌。坐疑许宅驱鸡犬,笑类樊妻化羽毛。惆怅桂枝零落促,莫思方朔种仙桃。

海榴亭 在新楼北,花开最早,所望更高。

海榴亭早开繁蕊,光照晴霞破碧烟。高近紫霄疑菌苔,迥依江月半婵娟。怀芳不作翻风艳,别萼犹含泣露妍。摇落旧丛云水隔,不堪行坐数流年。

望海亭 在卧龙山顶上,越中最高处。

乌盈兔缺天涯迥,鹤背松梢拂槛低。湖镜坐隅看匝满,海涛生处辨云齐。夕岚明灭江帆小,烟树苍茫客思迷。萧索感心俱是梦,九天应共草萋萋。

杜鹃楼

七年冬所造,自西轩延架城隅,楼前植其杜鹃,因以为名,宴游多在其上。

杜鹃如火千房拆,丹槛低看晚景中。繁艳向人啼宿露,落英飘砌怨春风。早梅昔待佳人折,好月谁将老子同。惟有此花随越鸟,一声啼处满山红。

满桂楼

八年春造,架州城西南,临眺于外,尽见湖山,别开水扉,通杜鹃楼,不启重扃,清夜可以闲宴,因以满桂为名也。

为怜湖水通宵望,不学樊杨却月楼。惟待素规澄满镜,莫看纤魄挂如钩。卷帘方影侵红烛,绕竹斜晖透碧流。萧瑟晓一作晚风闻木落,此时何异一作似洞庭秋。

东武亭

亭在镜湖上,即元相所建。亭至宏敞,春秋为竞渡大设会之所。余为增以板槛,延入湖中,足加步廊,以列环卫。

绿波春水湖光满,丹槛连楹碧嶂遥。兰鹢对飞渔棹急,彩虹翻影海旗摇。斗疑斑虎归三岛,散作游龙上九霄。鼍鼓若雷争胜负,柳堤花岸万人招。

龙宫寺

此寺摧毁积岁。贞元十六年,余为布衣,东游天台。故人江西观察使崔公以殿中谪官,移疾剡溪。崔公坐中有僧人修真,自言居龙宫寺,起谓余言:异日一本此下有必当镇此四字为修此寺。时以狂易之言不之应,僧相视久之而退。至元和二年,余以前进士为故薛苹一作苹常侍招至越中,此僧已卧疾,使人相告:曩日所言,必当镇此,修寺之托,幸不见忘。僧又偶言寺中灵祇所相告耳。余问疾而已,不能对。及后符其言,而讯其存没,则僧及门人悉已殂谢,寺更摧毁,惟荒基余像而已。因召僧人会真,余出俸钱为葺之,累月而毕,以成其往愿。

银地溪边遇衲师,笑将花宇指潜知。定观玄度生前事,不道灵山别后期。真相有无因色界,化城兴灭在莲基。好令沧海龙宫子,长护金人旧浴池。

禹庙

削平水土穷沧海,畚锸东南尽会稽。山拥翠屏朝玉帛,穴通金阙架云霓。秘文镂石藏青壁,宝检封云化紫泥。清庙万年长血食,始知明德与天齐。

晏安寺

寺在州城东北隅,越中谓之小北邙。

寺深松桂一作径无尘事,地接荒郊带夕阳。啼鸟歇时山寂寂,野花残处月苍苍。绛纱凝焰一作艳开金像,清梵销声闭竹房。丘垅渐平连茂草,九原何处不心伤。

龟山

在镜湖中,山形如龟。山上有寺名永安,则元相所移置者。

一峰凝黛当明镜,十仞乔松倚翠屏。秋月满时侵兔魄,素波摇处动龟形。旧深崖谷藏仙岛,新结楼台起佛扃。不学大蛟凭水怪,等闲雪一作雷雨害生灵。

重台莲

绿荷舒卷凉风晓,红萼开萦紫菂重。游一作双女汉皋争笑脸,二妃湘浦并一作对愁容。自含秋露贞姿结—作洁,不竞春妖冶态秾。终恐玉京仙子识,却将—作持归种碧池峰—作中。

橘园

江城雾敛轻霜早,园橘千株欲变金。朱实摘时天路—作露近,素英飘处海云深。惧同枳棘愁迁徙,每抱馨香委照临。怜尔结根能—作宜自保,不随寒暑换贞心。

寒林寺

寺在城郭最嚣烦处,自有一峰,岩壑皆入寺中。

最深城郭在人烟,疑借壶中到梵天。岩树桂花开月殿,石楼风铎绕金仙。地无尘染多灵草,室鉴真空有定泉。应是法宫传觉路,使无烦恼见青莲。

北楼樱桃花

开花占得春光早,雪缀云装万萼轻。凝艳拆时初照日,落英频处乍闻莺。舞空柔弱看无力,带月葱茏似有情。多事东风入闺闼,尽飘芳思委江城。

城上蔷薇

蔷薇繁艳满城阴,烂熳开红次第深。新蕊度香翻宿蝶,密房飘影戏晨—作新禽。窦闺织妇惭诗句,南国佳人怨锦衾。风月寂寥思往事,暮春空赋白头吟。

南庭竹

东南旧美凌霜操,五月凝阴入坐寒。烟惹翠梢含玉露,粉开春箨耸琅玕。莫令戏马童儿见,试引为龙道士看。知尔—作须信结根香实在,凤皇终拟下云端。

琪树

琪树垂条如弱柳,结子如碧珠,三年子可一熟,每岁生者相续。一年绿,二年碧,三年者红,缀于条上,璀错相间。

石桥峰上栖玄鹤,碧阙—作涧岩边荫羽人。冰叶万条垂碧实,玉珠千日保青春。月中泣露

应同沍,涧底侵云尚有尘。徒使茯苓成琥珀,不为松—作枯老化龙鳞。—本第三联缺,第七句作长向月中清泣露。

海棠—本下有梨字

海边佳树生奇彩,知是仙山取得栽。琼蕊籍中闻阆苑,紫芝图上见蓬莱。浅深芳萼通宵换,委积红英报晓开。寄语春园百花道,莫争颜色泛金杯。

水寺

烟波野寺经过处,水国苍茫梦想中。云散浦间江月迥,日曛洲渚海潮通。坐看鱼鸟沈浮远,静见楼台上下同。闻道化城方便喻,只应从此到龙宫。

灵汜桥

灵汜桥边多感伤,分明湖派绕回塘。岸花前后闻幽鸟,湖月高低怨—作映绿杨。能促岁阴惟白发,巧乘风马是春光。何须化鹤归华表,却数凋零念越乡。

若耶溪

西施采莲、欧冶铸剑所。

岚光花影绕山阴,山转花稀到碧浔。倾国美人妖艳远,凿山良冶铸炉深。凌波莫惜临妆面,莹锷当期出匣心。应是蛟龙长不去,若耶秋水尚沈沈。

登—作祭禹庙回降雪五言二十韵

此诗一首,在越所作,今编入卷内。大和八年十月,冬暄无雪,自访禹庙所—作祈祷。其日回舟至湖半,阴云四合,飞霰大降者三日,积雪盈尺,浙江中流,乃分阴雪,杭州并无所沾。

金奏云坛毕,同云拂雪—作海来。玉田千亩合,琼室万家开。湖暗冰封镜,山明树变梅。裂缯分井陌,连璧混楼台。麻引诗人兴,盐牵谢女才。细疑歌响尽,旋作舞腰回。著水鹅毛失,铺松鹤羽摧。半崖云掩映,当砌月裴回。遇物纤能状,随方巧若裁。玉花全缀萼,珠蚌尽呈胎。志士书频照,鲛人杼正催。妒妆凌粉

匦，欺酒上琼杯。海使迷奔辙，江涛认暗雷。疾飘风作驭，轻集霰为媒。剑客休矜利，农师正念摧。瑞彰知有感，灵贶表无灾。尧历占新庆，虞阶想旧陪。粉凝鸾阁下，银结凤池隈。鸡树花惊笑，龙池絮欲猜。劳歌会稽守，遥祝永康哉。

题法华寺五言二十韵_{注内缺一字}

　　此一首亦在越所作。寺内灵异，随注其下。以越人题诗者，前后皆不备言，今编于追昔游卷中。寺内瘝禅师草庐持经，感普贤见于前。

　　花界无生地，慈宫有相天。化娥腾宝像，留影闷金仙。_{寺内因普贤见身于持经僧前，因此置寺。}殿涌全身塔，池开半月泉。十峰排碧落，双涧合清涟。_{寺前后有十峰回绕，双涧合流之。}药草经行遍，香灯次第燃。戒珠高腊护，心印祖僧传。_{此寺僧律严肃，持经皆承师教。}瓶识先罗汉，衣存旧福田。_{寺内有约法师水瓶，梁朝宫人所制袈裟。}幻身观火宅，昏眼照青莲。住觉超真境，依游渡法船。化城珠百亿，灵迹冠三千。萧壁将沈影，梁薪尚缀烟。_{寺前昭明太子画真，又梁时薪公影尚在。}色尘知有数，劫烬岂无年。龙喷疑通海，鲸吞想漏川。_{寺内有梁朝铜龙吐泉，铜鲸饮水，以注诸院。}磬疏闻启梵，钟息见安禅。指喻三车觉，开迷五阴缠。教通方便入，心达是非诠。贝叶千花藏，檀林万宝篇。坐严狮子迅，幢饰网珠悬。极乐知无碍，分明应有缘。还将意功德_{一作功德意}，留偈法王前。

全唐诗卷四百八十二

李绅

宿越州天王寺

太和八年,自浙东观察使又除太子宾客,分司东都,始发州郭,越人父老男女数万,携壶觞至江津相送。

海隅布政惭期月,江上沾巾愧万人。休一作才按簿书惩黠吏,未齐风俗昧良臣。壶冰自洁中无玷,镜水非求下见鳞。清夜佛宫观色相,却归前老更前身。

却渡西陵别越中父老

海潮晚上江风急,津吏篙师语默齐。倾手奉觞看故老,拥流争拜见孩提。惭非杜母临襄岘,自鄙朱翁别会稽。渐举云帆烟水阔,杳然凫雁各东西。

却到浙西

出杭州界入苏州。八年,浙西六郡灾旱,百姓饥殍,道路相望,米价翔贵。是岁,浙东大稔,因请出米五万斛贱估,以救浙西居人,诏下蒙允。是岁,王璠不奏饥旱,反怒邻境所救,以为卖己,遂与王涯合计诬构,罔上奏陈,米非官米,足私求利。及璠伏诛,蒙圣恩加察奸邪所罔。初入浙西苏州界,吴人以恤灾之惠,犹惧旌幡留戒于迥野之处,不及城郭之所,则相率拜泣于舟楫前。是岁,卢周仁为苏州刺史。

临平水竭兼葭死,里社萧条旅馆秋。尝叹晋郊无乞籴,岂忘吴俗共分忧。野悲扬目称嗟食,林极翳桑顾所求。苛政尚存犹惕息,老人偷拜拥前舟。临平湖竭,乡人言,人有饥患。是岁中水竭,鱼鸟皆死。

苏州不住遥望武丘报恩两寺

秋山古寺东西远,竹院松门怅望同。幽鸟静时侵径月,野烟消处满林风。塔分朱雁余霞外,刹对金螭落照中。官备散僚身却累,往来惭谢二莲宫。

回望馆娃故宫

江云断续草绵连,云隔秋波树覆烟。飘雪

荻花铺涨渚,变霜枫叶卷平田。雀愁化水喧斜日,鸿怨惊风叫暮天。因问馆娃何所恨,破吴红脸尚开莲。

姑苏台杂句
台今遗迹平芜,连接灵岩寺,采香径、响屐廊皆在寺内。越书称越王献吴王黄金楼楣,吴王因造姑苏台,因献楣,遂以黄金尽饰楼,以破其国。

越王巧破夫差国,来献黄金重雕刻。西施醉舞花艳倾,妒月娇娥恣妖惑。姑苏百尺晓铺开,楼楣尽化黄金台。歌清管咽欢未极,越师戈甲浮江来。伍胥抉目看吴灭,范蠡全身霸西越。寂寞千年尽古墟,萧条两地皆明月。灵岩香径掩禅扉,秋草荒凉遍落晖。江浦回看鸥鸟没,碧峰斜见鹭鸶飞。如今白发星星满,却作闲官不闲散。野寺经过惧悔尤,公程迫蹙悲秋馆。吴乡越国旧淹留,草树烟霞昔遍游。云木一作外梦回一作魂多感叹,不惟惆怅至长洲。

开元寺一本下有石字
此寺多太湖石,有峰峦奇状者。顷年多游寓于此,及太和七年,往来皆不复到寺中,石大半亦无也。

十层花宇真毫相,数仞峰峦阅月扉。攒立宝山中色界,散周香海小轮围。坐隅咫尺窥岩壑,窗外高低辨翠微。难保尔形终不转,莫令偷拂六铢衣。

皋桥
伯鸾憔悴甘飘寓,非向嚣尘隐姓名。鸿鹄羽毛终有志,素丝琴瑟自谐声。故桥秋月无家照,古井寒泉见底清。犹有余风未磨灭,至今乡里重和鸣。

真娘墓
吴之妓人,歌舞有名者,死葬于吴武丘寺前。吴中少年从其志也,墓多花草,以满其上。嘉兴县前亦有吴妓人苏小小墓,风雨之夕,或闻其上有歌吹之音。

一株繁艳春城尽,双树慈门忍草生。愁态自随风烛灭,爱心难逐雨花轻。黛消波月空蟾影,歌息梁尘有梵声。还似钱塘苏小小,祇应回首是卿卿。

却望一作到无锡一本有望字芙蓉湖
水宽山远烟岚迥,柳岸萦回在碧流。清昼不风凫雁少,却疑初梦镜湖秋。

丹橘村边独一作烛一作烟火微,碧流明处雁初飞。萧条落叶一作日垂杨岸,隔水寥寥闻捣衣。

逐波云影参差远,背日岚光隐见深。犹似望中连海树,月生湖上是山阴。

旧山认得烟岚近,湖水平铺碧岫间。喜见云泉还怅望,自惭山叟不归山。

翠崖幽谷分明处,倦鸟归云一作山在眼前。惆怅白头为四老,远随尘土去伊川。

重到惠山
再到石泉寺内,有禅师鉴玄影堂,在寺南峰下。顷年与此僧同在惠山十年,鉴玄在寿春相访,因追旧欢。

碧峰依旧松筠老,重得经过已白头。俱是海天黄叶信,两逢霜节菊花秋。望中白鹤怜归翼,行处青苔恨昔游。还向窗间一作竹窗名姓下,数行添记别离愁。《万首绝句》分为二首。

鉴玄影堂
香灯寂寞网尘中,烦恼身须色界空。龙钵已倾无法雨,虎床犹在有悲风。定心池上浮泡没,招手岩边梦幻通。深夜月明松子落,俨然听法侍生公。

别石泉
在惠山寺松竹之下,甘爽,乃人间灵液,清澄鉴一作见肌骨,含漱开神虑。茶得此水,皆尽芳味。

素沙见底空无色,青石潜流暗有声。微渡竹风涵淅沥,细浮松月透轻明。桂凝秋露添灵液,茗折香芽泛玉英。应是梵宫连洞府,浴池今化醒泉清。

别双温树
往年于惠山书房前手植,今已乔柯,数寻干云,葱翠荫日。此树移过江多死,有类丹橘。

翠条盈尺怜孤秀,植向西窗待月轩。轻剪绿丝秋叶暗,密扶纤干夏阴繁。故山手种—作植空怀想,温室心知不敢言。看尔拂云今得地,莫随陵谷改深根。

重别西湖

东去日前,别湖中—作西湖双鹨鹈、翡翠、早梅等三题。及西来,则鹨鹈、翡翠悉皆翔失,梅衰秋叶,重起前欢耳。

浦边梅叶看凋落,波上双禽去寂寥。吹管曲传花易失,织文机学羽难飘。雪欺春早摧芳萼,隼励秋深拂翠翘。繁艳彩毛无处所,尽成愁叹别豁桥。

毗陵东山

东山在毗陵驿,南连水西馆。馆即独孤及在郡所置,荒废已久。至孟公简重修,植以花木松竹等,可玩。孟公在郡日,余以校书郎从役,同宴于此,今则荒废仍旧。

昔人别馆淹留处,卜筑东山学谢家。丛桂半空摧枳棘,曲池平尽隔烟霞。重开渔浦连天月—作日,更种春园满地花。依旧秋风还寂寞,数行衰柳宿啼鸦。

建元寺—作和郭郧寒食

寺在常州东郭—作常州建元寺,在郡东郭,松扉竹院,各在冈阜,地甚疏通,连接郊外。每岁寒食里人洒扫经过之所。大历中,诗人郭云—作郧曾赋寒食诗赠吏部先兄。诗云:"兰陵士女满晴川,郊外纷纷拜古埏。万井人家初禁火,九原松柏自生烟。人间后事非前事,镜里今年老去年。介子终知禄不及,王孙谁复更相怜。"当时以为绝唱,尝在童儿,即闻此诗,非欲继和,盖纪事因书。

江城物候伤心地,远寺经过禁火辰。芳草垅边回首客,野花丛里断肠人。紫荆繁艳空门昼,红药深开古殿春。叹息光阴催白发,莫悲风月独沾巾。

却到金陵登北固亭

龙形江影隔云深,虎势山光入浪沈。潮蹙海风驱万里,日浮天垫洞千寻。众峰作限横空碧,一柱中维彻底—本此字缺金。还叱楫师看五

两,莫令辜负济川心。

望鹤林寺

仍岁往来牵迫,皆不得往。元和初,在故度支尚书兄宾府,多因闲暇,经游此寺。寺内有木兰、杜鹃繁茂,人言至今犹未衰歇。

鹤栖峰下青莲宇,花发江城世界春。红照日高殿夺火,紫凝霞曙莹销尘。每思载酒悲前事,欲问题诗想旧身。自叹秋风劳物役,白头拘束一闲人。

宿瓜州

烟昏水郭津亭晚—作晓,回望金陵若动摇。冲浦回风翻宿浪,照沙低月敛残潮。柳经寒露看萧索,人改衰容自寂寥。官冷旧谙唯旅馆,岁阴轻薄是凉飙。

入扬州郭

潮水旧通扬州郭内,大历已后,潮信不通。李颀诗:"鸬鹚山头片雨晴,扬州郭里见潮生。"此可以验。

菊芳沙渚残花少,柳过秋风坠叶疏。堤绕门津喧井市,路交村陌混樵渔。畏冲生客呼童仆,欲指潮痕问里闾。非为掩身羞白发,自缘多病喜肩舆。

宿扬州水—本无水字馆

舟依浅岸—作浦参差合,桥映晴虹上下连。轻楫过时摇水月,远灯繁处隔秋烟。却思海峤还凄叹,近涉江涛更凛然。闲凭栏干指星汉,尚疑轩盖在楼船。

州中小饮便别牛相

笙歌罢曲辞宾侣,庭竹移阴就—作近小斋。愁不解颜徒满酌,病非伤肺为忧怀。耻矜学步贻身患,岂慕醒狂蹑祸阶。从此别离长酩酊,洛阳狂狷任椎埋。

却过淮阴吊韩信庙

功高自弃汉元臣,遗庙阴森楚水滨。英主任贤增虎翼,假王徼福犯龙鳞。贱能忍耻卑狂少,贵乏怀忠近佞人。徒用千金酬一饭,不知

明哲重防身。

却入泗口

洪河一派清淮接，堤草芦花万里秋。烟树寂寥—作苍茫分楚泽，海云明灭满—作见扬州。望深江汉连天远，思起乡间—作关满眼愁。惆怅路岐真—作惟此处，夕阳西没水东流。

重入洛阳东门

商颜重命伊川叟，时事知非入洛人。连野碧流通御苑，满阶—作街秋草过天津。每惭清秩容衰齿，犹有华簪寄病身。驱马独归寻里巷，日斜行处旧红尘。

拜三川守

开成元年三月二十五日，蒙恩除河南尹。四月六日，诏下洛阳。是月自春不雨，已逾六旬。此日谢恩，未诣公府，驰祷龙祠。止九日，大降膏泽，连霪浃日，时苗顿茂。又里巷比多恶少，皆免—作危帽散衣，聚为群斗。或差肩追绕击大球，里言谓之打棍谱论，士庶苦之，车马逢者不敢前，都城为患日久。诏下之日，此辈皆失所在，却归负贩之业，闾里间无复前患。

恭承宠诏临伊洛，静守朝章化比闾。风变市儿惊偃草，雨晴郊数谬随车。改张琴瑟移胶柱，止息笙篁辨鲁鱼。唯有从容期一德，使齐文教奉皇居。

庆云见

夏六月，淮诏祭中岳，宿少林寺。祭毕归寺，有庆云见于峰，初如绛绡蒙覆上下，岩树透彻，虚明照日。俄顷，诸崖谷间尽祥云，纷郁绵布，自午至未不散。

礼成中狱陈金册，祥报卿云冠玉峰。轻未透林疑待凤，细非行雨讵从龙。卷风变彩霏微薄，照日笼光映隐—作隐映重。还入九霄成沆瀣，夕岚生处鹤归松。

灵蛇见少林寺

二大松上有青蛇，不知所自。下马之际，忽坠于地，盘结鳞状，若紫组绶，青光荧射，逼之不怒。问其寺僧，僧云：尝见。因令祝以箱笼引之，遂逶迤就器，送寺外，倏忽如失之。

琐文结绶灵蛇降，蠖屈螭盘顾视闲。鳞蹙翠光抽璀璨，腹连金彩动弯环。已应蜕骨风雷后，岂效衔珠草莽间。知尔全身护昆阆，不矜挥尾在常山。

拜宣武军节度使

开成元年六月二十六日，制授宣武军节度使。七月三日，中使刘泰押送旌节止洛阳。五日赴镇，出都门，城内少长士女相送者数万人。至白马寺，涕泣当车者不可止。少尹严元容鞭胥吏市人，怒其恋慕，留台御史杜牧使台吏遮欧百姓，令其废祖帐。

油幢并入虎旗开，锦囊从天凤诏来。星应魏师新鼓角，地嫌梁苑旧池台。日晖红斾分如电，人拥青门动若雷。伊洛镜清回首处，是非纷杂任尘埃。

到宣武三十韵

七月十二日到汴州。是月，郑汴间不雨已余月，秋苗已悴。十日至圃田，天雨已余。至十二日朝旨，秋稼顿茂，军礼亦成矣。

七月趋梁苑，三年谢尹京。旧风除物蠹，新律奉师贞。龙节双油重，蛇矛百练明。跃鱼连后旆，胜虎耀前旌。路转金神并，川开铁马横。拥旄差白羽，分辔引红缨。在浚风烟接，维嵩贡洛清。贯鱼奔骑疾，连雁卷行轻。烟垒风调角，秋原雨洗兵。宿云看布甲，疏柳见分营。鼓彻通宵警，和门候晓晴。虎符三校列，鱼胄万夫迎。弄马猿猱健，奔车角觝呈。驾肩傍隘道，张幕内连楹。森戟承三令，攒戈退一声。及郊知雨过，观俗辨风行。望宋怜思女，游梁念客卿。义夫留感激，公子播英名。泽广豚鱼洽，恩宣岂弟生。善师忘任智，中略在推诚。式宴歌钟合，陈筵绮绣并。戏鼙千卒跃，均酒百壶倾。乐与师徒共，欢从井邑盈。教通因渐染，人悦尚和平。授钺惭分阃，登坛荷列城。虚裘朝独坐，雄剑夜孤鸣。白发侵霜变，丹心捧日惊。卫青终保志，潘岳未忘情。期月终迷化，三年讵有成。惟看波海动，天外斩长鲸。

全唐诗卷四百八十三

李绅

江南暮春寄家

洛阳城见梅迎雪,鱼口桥逢雪送梅。剑水寺前芳草合,镜湖亭上野花开。江鸿断续翻云去,海燕差池拂水回。想—作料得心知近寒食,潜听喜鹊望归来。

奉酬乐天立秋夕有怀见寄

深夜星汉静,秋风初报凉。阶篁渐沥响,露叶参差光。冰兔半升魄,铜壶微滴—作漏长。薄帷乍飘卷,襟带轻摇飏。此际—作北除昏—作魂梦清,斜月满轩房。屦履步前楹,剑戟森在行。重城宵正分,号鼓互相望。独坐有所思,夫君鸾凤章。天津落星河,一苇安可航。龙泉白玉首,鱼服黄金装。报国未知效,惟鹈徒在梁。裴回顾戎旃,颢气生东方。衰叶满栏草,斑毛盈镜霜。羸牛未脱辕,老马强腾骧。吟君白雪唱,惭愧巴人肠。

山出云

杳霭祥云起,飘飏翠岭新。紫峰开石秀,吐叶间松春。林静翻空少,山明度岭频。回崖时掩鹤,幽涧或随人。姑射朝凝雪,阳台晚伴神。悠悠九霄上,应坐玉京宾。

上党奏庆云见

飞龙久驭宇,真气尚兴云。五色传嘉瑞,千龄表圣君。从风忽萧索,依汉更氛氲。影彻天初霁,光鲜日未曛。表祥近—作来自远,垂化聚还分。宁作无依者,空传陶令文。

华山庆云见

圣主祠名岳,高峰发庆云。金柯初缭绕,玉叶渐氛氲。气色含珠日,晴光吐翠雰。依稀来鹤态,仿佛列仙群。万树流光影,千潭写锦文。苍生欣有望,祥瑞在吾君。

欲到西陵寄王行周

西陵沙岸回流急，西陵渡在萧山县西二十里，钱王以陵非吉语，改日西兴。船底粘沙去岸遥。驿吏递呼催下缆，棹郎闲立道齐桡。犹瞻伍相青山庙，卢文辅《伍子胥祠铭》曰：汉史胥山，今名青山，谬也。未见双童白鹤桥。欲责舟人无次第，自知贪酒过春潮。

华顶

欲向仙峰炼九丹，独瞻华顶礼仙坛。石标琪树凌空碧，水挂银河映月寒。天外鹤声随绛节，洞中云气隐琅玕。浮生未有从师地，空诵仙经想羽翰。见《天台胜迹录》。

莺莺歌一作东飞伯劳西飞燕歌，为莺莺作。

伯劳飞迟燕飞疾，垂杨绽金花笑日。绿窗娇女字莺莺，金雀娅鬟年十七。黄姑上天阿母在，寂寞霜姿素莲质。门掩垂关萧寺中，芳草花时不曾出。

赠毛仙翁

忆昔我祖神仙主，玄元皇帝周柱史。曾师轩黄友尧汤，混迹和光佐周武。周之天子无仙气，成武康昭都瞥尔。穆王粗识神仙事，八极轮蹄方逞志。鹤发韬真世不知，日月星辰几回死。金鼎作丹丹化碧，三万六千神入宅。仙兄受术几千年，已是当时驾鸿客。海光悠容天路长，春风玉女开宫院。紫笔亲教书姓名，玉皇诏刻青金简。桂窗一别三千春，秦妃镜里娥眉新。忽控香虬天上去，海隅劫石霄花尘。一从仙驾辞中土，顽日昏风老无主。九州争夺无时休，八骏垂头避豺一作狼虎。我亦玄元千世孙，眼穿望断苍烟根。花麟白凤竟冥寞，飞春走月劳神昏。百年命促奔马疾，愁肠盘结心摧崒。今朝稽首拜仙兄，愿赠丹砂化秋骨。

和晋公三首

凤仪常欲附，蚊力自知微。愿假鳟鼍末，膺门自此依。

貂蝉公独步，鸳鹭我同群。插羽先飞酒，交锋便著文。

穷阴初莽苍，离思渐氛氲。残雪午桥岸，斜阳伊水滨。

古风一作悯农二首

春种一粒粟，秋成一作收万颗子。四海无闲田，农夫犹饿死。

锄禾日当午，汗滴禾下土。谁知盘中餐，粒粒皆辛苦。

柳二首

陶令门前罥接篱，亚夫营里拂朱旗。人事推移无旧物，年年春至绿垂丝一作垂垂。

千条垂一作杨柳拂金丝，日暖牵风叶学眉。愁见花飞狂一作狂飞不定，还同轻薄五陵儿。

题白乐天文集 乐天藏书东都圣善寺，号《白氏文集》，绅作诗以美之。

寄玉莲花藏，缄珠贝叶扃。院闲容客读，讲倦许僧听。部列雕金榜，题存刻石铭。永添鸿宝集，莫杂小乘经。

答章孝标

假金方用真金镀，若是真金不镀金。十载长安得一第，何须空腹用高心。来诗有金汤镀了之句。

朱槿花

瘴烟长暖无霜雪，槿艳繁花满树红。每叹芳菲四时匝，不知开落有春风。

至潭州闻猿

昔陪天上三清客，今作端州万里人。湘浦更闻猿夜啸，断肠无泪可沾巾。

江亭

瘴江昏雾连天合，欲作家书更断肠。今日病身悲状候，岂能埋骨向炎荒。

红蕉花

红蕉花样炎方识，瘴水溪边色最深。叶满

丛深殷似火,不唯烧眼更烧心。

忆汉月

花开花落无时节,春去春来有底凭。燕子不藏雷不蛰,烛烟昏雾暗腾腾。

端州江亭得家书二首

雨中鹊语喧江树,风处蛛丝飚水浔。开拆远书何事喜,数行家信抵千金。

长安别日春风早,岭外今来白露秋。莫道淮南悲木叶,不闻摇落更堪愁。

闻猿

见说三声巴峡深,此时行者尽沾襟。端州江口连云处,始信哀猿伤客心。

赠韦金吾

自报金吾主禁兵,腰间宝剑重横行。接舆也是狂歌客,更就将军乞一声。

长门怨

宫殿沈沈晓欲分,昭阳更漏不堪闻。珊瑚枕上千行泪,不是思君是恨君。

龟山寺鱼池

汲水添池活白莲,十千鬐鬣尽生天。凡庸不识慈悲意,自葬江鱼入九泉。

剃发多缘是代耕,好闻人死恶人生。祇园说法无高下,尔辈何劳尚世情。

赋月

白乐天分司东洛,朝贤悉会兴化亭送别,酒酣,各请一字至七字诗,以题为韵。

月。光辉,皎洁。耀乾坤,静空阔。圆满中秋,玩争诗哲。玉兔镝难穿,桂枝人共折。万象照乃无私,琼台岂遮君谒。抱琴对弹别鹤声,不得知音声不切。

句

君咏风月夕,余当童稚年。闲窗读书罢,偷咏左司篇。韦应物为滁州刺史,有《登北楼诗》,绅后为刺史继和,存句止此,见《方舆胜览》。

全唐诗卷四百八十四

崔公信

崔公信,元和元年进士第。张弘靖帅太原,辟为掌记。后改观察判官,加授殿中侍御史。诗一首。

和太原张相公山亭怀古

叠石状崖巘,翠含城上楼。前移庐霍峰,远带沅湘流。潇洒主人静,贪缘芳径幽。清辉在昏旦,岂异东山游。

杨虞卿

杨虞卿,字师皋,弘农人。元和五年擢进士第,为校书郎,擢监察御史。牛僧孺、李宗闵辅政,引为弘文馆学士、给事中,号为党魁。历工部侍郎、京兆尹,贬虔州司户卒。诗一首。

过小妓英英墓

萧晨骑马出皇都,闻说埋冤在路隅。别我已为泉下土,思君犹似掌中珠。四弦品柱声初绝,三尺孤坟草已枯。兰质蕙心何所在,焉知过者是狂夫。

句

河势昆仑远,山形菡萏秋。《过华作》。

杨汝士

杨汝士,字慕巢,虞卿从弟。元和四年,擢进士第。牛僧孺、李宗闵待之善,引为中书舍人。开成初,由兵部侍郎出镇东川,入为吏部侍郎,终刑部尚书。诗七首。

和段相公登武担寺西台

清净此道宫,层台复倚空。偶时三伏外,列席九霄中。平视云端路,高临树杪风。自怜荣末座,前日别池笼。

和段相公夏登张仪楼

从公城上来,秋近绝纤埃。楼古秦规在,

江分蜀望开。远山标宿雪,末席本寒灰。陪赏今为忝,临欢敢诉杯。

和宗人尚书嗣复祠祭武侯毕,题临淮公旧碑

古柏森然地,修严蜀相祠。一过荣异代,三顾盛当时。功德流何远,馨香荐未衰。敬名探国志,饰像慰氓思。昔谒从征盖,今闻拥信旗。固宜光宠下,有泪刻前碑。

宴杨仆射新昌里第

隔坐应须赐御屏,尽将仙翰入高冥。文章旧价留鸾掖,桃李新阴在鲤庭。再岁生徒陈贺宴,一时良史尽传馨。当时疏广一作傅虽云盛,讵有兹筵醉绿醽。

建节后偶作

抛却弓刀上砌台,上方台榭与云开。山僧见我衣裳窄,知道新从战地来。

题画山水

太华峰前是故乡,路人遥指读书堂。如今老大骑官马,羞向关西道姓杨。

贺筵占赠营妓《北里志》:汝士镇东川,其子知温及第,开家宴相贺,营妓咸集,命人与红绫一匹。

郎君得意及青春,蜀国将军又不贫。一曲高歌红一作绫一匹,两头娘子谢夫人。

句

昔日兰亭无艳质,此时金谷有高人。裴令公居守东洛,夜宴半酣,公索句,元白有得色,时公为破题,次至汝士云云。白知不能加,遽裂之,曰:"笙歌鼎沸,勿作冷淡生活。"元顾白曰:"乐天所谓能全其名者也。"

陈至

陈至,元和四年及第。诗二首。

赋得芙蓉出水

菡萏迎秋吐,夭摇映水滨。剑芒开宝匣,峰影写蒲津。下覆一作照参差荇,高辞苒弱蘋。自当巢翠甲,非止戏赪鳞。莫以时先后,而言色故新。芳香正堪玩,谁报涉江人。

荐冰

凌寒开涸冱,寝庙致精诚。色静澄三酒,光寒肃两楹。形盐非近进,玉豆为潜英。礼自春分展,坚从北陆成。藉茅心共结,出鉴水渐一作暂明。幸得来观荐,灵台一小生。

句

藻井尚寒龙迹在,红楼初施日光通。《红楼院》。

赵蕃

赵蕃,元和进士第。诗二首。

荐冰

仲月开凌室,斋心感圣情。寒姿分玉坐,皓彩发丹楹。积素因风壮,虚空向日明。遥涵窗户冷,近映冕旒清。在掌光逾彻,当轩质自轻。良辰方可致,由此表精诚。

老人星

大史占南极,秋分见寿星。增辉延宝历,发曜起祥经。灼烁依狼地,昭彰近帝庭。高悬方杳杳,孤白乍荧荧。应见光新吐,休征德自形。既能符圣祚,从此表遐龄。

全唐诗卷四百八十五

鲍溶

鲍溶,字德源,元和进士第,与韩愈、李正封、孟郊友善。集五卷,今编诗三卷。

古意一作怨诗

女萝寄青松一作松柏,绿一作丝蔓花绵绵。三五定君婚,结发早移天。肃肃羔一作羊雁礼,泠泠琴瑟篇。恭承采蘩祀,敢效同车一作居贤。皎日不留景,良辰一作时如逝川。愁一作秋心忽一作还移爱,花一作春貌无归妍。翠袖皓珠一作洗朱粉,碧阶封绿一作绮钱。新人易如玉,废瑟难为弦。寄谢一作美蕣华木,荣君香阁一作阁前。岂无摇落苦,贵与根蒂连。希君旧光景,照妾薄暮年。

萧史图歌

霜绡数幅八月天,彩龙引凤堂堂然。小载萧仙穆公女,随仙上归玉京去。仙路迢遥烟几重,女衣清净云三素。胡髯秅珊云髻一作鬟光,翠蕤皎洁琼华凉。露痕烟迹渍红一作清江貌,疑别秦宫初断肠。此天一作去每在西北一作北斗上,紫霄洞客晓烟一作相望。

会仙歌

轻轻濛濛,龙言凤语何从容,耳有响兮目无踪。杳杳默默,花张锦织,王母初自昆仑来,茅盈王方平在侧。青毛仙鸟衔锦符,谨上阿一本有母字环起居王母书。始知仙事亦多故,一隔绛一作银河千岁一作东海千年余。详一作祥玉字,多喜气,瑶台明月来堕地。冠剑低昂蹈舞频,礼容尽若君臣事。愿言小仙艺,姓名许飞琼,洞阴玉磬敲天声。乐王母,一送玉杯长命酒。碧花醉,灵扬扬,笑赐二子长生方。二子未及伸拜谢,苍苍上兮皇皇下。

李夫人歌

璚闺羽帐华烛陈,方士夜降夫人神。葳蕤半露芙蓉色,窈窕将期环珮身。丽如三五月,可望难亲近。嚬黛含犀—作凄竟—作翠黛含颦意不言,春思秋怨谁能问。欲求巧笑如生时,歌尘在空瑟衔丝。神来未及梦相见—作及梦相见苦,帝比初亡心更悲。爱之欲其生又死,东流—作方万代无回水。宫漏丁丁夜向晨,烟消雾—作露散愁方士。

水殿采菱歌

宫鸦叫赤光,潮声入宫宫影凉。火华啼露卷横塘,金堤四合宛柔扬—作垂杨。美人荷裙芙蓉妆,柔—本此字缺黄紫雾棹龙航。采莲一声歌态长,青丝结眼捕鸳鸯。

周先生画洞庭歌

江南客,水为乡,舟为宅,能以笔锋知地脉。闲分楚水入丹青,不下此堂临洞庭。水文不浪烟不动,木末棱棱山碧重。帝子应哀窈窕云,客人似得婵娟梦。六月火光衣上生,斋心寂听潺湲声。林冰摇镜水拂簟,尽日独卧秋风清。因游洞庭不出户,疑君如有长生路。玉壶先生在何处?

霓裳羽衣歌

玉烟生窗午—作下轻凝,晨华左耀鲜相凌。人言天孙机上亲手迹,有时怨别无所惜。遂令武帝厌云韶,金针天丝缀飘飘。五声写出心中见,拊石喧金柏梁殿。此衣春日赐何人,秦女腰肢轻若燕。香风间—作闲旋众彩随,联联珍珠贯长丝。眼前意是三清客,星宿离离绕身白。鸾凤有声不见身,出宫入徵随伶人。神仙如月只可望,瑶华池头几惆怅。乔山一闭曲未终,鼎湖秋惊白头浪。

寓兴

念来若望神,追往如话梦。梦神不—作本无迹,谁使烦心用。鲁圣虚泣麟,楚狂浪歌凤。那言阮家子,更作穷途恸。

游山

白道行深云,云高路弥细。时时天上客,遗路人间世。烟花最深处,井臼得空刺。天寒鹤巢林,石长泉脉闭。神化万灵集,心期一朝契。不见金板书,谁知阮家裔。终期太古人,问取松柏岁。

隋宫

御街多行客—作行客路,行客悲春风。楚—作野老几代人,种田炀帝宫。零落池台势,高低禾黍中。

怀仙二首

昆仑九层台,台上宫城峻。西母持地图,东来献虞舜。虞宫礼成后,回驾仙风顺。十二楼上人,笙歌沸天引。裴回扶桑路,白日生离恨。青鸟更不来,麻姑断书信。乃知东海水,清浅谁能问。

阆峰绮阁—作昆仑九层几千丈,瑶水西—作四流十二城。曾见—作心羡周灵王太子,碧桃花下自—作学吹笙。

怀远人

远道在天际,客行如浮云。浮云不知归,似我长望君。秋至汉水高,南音何时闻。瑶草难远寄,西风气氤氲。常恐山岳游,不反鸾凤群。无厌坐迟人,风雨惊斯文。

怀尹真人

万里叠嶂翠,一心浮云闲。羽人杏花发,倚树红琼颜。流水杳冥外,女萝阴荫间。却思人间世,多恐不可还。青鸟飞难远,春云晴不闲。但恐五灵车,山上复有山。

秋晚铜山道中宿隐者

我乡山川遥,秋晚空景促。天明共云散,日落依鸟宿。主人逃名子,鹤发卧空谷。野言得真风,山貌宜古服。喜于无声地,暂傲羲皇俗。秋窗照疏萤,寒犬吠落木。朝隐留此处,一点天边宿。今忆见此时,添悲览止足。迟迟清夜昼,幽路出深竹。笑谢万户侯,余将耻干禄。

感怀

宿心不觉远,事去劳追忆。旷古川上怀,东流几时息。门前青山路,眼见归不得。晓梦云月光,过秋兰蕙色。

咏秦皇墓

左岗青虬盘,右坂白虎踞。谁识此中陵,且龙藏身处。别为一天地,下入三泉路。珠华羽青鸟,玉影耀白兔。山河一易姓,万事随人去。白昼盗开陵,玄冬火焚树。哀哉送死厚,乃为弃身具。死者不复知,回看一作首汉文墓。

将归旧山留别孟郊

择木无利刃,羡鱼无巧纶。如何不量力,自取中路贫。前者不厌耕,一日不离亲。今来千里外,我心不在身。悠悠慈母心,惟愿才如人。蚕桑能几许,衣服常著新。一饭吐尺丝,谁见此殷勤。别君归耕去,持火烧车轮。

留辞一作别杜员外式方

东风吹旅怀,乡梦无夜无。惭见一作叹君子堂,贫思上归途。海岳泛念深,涓尘复何须。婆娑不在本一作材木,屈曲无弦弧。恻恻奉离尊,承欢独向隅。时当凤来日,孰用鸡鸣夫。一本无此二句。回首九仙门,皇家在玉壶。惭非每人别,泪下不成珠。

长城

蒙公一作恬房生人,北筑秦氏一作民冤。祸兴萧墙内,万里防祸根一作源。城成六国亡,宫阙启一作观邑千门一作人,一作年。生人半为土,何用空中原。奈何家天下一作天下人,骨肉尚无一作酬恩。投沙拥海水,安得久不翻。乘高惨人魂,寒日易黄昏。枯骨贯朽铁一作朽木贯折矢,砂中如一作自有言。万古一作岁骊山下一作葬,徒悲一作谁知野火燔。

蔡平喜遇河阳马判官宽话别

从事东军正四年,相逢且喜偃兵前。看寻狡兔翻三窟,见射妖星落九天。江上柳营回鼓角,河阳花府望神仙。秋风萧飒醉中别,白马嘶霜雁叫烟。

寄福州从事殷尧藩

越岭寒轻物象殊,海城台阁似蓬壶。几回入市鲛绡女,终岁啼花山鹧鸪。雷令剑龙知去未,虎夷云鹤亦来无。就中静事冥宵话,何惜只轮访病夫。

壮士行

西方太白高,壮士羞病死。心知报恩处,对酒歌易水。沙鸿嗥天末,横剑别妻子。苏武执节归,班超束书起。山河不足重,重在遇知己。

章华宫行

烟渚南鸿呼晓群,章华宫娥怨行云。十二巫峰仰天绿,金车何处邀云宿。小腰蟒堕三千人,宫衣水碧颜青春。岂无一人似神女,忍使黛蛾常不伸。黛蛾不伸犹自可,春朝诸处门常锁。

倚瑟行

金舆传惊一作警灞浐水一作水涯,龙旗参天行殿巍。左文皇帝右慎姬,北面侍臣张释之。因高知处邯郸道,寿陵已见生秋草。万世何人不此归,一言出口堪生老。高歌倚瑟流一作扬清悲,徐乐一作乐余哀生知为谁。臣惊欢一作谣叹不可放一作望,愿赐一言释名安。明珠为日红亭亭,水银为河玉为星。泉宫一闭秦国丧,牧童弄火一作笛骊山上。与世无情在速贫,弃尸于野由斯葬。生死茫茫不可知,视一作是不一姓君莫悲。始皇有训二世哲一作誓,君独何人至于斯。一作无上四句。灞陵一代无发毁,俭风本是张廷尉。

辞辇行

汉家代久淳风薄,帝重微行极荒乐。青娥三千奉一人,班女不以色事君。朝停玉辇诏同载,三十六宫皆眄睐。不惊六马缓天仪,从容鸣环前致辞。君恩如海深难竭,妾命如丝轻易绝。原陪阿母同小星,敢使太阳齐万物。周末幽王不可宗,妾闻上圣遗休风。五更三老侍白日,八十一女居深宫。愿将辇内有馀席,回赐忠臣妾恩泽。一时节义动贤君,千年名姓香氛氲,渐台水死何伤闻。

巢乌行

乌生几子林萧条,雄乌求食雌守巢。夜愁风雨巢倾覆,常见一乌巢下宿。日长雏饥雄未回,雌乌下巢去哀哀。野田春尽少遗谷,寻食不得饥飞来。黄雀亦引数青雀,雀飞未远乌惊落。既分青雀噉尔雏,尔雏虽长心何如。将飞不飞犹未忍,古瑟写哀哀不尽。杀生养生复养生,呜呜喷喷何时平。

姑苏宫行

姑苏宫,九层金台半虚空。雕楹璇题斗皎洁,中有妖姬似明月。西见洞庭秋镜开,水华百里盘宫来。越王采女能水戏,仙舟如龙旌曳翠。羽盖晴翻橘柚香,玉笙夜送芙蓉醉。归帆平静一作净君无劳,还从下下上高高。

悲哉行

促促晨复昏,死生同一源。贵年不惧老,贱老一作者伤久存。朗朗哭前歌,绛旌引幽魂。来为千金子,去卧百草根。黄土寒生路,悲风送回辕一作轮。金鞍旧良马,四顾不入一作出门。生结千岁一作载念,荣华及百孙一作荣及百代孙。黄金买性命,白刃酬一作雠一言。字知北山下,松柏侵田园。

元日早朝行一作鲍防诗,末有师旷应律十句,旌旗不断二句无。

乾元发生春为宗,盛德在天斗建东。东方岁星大明宫,南山喜气摇晴空。望云五等舞万玉,献寿一声出千峰。文章垂彩礼乐正,太白一作平下直旌旗红。旌旗不断一作直旌断尔春风前,直如朱绳非尔妍。

秋怀五首

促促生有涯,营营意无限。无限意未申,有涯生已晚。恩荣不可恃,天道归寸管。老如影随人,时若车下坂。行者归期尽,居人心复远。凉风日萧条,亲戚长在眼,多忧知无奈,圣贤莫能免。客鸟投本枝,生生复深浅。

秋晓客迢迢,月清风楚楚。草虫夜侵我,唧唧床下语。流年白日驰,微愿不我与。心如缲丝纶,展转多头绪。凭觞散烦襟,援瑟清夜拊。回感帝子心,空堂有烟雨。丝减悲不减,器新声更古。一弦有馀哀,何况二十五。

九月夜如年,幽房劳别梦。不知别日远,夜夜犹相送。玉床暗虫响,锦席寒泪冻。明镜失旧人,空林误归凤。新年堪爱惜,锦字亦珍重。一念皎皎时,幽襟非所用。

金气白日来,疏黄满河关。平居乏愉悦,况复身险艰。一忆故乡居,一望客人还。两心四海中,谁不伤朱颜。双燕不巢树,浮萍不出山。性命君由天,安得易其间。休悲砌虫苦,此日无人闲。

龙荒变露色,燕雁一作雀南为客。游子声影中,涕零念离析。四时如车马,转此今与昔。往叹在空中,存事委幽迹。翩翩日敛照,朗朗月系夕。物生春不留,年壮老还迫。天机杳何为,长寿与松柏。

秋夜对月怀李正封

援琴怅独立,高月对秋堂。美人远于月,徒望空景光。坐忆一作感,又作敢执手时,七弦起凄凉。平生知音少,君子安可忘。客意如梦寐,路岐遍四方。日远迷所之,满天心暗伤。主奉二鲤鱼,中含五文章。惜无千金答,愁思盈中肠。此夕临风叹,零露沾衣裳。

庐山石镜

东岩采薇人,岩际朝见月。怪堕幽萝间,非时更澄彻。绿萝就玉兔,再与高鸟歇。清光照掌中,始悟石上发。谁传阴阳火,铸此天地物。深影藏半山,虚轮带凝雪。早回谢公赏,今遇樵夫说。白日乘彩霞,翩翩对容发。我图

辟鬼魅，信美留烟阙。形神乍相逢，竟夕难取
刈。如其终身照，可化黄金骨。

峨眉山道士期尽日不至

倾景安再中，人生有一作又何常。胡为少
别，风驭峨眉阳。结我千日期，青山故人堂。
尽师不至，望云空烧香。顾惭有限身，易老
日光。怀君屡惊叹，支体安能强。往闻清修
篯，未究服食方。瑶田有灵芝，眼见不得尝。
壶贮天地，岁月亦已长。若用壶中景，东溟
堪伤。寄言赤玉箫，夜夜吹清商。

德上太原严尚书绶一作王尚书，无绶字。

帝命河岳神，降灵翼轩辕。天王委管籥，
闭秦北门。顶戴日月光一作华，口宣一作沾濡
露言。甲马不及汗，天骄自亡魂。清一作青
入内地，黄河穷本源。风云寝气象，鸟兽翔
旗幡。军人歌无胡，长剑倚昆仑。终古鞭血
，到今耕稼繁。樵客天一畔，何由拜旌轩。
请执御臣，为公动朱轓。岂令群荒外，尚有
帝恩。愿陈田舍歌，暂息四座喧。条桑去附
，薙草绝本根。可惜汉公主，哀哀嫁乌孙。

山中怀刘修

松老秋意孤，夜凉吟风水。山人在远道，
忆中夜起。春光如不至，幽兰含香死。响象
鹤情，念来一相似。月斜掩扉卧，又在梦
里。

塞下一作上

北一作朔风号蓟门，杀气日夜兴。咸阳三
千里，驿马如饥鹰。行子久去乡，逢一作见山不
登。寒日惨大野，房云若飞鹏。西北防秋
军，麾幢宿层层一作冰。匈奴天未丧，战鼓长登
登一作腾腾。汉卒马上老，繁缨空丝绳。诚知天
骄，欲罢又不能。

送僧南游

且攀隋宫柳，莫忆一作惜江南春。师有怀
乡志，未为无事人。

行路难

玉堂向夕如无人，丝竹俨然宫商死。细人
何言入君耳，尘生金樽酒如水。君今不念岁蹉
跎，雁天明明凉露多。华灯清凝久照夜，彩僮
窈窕虚垂萝一作罗。入宫见妒君不察，暮一作莫
入此地生风波。此时不乐早休息，女颜易老君
如何。

子规

中林子规啼，云是古蜀帝。蜀帝胡为鸟，
惊急如罪戾。一啼艳阳节，春色亦可替。再啼
孟夏林，密叶堪委翳。三啼凉秋晓，百卉无生
意。四啼玄冥冬，云物惨不霁。芸黄壮士发一
作鬓，沾一作泪洒娇姬袂。悲深寒乌雏，哀掩病
鹤翅。胡为托幽命，庇质无完毳。戚戚含至
冤，卑卑忌群势。吾闻凤皇长，羽族皆受制。
盍分翡翠毛，使学鹦鹉慧。敌怨不在弦，一哀
尚能继。那令不知休，泣血经世世。古风失中
和，衰代因郑卫。三叹尚淫哀，向渴嘻流涕。
如因异声感，乐与中肠契。至教一昏芜，生人
遂危脆。古意叹通近，如上青天际。荼蓼久已
甘，空劳堇葵惠。谁闻子规苦，思与正声计。

秋夜闻郑山人弹楚妃怨

明月摇落夜，深堂清净弦。中间楚妃奏，
十指哀婵娟。寥寥夜含风，荡荡意如泉。寂寞
物无象，依稀语空烟。旅人多西望，客雁难南
前。由来感神事，岂为无情传。容华能几时，
不再来者年。此夕河汉上，双星含凄然。

忆旧游

忆求无何乡，了在赤谷村。仙人居其中，
将往问所存。日入濛汜宿，石烟抱山门。明月
久不下，半峰照啼猿。堂上白鹤翁，神清心无
烦。斋心侍席前，跪请长生恩。云昔崆峒老，
何词受轩辕。从星使变化，任日张乾坤。若到
旧乡里，宛如曾讨论。风移岩花气，珠贯金经
言。凉夜惜易尽，青烟谢晨喧。自唯腥膻体，
难久留其藩。几世身在梦，百年云无根。悠悠

竟何事，一本无上二句。愚智相忧冤。叹息几晚寤，蒙师招其魂。至今瑶华心，每想清水源。

白露

清蝉暂休响，丰露还移色。金飙爽晨华，玉壶增夜刻。已低疏萤焰，稍减哀蝉力。迎社促燕心，助风劳雁翼。一悲纨扇情，再想清浅忆。高高拜月归，轧轧挑灯织。盈盈玉盘泪，何处无消息。

经隐叟

行蹋门外泉，坐披床上云。谁将许由事，万古留与君。虚洞闭金锁，蠹简藏鸟文。萝景深的的，蕙风闲薰薰。余有世上心，此来未及群。殷勤讳名姓，莫遣樵客闻。

秋暮—作日山中怀李端公益—本益字在端公上

旧事与日远，秋花仍旧香。前年绣衣客，此节过此堂。侍臣不自高，笑脱—作解绣衣裳。眠云有余态—作意，入鸟不乱行。我恐云岚色，损君鞍马光。君言此何言，且共覆前觞。古人重一笑，买日轻金装。日尽秉烛游，千年不能忘。—本无上六句。君言此何言，明—作今日皆异乡。明日非今日，山下—作下山道路长。一从山下来—作去，天地再炎凉。此中会—作期果难得，梦君马玄黄。

苦哉远征人—本苦哉上有拟古二字

征人歌古曲，携手上河梁。李陵死别处，宵杳玄—作去冥乡。忆昔从此路，连年征鬼方。久行迷汉历，三死—作洗毡衣裳。百战身且在，微功信难忘。远承云台议，非势孰敢当。落日吊李广，白首—作身过河阳。闲弓失月影，劳剑无龙光。去日始束发，今来发成霜。虚名乃闲事，生见父母乡。掩抑大风歌，裴回少年场。诚哉古人言，鸟尽良弓藏。

悼豆卢策先辈

丧车出东门，生时马无力。何处入黄泉，嵩高山西北。室人万里外，久望君官职。今与牵衣儿，翻号死消息。平生江海上，我不空相

识。远客迷畏途，孤鸿伤一翼。行将鸡黍祭，已是乌鸢食。劝酒执御郎，行人有哀色。先悲三尺土，经岁哭不得。眼前双双流，故袂安可拭。一拜隔千里，生人意何极。唯有阳春曲，永播清玉德。

首夏

昨日青春去，晚峰尚含妍。虽留有余态，脉脉防忧煎。幽人惜时节，对此感流年。

寄天台准公

赤城桥东见月夜，佛垅寺边行月僧。闲跻莓苔绕琪树，海光清净对心灯。

送僧东游

风流东晋后，外学入僧家。独唱郢中雪，还游天际霞。云村共香饭，水月喻—作国渝秋花。景物添新致，前程讵可涯。

送僧之宣城

昔从谢太守，宾客宛陵城。有日持斋戒，高僧识姓名。秋风送客去，安得尽忘情。

宣城北楼，昔从顺阳公会于此

诗楼郡城北，窗牖敬亭山。几步尘埃隔，终朝世界闲。凭师看粉壁，名姓在其间。

东高峰—作东峰亭

东亭最高峙，春树绕山腰。画里青鸾客，云中碧玉箫。秋风若西望，为我一长谣。

禅定寺经院

莲华不朽寺—作字，雕刻满山根。石汗知天雨，金泥落圣言。思量施金客，千古独消魂。

范真传—作传真侍御累有寄，因奉酬十首

昨日新花红满眼，今朝美酒绿留人。更宜明月含芳露，凭仗萧郎夜赏春。

白雪剪花朱蜡蒂，折花传笑惜春人，请君白日留明日—作月，一醉春风—作风光莫厌频。

云髻凤文细—作细，对君歌—作俱少年。万

一作兼金酬一顾一作愿,一作饮,可惜十千钱。

玉管倾杯乐,春园斗草情。野花无限意,处处逐人行。

闻道中山酒,一杯千日醒一作酲。黄莺似专语,劝酒太叮咛。

红袂歌声起,因君始得闻。黄昏小垂手,与我驻浮云。

相劝醉年华,莫醒春日斜。春风宛陵道,万里晋阳花。

碧绿草萦堤,红蓝花满溪。愿君常践蹋一作路,莫使暗萋萋。

萋萋巫峡云,楚客莫留恩。岁久晋阳道,谁能向太原。

岁酒一作几日劝屠苏,楚声山鹧鸪。春风入君意,千日不须臾。

全唐诗卷四百八十六

鲍溶

越女词

越女芙蓉妆,浣纱清浅水。忽惊春心晓一作晚,不敢思君子。君子纵我思,宁来浣溪里。

弄玉词二首

素女结念飞天行,白玉参差凤皇声,天仙借女双翅猛。五灯绕身生,入烟去无影。

三清弄玉秦公女,嫁得天上人。琼箫碧月唤朱雀,携手上谒玉晨君。夫妻同寿,万万青春。

山行经樵翁

我心劳我身,远道谁与论。心如木中火,忧至常自燔。披访结恩地,世人轻报恩。女无良媒识,知入何人门。寒日行深山,路由谷中村。田翁樵采熟,男女讴吟喧。借问身命谋,上言愧乾坤。时清公赋薄,力勤地利繁。下念草木年,坐家见重孙。举案馈宾客,糟浆盈隆尊。醉闲鹿裘暖,白发舞轩轩。仰羡太古人,余将破行辕。遑遑问身事,师友难为言。离歌又行去,落日低寒泉。

途中旅思二首

喔喔鸡鸣晓,萧萧马辞枥。草草名利区,居人少于客。生期三万日,童耄半虚掷。修短命半中,忧欢复相敌。朝提黄金爵,暮造青松宅。来往日相悲,北邙田土窄。峨峨西天岳,锦绣明翠壁。中有不死乡,千年无人迹。心期周太子,下马拜虚碧。鹤驾如可从,他年执烟策。

星出方问宿,睡眼始朦胧。天光见地色,上路车幢幢。时物既老大,众山何枯空。青冥见古柏,寥朗闻疏鸿。独步天地间,无因为君忠。白毛寻人忧,生此头发中。跃马非壮见,报恩无高功。斯言化为火,日夜焚深衷。

旧镜

　　婵娟本家镜,与妾归君子。每忆并照时,相逢明月里。春风忽分影,白日难依倚。珠粉不结花,玉珰宁辉耳。心期不可见,不保长如此。华发一欺人,青铜化为鬼。良人有归日,肯学妖桃李。瑶匣若浮云,冥冥藏玉水。侍儿不遣照,恐学孤鸾死。

宿悟空寺赠僧

　　劳者谣烛蛾,致身何营营。雪山本师在,心地如镜清。往与本师别,人间买浮名。朝光畏不久,内火烧人情。迷路喜未远,宿留化人城。前心宛如此,了了随静生。维持薝卜花,却与前心行。

感兴 第十五句缺一字

　　幽人无近迹,别易—作异会则稀。黄鹤亦姓丁,寥寥何处飞。时见海上山,绕云心依依。凉无驭风术,中路愁虚归。童发慕道心,壮年堕尘机,白日不饶我,如今事皆非。群羊化石尽,双凫与我违。□岳黄金富,轩辕晓霞衣。谁令日在眼,容色烟云微。

秋思

　　楚客秋更悲,皇皇无声地。时无无事人,我命与身异。良时如飞鸟,回掌成故事。蹉跎秋定还,凝冱坚冰至。人生不朝老,华发谁能避。感此惜壮年,壮年少为贵。我生虽努力,荣途难自致。徒为击角歌,且惭雕剑字。吾师—作思罕言命,感激潜伤思。

客途逢乡人旋别

　　惊鸿一断行,天远会无因。无因忽相会,感叹若有神。我乡路三千,百里一主人。一宿独何恋,何况旧乡邻。牢落岁华晏,相怜客中贫。迎霜君衣暖,与我同一身。谁在天日下,此生能不勤。青萍寄流水,安得长相亲。明发更远道,山河重苦辛。

隋帝陵下

　　白露沾衣隋主宫,云亭月馆楚淮东。盘龙楼舰浮冤水,雕锦帆幢使乱风。长夜应怜桀何罪,告成合笑禹无功。伤心近似骊山路,陵树无根秋草中。

洛阳春望

　　五凤楼南望洛阳,龙门回合抱苍苍。受朝前殿云霞暖,封岳行宫草木香。四海为家知德盛,二京有宅卜年长。东人犹忆时巡礼,愿觊元和日月光。

始见二毛

　　玄发迎忧光色阑,衰华因镜强相看。百川赴海返潮易,一叶报秋归树难。初弄藕丝牵欲断,又惊机素剪仍残。颜生岂是光阴晚,余亦何人不自宽。

巫山怀古

　　十二峰峦斗翠微,石烟花雾犯容辉。青春楚女妒云老,白日神人入梦稀。银箭暗凋歌夜烛,珠泉频点舞时衣。谁伤宋玉千年后,留得青山辨是非。

郊天回

　　日动萧烟上泰坛,帝从黄道整和銮。风前貔武回雕仗,云里神龙起画竿。金鸟敕书鸣九夜,玉山寿酒舞千官。始知报本终朝礼,旧典时巡只自难。

温泉宫

　　忆昔开元天地平,武皇十月幸华清。山蒸阴火云三素,日落温泉鸡一鸣。彩羽鸟仙歌不死,翠霓童妾舞长生。仍闻老叟垂黄发,犹说龙髯缥缈情。

寄归

　　塞草黄来见雁稀,陇云白后少人归。新丝强入未衰鬓,别泪应沾独宿衣。几夕精诚拜初月,每秋河汉对空机。更看出猎相思苦,不射秋田朝雉飞。

赠远

　　辛苦关西车骑官,几年旄节客河兰。金泥

舞虎精神暗,银缕交龙气色寒。欲和古诗成窦锦,倍悲秋扇损齐纨。莫劳雁足传书信。愿向凌烟阁上看。

九日与友人登高

云木疏黄秋满川,茱萸风里一尊前。几回为客逢佳节,曾见何人再少年。霜报征衣冷针指,雁惊幽梦泪婵娟。古来醉乐皆难得,留取穷通付上天。

赠杨炼师

柴烟衣上绣春云,清隐山书小篆文。明月在天将凤管,夜深吹向玉晨君。

玉清坛

上阳宫里女,玉色楚人多。西信无因得,东游奈乐何。

答客

竹简深路马惊嘶,独入蓬门半似迷。劳问圃人终几事,桔槔声里雨春畦。

隋宫

杨塘烟起日西斜,竹浦风回雁弄沙。炀帝春游古城在,坏宫芳草满人家。

送僧文江

吴王剑池上,禅子石房深。久慕白云性,忽劳青玉音。孤高知胜鹤,清雅似闻琴。此韵书珍重,烦师出定吟。

古意 末句缺一字

重锦化为泥,剪刀误人事。夜裁远道书,剪破相思字。妾心不自信,远道终难寄。客心固多疑,肯信非人意。万里不言远,归书长相次。可即由此书,空房□忌讳。

山中冬思二首

山深先冬寒,败叶与林齐。门巷非世路,何人念穷栖。哀风破山起,夕雪误鸣鸡。巢鸟侵旦出,饥猿无声啼。晨兴动烟火,开云伐冰溪。老木寒更瘦,阴云晴亦低。我贫自求力,颜色常低迷。时思灵台下,游子正凄凄。

雪壮冰亦坚,冻涧如平地。幽人毛褐暖,笑就糟床醉。唤人空谷应,开火寒猿至。拾薪煮秋栗,看鼎书古字。忽忆南涧游,衣巾多云气。露脚寻逸僧,谐量意中事。

读史

鬼书报秦亡,天地亦云闭。赤龙吟大野,老母哭白帝。苍苍无白日,项氏徒先济。六合已姓刘,鸿门事难制。坑降嬴政在,衣锦人夐替。宿昔见汉兵,龙蛇满旌旗。始矜山可拔终叹骓不逝。区区亚父心,末究天人际。萧张马无汗,盛业垂千世。

冬夜答客

冬日诚可爱,不如夜漏多。幸君霜露里,车马犯寒过。学耕不逢年,稂莠败黍禾。岂咄亲宾散,鸟鼠移巢窠。独见青松心,凌霜庇柔萝。壮日贱若此,留恩意如何。因忆古丈夫,一言重山河。临风弹楚剑,为子奏燕歌。

宿吴兴道中苕村

浮客倦长道,秋深夜如年。久行惜日月,常起鸡鸣前。夕计今日程,息车在苕川。霜中水南寺,金磬泠泠然。畴昔此林下,归心巢顶禅。身依瘖昏寐,智月生虚圆。羁旅违我程,去留难双全。观身话往事,如梦游青天。明发止宾从,寄声琴上弦。聊书越人意,此曲名思仙。

代楚老酬主人

流水为我乡,扁舟为我宅。二毛去天远,几日人间客。瞳瞳衔山景,渺渺翔云迹。从时无定心,病处不暖席。烦君问岐路,为我生凄戚。百年衣食身,未死皆有役。曾伤无遗嗣,纵有复何益。终古北邙山,樵人卖松柏。

沛中怀古

烟芜歌风台,此是赤帝乡。赤帝今已矣,大风貌凄凉。惟昔仗孤剑,十年朝八荒。人言生处乐,万乘巡东方。高台何巍巍,行殿起中央。兴言万代事,四坐沾衣裳。我为异代臣,酌水祀先王。抚事复怀昔,临风独彷徨。

夏日华山别韩博士愈

别地泰华阴,孤亭潼关口。夏日可畏时,望山易迟久。暂因车马倦,一逐云先后。碧霞气争寒,黄鸟语相诱。三峰多—作各异态,迥举仙人手。天晴捧日轮,月夕弄星斗。幽疑白帝近,明见黄河走。远心不期来,真境非吾有。鸟鸣草木下,日息天地右。踯躅因风松,青冥谢仙叟。不知无声泪,中感一颜—作顾厚。青霄上何阶,别剑空朗扣。故乡此关外,身与名相守。迹比断根蓬,忧如长饮酒。生离抱多恨,方寸安可受。咫尺岐路分,苍烟蔽回首。

春日言怀

湛湛琴前酒,期自赏青春。胡为缄笑语,深念不思身。寂寂花舞多,嘤嘤鸟言频。心悲兄弟远,愿见相似人。江界田土卑,竞来东作勤。岁寒虚尽力,家外无强亲。杳窅青云望,无途同苦辛。

题吴徵君岩居

尧泽润天下,许由心不知。真风存绵绵,常与达者期。有道吾不仕,有生吾不欺。澹然灵府中,独见太古时。地脉发醴泉,岩根生灵芝。天文若通会,星影应离离。亭亭傅氏岩,何独万古思。

云溪竹园翁

硉硉云溪里,翠竹和一作如云生。古泉积涧深,辣辣如刻成。楚客卧云老,世间无姓名。因兹千亩业,以代双牛耕。乱林不可留一作流,寸茎不可轻。风暖斗出地,仰齐故年茎。幽室结白茅,密叶罗众清。照水寒澹荡,对山绿峥嵘。苍松含古貌,秋桂俨白英。相看受天风,深夜戛击声。

窃览都官李郎中和李舍人益酬张舍人弘靖,夏夜寓直,思闻雅琴见寄

朝草天子奏,夜语思忧琴。因声含香气,其韵流水音。仙乐朱凤意,灵芝紫鸾心。翻然远求友,岂独双归林。松吹暑中冷,星花池上深。倘俾有声乐,请以丝和金。

长安言怀

殷殷生念厚,戚戚劳者多。二时昼夜等,百岁讵几何。日下文翰苑,侧身识经过。千虑恐一失,翔阳已蹉跎。临觞剪众忧,静寄丝桐歌。思归绕十指,五声不相和。暮天还巢翼,明日陨叶柯。高谢岩谷人,鹿衣带女萝。生不去亲爱,浮名若风波。谁令不及此,亲爱隔山河。

秋思三首

胡风吹雁翼,远别无人乡。君近雁来处,几回断君肠。昔奉千日书,抚心怨星霜。无书又千日,世路重茫茫。燕国有一作古佳丽,蛾眉富春光。自然君归晚,花落君空堂一作房。君其若不然一作君若谓不死,岁晚双鸳鸯。

顾兔蚀残月,幽光不如星。女儿晚事夫,颜色同秋萤。秋日边马思,武夫不遑宁。燕歌易水怨,剑舞蛟龙腥。风折连枝树,水翻无蒂萍。立身多门户,何必燕山铭。生世不如鸟,双双比翼翎。

季秋天地闲一作闲,万物生意足。我忧长于生,安得及草木。试从古人愿,致酒歌秉烛。燕赵皆世人,讵能长似玉。俯怜老期近,仰视日车速。萧飒御风君,魂梦愿相逐。百年夜销半,端为垂缨束。

归雁

南国春早暖,渚薄正月生。东风吹雁心,上下和乐声。绕水半空去,拂云偕一作皆相迎。如防失群怨,预有侵夜惊。渺邈天外影,支离塞中莺一作嘤。自顾摧颓羽,偏感南北情。乍

甘烟雾劳,不顾龙沙荣—作荣。虽乐未归意,终不能自鸣。喜去春月满,归来秋风清。啼余碧窗梦,望断阴山行。不及瑶筐—作台,一本缺燕,寄身金宫楹。

悲湘灵

山上凉云收,日斜川风止。蛾皇五十弦,秋深汉江水。初因无象外,牵感百忧里。霜露结瑶华,烟波劳玉指。将随落叶去,又绕疏蘋起。哀响云合来,清余桐半死。女颜万岁后,岂复婵娟子。不道神无悲,那能久如此。魂魄无不之,九山徒相似。没没竟不从,唯伤远人耳。斑斑泪篁下,恐有学瑟鬼。

闻蝉

高蝉旦夕噪,景物浮凉气。木叶渐惊年,锦字因络纬。稍断当窗事,更凄临水意。清香笋蒂风,晓露莲花泪。余引未全歇,凝悲寻迥至。星井欲望河,月扇看藏筥。谁念因声感,放歌写人事。

怀幽期

清砧击霜天外发,楚僧期到石上月。寒峰深虚独绕尽,夜水浅急不可越。睿极冥智难思量,无尽性月如空王。眼界行处不著我,天花下来惟有香,我今胡为寄他乡。

思琴高

琴仙人,得仙去。万古钓龙空有处,我持曲钩思白鱼。仙溪绿尽含空虚,天钩踪迹无遗余。烧香寄影在岩树,东礼海日鸡鸣初。

得储道士书

婵娟春尽暮心秋—作收,邻里同年半白头。为问蓬莱近消息,海波平静好东游。

寒夜吟

九衢金吾夜行行,上宫玉漏遥分明。霜飙乘阴扫地起,旅鸿迷雪绕枕声。远人归梦既不成,留家惜夜欢心发。罗幕画堂深皎洁,兰烟对酒客几人。兽—作战火扬光二三月,细腰楚姬竹竿间。白纻长袖歌闲闲,岂识苦寒损—作换朱颜。

采莲曲二首

弄舟竭来南塘水,荷叶映身摘莲子。暑衣清净鸳鸯喜,作浪舞花惊不起。殷勤护惜纤纤指,水菱初熟多新刺。

采莲竭来水无风,莲潭如鉴—作镜松如龙。夏衫短袖交斜红,艳歌笑斗新芙蓉。戏鱼往听莲叶东。

玉山谣奉送王隐者

凤皇城南玉山高,石脚耸立争雄豪。攒峰胎玉气色润,石泉透云流不尽。万古分明对眼开,五烟窈窕呈祥近。有客师事金身仙,用金买得山中田。闲开玉水灌芝草,静醉天酒松间眠。心期南溟万里外,出山几遇光阴改。水玉丁东不可闻,冰华皎洁应如待。秋风引吾歌去来,玉山彩翠遥相催。殷勤千树玉山顶,碧洞寥寥寒锦苔。

岐路

北风送微寒,徒侣勤—作行孛动远征—作程。忧人席不暖,残月马上明。飘飘岐路间,长见日—作月初生。重嶂晓—作峰晚色浅,疏猿寒啼清。人间多岐路,常恐终身行。回见四方人,车轮无留声。空谷亦堪隐,下田非懒耕。古人有遗训,饱食非亲荣。我生礼义乡,少小见太平。圣贤犹羁旅,况复非其名。一本下有"人生能几许,三十尘中行。感此长叹息,百年何所营"四句。

陇头水

陇头水,千古不堪闻。生归苏属国,死别李将军。细响风凋草,清哀雁落云。

沙上月

黄昏潮落南沙明,月光涵沙秋雪清。水文不上烟不荡,平平玉田冷空旷。

赠李黯将军

细柳连营石埤牢,平安狼火赤星高。岩云

入角雕龙爽,寒日摇旗画兽豪。搜伏雄儿欺魍魉,射声游骑怯分毫。圣人唯有河湟恨,寰海无虞在一劳。

人日陪宣州范中丞传正与范侍御宴—作鲍防诗。一本侍御下有传质二字,宴下有东峰亭三字。

人日春风绽早梅,谢家兄弟看花来。吴姬对客歌千曲,秦女留人酒百杯。丝柳向空轻—作初婉转,玉山看日渐妆回。流光易去欢难得,莫厌频频上此台。

古鉴

古鉴含灵气象和,蛟龙盘鼻护金波。隐山道士未曾识,负局先生不敢磨。曾向春窗分绰约,误回秋水照蹉跎。世间纵有应难比,十斛明珠酬未多。

送王炼师

圣母祠堂药树香,邑君承命荐椒浆。风云大感精神地,雷雨频过父母乡。尽日一川侵草绿,回车二麦绕山黄。野人久会神仙事,敢奏歌钟庆万箱。

寄张十七校书李仁行季才

去年八月此佳辰,池上闲闲四五人。久行月影愁迷梦,误入华光笑认春。一与清风上芸阁,再期秋雨过龙津。今年此日何由见,蓬户萧条对病身。

送王损之秀才赴举

青门珮兰客,淮水誓风流。名在乡书贡,心期月殿游。平沙大河急,细雨二陵秋。感此添离恨,年光不少留。

旧镜

团团铜镜似潭水,心爱玉颜私自亲。一经离别少年改,难与清光相见新。

忆郊天

忆向郊坛望武皇,九军旗帐下南方。六龙日驭天行健,神母呈图地道光。浓暖气中生历草,是非烟里爱瑶浆。至今满耳箫韶曲,徒羡瑶池舞凤皇。

期尽

鱼锁生衣门不开,玉筐金月共尘埃。青山石妇千年望,雷雨曾知来不来。

晚山蝉

山蝉秋晚妨人语,客子惊心马亦嘶。能阅几时新碧树,不知何日寂金闺。若逢海月明千里,莫忘何郎寄一题。

秋暮送裴垍员外刺婺州

婺女星边气不秋,金华山水似瀛州。含香太守心清净,去与神仙日日游。

寄薛膺昆季

楚山清洛两无期,梦里春风玉树枝。何况芙蓉楼上客,海门江月亦相思。

杨真人篆中像

画中留得清虚质,人世难逢白鹤身。应见茅盈哀—作衰老弟,为持金箓救生人。

寄卢给事汀吴员外丹

姓丁黄鹤辽东去,客情仙翁海上人。闻道姓名多改变,只今偕是圣朝臣。

怀王直秀才

乡无竹圃为三径,贫寄邻家已二年。惟有素风身未坠,世间开口不言钱。

赠—作题真公影堂

旧房四壁画支公,昨暮今晨色不同。远客闲—作问心无处所,独添香火望虚空。

赠僧戒休

风行露宿不知贫,明月为心又是身。欲问月中无我法,无人无我问何人。

秋夜怀紫阁峰僧

满山雨色应难见,隔涧经声又不闻。紫阁

夜深多人定,石台—作苔谁为扫秋云。

酬江公见寄

曾答雁门偈,为怜同社人。多惭惠休句—作日,偕得此—作比阳春。

送罗侍御归西台

归台新柱史,辞府旧英髦。劝酒莲幕贵,望尘骢马高。诗情分绣段,剑彩拂霜毫。此举关风化,谁云别恨劳。

宿水亭

雕楹彩槛压通波—作陂,鱼鳞碧幕衔曲玉。夜深星月伴芙蓉,如在广寒宫里宿。

寄峨嵋山杨炼师

道士夜诵蕊珠经,白鹤下绕香烟听。夜移经尽人上鹤,仙风吹入秋冥冥。

寄海陵韩长官

吏散重门叩不开,玉琴招鹤舞裴回。野人为此多东望,云雨仍从海上来。

淮南卧病—本无此四字感路群侍御访别

西台御史重难言,落木疏篱绕病魂。一望青云感骢马,款行黄草—作叶出柴门。

题禅定寺集公竹院

公门得休静,禅寺少逢迎。任客看花醉,随僧入竹行。归时常犯夜,云里有经声。

风筝

何响与天通,瑶筝挂望中。彩弦非触指,锦瑟忽闻风。雁柱虚连势,鸾歌且坠空。夜和霜击磬,晴引凤归桐。幽咽谁生怨,清泠自匪躬。秦姬收宝匣,搔首不成功。

全唐诗卷四百八十七

鲍溶

经旧游

游鱼怀故池，倦鸟怀故棷。故山系归念，行坐青巍峨。羸马经旧途，此乡喜重过。居人无故老，倍感别日多。但见野中坟，累累如青螺。凉风日摇落，桑下松婆娑。叹息追古人，临风伤逝波。古人无不死，叹息欲如何。竭来遂远心，默默存天和。

过薛舍人旧隐

寝门来哭夜，此月小祥初。风意犹忆瑟，萤光乍近书。墙蒿藏宿鸟，池月上钩—作吹鱼。徒引相思泪，涓涓东逝余。

山居

窈窕垂涧萝，蒙茸黄—作采葛花。鸳鸯怜—作临碧水，照影舞金沙。

暮秋与裴居晦宴因见采菊花之作—本题作暮秋见菊

菊花低色过重阳，似忆王孙白玉觞。今日王孙好收采，高天已下两回霜。

望麻姑山

幽人往往怀麻姑，浮世悠悠仙景—作境殊。自从青鸟不堪使，更得蓬莱消息无。

湖上望月

湖上清凉月更好，天边旅人犹未归。几见金波满还破，草虫声畔露沾衣。

襄阳怀古

襄阳太守沈碑意，身后身前几年事。湘江千岁未为陵，水底鱼龙应识字。

秋夜对月寄僧特

忆见特公赏秋处，凉溪看月清光寒。今夕深溪又相映，特公何处共团圆。

望江中一本无江中二字金山寺
　　一朵蓬莱在世间,梵王宫阙翠云间一作闲。近南溪水更清浅,闻道游人未忍还。

宿青牛谷梁炼师仙居
　　随云步入青牛谷,青牛道士留我宿。可怜夜久月中行,惟有坛边一枝竹。

得僧书
　　身归紫霄岭,书下白云来。剪笋发寒字,烧花芳夜雷。想随香驭至,不假定钟催。

见袁德师侍御说江南有仙檀花,因以戏赠
　　闻说天坛花耐凉,笑风含露对秋光。欲求御史更分别,何似衣花岁岁香。

和王璠侍御酬友人赠白角冠
　　芙蓉寒艳镂冰姿,天朗灯深拔豸时。好见吹笙伊洛上,紫烟丹凤亦相随。

送僧择栖一本无上二字游天台二首
　　身非居士常多病,心爱空王稍觉闲。师问寄禅何处所,浙东一作南青翠沃洲山。

　　金岭雪晴僧独归,水文霞彩衲一作纳禅衣。可怜石室烧香夜,江月对心无是非。

上巳日寄樊璀、樊宗宪,兼呈上浙东孟中丞简
　　世间禊事风流处,镜里云山若画屏。今日会稽王内史,好将宾客醉兰亭。

暮春戏赠樊宗宪
　　羌笛胡琴春调长,美人何处乐年芳。野船弄酒鸳鸯醉,官路攀花腰袅狂。应和朝云垂手语,肯嫌夜色断刀光。

酬王侍御
　　惭非青玉制,故以赠仙郎。希冀留书阁,提携在笔床。讵能辉绣服,安得似芸香。所报何珍重,清明胜夜光。

寄宋申锡评事时从李少师移军回归
　　君逐元侯静房归,虎旗龙节驻春晖。欲求岱岳燔柴礼,已锡鲁人缝掖衣。长剑一时天外倚,五云多绕日边飞。心期共贺太平世,去去故乡亲一作其食薇。

夏日怀杜惊驸马
　　五月清凉萧史家,瑶池分水种菱花。回文地簟龙鳞浪,交锁天窗蝉翼纱。闲遣青琴飞小雪,自看碧玉破甘瓜。仍闻圣主知书癖,凤阁烧香对五车。

莺雏
　　双莺衔野蝶,枝上教雏飞。避日花阴语,愁风竹里啼。须防美人赏,为尔好毛衣。

上阳宫月
　　水北宫城夜柝严,宫西新月影纤纤。受环花幌小开镜,移烛瑶房皆卷帘。学织机边娥影静,拜新衣上露华沾。合裁班扇思行幸,愿托凉风篋笥嫌。

淮南卧病闻李相夷简移军山阳,以靖东寇,感激之下,因抒长句
　　太白星前龙虎符,元臣出将顺天诛。教闻清净萧丞相,计立安危范大夫。玉帐黄昏大刁斗,月营寒晓小单于。鲁连未必蹈沧海,应见麒麟新画图。

读淮南李相行营至楚州诗
　　阃外建牙威不宾,古来戡难忆忠臣。已分舟楫归元老,更使熊罴属丈人。玄象合教沧海晏,青龙喜应太山春。来年二月登封礼,去望台星扈日轮。

读李相心中乐第六句缺一字
　　负海狂鲸纵巨鳞,四朝天子阻时巡。谁将侯玉乖南面,几使戎车殿左轮。久作妖星虚费日,终□天洞亦何人。果闻丞相心中乐,上赞陶唐一万春。

闻国家将行封禅聊抒臣情

　　云雨由来随六龙,玉泥瑶检不乾封。山知梗柞新烟火,臣望箫韶旧鼓钟。清跸间过素王庙,翠华高映大夫松。旅中病客谙尧曲,身贱何由奏九重。

和淮南李相公夷简喜平淄青回军之作

　　横笛临吹发晓军,元戎幢节拂寒云。搜山羽骑乘风引,下濑楼船背水分。天际兽旗摇火焰,日前鱼甲动金文。马毛不汗东方靖,行见萧何第一勋。

秋暮八月十五夜与王璠侍御赏月,因怆远离,聊以奉寄

　　前月月明夜,美人同远光。清尘一以间,今夕坐相忘。风落芙蓉露,凝余绣服香。

送萧世秀才

　　心交别我西京去,愁满春魂不易醒。从此无人访穷一作贫病,马蹄一作踪车辙草青青。

怀惠明禅师

　　秋天欲霜夜无风,我意不在天地中。雪山世界此凉夜,宝月独照琉璃宫。解空长老莲花手,曾以佛书亲指授。雪岭无人又问来,十年夏腊平安否。

吴中夜别

　　楚客秋思著黄叶,吴姬夜歌停碧云。声尽灯前各流泪,水天凉冷雁离群。

隋家井

　　玉钩栏下寒泉水,金辘轳边影照人。此水今为九泉路,数一作一枝花照数堆尘。

寄王璠侍御求蜀笺

　　蜀川笺纸彩云初,闻说王家最有余。野客思将池上学,石楠一作练裙红叶不堪书。

湘妃列女操

　　有虞夫人哭虞后,淑女何事又伤离。竹上泪迹生不尽,寄哀云和五十丝。云和终奏钧天曲,乍听宝琴遥嗣续。三湘测测流急绿,秋夜露寒蜀帝飞。枫林月斜楚臣宿,更疑川宫日黄昏。暗携女手殷勤言。环珮玲珑有无间。终疑既远双悄悄,苍梧旧云岂难召。老猿心寒不可啸。目眴眴兮意蹉跎,魂腾腾兮惊秋波。曲一尽兮忆再奏,众弦不声且如何。

羽林行

　　朝出羽林宫,入参云台议。独请万里行,不奏和亲事。君王重年少,深纳开边利。宝马雕玉鞍,一朝从万骑。煌煌都门外,祖帐光七贵。歌钟乐行军,云物惨别地。箫笳整部曲,幢盖动郊次。临风亲戚怀,满袖儿女泪。行行复何赠,长剑报恩字。

鸣雁行

　　七月朔方雁心苦,联影翻空落南土。八月江南阴复晴,浮云绕天难夜行。羽翼劳痛心虚惊,一声相呼百处鸣。楚童夜宿烟波侧,沙上布罗连草色。月暗风悲欲下天,不知何处容栖息。楚童胡为伤我神,尔不曾作远行人。江南羽族本不少,宁得网罗此客鸟。

织妇词

　　百日织彩丝,一朝停杼机。机中有双凤,化作天边衣。使人马如风,诚不阻音徽。影响随羽翼,双双绕君飞。行人岂愿行,不怨不知归。所怨天尽处,何人见光辉。

塞上行

　　西风应时筋角坚,承露牧马水草冷。可怜黄河九曲尽,毡馆牢落胡一作树无影。

采珠行

　　东方暮空海面平,骊龙弄珠烧月明。海人惊窥水底火,百宝错落随龙行。浮心一夜生奸见,月质龙躯看几遍。擘波下去忘此身,迢迢谓海无灵神。海宫正当龙睡重,昨夜孤光今得弄。河伯空忧水府贫,天吴不敢相惊动。一团冰容掌上清,四面人入光中行。腾华乍摇白日

影,铜镜万古羞为灵。海边老翁怨狂子,抱珠哭向无底水。一富何须龙颔前,千金几葬鱼腹—作肠里。鳞虫变化为阴阳,填海破山无景光。捫心仿佛失珠意,此土为尔离农桑。饮风衣日亦饱暖,老翁掷却荆—作同鸡卵。

采葛行

春溪几回葛花黄,黄麝引子山山香。蛮女不惜手足损,钩刀一一牵柔长。葛丝茸茸春雪体,深涧择泉清处洗。殷勤十指蚕吐丝,当窗袅袅声高机。织成一尺无一两,供进天子五月衣。水精夏殿开凉户,冰山绕座犹难御。衣亲玉体又何如,杳然独对秋风曙。镜湖女儿嫁鲛人,鲛绡逼肖也—作色不分。吴中角簟泛清水,摇曳胜被三素云。自兹贡荐无人惜,那敢更争龙手迹。蛮女将来海市头,卖与岭南贫估客。

南塘二首

南塘旅舍秋浅清,夜深绿蘋风不生。莲花受露重如睡,斜月起动鸳鸯声。

塘东白日驻红雾,早鱼翻光落碧浔。画舟兰棹欲破浪,恐畏惊动莲花心。

东邻女

双飞鹓鸪春影斜,美人盘金衣上花。身为父母几时客,一生知向何人家。

寄李都护

去年河上送行人,万里弓旌一武臣。闻道玉关烽火灭,犬戎知有外家亲。

长安旅舍怀旧山

昨夜清凉梦本山,眠云唤鹤有惭颜。青莲道士长堪羡,身外无名至老闲。

汉宫词二首

柏梁宸居清窈窕,东方先生夜待诏。夜久月当承露盘,内人吹笙舞凤鸾。

月映东窗似玉轮,未央前殿绝声尘。宫槐花落西风起,鹦鹉惊寒夜唤人。

荐冰

西陆宜先启,春寒寝庙清。历官分气候,天子荐精诚。已辨瑶池色,如和玉珮鸣,礼余神转肃,曙后月残明。雅合霜容洁,非同雪体轻。空怜一掬水,珍重此时情。

送薛补阙入朝—作鲍防诗

平原门下十余人,独受恩多未杀身。每叹陆家兄弟少,更怜杨氏子孙贫。柴门已断施行马,鲁酒那能醉近臣。赖有军中遗令在,犹将谈笑对风尘。

句

万里岐路多,一身天地窄。见张为《主客图》。

全唐诗卷四百八十八

卢钧

卢钧,字子和,举进士中第,尝为李绛、裴度幕僚,历岭南、山南、昭义、宣武节度。大中时,召为左仆射。后以太保致仕,卒年八十七。诗一首。

荐冰

荐冰朝日后,辟庙晓光清。不攻晶荧质,能彰雨露情。且无霜共洁,岂与水均明。在捧摇寒色,当呈表素诚。凝姿陈俎豆,浮彩映窗楹。皎皎盘盂侧,棱棱严气生。

范传质

范传质,元和进士第。诗一首。

荐冰

乘春方启闭,羞献有常程。洁朗寒光彻,辉华素彩明。色凝霜雪净,影照冕旒清。肃肃将崇礼,兢兢示捧盈。方圆陈玉座,小大表精诚。朝觐当西陆,桃弧每共行。

贾谟

贾谟,元和进士。诗一首。

赋得芙蓉出水

的皪舒芳艳,红姿映绿苹。摇风开细浪,出沼媚清晨。翻影初迎日,流香暗袭人。独披千叶浅,不竞百花春。鱼戏参差动,龟游次第新。涉江如可采,从此免迷津。

陈彦博

陈彦博,元和五年进士第。诗一首。

恩赐魏文贞公诸孙旧第以谏直臣

阿衡随逝水,池馆主他人。天意能酬德,云孙喜庇身。生前由直道,殁后振芳尘。雨露新恩日,芝兰旧—作故里春。勋庸留十代,光彩映诸邻。共贺升平日—作代,从兹得谏臣。

唐扶

唐扶,字云翔,晋阳人,莒公俭之后。元和五年,登进士第,为侍御史,终福州团练观察使。诗二首。

使南海道长沙,题道林岳麓寺

道林岳麓仲与昆,卓荦请从先后论。松根踏云二千步,始见大屋开三门。泉清或戏蛟龙窟,殿豁数尽高帆掀。即今异鸟声不断,闻道看花春更繁。从容一衲分若有,萧瑟两鬓吾能髡。逢迎侯伯转觉贵,膜拜佛像心加尊。稍揖皇英颇浓泪,试与屈贾招清魂。荒唐大树悉楠桂,细碎枯草多兰荪。沙弥去学五印字,静女来悬千尺幡。主人念我尘眼昏,半夜号令期至暾。迟回虽得上白舫,羁泄不敢言绿尊。两祠物色采拾尽,壁间杜甫真一作原少恩。晚来光彩更腾射,笔锋正健如可吞。

和兵部郑侍郎省中四松诗 松是中书相公任侍郎日手栽。一本作奉和中书相公任兵部侍郎日后阁植四松。

幽抱应无语,贞松遂自栽。寄怀丞相业,因擢大夫材。日射苍鳞动,尘迎翠帚回。嫩茸含细粉,初叶泛新杯。偶圣为舟去,逢时与鹤来。寒声连晓竹,静气结阴苔。赫奕鸣驺至,荧煌洞户开。良辰一临眺,憩树几裴回。恨发风期阻,诗从绮思裁。还闻旧凋契,凡在一作九万此中培。

陶雍

陶雍,元和间人。诗一首。

和兵部郑侍郎省中四松诗 郑侍郎,澣也。

右相历兵署,四松皆手栽。飔时惊鹤去,移处带云来。根倍双桐植,花分八桂开。生成造化力,长作栋梁材。岂羡兰依省,犹嫌柏占台。出楼终百尺,入梦已三台。幽韵和宫漏,余香度酒杯。拂冠枝上雪,染履影中苔。高位相承地,新诗寡和才。何由比萝蔓,攀附在条枚。

郭周藩

郭周藩,河东人,登元和六年第。诗一首。

谭子池

澄水一百步,世名谭子池。余诘陵阳叟,此池当因谁。父老谓余说,本郡谭叔皮。开元末年中,生子字阿宜。坠地便能语,九岁多须眉。不饮亦不食,未尝言渴饥。十五锐一作能行走,快马不能追。二十入山林,一去无还期。父母忆念深,乡间为立祠。大历元年春,此儿忽来归。头冠箐凤皇,身著霞一作霓裳衣。普遍拯疲俗,丁宁告亲知。余为神仙官,下界不可祈。恐为妖魅假,不如早平夷。此有黄金藏,镇在兹庙基。发掘散生聚,可以救贫羸。金出继灵泉,湛若清琉璃。泓澄表符瑞,水旱无竭时。言讫辞冲虚,杳霭上玄微。凡情留不得,攀望众号悲。寻禀神仙诫,彻庙厮开窥。果获无穷宝,均融沾困危。巨源出岭顶,喷涌世间稀。异境流千古,终年福四维。

侯冽 一作列

侯冽,元和六年进士第。诗二首。

金谷园花发怀古

金谷千年后,春花发满园。红芳徒笑日,秾艳尚迎轩。雨湿轻光软,风摇碎影翻。犹疑施锦帐,堪叹罢朱纨。愁态莺吟涩,啼容露缀繁。殷勤问前事,桃李竟无言。

花发上林

花发三阳盛,香飘五柞深。素晖云积苑,红彩绣张林。落水随鱼戏,摇风映鸟吟。琼楼出高艳,玉辇驻浓阴。乱蝶枝开影,繁蜂蕊上音。鲜芳盈禁御,布泽荷天心。

王质

王质,字华卿,太原祁人,文中子之后。元和六年登第。太和中,历河南尹、宣歙观察使。诗一首。

金谷园花发怀古

寂寥金谷涧，花发旧时园。人事空怀古，烟霞此独存。管弦非上客，歌舞少王孙。繁蕊风惊散，轻红鸟乍翻。山川终不敢，桃李自无言。今日经尘路，凄凉讵可论。

高铢

高铢，字权仲。元和六年登第，为太原判官，检校监察御史。大中初，终太常卿。诗一首。

和太原张相公山亭怀古

斗石类岩巘，飞流泻潺湲。远壑檐宇际，孤峦雉堞间。何必到海岳，境幽机自闲。兹焉得高趣，高步谢东山。

全唐诗卷四百八十九

舒元舆

舒元舆,婺州东阳人。元和中,登进士第,调鄠尉。裴度表掌兴元书记,拜监察御史,再迁刑部员外郎,改著作郎,分司东都。李训与元舆善,训用事,再迁左司郎中。御史大夫李固言表知杂事,固言辅政,权知御史中丞。不三月,即真,兼刑部侍郎,专附郑注。月中,以本官同中书门下平章事。甘露之变。为仇士良所害。诗六首。编为一卷。

八月五日中部官舍读唐历天宝已来追怆故事

将寻国朝事,静读柳芳历。八月日之五,开卷忽感激。正当天宝末,抚事坐追惜。仰思圣明帝,贻祸在肘腋。杨李盗吏权,贪残日狼藉。燕戎伺其便,百万奋长戟。两河连烟尘,二京成瓦砾。生人死欲尽,揳业犹不息。肃宗传宝图,寇难连年击。天地方开泰,铸鼎成纵述。万国哭龙衮,悲思动蛮貊。自此千秋节,不复动金石。悲风扬霜天,缌帷冷尘席。零落太平老,东西乱离客。往往为余言,呜咽泪双滴。况当近塞地,哀吹起边笛。抚几观陈文,使我心不怿。花萼笑繁华,温泉树容碧。霓裳烟云尽,梨园几雨隔。露囊与金镜,东逝惊波溺。昔闻欢娱事,今日成惨戚。神仙不可求,剑玺苔文积。万古长恨端,萧萧泰陵陌。

坊州按狱

中部接戎塞,顽山四周遭。风冷木长瘦,石硗人亦劳。牧守苟怀仁,痒—作囚之时为搔。其爱如赤子,始得无啼号。奈何贪狼心,润屋沉脂膏。攫搏如猛虎,吞噬若狂獒。山秃逾高采,水穷益深捞。龟鱼既绝迹,鹿兔无遗毛。岷苦税外缗,吏忧笑中刀。大君明四目,烛之洞秋毫。眷兹一州命,虑齐坠波涛。临轩诏小臣,汝往穷贪饕。分明举公法,为我缓穷骚。小臣诚小心,奉命如煎熬。饮冰不待夕,驱马凌晨皋。及此督簿书，游词出狴牢。门墙见狼狈，案牍闻腥臊。探情与之言，变态如奸猱。真非既巧饰，伪意乃深韬。去恶犹农夫，稂莠须耘耨。恢恢布疏网，罪者何由逃。自顾孱钝姿，利器非能操。六旬始归奏，霜落秋原蒿。寄谢守土臣，努力清郡曹。须知听甚卑，勿谓天之高。

桥山怀古

　　轩辕厌代千万秋，渌波浩荡东南流。今来古往无不死，独有天地长悠悠。我乘驿骑到中部，古闻此地为渠搜。桥山突兀在其左，荒榛交锁寒风愁。神仙天下亦如此，况我戚促同蜉游。谁言衣冠葬其下，不见弓剑何人收。哀喧叫笑牧童戏，阴天月落狐狸游。却思皇坟立人极，车轮马迹无不周。洞庭张乐降玄鹤，涿鹿大战摧蚩尤。知勇神天不自大，风后力牧输长筹。襄城迷路问童子，帝乡归去无人留。崆峒求道失遗迹，荆山铸鼎余荒丘。君不见黄龙飞去山下路，断髯成草风飕飕。

坊州按狱，苏氏庄记室二贤自鄜州走马相访，留连数日，发后独坐寂寞，因成寄之

　　十年一相见，世俗信多歧。云雨易分散，山川长间之。我衔凤阙恩，按狱桥山陲。君在龙骧府，掌奏羽檄词。相去百余里，魂梦自相驰。形容在胸臆，书札通相思。烦君爱我深，轻车忽载脂。寒门秋色老，霜气方凝姿。此地少平川，冈阜相参差。谁知路非远，行者多云疲。君能犯劲风，信宿凌欹危。情亲不自倦，下马开双眉。相对坐沉吟，屈指惊岁时。万事且莫问，一杯欣共持。阳乌忽西倾，明蟾挂高枝。卷帘引瑶玉，灭烛临霜墀。中庭有疏芦，淅淅闻风吹。长河卷云色，凝碧无瑕疵。一言开我怀，旷然澹希夷。悠悠夜方永，冷思偏相宜。眉睫无他人，与君闲解题。陶然叩寂寞，更请吟清诗。得意且忘言，何况竹与丝。顷刻过三夕，起坐轻四肢。明朝告行去，惨然远别离。出门送君去，君马扬金羁。回来坐空堂，寂寞无人知。重重碧云合，何处寻佳期。

履春冰

　　投迹清冰上，凝光动早春。兢兢愁陷履，步步怯移身。鸟照微生水，狐听或过人。细迁形外影，轻蹑镜中轮。咫尺忧偏远，危疑惧已频。愿坚容足分，莫使独惊神。

赠李翱

　　李翱在潭州，席上有舞柘枝者，颜色忧悴。殷尧藩侍御当筵赠诗曰："姑苏太守青娥女，流落长沙舞柘枝，满座绣衣皆不识，可怜红脸泪双垂。"翱诘其事，乃故苏台韦中丞爱姬所生之女也。曰："妾以昆弟天折，委身乐部，耻辱先人。"言讫涕咽，情不能堪，亚相为之呼叹，且曰："吾韦族姻旧"。速命更其舞服，饰以袿襦，延与韩夫人相见。顾其言语清楚，宛有冠盖风仪，遂于宾榻中选士而嫁之。元舆闻之，自京驰诗赠翱。

　　湘江舞罢忽成悲，使脱蛮靴出绛帷。谁是蔡邕琴酒客，魏公怀旧嫁文姬。

全唐诗卷四百九十

卢宗回

卢宗回,字望渊,南海人,登元和十年进士第,终集贤校理。诗一首。

登长安慈恩寺塔

东方晓日上翔鸾,西转苍龙拂露盘。渭水寒—作冷光摇藻井,玉峰晴色上朱阑—作栏干。九重宫阙参差见,百二山河表里观。暂辍去蓬悲不定,一凭金界望长安。

周匡物

周匡物,字几本,漳州人。元和十一年进士及第,仕至高州刺史。诗五首。

古镜歌

轩辕铸镜谁将去,曾被良工泻金取。明月中心桂不生,轻冰面上菱初吐。蛟龙久无雷雨声,鸾凤空踏莓苔舞。欲向高台对晓开,不知谁是孤光主。

及第谣

水国寒消春日长,燕莺催促花枝忙。风吹金榜落凡世,三十三人名字香。遥望龙墀新得意,九天敕下多狂醉。骅骝一百三十蹄,踏破蓬莱五云地。物经千载出尘埃,从此便为天下瑞。

及第后谢座主

一从东越入西秦,十度闻莺不见春。试向昆山投瓦砾,便容灵沼濯—作洗埃尘。悲欢暗负风云力,感激潜生草—作土木身。中夜自将形影语,古来吞炭是何人。

自题读书堂

窗外卷帘侵碧落,槛前敲竹响青冥。黄昏不欲留人宿,云起风生龙虎醒。

应举题钱塘公馆

万里茫茫天堑遥,秦皇底事不安桥。钱塘

江口无钱过,又阻西陵两信潮。

廖有方

廖有方,交州人。元和十一年进士第,改名游卿,官校书郎。诗一首。

题旅榇并记 一本题作葬宝鸡逆旅士人铭诗

余元和乙未岁落第,西征适此,闻呻吟之声,潜听而微惋也。问其疾苦住止,对曰:"辛勤数举,未遇知音盼睐。"叩头,久而复语,唯以残骨相托。余不能言,俄而逝。余乃鬻所乘马于村豪,备棺瘗之,恨不知其姓氏,岐嶇凄断,复为铭曰:

嗟君没世委空囊,几度劳心翰墨场。半面为君申一恸,不知何处是家乡。

皇甫曙

皇甫曙,元和十一年登第。宝历间,崔从镇淮南,署为行军司马。诗一首。

立春日呈宫傅侍郎

朝旦微风吹晓霞,散为和气满家家。不知容貌潜消落,且喜春光动物华。出问池水犹塞岸,归寻园柳未生芽。摩娑酒瓮重封闭,待入新年共赏 一作看花。

潘存实

潘存实,字镇之,漳浦人。元和十三年进士第,仕至户部侍郎。诗一首。

赋得玉声如乐

表质自坚贞,因人一扣鸣。静将金并响,妙与乐同声。杳杳疑风送,泠泠似曲成。韵含湘瑟切,音带舜弦清。不独藏虹气,犹能畅物情。后夔如为听,从此振琮琤。

陈去疾

陈去疾,字文医,侯官人。元和十四年及第,历官邕管副使。诗十三首。

送林刺史简言之漳州

江树欲含曛,清歌一送君。征骖辞荔浦,别袂暗松云。路狭横柯度,山深坠叶闻。明朝宿何处,未忍醉中分。

忆山中

长吟重恺然,为忆山中年。清瑟泛遥夜,乱花随暮烟。珠林余露气,乳窦滴香泉。迹远尘埃外,花开绮藻前。岩罗云貌逸,竹抱水容妍。蕙磴飞英绕,萍潭片影悬。林藏诸曲胜,台擅一峰偏。会可标真寄,焚香对石筵。

元夕京城和欧阳衮

兰焰芳芬彻晓开,珠光新霭映人来。歌迎甲夜催银管,影动繁星缀玉台。别有朱门春澹荡,不妨芝火翠崔嵬。此时月色同沾醉,何处游轮陌上回。

送韩将军之雁门

荒塞峰烟百道驰,雁门风色暗旌旗。破围铁骑长驱疾,饮血将军转战危。画角吹开边月静,缦缨不信虏尘窥。归来长揖功成后,黄石当年故有期。

赋得骐骥长鸣

骐骥忻知己,嘶鸣忽异常。积悲摅怨抑,一举彻穹苍。迹类三年鸟,心驰五达庄。何言从塞踬,今日逐腾骧。牛皁休维絷,天衢恣陆梁。向非逢伯乐,谁足见其长。

偶题

魂梦天南垂,宿昔万里道。池台花气深,到处生春草。

春宫曲

流莺春晓唤樱桃,花外传呼殿影高。抱里琵琶最承宠,君王敕赐玉檀槽。

采莲曲

粉光花色叶中开,荷气衣香水上来。棹响清潭见斜领,双鸳何事亦相猜。

踏歌行

鸳鸯楼下万花新,翡翠宫前百戏陈。矢矫

翔龙衔火树,飞来瑞凤散芳春。

仙跸初传紫禁香,瑞云开处夜花芳。繁弦促管升平调,绮缀丹莲借月光。

塞下曲

春至金河雪似花,萧条玉寒但胡沙。晓来重上关城望,惟见惊尘不见家。

送人谪幽州

临路深怀放废惭,梦中犹自忆江南。莫言塞北春风少,还胜炎荒入瘴岚。

西上辞母坟

高盖山头日影微,黄昏独立宿禽稀。林间滴酒空垂泪,不见丁宁嘱早归。

全唐诗卷四百九十一

张萧远

张萧远,元和进士登第,籍之弟也。诗三首。

履春冰

一步一愁新,轻轻恐陷人。薄光全透日,残影半销春。蝉想行时翼,鱼惊蹋处鳞。底虚难驻足,岸阔怯回身。岂暇踟蹰久,宁辞顾盼频。愿将兢慎意,从此赴通津。

观灯

十万人家火烛光,门门开处见红妆。歌钟喧夜更漏暗,罗绮满街尘土香。星宿别从天畔出,莲花不向水中芳。宝钗骏马多遗落,依旧明朝在路傍。

送宫人入道

舍宠求仙畏色衰,辞天素面立阶墀。金丹拟驻千年貌,玉指休匀八字眉。师主与收珠翠后,君王看戴角冠时。从来宫女皆相妒,闻向瑶台尽泪垂。

句

秦云寂寂僧还定,尽日无人鹿绕床。

日暮风吹官渡柳,白鸦飞出石头墙。《废城》。

双双白燕入祠堂。乳石洞玉女祠。并见《主客图》。

李播

李播,登元和进士第,以郎中典蕲州。诗一首。

见志

去岁买琴不与价,今年沽酒未还钱。门前债主雁行立,屋里醉人鱼贯眠。

王季则

王季则,登元和进士第。诗一首。

鱼上冰

北陆收寒尽,东风解冻初。冰消通浅溜,气变跃潜鱼。应节似知化,扬鬐任所知。浮沉非乐藻,沿溯异传书。结网时空久,临川意有余。为龙将可望,今日愧才虚。

纪元皋

纪元皋,元和进士。诗一首。

鱼上冰—作王公亮诗。

春生寒气灭—作灭,稍动伏泉鱼。乍喜东风至,来观曲浦初。近冰朱鬣见。望日锦鳞舒。渐觉流澌退,还忻掉尾余。唅喁情自乐,沿溯意宁疏。倘得随鲲化,终能戾太虚。

吴晃—作冕

吴晃,元和进士。诗一首。

鱼上冰

春水潜鳞发,寒潭旧藻疏。扬鬐顺气后,振鬣上冰初。戏广怜空洁,浮清媚景虚。戒贪还避饵,思达每怀书。湿映流澌薄,狂游触浪余。终希泮涣泽,为化北溟鱼。

郑还古

郑还古,元和中登进士第,终国子博士。诗三首。

赠柳氏妓

冶艳出神仙,歌声胜管弦。词轻—作眼看白纻曲,歌遏—作欲上碧云天。未拟生裴秀,如何乞郑玄。不堪金谷水,横过坠楼前。

吉州道中

吉州新置椽,驰驿到条山。薏苡殊非谤,羊肠未是艰。自惭多白发,争敢竞朱颜。若有前生债,今朝不懊还。

望思台

谗语能令骨肉离,奸情难测事堪悲。何因掘得江充骨,捣作微尘祭望思。

独孤铉

独孤铉,陇右人,登元和进士第。诗一首。

日南长至

玉历颁新律,凝阴发一阳。轮辉犹惜短,圭影此偏长。晷度经南斗,流晶尽北堂。乍疑周户耀,可爱逗林光。积雪销微照,初萌动早芒。更升台上望,云物已昭彰。

王初

王初,并州人,仲舒之长子也。元和末,登进士第。诗十九首。

延平天庆观

剑化江边绿构新,层台不染玉梯尘。千章隐篆标龙简,一曲空歌降凤钧。岚气湿衣云叶晚,天香飘户月枝春。盟经早晚闻仙语,学种三芝伴羽人。

送叶秀才

快骑璁珑刻玉鞯,河梁返照上征衣。层冰春近蟠龙起,九泽云闲独鹤飞。行想北山清梦断,重游西洛故人稀。汉庭狗监深知己,有日前驱负弩归。

送王秀才谒池州吴都督

池阳去去跃雕鞍,十里长亭百草乾。衣袂障风金镂细,剑光横雪玉龙寒。晴郊别岸乡魂断,晓树啼鸟客梦残。南馆星郎东道主,摇鞭休问路行难。

青帝

青帝邀春隔岁还,月娥孀独夜漫漫。韩凭舞羽身犹在,素女商弦调未残。终古兰岩栖偶鹤,从来玉谷有离鸾。几时幽恨飘然断,共待天池一水干。

银河
　　闻阖疏云漏绛津,桥头秋夜鹊飞频。犹残仙媛溅裙水,几见星妃度袜尘。历历素榆飘玉叶,涓涓清月湿冰轮。年来若有乘槎客,为吊波灵是楚臣。

书秋
　　千里南云度塞鸿,秋容无迹淡平空。人间玉岭清宵月,天上银河白昼风。潘赋登山魂易断,梦歌遗佩怨何穷。往来未若奇张翰,欲鲙一作脍霜鲸碧海东。

自和书秋
　　陇首斜飞避弋鸿,颓云萧索见层空。汉宫夜结双茎露,闾阖凉生六幕风。湘女怨弦愁不禁,鄂君香被梦难穷。江边两桨连歌渡,惊散游鱼莲叶东。

立春后作
　　东君珂佩响珊珊,青驭多时下九关。方信玉霄千万里,春风犹未到人间。

梅花二首
　　应为阳春信未传,固将青艳属残年。东君欲待寻佳约,剩寄衣香与粉绵。

　　迎春雪艳飘零极,度夕蟾华掩映多。欲托清香传远信,一枝无计奈愁何。

春日咏梅花二首
　　靓妆才罢粉痕新,递晓风回散玉尘。若遣有情应怅望,已兼残雪又兼春。

　　青帝来时值远芳,残花残雪尚交光。隔年拟待春消息,得见春风已断肠。

即夕
　　榆叶飘零碧汉流,玉蟾珠露两清秋。仙家若有单栖恨,莫向银台半夜游。

送陈校勘入宿
　　日落风回卷碧霓,芳蓬一夜拆龙泥。银台级级连清汉,桂子香浓月杵低。

即夕
　　风幌凉生白袷衣,星榆才乱绛河底。月明休近相思树,恐有韩凭一处栖。

早春咏雪
　　句芒宫树已先开,珠蕊琼花斗剪裁。散作上林今夜雪,送教春色一时来。

望雪
　　银花珠树晓来看,宿醉初醒一倍寒。已似王恭披鹤氅,凭栏仍是玉栏干。

雪霁
　　星榆叶叶昼离披,云粉千重凝不飞。昆玉楼台珠树密,夜来谁向月中归。

舟次汴堤
　　曲岸兰丛雁飞起,野客维舟碧烟里。竿头五两转天风,白日杨花满流水。

刘轲

刘轲,字希仁,沛人。少为僧,元和末登进士第,终洛州刺史。集一卷,今存诗一首。

玉声如乐
　　玉叩一作振能旋止,人言与乐并。繁音忽已阕,雅韵诎然清。佩想停仙步,泉疑咽夜声。曲终无异听,响极有余情。特达知难拟,玲珑岂易名。昆山如可得,一片仞为荣。

朱昼

朱昼,元和间进士。诗三首。

喜陈懿老示新制一作喜陈懿老自宛陵至,示余新制三十余篇。
　　一别一千日,一日十二忆。苦心无闲时,今夕见玉色。玉色复何异,弘一作红明含群德。有文如星宿,飞入我胸臆。忧愁方破坏,欢喜重补塞。使我心貌全,且非黄金力。将攀下风手,愿假仙鸾翼。自注云:予欲见诗人孟郊,故寄诚于此。

赠友人古镜

我有古时镜,初自坏陵得。蛟龙犹泥蟠,魑魅幸月蚀。摩一作磨久见菱蕊,青于蓝水色。赠君将照色,无使心受惑。

赋得花藤药合寄颍阴故人

藤生南海滨,引蔓青且长。剪削为花枝,何人无文章。非才亦有心,割骨闻余芳。繁叶落何处,孤贞在中央。愿盛黄金膏,寄与青眼郎。路远莫知意,水深天苍苍。

滕迈

滕迈,元和登进士第,官吉州太守。诗二首。

春色满皇州一作薛能诗

蔼蔼复悠悠,春归十二楼。最明云里阙,先满日边州。色媚青门外,光摇紫陌头。上林荣旧树,太液镜一作泛新流。暖带祥烟起,清一作晴添瑞景浮。阳和如启蛰,从此事芳游。

杨柳枝词

三条陌上拂金羁,万里桥边映酒旗。此日令人肠欲断,不堪将入笛中吹。

句

陶令门前胃接䍦,亚夫营里拂朱旗。《柳》,见《云溪友议》。

滕倪

滕倪,元和时人。诗一首。

留别吉州太守宗人迈

秋初江上别旌旗,故国无家泪欲垂。千里未知投足处,前程便是听猿时。误攻文字身空老,却返渔樵计已迟。羽翼雕零飞不得,丹霄无路接差池。

句

映水有深意,见人无惧心。题鸳鸯障子。以下并见《云溪友议》。

白发不能容相国,也同闲客满头生。

全唐诗卷四百九十二

殷尧藩

殷尧藩,苏州嘉兴人。元和中,登进士第,辟李翱长沙幕府,加监察御史,又尝为永乐令。诗一卷。

吴宫

吴王爱歌舞,夜夜醉婵娟。见日吹红烛,和尘扫翠钿。徒令勾践霸,不信子胥贤。莫问长洲草,荒凉无限年。

久雨

云影蔽遥空,无端淡复浓。两旬绵密雨,二月似深冬。诗酒从教数,帘帏一任重。孰知春有地,微露小桃红。

郊行逢社日

酒熟送迎便,村村庆有年。妻孥亲稼穑,老稚效渔畋。红树青林外,黄芦白鸟边。稔看风景美,宁不羡归田。

过友人幽居

身坐众香国,蒲团诗思新。一贫曾累我,此兴未输人。陋巷谁为俗,寒窗不染尘。石斋盟四友,年下顿生春。

过雍陶博士邸中饮 一作赠陈十四

落叶下萧萧,幽居远市朝。偶成投辖饮,不待致书招。塞雁冲寒过,山云傍槛飘。此身何所似,天地一渔樵。

游王羽士山房

落日半楼明,琳宫事事清。山横万古色,鹤带九皋声。易作神仙侣,难忘父子情。道人应识我,未肯说长生。

署中答武功姚合

原中多阴雨,惟留一室明。自宜居静者,谁得问先生。深井泉香出,危沙药更荣。全家笑无辱,曾不见戈兵。

赠龙阳尉马戴

早学全身术,惟令耕近田。自输官税后,常卧晚云边。细草沿阶长,高萝出石悬。向来名姓茂,空被外情牵。

上巳日—作三日赠都上人

三月初三日,千家与万家。蝶飞秦地草,莺入汉宫花。鞍马皆争丽,笙歌尽斗奢。吾师无所愿,惟愿老烟霞。

曲水公卿宴,香尘尽满街。无心修禊事,独步到禅斋。细草萦愁目,繁花逆旅怀。绮罗人走马,遗落凤皇钗。

送沈亚之尉南康

行迈南康路,客心离怨多。暮烟葵叶屋,秋月竹枝歌。孤鹤唳残梦,惊猿啸薜萝。对江翘首望,愁泪叠如波。

奉送刘使君王屋山隐居

散发风檐下,沈沈日渐曛。鹰拳擒野雀,蛛网猎飞蚊。群动能归计,吾生亦谩勤。尘缘难著眼,晚兴寄青云。

寄许浑秀才

文字饥难煮,为农策最良。兴来钼晓月,倦后卧斜阳。秋稼连千顷,春花醉几场。任他名利客,车马闹康庄。

送客游吴

吴国水中央,波涛白渺茫。衣逢梅雨渍,船入稻花香。海戍通盐灶,山村带蜜房。欲知苏小小,君试到钱塘。

陆丞相故宅

衣冠零落久,今日事堪伤。厨起青烟薄,门开白日长。残梅欹古道,名石卧颓墙。山色依然好,兴衰未可量。

中元日观诸道士步虚

玄都开秘箓,白石礼先生。上界秋光净,中元夜气—作景清。星辰朝帝处,鸾鹤步虚声。玉洞—作树花长发—作难老,珠宫月最明。扫坛天地肃,投简鬼神惊。倘赐刀圭药,还留不死名。

醉赠刘十二—作寄岭南张明府

春草正凄凄,知君过—作道恶溪。莺将吉了语,猿共猱然啼。别路魂先断,还家梦几迷。定寻雷令剑,应识越王笄。树色多于北,潮声少向西。椰花好为酒,谁伴醉如泥。

早朝

曙钟催入紫宸朝,列炬流虹映绛绡。天近鳌头花族仗,风低豹尾乐鸣韶。衣冠一变无夷俗,律令重颁有正条。昨日钟山甘露降,玻璃满赐出宫瓢。

帝京二首

列郡征才起俊髦,万机独使圣躬劳。开藩上相颁龙节,破虏将军展豹韬。地入黄图三辅壮,天垂华盖七星高。迎春别赐瑶池宴,捧进金盘五色桃。

龙虎山河御气通,遥瞻帝阙五云红。英雄尽入江东籍,将相多收蓟北功。礼乐日稽三代盛,梯航岁贡万方同。都将俭德熙文治,淳俗应还太古风。

宫词

悄悄深宫不见人,倚阑惟见石麒麟。芙蓉帐冷愁长夜,翡翠帘垂隔小春。天远难通青鸟信,风寒欲动锦花茵。夜深怕有羊车过,自起笼灯看雪纹。

郊居作

碧树浓阴护短垣,苍江春暖渚凫喧。买鱼试唤鸣榔艇,寻鹤因行隔垅村。生理何凭文是业,世情纵遣酒盈樽。相逢谓我迂疏甚,欲辨还憎恐失言。

闲居

茂苑闲居木石同,旋开小径剪蒿蓬。虚游

心在鸿濛外,穴处身疑培塿中。花影一阑吟夜月,松声半榻卧秋风。百年寄傲聊容膝,何必高车驷马通。

暮春述怀

为客山南二十年,愁来恍近落花天。阴云节雨连山脊,湿气成岚滴树巅。邻屋有声敲石火,野禽无语避茶烟。此时若遇孙阳顾,肯服盐车不受鞭。

端午日

少年佳节倍多情,老去谁知感慨生。不效艾符趋习俗,但祈蒲酒话升平。鬓丝日日添头白,榴锦年年照眼明。千载贤愚同瞬息,几人堙没几垂名。

九日

万里飘零十二秋,不堪今倚夕阳楼。壮怀空掷班超笔,久客谁怜季子裘。瘴雨蛮烟朝暮景,平芜野草古今愁。酣歌欲尽登高兴,强把黄花插满头。

九日病起

重阳开满菊花金,病起楮床惜赏心。紫蟹霜肥秋纵好,绿醅蚁滑晚慵斟。眼窥薄雾行殊倦,身怯寒风坐未禁。沈醉又成来岁约,遣怀聊作记时吟。

寒夜

云冷江空岁暮时,竹阴梅影月参差。鸡催梦枕司晨早,更咽寒城报点迟。人事纷华潜动息,天心静默运推移。凭谁荡涤穷残候,入眼东风喜在期。

喜雨

临岐终日自裴回,干我茅斋半亩苔。山上乱云随手变,浙东飞雨过江来。一元和气归中正,百怪苍渊起蛰雷。千里稻花应秀色,酒樽风月醉亭台。

春游

明日城东看杏花,叮咛童子蚤将车。路从丹凤楼前过,酒向金鱼馆里赊。绿水满沟生杜若,暖云将雨湿泥沙。绝胜羊傅襄阳道,车骑西风拥鼓笳。

夜酌溪楼

楼居溪上凉生早,坐对城头起暮笳。打鼓泊船何处客,捣衣隔竹是谁家。玉绳低转宵初迥。银烛高烧月近斜。得意引杯须痛饮,好怀那许负年华。

旅行一作金陵道中

烟树寒林半有无,野人行李更萧疏。堠长堠短逢官马,山北山南闻鹧鸪。万里关河成传舍,五更风雨忆呼卢。寂寥一点寒灯在,酒熟邻家许夜沽。

下第东归作

十载驱驰倦荷锄,三年生计鬓萧疏。辛勤几逐英雄后,乙榜犹然姓氏虚。欲射狼星把弓箭,休将萤火读诗书。身贱自惭贫骨相,朗啸东归学钓鱼。

还京口

黄鹤山头雪未消,行人归计在今朝。城高铁瓮江山壮,地接金陵草木雕。北府市楼闻旧酒,南桥官柳识归桡。吏民莫见参军面,水宿风餐鬓发焦。

襄口阻风

雪浪排空接海门,孤舟三日阻龙津。曹瞒曾堕周郎计,王导难遮庾亮尘。鸥散白云沈远浦,花飞红雨送残春。篙师整缆候明发,仍谒荒祠问鬼神。

潭州独步

鹤发垂肩懒著巾,晚凉独步楚江滨。一帆暝色鸥边雨,数尺筇枝物外身。习巧未逢医拙手,闻歌先识采莲人。笑看斥鷃飞翔去,乐处蓬莱便有春。

金陵怀古

黄道天清拥珮珂,东南王气秣陵多。江吞

彭蠡来三蜀,地接昆仑带九河。凤阙晓霞红散绮,龙池春水绿生波。华夷混一归真主,端拱无为乐太和。

登凤凰台二首

凤凰台上望长安,五色宫袍照水寒。彩笔十年留翰墨,银河一夜卧阑干。三山飞鸟江天暮,六代离宫草树残。始信人生如一梦,壮怀莫使酒杯干。

梧桐叶落秋风老,人去台空凤不来。梁武台城芳草合,吴王宫殿野花开。石头城下春生水,燕子堂前雨长苔。莫问人间兴废事,百年相遇且衔杯。

韩信庙

长空鸟尽将军死,无复中原入马蹄。身向九泉还属汉,功超诸将合封齐。荒凉古庙惟松柏,咫尺长陵又鹿麋。此日深怜萧相国,竟无一语到金闺。

访许浑

去郭来寻隐者居,柳阴假步小篮舆。每期会面初偿约,却计论心旧得书。浅绿垣墙绵薜荔,淡红池沼映芙蕖。为言肯共留连饮,涧有青芹罟有鱼。

李舍人席上感遇—作寓意

微云敛雨天气清,松声出树秋泠泠。窗户长含碧萝色,溪流时带蛟龙腥。一官到手不可避,万事役我徒劳形。飘然曳杖出门去,无数好山江上横。

和赵相公登鹳雀楼 楼在河中府。前瞻中条,下瞰大河。

危楼高架沁寥天,上相闲登立彩斿。树色到京三百里,河流归汉几千年。晴峰耸日当周道,秋谷垂花满舜田。云路何人见高志,最看西面赤阑前。

冬至酬刘使君

异乡冬至又今朝,回首家山入梦遥。渐喜一阳从地复,却怜群沴逐冰消。梅含露蕊知迎腊,柳拂宫袍忆候朝。多少故人承宴赏,五云堆里听箫韶。

李节度平虏诗

百万王师下日边,将军雄略可图全。元勋未论封茅异,捷势应知破竹然。燕警无烽清朔漠,秦文有宝进蓝田。太平从此销兵甲,记取红羊换劫年。

金陵上李公垂侍郎

海国微茫散晓氛,郁葱佳气满乾坤。六朝空据长江险,一统今归圣代尊。西北诸峰连朔漠,东南众水合昆仑。愿从吾道禧文运,再使河清俗化淳。

赠惟俨师

焕然文采照青春,一策江湖自在身。云锁木龛聊息影,雪香纸袄不生尘。谈禅早续灯无尽,护法重编论有神。拟扫绿阴浮佛寺,桫椤高树结为邻。

寄许浑秀才

万木惊秋叶渐稀,静探造化见玄机。眼前谁悟先天理,去后还知今日非。树拥秣陵千嶂合,云开萧寺一僧归。汉廷累下征贤诏,未许严陵老钓矶。

送白舍人渡江

晓发龙江第一程,诸公同济似登瀛。海门日上千峰出,桃叶波平一棹轻。横锁已沈王濬筏,投鞭难阻谢玄兵。片时喜得东风便,回首钟声隔凤城。

送刘禹锡侍御出刺连州

迢荒迢递五羊城,归兴浓消客里情。家近似忘山路险,土甘殊觉瘴烟轻。梅花清入罗浮梦,荔子红分广海程。此去定知偿隐趣,石田春雨读书耕。

送韦侍御报使西蕃

归奏圣朝行万里,却衔天诏报蕃臣。本是

者生守文墨，今将匹马静烟尘。旅宿关河逢暮雨，春耕亭障识遗民。此去多应收故地，宁辞少塞往来频。

寒食城南即事因访蓝田韦明府

闲出城南禁火天，路傍骑马独摇鞭。青松古墓伤碑碣，红杏春园羡管弦。徒说鹡鸰膏玉刹，漫夸蚨血点铜钱。世间尽是悠悠事，且饮韦家冷酒眠。

送源中丞使新罗 一作姚合诗

赤墀奉命使殊方，官重霜台紫绶光。玉节生船清海怪，金函开诏抚夷王。云晴渐觉山川异，风便宁知道路长，谁得似君将雨露，海东万里洒扶桑。

送景玄上人还山

嵩阳听罢讲经钟，远访庭闱锡度空。蒲履慢从归后织，衲衣犹记别时缝。地横龙朔连沙漠，山入乌桓碧树重。梵宇传来金贝叶，花前羞捧慰亲容。

宫人入道

卸却宫妆锦绣衣，黄冠素服制相宜。锡名丘奉君王旨，佩篆新参老氏师。白昼无情趋玉陛，清宵有梦步瑶池。绿鬟女伴含愁别，释尽当年妒宠私。

友人山中梅花

南国看花动远情，沈郎诗苦瘦容生。铁心自似山中赋，玉笛谁将月下横。临水一枝春占早，照人千树雪同清。好风吹醒罗浮梦，莫听空林翠羽声。

客中有感

天地一身在，头颅五十过。流年消壮志，空使泪成河。

忆家二首

新霁飑林初，蘋花贴岸舒。故乡今夜月，犹得照孤庐。

树拥溪边阁，山浮雨后岚。白头归未得，梦里望江南。

江行二首

暝色沧州迥，秋声玉峡长。只因江上月，不觉过浔阳。

晚泊长江口，寒沙白似霜。年光流不尽，东去水声长。

偶题

越女收龙眼，蛮儿拾象牙。长安千万里，走马送谁家。

关中伤乱后

去岁干戈险，今年蝗旱忧。关西归战马，海内卖耕牛。

楚江怀古

骚灵不可见，楚些竟谁闻。欲采蘋花去，沧州隔暮云。

张飞庙

威名垂万古，勇力冠当时。回首三分国，何人赋黍离。

生公讲台

暝色护楼台，阴云昼未开。一尘无处著，花雨遍苍苔。

席上听琴

高堂流月明，万籁不到耳。一听清心魂，飞絮春纷起。

酬雍秀才二首

晚市人烟合，归帆带夕阳。栖迟未归客，犹著锦衣裳。

卧病茅窗下，惊闻两月过。兴来聊赋咏，清婉逼阴何。

竹

窗户尽萧森，空阶凝碧阴。不缘冰雪里，

为识岁寒心。

春怨
柳花扑帘春欲尽,绿阴障林莺乱啼。只愁明日送春去,落日满园啼竹鸡。

馆娃宫
宫女三千去不回,真珠翠羽是尘埃。夫差旧国久破碎,红燕自归花自开。

汉宫词三首
成帝夫人泪满怀,璧宫相趁落空阶。可怜玉貌花前死,惟有君恩白燕钗。

霍家有女字成君,年少教人著绣裙。枉杀宫中许皇后,椒房恩泽是浮云。

骏马金鞍白玉鞭,宫中来取李延年。承恩直日鸳鸯殿,一曲清歌在九天。

同州端午
鹤发垂肩尺许长,离家三十五端阳。儿童见说深惊讶,却问何方是故乡。

夜过洞庭
笙歌只解闹花天,谁是敲冰掉小船。为觅潇湘幽隐处,夜深载月听鸣泉。

游山南寺二首
山中尽日无人到,竹外交加百鸟鸣。昨日小楼微雨过,樱桃花落晚风晴。

踏碎羊山黄叶堆,天飞细雨隐轻雷。朗陵莫讶来何晚,不忍听君话别杯。

寄太仆田卿二首
客窗强饮太怱怱,急雨寒风意万重。蓦上心来消未得,梦回又听五更钟。

一阳才动伏群阴,万物于今寓太音。若喜长生添线日,微微消息识天心。

新昌井
辘轳千转劳筋力,待得甘泉渴杀人。且共山麋同饮涧,玉沙铺底浅磷磷。

经靖安里
巷底萧萧绝市尘,供愁疏雨打黄昏。悠然一曲泉明调,浅立闲愁轻闭门。

闻筝歌
凄凄切切断肠声,指滑音柔万种情。花影深沈遮不住,度帏穿幕又残更。

吹笙歌
伶儿竹声愁绕空,秦女泪湿燕支红。玉树花片落不住,三十六簧能唤风。

赠歌人郭婉二首
石家金谷旧歌人,起唱花筵泪满巾。红粉少年诸弟子,一时惆怅望梁尘。

云满衣裳月满身,轻盈归步过流尘。五更无限留连意,常恐风花又一春。

潭州席上赠舞柘枝妓
姑苏太守青娥女,流落长沙舞柘枝。坐满绣衣皆不识,可怜红脸泪双垂。

句
瘴雨出虹蛛,蛮烟渡江急。尝闻岛夷俗,犀象满城邑。《寄岭南张明甫》见《方舆胜览》。

全唐诗卷四百九十三

沈亚之

沈亚之,字下贤,吴兴人。登元和十年进士第,历殿中丞御史、内供奉。太和初,为德州行营使柏耆判官,耆贬,亚之亦谪南康尉,终郢州掾。集九卷,今编诗一卷。

虎丘山真娘墓

金钗沦剑壑,兹地似花台。油壁何人值—作遇,钱塘度曲哀。翠馀长染柳,香重欲薰梅。但道行云去,应随魂—作蝶梦来。

答殷尧藩赠罢泾源记室

劳君辍雅话,听说事疆场。提笔从征虏,飞书始伏羌。河流辞马岭,节卧听龙骧。孤负平生剑,空怜射斗光。

五月六日,发石头城,步望前船,示舍弟兼寄侯郎

客子去淮阳,逶迤—作蹉跎别梦长。水关开夜锁,雾棹起晨凉—作装。烟月期同赏,风波勿异行。隐山—作帆曾撼橹,转濑指遥樯。蒲叶吴—作薪,一作钱。刀绿,筠筒楚粽香。因书报惠—作司远,为我忆檀郎。

别庞子肃

自为应仙才,丹砂炼几回。山秋梦桂树,月晓忆瑶台。雨雪依岩避—作别,烟云逐步开。今朝龙仗去,早晚鹤书来。

春色满皇州

何处春辉—作归好,偏宜在雍州。花明夹城道,柳暗曲江头。风软游丝重,光融瑞气浮。斗鸡怜短草,乳燕傍高楼。绣毂盈香陌,新泉溢御沟。回—作行看日欲暮,还—作回骑似川流。

宿白马津寄寇立—作至

客思听蛮嗟,秋怀似乱砂。剑头悬日影,蝇—作龟鼻落灯花。天外归鸿断,漳南别路赊。

闻君同旅舍,几得梦还家。

汴州船行赋岸傍所见
古木晓苍苍,秋林拂岸香。露珠虫网细,金缕兔丝长。秋浪时回沫,惊鳞乍触航。蓬烟拈绿线,棘实缀红囊。乱穗摇龋尾,出一作垂根挂凤肠。聊持一濯足,谁道比沧浪。

送文颖上人游天台
露花浮翠瓦,鲜思起芳丛。此际断客梦,况复别志公。既历天台去,言过赤城东。莫说人间事,崎岖尘土中。

宿后自华阳行次昭应寄王直方
重归能几日。物意早如春。暖色先骊岫,寒声别雁群。川光如戏剑,帆态似翔云。为报东园蝶,南枝日已曛。

题海榴树呈八叔大人
曾在蓬壶伴众仙,文章枝叶五云边一作鲜。几时奉宴瑶台下,何日移荣玉砌前。染日裁霞深一作假雨露,凌寒送暖占风烟。应笑强如河畔柳,逢波逐一作随浪送一作逐张骞。

西蕃请谒庙
肃肃层城里,巍巍祖庙清。圣恩覃布濩,异域献精诚。冠盖分行列,戎夷辨姓名。礼终齐百拜,心洁表忠贞。瑞气千重色,箫韶九奏声。仗移迎日转,旌动逐风轻。休运威仪正,年推俎豆盈。不才惭圣泽,空此望华缨。

劝政楼下观百官献寿一本无观字
御气黄花节,临轩紫陌头。早阳生彩仗,霁色入仙楼。献寿皆一作比鸳鹭,瞻天在冕旒。菊尊开九日,凤历启千秋。乐阕祥烟起,杯酣瑞影收。年年歌舞夕,此地庆皇休。

山出云
片云朝出岫,孤色迥难亲。盖小辞山早,根轻触石新。飘扬经绿野,明丽照青春。拂树疑舒叶,临江似结鳞。从龙方有感,捧日岂无

因。看助为霖去,恩沾雨露均。

曲江亭望慈恩杏花发
曲台晴好望,近接梵王家。十亩开金地,千株发杏花。带云犹误雪,映日欲欺霞。紫陌传香远,红泉落影斜。园中春尚早,亭上路非赊。芳景偏堪赏,其如积岁华。

村居
有一作无树巢宿鸟,无酒共客醉。月上蝉韵残,梧桐阴绕地。独出村舍门,吟剧微风起。萧萧芦荻丛,叫啸如山鬼。应缘我憔悴,为我哭秋一作发愁思。

春词酬元微之一作施肩吾诗
黄莺一作鸟啼时春日高,红芳发尽井边桃。美人手暖裁衣易,片片轻花落剪刀。

题侯仙亭
新创仙亭覆石坛,雕梁峻宇入云端。岭北啸猿高枕听,湖南山一作春色卷帘看。

送庞子肃
三年游宦也迷津,马困长安九陌尘。都作无成不归去,古来妻嫂笑苏秦。

梦挽秦弄玉
亚之自记略云:太和初,沈亚之将之邠,出长安城,客橐泉邸舍。春时,昼梦入秦,主内史廖家。廖举亚之,拜左庶长,尚公主弄玉。其日,有黄衣中贵骑疾马来,延亚之入,宫阙甚严,呼公主出,翼发,著偏袖衣,芳妹明媚,侍女祇承,分立左右者数百人。召见之便馆,居亚之于宫,题其门曰翠微宫,宫人呼为沈郎院。一年,公主卒。公追伤不已,将葬咸阳原,公命亚之作挽歌,应教而作,公读词善之,时宫中有失声若不忍者,公随泣下。亚之送葬咸阳还,以悼怅感戚被病,犹在翠微宫,然处殿外特室,不居宫中矣。居月余,病良已。公谓亚之曰:"敝秦不足辱大夫,盍适大国乎。"亚之对曰:"臣无状,不能从死公主,使得归骨父母国,臣不忘君恩。"时日将去,公追酒高会,执爵亚之前曰:"愿沈郎歌以塞别。"亚之受命,立为歌辞,授舞者,杂其声而和之,四座皆泣。既,再拜辞去,公复命曰至翠微

宫，与公主侍人别。重入殿内，时见珠翠遗碎青阶下，窗纱檀点依然。宫人泣对亚之，亚之感咽良久，因题宫门，竟别去。公命车驾送亚之出函谷关，出关已，送吏曰："公命尽此，且去。"亚之与别，语未卒，忽惊觉，卧邸舍。

泣葬一枝红，生同死不同。金钿坠芳草，香绣满春风。旧日闻箫处，高楼当月中。梨花寒食夜，深闭翠微宫。

梦别秦穆公

击髆舞，恨满烟光无处所。泪如雨，欲拟著辞不成语。金风衔红旧绣衣，几度宫中同看舞。人间春日正欢乐，日暮东风何处去。

梦游秦宫 一作题宫门

君王多感放东归，从此秦宫不复期。春景似伤秦丧主，落花如雨泪胭脂。

湘中怨 并序

湘中怨者，事本怪媚，为学者未尝一作不当有述。然而淫溺之人，往往不寤。今欲概其所论，以著诚而已。从生韦教善撰乐府，故率而广之，以应其咏。

隆佳秀兮昭盛时，播薰一作芳绿兮淑华归。顾室荑与处萼兮，潜重房以饰姿。见稚态之韶羞一作客兮，蒙长霭以为帏。醉融光兮渺渺弥弥，迷千里兮涵烟眉，晨陶陶兮暮熙熙。舞婑那之秾条兮，骋盈盈以披迟。酡游一作客颜兮倡蔓卉縠，流茜霓兮石发髾旎。《风光词》。

溯青山兮江之隅，拖湘波兮袅绿裾。荷拳拳兮未舒，匪同归兮将焉如。《汜人歌》。亚之自撰解曰：垂拱年中，驾在上阳宫。太学进士郑生，晨发铜驼里，乘晓月，度洛桥，闻桥下有哭甚哀。生下马，循声索之，见一艳女，翳然袭袖曰："我孤养於兄，嫂恶，常苦我。今欲赴水，故留哀须臾。"生曰："能逐我归乎？"应曰："婢御无悔。"遂载归与居，号曰汜人，能诵楚人《九歌》、《招魂》、《九辩》之书。亦常拟其调，赋为怨句。其词丽绝，世莫属者，因撰《风光词》。生居贫，汜人解箧，出轻绡一端与卖，胡人酬之千金。居数岁，生长安中。是夕，谓生曰："我湘中蛟宫之娣也，谪而从君。今岁满，无以久留君所，欲为诀耳。"即相持啼泣。生留之不能，竟去。后十余年，生之兄为岳州刺史。会上巳日，与家徒登岳阳楼，望鄂渚张宴。乐酣，生愁吟曰："情无垠兮荡洋洋，怀佳期兮露三湘。"声未终，有画舻浮漾而来，中为彩楼，高百余尺。其上施帷帐，栏笼画饰，帷裳，有弹弦鼓吹者，皆神仙蛾眉，被服烟霓，裙袖皆广尺。其中一人，起舞且歌。含颦凄怨，形类汜人。舞毕，敛袖，翔然凝望楼中，纵观方怡，须臾，风涛崩怒，遂迷所往。元和十三年，余闻之朋中，因悉补其词，题之曰《湘中怨》，盖欲使南昭嗣烟中之志为偶倡也。

文祝延二阕 并序

文祝延之指，其本祷祠，闽人歌其质也。闽侯居政，民萌而安。他日侯恙在体，巷野之祈祠于神者，皆以请，侯益忧焉。后得间，而词乃舒。其俗以为言俚，不足自道。或谓军副者能变风从律，善阐物志，因著盡为请。于是与文以通其意，且以古之得人者皆祝延之。今复用言，命为篇目。其词二一本有阙字。

闽山之杭杭兮水珊珊，吞荒抱大兮香叠层。腾气清浑兮朝昏，神生其中兮宅幽凝。居如山兮惠如水，处端卓兮赴下而忘鄙。集人之祈兮从人之所市，攀清明兮叩仿佛。我民清兮期吉日，愿听诚兮陈所当。侯临我兮恩如光，照导兮天一作煦覆。惠流吾兮乐且康，恭闻侯兮饮食失常。民萦一作萦忧兮心苦一作若疮，饱我之饥兮侯由有一作百谷。神有泽兮宜荫沃，脱侯之恙兮归侯之多福。群卑勤之恭洁兮一作洁恭，鉴贞盟乎山竹。右一阕为祈神。

咒载吹兮音咿咿，铜铙呹兮眽呼娭一作眠睢。樟之盖兮麓下，云垂幄兮为帷。合吾民兮将安，维吾侯之康兮乐欣。肴盘列兮答一作合神，神摆渔篁兮降拂窣窣一作崒崒。右持妓兮左夫人，态修邃兮佻眇。调丹含琼兮瑳上声佳笑，馨炮膻燔兮溢按豆。爵盏无虚兮果撼杂佑，秋云清醉兮流融光。巫裾旋兮觋袖翔，瞪虚凝兮览回杨一作阳。语神欢兮酒云一作味央，望吾侯兮遵赏事。朝马驾兮掮宝辔，千弭函弦兮森道骑。吾何乐兮神轩，维侯之康兮居游自遂。右一阕为酬神。

全唐诗卷四百九十四

施肩吾

施肩吾,字希圣,洪州人。元和十年登第,隐洪州之西山,为诗奇丽。《西山集》十卷,今编诗一卷。

及第后过扬子江

忆昔将贡年,抱愁此江边。鱼龙互闪烁,黑浪高于天。今日步春—作青草,复—作还来经此道。江神也世情,为我风色好。

夜宴曲—作词

兰缸如昼晓不眠,玉堂—作炉夜起沈香烟。青娥一行十二仙,欲笑不笑桃花然。碧窗弄娇—作妆梳洗晚,户外不知银汉转。被郎嗔罚琉璃—作屠苏盏,酒入四肢红玉软。

效古兴—作体

金雀—作黄金无旧钗,缃绮无旧裾。唯有一寸心,长贮万里夫。南轩夜虫织已促,北牖飞蛾绕残烛。只言众口铄千—作黄金,谁信独愁销片玉。不知岁晚归不归,又将啼—作泪眼缝征衣。

古别离二首

古人漫歌西飞燕,十年不见狂夫面。三更风作切梦刀,万转愁成系肠线。所嗟不及牛女星,一年一度得相见。

老母别爱子,少妻送征郎。血流既四面,乃一断二肠。不愁寒无衣,不怕饥无粮。惟恐征战不还乡,母化为鬼妻为孀。

壮士行

一斗之胆撑脏腑,如螺之筋碍臂骨。有时误入千人丛,自觉一身横突兀。当今四海无烟尘,胸襟被压不得伸。冻枭残蛋我不取,污我匣里青蛇鳞。

弋征妇怨

　　寒窗羞见影相随,嫁得五陵轻薄儿。长短色歌君自—作不解,浅深更漏妾偏知。画裙多日鸳鸯湿,云鬟慵梳玳瑁垂。何事不看霜雪里,坚贞惟有古松枝。

送人—作客南游

　　见说南行—作游偏不易,中途莫忘寄书频。凌空瘴气堕飞鸟,解语山魈恼病人。闽县绿娥能引客,泉州乌药好—作可防身。异花奇竹分明看,待汝归来画取真。

赠边将

　　轻生奉国不为难,战苦身多旧箭瘢。玉匣贮龙鳞甲冷,金铃衬鹘羽毛寒。皂貂拥出花当背,白马骑来月在鞍。犹恐犬戎临虏塞,柳营时—作特把阵图看。

上礼部侍郎陈情

　　九重城里无亲识,八百人中独姓施。弱羽飞时攒箭险,蹇驴行处薄冰危。晴天欲照盆难反,贫女如花镜不知。却向从来受恩地,再求青律变寒枝。

早春残雪

　　春景照林峦,玲珑雪影残。井泉添碧甃,药圃洗朱栏。云路迷初醒,书堂映渐难。花分梅岭色,尘减玉阶寒。远称栖松鹤,高宜点露盘。伫逢春律后,阴谷始堪看。

送端上人游天台

　　师今欲向天台去,来说天台意最真。溪过石桥为险处,路逢毛褐是真人。云边望字钟声远,雪里寻僧脚迹新。只可且论经夏别,莫教祺树两回春。

惜花

　　落尽万株红,无人解系风。今朝芳径里,惆怅锦机空。

冲夜行

　　夜行无月时,古路多荒榛。山鬼遥把火,自照不照人。

夜愁曲

　　歌者歌未绝,愁人愁转增。空把琅玕枝,强挑无心灯。

杂古词—作古曲五首

　　可怜江北女,惯唱江南曲。摇荡木兰舟,双凫不成浴。

　　郎为七上香,妾作—作为笼下灰。归时即—作虽暖热,去罢生尘埃。

　　夜裁鸳鸯绮,朝织蒲桃绫。欲试一寸心,待缝三尺冰。

　　怜时鱼得水,怨罢商与参。不如山栀子,却能—作解结同心。

　　红颜感暮花,白日同流水。思君若—作如孤灯,一夜一心死。

幼女词

　　幼女才六岁,未知巧与拙。向夜在堂前,学人拜新月。

买地词

　　买地不惜钱,为多芳桂丛。所期在清凉—作景,坐起闻香风。

弋阳访古

　　行逢葛溪水,不见葛仙人。空抛青竹杖,咒作葛陂神。

幽居乐

　　万籁不在耳,寂寥心境清。无妨数茎竹,时有萧萧声。

湘川怀古

　　湘水终日流,湘妃昔时哭。美色已成尘,泪痕犹在竹。

秋山吟
夜吟秋山上,裊裊秋风归。月色清且冷,桂香落人衣。

寒夜
三复招隐吟,不知寒夜深。看看西来月,移到青天心。

湘竹词
万古湘江竹,无穷奈怨何。年年长春笋,只是泪痕多。

观花后游慈恩寺
世事知难了,应须问苦空。羞将看花眼,来入梵王宫。

乞巧词
乞巧望星河,双双并绮罗。不嫌针眼小,只道月明多。

不见来词
乌鹊语千回,黄昏不见来。漫教脂粉匣,闭了又重开。

夜起来—作起夜来
香销连理带,尘覆合欢杯。懒卧相思枕,愁吟夜起来。

笑卿卿词
笑向卿卿道,耽书夜夜多。出来看玉兔,又欲过银河。

感遇词
一种貌如仙,人情要自偏。罗敷有底好,最得使君怜。

及第后夜访月仙子
自喜寻幽夜,新当及第年。还将天上桂,来访月中仙。

定情乐
敢嗟君不怜,自是命不谐。著破三条裙,却还双股钗。感郎双条脱,新破八幅绡。不惜榆荚钱,买人金步摇。

宿南一上人山房
窗牖月色多,坐卧禅心静。青鬼来试人,夜深弄灯影。

兰渚泊
家在洞水西,身作兰渚客。天昼无纤云,独坐空江碧。

经吴真君旧宅
古仙炼丹处,不测何岁年。至今空宅基,时有五色烟。

古相思
十访九不见,甚于菖蒲花。可怜云中月,今夜堕我家。

瀑布
豁开青冥颠,写出万丈泉。如裁一条素,白日悬秋天。

金尺石
丹砂画顽石,黄金横一尺。人世较短长,仙家爱平直。

秋洞宿
夜深秋洞里,风雨报龙归。何事触人睡,不教胡蝶飞。

效古词
姊妹无多兄弟少,举家钟爱年最小。有时绕树山鹊飞,贪看不待画眉了。

山中得刘秀才京书
自笑家贫客到疏,满庭烟草不能锄。今朝谁料三千里,忽得刘京—作公一纸书。

望夫词
手爇寒灯向影频,回文机上暗生尘。自家

夫婿无消息,却恨桥头卖卜人。

忆四明山泉
　　爱彼山中石泉水,幽深夜夜落空—作夜落空窗里。至今忆得卧云时,犹自涓涓在人耳。

西山静中吟
　　重重道气结成神,玉阙金堂逐日新。若数西山得道者,连予便是十三人。

天柱山赠峨嵋田道士
　　古称天柱连九天,峨嵋道士栖其巅。近闻教得玄鹤舞,试凭驱出青芝田。

夜岩谣
　　夜上幽岩踏灵草,松枝已疏桂枝老。新诗几度惜不吟,此处一声风月好。

岛夷行
　　腥臊海边多鬼市,岛夷居处无乡里。黑皮年少学采珠,手把生犀照咸水。

帝宫词
　　自得君王宠爱时,敢言春色上寒枝。十年宫里无人问,一日承恩天下知。

叹花词
　　前日满林红锦遍,今日绕林看不见。空余古岸泥土中,零落胭脂两三片。

杜鹃花词
　　杜鹃花时夭艳然,所恨帝城人不识。丁宁莫遣春风吹,留与佳人比颜色。

晓光词
　　日轮—作光浮动羲和推,东方一轧天门开。风神为我扫烟雾,四海荡荡无尘埃。

望晓词
　　揽衣起兮望秋河,濛濛远雾飞轻罗。蟠桃树上日欲出,白榆枝畔星无多。

海边远望
　　扶桑枝边红皎皎,天鸡一声四溟晓。偶看仙女上青天,鸾鹤无多采云少。

听南僧说偈词
　　师子座中香已发,西方佛偈南僧说。惠风吹尽六条尘,清净水中初见月。

春日美新绿词
　　前日萌牙小于粟,今朝草树色已足。天公不语能运为,驱遣羲和染新绿。

对月忆嵩阳故人
　　团团月光照西壁,嵩阳故人千里隔。不知三十六峰前,定为何处峰前客。

赠莎地道士
　　莎地阴森古莲叶,游龟暗老青苔甲。池边道士夸眼明,夜取蟭螟摘蚊睫。

效古词
　　莫愁新得年十六,如蛾双眉长带绿。初学箜篌四五人,莫愁独自声前足。

冬日观早朝
　　紫烟捧日炉香动,万马千车踏新冻。绣衣年少朝欲归,美人犹在青楼梦。

观吴偃画松
　　君有绝艺终身宝,方寸巧心通万造。忽然写出涧底松,笔下看看一枝老。

题山僧水阁
　　山房水阁连空翠,沈沈下有蛟龙睡。老僧趺坐入定时,不知花落黄金地。

登岘亭怀孟生
　　岘山自高水自绿,后辈词人心眼俗。鹿门才子不再生,怪景幽奇无管属。

吴中代蜀客吟
　　身狥吴儿家在蜀,春深屡唱思乡曲。峨眉

风景无主人,锦江悠悠为谁绿。

戏咏榆荚
风吹榆钱落如雨,绕林绕屋来不住。知尔不堪还酒家,漫教夷甫无行处。

寄李补阙
苍生应怪君起迟,蒲轮重辗嵩阳道。功成名遂来不来,三十六峰仙鹤老。

贫客吟
毺毯敝衣无处结,寸心耿耿如刀切。今朝欲泣泉客珠,及到盘中却成血。

诮山中叟
老人今年八十几,口中零落残牙齿。天阴伛偻带嗽行,犹向岩前种松子。

闻山中步虚声
何人步虚南峰顶,鹤唳九天霜月冷。仙词偶逐东风来,误飘数声落尘境。

题龙池山人
主人家在龙池侧,水中有鱼不敢食。终朝采药供仙厨,却笑桃花少颜色。

玩新桃花
几叹红桃开未得,忽惊造化新装饰。一种同沾荣盛时,偏荷清光借颜色。

山石榴花
深色胭脂碎剪红,巧能攒合是天公。莫言无物堪相比,妖艳西施春驿中。

玩友人庭竹
曾去玄洲看种玉,那似君家满庭竹。客来不用呼清风,此处挂冠凉自足。

秋夜山居二首
幽居正想飡霞客,夜久月寒珠露滴。千年独鹤两三声,飞下岩前一枝柏。

去雁声遥人语绝,谁家素机织新雪。秋山

野客醉醒时,百尺老松衔半月。

秋夜山中别友人
独鹤孤云两难说,明朝又作东西别。知君少壮无几年,莫爱闲吟老松月。

赠别王炼师往罗浮
道俗骈阗留不住,罗浮山上有心期。却愁仙处人难到,别后音书寄与谁。

春日飡霞阁
洒水初晴物候新,飡霞阁上最宜春。山花四面风吹入,为我铺床作锦茵。

喜友再相逢
三十年前与君别,可怜容色夺花红。谁知日月相催促,此度见君成老翁。

候仙词
西归公子何时降,南岳先生早晚来。巡历世间犹未遍,乞求鸾鹤且裴回。

修仙词
丹田自种留年药,玄谷长生续命芝。世上漫忙兼漫走,不知求己更求谁。

夏日题方师院
火天无处买清风,闷发时来入梵宫。只向方师小廊下,回看门外是樊笼。

春游乐
一年三百六十日,赏心那似春中物。草迷曲坞一作渚花满园,东家少年西家出。

仙客归乡词二首
六合八荒游未半,子孙零落暂归来。井边不认捎云树,多是门人在后栽。

洞中日月洞中仙,不算离家是几年。出郭始知人代变,又须抛却古时钱。

云州饮席
酒肠虽满少欢情,身在云州望帝城。巡次

合当谁改令,先须为我打还京。

戏赠李主簿
官罢江南客恨遥,二年空被酒中消。不知暗数春游处,偏忆扬州第几桥。

春词 一作沈亚之诗
黄鸟啼多春日高,红芳开尽井边桃。美人手暖裁衣易,片片轻云落剪刀。

题景上人山门
水有青莲沙有金,老僧于此独观心。愁人欲寄中峰宿,只恐白猿啼夜深。

妓人残妆词
云髻已收金凤皇,巧匀轻黛约残妆。不知昨夜新歌响,犹在谁家绕画梁。

临水亭
只怪素亭粘黛色,溪烟为我染莓苔。欲知源上春风起,看取桃花逐水来。

听范玄长吟
声声扣出碧琅玕,能使秋猿欲叫难。诗兴未穷心更远,手垂青拂向云看。

观叶生画花
心窍玲珑貌亦奇,荣枯只在手中移。今朝故向霜天里,点破繁花四五枝。

洗丹沙词
千淘万洗紫光攒,夜火荧荧照玉盘。恐是麻姑残米粒,不曾将与世人看。

长安春夜吟
露盘滴时河汉微,美人灯下裁春衣。蟾蜍东去鹊南飞,芸香省中郎不归。

自述
簏贮灵砂日日看,欲成仙法脱身难。不知谁向交州去,为谢罗浮葛长官。

少年行
醉骑白马走空衢,恶少皆称电不如。五凤街头新一作闲勒辔,半垂衫袖揖金吾。

越中遇寒食
去岁清明雪溪口,今朝寒食镜湖西。信知天地心不易,还有子规依旧啼。

赠采药叟
老去唯将药里行,无家无累一身轻。却教年少取书卷,小字灯前斗眼明。

清夜忆仙宫子
夜静门深紫洞烟,孤行独坐忆神仙。三清宫里月如昼,十二宫楼何处眠。

江南怨
愁见桥边荇叶新,兰舟枕水楫生尘。从来不是无莲采,十顷莲塘卖与人。

送绝尘子归旧隐二首
云水千重绕洞门,独归何处是桃源。仙方不用随身去,留与人间老子孙。

班藤为杖草为衣,万壑千峰独自归。纵令相忆谁相报,桂树岩边人信稀。

送裴秀才归淮南
怪来频起咏刀头,枫叶枝边一夕秋。又向江南别才子,却将风景过扬州。

钱塘渡口
天堑茫茫连沃焦,秦皇何事不安桥。钱塘渡口无钱纳,已失西兴两信潮。

春日宴徐君池亭
暂凭春酒换愁颜,今日应须醉始还。池上有门君莫掩,从教野客见青山。

山中送友人
欲折杨枝别恨生,一重枝上一啼莺。乱山重叠云相掩,君向乱山何处行。

寄王少府
采松仙子徒销日,吃菜山僧枉过生。多谢蓝田王少府,人间诗酒最关情。

赠女道士郑玉华二首
玄发新簪碧藕花,欲添肌雪饵红砂。世间风景那堪恋,长笑刘郎漫忆家。

明镜湖中休采莲,却师阿母学神仙。朱丝误落青囊里,犹是箜篌第几弦。

寄西台李侍御
二千余里采琼瑰,到处伤心瓦砾堆。唯有绣衣周柱史,独将珠玉挂西台。

赠凌仙姥
阿母从天降几时,前朝惟有汉皇知。仙桃不啻三回熟,饱见东方一小儿。

晚春送王秀才游剡川
越山花去—作老剡藤新,才子风光不厌春。第一莫寻溪上路,可怜仙女爱迷人。

冯上人院
扰扰凡情逐水流,世间多喜复多忧。一回行到冯公院,便欲令人百事休。

金吾词
行拥朱轮锦幨儿,望仙门外吒金羁。染须偷嫩无人觉,唯有平康小妇知。

观舞女—作妓
缠红结紫畏风吹,袅娜初回弱柳枝。买笑未知谁是主,万人心逐一人移。

鄠县村居
欲住村西日日慵,上山无水引高踪。谁能求得秦皇术,为我先驱紫阁峰。

酬周秀才
三展蜀笺皆郢曲,我心珍重甚琼瑶。应缘水府龙神睡,偷得蛟人五色绡。

旅次文水县喜遇李少府
为君三日废行程,一县官人是酒朋。共忆襄阳同醉处,尚书坐上纳银觥。

夏雨后题青荷兰若
僧舍清凉竹树新,初经一雨洗诸尘。微风忽起吹莲叶,青玉盘中泻水银。

途中逢少女
身倚西门笑向东,牡丹初折一枝红。市头日卖千般镜,知落谁家新匣中。

山中玩白鹿
绕洞寻花日易销,人间无路得相招。呦呦白鹿毛如雪,踏我桃花过石桥。

山居乐
鸾鹤—作凤每于松下见,笙歌常向坐中闻。手持十节龙头杖,不指虚空即指云。

襄阳曲
大堤女儿郎莫寻,三三五五结同心。清晨对镜理—作冶容色,意欲取郎千万金。

望夫词二首
看看北雁又—作向南飞,薄倖征夫久不归。蟢子到头无信处,凡经几度上人衣。

何事经年断书信,愁闻远客说风波。西家还有望夫伴,一种泪痕儿最多。

少妇游春词
簇锦攒花斗胜游,万人行处最风流。无端自向春园里,笑摘青梅叫阿侯。

折柳枝
伤见路边—作傍杨柳春,一重—作株折尽一重新。今年还折去年处,不送去年离别人。

归将吟
百战放归成老翁,余生得出死人中。今朝授敕三回舞,两赐青娥又拜公。

惜花词
　　千树繁红绕碧泉,正宜尊酒对芳年。明朝欲饮还来此,只怕春风却在前。

抛缠头词
　　翠娥初罢绕梁词,又见双鬟对舞时。一抱红罗分不足,参差裂破凤皇儿。

望骑马郎
　　碧蹄新压步初成,玉色郎君弄影行。赚杀唱歌楼上女,伊州误作石州声。

春日钱塘杂兴二首
　　酒姥溪头桑袅袅,钱塘郭外柳毵毵。路逢邻妇遥相问,小小如今学养蚕。

　　西邻年少问东邻,柳岸花堤几处新。昨夜雨多春水阔,隔江桃叶唤何人。

玩手植松
　　却思毫末栽松处,青翠才将众草分。今日散材遮不得,看看气色欲凌云。

夜笛词
　　皎洁西楼月未斜,笛声寥亮入东家。却令灯下裁衣妇,误剪同心一半—作片花。

赠郑伦吹凤管
　　喃喃解语凤皇儿,会听梨园竹里吹。谁谓五陵年少子,还将此曲暗相随。

蜀茗词
　　越碗初盛蜀茗新,薄烟轻处搅来匀。山僧问我将何比,欲道琼浆却畏嗔。

春霁
　　煎茶水里花千片,候客亭中酒一樽。独对春光还寂寞,罗浮道士忽敲门。

讽山云
　　闲云生叶不生根,常被重重蔽石门。赖有风帘能扫荡,满山晴日照乾坤。

日晚归山词
　　虎迹新逢雨后泥,无人家处洞边溪。独行归客晚山里,赖有鹧鸪临路岐。

玩花词
　　今朝造化使春风,开折西施面上红。竟日眼前犹不足,数株异入寸心中。

长安早春
　　报花消息是春风,未见先教何处红。想得芳园十余日,万家身在画屏中。

再酬李先辈
　　清辞再发郢人家,字字新移锦上花。能使龙宫买绡女,低回不敢织轻霞。

寄隐者
　　路绝空林无处问,幽奇山水不知名。松门拾得一片屐,知是高人向此行。

寄四明山子
　　高栖只在千峰里,尘世望君那得知。长忆去年风雨夜,向君窗下听猿时。

观美人
　　漆点双眸鬓绕蝉,长留白雪占胸前。爱将红袖遮娇笑,往往偷开水上莲。

收妆词
　　斜月胧胧照半床,茕茕孤妾懒收妆。灯前再览青铜镜,枉插金钗十二行。

仙女词
　　仙女群中名最高,曾看王母种仙桃。手题金简非凡笔,道是无边玉兔毛。

仙翁词
　　世间无远可为游,六合朝行夕已周。坛上夜深风雨静,小仙乘月击苍虬。

遇李山人
　　游山游水几千重,二十年中一度逢。别易

会难君且住,莫交青竹化为龙。

同张炼师溪行
青溪道士紫霞巾,洞里仙家旧是邻。每见桃花逐流水,无回不忆武陵人。

桃源词二首
夭夭花里千家住,总为当时隐暴秦。归去不论无旧识,子孙今亦是他人。

秦世老翁归汉世,还同白鹤返辽城。纵令记得山川路,莫问当时州县名。

送道友游山
欲驻如今未老形,万重山上九芝清。君今若问采芝路,踏水踏云攀杳冥。

赠王屋刘道士
小有洞中长住客,大罗天下后来仙。出门即是寻常处,未可还它跨鹤鞭。

谢自然升仙
分明得道谢自然,古来漫说尸解仙。如花年少一女子,身骑白鹤游青天。

秋吟献李舍人
肠结愁根酒不消,新惊白发长愁苗。主司倘许题名姓,笔下看成度海桥。

山中喜静和子见访
绝壁深溪无四邻,每逢猿鹤即相亲。小奴惊出垂藤下,山犬今朝吠一人。

春日题罗处士山舍
乱叠千峰掩翠微,高人爱此自忘机。春风若扫阶前地,便是山花带锦飞。

访松岭徐炼师
千刃峰头一谪仙,何时种玉已成田。开经犹在松阴里,读到南华第几篇。

江南织绫词
卿卿买得越人丝,贪弄金梭懒画眉。女伴能来看新篸,鸳鸯正欲上花枝。

宿兰若
听钟投宿入孤烟,岩下病僧犹坐禅。独夜客心何处是,秋云影里一灯然。

题禅僧院
栖禅枝畔数花新,飞作琉璃池上尘。谷鸟自啼猿自叫,不能愁得定中人。

送绝粒僧
碧洞青萝不畏深,免将饥渴累禅心。若期野客来相访,一室无烟何处寻。

早春游曲江
芳处亦将枯槁同,应缘造化未施功。羲和若拟动炉鞴,先铸曲江千树红。

佳人览镜
每坐台前见玉容,今朝不与昨朝同。良人一夜出门宿,减却桃花一半红。

遇王山人
每欲寻君千万峰,岂知人世也相逢。一瓢遗却在何处,应挂天台最老松。

遇醉道士
霞帔寻常带酒眠,路傍疑是酒中仙。醉来不住人家宿,多向远山松月边。

送人归台州
莫驱归骑且徘徊,更遣离情四五杯。醉后不忧迷客路,遥看瀑布识天台。

赠施仙姑
缥缈吾家一女仙,冰容虽小不知年。有时频夜看明月,心在嫦娥几案边。

山院观花
初来唯见空树枝,今朝满院花如雪。门前为报诸少年,明日来迟不堪折。

经桃花夫人庙
　　谁能枉驾入荒榛,随例形相土木身。不及连山种桃树,花开犹得识夫人。

代农叟吟
　　且将一笑悦丰年,渐老那能日日眠。引客特来山地上,坐看秋水落红莲。

下第春游
　　羁情含蘖复含辛,泪眼看花只似尘。天遣春风领春色,不教分付与愁人。

送僧游越
　　麻衣年少雪为颜,却笑孤云未是闲。此去若逢花柳月,栖禅莫向苎罗山。

遇越州贺仲宣
　　君在镜湖西畔住,四明山下莫经春。门前几个采莲女,欲泊莲舟无主人。

江南积雨叹
　　人厌为霖水毁溪,床边生菌路成泥。雨师一日三回到,栋里闲云岂得栖。

云中道上作
　　羊马群中觅人道,雁门关外绝人家。昔时间有云中郡,今日无云空见沙。

同诸隐者夜登四明山
　　半夜寻幽上四明,手攀松桂触云行。相呼已到无人境,何处玉箫吹一声。

戏一本有赠字郑申府
　　年少郑郎那解愁,春来闲卧酒家楼。胡姬若拟邀他宿,挂却金鞭系紫骝。

宿干越亭
　　琵琶洲上人行绝,干越亭中客思多。月满秋江山冷落,不知谁问夜如何。

少女词二首
　　娇羞不肯点新黄,踏过金钿出绣床。信物无端寄谁去,等闲裁破锦鸳鸯。
　　同心带里脱金钱,买取头花翠羽连。手执木兰犹未惯,今朝初上采菱船。

冬词
　　锦绣堆中卧初起,芙蓉面上粉犹残。台前也欲梳云髻,只怕盘龙手捻难。

昭君怨
　　马上徒劳别恨深,总缘如玉不输金。已知贱妾无归日,空荷君王有悔心。

赠仙子
　　欲令雪貌带红芳,更取金瓶泻玉浆。凤管鹤声来未足,懒眠秋月忆萧郎。

越溪怀古
　　忆昔西施人未求,浣纱曾向此溪头。一朝得侍君王侧,不见玉颜空水流。

秋夜山中赠别友人
　　何处邀君话别情,寒山木落月华清。莫愁今夜无诗思,已听秋猿第一声。

大堤新咏
　　行路少年知不知,襄阳全欠旧来时。宜城贾客载钱出,始觉大堤无女儿。

宿四明山
　　黎洲老人命余宿,杳然高顶浮云平。下视不知几千仞,欲晓不晓天鸡声。

禁中新柳
　　万条金线带春烟,深染青丝不直钱。又免生当离别地,宫鸦啼处禁门前。

酬张明府
　　潘令新诗忽寄来,分明绣段对花开。此时欲醉红楼里,正被歌人劝一杯。

安吉天宁寺闻磬
　　玉磬敲时清夜分,老龙吟断碧天云。邻房

逢见广州客,曾向罗浮山里闻。

句

年来如抛梭,不老应不得。以下见《纪事》。

花眼绽红斟酒看,药心抽绿带烟锄。《赠友人下第闲居》。

颠狂楚客歌成雪,媚赖吴娘笑是盐。

荷翻紫盖摇波面,蒲莹青刀插水湄。

烟粘薜荔龙须软,雨厌芭蕉凤翅垂。二联并百韵,山居诗所存,不见其全。

茶为涤烦子,酒为忘忧君。见《说郛》。

锄药顾老叟,焚香呼小青。见陈继儒《珍珠船》。

遗却白鸡呼䎱䎱音祝。见《野客丛谈》。

五通本是佛家奴,身著青衣一足无。寺宿为五通所挠作。以下见《海录碎事》。

天边有仙药,为我补三关。

世人谁不爱年长,所欲皆非保命方。

但看日及花,惟是朝可怜。《槿花》。

池塘已长鸡头叶,篱落初开狗脊花。《赠临平湖主人》。

出路船为脚,供官本是奴。《赠盐官主人》。

一言感著热铁心,为人剑下偷青娥。《老侠词》。

青鬓丈人不识愁。

全唐诗卷四百九十五

费冠卿

费冠卿,字子军,池州人。元和登第,母卒,叹曰:"干禄养亲,得禄而亲丧,何以禄为?"遂隐池州九华山。长庆中,殿院李行修举其孝节,召拜右拾遗,不赴。集一卷,今存诗十一首。

不赴拾遗召一作以拾遗召不起赋诗

君亲同是先王道,何如骨肉一处老。也知臣子合佐时,自古荣华谁可保。

闲居即事

生计唯将三尺僮,学他贤者隐墙东。照眠夜后多因月,扫地春来只藉风。几处红旗驱战士,一园青草伴衰翁。子房仙去孔明死,更有何人解指踪。

酬范中丞见

花宫柳陌正从行,紫袂金鞍问姓名。战国方须礼干木,康时何必重侯嬴。捧将束帛山僮喜,传示银钩邑客惊。直为云泥相去远,一言知己杀身轻。

秋日与冷然上人寺庄观稼

世人从扰扰,独自爱身闲。美景当新霁,随僧过远山。村桥出秋稼,空翠落澄湾。唯有中林犬,犹应望我还。

题中峰

中峰高挂沴寥天,上有茅庵与石泉。晴景猎人曾望见,青蓝色里一僧禅。

蒙召拜拾遗书情二首

拾遗帝侧知难得,官紧才微恐不胜。好是中朝绝亲友,九华山下诏来征。

三千里外一微臣,二十年来任运身。今日

忽蒙天子召,自惭惊动国中人。

挂树藤

本为独立难,寄彼高树枝。蔓衍数条远,溟濛千朵垂。向日助成阴,当风藉持危。谁言柔可屈,坐见蟠蛟螭。

枕流石

不为幽岸隐,古色涵空出。愿以清泚流,鉴此坚贞质。傍临玉光润,时泻苔花密。往往惊游鳞,尚疑垂钓日。

久居京师感怀诗

茕独—作萤烛不为苦,求名始辛酸。上国无交亲,请谒多少难。九月风到—作刮面,羞汗成冰片。求名俟公道,名与公道远。力尽得一名,他喜我且轻。家书十年绝,归去知谁荣。马嘶渭桥柳,特地起秋声。

答萧建—本有问九华山四字

自地上青峰,悬崖一万重。践危频侧足,登蹬半齐胸。飞狖啼攀桂,游人喘倚松。入林寒瘁瘁—作瘁瘁,近瀑雨濛濛。径滑石棱上,寺开山掌中。幡花扑净地,台殿印晴空。胜境层层别,高僧院院逢。泉鱼候洗钵,老玃戏撞钟。外户凭云掩,中厨课水舂。搜泥时—作如和面,拾橡半添糁。渡壑缘槎险,持灯入洞穷。夹天开壁峭,透石蹙波雄。涧蔼清无土,潭深碧有龙。畬田一片净,谷树万株浓。野客登临惯,山房幽寂同。寒炉树根火,夏簟竹梢风。边鄙筹贤相,黔黎托圣躬。君能弃名利,岁晏一相从。

萧建

萧建,兰陵人,登进士第,终礼部侍郎。诗一首。

代书问费征君九华亭—作事

见说九华峰上寺,日宫犹在下方开。其中幽境客难到,请为诗中图画来。

刘虚白

刘虚白,竟陵人,擢元和进士第。诗一首。

献主文—一本有卢坦二字。虚白与卢坦交友,坦主文,卢虚白于帘前献一绝云。

二十年前此夜中,一般灯烛—作火一般风。不知岁月能多少,犹著麻衣待至公。

句

知道醉乡无户税,任他荒却下丹田。

张复

张复,元和中人。诗一首。

山出云元和元年试

山静云初吐,霏微触石新。无心离碧岫,有叶占青春。散类如虹气,轻同不让尘。凌空还似翼,映涧欲成鳞。异起临汾鼎,疑随出峡神。为霖终济旱,非独降贤人。

张胜之

张胜之,元和中人。诗一首。

山出云

片云初出岫,孤迥色难亲。盖小辞山近,根轻触石新。飘飘经绿野,明丽照晴春。拂树疑舒叶,临流似结鳞。从龙方有感,捧日岂无因。看取为霖去,恩沾雨露均。

全唐诗卷四百九十六

姚合

姚合,陕州硖石人,宰相崇曾孙,登元和进士第,授武功主簿,调富平、万年尉。宝历中监察御史、户部员外郎,出荆、杭州刺史,后为给事中、陕虢观察使。开成末,终秘书监。与马戴、费冠卿、殷尧藩、张籍游,李频师之。合诗名重于时,人称姚武功云。诗七卷。

送狄尚书镇太原

授钺儒生贵,倾朝赴饯筵。麾幢官在省,礼乐将临边。代马龙相杂,汾河海暗连。远戎移帐幕,高鸟避旌旃。天下屯兵处,皇威破虏年。防秋嫌垒近,入塞必身先。中外恩重叠,科名岁接连。散材无所用,老向琐闱眠。

送杨尚书祭西—本无西字岳

报功严祀典,宠诏下明庭。酒气飘林岭,香烟入杳冥。乐清三奏备,词直百神听。衣拂云霞湿,诗通水石灵。何因逐驺骑,暂得到岩扃。

送李侍御过夏州—作送李廓侍郎

酬恩不顾名,走马觉身轻。迢递河边路,苍茫塞上城。沙寒无宿雁,虏近少闲兵。饮罢挥鞭去,旁人意气生。

送李起居赴池州

天子念疲民,分忧辍侍臣。红旗高起焰,绿野静无尘。阙下亲知别,江南惠化新。朝昏即千里,且愿话逡巡。

送刘詹事赴寿州

殷勤莫遽起,四坐悉同袍。世上诗难得,林中酒更高。隋堤傍杨柳,楚驿在波涛。别后书频寄,无辞费笔毫。

送裴大夫亳州

杭人遮道路,垂泣浙江前。谯国迎舟舰,行歌汴水边。周旋君量远,交代我才偏。寒日严旌戟,晴风出管弦。一杯诚淡薄,四坐愿留连。异政承殊泽,应为天下先。

送徐州韦僅行军

钱幕俨征轩,行军归大藩。山程度函谷,水驿到夷门。晓日诗情远,春风酒色浑。逡巡何足贵,所贵尽残樽。

送刘禹锡郎中赴苏州

三十年来天下名,衔恩东守阖闾城。初经咸一作函谷眠山驿,渐入梁园问水程。霁日满江寒浪静,春风绕郭白蘋生。虎丘野寺吴中少,谁伴吟诗月里行。

州城全是故吴宫,香径难寻古藓中。云水计程千里远,轩车送别九衢空。鹤声高下听无尽,潮色朝昏望不同。太守吟诗人自理,小斋闲卧白蘋风。

送贾谟赴共城营田

上国羞长选,戎装贵所从。山田依法种,兵食及时供。水气诗书软,岚烟笔砚浓。几时无事扰,相见得从容。

送裴宰君

见说为官处,烟霞思不穷。夜猿啼户外,瀑水落厨中。名药人难识,仙山路易通。还应施静一作施清净化,谁复与君同。

送顾非熊下第归越

失意寻归路,亲知不复过。家山去城远,日月在船多。楚塞数逢雁,浙江长有波。秋风别乡老,还听鹿鸣歌。

送雍陶游蜀

春色三千里,愁人意未开。木梢穿栈出,雨势一作气隔江来。荒馆因花宿,深山羡客回。相如何物在,应只有琴台。

送崔约下第归扬州

满座诗人吟送酒,离城此会亦应稀。春风下第时称屈,秋卷呈亲束归。日晚山花当马

落,天阴水鸟傍船飞。江边道路多苔藓,尘土无由得上衣。

送李廓侍御赴西川行营

不道弓箭字,罢官唯醉眠。何人荐筹策,走马逐旌旃。阵变孤虚外,功成语笑前。从今巂州路,无复有烽烟。

送杨尚书赴东川

却縠诗书将,衔恩赴梓州。绕身垂印绶,护马执戈矛。剑阁和铭峭,巴江带字流。从来皆惜别,此别复何愁。

送邢郎中赴太原

上将得良策,恩威作长城。如今并州北,不见有胡兵。晋野雨初足,汾河波亦清。所从古无比,意气送君行。

送裴中丞赴华州

我梦何曾应,看君渡浐川。自无仙掌分,非是圣心偏。去年曾梦除华州刺史,故此叙述而已。径草多生药,庭花半落泉。人间有此郡,况在凤城边。

送徐员外赴河中从事

赤府从军美,儒衣结束轻。凉飙下山寺,晓浪满关城。闲坐饶诗景,高眠长道情。将军不战术,计日立功名。

送殷尧藩侍御赴同州

吟诗掷酒船,仙掌白楼前。从事关中贵,主人天下贤。此生无了日,终岁踏离筵。何计因归去,深山恣意眠。

送崔中丞赴郑州

仆射陂前郡,清高越四邻。丹霄凤诏下,太守虎符新。雾湿关城月,花香驿路尘。连枝相庭树,岁岁一家春。

送丁端公赴河阴

炎天木叶焦,晓夕绝凉飙。念子独归县,何人不在朝。市连风浪动,帆彻海门遥。饮尽

樽中酒,同年同—作共寂寥。

送郑尚书赴兴元

儒有登坛贵,何人得此功。红旗烧密雪,白马踏长风,斧钺来天上,诗书理汉中。方知百胜略,应不在弯弓。

送田使君赴蔡州

长年离别情,百盏酒须倾。诗外应无思,人间半是行。路遥嘶白马,林断出红旌。功业今应立,淮西有劲兵。

送无可上人游边

一钵与三衣,经行远近随。出家还养母,持律复能诗。春雪离京厚,晨钟近塞迟。亦知莲府客,夜坐喜同师。

送僧

人间扰扰唯闲事,自见高人只有诗。寂寞—作旧住嵩峰云外寺,常多梦—作闲定里过斋时。
城中听得新经论,却过关东说向人。旧国门徒终日望,见时应是见真身。

送宋慎言

童稚便知闻,如今只有君。百篇诗尽和,一盏酒须分。驿路多连水,州城半在云。离情同落叶,向晚更纷纷。

送家兄赴任昭义

早得白眉名,之官濠上城。别离浮世事,迢递长年情。广陌垂华影,遥林起雨声。出关春草长,过汴夏云生。黠吏先潜去,疲人相次迎。宴余和酒拜,魂梦共东行。

送崔玄亮赴果州冬夜宴韩卿宅

兰烛照重茵,飞杯复几分。主人寒不寐,上客晓离群。骑吏缘青壁,旌旗度白云。剑铭生藓色,巴字叠冰文。华省思仙侣,疲民爱使君。泠泠唯自适,郡邸有谁闻。

送喻凫校书归毗陵

主人庭叶黑,诗稿更谁书。阙下科名出,乡中赋籍除。山春烟树众,江远晚帆疏。吾亦家吴者,无因到弊庐。

送董正字武归常州觐亲

路岐知不尽,离别自无穷。行客心方切,主人樽未空。楚樯收月下,江树在潮中。人各还家去,还家庆不同。

送萧正字往蔡州贺裴相淮西平

相府旌旄重,还邀上客行。今朝郭门路,初彻蔡州城。从马唯—作还提酒,防身不要兵。从来皆作使,君去是时平。

送进士田卓入华山

何物随身去,六经与一琴。辞家计已久,入谷住—作住谷迹应深。偶坐僧同石,闲书叶满林。业成—作他年须谒帝,无贮白云心。

送右司薛员外赴处州

怀中天子书,腰下使君鱼。瀑布和云落,仙都与世疏。远程兼水陆,半岁在舟车。相送难相别,南风入夏初。

送王建秘书往渭南庄

白须芸阁吏,羸马月中行。庄僻难寻路,官闲易出城。看山多失—作炊饭,过寺故题名。秋日田家作,唯添集卷成。

送殷尧藩侍御游山南

诗境西南好—作胜,—作来远,秋深—作声昼夜蛮。人家连水影,驿路在山峰。谷—作地,—作溪静云生石,天寒—作晴雪覆松。我为公府系,不得此相从。

送李植侍御

圣代无邪触,空林獬豸归。谁知陇山鸟,长绕玉楼飞。风雨依山急,云泉入郭微。无同昔年别,别后寄书稀。

送王澹

常省为—作居官处,门前数树松。寻山展费齿,书石笔无锋。果熟猿偷乱,花繁鸟语重。

今来为客去,惜一作借取最高峰。

送崔之仁一作别刘得仁

欲出还成住,前程甚谪迁。伴眠随客醉,愁坐似僧禅。旧国归何处,春山买欠钱。几时无一事,长在故人边。

送孙山人

山翁来帝里一作人言语质,不肯住一作住世恨多时。尘土衣裳重,腥膻仆隶饥一作肥。林中愁不到,城外老应迟。喧寂一为一作离别,相逢未有期。

送费骧

兄寒弟亦饥,力学少闲时。何路免为客,无门卖得诗。几人携酒送,独我入山迟。少小同居止,今朝始别离。

送河中杨少府宴崔驸马宅

凤凰楼下醉醺醺,晚出东门蝉渐闻。不使乡人治一作驿路,却将家累宿一作上山云。闲时采药随僧去,每月请钱共客分。县吏若非三载满,自知无计更寻君。

送文著上人游越

水石随缘岂计程,东吴相遇别西京。夜禅月下袈裟湿,晓上山巅锡杖鸣。念我为官应易老,羡师依佛学无生。越中多有前朝寺,处处铁一作金钟石磬声。

送无可上人游越一作送无可住越州

清晨相访立门前,麻履方袍一少年。懒读经文求作佛,愿攻诗句觅升一作成仙。芳春山影花连寺,独夜潮声月满船。今日送行偏惜别,共师文字有因缘。

送洛阳张员外

饯客未归城,东来驺骑迎。千山嵩岳峭,百县洛阳清。朔雁和云度,川风吹雨一作雪晴。藓庭公事暇一作少,应只独吟行。

送少府田中丞入西蕃

萧关路绝久,石堠亦为尘。护塞空兵帐,和戎在使臣。风沙去国远,雨雪换衣频。若问凉州事,凉州多汉人。

送王龟处士

送客客为谁,朱门处士稀。唯修曾子行,不著老莱衣。古寺随僧饭,空林共鸟归。壶中驻年药,烧得献庭闱。

送崔郎中赴常州

贵是鸰原在紫微,荣逢知己领黄扉。人间盛事今全得,江上政声复欲归。风起满城山果落,雨余穿宅水禽飞。昔年尝作毗陵客,石峭泉清天下稀。

送林使君赴邵州

诏书飞下五云间,才子分符不等闲。驿路算程多是水,州图管地少于山。江头斑竹寻应遍,洞里丹砂自采还。清净化人人自理,终朝无事更相关。

送别友人一作别友人山居

独一作偶向山中觅紫芝,山人勾引住多时。摘花浸酒春愁尽,烧竹煎茶夜卧迟。泉落林梢多碎滴,松生石底足旁枝。明朝却欲归城市,问我来期总一作自不知。

送李琮归灵州觐省

饯席离人起,贪程醉不眠。风沙移道路,仆马识山川。塞树花开小,关城雪下偏。胡尘今已尽,应便促朝天。

送任畹评事赴沂海

掷笔不作尉,戎衣从嫖姚。严冬入都门,仆马气益豪。沂州右镇雄,士勇旌旗高。洛东无忧虞,半夜开虎牢。丈夫贵功勋,不贵爵禄饶。仰眠作书生,衣食何由销。任生非常才,临事胆不摇。必当展长画,逆波斩鲸鳌。九陌尘土黑,话别立远郊。孟坚勒燕然,岂独在汉朝。

送李余及第归蜀

蜀山高岧峣,蜀客无平才。日饮锦江水,文章盈其怀。十年作贡宾,九年多邅迴。春来登高科,升天得梯阶。手持冬集书,还家献庭闱。人生此为荣,得如君者稀。李白蜀道难,羞为无成归。子今称意行,所历安觉危。与子久相从,今朝忽乖离。风飘海中船,会合难自期。长安米价高,伊我常渴饥。临岐歌送子,无声但陈词。义交外不亲,利交内相违。勉子慎其道,急若食与衣。苦蒸一作热道路赤一作迹,行人念前驰。一杯不可轻,远别方自兹。

送饶州张使君

鄱阳胜事闻难比,千里连连是稻畦。山寺去时通水路,郡图开处是诗题。化行应免农人困,庭静惟多野鹤栖。饮罢春明门外别,萧条驿路夕阳低。

送张宗原

东门送客道,春色如死灰。一客失意行,十客颜色低。住者既无家,去者又非归。穷愁一成疾,百药不可一作能治。子贤我且愚,命分不合齐。谁开蹇踬门,日日同游栖。子行何所之,切切食与衣。谁能买仁义,令子无寒饥。野田不生一作草草,四向生路岐。士人甚商贾,终日须东西。鸿雁春北去,秋风复南飞。勉君向前路,无失相见期。

送王求

士有经世筹,自无活身策。求食道路间,劳困甚徒役。我身与子同,日被饥寒迫。侧望卿相门,难入坚如石。为农昧耕耘,作商迷贸易。空把书卷行,投人一作入买罪责。六月南风多,苦旱土色赤。坐家心尚焦,况乃远作客。赢马出郭门,钱饮晓连夕。愿君似醉肠,莫漫生忧戚。

送朱庆余及第后归越

劝君缓上车,乡里有吾庐。未得同归去,空令相见疏。山晴栖鹤起,天晓落潮初。此庆将谁比,献亲冬集书。

送朱庆余越州归觐

乡书落姓名,太守拜亲荣。访我波涛郡,还家雾雨城。海山窗外近,镜水世间清。何计随君去,邻墙过此生。

送任尊师归蜀觐亲

白云修道者,归去春风前。玉简通仙籍,金丹驻母年。锦文江一色,酒气雨相连。众说君平死,真师易义全。

送友人游蜀

送君一壶酒,相别野庭边。马上过秋色,舟中到锦川。峡猿啼夜雨,蜀鸟噪晨烟。莫便不回首,风光促几年。

送杜立归蜀

迢递三千里,西南是去程。杜陵家已尽,蜀国客重行。雪照巴江色,风吹栈阁声。马嘶山稍暖,人语店初明。旅梦心多感,孤吟气一作意不平。谁为李白后,为访锦官城。

送韩湘赴江西从事

年少登科客,从军诏命新。行装有兵器,祖席尽诗人。细雨湘城暮,微风楚水春。浔阳应足雁,梦泽岂无尘。猿叫来山顶,潮痕在树身。从容多暇日,佳句寄须频。

送潘传秀才归宣州

李白坟三尺,嵯峨万古名。因君还故里,为我吊先生。晴日移虹影,空山出一作聚鹤声。老郎闲未得,无计此中行。

送僧默然

出家侍母前,至孝自通禅。伏日江头别,秋风墙下眠。鸟声猿更促,石色树相连。此路多如此,师行亦有缘。

送陟遐一作霞上人游天台

万叠赤城路,终年游客稀。朝来送师去,

自觉有家非。石净山光远,云深海色微。此诗成亦鄙,为我写岩扉。

送盛秀才赴举

重重吴越浙江潮,刺史何门始得消。五字州人唯有此—作谁有比,四邻风景合相饶。橘村篱落香潜度,竹寺虚空翠自飘。君去九衢须说我,病成疏懒懒趋朝。

送僧贞实归杭州天竺

石桥寺里最清凉,闻说茆庵寄上方。林外猿声连院—作晓磬,月中潮色到禅床。他生念我身何在,此世唯师性亦忘。九陌相逢千里别,青山重叠树苍苍。

送卢二弟茂才罢举游洛谒新—作刘相

踏碎作赋笔,驱车出上京。离筵俯歧路,四坐半公卿。守命贫难掷,忧身梦数惊。今朝赴知己,休咏苦辛行。

送任畹及第归蜀中觐亲

子规啼欲死,君听固—作故无愁。阙下声名出,乡中意气游。东川横剑阁,南斗近刀州。神圣—作到处题前字,千人看不休。

送杜观罢举东游

秋风离九陌,心事岂云安。曾是求名苦,当知此去难。辛勤程自远,寂寞夜多寒。诗句无人识,应须把剑看。

送狄兼谟下第归故山

慈恩塔上名,昨日败垂成。赁舍应无直,居山岂钓声。半年犹小隐,数日得闲行。映竹窥猿剧,寻—作循云探—作采鹤情—作清。爱花高酒户,煮药污茶铛。莫便多时住,烟霄路在城。

送源中丞赴新罗

赤墀赐—作召对使殊方,官重霜台紫绶光。玉节在船清海怪,金函开诏拜夷王。云晴渐觉山川异,风便那—作宁知道路长。谁得似君将雨露,海东万里洒扶桑。

送陈偁—作稠,一作彤赴江陵从事

荆州胜事众皆闻,幕下今朝又得君。才子何须藉—作中科第,男儿终久要功勋。江村竹树多于草,山路尘埃半是云。新什定知饶景思,不应一向赋从军。

送张郎中副使赴泽潞

晓陌事戎装,风流粉署郎。机筹—作权通变化,除拜出寻常。地冷饶霜气,山高碍雁行。应无离别恨,车马自生光。

送陆畅侍御归扬州

故园偏接近,雪水洞庭边。归去知何日,相逢各长年。山川南北路,风雪别离天。楚色穷冬烧,淮声独夜船。从军丞相府,谈笑酒杯前。

送韦瑶校书赴越

寄家临禹穴,乘传出秦关。霜落橘满地,潮来帆近山。相门宾益贵,水国事多闲。晨省高堂后,余欢杯酒间。

送雍陶及第归觐

献亲冬集书,比橘复何如。此去关山远,相思笑语疏。路寻丹壑断,人近白云居。幽石题名处,凭君亦记余。

送李秀才赴举

罗刹楼头醉,送君西入京。秦吴无限地,山水半分程。海上烟霞湿,关中日月明。登科旧乡里,当为改嘉名。

送李传秀才归宣州

谢守青山宅,山孤宅亦平。池塘无复见,春草野中生。常日登楼望,今朝送客行。殷勤拂石壁,为我一书名。

送元绪上人游商山

万法空门里,师修历几生。过来心已悟,未到行弥精。溪寂钟还度,林昏锡独鸣。朝簪抽未得,此别岂忘情。

送僧栖真归杭州天竺寺

　　吏事日纷然，无因到佛前。劳师相借问，知我亦通禅。古寺杉松出，残阳钟磬连。草庵盘石上，归此是因缘。

送敬法师归福州

　　结得随缘伴，蝉鸣方出关。新经译旧寺，故国与谁还。斋为无钟早，心因罢讲闲。东南数千里，何处不逢山。

送清敬阇黎归浙西

　　大地无生理，吴中岂是归。自翻贝叶偈，人施福田衣。夏尽滩声出，潮来日色微。郡斋师去后，寂寞夜吟稀。

送贾岛及钟浑

　　日日攻诗亦自强，年年供应在名场。春风驿路归何处，紫阁山边是草堂。

送僧游边一作送无可

　　师向边头去，边人业障轻。腥膻斋自洁，部落讲还成。传教多离寺，随缘不计程。三千世界内，何处是无生。

送澄江上人赴兴元郑尚书招

　　师经非纸上，师佛在心中。觉路何曾异，行人自不同。水云晴亦雨，山木一作舍夜多风。闻结西方社，尚书待远公。

送马戴下第客游

　　昨来送君处，亦是九衢中。此日殷勤别，前时寂寞同。鸟啼寒食雨，花落暮春风。向晚离人起一作别，筵收樽未空。

送薛二十三郎中赴婺州

　　我住浙江西，君去浙江东。日日心来往，不畏浙江风。

送独孤焕评事赴丰州

　　东门携酒送廷评，结束从军塞上行。深碛路移唯马觉，断蓬风起与雕平。烟生远戍侵云色，冰叠黄河长雪声。须凿燕然山上石，登科记里是闲名。

送张齐物主簿赴内乡一作送张主簿赴山

　　几年山下事仙翁，名在长生箓籍中。烧得药成须寄我，曾为主簿与君同。

送王嗣之典仪城

　　日日思一作因朝位，偷闲城外行。唯求采药者一作法，不道在官名一作行。好异嫌山浅，寻幽喜径生。病来文字拙，不一作休要把归城。

别贾岛

　　懒作住山人，贫一作官家日一作月赁身。书多笔渐重，睡少枕长新。野客狂无过，诗仙瘦始真。秋风千里去，谁与我相亲。

别李余

　　病童随瘦马，难算往来程。野寺僧相送，河桥酒滞行。足愁无道性，久客会人情。何计覉穷尽，同居不出城。

别胡逸

　　记得春闱同席试，逡巡何啻十年余。今日相逢又相送，予乘五马子单车。

惜别

　　酒阑歌罢更迟留，携手思量凭翠楼。桃李容华犹叹月，风流才器亦悲秋。光阴不觉朝昏过，岐路无穷早晚休。似把剪刀裁别恨，两人分得一般愁。

欲别

　　山川重叠远茫茫，欲别先忧别恨长。红芍药花虽共醉，绿蘼芜影又分将。鸳鸯有路高低去，鸿雁南飞一两行。惆怅与君烟景迥一作隔，不知何日到潇湘。

别杭州

　　醉与江涛别，江涛惜我游。他年婚嫁了，终老此江头。

全唐诗卷四百九十七

姚合

寄贾岛

漫—作虽向城中住,儿童不识钱。瓮头寒绝酒,灶额晓—作冷无烟。狂发吟如哭,愁来坐似禅。新诗有几首,旋被世—作众人传。

寄王度居士

憔悴王居士,颠狂不称时。天公与贫病,时辈复轻欺。茅屋随年借—作赁,盘飧逐日移。弃嫌官似梦,珍重酒如师。无竹栽芦看,思山叠石为。静窗留客话,古寺觅僧棋。瘦马寒来死,羸童饿得痴。唯应寻阮籍,心事远相知。

寄杨茂卿校书

去年别君时,同宿黎阳城。黄河冻欲合,船入冰罅行。君为使滑州,我来西入京。丈夫不泣别,旁人叹无情。到京就省试,落籍先有名。惭辱乡荐书,忽欲自受刑。一本无此二句。还家岂无路,羞为路人轻。决心住城中,百败望一成。腐草众所弃,犹能化为萤。岂我愚暗身,终久不发明。所悲道路长,亲爱难合并。还如舟与车,奔走各异程。耳目甚短狭,背面若聋盲。一本无此四句。安得学白日,远见君仪形。

寄杜师义

出处难相见,同城似异乡。点兵寻户籍,烧药试仙方。事校千般别,心还一种忙。黄金如化得,相寄—作分减亦何妨。

寄陆浑县尉李景先

微俸还—作应同请,唯君独自闲。地偏无驿路,药贱管仙山。月色生松里,泉声在石间。吟诗复饮酒,何事更相关。

寄酬卢侍御

诗新得意恣狂疏,挥手终朝力有余。今到

诗家浑手战,欲题名字倩人书。

寄主客张郎中
年长方慕道,金丹事参差。故园归未得,秋风思难持。謇拙公府弃,朴静高人知。以我齐杖屦,昏旭讵相离。吟诗红叶寺,对酒黄菊篱。所赏未及毕,后游良有期。粲粲华省步,胃屑旅客姿。未同山中去,固当殊路岐。

寄鄠县尉李廓少府
岁满休为吏,吟诗著白衣。爱山闲卧久,在世此心稀。听鹤向风立,捕鱼乘月归。此君才不及,谬得侍彤闱。

寄紫阁隐者
自闻憔客说,无计得相寻。几世传高卧,全家在一林。养情—作生书览苦—作最古,采药路多—作游深。愿得为邻里—作异,谁能说此心。

寄国子杨巨源—作敬之祭酒
日日新诗出,城中写不禁。清高疑—作宜对竹,闲雅胜闻—作声琴。门户饶秋景,儿童解冷吟。云山今—作余作主,还借外人寻。

寄永乐长官殷尧藩
故人为吏隐,高卧薄书间。绕院唯栽药,逢僧只说山。此宵欢不接,穷岁信空还。何计相寻去,严风雪满关。

冬夜书事寄两省阁老
天寒渐觉雁声疏,新月微微玉漏初。海峤只宜今日去,故乡已过十年余。发稀岂易胜玄冕,眼暗应难写谏书。阁下群公尽高思,谁能携酒访贫居。

寄灵一律师
梵书钞律千余纸,净院焚香独受持。童子病来烟火绝,清泉漱口过斋时。

郡中书事寄默然上人
郡中饶野兴,过客亦淹留。看月江楼晓,寻山石径秋。意—作竟归何处老,谁免此生愁。

长爱东林子,安禅百事休。

寄张俟
幽处寻书坐,朝朝闭竹扉。山僧封茗寄,野客乞诗归。秋卷多唯好,时名屈更肥。明年取前字,杯酒赛春辉。

寄李频
闭门常不出—作性疏常似病,惟觉长庭莎。朋友来看少,诗书卧读多。命随才共薄,愁与醉—作酒相和。珍重君名字,新登甲乙科。

寄李群玉
九衢名与利,无计扰—作扰是闲人。道远期轻—作轻欺世,才高贵重身。石脂稀胜乳,玉粉细于尘。骨换肌肤腻,心灵—作虚气色真。嵩山高到日,洛水暖如春。居住应安稳—作隐,黄金几灶新。

病中书事寄友人
终日自缠绕,此身无适缘。万愁生雨夜,百病凑衰年。多睡憎明屋,慵行待暖天。疮头梳有虱,风耳乱无蝉。换白方多错,回金法不全。家贫何所怨,将—作时在老僧边。

九日寄钱可复
数杯黄菊酒,千里白云天—作仙。上国名—作威方振,戎州病未痊。—作绮陌人消得,邻州客谩颠。静愁惟忆醉,闲走—作闷不胜眠。惆怅—作应念东门别,相逢知几年。

春日早朝寄刘起居
九衢寒雾敛,双阙曙光分。彩仗迎春日,香烟接瑞雪。珮声清漏间,天语侍臣闻。莫笑冯唐老,还来谒圣君。

秋日寄李支使
秋思朝来起,侵人暑稍微。晓眠离北户,午饭尚生衣。山静云初白,枝高果渐稀。闻君家海上,莫与燕同归。

寄汴州令狐楚相公

汴水从今不复浑,秋风鼙鼓动城根。梁园台馆关东少,相府旌旗天下尊。诗好四方谁敢和,政成三郡自无冤。几时诏下归丹阙,还领千官入阁门。

寄东都分司白宾客—作居易

阙下高眠过十旬,南宫印绶乞离身。诗中得意应千首,海内嫌官只一人。宾客分司真是隐,山泉绕宅岂辞贫。竹斋晚起多无事,唯到龙门寺里频。

寄裴起居

千官晓立炉烟里,立近丹墀是起居。彩笔专书皇帝语,书成几卷太平书。

寄狄—作耿拾遗,时为魏州从事

少在兵马间,长还系戎职。鸡飞不得远,岂要生羽翼。三年城中游,与君最相识。应知我中肠,不苟念衣食。主人树勋名,欲灭天下贼。愚虽乏智谋,愿陈一夫力。人生须气健,饥冻缚不得。睡当一席宽,觉乃千里窄。古人不惧死,所惧死—作从死亦无益。至交不可合,一合难离坼。君当相劝勉,苦语毒胸臆。百年心知同,谁限河南北。

金州书事寄山中旧友

安康虽好郡,刺史是憨翁。买酒终朝饮,吟诗一室空。自知为政拙,众亦觉心公。亲事星河在,忧人骨肉同。簿书岚色里,鼓角水声中。井邑神州接,帆樯海路通。野亭晴带雾,竹寺夏多风。溉稻长洲—作川白,烧林远岫红。旧山期已失—作度,芳草思何穷。林下无相笑,男儿五马雄。

寄紫阁无名头陀自新罗来

峭行得如如,谁分圣与愚。不眠知梦妄,无号免人呼。山海禅皆遍,华夷佛岂殊。何因接师话,清净在斯须。

寄郁上人

此生修道浅,愁见未来身。谁为传真谛,唯应是上人。自悲年已长,渐觉事难亲。不向禅门去,他门无了因。

寄孙路秀才

幽居邻里少,江际复山阿。潮去—作下蝉声出,天晴鹤语多。老人能步蹇,才子奈贫何。曾见春官语,年来虚甲科。

寄安陆友人

别路在春色,故人云梦中。鸟啼三月雨,蝶舞百花风。烟束—作净远山碧,霞欹落照红。想君登此兴,回首念飘蓬。

寄马戴

天府鹿鸣客,幽山秋未归。我知方甚爱,众说以为非。隔屋闻泉细,和云见鹤微。新诗此处得,清峭其应稀。

寄贾岛,时任普州司仓

长沙事可悲,普擽罪谁知。千载人空尽—作老,一家冤不移。吟寒应齿落,才峭自名垂。地远山重叠,难传相忆词。

寄杨工部,闻毗陵舍弟自罨溪入茶山

采茶溪路好,花影半浮沉。画舸僧同上,春山客共寻。芳新生石际,幽嫩在山阴。色是春光染,香惊日气侵。试尝应酒醒,封进定恩深。芳贻—作眙千里外,怡怡太府吟。

寄陕州王司马

家寄秦城非本心,偶然头上有朝簪。自当台直无因醉,一别诗宗更懒吟。世事每将愁见挠,年光唯与老相侵。欲知居处堪长久,须向山中学煮金。

寄贾岛

寂寞荒原下,南山只隔篱。家贫唯我并,诗好复谁知。草色无穷处,虫声少尽—作歇时。朝昏鼓不到,闲卧益相宜。

寄崔之仁山人

　　百门坡上住，石屋—作室两三间。日月难教老，妻儿乞与闲。仙经—作方拣客问—作示，药—作酒债煮金还。何计能相访—作引，终身得在山。

寄嵩岳程光范

　　相别何容易，相逢便岁年。客来嫌路远，难得到君边。岳色鸟啼里，钟声竹影前。只应方支遁，时得话诗篇。

洛下夜会寄贾岛

　　洛下攻诗客，相逢只是吟。夜觞欢稍静，寒屋坐多深。乌府偶为吏，沧江长在心。忆君难就寝，烛灭复星沉。

寄华州李中丞

　　毛女峰前郡，烟霞气转清。庭分灵掌影，窗度瀑泉声。薜径人稀到，松斋药自生。常飡亦芝术，闲客是—作有公卿。看水逢仙鹤，登楼见帝城。养生非酒病，难隐是诗名。省署尝连步，江皋欲独耕。偶题无六义，聊以达微诚。

病中辱谏议惠甘菊药苗，因以诗赠

　　萧萧一亩宫，种菊十余丛。采摘和芳露，封题寄病翁。熟宜茶鼎里，飡称石瓯中。香洁将何比，从来味不同。

舟行书事，寄杭州崔员外

　　张颐任酒浇，开眼信花烧。旧国归何滞，新知别又遥。夜行篙触石，晚泊缆依桥。若未重相见，无门解寂寥。

寄元绪上人

　　石窗紫藓墙，此世此清凉。研露题诗洁，消冰煮茗香。闲云春影薄，孤磬夜声长。何计休为吏，从师老草堂。

寄白阁默然

　　白阁峰头雪，城中望亦寒。高僧多默坐，清夜到明看。世上无诸苦，林间只一飡。尝闻南北教，所得比师难。

夏日书事—本无事字寄丘亢—作元处士

　　暑天难可度，岂复更持觞。树里鸣蝉咽，宫中午漏长。病夫心益躁，静者室应凉。几欲相寻去，红尘满路旁。

秋中寄崔道士

　　贫居雀喧躁，况乃静巷陌。夜眠睡不成，空庭闻露滴。旁有一杯酒，欢然如对客。月光久逾明，照得笔墨白。平生志舒豁，难可似兹夕。四肢得自便，虽劳不为役。故人山中住，善治活身—作身心策。五谷口不尝，比僧更闲寂。我今暂得安，自谓脱幽戚。君身长逍遥，日月争老得。

寄华州崔中丞

　　莲华峰下郡，仙洞亦难胜。闾里苍苔水，虚空瀑布冰。酒香和药熟，山峭过云登。清净黎人泰，唯忧急诏征。

秋日书事，寄秘书窦少监

　　秋气日骚骚，星星双鬓毛。凉天吟自远，清夜梦还高。林下期同去，人间共是劳。头巾何所直，且漉瓮头糟。

友人南游不回因寄

　　相思春树绿，千里亦依依。雩杜月频满，潇湘人不归。桂花风畔落，烟草蝶双飞。一别无消息，水南车迹稀。

早春山居寄城中知己

　　阳和潜发荡寒阴，便使川原景象深。入户风泉声沥沥，当轩云岫影沉沉。残云带雨轻飘雪，嫩柳含烟小绽金。虽有眼前诗酒兴，邀游争得称闲心。

辞白宾客归后寄—作太尉李德裕自城外拜辞后归弊居，瞻望音徽，即书一绝寄上。

　　千骑红旗不可攀，水头独立暮方还。家人怪我浑如病，尊酒休倾笔砚间。

寄右史李定言 许浑集寄李定言律诗，第二三联，即此四句。

才归龙尾含鸡舌，更立螭头运兔毫。闱阖欲开金漏尽，冕旒初坐御香高。

寄绛州李使君

独施清静化，千里管横汾。黎庶应深感，朝廷亦细闻。心期在黄老，家事是功勋。物外须仙侣，人间要使君。花多匀地落，山近满厅云。戎客无因去，西看白日曛。

寄送卢拱秘书—作王秘书游魏州—作川

太行山下路，荆棘昨来平。一自开元后，今逢上—作至今通客行。地形吞北虏，人事接东京。扫洒氛埃静，游从气概生。蓟门春不艳，淇水暖还清。看野风情远，寻—作缘花酒病成。官闲身自在，诗逸语纵横—作诗好语分明。车马回应晚，烟光满去程。

秋晚夜坐寄院中诸曹长

腰间垂印囊，白发未归乡。还往应相责，朝昏亦自伤。穷愁山影峭，独夜漏声长。寂寞难成寐，寒灯侵晓光。

书怀寄友人

精心奉北宗，微宦在南宫。举世劳为适，开门事不穷。年来复几日，蝉去又鸣鸿。衰疾谁人问，闲情与酒通。《文苑英华》有此四句，他本或有或无。四邻寒稍静，九陌夜方空。知老何山是，思归愚—作愚归幽谷中。

寄无可上人

十二门中寺，诗僧寺独幽。多年松色别，后夜磬声秋。见世虑皆尽，来生事更修。终须执瓶钵—作瓨，相逐入牛头。

寄晖上人

日出月复没，悠悠昏与明。修持经几劫，清净到今生。林下知无相，人间苦是情。终期逐师—作禅去，不拟老尘缨。

寄李干

寻常自怪诗无味，虽被人吟不喜闻。见说与君同一格，数篇到火却休焚。

寄贾岛浪仙

悄悄掩门扉，穷窘自维萦。世途已昧履，生计复乖缉。疏我非常性，端峭尔孤立。往还纵云久，贫寒岂自习。所居率荒野，宁似在京邑。院落夕弥空，虫声雁相及。衣巾半僧施，蔬药常自拾。凛凛寝席单，黟黟灶烟湿。颓篱里人度，败壁邻灯入。晓思已暂舒，暮愁还更集。风凄林叶萎，苔糁行径涩。海峤誓同归，橡栗充朝给。

寄九华费冠卿—作拾遗

逍遥缯缴外，高鸟与潜鱼。阙下无朝籍，林间有诏书。夜眠青玉洞—作幽石洞，晓饭白云蔬。四海人空老，九华君独居。此心谁复识，日与世情疏。

寄不疑上人

是法修行遍，方栖不二门。随缘嫌寺著，见性觉经繁。所叹身将老，始闻师一言。尘沙千万劫，劫尽佛长存。

寄主客刘郎中

汉朝共许贾生贤，迁谪还应是宿缘。仰德多时方会面，拜兄何暇更论年。嵩山晴色来城里，洛水寒光出岸边。清景早朝吟丽思，题诗应费益州笺。

寄周十七起居

冬冬九陌鼓声齐，百辟朝天马乱嘶。月照浓霜寒更远，风吹红烛举还低。官清立在金炉北，仗下归眠玉殿西。莫笑老人多独出，晴山荒景觅诗题。

秋夜寄默然上人

霜月静幽居，闲吟梦觉初。秋深夜迢递，年长意萧疏。海上归难遂，人间事尽虚。赖师方便语,渐得识真如。

寄王玄伯
　　夜归晓出满衣尘,转觉才名带累—作累此身。莫觅—作忆旧来—作时终日醉,世间杯酒属闲人。

寄山中友人
　　昨秋今复春,役役是非身。海上无归路,城中作老人。流年何处在,白日每朝新。闻有长生术,将求未有因。

寄陕府内兄郭冏端公
　　蹇钝无大计,酷嗜进士名。为文性不高,三年住西京。相府执文柄,念其心专精。薄艺不退辱,特列为门生。事出自非意,喜常少于惊。春榜四散飞,数日遍八纮。眼始见花发,耳得闻鸟鸣。免同去年春,兀兀聋与盲。家寄河朔间,道路出陕城。睽违逾十年,一会豁素诚。同游山水穷,狂饮飞大觥。起坐不相离,有若亲弟兄。中外无亲疏,所算在其情。久客贵优饶,一醉旧疾平。家远归思切,风雨甚亦行。到兹恋仁贤,淹滞一月程。新诗忽见示,气逸言纵横。缠绵意千里,骚雅文发明。永昼吟不休,咽喉干无声。羁贫重金玉,今日金玉轻。

寄题蔡州蒋亭兼简田使君
　　几岁乱军里,蒋亭名不销。无人知旧径,有药长新苗。树宿山禽静,池通野水遥。何因同此醉,永望思萧条。

山居—作村寄友人
　　独在山阿里,朝朝遂性情。—作喜得山村处,闲眠梦不惊。晓泉和雨落,秋草上阶生。因客始沽酒,借书方到城。诗情聊自遣,不—作岂是趁声名。

寄崔之仁山人
　　不得之仁消息久,秋来体色复何如。苦将杯酒判身病,狂作文章信手书。官职卑微从客

笑,性灵闲野向钱疏。几时身—作家计浑无事,拣取深山一处居。

寄主客刘员外禹锡
　　蝉稀虫唧唧,露重思悠悠。静者多便夜,豪家不见秋。同归方欲就—作遂,微恙几时瘳。今日沧江上,何人理钓舟。

山中寄友人
　　路岐何渺邈,在客易蹉跎。却是去家远,因循住日多。几看春草绿,又见塞鸿过。未有进身处,忍教抛薜萝。

寄友人
　　日暮掩重扉,抽簪复解衣。漏声林下静,萤色月中微。秋霁露华结,夜深人语稀。殷勤故山路,谁与我同归。

寄李余卧疾
　　穷节弥惨栗,我讵自云乐。伊人婴疾恙,所对唯苦药。寂寞行稍稀,清羸餐自薄。幽斋外浮事,梦寐亦简略。雪户掩复明,风帘卷还落。方持数杯酒,勉子同斟酌。

寄白石师 师无名,常居白石谷中,因为号。
　　白石师何在,师禅白石中。无情云可比,不食鸟难同。屡下苍苔雪,龛前瀑布风。相寻未有计,只是礼虚空。

寄贾岛
　　疏拙只如此,此身谁与同。高情向酒上,无事在山中。渐老病难理,久贫吟益空。赖君时访宿,不避北斋风。

寄默然上人
　　晨餐夜复眠,日与月相连。天下谁无病,人间乐是禅。几生通佛性,一室但香烟。结得无为社,还应有宿缘。

寄不出院僧
　　不行门外地,斋戒得清真。长食施来饭,深居锁定身。朝昏常傍佛,起坐省逢人。非独

心常净，衣无一点尘。

万年县中雨夜会宿寄皇甫甸
县斋还寂寞，夕雨洗苍苔。清气灯微润，寒声竹共来。虫移上阶近，客—作人起到门回。想得吟诗处，唯应—作应当对酒杯。

寄旧山隐者
别君须臾间，历日两度新。念彼白日长，复值人事并。未改当时居，心事如野云。朝朝恣行坐，百事都不闻。奈何道未尽，出山最艰辛。奔走衢路间，四枝—作肢不属身。名在进士场，笔毫争等伦。我性本朴直，词理—作野安得文。纵然自称心，又不合众人。以此名字低，不如风中尘。昨逢卖药客，云是居山邻。说君忆我心，憔悴其形神。昔是同枝鸟，今作—作乃万里分。万里亦未遥—作进，喧静终难群。

新—作所居秋夕寄李廓
羁滞多共趣，屡屡同室眠。稍暇更访诣，宁唯候招延。愧君备蔬药，识我性所便。罢吏童仆去，洒扫或自专。古巷人易息，疏迥自江边。幸当中秋夕，复此无云天。月华更漏清，露叶光彩鲜。四邻亦悄悄，中怀益缠绵。兹境罕能致，居闲得弥贪。数杯罢复饮，共想山中年。

赠卢大夫将军
将军身在城，讵得房尘清。酿酒邀闲客，吟诗直禁营。苍鹰春不下，战马夜空鸣。碣石应无业，皇州独有名。上山嫌髀俗骈字重，拔剑叹衣生。公议今如此，登坛到即行。

赠供奉僧次融
会解如来意，僧家独有君。开经对天子，骑马过声闻。本寺远于日，新诗高似云。热时吟一句，凉冷胜秋分。

赠王尊师
先生自说瀛洲路，多在青松白石间。海岸夜中常见日，仙宫深处却无山。犬随鹤去游诸洞，龙作人来问大还。今日偶闻尘外事，朝簪未掷复何颜。

赠常州院僧
一住毗陵寺，师应只信缘。院贫人施食，窗静鸟窥禅。古磬声难尽，秋灯色更鲜。仍闻开讲日，湖上少鱼船。

赠卢沙弥小师
怕见世间事，削头披佛—作剃挂缁衣。年小—作少未受戒，会解如老师。天与出家肠，一食斋不饥。麻履踏雪路，与马不肯骑。嫌我身腥膻，似我见戎夷。彼此—作比见会异，对面成别离。我师文宣王，立教垂书诗。但全仁义心，自然便慈悲。两教大体同，无处辨—作辩是非。莫以衣服别，到头不相知。

赠张籍太祝
绝妙江南曲，凄凉怨女诗。古风无手敌，新语是人知。飞动应—作终由格，功夫过却奇。麟台—作儒书添集—作杂卷，乐府换歌词。李白应先拜—作许，刘祯—作桢，一作郎必自—作有疑。贫须君子救，病合国家医。野客—作老开山借，邻僧与米炊。甘贫辞聘币，依选受官资。多见愁连晓—作晚，稀闻债尽时。圣朝文物—作墨盛，太祝独低眉。

赠丘郎中
绕篱栽杏种黄精，晓侍炉烟暮出城。万事将身求总易，学君难得是长生。

赠王建司马
久向空门隐，交亲亦不知。文高轻古意—作语，官冷似前资。老觉僧斋健，贫还酒债迟。仙方小字写，行坐把相随。

赠任士曹
宪皇十一祀，共得春闱书。道直淹曹掾，命通侍玉除。浮生年月促，九陌笑言疏。何计同归去，沧江有弊庐。

赠刘乂

自君离海上,垂钓更何人。独宿空堂雨,闲行九陌尘。避时曾变姓,救难似嫌身。何处相期宿,咸阳酒市春。

赠僧绍明

西方清净路,此路出何门。见说师知处,从来佛不言。今生多病恼,自晓至黄昏。唯寐方无事,那堪梦亦喧。

赠张质山人

先生居处僻,荆棘与墙齐。酒好宁论价,诗狂不著题。烧成度世药,踏尽上山梯。懒听闲人语—作疑道人间语,争如谷鸟啼。

赠少室山麻襦僧

只辫麻为衲,此中经几春。庵前多猛兽,径小绝行人。泉近渍—作渍瓶履,山深少垢尘。想师正法指,喻我独迷津。

赠王山人

贤哲论独诞,吾宗次定今。诗吟天地广,觉印果因深。教演归恭敬,名标中外钦。既能施六度,了悟达双林。

赠终南山傅山人

七十未成事,终南苍鬓翁。老来诗兴苦,贫去酒肠空。蟠蛰身仍病,鹏抟力未通。已无烧药本,唯有著书功。白马时何晚,老君度关事也。青龙岁欲终。星纪躔次之义。生涯枯一作苦叶下,家口乱云中。潭静鱼惊水,天晴鹤唳风。悲君还姓傅,独不梦高宗。

使两浙赠罗隐

平日时风好涕流,逸书虽盛一名休。寰区叹屈瞻天问,夷貊闻诗过海求。向夕便思青琐拜,近年寻伴赤松游。何当世祖从人望,早以公台命卓侯。

全唐诗卷四百九十八

姚合

闲居遣怀十首

身外无徭役,开门百事闲。倚松听唳鹤,策杖望秋山。萍任连池绿,苔从匝地斑。料无车马客,何必扫柴关。

闲卧销长日,亲朋笑我疏。诗篇随分有,人事度年无。情性僻难改,愁怀酒为除。谁能思此计,空备满床书。

白日逍遥过,看山复绕池。展书寻古事,翻卷改新诗。赊酒风前酌,留僧竹里棋。同人笑相问,羡我足闲时。

好景时牵目,茅斋兴有余。远山经雨后,庭树得秋初。道侣怜栽药,高人笑养鱼。优游随本性,甘被弃慵疏。

永日厨烟绝,何曾暂废吟。闲时随思缉,小酒恣情斟。看月嫌松密,垂纶爱水深。世间多少事,无事可关心。

一生能几日,愁恨也无端。遇酒酕醄饮,逢花烂漫看。青云非失路,白发未相干。以此多携解,将心但自宽。

万事徒纷扰,难关枕上身。朗吟销白日,沈醉度青春。演步怜山近,闲眠厌一作畏客频。市朝曾不到,长免满衣尘。

野性多疏惰,幽栖更称情。独行看影笑,闲坐弄琴声。懒拜腰肢硬,慵趋礼乐生。业一作诗文随日遣,不是为求名。

生计甘寥落,高名愧自由。惯无身外事,不信世间愁。好酒盈杯酌,闲诗任笔酬。凉风从入户,云水更宜秋。

拙直难和洽,从人笑掩关。不能行户外,宁解走尘间。被酒长酣思,无愁可上颜。何言归去事,著处是青山。

武功县中作三十首—作武功县闲居

县去帝—作凉城远,为官与隐齐。马随山鹿放,鸡杂野禽栖。绕舍惟藤架,侵阶是药畦。更师嵇叔夜,不拟作书—作诗题。

方拙天然性,为官是—作世事疏。惟寻向山路—作道,不寄入城书。因病多—作方收药,缘餐—作溪学钓鱼。养身成好事,此外更—作尽空虚。

微官如马足,只是在泥尘。到处贫随我,终年老趁人。簿书销眼力,杯酒耗心神。早作归休计,深居养—作过此身。

簿书多不会,薄俸亦难销。醉卧慵开眼,闲行懒系腰。移花兼蝶至,买石得云饶。且自心中乐,从他笑寂寥。

晓钟惊睡觉,事—作世,—作是事便相关。小市柴薪贵,贫家砧杵闲。读书多旋忘,赊酒数空还。长羡刘伶辈,高眠出世间。

性疏常爱卧,亲故笑悠悠。纵出多携枕,因衙始裹头。上山方觉老,过寺暂忘愁。三考千余日,低腰不拟休。

客至皆相笑,诗书满卧床。爱闲求病假,因醉—作酒弃官方。鬓发寒唯短,衣衫瘦渐长。自嫌多检束,不似旧来狂。

一日看除目,终年损道心。山宜冲雪上,诗好带风吟。野客嫌知印,家人笑买琴。只应随分过,已—作定是错弥深。

邻里皆相爱,门开数见过。秋凉送客远,夜静咏诗多。就架题书目,寻栏记药窠。到官无别事,种得满庭莎。

穷达天应与,人间事莫论。微官长似客,远县岂胜村。竟日多无食,连宵不闭门。斋心调笔砚,唯写五千言。

县僻仍牢—作寥落,游人到便回。路当边地去,村入郭门来。酒户愁偏长,诗情病不开。可曾衙小吏,恐谓—作为踏青苔。

自下青山路,三年著绿衣。官卑食肉僭,才短事—作字人非。野客教长醉,高僧劝早—作却归。不知何计是,免与本心违。

月出方能起,庭前看种莎。吏来山鸟散,酒熟野人过。岐路荒城少,烟霞远岫多。同官数—作更相引,下马上西坡。

作吏荒城里,穷愁欲不胜。病多唯识药,年老渐亲僧。梦觉空堂月,诗成满砚冰。故人多得路,寂寞不相称。

谁念东山客,栖栖守印床。何年得事尽,终日逐人忙。醉卧谁—作惟知叫,闲书不著—作正行。人间长—作尚检束,与此岂相当。

朝朝眉不展,多病怕逢迎。引水远通涧,垒山高过城。秋灯照树色,寒雨落池声。好是吟诗夜,披衣坐到明。

簿籍谁能问,风寒趁早眠。每旬常乞假,隔月探支—作请官钱。还往嫌诗僻,亲情怪酒颠。谋身须上计,终久是归田。

闭门风雨里,落叶与阶齐。野客嫌杯小,山翁喜枕低。听琴知道性,寻药得诗题。谁更能骑马,闲行只杖藜。

腥膻都不食,稍稍觉神清。夜犬因风吠,邻鸡带雨鸣。守官常卧病,学道别称名。小—作少有洞中路,谁能引我行。

宦名浑不计,酒熟且开封。晴月销灯—作云色,寒天挫笔锋。惊禽时并起,闲客数—作夜相逢。旧国萧条思,青山隔几重。

假日多无事,谁知我独忙。移山入县宅,种竹上城墙。惊蝶遗花蕊,游蜂带蜜香。唯愁明早出,端坐吏人旁。

门外青山路,因循自不归。养生—作闲宜县僻,说品喜官微。净爱山僧饭,闲披野客衣。谁怜幽谷鸟,不解入城飞。

一官无限日,愁闷欲何如。扫舍惊巢燕,寻方落壁鱼。从僧乞净水,凭客报闲书。白发谁能镊,年来四十余。

朝朝门不闭,长似在山时。宾客抽书读,儿童斫竹骑。久贫还易老,多病懒能医。道友应相怪,休官日已迟。

戚戚常无思,循资格上官。闲人得事晚,常骨觅—作学仙难。醉卧疑身病,贫居觉道宽。新诗久不写,自算少人看。

漫作容身计,今知拙有余。青衫—作袍迎驿使,白发忆山居。道友怜—作喜蔬食,吏人嫌草书。须为长久事,归去自耕锄。

主印三年坐,山居百事休。焚香开敕库,踏月上城楼。饮酒多成病,吟诗易长愁。殷勤问渔者,暂借手中钩。

长忆青山下,深居遂性情。垒阶溪石净,烧竹灶烟轻。点笔图云势,弹琴学鸟声。今朝知县印,梦里百忧生。

自知狂僻性,吏事固相疏。只是看山立,无嫌—作因出县居。印朱沾墨砚,户籍杂经书。月俸寻常请,无妨—作嫌乏斗储。

作吏无能事—作浑无思,为文旧致—作著功。诗标八病外,心落百忧中。拜别登朝客,归依炼药翁。不知还往内,谁与此心同。

罢武功县将入城

乍抛衫笏觉身轻,依旧还称学道名。欲泥山僧分屋住,羞从野老借牛耕。妻儿尽怕为遄客,亲故相邀遣到城。无奈同官珍重意,几回临路却休行。

青衫脱下便狂歌,种薤—作李栽莎—作桃斸古坡。野客相逢添酒病,春山暂上著诗魔。亦知官罢贫还甚,且喜闲来睡得多。欲与九衢亲故别,明朝挂杖始经过。

秋日闲居二首

九陌宅重重,何门怜此翁。荒庭唯菊茂,幽径与山通。落叶带衣上,闲云来酒中。此心谁得见,林下鹿应同。

先忆花时节,家山听更—作及早归。爱诗看古集,忆酒典寒衣。睡少身还健,愁多食不肥。自怜疏懒性,无事出门稀。

闲居晚夏

闲居无事扰,旧病亦多痊。选字诗中老,看山屋外眠。片霞侵落日,繁叶—作柳咽鸣蝉。对此心还乐,谁知乏酒钱。

闲居

不自识疏鄙,终年住在城。过门无马迹,满宅是蝉声。带病吟虽苦,休官梦已清。何当学禅观,依止古先生。

街西居三首

受得山野性,住城多事违。青山在宅南,回首东西稀。浅浅一井泉,数家同汲之。独我恶水浊,凿井庭之陲。自凿还自饮,亦为众所非。吁嗟世间事,洁身诚难为。

日出穷巷喜,温然胜重衣。重衣岂不暖,所暖人不齐。兀兀复行行,不离阶与墀。

丈夫非马蹄,安得知路岐。穷贱餐茹薄,兴与养性宜。乃知长生术,豪贵难得之。

闲居遣兴

终年城里住,门户似山林。客怪身名晚,妻嫌酒病深。写方多识药,失谱废弹琴。文字非经济,空虚用破心。

庄居即事

休看小字大书名,向日持经眼却明。时过无心求富贵,身闲不梦见公卿。因寻岳寺荤辛断,自到王城礼数生。斜月照床新睡觉,西风半夜鹤来声。

亲仁里居

三年赁舍亲仁里,寂寞何曾似在城。饮酒自缘防冷病,寻人多是为闲行。轩车无路通门巷,亲友因诗道姓名。自别青山归未得,羡君长听石泉声。

庄居野行

客行野田间,比屋皆闭户。借问屋中人,尽去作商贾。官家不税商,税农服作苦。居人尽东西,道路侵垅亩。采玉上山颠,探珠入水府。边兵索衣食,此物同泥土。古来一人耕,三人食犹饥。如今千万家,无一把锄犁。我仓常空虚,我田生蒺藜。上天不雨粟,何由活烝黎。

春日闲居

居止日萧条,庭前唯药苗。身闲眠自久,眼暗音咤,事异也。一作暗视还遥。檐燕酬莺语,邻花杂絮飘。客来无酒饮,搔首掷空瓢。

独居

深闭柴门长不出,功夫自课少闲时。翻音免询他人字,覆局何劳对手棋。生计如云无定所,穷愁似影每相随。到头归向青山是,尘路茫茫欲告谁。

早春闲居

寂寞日何为,闲一作贫居春色迟。惊风起庭雪,寒雨长檐澌。强饮樽中酒一作区中事,嘲山世外诗。此生仍且在,难与老相离。

原上新居 一作王建诗

秋来梨果熟,行哭小儿饥。邻富鸡长往,庄贫客渐稀。借牛耕地晚,卖树纳钱迟。墙下当官道,依前夹竹篱。

将归山

野人惯去山中住,自到城来闷不胜。宫树蝉声多却乐,侯门月色少于灯。饥来唯拟重餐药,归去还应只别僧。闻道旧溪茆屋畔,春风新上数枝藤。

山中述怀

为客久未归,寒山独掩扉。晓来山鸟散,雨过杏花稀。天远云空积,溪深水自微。此情对春色,尽醉欲忘机。

偶然书怀

十年通籍入金门,自愧名微枉搢绅。炼得丹砂疑不食,从兹白发日一作自相亲。家山迢递归无路,杯酒稀疏病到一作在身。汉有冯唐唐有我,老为郎吏更何人。

客舍有怀

旅人无事喜,终日一作夜思悠悠。逢酒嫌杯浅,寻书怕字稠。贫来许钱圣,梦觉见身愁。寂寞中林下,饥鹰望到秋。

及第后夜中书事

夜睡常惊起,春光属野夫。新衔添一字,旧友逊前途。喜过还疑梦,狂来不似儒。爱花持烛看,忆酒犯街沽。天上名应定,人间盛更无。报恩丞相阁,何啻杀微躯。

偶题

年年九陌看春还,旧隐空劳梦寐间。迟日逍遥芸草长,圣朝清净谏臣一作书闲。偶逢游客同倾酒,自有前驺耻见山。道侣书来相责诮,朝朝欲报作一作又何颜。

感时

忆昔未出身,索寞无精神。逢人话天命,自贱如埃尘。君今才出身,飒爽鞍马春。逢人话天命,自重如千钧。信涉名利道,举动皆丧真。君今自世情,何况天下人。

忆山

闲处无人到,乖疏称野情。日高搔首起,林下散衣行。泉引窗前过,云看石罅生。别来愁欲老,虚负出山名。

客游旅怀

客行无定止一作处,终日一作多在路岐间。马为赊来贵,僮缘一作因借得顽。诗书愁触雨,店舍喜逢山。旧业嵩阳下,三年未一作不得还。

迎春

半年留醉待花开,晓去迎春夜始回。风暖

慢行寻曲水，天晴远望立高台。亦知无处将诗请，唯得终朝把酒催。今日柳条全弄色，游人相伴看春来。

游春十二首

正月一日后，寻春更不眠。自知还近僻，众说过于—作如颠。看水宁依路，登山欲到天。悠悠芳思起，多是晚风前。

官卑长少事，县僻又无城。未晓冲寒起，迎春忍病行。树枝风掉软，菜甲土浮轻。好个—作最好林间鹊，今朝足喜声。

诗酒相牵引，朝朝思不穷。苔痕雪水里，春色竹烟中。迎雨缘池草，摧—作催花倚树风。书—作尽非名利事，爱此少人同。

尘中主印吏，谁遣有高情。趁暖檐前坐，寻芳树底行。土融凝墅—作野色，冰败满池声。渐觉春相泥，朝来睡不轻。

疏顽无异事，随例但添年。旧历藏深箧，新衣薄絮绵。暖风浑酒色，晴日畅琴弦。同伴无辞困，游春贵在先。

看春长不足，岂更觉身劳。寺里花枝净，山中水色—作气高。嫩—作懒云轻似絮，新草细如毛。并起诗人思，还应费笔毫。

悠悠小县吏，憔悴入新年。远思遭诗恼，闲情被酒牵。恋花林下饮，爱草野中眠。疏懒今成性，谁人肯更怜。

处处春光遍，游人亦不稀。向阳倾冷酒，看影试—作著新衣。嫩树行移长，幽禽语旋飞。同来皆去尽，冲夜独吟—作行归。

朝朝看春色，春色似相怜。酒醒莺啼里，诗成蝶舞前。摘花盈手露，折竹满庭烟。亲故多相笑，疏狂似少年。

卑官还不恶，行止得逍遥。晴野花侵路，春陂水上桥。尘埃生暖色，药草长新苗。看却烟光散，狂风处处飘。

身被春光引，经时更不归。嚼花香满口，

书—作画竹粉黏衣。弄日莺狂语，迎风蝶倒飞。自知疏懒性，得事亦应稀。

晓脱青衫出，闲行气味长。一瓶春酒色，数顷野花香。朝客闻应羡，山僧见亦—作似狂。不将僮仆去，恐为损风光。

赏春

闲人只是爱春光，迎得春来喜欲狂。买酒怕迟教走马，看花嫌远自移床。娇莺语足方离树，戏蝶飞高始过墙。颠倒醉眠三数日，人间百事不思量。

春日即事

春来眠不得，谁复念生涯。夜听四邻乐，朝寻九陌花。轻烟浮草色，微雨濯年华。乞假非关病，朝衣在酒家。

春日江次

野步出茆斋，闲行坐石台。久悲乡路远，犹喜杏花开。鸥鹭皆飞去，帆樯何处来。因凝千里目，落日尚徘徊。

扬州春词三首

广陵寒食天，无雾复无烟。暖日凝花柳，春风散管弦。园林多是宅，车马少于船。莫唤游人住，游人困不眠。

满郭是春光，街衢土亦香。竹风轻履舄，花露腻衣裳。谷鸟鸣还艳，山夫到更狂。可怜游赏地，炀帝国倾亡。

江北烟光里，淮南胜事多。市鄽持烛入，邻里漾船过。有地惟栽竹，无家不养鹅。春风荡城郭，满耳是笙歌。

寒食—本有书事二字二首—作张籍诗

今朝一百五，出户雨初晴。舞爱双飞蝶，歌闻百啭莺。江深青草岸，花满白云城。为政多屠懦，应无酷吏名。

出城烟火少，况复是今朝。闲坐将谁语，临觞只自谣。阶前春藓遍，衣上落花飘。伎乐州人戏，使君心寂寥。

暮春书事

穷巷少芳菲，苍苔一径微。酒醒闻客别，年长送春归。宿愿眠云峤，浮名系锁闱。未因丞相庇，难得脱—作解朝衣。

春晚雨中

寂寂春将老，闲人强自欢。迎风莺语涩，带雨蝶飞难。傍砌木初长，眠花景渐阑。临轩平目望，情思若为宽。

送春

昨迎—作吟今复送，来晚去逡巡。芳尽空繁树，愁多独病身。静思倾酒懒，闲望上楼频。为向春风道，明年早报春。

别春

留春不得被春欺，春若无情遣泥谁。寂寞自疑生冷病，凄凉还似别亲知。随风未辨归何处，浇酒唯求住少时。一去近当三百日，从朝至夜是相思。

夏夜

闲斋深夜静，独坐又闲行。密树月笼影，疏篱水隔声。断猿时叫谷，栖鸟每摇柽。寂寞求名士，谁知此夕情。

秋日有怀

秋来不复眠，但觉思悠然。菊色欲经露，虫声渐替蝉。诗情生酒里，心事在山边。旧里无因到，西风又一年。

秋夕遣怀

昨宵白露下，秋气满山城。风劲衣巾脆，窗虚笔墨轻。临书爱真—作奇迹，避酒怕狂名。只—作不拟随麋鹿，悠悠—作山中过一生。一本题作《秋日山中》。前四句作"秋来长早起，拄杖绕阶行。风冷衣裳脆，天寒笔砚清"。余同。

秋中夜坐

疏散永无事，不眠常夜分。月中松露滴，风引鹤同闻。

同卫尉崔少卿九月六日饮

酒熟菊还芳，花飘盏亦香。与君先一醉，举世待重阳。风色初晴利，虫声向晚长。此时如不饮，心事亦应伤。

九日忆砚—作岘山旧居

帝里闲人少，谁同把酒杯。砚山篱下菊，今日几枝开。晓角惊眠起，秋风引病来。长年归思切，更值雁声催。

秋晚江次

萧萧晚景寒，独立望江壖。沙渚几行雁，风湾一只船。落霞澄返照，孤屿隔微烟。极目思无尽，乡心到眼前。

除夜二首

衰残归未遂，寂寞此宵情。旧国当千里，新年隔数更。寒犹近北峭，风渐向东生。谁见—作想长安陌，晨钟度火城。

殷勤惜此夜，此夜在逡巡。烛尽年还别，鸡鸣老更新。傩声方去疫，酒色已迎春。明日持杯处，谁为最后人。

晦日送穷三首

年年到此日，沥酒拜街中。万户千门看，无人不送穷。

送穷穷不去，相泥欲何为。今日官家宅，淹留又几时。

古人皆恨别，此别恨消魂。只是空相送，年年不出门。

咏云

霭霭纷纷不可穷，夏笙歌处尽随龙。来依银汉一千里，归傍巫山十二峰。呈瑞每闻开丽色，避风仍见挂乔松。怜君翠染双蝉鬓，镜里朝朝近玉容。

咏雪

愁云残腊下阳台，混却乾坤六出开。与月

交光呈瑞色,共花争艳傍寒梅。飞随郢客歌声远,散逐宫娥舞袖回。其那知音不相见,剡溪乘兴为君来。

郡中对雪

霏微著草树,渐布与阶平。远近如空色,飘飏无落声。飞鸦疑翅重,去马觉蹄轻。遥想故山下,樵夫应滞行。

对月

银轮玉兔向东流,莹净三更正好游。一片黑云何处起,皂罗笼却水精球。

八月十五夜看月

亭亭千万里,三五复秋中。此夕光应绝,常时思不同。九霄微有露,四海静无风。惆怅逡巡别,谁能看碧空。

赋一本无赋字月华临静夜

长空埃壒灭,皎皎月华临。色正秋将半,光鲜夜自深。九霄晴更彻,四野气难侵。静照遥山出,孤明列宿沉。高人应不寐,惊鹊复何心。漏尽东方晓,佳期何处寻。

酬任畴协律夏中苦雨见寄

银汉波澜溢,经旬雨未休。细听宜隔牖,远望忆高楼。风急飘还断,云低落更稠。走童惊掣电,饥鸟啄浮沤。丝网张空际,蛛一作蛛绳续瓦沟。青蛙多入户,潢潦欲胜舟。雷怒疑山破,池浑似土流。灰人漫禳厌,水马恣沈浮。广陌应翻浪,贫居恐作湫。阳精藏不耀,阴气盛难收。远色重林暮,繁声四壁秋。一本无此四句。望晴思见日,防冷欲一作拟披裘。枕润眠还懒,车羸出转忧。散空烟漠漠,迸溜竹修修。一本无此二句。树暗蝉吟咽,巢倾燕语愁。琴书凉簟净,灯烛夜窗幽。天下一作上那能向一作问,龙边岂易一作本不求。湿烟凝灶额,荒草覆墙头。酒思凄方罢,诗情耿始抽。一作远思成涯淡,佳期念阻修。下床先仗一作杖屐,汲井恐飘一作抵瓯瓯。危坐徒相忆,佳期未有由。劳君寄新什,终日不能一作清韵益难酬。

和座主相公雨中作

清气润华屋,东风吹雨匀。花低惊艳重,竹净觉声真。山际凝如雾,云中散似尘。萧萧下碧落,点点救生民。缓洒雷霆细,微沾瓦砾新。诗成难继和,造化笔通神。

恶神行雨

凶一作面神扇簸恶神行,汹涌挨排白雾生。风击水凹波扑凸,雨溠山口地嵌坑。龙喷黑气翻腾滚,鬼掣红光劈划揨音征,引也。哮吼忽雷声揭石,满天啾唧闹轰轰。

苦雨

江昏山半晴,南阻绝人行。葭菼连云色,松杉共雨声。早秋仍燕舞,深夜更鼍鸣。为报迷津客,讹言未可轻。

全唐诗卷四百九十九

姚合

题凤翔西郭新亭

西郭尘埃外,新亭制度奇。地形当要处,人力是闲时。结构方殊绝,高低更合宜。栋梁清俸买,松竹远山移。佛—作僧寺幽难敌,仙家景—作境可追—作遗。良工惭巧尽,上客恨逢迟。两面寒—作清波涨,当前软—作嫩柳垂。清虚宜月入,凉冷胜风吹。宴赏军容静,登临妓乐随。鱼龙听弦管,凫鹤识旌旗。泛鹢春流阔,飞觞白日欹。闲花—作云长在户,嫩藓乍缘墀。永望情无极,频来困不辞。云峰晴转翠—作出,烟树晓—作晚逾滋。向野惟贪静,临空遽觉危。行人如不到,游乐更何—作信虚为。

题金州西园九首

江榭
亭亭白云榭,下有清江流。见江不得亲,不如波上鸥。有榭江可见,无榭无双眸。

药堂
僮仆不到阃,双扉常自关。四壁画远水,堂前耸秋山。时闻有仙鼠,窃药檐隙间。

草阁
编草覆柏椽,轩扉皆竹织。合成似僧居,学僧居未得。有时公府劳,还复来此息。

松坛
盘盘松上盖,下覆青石坛。月中零露垂,日出露尚漙。山翁称绝境,海峤—作峤无所观。

菱径
药院径亦高,往来踏菱影。方当繁暑日,草虿微微冷。爱此不能行,折薪坐煎茗。

垣竹
种竹爱庭际,亦以资玩赏。穷秋雨萧条,但见墙垣长。宣尼高数仞,固应非土壤。

石庭
布石满山庭,磷磷洁还清。幽人常履此,月下屐齿鸣。药草枝叶动,似向山中生。

莓苔—作苔阶
茅堂阶岂高,数寸是苔藓。只恐秋雨中,窗户亦不溅。眼前无此物,我情何由遣。

芭蕉屏
芭蕉丛丛生,月照参差影。数叶大如墙,作我门之屏。稍稍闻见稀,耳目得安静。

杏溪十首

杏溪
桃花四散飞,桃子压枝垂。寂寂青阴里,幽人举步迟。殷勤念此径,我去复来谁。

莲塘
方塘菡萏高,繁艳相照耀。幽人夜眠起,忽疑野中烧。晓寻不知休,白石岸亦峭。

架水藤
濛濛紫花藤,下复清溪水。若遣随波流,不如风飘起。风飘或近堤—作人,随波千万里。

石潭
晓向潭上行,夕就潭边宿。清冷无波澜,潋潋潘岳赋:玩游儵之潋潋。音闲,游行貌鱼相逐。钓翁坐不起,见我往来熟。

溪路
此路何潇洒,永无公卿迹。日日多往来,藜杖与桑屐。路边何所有,磊磊青渌石。

望江峰
念昔有此峰,在波江陵先。举世未能知,愚亦望同贤。我来心益闷,欲上天公笺。

杏水
不与江水接,自出林中央。穿花复远水—作绕涧,一山闻杏香。我来持茗瓯,日屡此来—作夕坐烹尝。

渚上竹
叶叶新春筠,下复清浅流。微风屡此来,决决复修修。诗人月下吟,月堕吟不休。

枫林堰
森森枫树林,护此石门堰。杏堤数里余,枫影覆亦遍。鸂鶒与钓童,质异同所愿。

石濑
散漫复潺湲,半砂半和石。清风波亦无,历历鱼可搦。我来亦屡久,归路常日夕。

陕下厉玄侍御宅五题

濯缨溪
旧山宁要去,此有濯缨泉。晓景松枝覆,秋光月色连。行寻屐齿尽,坐对角巾偏。寂寂幽栖处,无妨请俸钱。

垂钓亭
由钓起茅亭,柴扉复竹楹。波清见丝影,坐久识鱼情。白鸟依窗宿,青蒲傍砌生。俗同渔父舍,须自减逢迎。

吟诗岛—作台
幽岛藓层层,诗人日日登。坐危石是榻,吟冷唾成冰。静对唯秋水,同来但老僧。竹枝题字—作寄寄,小篆复谁能。

竹里径
微径婵娟里,唯闻静者知。迹深苔长处,步狭笋生时。高是连幽树,穷应到曲池。纱巾灵寿杖,行乐复相宜。

泛觞泉
不上酒家楼,池边日献酬。杯来转巴字,

客坐绕方流。酹滴苔纹断,泉连石岸秋。若能山下置,岁晚愿同游。

题僧院引泉

泉眼高千尺,山僧取得归。架空横竹引,皆石透渠飞。洗药溪流浊,浇花雨力微。朝昏长绕看,护惜似持衣。

题家园新池一本无题字

数日自穿池,引泉来近陂。寻渠通咽处,尧岸待清时。深好求鱼养,闲堪与鹤期。幽声听难尽,入夜睡常迟。

咏盆池一本无咏字

浮萍重叠水团圆,客绕千遭履齿痕。莫惊池里寻常满,一井清泉是上源。

买太湖石

我尝游太湖,爱石青嵯峨。波澜取不得,自后长咨嗟。奇哉卖石翁,不傍豪贵家。负石听苦吟,虽贫亦来过。贵我辨识精,取价复不多。比之昔所见,珍怪颇更加。背面淙注痕,孔隙若琢磨。水称至柔物,湖乃生壮波。或云此天生,嵌空亦非他。气质偶不合,如地生江河。置之书房前,晓雾常纷罗。碧光入四邻,墙壁难蔽遮。客来谓我宅,忽若岩之阿。

天竺寺殿前立石

补天残片女娲抛,扑落禅门压地坳。霹雳划深龙旧攫,屈槃痕浅虎新抓。苔粘月眼风挑剔,尘结云头雨磕敲。秋至莫言长屹立,春来自有薜萝交。

杭州观潮

楼有章一作樟亭号,涛来自古今。势连沧海阔,色比白云深。怒雪驱寒气,狂雷散大音。浪高风更起,波急石难沈。鸟惧多遥过,龙惊不敢吟。坳如开玉穴,危似走琼岑。但褫千人魄,那知伍相心。岸摧连古道,洲涨蹋丛林。跳沫山皆湿,当江日半阴。天然与禹凿,此理遣谁寻。

题李频新居

赁居求贱处,深僻任人嫌。盖地花如绣,当门竹胜帘。劝僧尝药酒,教仆辨一作认书签。庭际山宜小,休令著石添。

寄题纵上人院

营营是与非,前乐后还悲。今世已如此,他生愿似师。禅房空旦暮,画壁半陈隋,绕径苍苔迹,幽人来是谁。

题山寺

千重山崦里,楼阁影参差。未暇寻僧院,先看置寺碑。竹深行渐暗,石稳坐多时。古塔虫蛇善,阴廊鸟雀凝。云开上界近,泉落下方迟。为爱青桐叶,因题满树诗。

题贞女祠

此女骨为土,贞名不可移。精灵闵何处,蘋藻奠空祠。水石生异状,杉松无病枝。我来方谢雨,延滞失归期。

题刑部马员外修行里南街新居

帝里谁无宅,青山只属君。闲窗连竹色,幽砌上苔文。远近高低树,东西南北云。朝朝常独见,免被四邻分。

题郭侍郎亲仁里幽居

入门尘外思,苔径药苗间。洞里应生玉,庭前自有山。帝城唯此静,朝客更谁闲。野鹤松中语,时时去复还。

题一作游宣义池亭

春入池亭好,风光暖更鲜。寻芳行不困,逐胜坐还迁。细草乱如发,幽禽鸣似弦。苔文翻古篆,石色学秋天。花落能漂酒,萍开解避船。暂来还愈一作犹差疾,久住合成仙。进笋揭阶起,垂藤压树偏。此生应借看,自计一作料买无钱。

题薛十二一作一池亭一作王建诗

每日树边消一日,绕池行过又须行。异花

多是非时有，好竹皆当要处生。斜立小桥看岛势，远移幽石作泉声。浮萍著岸风吹歇，水面无尘晚更清。

题大理崔少卿驸马林亭

每来归意懒，都尉似山人。台榭栖—作停双鹭，松篁隔四邻。迸泉清胜雨，深洞暖如春。更看题诗处，前轩粉壁新。

题杭州南亭

旧隐即云林，思归日日深。如今来此地，无复有前心。古石生灵草，长松栖异禽。暮潮檐下过，溅浪湿衣襟。

题郑—作崔驸马林亭

东园连宅起，胜事与心期。幽洞自生药，新篁迸入池。密林行不尽，芳草坐难移。石翠疑无质，莺歌似有词。莎台高出树，藓壁净题诗。我独多来赏—作此，九衢人不知。

题厉玄侍御所居

幽栖一亩宫，清峭似山峰。邻里不通径，俸钱唯买松。野人时寄宿，谷鸟自相逢。朝路床前是，谁知晓起慵。

题田将军宅

焚香书院最风流，莎草缘墙绿藓秋。近砌别穿浇药井，临街新起看山楼。栖禽恋竹明犹在，闲客观花夜未休。好是暗移城里宅，清凉浑得似江头。

题崔驸马宅

心在林泉身在城，凤凰楼下得闲名。洞中见凿寻仙路，月里犹烧煮药铛。数树异花皆敕赐，并竿修竹自天生。诗人多说离君宅，不得青苔地上行。

题河上亭

亭亭河上亭，鱼蹀水禽鸣。九曲何时尽千峰今日清。晨光秋更远，暑气夏常轻。杯里移檐影，琴中有浪声。岸莎连砌静，渔火入舷明。来此多沈醉，神高无宿醒。

题长安薛员外水阁

亭亭新阁成，风景益鲜明。石尽太湖色，水多湘渚声。翠筠和粉长，零露逐荷倾。时伴高窗望，幽寻小径行。林疏看鸟语，池近识鱼情。政暇招闲客，唯将酒送迎。

题梁国公主池亭

平阳池馆枕秦川，门锁南山一带烟。素柰花开西子面，绿榆枝种沈郎钱。装帘玳瑁随风落，庭岸鹓鸰趁暖眠。寂寞空余歌舞地，玉箫惊起凤归天。

寄题尉迟少卿郊居

卿仕在关东，林居思不穷。朝衣挂壁上，厩马放田中。隅坐唯禅子，随行只药童。砌莎留宿露，庭竹出清风。浓翠生苔点，辛香发桂丛。莲池伊水入，石径远山通。愚者心还静，高人迹自同。无能相近住，终日羡邻翁。

题永城驿

秋赋春还计尽违，自知身是拙求知。惟思旷海无休日，却喜孤舟似去时。连浦一程兼汴宋，夹堤千柳杂唐隋。从来此恨皆前达，敢负吾君作楚词。

全唐诗卷五百

姚合

过张邯郸庄

客行长似病,烦热束四肢。到君读书堂,忽若逢良医。堂前水交流,堂下树交枝。两门延风凉,洗我昏浊肌。与子还往熟,坐卧恣所宜。时时相献酬,文字当酒卮。野饭具藜藿,永日亦不饥。苟餐非其所,鲙炙为蒺藜。时清士人闲,耕作唯文词。岂独乡里荐,当取四海知。

过杨处士幽居

引水穿风竹,幽声胜远溪。裁衣延野客,剪翅养山鸡。酒熟听琴酌,诗成削树题。惟愁春气暖,松下雪和泥。

过李处士山居

闲居昼掩扉,门柳荫蔬畦。因病方收药,寻僧始度溪。少逢人到户,时有燕衔泥。萧洒身无事,名高孰与齐。

过无可僧院

忆师眠复起,永夜思迢迢。月下门方掩,林中寺更遥。钟声空下界,池色在清宵。终拟修禅观,窗间卷欲烧。

过稠上人院

清羸一饭师,闲院亦披衣。应诏常翻译,修心出是非。雪中疏磬度,林际晚风归。蔬食常来此,人间护净稀。

过不疑上人院

九经通大义一作通经又议经,内典自应精。帘冷连松影,苔深减履声。相一作幸逢幸一作当此日,相失一作识恐来生。觉路何门去,师须引我行。

过昙一作云花宝上人院

九陌最幽寺,吾师院复深。烟霜同覆屋,

松竹杂成林。鸟语境弥寂,客来机自沈。早知能到此,应不戴朝簪。

过杜氏江亭

上国千余里,逢春且胜游。暂闻新鸟戏,似解旅人愁。野色吞山尽,江烟衬水流。村醪须一醉,无恨滞行舟。

过张云峰一作举院宿

不吃胡麻饭,杯中自得仙。隔篱招好客,扫室置芳筵。家酝香醪嫩,时新异果鲜。夜深唯畏晓,坐稳岂思眠。棋罢嫌无敌,诗成贵在前。明朝题壁上,谁得众人传。

过钦上人院

有相无相身,唯师说始真。修篁半庭影,清磬几僧邻。古壁丹青落,虚檐鸟雀驯。伊余求了义,羸马往来频。

过无可上人院

寥寥听不尽,孤磬与疏钟。烦恼师长别,清凉我暂逢。蚁行经古藓,鹤毳落深松。自想归时路,尘埃复几重。

过城南僧院

寺对远山起,幽居仍是师。斜阳通暗隙,残雪落疏篱。松静鹤栖定,廊虚钟尽迟。朝朝趋府吏,来此是相宜。

过灵泉寺

偶寻灵迹去,幽径入氤氲。转壑惊飞鸟,穿山踏乱云。水从岩下落,溪向寺前分。释子游何处,空堂日渐曛。

过天津桥晴望

闲立津桥上,寒光动远林。皇宫对嵩顶,清洛贯城心。雪路初晴出,人家向晚深。自从王在镐,天宝至如今。

春日游慈恩寺

年长归何处,青山未有家。赏春无酒饮,多看寺中花。

游天台上方一作游天长寺上方

晓上上方高处立,路人羡我此时身。白云向我头上过,我更羡他云路人。

游终南山

策杖度溪桥,云深步数劳。青猿吟岭际,白鹤坐松梢。天外浮烟远,山根野水交。自缘名利系,好此结蓬茆。

游杏溪兰若

踏得度一作碧溪湾,晨游暮不还。月明松影路,春满杏花山。戏狖跳林末,高僧住石间。未肯离腰一作离腰下组,来此复何颜。

游谢公亭

行行方避梦,又到谢亭来。举世皆如此,伊余何处回。竹鲜多透石,泉洁亦无苔。坐与僧同语,谁能顾酒杯。

游阳河岸

终日游山困,今朝始傍河。寻芳愁路尽,逢景畏人多。鸟语催沽酒,鱼来似听歌。醉时眠石上,肢体自婆娑。

游河桥晓望

闲上津桥立,天涯一望间。秋风波上岸,旭日气连山。偶圣今方变,朝宗岂复还。昆仑在蕃界,作将亦何颜。

秋夜月中登天坛

秋蟾流异彩,斋洁上坛行。天近星辰大,山深世界清。仙飙石上起,海日夜中明。何计长来此,闲眠过一生。

游昊天玄都观一作裴考功、厉察院同游昊天玄都观

性同相见易,紫府共闲行。阴径红桃落,秋坛白石生。藓文连竹色,鹤语应松声。风定药香细,树声泉气清。垂檐灵草影,绕壁古山名。围外坊无禁,归时踏月明。

同裴起居厉侍御放朝游曲江

暑月放朝频,青槐路绝尘。雨晴江色出,

风动草香新。独立分幽岛,同行得静人。此欢宜稍滞,此去与谁亲。

尧望华清宫

晓看楼殿更鲜明,遥隔朱栏见鹿行。武帝自知身不死,教修玉殿号长生。

夏日登楼晚望

避暑高楼上,平芜望不穷。鸟穿山色去,人歇树阴中。数—作带长河水,千条弱柳风。音思多少事,懒话与芝翁。

霁后登楼

高楼初霁后,远望思无穷。雨洗青山净,春蒸大野融。碧池舒暖景,弱柳䶩和风。为有登临兴,独吟落照中。

早夏郡楼宴集

官散有闲情,登楼步稍轻。窗云带雨气,林鸟杂人声。晓日襟前度,微风酒上生。城中会难得,扫壁各书名。

夜宴太仆田卿宅

故人九寺长,邀我此同欢。永夜开筵静,中年饮酒难。微风侵烛影,叠漏过林端,腊后分朝日,天明几刻残。

春日同会卫尉崔少卿宅

诗家会诗客,池阁晓初晴。鸟尽山中语,琴多谱外声。映花相劝酒,入洞各题名。疏野常如此,谁人信在城。

军城夜会

军城夜禁乐,饮酒每题诗。坐稳吟难尽,寒多醉较迟。远钟惊—作经漏压,微月被灯欺。此会诚堪惜,天明是别离。

晦日宴刘值录事宅

花落莺飞深院静,满堂宾客尽诗人。城中杯酒家家有,唯是君家酒送春。

宴光禄田卿宅

竹里开华馆,珍羞次第尝。春风酒影动,晴日乐声长。久坐难辞醉,衰年亦暂狂。殷勤还继烛,永夕梦相妨。

会将作崔监东园

墙北走红尘,墙东接—作飞白云。山光衣上见,药气酒中闻。此会诚堪惜,穷秋日又曛。人间唯有醉,醉后复何云。

同诸公会太府韩卿宅

九寺名卿才思雄,邀欢笔下与杯中。六街鼓绝尘埃息,四座筵开语笑同。焰焰兰缸明狭室,丁丁玉漏发深宫。即听鸡唱天门晓—作唯愁即是鸡催晓,吏事相牵西复东。

乞酒

闻君有美酒,与我正相宜。溢瓮清如水,粘杯半似脂。岂唯消旧病,且要引新诗。况此便便腹,无非是满卮。

寄卫拾遗乞酒

老人罢卮酒,不醉已经年。自饮君家酒,一杯三日眠。味轻花上露,色似洞中泉。莫厌时时寄,须知法未传。

乞新茶

嫩绿微黄碧涧春,采时闻道断荤辛。不将钱买将诗乞,借问山翁有几人。

西掖寓直春晓闻残漏

直庐仙掖近,春气曙犹寒。隐隐银河在,丁丁玉漏残。微风飘更切,万籁杂应难。凤阁明初启,鸡人唱渐阑。静宜来禁里,清是下云端。我识朝天路,从容自整冠。

杭州郡斋南亭

符印悬腰下,东山不得归。独行南北近,渐老往还稀。迸笋侵窗长,惊蝉出树飞。田田池上叶,长是使君衣。

君中西园—作许浑诗

西园春欲尽,芳草径难分。静语唯幽鸟,闲眠独使君。密林生雨气,古石带潮—作苔文。

虽去清秋远,朝朝见白云。

杭州官舍偶书

钱塘刺史谩题诗,贫褊无恩懦少威。春尽酒杯花影在,潮回画槛水声微,闲吟山际邀僧上,暮入林中看鹤归。无术理人人自理,朝朝渐觉簿书稀。

省直书事

默默沧江老,官分右掖荣。立朝班近殿,奏直上知名。晓雾和香气,晴楼下乐声。蜀笺金屑腻,月兔笔毫精。禁树霏烟覆,宫墙瑞草生。露盘秋更出,玉漏昼还清。碧藓无尘染,寒蝉似鸟鸣。竹深云自宿,天近日先明。屡懦难封诏,疏愚但掷觚。素餐终日足,宁免众人轻。

杭州官舍即事

临江府署清,闲卧—作坐复闲行。苔藓疏尘色,梧桐出雨声。渐除—作知身外事,暗作道家名。更喜仙山近,庭前药自生。

假日书事呈院中司徒

十日公府静,巾栉起清晨。寒蝉近衰柳,古木似高人。学佛宁忧老,为儒自喜贫。海山归未得,芝术梦中春。

书县丞旧厅

宫殿—作楼阁半山上,人家向下居。古厅眠易魇,老吏语多虚。雨水浇荒竹,溪沙拥废渠。圣朝收外府,皆是九天除。

县中秋宿

鼓绝门方掩,萧条作吏心。露垂庭际草,萤照竹间禽。棋罢嫌无月,眠迟听尽—作远砧。还知未离此,时复更相寻。

夏夜宿江驿

竹屋临江岸,清宵兴自长。夜洒倾北斗,叶落映横塘。渚闹渔歌响,风和角粽香。却愁南去棹,早晚到潇湘。

陕城即事

左右分京阙,黄河与宅连。何功来此地,窃位已经年。天下才弥小,关中镇最先。陇山望可见,惆怅是穷边。

全唐诗卷五百一

姚合

和东都令狐留守相公—作奉寄东都留守令狐相公

除官—作书东守洛阳宫,恩比藩方任更雄。拜表出时传七刻,排班衙日有三公。旌旗严重—作动临关外,庭宇—作寺府清深接禁中。三十六峰诗酒思,朝朝闲望与谁同。

和高谏议蒙兼宾客时入翰苑

兼秩恩归第一流,时寻仙路向瀛洲。钟声迢递银河晓,林色葱笼玉露秋。紫殿讲筵邻御座,青宫宾榻入龙楼。从来共结归山侣,今日多应独自休。

和卢给事酬裴员外

南山雪色彻皇州,钟鼓声交晓气浮。鸳鹭簪裾上龙尾,蓬莱宫殿压鳌头。夕郎夜直吟仙掖,天乐和声下禁楼。赠答诗成才思敌,病夫欲和—作破几朝愁。

和裴结端公早朝—作和郭端公早朝

鱼钥千门启,鸡人唱晓传。冕旒临玉殿,丞相入炉烟。列位同居左,分行忝在前。给事中与侍御史班同行在东,给事中立在台官前,故有此句。仰闻天语近,俯拜珮声连。彩仗祥光动,彤庭霁色鲜。威仪谁可纪,柱史有新篇。

和门下李相钱西蜀相公

圣朝同舜日,作相有夔龙。理化知无外,烝黎尽可封。爕和皆达识,出入并登庸。武骑增余勇,儒冠贵所从。赠诗全六义,出镇越千峰。连日陈天乐,芳筵叠酒钟。乌台情已洽,凤阁分弥浓。元和十四年,崔相公与门下相公连御史台,今又在中书矣。栈转旌摇水,崖高马蹄松。恩深施远俗,化美见前踪。太和四年,门下相公出镇,至今西蜀理化清净,民俗歌谣不绝。江晓流巴字,山晴耸剑峰。双油拥上宰,四海羡临邛。先路声华远,离京诏旨重。岁除今向尽,春色即相逢。

嫩叶抽颇蕊，新苔长翠茸。冰销鱼潋潋，林暖鸟噰噰。泉落闻难尽，花开看不供。青城方眷恋，黄阁竟从容。计日归台席，还听长乐钟。

和座主相公西亭秋日即事

西亭秋望好，宁要更垂帘，夫子墙还峻，鄫侯宅过谦。微风红叶下，新雨绿苔粘。窗外松初长，栏中药旋添。海图装玉轴，书目记牙签。竹色晴连地，山光远入檐。酒浓杯稍重，诗冷语多尖。属和才虽浅，题高免客嫌。

和秘书崔少监春日游

青龙寺僧院

官清书府足闲时，晓起攀花折柳枝。九陌城中寻不尽，千峰寺里看相宜。高人酒味多和药，自古风光只属诗。见说往来多静者，未知前日更逢谁。

和李绅助教不赴看花

笑辞聘礼深坊住，门馆长闲似退一作野居。太学官资清品秩，高人公事说经书。年华未是登朝晚，春色何因向酒疏。且看牡丹吟丽句，不知此外复何如。

和李十二舍人冬至日

献寿人皆庆，南山复北堂，从今千万日，此日又初长。

和裴令公新成绿野堂即事

结构立嘉名，轩窗四面明。丘墙高莫比，萧宅僻还清。池际龟潜戏，庭前药旋生。树深檐稍邃，石峭径难平。道旷襟情远，神闲视听精。古今功独出，大小隐俱成。曙雨新苔色，秋风长桂声。携诗就竹写，取酒对花倾。古寺招僧饭，方塘看鹤行。人间无此贵，半仗暮归城。

和厉玄侍御题户部李相公庐山西林草堂

茅屋临江起，登庸复应期。遥知归去日，自致太平时。幽药禅僧护，高窗宿鸟窥。行人尽歌咏，唯子独能诗。

和郑相演杨尚书蜀中唱和诗

天福坤维厚，忠贤拥节旄。江同渭滨远，山似傅岩高。元气符才格，文星照笔毫。五言全丽则，六义出风骚。圣日麻双下，洪炉柄共操。宠荣连雨露，先后比萧曹。唱绝时难和，吟多客讵劳。四方虽纸贵，谁怕费钱刀。

和户部侍郎省中晚归

寒日南宫晚，闲吟半醉归。位高行路静，诗好和人稀。古树苔文匝，遥峰雪色微。宁知逢彩笔，寂寞有光辉。

和元八郎中秋居

圣代无为化，郎中似散仙。晚眠随客醉，夜坐学僧禅。酒用林花酿，茶将野水煎。人生知此味，独恨少因缘。

和李十二舍人、裴四二舍人两阁老酬白少傅见寄 一作和李裴二舍人酬白少傅见寄

罢草王言星岁久，嵩高山色日相亲。萧条雨夜吟连晓，撩乱花时看尽春。此世逍遥应独得，古来闲散有谁邻。林中长老呼居士，天下书生仰达人。酒挈数瓶杯亦阔，诗成千首语皆新。纶闱并命诚宜贺，不念衰年寄上频。

和刘禹锡主客冬初拜表怀上都故人

九陌喧喧骑吏催，百官拜表禁城开。林疏晓日明红叶，尘静寒霜覆绿苔。玉佩声微班始定，金函光动按初来。此时共想朝天客，谢食方从阁里回。

和太仆田卿酬殷尧藩侍御见寄

往还知分熟，酬赠思同新。嗜饮殷偏逸，闲吟卿亦贫。古苔寒更翠，修竹静无邻。促席灯浮酒，听鸿霜满身。浅才唯是我，高论更何人。携手宜相访，穷行少路尘。

和膳部李郎中秋夕

渐渐复修修，凉风似水流。此生难免老，

举世大同愁。萤影明苔藓,鸿声傍斗牛。犹分省署直,何日是归休。

和前吏部韩侍郎夜泛南溪

辞得官来疾渐平,世间难有此高情。新秋月满南溪里,引客乘船处处行。

和王一作刘郎中题华州李中丞厅

莲华峰下郡斋前,绕砌穿池贮瀑泉。君到亦应闲不得,主人草圣复诗仙。

和厉玄侍御、无可上人会宿见寄

九衢难会宿,况复是寒天。朝客清贫老,林僧默悟禅。眠迟消漏水,吟苦堕寒涎。异日来寻我,沧江有钓船。

和令狐六员外直夜即事寄上相公

霜台同处轩窗接,粉署先登语笑疏。皓月满帘听玉漏,紫泥盈手发天书。吟诗清美一作冷招闲客,对酒逍遥卧直庐。荣贵人间难有比,相公离此十年余。

答孟侍御早朝见寄

河倾月向西,九陌鼓声齐。尘静霜华远,烟生曙色低。禁门人已度,宫树鸟犹栖。疏懒劳相问,登山有旧梯。

和友人新居园上

新居多野思,不似在京城。墙上云相压,庭前竹乱生。寻师望药力,依谱上琴声。好是中秋夜,无尘有月明。

和裴令公游南庄忆白二十、韦七二宾客

四郊初雨歇,高树滴犹残。池满红莲湿,云收绿野宽。花开半山晓,竹动数村寒。斗雀翻衣袂,惊鱼触钓竿。樽前多野客,膝下尽郎官。厮石通泉脉,移松出药栏。关东分务重,天下似公一作比功难。半醉思韦白,题诗染彩翰。

和李舍人秋日卧疾言怀

闲卧襟情远,西风菊渐芳。虚窗通晓景,珍簟卷秋光。果坠青莎径,尘离绿藓墙。药奁开静室,书阁出丛篁。对酒吟难尽,思山梦稍长。王言生彩笔,朝服惹炉香。松影幽连砌,虫声冷到床。诗成谁敢和,清思若怀霜。

和李十二舍人直日放朝对雪

今朝街鼓何人听,朝客开门对雪眠。岂比直庐丹禁里,九重天近色弥鲜。

答李频秀才

一年离九陌,壁上挂朝袍。物外诗情远,人间酒味高。思归知病长,失寝觉神劳。衰老无多思,因君把笔毫。

答胡遇

一会一分离,贫游少定期。酒多为客稳,米贵入城迟。晴日偷将睡,秋山乞与诗。纵然眉得展,不似见君时。

答友人招游

不来知尽怪,失意懒春游。闻鸟宁惊梦,看花怕引愁。赌棋招敌手,沽酒自扶头。何似华筵上,推辞候到筹。

答窦知言

冬日易惨恶,暴风拔山根。尘沙落黄河,浊波如地翻。飞鸟皆束翼,居人不开门。独我赴省期,冒此驰毂辕。陕城城西边,逢子亦且奔。所趋事一心,相见如弟昆。我惨得子舒,我寒得子温。同行十日程,僮仆性亦敦。到京人事多,日无闲精魂。念子珍重我,吐辞发蒙昏。反复千万意,一百六十言。格高思清冷,山低济浑一作水浑。尝闻朋友惠,赠言始为恩。金玉日消费,好句长存存。倒箧别收贮,不与俗士论。每当清夜吟,使我如哀猿。

酬田就

闲居多僻静,犹恐道相违。只是夜深坐,那堪春未归。嫩苔粘野色,香絮扑人衣。纵有野僧到,终朝不话非。

酬礼部李员外见寄

本求仙郡是闲居,岂向郎官更有书。溪石谁思玉匠爱,烟鸿愿与弋人疏。自来江上眠方稳,旧在城中病悉除。唯见君诗难便舍,寒宵吟到晓更初。

酬令狐郎中见寄

昨是儿童今是翁,人间日月急如风。常闻欲向沧江去,除我无人与子同。

酬李廓精舍南台望月见寄

看月空门里,诗家境有余。露寒僧梵出,林静鸟巢疏。远色当秋半,清光胜夜初。独无台上思,寂寞守吾庐。

酬光禄田卿末伏见寄

下伏秋期近,还知扇渐疏。惊飙坠邻果,暴雨落江鱼。贵寺虽同秋,闲曹只管书。朝朝廊下食,相庇在肴菹。

酬薛奉礼见赠之作

栖栖沧海一耕人,迢遣江边作使君。山顶雨余青到地,涛头风起白连云。诗成客见书墙和,药熟僧来就鼎分。珍重来章相借分,芳名未识已曾闻。

酬卢汀谏议

粟如流水帛如山,依念仓边—作衣食还君语笑间。篇什纵横文案少,亲朋撩乱吏人闲。杯觞引满从衣湿,墙壁书多任手顽。遥贺来年二三月,彩衣先辈过春关。

酬万年张郎中见寄

贡籍常同府,周行今一时。谏曹诚已忝,京邑岂相宜。黑—作白发年来尽,沧江归去迟。何时—作当得携手,林下静吟诗。一本以后四句为绝句。

酬光禄田卿六韵见寄

以病辞翰谒,迂疏种药翁。心弥—作惟念鱼鸟,诏遣理兵戎。绕户旌旗影,吹人鼓角风。雪晴嵩岳顶,树老陕城宫。莅职才微薄,归山路未通。名卿诗句峭,诮我在关东。

酬杨汝士尚书喜人移居

未得沧江外,衰残读药书。圣朝优上秩,仁里许闲居。树对枝相接,泉同井不疏。酬章深自鄙,欲寄复踌躇。

酬—本有太仆二字田卿书斋即事见寄

幽斋琴思静,晚下紫宸朝。旧隐同溪远,周行隔品遥。深槐蝉唧唧,疏竹雨萧萧。不是相寻懒,烦君举酒瓢。

酬张籍司业见寄

日日在心中,青山青桂丛,高人多爱静,归路亦应同。罢吏方无病,因僧得解空。新诗劳见问,吟对—作向竹林风。

谢汾州田大夫寄茸毡葡萄

筐封紫葡萄,筒卷白茸毛。卧暖身应健,含消—作清齿免劳。衾衣疏不称,梨栗鄙难高。晓起题诗报,寒渐满笔毫。

牧杭州谢李太尉德裕

皇恩特许拜杭坛,欲谢旌旄去就难。偷拟白头瞻画戟,四神俱散发毛寒。

杏园宴上谢座主

得陪桃李植芳丛,别感生成太昊功。今日无言春雨后,似含冷涕谢东风。

谢—作遇韬光上人

上方清净无因住,唯愿他生得住持。只恐无生复无我,不知何处更逢师。

谢秦校书与无可上人见访

道同无宿约,三伏自从容。窗豁山侵座,扇摇风下松。客吟多绕竹,僧饭只凭钟。向晚分归路,莓苔行迹重。

喜胡遇至

穷居稀出入,门户满尘埃。病少闲人问,

贫唯密友来。茅斋从扫破,药酒遣生开。多事经时别,还愁不宿回。就林烧嫩笋。绕树拣香梅。相对题新什,迟成举罚杯。

喜贾岛至

布囊悬蹇驴,千里到贫居。饮酒谁堪伴,留诗自与书。爱眠知不醉,省语似相疏。军吏衣裳窄,还应暗笑余。

喜喻凫至

欲出心还懒,闲吟绕寝床。道书虫食尽,酒律客偷将。愁至为多病,贫来减得狂。见君何所以,如热得清凉。

喜雍陶秋夜访宿

晓立侍炉烟,夜归蓬荜眠。露华明菊上,萤影灭灯前。清漏和砧叠,栖禽与叶连。高人来此宿,为似在山巅。

喜贾岛雨中访宿

雨里难逢客,闲吟不复眠。虫声秋并起,林色夜相连,爱酒此生里,趋朝未老前。终须携手去,沧海棹鱼船。

喜马戴冬夜见过期无可上人不至

客来初夜里,药酒自开封。老渐多归思,贫惟长病容。苦寒灯焰细,近晓鼓—作漏声重。僧可还相舍,深居闭古松。

内殿臣相命,开樽话旧时。夜钟催鸟绝,积雪阻僧期。林静寒声远,天阴曙色迟。今宵复何夕,鸣珮坐相随。

访僧法通—作法通师不遇

访师师不遇,礼佛佛无言。依旧将烦恼,黄昏入宅门。

夜期友生—作贾岛不至

忍寒停酒待君来,酒作凌澌火作灰。半夜出门重立望,月明先自下高台。

寻僧不遇

入门愁自散,不假见僧翁。花落煎茶水,松生醒酒风。拂床寻古画,拔刺看新丛。别有游人见,多疑住此中。

过友人山庄

蕙带缠腰复野蔬,一庄水竹数房书。举头忽见南山雪,便说休官相近居。

奉和前司封苏郎中喜严常侍萧给事见访惊斑鬓之什

绕鬓沧浪有几茎,珥貂相问夕郎惊。只应为酒微微变,不是因年渐渐生。东观诗成号良史,中台官罢揖高名。即提彩笔裁天诏,谁得吟诗自在行。

奉和门下相公雨中寄裴给事

晓起闲看雨,垂檐自滴阶。风清想林壑,云湿似江淮。石信浮沤重,泥从积藓埋。气消浓酒力,心助独吟怀。飒飒通琴韵,萧萧静竹斋。彩毫无限思,念与夕郎乖。

答韩湘

疏散无世用,为文乏天格。把笔日不休,忽忽有所得。所得良自慰,不求他人识。子独访我来,致诗过相饰。君子无浮言,此诗应亦直。但虑忧我深,鉴亦随之惑。子在名场中,屡战还屡北。我无数子明,端坐空叹息。昨闻过春关—作闱,名系吏部籍。三十登高科,前途浩难测。诗人多峭冷,如水在胸臆。岂随寻常人,五藏为酒食。期—作朝来作酬章,危坐吟到夕。难为间其辞,益贵我纸墨。一作益愧满纸黑。

奉和四松—作和兵部郑侍郎省中四松。注云:松是中书相公任兵部侍郎日手栽。数年后,郑澣继之。因为诗献相公,合与唐扶、刘禹锡等同和。

四松相对植,苍翠映中台。擢干凌空去,移根厮石开。阴阳气潜煦,造化手亲栽。日月滋佳色,烟霄长异材。清音胜在涧,寒影遍生苔。静绕霜沾履,闲看酒满杯。同荣朱户际,永日白云隈。密叶闻风度,高枝见鹤来。赏心难可尽,丽什妙难裁。此地无因到,循环—作墙几百回。

全唐诗卷五百二

姚合

和李补阙曲江看莲花

露荷迎曙发,灼灼复田田。乍见神应骇,频来眼尚颠。光凝珠有蒂,焰起火无烟。粉腻黄丝蕊,心重碧玉钱。日浮秋转丽,雨洒晚弥鲜。醉艳酣千朵,愁红思一川。绿茎扶萼正,翠菂满房圆。淡晕还殊众,繁英得自然。高名犹不厌,上客去争先。景逸倾芳酒,怀浓习彩笺。海霞宁有态,蜀锦不成妍。客至应消病,僧来欲破禅。晓多临水立,夜只傍堤眠。金似明沙渚,灯疑宿浦船。风惊丛乍密,鱼戏影微偏。秋彩烧晴雾,殷姿缬碧泉。画工投粉笔,宫女弃花钿。鸟恋惊难起,蜂偷困不前。绕行香烂熳,折赠意缠绵。谁计江南曲,风流合管弦。

和王郎中召看牡丹

葩叠萼相重,烧栏复照空。妍姿朝景里,醉艳晚烟中。乍怪霞临砌,还疑烛出笼。绕行惊地赤,移坐觉衣红。殷丽开繁朵,香浓发几丛。裁绡样岂似,染茜色宁同。嫩畏人看损,鲜愁日炙融。婵娟涵宿露,烂漫抵春风。纵赏襟情合,闲吟景思通。客来归尽懒,莺恋语无穷。万物珍那比,千金买不充。如今难更有,纵有在仙宫。

咏南池嘉莲

芙蓉池里叶田田,一本双花出碧泉。浓淡共妍一作并肩香各散,东西分艳蒂一作影相连。自知政术无他异,纵是祯祥亦偶然。四野人闲皆尽喜,争来入郭看嘉莲。

种苇

欲种数茎苇,出门来往频。近陂收本土,选地问幽人。静看唯思长,初移未觉匀。坐中寻竹客,将去更逡巡。

采松花
拟服松花无处学,嵩阳道士忽相教。今朝试上高枝采,不觉倾翻仙鹤巢。

咏新菊
黄金色未足,摘取且尝新—作新尝。若待重阳日,何曾异众人—作香。

杨柳枝词五首
黄金丝挂粉墙头,动似颠狂静似愁。游客见时心自醉,无因得见谢家楼。

叶叶如眉翠色浓,黄莺偏恋语从容。桥边陌上无人识,雨湿烟和思万重。

江上东西离别饶,旧条折尽折新条。亦知春色人将去,犹胜狂风取次飘。

二月杨花触处飞,悠悠漠漠自东西。谢家咏雪徒相比,吹落庭前便作泥。

江亭杨柳折还垂,月照深黄几树丝。见说隋堤枯已尽,年年行客怪春迟。

郡中冬夜闻蛩
秋蛩声尚在,切切起苍苔。久是忘情者,今还有事来。微霜风稍静,圆月雾初开。此思谁能遣,应须执酒杯。

闻新蝉寄李余
往年六月蝉应到,每到闻时骨—作心欲惊。今日槐花还似发,却愁听尽更无声。

闻蝉寄贾岛
秋来吟更苦,半咽半随风。禅客心应—作闻心乱—作弥静,愁—作游人耳愿—作愿耳聋。雨晴烟—作高树里,日晚古城中。远思应难尽,谁当与我同。

题鹤雏
羽毛生未齐—作足,嵚崎丑于鸡。夜—作每夜穿笼出,捣衣砧上栖。

咏莺
春来深谷雪方消,莺别寒林傍翠条。到处为怜烟景好,隔帘多爱语声娇。不同蜀魄啼残月,唯逐天鸡转诘朝。少妇听时思旧曲,玉楼从此动云韶。

老马
卧来扶不起,唯向主人嘶。惆怅东郊道,秋来雨作泥。

咏镜
铸为明镜绝尘埃,翡翠窗前挂玉台。绣带共寻龙口出,菱花争向匣中开。孤光常见鸾踪在,分处还因鹊影回。好是照身宜谢女,嫦娥飞向玉宫来。

咏破屏风—作章孝标诗
时人嫌古画,倚壁不曾收。露滴胶山断,风吹绢海秋。残雪飞屋里,片水落床头。尚胜凡花鸟,君能补缀不？

古碑
荒田一片石,文字满青苔。不是逢闲客,何人肯读来。

拾得古砚
僻性爱古物,终岁求不获。昨朝得古砚,黄河滩之侧。念此黄河中,应有昔人宅。宅亦作流水,斯砚未变易。波澜所激触,背面生罅隙。质状朴且丑,令人作不得。捧持且惊叹,不敢施笔墨。或恐先圣人,尝用修六籍。置之洁净室,一日三磨试。大喜豪贵嫌,久长得保惜。

裴大夫见过
湖南谯国尽英髦,心事相期节义高。解下佩刀无所惜,新闻天子付三刀。

谢韬光上人赠百龄藤杖
衰病近来行少力,光公乞我百龄藤。闲来杖此向何处,过水缘山只访僧。

咏贵游

贵游多爱向深春,到处香凝数里尘。红杏花开连锦障,绿杨阴合拂朱轮。凤凰尊畔飞金盏,丝竹声中醉玉人。日暮垂鞭共归去,西园宾客附龙鳞。

穷边词二首

将军作镇古汧洲,水腻山春节气柔。清夜满城丝管散,行人不信是边头。

箭利弓调四镇兵,蕃人不敢近东行。沿边千里浑无事,唯见平安火入城。

剑器词三首

圣朝能用将,破敌速如神。掉—作搏剑龙缠臂,开旗火满身。积尸川没—作有岸,流血野无尘。今日当场舞,应—作须知是战人。

昼—作夜渡黄河水,将军险用师。雪光—作声偏著甲,风力不禁旗。阵变龙蛇活,军雄鼓角知。今朝重起舞,记得战酣时。

破虏行千里,三军意气粗。展旗遮日黑,驱马饮—作踏河枯。邻境求兵略,皇恩索阵图。元和太平乐,自古恐应无。

从军乐—作诗二首

每日寻兵籍,经年别酒徒。眼疼长不校,肺病且还无。僮仆惊衣窄,亲情觉语粗。几时得归去,依旧作山夫。

朝朝十指痛,唯署点兵符。贫贱依前在,颠狂一半无。身惭山友弃,胆赖酒杯扶。谁道从军乐,年来镊白须。

敬宗皇帝挽词三首

从谏停东幸,垂衣宝历昌。汉昭登位少,周代卜年长。彩仗三清路,麻衣万国丧。玄宫今一闭,终古柏苍苍。

晚色启重扉,旌旗路渐移。荆山鼎成日,湘浦竹斑时。臣子终身感,山园七月期。金茎看尚在,承露复何为。

紫陌起仙飙,川原共寂寥。灵辂万国护,仪殿百神朝。漏滴秋风路,笳吟灞水桥。微臣空感咽,踊绝觉天遥。

文宗皇帝挽词三首

垂拱开成化,恺恺雅乐全。千官方就日,四海忽无天。尧舜非传子,殷周但卜年。圣功青史外,刊石在陵前。

代以无为理,车书万国同。继兄还付弟,授圣悉推公。云雾疑无日,笳箫别起风。金茎难复见,寒露落空中。

龙归攀不得,髯在侍臣边。彻奠新阡起,登山吉从全。关河佳气散,夷夏哭声连。寂寞玄宫闭,朝昏千万年。

庄恪太子挽词二首

晓漏启严城,宫臣缟素行。灵仪—作辖先卤簿,新谥在铭旌。云晦郊原色,风连霰雪声。凄凉望苑路,春草即应生。

寒日青宫闭,玄堂渭水滨。华夷笺乍绝,凶吉礼空新。薤露歌连哭,泉扉夜作晨。吹笙今一去,千古在逡巡。

哭费拾遗徵君

服儒师道旨,粝食卧中林。谁识先生事,无身是本心。空山流水远,故国白云深。日夕谁来哭,唯应猿鸟吟。

哭砚山孙道士

修短皆由命,暗怀师出尘。岂知修道者,难免不亡身。永祕黄庭诀,高悬漉酒巾。可怜白犬子,闲吠远行人。

哭贾岛二首

白日西边没,沧波东去流。名虽千古在,身已一生休。岂料文章远,那知瑞草秋。曾闻有书剑,应是别人收。

杳杳黄泉下,嗟君向此行。有名传后世,无子过今生。新墓松三尺,空阶月二更。从今旧诗卷,人觅写应争。

杨给事师皋哭亡爱—本无爱字姬英英,窃闻诗人多赋,因而继和真珠为土玉为尘,未识遥闻鼻亦辛。

　　天上还应收至宝,世间难得是佳人。朱丝自断虚银烛,红粉潜销冷绣裯。见说忘情唯有酒,夕阳对酒更伤神。

喜览径州卢侍御诗卷

　　新诗十九首,丽一作高格出青冥。得处神应骇,成时力尽停。正愁闻更喜,沈醉见还醒。自是天才健,非关笔砚灵。

喜览裴中丞诗卷一作寄裴使君

　　新诗盈道路,清韵似敲金。调格江山峻,功夫日月深。蜀笺方入写,越客始消吟。后辈难知处,朝朝枉用心。

心怀霜

　　欲识为诗苦,秋霜若在心。神清方耿耿,气肃觉沈沈。皓素中方委,严凝得更深。依稀至夕渚,仿佛在寒林。思劲凄孤韵,声酸激冷吟。还如饮冰士,励节望知音。

听僧云端讲经

　　无生深旨诚难解,唯是师言得正真,远近持斋来谛听,酒坊鱼市尽无人。

腊日猎

　　健夫结束执旌旗,晓度长江自合围。野外狐狸搜得尽,天边鸿雁射来稀。苍鹰落日饥唯急,白马平川走似飞。蜡节畋游非己事,莫惊刺史夜深归。

闻魏州破贼

　　生灵苏息到元和,上将功成自执戈。烟雾扫开尊北岳,蛟龙斩断净南一作黄河。旗回海眼军容壮,兵合天心杀气多。从此四方无一事,朝朝雨露是恩波。

下第

　　枉为乡里举,射鹄艺浑疏。归路羞人问,春城赁舍居。闭门辞杂客,开箧读生书。以此投一作求知己,还因胜自余。

得舍弟书

　　亲戚多虽散,三年独在城。贫居深稳卧,晚学爱闲名。小弟有书至,异乡无地行。悲欢相并起,何处说心情。

病僧

　　三年病不出,苔藓满藤鞋。倚壁看经坐,闻钟吃药斋。茶烟熏杀竹,檐雨滴穿阶。无暇频相访,秋风一作来寂寞怀。

成名后留别从兄

　　一辞山舍废躬耕,无事悠悠住帝城。为客衣裳多不稳,和人诗句固难精。几年秋赋唯知病,昨日春闱偶有名。却出关东悲复喜,归寻弟妹别仁兄。

佛舍见胡子有嘲一作嘲胡子小男

　　明明复夜夜,胡子即一作忽成翁。唯是真知一作如性,不来生灭中。

白鼻䯄

　　为底胡姬酒,长来白鼻䯄。摘莲抛水上,郎意在浮花。

崔少卿鹤

　　入门石径半高低,闲处无非是药畦。致得仙禽无去意,花间舞罢洞中栖。

新昌里

　　旧客常乐坊,井泉浊而咸。新屋一作居新昌里,井泉清而甘。僮仆惯苦饮,食美翻憎嫌。朝朝忍饥行,戚戚如难堪。中下无正性,所习便淫耽。一染不可变,甚于茜与蓝。近贫日益廉,近富日益贪。以此当自警,慎勿信邪谗。

塞下曲一作塞上

　　碛露黄云下,凝寒鼓不鸣。一作碛路三千里,黄云覆草平。战须移死地，军讳杀降兵。印一作邛马秋遮虏，蒸沙夜筑城。旧一作故乡归不一作未得，都尉负一作欠功名。

从军行

滥得进士名，才用苦不长。性癖艺亦独，十年作诗章。六义虽粗成，名字犹未扬。将军俯招引，遣脱儒衣裳。常恐虚受恩，不惯一作能把刀枪。又无远筹略，坐使虏灭亡。昨来发兵师，各各赴战场。顾我同老弱，不得随戎行。丈夫生世间，职分贵所当。从军不出门，岂异病在床。谁不恋其家，其家无风霜。鹰鹘念搏击，岂贵食满肠。

杏园

江头数顷杏花开，车马争先尽此来。欲待无人连夜看，黄昏树树满尘埃。

闲居

日日门长闭，怜家亦懒过。头风春饮苦，眼晕夜书多。幽鸟偏栖竹，凡人笑种莎。近来难得酒，无计奈愁何。

句

天遥来雁小，江阔去帆孤。见画苑，郭熙取作画意。

南陌游人回首去，东林道者杖藜归。咏江旁亭子。

萄藤洞庭头，引叶漾盈摇。皎洁钩高挂，玲珑影落寮。阴烟压幽屋，濛密梦冥苗。清秋青且翠，冬到冻都凋。《蒲萄架》。

全唐诗卷五百三

周贺

周贺，字南卿，东洛人。初为浮屠，名清塞。杭州太守姚合爱其诗，加以冠巾，改名贺。诗一卷。

留辞杭州姚合郎中

波涛千里隔，抱疾亦相寻。会宿逢高士—作烧，辞归—作烧山值积霖—作雨淋。丛桑山店迥，孤烛—作火海船—作云深。尚有重来约—作计，知无省阁心。

酬吴之问见赠—作酬吴处士。—作寄朱庆余。

已当鸣—作听雁夜，多事不—作少同居。故疾离城晚，秋霖见—作林刀月疏。趁风—作听钟开静户，带叶卷残—作闲书。荡桨期南去，荒园久废锄。

送分定—作送僧归灵夏

南游多老病—作夏疾，见说讲经稀。塞寺几僧在，关—作边城空自归。带河衰草断—作尽，映日—作月早沙飞。却到禅斋后，边军识衲衣。

与崔奔话别

归思缘平泽，幽—作书斋夜话迟。人寻冯翊去，草向建康衰。雨雪生中路，干戈阻后期。几年方见面，应是镊苍髭。

题何氏池亭

信是虚闲地，亭高亦有苔。绕池逢石坐，穿竹引—作到山回。果落纤萍散，龟行细草开。主人偏好事，终不厌频来。

送表—作从兄东南游

山水叠层层，吾兄涉又—作复登。挂帆春背雁，寻磬夜逢僧。雪溜悬衡岳—作岩色，江云盖秣陵。评文永—作来不忘—作妄，此说是中兴。

送康绍一作沼归建业

南朝秋色满,君一作归去意一作思如何。帝
业空城在,民田一作耕坏冢多。月圆一作明台独
上,栗绽寺频过。篱下江西阔一作水,相思见
白波。

再过王辂原居纳凉

夏天多忆此,早晚得秋分。旧月来还见,
新蝉坐忽闻。扇风调病叶,沟水隔残云。别有
微凉处,从容不似君。

送耿山人归湖南一作送耿逸人南归

南行随越一作老僧,别一作旧业几一作一池
菱。两鬓已垂白一作如雪,五湖归挂罾。夜涛鸣
栅锁,寒苇露船灯。去此应一作此去已无事,却
来知不一作期未能。

送省己上人归太原

惜别听边漏,窗灯落烬重。寒僧回绝塞,
夕雪下穷冬。出定一作马闻残角,休兵见坏峰。
何年更来此,老却倚阶松。

宿甄山南溪昼公院一作宿杼山昼公禅堂

从作两一作西河客一作从来作何客,别离经半
年。却来峰顶宿,知废甄一作井南禅。余雾一作
积霭沉斜月,孤灯照落泉。何当一作时闲事尽,
相伴老溪边。

相次寻举客寄住人一作再经三叟居

停桡因旧识,白发向一作问波涛。以我往
来倦,知君耕稼劳。渚田临舍尽,坂路出檐高。
游者一作爱此还南去,终期伴一作会尔曹。

出关寄贾岛一作送客

旧乡无子孙,谁共老青门。迢递早秋路,
别离深夜村。伊流偕行一作背远客,岳响答啼一
作清猿。去后期招隐,何当复此言。

暮冬长安旅舍

湖外谁相识,思归日日频。遍寻新住客,
少见故乡人。失计空知命,劳生耻为身。惟一

作闲看洞庭树,即是旧山春。

赠胡僧

瘦形一作影无血色,草屦著行一作从穿。闲
话一作语似持咒,不眠同坐禅。背经来汉地,祖
膊过冬天。情性人难会,游方应信缘。

赠李主簿

税时兼主印,每日得闲稀。对酒妨料吏,
为官亦典衣。案迟吟坐待,宅近步行归。见说
论诗一作偏论道,应愁判一作断是非。

同朱庆余宿翊西上人房

溪僧还共谒,相与坐寒一作中天。屋雪凌
高烛,山茶称远泉。夜清一作深更彻寺,空阔雁
冲烟。莫怪一作惜多时话,重来又隔年。

寄姚合郎中

转刺名一作海移山郡,连年别省曹。分题得
客少,著价买书高。晚一作暮柳蝉和角,寒城烛
照涛。鄱溪一作阳卧疾久一作者,未获后一作暇从
乘骚一作艘。

休粮一作绝粒僧

一斋难过日,况是更一作复休粮。养力时
行道,闻钟不上堂。唯留温一作煨药火,未一作岂
写化金一作银方。旧有山厨在,从僧请作房。

怀西峰隐者

灌一作万木藏岑一作峰色,天寒望即愁。高
斋一作源何日去,远瀑入城流。腊近溪一作音书
绝,灯残夜雪一作云霞稠。迩来一作还当相忆处,
枕上苦吟休。

赠柏一作百岩禅师

野寺绝依念,灵山会一作曾遍行。老来披
衲重,病后一作起读经生。乞食嫌村远,寻溪爱
路平。多年柏一作百岩住,不记柏一作百岩名。

旅怀

不觉月又尽,未归还到春。雪通庐岳梦,
树匝草堂身。泽雁和寒露,江槎带远薪。何年

自此去，旧国复为一作是吾邻。

篑氏韦一作山李明府厅

贵邑清一作秋风满，谁同上宰心。杉松出郭外，雨一作雷电下嵩阴。度雁方离一作当垒，来鸥始别岑。西池月才一作色迥一作孤月色，会接一咏吟。

送朱庆余一作广陵道逢方干

野客行无定，全家在浦一作渭东。寄眠一作不僧阁静一作迥，赠别橐金空。旧里千山隔，归舟百计同。药资如有分，相约老吴一作丘中。

宿开元寺楼

西峰残日落，谁见寂寥心。孤枕客眠久，丙廊僧话一作语深。寒扉关一作开雨气，风叶隐钟音。此爱一作爱此东楼望，仍期别夜寻。

送僧还南岳

辞僧下水栅一作棚，因梦一作听岳钟声。远路一作客独归寺，几时重到城。风高寒一作木叶落，雨绝夜堂清。自说深一作溪居后，邻州亦不行。

秋思一本题上有巴陵二字

杨柳一作州已秋思一作寒色，楚田仍一作方刈禾。归心病起切，败叶夜来多。细雨城蝉一作鸦噪，残一作夕阳峤客过。旧山一作故乡，一作古都余业在，杳隔洞庭波。

旅情

黄叶下阶频，徐徐起病身。残秋萤出尽，独夜雁来新。别业去千里，旧乡空四邻。孤舟寻几度，又识岳阳人。

送灵应禅师一作送禅师

寒天仍远去，离寺雪霏霏。古迹曾重到一作见，生涯不暂归。坐禅山一作出店暝一作迥，补衲夜灯一作烟微。巡礼何时住，相逢的是稀。

送陆判官防秋一作送防秋人

匹马无穷地，三年逐大军。算程淮邑远，

起帐夕阳曛。瀑浪一作水行时漱，边笳语次闻。要传书札去，应到碛东一作西云。

山居一作舍秋思

一从云水住，曾不下西岑。落木孤猿在，秋庭积雾一作叶深。一作故水故园在，秋庭秋草深。泉流通井脉，虫响出墙阴。夜静溪一作更声彻，寒灯尚独一作自吟。

赠皎然上人一本无皎字

竹庭一作径瓶水新，深称北窗人。讲罢见黄叶，诗成寻旧邻。锡阴迷一作连坐石，池影露斋身。苦作南行一作游约，劳生始问津。

春日山居寄友人一本无山居二字

春居无俗喧，时立涧前村。路远少来客，山深多过猿。带一作倚岩松色老，临水杏花繁。除忆文流外，何人更可言。

留别南徐故人

三年蒙见待，此夕是前程。未断却来约，且伸临去情。潮回滩鸟下，月上客船明。他日南徐道，缘君又重行。

送僧归江南

洗足北林去，远途今已分。麻衣行岳色，竹杖带湘云。饥鼠缘危壁，寒狸出坏坟。前峰一声磬，此夕不同闻。

早春越中留故人一作早秋别卢玄休

此行经岁近一作久，唯约半年回。野渡人初过，前山云一作雪未开。雁群逢晓断，林一作秋色映川一作春来。清一作是夜芦中客一作花宿，严家旧一作有钓台。

送友人

弹琴多去情，浮楫背潮行。人望丰墙宿，虫依蠹木鸣。樯烟离一作连浦色，芦雨入船声。如疾登云路，凭君寄此生。

春日重到王依村居

野烟居舍在，曾约此重过。久雨初招客，

新田未种禾。夜虫鸣井浪,春鸟宿庭柯。莫为儿孙役,余生能几何。

入静隐寺途中作
乱云迷—作遥远寺,入路认青松。鸟道—作翅缘巢影,僧鞋印雪踪。草烟连野烧,溪雾隔霜钟。更遇—作问樵人问—作院,犹言过数—作几峰。

送杨岳归巴陵
何处得乡信,告行当雨天。人离京口日,潮送—作入岳阳船。孤鸟背林色,远帆开浦烟。悲君唯此别,不肯话回年。

赠朱庆余校书
风泉尽—作夜结冰,寒梦彻西陵。越信楚城得,远怀中夜兴。树停沙岛鹤,茶会石桥僧。寺阁连官舍,行吟过—作到几层。

逢播公
带病—作疾希相见,西城早晚来。衲衣—作山房风坏帛—作衲,香印雨沾灰。坐久钟声尽—作静,谈余岳影回。却思同宿夜,高枕说—作话天台。

寻北冈韩处士
相过值早凉,松寻扫山床—作房。坐石泉痕黑,登城藓色黄。逆风沈寺磬,初日晒—作耀邻桑。几处逢僧说,期来宿北冈。

哭闲霄上人
林径西风急,松枝讲钞余。冻髭亡夜剃,遗偈病时书。地煐焚身后,堂空著影初。吊来频落泪,曾忆到吾庐。

城中秋作
已落关东叶,空悬浙右心。寒灯随故病,伏雨接秋霖。客话曾谁和,虫声少我吟。兼葭半波水,夜夜宿边禽。

玉芝观王道士—作章道士房
四面杉萝—作松杉合,空堂画老仙。蠹根停雪水,曲角积茶烟。道至心机尽,宵晴瑟—作琴韵全。暂来还—作独嫌来又去,未—作不得生经年。

出关后寄贾岛
故国知何处,西风已度关。归人值落叶,远路入寒山。多难喜相识,久贫宁自闲。唯将往来信,遥慰别离颜。

题昼公院—作四明兰若赠寂禅师
丛木开风径,过从白昼寒。舍深原草合,茶疾竹薪—作枝乾。夕雨生眠兴,禅心少话端。频来觉无事,尽日坐相看。

京口赠—作别崔固
积雨晴时近,西风叶满泉。相逢嵩岳客,共听楚城蝉。宿馆横秋岛,归帆涨远田。别多—作君还寂寞,不似剡中年。

书实上人房—作送晏上人,一作寄林禅师
绝顶言无伴—作无僧侣,长怀剃—作落发师。禅中灯落烬,讲次柏生枝。一作斋归门掩雪,讲彻枕生枝。沙井泉澄疾,秋钟韵尽迟。里间—作中还受请—作讲,空有向南期。一作将行谁请住,又爽禁城期。

送张谭之睦州
遥忆新安旧,扁舟往复还。浅深看水石,来往逐云山。到县余花在,过门五柳闲。东征随子去,俱隐薜萝间。

赠王道士
药力资苍鬓,应非旧日身。一为嵩岳客,几葬洛阳人。石—作冰缝瓢探水,云根斧斫—作新薪。关西来往路—作熟,谁得水银银。

冬日山居思乡
大野始严凝,云天晓色澄。树寒稀宿鸟,山迥少来僧。背日收窗雪,开炉释砚冰。忽然归故国,孤想寓西陵。

如空上人移居大云寺
竹溪人请住,何日向中峰。瓦舍山情—作

少,斋身疾一作心病色浓。夏一作腊高移坐次,浅露行踪。来往一作尝记溢城下,三年两度逢。

送一作赠幻群法师一本无群字

北京一一作从别后,吴楚一作南越几听砧。生久白发一作毵出,讲长枯一作黄叶深。香连邻舍像,磬彻远巢禽。寂默一作寞应关道一作难问,何人见一作识此心。

春喜友人至山舍

鸟鸣春日晓,喜见竹门开。路自高岩出一云,人骑大一作瘦马来。折花林影断一作动,移石洞阴一作洞声回。更欲留深语,重城暮色催。

春日重至南徐旧居

绿水阴空院,春深喜再来。独眠从草长,留酒看花开。过雨还山出,向风孤鸟回。忽思昨夕事,云物却悠一作幽哉。

早秋过郭涯书堂一作郭劲书斋

暑消冈舍清,闲语一作坐有余情。涧一作石,一作谷水生茶味,松风灭扇声。远分临一作云收海雨,静觉一作角掩山城。此地秋吟苦,时来绕菊行。

长安送人一作送乡人

上国一作京多离别,年年渭水滨。空将未归意,说向欲一作欲说向行人。雁一作雨度池塘月一作草,山连井邑春。临岐惜分手,日暮一沾巾。

寄宁海李明府

山县风光异一作美,公门水石清。一官居外府,几载别一作日到东京。故疾梅天发,新诗雪夜成。家贫思一作希减选,时静忆归耕。把疏寻一作抱逸穷书义,澄心得狱情。梦灵邀客解,剑一作镜古拣一作觅僧呈。守月通宵坐,寻花回路一作旁径行。从来爱知一作知爱道,何虑白髭生。

投江州张郎中

要地无闲日,仍容冒谒频。借一作买山年涉闰,寝郡月逾旬。驿径曾冲雪,方泉省涤尘。随行溪路细,接话草堂新。灭药痊余一作全除癖,飞书苦问贫。噪蝉离宿壳,吟客一作石寄秋身。炼句贻一作盈箱箧,悬图见蜀岷一作闽。使君匡岳近,终作社中人。

晚题江馆一作晚秋江馆书事寄姚郎中

病寄曲江一作西州居带城,傍门孤一作高柳一蝉鸣。澄波一作江月上见鱼掷,晚一作荒径叶多一作乾闻犬行。越岛一作峤夜无侵阁色一作影,寺钟凉有隔原声。故园尽卖一作卖尽休官一作归去,潮一作湖水秋来一作光空自平。

秋晚归庐山留别道友

病起陵阳思翠微,秋风动后著行衣。月生石齿人同见,霜落木梢愁独归。已许衲僧修静社,便将樵叟对闲扉。不嫌旧隐相随去,庐岳临天好息机。

同徐处士秋怀少室旧居一作秋日同朱庆馀怀少室旧隐

曾居少室黄河畔一作上,秋梦长悬未得回。扶病半一作十年离水石,思归一夜隔风雷。荒斋几遇僧一作度曾眠后,晚菊频经鹿踏一作尘路来。灯下此心谁一作君共说,傍松幽一作孤径已多栽一作几生苔。

赠神遘上人

草履蒲团山意存,坐看庭木长桐孙。行斋罢讲仍香气,布褐离床带藓痕。夏满寻医还出寺,晴来晒疏暂开门。道情淡薄闲愁尽,霜色何因入鬓根。

赠道人一作赠李道士

布褐高眠石窦春,进泉多溅黑纱巾。摇一作昂头说易当朝一作闲客,落手围棋对俗人。自算天年穷甲子,谁同雨夜守庚申。拟归太华何时去,他日相寻一作逢乞药银。

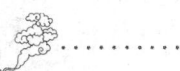

赠厉玄侍御

山松径与瀑泉通，巾舄行吟想越中。塞雁去经华顶末—作表永，乡僧来自海涛东。关分河汉秋钟绝，露滴弥猴夜岳空。抱疾因寻周柱史，杜陵寒叶落无穷。

送韩评事—作韩评事别业

门枕平—作重湖秋景好，水烟松色远相依。罢官余俸租田种，送客回舟—作船载石归。离岸游鱼逢浪返—作退，望巢寒—作高鸟逆风飞。嵩阳旧隐—作业多时别，闭目闲—作闲月行吟忆—作入翠微。

宿隐静寺上人

一宿五峰杯度寺，虚廊中夜磬声分。疏林未—作才落上方月，深—作幽涧忽生平地云。幽—作高鸟背泉栖静境，远人当烛想遗文。暂来此地歇劳足，望断故山—作园沧海濆。

寄新头陀

见说北京寻祖后，瓶盂自挈绕穷边。相逢竹坞晦暝夜，一别苕溪多少年。远洞省穿湖底过，断崖曾向壁中禅。青城不得师同住—作往，坐想沧江忆浩然。

湘汉旅怀翁杰—作杰公

一宿空江听急—作水流，仍同贾客坐归—作孤舟。远书来隔巴陵雨，衰鬓去经彭蠡秋。不拟为身谋旧业，终期—作求断谷隐高—作嵩丘。吾宗尚作无憀—作者，中夜闲—作废吟生旅愁。

寄韩司兵—作泗上逢韩司徒北

多病十年无旧识，沧州乱—作战后只—作始逢君。已知罢秩辞泷水，相劝移家近—作住岳云。泗上旅帆—作邮侵叠浪，雪中归路踏荒坟。若—作更为此别终期—作愁应老，书札何因寄—作由到北军。

寺居—作夏日寄杨侍御

雨过北—作碧林空晚凉—作景，院闲人去掩斜阳。十年多—作苦病度落—作寒叶，万里乱愁生夜床。终欲返耕甘性拙，久—作多惭他事身忙。还—作遥知谢客名先重，肯为诗篇问楚狂。

上陕府姚中丞

此心长爱狎禽鱼，仍候登封独著书。领郡只嫌生药少，在官长恨与山疏。成家尽是经纶后，得句应多谏诤余。见说养真求退静，溪南泉石许同居。

赠僧

藩府十年为律业，南朝本寺往来新。辞几别深山客，赴请多从远处人。松吹入堂资讲力，野蔬供饭爽禅身。他年更息登坛计，应与云泉作四邻。

送石协律归吴

僧窗梦后忆归耕，水涉应多半月程。幕府罢来无药价，纱巾带去有山情。夜随净渚离蛩语，早过寒潮背井行。已让辟书称抱疾，沧州便许白髭生。

寄金陵僧

水石致身闲自得，平云竹阁少炎蒸。斋厨几减供禽食，禅径寒通照像灯。觅句当秋山落叶，临书近腊砚生冰。行登总到诸山寺，坐听蝉声满四棱。

送忍禅师归庐岳—作送庐岳僧。一作朱庆余诗。

浪匝滪城岳壁青，白头僧去扫—作掩禅扃。龛灯度雪补残衲，山日上轩看旧经。泉水带冰寒溜涩，薜萝新雨曙烟腥。已知身事非吾道，甘卧荒斋竹满庭。

赠姚合郎中

望重来为守土臣，清高还似武功贫。道从会解唯求静，诗造玄微不趁新。玉帛已知难挠思，云泉终是得闲身。两衙向后长无事，门馆多逢请益人。

宿李主簿—作刘员外

独树倚亭新月入,城墙四面锁山多。去年今夜还来此—作留宿,坐见西风袅鹊—作燕窠。

寄潘纬

杨柳垂丝与地连,归来一醉向溪边。相逢头白莫惆怅,世上无人长少年。

浔阳与孙郎中宴回

别酒已酣春漏前,他人扶上北归船。浔阳渡口月未上,渔火照江仍独眠。

送宗禅师—作送僧归南岳

衡阳到却—作一别十三春,行脚同来有几人。老大又—作却思归岳里—作岳寺,一作故里,当时来—作未漆祖师身。

送僧

草履初登南客船,铜瓶犹贮北山泉。衡阳旧寺秋归去—作后,门—作院锁寒潭几树蝉。

送蜀僧

万里独行无弟子,惟赍筇竹与檀龛。看经更向吴中老,应是山川似剑南。

过僧竹院

一生爱竹自未有,每到此房归不能。高人留宿话禅后,寂寞雨堂空夜灯。

忆浔阳旧居兼感长孙郎中—作寄长孙中丞

浔阳却到是—作知何日,此地今无旧使君。长忆穷冬宿庐岳,瀑泉冰折共僧闻。

送郭秀才归金陵

夏后客堂黄叶多,又怀家国起悲歌。酒前欲别语难尽,云际相思心若何。鸟下独山秋寺磬,人随大舸晚江波。南徐旧业几时到,门掩残阳积翠萝。

宿李枢书斋

小—作书斋经暮雨,四面绝纤埃。眠客闻风觉,飞虫入烛来。夜凉书读遍,月正户全开。住远稀相见,留连宿始回。

杪秋登江楼—作岳阳楼

平楚起寒色,长沙—作杪秋犹未还。世情何处淡,湘水向人闲。空翠隐高鸟,夕阳归远山。孤云—作身万余里,惆怅洞庭间。

秋宿洞庭

洞庭初叶下,旅客不胜愁。明月天涯夜,青山江上秋。一官成白首,万里寄沧洲。只被浮名系,宁无愧海鸥。

重阳—作九月九日

云木疏黄秋满川,茱萸风里一樽前。几回为客逢佳节,曾见何人再少年。霜报征衣冷针指,雁惊幽隐泣云泉。古来醉乐皆难得,留—作当取穷通委上天。

送李亿东归

黄山远隔秦树,紫禁斜通渭城。别路青青柳发,前溪漠漠花生。和风澹荡归客,落日殷勤早莺。灞上金樽未饮,宴歌已有余声。

全唐诗卷五百四

郑巢

郑巢,与姚合同时。诗一卷。

泊灵溪馆

孤吟疏雨绝一作外,荒馆乱峰前。晓鹭栖危石,秋萍满败船。溜从华顶落,树与赤城连。已有求闲意,相期在暮年。

瀑布寺贞上人院

林疏多暮蝉,师去宿山烟。古壁灯熏画,秋琴雨润弦。竹间窥远鹤,岩上取寒泉。西岳沙房在,归期更几年。

寄贞法师

巡礼知难尽,幽人见亦稀。几年潭上过,何待雪中归。远瀑穿经室,寒螀发定衣。无因寻道者,独坐对松扉。

送灵溪李侍郎

貂裘离阙下,初佐汉元勋。河堰流渐叠,沙晴远树分。牛羊下暮霭,鼓角调寒云。中夕萧关宿,边声不可闻。

送姚郎中罢郡游越

逍遥方罢郡,高兴接东瓯。几处行杉径,何时宿石楼。湘声穿古窦,华影在空舟。惆怅云门路,无因得从游。

送魏校书赴夏口从事

西风吹远蝉,驿路在云边。独梦诸山外,高谈大斾前。夜灯分楚塞,秋角满湘船。郡邑多岩窦,何方便学仙。

送衡州薛从事

吟去望双旌,沧洲晚气清。遥分高岳色,乱出远蝉声。楚霁云连寺,湘寒浪浸城。孤猿不可听,一听白髭生。

送边使
关河度几重,边色上离容。灞水方为别,沙场又入冬。曙雕回大旆,夕雪没前峰。汉使多长策,须令远国从。

送人赴举
篇章动玉京,坠叶满前程。旧国与僧别,大江罢钓行。马过隋代寺,橹出楚山城。应近岳阳宿,潜闻瀑布声。

送袁肇归山阴
论文意有违,寒雨洒行衣。南渡久谁语,昔吟今独归。河帆因树落,沙鸟背潮飞。若值云门侣,多因宿翠微。

送李式
潇湘路杳然,清兴起秋前。去寺多随磬,看山半在船。绿云天外鹤,红树雨中蝉。莫使游华顶,逍遥更过年。

送韦弇
挂席曙钟初,家山半在吴。橹声过远寺,江色润秋芜。陂鹤巢城木,边鸿宿岸芦。知君当永夜,独钓五湖隅。

送人南游
南京路悄然,欹石漱流泉。远寺寒云外,扬帆暑雨前。雁行回晓岫,蜃色上湖田。更想清吟处,多同隐者眠。

送省空上人归南岳
又归衡岳寺,旧院树冥冥。坐石缝寒衲,寻龛补坏经。峤云笼曙磬,潭草落秋萍。谁伴高窗宿,禅衣挂桂馨。

送象上人还山中
竹锡与袈裟,灵山笑暗霞。泉痕生净藓,烧力落寒花。高户闲听雪,空窗静捣茶。终期宿华顶,须会说三巴。

送僧归富春
忆过僧禅处,遥山抱竹门。古房关藓色,秋径扫潮痕。石净闻泉落,沙寒见鹤翻。终当从此望,更与道人言。

送琇上人
古殿焚香外,清羸坐石棱。茶烟开瓦雪,鹤迹上潭冰。孤磬侵云动,灵山隔水登。白云归意远,旧寺在庐陵。

哭虚海上人
一化西风外,禅流稍稍分。买碑行暮雨,斫石葬寒云。静户关松色,荒斋聚鸟群。朗吟声不倦,高传有遗文。

和姚郎中题凝公院
后房寒竹连,白昼坐冥然。片衲何山至,空堂几夜禅。叶侵经上字,冰结砚中泉。雪夕谁同话,悬灯古像前。

赠丘先生
云泉心不爽,垂日坐柴关。砚取檐前雨—作水,图开异国山。原僧招过宿,沙鸟伴长闲。地与中峰近,残阳独不还。

赠蛮僧
南海何年过,中林一磬微。病逢秋雨发,心逐暮潮归。久卧前山寺,犹逢故国衣。近来慵步履,石藓满柴扉。

秋思
寒蛩鸣不定,郭外水云幽。南浦雁来日,北窗人卧秋。病身多在远,生计少于愁。薄暮西风急,清砧响未休。

楚城秋夕
故苑多愁夕,西风木叶黄。寒江浸雾月,晓角满城霜。弟侄来书少,关河去路长。几时停桂楫,故国隔潇湘。

秋日陪姚郎中登郡中南亭
云水生寒色,高亭发远心。雁来疏角韵,槐落减秋阴。隔石尝茶坐,当山抱瑟吟。谁知潇洒意,不似有朝簪。

宿天竺寺

暮过潭上寺,独宿白云间。钟磬遥连树,星河半隔山。石中泉暗落,松外户初关。却忆终南里,前秋此夕还。

陈氏园林

当门三四峰,高兴几人同。寻鹤新泉外,留僧古木中。蝉鸣槐叶雨,鱼散芰荷风。多喜陪幽赏,清吟绕石丛。

题崔中丞北斋

湖近草侵庭,秋来道兴生。寒潮添井味,远漏带松声。放卷听泉坐,寻僧踏雪行。何年各无事,高论宿青城。

题崔行先石室别墅

山空水绕篱,几日此栖迟。采菊频秋醉,留僧拟夜棋。桂阴生野菌,石缝结寒澌。更喜连幽洞,唯君与我知。

题灵隐寺皖公院

山寒叶满衣,孤鹤偶清羸。已在云房老,休为内殿期。岚昏声磬早,果熟唤猿迟。未得终高论,明朝更别离。

全唐诗卷五百五

吕群

吕群,元和进士。诗二首。

题寺壁二首

路行三蜀尽,身及一阳生。赖有残灯火,相依坐到明。

社后辞巢燕,霜前别蒂蓬。愿为蝴蝶梦,飞去觅关中。

崔涯

崔涯,吴楚间人,与张祜齐名。诗八首。

黄蜀葵

野栏秋景晚,疏散两三枝。嫩碧浅轻态,幽香闲澹姿。露倾金盏小,风引道冠欹。独立悄无语,清愁人讵一作不知。

咏春风

动地经天物不伤,高情逸韵住何方。扶持燕雀连天去,断送杨花尽日狂。绕桂月明过万户,弄帆晴晚渡三湘。孤云虽是无心物,借便吹教到帝乡。

竹

领得溪风不放回,傍窗缘砌遍庭栽。须招野客为邻住,看引山禽入郭来。幽院独惊秋气早,小门深向绿阴开。谁怜翠色兼寒影,静落茶瓯与酒杯。

侠士诗

太行岭上二尺雪,崔涯袖中三尺铁。一朝若遇有心人,出门便与妻儿别。

别妻

陇上泉流陇下分,断肠呜咽不堪闻。嫦娥一入月中去,巫峡千秋空白云。

杂嘲二首

二年不到宋家东,阿母深居僻巷中。含泪向人羞不语,琵琶弦断倚屏风。

日暮迎来香阁中,百年心事一宵同。寒鸡鼓翼纱窗外,已觉恩情逐晓风。

悼妓

赤板桥西小竹篱,槿花还似去年时。淡黄衫子浑无色,肠断丁香画雀儿。

郭良骥

郭良骥,元和后诗人。诗二首。

自苏州至望亭驿有作 一作李嘉祐诗

南浦孤蒲绕白蘋,东吴黎庶逐黄巾。野棠自发空流水,江燕初归不见人。远岫依依如送客,平田渺渺独伤春。那堪回首长洲苑,烽火年年报虏尘。

邺中行

年去年来秋更春,魏家园庙已成尘。只今惟有西陵在,无复当时歌舞人。

王睿

王睿,元和后诗人,自号炙毂子。集五卷,今存诗九首。

公无渡河

浊波洋洋兮凝晓雾,公无渡河兮公竟渡。风号水激 一作溅 兮呼不闻,提壶看入兮中流去。浪摆衣裳兮随步没,沉尸深入兮蛟螭窟。蛟螭尽醉兮君血乾,推出黄沙兮泛君骨。当时君死妾何适,遂就波涛合魂魄。愿持精卫衔石心,穷取河源塞泉脉。

松

寒松耸拔倚苍岑,绿叶扶疏自结阴。丁固梦时还有意,秦王封日岂无心。常将正节栖孤鹤,不遣高枝宿众禽。好是特凋群木后,护霜凌雪翠逾深。

竹

庭竹森疏玉质寒,色包葱碧尽琅玕。翠筠不乐湘娥泪,斑箨堪裁汉主冠。成韵含风已肃瑟,媚涟凝渌更檀栾。此君引凤为龙日,耸节稍云直上看。

解昭君怨

莫怨工人丑画身,莫嫌明主遣和亲。当时若不嫁胡虏,只是宫中一舞人。

祠渔山神女歌二首

蘧草头花椰叶裙,蒲葵树下舞蛮云。引匏望江遥滴酒,白蘋风起水生文。

枨枨山响答琵琶,酒湿青莎肉饲鸦。树叶无声神去后,纸钱灰出木绵花。

牡丹 以下三首一作王毂诗

牡丹妖艳乱人心,一国如狂不惜金。曷若东园桃与李,果成无语自成阴。

秋

蝉噪古槐疏叶下,树衔斜日映孤城。欲知潘鬓愁多少,一夜新添白数茎。

燕

海燕双飞意若何,曲梁呕嘎语声多。茅檐不必嫌卑陋,犹胜吴宫燕尔窠。

焦郁

焦郁,元和间人。诗三首。

白云向空尽 一作周成诗

白云升 一作生 远岫,摇曳入晴空。乘化随舒卷,无心任始终。欲销仍带日,将断更因风。势薄飞难定,天高色易穷。影收元气表,光灭太虚中。倘若从龙去,还施济物功。

春雪 一作云

散漫天涯色,乘春四望平。不分残照影,何处断鸿声。缭绕先经寒,霏微近过城。因风低未敛,带雨重还轻。干吕知时泰,如膏候岁成。小儒同品物,元以答皇明。

春雪空濛帘外斜,霏微半入野人家。长天远树山山白,不辨梅花与柳花。

崔郊

崔郊,元和间秀才。诗一首。

赠去婢

《云溪友议》云:郊寓居汉上,其姑有婢端丽。郊有阮咸之惑,姑鬻之连帅于公頔,郊思慕无已,其婢因寒食偶出值郊,郊赠诗云云。或写之于座,公睹诗,令召崔生。及见郊,握手曰:"'萧郎是路人'。是公作耶?何不早相示也。"遂命婢同归。

公子王孙逐后尘,绿珠垂泪滴罗巾。侯门一入深如海,从此萧郎是路人。

刘鲁风

刘鲁风,九江刺史张又新客也。诗一首。

江西投谒所知为典客所阻因赋

万卷书生刘鲁风,烟波万里谒文翁。无钱乞与韩知客,名纸毛生不肯一作为通。

柳泌

柳泌,宪宗朝方士,为穆宗所诛。诗二首。

玉清行

遥遥寒冬时,萧萧蹑太无。仰望蕊宫一作珠殿,横天临不虚。下看白日流,上造真皇居。西牖日门开,南衢星宿疏。王母来瑶池,庆云拥琼舆。嵬峨丹凤冠,摇曳紫霞裾。照彻圣姿严,飘飘神步徐。仙郎执玉节,侍女捧金书。灵香散彩烟,北阙路骈阗。龙马行无迹,歌钟声沸天。驭凤升宝座,郁景晏华筵。妙奏三春曲,高罗万古仙。七珍飞满座,九液酌如泉。灵佩垂轩下,旗幡列帐前。狮麟威赫赫,鸾凤影翩翩。顾盼乃须臾,已是数千年。

琼台

崖壁盘空天路回,白云行尽见琼台。洞门黯黯阴云闭,金阙瞳瞳日殿开。

何希尧

何希尧,字唐臣,分水人。诗四首。

操莲曲

锦莲浮处水粼粼,风外香生袜底尘。荷叶荷裙相映色,闻歌不见采莲人。

一枝花

几树晴葩映水开,乱红狼籍点苍苔。东风留得残枝在,为惜余芳独看来。

柳枝词

大堤杨柳雨沈沈,万缕千条惹恨深。飞絮满天人去远,东风无力系春心。

海棠

著雨胭脂点点消,半开时节最妖娆。谁家更有黄金屋,深锁东风贮阿娇。

朱冲和

朱冲和,钱塘酒徒,与张祜同时。诗一首。

遗临平监吏

三千里外布干戈,果得鲸鲵入网罗。今日宝刀无杀气,只缘君处受恩多。

张光朝

张光朝,元和时人。诗二首。

荻塘西庄赠房元垂

门在荻塘西,塘高何联联。往昔分地利,远近无闲田。水国信污下,霖霪即成川。苗稼尽淹没,兹乡独丰年。家肥待亲懿,人乐思管弦。日晏始能起,盥漱看厨烟。酝酒寒正熟,养鱼长食鲜。黄昏钟未鸣,偃息早已眠。何意久城市,寂寥丘中缘。俯仰在颜色,区区人事间。忆昔炎汉时,乃知绮季贤。静默不能仕,养老终南山。

天门街西观荣王聘妃荣王，宪宗幼子。

仙媛来朱邸，名山出紫微。三周初展义，百两遂言归。郑国通梁苑，天津接帝畿。桥成乌鹊助，盖转凤皇飞。霜仗迎秋色，星缸满夜辉。从兹磐石固，应为得贤妃。

梁铉

梁铉，元和时人。诗一首。

天门街西观荣王聘妃

帝子乘龙夜，三星照户前。两行宫火出，十里道铺筵。罗绮明中识，箫韶暗里传。灯攒九华扇，帐撒五铢钱。交颈文鸳合，和鸣彩凤连。欲知来日美，双拜紫微天。

全唐诗卷五百六

章孝标

章孝标,桐庐人。登元和十四年进士第,除秘书省正字。太和中,试大理评事。诗一卷。

上浙东元相

婺女星边喜气频,越王台上坐诗人。雪晴山水勾留客,风暖旌旗计会春。黎庶已同猗顿富,烟花却为相公贫。何言禹迹无人继,万顷湖田又斩新。

赠茅山高拾遗蔓

人皆贪禄利,白首更营营。若见无为理,兼忘不朽名。幽禽窥饭下,好药入篱生。梦觉幽泉滴,应疑禁漏声。

次韵和光禄钱卿二首

大隐严城内,闲门向水开。扇风知暑退,树影觉秋来。望远云生海,行稀砌长苔。废兴今古事,何必叹池灰。

闲论忧王室,愁眉仗酒开。方嗟三覆役,又喜四愁来。晨起萤穿竹,晡餐鸟下苔。同期阳月至,灵室祝葭灰。

赠庐山钱卿

象魏抽簪早,匡庐筑室牢。宦情归去薄,天爵隐来高。箧有新征诏,囊余旧缊袍。何如舍麋鹿,明主仰风骚。

山中送进士刘蟾赴举

去住迹虽异,爱憎情不同。因君向帝里,使我厌山中。故友多朝客,新文尽国风。艺精心更苦,何患不成功。

送进士陈峣往睦州谒冯郎中

孤帆几日程,投刺水边城。倚棹逢春老,登筵见月生。饮酤杯有浪,棋散漏无声。太守怜才者,从容礼不轻。

丰城剑池即事

神物不复见,小池空在兹。因嫌冲斗夜,未是偃戈时。岸古鱼藏穴,蒲凋翠立危。吾皇别有剑,何必铸金为。

咏弓

较量武艺论勋庸,曾发将军箭落鸿。握内从夸弯似月,眼前还怕撒来风。只知击起穿雕镞,不解容和射鹄功。得病自从杯里后,至今形状怕相逢。

送无相禅师入关

九衢车马尘,不染了空人。暂舍中峰雪,应看内殿春。斋心无外事,定力见前身。圣主方崇教,深宜谒紫宸。

赠匡山道者

尝闻一粒功,足以反衰容。方寸如不达,此生安可逢。寄书时态尽,忆语道情浓。争得携巾屦,同归鸟外峰。

道者与金丹开合已失,因为二首,再有投掷

木钻钻盘石,辛勤四十年。一朝才见物,五色互呈妍。七魄憎阳盛,三彭恶命延。被他迷失却,叹息只潜然。

阴阳曾作炭,造化亦分功。减自青囊里,收安玉合中。凡材难度世,神物自归空。惆怅流年速,看成白首翁。

思越州山水寄朱庆馀

窗户潮头雪,云霞镜里天。岛桐秋送雨,江艇暮摇烟。藕折莲芽脆,茶挑茗眼鲜。还将欧冶剑,更淬若耶泉。

蜀中上王尚书

梓桐花幕碧云浮,天许文星寄上头。武略剑峰环相府,诗情锦浪浴仙洲。丁香风里飞笺草,邛竹烟中动酒钩。自古名高闲不得,肯容王粲赋登楼。

赠陆岜浙西进诗除官

帝城云物得阳春,水国烟花失主人。昨日天风吹乐府,六宫丝管一时新。

古行宫

瓦烟疏冷古行宫,寂寞朱门反—作暗锁空。残粉水银流砌下,堕环秋月落泥中。莺传旧语娇春日,花学严妆妒晓风。天子时清不巡幸,只应鸾凤—作鸟集梧桐。

题上皇观

烟霞星—作五云深盖七星坛,想像先朝驻禁銮。辇路已平栽药地,皇风犹在步虚寒。楼台瑞气晴萧索,杉桧龙身老屈蟠。翻感惠休并李郭,剑门空处望长安。

鹰

星眸未放瞥秋毫,频掣金铃试雪毛。会使老拳供口腹,莫辞亲手啖腥臊。穿云自怪身如电,煞兔谁知吻胜刀。可惜忍饥寒日暮,向人鸲知咸切,—作爪断碧丝绦。

方山寺松下泉

石脉绽寒光,松根喷晓霜。注瓶云母滑,漱齿茯苓香。野客偷煎茗,山僧惜净床。三禅不要问,孤月在中央。

瀑布

秋河溢长空,天洒万丈布。深雷隐云壑,孤电挂岩树。沧溟晓喷寒,碧落晴荡素。非趋下流急,势使不得住。

送张使君赴饶州—作送饶州张蒙使君赴任

饶阳因富得州名,不独农桑别有营。日暖提筐依茗树,天阴把酒—作拖火入银坑。江寒鱼动枪旗影,山晚云和鼓角声。太守能诗兼爱静,西楼见月几篇成。

和滕迈先辈伤马

浮云变化失龙儿,始忆嘶风喷沫时。蹄想尘中翻碧玉,尾休烟里掉青丝。曾同客舍吞饥

渴,久共名场踏崄巘。今日枥前兴一叹,不关行李乏金羁。

省试骐骥长鸣

有马骨堪惊,无人眼暂明。力穷吴坂峻,嘶苦朔风生。逐逐怀良御,萧萧顾乐鸣。瑶池期弄影,天路拟飞声。皎月谁知种,浮云莫问程。盐车今愿脱,千里为君行。

鲤鱼

眼似真珠鳞似金,时时动浪出还沈。河中得上龙门去,不叹江湖岁月深。

饥鹰词

遥想平原兔正肥,千回砺吻振毛衣。纵令啄解丝绦结,未得人呼不敢飞。

归燕词辞工部侍郎—作下第后献主司

旧垒危—作泥巢泥已落,今年故—作固向社前归。连云大厦无栖处,更望—作绕,—作傍谁家门户飞。

归海上旧居

乡路绕蒹葭,萦纡出海涯。人衣披—作被蜃气,马—作鸟迹印盐花。草没题诗石,潮摧坐钓槎。还归旧窗里,凝思向余—作赏烟霞。

答友人惠牙簪

牙簪不可忘,来处隔炎荒。截得半环月,磨成四寸霜。晓辞梳齿腻,秋入发根凉。好是纱巾下,纤纤锥出囊。

日者

十指中央了五行,说人休咎见前生。我来本乞真消息,却怕呵钱卦欲成。

送金可纪归新罗

登唐科第语—作语唐音,望日初生忆故林。鲛室夜眠阴火冷,蜃楼朝泊晓霞深。风高一叶飞鱼背,潮净三山出海心。想把文章合夷乐,蟠桃花里醉人参。

闻角

边秋画角怨金微—作徽,半夜对吹惊贼围。塞雁绕空秋不下,胡云著草冻还飞。关头老马嘶看月,碛里疲兵泪湿衣。余韵袅空何处尽,戍天寥落晓星稀。

梦乡

家住吴王旧苑东,屋头山水胜屏风。寻常梦在秋江上,钓艇游扬藕叶中。

织绫词

去年蚕恶绫帛贵,官急无丝织红泪。残经脆纬不通梭,鹊凤阑珊失头尾。今年蚕好缲白丝,鸟鲜花活人不知。瑶台雪里鹤张翅,禁苑风前梅折枝。不学邻家妇慵懒,蜡揩粉拭谩官眼。

诸葛武侯庙

木牛零落阵图残,山姥烧钱古柏寒。七纵七擒何处在,茅花枥叶盖神坛。

长安秋夜—作田家

田家无五行,水旱卜蛙声。牛犊乘春放,儿童候暖耕。池塘烟未起,桑柘雨初晴。步晚香醪熟,村村自送迎。

钱塘赠武翊黄

曾将心剑作戈矛,一战名场造化愁。花锦文章开四面,天人科第上—作占三头。鸳鸿待侣飞清禁,山水缘情住外州。时伴庚公看海月,好吟诗断望潮楼。

风不鸣条—作左牢诗

旭日悬清景,微风在绿条。入松声不发,过柳影空摇。长养应潜变—作遍,扶疏每暗飘。有林时杳杳,无树暂萧萧。慢逐清烟散,轻和瑞气饶。丰年知有待,歌咏美唐尧。

贻美人

诸侯帐下惯新妆,皆怯刘家薄媚娘。宝髻巧梳金翡翠,罗裙宜著绣鸳鸯。轻轻舞汗初沾袖,细细歌声欲绕梁。何事不归巫峡去,故来人世断人肠。

闻云中唳鹤

久在青田唳,天高忽暂闻。翩翩紫碧落,嘹唳入重云。出谷莺何待,鸣岐凤欲群。九皋宁足道,此去透细缊。

柘枝

柘枝初出鼓声招,花钿罗衫耸细腰。移步锦靴空绰约,迎风绣帽动飘飖。亚身踏节弯形转,背面羞人凤影娇。只恐相公看未足,便随风雨上青霄。

上太皇先生

颢气贯精神,苍崖老姓名。烟霞空送景,水木苦无情。飤药云根断,眠花石面平。折松开月色,决水放秋声。颜为忘忧嫩,身缘绝粒轻。围棋看局势,对镜戮妖精。过海量鲸力,归天算鹤程。露凝钟乳冷,风定玉箫清。坐觉衣裳古,行疑羽翼生。应怜市朝客,开眼锁浮荣。

破山水屏风—作姚合诗

时人嫌古画,倚壁不曾收。雨滴胶山断,风吹绢海秋。残云飞屋里,片水落床头。尚胜凡花鸟,君能补缀休。

览杨校书文卷

跪伸霜素剖琅玕,身堕瑶池魄暗寒。红锦晚开云母殿,白珠秋写水精盘。情高鹤立昆仑峭,思壮鲸跳渤澥宽。谁有轩辕古铜片,为持相并照妖看。

送陈校书赴蔡州幕

天假纵横入幕筹,东南顿减一方忧。行赍健笔辞天阁,坐见妖星落蔡州。青草袍襟翻日脚,黄金马镫照旄头。此行领取从军乐,莫虑功名不拜侯。

少年行

平明小猎出中军,异国名香满袖薰。画槛倒悬鹦鹉嘴,花衫对舞凤凰文。手抬白马嘶春雪,臂竦青骹入暮云。落日胡姬楼上饮,风吹箫管满楼闻。

蜀中赠广上人

曾持尘尾引金根,万乘前头草五言。疏讲青龙归禁—作椽苑,歌抄白雪乞梨园。朝惊云气遮天阁,暮踏猿声入剑门。今日西川无子美,诗风又起浣花村。

和顾校书新开—作穿井

霜锸破桐阴,青丝试浅深。月轮开地脉,镜面写天心。碧甃花千片,香泉乳百寻。欲知急汲引,听取辘轳音。

游云际寺

衫袖拂青冥,推鞍上翠屏。尘埃辞马尾,城阙入窗棂。云领浮名去,钟撞大梦醒。茫茫山下事,满眼送流萍。

赠刘宽夫昆季—作赠刘侍郎兄弟三人同时及第

文聚—作动星辰衣彩霞,问谁兄弟是刘家。雁行云掺—作接参差翼,琼树风开次第花。天假声名悬—作喧日月,国凭骚雅变浮华。曾穷晋汉儒林—作家,—作流传,龙虎虽多未足夸。

赠杭州严史—作使君

州青县白澜河渍,饱向苍龙阙下闻。鼓角自严寒海月,旌旗不动湿江云。风骚处处文章主,井邑家家父母君。长恐抱辕留不住,九天鸳惊待成群。

题朱秀城南亭子

朱家亭子象悬匏,阶莹青莎栋剪茆。瘿挂眼开欺鸲鹆,花缘网结妒螵蛸。有时风月输三虎,无壁琴书属四郊。土木欲知精洁处,社天归燕怯安巢。

上西川王尚书

人人入蜀谒文翁,妍丑终须露镜中。诗景荒凉难道合,客情疏密分当同。城南歌吹琴台月,江上旄旗锦水风。下客低头来又去,暗堆冰炭在深衷。

骆谷行
扪云袭栈入青冥,靮马铃骡傍日星。仰踏剑棱梯万仞,下缘冰岫杳千寻。山花织锦时聊看,涧水弹琴不暇听。若比争名求利处,寻思此路却安宁。

初及第归酬孟元翊见赠
六年衣破帝城尘,一日天池水脱鳞。未有片言惊后辈,不无惭色见同人。每登公宴思来日,渐听乡音认本身。何幸致诗相慰贺,东归花发杏桃春。

淮南李相公绅席上赋春雪
六出花飞处处飘,粘窗著一作拂砌上寒条。朱门到晓一作晚难盈尺,尽是三军喜气消。

及第后寄广陵故人一作寄淮南李相公绅
及第全胜十政一作改官,金鞍镀一作汤渡了出长安。马头渐入一作向扬州郭,为报时人洗眼看。

小松
爪叶鳞条龙不盘,梳风幕翠一庭寒。莫言只是人长短,须作浮云向上看。

宫词一作无题
明日銮舆欲向东,守宫金翠带愁红。九门佳气已西去,千里花开一夜风。

题杭州樟亭驿
樟亭驿上题诗客,一半寻为山下尘。世事日随流水去,红花还似白头人。

刘侍中宅盘花紫蔷薇
真宰偏饶丽景家,当春盘出带根霞。纵开一朵朝衣色,免踏尘埃看杂花。

题东林寺寄江州李员外
山势棱层入杳冥,寺形高下趁山行。象牙床坐莲花佛,玛瑙函盛贝叶经。日映砌阴移宝阁,风吹天乐动金铃。门前更有清江水,便是浔阳太守厅。

玄都观栽桃十韵
驱使鬼神功,攒栽万树红。薰香丹凤阙,妆点紫琼宫。宝帐重遮日,妖金遍累空。色然烧药火,影舞步虚风。粉扑青牛过,枝惊白鹤冲。拜星春锦上,服食晚霞中。棋局阴长合,箫声秘不通。艳阳迷俗客,幽邃失壶公。根柢终盘石,桑麻自转蓬。求师饱灵乐,他日访辽东。

僧院小松
抛杉背柏冷僧帘,锁月梳风出殿檐。还似天台新雨后,小峰云外碧尖尖。

春原早望
一柰乡书荐,长安未得回。年光逐渭水,春色上秦台。燕掠平芜去,人冲细雨来。东风生故里,又过几花开。

西山广福院
野寺孤峰上,危楼耸翠微。卷帘沧海近,洗钵白云飞。竹影临经案,松花点衲衣。日斜登望处,湖畔一僧归。

游地肺
市朝扰扰千古,林壑冥冥四贤。谓杨郭二许。黄鹤不归丹灶,白云自养芝田。溪滩永夜流月,羽翼清秋在天。高迹无人更蹑,碧峰寥落孤烟。

八月
徙倚仙居绕翠楼,分明宫漏静兼秋。长安夜夜家家月,几处笙歌几处愁。

题紫微山上方见杭州府旧志
地势连沧海,山名号紫微。景闲僧坐久,路僻客来稀。峡影云相照,河流石自围。尘喧都不到,安得此忘归。

全唐诗卷五百七

蒋防

蒋防,义兴人,官右拾遗。元和中,李绅荐为司封郎中、知制诰,进翰林学士。李逢吉逐绅,因出防为汀州刺史。集一卷,今存诗十二首。

题杜宾客新丰里幽居

退迹依三径,辞荣继二疏。圣情容解印,帝里许悬车。已去龙楼籍,犹分御廪储。风泉输耳目,松竹助玄虚。调护心常在,山林意—作思有余。应嗤紫芝客,远就白云居。

望禁苑祥光

嘉瑞生天色,葱茏几效祥。树摇三殿侧,日映九城傍。仙雾今同色,卿云未可章。拱汾疑鼎气,临渭比荧光。岂并春风旧,俄同圣寿长。微臣时一望,短羽欲翱翔。

冬至日祥风应候—作穆寂诗

节逢清景空,气占二仪中。独喜登高日,先知应候风。瑞呈光舜化,庆表盛尧聪。况与承时叶,还将入律同。微微万井逼,习习九门通。绕殿炉烟起,殷勤报岁功。

春风扇微和

丽日催迟景,和风扇早春。暖浮丹凤阙,韶媚黑龙津。澹荡迎仙仗,霏微送画轮。绿摇官柳散,红待禁花新。舞席皆回雪,歌筵暗送尘。幸当阳律候,惟愿及佳辰。

日暖万年枝

新阳归上苑,嘉树独含妍。散漫添和气,瞳眬卷曙烟。流辉宜圣日,接影贵芳年。自与恩光近,那关煦妪偏。结根诚得地,表寿愿符天。谁道凌寒质,从兹不暖然。

秋月悬清辉

秋月沿霄汉,亭亭委素辉。山明桂花发,

也满夜珠归。入牖人偏揽,临枝鹊正飞。影连平野净,轮度晓云微。晶晃浮轻露,裴回映薄帷。此时千里道,延望独依依。

八风从律

制律窥元化,因声感八风。还从万籁起,更与五音同。习习芦灰上,泠泠玉管中。气随时物好,响彻霁天空。自得阴阳顺,能令惠泽通。愿吹寒谷里,从此达前蒙。

藩臣恋魏阙

剖竹随皇命,分忧镇大藩。恩波怀魏阙,献纳望天阍。政奉南风顺,心依北极尊。梦魂通玉陛,动息寄朱轩。直以蒸黎念,思陈政化源。如何子牟意,今古道斯存。

和稼如云

肆目如云处,三田大有秋。葱茏初蔽野,散漫正盈畴。稍混从龙势,宁同触石幽。紫芒分幂幂,青颖澹油油。始惬仓箱望,终无灭裂忧。西成知不远,雨露复何酬。

玉卮无当

美玉常为器,兹焉变漏卮。酒浆悲莫挹,樽俎念空施。符彩功难补,盈虚数已亏。岂惟孤玩好,抑亦类瑕疵。清越音虽在,操持意渐隳。赋形期大匠,良璞勿同斯。

至人无梦

已赜希微理,知将静默邻。坐忘宁有梦,迹灭示凝神。化蝶诚知—作知成幻,征兰匪契真。抱玄虽解带,守一自离尘。寥朗壶中晓,虚明洞里春。翛然碧霞客,那比漆园人。

玄都楼桃

旧传天上千年熟,今日人间五日香。红软满枝须作意,莫交方朔施偷将。

李虞

李虞,绅之族子,隐华阳,后为拾遗。诗一首。

题李宾客旧居

逢时不得致升平,岂是明君忘姓名。眼暗发枯缘世事,今来无泪哭先生。

裴潾

裴潾,闻喜人。元和初,以荫仕,累擢起居舍人,开成中,终兵部侍郎。诗十五首。

前相国赞皇公早葺平泉山居,暂还憩,旋起赴诏命作镇浙右,辄抒怀赋四言诗十四首奉寄

动复有原,进退有期。用在得正,明以知微。夫惟哲人,会且有归。静固胜热,安每虑危。将憩于盘,止亦先机。

植爱在根,钟福有兆。珠潜巨海,玉蕴昆峤。披室生白,照夜成昼。挥翰飞文,入侍左右。出纳帝命,弘兹在宥。

历难求试,执宪成风。四镇咸乂,三阶以融。捧日柱天,造膝纳忠。建储固本,树屏息戎。彼狐彼鼠,窒穴扫踪。

我力或屈,我躬莫污。三黜如饴,三起惟惧。再宾为宠,一麾为狖。昔在治繁,常思归去。今则合契,行斯中虑。

有凤自南,亦翙其羽。好媂佳丽,于伊之浒。五彩含章,九苞合矩。佩仁服义,鸣中律吕。我来思卷,薄言遵渚。

凿龙中辟,伊原古奔。下有秘洞,豁起石门。竹涧水横,松架雪屯。岫环如壁,岩虚若轩。朝昏含景,夏清冬温。

南溪回舟,西岭望崃。水远如空,山微似岳。二室峰连,四山骈耸。五女乍歌,玉华独踊。云翔日耀,如戴如拱。

飞泉挂空,如决天浔。万仞悬注,直贯潭心。月正中央,洞见浅深。群山无影,孤鹤时吟。我啸我歌,或眺或临。

鸟之在巢,风起林摇。退翔城颠,翠虬扪

天。雨止雪一作云旋，亦息于渊。人皆知进，我独止焉。人皆务明，我独晦焉。邈矣其山，默矣其泉。

寝丘之田，土山之上。孙既贻谋，谢亦遐想。俭则为福，华固难长。宁若我心，一泉一壤。造适为足，超然孤赏。

其风自西，言发帝庭。飘彼黄素，堕于山楹。公拜稽首，靡敢受荣。宸严再临，俾抚百城。恋此莫处，星言其征。

公昔南迈，我不及睹。言旋旧观，莫获安语。今则不遑，载骞载举。离忧莫写，欢好曷叙。怆矣东望，泣涕如雨。

山稽之旧，刘卢之恩。举世莫尚，惟公是敦。哀我蠢蠢，念我谆谆。振此铩翮，扇之腾翻。斯德未报，只誓子孙。

迢迢秦塞，南望吴门。对酒不饮，设琴不援。何以代面，寄之濡翰。何以写怀，诗以足言。无密玉音，以慰我魂。开成九年九月，相公以太子宾客分司东都。九月十九日达洛下，安居于平泉别墅，潾辄述公素尚赋四言诗，兼述山泉之美，未及刻石。其年十一月二十一日，除浙西观察使，宠兼八座亚相之重。十二月四日发，赴任。开成二年，潾自兵部侍郎除河南尹，乃于河南廨中，自书于石，立于平泉之山居。开成二年九月二十五日，河南尹裴潾题。

白牡丹 一作长安牡丹

长安豪贵惜春残，争赏先开紫牡丹。别有玉杯承露冷，无人起就月中看。

刘三复

刘三复，润州句容人。以文章见知于李德裕，自浙西迄淮甸，常在宾幕。后遣诣阙求试，登第。会昌时，历刑部侍郎、弘文馆学士。集十三卷，今存诗一首。

送黄明府晔赴岳州湘阴任

拟占名场第一科，龙门十上困风波。三年护塞从戎远，万里投荒失意多。花悬到时铜墨贵，叶舟行处水云和。遥知布惠苏民后，应向祠堂吊汨罗。

韦瓘

韦瓘，字茂弘，京兆万年人。登进士第，累擢中书舍人，贬明州刺史。会昌末，累迁楚州刺史，终桂管观察使。诗一首。

留题桂州碧浔亭

半年领郡固无劳，一日为心素所操。轮奂未成绳墨在，规模已壮阃闳高。理人虽切才常短，薄宦都缘命不遭。从此归耕洛川上，大千江路任风涛。

崔郾

崔郾，字广略，邠之弟。中进士，补集贤校书郎，累迁吏部员外，三升谏议大夫。敬宗即位，进中书舍人，迁礼部侍郎，出为虢州观察使。历鄂岳、浙西观察，终检校礼部尚书。诗一首。

赠毛仙翁

存亡去住一壶中，兄事安期弟葛洪。甲子已过千岁鹤，仪容方称十年童。心灵暗合行人数，药力潜均造化功。终待此身无系累，武陵山下等黄公。

全唐诗卷五百八

孔温业

孔温业,冀州人,长庆元年进士第。大中后,历官中书舍人、天平节度使。诗一首。

鸟散余花落

美景春堪赏,芳园白日斜。共看飞好鸟,复见落蓼花。来往惊翻电,经过想散霞。雨余飘处处,风送满家家。求友声初去,离枝色可嗟。从兹时节换,谁为惜年华。

赵存约

赵存约,长庆进士。太和中,为兴元节度判官,兵乱被害。诗一首。

鸟散余花落

春晓游禽集,幽庭几树花。坐来惊艳色,飞去坠晴霞。翅拂繁枝落,风添舞影斜。彩云飘玉砌,绛雪下仙家。分散音初静,凋零蕊带葩。空阶瞻玩久,应共惜年华。

窦洵直

窦洵直,长庆进士。诗一首。

鸟散余花落

晚树春归后,花飞鸟下初。参差分羽翼,零落满空虚。风外清香转,林边艳影疏。轻盈疑雪舞,仿佛似霞舒。万片情难极,迁乔思有余。微臣一何幸,吟赏对寒居。

陈标

陈标,长庆二年登进士第,终侍御史。诗十二首。

公无渡河

阴云飒飒浪花愁,半度惊湍半挂舟。声尽云天君不住,命悬鱼鳖妾同休。黛娥芳脸垂珠泪,罗袜香裾赴碧流。馀魄岂能衔木石,独将遗恨付箜篌。

秦王卷衣

秦王宫阙霭春烟,珠树琼枝近碧天。御气馨香苏合启,帘光浮动水精悬。霏微罗縠随芳袖,宛转鲛绡逐宝筵。从此咸阳一回首,暮云愁色已千年。

倢伃怨

掌上恩移玉帐空,香珠满眼泣春风。飘零怨柳凋眉翠,狼籍愁桃坠脸红。凤辇只应三殿北,鸾声不向五湖中。笙歌处处回天眷,独自无情长信宫。

饮马长城窟

日日风吹房骑尘,年年饮马汉营人。千堆战骨那知主,万里枯沙不辨春。浴谷气寒愁坠指,断崖冰滑恐伤神。金鞍玉勒无颜色,泪满征衣怨暴秦。

江南行

水光春色满江—作湖天,蘋叶风吹荷叶钱。香蚁翠旗临岸市,艳娥红袖渡江船。晓惊日鹭联翩雪,浪蹙青菱潋滟烟。不怕江洲芳草暮,待将秋—作春兴折湖莲。

长安秋思—作白纻歌

吴女秋机织曙霜,冰蚕吐丝—作吞线月盈筐—作箱。金刀玉指裁缝促,水殿花楼弦管长。舞袖慢移凝瑞雪,歌尘微动避雕梁。唯愁陌上芳菲度,狼籍风池荷叶黄。

赠元和十三年登第进士

春官南院粉墙东,地色初分月色红。文字一千重马拥,喜欢三十二人同。眼看鱼变辞凡水,心逐鹨飞出瑞风。莫怪云泥从此别,总曾惆怅去年中。

焦桐树

江上烹鱼采野樵,鸾枝摧折半曾烧。未经良匠材虽散,待得知音尾已焦。若使琢磨徽白玉,便令风律轸青瑶。还能万里传山水,三峡泉声岂寂寥。

寄友人

杜甫在时贪入蜀,孟郊生处却归秦。如今始会麻姑意,借问山川与后人。

啄木谣

丁丁向晚急还稀,啄遍庭槐未肯归。终日与君除蠹害,莫嫌无事不频飞。

僧院牡丹

琉璃地上开红艳,碧落天头散晓霞。应是向西无地种,不然争肯重莲花。

蜀葵

眼前无奈蜀葵何,浅紫深红数百窠。能共牡丹争几许,得人嫌—作轻处只缘多。

袁不约

袁不约,字还朴,长庆三年进士第。李固言在成都,辟为幕官,加检校侍郎。诗一卷,今存四首。

离家

步步远晨昏,凄心出里—作独出门。见鸟唯有泪,看—作问雁更伤魂。宿酒宁辞—作添愁醉,回书讳苦言。野人应怪笑,不解爱田—作乐丘园。

送人至岭南

度岭春风暖,花多不识名。瘴烟迷月色,巴路傍溪声。畏药将银试,防蛟避水行。知君怜酒兴,莫杀醉猩猩。

长安夜游

凤城连夜九门通,帝女皇妃出汉宫。千乘宝莲珠箔卷,万条银烛碧纱笼。歌声缓过青楼月,香霭潜来紫陌风。长乐晓钟归骑后,遗簪坠珥满街中。

病宫人—作张祜诗

佳人卧病动经秋,帘幕褵褷不挂钩。四体

虽扶藤夹膝,双环慵整玉搔头。花颜有幸君王
问,药饵无徵待诏愁。惆怅近来销瘦尽,泪珠
时傍枕函流。

句

　　愁声秋绕杵,寒色碧归山。《深秋》。
　　送将欢笑去,收得寂寥回。《客去》。

李馀

李馀,蜀人,工乐府,登长庆三年进士第。
诗二首。

临邛怨

藕花衫子柳花裙,多著沈香慢火熏。惆怅
艾成君不见,空教绿绮伴文君。

寒食

玉轮江上雨丝丝,公子游春醉不知。剪渡
归来风正急,水溅鞍帕嫩鹅儿。汶江谓之玉轮江。

句

　　长安东门别,立马生白发。
　　霁后轩盖繁,南山瑞烟发。
　　尝忧车马繁,土薄闻水声。并见张为《主客
图》。

白敏中

白敏中,字用晦。长庆中第进士,擢累侍
御史、左司员外郎。武宗召入翰林,为学士。
宣宗立,以兵部侍郎同中书门下平章事,寻出
为邠宁节度使。懿宗复召拜司徒门下侍郎,还
平章事。咸通二年,出为凤翔节度使。以太傅
致仕。诗二首。

至日上公献寿酒

候晓天门辟,朝天万国同。瑞云升观阙,
香气映华宫。日色临仙篆,龙颜对昊宫。羽仪
瞻百辟,献寿侍三公。化被君王洽,恩沾草木
丰。自欣朝玉座,宴此咏皇风。

贺收复秦原诸州诗

一诏皇城四海颁,丑戎无数束身还。戍楼
吹笛人休战,牧野嘶风马自闲。河水九盘收数
曲,天山千里锁诸关。西边北寒今无事,为报
东南夷与蛮。

句

　　南浦花临水,东楼月映风。《镇剑南,经忠州,
寻乐天遗迹作》。见《纪事》。

李敬方

李敬方,字中虔,登长庆进士第。大和中,
为歙州刺史。诗一卷,今存八首。

遣兴

果窥丹灶鹤,莫羡白头翁。日月仙壶外,
筋骸药臼中。云归无定所,鸟迹不留空。何必
劳方寸,岖崎问远公。

劝酒

不向花前醉,花应解笑人。只忧—作因连
夜雨,又过一年春。日日无穷事,区区有限身。
若非杯酒里,何以寄天真。

近无西耗—作李宣远诗

远戎兵压境,迁客泪横襟。烽候惊春塞,
缧囚困越吟。自怜牛马走,未识犬羊心。一月
无消息,西看日又沈。

天台晴望时左迁台州刺史。题一作喜晴。

天—作到台十二旬,一片雨中春。林果黄
梅—作垂杨尽,山苗半夏新。阳乌晴—作朝展翅,
阴魄夜飞轮。坐冀—作望,一作喜无云物,分明见
北辰。

闻高侍御—作郎幸贬所

西京高院长,直气似吾徒。走马论边备,
飞声感庙谟。官移人未察,身没事多符。寂寞
他年后,名编野史无。

题黄山汤院并序

敬方以头风痒闷。大中五年十二月,因小恤假

内,再往黄山浴汤。题四百字。

楚镇惟黄岫,灵泉浴圣源。煎熬何处所,炉炭孰司存。沙暖泉长拂,霜笼水更温。不疏还自决,虽挠未尝浑。地启岩为洞,天开石作盆。常留今日色,不减故年痕。阴焰潜生海,阳光暗烛坤。定应邻火宅,非独过焦原。龙讶经冬润,莺疑满谷暄。善烹寒食茗,能变早春园。及物功何大,随流道益尊。洁斋齐物主,疗病夺医门。外秘千峰秀,旁通百潦奔。禅家休问疾,骚客罢招魂。卧理黔川守,分忧汉主恩。惨伤因有暇,徒御诫无喧。痒闷头风切,爬搔臂力烦。披榛通白道,束马置朱幡。谢屐缘危磴,戎装逗远村。慢游登竹径,高步入山根。崖㠀差行灶,蓬茅过小轩。御寒增帐幕,氅影尽玙璠。不与华池语,宁将浴室论。洗心过顷刻,浸发迨朝暾。汗洽聊箕踞,支羸暂虎蹲。濯缨闲更入,漱齿渴仍吞。气燠胜重纫,风和敌一尊。适来还蹭蹬,复出又攀援。形秽忻除垢,神嚻喜破昏。明夷徵立象,既济感文言。已阕眠沙麂,仍妨卧石猿。香驱蒸雾起,烟雾湿云屯。破险更祠宇,凭高易庙垣。旧基绝仄足,新构忽行鹓。胜地非无栋,征途遽改辕。贪程归路远,折政讼庭繁。兴往留年月,诗成遗子孙。已镌东壁石,名姓寄无垠。

太和公主还宫

二纪烟尘外,凄凉转战归。胡茄悲蔡琰,汉使泣明妃。金殿更戎幄,青祛换毳衣。登车随伴仗,谒庙入中闱。汤沐疏封在,关山故梦非。笑看鸿北向,休咏鹊南飞。宫髻怜新样,庭柯想旧围。生还侍儿少,熟识内家稀。凤去楼扃夜,鸾孤匣掩辉。应怜禁围柳,相见倍依依。

汴河直进船

汴水通淮利最多,生人为害亦相和。东南四十三州地,取尽脂膏是此河。

李回

李回,字昭度,本名躔。擢长庆进士,辟扬州掌书记,迁监察御史。会昌中,以刑部侍郎兼御史中丞,俄进中书侍郎同中书门下平章事,出为剑南西川节度。以与李德裕善,贬抚州长史。诗三首。

享太庙乐章

受天明命,敷祐下土。化时以俭,卫文以武。氛消夷夏,俗臻往古。亿万斯年,形于律吕。

天长路别朱大庆余山路却寄

驿骑难随伴,寻山半忆君。苍崖残月路,犹数过溪云。

寄酬朱大后亭夜坐留别

十夜郡城宿,苦吟身未闲。那堪西郭别,雪路问青山。

常 一作韦 楚老

常楚老,长庆进士,官拾遗。诗二首。

祖龙行

黑云兵气射天裂,壮士朝眠梦冤结。祖龙一夜死沙丘,胡亥空随鲍鱼辙。腐肉偷生三千里,伪书先赐扶苏死。墓接骊山土未乾,瑞光已向芒砀起。陈胜城中鼓三下,秦家天地如崩瓦。龙蛇撩乱入咸阳,少帝空随汉家马。

江上蚊子

飘摇挟翅亚红腹,江边夜起如雷哭。请问贪婪一点心,臭腐填腹几多足。越女如花住江曲,嫦娥夜夜凝双睩。怕君撩乱锦窗中,十轴 一作辐 轻绡围夜玉。

句

一从黄帝葬桥山,碧落千门锁元气。《天上行》。《诗话总归》。

李甘

李甘,字和鼎,长庆末进士擢第。太和中,官侍御史,贬封州司马。集一卷,今存诗一首。

九成宫 一作华清宫

中原无鹿海无波,凤辇鸾旗出幸多。今日故宫归寂寞,太平功业在山河。

平曾

平曾,穆宗时人。唐以府元被绌者九人,曾其一也。长庆初,同贾岛辈贬,谓之举场十恶。曾后谒李固言于蜀,幕中皆名士。曾轻忽无所畏,遂献《雪山赋》。李览,命推出。不旬日,再献《鲦鱼赋》曰:"此鱼触物而怒,翻身上波,为乌鸢所获,奈鲂鲤笑何。"李览之,遂不至深罪。卒以恃才傲物,没于县曹。诗三首。

谒李相不遇

老夫三日门前立,珠箔银屏昼不开。诗卷却抛书袋里,正如闲看华山来。

留别薛仆射 薛平仆射出镇浙西,主礼稍薄,曾留诗讽之。

梯山航海几崎岖,来谒金陵薛大夫。毛发竖时趋剑戟,衣冠俨处拜冰壶。诚知两轴非珠玉,深愧三缣恤旅途。明日过江风景好,不堪回首望勾吴。

縶白马诗上薛仆射

薛仆射闻曾出境,追还,縻留数日,又献縶白马诗。薛曰:"若不留绊行轩,那得观其毛骨。"遂以殊礼相待。

白马披鬃练一团,今朝被绊欲行难。雪中放去空留迹,月下牵来史见鞍。向北长鸣天外远,临风斜控耳边寒。自知毛骨还应异,更请孙阳仔细看。

景审

景审,南阳人,长庆中有善书名。诗一首。

题所书黄庭经后 泥金正书

金粉为书重莫过,黄庭旧许右军多。请看今日酬恩德,何似当年为爱鹅。

句

暮鸦不噪禁城树,衙鼓未残兵卫秋。见张为《主客图》。

全唐诗卷五百九

顾非熊

顾非熊,况之子。性滑稽,好凌轹,困举场三十年。穆宗长庆中,登进士第,累佐使府。大中间,为盱眙尉。慕父风,弃官隐茅山。诗一卷。

秋日陕州道中作

孤客秋风里,驱车入陕西。关河午时路,村落一声鸡。树势标秦远,天形到岳底。谁知我名姓,来往自栖栖—作凄凄。

经杭州

郡郭绕江渍—作濆,人家近白云。晚涛临槛看,夜艣隔城闻。浦转山初尽,虹斜雨未—作半分。有谁知我意,心绪逐鸥群。

经河中

一望蒲城路,关河气象雄。楼台山色里,杨柳水声中。思—本作离,缺下一字起怀—作赴吴客,行斜向碛鸿。我来寻古迹,唯见舜祠—作遗风。

送僧归洞庭

江山万万重,归去指何峰。未入连云寺,先斋越浪钟。岛—作鸟香回栈柏—作橘,秋荫出庵松。若救吴人病,须降震泽龙。

题觉真上人院

长安车马地,此院闭松声。新罢九天讲,旧曾诸岳行。能诗因作偈,好客岂关名。约我中秋夜,同来看月明。

寄太白无能禅师

太白山中寺,师居最上方。猎人偷佛火,栎鼠戏禅床。定久衣尘积,行稀径草长。有谁来问法,林杪过残阳。

舒州酬别侍御—作上卿

故交他郡见,下马失愁容。执手向残日,

分襟在晚钟。乡心随皖水,客路过庐峰。众惜君材器,何为滞所从。

姚岩寺路怀友—作桃岩怀贾岛

路向姚岩寺,多行洞壑间。鹤声连坞—作兼野静,溪色带村闲。疏叶—作苇,又作荻秋前渚,斜阳雨外山。怜—作羡君不得见,诗思最相关。

天河阁到啼猿阁即事

万壑褒中路,何层不架虚。湿云和栈起,憔栉—作樵径带畬余。岩狖牵垂果,湍禽接迸—作跃鱼。每—作相逢维艇处,坞里有人居。

夏日会修行段将军宅

爱君书院静,莎覆藓阶浓。连穗古藤暗,邻雏幽鸟重。樽前迎远客,林杪见晴峰。谁谓朱门内,云山满座逢。

送杭州姚员外

浙江江上郡,杨柳到时春。暂起背城雁,帆分向海人。峤云侵寺吐,汀月隔楼新。静理更何事,还应咏白蘋。

送朴处士归新罗

少年离本国,今去已成翁。客梦孤舟里,乡山积水东。鳌沈崩巨岸,龙斗出遥空。学得中华语,将归谁与同。

送马戴入山—一本山上有华字

古木乱重重,何人识去踪。斜阳收万壑,圆月上三峰。云里泉萦石,窗间鸟下松。唯应采药客,时与此相逢。

送喻凫春归江南

去年登第客,今日及春归。莺影—作引离秦马,莲香入楚衣。里闾争庆贺,亲戚共光辉。唯我门前浦,苔应满钓矶。

送友人及第归苏州

见君先得意,希我命还通。不道才堪并,多缘塞共同。鹤鸣荒苑内—作野外,鱼跃夜—作入潮中。若问家山路,知—作叩连震泽东。

送皇甫司录赴黔南幕

黔南从事客,禄利先—一本缺此字来饶。官受外台屈,家移一舸遥。夜猿声不断,寒木叶微凋。远别因多感,新郎倍寂寥。一本缺末三字。

寄九华山费拾遗

先生九华隐,鸟道—作篆径隔尘埃。石室和云住,山田引烧开。久闻仙客降—作至,高卧诏书来。一入深林去,人间更不回。

雁—一作早雁

逐暖来南国,迎寒背朔云。下时波势出,起处阵形分。声急奔前侣,行低续后群。何人寄书札,绝域可知闻。

铜雀妓

鸦散陵树晓,筵开缥帐空。婵娟宠休妒,歌舞怨来同。往事与尘化,新愁生曲终。回轩叶正落,寂寞听秋风。

早秋雨夕

贫居常寂寞,况复是秋天。黄叶如霜后,清风似水边。中宵疑有雁,当夕暂无蝉。就枕终难寐,残灯灭又然。

天津桥晚望

晴登洛桥望,寒色古槐稀。流水东不息,翠华西未归。云收中岳近,钟出后宫微。回首禁门路,群鸦度落—作晚晖。

月夜登王屋仙坛

月临峰顶坛,气爽觉天宽。身去银河近,衣沾玉露寒。云中日已赤,山外夜初残。即此是仙境,惟愁再上难。

下第后晓坐

远客滞都邑,老惊时节催。海边身梦觉,枕上鼓声来。起见银河没,坐知阊阖开。何为此生内,终夜泣尘埃。

下第后送友人不及

失意经寒食,情偏感别离。来逢人已去,

坐见柳空垂。细雨飞黄鸟,新蒲长绿池。自倾相送酒,终不展愁眉。

与无可宿辉公院

夜僧同静语,秋寺近严城。世路虽多便,玄心各自明。寒池清月彩,危阁听林声。倘许双摩顶,随缘万劫生。

题平陆县亭

孤亭临峭岸,别有远泉来。山与中条合,河逢一曲回。夜声多雁过,晚色乱云开。却自求僮仆,淹留莫漫催。

题马儒乂石门山居

寻君石门隐,山近渐无青。鹿迹入柴户,树身穿草亭。云低收药径,苔惹取泉瓶。此地客难到,夜琴谁共听。

题春明门外镇国禅院

空门临大道,师坐此中禅。过客自生敬,焚香惟默然。书灯明象外,古木覆檐前。不得如驯鸽,人间万虑牵。

夏夜汉渚归舟即事

扁舟江濑尽,归路海山青。巨浸分圆象,危樯入众星。雨遥明电影,蜃晓识楼形。不是长游客,那知造化灵。

酬均州郑使君见送归茅山

饯行诗意厚,惜别独筵重。解缆城边柳,还舟海上峰。饮猿当濑见,浴鸟带槎逢。吏隐应难逐,为霖是蛰龙。

成名后将归茅山酬群公见送

此名谁不得,人贺至公难。素(一作旧)业承家了,离筵去国欢。暮天行雁断,晓渡落潮寒。旧隐茅峰下,松根石上盘。

酬陈樵评事喜及第与段何共贻

至公平得意,自喜不因媒。榜入金门去一本缺此字,名从玉案来。欢情听鸟语,笑眼对花开。若拟华筵贺,当期醉百杯。

关试后嘉会里闻蝉感怀呈主司

昔闻惊节换,常抱异乡愁。今听当名遂,方欢上国游。吟才依树午,风已报庭秋。并觉声声好,怀恩忽泪流。

赠友人

吾友昔同道,唯予今独行。青云期未遂,白发镊还生。旧隐连江色,新春闻鸟声。休明独不遇,何计可归耕。

落第后赠同居友人

有情天地内,多感是诗人。见月长怜夜,看花又惜春。愁为终日客,闲过少年身。寂寞正相对,笙歌满四邻。

冬日寄蔡先辈校书京

弱冠下茅岭,中年道不行。旧交因贵绝,新月对愁生。旅思风飘叶,归心雁过城。惟君知我苦,何异爨桐鸣。

行径褒城寄兴元姚从事

往岁客龟城,同时听鹿鸣。君兼莲幕贵,我得桂枝荣。栈阁危初尽,褒川路忽平。心期一壶酒,静话别离情。

下第后寄高山人

我家堂屋前,仰视大茅巅。潭静鸟声异,地寒松色鲜。人眠瓮牖月,鹿饮竹门泉。多愧邻高隐,无成又一年。

寄紫阁无名新罗头陀僧

棕床已自檠,野宿更何营。大海谁同过,空山虎共行。身心相外尽,鬓发定中生。紫阁人来礼,无名便是名。

送信州卢员外兼寄薛员外

五马弋阳行,分忧出禁城。粉闱移席近,茜旆越疆行。德茂荣方渐,仁深瑞必呈。疲氓复何幸,前政已残声。

送于中丞入回鹘

风沙万里行,边色看双旌。去展中华礼,

将安外国情。朝衣惊异俗，牙帐见新正。料得归来路，春深草未生。

送李廓侍御赴剑南

鸟道见狼烟，元戎正急贤。图书借朋友，今咏入戈铤。山色城池近，江声鼓角连。不应夸战胜，知在—作更掩橄蛮篇。

送友人归汉阳

樽前别楚客，云水思萦回。秦野春将尽，商山花不开。鸥惊帆乍起，虹见雨初来。自有归期在，蝉声处处催。

送造微上人归淮南觐兄

到家方坐夏，柳巷对兄禅。雨断芜城路，虹分建邺天。赴斋随野鹤，迎水上渔船。终拟归何处，三湘思渺然。

赋得江边柳送陈许郭员外

拂水复含烟，行分古岸边。春风正摇落，客思共悠然。絮急频萦水，根灵复系船。微阴覆离岸，只此醉昏眠。

武宗挽歌词二首

睿略皇威远，英风帝业开。竹林方受位，薤露忽兴哀。静塞妖星落，和戎贵主回。龙髯不可附，空见望仙台。

苍生期渐泰，皇道欲中兴。国用销灵像，农功复冗僧。冕旒辞北阙，歌舞怨西陵。惟有金茎石，长宵对玉绳。

会中赋得新年

万古如昨日，一年加一—作此晨。暗生无限事，潜老几多人。归路旧侣尽，故乡回雁新。那堪独惆怅，犹是白衣身。

斜谷邮亭玩海棠花

忽识海棠花，令人只叹嗟。艳繁惟共笑，香近试堪夸。驻骑忘山险，持杯任日斜。何川是多处，应绕羽人家。

万年厉员外宅残菊

才过重阳后，人心已为残。近霜须苦惜，带蝶更宜看。色灭频经雨，香销恐—作怨渐寒。今朝陶令宅，不醉却应难。

题永福寺临淮亭 亭即司马复明府所置

淮上前朝寺，因公始建亭。虽无山可望，多有鹤堪听。引客闲垂钓，看僧静灌瓶。带潮秋见月，隔竹晓闻经。水气侵衣冷，蘋风入座馨。路逢沙獭上，船值海人停。砧杵鸣孤戍，乌鸢下远汀。连波芳草阔，极目暮天青。创置嗟心匠，幽栖得地形。常来劝农事，赖此近郊垧。

陈情上郑主司

登第久无缘，归情思渺然。艺惭公道日，身贱太平年。未识笙歌乐，虚逢岁月迁。羁怀吟独苦，愁眼愧花妍。求达非荣己，修辞欲继先。秦城春十二，吴苑路三千。茅屋山岚入，柴门海浪连。遥心犹送雁，归梦不离船。时节思家夜，风霜—作光作客天。庭闱乖旦暮，兄弟阻团圆。朝乏新知己，村荒旧业田。受恩期望外，效死誓生前。愿察为裴意，彷徉和角篇。恳情今吐尽，万一冀哀怜。

长安清明言怀

明时帝里遇清明，还逐游人出禁城。九陌芳菲莺自啭，万家车马雨初晴。客中下第逢今日，愁里看花厌此生。春色来年谁是主，不堪憔悴—作惆怅更无成。

出塞即事二首

塞山行尽到乌延，万顷沙堆见极边。河上月沉鸿雁起，碛中风度犬羊膻。席箕草断城池外，护柳花开帐幕前。此处游人堪下泪，更闻终日望狼烟。

贺兰山便是戎疆，此去萧关路几荒。无限城池非汉界，几多人物在胡乡。诸侯持节望吾土，男子生身负我唐。回望风光成异域，谁能献计复河湟。

送李相公昭义平复起彼宣慰员外副行
天井虽收寇未平,所司促战急王程。晓驰云骑穿花去,夜与星郎带月行。新咏尽题关外事,故乡因过洛阳城。时逢寒食游人识,竟说从来有大名。

送从叔尉渑池
同登科第皆清列,尚爱东畿一尉闲。虽有田园供海畔,且无宗党在朝班。甘贫只为心知道,晚达多缘性好山。白首青衫犹未换,又骑羸马出函关。

哭韩将军
将军不复见仪形,笑语随风入杳冥。战马旧骑一作驱嘶引葬,歌姬新嫁哭辞灵。功勋客问求为志,服玩僧收与转经。寂寞一家春色里,百花开落满山庭。

崔卿双白鹭
朝客高清爱水禽,绿波双鹭在园林。立当风里丝摇急,步绕池边字印深。刷羽竞生堪画势,依泉各有取鱼心。我乡多傍门前见,坐觉烟波思不禁。

子夜夏秋二曲
相持薄罗扇,绿树听鸣蜩。君筵呈妙舞,香汁湿鲛绡。

银床梧叶下,便觉漏声长。露砌蛩吟切,那怜白苎凉。

关山月
海上清光发,边营照转凄。深闺此宵梦,带月过辽西。

采莲词
纤手折芙蕖,花洒罗衫湿。女伴唤回船,前溪风浪急。

秋月夜
旅雁迎风度,阶翻月露华。砧声鸣夜永,江上几多家。

登楼
登楼一南望,淮树楚山连。见雁无书寄,归吴定此年。

阊门书感
凫鹭踏波舞,树色接横塘。远近蘼芜绿,吴宫总夕阳。

送内乡张主簿赴任
松窗久是餐霞客,山县新为主印官。混俗故来分利禄,不教长作异人看。

瓜洲送朱万言
渡头风晚叶飞频,君去还吴我入秦。双泪别家犹未断,不堪仍送故乡人。

秋夜长安病后作
秋中帝里经旬雨,晴后蝉声更不闻。牢落闲庭新病起,故乡南去雁成群。

题王使君片石
势似孤峰一片成,坐来疑有白云生。主人莫怪殷勤看,远客长怀旧隐情。

暮春早起
柳梢暗露滴清晨,帘下偏惊独起人。鹁鸠数声花渐落,园林是处总残春。

途次怀归
陇头禾偃乳乌飞,兀倚征鞍倍忆归。正值江南新酿熟,可容闲却老莱衣。

寄陆隐君
相思迢递隔重城,鸟散阶前竹坞清。定拟秋凉过南崦,长松石上听泉声。

寄吴山净上人
忆共蒲团话夜钟,别来落叶闷行踪。遥知黛色秋常玩,住向灵岩第几峰。

出迎应倒屣，贫居江上信谁传。

送徐五纶南行过吴

吴门东去路三千，到得阊门暂泊船。老父

全唐诗卷五百十

张祜

张祜,字承吉,清河人,以宫词得名。长庆中,令狐楚表荐之,不报,辟诸侯府,多不合,自劾去。尝客淮南,爱丹阳曲阿地,筑室卜隐。集十卷,今编诗二卷。

游天台山

崔嵬海西镇,灵迹传万古。群峰日来朝,累累孙侍祖。三茅即拳石,二室犹块土。傍洞窟神仙,中岩宅龙虎。名从乾取象。位与坤作辅。鸾鹤自相群,前人空若瞽。巉巉割秋碧,娲女徒巧补。视听出尘埃,处高心渐苦。才登招手石,肘底笑天姥。仰看华盖尖,赤日云上午。奔雷撼深谷,下见山脚雨。回首望四明,蠢若城一堵。昏晨邈千态,恐动非自主。控鹄大梦中,坐觉身栩栩。东溟子时月,却孕元化母。彭蠡不盈杯,浙江微辨缕。石梁屹横架,万仞青壁竖。却瞰赤城颠,势来如刀弩。盘松国清道,九里天莫睹。穿崇上攒三,突兀傍耸五。空崖绝凡路,痴立麇与麈。邈峻极天门,觑深窥地户。金庭路非远,徒步将欲举。身乐道家流,惇儒若一矩。行寻白云叟,礼象登峻宇。佛窟绕杉岚,仙坛半榛莽。悬崖与飞瀑,险喷难足俯。海眼三井通,洞门双阙拄。琼台下昏侧,手足前采乳。但造不死乡,前劳何足数。

送蜀客

楚客去泯江,西来指天末。平生不达意,万里船一发。行行三峡夜,十二峰顶一作上月。哀猿别曾林,忽忽声断咽。嘉陵水初涨,岩岭耗积雪,不妨高唐云,却藉宋玉说,峨眉远凝黛,脚底谷洞穴。锦城昼氤氲,锦水春活活。成都滞游地,酒客须醉杀。莫恋卓家垆,相如已屑屑。

团扇郎

白团扇,今来此去捐。愿得入郎手,团圆

郎眼前。

西江行
日下西塞山，南来洞庭客。晴空一鸟渡，万里秋江碧。惆怅异乡人，偶言空脉脉。

涢川寺路
日沉西涧阴，远驱愁突兀。烟苔湿凝地，露竹光滴月。时见一僧来，脚边云勃勃。

夜雨
霭霭云四黑，秋林响空堂。始从寒瓦中，淅沥断—作滴入愁人肠。愁肠方九回，寂寂夜未央。

秋晚途中作
落日驰车道，秋郊思不胜。水云遥断绪，山日半衔棱。远吠邻村处，计想羡他能。

拔蒲歌
拔蒲来，领郎镜湖边。郎心在何处，莫趁新莲去。拔得无心蒲，问郎看好无。

车遥遥
东方昽昽车轧轧，地色不分新去辙。闺门半掩窗—作床半空，斑斑枕花残泪红。君心若车千万转，妾身如辙遗渐远。碧川迢迢—作楼迢，一作楼楼。山宛宛，马蹄在耳轮在眼。桑间女儿情不浅，莫道野蚕能作茧。

捉搦歌
门上关，墙上棘，窗中女子声唧唧。洛阳大道徒自直。女子心在婆舍侧，呜呜笼鸟触四隅。养男男娶妇，养女女嫁夫。阿婆六十翁七十，不知女子长日泣。从他嫁去无悒悒。

雁门太守行
城头月没霜如水，趚趚踏沙人似鬼。灯前拭泪试香裘，长引一声残漏子。驼囊泻酒酒一杯，前头滴血心不回。闺中年少妻莫哀，鱼金虎竹天上来。雁门山边骨成灰。

思归引
重重作闺清旦镮，两耳深声长不彻。深宫坐愁百年身，一片玉中生愤血。焦桐弹罢丝自绝，漠漠暗魂愁夜月。故乡不归谁共穴，石上作蒲蒲九节。

司马相如琴歌
凤兮凤兮非无皇，山重水阔不可量。梧桐结阴在朝阳，濯羽弱水鸣高翔。

雉朝飞操
朝阳陇东泛暖景，双啄双飞双顾影。朱冠锦襦聊日整，漠漠雾中如衣裳。伤心卢女弦，七十老翁长独眠。雄飞在草雌在田，衷肠结愤气呵天。圣人在上心不偏，翁得女妻甚可怜。

观徐州李司空猎
晓出郡城东，分围浅草中。红旗开向日，白马骤迎风。背手抽金镞，翻身控角弓。万人齐指处，一雁落寒空。

猎
残猎渭城东，萧萧西北风。雪花鹰背上，冰片马蹄中。臂挂捎荆兔，腰悬落箭鸿。归来逞余勇，儿子乱弯弓。

鹦鹉
栖栖南越鸟，色丽思沉淫。暮隔碧云海，春依红树林。雕笼悲敛翅，画阁岂关心。无事能言语，人闻怨恨深。

再吟鹦鹉
万里去心违，奇毛觉自非。美人怜解语，凡鸟畏多机。未胜无丹嘴，何劳事绿衣。雕笼终不恋，会向故山归。

酬郑楪—作朴司直见寄
故人沧海曲，聊复话平生。喜是狂奴态，羞为老婢声。宦—作官途终日薄，身事—作计长年轻。犹赖书千卷，长随一棹行。

送苏绍之归岭南

孤舟—作身越客吟,万里旷离襟—作衿。夜月江流阔,春云岭路深。珠繁杨氏果,翠耀孔家禽。无复天南梦,相思空树林。

送沈下贤谪尉南康

秋风江上草,先是客心摧。万里故人去,一行新雁来。山高云绪断,浦迥日—作月波颓—作开。莫怪南康远,相思不可裁。

送卢弘本浙东觐省

东望故山高,秋归值小舠。怀中陆绩橘,江上伍员涛。好去宁鸡口,加餐及蟹螯。知君思无倦—作限,为我续—作读离骚。

晚次荆溪馆呈崔明府

舣舟阳羡馆,飞步缭疏楹。山暝水云碧,月凉烟树清。长桥深漾影,远橹下摇声。况是无三害,弦歌初政成。

寄朗州徐员外

江岭昔飘蓬,人间值俊雄。关西今孔子,城北旧徐公。清夜游何处,良辰此不同。伤心几年事,一半在湖中。

旅次上饶溪

碧溪行几折,凝棹宿汀沙。角断孤城掩,楼深片月斜。夜桥昏水气,秋竹静霜华。更想曾题壁,凋零可叹嗟。

送徐彦夫南迁

万里客南迁,孤城涨海边。瘴云秋不断,阴火夜长然。月上行虚市,风回望舶船。知君还自洁,更为酌贪泉。

送韦整尉长沙

远远—作道长沙去,怜君利—作屈一官。风帆彭蠡疾,云水洞庭宽。木客提蔬束,江乌接饭丸。莫言卑湿地,未必乏新欢。

送外甥

衰年生侄少,唯尔最关心。偶作魏舒别,聊为殷浩吟。白波舟不定,黄叶路难寻。自此尊中物,谁当更共斟。

赠薛鼎臣侍御—作送刘崇德尉睦州建德县

一命前途远,双曹小邑闲。夜潮人到—作带郭,春雾鸟啼山。浅濑横沙堰,高岩峻石斑。不堪曾倚棹,犹复梦升攀。

送曾黯游夔州

不远夔州路,层波滟滪连。下来千里峡,入去一条天。树色秋帆上,滩声夜枕前。何堪正危侧,百丈半山颠。

送李长史归涪州

涪江江上客,岁晚却还乡。暮过高唐雨,秋经巫峡霜。急滩船失次,叠嶂树无行。好为题新什,知君思不常。

赠契衡上人

小门开板阁,终日是逢迎。语笑人同坐,修持意别行。水花秋始发,风竹夏长清。一一作不恨栖惶久,怜师记姓名。

走笔赠许玖赴桂州命

桂林真重德,莲幕藉殊才。直气自消瘴,远心无暂灰。剑棱丛石险,箭激乱流回。莫说雁不到,长江鱼尽来。

题上饶亭

溪亭拂一琴,促轸坐披衿。夜月水南寺,秋风城外砧。早霜红叶静,新雨碧潭深。唯是壶中物,忧来且自斟。

题僧壁

出门无一事,忽忽到天涯。客地多逢酒,僧房却厌花。棋因王粲覆,鼓是祢衡挝。自喜疏成品,生前不怨嗟。

寄卢载

故人卢氏子,十一作数载旷佳期。少见双鱼信,多闻八米诗。侏儒他甚饱,款段尔应羸。忽谓今刘二,相逢不熟槌。

送杨秀才游蜀

鄂渚逢游客，瞿塘上去船。峡深明月夜，江静碧云天。旧俗巴渝舞，新声—作离情蜀国弦。不堪挥惨恨，一涕自潸然。

送杨秀才往夔州

鄂渚逢游客，瞿塘上去船。此二句与送杨秀才游蜀诗同。江连万里海，峡入一条天。鸟影沉沙日，猿声隔树烟。新诗逢北使，为草几巴笺。

途中逢李道实游蔡州

征马汉江头，逢君上蔡游。野桥经亥市，山路过申州。僻地人行涩，荒林虎迹稠。殷勤话新守，生物赖诸侯。

富阳道中送王正夫

柹音析柹上荒原，霜林赤叶翻。孤帆天外出，远戍日中昏。摘橘防深刺，攀萝畏断根。可堪衰草色，一酌送王孙。

送韦正字析贯赴制举—作科

可爱汉文年，鸿恩荡海壖。木鸡方备德，金马正求贤。大战希游刃，长途在著鞭。仡看鼠董策，便向史中传。

赠贞固上人

南国披僧籍，高标一道林。律仪精毡布，真行正吞针。掇火身潜起，焚香口旋吟。非论坐中社，余亦旧知音。

题赠志凝上人

悟色身无染，观空事不生。道心长日笑，觉路几年行。片月山林—作房静，孤云海棹轻。愿为尘外契，一就智珠明。

送琼贞发述怀

送出南溪日，离情不忍看。渐遥犹顾首，帆去意难判。最恨临行夜，相期几百般。但能存岁节，终久得同欢。

寄灵澈上人

老僧何处寺，秋梦绕江滨。独树月中鹤，孤舟云外人。荣华长指幻，衰病久—作病久不观身。应笑无成者，沧洲垂—作纶轮。

溪行寄京师故人道侣—本无京师故人四字

白日长多事，清溪偶独寻。云归秋水阔，月出夜山深。坐想天涯去，行悲泽—作海畔吟。东郊—作京华故人在，应笑未抽簪—作谁复念浮沉。

赠僧云栖

麈尾与筇枝，几年离石坛。梵余林雪厚，棋罢岳钟残。开卷喜先悟，漱瓶知早寒。衡阳寺前雁，今日到长安。

送魏尚书赴镇州行营

河塞日骎骎，恩仇报尽深。伍员忠是节，陆绩孝为心。坐激书生愤，行歌壮士吟。惭非燕地客，不得受黄金。

寄迁客

万里南迁客，辛勤岭路遥。溪行防水弩，野店避山魈。瘴海须求药，贪泉莫举瓢。但能坚志义，白日甚昭昭。

题苏小小墓

漠漠穷尘地，萧萧古树林。脸浓花自发，眉恨柳长深。夜月人何待，春风鸟为—作自吟。不知谁共穴，徒愿结同心。

江南作—作江上旅泊

楚塞南行久，秦城北望遥。少年花已过，衰病柳先凋。客泪收回日，乡心寄落潮。殷勤问春雁，何处是烟霄。

题王右丞山水障二首

精华在笔端，咫尺匠心难。日月中堂见，江湖满座看。夜凝岚气湿，秋浸壁光寒。料得昔人意，平生诗思残。

右丞今已殁，遗画世间稀。咫尺江湖尽，寻常鸥鸟—作鸿雁飞。山光全在掌，云气欲生衣。以此常为玩，平生沧海机。

将之衡阳道中作

万里南方去,扁—作孤舟泛自—作自贩身。长年无爱物,深话少情人。醉卧襟长散,闲书字不真。衡阳路犹远,独与雁为宾。

读狄梁公传

失运庐陵厄,乘时武后尊。五丁扶造化,一柱正乾坤。上保储皇位,深然国老勋。圣朝虽百代,长合问王孙。

题真娘墓在虎丘西寺内

佛地葬罗衣,孤魂此是归。舞为蝴蝶梦,歌谢伯劳飞。翠发朝云在—作断,青蛾夜月微。伤心一花落,无复怨—作恋春辉。

洞庭南馆

一径逗霜林,朱栏绕碧岑。地盘云梦角,山镇洞庭心。树白看烟起,沙红见日沉。还因此悲屈,惆怅又行吟。

题赠仲仪上人院

星霜几朝寺,香火静居—作中人。黄叶不经意,青山无事身。抛生台上日,结座履中尘。自说一时课—作乘果,别来诗更新。

题圣女庙

古庙无人入,苍皮涩老桐。蚁行蝉壳上,蛇窜雀巢中。浅水孤舟泊,轻尘一座蒙。晚来云雨去,荒草是残风。

题山水障子

一见秋山色,方怜画手稀。波涛连壁动,云物下檐飞。岭树冬犹发,江帆暮不归。端然是渔叟,相向日依依。

咏风

摇摇歌—作遥遥轻扇举,悄悄舞衣轻。引笛秋临塞,吹沙夜绕城。向峰回雁影,出峡送猿声。何似琴中奏,依依别带情。

奉和令狐相公送陈肱侍御第七句缺一字

高馆动离瑟,亲宾聊叹稀。笑歌情不尽,欢待礼无违。清露府莲结,碧云皋鹤飞。还家与□惠,雨露岂殊归。

陪范宣城北楼夜宴

华轩敞碧流,官妓拥诸侯。粉项高丛鬓,檀妆慢裹头。亚身摧蜡烛,斜眼送香球。何处偏堪恨,千回下客筹。

宪宗皇帝挽歌词

呜咽上攀龙,升平不易逢。武皇虚好道,文帝未登封。寿域无千载,泉门是九重。桥山非远地,云去莫疑峰。

发蜀客

风吹鲁国人,飘荡蜀江滨。湿地饶蛙黾,衰年足鬼神。时清归去路,日复病来身。千万长堤柳,从他烂漫春。

江城晚眺

重槛构云端,江城四郁盘。河流出郭静,山色对楼寒。浪草侵天白,霜林映日丹。悠然此江思,树杪几樯竿。

题樟亭

晓霁凭虚槛,云山四望通。地盘江岸绝,天映海门空。树色连秋霭,潮声入夜风。年年此光景,催尽白头翁。

乐静

引手强篸巾,徐徐起病身。远心群野鹤,闲话对村人。发匣琴徽静,开瓶酒味真。纵闻兵赋急,原宪本家贫。

登广武原

广武原西北,华夷此浩然。地盘山入海,河绕国连天。远树千门邑,高樯万里船。乡心日云暮,犹在楚城边。

观宋州田大夫打球

白马顿红缨,梢球紫袖轻。晓冰蹄下裂,寒瓦杖头鸣。义手胶粘去,分鬃线道绁。自言无战伐,髀肉已曾生。

题丹阳永泰寺练湖亭

小槛俯澄鲜,龙宫浸浩然。孤光悬夜月,一片割秋天。浅派胤沙草,余波漂岸船。聊当因畎浍,披拂坐潺湲。

题程氏书斋

僻巷难通马,深园不藉篱。青萝缠柏叶,红粉坠莲枝。雨燕衔泥近,风鱼咂网迟。缘君寻小阮,好是更题诗。

毁浮图年逢东林寺旧

可惜东林寺,空门失所依。翻经谢灵运,画壁陆探微。隙地泉声在,荒途马迹稀。殷勤话僧辈,未敢保儒衣。

贵池道中作

羸骖驱野岸,山远路盘盘。清露月华晓,碧江星影寒。离群徒长泣,去国自加餐。霄汉宁无旧,相哀自—作是语端。

喜王子载话旧

相逢青眼日,相叹白头时。累话三朝事,重看一局棋。欢娱非老大,成长是婴儿。且尽尊中物,无烦更后期。

秋日病中

析析檐前竹,秋声拂簟凉。病加阴已久,愁觉夜初长。坐拾车前子,行看肘后方。无端忧食忌,开镜倍萎黄。

访许用晦

远郭日曛曛,停桡一访君。小桥通野水,高树入江云。酒兴曾无敌,诗情旧逸群。怪来音信少,五十我无闻。

题海盐南馆

故人营此地,台馆尚依依。黑夜山魈语,黄昏海燕归。旧阴杨叶在,残雨槿花稀。无复南亭赏,高檐红烛辉。

晚秋江上作

万里穷秋客,萧条对落晖。烟霞山鸟散,风雨庙神归。地远蛩—作虫声切,天长雁影稀。那堪正砧杵,幽思想寒衣。

吴宫曲

日下苑西宫。花飘—作开香径红。玉钗斜白燕,罗带弄青虫。皓齿初含雪,柔枝欲断风。可怜倾国艳—作色,谁信女为戎。

赋昭君家

万里关山冢,明妃旧死心。恨为秋色晚,愁结暮云阴。夜切胡风起,天高汉月临。已知无玉貌,何事送黄金。

哭汴州—作夷门陆大夫

利剑—作刃太坚操,何妨拔一毛。冤深陆机雾,愤积伍员—作胥涛。直道非无验—作险,明时不录劳。谁当青史上,卒为显词褒。

晚夏归别业

古岸扁舟晚,荒园一径微。鸟啼新果熟,花落故人稀。宿润侵苔甃,斜阳照竹扉。相逢尽乡老,无复话时机。

公子行

春色满城池,杯盘著—作看处移。镫金斜雁子,鞍帕嫩鹅儿。买笑歌桃李,寻歌折柳枝。可怜明月夜,长是管弦随。

题曾氏园林

十亩长堤宅,萧疏半老槐。醉眠风卷簟,棋罢月—作日移阶。斫树遗桑斧,浇花湿笋鞋。还将齐物论,终岁自安排。

读始兴公传

殁世议方存,升平道几论。诗情光日月,笔力动乾坤。乱道光雄算,朝纲在典坟。明时封神绩,山下见丘门。

中秋月

碧落桂含姿,清秋是素期。一年逢好夜,万里见明时。绝域行应久,高城下更迟。人间系情事,何处不相思。

江西道中作三首

日落江村远,烟云度几重。问人孤驿路,驱马乱山峰。夜入霜林火,寒生水寺钟。凄凉哭途意,行处又饥凶。

西江江上月,远远照征衣。夜色草中网,秋声林外机。渚田牛路熟,石岸客船稀。无复是乡井,鹧鸪聊自飞。

秋滩一望平,远远见山城。落日啼乌柏,空林露寄生。烧畬残火色,荡桨夜溪声。况是会游处,桑田小变更。

题常州水西馆

隙地丛筠植,修廊列堵环。楼台疏占水,冈岸远成山。尽日草深映,无风舟自闲。除当俟—作候芳夕,一泛芰荷间。

题李渎山居玉潭—作玉潭山居

古树千年色,苍崖百尺阴。发寒泉气静,神骇玉光沉。上穴青冥小,中连碧海深。何当烟月下,一听夜龙吟。

题陆墉金少洞居

东溪泉一眼,归卧惬高疏。决水金沙静,梯云石壁虚。细吟搔短发,深话笑长裾。莫道遗名品,尝闻入洛初。

题陆敦礼山居伏牛潭

伏牛真怪事,余胜几人谙。日彩沉青壁,烟容静碧潭。泛心何虑冷,漱齿讵忘甘。幸挈壶中物,期君正兴酣。

旅次石头岸

行行石头岸,身事两相违。旧国日边远,故人江上稀。水声寒不尽,山色暮相依。惆怅未成语,数行鸦又飞。

观宋州于使君家乐琵琶

历历四弦分,重来上界闻。玉盘飞夜雹—作电,金磬入秋云。陇雾筛凝水,砂风雁咽群。不堪天塞恨,青冢是昭君。

筝

绰绰下云烟,微收皓腕鲜。夜风生碧柱,春水咽红弦。翠佩轻犹触,莺枝涩未迁。芳音何更妙,清月共婵娟。

歌

一夜列三清,闻歌曲阜城。雪飞红烬影,珠贯碧云声。皓齿娇微发,青蛾怨自生。不知新弟子,谁解唼喉轻。

笙

董双成一妙,历历韵风篁。清露鹤声远,碧云仙吹长。气侵银项湿,膏胤漆瓢香。曲罢不知处,巫山空夕阳。

五弦

小小月轮中,斜抽半袖红。玉瓶秋滴水,珠箔夜悬风。征调侵弦乙,商声过指拢。只愁才曲罢,云雨去巴东。

觱篥

一管妙清商,纤红玉指长。雪藤新换束,霞锦旋抽囊。并揭声犹远,深含曲未央。坐中知密顾,微笑是周郎。

笛

紫清人一管,吹在月堂中。雁起雪云夕,龙吟烟水空。房尘深汉地,羌思切边风。试弄阳春曲,西园桃已红。

舞

荆台呈妙舞,云雨半罗衣。袅袅腰疑折,褰褰袖欲飞。雾轻红踯躅,风艳紫蔷薇。强许传新态,人间弟子稀。

箜篌

星汉夜牢牢,深帘调更高。乱流公莫度,沉骨妪空嗥。向月轻轮甲,迎风重纫条。不堪闻别引,沧海恨波涛。

箫

清籁远愔愔,秦楼夜思深。碧空人已去

沧海凤难寻。杳妙和云绝,依微向水沉。还将九成意,高阁伫芳音。

夕次桐庐

百里清溪口,扁舟此去过。晚潮风势急,寒叶雨声多。戍出山头鼓,樵通竹里歌。不堪无酒夜,回首梦烟波。

入潼关

都城三百里一作连二百,雄险此回环。地势遥尊岳,河流侧让关。秦皇曾虎视,汉祖昔龙颜。何处枭凶辈,干戈自不闲。

南宫叹亦述玄宗追恨太真妃事

北陆冰初结,南宫漏更长。何劳却睡草,不验返魂香。月隐仙娥艳,风残梦蝶扬。徒悲旧行迹,一夜玉阶霜。

题平望驿一本无题字

一派吴兴水,西来此驿分。路遥经几日,身去是孤云。雨气朝忙蚁,雷声夜聚蚊。何堪秋草色,到处重离群。

隋宫怀古

废宫深苑路,炀帝此东行。往事余山色,流年是水声。古墙丹臒尽,深栋黑煤生。惆怅从今客,经过未了情。

偶苏求至话别后六句与送苏绍之归岭南诗同

几年沧海别,万里白头吟。夜月江流阔,春云岭路深。珠繁杨氏果,翠耀孔家禽。无复天南梦,相思空树林。

秋霁一作斋

垂老归休意,栖栖陋巷中。暗灯棋子落,残语酒瓶空。滴幂侵檐露,虚疏入槛风。何妨一蝉唶,自抱木兰丛。

咏史二首

汉代非良计,西戎世世尘。无何求善马,不算苦生民。外国雠虚结,中华愤莫伸。却教为后耻,昭帝远和亲。

留名鲁连去,于世绝遗音。尽爱聊城下,宁知沧海深。偶然飞一箭,无事在千金。回望凌烟阁,何人是此心。

洞房燕

清晓洞房开,佳人喜燕来。乍疑钗上动,轻似掌中回。暗语临一作通窗户,深窥傍镜台。新妆一作妆成正含思,莫拂画梁埃。

答僧赠柱杖

千回掌上横,珍重远方情。客问何人与,闽僧寄一茎。画空疑未决,卓地计初成。幸以文堪采,扶持力不轻。

鹭鸶

深窥思不穷,揭趾浅沙中。一点山光净,孤飞潭影空。暗栖松叶露,双一作轻下蓼花风。好是沧波侣,垂丝趣亦同。

塞下

万里配长征,连年惯野营。入群来拣马,抛伴去禽生。箭插雕翎阔,弓盘鹊角轻。闲看行近远,西去受降城。

忆云阳宅

一别云阳宅,深愁度岁华。翠浓春槛柳,红满夜庭花。鸟影垂纤竹,鱼行践浅沙。聊当因寤寐,归思浩无涯。

题造微禅师院

夜香闻偈后,岑寂掩双扉。照竹灯和雪,穿云一作松月到衣。草堂疏磬断,江寺故人稀。唯忆江南雨,春风独鸟归。

酬武蕴之,乙丑之岁始见华发,余自悲,遂成继和

贾生年尚少,华发近相侵。不是流光促,因缘别恨深。怜君成苦调,感我独长吟。岂料清秋日,星星共映簪。

题万道人禅房

何处凿禅壁,西南江上峰。残阳过远水,

落叶满疏钟。世事静中去,道心尘外逢。欲知情不动,床下虎留踪。

病后访山客

久病倦衾枕,独行来访君。因逢归马客,共对出溪云。新月坐中见,暮蝉愁处闻。相欢贵无事,莫想路岐分。

题松汀驿—本无题字

山色远含空,苍茫泽国东。海明先见日,江白迥闻风。鸟道高原去,人烟小径通。那知旧遗逸,不在五湖中。

处士隐居

斜日半飞阁,高帘轻翳—作檐翳远空。清香芙蓉水,碧冷琅玕风。绝岸泒沋沋,修廊趾崇隆。唯当饵仙术,坐作朱颜翁。

早春钱塘湖晚眺

落日下林坂,抚襟睇前踪。轻澌流回浦,残雪明高峰。仰视天宇旷,俯登云树重。聊当问真界,昨夜西峦钟。

濠州水馆

高阁去烦燠,客心遂安舒。清流中浴鸟,白石下游鱼。秋树色凋翠,夜桥声袅虚。南轩更何待,坐见玉蟾蜍。

石头城寺

山势抱烟光,重门突兀傍。连檐金—作天像阁,半壁石龛廊。碧树丛高顶,清池占下方。徒悲宦游意,尽日老僧房。

伤迁客殁南中

故人何处殁,谪宦极南天。远地身狼狈,穷途事果然。白须才过海,丹旐却归船。肠断相逢路,新来客又迁。

乌夜啼

忽忽南飞返,危丝共怨凄。暗霜移树宿,残夜绕枝啼。咽绝声重叙,憎淫思乍迷。不妨还报喜,误使玉颜低。

题润州金山寺—本无上三字

一宿金山寺—作顶,超然离世群—作微茫水国分。僧归夜船月,龙山晓堂云。树色—作影中流见,钟声两岸闻。翻思—作因悲在朝—作城市,终日醉醺醺。

题润州甘露寺—本无题字

千重构横险,高步出尘埃。日月光先见—作到,江山势尽来。冷云归—作虚水石,清露滴楼台。况是东溟上,平生意一开。

题杭州孤山寺

楼台丛碧岑,一径入湖心。不雨山长润,无云水自阴。断桥荒藓涩,空院落花深。犹—作独忆西窗月—作夜,钟声在北林—作到此林。

题余杭—作姚县龙泉观—本无题字

四回—作明山一面,台殿已嵯峨。中路见山—作江远,上方行石多。天—作山晴花气漫,地暖鸟音—作声和。徒漱葛仙井,此生其—作真奈何。

题径山大觉禅师影堂

超然彼岸人,一径谢微尘。见相即—作想应非相—作想,观身岂是身。空门性未灭,旧里化犹新。谩指堂中影,谁言影似真。

题濠州钟离寺

遥遥东郭寺,数里占原田。远岫碧光合,长淮清派连。院藏归鸟树,钟到落帆船。唯羡空门叟,栖心尽百年。

秋夜宿灵隐寺师上人—本此下有居字

月色荒城外,江声野寺中。贫知交道薄,老信释门空。露叶凋阶藓,风枝戛井桐。不妨无酒夜,闲话值生公。

题苏州灵岩寺

碧海西陵岸,吴王此盛时。山行今佛寺,水见旧宫池。亡国人遗恨,空门事少悲。聊当值僧语,尽日把松枝。

题苏州楞伽寺

楼台山半腹,又此一经行。树隔夫差苑,溪连勾践城。上坡松径涩,深坐石池清。况是西峰顶,凄凉故国情。

题苏州思益寺

四面山形断,楼台此迥临。两峰高崒屼,一水下淫渗。凿石西龛小,穿松北坞深。会当来结社,长日为僧吟。

题重居寺

浮图经近郭,长日羡僧闲。竹径深开院,松门远对山。重廊标板榜,高殿锁金环。更问寻雷室,西行咫尺间。

题善权寺

碧峰南一寺,最胜是仙源。峻坂依岩壁,清泉泄洞门。金函崇宝藏,玉树闷灵根。寄谢香花叟—作林客,高踪不可援。

题南陵隐静寺

松径上登攀,深行烟霭间。合流厨下水,对耸殿前山。润壁鸟音迥,泉源僧步闲。更怜飞一锡,天外与云还。

题丘山寺

几代儒家业,何年佛寺碑。地平边海处,江出上山时。故国人长往,空门事可知。凄凉问禅客,身外即无为。

题道光上人山院

真僧上方界,山路正岩岩。地僻泉长冷,亭香草不凡。火田生白菌,烟岫老青杉。尽日唯山水,当知律行严。

题庐山僧

一室炉峰下,荒榛手自开。粉牌新薤叶,竹援小葱台。树黑云归去,山明日上来。便知心是佛,坚坐对寒灰。

题惠山寺—作常州无锡县惠山寺

旧宅人何在,空门客自过。泉声到池尽,山—作月色上楼多。小洞生—作穿斜竹,重阶夹细—作瘦莎。殷勤望—作入城市,云水暮钟和。

题虎丘寺

轻棹驻回流,门登西虎丘。雾青山月晓,云白海天秋。倚殿松株涩,攲庭石片幽。青娥几时墓,空色尚悠悠。

题普贤寺

何人知寺路,松竹暗春山。潭黑龙应在,巢空鹤未还。经年来客倦,半日与僧闲。更共尝新茗,闻钟笑语间。

题虎丘东寺

云树拥崔嵬,深行异俗埃。寺门山外入,石壁地中开。仰砌池光动,登楼海气来。伤心万古—作年意,金玉葬寒灰。

题虎丘西寺

嚣尘楚城外,一寺枕通波。松色入门远,冈形连院多。花时长到处,别路半经过。惆怅旧禅客,空房深薜萝。

题招隐寺

千年戴颙宅,佛庙此崇修。古井人名在,清泉鹿迹幽。竹光寒闭院,山影夜藏楼。未得高僧旨,烟霞空暂游。

塞下曲

二十逐嫖姚,分兵远戍辽。雪迷经塞夜,冰壮渡河朝。促放雕难下,生骑马未调。小儒何足问,看取剑横腰。

宿淮阴水馆

积水自成阴,昏昏月映林。五更离浦棹,一夜隔淮砧。漂母乡非远,王孙道岂沉。不当无健妪,谁肯效前心。

题小松

何处飐云烟,新移此馆前。碧姿尘不染,清影露长鲜。耸地心才直,凌云操未全。可悲人自老,何日是千年。

夏日梅溪馆寄庞舍人

东阳宾礼重,高馆望行期。埽簟因松叶,篸瓜使竹枝。卷帘闻鸟近,翻枕梦人迟。坐听津桥说,今营太守碑。

感河上兵

一闻河塞上,非是欲权兵。首尾诚须畏,膏肓慎勿轻。多门徒可入,尽室且思行。莫为无媒者,沧浪不濯缨。

赠淮南将 一作少年行

年少好一作少年足风情,垂鞭眣睢一作卖眼行。带金狮子小,裘锦麒麟狞。拣匠一作选将装银一作金镫,堆一作推钱买细筝。李陵虽效死,时论亦轻生一作得虚名。

题惠昌上人 一本下有院字

半岩开一室,香毯细氤氲。石上漱秋水,月中行夏云。律持僧讲疏,经诵梵书文。好是风廊下,遥遥挂褐裙。

塞上曲

边风卷地时,日暮帐初移。碛迥三通角,山寒一点旗。连收榻索马,引满射雕儿。莫道功勋细,将军昔戍师。

折杨柳

红粉青楼曙,垂杨仲月春。怀君重攀折,非妾妒腰身。舞带萦丝断,娇娥向叶嚬。横吹凡几曲,独自最愁人。

采桑

自古多征战,由来尚甲兵。长驱千里去,一举两番平。按剑从沙漠,歌谣满帝京。寄言天下将,须立武功名。

禅智寺

宝殿依山崄,临虚势若吞。画檐齐木末,香砌压云根。远景窗中岫,孤烟竹里一作海上村。凭高聊一望,乡思隔吴门。

寄题商洛王隐居

近逢商洛口,知尔坐南塘。草阁平春水,柴门掩夕阳。随蜂收野蜜,寻麝采生香。更忆前年醉,松花满石床。

送客归湘楚

无辞一杯酒,昔日与君深。秋色换归鬓,曙光生别心。桂花山庙冷,枫树水楼阴。此路千余里,应劳楚客吟。

登金山寺

古今斯岛绝,南北大江分。水阔吞沧海,亭高宿断云。返潮千涧落,啼鸟半空闻。皆是登临处,归航酒半醺。

全唐诗卷五百十一

张祜

洛阳感寓

扰扰都城晓—作晚四开，不关名利也尘埃。千门甲第身遥入，万里铭旌死后来。洛水暮烟—作天，一作云横莽苍，邙山秋日露崔嵬。须知此事堪为镜，莫遣黄金漫作堆。

从军行

少年金紫就光辉，直指边城虎翼飞。一卷旌—作旗收千骑虏，万全身出百重围。黄云断塞寻鹰去，白草连天射雁归。白首汉廷刀笔吏，丈夫功业本相依。

爱妾换马

一面妖桃千里蹄，娇—作芳姿骏骨价应齐。乍—作试牵玉勒辞—作趋金栈—作埒，催—作初整花钿出绣闺。去日岂无沾袂—作袖泣，归时还有作别时犹解顿衔嘶。婵娟蹙蹀春风里—作幕，挥手摇鞭杨柳堤。

绮—作粉阁香销华厩空，忍将行雨换追风。休怜柳叶双眉翠—作绿，却爱桃花两耳红。侍宴永辞春色里，趁朝休立漏声中。恩劳未尽情先尽，暗泣嘶风—作长嘶两意同。此篇一作陈标诗。

病宫人—作袁不约诗

佳人卧病动经秋，帘幕缦缪不挂钩。四体强扶藤夹膝，双鬟慵插—作整玉搔头。花颜有幸君王问，药饵无征待诏愁。惆怅近来消瘦尽，泪珠时傍枕函流。

观杭州柘枝

舞停歌罢鼓连催，软骨仙—作纤娥暂起来。红罨画衫缠腕出，碧排方胯背腰来。旁收拍拍金铃摆，却踏声声锦袎摧。看著遍头香袖褶，粉屏香—作兰帕又重隈—作偎。

周员外席上观柘枝一作周员外出双舞柘枝妓

画鼓拖环锦臂攘,小娥双换舞衣裳。金丝蹙雾红衫薄,银蔓垂花紫带长。鸾影乍回头并一作对举,凤声初歇翅齐张。一时欹腕一作折招残拍,斜敛轻身拜玉郎。

观杨瑗柘枝

促叠蛮鼍引柘枝,卷帘虚帽带交垂。紫罗衫宛蹲身处,红锦靴柔踏节时。微动翠蛾抛旧态,缓遮檀口唱新词。看看舞罢轻云起,却赴襄王梦里期。

感王将军柘枝妓殁

寂寞春风旧柘枝,舞人休唱曲休吹一作美人休舞曲停吹。鸳鸯钿带抛何处,孔雀罗衫付阿谁。画鼓不闻招节拍,锦靴空一作虚想挫腰肢。今来座上偏惆怅一作翻如醉,曾是堂前一作见梨园教彻时。

扬州法云寺双桧

谢家双植本图一作南荣,树老人因一作亡地变更。朱顶鹤知深盖偃,白眉僧见小枝生。高临月殿一作户秋云影,静入风檐一作廊夜雨声。纵使一作从此百年为上寿,绿阴终借暂时一作是借君行。

忆游天台寄道流

忆昨天台到赤城,几朝仙籁耳中生。云龙出水风声过,海鹤鸣皋日色清。石笋半山移步险,桂花当洞拂衣轻。今来尽是人间梦,刘阮茫茫何处行。

寄王尊师

天台南洞一灵仙,骨耸冰棱貌莹然。曾对蒲云一作樽蒲长昧齿,重来华表不知年。溪桥晚下玄龟出,草露朝行白鹿眠。犹忆夜深华盖上,更无人处话丹田。

公子行

锦堂昼永绣帘垂一作玉堂前后画帘垂,立却花骢待出时。红粉美人擎酒劝,青一作锦衣年少一作健仆臂鹰随。轻将玉杖敲花片,旋把金鞭约柳枝一作丝。近地一作晴日独游三五骑,等闲行傍曲江池。

寓怀寄苏州刘郎中时以天平公荐罢归

一闻周召佐明时,西望都门强策羸。天子好文才自薄,诸侯力荐命犹奇。贺知章口徒劳说,孟浩然身更不疑。唯是胜游行未遍,欲离京国尚迟迟。

和杜牧之齐山登高一作奉和池州杜员外重阳日齐山登高

秋溪南岸菊霏霏,急管烦一作繁弦对落晖。红叶树深山径断,碧云江静浦帆稀。不堪孙盛嘲时笑,愿送王弘醉夜归。流落一作浪正怜芳意在,砧声徒促授寒衣。

题于越亭

扁舟亭下驻烟波,十五年游重此过。洲觜露沙人渡浅,树梢藏竹鸟啼多。山衔落照欹红盖,水蹙斜文卷绿罗。一作层阑涨水痕犹在,古板题诗字已讹。肠断中一作况是高秋正圆月,夜来谁一作可堪闻唱异乡歌。

秋夜登润州慈和寺上方上方一作塔

清夜浮埃暂歇一作暂出,一作歇井鄽,塔轮金照露华鲜。人行中路月生海,鹤语上方星满天。楼影半一作暗连深岸水,钟声寒彻远林一作溪烟。僧房闭尽下楼去,一半梦魂离一作归世缘。

寄献萧相公

东去江干一作山是胜游,鼎湖兴一作相望不堪愁。谢安近日违朝旨,传说当时允帝求。暂向聊城飞一箭,长为沧海系扁舟。分明此事无人见,白首相看未肯休。

哭京兆庞尹

扬子江一作津头昔共迷,一为京兆隔云泥。故人昨日同时吊,旧马今朝别处嘶。向壁愁眉无复画,扶床稚齿已能啼。也知世路名一作多甚贵一作叹,谁信庄周论物一作物调,一作物逾齐。

送周尚书赴滑台

楚谣襦袴整三年,喉舌新恩下九天。鼓角雄都分节钺,蛇龙旧国罢楼船。昆河已在兵钤内,堂柳空留鹤岭前。多病无由酬一顾,鄢陵千骑去翩翩。

和杜使君九华楼见寄

孤城高柳晓鸣鸦,风帘半钩清露华。九峰聚翠宿危槛,一夜孤光悬冷沙。出岸远晖帆欲落,入谿寒影雁差斜。杜陵归去春应早,莫厌青山谢朓家。

送人归蜀

锦城春色一作样溯江源,三峡经过几夜猿。红树两厓开霁色,碧岩千仞涨波痕。萧萧暮雨荆王梦,漠漠春烟蜀帝魂。长怨相如留滞处,富家还忆卓王孙。

酬答柳宗言秀才见赠

南下天台厌绝冥,五湖波上泛如萍。江鸥自戏为踪迹,野鹿闲惊是性灵。任子偶垂沧海钓,戴逵虚认少微星。金门后俊徒相唁,且为人间寄茯苓。

题杭州天竺寺

西南山最胜,一界是诸天。上路穿岩竹,分流入寺泉。蹑云丹井畔,望月石桥边。洞壑江声远,楼台海气连。塔明春岭雪,钟散暮松烟。何处去犹恨,更看峰顶莲。

题杭州灵隐寺

峰峦开一掌,朱槛几环延。佛地花分界,僧房竹引泉。五更楼下月,十里郭中烟。后塔耸亭后,前山横阁前。溪沙涵水静,涧石点苔鲜。好是呼猿久,西岩深响连。

中秋夜杭州玩月

万古太阴精,中秋海上生。鬼愁缘辟照,人爱为高明。历历华星远,霏霏薄晕萦。影流江不尽,轮曳谷无声。似镜当楼晓,如珠出浦盈。岸沙全借白,山木半含清。小槛循环看,长堤蹋阵行。殷勤未归客,烟水夜来情。

高闲上人

座上辞安国,禅房峦沃州。道心黄叶老,诗思碧云秋。卷轴朝廷钱,书函内库收。陶欣入社叟,生怯论经俦。日色屏初揭,风声笔未休。长波溢一作浮海岸,大点出嵩丘。不绝羲之法,难穷智永流。殷勤一笺在,留著看银钩。

题灵隐寺师一上人十韵

八十空门子,深山土木骸。片衣闲自衲,单食老长斋。道性终能遗,人情少不乖。櫹梠居上院,薜荔俯层阶。洗钵前临水,窥门外有一作掩柴。朗吟挥竹拂,高楫曳芒鞋。迸笋斜穿坞,飞泉下喷崖。种花忻土润,拨石虑沙埋。旧往师招隐,初临我咏怀。何一作聊当缘一作因兴玩,更为表新牌。

投常州从兄中丞

扁舟何所往,言入善人邦。旧爱鹏抟海,今闻虎渡江。士因为政乐,儒为说诗降。素履冰容静,新词玉润枞。金鱼聊解带,画鹢稍移椿。邀妓思一作促坐邀逃席,留宾命倒缸。史一作吏材谁是伍,经术世无双。广厦当宏构,洪钟并待撞。成龙须讲邴,展骥莫先庞。应念宗中末,秋萤照一窗。

送王昌涉侍御

十里指东平,军前首出征。诸侯青服旧,御史紫衣荣。入陈枭心死,分一作冲围虎力生。画时安楚塞,刻一作克日下齐城。号令朝移幕,偷踪夜斫营。云梯曾险上,地道惯深行。举旆招降将,投戈趁败兵。自惭居房者,当此立功名。

少年乐 一作贵家郎

二十便封侯,名居第一流。绿鬟深小院,清管下高楼。醉把金船掷,闲敲玉镫游。带盘红鼹鼠，袍砑紫犀牛。锦袋归调箭，罗鞋起拨球。眼前长贵盛，那信世间愁。—作碧瓦坊墙上，朱桥柳巷头。眼前长少贵，那信有春愁。

华清宫和杜舍人

　　五十年天子，离宫旧粉—作仰倾墙。登封时正泰，御宇日初—作何长。上位先名实，中兴事宪章，举—作起戎轻甲胄，余地取河湟。道帝玄元祖，儒封孔子王。因缘百司署，丛会一人汤。渭水波摇绿，秦山—作郊草半黄。马头开夜照，—作马驯金勒细。鹰眼利星芒。—作鹰健玉铃镩。下箭朱弓满，鸣鞭皓腕攘。畋思获吕望，谏祇避周昌。兔迹贪前逐，枭心不早防。几添鹦鹉劝，频—作先赐荔支尝。月锁千门静，天高—作吹一笛凉。细音摇翠—作羽佩，轻步宛霓裳。祸乱根—作基潜结，升平意遽忘。衣冠逃犬彘，鼙鼓动渔阳。外戚心殊迫，中途事可量。雪—作血埋妃子貌—作艳，刃断禄儿肠。近侍烟尘隔，前踪荤路荒。益知迷宠佞，惟—作遗恨丧忠—作贤良。北阙尊明主，南宫逊上皇。禁清余风吹，池冷映—作睡龙光。祝寿山犹在，流年水共伤。杜鹃魂厌蜀，蝴蝶梦悲庄。雀卵遗雕栱，虫丝冒画梁。紫苔侵壁润，红树闭门芳。守吏齐鸳瓦，耕民得翠珰。欢康—作登年昔时—作酾乐，讲武旧兵场。暮草深岩霭—作翠，幽花坠径香。不堪垂白叟，行折御沟杨。

穆护砂

　　玉管朝朝弄，清歌日日新。折花当驿路，寄与陇头人。

思归乐二首

　　晚日催弦管，春风入绮罗。杏花如有意，偏落舞衫多。

　　万里春应尽，三江雁亦稀。连天汉水广，孤客未言归。

金殿乐

　　入夜秋砧动，千声起四邻。不缘楼上月，应为陇头人。

墙头花二首

　　蟋蟀鸣洞房，梧桐落金井。为君裁舞衣，天寒剪刀冷。

　　妾有罗衣裳，秦王在时作。为舞春风多，秋来不堪著。

胡渭州

　　杨柳千寻色，桃花一苑芳。风吹入帘里，唯有惹衣香。

白鼻䯀

　　为底胡姬酒，长来白鼻䯀。摘莲抛水上，郎意在浮花。

戎浑

　　风劲角弓鸣，将军猎渭城。草枯鹰眼疾，雪尽马蹄轻。此首即王维《观猎》诗前四句。

杨下采桑

　　飞丝惹绿尘，软叶对孤轮。今朝入园去，物色强著人。

宫词二首

　　故国三千里，深宫二十年。一声何满子，双泪落君前。

　　自倚能歌日，先皇掌上怜。新声何处唱，肠断李延年。

昭君怨二首

　　万里边城远，千山行路难。举头唯见日—作月，何处是长安。

　　汉庭无大议，戎虏几先和。莫羡倾城色，昭君恨最多。

夕次竟陵

　　南风吹五雨，日暮竟陵城。肠断巴江月，夜蝉何处声。

信州水亭

　　南檐架短廊，沙路白茫茫。尽日不归处，

一庭桅子香。

苏小小歌三首

车轮不可遮,马足不可绊。长怨十字街,使郎心四散。

新人千里去,故人千里来。剪刀横眼底,方觉泪难裁。

登山不愁峻,涉海不愁深。中擘庭前枣,教郎见赤心。

树中草

青青树中草,托根非不危。草生树却死,荣枯君可知。

七里濑渔家

七里垂钓叟,还傍钓台居。莫恨无名姓,岩陵不卖鱼。

读曲歌五首

窗中独自起,帘外独自行。愁见蜘蛛织,寻思直到明。

碓上米—作人不舂,窗中丝罢络。看渠驾去车,定是无四角。

不见心相许,徒云脚漫勤。摘荷空摘叶,是底采莲人。

窗外山魈立,知渠脚不多。三更机底下,摸著是谁梭。

郎去摘黄瓜,郎来收赤枣。郎耕种麻地,今作西舍道。

玉树后庭花

轻车何草草,独唱后庭花。玉座谁为主,徒悲张丽华。

莫愁乐

侬居石城下,郎到石城游。自郎石城出,长在石城头。

襄阳乐

大堤花月夜,长江春水流。东风正上信,春夜特来—作待郎游。

自君之出矣

自君之出矣,万物看成古。千寻葶苈枝,争奈长长苦。

梦江南

行吟洞庭句,不见洞庭人。尽日碧江梦,江南红树春。

将离岳州留献徐员外

高斋长对酒,下客亦沾鱼。不为江南去,还来郡北居。

题彭泽卢明府新楼

碧落新楼迥,清池古树闲。先贤尽为宰,空看县南山。

赠禅师

坐见三生事,宗传一衲来。已知无法说,心向定中灰。

江南逢故人

河洛多尘事,江山半旧游。春风故人夜,又醉白蘋洲。

松江怀古

碧树吴洲远,青山震泽深。无人踪范蠡,烟水暮沈沈。

书愤

三十未封侯,颠狂遍九州。平生镆铘剑,不报小人雠。

题孟处士—作浩然宅

高才何必贵,下位不妨贤。孟简虽持节,襄阳属浩然。

首阳竹

首阳山下路,孤竹节长存。为问无心草,如何庇本根。

题僧影堂
寒叶坠清霜,空帘著烬香。生前既无事,何事更悲伤。

边思
苏武节旄尽,李陵音信稀。花当陇上发,人向陇头归。

题弋阳馆
一叶飘然下弋阳,残霞昏日树苍苍。吴溪漫淬干将剑,却是猿声断客肠。

题秀师影堂
阴阴古寺杉松下,记得长明一焰灯。尽日看山人不会,影堂中是别来僧。

赠一作题李修源一作送温飞卿赴方城
岳阳一作方城新尉晓衙参,却是傍人意未甘。昨一作尽夜与君思贾谊,长沙一作潇湘犹在洞庭南。

瓜洲闻晓角
寒耿稀星照碧霄,月楼吹角夜江遥。五更人起烟霜静,一曲残声遍一作送落潮。

元日仗
文武千官岁仗兵,万方同轨奏升平。上皇一御含元殿,丹凤门开白日明。

连昌宫
龙虎旌旗雨露飘,玉楼歌断碧山遥。玄宗上马太真去,红树满园香自销。

正月十五夜灯
千门开锁万灯明,正月中旬动帝京。三百内人连袖舞,一时天上著词声。

上巳乐
猩猩血彩系头标,天上齐声举画桡。却是内人争意切,六宫红一作罗袖一时招。

千秋乐
八月平时花萼楼,万方同乐奏一作是千秋。倾城人看长竿出,一伎初成赵解愁。

春莺啭
兴庆池南柳未开,太真先把一枝梅。内人已唱春莺啭,花下傞傞软舞来。

大酺乐二首
车驾东来值太平,大酺三日洛阳城。小儿一伎竿头绝,天下传呼万岁声。

紫陌酺归日欲斜,红尘开路薛王家。双鬟笑一作前说楼前鼓,两伎一作妓争轮好落一作结花。

邠王小管
虢国潜行韩国随,宜春深院映一作斗花枝。金舆远幸无人见,偷把邠一作宁王小管吹。

李谟笛
平时东幸洛阳城,天乐宫中夜彻明一作鸣。无奈李谟偷曲谱一作耳,酒楼吹笛是新声。

宁哥来
日映宫城雾半开,太真帘下畏人猜。黄翻绰指向西树,不信宁哥回马来。

丁巳年仲冬月江上作
南来驱马渡江濆,消息前年此月闻。唯是贾生先恸哭,不堪天意重阴云。

邺中怀古
邺中城下漳河水,日夜东流莫记春。肠断宫中望陵处,不堪台上也无人。

读池州杜员外杜秋娘诗
年少多情杜牧之,风流仍作杜秋诗。可知不是长门闭,也得相如第一词。

杭州开元寺牡丹
浓艳初开小药栏,人人惆怅出长安。风流

却是钱塘寺,不踏红尘见牡丹。

招徐宗偃画松石
咫尺云山便出尘,我生长日自因循。凭君画取江南胜,留向东斋伴老身。

平阴夏日作
西来渐觉细尘红,扰扰舟车路向东。可惜夏天明月夜,土一作上山前面障南风。

赠一本此下有元道二字处士
小径上山山甚小,每怜僧院笑僧禅。人间莫道无难事,二十年来已是玄。

邠娘羯鼓
新教邠娘羯鼓成,大酺初日最先呈。冬儿指向贞贞一作真真说,一曲乾鸣两杖一作杖子轻。

退宫人二首
开元皇帝掌中怜,流落人间二十年。长说承天门上宴,百官楼下拾金钱。

歌喉渐退出宫闱,泣话伶官上许归。犹说入时欢圣寿,内人初著五方衣。

耍娘歌
宜春花夜雪千枝,妃子偷行上密随。便唤耍娘歌一曲,六宫生老是蛾眉。

悖拏儿舞
春风南内百花时,道唱一作调梁州急遍吹。揭手便拈金碗舞,上皇惊笑悖拏儿。

题灵彻上人旧房
寂寞空门支道林,满堂诗板旧知音。秋风吹叶古廊下,一半绳床灯影深。

晚秋潼关西门作
日落寒郊烟物清,古槐阴黑少人行。关门西去华山色,秦地东来河水声。

赠内人
禁门宫树月痕过,媚眼唯看宿燕一作鹭巢。斜拔玉钗灯影畔,剔开红焰救飞蛾。

洛中作
元和天子昔平戎,惆怅金舆尚未通。尽日洛桥闲处看,秋风时节上阳宫。

折杨柳枝二首
莫折宫前杨柳枝,玄宗曾向笛中一作玉笛吹。伤心日暮烟霞起,无限春愁生翠眉。

凝碧池边敛翠眉,景阳楼下绾青丝。那胜妃子朝元阁,玉手和烟弄一枝。

华清宫四首
风树离离月稍明,九天龙气在一作有华清。宫门深锁无人觉,半夜云中羯鼓声。

天阙沈沈夜未央,碧云仙曲舞霓裳。一声玉笛向空尽,月满骊山宫漏长。

红树萧萧阁半开,上一作玉皇曾幸此宫来。至今风俗骊山下,村笛犹吹阿滥堆。

水一作山绕宫墙处处声,残红长绿露华清。武皇一夕梦不觉,十二玉楼空月明。

赠窦家小儿
深绿衣裳小小人,每来听里解相亲。天生合去云霄上,一尺松栽已出尘。

听崔莒侍御叶家歌一本无莒字
宛罗重谷起歌筵,活凤生花动碧烟。一声唱断无人和,触破秋云直上天。

长门怨
日映宫墙柳色寒,笙歌遥指碧云端。珠铅滴尽无心语,强把花枝冷笑看。

读老庄
等闲缉缀闲言语,夸向时人唤作诗。昨日偶拈庄老读,万寻山上一毫厘。

偶题
古来名下岂虚为,李白颠狂自称时。唯恨

世间无贺老,谪仙长在没人知。

别玉华仙侣
绕舍烟霞为四邻,寒泉白石日相亲。尘机不尽住不得,珍重玉山山上人。

汴上送客—作汴上同杨秀才送客归
河流西下雁南飞,楚客相逢泪湿衣。张翰思归—作乡何太切,扁舟不住又东归。

邮亭残花—作平原路上题邮亭残花
云暗山横日欲斜,邮亭下马对残花。自从身逐征西府,每到花时不在家。

秋时—作晓送郑侍御
离鸿声怨碧云净,楚瑟调高清晓天。尽日相看俱不语,西风摇落数枝莲。

宿武牢关
行人候晓久裴徊,不待鸡鸣未得开。堪羡寒溪自无事,潺潺一夜宿—作向关来。

夜宿溢浦逢崔升
江流不动月西沈,南北行人万里心。况是相逢雁天夕,星河寥落水云深。

京城寓怀
三十年持一钓竿,偶随书荐入长安。由来不是求名者,唯待春风看牡丹。

集灵—作虚台二首
日光斜照集灵—作虚台,红树花迎晓露开。昨夜上皇新授箓,太真含笑入帘来。

虢国夫人承主恩,平明骑—作下马入宫门。却嫌脂粉污颜色,淡扫蛾眉朝至尊。此篇一作杜甫诗。

感归
行却—作去江南路几千,归来不把一文钱。乡人笑我穷寒鬼,还似襄阳孟浩然。

偶作
遍识青霄路上人,相逢只是语逡巡。可胜饮尽江南酒,岁月犹残李白身。

劝饮酒
烧得硫黄漫学仙,未胜长付酒家钱。窦常不吃齐推乐—作药,却在人间八十年。

阿鹅汤
月照宫城红树芳,绿窗灯影在雕梁。金舆未到长生殿,妃子偷寻阿鹅汤。

马嵬坡
旌旗不整奈君何,南去人稀北去多。尘土已残香粉艳,荔枝犹到马嵬坡。

太真香囊子
蹙金妃子小花囊,销耗胸前结旧香。谁为君王重解得,一生遗恨系心肠。

雨霖铃
雨霖铃夜却归秦,犹见—作是张徽一曲新。长说上皇和泪教,月明南内更无人。

听歌二首
儿郎漫说转喉轻,须待情来意自生。只是眼前丝竹和,大家声里唱新声。此篇题一作听刘端公田家歌。

十二年前边塞行,坐中无语叹歌情。不堪昨夜先垂泪,西去阳关第一声。此篇题一作耿家歌。

听筝—作题宋州田大夫家乐丘家筝
十指纤纤玉笋红,雁行轻遏翠弦中。分明似说长城苦,水咽云寒一夜风。

王家琵琶
金屑檀槽玉腕明,子弦轻撚为多情。只愁拍尽凉州破,画出风雷是拨声。

李家柘枝
红—作细铅拂脸细腰人,金绣罗衫软著身。长恐舞时残拍尽,却思云雨更无因。

楚州韦中丞箜篌

　　千重钩锁撼金铃,万颗真珠泻玉瓶。恰值满堂人欲醉,甲光才触一时醒。

边上逢歌者

　　垂老秋—作愁歌出塞庭,遏云相付旧秦青。少年翻掷新声尽,却向人前侧—作倾耳听。

马嵬归

　　云愁鸟恨驿坡前,子子龙旗指望贤。无复一生重语事,柘黄衫袖掩潸然。

塞上闻笛—作董家笛

　　一夜梅花笛里飞,冷沙晴槛月光浑—作阳春白雪复辉辉。北风吹尽向何处—作东风却定北风起,高入塞云燕雁稀。

经旧游

　　去年来送行人处,依旧虫声古岸南。斜日照溪云影断,水蘋花穗倒空潭。

东山寺

　　寒色苍苍老柏风,石苔清滑露光融。半夜四山钟磬尽,水精宫殿月玲珑。

峰顶寺

　　月明如水山头寺,仰面看天石上行。夜半深廊人语定,一枝松动鹤来声。

题润州鹤林寺

　　古寺名僧多异时,道情虚遣俗情悲。千年鹤在市朝变,来去旧山人不知。

题胜上人山房

　　清昼房廊山半开,一瓶新汲洒莓苔。古松百尺始生叶,飒飒风声天上来。

李夫人词

　　延年不语望三星,莫说夫人上涕零。争奈世间惆怅事,甘泉宫夜看图形。

题金陵渡

　　金陵津渡小山楼,一宿行人自可愁。潮落夜江斜月里,两三星火是瓜州。

过阴陵—一本下有山字

　　壮士凄惶到山下,行人惆怅上山头。生前此路已迷失,寂寞孤魂何处游。

纵游淮南

　　十里长街市井连,月明桥上看神仙。人生只合扬州死,禅智山光—作边好墓田。

登乐游原

　　几年诗酒滞江干,水积云重思万端。今日南方惆怅尽,乐游原上见长安。

过石头城

　　累累墟墓葬西原,六代同归蔓草根。唯是岁华流尽处,石头城下水千痕。

黄蜀葵花

　　名花八叶嫩黄金,色照书窗透竹林。无奈美人闲把嗅,直疑檀口印中心。

杨花

　　散乱随风处处匀,庭前几日雪花新。无端惹著潘郎鬓,惊杀绿窗红粉人。

蔷薇花

　　晓—作明风抹尽燕支颗,夜雨催成蜀锦机。当昼开时正明媚,故乡疑是买臣归。

戏颜郎中猎—一本无戏字

　　忽闻射猎出军城,人著戎衣马带缨。倒把角弓呈一箭,满川狐兔当头行。

江上旅泊呈杜员外

　　牛渚南来沙岸长,远吟佳句望池阳。野人未必非毛遂,太守还须是孟尝。

客儿钵头

　　争走金车叱鞅牛,笑声唯是说千秋。两边

角子羊门里,犹学容儿弄钵头。

热戏乐
热戏争心剧火烧,铜槌暗热—作执不相饶。上皇失喜宁王笑,百尺幢竿果动摇。

玉环琵琶
宫楼一曲琵琶声,满眼云山是去程。回顾段师非汝意,玉环休把恨分明。

题酸枣驿前碑
苍苔古涩自—作字雕疏,谁道中郎笔力余。长爱当时遇王粲,每来碑下不关书。

题朱兵曹山居
朱氏西斋万卷书,水门山阔自高疏。我来穿穴非无意,愿向君家作蠹鱼。

题画僧二首
骨峭情—作清高彼岸人,一杯长泛海为津。僧仪又入清流品,却恐前生是许询。此篇一作酬信上人赠张僧繇画僧。

瘦颈隆肩碧眼生—作僧,翰林亲赞虎头能。终年不语看如意,似证禅心入大乘。

送走马使
新样花文配蜀罗,同心双带蹙金蛾。惯将喉舌传军好—作号,马迹铃声遍两河。

题御沟
万树垂杨拂御沟,溶溶漾漾绕神州。都缘济物心无阻,从此恩波处处流。

题青龙寺
二十年沈沧海间,一游京国也应闲。人人尽到求名处,独向青龙寺看山。

硫黄
一粒硫黄入贵门,寝堂深处问玄言。时人尽说韦山甫,昨日余干吊子孙。

散花楼
锦江城外锦城头,回望秦川上轸忧。正值血魂来梦里,杜鹃声在散花楼。

王家五弦
五条弦出万端情,撚拨间关漫态生。唯羡风流田太守,小金铃子耳边鸣。

听薛阳陶吹芦管
紫清人下薛阳陶,末曲新茄调更高。无奈一声天外绝,百年已死断肠刀。

过汾水关
千里南来背日行,关门无事一侯嬴。山根百尺路前去,十一作半夜耳中汾水声。

樱桃
石榴未拆梅犹小,爱此山花四五株。斜日庭前风袅袅,碧油千片漏红珠。

酬凌一作酬灵符秀才惠枕一作惠虎枕
八寸黄杨惠不轻,虎头光照簟文清。空心想此缘成梦,拔剑灯前一夜行。

感春申君
薄俗何心议感恩,诏容卑迹赖君门。春申还道三千客,寂寞无人杀李园。

孟才人叹并序
武宗皇帝疾笃,迁便殿,孟才人以歌笙获宠者,密侍其右。上目之曰:"吾当不讳,尔何为哉?"指笙囊泣曰:"请以此就缢。"上悯然,复曰:"妾尝艺歌,请对上歌一曲以泄其愤。"上以恳许之。乃歌一声何满子,气亟立殒。上令医候之,曰:"脉尚温而肠已绝。"及帝崩,柩重不可举。议者曰:"非孟才人乎。"爰命其榇,榇至乃举。嗟夫,才人以诚死,上以诚命,虽古之义诚,无以过也。进士高璩登第年宴,传于禁伶。明年秋,贡士文多以为之目。大中三年,遇高于由拳,哀话于余,聊为兴叹。

偶因歌态咏娇嚬—作清唱奏歌频,传唱—作选入宫中十二春。却为—作绝后一声河满子,下泉—作九原须吊旧才人。

听筒上人吹芦管三首
蜀国僧吹芦一枝,陇西游客泪先垂。至今

留得新声在,却为中原人不知。

  细芦僧管夜沈沈,越鸟巴猿寄恨吟。吹到耳边声尽处,一条丝断碧云心。

  月落江城树绕鸦,一声芦管是天涯。分明西国人来说,赤佛堂西是汉家。

听岳州徐员外弹琴

  玉律潜符一古琴,哲人心见圣人心。尽日南风似遗意,九疑猿鸟满山吟。

钩弋夫人词

  惆怅云陵事不回,万金重更筑仙台。莫言天上无消息,犹是夫人作鸟来。

鸿沟

  龙蛇百战争天下,各制雄心指此沟。宁似九州分国土,地图初割海中流。

悲纳铁

  长闻为政古诸侯,使佩刀人尽佩牛。谁谓今来正耕垦,却销农器作戈矛。

胡渭州

  亭亭孤月照行舟,寂寂长江万里流。乡国不知何处是,云山漫漫使人愁。

破阵乐

  秋风四面足风沙,塞外征人暂别家。千里不辞行路远,时光早晚到天涯。

枫桥

  长洲苑外草萧萧,却算游城岁月遥。唯有别时今不忘,暮烟疏雨过枫桥。

句

  万国见清道,一身成白头。《上令狐相公》。以下见《纪事》。

  此地荣辱盛,岂宜山中人。《秋晚》。

  椿儿绕树春园里,桂子寻花夜月中。见《桂苑丛谈》。

  一身扶杖二儿随。见《野客丛谈》。

  夏雨莲苞破,秋风桂子凋。《题天竺寺》。以下并见《海录碎事》。

  杜鹃花发杜鹃叫,乌臼花生乌臼啼。

  茶风无奈笔,酒秃不胜簪。

全唐诗卷五百十二

杨洵美

杨洵美,登宝历元年进士第,终监察御史。诗一首。

答李昌期

三山载群仙,峨峨咸浪中。云一作霞衣剪不得,此路安可从。我生亦何事,出门如飞蓬。白日又黄昏,所悲瑶草空。虫声故乡梦,枕上禾黍风。吾道如未丧,天运何时一作处通。

长孙翱

长孙翱,与朱馀同时。诗一首。

宫词

一道甘泉接御沟,上皇行处不曾秋。谁言水是无情物,也到宫前咽不流。

卢求

卢求,范阳人,宰相携之父,李翱婿也。登宝历二年进士第,官郡守。诗一首。

和于中丞登越王楼见寄

高情推谢守,善政属绵州。未落紫泥诏,闲登白雪楼。晴江如送日,寒岭镇迎秋。满壁朝天士,唯予不系舟。

欧阳衮

欧阳衮,字希甫,闽人。宝历元年及第,官侍御史。诗九首。

雨

细雨弄春阴,余寒入昼深。山姿轻薄雾,烟色澹幽林。鹿践莓苔滑,鱼牵水荇沈。怀情方未已,清酒漫须斟。

田家

黯黯日将夕,牛羊村外来。岩阿青气发,篱落杏花开。草木应初感,鸹鹎亦已催。晚间春作好,行乐不须猜。

神光寺

香刹悬清磴,飞楼界碧空。石门栖怖鸽,慈塔绕归鸿。有法将心境,无名属性通。从来乐幽寂,寻觅未能穷。

和项斯游头陀寺上方

步入桃源里,晴花更满枝。峰回山意旷,林杳竹光迟。远寺寻龙藏,名香发雁池。间能将远语,况及上阳时。

秦原道中

分险架长澜,斜梁控夕峦。宿云依岭断,初月入江寒。缁化秦裘敝,尘惊汉策残。无言倦行旅,遥路属时难。

月峰寺忆理公

共来江海上,清论一宵同。禅榻浑依旧,心期浩已空。惊春花落树,闻梵涧摇风。二谛欣咨启,还应梦寐通。

寄陈去疾进士

放迹疑辞垢,栖心亦道门。玄言萝幌馥,诗思竹炉温。解带摇花落,弹琴散鸟喧。江山兹夕意,唯有素交存。

听郢客歌阳春白雪

寂听郢中人,高歌已绝伦。临风飘白雪,向日奏阳春。调雅偏盈耳,声和杳入神。连连贯珠并,袅袅遏云频。度曲知难和,凝情想任真。周郎如赏羡,莫使滞芳晨。

南涧寺

春寺无人乱鸟啼,藤罗阴磴野僧迷。云藏古壁遗龙象,草没香台抱鹿麛。松籁泠泠疑梵呗,柳烟历历见招提。为耽寂乐亲禅侣,莫怪闲行费马蹄。

全唐诗卷五百十三

裴夷直

裴夷直,字礼卿,河东人,擢进士第。文宗时,历右拾遗、礼部员外郎,进中书舍人。武宗即位,出刺杭州,斥驩州司户参军。宣宗初,复拜江、华等州刺史。终散骑常侍。诗一卷。

献岁—作献刘蕡书情

白发添双鬓,空官—作过又一年。音书鸿不到,梦寐兔空悬。地远星辰侧,天高雨露偏。圣期—作朝知有感,云海漫相连。

奉和大梁相公重九日军中宴会之什

今古同嘉节,欢娱但异名。陶公缘绿醑,谢傅为花生。酒泛金英丽,诗通玉律清。何言辞物累,方系万人情。

奉和大梁相公同张员外重九日宴集

重九思嘉节,追欢从谢公。酒清欺玉露,菊盛愧金风。不待秋蟾白,须沈落照红。更将门下客,酬和管弦中。

同乐天中秋夜洛河玩月二首

清洛半秋悬璧月,彩船当夕泛银河。苍龙颔底珠皆没,白帝心边镜乍磨。海上几时霜雪积,人间此夜管弦多。须知天地为炉意,尽取黄金铸作波。

不热不寒三五夕,晴川明—作朗月正相临。千珠竞没苍龙颔,一镜高悬白帝心。几处凄凉缘地远,有时惆怅值云阴。如何清洛如清昼,共见初升又见沈。

和邢郎中病中重阳强游乐游原

嘉晨令节共陶陶,风景牵情并不劳。晓日整冠兰室静,秋原骑马菊花高。晴光一一呈金刹,诗思浸浸逼水曹。何必销忧凭外物,只将清韵敌春醪。

观淬龙泉剑

欧冶将成器,风胡幸见逢。发硎刉思玉,投水化为龙。讵肯藏深—作深藏匣,终朝用剚钟。莲花生宝锷,秋日励霜锋。炼质才三尺,吹毛过百重。击磨如不倦,提握愿长从。—作决云今得便,提出剪奸凶。

春色满皇州

寒销山水地,春遍帝王州。北阙晴光动,南山喜气浮。夭红妆暖树,急绿走阴沟。思妇开香阁,王孙上玉楼。氛氲直城北,骀荡曲江头。今日灵台下,翻然却是愁。

亚夫碎玉斗—作裴次元诗

雄谋竟不决,宝玉终不爱。倏尔霜刃挥,飒然春冰碎。飞光动旗帜,散响惊环珮。霜洒绣障前,星流锦筵内。图王业已失,为虏言空悔。独有青史中,英风观—人冠千载。

水亭

岁律行将变,君恩竟未回。门前即潮水,朝去暮常来。

杨州寄诸子

千里隔烟波,孤舟宿何处。遥思耿不眠,淮南夜风雨。

酬卢郎中游寺见招不遇

偶出送山客,不知游梵宫。秋光古松下,谁伴一仙翁。

寓言

秋树却逢暖,未凋能几时。何须尚松桂,摇动暂青枝。

唁人丧侍儿

夜情河耿耿,春恨草绵绵。唯有嫦娥月,从今照墓田。

席上夜别张主簿

红烛剪还明,绿尊添又满。不愁前路长,只畏今宵短。

方丈泉

循涯不知浅,见底似非深。永日无波浪,澄澄照我心。

晚望

日下夕阴长,前山凝积翠。白鸟一行飞,联联粉书字。

前山

只谓一苍翠,不知犹数重。晚来云映处,更见两三峰。

发交州日留题解炼师房

久喜房廊接,今成道路赊。明朝回首处,此地是天涯。

令和州买松

好觅凌霜质,仍须带雨栽。须知剖竹日,便是看松来。

题断金集后—作令狐楚诗

一览断金集,再悲埋玉人。牙弦千古绝,珠泪万行新。

晚凉

檐前蔽日多高树,竹下添池有小渠。山客野僧归去后,晚凉移案独临书。

和周侍御洛城雪

天街飞辔踏琼英,四顾全疑在玉京。一种相如抽秘思,兔园那比凤凰城。

奉和大梁相公送人二首

谢公日日伤离别,又向西堂送阿连。想到越中秋已尽,镜河应羡月团圆。

北津杨柳迎烟绿,南岸阑干映水红。君到襄阳渡江处,始应回首忆羊公。

酬唐仁烈相别后喜阻风未发见寄

离心一起泪双流,春浪无情也白头。风若

有知须放去,莫教重别又重愁。

秦中卧病思归
索索凉风满树头,破窗残月五更秋。病身归处吴江上,一寸心中万里愁。

送王缋
翠羽长将玉树期,偶然飞下肯多时。翩翩一路岚阴晚,却入青葱宿旧枝。

赠美人琴弦
应从玉指到金徽,万态千情料可知。今夜灯前湘水怨,殷勤封在七条丝。

病中知皇子陂荷花盛发寄王缋
十里莲塘路不赊,病来帘外是天涯。烦君四句遥相寄,应得诗中便看花。

戏唐仁烈 一作岁日先把屠苏酒戏唐仁烈
自知年几偏应少,先把屠苏不让春。倘更数年逢此日,还应惆怅羡他人。

上下七盘二首
斗回山路掩皇州,二载欢娱一望休。从此万重青嶂合,无因更得重回头。

商山半月雨漫漫,偶值新晴下七盘。山似换来天似洗,可怜风日到长安。

八月十五日夜
去年今夜在商州,还为清光上驿楼。宛是依依旧颜色,自怜人换几般愁。

南诏朱藤杖
六节南藤色似朱,拄行阶砌胜人扶。会须将入深山去,倚看云泉作老夫。

夜意
萧疏尽地林无影,浩荡连天月有波。独立空亭人睡后,洛桥风便水声多。

漫作
月色莫来孤寝处,春风又向别人家。梁园桃李虽无数,断定今年不看花。

访刘君
扰扰驰蹄又走轮,五更飞尽九衢尘。灵芝破观深松院,还有斋时未起人。

杨柳枝词
已作绿丝笼晓日,又成飞絮扑晴波。隋家不合栽杨柳,长遣行人春恨多。

寄杭州崔使君
朝下归来只闭关,羡君高步出人寰。三年不见尘中事,满眼江涛送雪山。

穷冬曲江闲步
雪尽南坡雁北飞,草根春意胜春晖。曲江永日无人到,独绕寒池又独归。

省中题新植双松
端坐高宫起远心,云高水阔共幽沈。更堂寓直将谁语,自种双松伴夜吟。

崇山郡
地尽炎荒瘴海头,圣朝今又放骅兜。交州已在南天外,更过交州四五州。

临水
一见心原断百忧,益知身世两悠悠。江亭独倚阑干处,人亦无言水自流。

题江上柳寄李使君
桂江南渡无杨柳,见此令人眼暂明。应学郡中贤太守,依依相向许多情。

江上见月怀古
月上江平夜不风,伏波遗迹半成空。今宵倍欲悲陵谷,铜柱分明在水中。

鹦鹉
劝尔莫移禽鸟性,翠毛红觜任天真。如今漫学人言巧,解语终须累尔身。

寄婺州李给事二首

　　心尽玉皇恩已远,迹留江郡宦应孤。不知壮气今何似,犹得凌云贯日无。

　　瘴鬼翻能念直心,五年相遇不相侵。目前唯有思君病,无底沧溟未是深。

秋日

　　六眸龟北凉应早,三足乌南日正长。常记京关怨摇落,如今目断满林霜。

遣意

　　梧桐坠露悲先朽,松桂凌霜倚后枯。不是世间长在物,暂分贞脆竟何殊。

戏酬惟赏上人

　　师是浮云无著身,我居尘网敢相亲。应从海上秋风便,偶自飞来不为人。

寓言

　　流水颓阳不暂停,东流西落两无情。不是世间人自老,古来华发此中生。

忆家

　　天海相连无尽处,梦魂来往尚应难。谁言南海无霜雪,试向愁人两鬓看。

留客

　　青梅欲熟笋初长,嫩绿新阴绕砌凉。湖馆翛然无俗客,白衣居士且匡床。

别蕲春王判官

　　四十年来真久故,三千里外暂相逢。今日一杯成远别,烟波眇眇恨重重。

将发循州社日于所居馆宴送

　　浪花如雪叠江风,社过高秋万恨中。明日便随江燕去,依依俱是故巢空。

全唐诗卷五百十四

朱庆馀

朱庆馀,名可久,以字行,越州人。受知于张籍,登宝历进士第。诗二卷。

泛溪

曲渚回花舫,生衣卧向风。鸟飞溪色里,人语棹声中。余卉才分影,新蒲自作丛。前湾更幽绝,虽浅去犹通。

宿陈处士书斋

结茅当此地,下马见高情。菰叶寒塘晚一作浅,杉阴白石一作光小径明。向炉一作灯新茗色,隔雪远钟声。闲得相逢少,吟多寐不成。

上宣州沈大夫

科名继世古来稀,高步何年下紫微。帝命几曾移重镇,时清犹望领春闱。登朝旧友常思见,开幕贤人并望归。今日得游风化地,却回沧海有光辉。

杭州送萧宝校书

马识青山路,人随白浪船。别君犹有泪,学道谩经年。

送盛长史盛随军

莫辞东路远,此别岂闲行。职处中军要,官兼上佐荣。野亭枫叶暗,秋水藕花明。拜省期将近,孤舟促去程。

宿道士观

堂闭仙人影,空坛月露初。闲听道家子,盥漱读灵书。

湖州韩使君置宴一作陪韩中丞宴不饮酒

老大成名一作无成仍足病,纵听丝竹也一作亦无欢。高情太守容闲坐,借与青山尽日看。

题仙游寺

石抱龙堂藓石乾,山遮白日寺门寒。长松

瀑布饶奇状,曾有仙人驻鹤看。

宫词
寂寂花时闭院门,美人相并立琼轩。含情欲说宫中事,鹦鹉前头不敢言。

公子行
闲从—作踪结客冶游时,忘却红楼薄暮期。醉上黄金堤上去,马鞭捎断绿杨丝。

送陈标
满酌劝童仆,好—作相随郎马蹄。春风—作花时慎行李,莫上白铜鞮。

寻古观
仙观曾过知不远,花藏石室杳难寻。泉边白鹿闻人语,看过天—作仙坛渐入深—作林。

南岭—作岭南路
越岭向南风景异,人人传说到京城。经冬来往不踏雪,尽在刺桐花下行。

陪江州李使君重宴百花亭
闲携九日酒,共到百花亭。醉里求诗境,回看岛屿青。

上张水部
出入门阑久,儿童亦有情。不忘将姓字,常—作长说向公卿。每许连床坐,仍—作时容并马行。恩深转无语,怀抱甚—作自分明。

凤翔西池与贾岛纳凉
四面无炎气,清池阔复深。蝶飞逢草住,鱼戏见人沉。拂石安茶器,移床选树阴。几回同到此,尽日得闲吟。

上汴州—作淮南令狐相公
罢相恩犹在,那容处静司。政严初领节,名重更因诗。公事巡营外—作后,戎装拜敕时。恭闻长与善,应念出身迟。

送于中丞入蕃册立
上马生边思,戎装别众僚。双旌衔命重。空碛去程—作城遥。迥没—作出沙中树,孤飞雪外雕。蕃庭过册礼,几日却回—作归朝。

送淮阴丁明府
之官未入境,已有爱人心。遣吏回中路,停舟对远林。岛—作鸟声淮浪静,雨色—作气稻苗深。暇日公门掩,唯应伴客吟。

送韦校书佐灵州幕
共知行处乐,犹惜此时分。职已为书记,官曾校典坟。寒城初落叶,高戍远—作树晚生云。边事何须问,深谋只在君。

上江州李史君—作员外
起家声望重,自古更谁过。得在朝廷少,还因谏诤多。经年愁瘴疠,几处遇—作想恩波。入境无余事,唯闻父老歌。

发凤翔后途中怀田少府
识君春—作心未半,意欲住—作往经秋。见酒连—作联诗句,逢花跋马头。别来唯独宿,梦里尚同游。所在求飧过,无因离—作解得愁。

雪夜与真上人宿韩协律宅
斜雪微沾砌,空堂夜语清。逆风听—作孤漏短,回烛向楼明。盥漱随禅伴,讴吟得野情。此欢那敢忘,世贵丈夫名。

与贾岛、顾非熊、无可上人宿万年姚少府宅
莫厌通宵坐—作话,贫中会聚难。堂虚雪气入,灯在漏声残。役思因生病—作成疾,当禅岂觉寒。开门各有事,非—作谁不惜余欢。

震为苍筤竹
为擢东方秀,修然异众筠。青苍—作葱才映粉,蒙密正含春。嫩箨沾微雨,幽根绝细尘。乍怜分径小,偏觉带烟新。结实皆留凤,垂阴似庇人。顾唯—作愿为竿在手,深水挂颓鳞。

题青龙寺
寺好因岗势,登临值夕阳。青山当佛阁,红叶满僧廊。竹色连平地,虫声在上方。最怜

东面静,为近楚城墙。

送滕庶子致仕归江南

常怀独往意,此日去朝簪。丹诏荣归骑,清风满故林。诸侯新起敬,遗老重相寻。在处饶山水,堪行慰所心。

夏日题武功姚主簿此下一本有斋字,一本有厅壁二字

亭午无公事,垂帘树色间。僧来茶灶动,吏去印床闲。傍竹行寻一作过巷,当门立看山。吟诗老不倦,未省话官班。

送张景宣下第东归归扬州觐省

归省值花时,闲吟落第诗。高情怜道在,公论觉才遗。春雨连淮暗,私一作官船过马迟。离心可惆怅,为有入城期。

送顾非熊下第归

但取诗名远,宁论下第频。惜为今日别,共受几年贫。听雨宿吴一作贝寺,过江逢越人。知从本府荐,秋晚又辞亲。

送韦骢校书赴浙东幕

丞相辟书新,秋关独去人。官离芸阁早,名占甲科频。水驿迎船火,山城候骑一作吏尘。湖边寄家久,到日喜一作倍荣亲。

寻贾岛所居

求闲身未得,此日到京东。独在钟声外,相逢树一作雪色中。谁言人渐老,所向意皆同。月上因留宿,移床对药丛。

题毗陵上人院

院深终日静,落叶覆秋虫。盥漱新斋后,修行未老中。映松山色远,隔水磬声通。此处宜清夜,高吟永与同。

送李侍御入蕃

远使随双节,新官属外台。戎装非好武,书记本多才。移帐一作归使依泉宿,迎人带雪来。心知玉关道,稀见一花开。

望萧关

渐见风沙暗,萧关欲到时。儿童能探火,妇女解缝旗。川绝衔鱼鹭,林多带箭麇。暂来戎马地,不敢苦吟诗。

送韩校书赴江西幕

从军五湖外,终是称诗人。酒后愁将别,途中过却春。山桥槲叶暗,水馆燕巢新。驿舫迎应远,京书寄自频。野情随到处,公务日关身。久共趋名利,龙钟独滞秦。

题寄王秘书

唯求买一作卖药价,此外更无机。扶病看红叶,辞官著白衣。断篱通野径,高树荫邻扉。时馥留僧宿,余一作游人得见一作见亦稀。

山居

归来青壁下,又见满篱霜。转觉琴斋静,闲从菊地荒。山泉共鹿饮,林果让僧偿。时复收新药,随云过石梁。

重过惟贞上人院

老去唯求静,都忘外学名。扫床秋叶满,对客远云生。香阁闲留宿,晴阶暖共行。窗西暮山色,依旧入诗情。

与石昼秀才过普照寺

问人知寺路,松竹暗春山。潭黑龙应在,巢空鹤未还。经年为客倦,半日与僧闲。更共尝新茗,闻钟笑语间。

题任处士幽居

惜与幽一作故人别,停舟对草堂。湖云侵卧位,杉露滴茶床。山月吟时在,池花觉后香。生涯无一物,谁与读书粮。

送僧往太原谒李司空

已共邻房别,应无更住心。中时过野店,后夜宿寒林。寺去人烟远,城连塞雪深。禅余得新句,堪对上公吟。

将之上京别淮南书记李侍御

心—作此地偶相见，语多为别难。诗成公府晚，路入翠微寒。逢石自应坐，有花谁共看。身为当—作惟当随去雁，云尽到长安。

韩协律相送精舍读书四韵奉寄呈陆补阙

白鹤西山别，更看上去船。遥知寻寺路，应念宿江烟。到处无闲日，回期已隔年。何因陪夜坐，清论谏臣边。

过苏州晓上人院

夏满律当清，无中景自生。移松不避远，取石亦亲行。经案离时少，绳床著处平。若将林下比，应只欠泉声。

送僧游缙云

但望青山去，何山不是缘。寺幽堪讲律，月冷称当禅。水落无风夜，猿吟欲雨天。寻师若有路，终作缓归年。

赠道者

自识来清瘦，寻常语论真。药成休伏火，符验不传人。独有年过鹤，曾无病到身。潜教问弟子，居处与谁邻。

杭州卢录事山亭

山色满公署，到来诗景饶。解衣临曲榭，隔竹见红蕉。清漏焚香夕，轻岚视事朝。静中看锁印，高处见迎潮。曳履庭芜近，当身树叶飘。傍城余菊在，步入一仙瓢。

送品上人入秦—作北游

独去何人见，林塘共寂寥。生缘闻磬早，觉路出尘遥。江雪沾新草，秦园发故条。心知禅定处，石室对—作映芭蕉。

题蔷薇花

四面—作绕架垂条密，浮阴—作云入夏清。绿攒伤手刺，红堕断肠英。粉著蜂须腻，光凝蝶翅明。雨中—作来看亦好，况复值初晴。

题胡氏溪亭

亭与溪相近，无时不有风。涧松生便黑，野藓看多红。雨足秋声后，山沈夜色中。主人能守静，略与客心同。

看涛

不知来远近，但见白峨峨。风雨驱寒玉—作翻前驻，鱼龙迸上波。声长势未尽，晓去夕还过。要路横天堑，其如造化何。

和刘补阙秋园寓兴之什十首

闲园清气满，新兴日堪追。隔水蝉鸣后，当檐雁过时。雨余槐穟重，霜近药苗衰。不以—作似朝簪贵，多将野客期。

谁言高静意，不异在衡茅。竹冷人离洞，天晴鹤出巢。深篱藏白菌，荒蔓露青匏。几见中宵月，清光坠树梢。

逍遥人事外，杖屦入杉萝。草色寒犹在，虫声晚渐多。静逢山鸟下，幽称野僧过。几许新开菊，闲从落叶和。

留情清景宴，朝罢有余闲。蝶散红兰外，萤飞白露间。墙高微见寺，林静远分山。吟足期相访，残阳自掩关。

深斋尝独处，讵肯厌秋声。翠篆寒愈静，孤花晚更明。每因逢石坐，多见抱书行。入夜听疏杵，遥知耿此情。

苍翠经宵在，园庐景自深。风凄欲去燕，月思向来砧。碧石当莎径，寒烟冒竹林。杯瓢闲寄咏，清绝是知音。

门巷唯苔藓，谁言不称贫。台闲人下晚，果熟鸟来频。石脉潜通井，松枝静离尘。残蔬得晴—作雨后，又见一番新。

卷帘天色静，近濑觉衣单。蕉叶犹停翠，桐阴已爽寒。云从高处望，琴爱静时弹。正去重阳近，吟秋意未阑。

竹径通邻圃，清深称独游。虫丝交影细，

藤子坠声幽。积润苔纹厚，迎寒荠叶稠。闲来寻古画，未废执茶瓯。

　　风物已萧飒，晚烟生雾容。斜分紫陌树，远隔翠微钟。宿客论文静，闲灯落烬重。无穷林下意，真得古人风。

上翰林蒋防舍人

　　清重可过知内制，从前礼绝外庭人。看花在处多随驾，召宴无时不及旬。马自赐来骑觉稳，诗缘得后意长新。应怜独在文场久，十有余年浪过春。

上翰林李舍人

　　记得早年曾拜识，便怜孤进赏文章。免令泪没惭时辈，与作声名彻举场。一自凤池承密旨，今因世路接余光。云泥虽隔思长在，纵使无成也不忘。

题章正字道正新居考标

　　独在御楼南畔住，生涯还似旧时贫。全无竹可侵行径，一半花犹属别人。吟处不妨嫌鼓闹，眼前唯称与僧邻。近来渐觉青莎巷，车马过从已有尘。

送李馀及第归蜀

　　从得高科名转盛，亦言归去满城知。发时谁不开筵送，到处人争与马骑。剑路红蕉明栈阁，巴村绿树荫神祠。乡中后辈游门馆，半是来求近日诗。

送—作和唐中丞开淘西湖夏日游泛因书示郡人

　　萍岸新淘见碧霄，中流相去忽成遥。空余孤屿来诗景，无复横槎碍柳条。红旆路幽山翠湿，锦帆风起浪花飘。共知浸润同雷泽，何虑川源有旱苗。

过旧宅—作题王侯废宅

　　古巷戟门谁旧宅，早曾闻说属官家。更无新燕来巢屋，唯有闲人去看花。空厩欲摧尘满枥，小池初涸草侵沙。荣华事歇皆—作多如此，立马踟蹰到—作对日斜。

鄂渚—作夏口送白舍人赴杭州

　　岂知鹦鹉洲边路，得见凤皇池上人。从此不同诸客礼，故乡西与郡城邻。

题崔驸马林亭

　　选居幽近御街东，易得诗人聚会同。白练鸟飞深竹里，朱弦琴在乱书中。亭开山色当高枕，楼静箫声落远风。何事宦途犹寂寞，都缘清苦道难通。

赠韩协律

　　永日微吟在竹前，骨清唯爱漱寒泉。门闲多有投文客，身病长无买药钱。岭寺听猿频独宿，湖亭避宴动经年。亲知尽怪疏荣禄，的是将心暗学禅。

自萧关望临洮

　　玉关西路出临洮，风卷边沙入马毛。寺寺院中无竹树，家家壁上有弓刀。惟怜战士垂金甲，不尚游人著白袍。日暮独吟秋色里，平原一望戍楼高。

送崔约下第归淮南觐省

　　远忆拜亲留不住，出门行计与谁同。程途半是依船上，请谒多愁值雨中。堰水静连堤树绿，村桥时映野花红。回期须及来春事，莫便江边逐钓翁。

羽林郎

　　紫髯年少奉恩初，直阁将军尽不如。酒后引兵围百草，风前驻斾领边书。宅将公主同时赐，官与中郎共日除。大笑鲁儒年四十，腰间犹未识金鱼。

归故园

　　桑柘骈阗数亩间，门前五柳正堪攀。尊中美酒长须满，身外浮名总是闲。竹径有时风为扫，柴门无事日常关。于焉已是忘机地，何用将金别买山。

同—作闻友人看花

寻花不问春深浅,纵是残红也入诗。每个树边行一匝,谁家园里最多时。

种花

忆昔两京官道上,可怜桃李昼阴垂—作尽成蹊。不知谁作巡花使,空记玄宗遣种时。

早发庐江途中遇雪寄李侍御

芦苇声多雁满陂,湿云连野见山稀。遥知将吏相逢处,半是春城贺雪归。

登望云亭招友

日日恐无云可望,不辞逐静望来频。共知亭下眠云远,解到上头能几人。

刘补阙西亭晚宴

虫声已尽菊花乾,共立—作五老松阴向晚寒。对酒年山俱惜去,不知斜月—作残日下栏干。

送长安罗少府

科名再得年犹少,今日休官更觉贤。去国已辞趋府伴,向家还入渡江船。雪晴新雁斜行出,潮落残云远色鲜。在处若逢山水住,到时应不及秋前。

林下招胡长官—作寄招胡明府

语低清貌似休粮,称著朱衣入草堂。销暑近来无别物,桂阴当午满绳床。

与真上人一二禅师题汾寺主院

杖屦相随任—作在处便,不唯空寄上方眠。归时亦取湖边路—作去,晚映枫林共上船。

寻僧

吟背春城出草迟,天晴紫阁赴僧期。山边树下行人少,一派新—作清泉日午时。

题王丘长史宅

更无人吏在门前,不似居官似学仙。药气暗侵朝服上,花阴晚到簿书边。玉琴闲把看山坐,筒簟长铺与客眠。时见街中骑瘦马,低头只是为诗篇。

寄刘少府

唯爱图书兼古器,在官犹自—作似未离贫。更闻县去青山近,称与诗人作主人。

哭胡遇

寻僧昨日尚相随,忽见绯幡意可知。题处旧诗休更读,买—作置来新马忆曾骑。不应随分空营奠,终拟求人与立碑。每向宣阳里中过,遥闻哭临泪先垂。

自述

诗人甘寂寞,居处遍苍苔。后夜蟾光满,邻家树影来。岂知莲帐好,自爱草堂开。愿答相思意,援毫愧不才。

全唐诗卷五百十五

朱庆馀

省试晦日与同志昆明池泛舟

故人同泛处,远色望中明。静见沙痕露,微思月魄生。周回余雪在,浩渺暮云平。戏鸟随兰棹,空波汤石鲸。劫灰难问理,岛树偶知名。自省曾追赏,无如此日情。

送崔拾遗赴阙

清貌凌寒玉,朝来拜拾遗。行承天子诏,去感主人知。剑佩分班日,风霜独立时。名高住不得,非与九霄期。

酬李处士见赠

干上非无援,才多却累身。云霄未得路,江海作闲人。久别唯谋道,相逢不话贫。行藏一如此,可便老风尘。

送僧游温州

夏满随所适,江湖非系缘。卷经离峤寺,隔苇上秋船。水落无风夜,猿啼欲雨天。石门期独住,谢守有遗篇。

梦谢亭

梦后何人见,孤亭似旧时。寨开诚得地,冥感竟因诗。不往过应少,悲来下独迟。顾惭非谢客,灵贶杳难追。

河亭

孤亭临绝岸,猿鸟识幽蹊。花落曾谁到,诗成独未题。潮痕经雨在,石笋与杉齐。谢守便登陟,秋来屐齿低。

送吴秀才之山西

泽潞西边路,兰桡北去人。出门谁恨别,投分不缘贫。杯酒从年少,知音在日新。东湖发诗意,夏卉竟如春。

和处州严郎中游南溪

　　四望非人境，从前洞穴深。潭清蒲远岸，岚积树无阴。看草初移屐，扪萝忽并簪。世嫌山水僻，谁伴谢公吟。

秋宵宴别卢侍御

　　风亭弦管绝，玉漏一声新。绿茗香醒酒，寒灯静照人。清班无意恋，素业本来贫。明发青山道，谁逢去马尘。

酬于订校书见贻第一句缺一字，第二句缺三字。

　　能□得从军，清赢□□□。绮罗徒满目，山水不离心。暂别愁花老，相思倚竹阴。家贫无以养，未可话抽簪。

送石协律归吴兴别业

　　识来无定居，此去复何如。一与耕者遇，转将朝客疏。资身唯一作空药草一作石，教子但诗书。曾许黄庭本，斯言岂合一作复虚。

同卢校书游新兴寺

　　山深云景别，有寺亦堪过。才子将迎远，林僧气性和。潭清蒲影定，松老鹤声多。岂不思公府，其如野兴何。

送马秀才

　　清貌不识睡，见来尝苦吟。风尘归省日，江海寄家心，与鹤期前岛，随僧过远林。相于竟何事，无语与知音。

赠律师院

　　粉壁通莲径，扁舟到不迷。苇声过枕上，湖色满窗西。但见修行苦，谁论夏腊低。闲看种来树，已觉与身齐。

送僧往台岳

　　五城初罢讲，海止忆闲行。触雪麻衣静，登山竹锡轻。天寒岳寺出，日晚岛泉清。坐与幽期遇，何人识此情。

送惠雅上人西游

　　五湖僧独往，此去与谁期。兴远常怜鹤，禅余宵废诗。望云回寺晚，为讲到城迟。还想安居日，应当后夏时。

将之上京留别淮南书记李侍御

　　半似无名位，门当静处开。人心皆向德，物色不供才。酒兴春边过，军谋意外来。取名荣相府，却虑诏书催。

送祝秀才归衢州

　　旧隐穀溪上，忆归年已深。学徒花下别，乡路雪边寻。骑吏陪春赏，江僧伴晚吟。离科如在意，当自惜光阴。

过孟浩然旧居

　　命合终山水，才非不称时。冢边空有树，身后独无儿。散尽诗篇本，长存道德碑。平生谁见重，应只是王维。

送虚上人游天台

　　青冥通去路，谁见独随缘。此地春前别，何山夜后禅。石桥隐深树，朱阙见晴天。好是修行处，师当住几年。

孔尚书致仕因而有寄赠

　　高人心易足，三表乞身闲。与世长疏索，唯僧得往还。直声留阙下，生事一作计在林间。时复逢清一作晴景，乘车看远山。

和处州韦使君新开南溪

　　地里光图讖，樵人共说深。悠然想高躅，坐使变荒岑。疏凿因殊旧，亭台亦自今。静容猿暂下，闲与鹤同寻。转筛驯禽起，寒帷瀑溜侵。石稀潭见底，岚暗树无阴。跻险难通屦，攀栖称抱琴。云风开物意，潭水识人心。携榼巡花遍，移舟惜景沈。世嫌山水僻，谁伴谢公吟。

送罗先辈书记归后却还闽中留别

　　同是越人从小别，忽归乡里见皆惊。湖边访旧知谁在，幕下留欢但觉荣。望岭又生红槿思，登车岂倦白云程。况当季父承恩日，廉问南州政已成。

送浙东陆中丞

坐将文教镇藩维，花满东南圣主知。公务肯容私暂入，丰年长与德相随。无贤不是朱门客，有子皆如玉树枝。自爱此身居乐土，咏歌林下日—作自忘疲。

送元处士游天台

青冥路口绝人行，独与僧期上赤城。树列烟岚春更好，溪藏冰雪夜偏明。空山雉雏禾苗短，野馆风来竹气清。若过石桥看瀑布，不妨高处便题名。

吴兴新堤

春堤一望思无涯，树势还同水势斜。深映菰蒲三十里，晴分功利几千家。谋成既不劳人力，境远偏宜隔浪花。若与青山长作固，汀洲宜恨柳丝—作条遮。

酬萧员外见寄

麦风吹雨正徘徊，忽报书从郡阁来。道薄谬应宗伯选，诗成徒费谢公才。九霄示路空知感，十上—作载惊魂尚未回。胜寄幸容溪馆宿，龙钟惭见妓筵开。倘期霁后陪新兴，一滴还须当一杯。

台州郑员外郡斋双鹤

丹顶分明音响别，况闻来处隔云涛。情悬碧落飞何晚，立近清池意自高。向夜双栖惊玉漏，临轩对舞拂朱袍。仙郎为尔开笼早，莫虑回翔损羽毛。

送窦秀才

江南才子日纷纷，少有篇章得似君。清话未同山寺宿，离歌已向客亭闻。梅天马上愁黄鸟，泽国帆前见白云。通籍名高年又少，回头应笑晚从军。

送邵州林使君

轩车此去也逢时，地近—作属湘南颇入诗。一月计程那是远，中年出守未为迟。水边花气熏章服，岭上岚光照—作湿画旗。想得化行风土变，州人应为立生祠。

送饶州张使君

白头为郡清秋别，山水南行岂觉赊。楚老只—作已应思入境，吴儿从此去移家。馆依高岭分樟叶，路出重江见苇花。务退唯当吟咏苦，留心曾不在生—作天涯。

题开元寺

西入山门十里程，粉墙书字甚分明。萧帝坏陵深虎迹，广师遗院闭松声。长廊画剥僧形影，石壁尘昏客姓名。何必更将空色遣，眼前人事是浮生。

与庞复言携酒望洞庭

南湖春色通平远，贪记诗情忘酒杯。帆自巴陵山下过，雨从神女峡边来。青蒲映水疏还密，白鸟翻空去复回。尽日与君同看望，了然胜见画屏开。

送浙东周判官

久闻从事沧江外，谁谓无官已白头。来备戎装嘶数骑，去持丹诏入孤舟。蝉鸣远驿—作驿树残阳树—作远，鹭起湖田片—作夕雨秋。到日重陪丞相宴，镜湖新月在城楼。

塞下曲

万里去—作事长征，连年惯野营。入群来择马，抛伴去禽生。箭撚雕翎阔，弓盘鹊角轻。同看行近远，西过受降城。

送僧

客行皆有为—作求，师去是闲游。野望携金策，禅栖寄—作倚石楼。山深松翠冷，潭静菊花秋。几处题青壁，袈裟溅瀑流。

望早日

窗下闻鸡后，苍茫映远林。才分天地色，便禁虎狼心。是处程途远，何山洞府深。此时堪伫望，万象豁尘襟。

旅中秋月有怀

久客未还乡,中秋倍可伤。暮天飞旅雁,故国在衡阳。岛外归云迥,林间坠叶黄。数宵千里梦,时见旧书堂。

十六夜月

昨夜忽已过,冰轮始觉亏。孤光犹不定,浮世更堪疑。影落澄江海,寒生静路岐。皎然银汉外,长有众星随。

行路难

世事浇浮后,艰难向此生。人心不自足,公道为谁平。德丧淳风尽,年荒蔓草盈。堪悲山下路,非只客中行。

闲居冬末寄友人

短亭分袂后,倚槛思偏孤。雨雪落残腊,沦蹄在远途。人情难故旧,草色易凋枯。共有男儿事,何年入帝都。

望九疑

浮生犹役役,未得便寻真。白日如无路,青山岂有人。烟收遥岫小,雨过晚川新。倚杖何凝望,中宵梦往频。

赠陈逸人

乐道辞荣禄,安居桂水东。得闲多事外,知足少年中。药圃无凡草,松庭有素风。朝昏吟步处,琴酒与谁同。

湖中闲夜遣兴

钓艇同琴酒,良宵背水滨。风波不起处,星月尽随身。浦迥湘烟卷,林香岳气春。谁知此中兴,宁羡五湖人。

题娥皇庙

娥皇挥涕处,东望九疑天。往事难重问,孤峰尚惨然。夜深寒峒响,秋近碧萝鲜。未省明君意,遗踪万古传。

送友人赴举 第一句、第七句并缺二字

世路□□久,嗟君进取身。十年虽苦志,万里托何人。处困非乖道,求名本为亲。惟应□□意,先与化龙鳞。

中秋月

自古分功定,唯应缺又盈。一宵当皎洁,四海尽澄清。静觉风微起,寒过雪乍倾。孤高稀此遇,吟赏倍牵情。

宿山居

山店灯前客,酬身未有媒。乡关贫后别,风雨夜深来。上国求丹桂,衡门长绿苔。堪惊双鬓雪,不待岁寒催。

夏末留别洞庭知己

清秋时节近,分袂独凄然。此地折高柳,何门听暮蝉。浪摇湖外日,山背楚南天。空感迢迢事,荣归在几年。

过洞庭

帆挂狂风起,茫茫既往时。波涛如未息,舟楫亦堪疑。旅雁投孤岛,长天下四维。前程有平处,谁敢与心期。

旅中过重阳

一岁重阳至,羁游在异乡。登高思旧友,满目是穷荒。草际飞云片,天涯落雁行。故山篱畔菊,今日为谁黄。

送人下第归

独立身难达,新春与志违。异乡青草长,故国白头归。岸阔湖波溢,程遥楚岫微。高秋期再会,此去莫忘机。

叙吟

雅道辛勤久,潜疑鬓雪侵。未能酬片善,难更免孤吟。有景皆牵思,无愁不到心。遥天一轮月,几夜见西沈。

塞下感怀

塞下闲为客,乡心岂易安。程途过万里,身事尚孤寒。竟日风沙急,临秋草木残。何年方致主,时拂剑尘看。

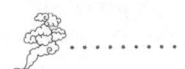

宿江馆

江馆迢遥处，知音信渐赊。夜深乡梦觉，窗下月明斜。起雁看荒草，惊波尚白沙。那堪动乡思，故国在天涯。

早梅

天然根性异，万物尽难陪。自古承春早，严冬斗雪开。艳寒宜雨露，香冷隔尘埃。堪把依松竹，良途一处栽。

夏日访贞上人院

炎夏寻灵境，高僧澹荡中。命棋隈绿竹，尽日有清风。流水离经阁，闲云入梵宫。此时袪万虑，直似出尘笼。

春日旅次

林中莺又啭，为客恨因循。故里遥千里，青春过数春。弟兄来渐少，岁月去何频。早晚荣—作营归计，中堂会所亲。

赠至寂禅师

处世唯被衲，禅门几岁寒。法空无所染，性悟不多看。竟日门长掩，相逢草自残。有时寻道侣，飞锡度峰峦。

闲居即事

深嶂多幽景，闲居野兴清。满庭秋雨过，连夜绿苔生。石面横琴坐，松阴采药行。超然尘事外，不似绊浮名。

废宅花

数树荒庭上，芬芳映绿苔。自缘逢暖发，不是为人开。色艳莺犹在，香消蝶已回。相从无胜事，谁向此倾杯。

寄友人

当代知音少，相思在此身。一分南北路，长问往来人。是处应为客，何门许扫尘。凭书正惆怅，蜀魄数声新。

途中感怀

世上名利牵，途中意惨然。到家能几日，为客便经年。迹似萍随水，情同鹤在田。何当功业—作勤苦遂，归路下遥天。

赠道者

独住神仙境，门当瀑布开。地多临水石，行不惹尘埃。风起松花散，琴鸣鹤翅回。还从九天上，时有故人来。

长安春日野中

青春思楚地，闲步出秦城。满眼是岐路，何年见弟兄。烟霞装媚景，霄汉指前程。尽日徘徊处，归鸿过玉京。

长城

秦帝防胡虏，关心倍可嗟。一人如有德，四海尽为家。往事乾坤在，荒基草木遮。至今徒者骨，犹自哭风沙。

酬李躔侍御

此去非关兴，君行不当游。无因两处马，共饮一溪流。

别李侍御后亭夜坐却寄

已作亭下别，未忘灯下情。吟多欲就枕，更漏转分明。

题钱宇别墅

林居向晚饶清景，惜去非关恋酒杯。石净每因杉露滴，地幽渐觉水禽来。药蔬秋后供僧尽，竹枝吟中望月回。红叶闲飘篱落迥，行人远见草堂开。

近试上张籍水部—作闲意献张水部

洞房昨夜停红烛，待晓堂前拜舅姑。妆罢低声问夫婿，画眉深浅入时无。

留别卢玄休归荆门

江边离别心，言罢各沾襟。以我去帆远，知君离恨深。云开孤鸟出，浪起白鸥沈。更作来年约，阳台许伴寻。

采莲

隔烟花草远濛濛，恨个来时路不同。正是

亭桧相遇处，鸳鸯飞去一作出急流中。

都门晚望

绿槐花堕御沟边，步出都门雨后天。日暮野人耕种罢，烽楼原上一条烟。

舜井

碧甃磷磷不记年，青萝锁在小山颠。向来下视千山水，疑是苍梧万里天。

商州王中丞留吃枳壳

方物就中名最远，只应愈疾味偏佳。若交尽乞一作吃人人与，采尽商山枳壳花。

登玄都阁

野色晴宜上阁看，树阴遥映御沟寒。豪家旧宅无人住，空见朱门锁牡丹。

赠凤翔柳司录

杏园北寺题名日，数到如今四十年。点检生涯与官职，一茎野竹在身边。

啄木儿

丁丁向晚急还稀，啄遍一作尽庭槐未肯归。终日与君除蠹害，莫嫌一作嗔无事不频一作平飞。

桥曲

荷花明灭水烟空，惆怅来时径不同。欲到前洲堪入处，鸳鸯飞出碧流中。

逢山人

星月相逢现此身，自然无迹又无尘。秋来苦向金天会，便是青莲叶上人。

过耶溪

春溪缭绕出无穷，两岸桃花正好风。恰是扁舟堪入处，鸳鸯飞起碧流中。

贺张水部员外拜命

省中官最美，无似水曹郎。前代佳名逊，当时重姓张。白髯吟丽句，红叶吐朝阳。徒有归山意，君恩未可忘。

送璧州刘使君

玉府登朝后，巴乡典郡新。江分入峡路，山见采鞭人。旧业孤城梦，生祠几处身。知君素清俭，料得却来贫。

赠江夏卢使君

诗人中最屈，无与使君俦。白发虽求退，明时合见收。登山犹自健，纵酒可多愁。好是能骑马，相逢见鄂州。

送崔秀才游江陵

樽前荆楚客，云外思萦回。秦野春已尽，商山花正开。鸥惊帆乍起，虹见雨初来。自有归期在，蝉声处处催。

观涛

木落霜飞天地清，空江百里见潮生。鲜飙出海鱼龙气，晴雪喷山雷鼓声。云日半阴川渐满，客帆皆过浪难平。高楼晓望无穷意，丹叶黄花绕郡城。

南湖

湖上微风小槛凉，翻翻菱荇满回塘。野船著岸入春草，水鸟带波飞夕阳。芒叶有声疑露雨，浪花无际似潇湘。飘然蓬艇东归客，尽日相看忆楚乡。

镜湖西岛言事

慵拙幸便荒僻地，纵闻猿鸟亦何愁。偶因药酒欺梅雨，却著寒衣过麦秋。岁计有余添橡实，生涯一半在渔舟。世人若便无知己，应向此溪成白头。

送刘思复南河从军

七千里别宁无恨，且贵从军乐事多。不驻节旄先候发，偶逢山寺亦难过，蛮人独放畲田火，海兽群游落日波。远作受恩身不易，莫抛书剑近笙歌。

全唐诗卷五百十六

王彦威

王彦威,太原人。孤贫力学,淹识古今典礼。举明经甲科。撰《元和新礼》上之,拜博士,累擢司封郎中、弘文馆学士。开成时,历忠武、宣武节度使。诗一首。

宣武军镇作

天兵十万勇如貔,正是酬恩报国时。汴水波澜喧鼓角,隋堤杨柳拂旌旗。前驱红旆关西将,坐间青娥赵国姬。寄语长安旧冠盖,粗官到底是男儿。

庾敬休

庾敬休,字顺之,邓州新野人。太和中,累官户部侍郎、尚书左丞。诗一首。

春雪映早梅

清晨凝雪彩,新候变庭梅。树爱春荣遍,窗惊曙色催。寒江添粉壁,积润屐青苔。分明六出瑞,隐映几枝开。闻笛花疑落,挥琴兴转来。曲成非寡和,长使思悠哉。

许玫

许玫,太和元年登进士第,兄弟琯、瑾皆高科。诗一首。

题雁塔

宝轮金地压人寰,独坐苍冥启玉关。北岭风烟开魏阙,南轩气象镇商山。灞陵车马垂杨里,京国城池落照间。暂放尘心游物外,六街钟鼓又催还。

厉玄

厉玄,登太和二年进士第,官终侍御史。姚合同时人。诗五首。

从军行

边草旱一作早不春,剑光增野一作汙尘。战

一作广场收骥尾,清瀚怯龙鳞。帆色起一作已归越,松声厌避秦。几时逢范蠡,处处是通津。

寄婺州温郎中 时刺睦州

积雪没兰溪,邻州望不迷。波中分雁宿,树杪接猿啼。婺女家空在,星郎手未携。故山新寺额,掩泣荷重题。中丞舍宅为寺,郎中为题寺额,故有此句。

送顾非熊及第归茅山

故山登第去,不似旧归难。帆卷江初夜,梅生洞少寒。采薇留客饮,折竹扫仙坛。名在仪曹籍,何人肯挂冠。

送黄晔明府岳州湘阴赴任

恩沾谴雪几人同,归宰湘阴六月中。商岭马嘶残暑雨,席帆高一作洞庭帆挂早秋风。贡名频向书闱失,飞檄曾传朔漠空。西省尚嗟君宦远,水鸡啼处莫听鸿。

缑山月夜闻王子晋吹笙

缑山明月夜,岑寂隔尘氛。紫府参差曲,清宵次第闻。韵流多入洞,声度半和云。拂竹鸾惊侣,经松鹤对一作舞群。蟾光听处合,仙路望中分。坐惜千岩曙,遗香过汝坟。

魏扶

魏扶,太和四年进士第,大中三年兵部侍郎同平章事。诗三首。

和白敏中圣德和平致兹休运岁终功就合咏盛明呈上

萧关新复旧山川,古戍秦原景象鲜。戎虏乞降归惠化,皇威渐被惬腥膻。穹庐远戍烟尘灭,神武光扬竹帛传。左衽尽知歌帝泽,从兹不更备三边。

贡院题

梧桐叶落满庭阴,锁闭朱门试院深。曾是昔年辛苦地,不将今日负初心。

赋愁并序

白乐天分司东洛,朝贤悉会兴化亭送别。酒酣,各请一字至七字诗,以题为韵。

愁。迥野,深秋。生枕上,起眉头。闺阁危坐,风尘远游。巴猿啼不住,谷水咽还流。送客泊舟入浦,思乡望月登楼。烟波早晚长羁旅,弦管终年乐五侯。

杨汉公

杨汉公,字用乂,虞卿之弟。太和八年擢进士第,累官司封郎中。坐虞卿,出刺舒州。徙湖、亳、苏三州,终桂林观察使。诗二首。

登郡中销暑楼寄东川汝士

岩峣下瞰雪溪流,极目烟波望梓州。虽有清风当夏景,只能销暑不销忧。

明月楼

吴兴城阙水云中,画舫青帘处处通。溪上玉楼楼上月,清光合作水晶宫。上二句,一作江南地暖少岩风,九月炎凉正得中。

何扶

何扶,太和九年及第。诗二首。

送阆州妓人归老

竹翠婵娟草径幽,佳人归老傍汀洲。玉蟾露冷梁尘暗,金凤花开云鬓秋。十亩稻香新绿野,一声歌断旧青楼。芭蕉半卷西池雨,日暮门前双白鸥。

寄旧同年

金榜题名墨尚新,今年依旧去年春。花间每被红妆问,何事重来只一人。

柴夔

柴夔,太和中登进士第。诗一首。

望九华山

九华如剑插云霓,青霭连空望欲迷。北截

吴门疑地尽，南连楚界觉天低。龙池水蘸中秋月，石路人攀上汉梯。惆怅旧游无复到，会须登此出尘泥。

房千里

房千里，字鹄举。登太和进士第，官国子博士，终高州刺史。诗一首。

寄妾赵氏有序一作赵氏诗

余初上第，游岭徼。有进士韦滂者，自南海邀赵氏而来，为余妾。西上京都，调于天官，余乃与赵别，约中秋为会期。赵极怅恋，余乃抒诗寄情。

鸾凤分飞海树秋，忍听钟鼓越王楼。只应霜月明君意，缓抚瑶琴送我愁。山远莫教双泪尽，雁来空寄八行幽。相如若返临邛市，画舸朱轩万里游。

刘郇伯

刘郇伯，太和进士。诗一首。

早行

钟静人犹寝，天高月自凉。一星深成火，残月半桥霜。客老愁尘下，蝉寒怨路傍。青山依旧色，宛是马卿乡。

句

人生分外愁。郇伯与范鄩为友，鄩得句云："岁尽天涯雨。"久而莫属，郇伯云云，范甚赏之。《见北梦琐言》。

李章武

李章武，太和末，官成都少尹。诗一首。

赠成都僧

南宗尚许通方便，何处心中更有经。好去苾蒭云水畔，何山松柏不青青。

萧仿

萧仿，登太和进士第，历谏议大夫、给事中。咸通初，迁左散骑常侍。懿宗时，擢礼部侍郎，出为滑州刺史，充义成军节度，郑滑颖观察处置等使，入为兵部尚书判度支，转吏部尚书同平章事，出为岭南节度使。诗二首。

享太庙乐章

圣祚无疆，庆传乐章。金枝繁茂，玉叶延长。海渎常晏，波涛不扬。汪汪美化，垂范今王。

享太庙乐章

于铄丕嗣，惟帝之光。羽籥象德，金石荐祥。圣系无极，景命永昌。神降上哲，维天配长。

柳棠

柳棠，东川人。应进士举，才思优赡。开成中，杨汝士镇东川，棠每于座上赋诗狂纵，后参越篤军事卒。诗二首。

答杨尚书

未向燕台逢厚礼，幸因社会接余欢。一鱼吃了终无愧，鹍化为鹏也不难。

席上戏东川杨尚书

莫言名位未相俦，风月何曾阻献酬。前辈不须轻后辈，靖安今日在衡州。

钟辂

钟辂，崇文馆校书郎。诗一首。

缑山月夜闻王子晋吹笙与厉玄同题

月满缑山夜，风传子晋笙。初闻盈谷远，渐听入云清。杳异人间曲，遥分鹤上情。孤鸾惊欲舞，万籁寂无声。此夕留烟驾，何时返玉京。唯愁音响绝，晓色出都城。

全唐诗卷五百十七

杨发

杨发,字至之,冯翊人。以父遗直客苏州,因家焉。登太和四年进士第,历太常少卿,出为苏州刺史,即其乡里也。后为岭南节度使,以严为治。军乱,贬婺州刺史。诗十三首。

南溪书院

茅屋住来久,山深不置门。草生垂井口,花发接—作拥篱根。入院将雏鸟,攀萝抱子猿。曾逢异人说,风景似桃源。

春园醉醒闲卧小斋

酣醉送余春,醒来恨更频。花残蜂蠹物,叶暗鸟欺人。帘闭高眠贵,斋空浩气新。从今北窗蝶,长是梦中身。

小园秋兴—作晚

谁言帝城里,独作野人居。石磴晴看叠,山苗晚自锄。相惭五秉粟,尚癖一车书。昔日扬雄宅,还无卿相舆。

与诸公池上待月

树密云萦岸,池遥水际空。菱开方吐镜,频动欲含风。渐映沙汀白,微分渚叶红。金波宜共赏,仙棹一宵同。

檐雀

弱羽怯孤飞,投檐幸所依。衔环唯报德,贺厦本知归。红觜休争顾,丹心自识机。从来攀凤足,生死恋光辉。

残花—作罗隐诗

已笑良时晚,仍悲别酒催。暖芳随日薄,残—作轻片逐风回。黛敛愁歌扇,妆残—作红泣镜台。繁阴莫矜衔,终是共尘埃。

山泉—作李才江诗

半空飞下水,势去响如雷。静彻啼猿寺,高陵坐客台。耳同经剑阁,身若到天台。溅树吹成冻,邻祠触作灰。深中试榔栗,浅处落莓苔。半夜重城闭,潺湲枕底来。

秋晚日少陵原游山泉之什

喧浊侵肌性未沈,每来云外恣幽寻。尘衣更喜秋泉洁,倦迹方依竹洞深。暂过偶然应系分,有期终去但劳心。唯怜一夜空山月,似许他年伴独吟。

秋晴独立南亭

昼对南风独闭关,暗期幽鸟去仍还。如今有待终身贵,未若忘机尽日闲。心似蒙庄游物一作象外,官惭许掾在人间。开襟自向清风笑,无限秋光为解颜。

宿黄花馆

孤馆萧条槐叶稀,暮蝉声隔水声微。年年为客路无尽,日日送人身未归。何处迷鸿离浦月,谁家愁妇捣霜衣。夜深不卧帘犹卷,数点残萤入户飞。

南野逢田客

桑柘悠悠水蘸堤,晚风晴景不妨犁。高机犹织卧蚕子,下坂未饥逢饲妻。杏色满林羊酪熟,麦凉浮垅雉媒低。生时自乐死由命,万事在天管不迷。

东斋夜宴酬绍之起居见赠

龙门八上不知津,唯有君心困益亲。白社追游名自远,青袍相映道逾新。十年江海鱼缄尽,一夜笙歌凤吹频。渐老旧交情更重,莫将美一作文酒负良辰。

玩残花

十日浓芳一岁程,东风初急眼偏明。低枝似泥幽人醉,莫道无情似有情。

杨收

杨收,字藏之,发之弟。十三善文咏,吴人呼为神童。会昌元年登第,累官中书侍郎同平章事。为韦保衡所倾,长流驩州,赐死。诗三首。

咏蛙见《旧唐书》本传,兄发戏令咏蛙

兔边分玉树,龙底耀铜仪。会当同鼓吹,不复问官私。

笔又令咏笔,仍赋钻字。

虽匪囊中物,何坚不可钻。一朝操正柄,定使冠三端。

嘲吴人观者吴人多造门求观神童,请为诗什。时观者压败其藩,收嘲之。

尔幸无赢角,何用触吾藩。若是升堂者,还应自得门。

杨乘

杨乘,发之子。大中初,登进士第。终殿中侍御史。发兄弟四人,与诸群从,皆以文学登高第,时号修行杨家。诗五首。

甲子岁书事时会昌四年,讨刘稹也。

竖子未鼎烹,大君尚旰食。风雷随出师,云霞有战色。犒功椎万牛,募勇悬千帛。武士日曳柴,飞将兢执馘。喜气迎捷书,欢声送羽檄。天兵日雄强,桀犬稍离析。贼臂既已断,贼喉既已扼。乐祸但鲸鲵,同恶为肘腋。小大势难侔,逆顺初不敌。违命固天亡,恃险乖长策。蛊毒久萌牙,狼顾非日夕。礼貌忽骄狂,疏奏遂指斥。动众岂佳兵,含忍恐无益。鸿恩既已孤,小效不足惜。腐儒一铅刀,投笔时感激。帝阍不敢干,恓恓坐长画。

南徐春日怀古

六代骄奢地,三春物象繁。灵湖能涨海,天堑隔中原。晓渡高帆驶,阴风巨舰翻。旌旗西日落,戈甲夏云屯。豹变资陈武,龙飞拥晋元。风流前事尽,文物旧仪存。邪佞尝移润,忠贞几度冤。兴亡山兀兀,今古水浑浑。露滴蜂偷蕊,莺啼日到轩。酒肠堆曲蘖,诗思绕乾坤。愁梦全无蝶,离忧每愧萱。形骸劳大块,玉石任炎昆。出处宁由已,升沈未足言。且应

中圣乐,坐起任昏昏。

吴中书事

十万人家天堑东,管弦台榭满春风。明归范蠡五湖上,国破西施一笑中。香径自生兰叶小,响廊深映月华空。尊前多暇但怀古,尽日愁吟谁与同。

建邺怀古

故城故垒满江渍,尽是干戈旧苦辛。见此即须知帝力,生来便作太平人。

榜句

伶俜一作自怜乖拙两何如,昼泥琴声夜泥书。数拍胡笳弹未熟一作遍,故人新命画胡车。

尹璞

尹璞,会昌后人。诗一首。

题杨收相公宅

祸福从来路不遥,偶然平地上烟霄。烟霄未稳还平地,门对孤峰占寂寥。《抒情录》作江遵诗云:"倚仗从来事不遥,无何平地起青霄。才到青霄却平地,门对古槐空寂寥。"与此小异。

全唐诗卷五百十八

雍陶

雍陶,字国钧,成都人。太和间第进士。大中八年,自国子毛诗博士出刺简州。诗一卷。

明月照高楼

朗月何高高,楼中帘影寒。一妇独含叹,四坐谁成欢。时节屡已移,游旅杳不还。沧溟倘未涸,妾泪终不乾。君若无定云,妾若不动山。云行出山易,山逐云去难。愿为边塞尘,因风委君颜。君颜良洗多,荡妾浊水间。

酬秘书王丞见寄

朝下有闲思,南沟边水行。因来见寥落,转自叹平生。白首丈夫气,赤心知己情。留诗本相尉,却忆苦吟声。

赠金河戍客

惯猎金河路,曾逢雪不迷。射雕青冢北,走马黑山西。戍远旌幡少,年深帐幕低。酬恩须尽敌,休说梦中闺。

孤桐

疏桐余一干,风雨日萧条。岁晚琴材老,天寒桂叶凋。已悲根半死,复恐尾全焦。幸在龙门下,知音肯寂寥。

秋露

白露暧秋色,月明清漏中。痕沾珠箔重,点落玉盘空。竹动时惊鸟,莎寒暗滴虫。满园生永夜,渐欲与霜同。

送徐使君赴岳州

渺渺楚江上,风旗摇去舟。马归云梦晚,猿叫洞庭秋。别思满南渡,乡心生北楼。巴陵山水郡,应一作偏称谢公游。

送裴璋还蜀因亦怀归

客在剑门外,新年音信稀。自为千里别,已送几人归。陌上月—作日初落,马前花正飞。离言殊未尽,春雨满—作湿行衣。

送前鄠县李少府

近出圭峰下,还期又不赊。身闲多宿寺,官满未移家。罢钓临秋水,开尊对月华—作向晚花。自当蓬—作台阁选,岂得卧烟霞。

送宜春裴明府之任

南行春已满,路半水茫然。楚望花当渡,湘阴橘满川。山横湖色上,帆出鸟行前。此任无辞远,亲人贵用还—作迁。

赠宗静上人

世上方传教—作法,山中未得归。闲花飘讲席,驯鸽污禅衣。积雨谁过寺,残钟自掩扉。寒来垂顶帽,白发剃应稀。

同贾岛宿无可上人院

何处销愁宿,携囊就远僧。中宵吟有雪,空屋语无灯。静境唯闻铎,寒床但枕肱。还因爱闲客,始得见南能。

和刘补阙秋园寓兴六首

水木夕阴冷,池塘秋意多。庭风吹故叶,阶露净寒莎。愁燕窥灯语,情人见月过。砧声听已别,虫响复相和。

闭门无事后,此地即山中。但觉鸟声异,不知人境同。晚花开为雨,残果落因风。独坐还吟酌,诗成酒已空。

自得家林趣,常时在外稀。对僧餐野食,迎客著山衣。雀斗翻檐散,蝉惊出树飞。功成他日后,何必五湖归。

秋色庭芜上,清朝见露华。疏篁抽晚笋,幽药吐寒芽。引水新渠净,登台小径斜。人来多爱此,萧爽似仙家。

禁掖朝回后,林园胜赏时。野人来辨药,庭鹤往看棋。晚日明丹枣,朝霜润紫梨。还因重风景,犹自有秋诗。

圣代少封事,闲居方屏喧。漏寒云外阙,木落月中园。山鸟宿檐树,水萤流洞门。无人见清景,林下自开尊。

岳阳晚景

汉阳无远寺,见说过汾城。云雨经春客,江山几日程。终随鸥鸟去,只在海潮生。前路逢渔父,多愁问姓名。

塞上宿野寺

塞上蕃僧老,天寒疾上关。远烟平似水,高树暗如山。去马朝常急,行人夜始闲。更深听刁斗,时到磬声间。

寒食夜池上对月怀友

人间多别离,处处是相思。海内无烟夜,天涯有月时。跳鱼翻荇叶,惊鹊出花枝。亲友皆千里,三更独绕池。

自述—作下第

万事谁能问,一名犹未知。贫当多累日,闲过少年时。灯下和愁睡,花前带酒悲。无谋常委命,转觉命堪疑。

送契玄上人南游

红叶落湘川,枫明映水天。寻钟过楚寺,拥锡上泷船。病客思留药,迷人待说禅。南中多古迹,应访虎溪泉。

少年行—作汉宫少年行

不倚军功有侠名,可怜球猎少年情。戴铃健鹘随声下,撼珮骄骢弄影行。觅匠重装燕客剑,对人新按越姬筝。岂知儒者心偏苦,吟向秋风白发生。

咏双白鹭—作崔少府池鹭

双鹭应怜水满池,风飘不动顶丝垂。立当青草人先见,行傍白莲鱼未知。一足独拳寒雨里,数声相叫早秋时。林塘得尔须增价,况与一作是诗家一作人物色宜。

晴诗一作塞路初晴

晚虹斜日塞天昏,一半山川带雨痕。新水乱侵青草路,残烟犹傍绿杨村。胡人羊马休南牧,汉将旌旗在北门。行子喜闻无战伐,闲看游骑猎秋原。

送徐山人归睦州旧隐

君在桐庐何处住,草堂应与戴家邻。初归山犬翻惊主,久别江鸥却避人。终日欲为相逐计,临岐一作时空一作又羡独行身。秋风钓艇遥相忆,七里滩西片月新。

到蜀后记途中经历

剑峰重叠雪云漫,忆昨来时处处难。大散岭头春足雨,褒斜谷里夏犹寒。蜀门去国三千里,巴路登山八十盘。自到成都烧酒熟,不思身更入长安。

忆山寄僧

尘路谁知蹋雪踪,到来空认出云峰。天晴远见月中树,风便细听烟际钟。阅一作慢世数思僧并院,忆山长羡鹤归松。新愁旧恨多难说,半在眉间半在胸。

赠玉芝观王尊师

处处烟霞寻总遍,却来城市喜逢师。时流见说无人在,年纪唯应有鹤知。大药已成宁畏晚,小松初种不嫌迟。长忧一日归天去,未授灵方遣问谁。

哭饶州吴谏议使君

忽闻身谢满朝惊,俄感鄱阳罢市情。遗爱永存今似古,高名不朽死如生。神仙难见青骡事,谏议空留白马名。授一作门馆曾为门下一作受恩客,几回垂泪过宣平。旧宅在宣平里。

经杜甫旧宅

浣花溪里花多处,为忆先生在蜀时。万古只应留旧宅,千金无复换新诗。沙崩水槛鸥飞尽,树压村桥马过迟。山月不知人事变,夜来江上与谁期。

河阴新城

高城新筑压长川,虎踞龙盘气色全。五里似云根不动,一重如月晕长圆。河流暗与沟池合,山色遥将睥睨连。自有此来当汴口,武牢何用锁风烟。

秋居病中

幽居悄悄何人到,落日清凉满树梢。新句有时愁里得,古方无效病来抛。荒檐数蝶悬蛛网,空屋孤萤入燕巢。独卧南窗秋色晚,一庭红叶掩衡茅。

罢还边将

白须庞将话边事,自失公权怨语多。汉主岂劳思李牧,赵王犹是一作自用廉颇。新鹰饱肉唯闲猎,旧剑生衣懒更磨。百战无功身老去,羡他年少渡黄河。

永乐殷尧藩明府县池嘉莲咏

青蘋白石匝莲塘,水里莲开带瑞光。露湿红芳双朵重,风飘绿蒂一枝长。同心栀子徒夸艳,合穗嘉禾岂解香。不独丰祥先有应,更宜花县对潘郎。

酬李绅岁除送酒

岁尽贫生一作心事事须,就中深恨酒钱无。故人充寿能分送,远客消愁免自沽。一夜四乘倾酾落,五更三点把屠苏。已供时节深珍重,况许今朝更挈壶。

蜀路倦行因有所感

乱峰碎石金牛路,过客应骑铁马行。白日欲斜催后乘,青云何处问前程。飞蝇一一皆先去,度鸟双双亦远鸣。蹇步不唯伤旅思,此中兼见宦途情。

寄永乐殷尧藩明府

古县萧条秋景晚,昔年陶令亦如君。头巾

漉酒临黄菊,手板支颐向白云。百里岂能容骥足,九霄终自别鸡群。相思不恨书来少,佳句多从阙下闻。

蜀中战后感事

蜀道一作国英灵地,山重水又回。文章四子盛,道路五丁开。词客题桥去,忠臣叱驭来。卧龙同骇浪,跃马比浮埃。已谓无妖土,那知有祸胎。蕃兵依濮柳,蛮斾指江梅。战后悲逢血,烧余恨见灰。空留犀猰怪,无复酒除灾。岁积苌弘怨,春深杜宇哀。家贫移未得,愁上望乡台。

答蜀中经蛮后友人马艾见寄

茜一作苜马渡泸水,北来如鸟轻。几年朝凤阙,一日破龟城。此地有征战,谁家无死生。人悲还旧里,鸟喜下空营。弟侄意初定,交朋心尚惊。自从经难后,吟苦似猿声。

卢岳闲居十韵

扰扰走人寰,争如占得闲。防愁心付酒,求静力登山。见药芳时采,逢花好处攀。望云开病眼,临涧洗愁颜。春色流岩下,秋声碎竹间。锦文苔点点,钱样菊斑斑。路远朝无客,门深夜不关。鹤飞高缥缈,莺语巧绵蛮。养拙甘沈默,忘怀绝险艰。更怜云外路,空去又空还。

送于中丞使北蕃

朔将引双旌,山遥碛雪平。经年通国信,计日得蕃情。野次依泉宿,沙中望火行。远雕秋有力,寒马夜无声。看猎临胡帐,思乡见汉城。回鹘中有汉城。春来拥边骑,新草满归程。

和河南白尹西池北新葺水斋招赏十二韵

二室峰前水,三川府右亭。乱流深竹径,分绕小花汀。池角通泉脉,堂心豁地形。坐中寒瑟瑟,床下细泠泠。雨夜思巫峡,秋朝想洞庭。千年孤镜碧,一片远天青。鱼戏摇红尾,鸥闲退白翎。荷倾泻珠露,沙乱动金星。藤架如纱帐,苔墙似锦屏。龙门人少到,仙棹自多

停。游忆高僧伴,吟招野客听。余波不能惜,便欲养浮萍。

感兴

贫女貌非丑,要须缘嫁迟。还似求名客,无媒不及时。

长安客感

日过千万家,一家非所依。不及行尘影,犹随马蹄归。

春怀旧游

吟想旧经过,花时奈远何。别来长似见,春梦入关多。

离京城宿商山作

山月吟声苦,春风引思长。无由及尘土,犹带杏花香。

秋馆雨夜

夜雨空馆静,幽人起裴回。长安醉眠客,岂知新雁来。

闻子规

百鸟有啼时,子规声不歇。春寒四邻静,独叫三更月。

怀无可上人

山寺秋时后,僧家夏满时。清凉多古迹,几处有新诗。

长安客感

客泪如危叶,长悬零落心。况是悲秋日,临风制不禁。

送客遥望

别远心更苦,遥将目送君。光华不可见,孤鹤没秋云。

伤靡草

靡草似客心,年年亦先死。无由伴花落,暂得因风起。

放鹤
从今一去不须低,见说辽东好去栖。努力莫辞仙路远,白云飞处免群鸡。

早秋月夜
身闲伴月夜深行,风触衣裳四体轻。为见近来天气好,几篇诗兴入秋成。

蝉—作闻蝉
高—作—树蝉声入晚云,不唯—作几回愁我亦愁君。何时—作年各得身—作心无事,每到闻时似不闻。

公子行
公子风流嫌—作轻锦绣,新裁白纻作春衣。金鞭留当谁家酒,拂柳穿花信马归。

题情尽桥 陶典阳安,送客至情尽桥,问其故,左右曰:"送迎之地止此。"陶命笔题其柱曰"折柳桥",为诗云云。
从来只有情难尽,何事名为情尽桥。自此改名为折柳,任他离恨一条条。

峡中行
两崖开尽水回环,一叶才通石罅间。楚客莫言山势险,世人心更险于山。

韦处士郊居
满庭诗境—作景飘红叶,绕砌琴声滴暗泉。门外晚清秋色老,万条寒玉一溪烟。

秋怀
古槐烟薄晚雅愁,独向黄昏立御沟。南国望中生远思,一行新雁去汀洲。

再下第将归荆楚上白舍人
穷通应计一时间,今日甘从刖足还。长倚玉人心自醉,不辞归去哭荆山。

春行武关作
风香春暖展归程,全胜游仙入洞情。一路缘溪花覆水,不妨闲看不妨行。

恨别二首
知君饯酒深深意,图使行人涕不流。如今却恨酒中别,不得一言千里愁。

人言日远还疏索,别后都非未别心。唯我忆君千里意,一年不见一重深。

送人归吴
远爱春波正满湖,羡君东去是归途。吟诗好向月中宿,一叫水天沙鹤孤。

喜梦归
旅馆岁阑频有梦,分明最似此宵希。觉来莫道还无益,未得归时且当—作梦归。

路中问程知欲达青云驿
行愁驿路问来人,西去经过愿一闻。落日回鞭相指点,前程从此是青云。

题君山—作洞庭诗
风—作烟波不动影沈沈,翠色全微碧—作碧色全无翠色深。应—作疑是水仙梳洗处,一螺青黛镜中心。

离家后作
世上无媒似我希,一身惟有影相随。出门便作焚舟计,生不成名死不归。

寄题岘亭
岘亭留恨为伤杯,未得醒醒看便回。却想醉游如梦见,直疑元本不曾来。

病鹤
忆得当时—作年病未遭,身为仙驭雪为毛。今来沙上飞无力,羞见樯乌立处高。

状春
含春笑日花心艳,带雨牵风柳态妖。珍重两般堪比处,醉时红脸舞时腰。

春咏
风恼花枝不耐频,等闲飞落易愁人。殷勤

最是章台柳,一树千条管带春。

非酒
人人慢说酒消忧,我道翻为引恨由。一夜醒来灯火暗,不应愁事亦成愁。

苦寒
今年无异去年寒,何事朝来独忍难。应是渐为贫客久,锦衣著尽布衣单。

送客
若论秋思人人苦,最觉愁多客又深。何况病来惆怅尽,不知争作送君心。

人问应举
莫惊西上独迟回,只为衡门未有媒。惆怅赋成身不去,一名闲事逐秋回。

送客不及
水阔江天两不分,行人两处更相闻。遥遥已失风帆影,半日虚销指点云。

闻杜鹃二首
碧竿微露月玲珑,谢豹伤心独叫风。高处已应闻滴血,山榴一夜几枝红。

蜀客春城闻蜀鸟,思归声引未归心。却知一作欲将夜夜愁相似,尔正啼时我正吟。

西归出斜谷
行过险栈出褒斜,出尽平川似到家。万里一作无限客愁今日散,马前初见米囊花。

宿嘉陵驿一作嘉陵馆楼
离思茫茫正值秋,每因风景却生愁。今宵难作刀州梦,月色江声共一楼。

旅怀
旧里已悲无产业,故山犹恋有烟霞。自从为客归时少,旅馆僧房却是家。

贫居春怨
贫居尽日冷风烟,独向檐床看雨眠。寂寞春风花落尽,满庭榆荚似秋天。

忆江南旧居
闲思往事在湖亭,亭上秋灯照月明。宿客尽眠眠不得,半窗残月带潮声。

夷陵城
世家曾览楚英雄,国破城荒万事空。唯有邮亭阶下柳,春来犹似细腰宫。

访友人幽居二首
落花门外春将尽,飞絮庭前日欲高。深院客来人未起,黄鹂枝上啄樱桃。

莎深苔滑地无尘,竹冷花迟剩驻春。尽日弄琴谁共听,与君兼鹤是三人。

宿大彻禅师故院
竹房谁继生前事,松月空悬过去心。秋磬数声天欲晓,影堂斜掩一灯深。

送蜀客
剑南风景腊前春,山鸟江风得雨新。莫怪送君行较远,自缘身是忆归人。

题宝应县
雪楼当日动晴寒,渭水梁山鸟外看。闻说德宗曾到此,吟诗不敢倚阑干。

和孙明府怀旧山
五柳先生本在山,偶然为客落人间。秋来见月多归思,自起开笼放白鹇。

城西访友人别墅
澧水桥西小路斜,日高犹未到君家。村园门巷多相似,处处春风枳壳花。

题大安池亭
幽岛曲池相隐映,小桥虚阁半高低。好风好月无人宿,夜夜水禽船上栖。

送春
勿言春尽春还至,少壮看花复几回。今日

已从愁里去,明年更莫共愁来。

武侯庙古柏
密叶四时同一色,高枝千岁对孤峰。此中疑有精灵在,为见盘根似卧龙。

哀蜀人为南蛮俘虏五章初出成都闻哭声
但见城池还汉将,岂知佳丽属蛮兵。锦江南度遥闻哭,尽是离家别国声。

过大渡河蛮使许之泣望乡国
大渡河边蛮亦愁,汉人将渡尽回头。此中剩寄思乡泪,南去应无水北流。

出青溪关有迟留之意
欲出乡关行步迟,此生无复却回时。千冤万恨何人见,唯有空山鸟兽知。

别巂州一时恸哭,云日为之变色
越巂城南无汉地,伤心从此便为蛮。冤声一恸悲风起,云暗青天日下山。

入蛮界不许有悲泣之声
云南路出陷河西,毒草长青瘴色低。渐近蛮城谁敢哭,一时收泪羡猿啼。

宿石门山居
窗灯欲灭夜愁生,萤火飞来促织鸣。宿客几回眠又起,一溪秋水枕边声。

过旧宅看花
山桃野杏两三栽,树树繁花去复开。今日主人相引看,谁知曾是客移来。

寄襄阳章孝标
青油幕下白云边,日日空山夜夜泉。闻说小斋多野意,枳花阴里麝香眠。

洛中感事
洛城今古足繁华,最恨乔家似石家。行到窈娘身没处,水边愁见亚枝花。

阴地关见入蕃公主石上手迹
汉家公主昔和蕃,石上今余手迹存。风雨几年侵不灭,分明纤指印苔痕。

美人春风怨
澹荡春风满眼来,落花飞蝶共裴回。偏能飘散同心蒂,无那愁眉吹不开。

过南邻花园
莫怪频过有酒家,多情长是惜年华。春风堪赏还堪恨,才见开花又落花。

劝行乐
老去风光不属身,黄金莫惜买青春。白头纵作花园主,醉折花枝是别人。

渡桑乾河
南客岂曾谙塞北,年年唯见雁飞回。今朝忽渡桑乾水,不似身来似梦来。

月下喜吕郎中除兵部
北阙云间见碧天,南宫月似旧时圆。喜看列宿今朝正,休叹参差十四年。

天津桥望春
津桥春水浸红霞,烟柳风丝拂岸斜。翠辇不来金殿闭,宫莺衔出上阳花。

自蔚州南入真谷有似剑门,因有归思
我家蜀地身离久,忽见胡山似剑门。马上欲垂千里泪,耳边唯欠一声猿。

再经天涯地角山
每忆云山养短才,悔缘名利入尘埃。十年马足行多少,两度天涯地角来。

题等界寺二首
吴蜀千年等界村,英雄无主岂长存。思量往事今何在,万里山中一寺门。

两国道涂都万里,来从此地等平分。行人竞说东西利,事不关心耳不闻。

洛源驿戏题
　　柳阴春岭鸟新啼,暖色浓烟深处迷。如恨往来人不见,水声呦咽出花溪。

遣愁
　　抛掷泥中一听沈,不能三叹引愁深。莫言客子无愁易,须识愁多暗损心。

送友人弃官归山居
　　不爱人间紫与绯,却思松下著山衣。春郊雨尽多新草,一路青青蹋雨归。

山行
　　野一作异花幽鸟几千般,头白山僧遍识难。世上游人无复见,一生唯向画图看。

送客二首
　　与君同在少年场,知己萧条壮士伤。可惜报恩无处所,却提孤剑过咸阳。

　　行人立马强盘回,别字犹含未忍开。好去出门休落泪,不如前路早归来。

安国寺赠广宣上人
　　马急人忙尘路喧,几从朝出到黄昏。今来合掌听师语,一似敲冰清耳根。

初醒
　　心中得胜暂抛愁,醉卧凉风拂簟秋。半夜觉来新酒醒,一条斜月到床头。

送客归襄阳旧居
　　襄阳耆旧别来稀,此去何人共掩扉。唯有白铜鞮上月,水楼闲处待君归。

夜闻方响
　　方响闻时夜已深,声声敲著客愁心。不知正在谁家乐,月下犹疑是远砧。

路逢有似亡友者,恻然赋此
　　吾友今生不可逢,风流空想旧仪容。朝来马上频回首,惆怅他人似蔡邕。

望月怀江上旧游
　　往岁曾随江客船,秋风明月洞庭边。为看今夜天如水,忆得当时一作年水似天。

途中西望
　　行行何处散离愁,长路无因暂上楼。唯到高原即西望,马知人意亦回头。

题友人所居即故元少尹宅
　　亚尹故居经几主,只因君住有诗情。夜吟邻叟闻惆怅,七八年来无此声。

蔚州晏内遇新雪
　　胡卢河畔逢秋雪,疑是风飘白鹤毛。坐客停杯看未定,将军已湿褐花袍。

句
　　古木闽州道,驱羸落照间。投村碍野水,问店隔荒山。见《泉州志》。

全唐诗卷五百十九

李远

李远,字求一作承古,蜀人。第太和进士,历忠、建、江三州刺史,终御史中丞。集一卷。

立春日

暖日傍帘晓,浓春开箧红。钗斜穿彩燕,罗薄剪春虫。巧著金刀力,寒侵玉指风。娉婷何处戴,山鬓绿成丛。

剪彩

剪彩赠相亲,银钗缀凤真。双双衔绶鸟,两两度桥人。叶逐金刀出,花随玉指新。愿君千万岁,无岁不逢春。

题僧院

不用问汤休,何人免白头。百年如过鸟,万事尽浮沤。别绪长牵梦,情由一作田乱种愁。却嫌风景丽,窗外碧云秋。

观廉女真葬女真善隶书,常为内中学士

玉窗抛翠管,轻袖掩银鸾。错落云车断,丁泠金磬寒。鹤寻深院宿,人借旧书看。寂寞焚香处,红花满石坛。

闲居

尘事久相弃,沈浮皆不知。牛羊归古巷,燕雀绕疏篱。买药经年晒,留僧尽日棋。唯忧钓鱼伴,秋水隔波时。

及第后送家兄游蜀

人谁无远别,此别意多违。正鹄虽言中,冥鸿不共飞。玉京烟雨断,巴国梦魂归。若过严家濑,殷勤看钓矶。

送人入蜀

蜀客本多愁,君今是胜游。碧藏云外树,红露一作压驿边楼。杜魄呼名语,巴江作一作学字流。不知烟雨夜,何处梦刀州。

游故王附马池亭

花树杏玲珑,渔舟处处通。醉销罗绮艳,香暖芰荷风。野鸟翻萍绿,斜桥印水红。子猷箫管绝,谁爱碧鲜浓。

悲铜雀台—本无悲字

西陵树已尽,铜雀思偏多。雪密疑楼阁,花开想绮罗。影销堂上舞,声断帐前歌。唯有漳河水,年年旧绿波。

倍新及第赴同年会

曾攀芳桂英,处处共君行。今日杏园宴,当时天乐声。柳浓堪系马,花上未藏莺。满座皆仙侣,同年别有情。

咏雁

早晚辞沙漠,南来处处飞。关山多雨雪,风水损毛衣。碧海魂应断,红楼信自稀。不知增缴外,曾得几行归。

与碧溪上人别

欲入凤城游,西溪别惠休。色随花旋落,年共水争流。客思偏来夜,蝉声觉送秋。明朝逢旧侣,唯拟上歌楼。

赠殷山人

有客抱琴宿,值予多怨怀。啼乌弦易断,啸鹤调难谐。曲罢月移幌,韵清风满斋。谁能将此妙,一为奏金阶。

咏壁鱼

鳞细粉光鲜,开书乱眼前。透窗疑漏网,落砚似流泉。潜穴河图内,吞钩乙字边。莫言鬐鬣小,食尽白蘋篇。

听话丛台

有客新从赵地回,自言曾上古丛台。云遮襄国天边去—作尽,树绕漳河地里—作掌上来。弦管变成山鸟哢,绮罗留作野花开。金舆玉辇无行迹—作消息,风雨惟—作谁知—作年年长绿苔。

失鹤

秋风吹却—作起九皋禽,一片闲云万里心。碧落有情应—作空怅望,青天—作瑶台无路可追寻。来时—作初来白云翎犹短,去日—作欲去丹砂顶渐深。华表柱头留语后,更无—作不知消息到如今。

赠写御容—作真李长史

玉—作宝座尘消砚水清,友髯不动彩毫轻。初分隆准山河秀,乍点重瞳日月明。宫女卷帘皆暗认,侍臣开殿尽遥惊。三朝供奉无人敌,始觉僧繇浪得名。

赠潼关不下山僧

与君同在苦空间,君得空门我爱闲。禁足已教修雁塔,终身不拟下鸡山。窗中遥指三千界,枕上斜看百二关。香茗一瓯从此别,转蓬流水几时还。

过旧游见双鹤怆然有怀

谢公何岁掩松楸,双鹤依然傍玉楼。朱顶巉岏荒草上,雪毛零落小池头。蓬瀛路断君何在,云水情深我尚留。他日若来华表上,更添多少令威愁。

赠友人

凤城烟霭思偏多,曾向刘郎住处过。银烛焰前贪劝酒,玉箫声里已闻歌。佳人惜别看嘶马,公子含—作贪情向翠蛾。今日重来门巷改,出墙桐树绿婆娑。

赠南岳僧

曾住衡阳岳寺边,门开江水与云连。数州城郭藏寒树,一片风帆著远天。猿啸不离行道处,客来皆到卧床前。今朝惆怅红尘里,惟忆闲陪—作塘尽日眠。

赠弘文杜校书

高倚霞梯万丈余,共看移步入宸居。晓随鹓鹭排金锁,静对铅黄校玉书。漠漠禁烟笼远树,泠泠宫漏响前除。还闻汉帝亲词赋,好为从容奏子虚。

听王氏话归州昭君庙

献之闲坐说归州,曾到昭君庙里游。自古行人多怨恨,至今乡土尽风流。泉如珠泪侵阶滴,花似红妆满岸愁。河畔犹残翠眉样,有时新月傍帘钩。

过马嵬山 一作李益诗

金甲云旗尽日回,仓皇罗袖满尘埃。浓香犹自飘銮辂,恨魄无因离马嵬。南内宫人悲帐殿,东溟方士问蓬莱。唯余坡上弯环月,时送残蛾入帝台。

吴越怀古

吴越千年奈怨何,两宫清吹作樵歌。姑苏一败云无色,范蠡长游水自波。霞拂故城疑转旆,月依荒树想嚬蛾。行人欲问西施馆,江鸟寒飞碧草多。

长安即事寄友人

绮陌千年思断蓬,今来还宿凤城东。瑶台钟鼓长依旧,巫峡烟花自不同。千结故心为怨网,万条新景作愁笼。何时更伴刘郎去,却见夭桃满树红。

闻明一本有道字上人逝寄友人

萧寺曾过最上方,碧桐 一作梧 浓叶覆西廊。游人缥缈红衣乱,座客从容白日长。别后旋一作遥成庄叟一作乌梦,书来忽报惠休亡。他时若更相随去,只是含酸对影堂。

赠咸阳李少府

美貌雄才已少齐,宝书仙简两看题。金刀片片裁新锦,玉步重重上旧梯。鹏到碧天排雾去,凤游琼树拣枝栖。蓬瀛宴罢试回首,一望尘中路正迷。

邻人自金仙观移竹

移居新竹已堪看,断破莓苔得几竿。圆节不教伤粉箨 一作玉粉,低枝犹拟拂霜坛。墙头枝动如烟绿,枕 一作叶 上风来送夜寒。第一莫教渔父见,且从萧飒满朱栏。

慈恩寺避暑

香荷疑散麝,风铎似调琴。不觉清凉晚,归人满柳阴。

读田光传

秦灭燕丹怨正深,古来豪客尽沾襟。荆卿不了真闲事,辜负田光一片心。

友人下第因以赠之

刘毅虽然不掷卢,谁人不道解樗蒲。黄金百万终须得,只在挼莎更一呼。

咏鸳鸯

鸳鸯离别伤,人意似鸳鸯。试取鸳鸯看,多应断寸肠。

赠筝妓伍卿

轻轻没后更无筝,玉腕红纱到伍卿。座客满筵都不语,一行哀雁十三声。

黄陵庙词 一作李群玉诗

黄陵庙前莎草春,黄陵女儿蒨裙新。轻舟小楫唱歌去,水远山长愁杀人。

句

人事三杯酒,流年一局棋。《北梦琐言》。

青山不厌三杯酒,长日惟消一局棋。《唐语林》。

全唐诗卷五百二十

杜牧

杜牧,字牧之。京兆万年人。太和二年,擢进士第,复举贤良方正。沈传师表为江西团练府巡官,又为牛僧孺淮南节度府掌书记,擢监察御史。移疾,分司东都,以弟颛病弃官。复为宣州团练判官,拜殿中侍御史、内供奉。累迁左补阙、史馆修撰。改膳部员外郎。历黄、池、睦三州刺史。入为司勋员外郎,常兼史职,改吏部,复乞为湖州刺史。逾年,拜考功郎中、知制诰,迁中书舍人卒。牧刚直有奇节,不为龊龊小谨,敢论列大事,指陈病利尤切。其诗情致豪迈,人号为小杜,以别甫云。《樊川诗》四卷,《外集》诗一卷,《别集》诗一卷,今编为八卷。

感怀诗一首 时沧州用兵

高文会隋季,提剑徇天意。扶持万代人,步骤三皇地。圣云继之神,神仍用文治。德泽酐生灵,沉酣薰骨髓。旄头骑箕尾,风尘蓟门起。胡兵杀汉兵,尸满咸阳市。宣皇 肃宗也 走豪杰,谈笑开中否。蟠联两河间,烬萌终不弭。号为精兵处,齐蔡燕赵魏。合环千里疆,争为一家事。逆子嫁虏孙,西邻聘东里。急热同手足,唱和如宫徵,法制自作为,礼文争僭拟。压阶螭斗角,画屋龙交尾。署纸日替名,分财赏称赐。刳陛歔 呼恬切 万寻,缭垣叠千雉。誓将付屠孙,血绝然方已。九庙仗神灵,四海为输委。如何七十年,汗艳含羞耻。韩彭不再生,英卫皆为鬼。凶门爪牙辈,穰穰如儿戏。累圣但日呼,阃外将谁寄?屯田数十万,堤防常慑惴。急征赶军须,厚赋资凶器。因隳画一法,且逐随时利。流品极蒙龙,网罗渐离弛。夷狄日开张,黎元愈憔悴。邈矣远太平,萧然尽烦费。至于贞元末,风流恣绮靡。艰极泰循来,元和圣天子。元和圣天子,英明汤武上。茅茨覆宫殿,封章绽帷帐。伍旅拔雄儿,梦卜庸真相。勃云走轰霆,河南一平荡。继于长庆初,燕赵终昇穊。携妻负子来,北阙急顿颡。故老扶儿孙,尔生今有望。茹鲠喉尚隘,负重力未壮。坐幄无奇兵,吞舟漏疏网。骨添蓟垣沙,血涨滹沱浪。只云徒有征,安能问无状?一日五诸侯,奔亡如鸟往。取之难梯天,失之易反掌。苍然太行路,剪剪还榛莽。关西贱男子,誓肉房杯羹。请数系房事,谁其为我听?荡荡乾坤大,瞳瞳日月明。叱起文武业,可以豁洪溟。安得封域内,长有嵓苗征。七十里百里,彼亦何尝争?往往念所至,得醉愁苏醒。韬舌辱壮心,叫阍无助声。聊书感怀韵,焚之遗贾生。

杜秋娘诗 并序

杜秋,金陵女也,年十五为李锜妾。后锜叛灭,籍之入宫,有宠于景陵。穆宗即位,命秋为皇子傅姆。皇子壮,封漳王。郑注用事,诬丞相欲去己者,指王为根。王被罪废削,秋因赐归故乡。予过金陵,感其穷且老,为之赋诗。

京江水清滑,生女白如脂。其间杜秋者一作娘,不劳朱粉施。老锜即山铸,后庭千双一作蛾眉。秋持玉斝醉一作饮,与唱金缕衣。劝君莫惜金缕衣,劝君须惜少年时。花开堪折直须折,莫待无花空折枝。李锜长唱此辞。锜既白首叛,秋亦红泪滋。吴江落日渡,灞岸绿杨垂。联裾见天子,盼眄独依依。椒壁悬锦幕,镜奁蟠蛟螭。低鬟认新宠,窈袅复融怡。月上白璧门,桂影凉参差。金阶露新重,闲捻紫箫吹。《晋书》:盗开凉州张骏冢,得紫玉箫。苺苔夹城路,南苑雁初飞。红粉羽林杖,独赐辟邪旗。归来煮豹胎,餍饫不能饴。咸池升日庆,铜雀分香悲。雷音后车远,事往落花时。燕禖得皇子,壮发绿緌緌。画堂授傅姆,天人亲捧持。虎睛珠络褓,金盘犀镇帷。长杨射熊罴,武帐弄哑咿。渐抛竹马剧一作戏,稍出舞鸡奇。崭崭整冠珮,侍宴坐瑶池。眉宇俨图画,神秀射朝辉。一尺桐偶人,江充知自欺。王幽茅土削,秋放故乡归。觚稜拂斗极,回首尚迟迟。四朝三十载,似梦复疑非。潼关识旧吏,吏一作毛发已如丝。却唤吴江渡,舟人那得知。归来四邻改,茂苑草菲菲。清血洒不尽,仰天知问谁?寒衣一匹素,夜借邻人机。我昨金陵过,闻之为欷歔。自古皆一贯,变化安能推!夏姬灭两国,逃作巫臣姬一作妻;西子下姑苏,一舸逐鸱夷;织室魏豹俘,作汉太平基;误置代籍中,两朝尊母仪;光武绍高祖,本系生唐儿;珊瑚破高齐,作婢春黄糜;萧后去扬州,突厥为阏氏。女子固不定,士林亦难期;射钩后呼父,钓翁王者师;无国要孟子,有人毁仲尼;秦因逐客令,柄归丞相斯;安知魏齐首,见断箦中尸;给丧蹶张辈,廊庙冠峨危;珥貂七叶贵,何妨戎虏支;苏武却生返,邓通终死饥。主张既难测,翻覆亦其宜。地尽有何物,天外复高何之。指何为而捉,足何为而驰?耳何为而听,目何为而窥?己身不自晓,此外何思惟。因倾一樽酒,题作杜秋诗。愁来独长咏,聊可以自怡。

郡斋独酌 黄州作

前年鬓生雪,今年须带霜。时节序鳞次,古今同雁行。甘英穷西海,四万到洛阳。东南我所见,北可计幽荒。中画一万国,角角棋布方。地顽压不穴,天迥老不僵。屈指百万世,过如霹雳忙。人生落其内,何者为彭殇?促束自系缚,儒衣宽且长。旗亭雪中过,敢问当垆娘。我爱李侍中,标标七尺强。白羽八扎弓,胜压绿檀枪。风前略横阵,紫髯分两傍。淮西万虎士,怒目不敢当。功成赐宴麟德殿,猿鹘掠广球场。三千宫女侧头看,相排踏碎双明珰。旌竿飙飙旗煌煌,意气横鞭归故乡。我爱朱处士,三吴当中央。罢亚稻百顷稻,西风吹半黄。尚可活乡里,岂唯满困仓?后岭翠扑扑,前溪碧泱泱。雾晓起凫雁,日晚下牛羊。叔舅欲饮我,社瓮尔来尝。伯姊子欲归,彼亦有壶浆。西阡下柳坞,东陌绕荷塘。姻亲骨肉舍,烟火遥相望。太守政如水,长官贪似狼。征输一云毕,任尔自存亡。我昔造其室,羽鸾鹤翔。交横碧流上,竹映琴书床。出语无近俗,尧舜禹武汤。问今天子少,谁人为栋梁?我曰天子圣,晋公提纪纲。联兵数十万,附海正诛沧。谓言大义小不义,取易卷席如探囊。犀甲吴兵斗弓弩,蛇矛燕戟驰锋铓。岂知三载几一作凡百战,钩车不得望其墙!答云此山外,有事同胡羌。谁将国伐叛,话与钓鱼郎?溪南重回首,一径出修篁。尔来十三岁,斯人未曾忘。往往自抚己,泪下神苍茫。御史诏分洛,举趾何猖狂!阙下谏官业,拜疏无文章。寻僧解忧一作幽梦,乞酒缓愁肠。岂为妻子计,未去山林藏。平生五色线,愿补舜衣裳。弦歌教燕赵,兰芷浴河湟。腥膻一扫洒一作洒出,凶狠皆披攘。生人但眠食,寿域富农桑。孤吟志在此,自亦笑荒唐。江郡雨初霁,刀好截秋光。池边成独酌,拥鼻菊枝香。醺酣更唱太平曲,仁圣天子寿无疆。

张好好诗并序

牧太和三年,佐故吏部沈公江西幕。好好年十三,始以善歌来乐籍中。后一岁,公移镇宣城,复置好好于宣城籍中。后二岁,为沈著作述师以双鬟纳之。后二岁,于洛阳东城,重睹好好。感旧伤怀,故题诗赠之。

君为豫章姝,十三才有余。翠茁凤生尾,丹叶莲含跗。高阁倚天半,章江联碧虚。此地试君唱,特使华筵铺。主人一作公顾四座,始讶来踟蹰。吴娃起引赞,低徊映长裾。双鬟可高下,才过青罗襦。盼盼乍垂袖,一声雏凤呼。繁弦迸关纽,塞管裂圆芦。众音不能逐,袅袅穿云衢。主人一作公再三叹,谓言天下殊。赠之天马锦,副以水犀梳。龙沙看秋浪,明日游朱一作东湖。自此每相见,三日已为疏。玉质随月满,艳态逐春舒。绛唇渐轻巧,云步转虚徐。旌旆忽东下,笙歌随舳舻。霜凋谢楼树,沙暖句溪蒲。身外任尘土,樽前极欢娱。飘然集仙客著作尝任集贤校理,讽赋欺相如。聘之碧瑶珮,载以紫云车。洞闭水声远,月高蟾影孤。尔来未几岁,散尽高阳徒。洛城重相见,婥婥为当垆。怪我苦何事,少年垂白须。朋游今在否,落拓更能无。门馆恸哭后,水云秋景初。斜日挂衰柳,凉风生座隅。洒尽满襟泪,短歌聊一书。

冬至日寄小侄阿宜诗

小侄名阿宜,未得三尺长;头圆筋骨紧,两眼明且光。去年学官人,竹马绕四廊。指挥群儿辈,意气何坚刚。今年始读书,下口三五行。随兄旦夕去,敛手整衣裳。去岁冬至日,拜我立我旁。祝尔愿尔贵,仍且寿命长。今年我江外,今日生一阳。忆尔不可见,祝尔倾一觞。阳德比君子,初生甚微茫。排阴出九地,万物随开张。一似小儿学,日就复月将。勤勤不自已,二十能文章。仁宦至公相,致君作尧汤。我家公相家,剑佩尝丁当。旧第开朱门,长安城中央。第中无一物,万卷书满堂。家集二一作三百编,上下驰皇王。多是抚州写,今来五纪强。尚可与尔读,助尔为贤良。经书括根本,史书阅兴亡。高摘屈宋艳,浓薰班马香。李杜泛浩浩,韩柳摩苍苍。近者四君子,与古争强梁。愿尔一祝后,读书日日忙。一日读十纸,一月读一箱。朝廷用文治,大开官职场。愿尔出门去,取官如驱羊。吾兄苦好古,学问不可量。昼居府中治,夜归书满床。后贵有金玉,必不为妆藏。崔昭生崔芸,李兼生窟郎。堆钱一百屋,破散何披猖。今虽未即死,饿冻几欲僵。参军与县尉,尘土惊劻勷。一语不中治,笞箠身满疮。官罢得丝发,好买百树桑。税钱未输足,得米不敢尝。愿尔闻我语,欢喜入心肠。大明帝宫阙,杜曲我池塘。我若一作苦自潦倒,看汝争翱翔。总语诸小道,此诗不可忘。

李甘诗

太和八九年,训注极虓虎。潜身九地底,转上青天去。四海镜清澄,千官云片缕。公私各闲暇,追游日相伍。岂知祸乱根,枝叶潜滋莽一作茂,九年夏四月,天诫若言语:烈风驾地震,狞雷驱猛雨;夜于正殿阶一作衢,拔去千年树。吾君不省觉,二凶日威武。操持北斗柄,开闭天门路。森森明庭士,缩缩循墙鼠。平生负奇一作名节,一旦如奴虏。指名为锢一作钩党,状一作锢迹谁一作难告诉。喜无李杜诛,敢惮髡钳苦。当时秋夜一作仲秋月,日值曰庚午。喧喧皆传言,明晨相登注。予时与和鼎李甘字,官班各持斧。和鼎顾予言,我死知一作有处所。当庭裂诏书,退立须鼎俎。君门晓日开,赭案横霞布。俨雅千官容,勃郁吾累一作累怒。适属命廊将,赵儋除廊坊节度,儋一作耽昨之传者误。明日诏书下,谪斥南荒去。夜登青泥坂,坠车伤左股。病妻尚在床,稚子初离乳。幽兰思楚泽,恨水啼湘渚。恍恍三间魂,悠悠一千古。其冬二凶败,涣汗开汤罟。贤者须丧亡,逸人尚堆堵。予于后四年,谏官事明主。常欲雪幽冤,于时一裨补。拜章岂艰难,胆薄多忧惧一作阻。如何干一作牛斗气,竟作炎荒土。题此涕滋笔,以代投湘赋。

洛中送冀处士东游

处士有儒术,走可挟车辀。坛宇宽帖帖,符彩高酋酋。不爱事耕稼,不乐干王侯。四十余年中,超超为浪游。元和五六岁,客于幽魏州。幽魏多壮士,意气相掩留。刘济愿跪履,田兴请建筹。处士拱两手,笑之但掉头。自此南走越,寻山入罗浮。愿学不死药,粗知其来由。却于童顶上,萧萧玄发抽。我作八品吏,洛中如系囚。忽遭冀处士,豁若登高楼。拂榻与之坐,十日语不休。论今星璨璨,考古寒飕飕。治乱掘根本,蔓延相牵钩。武事何骏壮,文理何优柔。颜回捧俎豆,项羽横戈矛。祥云绕毛发,高浪开咽喉。但可感神鬼,安能为献酬。好入天子梦,刻像来尔求。胡为去吴会,欲浮沧海舟。赠以蜀马箠,副之胡䨥裘。饯酒载三斗,东郊黄叶稠。我感有泪下,君唱高歌酬。嵩山高万尺,洛水流千秋。往事不可问,天地空悠悠。四百年炎汉,三十代宗周。二三里遗堵,八九所高丘。人生一世内,何必多悲愁。歌阕解携去,信非吾辈流。

送沈处士赴苏州,李中丞招以诗赠行一作无送字

山城树叶红,下有碧溪水。溪桥向吴路,酒旗夸酒美。下马此送君,高歌为君醉。念君苞材能,百工在城垒。空山三十年,鹿裘挂窗

睡。自言陇西公,飘然我知己。举酒属吴门,今朝为君起。悬弓三百斤,囊书数万纸。战贼即战贼,为吏即为吏。尽我所有无,惟公之指使。予曰陇西公,滔滔大君子。常思抡群材,一为国家治。譬如匠见木,碍眼皆不弃。大者粗十围,小者细一指。捐櫞与栋梁,施之皆有位。忽然竖明堂,一挥立能致。予亦何为者,亦受公恩纪。处士有常一作常有言,残虏为犬豕。常恨两手空,不得一马箠。今依陇西公,如虎傅两翅。公非刺史材,当坐岩廊地。处士魁奇姿,必展平生志。东吴饶风光,翠巘多名寺。疏烟叠叠秋,独酌平生思。因书问故人,能忘批纸尾。公或忆姓名,为说都憔悴。

长安送友人游湖南一作长安送人

子性剧一作极弘和,愚衷深褊狷。相舍嚣谤中,吾过何由鲜。楚南饶风烟,湘岸苦萦宛。山密夕阳多,人稀芳草远。青梅繁枝低,斑笋新梢短。莫哭葬鱼人,酒醒且眠饭。

皇风

仁圣天子神且武,内兴文教外披攘。以德化人汉文帝,侧身修道周宣王。迩音侧蹊巢穴尽窒塞,礼乐刑政皆弛张。何当提笔侍巡狩,前驱白旆吊河湟。

雪中书怀

腊雪一尺厚,云冻寒顽痴。孤城大泽畔,人疏烟火微。愤悱欲谁语,忧愠不能持。天子号仁圣,任贤如事师。凡称曰治具,小大无不施。明庭开广敞,才隽受羁维。如日月缅升,若惊凤葳蕤。人才自朽下,弃去亦其宜。北虏坏亭障,闻屯千里师。牵连久不解,他盗恐旁窥。臣实有长策,彼可徐鞭笞。如蒙一召议,食肉寝其皮。期乃庙堂事,尔微非尔知。向来蹢等语,长作陷身机。行当腊欲破,酒齐去声不可迟。且想春候暖,瓮间倾一卮。

雨中作

贱子本幽慵,多为隽贤侮。得州荒僻中,

更值连江雨。一褐拥秋寒，小窗侵竹坞。浊醪气色严，皤腹瓶罂古。酣酣天地宽，恍恍嵇刘伍。但为适性情，岂是藏鳞羽。一世一万朝，朝朝醉中去。

偶游石盎僧舍 宣州作

敬岑草浮光，句沚水解脉。益一作怛乍恰融，凝严忽颓堛。梅颡暖眠酣，风绪和无力。凫浴涨汪汪，雏娇树幂幂。落日美楼台，轻烟饰阡陌。潋绿古津远，积润苔基释。孰谓汉陵人，来作江汀客。载笔念无能，捧筹惭所画。任謷偶追闲，逢幽果遭适。僧语淡如云，尘事繁堪织。今古几辈人，而我何能息。

赴京初入汴口，晓景即事，先寄兵部李郎中

清淮控隋漕，北走长安道。樯形栉栉斜，浪态迤迤好。初旭红可染，明河澹如扫。泽阔鸟来迟，村饥人语早。露蔓虫丝多，风蒲燕雏老。秋思高萧萧，客愁长袅袅。因怀京洛间，宦游何戚一作草草。什伍持津梁，颃涌争追讨。翾便去声讵可寻，几秘安能考。小人乏馨香，上下将何祷。唯有君子心，显豁知幽抱。

独酌

长空碧杳杳，万古一飞鸟。生前酒伴闲，愁醉闲多少。烟深隋家寺，殷叶暗相照。独佩一壶游，秋毫泰山小。

惜春

春半年已除，其余强为有。即此醉残花，便同尝腊酒。怅望送春杯，殷勤扫花帚。谁为驻东流，年年长在手。

题安州浮云寺楼寄湖州张郎中

去夏疏雨余，同倚朱阑语。当时楼下水，今日到何处。恨如春草多，事与孤鸿去。楚岸柳何穷，别愁纷若絮。

过骊山作

始皇东游出周鼎，刘项纵观皆引颈。削平天下实辛勤，却为道傍穷百姓。黔首不愚尔益愚，千晨函关囚独夫。牧童火入九泉底，烧作灰时犹未枯。

池州送孟迟先辈

昔子来陵阳，时当苦炎热。我虽在金台，头角长垂折。奉披尘意惊，立语平生豁。寺楼最骞轩，坐送飞鸟没。一樽中夜酒，半破前峰月。烟院松飘箫，风廊竹交戛。时步郭西南，缭径苔圆折。好鸟响丁丁，小溪光汃汃普八切。篱落见娉婷，机丝弄哑轧。烟湿树姿娇，雨余山态活。仲秋往历阳，同上牛矶歇。大江吞天去，一练横坤抹。千帆美满风，晓日殷鲜血。历阳裴太守，襟韵苦超越。鞭鼓画麒麟，看君击狂节。离袖飐应劳，恨粉啼还咽。明年忝谏官，绿树秦川阔。子提健笔来，势若夸父渴。九衢林马挝，千门织车辙。秦台破心胆，黥阵惊毛发。子既屈一鸣，余固宜三刖。慵忧长者来，病怯长街喝。僧炉风雪夜，相对眠一褐。暖灰重拥瓶，晓粥还分钵。青云马生角，黄州使持节。秦岭望樊川，只得回头别。商山四皓祠，心与樗蒲说。大泽兼葭风，孤城狐兔窟。且复考诗书，无因见簪笏。古训屹如山，古风冷刮骨。周鼎列瓶罂，荆璧横抛揎苏割切。力尽不可取，忽忽狂歌发。三年未为苦，两郡非不达。秋浦倚吴江，去楫飞青鹘。溪山好画图，洞壑深闺闼。竹冈森羽林，花坞团宫缬。景物非不佳，独坐如擣絏。丹鹊东飞来，喃喃送君札。呼儿旋供衫，走门空踏袜。手把一枝物，桂花香带雪。喜极至无言，笑余翻不悦。人生直作百岁翁，亦是万古一瞬中。我欲东召龙伯翁，上天揭取北斗柄。蓬莱顶上斡海水，水尽到底看海空。月于何处去，日于何处来？跳丸相趁走不住，尧舜禹汤文武周孔皆为灰。酌此一杯酒，与君狂且歌。离别岂足更关意，衰老相随可奈何。

重送

手捻金仆姑，腰悬玉辘轳。爬头峰北正好去，系取可汗钳作奴。六宫虽念相如赋，其那防边重武夫。

题池州弄水亭

弄水亭前溪，飐滟翠绡舞。绮席草芊芊，紫岚峰伍伍。螭蟠得形势，翚飞如轩户。一镜奁曲堤，万丸跳猛雨。槛前燕雁栖，枕上巴帆去。丛筠侍修廊，密蕙媚幽圃。杉树碧为幢，花骈红作堵。停樽迟_{去声}晚月，咽咽上幽渚。客舟耿孤灯，万里人夜语。漫流冒苔槎，饥凫晒雪羽。玄丝落钩饵，冰鳞看吞吐。断霓天帔垂，狂烧汉旗怒。旷朗半秋晓，萧瑟好风露。光洁疑可揽，欲以襟怀贮。幽抱吟九歌，羁情思湘浦。四时皆异状，终日为良遇。小山浸石棱，撑舟入幽处。孤歌倚桂岩，晚酒眠松坞。纡余带竹村，蚕乡足砧杵。塍泉落环珮，畦苗差纂组。风俗知所尚，豪强耻孤侮。邻丧不相舂，公租无诟负。农时贵伏腊，簪瑱事礼略。乡校富华礼，征行产强弩。不能自勉去，但愧来何暮。故园汉上林，信美非吾土。

题宣州开元寺_{寺置于东晋时}

南朝谢朓城，东吴最深处。亡国去如鸿，遗寺藏烟坞。楼飞九十尺，廊环四百柱。高高下下中，风绕松桂树。青苔照朱阁，白鸟两相语。溪声入僧梦，月色晖粉堵。阅景无旦夕，凭阑有今古。留我酒一樽，前山看春雨。

大雨行_{开成三年宣州开元寺作}

东垠黑风驾海水，海底卷上天中央。三吴六月忽凄惨，晚后点滴来苍茫。铮栈雷车轴辙壮，矫躩_{一作跃}蛟龙爪尾长。神鞭鬼驭载阴帝，来往喷洒何颠狂。四面崩腾玉京仗，万里横牙_{一作纵横}羽林枪。云缠风束乱_{一作势}敲磕，黄帝未胜蚩尤强。百川气势苦豪俊，坤关密锁愁开张。太和六年亦如此，我时壮气神洋洋。东楼耸首看不足，恨无羽翼高飞翔。尽召邑中豪健者，阔展朱盘开酒场。奔觥槌鼓助声势，眼底不顾纤腰娘。今年_{一作来}阃茸鬓已白，奇游壮观唯深藏。景物不尽人自老，谁知前事堪悲伤。

自宣州赴官入京，路逢裴坦判官归宣州，因题赠

敬亭山下百顷竹，中有诗人小谢城。城高跨楼满金碧，下听一溪寒水声。梅花落径香缭绕，雪白玉珰花下行。紫风酒旆挂朱阁，半醉游人闻弄笙。我初到此未三十，头脑钐_{山鉴反}利筋骨轻。画堂檀板秋拍碎，一引有时联十觥。老闲腰下丈二组，尘土高悬千载名。重游鬓白事皆改，唯见东流春水平。对酒不敢起，逢君还眼明。云叠看人捧，波脸任他横。一醉六十日，古来闻阮生。是非离别际，始见醉中情。今日送君话前事，高歌引剑还一倾。江湖酒伴如相问，终老烟波不计程。

赠宣州元处士

陵阳北郭隐，身世两忘者。蓬蒿三亩居，宽于一天下。樽酒对不酌，默与玄相话。人生自不足，爱叹遭逢寡。

村行

春半南阳西，柔桑过_{一作遍}村坞。袅袅_{一作婷婷}垂柳风，点点回塘雨。蓑唱牧牛儿，篱窥蒨裙女。半湿解征衫，主人馈鸡黍。

史将军二首

长鈇周都尉，闲如秋岭云。取蜇弧登垒，以骍邻翼军。百战百胜价，河南河北闻。今遇太平日，老去谁怜君？

壮气盖燕赵，耽耽魁杰人。弯弧五百步，长戟八十斤。河湟非内地，安史有遗尘。何日武台坐，兵符授虎臣。

全唐诗卷五百二十一

杜牧

华清宫三十韵

绣岭明珠殿,层峦下缭墙。仰窥丹—作雕槛影,犹想赭袍光。昔帝登封后,中原自古强。一千年际会,三万里农桑。几席延尧舜,轩墀接—作立禹汤。雷霆驰号令,星斗焕文章。钓筑乘时用,芝兰在处芳。北扉闲木索,南面富循良。至道思玄圃,平居厌未央。钩陈裹岩谷,文陛压青苍。歌吹千秋节,楼台八月凉。神仙高缥渺,环珮碎丁当。泉暖涵窗镜,云娇惹粉囊。嫩岚滋翠葆,清渭照红妆。帖泰生灵寿,欢娱岁序长。月闻仙曲调,霓作舞衣裳。雨露偏金穴,乾坤入醉乡。玩兵师汉武,回手倒—作首到干将。鲸鬐掀东海,胡牙揭上阳。喧呼马嵬血,零落羽林枪。倾国留无路,还魂怨有香。蜀峰横惨澹,秦树远微茫。鼎重山难转,天扶业更昌。望贤余故老,花萼旧池塘。往事人谁问,幽襟泪独伤。碧檐斜送日,殷叶半凋霜。迸水倾瑶砌,疏风罅玉房。尘埃羯鼓索,片段荔枝筐。鸟啄摧寒木,蜗涎蠹画梁。孤烟知客恨,遥起泰陵傍。

长安杂题长句六首

觚棱金碧照山高,万国珪璋捧赭袍。舐笔和铅欺贾马,谠功论道鄙萧曹。东南楼日珠帘卷,西北天宛玉厄豪。《诗》曰:峰革金厄,盖小环。四海一家无事,将军携镜泣霜毛。

晴云似—作如絮惹低空,紫陌微微弄袖风。韩嫣金丸莎覆绿,许公鞯汗杏粘红。烟生窈窕—作窈窕深东第,轮撼流苏下北宫。自笑苦无楼护智,可怜铅椠竟何功。

雨晴九陌铺江练,岚嫩千峰叠海涛。南苑草芳眠锦雉,夹城云暖下霓旄。少年羁络青纹—作文玉,游女花簪紫蒂桃。江碧柳深人尽醉,一瓢颜巷日空高。

束带谬趋文石陛,有章曾拜皂囊封。期严

无奈睡留癖,势窘犹为酒泥慵。偷钓侯家池上雨,醉吟隋寺日沈钟。九原可作吾谁与,师友琅琊邴曼容。

洪河清渭天池浚,太白终南地轴横。祥云辉映汉宫紫,春光绣画秦川明。草妒佳人钿朵色,风回公子玉衔声。六飞南幸芙蓉苑,十里飘香入夹城。

丰貂长组金张辈,驷马文衣许史家。白鹿原头回猎骑,紫云楼下醉江花。九重树影连清汉,万寿山光学翠华。谁识大君谦让德圣上不受徽号,一毫名利斗蛙蟆。

河湟

元载相公曾借箸,宪宗皇帝亦留神。旋见衣冠就东市,忽遗弓剑不西巡。牧羊驱马虽戎服,白发丹心尽汉臣。唯有凉州歌舞曲,流传天下乐闲人。

许七侍御弃官东归,潇洒江南,颇闻自适,高秋企望,题诗寄赠十韵

天子绣衣吏,东吴美退居。有园同庾信,避事学相如。兰畹晴香嫩,筠溪翠影疏。江山九秋后,风月六朝余。锦帙一作笥,一作肆开诗轴,青囊结道书。霜岩红薜荔,露沼白芙蕖。睡雨高梧密,棋灯小阁虚。冻醪元亮秫,寒鲙季鹰鱼。尘意迷今古,云情识卷舒。他年雪中棹,阳羡访吾庐。于义兴县,近有水榭。

李给事中敏二首

一章缄拜一作报皂囊中,懔懔一作果果朝廷有古风。元礼去归缑一作纶氏学,李膺退罢,归缑氏,教授生徒。给事论郑注:告满归颍阳。江充来见犬台宫。郑注对于浴室。纷纭白昼惊千古,铁质一作铁锁朱殷几一空。曲突徙薪人不会,海边今作钓鱼翁。

晚发悶还梳,忆君秋醉余。可怜刘校尉,曾讼石中书。给事因忤仇军容,弃官东归。消长虽殊事,仁贤每自如。因看鲁褒论,何处是吾庐。

题永崇西平王宅太尉愬院六韵

天下无双将,关西第一雄。授符黄石老,学剑白猿翁。矫矫云长勇,恂恂郤谷风。家呼小太尉,国号大梁公。太尉季弟司徒德,亦封梁国公。半夜龙骧去,中原虎穴空。陇山兵十万,嗣子握琱弓。今凤翔李尚书,太尉长子。

东兵长句十韵

上党争为天下脊,邯郸四十万秦坑。狂童何者欲专地,圣主无私岂玩兵。玄象森罗摇北落,诗人章句咏东征。雄如马武皆弹剑,少似终军亦请缨。屈指庙堂无失策,垂衣尧舜待升平。羽林东下雷霆怒,楚甲南来组练明。即墨龙文光照曜,常山蛇阵势纵横。落雕都尉万人敌,黑矟将军一鸟轻。渐见长围云欲合,可怜穷垒带犹萦。凯歌应是新年唱,便逐春风浩浩声。

过勤政楼

千秋令一作佳节名空在,承露丝囊世已无。唯有紫苔偏得一作称意,年年因雨上一作洒金铺。

过魏文贞公宅一作题魏文贞

蟪蛄宁与雪霜期,贤哲难教俗士知。可怜贞观太平后,天且不留封德彝。

早春阁下寓直萧九舍人亦直内署,因寄书怀四韵

御水初销冻,宫花尚怯寒。千峰横紫翠,双阙凭阑干。玉漏轻风顺,金茎淡日残。王乔在何处,清汉正骖鸾。

秋晚与沈十七舍人期游樊川不至

邀侣以官解一作绊,泛然成独游。川光初媚目,山色正矜秋。野竹疏还密,岩泉咽复流。杜村连潏水,晚步见垂钩。

念昔游三首

十载飘然绳检外,樽前自献自为酬。秋山春雨闲吟处,倚遍江南寺寺楼。

云门寺越州外逢猛雨,林黑山高雨脚长。曾奉郊宫为近侍,分明拟拟先勇切羽林枪。

李白题诗水西寺宣州泾县,古木回岩楼阁风。半醒半醉游三日,红白花开山一作烟雨中。

今皇帝陛下一诏征兵,不日功集,河湟诸郡次第归降,臣获觐圣功,辄献歌咏

捷书皆应睿一作运谋期,十万曾无一镞遗。汉武惭夸朔方地,周宣一作宣王休道太原师。威加塞外寒来早,恩入河源冻合迟。听取满城歌舞曲,凉州声韵喜一作远参差。

奉和白相公圣德和平,致兹休运,岁终功就,合咏盛明,呈上三相公长句四韵

行看腊破好年光,万寿南山对未央。黠戛可汗修职贡,文思天子复河湟。应须日驭西巡狩,不假星弧北射狼。吉甫裁诗歌盛业,一篇江汉美宣王。

过华清宫绝句三首

长安回望绣成堆,山顶千门次第开。一骑红尘妃子笑,无人知是一作道荔枝来。

新丰绿树起黄埃,数骑渔阳探使回。帝使中使辅璆琳探禄山反否,璆琳受禄山金,言禄山不反。霓裳一曲千峰上,舞破中原始下来。

万国笙歌醉太平,倚天楼殿月分明。云中乱拍禄山舞,风过重峦下笑声。

登乐游原

长空澹澹孤鸟没,万古销沉向此中。看取汉家何事一作似业,五陵无树起秋风。

闻庆州赵纵使君与党项战中箭身死,辄书长句

将军独乘铁骢马,榆溪战中金仆姑。死绥却是古来有,骁将自惊今日无。青史文章急点笔,朱门歌舞笑捐躯。谁知我亦轻生者,不得君王丈二殳。

送容州唐中丞赴镇

交阯同星座,龙泉佩一作似斗文。烧香翠羽帐,看舞郁金裙。鹢首冲泷浪,犀渠拂岭云。莫教铜柱北,空说马将军。

夏州崔常侍自少常亚列出领麾幢十韵

帝命诗书将,登坛礼乐卿。三边要高枕,万里得长城。对客犹褒博,填门已旆旌。腰间五绶贵,天下一家荣。野水差新燕,芳郊啭夏莺。别风嘶玉勒,残日望金茎。榆塞孤烟媚,银川绿草明。戈矛虓虎士,弓箭落雕兵。魏绛言堪采,陈汤事偶成。若须垂竹帛,静胜是功名。

街西长句

碧池新涨浴娇鸦,分一作深锁长安富贵家。游骑偶同人斗酒,名园相倚杏交花。银鞦骢袅嘶宛马,绣鞯玲珑走钿车。一曲将军何处笛,连云芳草一作树日初斜。

春申君

烈士思酬国士恩,春申谁与快冤魂。三千宾客总珠履,欲使何人杀李园。

奉陵宫人

相如死后无词客,延寿亡来绝画工。玉颜不是黄金少,泪滴秋山入寿宫。

读韩杜集

杜诗韩集愁来读,似倩麻姑痒处抓。天外凤凰谁得髓,无人解合续弦胶。

春日言怀寄虢州李常侍十韵

岸一作崖藓生红药,岩泉涨碧塘。地分莲岳秀,草接鼎原芳。雨派潆濛急,风畦芷若香。织蓬眠舴艋,惊梦起鸳鸯。论吐开冰室,诗陈曝锦张。貂簪荆玉润,丹穴凤毛光子弟新登甲科。今日还珠守,何年执戟郎。且嫌游昼短,莫问积薪长。无计披清裁,唯持祝寿觞。愿公如伟武,百岁尚康强。

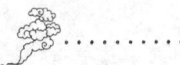

李侍郎于阳羡里富有泉石，牧亦于阳羡粗有薄产，叙旧述怀，因献长句四韵

冥鸿不下非无意，塞马归来是偶然。紫绶公卿今放旷，白头郎吏尚留连。终南山下抛泉洞，阳羡溪中买钓船。欲与明公操履杖，愿闻休去是何年。

赠李处士长句四韵

玉函怪牒锁灵篆，紫洞香风吹碧桃。老翁四目牙爪利，擲火万里精神高。霭霭祥云随步武，累累秋冢叹蓬蒿。三山朝去应非久，姹女当窗绣羽袍。

送国棋王逢

玉子纹楸一路饶，最宜檐雨竹萧萧。嬴形暗去春泉长，拔一作猛势横来野火烧。守道还如周柱史一作伏柱，鏖兵不羡霍嫖姚。浮生一作得年七十更万日，与子期于局上销。

重送绝句

绝艺如君天下少，闲人似我世间无。别后竹窗风雪夜，一灯明暗覆吴图。

少年行

连环羁玉声光碎，绿锦蔽泥虬卷高。春风细雨走马去，珠落一作璀璀白罽袍。

奉一作春和门下相公送西川相公兼领相印出镇全蜀诗十八韵

盛业冠伊唐，台阶翊戴光。无私天雨露，有截舜衣裳。蜀辍新衡镜，池留旧凤凰。同心真石友，写恨蔑一作梦河梁。虎骑摇风旆，貂冠韵水苍。彤弓随武库，金印逐文房。栈压嘉陵咽，峰横剑阁长。前驱二星去，开险五丁忙。回首峥嵘尽，连天草树芳。丹心悬魏阙，往事怆甘棠。治化轻诸葛，威声慑夜郎。君平教说卦，夫子召升堂。塞接西山雪，桥维万里樯。夺霞红锦烂，扑地酒垆香。忝逐三千客，曾依数仞墙。滞顽堪白屋，攀附亦同一作周行。肉一作笛管伶伦曲，箫韶清庙章。唱高知和寡，小子斐然狂。

朱坡

下杜乡园古，泉声绕舍啼。静思长惨切，薄宦与乖暌。北阙千门外，南山午谷西。倚川红叶岭，连寺绿杨堤。迥野翘霜鹤，澄潭舞锦鸡。涛惊堆万岫，舸急转千溪。眉点萱牙嫩，风条柳腰迷。岸藤梢虺尾，沙渚印麇蹄。火燎湘桃坞，波光碧绣畦。日痕弳翠巘，陂影堕晴霓。蜗壁斓斑藓，银筵豆蔻泥。洞云生片段，苔径缭高低。偃蹇松公老，森严竹阵齐。小莲娃欲语，幽笋稚相携。汉馆留余趾，周台接故蹊。蟠蛟冈隐隐，班雉草萋萋。树老萝纤组，岩深石启闺。侵窗紫桂茂，拂面翠禽栖。有计冠终挂，无才笔谩提。自尘何太甚，休笑触藩羝。

早春寄岳州李使君，李善棋爱酒，情地闲雅

城高倚峭巘，地胜足楼台。朔漠暖鸿去，潇湘春水来。萦盈几多思，掩仰若为裁。返照三声角，寒香一树梅。乌林芳草远，赤壁健帆开。往事空遗恨，东流岂不回。分符颍川政，吊屈洛阳才。拂匣调珠柱，磨铅勘玉杯。棋翻小窟势，垆拨冻醪醅。此兴予非薄，何时得奉陪？

送王侍御处夏口座主幕

君为珠履三千客，我是青衿七十徒。礼数全优知隗始，讨论常见念回愚。黄鹤楼前春水阔，一杯还忆故人无。

自贻

杜陵萧次君，迁少去官频。寂寞怜吾道，依稀似古人。饰心无彩缋，到一作刬骨是风尘。自嫌如匹素，刀尺不由身。

自遣

四十已云老，况逢忧窭余。且抽持板手，却展小年书。嗜酒狂嫌阮，知非晚笑蘧。闻流宁叹吒，待俗不亲疏。遇事知裁剪，操心识卷舒。还称二千石，于我意何如。

题桐叶

去年桐落故溪上,把笔偶—作叶因题归燕诗。江楼今日送归燕,正是去年题叶时。叶落燕归真可惜,东流玄发且无期。笑筵歌席反惆怅,明—作朗月清风怆别离。庄叟彭殇同在梦,陶潜身世两相遗。一丸五色成虚语,石烂松薪更莫—作不疑。哆侈不劳文似锦,进趋何必利如锥。钱神任尔知无敌,酒圣于吾亦庶几。江畔秋光蟾阁镜,槛前山翠茂陵眉。樽香轻泛数枝菊,檐影斜侵半局棋。休指宦游论巧拙,只将愚直祷神祇。三吴烟水平生念,宁向闲人道所之。

沈下贤

斯人清唱何人和,草径苔芜不可寻。一夕小敷山下梦,水如环珮月如襟。

李和鼎

鹏鸟飞来庚子直,谪去日蚀辛卯年。由来枉死贤才事,消长相持势自然。

赠沈学士张歌人

拖袖事当年,郎教唱客前。断时轻裂玉,收处远缲烟。孤直缆云定,光明滴水圆。泥情迟急管,流恨咽长弦。吴苑春风起,河桥酒斾悬。凭君更一醉,家在杜陵边。

忆游朱坡四韵

秋草樊川路,斜阳覆盎门。猎逢韩嫣骑,树识馆陶园。带雨经荷沼,盘烟下竹村。如今归不得,自戴望天盆。

朱坡绝句三首

故国池塘倚御渠,江城三诏换鱼书。贾生辞赋恨流落,只向长沙住岁余。文帝岁余思贾生。

烟深苔巷唱樵儿,花落寒轻倦客归。藤岸竹洲相掩映,满池春雨鹡鸰飞。

乳肥春洞生鹅管,沼避回岩势犬牙。自笑卷怀头角缩,归盘烟磴恰如蜗。

出宫人二首

闲吹玉殿昭华管,醉折梨园缥蒂花。十年一梦归人世,绛缕犹封系臂纱。

平阳拊背穿驰道,铜雀分香下璧门。几向缀珠深殿里,妒抛羞态卧黄昏。

长安秋望

楼倚霜树外,镜天无一毫。南山与秋色,气势两相高。

独酌

窗外正风雪—作霜,拥炉开酒缸。何如钓船雨,篷底睡秋江。

醉眠

秋醪雨中熟,寒斋落叶中。幽人本多睡,更酌一樽空。

不饮赠酒

细算人生事,彭殇共一筹。与愁争底事,要尔作戈矛。

昔事文皇帝三十二韵

或事文皇帝,叨官在谏垣。奏章为得地,龁齿负明恩。金虎知难动,毛厘亦耻言。掩—作撩头虽欲吐,到口却成吞。照胆常悬镜,窥天自戴盆。周钟既窊栌,黥阵变瘢痕。凤阙觚棱影,仙盘晓日暾。雨晴—作余文石滑,风暖戟衣翻。每虑号无告,长忧骇不存。随行唯踼踃,出语但寒暄。宫省咽喉任,戈矛羽卫屯。光尘皆影附,车马定西奔。亿万持衡价,锱珠挟契论。堆时过北斗,积处满西园。接栋隋河溢,连蹄蜀栈刓。漉空沧海水,搜尽卓王孙。斗巧猴雕刺,夸趫索挂趼。狐威假白额,枭啸得黄昏。馥馥芝兰圃,森森枳棘藩。吠声嗾国猘,公议怯膺门。窜逐诸丞相,苍茫远帝阍。一名为吉士,谁免吊湘魂。间世英明主,中兴道德尊。昆冈怜积火,河汉注清源。川口堤防决,阴车鬼怪掀。重云开朗照,九地雪幽冤。我实刚肠者,形甘短—作裋褐髡。曾经触蛮尾,犹得凭熊轩。杜若芳洲翠,严光钓濑喧。溪山侵越角,封壤尽吴根。客恨萦春细,乡愁压思繁。祝尧千万寿,再拜揖余樽。

道一大尹,存之、庭美二学士,简于圣明,自致霄汉,皆与舍弟昔年还往,牧支离穷悴,窃于一麾书美歌诗兼自言志,因成句四韵,呈上三君子

九金神鼎重丘山,五玉诸侯杂珮环。星座通霄狼鬣暗,戍楼吹笛一作角虎牙闲。斗间紫气龙埋狱,天上洪炉帝铸颜。若念西河一作湖旧交友,鱼符应许出函关。

杏园

夜来微雨洗芳尘,公子骅骝步贴匀。莫怪杏园憔悴去,满城多少插花人。

春晚题韦家亭子

拥鼻侵襟花草香,高台春去恨茫茫。蔫红半落平池晚,曲渚飘成锦一张。

过田家宅

安邑南门外,谁家板筑高。奉诚园里地,墙缺见蓬蒿。

见宋拾遗题名处,感而成诗

窜逐穷荒与死期,饿唯蒿藋病无医。怜君更抱重泉恨,不见崇山谪去时。

雪晴访赵嘏街西所居三韵

命代风骚将,谁登李杜坛。少陵鲸海动,翰苑鹤天寒。今日访君还有意,三条冰雪独来看。

将赴吴兴登乐游原一绝

清时有味是无能,闲爱孤云静爱僧。欲把一麾江海去,乐游原上望昭陵。

洛阳长句二首

草色人心相与闲,是非名利有无间。桥横落照虹堪画,树锁千门鸟自还。芝盖不来雪杳杳,仙舟何处水潺潺。君王谦让泥金事,苍翠空高万岁山。

天汉东穿白玉京,日华浮动翠光生。桥边游女珮环委,波底上阳金碧明。月锁名园孤鹤唳,川酬秋梦凿龙声。连昌绣岭行宫在,玉辇何时父老迎。

洛中监察病假满,送韦楚老拾遗归朝

洛桥风暖细翻衣,春引仙官去玉墀。独鹤初冲太虚日,九牛新落一毛时。行开教化期君是,卧病神祇祷我知。十载丈夫堪耻处,朱云犹掉直言旗。

东都送郑处诲校书归上都

悠悠渠水清,雨霁洛阳城。槿堕初开艳,蝉闻第一声。故人容易去,白发等闲生。此别无多语,期君晦盛名。

故洛阳城有感

一片宫墙当道危,行人为尔去迟迟。笙圭苑里秋风后,平乐馆前斜日时。锢党岂能留汉鼎,清谈空解识胡儿。千烧万战坤灵死,惨惨终年鸟雀悲。

全唐诗卷五百二十二

杜牧

扬州三首

炀帝雷塘土,迷藏有旧楼。谁家唱水调,明月满扬州。炀帝凿汴渠成,自造水调。骏马宜闲出,千金好旧一作暗游。喧阗醉年少,半脱紫茸裘。

秋风放萤苑,春草斗鸡台。金络擎雕去,鸾环拾翠来。蜀船江锦重,越橐水沈堆。处处皆华表,淮王奈却回。

街垂千步柳,霞映两重城。天碧台阁丽,风凉歌管清。纤腰间长袖,玉珮杂繁缨。拖轴诚为壮,豪华不可名。自是荒淫罪,何妨作帝京。

润州二首

句吴亭东千里秋,放歌曾作昔年游。青苔寺里无马一作鸟迹,绿水桥边多酒楼。大抵南朝皆旷达,可怜东晋最风流。月明更想桓伊在,一笛闻吹出塞愁。

谢朓诗中佳丽地,夫差传里水犀军。城高铁瓮横强弩,润州城孙权筑,号为铁瓮。柳暗朱楼多梦云。画角爱飘江北去,钓歌长向月中闻。扬州尘土试回首,不惜千金借与君。

题扬州禅智寺

雨过一蝉噪,飘萧松桂秋。青苔满阶砌,白鸟故迟留。暮霭生深树,斜阳下小楼。谁知竹西路,歌吹是扬州。

西江怀古

上吞巴汉控潇湘,怒似连山净镜光。魏帝缝囊真戏剧,苻坚投箠更荒唐。千秋钓艇一作舸歌明月,万里沙鸥弄夕阳,范蠡清尘何寂寞,好风唯属往来商。

江南怀古

车书混一业无穷,井邑山川今古同。戊辰年向金陵过,惆怅闲吟忆庾公。

江南春绝句

千里莺啼绿映红,水村山郭酒旗风。南朝四百八十寺,多少楼台烟雨中。

将赴宣州留题扬州禅智寺

故里溪头松柏双,来时尽日倚松窗。杜陵隋苑已绝国,秋晚南游更渡江。

题宣州开元寺水阁,阁下宛溪夹溪居人

六朝文物草连空,天淡云闲今古同。鸟去鸟来山色里,人歌人哭水声中。深秋帘幕千家雨,落日楼台一笛风。惆怅无因见—作逢范蠡,参差烟树五湖东。

宣州送裴坦判官往舒州,时牧欲赴官归京

日暖泥融雪半销,行人—作人行芳草马声骄。九华山路云遮寺,清弋江村柳拂桥。君意如鸿高的的,我心悬旆正摇摇。同来不得同归去,故国逢春一寂寥。

句溪夏日送卢霈秀才归王屋山将欲赴举

野店正纷泊,茧蚕初引丝。行人碧溪渡,系马绿杨枝。莘莘迹始去,悠悠心所期。秋山念君别,惆怅桂花时。

自宣城赴官上京

潇洒江湖十过秋,酒杯无日不淹—作迟留—作封侯。谢公城畔溪惊梦,苏小门前柳拂头。千里云山何处好,几人襟韵一生休。尘冠挂却知闲事,终拟—作把蹉跎访旧游。

春末题池州弄水亭

使君四十四,两佩左铜鱼。为吏非循吏,论书读底书。晚花红艳静,高树绿阴初。亭宇清无比,溪山画不如。嘉宾能啸咏,宫妓巧妆梳。逐日愁皆碎,随时醉有余。偃须求五鼎,陶只爱吾庐。趣向人皆异,贤豪莫笑渠。

登池州九峰楼寄张祜

百感中来不自由,角声孤起夕阳楼。碧山终日思无尽,芳草何年恨即—作始休!睫在眼前长—作犹不见,道非身外更—作欲何求?谁人得似张公子,千首诗轻万户侯。

齐安郡晚秋

柳岸风来影渐疏,使君家似野人居。云容水态还堪赏,啸志歌怀亦自如。雨暗残灯棋散后—作欲散,酒醒孤枕雁来初。可怜赤壁争雄渡,唯有蓑翁坐钓鱼。

九日齐安—作齐山登高

江涵秋影雁初飞,与客携壶上翠微。尘世难逢开口笑,菊花须插满头归。但将酩酊酬佳节,不用登临叹—作恨落晖。古往今来只如此,牛山何必泪—作独沾衣。

池州春送前进士蒯希逸

芳草复芳草,断肠还断肠。自然堪下泪,何必更残阳。楚岸千万里,燕鸿三两行。有家归不—作未得,况举别君觞。

齐安郡中偶题二首

两竿落日溪桥上,半缕轻烟柳影中。多少绿荷相倚恨,一时回首背西风。

秋声无不搅离心,梦泽蒹葭楚雨深。自滴阶前大梧叶,干君何事动哀吟。

齐安郡后池绝句

菱透浮萍绿锦池,夏莺千啭弄蔷薇。尽日无人看微雨,鸳鸯相对浴红衣。

题齐安城楼

呜咽—作轧江楼角一声,微阳潋潋落寒汀。不用凭阑苦回首,故乡七十五长亭。

池州李使君没后十一日，处州新命始到，后见归妓，感而成诗

缙云新命诏初行，才是孤魂寿器一作受气，
一作寿气成。黄壤不知新雨露，粉书空一作唯换
旧铭旌。巨卿哭处云空断，阿鹜归来月正明。
多少四年遗爱事，乡闾生子李为名。

见刘秀才与池州妓别

远风南浦万重波，未似生离别恨多。楚管
能吹柳花怨，吴姬争唱竹枝歌。金钗横处绿云
堕，玉箸凝时红粉和。待得枚皋相见日，自应
妆镜笑蹉跎。

池州废林泉寺

废寺林一作碧溪上，颓垣倚乱峰。看栖归
树鸟，犹想过山钟。石路寻僧去，此生应不逢。

忆齐安郡

平和睡足处，云梦泽南州。一夜风欺竹，
连江雨送秋。格卑常汨汨，力学强悠悠。终掉
尘中手一作首，潇湘钓漫流。

池州清溪

弄溪终日到黄昏，照数秋来白发根。何物
赖君千遍洗，笔头尘土渐无痕。

游池州林泉寺金碧洞

袖拂霜林下石棱，潺湲声断满溪冰。携茶
腊月游金碧，合有文章病茂陵。

即事黄州作

因思上党三年战，闲咏周公七月诗。竹帛
未闻书死节，丹青空见画灵旗。萧条井邑如鱼
尾，早晚干戈识虎皮。莫笑一麾东下计，满江
秋浪碧参差。

赠李秀才是上公孙子

骨清年少眼如冰，凤羽参差五色层。天上
麒麟时一下，人间不独有徐陵。

寄李起居四韵

楚女梅簪白雪姿，前溪碧水冻醪时。云鬟
心凸知难捧，凤管簧寒不受吹。南国剑眸能盼
盼，侍臣香袖爱僛垂。自怜穷律穷途客，正怯
一作怯孤灯一局棋。

题池州贵池亭

势比凌歊宋武台，分明百里远帆开。蜀江
雪浪西江满，强半春寒一作风去却来。

兰溪在蕲州西

兰溪春尽碧泱泱，映水兰花雨发香。楚国
大夫憔悴日，应寻此路去潇湘。

睦州四韵

州在钓台边，溪山实可怜。有家皆掩映，
无处不潺湲。好树鸣幽鸟，晴楼一作岫入野烟。
残春杜陵客，中酒落花前。

秋晚早发新定

解印书千轴，重阳酒百缸。凉风满红树，
晓月下秋江。岩窦会归去，尘埃终不降。悬缨
未敢濯，严濑碧淙淙。

除官归京睦州雨霁

秋半吴天霁，清凝万里光。水声侵笑语，
岚翠扑衣裳。远树疑罗帐，孤云认粉囊。溪山
侵两越，时节到重阳。顾我能甘贱，无由得自
强。误曾公触尾，不敢夜循墙。岂意笼飞鸟，
还为锦帐郎。网今开傅变，书旧识黄香曾在史馆
四年。姹女真虚语，饥儿欲一行。浅深须揭厉，
休更学张纲。

夜泊桐庐眠先寄苏台卢郎中

水槛桐庐馆，归舟系石根。笛吹孤戍月，
犬吠隔溪村。十载违清裁一作义，幽怀未一论。
苏台菊花节，何处与开樽。

新转南曹未叙朝散初秋暑退,出守吴兴,书此篇以自见志

捧诏汀洲去,全家羽翼飞。喜抛新锦帐,荣借旧朱衣。且免材为累,何妨拙有机。宋株聊自守,鲁酒怕旁围。清尚宁无素,光阴亦未睎。一杯宽幕席,五字弄珠玑。越浦黄柑嫩,吴溪紫蟹肥。平生江海志,佩得左鱼归。

题白蘋洲

山鸟飞红带,亭薇拆紫花。溪光初透彻,秋色正清华。静处知生乐,喧中见死诤。无多珪组累,终不负烟霞。

题茶山 在宜兴

山实东吴秀,茶称瑞草魁。剖符虽俗吏,修贡亦仙才。溪尽停蛮棹,旗张卓翠苔。柳村穿窈窕,松涧渡喧豗。等级云峰峻,宽平洞府开。拂天闻笑语,特地见楼台。泉嫩黄金涌,山有金沙泉,修贡出,罢贡即绝。 牙香紫璧裁。拜章期沃日,轻骑疾奔雷。舞袖岚侵涧一作润,歌声谷答回。磬音藏叶鸟,雪艳照潭梅。好是全家到,兼为奉诏来。树阴香作帐,花径落成堆。景物残三月,登临怆一杯。重游难自克,俛首入尘埃。

茶山下作

春风最窈窕,日晓柳村西。娇云光占岫,健水鸣分溪。燎岩野花远,戛瑟幽鸟啼。把酒坐芳草,亦有佳人携。

入茶山下题水口草市绝句

倚溪侵岭多高树,夸酒书旗有小楼。惊起鸳鸯岂无恨,一双飞去却回头。

春日茶山病不饮酒,因呈宾客

笙歌登画船,十日清明前。山秀白云腻,溪光红粉鲜。欲开未开花,半阴半晴天。谁知病太守,犹得作茶仙。

不饮赠官妓

芳草正得意,汀洲日欲西。无端千树柳,更拂一条溪。几朵梅堪折,何人手好携。谁怜佳丽地,春恨却凄凄。

早春赠军事薛判官

雪后新正半,春来四刻长。晴梅朱粉艳,嫩水碧罗光。弦管开双调,花钿坐两行。唯君莫惜醉,认取少年场。

代吴兴妓春初寄薛军事

雾冷侵红粉,春阴扑翠钿。自悲临晓镜,谁与惜流年。柳暗霏微雨,花愁黯淡天。金钗有几双,抽当酒家钱。

八月十二日得替后移居霅溪馆,因题长句四韵

万家相庆喜秋成,处处楼台歌板声。千鹤归犹有恨,一年人住岂无情。夜凉溪馆留僧话,风定苏潭看月生。景物登临闲始见,愿为闲客此闲行。

初冬夜饮

淮阳多病偶求欢,客袖侵霜与烛盘。砌下梨花一堆雪,明年谁此凭阑干?

栽竹

本因遮日种,却似为溪移。历历羽林影,疏疏烟露姿。萧骚寒雨夜,敲戛晚风时。故国何年到,尘冠挂一枝。

梅

轻盈照溪水,掩敛下瑶台。妒雪聊相比,欺春不逐来。偶同佳客见,似为冻醪开。若在秦楼畔,堪为弄玉媒。

山石榴

似火山榴映小山,繁中能薄艳中闲。一朵佳人玉钗上,只疑烧却翠云鬟。

柳长句

日落水流西复东,春光不尽柳何穷。巫娥庙里低含雨,宋玉宅前斜带风。不嫌一作莫将榆

荚共争翠,深与桃—作感杏花相映红。灞上汉南千万树,几人游宦别离中。

隋堤柳
夹岸垂杨三百里,只应图画最相宜。自嫌流落西归疾,不见东风二月时。

柳绝句
数树新开翠影齐,倚风情态被春迷。依依故国樊川恨,半掩村桥半掩溪—作拂溪。

独柳
含烟一株柳,拂地摇风久。佳人不忍折,怅望回纤手。

早雁
金河秋半虏弦开,云外—作际惊飞四散哀。仙掌月明孤影过,长门灯暗数声来。须知胡骑纷纷在—作虽随胡马翩翩去,岂逐春风一一回。莫厌—作好是潇湘少人处,水多菰米岸莓苔。

鸂鶒
芝茎抽绀趾,清唳掷金梭。日翅闲张锦,风池去冒罗。静眠依翠荇—作竹,暖戏折高荷。山阴岂无尔,茧字换群鹅。

鹦鹉
华堂日渐高,雕槛系红绦。故国陇山树,美人金剪刀。避笼交翠尾,罅嘴静新毛。不念三缄事,世途皆尔曹。

鹤
清音迎晓月,愁思立寒蒲。丹顶西施颊,霜毛四皓须。碧云行止躁,白鹭性灵粗。终日无群伴,溪边吊影孤。

鸦
扰扰复翻翻,黄昏扬冷烟。毛欺皇后发,声感楚姬弦。蔓垒盘风下,霜林接翅眠。只如西旅样,头白岂无缘。

鹭鸶
雪衣雪发青玉嘴,群捕鱼儿溪影中。惊飞远—作低映碧山去,一树梨花落晚风。

村舍燕
汉宫一百四十五,多下珠帘闭琐窗。何处营巢夏将半,茅檐烟里语双双。

归燕
画堂歌舞喧喧地,社去社来人不看。长是江楼使君伴,黄昏犹待倚阑干。

伤猿
独折南国一朵梅,重寻幽坎已生苔。无端晚吹惊高树,似裹长枝欲下来。

还俗老僧
雪发不长寸,秋寒力更微。独寻一径叶,犹挈衲残衣。日暮千峰里,不知何处归。

斫竹
寺废竹色死,宦家—作官家宁尔留。霜根渐随斧,风玉尚敲秋。江南苦吟客,何处送悠悠。

将赴湖州留题亭菊
陶菊手自种,楚兰心有期。遥知渡江日,正是撷芳时。

折菊
篱东菊径深,折得自孤吟。雨中衣半湿,拥鼻自知心。

云—作褚载诗
尽日看云首不回,无心都大似无才。可怜光彩一片玉,万里晴—作青天何处来。

醉后题僧院
离心忽忽复凄凄,雨晦倾瓶取醉泥。可羡高僧共心语,一如携稚往东西。

题禅院—作醉后题僧院
觥船一棹—作掉百分空,十岁—作千载青春不负公。今日鬓丝禅榻畔,茶烟轻—作悠扬落花风。

哭李给事中敏

阳陵郭门外，陂陁丈五坟。九泉如结友，兹地好埋君朱云葬阳陵郭外。

黄州竹径斗

竹浊一作冈蟠小径，屈折斗蛇来。三年得归去，知绕几千回。

题敬爱寺楼

暮景千山雪，春寒百尺楼。独登还独下，谁会我悠悠。

送刘秀才归江陵

采服鲜华觐渚宫，鲈鱼新熟别江东。刘郎浦夜侵船月，宋玉亭春弄一作满袖风。落落精神终一作将有立，飘飘才思杳无穷。谁人世上为金口，借取明时一荐雄。

见吴秀才与池妓别，因成绝句

红烛短时羌笛怨，清歌咽处蜀弦高。万里分飞两行泪，满江寒雨正萧骚。

湖南正初招李郢秀才

行乐及时时已晚，对酒当歌歌不成。千里暮山重叠翠，一溪寒水浅深清。高人以饮为忙事，浮世除诗尽强名。看著白蘋芽欲吐，雪舟相访胜闲行。

赠朱道灵

刘根丹篆三千字，郭璞青囊两卷书。朱渚矶南谢山北，白云深处有岩居。

屏风绝句

屏风周昉画纤腰，岁久丹青色半销。斜倚玉窗鸾发女，拂尘犹自妒娇娆。

哭韩绰

平明送葬上都门，绋翣交横逐去魂。归来冷笑悲身事，唤妇呼儿索酒盆。

新定途中

无端偶效张文纪，下杜乡园别五秋。重过江南更千里，万山深处一孤舟。

题新定八松院小石

雨滴珠玑碎，苔生紫翠重。故关何日到，且看小三峰。

往年随故府吴兴公夜泊芜湖口，今赴官西去再宿芜湖，感旧伤怀，因成十六韵

南指陵阳路，东流似昔年。重恩山未答，双鬓雪飘然。数仞惭投迹，群公愧拍肩。驽骀蒙锦绣，尘土浴潺湲，郭隗黄金峻，虞卿白璧鲜。貔狖环玉帐，鹦鹉破蛮笺。极浦沈碑会，秋花落帽筵。旌旗明迥野，冠珮照神仙。筹画言何补，优容道实全。讴谣人扑地，鸡犬树连一作齐天。紫凤超如电，青襟散似烟。苍生未经济，坟草已芊绵。往事惟沙月，孤灯但客船。岘山云影畔，棠叶水声前。故国还归去，浮生亦可怜。高歌一曲泪，明日夕阳边。

全唐诗卷五百二十三

杜牧

怀钟陵旧游四首

一谒征南最少年,虞卿双璧截肪鲜。歌谣千里春长暖,丝管高台月正圆。玉帐军筹罗俊彦,绛帐环珮立神仙。陆公余德机云在,如我酬恩合执鞭。

滕阁中春绮席开,柘枝蛮鼓殷晴雷。垂楼万幕青云合,破浪千帆阵马来。未掘双龙牛斗气,高悬一榻栋梁材。连巴控越知何事—作有,珠翠沉檀处处堆。

十顷平湖堤柳合,岸秋兰芷绿纤纤。一声明月采莲女,四面朱楼卷画帘。白鹭烟分光的的,微涟风定翠湉湉徒兼切。斜辉更落西山影,千步虹桥气象兼。

控压平江十万家,秋来江静镜新磨。城头晚鼓雷霆后,桥上游人笑语多。日落汀痕千里色,月当楼午一声歌。昔年行乐秾桃畔,醉与龙沙拣蜀罗。

台城曲二首

整整复斜斜,随旗簇晚沙。门外韩擒虎,楼头张丽华。谁怜容足地,却羡井中蛙。

王颁兵势急,鼓下坐蛮奴。潋滟倪塘水,叉牙出骨须。干芦一炬火,回首是平芜。

江上雨寄崔碣

春半平江雨,圆文破蜀罗。声眠篷底客,寒湿钓来蓑。暗澹遮山远,空蒙著柳多。此时怀旧恨,相望意如何。

罢钟陵幕吏十三年,来泊湓浦,感旧为诗

青梅雨中熟,樯倚酒旗边。故国残春梦,孤舟一褐眠。摇摇远堤柳,暗暗十程烟。南奏钟陵道,无因似昔年。

商山麻涧

云光岚彩四面合，柔柔—作桑垂柳十余家。雉飞鹿过芳草远，牛巷鸡埘春日斜。秀眉老父对樽酒，蒨袖女儿簪野花。征车自念尘土计，惆怅溪边书细沙。

商山富水—作春驿驿本名与阳谏议同姓名，因此改为富水驿。

益戆由来未觉贤，终须南去吊湘川。当时物议朱云小，后代声华白日悬。邪佞每思当面唾，清贫长欠一杯钱。驿名不合轻移改，留惊朝天者惕然。

丹水

何事苦萦回，离肠不自裁。恨身—作声随梦去，春态逐云来。沈定蓝光彻，喧盘粉浪开。翠岩三百尺，谁作子陵台？

题武关

碧溪留我武关东，一笑怀王迹自穷。郑袖娇娆酣似醉，屈原憔悴去如蓬。山墙谷堑依然在，弱吐强吞尽已空。今日圣神家四海，戍旗长卷夕阳中。

除官赴阙商山道中绝句

水叠鸣珂树如帐，长杨春殿九门珂。我来惆怅不自决，欲去欲住终如何。

汉江

溶溶漾漾白鸥飞，绿净春深好染衣。南去北来人自老，夕阳长送钓船归。

襄阳雪夜感怀

往事起独念，飘然自不胜。前滩急夜响，密雪映寒灯。的的三年梦，迢迢一线绳。明朝楚山上，莫上最高层。

咏歌圣德，远怀天宝，因题关亭长句四韵

圣敬文思业太平，海寰天下唱歌行。秋来气势洪河壮，霜后精神泰华狞—作宁。广德者—作有强朝万国，用贤无敌是长城。君王若悟治安论—作皮论，安史何人敢弄兵。

途中作

绿树南阳道，千峰势远随。碧溪风澹—作慢态，芳树雨余—作阴姿。野渡云初暖，征人袖半垂。残花不足—作一醉，行乐是何时。

重到襄阳，哭亡友韦—作章寿朋—作重宿襄州，哭韦楚老拾遗。

故人坟树立—作五秋风，伯道无儿迹更空。重到笙歌分散地，隔江吹笛—作曲月明中。

赤壁—作李商隐诗

折戟沈沙铁未—作半销，自将磨洗认前朝。东风不与周郎便，铜雀春深锁二乔。

云梦泽

日旗龙斾想飘扬，一索功高缚楚王。直是超然五湖客，未如终始郭汾阳。

除官行至昭应，闻友人出官因寄

贱子来千里，明公去一麾。可—作不能休—作挥涕泪，岂独感恩知。草木穷秋—作秋风后，山川落照时。如何望故国，驱马却迟迟。

寄浙东韩八评事

一笑五云溪上舟，跳丸日月十经秋。鬓衰酒减欲谁泥，迹辱魂惭好自尤。梦寐几回迷蛱蝶，文章应解—作广伴牢愁。无穷尘土无聊事，不得清言解不休。

泊秦淮

烟笼寒水月笼沙，夜泊秦淮近酒家。商女不知亡国恨，隔江犹唱后庭花。

秋浦途中

萧萧山路穷秋雨，淅淅溪风一岸—作片蒲。为问寒沙新到雁，来时还下—作在杜陵无。

题桃花夫人 即息夫人庙

细腰宫里露桃新，脉脉无言度几春。至竟息亡缘底事，可怜金谷坠楼人。

初春有感，寄歙州邢员外

雪涨前溪水，啼声已绕滩。梅衰未减态，春嫩不禁寒。迹去梦一觉，年来事百般。闻君亦多感，何处倚阑干。

书怀寄中朝往还

平生自许少尘埃，为吏尘中势自回。朱绂人惭官借与，白题—作头还叹老将来。须知世路难轻进，岂是君门不大开。霄汉几多同学伴，可怜头角尽卿材。

寄崔钧

缄书报子玉，为我谢平津。自愧扫门士，谁为乞火人。词臣陪羽猎，战将骋骐骥。两地差池恨，江汀醉送君。

初春雨中舟次和州横江，裴使君见迎，李赵二秀才同来，因书四韵兼寄江南许浑先辈

芳草渡头微雨时，万株杨柳拂波垂。蒲根水暖雁初浴，梅径香寒蜂未知。辞客倚风吟暗淡，使君回马湿旌旗。江南仲蔚多情调，怅望春—作青阴几首诗。

和州绝句

江湖醉渡十年春，牛渚山边六问津。历阳前事知何—作虚实，高位纷纷见陷人。

题乌江亭

胜败兵家—作由来事不—作不可期，包羞忍耻是男儿。江东子弟多才—作豪俊，卷土重来未可知。

题横江馆

孙家兄弟晋龙骧，驰骋功名业帝王。至竟江山谁是主，苔矶空属钓鱼郎。

寄澧州张舍人笛

发匀肉好生春岭，截玉镂星寄使君。檀的染时痕半月，落梅飘处响穿云。楼中威凤倾冠听，沙上惊鸿掠水分。遥想紫泥封诏罢，夜深应隔禁墙闻。

寄扬州韩绰判官

青山隐隐水迢迢—作遥遥，秋尽江南草木凋。二十四桥明月夜，玉人何处教吹箫。

送李群玉赴举

故人别来面如雪，一榻拂云秋影中。玉白花红三百首，五陵谁唱与春风。

送薛种游湖南

贾傅松醪酒，秋来美更香。怜君片云思，一去绕—作一樽去潇湘。

题寿安县甘棠馆御沟

一渠东注芳华苑，苑锁池塘百岁空。水殿半倾蟾口涩，为谁流下蓼花中。

汴河—作口怀古

锦缆龙舟隋炀帝，平台复道汉梁王。游人闲—作还起前朝念，折柳孤吟断杀肠。

汴河阻冻

千里长河初冻时，玉珂瑶珮响参差。浮生却—作—似冰底水，日夜东流人不知。

酬张祜处士见寄长句四韵

七子论诗谁似公，曹刘须在指挥中。荐衡昔日知文举令狐相公曾表荐处士，乞火无—作何人作蒯通。北极楼台长挂梦，西江波浪远吞空。可怜故国三千里，虚唱歌词满六宫。《处士诗》曰：故国三千里，深宫二十年。一声河满子，双泪落君前。

寄宣州郑谏议

大夫官重醉江东，潇洒名儒振古风。文石陛前辞圣主，碧云天外作冥鸿。五言宁谢颜光禄，百岁须齐卫武公。再拜宜同—作为丈人行，过庭交分有无—作谁同。

题元—作袁处士高亭宣州

水接西江天外声，小斋松影拂云平。何人教我吹长笛，与—作兴倚春—作秋，又作清风弄

月明。

郑瑾协律

广文遗韵留樗散,鸡犬图书共一船。自说江湖不归事,阻风中酒过年年。

和野人殷潜之题筹笔驿十四韵

三吴裂婺女,九锡狱孤儿。霸主—作王业未半,本朝心是谁。永安宫受诏,筹笔驿沉思。画地乾坤在,濡毫胜负知。艰难同草创,得失计毫厘。寂默经千虑,分明浑—作混一期。川流萦智思,山耸助扶持。慷慨匡时略,从容问罪师。褒中秋鼓角,渭曲晚旌旗。仗义悬无敌,鸣攻故—作固有辞。若非天夺去,岂复虑—作房能支?子夜星才落,鸿毛鼎便移。邮亭世自换,白日事长垂。何处躬耕者,犹题殄瘁诗。

重题绝句一首

邮亭寄人世,人世寄邮亭。何如自筹度,鸿路有冥冥。

送陆洿郎中弃官东归

少微星动—作里照春云,魏阙衡门路自分。倏去忽来应有意,世间尘土漫疑君。

寄珉笛与宇文舍人

调高银字声还侧,物比柯亭韵校奇。寄与玉人天上去,桓将军见不教吹。

寄内兄和州崔员外十二韵

历阳崔太守,何日不含情。恩义同钟李,李膺、钟瑶,中外兄弟,少相友善。埙篪实弟兄。光尘能混合,擘画最分明。台阁仁贤誉,闺门孝友声。西方像教毁,南海绣衣行。为岭南坼寺副使。金橐宁回顾,珠簪肯一枨。只宜裁密诏,何自取专城。进退无非道,徊翔必有名。好风初婉软,离思苦萦盈。金马旧游贵,桐庐春水生。雨侵寒牖梦,梅引冻醪倾。共祝中兴主,高歌唱太平。

遣兴

镜弄白髭须,如何作老夫。浮生长匆匆,儿小且呜呜。忍过事堪喜,泰来忧胜无。治平心径熟,不遣有穷途。

早秋

疏雨洗空旷,秋标惊意新。大热去酷吏,清风来故人。尊酒酌未酌,晚—作晓花嚬不嚬。铢秤与缕雪,谁觉老陈陈。

秋思

热去解钳钛,飘萧秋半时。微雨池塘见,好风襟袖知。发短梳未足,枕凉闲且欹。平生分过此,何事不参差。

途中一绝

镜中丝发悲来惯,衣上尘痕拂渐难。惆怅江湖钓竿手,却遮西日向长安。

春尽途中

田园不事来游宦,故国谁教尔别离。独倚关亭还把酒,一年春尽送春诗—作时。

题村舍

三—作数树稚桑春未到—作翩,扶床乳—作儿女午啼饥。潜销暗铄归何处,万指—作户侯家自不知。

代人寄远六言二首—本作一首

河桥酒旆风软,候馆梅花雪娇。宛陵楼上瞪目—作春晚,我郎何处情饶。

绣领任垂蓬髻,丁香闲结春梢。剩肯新年归否,江南绿草迢迢。

闺情

娟娟却月眉,新鬓学鸦飞。暗砌匀檀粉,晴窗画夹衣。袖红垂寂寞,眉黛敛依稀。还向长陵去,今宵归不归。

旧游

闲吟芍药时,惆望久嚬眉。盼昐回眸远,纤衫—作掺整鬓—作鬟迟。重寻春昼梦,笑—作拟把浅花枝。小市长陵住,非郎谁—作争得知。

寄远

只影随惊雁,单栖锁画笼。向春罗袖薄,谁念舞台风?

帘

徒云逢剪削,岂谓见偏装。凤节轻雕日,鸾花薄饰香。问屏何屈曲,怜帐解周防。下渍金阶露,斜分碧瓦霜。沈沈伴春梦,寂寂侍华堂。谁见昭阳殿,真珠十二行。

寄题甘露寺北轩

曾向—作上蓬莱宫里行,北轩阑槛最留情。孤高堪弄桓伊笛,缥渺宜闻子晋笙。天接海门秋水色,烟笼隋—作鹿苑暮钟声。他年会著荷衣去,不向山僧说—作道姓名。

题青云馆

虹蟠千仞剧羊肠,天府由来百二强。四皓有芝轻汉祖,张仪无地与怀王。云连帐影萝阴合,枕绕泉声客梦凉。深处会容高尚者,水苗三顷百株桑。

正初奉酬歙州刺史邢群

翠岩千尺倚溪斜,曾得严光作钓家。越嶂远分丁字水,腊梅迟见二年花。明时刀尺君须用,幽处田园我有涯。一壑风烟阳羡里,解龟休去路非赊。

江上偶见绝句

楚江寒食橘花时,野渡临风驻彩旗。草色连云人去住,水纹如縠燕差池。

题木兰庙

弯弓征战作男儿,梦里曾经与画眉。几度思归还把酒,拂云堆上祝明妃。

入商山

早入商山百里云,蓝溪桥下水声分。流水旧声人旧耳,此回呜咽不堪闻。

偶题

甘罗昔作秦丞相,子政曾为汉辇郎。千载更逢王侍读,当时还道有文章。

送卢秀才一绝

春濑与烟远,送君孤棹开。潺湲如不改,愁更钓鱼来。

醉题

金镊洗霜鬓,银觥敌露桃。醉头扶不起,三丈日还高。

题商山四皓庙一绝

吕氏强梁嗣子柔,我于天性岂恩仇。南军不袒左边袖,四老安刘是灭刘。

送隐者一绝

无媒径路草萧萧,自古云林还市朝。公道世间唯白发,贵人头上不曾饶。

题张处士山庄一绝

好鸟疑敲磬,风蝉认轧筝。修篁与嘉树,偏倚半岩生。

有怀重送斛斯判官

苍苍烟月满川亭,我有劳歌一为听。将取离魂随白骑,三台星里拜文星。

赠别二首

娉娉袅袅十三余,豆蔻梢头二月初。春风十里扬州路—作郭,卷上珠帘总不如。

多情却似总无情,唯—作但觉尊前笑不成。蜡烛有心还惜别,替人垂泪到天明。

寄远

前山极远—作远极碧云合,清夜一声白雪微。欲寄相思千里月,溪边—作傍溪残照雨霏霏。

少年行

官为骏马监,职帅羽林儿。两绶藏不见,落花何处期。猎敲白玉镫,怒袖紫金锤。田窦长留醉,苏辛曲让岐。豪持出塞节,笑别远山眉。捷报云台贺,公卿拜寿卮。

盆池

凿破苍苔地，偷他一片天。白云生镜里，明月落阶前。

有寄

云阔烟深树，江澄水浴秋。美人何处在，明月万山头。

全唐诗卷五百二十四

杜牧

斑竹筒簟
血染斑斑成锦纹,昔年遗恨至今存。分明知是湘妃泣,何忍将身卧泪痕。

和严恽秀才落花
共惜流年留不得,且环流水醉流杯。无情红艳年年盛,不恨凋零却恨开。

倡楼戏赠
细柳桥边深半春,缅衣帘里动香尘。无端有寄闲消息,背插金钗笑向人。

初上船留寄
烟水本好尚,亲交何惨凄。况为珠履客,即泊锦帆堤。沙雁同船去,田鸦绕岸啼。此时还有味,必卧日从西。

秋岸
河岸微退落,柳影微雕疏。船上听呼稚,堤南趁漉鱼。数帆旗去疾,一艇箭回初。曾入相思梦,因凭附远书。

过大梁闻河亭方宴赠孙子端
梁园纵玩归应少,赋雪搜才去必频。板落岂缘无罚酒,不教客右更添人。

题吴兴消暑楼十二韵
晴日登攀好,危楼物象饶。一溪通四境,万岫饶层霄。鸟翼舒华屋,鱼鳞棹短桡。浪花机乍织,云叶匠新雕。台榭罗嘉卉,城池敞丽谯。蟾蜍来作鉴,螮蝀引成桥。燕任随秋叶,人空集时潮。楚鸿行尽直,沙鹭立偏翘。暮角凄游旅,清歌惨沴寥。景牵游目困,愁托酒肠销。远吹流松韵,残阳渡柳桥。时陪庾公赏,还悟脱烦嚣。

奉送中丞姊夫侍自大理卿出镇江西,叙事书怀,因成十二韵

惟帝忧南纪,搜贤与大藩。梅仙调步骤,庾亮拂囊鞬。一室何劳扫,三章自不冤。精明如定国,孤峻似陈蕃。灞岸秋犹嫩,蓝桥水始喧。红旆里石壁,黑梢断云根。滕阁丹霄倚,章江碧玉奔。一声仙妓唱,千里暮江痕。私好初童稚,官荣见子孙。流年休挂念,万事至无言。玉辇君频过,冯唐将未论。庸书酬万债,竹坞问樊村。

中丞业深韬略,志在功名,再奉长句一篇兼有谐劝

樯似郑林江拍天,越香巴锦万千千。滕王阁上柘枝鼓,徐孺亭西—作前铁轴船。八部—作郡元侯非不贵,万人师长岂无权。要君—作知严重疏欢乐,犹有河湟可下鞭。时收河湟,且立三州六关。

和裴杰秀才新樱桃

新果真琼液,人应宴紫兰。圆疑窃龙颔,色已夺鸡冠。远火微微辨,繁星历历看。茂先知味好,曼倩恨偷难。忍用烹酥—作酥酪,从将玩玉盘。流年如可驻,何必九华丹?

春思

岂君心的的,嗟我泪涓涓。绵羽啼来久,锦鳞书未传。兽炉凝冷焰,罗幕蔽晴烟。自是求佳梦,何须讶昼眠。

代人作

楼高春日早,屏束麝烟堆。盼昑凝魂别,依稀梦雨来。绿鬟羞妥麽,红颊思天—作天假。斗草怜香蕙,簪花间雪梅。戍辽虽咽切,游蜀亦迟回。锦字梭悬壁,琴心月满台。笑筵凝贝启,眠箔晓珠开。腊破征车动,袍襟对泪裁。

偶题二首

劳劳千里身,襟袂满行尘。深夜悬双泪,短亭思远人。苍—作沧江程未息,黑水梦何频。明月轻桡去,唯应钓赤鳞。

有恨秋来极,无端别后知。夜阑终耿耿,明发竟迟迟。信已凭鸿去,归唯与燕期。只因明月见,千里两相思。

冬至日遇京使发寄舍弟

远信初凭—作逢双鲤去,他乡正遇一阳生。尊前岂解愁家国,辇下唯能忆弟兄。旅馆夜忧姜被冷,暮江寒觉晏裘轻。竹门风过还惆怅,疑是松窗雪打声。

洛下送张曼容赴上党召

歌阕樽残恨却—作起偏,凭君不用设离筵。未趋雉尾随元老,且蹑羊肠过少年。七叶汉貂真密近,一枝诜桂亦徒然。羽书正急征兵地,须遣头风处处痊。

宣州留赠

红铅湿尽半罗裙,洞府人间手欲分。满面风流虽似玉,四年夫婿恰如云。当春离恨杯长满,倚柱关情日渐曛。为报眼波须稳当,五陵游宕莫知闻。

寄题宣州开元寺

松寺曾同一鹤栖,夜深台殿月高低。何人为倚东楼柱,正是千山雪涨溪。

赠张祜

诗韵一逢君,平生称所闻。粉毫唯画月,琼尺只裁云。黥阵人人慑,秋星—作霜历历分。数篇留别我,羞杀李将军。

残春独来南亭因寄张祜

暖云如粉草如茵,独步长堤不见人。一岭桃花红锦黦,半溪山水碧罗新。高枝百舌犹欺鸟,带叶梨花独送春。仲蔚欲知何处在,苦吟林下拂诗尘。

宣州开元寺南楼

小楼才受一床横,终日看山酒满倾。可惜和风夜来雨,醉中虚度打窗声。

寄远人
终日求人卜，回回道好音。那时离别后，入梦到如今。

别沈处士
旧事参差梦，新程逦迤秋。故人如见忆，时到寺东楼。

留赠
舞靴应任闲人看，笑脸还须待我开。不用镜前空有泪，蔷薇花谢即归来。

奉和仆射相公，春泽稍愆，圣君轸虑，嘉雪忽降，品汇昭苏，即事书成四韵白相国
飘来鸡树凤池边，渐压琼枝冻碧涟。银阙双高银汉里，玉山横列玉墀前。昭阳殿下风回急，承露盘中月彩圆。上相抽毫歌帝德，一篇风雅美丰年。

寄李播评事
子列光殊价，明时忍自高。宁无好舟楫，不泛恶风涛。大翼终难戢，奇锋且自韬。春来烟渚上，几净雪霜毫。

送牛相出镇襄州
盛时常注意，南雍暂分茅。紫殿辞明主，岩廊别旧交。危幢侵碧雾，寒旆猎红旓。德业悬秦镜，威声隐楚郊。拜尘先洒泪，成厦昔容巢。遥仰沈碑会，鸳鸯玉佩敲。

送薛郱二首
可怜走马骑驴汉，岂有风光肯占伊。只有三张最惆怅，下山回马尚迟迟。

小捷风流已俊才，便将红粉作金台。明年未去池阳郡，更乞春时却重来。

见穆三十宅中庭海榴花谢
矜红掩素似多才，不待樱桃不逐梅。春到未曾逢宴赏，雨余争解免低回。巧穷南国千般艳，趁得春风二月开。堪恨王孙浪游去，落英狼籍始归来。

留诲曹师等诗
万物有丑好，各一姿状分。唯人即不尔，学与不学论。学非探其花，要自拨其根。孝友与诚实，而不忘尔言。根本既深实，柯叶自滋繁。念尔无忽此，期以庆吾门。

洛阳
文争武战就神功，时似开元天宝中。已建玄戈收相土，应回翠帽过离宫。侯门草满宜—作置寒兔，洛浦沙深下—作见寒鸿。疑有女娥西望处，上阳烟树正秋风。

寄唐州李玭—作玭尚书
累代功勋照世光，奚胡闻道死心降。书功笔秃三千管，领节门排十六双。先揖耿弇声寂寂，今看黄霸事枞枞。时人欲识胸襟否，彭蠡秋连万里江。

南陵道中—作寄远
南陵水面漫悠悠，风紧云轻欲变秋。正是客心孤回处，谁家红袖凭—作倚江楼。

登九峰楼
晴江滟滟含浅沙，高低绕郭滞秋花。牛歌鱼笛山月上，鹭渚鸶梁溪日斜。为郡异乡徒泥酒，杜陵芳草岂无家。白头搔杀倚柱遍，归棹何时闻轧鸦。

别家
初岁娇儿未识爷，别爷不拜手吒义。拊头一别三千里，何日迎门却到家？

归家—作赵嘏诗
稚子牵衣问，归来何太迟？共谁争岁月，赢得鬓边丝。

雨
连云接塞添迢递，洒幕侵灯送寂寥。一夜不眠孤客耳，主人窗外有芭蕉。

送人

鸳鸯帐里—作绣被暖芙蓉,低泣关山几万重。明镜半边钗一股,此生何处不相逢。

遣怀

道泰时还泰,时来命不来。何当离城市,高卧博山隈。

醉赠薛道封

饮酒论文四百刻,水分云隔二三年。男儿事业知公有,卖与明君直几钱。

歙州卢中丞见惠名酝

谁怜贱子启穷途,太守封来酒一壶。攻破是非浑似梦,削平身世有如无。醺醺若借嵇康懒,兀兀仍添宁武愚。犹念悲秋更分赐,夹溪红蓼映风蒲。

咏袜

钿尺裁量减四分,纤纤玉笋裹轻云。五陵年少欺他醉,笑把花前出画裙。

宫词二首

蝉翼轻绡傅体红,玉肤如醉向春风。深宫—作闺锁闭犹疑惑,更取丹沙试辟宫。

监宫引出暂开门,随例须—作趋朝不是恩。银钥却收金锁合,月明花落又黄昏。

月

三十六宫秋夜深,昭阳歌断信沈沈。唯应独伴陈皇后,照见长门望幸心。

忍死留别献盐铁裴相公二十叔

贤相辅明主,苍生寿域开。青春辞白日,幽壤作黄埃。岂是无多士,偏蒙不弃才。孤坟三尺土,谁可为培栽?

悲吴王城

二月春风江上来,水精波动碎楼台。吴王宫殿柳含翠,苏小宅房花正开。解舞细腰何处往,能歌姹女逐谁回?千秋万古无消息,国作荒原人作灰。

闻情代作

梧桐叶落雁初归,迢递无因寄远衣。月照石泉金点冷,风酣箫管玉声微。佳人刀杵秋风外,荡子从征梦寐希。遥望戍楼天欲晓,满城鼙鼓白云飞。

寄沈褒秀才

晴河万里色如刀,处处浮云卧碧桃。仙桂茂时金镜晓,洛波飞处玉容高。雄如宝剑冲牛斗,丽似鸳鸯养羽毛。他日忆君何处望,九天香满碧萧骚。

入关

东西南北数衢通,曾取江西径过东。今日更寻南去路,未秋应有北归鸿。

及第后寄长安故人

东都放榜未花开,三十三人走马回。秦地少年多酿—作办酒,已—作即将春色入关来。

偶作

才子风流咏晓霞,倚楼吟住日初斜。惊杀东邻绣床女,错将黄晕压檀花。

赠终南兰若僧

北阙南山是故乡—作家在城南杜曲傍,两枝仙桂一时芳。休公都不知名姓,始觉禅门气味长。

遣怀

落魄—作托江南—作湖载酒行,楚腰肠断—作纤细掌中轻。十年一觉扬州梦,赢—作占得青楼薄幸名。

秋感

金风万里思何尽,玉树一窗秋影寒。独掩柴门明月下,泪流香袂倚阑干。

赠渔父

芦花深泽静垂纶,月夕烟朝几十春。自说

孤舟寒水畔,不曾逢著独醒人。

叹花
　　自恨寻芳到已迟,往年曾见未开时。如今风摆花狼籍,绿叶成阴子满枝。

题刘秀才新竹
　　数茎幽玉色,晓夕翠烟分。声破寒窗梦,根穿绿藓纹。渐笼当槛日,欲碍入帘云。不是山阴客,何人爱此君。

山行
　　远上寒山石径斜,白云生处有人家。停车坐爱枫林晚,霜叶红于二月花。

书怀
　　满眼青山未得过,镜中无那鬓丝何。只言旋老转无事,欲到中年事更多。

紫薇花
　　晓迎秋露一枝新,不占园中最上春。桃李无言又何在,向风偏笑艳阳人。

醉后呈崔大夫
　　谢傅秋凉阋管弦,徒教贱子侍华筵。溪头正雨归不得,辜负东一作南窗一觉眠。

和宣州沈大夫登北楼书怀
　　兵符严重辞金马,星剑光芒射斗牛。笔落青山飘古韵,帐开红旆照高秋。香连日彩浮绡幕,溪逐歌声绕画楼。可惜登临佳丽地,羽仪须去凤池游。

夜雨
　　九月三十日,雨声如别一作初秋。无端满阶叶,共白几人头。点滴侵寒梦,萧骚著淡愁。渔歌听不唱,蓑湿棹回舟。

方响
　　数条秋水挂琅玕,玉手丁当怕夜寒。曲尽连敲三四一作五下,恐惊珠泪落金盘。

将出关宿层峰驿,却寄李谏议
　　孤驿在重阻,云根掩柴扉。数声暮禽切,万壑秋意归。心驰碧泉涧,目断青琐闱。明日武关外,梦魂劳远飞。

使回枉唐州崔司马书,兼寄四韵因和
　　清晨候吏把书来,十载离忧得暂开。痴叔去时还读易,仲容多兴索衔杯。人心计日殷勤望,马首随云早晚回。莫为霜台愁岁暮,潜龙须待一声雷。

郡斋秋夜即事,寄愁斛斯处士许秀才
　　有客谁人肯夜过,独怜风景奈愁何。边鸿怨处迷霜久,庭树空来见月多。故国杳无千里信,采弦时伴一声歌。驰心只待城乌晓,几对虚檐望白河。

早春题真上人院生天宝初
　　清赢已近百年身,古寺风烟又一春。寰海自成戎马地,唯师曾是太平人。

对花微疾不饮,呈坐中诸公
　　花前一作间虽病亦提壶,数调持觞兴有无。尽日临风羡人醉,雪香空伴白髭须。

酬王秀才桃花园见寄
　　桃满西园淑景催,几多红艳浅深开。此花不逐溪流出,晋客无因入洞来。

走笔送杜十三归京
　　烟鸿上汉声声远,逸骥寻云步步高。应笑内兄年六十,郡城闲坐养霜毛。

送王十至褒中因寄尚书
　　阙下经年别,人间两地情。坛场新汉将,烟月古隋城。雁去梁山远,云高楚岫明。君家荷藕好,缄恨寄遥程。

后池泛舟送王十
　　相送西郊暮景和,青苍竹外绕寒波。为君蘸甲十分饮,应见离心一倍多。

重送王十

执_{一作分}袂还应立马看,向来离思始知难。雁飞不见行尘灭,景下山遥极目寒。

洛阳秋夕

泠泠寒水带霜风,更在天桥夜景中。清禁漏闲烟树寂,月轮移在上阳宫。

赠猎骑

已落双雕血尚新,鸣鞭走马又翻身。凭君莫射南来雁,恐有家书寄远人。

怀吴中冯秀才

长洲苑外草萧萧,却算游程岁月遥。唯有别时今不忘,暮烟秋雨过枫桥。

寄东塔僧

初月微明漏白烟,碧松梢外挂青天。西风静起传深夜_{一作业},应送愁吟入夜禅_{一作蝉}。

秋夕

红_{一作银}烛秋光冷画屏,轻罗小扇扑流萤。天_{一作瑶}阶夜色凉如水,坐_{一作卧}看牵牛织女星。

瑶瑟

玉仙瑶瑟夜珊珊,月过楼西_{一作西楼}桂烛残。风景人间不如此,动摇湘水彻明寒。

送故人归山

三清洞里无端别,又拂尘衣欲卧云。看著挂冠迷处所,北山萝月在移文。

闻角

晓楼烟槛出云霄,景下林塘已寂寥。城角为秋悲更远,护霜云破海天遥。

押兵甲发谷口寄诸公

晓涧青青桂色孤,楚人随玉上天衢。水辞谷口山寒少,今日风头较暖无。

和令狐侍御赏蕙草

寻常诗思巧如春,又喜幽亭蕙草新。本是馨香比君子,绕栏今更为何人?

偶题

道在人间或可传,小还轻_{一作经}变已多年。今来海上升高望,不到蓬莱不是仙。

三川驿伏览座主舍人留题

旧迹依然已十秋,雪山当面照银钩。怀恩泪尽霜天晓,一片余霞映驿楼。

陕州醉赠裴四同年

凄风洛下同羁思,迟日棠阴得醉歌。自笑与君三岁别,头衔依旧鬓丝多。

破镜

佳人失手镜初分,何日团圆再会君。今朝万里秋风起,山北山南一片云。

长安雪后

秦陵汉苑参差雪,北阙南山次第春。车马满城原上去,岂知惆怅有闲人。

华清宫

零叶翻红万树霜,玉莲开蕊暖泉香。行云不下朝元阁,一曲淋铃泪数行。

冬日题智门寺北楼

满怀多少是恩酬,未见功名已白头。不为寻山试筋力,岂能寒上背云楼。

别王十后遣京使累路附书

重关晓度宿云寒,羸马缘知步步难。此信的应中路见,乱山何处拆书看。

许秀才至辱李蕲州绝句,问断酒之情因寄

有客南来话所思,故人遥枉醉中诗。暂因微疾须防酒,不是欢情减旧时。

送张判官归兼谒鄂州大夫

处士闻名早,游秦献疏回。腹中书万卷,身外酒千杯。江雨春波阔,园林客梦催。今君拜旌戟,凛凛近霜台。

宿长庆寺
　　南行步步远浮尘,更近青山昨夜邻。高铎数声秋撼玉,霁河千里晓横银。红蕖影落前池净,绿稻香来野径频。终日官闲无一事,不妨长醉是游人。

望少华三首
　　身随白日看将老,心与青云自有期。今对晴峰无十里,世缘多累暗生悲。

　　文字波中去不还,物情初与是非闲。时名竟是无端事,羞对灵山道爱山。

　　眼看云鹤不相随,何况尘中事作为。好伴羽人深洞去,月前秋听玉参差。

登澧州驿楼寄京兆韦尹尹曾典此郡
　　一话浔阳旧使君,郡人回首望青云。政声长与江声在,自到津楼日夜闻。

长安晴望
　　翠屏山对凤城开,碧落摇光霁后来。回识六龙巡幸处,飞烟闲绕望春台。

岁旦一作日朝回口号
　　星河犹在整朝衣,远望天门再拜归。笑向春风初五十,敢言知命且知非。

骕骦骏
　　瑶池罢游宴,良乐委尘沙。遭遇不遭遇,盐车与鼓车。

龙丘途中二首一作李商隐诗
　　汉苑残花别,吴江盛夏来。唯看万树合,不见一枝开。

　　水色饶湘浦,滩声怯建溪。泪流回月上,可得更猿啼。

宫人家
　　尽是离宫院中女,苑墙城外冢累累。少年入内教歌舞,不识君王到老一作死时。

寄浙西李判官
　　燕台上客意如何,四五年来渐渐疏。直道莫抛男子业,遭时还与故人书。青云满眼应骄我,白发浑头少恨渠。唯念贤哉崔大让,可怜无事不歌鱼。

寄杜子二首
　　不识长杨事北胡,且教红袖醉来扶。狂风烈焰虽千尺,豁得平生俊气无。

　　武牢关吏应相笑,个里年年往复来。若问使君何处去,为言相忆首长回。

卢秀才将出王屋,高步名场,江南相逢赠别
　　王屋山人一作中有古文,欲攀青桂弄氛氲。将携健笔干明主,莫向仙坛问白云。驰逐宁教争处让,是非偏忌众人分。交游话我凭君道,除却鲈鱼更不闻。

送刘三复郎中赴阙
　　横溪辞寂寞,金马去追游。好是鸳鸯侣,正逢霄汉秋。玉珂声琐琐,锦帐梦悠悠。微笑知今是,因风谢钓舟。

羊栏浦夜陪宴会
　　戈槛营中夜未央,雨沾云惹侍襄王。球来香袖依稀暖,酒凸觥心泛滟光。红弦高紧声声急,珠唱铺圆裛裛长。自比诸生最无取,不知何处亦升堂。

送杜颢赴润州幕
　　少年才俊赴知音,丞相门栏不觉深。直道事人男子业,异乡加饭弟兄心。还须整理韦弦佩,莫独矜夸玳瑁簪。若去上元怀古去一作处,谢安坟下与沉吟。

有感
　　宛溪垂柳最长枝,曾被春风尽日吹。不堪攀折犹堪看,陌上少年来自迟。

书怀寄卢州一作泸州守
　　谢山南畔州,风物最宜秋。太守悬金印,

佳人敞画楼。凝缸暗醉夕,残月上汀州。可惜当年鬓,朱门不得游。

贺崔大夫崔正字

内举无惭古所难,燕台遥想拂尘冠。登龙有路水不峻,一雁背飞天正寒。别夜酒余红烛短,映山帆满—作去碧霞残。谢公楼下潺湲响,离恨诗情添几般。

江南送左师

江南为客正悲秋,更送吾师古渡头。惆怅不同尘土别,水云踪迹去悠悠。

寝夜

蛩唱如波咽,更深似水寒。露华惊弊褐,灯影挂尘冠。故国初离梦,前溪更下滩。纷纷毫发事,多少宦游难。

十九兄郡楼有宴,病不赴

十二层楼敞画檐,连云歌尽草纤纤。空堂病怯阶前月,燕子嗔垂一竹—作行,又作桁帘。

愁

聚散竟无形,回肠自结成。古今留不得,离别又潜生。降虏将军思,穷秋远客情。何人更憔悴,落第泣秦京。

隋苑—作李商隐诗,题云定子。

红霞—作浓檀一抹广陵春,定子当筵—作初开睡脸新。却笑吃亏隋炀帝,破家亡国为谁—作何人。

芭蕉

芭蕉为雨移,故向窗前种。怜渠点滴声,留得归乡梦。梦远莫归乡,觉来一翻动。

汴人舟行答张祜

千万长河共使船,听君诗句倍怆—作凄然。春风野岸名花发,一道帆樯画柳烟。

牧陪昭应卢郎中在江西宣州佐今吏部沈公幕罢府周岁,公宰昭应,牧在淮南縻职叙旧,成二十二韵用以投寄

燕雁下扬州,凉风柳陌愁。可怜千里梦,还是一年秋。宛水环朱槛,章江敞碧流。谬陪吾益友,只事我贤侯。印组紫光马,锋铓看解牛。井闾安乐易,冠盖惬依投。政简稀开阁,功成每运筹。送春经野坞,迟日上高楼。玉裂歌声断,霞飘舞带收。泥情斜拂印,别脸小低头。日晚花枝烂,钜凝粉彩稠。未曾孤酩酊,剩肯只淹留。重德俄征宠,诸生苦宦游。分途之绝国,洒泪拜行辀。聚散真漂梗,光阴极转邮。铭心徒历历,屈指尽悠悠。君作烹鲜用,谁膺仄席求?卷怀能愤悱,卒岁且优游。去矣时难遇,沽哉价莫酬。满枝为鼓吹,衷甲避戈矛。隋帝宫荒草,秦王土一丘。相逢好大笑,除此总云浮。

全唐诗卷五百二十五

杜牧

寓言
暖风迟日柳初含,顾影看身又自惭。何事明朝独惆怅,杏花时节在江南。

猿
月白烟青水暗流,孤猿衔恨叫中秋。三声欲断疑肠断,饶是少年今—作须白头。

怀归
尘埃终日满窗前,水态云容思浩然。争得便归湘浦去,却持竿上钓鱼船。

边上晚秋
黑山南面更无州,马放平沙夜不收。风送孤城临晚角,一声声入客心愁。

伤友人悼吹箫妓
玉箫声断没流年,满目春愁陇树—作上烟。艳质已随云雨散,凤楼空锁月明天。

访许颜
门近寒溪窗近山,枕山流水日潺潺。长嫌世上浮云客,老向尘中不解颜。

春日古道傍作
万古荣华旦暮齐,楼台春尽草萋萋。君看陌上何人墓,旋化红尘送马蹄。

青冢
青冢前头陇水流,燕支山下暮云秋。蛾眉一坠穷泉路,夜夜孤魂月下愁。

大梦上人自庐峰回
行脚寻常到寺稀,一枝藜杖一禅衣。开—作闲门满院空秋色,新向庐峰过夏归。

洛中二首

柳动晴风拂路尘,年年宫阙锁浓春。一从翠辇无巡幸,老却蛾眉几许人。

风吹柳带摇晴绿,蝶绕花枝恋暖香。多把芳菲泛春酒,直教愁色对愁肠。

边上闻笳三首

何处吹笳薄暮天,塞垣高鸟没狼烟。游人一听头堪白,苏武争禁十九年。

海路无尘边草新,荣枯不见绿杨春。白沙日暮愁云起,独感离乡万里人。

胡雏吹笛上高台,寒雁惊飞去不回。尽日春风吹不散,只应分付客愁来。

春日寄许浑先辈

蓟北雁初去,湘南春又归。水流沧海急,人到白头稀。塞路尽何处,我愁当落晖。终须一作年接鸳鹭,霄汉共高飞。

经阌间城

遗踪委衰草,行客思悠悠。昔日人何处,终年水自流。孤烟村戍远,乱雨海门秋。吟罢独归去,烟云尽惨愁。

并州道中

行役我方倦,苦吟谁复闻。戍楼春带雪,边角暮吹云。极目无人迹,回头送雁群。如何遗公子,高卧醉醺醺。

别怀

相别徒成泣,经过总是空。劳生惯离别,夜梦苦西东。去路三湘浪,归程一片风。他年寄消息,书在鲤鱼中。

渔父

白发沧浪上,全忘是与非。秋潭垂钓去,夜月叩船归。烟影侵芦岸,潮痕在竹扉。终年狎鸥鸟,来去且无机。

秋梦

寒空动高吹,月色满清砧。残梦夜魂断,美人边思深。孤鸿秋出塞,一叶暗辞林。又寄征衣去,迢迢天外心。

早秋客舍

风吹一片叶,万物已惊秋。独夜他乡泪,年年为客愁。别离何处尽,摇落几时休?不及磻溪叟,身闲长自由。

逢故人

故交相见稀,相见倍依依。尘路事不尽,云岩闲好归。投人销壮志,徇俗变真机。又落他乡泪,风前一满衣。

秋晚江上遣怀

孤舟天际外,去路望中赊。贫病远行客,梦魂多在家。蝉吟秋色树,鸦噪夕阳沙。不拟彻双鬓,他方掷岁华。

长安夜月

寒光垂静夜,皓彩满重城。万国尽分照,谁家无此明。古槐疏影薄,仙桂动秋声。独有长门里,蛾眉对晓晴。

云

东西那有碍,出处岂虚心。晓入洞庭阔,暮归巫峡深。渡江随鸟影,拥树隔猿吟。莫隐高唐去,枯苗待作霖。

春怀

年光何太急,倏忽又青春。明月谁为主?江山暗换人。莺花潜运老,荣乐渐成尘。遥忆朱门柳,别离应更频。

逢故人

年年不相见,相见却成悲。教我泪如霰,嗟君发似丝。正伤携手处,况值落花时。莫惜今宵醉,人间忽忽期。

闲题

男儿所在即为家,百镒黄金一朵花。借问

春风何处好,绿杨深巷马头斜。

金谷园
繁华事散逐香尘,流水无情草自春。日暮东风怨啼鸟,落花犹似堕楼人。

重登科
星汉离宫月出轮,满街含笔绮罗春,花前每被青蛾问,何事重来只一人。

游边
黄沙连海路无尘,边草长枯不见春。日暮拂云堆下过,马前逢著射雕人。

将赴池州道中作
青阳云水去年寻,黄绢歌诗出翰林。投辖暂停留酒客,绛帷斜系满松阴。妖人笑我不相问,道者应知归路心。南去南来尽乡国,月明秋水只沈沈。

隋宫春
龙舟东下事成空,蔓草萋萋满故宫。亡国亡家为颜色,露桃犹自恨春风。

蛮中醉 一作张籍诗
瘴塞蛮江入洞流,人家多在竹棚头。青山海上无城郭,唯见松牌出象州。

寓题
把酒直须判酩酊,逢花莫惜暂淹留。假如三万六千日,半是悲哀半是愁。

送赵十二赴举
省事却因多事力,无心翻似有心来。秋风郡阁残花在,别后何人更一杯。

偶呈郑先辈
不语亭亭俨薄妆,画裙双凤郁金香。西京才子旁看取,何似乔家那窈娘。

子规 此诗又见《李白集》,题作宣城见杜鹃花。
蜀地曾闻子规鸟,宣城又见杜鹃花。一叫一回肠一断,三春三月忆三巴。

江楼
独酌芳春酒,登楼已半醺。谁惊一行雁,冲断过江云。

旅宿
旅馆无良伴,凝情自悄然。寒灯思旧事,断雁警愁眠。远梦归侵晓,家书到隔年。湘江好烟月,门系钓鱼船。

杜鹃
杜宇竟何冤,年年叫蜀门。至今衔积恨,终古吊残魂。芳草迷肠结,红花染血痕。山川尽春色,呜咽复谁论。

闻蝉
火云初似灭,晓角欲微清。故国行千里,新蝉忽数声。时行仍仿佛,度日更分明。不敢频倾耳,唯忧白发生。

送友人
十载名兼利,人皆与命争。青春留不住,白发自然生。夜雨滴乡思,秋风从别情。都门五十里,驰马逐鸡声。

旅情
窗虚枕簟凉,寝倦忆潇湘。山色几时老,人心终日忙。松风半夜雨,帘月满堂霜。匹马好归去,江头橘正香。

晓望
独起望山色,水鸡鸣蓼洲。房星随月晓,楚木向云秋。曲渚疑江尽,平沙似浪浮。秦原在何处,泽国碧悠悠。

贻友人
自是东西客,逢人又送人。不应相见老,只是别离频。度日还知暮,平生未识春。傥无迁谷分,归去养天真。

书事
自笑走红尘,流年旧复新。东风半夜雨,

南国万家春。失计抛鱼艇,何门化涸鳞。是谁添岁月,老却暗投人。

别鹤

分飞共所从,六翮势催一作摧风。声断碧云外,影孤明月中。青田归路远,丹一作月桂旧巢空。矫翼知何处,天涯不可穷。

晚泊

帆湿去悠悠,停桡宿渡头。乱烟迷野岸,独鸟出中流。篷雨延乡梦,江风阻暮秋,傥无身外事,甘老向扁舟。

山寺

峭壁引行径,截溪开石门。泉飞溅虚槛,云起涨河轩。隔水看来路,疏篱见定猿。未闲难久住,归去复何言。

早行

垂鞭信马行,数里未鸡鸣。林下带残梦,叶飞时忽惊。霜凝孤鹤迥,月晓远山横。僮仆休辞险,时平路复平。

秋日偶题

荷花兼柳叶,彼此不胜秋。玉露滴初泣,金风吹更愁。绿眉甘弃坠,红脸恨飘流。叹息是游子,少年还白头。

忆归

新城非故里,终日想柴扃。兴罢花还落,愁来酒欲醒。何人初发白,几处乱山青。远忆湘江上,渔歌对月听。

偶见 黄州作

朔风高紧掠河楼,白鼻骊郎白罽裘。有个当垆明似月,马鞭斜揖笑回头。

醉倒

日晴空乐下仙云,俱在凉亭送使君。莫辞一盏即相请,还是三年更不闻。

酬许十三秀才兼依来韵

多为裁诗步竹轩,有时凝思过朝昏。篇成敢道怀金璞,吟苦唯应似岭猿。迷兴每惭花月夕,寄愁长在别离魂。凭一作烦君把卷侵寒烛,丽句时传画戟门。

后池泛舟送王十秀才

城日晚悠悠,弦歌在碧流。夕风飘度曲,烟屿一作屿隐行舟。问拍拟一作疑新令,怜香占彩球。当筵虽一醉,宁复缓离愁。

书情

谁家洛浦神,十四五来人。媚发轻垂额,香衫软著身。摘莲红袖湿,窥绿翠蛾频。飞鹊徒来往,平阳公主亲。

兵部一作李尚书席上作

华堂今日绮筵开,谁唤一作召分司御史来。偶一作忽发狂言惊满坐,三重粉面《纪事》作两行红粉一时回。 牧为御史,分务雒阳。时李司徒愿罢镇闲居,声伎豪侈,雒中名士咸谒之。李高会朝客,以杜持宪,不敢邀致。杜遣座客达意,愿与斯会,李不得已邀之。杜独坐南向,瞪目注视,引满三卮,问李云:"闻有紫云者孰是?"李指之。杜凝睇良久曰:"名不虚传,宜以见惠。"李俯而笑,诸妓亦回首破颜,杜又自饮二爵,朗吟此诗而起,意气闲逸,旁若无人。杜不拘细行,故诗有十年一觉扬州梦,赢得青楼薄幸名。

骕骦坂

荆州一万里,不如蒯易度。仰首望飞鸣,伊人何异趣。

全唐诗卷五百二十六

杜牧

冬日五湖—作浪馆水亭怀别

芦荻花多触处飞,独凭虚槛雨微微。寒林叶落鸟巢出,古渡风高渔艇稀。云抱四山终日在,草荒三径几时归。江城向晚西流—作东风急,无限乡心—作一半乡愁闻捣衣。

不寐

到晓不成梦,思量堪白头。多无百年命,长有万般愁。世路应难尽,营生卒未休。莫言名与利,名利是身仇。

泊松江—作许浑诗,题作夜泊松江渡寄友人

清露白云明月天,与君齐棹木兰船。南湖风雨—作风波湖雨—相失,夜泊横塘心渺然。

题水西寺

三日去还住,一生焉再游。含情碧溪水,重上粲公楼。

赠别宣州崔群相公

衰散相逢洛水边,却思同在紫薇天。尽将舟楫板桥去,早晚归来更济川。

闻开江相国宋—作宋相公申锡下世二首

权门阴进—作奏夺移才,驿骑如星堕峡来。晁氏有恩忠作祸,贾生无罪直为灾。贞魂误向崇山没,冤气疑从湘—作泪水回。毕竟成功—作功成何处是,五湖云月一帆开。

月落清湘—作湘潭棹不喧,玉杯瑶瑟奠频繁。谁令—作能力制乘轩鹤,自取机沉在槛猿。位极乾坤三事贵,谤兴华夏一夫冤。宵衣旰食明天子,日伏青蒲不为—作敢言。

出关

朝缨初解佐江濆,麋鹿心知自有群。汉囿猎稀慵献赋,楚山耕早任移文。卧归渔浦月连海,行望凤城花隔云。关吏不须迎马笑,去时

无意学终军。

暝投云智寺渡溪不得,却取沿江路往

双岩泻一川,回马断桥前。古庙阴风地,寒钟暮雨天。沙虚留虎迹,水滑带龙涎。却下临江路,潮深无渡船。

宣城赠萧兵曹—作许浑诗

桂楫谪湘渚,三年波上春。舟寒句—作剡溪雪,衣故—作破洛城尘。客道耻摇尾,皇恩宽犯鳞。花时去国远,月夕上楼频。赊—作贪酒不辞病,佣书非为贫。行吟值渔父,坐隐对樵人。紫陌罢双辙,碧潭穷一纶—作轮。高秋更南去,烟水是通津。

过鲍溶宅有感

寥落故人宅,重来身已亡。古苔残墨沼,深竹旧书堂。秋色池馆—作塘静,雨声云木凉。无因展交道,日暮倍心伤。

寄兄弟

江城红叶尽,旅思倍凄凉。孤梦家山远,独眠秋夜长。道存空倚命,身贱未归乡。南望仍垂泪,天边雁一行。此首又见《许浑集》,题作寄小弟。

秋日

有计自安业,秋风罢远吟。买山惟种竹,对客更弹琴。烟起药厨晚,杵声松院深。闲眠得真性,惆怅旧时心。

卜居招书侣

忆昨—作意壮未知道,临川每羡鱼。世途行处见,人事病来疏。微雨秋栽竹,孤灯夜读书。怜君亦同志,晚岁傍山居。

西山草堂

何处人事少,西峰—作山旧草堂。晒书秋日晚,洗药石泉香。后岭有—作看微雨,北窗生晓凉。徒劳问归路,峰叠绕家乡。

贻隐者

回报隐居山,莫忧山兴阑。求人颜色尽,知道性情宽。信谱弹琴误,缘—作沿崖斸药难。东皋亦自给,殊愧远相安。

石池

通竹引泉脉,泓澄深—作潋石盆。惊鱼翻藻荇,浴鸟上松根。残月留—作斜日回山影,高风耗水痕。谁家洗秋药,来往自开门。

送苏协律从事振武

琴尊诗思劳,更欲学龙韬。王粲暂投笔,吕虔初佩刀。夜吟关月苦,秋望塞云高。去去从军乐,雕飞岱马豪。

怀政禅师院

山斋路几层,败衲学真乘。寒暑移双树,光阴尽一灯。风飘高竹雪,泉涨小池冰。莫讶频来此,修身欲到僧。

送荔浦蒋明府赴任

路长春欲尽,歌怨酒多酣。白社莲塘—作宫北,青袍桂水南。驿行盘鸟道,船宿避龙潭。真得诗人趣,烟霞处处谙。

秋夕有怀

念远坐西阁,华池涵月凉。书回秋欲尽,酒醒夜初长。露白莲衣浅,风清蕙带香。前年引佳景,兰棹醉横塘。

秋霁寄远

初霁独登赏,西楼多远风。横烟秋水上,疏雨夕阳中。高树下山鸟,平芜飞草虫。唯应待明月,千里与君同。

经古行宫—作经华清宫

台—作楼阁参差倚太阳,年年花发满山香。重门勘—作闲锁青春晚,深殿垂帘白日长。草色芊绵侵御路,泉声呜咽绕宫墙。先皇一去无回驾,红粉云环—作翠鬟空断肠。

宣州开元寺赠惟真上人

曾与径山为小师,千年僧行众人知。夜深月色当禅处,斋后钟声到讲时。经雨绿苔侵古画,过秋红叶落新诗。劝君莫厌江城客,虽在风尘别有期。

秋晚怀茅山石涵村舍

十亩山田近石涵,村居风俗旧曾谙。帘前白艾惊春燕,篱上青桑待晚蚕。云暖采茶来岭北,月明沽酒过溪南。陵阳秋尽多归思,红树萧萧覆碧潭。

留题李侍御书斋

曾话平生志,书斋几见留。道孤心易感,恩重力难酬。独立千峰晚,频来一叶秋。鸡鸣应有处,不学泪空—作潜流。

行次白沙馆,先寄上河南王侍郎

夜程何处宿,山叠树层层。孤馆闲秋雨,空堂停曙灯。歌惭渔浦客,诗学雁门僧。此意无人识,明朝见李膺。

贵游

朝回佩马草萋萋,年少恩深卫霍齐。斧钺旧威龙塞北,池台新赐凤城西。门通碧树开金锁,楼对青山倚玉梯。南陌行人尽回首,笙歌一曲暮云低。

越中

石城花暖鹧鸪飞,征客春帆秋不归。犹自保郎心似石,绫梭夜夜织寒衣。

闻范秀才自蜀游江湖

蜀道下湘渚,客帆应不迷。江分三峡响,山并九华齐。秋泊雁初宿,夜吟猿乍啼。归时慎行李,莫到石城西。

绿萝

绿萝萦数匝,本在草堂间。秋色寄高树,昼阴笼近—作远山。移花疏处过—作种,刷药困时攀。日暮微风起,难寻旧径还。

宿东横山—作小濑

孤舟路渐赊,时见碧桃花。溪雨滩声急,岩风树势斜。猕猴悬弱柳—作蔓,鸂鶒睡横楂。谩向仙林宿,无人识阮家。

贻—作赠迁客

无机还得罪,直道不伤情。微雨昏山色,疏笼闭鹤声。闲居多野客,高枕见江城。门外长溪水,怜君又濯缨。

陵阳送客

南楼送郢客,西郭望荆门。凫鹄下寒渚,牛羊归远村。兰舟倚行棹,桂酒掩余樽。重此一留宿,前汀烟月—作水昏。

寄桐江隐者—作许浑诗

潮去潮来洲渚春,山花如绣草如茵。严陵台下桐江水,解钓鲈鱼能几人?

长兴里夏日寄南邻—作林避暑

侯家大道傍,蝉噪树苍苍。开锁洞门远,卷帘官舍凉。栏围红药盛,架引绿萝长。永日一攲枕,故山云水乡。

送太昱禅师—作许浑诗

禅床深竹里,心与径山期。结社多高客,登坛尽小师。早秋归寺远,新雨上滩迟。别后江云碧,南斋一首诗。

梁秀才以早春旅次大梁,将归郊扉言怀兼别示,亦蒙见赠凡二十韵,走笔依韵

玉塞功犹阻,金门事已陈。梁君在文皇朝献书,荣宣下中书,令授一官,为执政所阻。世途皆扰扰,乡党尽循循。客道难投足,家声易发身。松篁标节晚,兰蕙吐词春。处困羞摇尾,怀忠壮犯鳞。宅临三楚水,衣带二京尘。敛迹愁山鬼,遗形慕谷神。采芝先避贵,栽橘早防贫。弦泛桐材响,杯澄糯酿醇。但寻陶令集,休献楚王珍。林密闻风远,池平见月匀。藤龛红婀娜,苔磴绿嶙峋。雪树交梁苑,冰河涨孟津。面邀

文作友,心许德为邻。旅馆将分被,婴儿共洒巾。渭阳连汉曲,京口接漳滨。某自监察御史谢病归家,蒙除润州司马。通塞时应定,荣枯理会均。儒流当自勉,妻族更谁亲。照瞩三光政,生成四气仁。磻溪有心者,垂白肯湮沦。

川守大夫刘公早岁寓居敦行里肆,有题壁十韵,今之置第,乃获旧居,洛下大僚因有唱和,叹咏不足辄献此诗

旅馆当年荜,公才此日论。林繁径竹祖,树暗惜桐孙。炼药藏金鼎,疏泉陷石盆。散科松有节,深薙草无根。龙卧池犹在,莺迁谷尚存。昔为扬子宅,今是李膺门。积学萤尝聚,微词凤早吞。百年明素志,三顾起新恩。雪耀冰霜冷,尘飞水墨昏,莫教垂露迹,岁晚杂苔痕。

中秋日拜起居表,晨渡天津桥即事十六韵,献居守相国崔公兼呈工部刘公

碧树康庄内,清川巩洛间。坛分中岳顶,城缭大河湾。广殿含凉静,深宫积翠闲。内有含凉殿、积翠楼。楼齐云漠漠,桥束水潺潺。过雨栎枝润,迎霜柿叶殷。紫鳞冲晚浪,白鸟背秋山。月拜西归表,晨趋北向班,鸳鸿随半仗,貔虎护重关。玉帐才容足,金樽暂解颜。迹留伤堕屦,恩在乐衔环。南省兰先握,东堂桂早攀。龙门君夭矫,莺谷我绵蛮。分薄稽心懒,哀多庾鬓班。人惭公幹卧,频送子牟还。自睹宸居壮,谁忧国步艰。只应时与醉,因病纵疏顽。

分司东都,寓居履道,叼承川尹刘侍郎大夫恩知,上四十韵

命世须人瑞,匡君在岳灵。气和薰北陆,襟旷纳东溟。赋妙排鹦鹉,诗能继鹡鸰。蒲亲香案色,兰动粉闱馨侍郎自补阙拜。周孔传文教,萧曹授武经。家僮谙禁掖,厩马识金铃。侍郎寻归翰苑。性与奸邪背,心因启沃冥。进贤光日月,诛恶助雷霆。闒闳开时召,箫韶奏处听。水精悬御幄,云母展宫屏。捧诏巡汧陇,飞书护井陉。先声威虎兕,余力活蠛蠓。荣重秦军箭,功高汉将铭。戈铤回紫塞,干戚散彤庭。顺美皇恩洽,扶颠国步宁。禹谟推掌诰,汤网属司刑侍郎自中书舍人迁刑部郎中。稚榻蓬莱掩,膺舟巩洛停。马群先去害,民籍更添丁。猾吏门长塞,豪家户不扃。四知台上镜,三惑井中瓶。雅韵凭开匣,雄铓待发硎。火中胶绿树,泉下厫青萍。五岳期双节,三台空一星。凤池方注意,麟阁会图形。寒暑逾流电,光阴甚建瓴。散曹分已白,崇直眼由青。赐第成官舍,僦居起客亭。某六代祖国初赐宅在仁和里,寻已属官舍,今于履道坊赁宅居止。松筠侵巷陌,禾黍接郊坰。宿雨回为沼,春沙淀作汀。鱼罾栖翡翠,蛛网挂蜻蜓。迟晓河初转,秋伤露已零。梦余钟杳杳,吟罢烛荧荧。字小书难写,杯迟酒易醒。久贫惊早雁,多病放残萤。雪劲孤根竹,风雕数荚蓂。转喉空婀娜,垂手自聘婷。胫细摧新履,腰赢减旧鞓。海边慵逐臭,尘外怯吞腥。隐豹窥重巘,潜虬避浊泾。商歌如不顾,归棹越南灊。某家在朱方,杨子江界有南灊北灊。

题白云楼一作许浑诗,题作汉水伤稼。

西北楼开四望通,残霞成绮月悬弓。江村夜涨浮天水,泽国秋生动地风。高下绿苗千顷尽,新陈红粟万箱空。才微分薄忧何益,却欲回心学塞翁。

赠别

眼前迎送不曾休,相续轮蹄似水流。门外若无南北路,人间应免别离愁。苏秦六印归何日,潘岳双毛去值秋。莫怪分襟衔泪语,十年耕钓忆沧洲。

秋夜与友人宿

楚国同游过十霜,万重心事几堪伤。蒹葭露白莲塘浅,砧杵夜清河汉凉。云外山川归梦远,天涯岐路客愁长。寒城欲晓闻吹笛,犹卧东轩月满床。

将赴京留赠僧院

九衢尘土递追攀,马迹轩车日暮间。玄发

尽惊为客换,白头曾见几人闲。空悲浮世云无定,多感流年水不还。谢却从前受恩地,归来依止叩禅关。

寄湘中友人

莫恋醉乡迷酒杯,流年长怕少一作老年催。西陵水阔鱼难到,南国路遥书未回。匹马计程愁日尽,一蝉何事引秋来。相如已定题桥志,江上无由梦钓台。

江上逢友人

故国归人酒一杯,暂停兰棹共裴回。村连三峡暮云起,潮送九江寒雨来。已作相如投赋计,还凭殷浩寄书回。到时若见东篱菊,为问经霜几度开。

金谷怀古

凄凉遗迹洛川东,浮世荣枯万古同。桃李香消金谷在,绮罗魂断玉楼空。往年人事伤心外,今日风光属梦中。徒想夜泉流客恨,夜泉流恨恨无穷。

寄卢先辈

一从分首剑江滨,南国相思寄梦频。书去又逢商岭雪,信回应过洞庭春。关河日日悲长路,霄汉年年望后尘。愿指丹梯曾到处,莫教犹作独迷人。

南楼夜

玉管金樽夜不休,如悲昼短惜年流。歌声袅袅彻清夜,月色娟娟当翠楼。枕上暗惊垂钓梦,灯前偏起别家愁。思量今日英雄事,身到簪裾已白头。

行经庐山东林寺

离魂断续楚江壖,叶坠初红十月天。紫陌事多难暂息,青山长在好闲眠。方趋上国期干禄,未得空堂学坐禅。他岁若教如范蠡,也应须入五湖烟。

途中逢故人,话西山读书早曾游览

西岩曾到读书堂,穿竹行莎十里强。湖上梦余波滟滟,岭头愁断路茫茫。经过事寄烟霞远,名利尘随日月长。莫道少年头不白,君看潘岳几茎霜。

将赴京题陵阳王氏水居

帘卷平芜接远天,暂宽行役到樽前。是非境里有闲日,荣辱尘中无了年。山簇暮云千野雨,江分秋水九条烟。马蹄不道贪西去,争向一声高树蝉。

送别

溪边杨柳色参差,攀折年年赠别离。一片风帆望已极,三湘烟水返何时。多缘去棹将愁远,犹倚危亭一作楼欲下迟。莫殢酒杯闲过日,碧云深处是佳期。

寄远

两叶愁眉愁不开,独含惆怅上层台。碧云空断雁行处,红叶已雕人未来。塞外音书无信息,道傍车马起尘埃。功名待寄凌烟阁,力尽辽城不肯回。

新柳

无力摇风晓色新,细腰争妒看来频。绿阴未覆长堤水,金穗先迎上苑春。几处伤心怀远路,一枝和雨送行尘。东门门外多离别,愁杀朝朝暮暮人。

旅怀作

促促因吟昼短诗,朝惊秋色暮空枝。无情春色不长久,有限年光多盛衰。往事只应随梦里,劳生何处是闲时。眼前扰扰日一日,暗送白头人不知。

雁

万里衔芦别故乡,云飞雨一作水宿向潇湘。数声孤枕堪垂泪,几处高楼欲断肠。度日翩翩斜避影,临风一一直成行。年年辛苦来衡岳,羽翼摧残陇塞霜。

惜春

花开又花落,时节暗中迁。无计延春日,何能驻—作留少年。小丛初散蝶,高柳即闻蝉。繁艳归何处,满山啼杜鹃。

鸳鸯

两两戏沙汀,长疑画不成。锦机争织样,歌曲爱呼名。好育顾栖息,堪怜泛浅清。凫鸥皆尔类,惟羡独含情。

闻雁

带霜南去雁,夜好宿汀沙。惊起向何处,高飞极海涯。入云声渐远,离岳路由—作犹赊。归梦当时断,参差欲到家。

江楼晚望

湖山翠欲结蒙笼,汗漫谁游夕照中。初语燕雏知社日,习飞鹰隼识秋风。波摇珠树千寻拔,山凿金陵万仞空。不欲登楼更怀古,斜阳江上正飞鸿。

全唐诗卷五百二十七

杜牧 补遗

九日

金英繁乱拂阑香,明府辞官酒满缸。还有玉楼轻薄女,笑他寒燕一双双。

寄牛相公

汉水横冲蜀浪分,危楼点的拂孤云。六年仁政讴歌去,柳绕春堤处处闻。

为人题赠二首

我乏青一作凌云称,君无买笑金。虚传南国貌,争奈五陵心。桂席尘瑶珮,琼炉烬水沉。凝魂空一作轻荐梦,低耳悔听琴。月落珠帘卷,春寒锦幕深。谁家楼上笛,何处月明砧?兰径飞蝴蝶,筠笼语翠襟。和簪抛凤髻,将泪入鸳衾。的的新添恨,迢迢绝好音。文园终病渴,休咏白头吟。

绿树莺莺语,平江燕燕飞。枕前闻去雁,楼上送春归。半月缅双脸,凝腰素一围。西墙苔漠漠,南浦梦依依。有恨簪花懒,无聊斗草稀。雕笼长惨淡,兰畹漫芳菲。镜敛青蛾黛,灯挑一作抛皓腕肌。避人匀进泪,拖袖倚残晖。有貌虽桃李,单栖足是非。云楒载驭去,寒夜看裁衣。

怀紫阁山

学他趋世少深机,紫阁青霄半掩扉。山路远怀王子晋,诗家长忆谢玄晖。百年不肯疏荣辱,双鬓终应老是非。人道青山归去好,青山曾有几人归。

题孙逸人山居

长悬青紫与芳枝,尘刹一作尘世无应免别离。马上多于在家日,樽前堪忆少年时。关河客梦还乡远,雨雪山程出店迟。却羡高人终此老,轩车过尽不知谁。

中途寄友人

道傍高木尽依依,落叶惊风处处飞。未到乡关闻早雁,独于客路授寒衣。烟霞旧想长相阻,书剑投人久不归。何日一名随事了,与君同采碧溪薇。

怅诗

牧佐宣城幕,游湖州。刺史崔君张水戏,使州人毕观,令牧闲行阅奇丽,得垂髫者十余岁。后十四年,牧刺湖州,其人已嫁,生子矣。乃怅而为诗。

自是寻春去校迟,不须惆怅怨芳时。狂风落尽深红色,绿叶成荫子满枝。

吴宫词二首

越兵驱绮罗,越女唱吴歌。宫烬花声少,台荒糜迹多。茱萸垂晓露,菡萏落秋波。无遣君王醉,满城嚬翠蛾。

香径绕吴宫,千帆落照中。鹤鸣山苦雨,鱼跃水多风。城带晚莎绿,池连秋蓼红。当年国门外,谁信伍员忠?

金陵

始发碧江口,旷然谐远心。风清舟在鉴,日落水浮金。瓜步逢潮信,台城过雁音。故乡何处是,云外即乔林。

即事

小院无人雨长苔,满庭修竹间疏槐。春愁兀兀成幽梦,又被流莺唤醒来。

七夕

云阶月地一相过,未抵经年别恨多。最恨明朝洗车雨,不教回脚渡天河。

蔷薇花

朵朵精神叶叶柔,雨晴香拂醉人头。石家锦嶂依然在,闲倚狂风夜不收。

句

幽人听达曙,聊罢苏床琴。《海录碎事》。

鱼多知海熟,药少觉山贫。以下《方舆胜览》。

土控吴兼越,州连歙与池。山河地襟带,军镇国藩维。

绿水棹云月,洞庭归路长。春桥垂酒幔,夜栅集茶樯。箬影沉溪暖,蘋花绕郭香。出守吴兴。

经冬野菜青青色,未腊山梅树树花。《优古堂诗话》。

半破前峰月。

全唐诗卷五百二十八

许浑

许浑,字用晦,丹阳人。故相圉师之后,太和六年进士第,为当涂、太平二县令,以病免,起润州司马。大中三年,为监察御史。历虞部员外郎,睦、郢二州刺史。润州有丁卯桥,浑别墅在焉,因以名其集。集二卷。今编诗十一卷。

陪王尚书泛舟莲池

莲塘移画舸,泛泛日华清。水暖鱼频跃,烟秋雁早鸣。舞疑回雪态,歌转遏云声。客散山公醉,风高月满城。

赠裴处士

为儒白发生,乡里早闻名,暖酒雪初下,读书山欲—作未明。字形翻鸟迹,诗调合猿声。门外沧浪水,知君欲濯缨。

对雪

飞舞北风凉,玉人歌玉堂。帘帷增曙色,珠翠发寒光。柳重絮微湿,梅繁花未香。兹辰贺丰岁,箫鼓宴梁王。

王居士

筇杖倚柴关,都城卖卜还。雨中耕白水,云外斸青山。有药身长健,无机性自闲。即应生羽翼,华表在人间。

早秋三首

遥夜泛清瑟,西风生翠萝。残萤委—作栖玉露,早雁拂银—作金河。高树晓还—作犹密,远山晴更多。淮南一叶下,自觉老烟波。

一叶下前墀,淮南人已悲。蹉跎青汉望,迢递白云期。老信相如渴,贫忧曼倩饥。生公与园吏,何处是吾师?

蓟北雁犹远,淮南人已悲。残桃间堕井,新菊亦侵篱。书剑岂相误,琴尊聊自持。西斋风雨夜,更有咏贫诗。

洛—作诸东兰若夜归—作自溪东兰若夜归
一衲老禅床,吾生半异乡。管弦愁里老—作醉,书剑梦中忙。鸟急山初暝,蝉稀树正凉。又归何处去,尘路月苍苍。

送段觉归杜曲闲居
书剑南归去,山扉别几年。苔侵岩下路,果落洞中泉。红叶高斋雨,青萝曲槛烟。宁知远游客,羸马太行前。

寄天乡—作香寺仲仪上人富春孙处士
诗僧与钓翁,千里两情通。云带雁门雪,水连渔浦风。心期荣辱外,名挂是非中。岁晚亦归去,田园清洛东。

寄契盈上人
何处是西林,疏钟复远砧。雁来秋水阔,鸦尽夕阳沉。婚嫁乖前志,功名异夙心。汤师不可问,江上碧云深。

晨起二首
桂树绿层层,风微烟露凝。檐楹衔落月,帏幌映—作耿残灯。蓟簟曙香冷,越瓶秋水澄。心闲即无事,何异住山僧。

残月皓烟露,掩门深竹斋。水虫鸣曲槛,山鸟下空阶。清镜晓看发,素琴秋寄怀。因知北窗客—作卧,日与世情乖。此首—题作山斋秋晚。

晓发鄞江北渡,寄崔韩二先辈—作晓发鄞江寄崔寿韩
南北信多岐,生涯半别离。地穷山尽处,江泛水—作月寒时。露晓—作雾晚兼葭重,霜晴橘柚垂。无劳促回楫—作棹,千里有心期。

盈上人
月沉霜已凝,无梦竟—作对寒灯。寄世何殊客,修身—作心未到僧。二毛梳上雪,双泪枕前冰。借问曹溪路,山多路几层。

广陵道中
城势已坡陀,城边东逝波。绿桑非苑树,青草是宫莎。山暝牛羊少,水寒凫雁多。因高一回首,还咏黍离歌。

宿开元寺楼—作宿开元寺西楼闻歌感赋
谁家歌褭褭,孤枕在西楼。竹色寒清簟,松香染翠帱。月移珠殿晓,风递玉筝秋。日出应移棹,三湘万里愁。

洞灵观冬青
霜霰不凋色,两株交石坛。未秋红实浅,经—作终夏绿阴寒。露重蝉鸣急,风多鸟宿难。何如西禁柳,晴舞玉阑干。

送友人自荆襄归江东 友人新丧偶
商洛转江渍,一杯聊送君。剑愁龙失伴,琴怨鹤离群。楚驿枕秋水,湘帆凌暮云。猿声断肠夜—作处,应向雨中闻。

送同年崔先辈
西风帆势轻,南浦遍离情。菊艳含秋水,荷花递雨声。扣舷滩鸟没,移棹草虫鸣。更忆前年别,槐花满凤城。

山鸡
珍禽暂不扃,飞舞跃前庭。翠网摧金距,雕笼减绣翎。月圆疑望镜,花暖似依屏。何必旧巢去,山山芳草青。

孤雁
昔年双颉颃,池上霭春晖。霄汉力犹怯,稻粱心已违。芦洲寒独宿—作立,榆塞夜孤飞。不及营巢燕,西风相伴—作逐归。

寓怀
南国浣纱伴,盈盈天下姝。盘金明绣带,动—作风珮响罗襦。素手怨瑶瑟,清心悲玉壶。春华坐销落,未忍泣蘼芜—作争忍嫁狂夫。

洛中游眺贻同志
康衢一望通,河洛正天中。楼势排高凤,

桥形架一作挂断虹。远山晴带雪,寒水晚多风。几日还携手,鸟鸣花满宫。

夏日戏题郭别驾东堂

微风起画鸾,金翠暗珊珊。晚树垂朱实,春篁露粉竿。散香蘋簟滑,沉水越瓶寒。犹恐何郎热,冰生白玉盘。

长安旅夜

久客怨长一作良夜,西风吹雁声。云移河汉一作色浅,月泛露华清。掩瑟独凝思,缓歌空寄情。门前有归路,迢递洛阳城。

鸂鶒

池寒柳复凋,独宿夜迢迢。雨顶冠应冷,风毛剑欲飘。故巢迷碧水,旧侣越丹霄。不是无归一作栖处,心高多寂寥。

懿安皇太后挽歌词

陵前春不尽,陵下夜何穷。未信金蚕老,先惊玉燕空。挽移兰殿月,笳引柏城风。自此隋龙驭,桥山翠霭中。

示弟

自尔出门去,泪痕长满衣。家贫为客早,路远得书稀。文字何人赏一作谁人重,烟波几日归。秋风正摇落,孤雁又南飞。

送杨一作汤处士叔一作反初卜居曲江

雁门归去远,垂老脱袈裟。萧寺休为客,曹溪便寄家。绿琪一作筠千岁树一作叶,黄槿四时花。别怨应无限,门前桂水斜。

发灵溪一作虚馆

山多水不穷,一叶似渔翁。鸟浴寒潭雨,猿吟暮岭风。杂英垂锦绣,众籁合丝桐。应有曹一作桃溪路,千岩万壑中。

题杜居士一作赠题杜隐居

松偃石床平,何人识姓名。溪冰寒棹响,岩雪夜窗明。机尽心猿伏,神闲意马行一作停。应知此来客,身世两无情。

神女祠一作圣女庙

停车祀一作祠圣女,凉叶下阴风。龙气石床湿,鸟声一作鸣山庙空。长眉留桂绿,丹脸寄莲一作兰红。莫学阳台畔,朝云暮雨中。

送李定言南游

酒酣轻别恨,酒醒复离忧。远水应移棹,高峰更上楼。簟凉清露夜,琴响碧天秋。重惜芳尊宴,满城无旧游。

早发中岩寺别契直上人

苍苍松桂阴,残月半西岑。素壁寒灯暗,红炉夜火深。厨开山鼠散,钟尽岭猿吟。行役方如此,逢师懒话心。

行次潼关题驿后轩

飞阁极层台,终南一作童此路回。山形朝阙一作岳去,河势抱一作入关来。雁过秋风急,蝉一作鸡鸣宿雾开。平生无限意,驱马任尘埃。

晨至一作起南亭呈裴明府

南斋梦钓竿,晨起月犹残。露重萤依草,风高蝶委兰。池光秋镜澈,山色晓一作曙屏寒。更恋陶彭泽,无心议去官。

灞东题司马郊园一作题张司马灞东郊园

楚翁秦一作秦公寻塞住,昔事李轻车。白社贫思橘,青门老仰一作种瓜。读书三径草,沽酒一篱花。更欲寻芝术,商山便寄家。

游维一作樵山新兴寺,宿石屏村谢叟家

晚过石屏村,村长日渐一作易曛。僧归下岭见,人语隔溪一作江闻。谷响寒耕雪,山明夜烧云。家家扣铜鼓,欲赛鲁将军。村有鲁肃庙。

送从兄归隐蓝溪二首

名高犹一作尚素衣一作气高身不达,穷巷掩荆扉。渐老故人少,久贫豪客稀。塞云横剑望,山月抱琴归。几日蓝溪醉,藤花拂钓矶。一作莫道蓝溪路,青苔满钓矶。

京洛多高盖,怜兄剧断蓬。身随一剑老,家入万山空。夜忆萧关月,行悲易水风。无人知此意,甘卧白云中。

村舍—作送从兄归隐蓝溪第三首

燕雁下秋塘,田家自此忙。移蔬通远水,收果待繁霜。野碓春秔滑,山厨焙茗香。客来还有酒,随事宿茅堂。

思归

叠嶂平芜外,依依识旧邦。气高诗易怨,愁极酒难降。树暗支公院,山寒谢守窗。殷勤楼下水,几日到荆江?

晚泊七里滩

天晚日沈沈,归舟系柳阴。江村平见寺,山郭远闻砧。树密猿声响,波澄雁影深。荣华暂时事,谁识子陵心?

寄题南山—作商洛王隐居—作王隐士居

近逢商洛客,知尔住南塘。草阁平春水,柴门掩夕阳。随蜂收野蜜,寻麝采生香。更忆前年醉,松花满石床。

晨装—作早发洛中次甘水,一作甘泉

带月饭行侣,西游关塞长。晨鸡鸣远戍,宿雁起寒塘。云卷四山雪,风凝千树霜。谁家游侠子—作歌舞散?沉醉卧兰堂。—作停骖一回首,隐隐见嵩阳。

题韦隐居西斋—作题韦处士山居

劚药去还归,家人半掩扉。山风藤子落,溪雨豆花肥。寺远僧来少,桥危客到稀。不闻砧杵动—作响,应解制—作剪荷衣。

送李溟—作暝秀才西行

万里不辞劳,寒装叠缊—作雪袍。停车山店雨,挂席海门涛。鹰势暮偏急,鹤声秋更高。知君北邙路,留剑泣黄蒿。

全唐诗卷五百二十九

许浑

经马镇西宅—作马镇西故第

将军久已没—作没已久,行客自兴哀。功业山长在,繁华水不回。乱藤—作芹侵废井,荒菊上丛—作崩台。借问此中事,几家歌舞来?—作惟见军中卒,朝朝戏马来。

重游郁林寺道玄上人院

藤杖叩松关,春溪—作深副药还。雨晴巢燕急,波暖浴鸥闲。倚槛花临水,回舟月照山。忆归师莫笑,书剑在人闲。

泛溪

疑与武陵通,青溪碧嶂中。水寒深见石,松晚静闻风。遁迹驱鸡吏,冥心失马翁。才应毕婚嫁,还—作从此息微躬。

送楼烦李别驾

琴清诗思劳,更欲学龙韬。王粲暂停笔,吕虔初佩刀。夜吟关月静,秋望塞云高。去去从军乐,雕飞代马豪。

闻两河用兵因贻友人—作将归茅山,兼寄李丛,时两河用兵。

故人日已远,身事与谁论?性拙难趋世,心孤易感恩。秋悲—作晨歌怜宋玉,夜舞笑刘琨。徒有干时策,青山尚掩门。—作从此归山去,无因更出门。

献白尹旣乐天也

醉舞任生涯,褐宽乌帽斜。庾公先在郡,疏傅早还家。林晚鸟争树,园春蜂—作蝶护花。高吟应更逸,嵩洛旧烟霞。

茅山赠梁尊师

云屋何年客,青山白日长。钟花春扫雪,看箓夜焚香。上象壶中阔,平生梦里忙。幸承仙籍后,乞取—作与大还方。

闻薛先辈陪大夫看早梅因寄

涧梅寒正发,莫信笛中吹。素艳雪凝树,清香风满枝。折惊山鸟散,携任野蜂随。今日从公醉,何人倒接䍦。

送前缑氏韦明府南游

酒阑横剑歌,日暮望关河。道直去官早,家贫为客多。山昏函谷雨,木落洞庭波。莫尽远游兴,故园荒薜萝。

看雪

松亚竹珊珊,心知万井欢。山明迷旧径,溪满涨新澜。客醉瑶台曙,兵防玉塞寒。红楼知有酒,谁肯学袁安?

赠僧—作赵嘏诗

心法本无住,流沙归复来。锡随山鸟动,经附海船回。洗足柳遮寺,坐禅花委苔。唯将一童子,又欲上天台。

趋慈和寺移宴

高寺移清宴,渔舟系绿萝。潮平秋水阔,云敛暮山多。广槛停箫鼓,繁弦散绮罗。西楼半床月,莫问夜如何。

留赠偃师主人

孤城漏未残,徒侣拂征鞍。洛北去游—作愁远,淮南归梦阑。晓灯回壁暗,晴雪卷帘寒。强—作更尽主人酒,出门行路难。

送—作前南陵李少府—作送李公自淮楚之南昌

高人亦未闲,来往楚云间。剑在心应壮,书穷鬓已斑。落帆秋水寺,驱马夕阳山。明日南昌尉,空斋又掩关。

别韦处士

南北断蓬飞,别多相见稀。更伤今日酒,未换昔年衣。旧友几人—作多在,故乡何处归?秦原向西路,云晚雪霏霏。

九日登樟亭驿楼

鲈鲙与莼羹,西风片—作挂席轻。潮回孤岛晚—作远,云敛众山晴。丹羽下高阁,黄花垂古城。因秋倍多感,乡树接咸京。

再游越中,伤朱余庆—作庆余协律—作先辈好—本无好字直上人

昔年湖上客,留—作曾访雪山翁。王氏船犹在,萧家寺已空。月高花有露,烟合水无风。处处多遗韵,何曾—作情入剡中。

京口津亭送张崔二侍御—作津亭送张崔侍御府散北归

爱树满西津,津亭堕泪频。素车应度洛,珠履更归秦。水接三湘暮,山通五岭春。伤离与怀旧,明日白头人。

江楼—作头夜别

离别奈情何,江楼凝艳歌。蕙兰秋露重,芦苇夜风多。深怨寄清瑟,远愁生翠蛾。酒酣相顾起,明月棹寒波。

送惟素上人归新安

山空叶复落,一径下新安。风急渡溪晚,雪晴归寺寒。寻云策藤杖,向日倚蒲团。宁忆西游客,劳劳歌路难。

雪—上瀍上宴别

山断水茫茫,洛人—作滨西路长。笙歌留远棹,风雨寄—作醉华堂。红壁耿秋烛,翠帘—作幨凝晓香。谁堪—作何言从此去,云树满陵阳。

下第别友人—本无此二字杨至之

花落水潺潺,十年离旧山。夜愁添白发,春泪减朱颜。孤剑北游塞,远书东出关。逢君话心曲,一醉灞陵间。

寻戴处士

车马长安道,谁知大隐心?蛮僧留古镜,蜀客寄新琴。晒药竹斋暖,捣茶松院—作径深。思君一相访,残雪似山阴。

放猿

　　殷勤解金锁,昨一作别夜雨凄凄。出浅忆巫峡,水寒思建溪。远寻一作好依红树宿,深向一作入白云啼。好觅来时路一作好去长江路,一作便觅南归路,烟萝莫共一作自迷。

将离郊园留示弟侄

　　身贱与心违,秋风生旅衣。久贫辞国远,多病在家稀。山暝客初散,树凉人未归。西都万余里,明旦别柴一作荆扉。

夜归丁卯桥村舍

　　月凉风静夜,归客泊岩前。桥响犬遥吠,庭空人散眠。紫蒲低水槛,红叶半江船。自有远家计,南湖二顷田。

题青山馆即谢公馆

　　昔人诗酒地,芳草思王孙。白水半塘岸,青山横郭门。悬岩碑已折,盘石井犹存。无处继行乐,野花空一尊。

秋日众哲一作白沙馆对竹一作题渚塘馆竹

　　萧萧凌雪霜,浓翠异三湘。疏影月移壁,寒声风满堂。卷帘秋更早,高枕夜偏长。忽忆秦溪一作南游路,万竿今正凉。

春日题韦曲野老村舍二首

　　绕屋遍一作树桑麻,村南第一家。林繁树势直,溪转水纹斜。竹院昼看笋,药栏春卖花。故园归未得,到此是天涯。

　　北一作背岭枕南塘,数家村落长。莺啼幼妇懒,蚕出小姑忙。烟草近沟湿,风花临路香。自怜非楚客,春望亦心伤。

崇圣寺别杨至之

　　萧寺暂相一作时逢,离忧满病容。寒斋秋少燕,阴壁夜多蛩。树暗水千里,山深云万重。怀君在书信,莫过雁回峰。

途经李翰林墓

　　气逸何人识,才高举世疑。祢生狂善一作解赋,陶令醉能一作吟诗。碧水鲈鱼思一作怨,青山鹧鸟悲。至今孤一作不堪遗冢在作上,荆棘楚江湄。

严陵钓台贻行侣

　　故人天下定,垂钓碧岩幽一作归钓独悠悠。旧迹随台古,高名寄水流。鸟喧群木晚,蝉急众山秋。更待新安月,凭君暂驻舟。

南楼春望

　　南楼春一望,云水共昏昏。野店归山路,危桥带郭村。晴烟和草色,夜雨长溪痕。下岸谁家住,残阳半掩门。

送无梦道人先归甘露寺

　　飘飘一作飘随晚浪,杯影入鸥群。岸一作萍冻行船雪,岩阴一寺云。夜灯江北见,寒磬水一作浦西闻。鹤岭烟霞在,归期不羡君。

闲居孟夏即事一作孟夏有怀

　　绿树荫青苔,柴门临一作向水开。簟凉初熟麦,枕腻一作润午经梅。鱼跃海风一作云起,鼍鸣江雨来。佳人竟何处一作佳期今已晚,日夕上楼台。

题灞西骆隐士

　　磻溪连灞水,商岭接秦山。青汉不回驾,白云长一作空掩关。雀喧知鹤静,凫戏识一作觉鸥闲。却笑南昌尉,悠悠城市间。

溪亭二首

　　溪亭四面山,横柳半溪湾。蝉响螳螂急,鱼深翡翠闲。水寒留客醉,月上与僧还。犹恋萧萧竹,西斋未掩关。

　　暖枕眠溪柳,僧斋昨夜期。茶香秋梦后,松韵晚吟时。共戏鱼翻藻,争栖鸟坠枝。重阳应一醉,栽菊助东篱。

秋日赴阙题潼关驿楼一作行次潼关,逢魏扶东归

　　红叶晚萧萧一作南北断蓬飘,长亭酒一瓢。残云归太华,疏雨过一作落中条。树色随山一作

关迥,河声入海—作寒遥。帝乡明日到,犹自梦渔樵。一作劳歌此分手,风急马萧萧。

吴门送客早发

吴歌咽深思,楚客怨归程。寺晓楼台迥—作钟声远,江秋管吹清。早潮低水槛,残月下山城。惆怅回舟日,湘南春草生。

送太昱禅师

禅床深竹里,心与径山期。结社多高客,登坛尽小师。早秋归寺远,新雨上滩迟。别后江云碧,南斋一首诗。

旅怀

征车—作轮何轧轧,南北极天涯。孤枕易为客,远书难到家。乡连云外树,城闭月中花。犹有扁舟思—作兴,前年别若耶。

全唐诗卷五百三十

许浑

南亭与首公宴集—作与群公宴南亭

秋来水上亭,几处似岩肩。戏鸟翻江叶,游龟带绿萍。管纹心戚戚,罗绮鬓星星。行—作此乐非吾事,西斋尚有萤。

早发寿安次永寿—作济渡

东西车马尘,巩洛与咸秦。山月夜行客,水烟朝渡人。树凉风皓皓—作浩浩,滩浅石磷磷。会待功名就,扁舟寄此身。

泊松江渡—作南游泊船江驿

漠漠故宫地,月凉风露—作云水幽。鸡鸣荒戍晓—作暗,雁过古城秋。杨柳北归路,蒹葭南渡舟。去乡今已远,更上望京楼。

送鱼思别处士归有怀—作南亭送张祜

宴罢众宾散—作送,长歌携一卮—作枝。溪亭相送远,山郭独归迟。风槛夕云—作阳散,月—作日轩寒露滋。病来双鬓白,不是旧—作别离时。

重经姑苏怀古二首—作杜牧之诗

越兵驱绮罗,越女唱吴歌。宫尽燕—作花声少,台荒麋迹多。茱萸垂晓—作晚露,菡萏落秋波。无复君王醉,满城颦翠蛾—作娥。

香径绕吴宫,千帆落照中。鹳鸣山欲雨,鱼跃水—作海多风。城带晚莎绿,池连秋蓼红。当年国门外,谁识—作信伍员忠。

将赴京师,留题孙处士山居二首

草堂近西郭,遥对敬—作镜亭开。枕腻海—作江云起,簟凉山雨来。高歌怀地肺,远赋忆天台。应学—作笑相如志,终须驷马回。

西岩有高兴,路僻几人一作有谁知。松荫花开晚一作少,山寒酒熟迟。游从随一作收野鹤,休息遇灵龟。长见邻翁说,容华似旧时。

下第寓居崇圣寺感事
　　怀土一作玉泣京华,旧山归路赊。静依禅客院,幽学野人家。林晚鸟一作鸦争树,园春蝶护花。东门有闲地,谁种邵平瓜。

晓一作晚发天井关寄李师晦
　　山在水滔滔,流年欲一作惜二毛。湘潭归梦远,燕赵客程劳。露晓红兰重,云晴碧树高。逢秋正多感,万里别同袍。

喜远书
　　端居换时节,离恨隔龙泷。苔色上春阁,柳阴移晚窗。寄怀因桂水,流泪极枫江。此日南来使,金盘鱼一作鲤一双。

怀江南同志一作送客
　　南国别一作去经年,云晴波接天。蒲深鸂鶒戏,花暖鹧鸪眠。竹暗湘妃庙,枫阴楚客船。唯应洞庭月,万里共婵一作娟娟。

洛中秋日
　　故国无归处,官闲忆远游。吴僧秣陵寺,楚客洞庭舟。久病先知雨,长贫早觉秋。壮心能几许,伊水更东流。

将赴京师,蒜山津送客还荆渚一作将赴京师,津亭别萧处士
　　尊前万里愁,楚塞与皇州。云识潇湘雨,风知鄠杜秋。潮平犹一作仍倚棹,月上更登楼。他日沧浪水,渔歌对白头一作鸥。

潼关兰若
　　来往几经过,前轩一作山枕大河。远帆春水阔,高寺夕阳多。蝶影下红叶,鸟声喧绿萝。故山归未得,徒咏采芝一作蘼歌。

玩残雪寄江一作河南尹刘大夫
　　艳阳无处避,皎洁不成容。素质添瑶水,清光散玉峰。眠鸥犹恋草,栖鹤未离松。闻在金銮望一作赏,群仙对九重。

陪越中使院诸公,镜波馆饯明台裴郑二使君
　　倾慕来华馆,淹留二使君。舞移清夜月,歌断碧空云。海郡楼台接,江船剑戟分。明时自骞骞,无复叹离群。

春泊弋阳
　　江行春欲半,孤枕弋阳堤。云暗犹飘雪,潮寒未应溪。饮猿闻棹散,飞鸟背船低。此路成幽绝,家山巩洛西。

晨别翛然上人
　　吴僧诵经罢,败衲倚蒲团。钟韵花犹敛,楼阴月向一作尚残。晴山开殿响,秋水卷帘寒。独恨孤舟去,千滩一作出复万滩。

送客江行
　　萧萧芦荻花,郢客独辞家。远棹依山响,危樯转浦斜。水寒澄浅石,潮落涨虚沙。莫与征徒望,乡园去渐赊。

将归涂口,宿郁林寺道玄上人院二首
　　西岩一磬长,僧起树苍苍。开殿洒寒水,诵经焚晚一作晓香。竹风云渐散,杉露月犹光。无复重来此,归舟凌夕阳。

　　春寻采药翁,归路宿禅宫。云起客眠处,月残僧定中。藤花深洞水,槲一作松叶满山风。清境不能住,朝朝惭远公。

题宣州元处士幽居
　　潺湲绕门水,未省濯缨尘。鸟散千岩曙,蜂来一径春。杉松还待客,芝术不求人。宁学磻溪叟,逢时罢隐沦一作纶。

送李秀才
　　南楼送郢客,西郭见荆门。凫鹜下寒渚,牛羊归远村。兰舟倚行棹,桂酒掩馀尊。重此一留宿,前村烟水昏。

题—作经倪处士旧居

儒翁九十余，旧向此山—作村，—作中居。生寄一壶酒，死留千卷书。槛—作栏摧新竹少，池浅故莲疏。但有子—作小孙在，带经还荷—作自锄。

赠梁将军

曾经黑山房，一剑出重围。年长穷书意，时清隐钓矶—作战机。高斋—作僧云外住，瘦马月中归。唯说乡心苦，春风雁北飞。

春望思旧游

适意—作何处极春日，南台披薜萝。花光晴漾漾，山色昼峨峨。湘水—作渚美人远，信—作汉陵豪客多。唯凭一瓢酒，弹瑟纵高歌。

病中二首

三年婴酒渴，高卧似袁安。秋色鬓应改，夜凉心已宽。风衣藤簟滑，露井竹床寒。卧忆郊扉月，恩深未挂冠。

私—作欲归人暂适—作静，扶杖绕西林。风急柳溪响，露寒莎径深。一身仍白发，万虑只丹心。此意无言处，高窗托素琴。

姑熟官舍寄汝洛友人

官静亦无能，平生少面朋。务开—作闲唯印吏，公退只棋僧。药鼎初寒火，书—作香龛欲夜灯。安知北溟水，终日送抟鹏。

恩德寺

楼台横复重，犹有—作在半岩空。萝洞浅深水，竹廊高下风。晴山疏雨后—作外，秋树—作磬断云中。未尽—作竟平生意，孤帆又向东。

天竺寺题葛洪井

羽客炼丹井，井留—作存人已无。旧泉青石下，余—作移甃碧山隅。云朗镜开匣，月寒冰在壶。仍闻酿仙—作春酒，此水—作味过琼酥。

朗上人院晨坐

簟凉襟袖清，月没尚残星。山果落秋院，水花开晓庭。疏藤风袅袅，圆桂露冥冥。正忆江南寺，岩斋闻诵经。

送客归湘—作荆楚

无辞一杯—作尊酒，昔日—作平昔与君深。秋色换归鬓，曙光生别心。桂花山庙冷，枫树水楼—作亭阴。此路千余里，应劳楚客吟。

过故友旧居

往年公子宅，夜宴乐难忘。高竹动疏翠，早莲—作荷飘暗香。珠盘—作门人凝宝瑟，绮席—作坐客递华觞。今日皆何处，闭门春草长—作荒。

送客归峡中—作将赴京师，津亭别萧处士。

津亭多别离，杨柳半无—作枯枝。住接猿啼处，行逢雁过时。江风飐帆急—作江帆望风急，山月下楼迟。还就西斋宿—作寝，烟波劳梦—作所思。—作此夕归城郭，不眠人讵知。

题冲—作重沼上人院

厮—作研石种松—作杉子，数根—作株侵杳冥。天寒犹讲律，雨暗尚—作亦寻经。小殿灯千盏，深炉水一瓶。碧云多别思，休到望溪—作江，一作名亭。

和毕员外雪中见寄

仙署淹—作掩清景，雪华松桂阴。夜凌瑶席宴，春寄玉京吟。烛晃垂罗幌，香寒重绣衾。相思不相访，烟月剡溪深。

春醉

酒榼花一树，何暇卓文君。客坐长先饮，公闲半已曛。水乡春足雨，山郭夜多云。何以参禅理，荣枯尽不闻。

题岫上人院

病客与僧闲，频来不掩关。高窗云外树，疏磬雨中山。离索秋虫响，登临夕鸟还。心知落帆处，明月剡河湾。

送客南归有怀

绿水暖青蘋,湘潭万里春。瓦尊迎海客,铜鼓赛江神。僻雨松—作归枫岸,看云杨—作漾柳津。长安一杯酒,座上有归人。

李生弃官入道因寄

西岩一径通—作千岩路不穷,知学—作访采芝翁。寒暑丹心外,光阴白发中。水深鱼避钓,云迥鹤辞笼。坐想还家日,人非井邑空。

长兴里夏日南邻避暑

侯门—作家大道傍,蝉噪树苍苍。开锁洞门远,下帘宾—作高馆凉。栏围红药盛,架引绿萝长。永日一欹枕,故山云水—作外乡。

送韩校书

恨与前欢隔,愁因此会同。迹高芸阁吏,名散雪楼翁。城闭三秋雨,帆飞一夜风。酒醒鲈鲙美,应在竟陵东。

秋晚登城

城高不可下,永日一登临。曲槛凉飙急,空楼返照深。苇花迷夕棹,梧叶散秋砧。漫作归田赋,蹉跎岁欲阴。

江西郑常侍赴镇之日有寄,因酬和

来暮亦何愁,金貂在鹢舟。旆随寒浪动,帆带夕阳收。布令滕王阁,裁诗郢客楼。即应归凤沼,中外赞天休。

蒙河南刘大夫见示与吏部张公喜雪酬唱,辄敢攀和

风度龙山暗,云凝象阙阴。瑞花琼树合,仙草玉苗深。欲醉梁王酒,先调楚客琴。即应携手去,将此助商霖。

下第送宋秀才游岐下、杨秀才还江东

年来不自得,一望几伤心。风转蕙兰色,月移松桂阴。马随—作嘶边草远,帆落海云深。明旦各分首—作从此无乡别,更听梁甫吟。

南亭偶题

城下水萦回,潮冲野艇来。鸟惊山果落,龟泛绿萍开。白首书千卷,朱颜酒一杯。南轩自流涕,不是望燕台。

与裴三十一本无此二字秀才自越西归望亭—本无此二字阻冻,登虎丘山寺精舍—本无此二字

春草越吴间,心期旦夕还。酒乡逢客病,诗境遇僧闲。倚棹冰生浦,登楼雪满山。东风不可待,归鬓坐—作已斑斑。

全唐诗卷五百三十一

许浑

太和初靖恭里感事 咏宋相申锡也。申锡为王守澄所构,谪死开州,文宗太和五年事。

清湘吊屈原,垂泪撷蘋蘩。谤起乘轩鹤,机沉在槛猿。乾坤三事贵,华夏一夫冤。宁有唐虞世,心知不为言。

与侯春时同年南池夜话

芦苇暮修修,溪禽上钓舟。露凉花敛夕,风静竹含秋。素志应难契,清言岂易求。相欢一瓢酒,明日醉西楼。

广陵送剡县薛明府赴任

车马楚城壕,清歌送浊醪。露花羞别泪,烟草让归袍。鸟浴春塘暖,猿吟暮岭高。寻仙在仙骨,不用废—作发牛刀。

游果昼二僧院

何必老林泉,冥心便是禅。讲时开院去,斋后下帘眠。镜朗灯分焰,香销印绝烟。真乘不可到,云尽月明天。

题官舍

燕雁水乡飞,京华信自稀。簟瓢贫守道,书剑病忘机。叠鼓吏初散,繁—作疏钟鸟独归。高梧与疏—作烟柳,风雨似郊扉。

酬报先上人登楼见寄 上人自峡下来

丹叶下西楼,知君万里愁。钟非黔峡寺,帆是敬亭舟。山色和云暮,湖光共月秋。天台多道侣,何惜更南游。

晓过郁林寺戏呈李明府

身闲白日长,何处不寻芳。山崦登楼寺,溪湾泊晚樯—作航。洞花蜂聚蜜,岩柏麝留香。若指求仙路,刘郎学阮郎。

泛舟寻郁林寺道玄上人遇雨而返因寄

禅扉倚石梯,云湿雨凄凄。草色分松径,泉声咽—作溢稻畦。棹移滩鸟没,钟断岭猿啼。入夜花如雪,回舟忆剡溪。

郁林寺

台殿冠嵯峨,春来日日过。水分诸院少,云近上方多。众籁凝丝竹,繁英耀绮罗。酒酣诗自逸,乘月棹寒波。

题崇圣寺,故行宫也。

西林本行殿,池树日坡陁。雨过水初涨,云开山渐多。晓街垂御柳,秋院闭宫莎。借问龙归处,鼎湖空碧波。

赠高处士

宅前云水满,高兴一书生。垂钓有深意,望山多远情。夜棋留客宿,春酒劝僧倾。未作干时计,何人问姓名。

送僧归金山寺

老归江上寺,不忘旧师恩。驻锡逢山色,停杯—作桡见浪痕。秋涛吞楚驿,晓月上荆门。为访题诗处,莓苔几字存。

金谷桃花

花在舞楼空,年年依旧红。泪光停晓露,愁态倚春风。开处妾先死,落时君亦终。东流两三片,应在—作到夜泉中。

忆长洲

香径小船通,菱歌绕故宫。鱼沉秋水静,鸟宿暮山空。荷叶桥边雨,芦花海上风。归心无处托,高枕画屏中。

寄殷尧藩—作再寄殷尧藩秀才

直道知难用,经年向水滨。宅从栽竹贵,家为买书贫。就学多新—作名客,登朝尽故人。蓬莱自有路,莫羡武陵春。

题邹处士隐居—作题裴处士园林

桑柘满江村,西斋接—作对海门。浪冲高岸响,潮入小池浑。岩树阴—作荫棋局,山花落酒樽。相逢亦—作欢更留宿,还似识王孙。

送僧归敬亭山寺

十年剑中路,传尽本师经。晓月下黔峡,秋风归敬亭。开门新树绿,登阁旧山青。遥想论禅处,松阴水一瓶。

新卜原上居寄袁校书

贫居—作新岁乐游此—作北,江海思迢迢。雪夜书千卷,花时酒一瓢。独愁—作吟秦树老,孤梦楚山遥。有路应相念,风尘满黑貂。

天街晓望

明星低未央,莲阙迥苍苍。叠鼓催残月,疏钟迎早霜。关防浮瑞气,宫馆耀神光。再拜为君寿,南山高且长。

江上喜洛中亲友继至

战马昔纷纷—作两河滨,风惊嵩少尘。全家南渡远,旧友北来频。罢酒松筠晚,赋诗杨柳—作兰杜春。谁—作何言—作怜今夜月,同是洛阳人。

下第归朱方寄刘三复

素衣京洛尘,归棹过南津。故里迹犹在,旧交心更亲。月高萧寺夜,风暖庾楼春。诗酒应无暇,朝朝问旅人。

送人—作客归吴兴

绿水棹云月,洞庭归路长。春桥悬酒幔—作旆,夜栅集茶樯。箬叶—作岩影,—作树影沉溪暖,蘋花绕郭香。应逢柳太守,为说过潇湘。

月夜期友人不至

坐待故人宿,月华清兴—作欲秋。管弦谁处醉—作宿,池馆此时愁。风过渚荷—作蒲动,露含山桂幽。孤吟不可—作觉曙,昨夜共登楼。

白马寺不出院僧

禅空心—作心空已寂,世路任多歧。到院客长见,闭关人不知。寺喧听讲绝,厨远送斋迟。

墙外洛阳道,东西无尽时。

寄袁校书—作袁都校书

扰扰换时节,旧山琪树阴。犹乖清汉志,空—作方负白云心。广陌埃尘远,重门管吹深。劳歌极西望,芸省有知音。

赠柳璟冯陶二校书

霄汉两飞鸣,喧喧动—作满禁城。桂堂同日盛,芸阁间—和隔年荣。香掩蕙兰气,韵高鸾鹤声。应怜茂陵客,未有子虚名。

王秀才自越见寻—作访不遇,题诗而回,因以酬寄

南斋知数宿,半为木兰开。晴阁留诗遍,春帆载酒回。烟深扬子宅,云断越王台。自有孤舟兴,何妨更一来。

秋霁潼关驿亭

霁色明高巘,关河独望遥。残云归太华,疏雨过中条。鸟散绿萝静,蝉鸣—作稀红树凋。何言此时节,去去任蓬飘。

送客归兰溪

花下送归客—作君处,路长应过秋。暮随江鸟宿,寒共岭猿愁。众水喧严濑,群峰抱沉楼。因君几南望,曾向此中游。

贻终南山隐者

中岩多少隐,提榼抱琴游。潭冷薜萝晚,山香松桂秋。瓢闲高树挂,杯急曲池流。独有迷津客,东西南北愁。

送李文明下第鄜州觐兄

征夫天一涯,醉赠别吾—作君诗。雁迥参差远,龙多次第迟。宁歌还夜苦,宋赋更秋悲。的的遥相待,清风白露时。

送段觉归东阳兼寄窦使君

山水引归路,陆郎从此谙。秋茶垂露细,寒菊带霜甘。台倚乌龙岭,楼侵白雁潭。沈公如借问,心在—作断浙河南。乌龙岭、白雁潭在严州,沈约曾守婺,以比窦使君也。

韶州送窦司直北归—作出岭

江曲山如画,贪程亦驻舟。果随岩狖落,槎带水禽流。客散他乡夜,人归故国秋。樽前挂帆去,风雨下—作在西楼。

伤冯秀才

旅葬不可问,茫茫西陇头。水云—作烟青草湿,山月白杨愁。琴信有时罢,剑伤无处留。淮南旧烟月,孤棹更—作又逢秋。—作淮南今夜月,孤棹倚西楼。

送郑寂上人南行

儒家有释子,年少学支公。心出是非外,迹辞荣辱中。锡寒秦岭月,杯急楚江风。离—作唯怨故园思,小秋梨叶红。

赠王处士

归卧养天真,鹿裘乌角巾。茂陵闲久病,彭泽醉长贫。冠盖西园夜,笙歌北里—作巷春。谁怜清渭曲—作上,又老钓鱼人。

送友人归荆楚

调瑟劝离酒,苦谙荆楚门。竹斑悲帝女,草绿怨王孙。潮落九疑迥,雨连三峡昏。同来不同去,迢递更伤魂。

重伤—作哭杨攀处士二首攀自号绿云翁

绿云多学术—作古,黄发竟无成。酒纵山中性,诗留海—作世上名。读书新树老,垂钓旧矶平。今日悲前事,西风闻哭—作哭一声。

从官任直道,几处脱长裾。殁后儿犹小,葬来人渐疏。新邻—作邻家,—作邻翁占池馆,长史—作吏,—作门吏觅图书。身贱难相报,平生恨有余。—作无复前秋事,空斋赋子虚。

送友人罢举归东海

沧波天堑外,何岛是新罗。舶主辞番远,棋僧入汉多。海风吹白鹤,沙日晒红螺。此去

知投笔,须求利剑磨。

西园―作姚合诗

西园春欲―作已尽,芳草径难分。静语唯幽鸟,闲眠独使君。密林生雨气,古石带苔―作潮文。虽去清朝―作秋远,朝朝见白云。

苦雨

江昏山―作山昏天半晴,南阻―作陌绝人行。葭菼连云色,杉松共雨声。早秋仍燕舞,深夜更鼍鸣。为报迷津客,讹言未可轻。

游茅山

步步入山门,仙家鸟径分。渔樵不到处,麋鹿自成群。石面迸出水,松头穿破云。道人星月下,相次礼茅君。

洛阳道中

洛阳多旧迹,一日几堪愁。风起林花晚,月明陵―作宫树秋。兴亡不可问,自古水东流。

全唐诗卷五百三十二

许浑

江上燕别 一作赵嘏诗，题作汾上宴别。

云物如故乡，山川异岐路。年来一作年未归客，马上春欲暮。一樽花下酒，残日水西树。不待管弦终，摇鞭背花去。

卜居招书侣

忆昨一作意壮未知道，临川每羡鱼。世途行处见，人事病来疏。微雨秋栽竹，孤灯夜读书。怜君亦同志，晚岁傍山居。

西山草堂

何处少人事，西山旧草堂。晒书秋日晚，洗药石泉香。后岭有一作后岭看朝雨，北窗生夜凉。从劳问归路，峰叠绕家乡。

赠隐者

回报隐居一作名士，莫愁山兴阑。求人颜色尽，知道性情宽。信谱弹琴误，缘一作沿崖劚药难。东皋亦自给，殊愧远相安。

舟次武陵寄天竺僧无昼

溪长山几重，十里万株松。秋日下丹槛，暮云归碧峰。树栖新放鹤，潭隐旧降龙。还在孤舟宿，卧闻初夜钟。

寄小弟

江城红叶尽，旅思复凄伤。孤梦家山远，独眠秋夜长。道存空倚命，身贱未归乡。南望空垂泪，天边雁一行。

秋日

有计自安业，秋风罢苦吟。买山兼种竹，对客更弹琴。烟起药园晚，杵声松院深。闲眠得真性，惆怅旧时心。

石池

通竹引泉脉，泓澄潋石盆。惊鱼翻藻叶，浴鸟上松根。残月留一作斜日回山影，高风耗水痕。谁家秋洗药,来往自开一作关门。

留题李侍御书斋

昔话平生志,高斋曾见留。道孤心易感,恩重力难酬。独立千峰晓,频来一叶秋。鸡鸣应有处,不觉泪空一作湿流。

行次白沙馆,先寄上河南王侍御

夜程何处宿,山叠树层层。孤馆闭秋雨,空堂停曙灯。歌惭渔浦客,诗学雁门僧。此意一作去无人识,明朝见李膺。侍御尝任河南少尹。

紫藤

绿萝萦数匝,本在草堂间。秋色寄高树,昼阴笼远一作旧山。移花疏处种,劚药困时攀。日暮微风起,难寻旧径一作路还。

暝投灵智寺渡溪不得,却取沿江路往

双岩泻一川,回马断桥前。古庙阴风地,寒钟暮雨天。沙虚留虎迹,水滑带龙涎。却下临江路,潮深无渡船。

下第归蒲城墅居

失意归三径,伤春别九门。薄烟杨柳路,微雨杏花村。牧竖还呼犊,邻翁亦抱孙。不知余正苦,迎马问寒温。

重赋鹭鸶

何年去此地一作如何长在楚,南浦满凫雏。云汉知心远,林塘觉思孤。低飞下晚树,独睡一作宿映新蒲。为尔多归兴,前年在一作别五湖。

途中寒食

处处哭声悲,行人马亦迟。店闲无火日,村暖斫桑时。泣路同杨子,烧山忆介推。清明明日是,甘负故园期。

深春

故里千帆一作山外,深春一雁飞。干名频恸哭一作谋身堪自哭,将老欲何归。未一作米谷抛还忆,交亲晚更一作见稀。空持一作余望乡泪,沾洒寄来衣。

岁首怀甘露寺自省上人 上人尝有战功

心悟觉身劳,云中弃宝刀。久闲生胜肉,多寿长眉毫。客棹春潮急,禅斋暮雪一作雨高。南濡一回首,山碧水滔滔。

寻周炼师不遇留赠

闭门池馆静,云访紫芝翁。零落槿花雨,参差荷叶风。夜棋全局在,春酒半壶空。长啸倚西阁,悠悠名利中。

题灞西骆隐居

志凌三蜀客,心爱五湖人。挤死酒中老,谋生书外贫。扫花眠石榻,捣药转溪轮。往往乘黄犊,鹿裘乌角巾。

旅夜怀远客

异乡多远情,梦断落江城。病起惭书癖,贫家负酒名。过春花自落,竟晓月空明。独此一长啸,故人天际行。

秋夜棹舟访李隐君

望月忆披襟,长溪柳半阴。高斋初酿酒,孤棹远携琴。犬吠秋山迥,鸡鸣晓树深。开门更敧枕,谁识野人心。

卧病寄诸公

飞盖集兰堂,清歌递柏觞。高城榆柳荫,虚阁芰荷香。海月秋偏静,山风夜更凉。自怜书万卷,扶病对萤光。

寓崇圣寺怀李校书

几日卧南亭,卷帘秋月清。河关初罢梦,池阁更含情。寒露润金井,高风飘玉筝。前年共游客,刀笔事戎旌。

秋日行次关西

金风荡天地,关西群木凋。早霜鸡喔喔,残月马萧萧。紫陌秦山近,青枫楚树遥。还同长卿志,题字满河桥。

山居冬夜喜魏扶见访因赠

霜风露叶下,远思独裴回。夜久草堂静,

月明山客来。遣贫相劝酒,忆字共书灰。何事清平世,干名待有媒。

喜李诩秀才见访因赠
浙南分首日,谁谓别经时。路远遥相访,家贫喜见知。不须辞小酌,更请续新诗。但得心中剑,酬恩会有期。

晚投慈恩寺呈俊上人
双岩泻一川,十里绝人烟。古庙阴风地,寒钟暮雨天。沙虚留虎迹,水滑带龙涎。不及曹溪侣,空林已夜禅。

行次虎头岩酬寄路中丞
樟亭去已远,来上虎头岩。滩急水移棹,山回风满帆。石梯迎雨滑,沙井落潮咸。何以慰行旅,如公书一缄。

送荔浦蒋明府赴任
路长春欲尽,歌怨酒初酣。白社莲宫北,青袍桂水南。驿行盘鸟道,船宿避龙潭。真得诗人趣,烟霞处处谙。

怀政禅师院
山斋路几层,败衲学真乘。寒暑移双树,光阴尽一灯。风飘高竹雪,泉涨小池冰。莫讶频来此,修身欲到僧。

秋夕有怀
念远坐西阁,华池涵月凉。书回秋欲尽,酒醒夜初长。露白莲衣浅,风清蕙带香。前年此佳景,兰棹醉横塘。

秋霁寄远
初霁独登赏,西楼多远风。横烟秋水上,疏雨夕阳中。高树下山鸟,平芜飞草虫。唯应待明月,千里与君同。

闻范秀才自蜀游江湖
蜀道下湘渚,客帆应不迷。江分三峡响,山并九华齐。秋泊雁初宿,夜吟猿乍啼。归时慎行李,莫到石城西。

惜春
花开又花落,时节暗中迁。无计延春日,可能留少年。小丛初散蝶,高柳即闻蝉。繁艳归何处,满山啼杜鹃。

题愁
聚散竟无形,回肠百结成。古今销不得,离别觉潜生。降虏将军思,穷秋远客情。何人更憔悴,落第泣秦京。

鸳鸯 第五句缺一字
两两戏沙汀,长疑画不成。锦机争织样,歌曲爱呼名。好□顾栖息,堪怜泛浅情。凫鸥皆尔类,唯羡独含情。

闻雁
带霜南去雁,夜好宿汀沙。惊起向何处,高飞极海涯。入云声渐远,离岳路犹赊。归梦当时断,参差欲到家。

不寐
到晓不成梦,思量堪白头。多无百年命,长有万般愁。世事应难尽,营生卒未休。莫言名与利,名利是身仇。

宿东横山 一作东横小濑
孤舟路渐赊,时见碧桃花。溪雨滩声急,岩风树势斜。猕猴垂弱蔓,鸂鶒睡横槎。谩向仙林宿,无人识阮家。

早行
先枕惊先起,人家半梦中。闻鸡凭早晏,占斗认西东。辔湿知行露,衣单觉晓风。秋阳弄光影,忽吐半林红。

陪郑史君泛舟晚归
南郭望归处,郡楼高卷帘。平桥低皂盖,曲岸转彤襜。江晚笙歌促,山晴鼓角严。羊公莫先醉,清晓月纤纤。

酬殷尧藩
相如愧许询,寥落向溪滨。竹马儿犹小,

荆钗妇惯贫。独愁忧过日,多病不如人。莫怪青袍选,长安隐旧春。

赠迁客

无机还得罪,直道不伤情。微雨昏山色,疏笼闭鹤声。闲居多野客,高枕见江城。门外长溪水,怜君又濯缨。

征西旧卒

少年乘勇气,百战过乌孙。力尽边城难,功加上将恩。晓风听戍角,残月倚营门。自说轻生处,金疮有旧痕。

南陵留别段氏兄弟

不知身老大,犹似旧时狂。为酒游山县,留诗遍草堂。归期秋未尽,离恨日偏长。更羡君兄弟,参差雁一行。

旅中别侄昉

相见又南北,中宵泪满襟。旅游知世薄,贫别觉情深。歌管一尊酒,山川万里心。此身多在路,休诵异乡吟。

松江渡送人一作松江怀古

故国今何在,扁舟竟不归。云移山漠漠,江阔树依依。晚色千帆落,秋声一雁飞。此时兼送客,凭槛欲沾衣。

过鲍溶宅有感

寥落故人宅,重来身已亡。古苔残墨沼,深竹旧书堂。秋色馆池静,雨声云木凉。无因展交道,日暮倍心伤。

全唐诗卷五百三十三

许浑

金陵怀古

玉树歌残—作愁,一作翻王气终,景阳兵合戍—作画楼空—作景阳钟动曙楼空。松楸—作楸梧远近千官冢,禾黍高低六代宫。石燕拂云晴亦雨,江豚吹浪夜还风。英雄一去豪华尽,唯有青山似洛中。

姑苏怀古

宫馆余基辍棹过,黍苗无限独悲歌。荒台麋鹿争新草,空苑凫鹥占浅莎。吴岫—作江上雨来虚槛冷,楚江—作海边风急—作起远帆多。可怜国破忠臣死,日日东流生白波。

凌歊台 台在当涂县北,宋高祖所筑。

宋祖凌—作功高—作歊—作高台乐未回,三千歌舞宿层台。湘潭云尽暮山出,巴蜀雪消春水来。行殿有基荒茅合,寝园无主野棠开。百年便—作应作万年计,岩畔—作上古—作石碑空绿苔。

骊山 一作途经骊山,一作望华清宫感事。

闻说先皇醉碧桃,日华浮动—作艳郁金袍。风随玉辇笙歌迥,云卷珠帘剑佩高。凤驾北归山寂寂,龙旃—作兴西幸水滔滔。贵妃—作城眉没后巡游少,瓦落宫墙见野蒿。

咸阳城东楼 一作咸阳西楼晚眺,一作西门。

一上高城万里愁,兼葭杨柳似汀洲。溪云初起日沈阁, 南近磻溪,西对慈福寺阁。山雨欲来风满楼。鸟下绿芜秦苑夕,蝉鸣黄叶汉宫秋。行人莫问当年—作前朝事,故国东来渭水流。一作渭水寒声昼夜流,声一作光。

京口闲居寄京洛友人 一作两都亲友

吴门烟月昔同游,枫叶芦花并客舟。聚散有期云北去,浮沈无计水东流。一尊酒尽青山暮,千里书回碧树秋。何处相思不相见,凤城龙—作宫阙楚江头—作楼。

冬日登越王台怀归

月沉高岫宿云开,万里归心独上来。河畔雪飞扬子宅,海边花盛越王台。泷分桂岭鱼难过,瘴近衡峰雁却回。乡信渐稀人渐老,只应频看—作醉——作北枝梅。

对雪

云度龙山暗倚—作绮城,先—作光飞淅沥引轻盈。素娥冉冉拜瑶阙,皓鹤纷纷朝玉京。阴岭有风梅艳散,寒林无月桂华生。剡溪一醉十年事,忽忆棹回天未明。

送萧处士归缑岭—作氏别业

醉斜乌帽发如丝,曾看仙人一局棋。宾馆有鱼为客久,乡书无雁到家迟。缑山住近吹笙庙,湘水行逢鼓瑟祠。今夜月明何处宿,九疑雪尽碧—作绿参差。

与郑—作韩郑二秀才同舟东下—作至洛中,亲朋—作友送至景云寺

三十六峰横—作同一川,绿波无路草芊芊。牛羊晚食铺平地,雕鹗—作鹅鸭晴飞摩远天。洛客尽回临水寺,楚人皆逐下江船。东西未有相逢日,更把—作藉繁华共醉眠。

长安岁暮

独望天门倚剑歌,干时无计老关河。一作每望青云忆薜萝,长安九陌独悲歌。东归万里惭张翰,西上四年羞卞和。花暗楚城春醉少,月凉秦塞夜愁多。三山岁岁有人去,唯恐海风生白波。一作蓬瀛有路未知处,涨海悠悠空碧波。

赠茅山高拾遗

谏猎归来绮季歌,大茅峰影满—作入秋波。山斋留客扫红叶,野艇送僧披绿莎。长覆旧图棋势尽,遍添新品药名多。云中黄鹄日千里,自宿自飞无网罗。

李秀才近自涂口迁居新安,适枉缄书,见宽悲戚,因以此答

远书开罢更依依,晨坐高台竟落晖。颜苍雪深人已去,庾楼花盛客初归。东堂望绝迁莺起,南国哀余候雁飞。今日劳君犹问讯,一官唯长故山薇。

赠萧兵曹先辈

广陵堤上昔—作欲离居,帆转潇湘—作湘南万里余。楚客—作泽病时无鹡鸰,越乡—作江归处—作去有鲈鱼。潮生水郭—作国蒹葭响,雨过山城—作村橘柚疏。闻说—作道携琴兼—作还载酒,邑人争识—作临邛休美马相如。

题舒女庙

山乐来迎去不言,庙前高柳水禽喧。绮罗无色雨侵帐,珠翠有声风绕幡。妆镜尚疑山月满,寝屏犹认野花繁。孤舟梦断行云散,何限离心寄晓猿。

姑孰官舍

草生官舍似闲居,雪照南窗满素书。贫后始知为吏拙,病来还喜识人疏。青云岂有窥梁燕,浊水应无避钓鱼。不待秋风便归去,紫阳山下是吾庐。

凌歊台送韦—作韩秀才

云起高—作层台日未沉,数村残照半岩—作萝阴。野蚕成茧桑柘尽,溪鸟引雏蒲稗深。帆势依依投极浦,钟声沓沓隔前林。故山迢递故人去,一夜月明千里心。

送岭南卢判官罢职归华阴山居—作别墅

曾事刘琨雁塞空,十年书剑任—作似飘蓬。东堂旧屈—作有移山志,南国新留煮海功。还挂一帆青海—作草上—作畔,更开三径碧莲中。关西旧—作亲友如—作应相问,已许沧浪伴钓翁。

将度故—作固城湖阻风夜泊永—作水阳戍

行尽青—作清溪日已蹉,云容山影水嵯峨。楼前归客怨—作愁清梦,楼上美人凝夜歌。独

树高高风势急,平湖渺渺月明多。终期一艇载樵去,来往使帆凌白波。

郑侍御厅玩鹤

碧天飞舞下晴莎,金阁瑶池绝网罗。岩响数声风满树,岸移孤影雪凌波。猴山去远云霄迥,辽海归迟岁月多。双翅一作欲开千万里,只应栖隐一作稳恋乔柯。

南亭一作庭夜坐,贻开元禅定二道者

暮暮焚香何处宿,西岩一室映疏藤。光阴难驻迹如客,寒暑不惊心似一作是僧。高树有风闻夜磬,远山无月见秋灯。身闲境静日为乐,若问其余非我能。

朱坡故少保杜公池亭

杜陵池榭绮一作倚城东,孤岛回汀路不穷。高岫乍疑三峡近,远波初似五湖通。楸梧叶暗潇潇雨,菱荇花香淡淡风。还有昔时巢燕在,飞来飞去画堂中一作空。

秋日早朝一作秋日候扇

宵衣应待绝更筹,环佩锵锵一作环珊月下楼。井转辘轳千树晓,锁开闾阖万山秋。龙旗一作典,一作鸬尽列一作引趋金殿,雉扇才分见一作拜玉旒。唐《百官志》:尚辇局,大朝会祭祀,皆扇一百五十六,既事而藏之。常朝则去扇,左右留者止三扇耳。虚戴铁冠无一事,沧江归去老渔一作老钓鱼舟。

沧浪峡

缨带流尘发半霜,独寻残月下沧浪。一声溪鸟暗云散,万片野花流水香。昔日未知方外乐,暮年初信梦中忙。红虾青鲫紫芹脆,归去不辞来路长。

故洛城一作登故洛阳城

禾黍一作秦稷离离半野蒿,昔人城此岂知劳。水声东去一作注市朝变,山势北来宫殿高。鸦噪暮云归古堞,雁迷寒雨下空壕。可怜缑岭登仙子,犹一作独自吹笙醉碧桃。

闻释子栖玄欲奉道因寄

欲求真诀恋禅扃,羽帔方袍尽有情。仙骨本微灵鹤远,法心潜动毒龙惊。三山未有偷桃计,四海初传问菊名。今日劝师师莫惑,长生难学一作不似证无生。

南海府罢,南康阻浅,行侣稍稍登陆而迈,主人燕饯至频,暮宿东溪

暗一作晴滩水落涨虚沙,滩去秦吴万里赊一作斜。马上折残江北柳,舟中吟尽岭南花。离歌不断一作渐怨如留客,归一作乡楚初惊似到一作别家。山鸟一声人未起一作觉,半床春一作风月在天涯。

秋晚云阳驿西亭莲池

心一作为忆莲池一作塘秉烛游,叶残花败尚维舟。烟开翠扇清风晓,水泛一作浸红衣白露秋。神女暂来云易散,仙娥初一作终去月难留。空怀远道难一作无持赠,醉倚阑干一作西阑尽日愁。

题勤尊师历阳山居 并序

师即思齐之孙,顷为故相国萧公录用。相国致政,尊师亦自边将入道,因赠是诗。

二一作三十知兵在羽林,中年潜识子房心。苍鹰出塞一作岫胡尘灭一作静,白鹤还乡楚水深。春圻酒瓶浮一作兼药气,晚携棋局带一作就松阴。鸡笼山上一作鸡飞山顶云多处,自劚黄精不可寻。

怀旧居

兵书一箧老无功,故国郊一作荆扉在梦中。藤蔓覆梨张谷暗一作静,草花一作梵侵菊一作杏庾园空。朱门迹忝登龙客,白屋心期失马翁。楚水吴山何处是,北窗残月照屏风。

祗命许昌自郊居,移就一作入公馆,秋日寄茅一作南山高拾遗

一笛迎风万叶飞,强携刀笔换荷一作征衣。潮寒水国秋砧早,月暗山城夜一作晚漏稀。岩响远闻樵客过,浦深遥送钓童归。中年未识从

军乐,虚近三茅望少微。

伤—作哭虞将军—作伤河东虞押衙

白首—作十载,一作自昔从军未有名,近将孤剑到—作出江城。巴童戍久能番语,胡马调多解汉行。对雪夜穷黄石略,望云秋计—作朝算黑山程。可怜—作谁知身死家犹远,汴水东流无哭声。

晚自朝台津至韦隐居郊园

秋来凫雁下方塘,系马朝台步夕阳。村径绕山松叶暗,野—作柴门临水稻花香。云连海气琴书润,风带潮声枕簟凉。西下—作至,一作去磻溪犹万里,可能垂白待文王。

寓居开元精舍,酬薛秀才见贻

知己萧条信陆沉,茂陵扶疾卧西林。菱荷风起客堂静,松桂月高僧院深。清露下时伤旅鬓,白云归处寄乡心。怜—作劳君诗句—作思犹相忆,题在—作向空—作书斋夜夜—作日日吟。

别刘秀才—作留别裴秀才

三献无功玉有瑕,更携书剑客天涯。孤帆夜别潇湘雨,广陌春期鄂杜花。灯照水萤千点灭,棹惊滩雁一行斜。关河万里—作迢递秋风急,望见乡山不到家。

早发天台中岩寺度关岭次天姥岑

来往天台天姥间,欲求真诀驻衰颜。星河半落岩前寺,云雾初开岭上—作外关。丹壑树多—作高风浩浩—作皓皓,碧溪苔浅水潺潺。可知刘阮逢人处,行尽深山又是山。

游钱塘青山李隐居西斋—作李郢诗

小隐西亭为客开,翠萝深处遍苍—作青苔。林间扫石安棋局,岩下分泉递酒杯。兰叶露光秋月上,芦花风起夜潮来。云山绕屋犹嫌浅,欲棹渔舟近钓台。

春日郊园戏赠杨嘏评事

十里蒹葭入薜萝,春风谁许暂鸣珂。相如渴后狂还灭,曼倩归来语更多。门枕碧溪冰皓耀,槛齐青嶂雪嵯峨。野桥沽酒茅檐醉,谁羡红楼一曲歌。

晚自东郭回留一二游侣

乡心迢递宦情微,吏散寻幽竟—作趁落晖。林下草腥巢鹭宿,洞前云湿雨龙归。钟随野艇回孤棹,鼓绝—作打山城掩半扉。今夜西斋好风月,一瓢春酒莫相违。

与郑秀才叔侄会送杨秀才昆仲东归

书剑功迟白发新,异乡仍—作人送故乡人。阮公留客竹林晚—作斋晚,田氏到家荆树春。雪尽塞鸿南嘴少,风来胡马北嘶频。洞庭烟月—作水如终老,谁是长杨谏猎臣?

送郭秀才游天台并序

余尝与郭秀才同玩朱审画天台山图,秀才因游是山,题诗赠别。

云埋阴壑雪凝峰,半壁天台已万重。人度碧溪疑辍棹,僧归苍岭似闻钟。暖眠鸂鶒晴滩—作天草,高挂猕猴暮涧松。曾约共—作旧游今独去,赤城西面—作香炉山下水溶溶。

送张尊师归洞庭

能琴道士洞庭西,风满归帆路不迷。对—作野岸水花霜后浅,傍檐山果雨来低。杉松近晚移茶灶—作花崦,岩谷初寒盖药畦。他日相思两—作一行字,无—作谁人知处武陵溪。

移摄太平寄前李明府

病移—作多岩邑称闲身,何—作几处风光樽酒频。溪柳绕门彭泽令,野花连洞武陵人。娇歌自驻壶中景—作日,艳舞长留海上春。早晚高台更同醉,绿萝如帐草如茵。

全唐诗卷五百三十四

许浑

再—作重游姑苏玉芝观

高梧一叶下秋初，迢递重廊旧—作来说寄居。月过碧窗今夜酒，雨昏—作淋红壁去年书。玉池露冷芙蓉浅，琼树风高—作金井烟分薜荔疏。明日挂—作扬帆—作从此扁舟更东去，仙翁应笑为—作忆鲈鱼。

夜归驿楼

水晚云秋山不穷，自疑身在画屏中。孤舟移棹一江月，高阁卷帘千树风。窗下覆棋残局在，橘边沽酒半坛空。早炊香稻待鲈鲙，南渚未明寻钓翁。

题灵山寺行坚师院

西岩一径不通樵，八十持杯未觉遥。龙在—作卧石潭闻夜雨，雁移沙渚见秋潮。经函露

湿文多—作皆暗，香印风吹字半—作欲销。应笑东归又南去—作南来又东去，越山无路水迢迢。

湖州韦长史山居即皎然旧宅

一官唯买昼公堂，但得身闲日自长。琴曲少声重勘谱，药丸多忌—作忘更寻方。溪浮箬叶添醅—作杯绿，泉绕松根助茗香。明日鳜鱼何处钓，门前春水似沧浪。

赠李伊阙并序

前伊阙李师晦侍御辞秩归山，过余所止，醉图二室于屋壁，亦招隐之旨也。因而有赠焉。

桐履如飞不可寻，一壶双笈峥阳琴。舟横野渡寒风急，门掩荒山夜雪深。贫笑白驹无去意，病惭黄鹄有归心。云间二室劳君画，水墨苍苍半壁阴。

重游练湖怀旧并序

余尝与故宋补阙次都秋夕游永泰寺后湖亭—作游练湖亭，今复登赏，怆然有感，因赋是诗。

西风渺渺月连天，同醉兰舟未十年。鹏鸟

赋成人已没,嘉鱼诗在世空传。荣枯尽寄浮云外,哀乐犹惊逝水前。日暮长堤更回首,一声邻笛旧山川一作蝉续一声蝉。

乘月棹舟送大历寺灵聪上人不及

万峰秋尽百泉清,旧锁禅扉在赤城。枫浦客来烟未散,竹窗僧去月犹明。杯浮野渡鱼龙远,锡响空山虎豹惊。一字不留何足讶,白云无路水无情。

汴河亭

广陵花盛帝东游,先劈昆仑一作光碧黄河一派流。百二禁兵辞象阙,三千宫女下龙舟。凝云鼓震星辰动,拂浪旗一作旌开日月浮。四海义师归有道,迷楼还似一作何异景阳楼。

村舍一作居二首

自剪青莎织雨衣,南峰一作村南烟火是柴扉。莱一作糳,一作山妻早报一作起蒸藜熟,童子遥迎一作知种豆归。鱼下碧潭当镜跃,鸟还青嶂拂屏飞。花时未免人来往,欲买严光旧钓矶。

尚平多累一作虑自归一作休难,一日身闲一作深居一日安。山径晓一作有云收猎网,水门一作庭凉一作无月挂鱼竿。花间酒气春风暖一作远,竹里棋声暮一作夜雨寒。三顷水一作湖田秋更熟,北窗谁拂旧尘冠。

郑秀才东归凭达家书

欲寄家书少客一作客未过,闭门心远洞庭波。两岩一作四邻花落夜一作清风急,一径草一作苇荒春一作秋雨多。愁泛楚江吟浩渺,忆归吴岫梦嵯峨。贫居不问应知处,溪上闲船一作扁舟系绿萝。

伤故湖州李郎中

政成身没共兴衰一作哀,乡路兵戈旅榇回。城上暮云凝鼓角,海边春草闭池台。经年未葬家一作住人散,昨夜因一作同斋故吏来。南北相逢皆掩泣一作欲过洞庭还倚棹,白蘋洲暖一作上百一

作一花开。

和友人送僧归桂州灵岩寺 与和浙西从事刘三复送僧南归,前四句同。

楚客送僧归桂阳,海门帆势极潇湘。碧云千里暮愁合,白雪一声春思长。柳絮拥堤添衲软,松花浮水注瓶香。南京一作宗长老几年别,闻道半岩多影堂一作彩光。

淮阴阻风寄呈楚州韦中丞

垂钓京一作荆江欲白头,江鱼堪钓却西游。刘伶台下稻花晚,韩信庙前枫叶秋。淮月未明先倚槛,海云初起更维舟。河桥有酒无人醉,独上高城望庾楼。

途经敷水

修蛾颦翠倚柔桑,遥谢春风白面郎。五夜有情随暮雨,百年无节待秋霜。重寻绣带朱藤合,更认罗裙碧草长。何处野花何处水,下峰流出一渠香。

和人贺杨仆射致政并序

祠部杨员外,以仆射杨公拜官致仕。旧府宾僚及门生合燕申贺,饮后书事,因和呈。

莲府一作龙阙公卿拜后尘,手持优诏挂一作促朱轮。从军幕下三千客,闻礼庭中七十人。锦一作饰帐丽词推北巷,画堂清乐掩南邻。岂同王谢山阴会,空叙流杯醉一作向暮春。

题四皓庙

桂香松暖庙门开,独泻椒浆奠一杯。秦法欲一作未兴鸿已去,汉储将废凤还来。紫芝翳翳多青草,白石苍苍半绿苔。山下驿尘南鄐路,不知冠盖几人回。

鹤林寺中秋夜玩月一作八月十五夜宿鹤林寺玩月

待月东林月正圆,广庭无树草无烟。中秋云尽一作净出沧海,半夜露寒当碧天。轮彩一作影渐移金殿外,镜光犹挂玉楼前。莫辞达曙殷勤望,一堕西岩又隔年。

南海府罢归京口经大庾岭赠张明府

楼船旌旆极天涯,一剑从军两鬓华。回日眼—作月明河畔草—作柳,去时肠断岭头花。陶诗尽写行过县,张赋初成卧到家。官满知君有归处,姑苏台上—作吴王宫殿旧烟霞。

题卫将军庙并序

将军名邈,阳羡人。少习诗书,学弓剑,有武略。二十七游并汾间,遇神尧皇帝始建义旗,邈以勇艺进,备行列,洎擒窦建德。邈时挟枪剑,前突后翼,太宗顾而奇之。天下既定,录其功,拜将军宿卫。以母老且病,乞归侍残年,辞旨哀激,诏许之。既而以孝敬睦闺门,以忠信居乡里。及卒,邑人怀其贤,庙于荆溪之湄,以平生弓甲,患东西虎下,岁时祠祭,颇福其土焉。文士王教撰碑,辞实详备。惜乎国史阙书其人,因题是诗于庙壁。

武牢关下护龙旗,挟槊—作戟弯弧—作弓马上飞。汉业未兴王霸在,秦军才散鲁连归。坟穿大泽埋金剑,庙枕长溪挂铁衣。欲奠—作吊忠魂何处问,苇花枫叶雨霏霏。

访别韦隐居不值并序

余行至双岩溪访韦(一作元)隐居,已榜舟诣开元寺水阁见送,棹回已晚,因题是诗留别。

犬吠双岩碧树间,主人朝出半开关。汤师阁上留诗别,杜叟桥边载酒还。栎坞炭烟晴过岭,蓼村渔火—作父夜移湾。故乡芜没兵戈后,凭向溪南买一山。

送前东阳于明府由鄂渚归故林

结束征车换黑貂,灞西风雨正潇潇。茂陵久病书千卷,彭泽初—作先归酒一瓢。帆背—作带夕阳溢水阔,棹经沧海—作秋月甑山遥。殷勤为谢南溪客—作侣,白首萤窗未—作荜门谁见招。

听歌鹧鸪辞并序

余过陕州,夜宴将罢,妓人善歌鹧鸪者,词调清怨,往往在耳,因题是诗。

南国多情多艳词,鹧鸪清怨绕梁飞。甘棠城上客先醉,苦竹岭头人未归。响转碧霄云驻影,曲终清漏月沈晖。山行水宿不知远,犹梦玉钗金缕衣。

寄题华严韦秀才院

三面楼台百丈峰,西岩高枕树重重。晴—作今攀翠竹—作叶题诗滑,秋摘黄花酿酒浓。山殿日斜喧鸟雀,石潭波动—作静戏鱼龙。今来故国遥相忆,月照千山半夜钟。

戏代李协律松江有赠

蜀客操琴吴女歌,明珠十斛是天河。霜凝薜荔怯秋树,露滴芙蓉愁晚波。兰浦远乡应解佩,柳堤残月未鸣珂。西楼沉醉不知散,潮落洞庭洲渚多。

送黄隐居归南海

瘴雾南边久寄家,海中来往信流槎。林藏䴗䴗音弗多残笋,树过猩猩少落花。深洞有云龙蜕骨,半岩无草象生牙。知君爱宿层峰顶,坐到三更见日华。

朝台送客有怀

赵佗西拜已登坛,马援南征土宇宽。越国旧无唐印绶,蛮乡今有汉衣冠。江云带日秋偏—作应热,海雨随风夏亦寒。岭北归人莫回首,蓼花枫叶万重滩。

自楞伽寺晨起泛舟,道中有怀

碧树苍苍茂苑东,佳期迢递路何穷。一声山鸟曙云外,万点水萤秋草中。门掩竹斋微有月,棹移兰渚淡无风。欲知此路堪惆怅,菱叶蓼花连故宫。

十二月拜起居表回

一章西奏拜仙曹,回马—作首天津北望劳。寒水欲春冰彩薄,晓山初霁雪峰高。楼形向日攒飞凤,宫势凌波压抃—作断鳌。空锁烟霞绝巡幸,周人谁识郁金袍。

观章中丞夜按歌舞

夜按双娃禁曲新,东西箫鼓接云—作华津。舞衫未换红铅湿,歌扇初移翠黛颦。彩槛烛烟光吐日,画屏香雾暖如—作凝春。西楼月在襄王醉,十二山高不见人。

重游飞泉观题故梁道士宿龙池

西岩泉落水容宽,灵物蜿蜓黑处蟠。松叶正秋琴韵响,菱花初晓—作吐镜光寒。云开星月—作宿浮山殿,雨过风雷绕石坛。仙客不归龙亦去,稻畦长满此池干。

下第贻友人

身在关西家洞庭,夜寒歌苦烛—作孤烛夜荧荧。人心高下月中桂,客思往来波上萍。马氏识君眉最白,阮公留我眼长青。花前失意共寥落,莫遣东风吹酒醒。

晚登龙门驿楼

鱼龙多处凿门开,万古人知夏禹材。青嶂远分从地断,洪流高泻自天来。风云有路皆烧尾,波浪无程尽曝腮。心感膺门身过此,晚山秋树独徘徊。

题故李秀才居—作伤李秀才

曾醉笙歌日正迟,醉中相送易前期。橘花满地人亡后,菰叶连天雁—作客过时。琴倚旧窗尘—作云漠漠,剑埋—作横新冢草离离。河桥—作阳酒熟平生事,更向东流莫—厄。

韶州韶阳楼夜宴—作题韶州驿楼

待月西—作江楼卷翠罗,玉杯瑶瑟近星河。帘前碧树穷秋密,窗外青山薄暮—作雾多。鹍鸽未知狂客醉—作舞,鹧鸪先让美人歌。使君莫—作不惜通宵饮—作醉,刀笔初从马伏波。

闻韶州李相公移拜郴州因寄

诏移丞相木兰舟,桂水潺湲岭北流。青汉梦归双阙曙,白云吟过五湖秋。恩回玉扆人先喜,道在金縢世不忧。闻说公卿尽南望,甘棠花暖凤池头。

游江令旧宅

身没南朝宅已荒,邑人犹赏旧风光。芹根生叶石池浅,桐树落花金—作春井香。带暖山蜂巢画阁,欲阴溪燕集书堂。闲愁此地更西望—作回首,潮浸台城春草长。

灞上逢元九处士东归

瘦马频嘶灞水寒,灞南高处望长安。何人更结王生袜,此客虚—作空弹贡氏—作禹冠。江上蟹螯沙渺渺,坞中蜗壳雪漫漫。旧交已变—作尽新知少,却伴渔郎—作师把钓竿。

别张秀才并序

余与张秀才同出关至陕府。余取南道止—作至洛下,张由北路抵江东,因幕中宴饯,遂赋诗以别。

不知何计写离忧,万里山川半旧游。风卷暮沙和雪起,日融春水带冰流。凌晨客泪分东郭,竟夕乡心共北楼。青桂一枝年少—作少年事,莫因鲈鲙涉穷秋。

别表兄军倅并序

余祗命南海,至庐陵,逢表兄军倅奉使淮海,别后却寄是诗。

卢橘花香拂钓矶,佳人犹舞越罗衣。三洲水浅鱼来少,五岭山高雁到稀。客路晚依红树宿,乡关朝—作晴,—作暗望白云归。交亲不念征南吏—作史,—作客,昨—作一夜风帆去似飞。

题苏州虎丘寺僧院

暂引寒泉濯远尘,此生多是异乡人。荆溪夜雨花开—作飞疾,吴苑秋风月满频。万里高低门—作云外路,百年荣辱梦中身。世间谁似西林客,一卧烟霞四十春。

酬郭少府先奉使巡涝见寄兼呈裴明府—作奉酬郭二十三先辈奉使延劳见寄兼呈长官之什

载书携榼—作酒别池龙—作笼,十幅—作副轻帆处处通。谢朓宅荒—作深山翠里,王敦城古月明中。江村夜涨浮天水,泽国秋生动地风。饱食鲙—作鲈鱼榜归—作归榜楫,待君琴酒醉陶公。

出永通门经李氏庄

飞轩危槛百花堂,朝宴歌钟暮已荒。中散

狱成琴自怨,步兵厨废酒犹香。凤池宿鸟喧朱阁,雨砌秋萤拂画梁。力保山河家又庆,只应中令敌汾阳。

全唐诗卷五百三十五

许浑

汉水伤稼并序

此郡虽自夏无雨,江边多稌一作稼,油然可观。秋八月,天清日朗,汉水泛滥一作溢,人实为灾。轸念疲羸,因赋四韵。

西北楼开四望通,残霞成绮月悬弓。江村夜涨浮天水,泽国秋生动地风。高下绿苗千顷尽,新陈红粟万厫一作箱空。才微分薄忧何益,却欲回心学钓翁。

送王总下第归丹阳

秦楼心断楚江湄一作秦桥西望楚天涯,系马春一作秋风酒一卮。汴水月明东下疾,练塘花发北来一作归迟。青芜定没一作山虚恋安贫处一作计,黄叶一作白发应催献赋诗一作期,一作时。凭一作为寄家书为一作问回报一作报消息,旧乡一作居还有故人知。

南阳道中

月斜孤馆傍村行,野店高低带古城。篱上晓花斋后落,井边秋叶社前生。饥乌索哺随雏叫,乳犊慵归望犊鸣。荒草连天风动一作堕地,不知谁学武侯耕。

破北虏太和公主归宫阙

毳幕承一作乘秋极断蓬,飘飘一剑黑山空。匈奴北走荒秦垒,贵主西还盛汉宫。定是庙谟倾种落,必知边寇畏骁雄。恩沾残类从归去,莫使一作遣华人杂犬戎。

李定言自殿院衔命归阙,拜员外郎迁右史因寄

白笔南征变二毛,越山愁瘴海惊涛。才归龙尾含鸡舌,更立螭头运一作吮兔毫。闾阖欲开宫漏尽,冕旒初坐御香一作书高。吴中一作金吾旧侣一作友君先贵,曾忆王祥与佩刀。

早秋韶阳夜雨

　　宋玉含凄梦亦惊,芙蓉山响一猿声。阴云迎—作凝雨枕先润,夜电引雷窗暂明。暗惜水花飘广槛,还愁风叶下高城。西归万里未千里,应到故园春草生。

将为南行陪尚书崔公宴海榴堂

　　朝宴华堂暮未休,几人偏得谢公留。风传鼓角霜侵戟,云卷笙歌月上楼。宾馆尽开徐稚—作孺榻,客帆空恋—作望李膺舟。谩夸书剑无知己—作归处,水远山长—作遥步步愁。

赠王山人

　　赍酒携琴访我频,始知城市—作郭有闲人。君臣药在宁忧病,子母钱成岂患贫。年长—作老每劳推甲子,夜寒初共守庚申。近来闻说烧丹处,玉洞桃花万树春。

宣城崔大夫召联句,偶疾不获赴因献

　　心慕知音命自拘,画堂闻欲试吹竽。茂陵罢酒惭中圣,漳浦题诗怯大巫。謦欬几年伤在藻,羽毛终日羡栖梧。还愁旅梓空归去,枫叶荷花钓五湖。

赠郑处士

　　道傍年少莫矜夸,心在重霄鬓未华。杨子可曾过北里,鲁人何必敬东家。寒云晓散千峰雪,暖雨晴开一径花。且卖湖田酿春酒,与君书剑是生涯。

正元—作元日,一作元正

　　高揭鸡竿辟帝阍,祥风微暖瑞云屯。千官共削奸臣迹,万国初衔圣主恩。宫殿雪华齐紫阁,关河春色到青门。华夷一轨人方泰,莫学论兵误至尊。

登尉佗楼

　　刘项持兵鹿未穷,自乘黄屋岛夷中。南来作尉任嚣力,北向称臣陆贾功。箫鼓尚陈—作存今世庙,旌旗犹镇—作锁昔时宫。越人未必知虞舜,一奏薰弦万古风。

韶州驿楼宴罢

　　檐外千帆背夕阳,归心杳杳鬓苍苍。岭猿群宿夜山静,沙鸟独飞秋水凉。露堕桂花棋局湿,风吹荷叶酒瓶香。主人不醉下楼去,月在南轩更漏长。

和淮南王相公与宾僚同游瓜洲别业,题旧书斋

　　碧油红旆想青衿,积雪窗前尽日吟。巢鹤去时云树老,卧龙归处石潭深。道傍苦李犹垂实,城外甘棠已布阴。宾御莫辞岩下醉,武丁高枕待为霖。

送卢先辈自衡岳赴—作归复州嘉礼二首

　　名振金闺步玉京,暂留沧海见高情。众花尽—作盛处松千尺,群鸟喧时鹤一声。朱阁簟凉疏雨过,碧溪船动早潮生。离心不异西江水,直送征—作归帆万里行。

　　湘南诗客海中行,鹏翅垂云不自矜。秋水静磨金镜土,夜风寒结玉壶冰。万重岭峤辞衡岳,千里山陂问竟陵。醉倚西楼人已远,柳溪无浪月澄澄。

哭杨攀处士

　　先生忧道乐清贫,白发终为不仕身。嵇阮没来无酒客,应刘亡后少诗人。山前月照荒坟晓,溪上花开旧宅春。昨夜回舟更惆怅,至今钟磬满南邻。

宿松江驿却寄苏州一二同志—作宿望亭驿寄苏州同游

　　候馆人稀夜自—作更长,姑苏台—作城远树苍苍。江湖潮—作水落高楼迥,河汉秋归广簟—作殿凉。月转碧梧移鹊影,露低红叶—作草湿萤光。西园诗侣应多思—作思应无限,莫醉笙歌掩画堂。

卢山人自巴蜀由湘潭归茅山因赠

　　太乙灵方炼紫荷,紫荷飞尽发皤皤。猿啼

巫峡晓云薄,雁宿洞庭秋月多。导引岂如桃叶舞,步虚宁比竹枝歌。华阳旧隐莫归去,水没芝田生绿莎。

颍州从事西湖亭宴饯

西湖清宴不知回,一曲离歌酒一杯。城带夕阳闻鼓角,寺临秋水见楼台。兰堂客散一作醉蝉犹噪,桂楫人稀鸟自来。独想征车过一作帆去巩洛,此中霜菊绕潭一作正花开。

瓜洲留别李诩

泣玉三年一见君,白衣憔悴更离群。柳一作杨堤惜别春潮落一作晚,花榭留欢夜漏分。孤馆宿时风带雨,远帆归处水连云。悲歌曲尽莫重奏,心绕关河不忍闻。

余谢病东归,王秀才见寄,今潘秀才南梓奉酬

酷似牢之玉不如,落星山下白云居。春耕旋构一作遣金门客一作策,夜学兼修玉府书。风扫碧云一作天迎鹭鸟,水还沧海养嘉鱼。莫将年少轻时节,王氏家风在石渠。

献韶阳相国崔公

一篑为功极九层,康庄犹自剑一作独棱棱。舟回北渚经年泊,门接东山尽日登。万国已闻传玉玺,百官犹望启金縢。贤臣会致唐虞世,独倚江楼笑范增。

郡斋夜坐寄旧乡二任

千官奉职衮龙垂,旅卧淮阳鬓日一作已衰。三月已乖棠树政,二年空负竹林期。楼侵白浪风来远,城抱丹岩日到迟。长欲挂帆君莫笑,越禽花晚梦南枝。

病间寄郡中文士

卢橘含花处处香,老人依旧卧清漳。心同客舍惊秋早,迹似僧斋厌夜长。风卷翠帘琴自响,露凝朱阁簟先凉。明朝欲醉文中彦,犹觉吟声带越乡。

贺少师相公致政并序

少师相公未及悬车之年,二表乞罢将相。微于近代,更无比肩。余受恩门馆,窃抒长句寄献。

六十悬车自古稀,我公年少独忘机。门临二室留侯隐,棹倚三川越相归。不拟优游同陆贾,已回清白遗胡威。龙城凤沼棠阴在,只恐归一作冥鸿更北飞。

题崔处士山居

坐穷今古掩书堂,二顷湖田一半荒。荆树有花兄弟乐,橘林无实子孙忙。龙归晓洞云犹湿,麝过春山草自香。向夜欲归心万里,故园松月更苍苍。

疾一作病后与郡中群公宴李秀才

强留佳客宴王孙,岩上余花落酒樽。书院欲开虫一作尘网户,讼庭犹掩雀罗门。耳虚尽日疑琴癖,眼暗经秋觉镜昏。莫引刘安倚西槛,夜来红叶下江村。

晨起白云楼寄龙兴江淮上人兼呈窦秀才 秀才方自竟陵回

兹楼今是望乡台,乡信全稀晓雁哀。山翠万重当槛出,水华千里抱城来。东岩月在僧初定一作起,南浦花残客未一作已回。欲吊灵均能赋一作去否,秋风还有木兰开。

宴饯李员外并序

李群之员外从事荆南尚书杨公,诏征赴阙。俄为淮南相国杜公辟命,自汉上舟行至此郡,于云楼宴罢解缆,阻风却回,因赠。

病守江城眼暂开,昔年吴越共衔杯。膺舟出镇虚陈榻,郑履还京下隗台。云叶渐低朱阁掩,浪花初起画樯回。心期解印同君醉,九曲池西望月来。

酬钱汝州并序

汝州钱中丞以浑赴郢城(一作几),见寄佳什,恩怜过等,宠饰逾深。虽吟咏忘疲,实楷模不及,辄率荒浅,依韵献酬。

白雪多随汉水流,漫劳旌旆晚悠悠。笙歌

暗写终年恨,台榭潜消尽日忧。鸟散落花人自醉,马嘶芳草客先愁。怪来雅韵清无敌,三十六峰当庾楼。

将归姑苏—作姑孰南楼饯送李明府—作南楼送饯李明府归姑苏

无处登临—作楼不系情,一凭—作瓶春酒醉高城。暂移罗绮见山色,才驻管弦闻水声。花落西亭添别恨—作梦,柳阴南浦促归程。前期迢递今宵短,更倚朱阑待月明。

和浙西从事刘三复送僧南归

楚客送僧归故乡,海门帆势极潇湘。碧云千里暮愁合,白雪一声春思长。满—作开院草花平讲席—作石,绕龛藤叶盖禅床。怜师不得随师去,已戴儒冠事素王。

送上元王明府赴任—作送友人浙西任宰

莫言名重懒驱鸡,六代江山碧海西。日照蒹葭明楚塞,烟分杨柳见隋堤。荒城树暗沉书浦,旧宅花连罨画溪。官满定知—作应归未得,九重霄汉有丹梯。

送沈卓少府任江都—作赵椵诗

炀帝都城春水边,笙歌夜上木兰船。三千宫女自—作日涂地,十万人家如洞天。艳艳花枝官舍晚,重重云影寺墙连。少年作尉须兢—作矜慎,莫向楼前坠—作堕马鞭。

酬邢杜二员外 并序

新安邢员外怀洛下旧游(一作居),新定杜员外思关中故里,各蒙缄示,因寄一诗以酬。

雪带东风洗画屏,客星悬处聚文星。未归嵩岭暮云碧,久别杜陵春草青。熊轼并驱因—作同雀噪,隼旟齐驻是鸿冥。岂知京洛旧亲友,梦绕—作断潺湲江上亭。

经故丁补阙郊居

死酬知己道终全,波暖孤—作狐冰且自坚。鹏上承尘才一—作几日,鹤归华表已千年。风吹药蔓迷樵径,雨—作水暗芦花失钓船。四尺孤坟何处是,阊阖城外草连天。

陪宣城大夫崔公泛后池兼北楼宴二首

陪泛芳池醉北楼,水花繁艳照膺舟。亭台阴合树初昼,弦管韵高山欲秋。皆贺虢岩终选傅,自伤燕谷未逢邹。昔时恩遇今能否,一尉沧洲已白头。

江上西来共鸟飞,剪荷浮泛似轻肥。王珣作簿公曾喜,刘表为邦客尽依。云外轩窗通早景,风前箫鼓送残—作斜晖。宛陵行乐金陵住,遥对家山未忆归。

留别赵端公 并序

余行次锺陵,府中诸公宴饯赵端公,晚赴郡斋。一约余来,且整棹,因留别。

海门征棹赴—作越龙泷,暂寄华筵倒玉缸。箫鼓散时逢夜雨,绮罗分处下秋江。孤帆已过滕王阁,高榻留眠谢守窗。却愿烟波阻风雪,待君同拜碧油幢。

寄阳陵处士—作寄昭亭杨处士,一作寄陵阳元处士

旧隐青山紫桂阴,一书迢递寄归心。谢公楼上晚花盛—作发,扬子宅前春草深。吴岫雨来溪鸟浴,楚江云暗岭猿吟。野人宁忆沧洲畔—作伴,会待吹嘘—作竽定至音。

与张道士同访李隐君不遇—作与张处士同题李隐居林亭

千岩万壑独携琴,知在陵—作龙阳不可寻。去辙已平秋草遍,空—作寒斋长掩暮云深。霜寒—作肥橡栗留—作奉严积橘供山鼠,月冷菰蒲散—作泛水禽。唯有西邻—作林张仲蔚,坐来同怆别离心。

闻州中有宴寄崔大夫兼简邢群评事

箫管—作鼓筵间列翠蛾,玉杯金液耀金波。池边雨过飘帷幕,海上风来动绮罗。颜子巷深青草遍,庾君楼迥碧山多。甘心不及同年友,卧听行云一曲歌。

寄殷尧藩先辈—作秀才

十—作几载功名—作闻君,一作闻名翰墨林,为

从知己信浮—作沈。青山有雪谙松性,碧落无云称鹤心。带月独归萧寺远,玩花频醉庾楼深。思君一见如琼树,空把新诗尽日吟。

赠河东虞押衙二首 虞元长者,永兴公之后,工书属文,近从军河中,奉使宣歙,因赠。

长剑高歌换素衣,君恩未报不言归。旧精—作工鸟篆谙书体,新授龙韬识战机。万里往来征马瘦,十年离别故人稀。生平志气何人见,空上西楼望落晖。

吴门风水各—作落萍流,月满花开懒独游。万里山川分晓梦,四邻歌管送春愁。昔年顾我长青眼,今日逢君尽白头。莫向尊前更惆怅,古来投笔尽—作总封侯。

陵阳春日—作移摄太守寄汝洛旧游

百年身世似飘蓬,泽国移家叠嶂中。万里绿—作顷碧波鱼恋钓,九重青汉鹤愁笼。西池水冷春岩雪,南浦—作陌花香晓—作晚树风。纵倒—作有,一作酌芳尊心不醉,故人多—作今在洛城东。

酬杜补阙初春雨中舟次横江喜裴郎中相迎见寄

江馆维舟为庾公,暖波微渌—作漾,一作涨雨蒙蒙。红桥—作楠迤逦春岩下,朱旆联翩晓树中。柳滴圆波生细浪,梅含香艳吐轻风。郢歌莫问青山吏—作客,鱼在深池—作潭鸟在笼。

送张厚浙东谒丁常侍—作送张厚浙东修谒

凉露清蝉柳陌空,故人遥指浙江东。青山有雪松当涧,碧落无云鹤出笼。齐唱离歌愁晚月,独看征棹怨秋风。定知洛下声名士—作上,共说膺门得孔融。

酬副使郑端公见寄

一日高名遍九州,玄珠仍向道中求。郢中白雪惭新唱,涂上青山忆旧游。端公顷在当涂县青山别墅肄业,余尝守邑,因沐见知也。笙磬有文终易别,珠玑无价竟难酬。柳营迢递江风—作风江阔,夜夜孤吟月下楼。

酬绵州于中丞使君见寄

故人书信越褒斜,新意虽多旧约赊。皆就一麾先去国,共谋三径未还家。荆巫夜隔巴西月,鄢郢春连汉上花。半月离居犹怅望,可堪垂白各天涯。

全唐诗卷五百三十六

许浑

春早郡楼书事寄呈府中群公

两鬓垂丝发半霜,石城孤梦绕襄阳。鸳鸿幕里莲披槛,虎豹营中柳拂墙。画舸欲行春水急,翠帘初卷暮山长。岘亭风起花千片,流入南湖尽日香。

元处士自洛归宛陵山居,见示詹事相公饯行之什因赠

紫霄峰下绝韦编,旧隐相如结袜前。元君旧隐庐山学《易》,常为相国师服。月落尚留东阁醉,风高还忆北窗眠。江城夜别潇潇雨,山槛晴归漠漠烟。一顷豆花三顷竹,想应—作因抛却钓鱼船。

送元昼上人归苏州兼寄张厚二首

自卜闲居荆水头—作幽,感时相—作伤别思悠悠。一樽酒尽青山暮,千—作万里书回碧树秋。深巷久贫知—作长寂寞,小诗多病尚—作也风流。昼公此去应相问,为说沾巾—作衣忆旧游。

三—作二年无事客吴乡,南陌—作宅春园—作深碧草长。共醉八门回画舸,独还三径掩书堂。前山雨过池塘满,小院秋归枕簟凉。经岁别离心自—作尽苦,何堪黄—作红叶落—作下清漳。

送陆拾遗东归

独振儒风—作负才名遇盛时,紫泥初降—作出世人知。文—作封章报主非无意,书剑还家素有期。秋寺卧云移棹晚,暮江—作天乘月落帆迟。东归自是缘清兴,莫比商山咏紫芝。

湖—作湘南徐明府余之南邻,久不还家,因题林馆—作同孙卢二仙侣游樊明府林亭,一作南邻樊明府久不还家,因题林亭。

湘南官罢—作满不归来,高阁经年掩绿苔。

鱼溢池塘秋雨过,鸟还洲岛暮潮一作云回。阶前石稳棋终局,窗外山寒一作高酒满杯。借问先生独一作在何处,一篱疏菊又花开。

酬和杜侍御并序

河中杜侍御,祗命本府,自钟陵舟抵汉上,道出兹郡,以某专使迎接。先蒙雅什见贻,窃慕清才,辄酬和。

花时曾省杜陵游,闻下书帷不举头。因过石城先访戴,欲朝金阙暂依刘。征帆夜转鸬鹚穴一作峤,骋骑春辞鹳雀楼。正把新诗望南浦,棹歌应是木兰舟。

酬河中杜侍御重寄

五色如丝下碧空,片帆还绕楚王宫。文章已变南山雾,羽翼应抟北海风。春雪预呈霜简白,晓霞先染绣衣红。十千沽酒留君醉,莫道归心似转蓬。

寄献三川守刘公并序

余奉陪三川守刘公宴言,尝蒙询访行止,因话一麾之任,冀成三径之谋,特蒙俯鉴丹诚,寻许慰荐。属移履道,卧疾弥旬,辄抒二章寄献。

三川歌颂彻咸秦,十二楼前侍从臣。休闲玉笼留鹭鸶,早开金埒纵麒麟。花深稚榻迎何客,月在膺舟醉几人。自笑一作叹东风过寒食,茂陵寥落未知春。

半年三度转蓬居,锦帐心阑羡隼旟。老去自惊秦塞雁,病来先忆楚江鱼。长闻季氏千金诺,更望刘公一纸书。春雪未晴春酒贵,莫教愁杀马相如。

送段觉之西蜀结婚一作送段觉之西川过婚礼后归觐

词赋名高身不闲,彩衣如锦度函关。镜中鸾影一作冷胡威去,剑外花归一作飞卫玠还。秋浪远侵黄鹤岭,暮云遥断碧鸡山。时人若一作此时人问西游客,心在重霄鬓欲斑。

长庆寺遇常州阮秀才

高阁晴轩对一峰,毗陵书客此相逢。晚收红叶题诗遍,秋待黄花酿酒浓。山馆日斜喧鸟雀,石潭波动戏鱼龙。上方有路应知处,疏磬寒蝉树几重。

赠闲师一作送令闲上人

近日高僧更有谁?宛陵山下遇闲师。东林共许三乘学,南国争传五字诗。初到庾楼红叶坠,夜投萧寺碧云随。秋江莫惜题佳句,正是磷磷见底时。

东游留别李丛秀才

烦君沽酒强登楼,罢唱离歌说远游。文字岂劳诸子重,风尘多幸一作重故人忧。数一作一程山路长侵夜一作驿,千里家书动隔秋。起凭栏干各垂泪,又驱羸马向东州。

竹林寺别友人一作与德玄别,一作李玄。

骚人吟罢起乡愁,暗觉年华一作光似水流。花满谢一作楚城伤共一作远别,蝉鸣萧寺喜同游。前山月一作日落杉松晚一作晓,深夜风清枕簟秋。明日分襟又何处,江南江北路悠悠。

送处士武君归章洪山居一作送武全通处士归隐洪山

形影无群消息沉,登闻一作门三击一作系血沾襟。皇网一日开冤气,青史千年重壮心。却一作知望乌台春树老,独归蜗舍暮云深。他时纵有征书至,雪满空山不可寻。

题义女亭

身没兰闺道日明,郭南寻得旧池亭。诗人愁立暮山碧,贾客怨离秋草青。四望一作座月沉疑掩镜,两檐花动认一作误收屏。至今乡里风犹在,借问谁传义女铭?

吴门送振武李从事

晚促离筵醉玉缸,伊州一曲泪双双。欲一作若携刀笔从新幕,更宿烟霞别旧窗。胡马近秋侵紫塞,吴帆乘月下清江。嫖姚若许传书檄,坐筑一作看三城看受降。

郊居春日有怀府中诸公并柬王兵曹

欲学渔翁钓艇新,濯缨犹惜九衢尘。花前

更谢依刘客,雪后空怀访戴人。僧舍覆棋消白日,市楼赊酒过青春。一山桃杏—作李同时发,谁似东风不厌贫。

同韦少尹伤故卫尉李少卿

客醉更长乐未穷,似知身世一宵空。香街—作车宝马嘶残月,暖阁佳人哭晓风。未卷绣筵朱阁上,已开尘席画屏—作堂中。何须更赋山阳笛,寒月沉西水向东。

舟行早发庐陵郡郭寄滕郎中

楚客停桡太守知,露凝丹叶自秋—作愁悲—作时。蟹螯只恐相如渴,鲈鲙应防—作方曼倩饥。风卷曙云飘角远,雨昏寒浪挂帆迟。离心更羡高斋夕—作梦,巫峡花深醉玉卮。

闻边将刘皋无辜受戮

外监多假帝王尊,威胁偏裨势不存。才许誓心安玉垒,已伤传首动金门。三千客里宁无义,五百人中必有恩。却赖汉庭多烈士,至今犹自伏蒲轮。

送薛秀才南游—作送薛洪南游访山习业,一作送洪秀才南游访僧习业。

姑苏城外柳—作草初雕,同上江楼更寂寥。绕壁旧诗尘—作尘风漠漠,对窗寒竹雨潇潇。怜君别路随秋雁,尽我离觞任晚潮。从此草玄应有处,白云青嶂一相招。

夜归孤山寺却寄卢郎中

青山有志路犹赊,心在琴书自忆—作梦在家。醉别庾楼山色晓—作满,夜归萧寺月光斜。落帆露湿回塘柳,别院风惊满地花。他日此身—作息须报德,莫言空爱旧—作谷爱烟霞。

赠桐庐房明府先辈

帝城春榜谪灵—作云仙,四海声华二十年。阙下书功无后辈,卷中文字掩前贤。官闲—作成每喜江山静,道在宁忧雨露偏。自笑小儒非一鹗,亦趋门屏冀相怜。

甘露寺感事贻同志

云蔽长安路更赊,独随渔艇老天涯。青山尽日寻黄绢,沧海经年梦绛纱。雪愤有期心自壮,报恩无处发先华。东堂旧侣勤书剑,同出膺门是一家。

泛溪夜回寄道玄上人

南郭烟光异世间,碧桃红杏水潺潺。猿来近岭猕猴散,鱼下深潭翡翠闲。犹阻晚风停桂楫,欲乘春月访松关。几回策杖终难去,洞口云归—作深不见山。

客至

得路逢津更俊才,可怜鞍马照春来。残花几—作落日小斋闭,大笑一声幽抱开。袖拂碧溪寒缭绕,冠欹红树晚徘徊。相逢少—作分别更堪恨,何必秋风江上台。

经李给事旧居

归作儒翁出致君,故—作北山谁复有遗文。汉庭使气摧张禹,楚国怀忧送范云。枫叶暗时迷旧宅,芳—作茅花落处认荒坟。朱弦一奏沉湘怨,风起寒波日欲嚏。

新兴道中

芙蓉村步失官金,折狱无功不可寻。初挂海帆逢岁暮,却开山馆值春深。波浑未辨鱼龙迹,雾暗宁知蚌鹬心。夜榜—作傍归舟望渔火,一溪风雨两岩阴。

下第有怀亲友并序

余下第,寓居杜陵。亲友间或登上第,或遥燕—作闲居,或抵湘沅,或游廊庙,因抒长句。

万山晴雪九衢尘,何处风光寄梦频?花盛庾园携酒客,草深颜巷读书人。征帆又过湘南月,旅馆还悲渭水—作北春。无限别情多病后,杜陵寥落在漳滨。

中秋夕寄大梁刘尚书

汴人迎拜洛人留,虎豹旌旗拥碧油。刁斗

严更军耳目,戈铤长控国咽喉。柳营出号风生纛,莲幕题诗月上楼。应念散郎千里外,去年今夜醉兰舟。

卧病时在京都

寒窗灯尽月斜晖,佩马朝天独掩扉。清露已凋秦塞柳,白云空—作应长越山薇。病中送客难为别,梦里还家不当归。惟有寄—作旧书书未得,卧闻燕雁向南飞。

残雪

忆昨新春霰雪飞,阶前檐上斗寒姿。狂风送在竹深处,隔日未消花发时。轻压嫩蔬旁出土,冷冲幽鸟别寻枝。晚来又喜登楼见,一曲高歌和者谁?

和常秀才寄简归州郑使君借猿

谢守携猿东路长,袅藤穿竹似潇湘。碧山初暝啸秋月,红树生寒啼晓雷。陌上楚人皆驻马,里中巴客半归乡。心知欲借南游侣,未到三声恐断肠。

送人之任邛州

绿发监州丹—作册府归,还家乐事我先知。群童竹马交迎日,二老兰觞初见时。黄卷新书芸委积,青山旧路菊离披。亨衢自有横飞势,便到西垣视训辞。

和河南杨少尹奉陪薛司空石笋诗

暖溪寒井碧岩前,谢傅宾朋盛绮筵。云断石峰高并笋,日临山势远开莲。闲留幢节低春水,醉拥—作领笙歌出暮烟。闻道诗成归已夕,柳风花露月初圆。

献廊坊丘常侍

诏选将军护北戎,身骑白马臂彤弓。柳营远识金貂贵,榆塞遥知玉帐雄。秋槛鼓鼙惊朔雪,晓阶旗纛起边风。蓬莱每望平安火,应奏班超定远功。

寄当涂李远

赋拟相如诗似陶,云阳烟月又同袍。车前骥病驽骀逸,架上鹰闲鸟雀高。旧日乐贫能饮水,他时随俗愿铺糟。不须倚向青山住,咏雪题诗用意劳。

和崔大夫新广北楼登眺

北望高楼夏亦寒,山重水阔接长安。修梁暗换丹楹小,疏牖全开彩槛宽。风卷浮云披睥睨,露凉明月坠—作堕阑干。庾公恋阙怀乡处,目送归帆下远滩。

送客自两河归江南—作西河送客归江南

两河庶—作西河陈事已堪伤,南客秋归路更长。台畔古—作偃松悲魏帝,苑边修竹吊梁王。山—作行露变茱萸色,水宿风披—作摇菡萏香。遥羡落帆逢旧友,绿蛾青鬓醉横塘。

题陆侍御林亭

野水通池石叠台,五营无事隐雄才。松斋下马书千卷,兰舫逢人酒一杯。寒树雪晴红艳吐,远山云晓翠光来。定知别后无多日,海柳江花次第开。

泊蒜山津闻东林寺光仪上人物故

云斋曾宿借方袍,因说浮生大梦劳。言下是非齐虎尾,宿来荣辱比鸿毛。孤舟千棹水犹阔,寒殿一灯夜更高。明日东林有谁在,不堪秋磬拂烟涛。

春日思旧游寄南徐从事刘三复

风暖曲江花半开,忽思京口共衔杯。湘潭云尽暮山出,巴蜀雪消春水来。怀玉尚悲迷楚塞,捧金犹羡乐燕台。蓟门高处极归思,陇雁北飞双燕回。

郊园秋日寄洛中友人—作亲友

楚水西来天际流,感时伤—作相别思悠悠。一尊酒尽青山莫,万—作千里书回碧树秋。日落远波惊—作低宿雁,风吹轻浪起眠鸥。嵩阳亲友如相问—作谁相念,潘岳闲居欲白头。

送杜秀才归—作往桂林

桂州南去与谁同,处处山连水自通。两岸

晓霞一作晚烟千里草,半帆斜日一江风。瘴雨欲来枫树黑,火云初起荔枝红。愁君路远销年月,莫滞三湘五岭中。

春雨舟中次和横江裴使君见迎李赵二秀才同来,因书四韵兼寄江南

芳草渡头微雨时,万株杨柳拂波垂。蒲根水暖雁初落,梅径香寒蜂未知。词客倚风吹暗淡,使君回马湿旌旗。江南仲蔚多情调,怅望青云几首诗。

东陵赴京道病东归,寓居开元寺,寄卢员外宋魏二先辈

西风吹雨雁初时,病寄僧斋罢献书。万里咸秦劳我马,四邻松桂忆吾庐。沧洲有约心还静,青汉无媒迹自疏。不是醉眠愁不散,莫言琴酒学相如。

闻开江宋相公申锡下世二首

权门阴奏夺移才,驲骑如星堕峡来。晁氏有恩忠作祸,贾生无罪直为灾。贞魂误向崇山殁,冤气疑从汨一作湘水回。毕竟功成何处是,五湖云月一帆开。

月落湘潭一作清湘橈不喧,玉杯瑶瑟奠蘋蘩。谁能力制乘时鹤,自取机沉在槛猿。位极乾坤三事贵,谤兴华夏一夫冤。宵衣旰食明天子,日伏青蒲不敢言。

赠所知

因钓鲈鱼住涮河,挂帆千里亦相过。茅檐夜醉平阶月,兰棹春归拍岸波。湖日似阴鼍鼓响,海云才起蜃楼多。明时又作闲居赋,谁荐东门策四科。

谢人赠鞭

蜀国名鞭见惠稀,驽骀从此长光辉。独根拥肿来云岫,紫陌提携在绣衣。几度拂花香里过,也曾敲镫月中归。莫言三尺长无用,百万军中要指挥。

早秋寄刘尚书

天生心识富人侯,将相门中第一流。旗纛早开擒虎帐,戈铤初发斩鲸舟。柳营书号海山暝,菌阁赋诗江树秋。昨夜雨凉今夜月,笙歌应醉最高楼。

及第后春情

世间得意是春风,散诞经过触处通。细摇柳脸牵长带,慢撼桃株舞碎红。也从吹幌惊残梦,何处飘香别故丛。犹以西都名下客,今年一月始相逢。

归长安第四句缺一字

三年何处泪汍澜,白帝城边晓角残。非是无心恋巫峡,自缘□臂到长安。黔江水暖还曾饮,楚岫云深不识寒。大抵莫教闻雨后,此时肠断不应难。

经古行宫

台阁参差倚太阳,年年花发满山香。重门勘锁青春晚,深院垂帘白昼长。草色芊绵侵御路,泉声呜咽绕宫墙。先皇一去无回驾,红粉云鬟空断肠。

秋晚怀茅山石涵村舍

十亩山田近石涵,村居风俗旧曾谙。帘前白艾惊春燕,篱上青桑待晚蚕。云暖采茶来岭北,月明沽酒过溪南。陵阳秋尽多归思,红树萧萧覆碧潭。

贵游

朝回佩马早凄凄,年少恩深卫霍齐。斧钺旧威龙塞北,池台新赐凤城西。门通碧树开金锁,楼对青山倚玉梯。南陌行人尽回首,笙歌一曲暮云低。

赠别

眼前迎送不曾休,相续轮蹄似水流。门外若无南北路,人间应免别离愁。苏秦六印归何日,潘岳双毛去值秋。莫怪分襟衔泪语,十年

耕钓忆沧洲。

秋夜与友人宿

楚国同游过十霜,万重心事几堪伤。蒹葭露白莲塘浅,砧杵夜清河汉凉。云外山川归梦远,天涯岐路客愁长。寒城欲晓闻吹笛,犹卧东轩月满床。

将赴京留赠僧院

九衢尘土递追攀,马迹轩车日暮间。玄发尽惊为客换,白头曾见几人闲。空悲浮世云无定,多感流年水不还。谢却从前受恩地,归来依止叩禅关。

寄湘中友人

莫恋醉乡迷酒杯,流年长怕老年催。西陵水阔鱼难到,南国路遥书未回。匹马计程愁日尽,一蝉何事引秋来。相如已定题桥志,江上无由梦钓台。

江上逢友人

故国归人酒一杯,暂停兰棹共徘徊。村连三峡暮云起,潮送九江寒雨来。已作相如投赋计,还凭殷浩寄书回。到时若见东篱菊,为问经霜几度开。

金谷怀古 末二句缺

凄凉遗迹洛川东,浮世荣枯万古同。桃李香销金谷在,绮罗魂断玉楼空。往年人事伤心外,今日风光属梦中。□□□□□□,□□□□□。

经行庐山东林寺

离魂断续楚江壖,叶坠初红十月天。紫陌事多难数悉,青山长在好闲眠。方趋上国期干禄,未得空堂学坐禅。他岁若教如范蠡,也应须入五湖烟。

途中逢故人,话西山读书早曾游览

西岩曾到读书堂,穿竹行沙十里强。湖上梦余波滟滟,岭头愁断路茫茫。经过事寄烟霞远,名利尘随日月长。莫道少年头不白,君看潘岳几茎霜。

将赴京题陵阳王氏水居

帘卷平芜接远天,暂宽行役到尊前。是非境里有闲日,荣辱尘中了年。山簇暮云千野 一作点雨,江分秋水九条烟。马蹄不道贪西去,争向一声高树蝉。

冬日五浪馆水亭怀别

芦荻花多触处飞,独凭虚槛雨微微。寒林叶落鸟巢出,古渡浪高鱼艇稀。云抱四山终日在,草荒三径几时归。江城向暝东风急,一半乡愁闻捣衣。

送别

溪边杨柳色参差,攀折年年赠别离。一片风帆望已极,三湘烟水返何时。多缘去棹将愁远,犹倚危楼欲下迟。莫殢酒杯闲过日,碧云深处是佳期。

寄远

两叶愁眉愁不开,独含惆怅上层台。碧云空断雁行处,红叶已凋人未来。塞外音书无信息,道傍车马起尘埃。功名待寄凌烟阁,力尽辽城不肯回。

新柳 第七句缺一字

无力摇风晓色新,细腰争妒看来频。绿阴未覆长堤水,金穗先迎上苑春。几处伤心怀远路,一枝和日送行尘。东□门外多离别,愁杀朝朝暮暮人。

旅怀作

促促因吟昼短诗,朝惊秾色暮空枝。无情春色不长久,有限年光多盛衰。往事只应随梦里,劳生何处是闲时。眼前扰扰日一日,暗送白头人不知。

雁

万里衔芦别故乡,云飞水宿向潇湘。数声

孤枕堪垂泪,几处高楼欲断肠。度日翩翩斜避影,临风一一直成行。年年辛苦来衡岳,羽翼摧残陇塞霜。

出关

朝缨初解佐江滨,麋鹿心知自有群。汉囿猎稀慵献赋,楚山耕早任移文。卧归渔浦月连海,行望凤城花隔云。关吏不须迎马笑,去时无意学终军。

寄房千里博士一作途经敷水,一作客有新丰馆题怨别之词,因诘传吏,尽得其实,偶作四韵嘲之。

春风白马紫丝缰,正值蚕眠未采桑。一作修蛾翠倚柔桑,遥谢春风白面郎。五夜有心随暮雨,百年无节待秋霜。重寻绣带朱藤合,更认罗裙碧草长。为报西游减离恨,阮郎才去嫁刘郎。
一作何处野花何处永,下峰流出一渠香。

全唐诗卷五百三十七

许浑

泛五云溪

此溪何处路?遥问白髯翁。佛庙千岩里,人家一岛中。鱼倾荷叶露,蝉噪柳林—作枝风。急濑鸣车轴,微波漾钓筒。石苔萦棹绿,山果拂舟红。更就千村—作溪,一作村宿,溪桥与剡通。

寄郴州李相公

高楼王与谢,逸韵比南金。不遇销忧日,埃尘谁复寻。旷怀澹得丧,失意纵登临。彩槛浮云迥,绮窗明月深。虬龙压沧海,鸳鸯思邓林。青云伤国器—作语,白发轸乡心。功高恩自洽,道直谤徒侵。应笑灵均恨,江畔独行吟。

赠萧炼师并序

炼师,贞元初,自梨园选为内妓,善舞柘枝,宫中莫有伦比者,宠锡甚厚。及驾幸奉天,以病不获随辇,遂失所止。洎复宫阙,上颇怀其艺,求之浃日,得于人间。后闻神仙之事,谓长生可致,乞奉黄老,上许之。诏居嵩南洞清观,迨今八十余矣。雪肤花颜,与昔无异,则知龟鹤之寿,安得不由所尚哉!因赋是诗,题于院壁。

曾试昭阳曲,瑶斋—作阶帝自临。红珠络绣帽,翠钿束罗襟。双阙胡—作朝尘起,千门宿露—作雾阴。出宫迷国步,回驾轸皇心。桂殿春空晚,椒房夜自深。急宣求故剑,冥契得遗簪。暗记神仙传,潜封女史—作玉女箴。壶中知日永,掌上畏年侵。莫比班家扇,宁同卓氏琴。云车辞凤辇,羽帔别鸳衾。网断鱼游藻,笼开—作闲鹤戏林。洛烟浮碧汉,嵩月上丹岑。露—作雾草争三秀,风篁共八音。吹笙延鹤舞,敲磬引龙吟。旄节纤腰举,霞杯皓腕斟。还磨照宝镜,犹插辟寒金。东海人情变,南山圣寿沈。朱颜常似渥,绿发已如—作加寻。养气齐生死,留形尽古今。更求应不见,鸡犬日骎骎。

冬日宣城开元寺赠元孚上人

一钵事南宗,僧仪称病容。曹溪花里别,萧寺竹前—作间逢。烛影深寒殿,经声彻曙钟。欲斋檐睡—作下,一作着鸽—作鹎,初定壁吟蛩。诗继休遗韵,书传永逸踪。艺多人誉洽,机—作缘绝道情浓。汲润瓶沈藻,眠阶锡挂松。云鸣新放鹤,池卧旧降龙。露茗山厨焙,霜秔野碓舂。梵文明处译,禅衲暖时缝。层塔题应遍,飞轩步不慵。绣梁交薜荔,画井倒芙蓉。翠户垂旗网,朱窗列剑锋。寒风—作飙金磬远—作响,晴雪玉楼重。妙理三乘达,清才万象供。山高横睥睨,滩浅聚艨艟。微雾—作霭苍平楚,残晖淡远峰。林疏霜摵摵,波静月溶溶。剑出因雷焕,琴全—作焦遇蔡邕。西方知—作如有社,支许合相从。

维舟秦淮过温州李给事宅

给事为郎日,青溪醉隐衔。冰池通极浦,雪径绕高岩。珠玉砂同弃—作见,松筠草—作梅坠共芟。帝图忧一失,臣节耻三缄。代有王陵戆,时无靳尚谗。定应标—作操直笔,宁为发空函。雾黑连云栈,风狂截海帆。石梯迎雨润,沙井带潮咸。蜡屐青筇杖,篮舆白罽衫。应劳北归梦,山路正巉巉。

登蒜山一本有津字观发军

羽檄征兵急,辕门选将雄。犬羊忧破竹,貔虎—作武极飞蓬—作龙。定系—作击猖狂虏,何烦曼铄翁。更探黄石—作谷略,重振黑山功。别马嘶营柳,惊乌散井桐。低星连宝剑,残月让雕弓。浪晓戈铤里,山晴鼓角中。甲开鱼照水,旗扬虎拏风。去想金河远,行知—作闻玉塞空。汉庭应有问,师律在元戎。

送从兄别驾归蜀并序

从兄彦昭与桂阳令韦伯达,贞元中,俱为千牛。伯达官至王府长史,长庆中,非罪受谴。前年,会赦,复故秩,诏未至而已殁。从兄自蜀而南,发旅榇,归葬涂上。既而西旋,因成十韵赠别。

闻与湘南令,童年侍玉墀。家留秦塞曲,官谪瘴溪湄。道直奸臣屏,冤深圣主知。逝川东去疾,霈泽北来迟。青汉龙髯绝—作去,苍岑—作山马鬣移—作悲。风凄闻笛处,月惨罢琴时。客路黄公庙,乡关白帝祠。已称鹦鹉赋,宁诵鹡鸰诗。远道书难达,长亭酒莫持—作重违。当凭蜀江水,万里寄相思。

金陵阻风登延祚阁

极目皆陈迹,披图问远公。弋铤三国后,冠盖六朝中。葛蔓交残垒,芒—作苔花没后—作废宫。水流箫鼓绝,山在绮罗空。极浦千艘聚,高台一径通。云移吴—作巫岫雨,潮转楚江风。登阁惭漂梗,停舟忆断蓬。归期与归路,杉桂海门东。

送林处士自闽中道越由雪抵两川

书剑少青眼,烟—作风波初白头。乡关背梨—作黎岭,客路转蘋洲。处困道难固,乘时恩易酬。镜中非访戴,剑外欲依刘。高枕海天暝,落帆江雨秋。鼍声应远鼓,蜃气学危楼。智士—作者役千虑,达人经—作轻百忧。唯闻陶靖节,多在醉乡游。

宣城赠萧兵曹

桂楫谪湘渚,三年波上春。舟寒刿溪雪,衣破洛城尘。客道耻摇尾,皇恩宽犯鳞。花时去国远,月夕上楼频。贪酒不辞病,傭书非为贫。行吟值渔父,坐隐对樵人。紫陌罢双辙,碧潭穷一纶。高歌更南去,烟水是通津。

秋夕宴李侍御宅

公子徵词客,秋堂—作空递玉杯。月高罗幕卷,风度锦屏开。凤管添簧品,鹍弦促柱哀。转喉云旋合,垂手露徐来。烛换三条烬,香销十炷灰。蛩声闻鼓歇,萤焰触帘回。广槛烟分柳,空庭露积苔。解酲须满酌,应为拨—作波新醅。

晨自竹径至龙兴寺崇隐上人院

佛寺通南径,僧堂倚北坡。藤阴迷晚竹,苔滑仰去声晴莎。病忆春前别,闲宜雨后过。

石横闻水远,林缺见山多。欲结三天社,初降十地魔。毒一作素龙来有窟,灵鹤去无窠。客路随萍梗,乡园失薜萝。禅心如可学,不藉鲁阳戈。

岁暮自广江至新兴往复中题峡山寺四首

夜醉晨方醒,孤吟恐一作乍失群。海鳅潮上见,江鹄雾中闻。未腊梅先实一作绽,经一作终冬草自薰。树随山崦合,泉到石棱分。虎迹空林雨,猿声绝一作暮岭云。萧萧异乡鬓,明日共丝棼。薄暮缘一作沿西峡,停桡一访僧。鹭巢横卧柳,猿饮倒垂藤。水曲岩千叠,云重树百层。山风寒殿磬,溪雨夜船灯。滩涨危槎没,泉冲一作舂怪石崩。中台一襟泪,岁杪别良朋。

密树分苍壁,长溪抱碧岑。海一作山风闻鹤远,潭日见鱼深。松盖环清韵,榕根架绿阴。南方有大叶榕树,枝垂入地生根。洞丁多砆石,蛮女一作客半淘金。端州砆石,涂洎县淘金为业。南浦惊春至,西楼送县沉。江流不过岭,何处寄归心?

月在行人起,千峰复万峰。海虚争翡翠,溪逻斗芙蓉。南方呼市为虚,呼戍为逻,新州有翡翠虚、芙蓉逻。古木高一作空生橄,阴池满种松。木橄花生于他树槎桥,池沼多松,谓之水松。火探深洞燕,香送远潭龙。南方持火于乳洞中,取燕而食。康州悦城县,有温煴龙,即蛇也,随水往舟船至人家,或千里外。皆以香酒果送之。蓝坞寒先烧,禾堂晚并春。种蓝多在坞中,先烧其地,人以木槽春禾,谓之禾堂。更投何处宿,西峡隔云钟。

南海使院对菊怀丁卯别墅

何处曾移菊,溪桥鹤岭东。篱疏还有艳,园小亦无丛。日晚秋烟里,星繁晓露中。影摇金涧水,香染玉潭风。罢酒惭陶令,题诗答谢公。朝来数花发,身在尉佗宫。

和李相国并序

蒙宾客相国李公见示和宣武卢仆射以吏部高尚书自江南赴阙觊大梨白鹇,因赠五言六韵攀和。

巨实珍吴果,驯雏重越禽。摘来渔浦上,携在兔园阴。霜合凝丹颊,风披敛素襟。刀分琼液散,笼歛一作掩,一作蔽雪华深。虎帐斋中设,龙楼洛下吟。含消兼受一作爱彩,应贵冢卿一作异乡心。

陪少师李相国崔宾客宴居守狄仆射池亭

池色似潇一作拟三湘,仙舟正日一作日正长。燕飞惊蛱蝶,鱼跃一作戏动鸳鸯。云聚一作定歌初转,风回舞欲翔。暖一作新酷松叶嫩,寒粥杏花香。罗绮留春色一作意,笙竽送晚光。何须明月夜一作下,红烛在华堂。

和宾客相国咏雪

近腊千岩白,迎春四气催。云阴连海起,风急度山来。尽日隋堤絮,经冬越岭梅。艳疑歌处散,轻似舞时回。道蕴诗传丽,相如赋骋才。霁添松篆媚,寒积蕙兰猜。暗涨宫池水,平封辇路埃。烛龙初照耀,巢鹤乍裴回。檐日琼先挂,墙风粉旋摧。五门环玉垒,双阙对瑶台。绮席陵寒坐,珠帘远曙开。灵芝霜下秀,仙桂月中栽。卷幌书千帙,援琴酒百杯。垂休编太史,呈瑞表中台。皓夜迷三径,浮光彻九垓。兹辰是丰岁,歌咏属良哉。

奉和卢大夫新立假山

岩谷留心赏,为山极自然。孤峰空进笋,攒萼旋开莲。黛色朱楼下,云形绣户前。砌尘凝积霭,檐溜挂飞泉。树暗壶中月,花香洞里天。何如谢康乐,海峤独题篇。

奉命和后池十韵

叠石通溪水,量波失旧规。芳洲还屈曲,朱阁更逶迤。浴鸟翻荷叶,惊蝉出柳丝。翠烟秋桧耸,红露晓莲披。攀槛登楼近,停桡待客迟。野桥从浪没,轻舸信风移。竹韵迁棋局,松阴递酒卮。性闲鸥自识,心远鹤先知。应想秦人会,休怀越相祠。当期穆天子,箫鼓宴瑶池。

全唐诗卷五百三十八

许浑

雨后思湖上居一作雨中忆湖山居

前山风雨凉，歇马坐垂杨。何处芙蓉落，南渠秋水香。

闻歌

新秋弦管清，时转遏云声。曲尽不知处，月高风满城。

思天台

赤城云雪深，山客负归心。昨夜西斋宿，月明琪树阴。

长安早春怀江南

云月有归处，故山清洛南。如何一作秦城一花发，春梦遍一作满江潭。

塞下

夜战桑乾北一作雪，秦兵半不归。朝来有乡信，犹自寄征衣。

送客南归一作寓居崇圣寺送客南浦

野寺薜萝晚，官渠杨柳春。归心已无限，更送洞庭人。

寄桐江隐者

潮去潮来洲渚春，山花如绣草如茵。严陵台下桐江水，解钓鲈鱼能几人？

送曾主簿归楚州省觐，予亦明日归姑孰

帆转清淮极一作及鸟飞，落帆应换老莱衣。河亭未醉先惆怅，明日还从此路归。

重别时诸妓同饯，一作重别曾主簿。

泪沿红粉湿罗巾，重系兰舟劝酒频。留却一枝河畔柳，明朝犹有远行人。

湖上
仿佛欲当三五夕,万蝉—作蟾清杂乱泉纹。钓鱼船上一尊酒,月出渡头零落云。

夜泊永乐有怀
莲渚愁红荡碧波,吴娃齐唱彩莲歌。横塘一别已千—作千余里,芦苇萧萧风雨多。

宿水阁
野客从来不解愁,等闲乘月海西头。未知南陌谁家子,夜半吹笙入水楼。

谢亭送别—作客
劳歌一曲解行舟,红叶—作树青山水急流。日暮酒醒人已远,满天风雨下西楼。

酬李当
知有瑶华手自开,巴人虚唱懒封回。山阴一夜满溪雪,借问扁舟来不来?

蝉
噪柳鸣槐晚未休,不知何事爱悲秋。朱门大有长吟处,刚傍愁人又送愁。

夜过—作泊松江渡寄友人
清露白云明月天,与君齐棹木兰船。南湖风雨一相失,夜泊横塘心渺然。

守风淮阴
遥见江阴夜渔客,因思凉口钓鱼时。一潭明月万株柳,自去自来人不知。

亡题—作学仙
商岭彩芝寻四老,紫阳收术访三茅。欲求不死长生诀,骨里无仙不肯教。

送杨发东归
红花半落燕于飞,同客长安今独归。一纸乡书报兄弟,还家羞著别时衣。

寄宋邧—作寄宋次都,—作寄友人
朱槛烟霜—作窗夜坐劳,美人南国旧同袍。山长水远无消息,瑶瑟一弹秋月高。

题四老庙二首—作重经四皓庙
峨峨商岭采芝人,雪顶霜髯虎豹茵。山酒一卮—作壶歌一曲,汉家天子忌功臣。

避秦安汉出蓝关,松桂花阴满旧山。自是无人有归意,白云常在水潺潺。

夏日寄江上亲友
雨过前山—作山前日未斜,清蝉嘒嘒落槐花。车轮南北已无限,江上故人才到家。

下第怀友人
独掩衡门花盛时,一封书信缓归期。南宗更有潇湘客,夜夜月明闻竹枝。

客有卜居不遂薄游汧陇因题
海燕西飞白日斜,天门遥望五侯家。楼台深锁无人到,落尽春风第一花。

陈宫怨二首
风暖江城—作头白日迟,昔人遗事后人悲。草生宫阙国无主,玉树后庭花为谁?

地雄山险水悠悠,不信隋兵到石头。玉树后庭花一曲,与君同上景阳楼。

经故太尉段公庙
静—作徒想追兵缓翠华,古碑—作城边荒庙闭松花。纪生不向荥阳死,争—作岂有山河属汉家。

途经秦始皇墓
龙盘虎踞树层层,势入浮云亦是崩。一种青山秋草里,路人唯—作谁拜汉文—作元陵。

游楞—作曼伽寺
碧—作晚烟秋寺泛潮—作湖来,水浸城根古堞摧。尽日伤心人不见,石榴—作榴花满—作发旧琴—作歌台。

缑山庙
王子吹箫—作求仙月满台,玉箫—作笙清转

鹤裴回。曲终飞去不知处,山下碧桃春自一作无数开。

送薛先辈入关
一卮春酒送离歌,花落敬亭芳草多。欲问归期已深醉,只应孤梦绕关河。

鸿沟
相持未定各为一作怀君,秦政山河此地分。力尽乌江千载后,古沟芳一作荒草起寒云。

韩信庙
朝言云梦暮南巡,已为功名少退身。尽握兵权犹不得,更将心计托何人。

过湘妃庙
古木苍山掩翠娥,月明南浦起微波。九疑望断几千载,斑竹泪痕今更多。

寄云际寺敬上人
万山秋雨水萦回,红叶多从紫阁来。云冷竹斋禅衲薄,已应飞锡过一作入天台。

秋思一作秋日
琪树西风枕一作华簟秋,楚云湘水一作月忆同游。高歌一曲掩明镜,昨日少年今白头。

送宋处士归山
卖药修琴归去迟,山风吹尽一作落,一作老桂花枝一作时。世间甲子须臾事一作过,逢著仙人一作翁莫看棋。

听琵琶
欲写明妃万里情,紫槽红拨夜丁丁。胡沙望尽汉宫远,月落天山闻一声。

秦楼曲
秦女梦余仙路遥,月窗风簟夜迢迢。潘一作何,一作伴郎翠凤双飞去,三十六宫闻玉箫。

旌儒庙
寒陌一作谷,一作柏阴风万古悲,儒冠相枕死秦时。庙前亦有商山路,不学老翁歌紫芝。

览故人题僧院诗
高阁清吟寄远公,四时云月一篇中。今来借问独何处,日暮槿花零落风。

楚宫怨二首
十二山晴花尽开,楚宫双阙对阳台。细腰争一作起舞君沉一作王醉,白日秦兵天一作江上来。

猎骑秋来在一作向内稀,渚宫云雨湿龙一作君衣。腾腾战鼓动城阙,江畔一作上射麋殊未归。

听唱山鹧鸪一作听吹鹧鸪
金谷歌传第一流,鹧鸪清怨碧烟一作云愁。夜来省得曾闻处,万里月明湘水秋一作流。

晨起西楼
留情深处驻横波,敛翠凝红一曲歌。明月下楼人未散,共愁三径是天河。

酬江西卢端公蓝口阻风见寄之什
又携刀笔泛一作从鹰舟,蓝口风高桂楫留。还似郢中歌一曲,夜来春雪照西楼。

赠何处士
东别茅峰北去秦,梅仙书里说真一作知人。白头主印青山下,虽遇唐生不敢亲。

鹭鸶
西风澹澹水悠悠,雪点一作照丝飘带雨愁。何限一作事归心倚前阁,绿蒲红蓼练塘秋。

学仙二首
汉武迎仙紫禁秋,玉笙瑶瑟祀昆丘。年年望断无消息,空闭重一作玉城十二楼。

心期仙诀意无穷,采画云车起寿宫。闻有三山未知处,茂陵松柏满西风。

酬康州韦侍御同年
桂楫美人歌木兰,西风袅袅露溥溥。夜长

曲尽意不尽,月在清—作满湘洲渚寒。

紫藤

绿蔓秾阴紫袖低,客来留坐小堂西。醉中掩瑟无人会,家近江南罨画溪。

宿咸—作咸宜观

羽袖飘飘杳—作香夜风,翠幢归殿玉坛空。步虚声尽天未—作将晓,露压桃花月满宫。

金谷园

三惑沉身是此园,古藤荒草野—作暮禽喧。二十四友一朝尽,爱妾坠楼何足言。

送崔垧入朝

书剑功迟白发新,强登萧寺送归秦。月斜松桂倚高阁,明夜江南江北人。

病中和大夫玩江月

江上悬光海上生,仙舟迢递绕军营。高歌一曲同筵醉,却是刘桢坐到明。

读庾太子传

佞臣巫蛊已相疑,身没湖边筑望思。今日更归何处是,年年芳草上台基。

酬对雪见寄

飞度龙山下远空,拂檐紫竹昼蒙蒙。知君吟罢意无限,曾听玉堂歌北风。

王可封临终

十世为儒少子孙,一生长负信陵恩。今朝埋骨寒山下,为报慈亲休倚门。

僧院影堂

香销云凝—作散旧僧家,僧刹残灯壁半斜。日暮松烟空漠漠,秋风吹破妙—作纸莲华。

记梦

《本事诗》云:浑常梦登山,有宫室凌云,人云此昆仑也。既入,见数人方饮,招之,至暮而罢,浑赋诗云云。他日复梦至其处,飞琼曰:"子何故显余姓名于人间?"座上即改为天风吹下步虚声,曰:"善。"

晓入瑶台露气清,座中唯有许飞琼。尘心未尽俗缘在,十里下山—作山前空月明。

三十六湾

缥缈临风思美人,荻花枫叶带离声。夜深吹笛移船去,三十六湾秋月明。

越中

石城花暖鹧鸪飞,征客春帆秋不归。犹自保郎心似石,绫梭夜夜织寒衣。

全唐诗卷五百三十九

李商隐

李商隐,字义山,怀州河内人。令狐楚帅河阳,奇其文,使与诸子游。楚徙天平、宣武,皆表署巡官。开成二年,高锴知贡举,令狐绹雅善锴,奖誉甚力,故擢进士第,调弘农尉,以忤观察使,罢去。寻复官,又试拔萃中选。王茂元镇河阳,爱其才,表掌书记,以子妻之,得侍御史。茂元死,来游京师,久不调,更依桂管观察使郑亚府为判官。亚谪循州,商隐从之,凡三年乃归。茂元与亚皆李德裕所善,绹以商隐为忘家恩,谢不通。京兆尹卢弘正表为府参军,典笺奏。绹当国,商隐归,穷自解,绹憾不置。弘正镇徐州,表为掌书记。久之,还朝,复干绹,乃补太学博士。柳仲郢节度剑南东川,辟判官、检校工部员外郎。府罢,客荥阳卒。商隐初为文,瑰迈奇古。及在令狐楚府,楚本工章奏,因授其学,商隐俪偶长短而繁缛过之。时温庭筠、段成式俱用是相夸,号三十六体。《樊南甲集》二十卷、《乙集》二十卷,《玉溪生诗》三卷。今合编诗三卷。

锦瑟

锦瑟无端五十弦,一弦一柱思华年。庄生晓梦迷蝴蝶,望帝春心托杜鹃。沧海月明珠有泪,蓝田日暖玉生烟。此情可待成追忆,只是当时已惘然。

重过圣女祠

白石岩扉碧藓滋,上清沦—作沦谪得归迟。一春梦雨常飘瓦,尽日灵风不满旗。萼绿华来无定所,杜兰香去未移时。玉郎会此通仙籍,忆向天阶问紫芝。

寄罗劭兴—作舆

棠棣黄花发,忘忧碧叶齐。人闲微病酒,燕重远兼泥。混沌何由凿,青冥未有梯。高阳旧徒侣,时复一相携。

令狐舍人说昨夜西掖玩月因戏赠

昨夜玉轮明，传闻近太清。凉波冲碧瓦，晓晕落金茎。露索秦宫井—作阱，风弦汉殿筝。几时绵竹颂，拟荐子虚名。

崔处士

真人塞其内，夫子入于机。未肯投竿起，惟欢负米归。雪中东郭履，堂上老莱衣。读遍先贤传，如君事者稀。

自喜

自喜蜗牛舍，兼容燕子巢。绿筠遗粉箨，红药绽香苞。虎过遥知阱，鱼来且佐庖。慢行成酪酊，邻壁有松醪。

题僧壁

舍生求道有前踪，乞脑剜身结愿重。大去便应欺粟颗，小来兼可隐针锋。蚌胎未—作永满思新桂，琥珀初成忆旧松。若信贝多真实语，三生同听一楼钟。

霜月

初闻征雁已无蝉，百尺楼高—作南水接天。青女素娥俱耐冷，月中霜里斗婵娟。

异俗二首 原注：时从事岭南。

鬼疬朝朝避，春寒夜夜添。未惊雷破柱，不报水齐檐。虎箭侵肤毒，鱼钩刺骨铦。鸟言成谍诉—作诈，多是恨彤幨—作襜。

户尽悬秦网，家多事越巫。未曾容獭祭，只是纵猪都。点对连鳌饵，搜求缚虎符。贾生兼事鬼，不信有洪炉。

归墅

行李逾南极，旬时到旧乡。楚芝应遍紫，邓橘未全黄。渠浊村春急，旗高社酒香。故山归梦喜，先入读书堂。

商于

商于朝雨霁，归路有秋光。背坞猿收果，投岩麝退香。建瓴真得势，横戟岂能当。割地张仪诈，谋身绮季长。清渠州外月，黄叶庙前霜。今日看云意，依依入帝乡。

和孙朴韦蟾孔雀咏

此去三梁远，今来万里携。西施因网得，秦客被花迷。可在青鹦鹉，非关碧野鸡。约眉怜翠羽，刮目—作腹想金篦。瘴气笼飞远，蛮花向坐低。轻于赵皇后，贵极楚悬黎。都护矜罗幕，佳人炫绣袿。屏风临烛扣，捍拨倚香脐。旧思牵云叶，新愁待雪泥。爱堪通梦寐，画得不端倪。地锦排苍雁，帘钉镂白犀。曙霞星斗外，凉月露盘西。妒好休夸舞，经寒且少啼。红楼三十级，稳稳上丹梯。

人欲

人欲天从竟不疑，莫言圆盖便无私。秦中已久乌头白，却是君王未备知。

华山题王母祠

莲华峰下锁雕梁，此去瑶池地共长。好为麻姑到东海，劝栽黄竹莫栽桑。

华清宫 天宝六载，改骊山温泉宫曰华清宫。

华清恩幸古无伦，犹恐蛾眉不胜人。未免被他褒女—作氏笑，只教天子暂蒙尘。

楚泽

夕阳归路后，霜野物声干。集鸟翻渔艇，残虹—作红拂马鞍。刘桢元抱病，虞寄数辞官。白袷经年卷，西来及—作又早寒。

蝉

本以高难饱，徒劳恨费声。五更疏欲断，一树碧无情。薄宦梗犹泛，故园芜已平。烦君最相警，我亦举家清。

江亭散席循柳路吟 归官舍

春咏敢轻裁，衔辞入半杯。已遭江映柳，更初雪藏梅。寡和真徒尔，殷忧动即来。从诗得何报，惟感—作看二毛催。

潭州

　　潭州官舍暮楼空,今古无端入望中。湘泪浅深滋竹色,楚歌重叠怨兰丛。陶公战舰空滩雨,贾傅承尘破庙风。目断故园人不至,松醪一醉与谁同?

赠刘司户蕡

　　江风吹—作扬浪动云根,重碇危樯白日昏。已断燕鸿初起势,更惊骚客后归魂。汉廷急诏—作召谁先入,楚路高歌自欲翻。万里相逢欢复泣,凤巢西隔九重门。

哭刘司户二首

　　离居星岁易,失望死生分。酒瓮凝余桂,书签冷旧芸。江风吹雁急,山木带蝉曛。一叫千回首,天高不为闻。

　　有美扶皇运,无谁荐直言。已为秦逐客,复作楚冤魂。湓浦应分派,荆江有会源。并将添恨泪,一洒问乾坤。

悼伤后赴东蜀辟至散关遇雪

　　剑外从军远,无家与寄衣。散关三尺雪,回梦旧鸳机。

乐游原

　　向晚意不适,驱车登古原。夕阳无限好,只是近黄昏。

北齐二首

　　一笑相倾国便亡,何劳荆棘始堪—作悲伤。小怜玉体横陈夜,已报周师入晋阳。

　　巧笑知堪敌万几,倾城最在著戎衣。晋阳已陷休回顾,更请君王猎一围。

街西池馆

　　白阁他年别,朱门此夜过。疏帘留月魄,珍簟接烟波。太守三刀梦,将军一箭歌。国租容客旅,香熟玉山禾。

南朝

　　玄武湖中玉漏催,鸡鸣埭口绣襦回。谁言琼树朝朝见,不及金莲步步来。敌国军营漂木柹,前朝神庙锁烟煤。满宫学士皆颜—作莲色,江令当年只费才。

复京德宗建中四年,朱泚叛,上如奉天。兴元元年,李晟收复京城。

　　虏骑胡兵一战摧,万灵回首贺轩台。天教李令心如日,可要昭陵石马来。

浑河中浑瑊与李晟同平朱泚,德宗还宫,以瑊为河中尹。

　　九庙无尘八马回,奉天城垒长春苔。咸阳原上英雄骨,半向君家养马来。

鄠杜马上念汉书—云五陵怀古

　　世上苍龙种,人间武帝孙。小来惟射猎,兴罢得乾坤。渭水天开苑,咸阳地献原。英灵殊未已,丁傅渐华轩。

柳

　　动春何限叶,撼晓几多枝。解有相思苦,应无不舞时。絮飞藏皓蝶,带弱露黄鹂。倾国宜通体,谁来—作家独赏眉?

巴江柳

　　巴江可惜柳,柳色绿侵江。好向金銮殿,移阴入绮窗。

咸阳

　　咸阳宫阙郁嵯峨,六国楼台艳绮罗。自是当时天帝醉,不关秦地有山河。

同崔八诣药山访融禅师

　　共受征南不次恩,报恩惟是有忘言。岩花涧草西林路,未见高僧只见猿。

闻著明凶问哭寄飞卿

　　昔叹谗销骨,今伤泪满膺。空余双玉剑,无复一壶冰。江势翻银砾—作汉,天文露玉绳。何因携庾信,同去哭徐陵。

听鼓

　　城头叠鼓声,城下暮江清。欲问渔阳掺,

时无祢正平。

送崔珏往西川
年少因何有旅愁，欲为东下更西游。一条雪浪吼巫峡，千里火云烧益州。卜肆至今多寂寞，酒垆从古擅风流。浣花笺纸桃花色，好好题诗咏玉钩。

代赠
杨柳路尽处，芙蓉湖上头。虽同锦步障，独映—作应钿箜篌。鸳鸯可羡头俱白，飞去飞来烟雨秋。

桂林
城窄山将压，江宽地共浮。东南通绝域，西北有高楼。神护青枫岸，龙移白石湫。殊乡竟何祷，箫鼓不曾休。

夜雨寄北
君问归期未有期，巴山夜雨涨秋池。何当共剪西窗烛，却话巴山夜雨时。

陈后宫
茂苑城如画，阊门瓦欲流。还依水光殿，更起月华楼。侵夜鸾开镜，迎冬雉献裘。从臣皆半—作伴醉，天子正无愁。

属疾
许靖犹羁宦，安仁复悼亡。兹辰聊属疾，何日免殊方。秋蝶无端丽，寒花只暂—作更不香。多情真命薄，容易即回肠。

石榴
榴枝婀娜榴实繁，榴膜轻明榴子鲜。可羡瑶池碧桃树，碧桃—作眉红颊一千年。

明日
天上参旗过，人间烛焰销。谁言整双履，便是隔三桥。知处黄金锁，曾来—作求碧绮寮。凭栏明日意，池阔雨萧萧。

饮席戏赠同舍
洞中屐响省分携，不是花迷客自迷。珠树重行怜翡翠，玉楼双舞羡鹍鸡。兰回旧蕊缘屏—作屏缘绿，椒缀新香和壁泥。唱尽阳关无限叠，半杯松叶冻颇黎。

西溪
近郭西溪好，谁堪共酒壶？苦吟防柳恽，多泪怯杨朱。野鹤随君子，寒松揖大夫。天涯常病意，岑寂胜欢娱。

忆梅
定定住—作住天涯，依依向物华。寒梅最堪恨，常作去年花。

赠柳
章台从掩映，郢路更参差。见说风流极，来当婀娜时。桥回行欲断，堤远意相随。忍放花如雪，青楼扑酒旗。

谑柳
已带黄金缕，仍飞白玉花。长时须拂马，密处少藏鸦。眉细从他敛，腰轻莫自斜。玳梁谁道好，偏拟映卢家。

北禽
为恋巴江好—作暖，无辞瘴雾蒸。纵能朝杜宇，可得值苍鹰。石小虚填海，芦铦未破矰。知来有乾鹊，何不向雕陵？

初起
想像咸池日欲光，五更钟后更回肠。三年苦雾巴江水，不为离人照屋梁。

楚宫
复壁交青琐，重帘挂紫绳。如何一柱观，不碍九枝灯。扇薄常规月，钗斜只镂冰。歌成犹未唱，秦火入夷陵。

柳
柳映江潭底有情，望中频遣客心惊。巴雷隐隐千山外，更作章台走马声。

石城
石城夸窈窕，花县更风流。簟冰卑病切，

作水,非将飘枕,帘烘不隐钩。玉童收夜钥,金狄守更筹。共笑鸳鸯绮,鸳鸯两白头。

韩碑

元和天子神武姿,彼何人哉轩与羲。誓将上雪列圣耻,坐法宫中朝四夷。淮西有贼五十载,封狼生貙貙生罴。不据山河据平地,长戈利矛日可麾。帝得圣相相曰度,原注:"《晏子春秋》:仲尼,圣相也。"贼斫不死神扶持。腰悬相印作都统,阴风惨淡天王旗。愬武古通作牙爪,李愬、韩弘、李道古、李文通仪曹外郎载笔随。李正封、冯宿、李宗闵皆从度出征行军司马智且勇度秦韩愈克行军司马,十四万众犹虎貔。入蔡缚贼献太庙,功无与让恩不訾。帝曰"汝度功第一,汝从事愈宜为辞。"愈拜稽首蹈且舞,"金石刻画臣能为。古者世称大手笔,此事不系于职司。当仁自古有不让",言讫屡颔天子颐。公退斋戒坐小阁,濡染大笔何淋漓。点窜尧典舜典字,涂改清庙生民诗。文成破体书在纸,清晨再拜铺丹墀。表曰臣愈昧死上,咏神圣功书之碑。碑高三一作二丈字如斗一作手,负以灵鳌蟠以螭。句奇语重喻者少,谗之天子言其私。长绳百尺拽碑倒,粗砂大石相磨治。碑辞多叙裴度事,时入蔡擒吴元济,李愬功第一,愬不平之。愬妻,唐安公主女也,出入禁中,因诉碑辞不实。诏令磨去愈文,命翰林学士段文昌重撰文勒石。公之斯文若元气,先时已入人肝脾。汤盘孔鼎有述作,今无其器存其辞。呜呼圣皇及圣相,相与烜赫流淳熙。公之斯文不示后,曷与三五相攀追。愿书万本诵万过,口角流沫右手胝。传之七十有二代,以为封禅玉检明堂基。

令狐八拾遗绹见招送裴十四归华州

二十中郎未足希一作稀,骊驹先自有光辉。兰亭宴罢方回去,雪夜诗成道韫归。汉苑风烟吹客梦,云台洞穴接郊扉。嗟予久抱临邛渴,便欲因君问钓矶。

离思

气尽前溪舞,心酸子夜歌。峡云寻不得,沟水欲如何?朔雁传书绝,湘篁染泪多。无由一作因见颜色,还自托微波。

宿骆氏亭寄怀崔雍崔衮

竹坞无尘水槛清,相思迢递隔重城。秋阴不散霜飞晚,留得枯荷听雨声。

风雨

凄凉宝剑篇,羁泊欲穷年。黄叶仍风雨,青楼自管弦。新知遭薄俗,旧好隔良缘。心断新丰酒,销愁斗几千。

梦泽

梦泽悲风动白茅,楚王葬尽满城娇。未知歌舞能多少,虚减宫厨为细腰。

赠歌妓二首

水精如意玉连环,下蔡城危莫破颜。红绽樱桃含白雪,断肠声里唱阳关。

白日相思可一作奈何,严城清夜断经过。只知解道春来瘦,不道春来独自多。

谢书

微意何曾有一毫,空携笔砚奉龙韬。自蒙半夜传衣后,不羡王祥得佩刀。

寄令狐学士

秘殿崔嵬拂彩霓,曹司今在殿东西。赓歌太液翻黄鹄,从猎陈仓获碧鸡。晓饮岂知金掌迥,夜吟应讶玉绳低。钧天虽许人间听,阊阖门多梦自迷。

酬令狐郎中见寄

望郎一作郊临古郡,佳句洒丹青。应自丘迟宅,仍过柳恽汀。封来江渺渺,信去雨冥冥。句曲闻仙诀,临川得佛经。朝吟揩客枕,夜读漱僧瓶。不见衔芦雁,空流腐草萤。士宜悲坎井,天怒识雷霆。象卉分疆近,蛟涎浸岸腥。补赢贪紫桂,负气托青萍。万里悬离抱,危于讼合铃。

七月二十八日夜与王郑二秀才听雨后梦作

初梦龙宫宝焰然，瑞霞明丽满晴天。旋成醉倚蓬莱树，有个仙人拍我肩。少顷远闻吹细管—作笛，闻声不见隔飞烟。逡巡又过潇湘雨，雨打都领切，又都历切湘灵五十弦。瞥见冯夷殊怅望，鲛绡休卖海为田。亦逢毛女无惆极，龙伯擎将华岳莲。恍惚无倪明又暗，低迷不已断还连。觉来正是平阶雨，独—作未背寒灯枕手眠。

寄令狐郎中

嵩云秦树久离居，双鲤迢迢一纸书。休问梁园旧宾客，茂陵秋雨病相如。

漫成三首

不妨何范尽诗家，未解当年重物华。远把龙山千里雪，将来拟并洛阳花。

沈约怜何逊，延年毁谢庄。清新俱有得，名誉底相伤。

雾夕咏芙蕖，何郎得意初。此时谁最赏，沈范两尚书。

无题—云阳城

白道紫回入暮霞，斑骓嘶断七香车。春风自共何人笑，枉破阳城十万家。

槿花二首

燕体伤风力，鸡香积露文。殷鸟闲切鲜—作相杂，啼笑两难分。月里宁无姊，云中亦有君。三清与仙岛，何事亦离群。

珠馆薰燃久，玉房梳扫余。烧兰才作烛，襞锦不成书。本以亭亭远，翻嫌脉脉疏。回头问残照，残照更空虚。

哭刘蕡

上帝深宫—作居闭九阍，巫咸不下问衔冤。广陵别后春涛隔，湓浦书来秋雨翻。只有安仁能作诔，何曾宋玉解招魂。平生风义兼师友，不敢同君哭寝门。

杜司勋 牧

高楼风雨感斯文，短翼差池不及群。刻意伤春复伤别，人间惟有杜司勋。

荆门西下

一夕南风一叶危，荆云回望夏云时。人生岂得轻离别，天意何曾忌险巇。骨肉书题安绝徼—作忘纪复，蕙兰蹊径失佳期。洞庭湖阔蛟龙恶，却羡杨朱泣路岐。

碧瓦

碧瓦衔珠树，红轮—作纶结绮寮。无双汉殿鬓，第一楚宫腰。雾唾香难尽，珠啼冷易销。歌从雍门学，酒是蜀城烧。柳暗将翻巷，荷敧正抱桥。钿辕开道入，金管隔邻调。梦到飞魂急，书成即席遥—作招。河流冲柱—作树转，海沫近槎飘。吴市蟫蛃甲，巴賨翡翠翘。他时未知意，重叠赠娇饶—作烧。

蝶

叶叶复翻翻，斜桥对侧门。芦花惟有白，柳絮—作叶可能温。西子寻遗殿，昭君觅故村。年年芳物尽，来别败兰荪。

蝇蝶鸡麝鸾凤等成篇

韩蝶翻罗幕，曹蝇拂绮窗。斗鸡回玉勒，融麝暖金釭。玳瑁明书阁，琉璃去声酒缸。画楼多有主，鸾凤各双双。

韩翃舍人即事

萱草含丹粉，荷花抱绿房。鸟应悲蜀帝，蝉是怨齐王。通内藏珠府，应官解玉坊。桥南荀令过，十里送衣香。

公子

一盏新罗酒，凌晨—作霜恐易消。归应冲鼓半，去不待笙调。歌好惟愁和，香浓—作多岂惜飘。春场铺艾帐，下马雉媒娇。

子初全溪作

全溪不可到，况复尽余醅。汉苑生春水，

昆池换劫灰。战蒲知雁唼,皱月觉鱼来。清兴恭闻命,言诗未敢回。

杨本胜说于长安见小男阿衮
闻君来日下,见我最娇儿。渐大啼应数,长贫学恐迟。寄人龙种瘦,失母凤雏痴。语罢休边角,青灯两鬓丝。

西溪
怅望西溪水,潺湲奈尔何。不惊春物少,只觉夕阳多。色染娇韶一作娆柳,光含窈窕萝。人间从到海,天上莫为河。凤女弹瑶瑟,龙孙撼玉珂。京华他夜梦,好好寄云波。

柳下暗记
无奈巴南柳,千条傍吹台。更将黄映白,拟作杏花媒。

妓席
乐府闻桃叶,人前道得无。劝君书小字,慎莫唤官奴。

少年
外戚平羌第一功,生年二十有重封。直登宣室螭头上,横过甘泉豹尾中。别馆觉来云雨梦,后门归去蕙兰丛。灞陵夜猎随田窦,不识寒郊自转蓬。

无题
近知名阿侯,住处小江流。腰细不胜舞,眉长惟是愁。黄金堪作屋,何不作重楼?

玄微先生
仙翁无定数,时人一壶藏。夜夜桂露湿,村村桃水香。醉中抛浩劫,宿处起神光。药里丹山凤,棋函白石郎。弄河移砥柱,吞日倚扶桑。龙竹裁轻策,鲛绡一作丝熨下裳。树栽嗤汉帝,桥板笑秦王。径欲随关令,龙沙万里强。

药转
郁金堂北画楼东,换骨神方上药通。露气暗连青桂苑,风声偏猎紫兰丛。长筹未必输孙皓,香枣何劳问石崇。忆事怀人兼得句,翠衾归卧绣帘中。

岳阳楼
欲为平生一散愁,洞庭湖上岳阳楼。可怜万里堪乘兴,枉是蛟龙解覆舟。

寄成都高苗二从事
家近红蕖曲水滨,全家罗袜起秋尘。莫将越客千丝网,网得西施别赠人。

岳阳楼
汉水方城带百蛮,四邻谁道乱周班。如何一梦高唐雨,自此无心入武关。

越燕二首
上国社方见,此乡秋不归。为矜皇后舞,犹著羽人衣。拂水斜纹乱,衔花片影微。卢家文杏好,试近莫愁飞。

将泥红蓼岸,得草绿杨村。命侣添新意,安巢复旧痕。去应逢阿母,原注:《乐府诗》:东飞伯劳西飞燕,黄姑阿母长相见。来莫害王孙。记取丹山凤,今为百鸟尊。

杜工部蜀中离席
人生何处不离群,世路干戈惜暂分。雪岭未归天外使,松州犹驻殿前军。座中醉客延醒客,江上晴云杂雨云。美酒成都堪送老,当垆仍是卓文君。

隋宫
紫泉宫殿锁烟霞,欲取芜城作帝家。玉玺不缘归日角,锦帆应是到天涯。于今腐草无萤火,终古垂杨有暮鸦。地下若逢陈后主,岂宜重问后庭花。

二月二日
二月二日江上行,东风日暖闻吹笙。花须柳眼各无赖,紫蝶黄蜂俱有情。万里忆归元亮井,三年从事亚夫营。新滩一作春莫悟一作讶游人意,更作风檐夜雨一作雨夜声。

筹笔驿

猿—作鱼鸟犹疑畏简书，风云常为护储胥。徒令上将挥神笔，终见降王走传车。管乐有才终—作真不忝，关张无命欲—作复何如。他年锦里经祠庙，梁父吟成恨有余。

屏风

六曲连环接翠帷，高楼半夜酒醒时。掩灯遮雾密如此，雨落月明俱不知。

春日

欲入卢家白玉堂，新春催破舞衣裳。蝶衔—作含红蕊蜂衔粉，共助青楼一日忙。

武侯庙古柏

蜀相阶前柏，龙蛇捧閟宫。阴成外江畔，老向惠陵东。大树思冯异，甘棠忆召公。叶雕湘燕雨，枝拆—作坼海鹏风。玉垒经纶远，金刀历数终。谁将出师表，一为问昭融？

风

撩钗盘孔雀，恼带拂鸳鸯。罗荐谁教近，斋时锁洞房。

即日

一岁林花即日休，江间—作门亭下怅淹留。重吟细把真无奈，已落犹开未放愁。山色正来衔小苑，春阴只欲傍高楼。金鞍忽散银壶漏—作滴，更醉谁家白玉钩。

九成宫 九成宫本隋仁寿宫，贞观间修之以避暑，因更名。

十二层城阆苑西，平时避暑拂虹霓。云随夏后双龙尾，风逐周王八骏—作马蹄。吴岳晓光连翠巘，甘泉晚井上丹梯。荔枝卢橘沾恩幸，鸾鹊天书湿紫泥。

少将

族亚齐安陆，风高汉武威。烟波别墅醉，花月后门归。青海闻传箭，天山报合围。一朝携剑起，上马即如飞。

咏史

历览前贤国与家，成由勤俭破由奢。何须琥珀方为枕，岂得真—作待珍珠始是车。运去不逢青海马，力穷难拔蜀山蛇。几人曾预南薰曲，终古苍梧哭翠华。

赠白道者—作咏史第二首

十二楼前再拜辞，灵风正满碧桃枝。壶中若是有天地，又向壶中伤别离。

无题二首

昨夜星辰昨夜风，画楼—作堂西畔桂堂东。身无彩凤双飞翼，心有灵犀一点通。隔座送钩春酒暖，分曹射覆蜡灯红。嗟余听鼓应官去，走马兰台类断—作转蓬。

闻道阊门萼绿华，昔年相望抵—作尚天涯。岂知一夜秦楼客，偷看吴王苑内花。

汉宫词

青雀西飞竟未回，君王长在集灵台。侍臣最有相如渴，不赐金茎露一杯。

无题四首

来是空言去绝踪，月斜楼上五更钟。梦为远别啼难唤，书被催成墨未浓。蜡照半笼金翡翠，麝熏微度绣芙蓉。刘郎已恨蓬山远，更隔蓬山一万重。

飒飒东风细雨来，芙蓉塘外有轻雷。金蟾齿锁烧香入，玉虎牵丝汲井回。贾氏窥帘韩掾少，宓妃留枕魏王才。春心莫共花争发，一寸相思一寸灰。

含情春畹—作院晚，暂见夜阑干。楼响将登怯，帘烘欲过难。多羞钗上燕，真愧镜中鸾。归去横塘晓，华星送宝鞍。

何处哀筝随急管，樱花永巷垂杨岸。东家老女嫁不售，白日当天三月半。溧阳公主年十四，清明暖后同墙看。归来展转到五更，梁间燕子闻长叹。

赴职梓潼留别畏之员外同年

佳兆联翩遇凤凰,雕文羽帐紫金床。桂花香处同高第,柿叶翻时独悼亡。乌鹊失—作入栖长不定,鸳鸯何事自相将。京华庸蜀三千里,送到咸阳见夕阳。

桂林路—作道中作

地暖无秋色,江晴有暮晖。空余蝉嘒嘒,犹向客依依。村小犬相护,沙平僧独归。欲成西北望,又见鹧鸪飞。

无题

照梁初有情,出水旧知名。裙衩芙蓉小,钗茸翡翠轻。锦长书郑重,眉细恨分明。莫近弹棋局,中心最不平。

蝶三首

初来小苑中,稍与琐闱通。远恐芳尘断,轻忧艳雪融。只知防皓—作灏露,不觉逆尖风。回首双飞燕,乘时入绮栊。

长眉画了绣帘开,碧玉行收白玉台。为问翠钗钗上凤,不知香颈为谁回？

寿阳公主嫁时妆,八字宫眉捧额黄。见我佯羞频照影,不知身属冶游郎。

无题二首

八岁偷照镜,长眉已能画。十岁去踏青,芙蓉作裙衩。十二学弹筝,银甲不曾卸。十四藏六亲,悬知犹未嫁。十五泣春风,背面—作立秋千下。

幽人不倦赏,秋暑贵招邀。竹碧转怅望,池清尤寂寥。露花终裛湿,风蝶强娇饶。此地如携手,兼君不自聊。

王十二兄与畏之员外相访见招小饮,时予以悼亡日近不去因寄

谢傅门庭旧末行,今朝歌管属檀郎。更无人处帘垂地,欲拂尘时簟竟床。嵇氏幼男犹可悯,左家娇女岂能忘。秋—作愁霖腹疾俱难遣,万里西风夜正长。

隋宫—云隋堤

乘兴南游不戒严,九重谁省谏书函？春风举国裁宫锦,半作障泥半作帆。

落花

高阁客竟去,小园花乱飞。参差连曲陌,迢递送斜晖。肠断未忍扫,眼穿仍欲归—作稀。芳心向春尽,所得是沾衣。

月—作秋月

池—作楼上与桥—作池边,难忘复可怜。帘开最明夜,簟卷已凉天。流处水花急,吐时云叶鲜。姮—作嫦娥无粉黛,只是逞婵娟。

赠宗鲁筇竹杖

大夏资轻策,全溪赠所思。静怜穿树远,滑想过苔迟。鹤怨朝还望,僧闲暮有期。风流真底事,常欲傍清羸。

垂柳

娉婷小苑中,婀娜曲池东。朝佩皆垂地,仙衣尽带风。七贤宁占竹,三品且饶松。肠断灵和殿,先皇玉座空。

曲池

日下繁香不自持,月中流艳与谁期？迎忧急鼓疏钟断,分隔休灯灭烛时。张盖欲判江滟滟,回头更望柳丝丝。从来此地黄昏散,未信河梁是别离。

代应二首

沟水分流西复东,九秋霜月五更风。离鸾虽别今何在？十二玉楼空更空。

昨夜双钩败,今朝百草输。关西狂小吏,惟喝绕床卢。

席上作

原注:予为桂州从事,故府郑公出家妓,令赋高唐诗。一本题作席上赠人,注云:故桂林荥阳公席上出

家妓,郑公,郑亚也。

淡云轻雨拂高唐,玉殿秋来夜正长。料得也应怜宋玉,一生惟事楚襄王。一云:淡烟微雨惢高唐,一曲清尘绕画梁。料得也应怜宋玉,只因无奈楚襄王。

访隐者不遇成二绝

秋水悠悠浸墅一作野扉,梦中来数觉来稀。玄蝉去一作脱尽叶黄落,一树冬青人未归。

城郭休过识者稀,哀猿啼处有柴扉。沧江白日樵渔路,日暮归来雨满衣。

破镜

玉匣清光不复持,菱花散乱月轮亏。秦台一照山鸡后,便是孤鸾罢舞时。

无题

紫府仙人号宝灯,云浆未饮结成冰。如何雪月交光夜,更在瑶台十二层。

赠庾十二朱版 原注:时庾在翰林,朱书版也。

固漆投胶不可开,赠君珍重抵琼瑰。君王晓坐金銮殿,只待相如草诏来。

李花

李径独来数,愁情相与悬。自明无月夜,强笑欲风天。减粉与园籍,分香沾一作活渚莲。徐妃久已嫁,犹自玉为钿。

柳

曾逐东风拂舞筵,乐游春苑断肠天。如何肯到清秋日,已带斜阳又带蝉。

三月十日流杯亭

身属中军少得归,木兰花尽失春期。偷随柳絮到城外,行过水西闻子规。

过招国李家南园二首

潘岳无妻客为愁,新人来坐旧妆楼。春风犹自疑联句,雪絮相和飞不休。

长亭岁尽雪如波,此去秦关路几多。惟有梦中相近分,卧来无睡欲如何。

留赠畏之 原注:时将赴职梓潼,遇韩朝回三首。

清明无事奏明光,不遣当关报早霜。中禁词臣寻引领,左川归客自回肠。郎君下笔惊鹦鹉,侍女吹笙弄凤凰。空寄一云当作记大罗天上事,众仙同日咏霓裳。

待得郎来月已低,寒暄不道醉如泥。五更又欲向何处,骑马出门乌夜啼。

户外重阴黯不开,含羞迎夜复临台。潇湘浪上有烟景,安得好风吹汝来。

为有

为有云屏无限娇,凤城寒尽怕春宵。无端嫁得金龟婿,辜负香衾事早朝。

无题

相见时难别亦难,东风无力百花残。春蚕到死丝方尽,蜡炬成灰泪始干。晓镜但愁云鬓改,夜吟应觉月光寒。蓬山此去无多路,青鸟殷勤为探看。

碧城三首

碧城十二曲阑干,犀辟尘埃玉辟寒。阆苑有书多附鹤,女床一作墙无树不栖鸾。星沈海底当窗见,雨过河源隔座看。若是晓珠明又定,一生长对水晶盘。

对影闻声已可怜,玉池荷叶正田田。不逢萧史休回首,莫一作若见洪崖又拍肩。紫凤放娇衔楚佩,赤鳞狂舞拨湘弦。鄂君怅望舟中夜,绣被焚香独自眠。

七夕来时先有期,洞房帘箔至今垂。玉轮顾兔初生魄,铁网珊瑚未有枝。检与神方教驻景,收将凤纸写相思。武皇内传分明在,莫道人间总不知。

对雪二首 原注:时欲之东。

寒一作爽气先侵玉女扉,清光旋透省郎闱。梅花大庾岭头发,柳絮章台街里飞。欲一作却舞定随曹植马,有情应湿谢庄衣。龙山万里无多远,留待行人二月归。

旋扑珠帘过粉墙，轻于柳絮重于霜。已随江令夸琼树，又入卢家妒玉堂。侵夜可能争桂魄，忍寒应欲试梅妆。关河冻合东西路，肠断斑骓送陆郎。

蜂

小_{一作少}苑华池烂熳通，后门前槛思无穷。宓妃腰细才胜露，赵后身轻欲倚风。红壁寂寥崖蜜尽，碧帘迢递雾巢空。青陵粉蝶休离恨，长定相逢二月中。

公子

外戚封侯自有恩，平明通籍九华门。金唐公主年应小，二十君王未许婚。

赋得鸡

稻粱犹足活诸雏，妒敌专场好自娱。可要五更惊晓梦，不辞风雪为阳乌。

明神

明神司过岂令冤，暗室由来有祸门。莫为无人欺一物，他时须虑石能言。

辛未七夕

恐是仙家好别离，故教迢递作佳期。由来碧落银河畔，可要金风玉露时。清漏渐移相望久，微云未接过来迟。岂能无意酬乌鹊，惟与蜘蛛乞巧丝。

壬申七夕

已驾七香车，心心待晓霞。风轻惟响珮，日薄不嫣花。桂嫩传香远，榆高送影斜。成都过卜肆，曾妒识灵槎。

壬申闰秋题赠乌鹊

绕树无依月正高，邺城新泪溅云袍。几年始得逢秋闰，两度填河莫告劳。

端居

远书归梦两悠悠，只有空床敌素秋。阶下青苔与红树，雨中寥落月中愁。

夜半

三更三点万家眠，露欲为霜月堕烟。斗鼠上堂蝙蝠出，玉琴时动倚窗弦。

玉山

玉山高与_{一作共}阆风齐，玉水清流不贮泥。何处更求回日驭，此中兼有上天梯。珠容百斛龙休睡，桐拂千寻凤要栖。闻道神仙有才子，赤箫吹罢好相携。

张恶子庙

下马捧椒浆，迎神白玉堂。如何铁如意，独自与姚苌。

雨

撼撼度瓜园，依依傍竹轩。秋池不自冷，风叶共成喧。窗迥有时见，檐高相续翻。侵宵送书雁，应为稻粱恩。

菊

暗暗淡淡紫，融融冶冶黄。陶令篱边色，罗含宅里香。几时禁重露，实是怯残_{一作斜}阳。愿泛金鹦鹉，升君白玉堂。

牡丹

锦帏初卷卫夫人，_{原注：典略云：夫子见南子在锦帏之中。}绣被犹堆越鄂君。垂手乱翻雕玉佩，招_{一作折}腰争舞_{一作细腰频换}郁金裙。石家蜡烛何曾剪，荀令香炉可待熏。我是梦中传彩笔，欲书花叶_{一作片}寄朝云。

北楼

春物岂相干，人生只强欢。花犹曾敛夕，酒竟不知寒。异域东风湿，中华上象宽。此楼堪北望，轻命倚_{一作俯}危栏。

拟沈下贤

千二百轻鸾，春衫瘦著宽。倚风行稍急，含雪语应寒。带火遗金斗，兼珠碎玉盘。河阳看花过，曾不问潘安。

蝶

飞来绣户阴,穿过画楼深。重傅秦台粉,轻涂汉殿金。相兼惟柳絮,所得是花心。可要凌孤客,邀为子夜吟。

饮席代官妓赠两从事

新人桥上著春衫,旧主江边侧帽檐。原注:隋独孤信举止风流,曾风吹帽檐侧,观者塞路。愿得化为红绶带,许教双凤一时衔。

代魏宫私赠 原注:黄初三年,已隔存没,追代其意,何必同时,亦广子夜鬼歌之流。

来时西馆阻佳期,去后漳河隔梦思。知有宓妃无限意,春松一作兰秋菊可同时。

代元城吴令暗为答

背阙归藩路欲分,水边风日半西曛。荆王枕上原无梦,莫枉阳台一片云。

牡丹

压径复缘沟,当窗又映楼。终销一国破,不啻万金求。鸾凤戏三岛,神仙居十洲。应怜萱草淡,却得号忘忧。

百果嘲樱桃

珠实虽先熟,琼莩纵早开。流莺犹故在一作向,争得讳含来。

樱桃答

众果莫相诮,天生名品高。何因古乐府,惟有郑樱桃。

晓坐 一云后阁

后阁一作阁罢朝眠,前墀思黯然。梅应未假雪,柳自不胜烟。泪续浅深绠,肠危高下弦。红颜无定所,得失在当年。

咏史

北湖南埭水漫漫,一片降旗百尺竿。三百年间同晓梦,钟山何处有龙盘。

一片

一片非烟隔九枝,蓬峦仙仗俨云旗。天泉水暖龙吟细,露畹春多凤舞迟。榆荚散来星斗转,桂花寻去月轮移。人间桑海朝朝变,莫遣佳期更后期。

日射

日射纱窗风撼扉,香罗拭手春事违。回廊四合掩寂寞,碧鹦鹉对红蔷薇。

题鹅

眠沙卧水自成群,曲岸残一作斜阳极浦云。那解一作得将心怜孔翠一作雀,羁雌长共故雄分。

华清宫

朝元阁回羽衣新,首按昭阳第一人。当日不来高处舞,可能天下有胡尘。

梓潼望长卿山至巴西复怀谯秀

梓潼不见马相如,更欲南行问一作望酒垆。行到巴西觅谯秀,巴西惟是有寒芜。

齐宫词

永寿兵来夜不扃,金莲无复印中庭。梁台歌管三更罢,犹自风摇九子铃。

十一月中旬至扶风界见梅花

匝一作雨路亭亭艳,非时裛裛香。素娥惟与月,青女不饶霜。赠远虚盈手,伤离适断肠。为谁成早秀,不待作年芳。

青陵台

青陵台畔日光斜,万古贞一作春魂倚暮霞。莫讶一作许韩凭为蛱蝶,等闲飞上别枝花。

东还

自有仙才自不知,十年长梦采华芝。秋风动地黄云暮,归去嵩阳寻旧师。

酬崔八早梅有赠兼示之作

知访寒梅过野塘,久留金勒为回肠。谢郎

衣袖初翻雪,荀令熏炉更换香。何处拂胸资蝶粉,几时涂额藉蜂黄。维摩一室虽多病,亦要—作舞天花作道场。原注:时余在惠祥上人讲下,故崔落句有梵王宫地罗含宅,赖许时时听法来。

春风

春风虽自好,春物太昌昌。若教春有意,惟遣一枝芳。我意殊春意,先春已断肠。

蜀桐

玉垒高桐—作梧拂玉绳,上含非—作霏雾下含冰。枉教紫凤无栖处,斫作秋琴弹坏—作广陵。

汉宫

通灵夜醮达清晨,承露盘晞甲帐春。王母不来—作西归方朔去,更须重见李夫人。

判春

一桃复一李,井上占年芳。笑处如临镜,窥时不隐墙。敢言西子短,谁觉宓妃长。珠玉终相类,同名作夜光。

促漏

促漏遥钟动静闻,报章重叠杳—作字难分。舞鸾镜匣收残黛,睡鸭香炉换夕熏。归去定—作岂知还向月,梦来何处更为云?南塘渐暖蒲堪结,两两鸳鸯护水纹。

江东

惊鱼拨剌燕翩翾,独自江东上钓船。今日春光太漂荡,谢家轻絮沈郎钱。

读任彦升碑

任昉当年有美名,可怜才调最纵横。梁台初建应惆怅,不得萧公作骑兵。

荷花

都无色可并,不奈此香何。瑶席乘凉设,金羁落晚—作晓过。回—作覆衾灯照绮,渡袜水沾罗。预想前秋—作愁前别,离居梦棹歌。

五松驿

独下长亭念过秦,五松不见见舆薪。只应既斩斯高后,寻被樵人用斧斤。

灞岸

山东今岁点行频,几处冤魂哭虏尘。灞水桥边倚华表,平时二月有东巡。

送臻师二首

昔去灵山非拂席,今来沧海欲求珠。楞伽顶上清凉地,善眼仙人忆我无。

苦海迷途去未因,东方过此几微尘。何当百亿莲花上,一一莲花见佛身。

七夕

鸾扇斜分凤幄开,星桥横过鹊飞回。争将世上无期别,换得年年一度来。

谢先辈防记念拙诗甚多,异日偶有此寄

晓用云添句,寒将雪命篇。良辰多自感,作者岂皆—作徒然。熟寝初同鹤,含嘶欲并蝉。题时长不展,得处定应偏。南浦无穷树,西楼不住烟。改成人寂寂,寄与路绵绵。星势寒垂地,河声晓上天。夫君自有恨,聊借此中传。

马嵬二首

冀马燕犀动地来,自埋红粉自成灰。君王若道能—作堪倾国,玉辇何由过马嵬。

海外徒闻更九州,原注:邹衍云:九州之外,复有九州。他生未卜—作决此生休。空闻虎旅传—作鸣宵柝,无复鸡人报晓筹。此日六军同驻马,当时七夕笑牵牛。如何四纪为天子,不及卢家有莫愁。

可叹

幸会东城宴未回,年华忧共水相催。梁家宅里秦宫入,赵后楼中赤凤来。冰簟且眠金镂枕,琼筵不醉玉交杯。宓妃愁坐芝田馆,用尽陈王八斗才。

望喜驿别嘉陵江水二绝

嘉陵江水此东流,望喜楼中忆阆州。若到阆中还赴海,阆州应更有高楼。

千里嘉陵江水色,含烟带月碧于蓝。今朝相送东流后,犹自驱车更向南。

别薛岩宾

曙爽行将拂,晨清坐欲凌。别离真不那,风物正相仍。漫水任—作清谁照,衰花浅自矜。还将两袖泪,同向一窗灯。桂树乖真隐,芸香不小惩。清规无以况,且用玉壶冰。

富平少侯

七国三边未到忧,十三身袭富平侯。不收金弹抛林外,却惜银床在井头。采树转灯珠错落,绣檀回枕玉雕锼。当关不报侵晨客,新得佳人字莫愁。

肠

有怀非惜恨,不奈寸肠何。即席回弥久,前时断固多。热应翻急烧,冷欲彻微波。隔树澌澌雨,通池点点荷。倦程山向背,望国阙嵯峨。故念飞书及,新欢借梦过。染筠休伴泪,绕雪莫追歌。拟问阳台事,年深楚语讹。

赠宇文中丞

欲构中天正急材,自缘烟水恋平台。人间只有嵇延祖,最望山公启事来。原注:公盛叹亡友张君,故有此句。

晓起

拟杯当晓起,呵镜可微寒。隔箔山樱熟,褰帷桂烛残。书长为报晚,梦好更寻难。影响输双蝶,偏过旧畹兰。

闺情

红露花房白蜜脾,黄蜂紫蝶两参差。春窗一觉风流梦,却是同袍不得知。

月夕

草下阴虫叶上霜,朱栏迢递压湖光。兔寒蟾冷桂花白,此夜姮娥应断肠。

杏花

上国昔相值,亭亭如欲言。异乡今暂赏,脉脉岂无恩。援少风多力,墙高月有痕。为含无限意—作思,遂对—作到不胜繁。仙子玉京路,主—作佳人金谷园。几时辞碧落,谁伴过黄昏?镜拂铅华腻,炉藏桂烬温。终应催竹叶,先拟咏桃根。莫学啼成血,从教梦寄魂。吴王采香径,失路入烟村。

灯

皎洁终无倦,煎熬亦自求。花时随酒远,雨后背窗休。冷暗黄茅驿,暄明紫桂楼。锦囊名画掩,玉局败棋收。何处无佳梦,谁人不隐忧?影随帘押转,光信簟文流。客自胜潘岳,侬今定莫愁。固应留半焰,回照下帏羞。

清河

舟小回仍数,楼危凭亦频。燕来从及社,蝶舞太侵晨。绛雪除烦后—作俊,霜梅取味新。年华无一事,只是自伤春。

袜

尝闻宓妃袜,渡水欲生尘。好借常娥著,清秋踏月轮。

追代卢家人嘲堂内

道却横波字,人前莫漫羞。只应同楚水,长短入淮流。

代应

本来银汉是红墙,隔得卢家白玉堂。谁与王昌报消息,尽知三十六鸳鸯。

离亭赋得折杨柳二首 乐府诗题作杨柳枝

暂凭樽酒送无憀,莫损愁眉与细腰。人世死前惟有别,春风争拟惜长条。

含烟惹雾每依依,万绪千条拂落晖。为报行人休尽折,半留相送半迎归。

寄永道士
　　共上云山独下迟,阳台白道细如丝。君今并倚三珠树,不记—作计人间落叶时。

华州周大夫宴席原注:西铨。
　　郡斋何用酒如泉,饮德先时已醉眠。若共门人推礼分,戴崇争得及彭宣。

荆山
　　压河连华势屡颜,鸟没云归一望间。杨仆移关三百里,可能全是为荆山。

次陕州先寄源从事
　　离思羁愁日欲晡,东周西雍此分涂。回銮佛寺高多少,望尽黄河一曲无。

过郑广文旧居　郑虔
　　宋玉平生恨有余,远循三楚吊三闾。可怜留著临江宅,异代应教庾信居。

东下三旬苦于风土马上戏作
　　路绕函关东复东,身骑征马逐惊蓬。天池辽阔谁相待,日日虚乘九万风。

莫愁
　　雪中梅下与谁期,梅雪相兼一万枝。若是石城无艇子,莫愁还自有愁时。

梦令狐学士
　　山驿荒凉白竹扉,残灯向晓梦清晖。右银台路雪三尺,凤诏裁成当直归。

涉洛川
　　通谷阳林不见人,我来遗恨古时春。宓妃漫结无穷恨,不为君王杀灌均。原注:灌均,陈王之典签,谮诸王于文帝者。

有感
　　中路因循我所长,古来才命两相妨。劝君莫强安蛇足,一盏芳醪不得尝。

宫妓
　　珠箔轻明拂玉墀,披香新殿斗腰肢。不须看尽鱼龙戏,终遣君王怒偃师。

宫辞
　　君恩如水向东流,得宠忧移失宠愁。莫向尊前奏花落,凉风只在殿西头。

代赠二首
　　楼上黄昏欲望休,玉梯横绝月中—作如钩。芭蕉不展丁香结,同向春风各自愁。

　　东南日出照高楼,楼上离人唱石州。总把春山扫眉黛,不知供得几多愁。

楚吟
　　山上离宫宫上楼,楼前宫畔暮江流。楚天长短黄昏雨,宋玉无愁亦自愁。

瑶池
　　瑶池阿母绮窗开,黄竹歌声动地哀。八骏日行三万里,穆王何事不重来。

柳
　　为有桥边拂面香,何曾自敢占流光。后庭玉树承恩泽,不信年华有断肠。

寄在朝郑曹独孤李四同年
　　昔岁陪游旧迹多,风光今日两蹉跎。不因醉本兰亭在,兼忘当年旧永和。

全唐诗卷五百四十

李商隐

南朝
地险悠悠天险长,金陵王气应瑶光。休夸此地分天下,只得徐妃半面妆。

题汉祖庙
乘运应须宅八荒,男儿安在恋池隍。君王自起新丰后,项羽何曾在故乡。

韩冬郎即席为诗相送,一座尽惊,他日余方追吟连,宵侍坐裴回久之,句有老成之风,因成二绝寄酬,兼呈畏之员外
十岁裁诗走马成,冷灰残烛动离情。桐花万里丹山路,雏凤清于老凤声。

剑栈风樯各苦辛,别时冰雪到时春。为凭何逊休联句,瘦尽东阳姓沈人。原注:沈东阳约尝谓何逊曰:"吾每读卿诗,一日三复,终未能到。余虽无东阳之才,而有东阳之瘦矣。"

评事翁寄赐饧粥走笔为答
粥香饧白杏花天,省对流莺坐绮筵。今日寄来春已老,凤楼迢递忆秋千。

东阿王
国事分明属灌均,西陵魂断夜——作断来人。君王不得为天子,半为当时赋洛神。

圣女祠
松篁台殿蕙香帏——作闱,龙护瑶窗凤掩扉。无质易迷三里雾,不寒长著五——作六铢衣。人间定有崔罗什,天上应无刘武威。寄问钗头双白燕,每朝珠馆几时归。

独居有怀
麝重愁风逼,罗疏畏月侵。怨魂迷恐断,娇喘细疑沈。数急芙蓉带,频抽翡翠簪。柔情终不远,遥妒已先深。浦冷鸳鸯去,园空蛱蝶寻。蜡花长递泪,筝柱镇移心。觅使嵩云暮,

回头灞岸阴。只闻凉叶院,露井近寒砧。

过景陵

　　武皇精魄久仙升,帐殿凄凉烟雾凝。俱是苍生留不得,鼎湖何异魏西陵。

临发崇让宅紫薇

　　一树浓姿独看来,秋庭暮雨类轻埃。不先摇落应为有,已欲别离休更开。桃绶含情依露井,柳绵相忆隔章台。天涯地角同荣谢,岂要移根上苑栽。

及第东归次灞上,却寄同年

　　芳桂当年各一枝,行期未分压春期。江鱼朔雁长相忆,秦树嵩云自不知。下苑经过劳想像,东门送一作追钱又差池。灞陵柳色无离恨,莫枉一作把长条赠所思。

野菊 此诗又见《孙逖集》,题作咏楼前海石榴。

　　苦竹园南椒坞边,微香冉冉泪涓涓。已悲节物同寒雁,忍委芳心与暮蝉。细路独来当此夕,清尊相伴省他年。紫云一作微新苑移花处,不敢霜栽近御筵。

板桥晓别

　　回望高城落晓河,长亭窗户压微波,水仙欲上鲤鱼去,一夜芙蓉红泪多。

过伊仆射旧宅

　　朱邸方酬力战功,华筵俄叹逝波穷。回廊檐断燕飞去一作出,小阁一作阁尘凝人语空。幽泪一作砌欲干残菊露,余香犹入败荷风。何能更涉泷江去,独立寒流一作沙吊楚宫。

关门柳

　　永定河边一行柳,依依长发故年春。东来西去人情薄,不为清阴减路尘。

酬别令狐 一本有八字补阙

　　惜别夏仍半,回途秋已期。那修直谏草,更赋赠行诗。锦段知无报,青萍肯见疑。人一作吾生有通塞,公等系安危。警露鹤辞侣,吸风

蝉抱枝。弹冠如不问,又到扫门时。

银河吹笙

　　怅望银河吹玉笙,楼寒院冷接平明。重衾幽梦他年断,别树羁雌昨夜惊。月榭故香因雨发,风帘残烛隔霜清。不须浪作缑山意,湘瑟秦箫自有情。

与同年李定言曲水闲话戏作

　　海燕参差沟水流,同君身世属离忧。相携花下非秦赘,对泣春天一作风前类楚囚。碧草暗侵穿苑路,珠帘不卷枕江楼。莫惊一作经五胜埋香骨,地下伤春亦白头。

彭城当作阳公薨后赠杜二十七胜李十七潘一作藩二君并与愚同出故尚书安平公门下

　　梁山兖水约从公,两地参差一旦空。谢墅庾村相吊后,自今岐路各西东。

闻歌

　　敛笑凝眸意欲歌,高云不动碧嵯峨。铜台罢望归何处,玉辇忘还事几多。青冢路边南雁尽,细腰宫里北人过。此声肠断非今日,香烛灯光奈尔何。

赠华阳宋真人兼寄清都刘先生

　　沦谪千年别帝宸,至今犹谢一作识蕊珠人。但惊茅许同仙籍一作多玄分,不道一作记刘卢是世亲。玉检赐书迷凤篆一作录,金华归驾冷龙鳞。不因杖履逢周史,徐甲何曾有此身。

楚宫二首

　　十二峰前落照微,高唐一作堂宫暗坐迷归。朝云暮雨长相接,犹自君王恨见稀。

　　月姊曾逢下彩蟾,倾城消息隔重帘。已闻佩响知腰细,更辨弦声觉指纤。暮雨自归山悄悄,秋河不动夜厌厌。王昌且在墙东住,未必金堂得免嫌。 此首一本题作天水闲话旧事。

和友人戏赠二首 一作和令狐八戏题

　　东望花楼曾一作不同,西来双燕信休通。

仙人掌冷三霄露,玉女窗虚五一作午夜风。翠袖自随回雪转一作驻,烛房寻类外庭空。殷勤莫使清香透,牢合金鱼锁桂丛。

迢递青一作春门有几关,柳梢楼角见南山。明珠可贯须为佩,白璧堪裁且作环。子夜休一作欲歌团扇掩,新正未破剪刀闲。猿啼鹤怨一作望终年事,未抵熏炉一作炉香一夕间。

题二首后重有戏赠任秀才

一丈红蔷拥翠筠,罗窗不识绕街尘。峡中寻觅长逢雨,月里依稀更有人。虚为错刀留远客,枉缘书札损文鳞。遥知小阁还斜照,羡杀乌龙卧锦茵。原注:谑之也。

有感二首 原注:乙卯年有感,丙辰年诗成。二诗纪甘露之变。

九服归元化,三灵叶睿图。如何本初辈,自取屈氂诛。有甚当车泣,因劳下殿趋。何成奏云物,直是灭萑苻。证逮符书密,辞连性命俱。竟缘尊汉相,不早辨胡雏。鬼篆分朝部,军烽照上都。敢云堪恸哭,未免怨洪炉。

丹陛犹敷奏,彤庭歘战争。临危对卢植,原注:是晚独召故相彭阳公入。始悔用庞萌。御仗收前殿一作队,兵一作凶徒剧背城。苍黄五色棒,掩遏一阳生。古有清君侧,今非乏老成。素心虽未易,此举太无名。谁瞑衔冤目,宁吞欲绝声。近闻开寿宴,不废用咸英。

重有感

玉帐牙旗得上游,安危须共主君忧。窦融表已来关右,陶侃军宜次石头。岂有蛟龙愁一作曾,一作长失水,更无鹰隼与高秋。昼号夜哭兼幽显,早晚星关雪涕收。

寿安公主出降

沩水闻贞一作真媛,常山索锐师。昔忧迷帝力,今分送王姬。事等和强虏,恩殊睦本枝。四郊多垒在,此礼恐无时。

夕阳楼 原注:在荥阳,是所知今遂宁萧侍郎牧荥阳日作矣。萧侍郎,萧澣也。

花明柳暗绕天愁,上尽重城更上楼。欲问孤鸿向何处,不知身世自悠悠。

春雨

怅卧新春白袷衣,白门寥落意多违。红楼隔雨相望冷,珠箔飘灯独自归。远路应悲春睕晚,残宵犹得梦依稀。玉珰缄札何由达,万里云罗一雁飞。

中元作

绛节飘飖宫一作空国来,中元朝拜上清回。羊权须一作虽得金条脱,温峤终虚玉镜台。曾省惊眠闻雨过,不知迷路为花开。有娀未抵瀛洲远,青雀如何鸩鸟媒。

鸳鸯

雌去雄飞万里天,云罗满眼泪潸然。不须长结风波愿,锁向金笼始两全。

楚宫

湘波如泪色漻漻,楚厉一作祢,古通迷魂逐恨遥。枫树夜猿愁自断,女萝山鬼语相邀。空归腐败犹难复,更困腥臊岂易招。但使故乡三户在,采丝谁惜惧长蛟。

妓席暗记送同年独孤云之武昌

叠嶂千重叫恨猿,长江万里洗离魂。武昌若有山头石,为拂苍苔检泪痕。

宿晋昌亭闻惊禽

羁绪鳏鳏夜景侵,高窗不掩见惊禽。飞一作行来曲渚烟方合,过尽南塘树更深。胡马嘶和榆塞笛,楚猿吟杂橘村砧。失群挂木知何限,远隔天涯共此心。

深宫

金殿销香一作香销闭绮栊一作笼,玉壶传点一作响咽铜龙。狂飙不惜萝阴薄,清露偏知桂叶浓。斑竹岭边无限泪,景阳宫里及时钟。岂知为雨为云处—作意,只有高唐十二峰。

明禅师院酬从兄见寄

贞吝嫌兹世,会心驰本原。人非四禅缚,地绝一尘喧。霜露欹高木,星河压—作堕故园。斯游傥为胜,九折幸回轩。

寄裴衡

别地萧条极,如何更独来。秋应为黄叶,雨不厌青苔。沈约只能瘦,潘仁岂是才。杂情堪底寄,惟有冷于灰。

即日

小苑试春衣,高楼倚暮晖。夭桃惟是笑,舞蝶不空飞。赤岭久无耗,鸿门犹合围。几家缘锦字,含泪坐鸳机。

淮阳路

荒村倚废营,投宿旅魂惊。断雁高仍急,寒溪晓更清。昔年尝聚盗,此日颇分兵。猜贰谁先致?三朝事始平。

崇让宅东亭醉后沔然有作

曲岸风雷罢,东亭霁日凉。新秋仍酒困—作困病,幽兴暂江乡。摇落真何遽,交亲或未忘。一帆彭蠡月,数雁塞门霜。俗态虽多累,仙标发近狂。声名佳句在,身世玉琴张。万古山空碧,无人鬓免黄。骅骝忧老大,鶗鴂妒芬芳。密竹沈虚籁,孤莲泊晚香。如何此幽胜,淹卧剧清漳。

晚晴

深居俯夹城,春去夏犹清。天意怜幽草,人间重晚晴。并添高阁迥,微注小窗明。越鸟巢干后,归飞体更轻。

迎寄韩鲁州瞻同年

积雨晚骚骚,相思正郁陶。不知人万里,时有燕双高。寇盗缠三辅,原注:时兴元贼起,三川兵出。莓苔滑百牢。圣朝推卫霍—作索,归日动仙曹。

武夷山

只得流霞酒一杯,空中箫鼓几—作当时回。武夷洞里生毛竹,老尽曾孙更不来。

一片

一片琼英价动天,连城十二当作五昔虚传。良工巧费真为累,楮叶成来不直钱。

寄成都高苗二从事 原注:时二公从事商隐座主府。

红莲幕下紫梨新,命断湘南病渴人。今日问君能寄否,二江风水接天津。

郑州献从叔舍人褎

蓬岛烟霞阆苑钟,三官笺奏附金龙。茅君奕世仙曹贵,许掾全家道气浓。绛简尚参黄纸案,丹炉犹用紫泥封。不知他日华阳洞,许上经楼第几重。

西南行却寄相送者

百里阴云覆雪泥,行人只在雪云西。明朝惊破还乡梦,定是陈仓碧野鸡。

四皓庙

羽翼殊勋弃若遗,皇天有运我无时。庙前便接山门路,不长青松长紫芝。

题白石莲花寄楚公

白石莲花谁所共,六时长捧佛前灯。空庭苔藓饶霜露,时梦西山老病僧。大海龙宫无限地,诸天雁塔几多层。漫夸鹙子真罗汉,不会牛—作千车是上乘。

安定城楼

迢递高城百尺楼,绿杨枝外—作上尽汀洲。贾生年少虚垂泪—作涕,王粲春来更远游。永忆江湖归白发,欲回天地入扁舟。不知腐鼠成滋味,猜意鹓雏竟未休。

隋宫守岁

消息东郊木帝回,宫中行乐有新梅。沈香

甲一作夹煎去声为庭燎,玉液琼苏作寿杯。遥望露盘疑是月,远闻鼍鼓欲惊雷。昭阳第一倾城客,不踏金莲不肯来。

利州江潭作 原注:感孕金轮所。

神剑飞来不易一作是销,碧潭珍重驻兰桡。自携明月移灯疾,欲就行云散锦遥。河伯轩窗通贝阙,水宫帷箔卷冰绡。他时燕脯无人寄,雨满空城蕙叶雕。

即目一作日

地宽楼已迥,人更迥于楼。细意经一作抽意轻春物,伤醒属暮愁。望赊殊易断,恨久欲难收。大势真无利,多情岂自由。空园兼树废,败港拥花流。书去青枫驿,鸿归杜若洲。单栖应分定,辞疾索谁忧? 更替林鸦恨,惊频去不休。

相思一作相思树上

相思树上合欢枝,紫凤青鸾共羽仪。肠断秦台吹管客,日西春尽到来迟。

茂陵

汉家天马出蒲梢,苜蓿榴花遍近郊。内苑只知含一作衔凤觜,属车无复插鸡翘。玉桃偷得怜方朔,金屋修一作妆成贮阿娇。谁料苏卿老归国,茂陵松柏雨萧萧。

镜槛

镜槛芙蓉入,香台翡翠过。拨弦惊火凤,交扇拂天鹅。隐忍阳城笑,喧传郢市歌。仙眉琼作叶,佛髻钿为螺。五里无因雾,三秋只见河。月中供药剩,海上得绡多。玉集胡沙割,犀留圣水磨。斜门窗戏蝶,小阁锁飞蛾。骑襜侵鞯卷,车帷约幰铊。传书两行雁,取酒一封驼。桥迥凉风压,沟横一作斜夕照和。待乌燕太子,驻马魏东阿。想像铺芳褥,依稀解醉罗。散时帘隔露,卧后幕生波。梯稳从攀桂,弓调任射莎。岂能抛断梦,听鼓事朝珂。

送郑大台文南觐 郑畋

黎辟一作壁滩声五月寒,南风无处附平安。君怀一匹胡威绢,争拭酬恩泪得干。

风

迥拂来鸿急,斜催别燕高。已寒休惨淡,更远尚呼号。楚色分西塞,夷音接下牢。归舟天外有,一为戒波涛。

洞庭鱼

洞庭鱼可拾,不假更垂罾。闹若雨前蚁,多于秋后蝇。岂思鳞作簟,仍计腹为灯。浩荡天池路,翱翔欲化鹏。

天涯

春日在天涯,天涯日又斜。莺啼如有泪,为湿最高花。

喜舍弟羲叟及第上礼部魏公

国以斯文重,公仍内署一作相来。风标森太华,星象逼中台。朝满迁莺侣,门多吐凤才。宁同鲁司寇,惟一作只铸一颜回。

哀筝

延颈全同鹤,柔肠素怯猿。湘波无限泪,蜀魄有余冤。轻幰长无道,哀筝不出门。何由问香炷,翠幕自黄昏。

自南山北归经分水岭

水急愁无地,山深故有云。那通极目望,又作断肠分。郑驿来虽及,燕台哭不闻。犹余遗意在,许刻镇南勋。

旧顿 宿,食处也。天子行幸住宿处,亦曰顿。

东人望幸久咨嗟,四海于今是一家。犹锁平时旧行殿,尽无宫户有宫鸦一作宫花,一作飞鸦。

代董秀才却扇

莫将画扇出帷来,遮掩春山滞上才。若道团圆似明月,此中须放桂花开。

有感

非关宋玉有微辞,却是襄王梦觉迟。一自高唐赋成后,楚天云雨尽堪疑。

骊山有感

骊岫飞泉泛暖香,九龙呵护玉莲房。平明每幸长生殿,不从金舆惟寿王。

别智玄法师

云鬓无端怨别离,十年移易住山期。东西南北皆垂泪,却是杨朱真本师。

赠孙绮新及第

长乐遥听上苑钟,采衣称庆桂香浓。陆机始拟夸文赋,不觉云间有士龙。

代秘书赠弘文馆诸校书

清切曹司近玉除,比来秋兴复何如。崇文馆里丹—作飞霜后,无限红梨忆校书。

乱石

虎踞龙蹲纵复横,星光渐减雨痕生。不须并碍东西路,哭杀厨头阮步兵。

日日—作春光

日日春光斗日光,山城斜路杏花香。几时心绪浑无事,得及游丝百尺长。

过楚宫

巫峡迢迢旧楚宫,至今云雨暗丹枫。微生尽恋人间乐,只有襄王忆梦中。

龙池

龙池赐酒敞云屏,羯鼓声高众乐停。夜半宴归宫漏永,薛王沉醉寿王醒。

泪

永巷长年怨绮罗,离情终日思风波。湘江竹上痕无限,岘首碑前洒几多。人去紫台秋入塞,兵残楚帐夜闻歌。朝来灞水桥边问,未抵青袍送玉珂。

十字水期韦潘侍御同年不至,时韦寓居水次故郭汾宁—作阳宅

伊水溅溅相背流,朱栏画阁几人游。漆灯夜照真无数,蜡炬晨炊竟未休。顾我有怀同大梦,期君不至更沈忧。西园碧树今谁主,与近高窗卧听秋。

流莺

流莺漂荡复参差,渡陌临流不自持。巧啭岂能无本意,良辰未必有佳期。风朝露夜阴晴里,万户千门开闭时。曾苦伤春不忍—作思听,凤城何处有花枝。

出关宿盘豆馆对丛芦有感

芦叶梢梢夏景深,邮亭暂欲洒尘襟。昔年曾是江南客,此日初为关外心。思子台边风自急,玉孃湖上月应沈。清声不远行人去,一世—作任荒城伴夜砧。

和韩录事送宫人入道

星使追还不自由,双童捧上绿琼辀。九枝灯下朝金殿,三素云中侍玉楼。凤女颠狂成久别,月娥孀独好同游。当时若爱韩公子,埋骨成灰恨未休。

即目—作日

小鼎煎茶面曲池,白须道士竹间棋。何人书破蒲葵扇,记著南塘移树时。

圣女祠

杳蔼—作霭逢仙迹,苍茫滞客途。何年归碧落,此路向皇都。消息期青雀,逢迎异紫姑。肠回楚国梦,心断汉宫巫。从骑裁寒竹,行车荫白榆。星娥一去后,月姊更来无。寡鹄—作辽鹤迷苍壑,羁凰—作鸾怨翠梧。惟应碧桃下,方朔是狂夫。

七月二十九日崇让宅宴作

露如微霰下前池,月—作风过回塘万竹悲。浮世本来多聚散,红蕖何事亦离披。悠扬归梦惟灯见,濩落生涯独酒知。岂到白头长只尔,嵩阳松雪有心期。

赠从兄阆之

怅望人间万事违,私书幽梦约忘机。荻花

村里鱼标在,石藓庭中鹿迹微。幽径定携僧共入,寒塘好与月相依。城中猘犬憎兰佩,莫损幽芳久不归。

吴宫

龙槛沈沈水殿清,禁门深掩断人声。吴王宴罢满宫醉,日暮水漂花出城。

常娥

云母屏风烛影深,长河渐落晓星沈。常娥应悔偷灵药,碧海青天夜夜心。

残花

残花啼露莫留春,尖发谁非怨别人。若但掩关劳独梦,宝钗何日不生尘。

天津西望

骖马崩腾忽一狂,翠华无日到东方。天津西望肠真断,满眼秋波出苑墙。

西亭

此夜西亭月正圆,疏帘相伴宿风烟。梧桐莫更翻清露,孤鹤从来不得眠。

忆住一作匡一师

无事经年别远公,帝城钟晓忆西峰。炉烟消尽寒灯晦,童子开门雪满松。

昨夜

不辞鹈鴂妒年芳,但惜流尘暗烛房。昨夜西池凉露满,桂花吹断月中香。

海客

海客乘槎上紫氛,星娥罢织一相闻。只应不惮牵牛妒,聊用支机石赠君。

初食笋呈座中

嫩箨香苞初出林,于一作五陵论价重如金。皇都陆海应无数,忍剪凌云一寸一作片心。

早起

风露澹清晨,帘间独起人。莺花啼又笑,毕竟是谁春。

寄蜀客

君到临邛问酒垆,近来还有长卿无? 金徽却是无情物,不许文君忆故夫。

行至金牛驿寄头元渤海尚书

楼上春云水底天,五云章色破巴笺。诸生个个王恭柳,从事人人庾杲莲。六曲屏风江雨急,九枝灯檠夜珠圆。深惭走马金牛路,骤和陈王白玉篇。

深树见一颗樱桃尚在

高桃留晚实,寻得小庭南。矮堕绿云鬓,敧危红玉簪。惜堪充凤食,痛已被莺含。越鸟夸香荔,齐名亦未甘。

细雨

帷飘白玉堂,簟卷碧牙床。楚女当时意,萧萧发彩一作影凉。

歌舞

遏云歌响清,回雪舞腰轻。只要君流眄,君倾国自倾。

海上

石桥东望海连天,徐福空来不得仙。直遣麻姑与搔背,可能留命待桑田。

魏侯第东北楼堂郢叔言别,聊用书所见成篇

暗楼连夜阁,不拟为黄昏。未必断别泪,何曾妨梦魂。疑穿花透迤,渐近火温黁。海底翻无水,仙家却有村。锁香金屈戍,㪷酒玉昆仑。羽白风交扇,冰清月映一作印盆。旧欢尘自积,新岁电犹奔。霞绮空留段,云峰不带根。念君千里舸,江草漏灯痕。

白云夫旧居

平生误识白云夫,再到仙檐忆酒垆。墙外万株人绝迹,夕阳憔照欲栖乌。

同学彭道士参寥

莫羡仙家有上真,仙家暂谪亦千春。月中

桂树高多少,试问西河斫树人。

到秋
扇风淅沥簟流离—作滿,万里南风滞所思。守到清秋还寂寞,叶丹苔碧闭门时。

华师
孤鹤不睡云无心,衲衣筇杖来西林。院门昼锁回廊静,秋日当阶柿叶阴。

华岳下题西王母庙
神仙有分岂关情,八马虚随落日行。莫恨名姬中夜没,君王犹自不长生。

过华清内厩门
华清别馆闭黄昏,碧草悠悠内厩门。自是明时不巡幸,至今青海有龙孙。

乐游原
万树鸣蝉隔岸虹,乐游原上有西风。羲和自趁—作是虞泉宿,不放斜阳更向东。

赠荷花
世间花叶不相伦,花入金盆叶作尘。惟有绿荷红菡萏,卷舒开合任天真。此荷此叶常相映,翠减红衰愁杀人。

丹丘
青女丁宁结夜霜,羲和辛苦送朝阳。丹丘万里无消息,几对梧桐忆凤凰。

房君珊瑚散
不见姮—作常娥影,清秋守月轮。月中闲杵臼,桂子捣成尘。

小桃园
竟日小桃园,休—作林寒亦未暄。坐莺当酒重,送客出墙繁。啼久艳粉薄,舞多香雪翻。犹怜未圆月,先出照黄昏。

嘲樱桃
朱实鸟含尽,青楼人未归。南园无限树,独自叶如帏。

和张秀才落花有感
晴暖感余芳,红苞杂绛房。落时犹自舞,扫后更闻香。梦罢收罗荐,仙归勒玉箱。回肠九回后,犹有剩回肠。

代越公房妓嘲徐公主—作代公主答
笑啼俱不敢,几欲是吞声。遽遣离琴怨,都由半镜明。应防啼与笑,微露浅深情。

代贵公主
芳条得意红,飘落忽西东。分逐春风去,风回得故丛。明朝金井—作含新露,始看忆春风。

凤
万里峰峦归路迷,未判容彩借山鸡。新春定有将雏乐,阿阁华池两处栖。

昭肃皇帝挽歌辞三首
九县怀雄武,三灵仰睿文。周王传叔父,汉后重神君。玉律朝惊露,金茎夜切云。笳箫凄欲断,无复咏横汾。

玉塞惊宵柝,金桥罢举烽。始巢阿阁凤,旋驾鼎湖龙。门咽通神鼓,楼凝警夜钟。小臣观吉从,犹误欲东封。

莫验昭华琯—作管,虚传甲帐神。海迷求药使,雪隔献桃人。桂寝青云断,松扉白露新。万方同象鸟,举恸满—作净秋尘。

梓州罢吟寄同舍
不拣花朝与雪朝,五年从事霍嫖姚。君缘接座交珠履,我为分行近翠翘。楚雨含情皆有托,漳滨卧病竟无憀。长吟远下燕台去,惟有衣香染未销。

无题二首
凤尾香罗薄几重,碧文圆顶夜深缝。扇裁月魄羞难掩,车走雷声语未通。曾是寂寥金烬暗,断无消息石榴红。斑骓只系垂杨岸,何处西南任好风。

重帷深下莫愁堂,卧后清宵细细长。神女生涯原是梦,小姑居处本无郎。原注:古诗有小姑无郎之句。风波不信菱枝弱,月露谁教桂叶香。直道相思了无益,未妨惆怅是清狂。

病中早访招国李十将军遇挈家游曲江

十顷平波溢岸清,病来惟梦此中行。相如未是真消渴,犹放沱江过锦城。

昨日

昨日紫姑神去也,今朝青鸟使来赊。未容言语还分散,少得团圆足怨嗟。二八月轮蟾影破,十三弦柱雁行斜。平明钟后更何事,笑倚墙边一作匡梅树花。

樱桃花下

流莺舞蝶两相欺,不敢花芳正结时。他日未开今日谢,嘉辰长短是参差。

故驿迎吊故桂府常侍有感

饥乌翻树晚鸡啼,泣过秋原没马泥。二纪征南恩与旧,此时丹旐玉山西。

槿花

风露凄凄秋景繁,可怜荣落在朝昏。未央宫里三千女,但保红颜莫保恩。

暮秋独游曲江

荷叶生时春恨生一作起,荷叶枯时秋恨成。深知身在情长在,怅望江头江水声。

任弘农尉献州刺史乞假还一作归京

黄昏封印點刑徒,愧负荆山入座隅。却羡卞和双刖足,一生无复没阶趋。

赠句芒神

佳期不定春期赊,春物夭阏兴咨嗟。愿得句芒索青女,不教容易损年华。

无愁果有愁曲北齐歌

东有青龙西白虎,中含福星包世度。玉壶渭水笑清潭,凿天不到牵牛处。骐骥一作麒麟踏云天马狞,牛山撼碎珊瑚声。秋娥点滴不成泪,十二玉楼无故钉。推烟唾月抛千里,十番红桐一行死。白杨别屋鬼迷人,空留暗记如蚕纸。日暮向风牵短丝,血凝血散今谁是。

房中曲

蔷薇泣幽素,翠带花钱小。娇郎痴若云,抱日西帘晓。枕是龙宫石,割得秋波色。玉簟失柔肤,但见蒙罗碧。忆得前年春,未语含悲辛。归来已不见,锦瑟长于人。今日涧底松,明日山头檗。愁到天池一作地翻,相看不相识。

齐梁晴云

缓逐烟波起,如妒柳绵飘。故临飞阁度,欲入回陂销。紫歌怜画扇,敞景弄柔条。更奈一作耐天南位,牛渚宿残宵。

效徐陵体赠更衣

密帐真一作珍珠络,温帏翡翠装。楚腰知便宠,宫眉正斗强。结带悬栀子,绣领刺鸳鸯。轻寒衣省夜,金斗熨沈香。

又效江南曲

郎船安两桨,依舸动双桡。扫黛开宫额,裁裙约楚腰。乖期方积思,临酒欲拚一作拼娇。莫以采菱唱一作曲,欲羡秦台箫。

月夜重寄宋华阳姊妹

偷桃窃药事难兼,十二城中锁彩蟾。应共三英同夜赏,玉楼仍是水精帘。

访人不遇留别馆

卿卿不惜锁窗春,去作长楸走马身。闲倚绣帘吹柳絮,日高深院断无人。

雨中长乐水馆送赵十五滂不及

碧云东去雨云西,苑路高高驿路低。秋水绿芜终尽分,夫君太骋锦障泥。

汴上送李郢之苏州

人高诗苦滞夷门,万里梁王有旧园。烟幌

自应怜白纻一作苎,月楼谁伴咏黄昏。露桃涂颊依苔井,风柳夸腰住水村。苏小小坟今在否,紫兰香径与招魂。

赠郑谠处士

浪迹江湖白发新,浮云一片是吾身。寒归山观随棋局,暖入汀洲逐钓轮一作纶。越桂留烹张翰鲙,蜀姜供煮陆机莼。相逢一笑怜疏放,他日扁舟有故人。

复至裴明府所居

伊人卜筑自幽深,桂巷杉篱不可寻。柱上雕虫对书字,槽中瘦马仰听琴。求之流辈岂易得,行矣关山方独吟。赊取松醪一斗酒,与君相伴洒烦襟。

览古

莫恃金汤忽太平,草间霜露古今情。空糊一作存颊壤真何益,欲举黄旗竟未成。长乐瓦飞随水逝,景阳钟堕失天明。回头一吊箕山客,始信逃尧不为名。

子初郊墅

看山对酒君思我,听鼓离城我访君。腊雪已添墙下水,斋钟不散槛前云。阴移竹柏浓还淡,歌杂渔樵断更闻。亦拟村南买烟舍,子孙相约事耕耘。

汉南书事

西归万众几时回,哀痛天书近已裁。文吏何曾重刀笔,将军犹自舞轮台。几时拓土成王道,从古穷兵是祸胎。陛下好生千万寿,玉楼长御白云杯。

当句有对

密迩一作迩平阳接上兰,秦楼鸳瓦汉宫盘。池光不定花光乱,日气初涵露气干。但觉游蜂饶舞蝶,岂知孤凤忆离鸾。三星自转三山远,紫府程遥碧落宽。

井络

井络天彭一掌中,漫夸天设剑为峰。阵图东聚燕一作燕江石,边栅西悬雪岭松。堪叹一作笑故君成杜宇,可能先主是真龙。将来为报奸雄辈,莫向金牛访旧踪。

写意

燕雁迢迢隔上林,高秋望断正长吟。人间路有潼江险,天外山惟玉垒深。日向花间留返照,云从城上结层阴。三年已制思乡泪,更入新年恐不禁。

随师东

太和元年,李同捷盗据沧景,诏诸道军讨之,久未成功。每有小胜,则虚张首虏,以邀厚赏,馈运不给。沧州丧乱之后,骸骨蔽地,城空野旷,户口什无三四。

东征日调万黄金,几竭中原买斗心。军令未闻诛马谡,捷书惟是报孙歆。原注:平吴之役,上言得歆,吴平,孙尚在。但须鸑鷟巢阿阁,岂假鸱鸮在泮林。可惜前朝玄菟郡,积骸成莽阵云深。

宋玉

何事荆台一作门百万家,惟一作独教宋玉擅才华。楚辞已不饶唐勒,风赋何曾让景差。落日渚宫供观阁,开年云梦送烟花。可怜庾信寻荒径,犹得三朝托后车。

韩同年新居饯韩西迎家室戏赠

籍籍征西万户侯,新缘贵婿起朱楼。一名我漫居先甲,千骑君翻在上头。云路招邀回采凤,天河迢递笑牵牛。南朝禁脔无人近,瘦尽琼枝一作肢咏一作有四愁。

奉和太原公送前杨秀才戴兼招杨正字戎

潼关地接古弘农,万里高飞雁与鸿。桂树一枝当白日,芸香三代继清风。仙舟尚惜乖双美,采服何由得尽同。谁惮士龙多笑疾,美髯终类晋司空。

池边

玉管葭灰细细吹,流莺上下燕参差。日西一作高千绕池边树,忆把枯条撼雪时。

贾生

宣室求贤访逐臣,贾生才调更无伦。可怜夜半虚前席,不问苍生问鬼神。

送王十三校书分司

多少分曹掌秘文,洛阳花寻梦随君。定知何逊缘联句,每到城东忆范云。

寄恼韩同年二首 时韩住萧洞

帘外辛夷定已开,开时莫—作不放艳阳回。年华若到经风雨,便是胡僧话劫灰。

龙山晴雪凤楼霞,洞里迷人有几家。我为伤春心自醉,不劳君劝石榴花。

谒山

从来系日乏长绳,水去云回恨不胜。欲就麻姑买沧海,一杯春露冷如冰。

钧天

上帝钧天会众灵,昔人因梦到青冥。伶伦吹裂孤生竹,却为知音不得听。

失猿

祝融南去万重云,清啸无因更一闻。莫遣碧江通箭道,不教肠断忆同群。

戏题友人壁

花径逶迤柳巷深,小阑亭午啭春禽。相如解作长门赋,却用文君取酒金。

假日

素琴弦断酒瓶空,倚坐欹眠日已中。谁向刘灵—作伶天幕内,更当陶令北窗风。

寄远

姮—作常娥捣药无时已,玉女投壶未肯休。何日桑田俱变了,不教伊水向东流。

王昭君

毛延寿画欲通神,忍为黄金不顾人。马上琵琶行万里,汉宫长有隔生—作山春。

旧将军

云台高议正纷纷,谁定当时荡寇勋?日暮灞陵原上猎,李将军是故—作旧将军。

曼倩辞

十八年来堕世间,瑶池归梦碧桃闲。如何汉殿穿针夜,又向窗中—作前觑阿环。

所居

窗下寻书细,溪边坐石平。水风醒酒病,霜日曝衣轻。鸡黍随人设,蒲鱼得地生。前贤无不—作不无谓,容易即遗名。

高松

高松出众木,伴我向天涯。客散初晴候,僧来不语时。有风传雅韵,无雪试幽姿。上药终相待,他年访伏龟。

访秋

酒薄吹还醒,楼危望已穷。江皋当落日,帆席见归风。烟带龙潭白,霞分鸟道红。殷勤报秋意,只是有丹枫。

昭州—作郡

桂水春犹早,昭川—作州日正西。虎当官道—作路斗,猿上驿楼啼。绳烂金沙井,松干乳洞梯。乡音殊—作吁可骇,仍有醉如泥。

哭刘司户蕡

路有论冤谪,言皆在中兴。空闻迁贾谊,不待相孙弘。江阔惟回首,天高但抚膺。去年相送地,春雪满黄陵。

裴明府居止

爱君茅屋下,向晚水溶溶。试墨书新竹,张琴和古松。坐来闻好鸟,归去度疏钟。明日还相见,桥南贳酒醲。

陆发荆南始至商洛

昔去真无奈,今还岂自知。青辞木奴橘,紫见地仙芝。四海秋风阔,千岩暮景迟。向来忧际会,犹有五湖期。

陈后宫
玄武开—作关新苑,龙舟宴幸频。渚莲参法驾,沙鸟犯句陈。寿献金茎露,歌翻玉树尘。夜来江令醉,别诏宿临春。

乐游原—本无原字
春梦乱不记,春原登已重。青门弄烟柳,紫阁舞云松。拂砚轻冰散,开尊绿酎—作酒浓。无惊托诗遣,吟罢更无惊。

赠子直花下 令狐绹子直
池光忽隐墙,花气乱侵房。屏缘蝶留粉,窗油蜂印黄。官书推小吏,侍史从清郎。并马更吟去,寻思有底忙。

小园独酌
柳带谁能结,花房未肯开。空余双蝶舞,竟绝一人来。半展龙须席,轻斟玛—作马瑙杯。年年春不定,虚信岁前梅。

思归
固有楼堪倚,能无酒可倾。岭云春沮洳,江月夜晴明。鱼乱书何托,猿哀梦易惊。旧居连上苑,时节正迁莺。

献寄旧府开封公 开封公,令狐楚也。
幕府三年远,春秋一字褒。书论秦逐客,赋续楚离骚。地理—作里南溟阔,天文北极高。酬恩抚身世,未觉胜鸿毛。

向晚
当风横去幰,临水卷空帷。北土秋千罢,南朝祓禊归。花情羞脉脉,柳意怅微微。莫叹佳期晚,佳期自古稀。

春游
桥峻斑骓疾,川长白鸟高。烟轻惟润柳,风滥欲吹桃。徙倚三层阁,摩挲七—作八宝刀。庾郎年最少,青草妒春袍。

离席
出宿金尊掩,从公玉帐新。依依向余照,远远隔芳尘。细草翻惊雁,残花伴醉人。杨朱不用劝,只是更沾巾。

俳谐
短顾何由遂,迟光且莫惊。莺能歌子夜,蝶解舞宫城。柳讶眉双浅,桃猜粉太轻。年华有情状,吾岂怯—作敢吝平生。

细雨
萧洒傍回汀,依微过短亭。气凉先动竹,点细未开萍。稍促高高燕,微疏的的萤。故园烟草色,仍近五门青。

商于新开路 商州上洛郡,贞元七年,刺史李西华开新道七百余里,行旅便之。
六百商于路,崎岖古共闻。蜂房春欲暮,虎阱日初曛。路向泉间辨,人从树杪分。更谁开捷径,速拟上青云。

题郑大有隐居
结构何峰是,喧闲此地分。石梁高洩月,樵路细侵云。偃卧蛟螭室,希夷鸟兽群。近知西岭上,玉管有时闻。原注:君居近子晋憩鹤台。

夜饮
卜夜容衰鬓,开筵属异方。烛分歌扇泪,雨送酒船香。江海三年客,乾坤百战场。谁能辞酩酊,淹卧剧清漳。

江上
万里风来地,清江北望楼。云通梁苑路,月带楚城秋。刺字从漫灭,归途尚阻修。前程更烟水,吾道岂淹留。

凉思
客去波平槛,蝉休露满枝。永怀当此节,倚立自移时。北斗兼春远,南陵寓使迟。天涯占梦数,疑误有新知。

鸾凤
旧镜鸾何处,衰桐凤不栖。金钱饶孔雀,锦段落山鸡。王子调清管,天人降紫泥。岂无云路分,相望不应迷。

李卫公德裕
绛纱弟子音尘绝,鸾镜佳人旧会稀。今日致身歌舞地,木棉花暖鹧鸪飞。

韦蟾—作寄怀韦蟾
谢家离别正凄凉,少傅临岐赌佩囊。却忆短亭回首处,夜来烟雨满池塘。

自贶
陶令弃官后,仰眠书屋中。谁将五斗米,拟换北窗风?

蝶
孤蝶小徘徊,翩翾粉翅开。并应伤皎洁,频近雪中来。

夜意
帘垂幕半卷,枕冷被仍香。如何为相忆,魂梦过潇湘。

因书
绝徼南通栈,孤城北枕去声江。猿声连月槛,鸟影落天窗。海—作锦石分棋子,郫筒当酒缸。生归话辛苦,别夜对凝缸。

奉寄安国大师兼简子蒙
忆奉莲花座,兼闻贝叶经。岩光分蜡屐,涧响入铜瓶。日下徒推鹤,天涯正对萤。鱼山羡曹植,眷属有文星。

闲游
危亭题竹粉,曲沼嗅荷花。数日同携酒,平明不在家。寻幽殊未极,得句总—作已堪夸。强下西楼去,西楼倚暮霞。

县中恼饮席
晚醉题诗赠物华,罢吟还醉忘归家。若无江氏五色笔,争奈河阳一县花。

题李上谟壁
旧著思玄赋,新编杂拟诗。江庭犹近别,山舍得幽期。嫩割周颙韭,肥烹鲍照葵。饱闻南烛—作蜀酒,仍及拨醅时。

江村题壁
沙岸竹森森,维艄听越禽。数家同老寿,一径自阴深。喜客尝留橘,应官说采金。倾壶真得地,爱日静霜砧。

即日—作目
桂林闻旧说,曾不异炎方。原注:宋考功有小长安之句也。山响匡床语,花飘度腊香。几时逢雁足,著处断猿肠。独抚青青桂,临城忆雪霜。

漫成五章
沈宋裁辞矜变律,王杨落笔得良朋。当时自谓宗师妙,今日惟观对属能。

李杜操持事略齐,三才万象共端倪。集仙殿与金銮殿,可是苍蝇惑曙—作晓鸡。

生儿古有孙征虏,嫁女今—作全无王右军。借问琴书终一世,何如旗盖仰三分。

代北偏师衔使节,关中神将建行台。不妨常日饶轻薄,且喜临戎用草莱。

郭令素心非黩武,韩公本意在和戎。两都耆旧偏垂泪,临老中原见朔风。

射鱼曲
思牢弩箭磨青石,绣额蛮渠三虎力。寻潮背日伺—作俟泅—作涸鳞,贝阙夜移鼍失色。纤纤粉䈼馨香饵,绿鸭回塘养龙水。含冰汉语远于天,何由回作金盘死。

日高
镀镮故锦縻轻拖—作袘,玉笓—作筱不动便门—作开锁。水精眠梦是何人,栏药日高红髲鬌。飞香上云春诉天—作哀,云梯十二门九关—作开。轻身灭影何可望,粉蛾帖死屏风上。

宫中曲

云母滤－作洒宫月，夜夜白于水。赚得羊车来，低扇遮黄子。水精不觉冷，自刻鸳鸯翅。蚕缕茜香浓，正朝缠左臂。巴笺两三幅，满写承恩字。欲得识青天，昨夜苍龙是。

海上谣

桂水寒于江，玉兔秋冷咽。海底觅仙人，香桃如瘦骨。紫鸾不肯舞，满翅蓬山雪。借得龙堂宽，晓出揲云发。刘郎旧香炷，立见茂陵树。云孙帖帖卧秋烟，上元细字如蚕眠。

李夫人三首

一带不结心，两股方安髻。惭愧白茅人，月没教星替。

剩结茱萸枝，多擘秋莲的。独自有波光，彩囊盛不得。

蛮丝系条脱，妍眼和香屑。寿宫不惜铸南人，柔肠早被秋眸割。清澄有余幽素香，鳏鱼渴凤真珠房。不知瘦骨类冰井，更许夜帘通晓霜。土花漠漠－作漠碧云茫茫，黄河欲尽天苍苍－作苍黄。

景阳宫井双桐

秋港菱花干，玉盘明月蚀。血渗两枯心，情多去未得。徒经白门伴，不见丹山客。未待刻作人，愁多有魂魄。谁将玉盘与，不死翻相误。天更阔于江，孙枝觅郎主。昔妒邻宫槐，道类双眉敛。今日繁红樱－作桃，抛人占长簪。翠襦不禁绽，留泪啼天眼。寒灰劫尽问方知，石羊不去谁相绊－作伴。

秋日晚思

桐槿日零落，雨余方寂寥。枕寒庄蝶去，窗冷胤萤销。取适琴将酒，忘名－作多牧与樵。平生有游旧，一一在烟霄。

春宵自遣

地胜遗尘事，身闲念岁华。晚晴风过竹，深夜月当花。石乱知泉咽，苔荒任径斜。陶然恃琴酒，忘却在山家。

七夕偶题

宝婺摇珠佩，嫦娥照玉轮。灵归天上匹，巧遗世间人。花果香千户，笙竽滥－作溢四邻。明朝晒犊鼻，方信阮家－作郎贫。

灵仙阁晚眺寄郓州韦评事

愚公方住谷，仁者本依山。共誓林泉志，胡为尊俎间。华莲开菡萏，荆玉刻屏颜。爽气临周道，岚光入－作出汉关。满壶从蚁泛，高阁已苔斑。想就安车召，宁期负矢还。潘游全璧散，郭去半舟闲。定笑幽人迹，鸿轩不可攀。

幽居冬暮

羽翼摧残日，郊园寂寞时。晓鸡惊树雪，寒鹜守冰池。急景忽云暮，颓年寝已衰。如何匡国分，不与夙心期。

过姚孝子庐偶书

拱木临周道，荒庐积古苔。鱼因感姜出，鹤为吊陶来。两鬓蓬常乱，双眸血不开。圣朝敦尔类，非独路人哀。

赋得月照冰池

皓月方离海，坚冰正满池。金波双激射，璧彩两参差。影占徘徊处，光含的皪时。高低连素色，上下接清规。顾兔飞难定，潜鱼跃未期。鹊惊俱欲绕，狐听始无疑。似镜将盈手，如霜恐透肌。独怜游玩意，达晓不知疲。

永乐县所居一草一木无非自栽，今春悉已芳茂，因书即事一章

手种悲陈事，心期玩物华。柳飞彭泽雪，桃散武陵霞。枳嫩栖鸾叶，桐香待凤花。绥藤紫弱蔓，袍草展新芽。学植功虽倍，成蹊迹尚赊。芳年谁共玩，终老邵平瓜。

南潭上亭宴集以疾后至因而抒情

马卿聊应召，谢傅已登山。歌发百花外，

乐调深竹间。鹢舟萦远岸,鱼钥启重关。莺蝶如相引,烟萝不暇攀。佳人启玉齿,上客颔朱颜。肯念沉疴士,俱期倒载还。

寒食行次冷泉驿

驿途仍近节,旅宿倍思家。独夜三更月,空庭一树花。介山当驿秀,汾水绕关斜。自怯春寒苦,那堪禁火赊。

寄华岳孙逸—作山人

灵岳几千仞,老松逾百寻。攀崖仍蹑壁,噉叶复眠阴。海上呼三岛—作鸟,斋中戏五禽。唯应逢阮籍,长啸作鸾音。

戏题赠山驿吏王全 原注:全为驿吏五十六年,人称有道术,往来多赠诗章。

绛台驿吏老风尘,耽酒成仙几十春。过客不劳询甲子,惟书亥字与时人。

和韦潘前辈七月十二日夜泊池州城下,先寄上李使君

桂含爽气三秋首,蓂吐中旬二—作三叶新。正是澄江如练处,玄晖应喜见诗人。

花下醉

寻芳不觉醉流霞,倚树沉眠日已斜。客散酒醒深夜后,更持红烛赏残花。

所居永乐县久旱,县宰祈祷得雨,因赋诗

甘—作井膏滴滴是精诚,昼夜如丝一尺盈。只怪间阎喧鼓吹,邑人同报束长生。

全唐诗卷五百四十一

李商隐

正月十五夜闻京有灯,恨不得观

月色灯光满帝都,香车宝辇隘—作向通衢。身闲不睹中兴盛,羞逐乡人赛紫姑。

赠赵协律晳

俱识孙公与谢公,二年歌哭处还—作皆同。已叨邹马声华末,更共刘卢族望通。原注:愚与赵俱出今吏部相公门下,又同为故尚书平安公所知,复皆是安平公表侄。南省恩深宾馆在,东山事往妓楼空。不堪岁暮相逢地,我欲西征君又东。

摇落

摇落伤年日,羁留念远心。水亭吟断续,月幌梦飞沉。古木含风久,疏萤怯露深。人闲始遥夜,地迥更清砧。结爱曾伤晚,端忧复到今。未谙沧海路,何处玉山岑?滩激黄牛暮,云屯白帝阴。遥知沾洒意,不减欲分襟。

滞雨

滞雨长安夜,残灯独客愁。故乡云水地,归梦不宜秋。

偶题二首

小亭闲眠微醉消,山榴海柏枝相交。水文簟上琥珀枕,傍有堕钗双翠翘。

清月依微香露轻,曲房小院多逢迎。春丛定见饶栖鸟—作夜,饮罢莫持红烛行。

月

过水穿楼触处明,藏人带树远含清。初生欲缺虚惆怅,未必圆时即有情。

夜冷

树绕池宽月影多,村砧坞笛隔风萝。西亭翠被余香薄,一夜将愁向败荷。

正月崇让宅

密锁重关掩绿苔,廊深阁迥此徘徊。先知风起月含晕,尚自露寒花未开。蝙拂帘旌终辗转,鼠翻窗网小惊猜。背灯独共—作立余香语,不觉犹歌起夜—作夜起来。

城外

露寒风定不无情,临水当山又隔城。未必明时胜蚌蛤,一生长共月亏盈。

撰彭阳公志文毕有感

延陵留表墓,岘首送沈碑。敢伐不加点,犹当无愧辞。百生终莫报,九死谅难追。待得生金后,川原亦几移。

北青萝

残阳西入崦,茅屋访孤僧。落叶人何在,寒云路几层?独敲初夜磬,闲倚一枝藤。世界微尘里,吾宁爱与憎。

戏赠张书记

别馆君孤枕,空庭我闭关。池光不受月,野气欲沉山。星汉秋方会,关河梦几还。危弦伤远道,明镜惜红颜。古木含风久,平芜尽日闲。心知两愁绝,不断若寻环。

幽人

丹灶三年火,苍崖万岁藤。樵归说逢虎,棋罢正留僧。星斗同秦分,人烟接汉陵。东流清渭苦,不尽照衰兴。

念远

日月淹秦甸,江湖动越吟。苍桐—作梧应露下,白阁自云深。皎皎非鸾扇,翘翘失凤簪。床空鄂君被,杵冷女媭砧。北思惊沙雁,南情属海禽。关山已摇落,天地共登临。

过故崔兖海宅与崔明秀才话旧,因寄旧僚杜赵李三掾

兖海,崔戎也。杜、赵、李三掾,即杜胜、赵皙、李潘。

绛帐恩—作思如昨,乌衣事莫寻。诸生空会葬,旧掾已华簪。共入留宾驿,俱分市骏金。莫凭无鬼论,终负托孤心。

微雨

初随林霭动,稍共夜凉分。窗迥—作逼侵灯冷,庭虚近水闻。

南山赵行军新诗盛称游宴之洽,因寄一绝

莲幕遥临黑水津,櫜鞬无事但寻春。梁王司马非孙武,且免宫中斩美人。

曲江

望断平时翠辇过,空闻子夜鬼悲歌。金舆不返倾城色,玉殿犹分下苑波。死忆华亭闻唳鹤,老忧王室泣铜驼。天荒地变心虽折,若比阳—作伤春意未多。

景阳井

景阳宫井剩堪悲,不尽龙鸾誓死期。肠断吴王宫外水,浊泥犹得葬西施。

故番禺侯以赃罪致不辜,事觉,母者—作老他日过其门

饮鸩非君命,兹身亦厚亡。江陵从种橘,交广合投香。不见千金子,空余数仞墙。杀人须显戮,谁举汉三章?

咏云

捧月三更断,藏星七夕明。才闻飘迥路,旋见隔重城。潭暮随龙起,河秋压雁声。只应惟宋玉,知是楚神名。

夜出西溪

东府忧春尽,西溪许日曛。月澄新涨水,星见欲销云。柳好休伤别,松高莫出群。军书虽倚马,犹未当能文。

效长吉

长长汉殿眉,窄窄楚宫衣。镜好鸾空舞,帘疏燕误飞。君王不可问,昨夜约黄归。

柳

江南江北雪初消，漠漠轻黄惹嫩条。灞岸已攀行客手，楚宫先骋舞姬腰。清明带雨临官道，晚日含风拂野桥。如线如丝正牵恨—作曳，王孙归路一何遥。

九月于东逢雪 于东，商于东也。

举家忻共报，秋雪堕前峰。岭外他年忆，于东此日逢。粒轻还自乱，花薄未成重。岂是惊离鬓，应来洗病容。

四皓庙

本为留侯慕赤松，汉庭方识紫芝翁。萧何只解追韩信，岂得虚当第一功。

送阿龟归华

草堂归意背烟萝，黄绶垂腰不奈何。因汝华阳求药物，碧松根上茯苓多。

九日

商隐为令狐楚从事，楚既殁，子绹继有韦平之拜，恶商隐从郑亚之辟，疏之。重阳日，商隐留诗于其厅事。绹睹之惭怅，扃闭此厅，终身不处。

曾共山翁把酒时—作卮，霜天白菊绕阶墀。十年泉下无人问—作消息，九日樽前有所思。不学汉臣栽苜蓿，空教楚客咏江蓠。郎君官贵施行马，东阁—作阁无因再得窥。

僧院牡丹

薄叶风才倚，枝轻雾不胜。开先如避客，色浅为依僧。粉壁正荡水，缃帏初卷灯。倾城惟待笑，要裂几多缯。

赠司勋杜十三员外

杜牧司勋字牧之，清秋一首杜秋诗。前身应是梁江总，名总还曾字总持。心铁已从干镆利，鬓丝休叹雪霜垂。汉江远吊西江水，羊祜韦丹尽有碑。原注：时杜奉诏撰韦碑。

高花

花将人共笑，篱外露繁枝。宋玉临江宅，墙低不碍—作拟窥。

嘲桃

无赖夭桃面，平时露井东。春风为开了，却拟笑春风。

送丰都李尉

万古商于地，凭君泣路岐。固难寻绮季，可得信张仪。雨气燕先觉，叶阴蝉遽知。望乡尤忌晚，山晚更参差。

天平公座中呈令狐令公，时蔡京在坐，京曾为僧徒，故有第五句

罢执霓旌上醮坛，慢妆娇树水晶盘。更深欲诉蛾眉敛，衣薄临醒玉艳寒。白足禅僧思败道，青袍御史拟休官。虽然同是将军客，不敢公然子细看。

江上忆严五广林—本入集外诗

征南幕下带长刀，梦笔深藏五色毫—作豪。逢著澄江不敢咏，镇西留与谢功曹。

饯席重送从叔余之梓州

莫叹万重山，君还我未还。武关犹怅望，何况百牢关。

访隐

路到层峰断，门依老树开。月从平楚转，泉自上方来。薤白罗朝馔，松黄暖夜杯。相留笑孙绰，空解赋天台。

寓兴

薄宦仍多病，从知竟远游。谈谐叨客礼，休浣接冥搜。树好频移榻，云奇不下楼。岂关无景物，自是有乡愁。

东南

东南一望日中乌，欲逐羲和去得无。且向秦楼棠树下，每朝先觅照罗敷。

归来

旧隐无何别，归来始更悲。难寻白道士，

不见惠禅师。草径虫鸣急,沙渠水下迟。却将波浪眼,清晓对红梨。

子直晋昌李花 得分字

吴馆何时熨,秦台几夜熏?绡轻谁解卷,香异自先闻。月里谁无姊,雪中亦有君。樽前见飘荡,愁极客襟分。

河清与赵氏昆季宴集得拟杜工部

胜概殊江右,佳名逼渭川。虹收青嶂雨,鸟没夕阳天。客鬓行如此,沧波坐渺然。此中真得地,漂荡钓鱼船。

寓目

园桂悬心碧,池莲饫眼红。此生真远客,几别即衰翁。小幌风烟入,高窗雾雨通。新知他日好,锦瑟傍朱栊。

题道静院,院在中条山,故王颜中丞所置,虢州刺史舍官居此,今写真存焉

紫府丹成化鹤群,青松手植变龙文。壶中别有仙家日,岭上犹多隐士云。独坐遗芳成故事,褰帷旧貌似元君。自怜筑室灵山下,徒望朝岚与夕曛。

赋得桃李无言

夭桃花正发,秾李蕊方繁。应候非争艳,成蹊不在言。静中霞暗吐,香处雪潜翻。得意摇风态,含情泣露痕。芬芳光上苑,寂默委中园。赤白徒自许,幽芳谁与论?

登霍山驿楼

庙列前峰迥,楼开四望穷。岭鼷岚色外,陂雁夕阳中。弱柳千条露,衰荷一面—作向风。壶关有狂孽,速继老生功。

寄和水部马郎中题兴德驿,时昭义已平

仙郎倦去心,郑驿暂登临。水色潇湘阔,沙程朔漠深。鹢舟时往复,鸥鸟恣浮沉。更想逢归马,悠悠岳树阴。

题小松 一作柏

怜君孤秀植庭中,细叶轻阴满座风。桃李盛时虽寂寞,雪霜多后始青葱。一年几变—作度枯荣事,百尺方资柱石功。为谢西园车马客,定悲摇落尽成空。

行次昭应县道上,送户部李郎中充昭义攻讨

会昌三年,昭义节度使刘从谏卒,子稹拒命,自为留后,诏成德、魏博、河东、河阳合兵讨之。

将军大旆扫狂童,诏选名贤赞武功。暂逐虎牙临故绛,远含鸡舌过新丰。鱼游沸鼎知无日,鸟覆危巢岂待风。早勒勋庸燕石上,伫光纶绋汉廷中。

水斋

多病欣依有道邦,南塘宴起想秋江。卷帘飞燕还拂水,开户暗虫犹打窗。更阅前题—作头已披卷,仍斟昨夜未开缸。谁人为报故交道,莫惜鲤鱼时一双。

奉同诸公题河中任中丞新创河亭四韵之作

万里谁能访十洲,新亭云构压中流。河鲛纵玩难为室,海蜃遥惊耻化楼。左右名山穷远目,东西大道锁轻舟。独留巧思传千古,长与蒲津作胜游。

过故府中武威公交城旧庄感事 武威公,王茂元也

信陵亭馆接郊畿,幽象遥通晋水祠。日落高门喧燕雀,风飘大树撼—作感熊罴。新蒲似笔思投日,芳草如茵忆吐时。山下只—作只今黄绢字,泪痕犹堕六州儿。

赠田叟

荷蓧衰翁似有情,相逢携手绕村行。烧畬晓映远山色,伐树暝传深谷声。鸥鸟忘机翻浃洽,交亲得路昧平生。抚躬道直诚感激,在野无贤心自惊。

赠别前蔚州契苾使君 原注：使君远祖，国初功臣也。

何年部落到阴陵，奕一作三世勤王国史称。夜卷牙旗千帐雪，朝飞羽骑一河冰。蕃儿襁负来青冢，狄女壶浆出白登。日晚鸊鹈泉畔猎，路人遥识一作认郅都鹰。

和人题真娘墓 原注：真娘，吴中乐妓，墓在虎丘山下寺中。

虎丘山下剑池边，长遣游人叹逝川。霄树断丝悲舞席，出云清梵想歌筵。柳眉空吐效颦叶，榆荚还飞买笑钱。一自香魂招不得，只应江上独婵娟。

人日即事

文王喻复今朝是，子晋吹笙此日同。舜格有苗旬太远，周称流火月难穷。镂金作胜传荆俗，剪彩为人起晋风。独想道衡诗思苦，离家恨得二年中。

春日寄怀

世间荣落重逡巡，我独丘园坐四春。纵使有花兼有月，可堪无酒又无人。青袍似草年年定，白发如丝日日新。欲逐风波千万里，未知何路到龙津。

和刘评事永乐闲居见寄

白社幽闲君暂居，青云器业我全疏。看封谏草归鸾掖，尚贲衡门待鹤书。莲耸碧峰关路近，荷翻翠扇水堂虚。自探典籍忘名利，欹枕时惊落蠹鱼。

和马郎中移白菊见示

陶诗只采黄金实，郢曲新传白雪英。素色不同篱下发，繁花疑自月中生。浮杯小摘开云母，带露全移缀水精。偏称含香五字客，从兹得地始芳荣。

喜闻太原同院崔侍御台拜兼寄在台三二同年之什

鹓鹭何事遇屯同，云水升沉一会中。刘放未归鸡树老，邹阳新去兔园空。寂寥我对先生柳，赫奕君乘御史骢。若向南台见莺友，为传垂翅度春风。

喜雪

朔雪自龙沙，呈祥势可嘉。有田皆种玉，无树不开花。班扇慵裁素，曹衣讵比麻。鹅归逸少宅，鹤满令威家。寂寞门扉掩，依稀履迹斜。人疑游面市，马似困盐车。洛水妃虚妒，姑山客漫夸。联辞虽一作追许谢，和曲本惭巴。粉署闻全隔，霜台路正赊。此时倾贺酒，相望在京华。

柳枝五首 有序

柳枝，洛中里娘也。父饶好贾，风波死湖上。其母不念他儿子，独念柳枝。生十七年，涂妆绾髻，未尝竟，已复起去。吹叶嚼蕊，调丝振管，作天海风涛之曲，幽忆怨断之音。居其傍，与其家接一作搉，故往来者，闻十年尚相与。疑其醉眠，梦一本有物字断不娉。余从昆让山比柳枝居为近，他日春，曾阴，让山下马柳枝南柳下。咏余燕台诗，柳枝惊问："谁人有此，谁有为是？"让山谓曰："此吾里中少年叔耳。"柳枝手断长带，结让山为赠叔乞诗。明日，余比马出其巷，柳枝丫鬟毕妆，抱立扇下，风障一袖，指曰："若叔是（句）。"后三日邻当去溅裙水上，以博香山待，与郎俱过，余诺之。会所友有偕从诣京师者，戏盗余卧装以先，不果留。雪中，让山至，且曰："为东诸侯取去矣。"明年，让山复东，相背于戏上，因寓诗以墨其故处云。

花房与蜜脾，蜂雄蛱蝶雌。同时不同类，那复更相思。

本是丁香树，春条结始生。玉作弹棋局，中心亦不平。

嘉瓜引蔓长，碧玉冰去声寒浆。东陵虽五色，不忍值牙香。

柳枝井上蟠，莲叶浦中干。锦鳞与绣羽，水陆有伤残。

画屏绣步障，物物自成双。如何湖上望，只是见鸳鸯。

燕台四首

风光冉冉东西陌，几日娇魂寻不得。蜜房

羽客类芳心,冶叶倡条遍相识。暖蔼辉迟桃树西,高鬟立共一作立桃鬟齐。雄龙雌凤杳何许,絮乱丝繁天亦迷。醉起微阳若初曙,映帘梦断闻残语。愁将铁网胃珊瑚,海阔天翻迷处所。衣带无情有宽窄,春烟自碧秋霜白。研丹擘石天不知,愿得天牢锁冤魄。夹罗委箧单绡起,香肌一作眠冷衬琤琤佩。今日东风自不胜,化作幽光入西海。

右春

前阁雨帘愁不卷,后堂芳树阴阴见。石城景物类黄泉,夜半行郎空柘弹。绫扇唤风阊阖天,轻帷翠幕波渊旋。蜀魂一作魄寂寞有伴未,几夜瘴花开木棉。桂宫留影光难取,嫣薰兰破轻轻语。直教银汉堕怀中,未遣星妃镇来去。浊水清波何异源,济河水清黄河浑。安得薄雾起纤裙,手接云軿呼太君。

右夏

月浪冲一作衡天天宇湿,凉蟾落尽疏星入。云屏不动掩孤嚬,西楼一夜风筝急。欲织一作识相思花寄远,终日相思却相怨。但闻北斗声回环,不见长河水清浅。金鱼锁断红桂春,古时尘满鸳鸯茵。堪悲小苑作长道,玉树未怜亡国人。瑶琴一作瑟愔愔藏楚弄,越罗冷薄金泥重。帘钩鹦鹉夜惊霜,唤起南云绕云梦。双珰丁丁联尺素,内记湘川相识处。歌唇一世衔雨看,可惜馨香手中故。

右秋

天东日出天西下,雌凤孤飞女龙寡。青溪白石不相望,堂中远甚苍梧野。冻壁霜华交隐起,芳根中断香心死。浪乘画舸忆蟾蜍,月娥未必婵娟子。楚管蛮弦愁一概,空城舞罢腰支在。当时欢向掌中销,桃叶桃根双姊妹。破鬟矮一作委堕凌朝寒,白玉燕钗黄金蝉。风车雨马不持去,蜡烛啼红怨天曙。

右冬

河内诗二首

鼍鼓沉沉虬水咽,秦丝不上蛮弦绝。常娥衣薄不禁寒,蟾蜍夜艳秋河月。碧城冷落空蒙一作濛烟,帘轻幕重金钩栏。灵香不下两皇子,孤星直上相风竿。八桂林边九芝草,短襟小鬓相逢道。入门暗数一千春,愿去闰年留月小。栀子交加香蓼繁,停辛伫苦留待君。右一曲,楼上。

阊门日下吴歌远,陂路绿菱香满满。后溪暗起鲤鱼风,船旗闪断芙蓉干。轻一作倾身奉君畏身轻,双桡两桨樽酒清。莫因风雨罢团扇,此曲断肠惟北声。低楼小径城南道,犹自金鞍对芳草。右一曲,湖中。

赠送前刘五经映三十四韵

建国宜师古,兴邦属上庠。从来以儒戏,安得振朝纲。叔世何多难,兹基遂已亡。泣麟犹委吏,歌凤更佯狂。屋壁余无几,焚坑逮可伤。挟书秦二世,坏宅汉诸王。草草临盟誓,区区务富强。微茫金马署,狼籍斗鸡场。尽欲心无窍,皆如面正墙。惊疑豹文鼠,贪窃虎皮羊。南渡宜终否,西迁冀小康。策非方正士,贡绝孝廉郎。海鸟悲钟鼓,狙公畏服裳。多岐空扰扰,幽室竟伥伥。凝邈为时范,虚空作士常。何由羞五霸,直自呰三皇。别派驱杨墨,他镳并老庄。诗书资破冢,法制困探囊。周礼仍存鲁,隋师果禅唐。鼎新麾一举,革故法三章。星宿森文雅,风雷起退藏。缧因为学切,掌故受经忙。夫子时之彦,先生迹未荒。褐衣终不召,白首兴难忘。感激殊非圣,栖迟到异粻。片辞褒有德,一字贬无良。燕地尊邹衍,西河重卜商。式闾真道在,拥彗信谦光。原注:外舅太原公亦受经于公也。○外舅谓王茂元。获预青衿列,叨来绛帐旁。虽从各言志,还要大为防。勿谓孤寒弃,深忧讦直妨。叔孙逸易得,盗跖暴难当。雁下秦云黑,蝉休陇叶黄。莫逾一作渝巾履念,容许后升堂。

哭遂州萧侍郎二十四韵 萧澣

遥作时多难,先令祸有源。初惊逐客议,

旋骇党人冤。密侍荣方入,司刑望愈尊。皆因优诏用,实有谏书存。苦雾三辰没,穷阴四塞昏。虎威狐更假,隼击鸟逾喧。徒欲心存阙,终遭耳属垣。遗音和蜀魄,易箦对巴猿。有女悲初寡,无男泣过门。原注:公止裴氏一女,结褵之明年,又丧良人。朝争屈原草,庙馁莫一作若敖魂。迥阁伤神峻,长江极望翻。青云宁寄意,白骨始沾恩。早岁思东阁,为邦属故园。原注:余初调于郏舍。登舟惭郭泰,解榻愧陈蕃。分以忘年契,情犹锡类敦。公先真帝子,我系本王孙。啸傲张高盖,从容接短辕。秋吟小山桂,春醉后堂萱。自叹离通籍,何尝忘叫阍。不成穿圹入,终一作仍拟上书论。多士还鱼贯,云谁正骏奔。暂能诛倏忽,长与问乾坤。蚁漏三泉路,蛩啼百草根。始知同泰讲,徼福是虚言。

送千牛李将军赴阙五十韵

照席琼枝秀,当年紫绶荣。班资古直阁一作阔,勋伐旧西京。在昔王纲紊,因谁国步清?如无一战霸,安有大横庚。内竖依凭切,凶门责望轻。中台终恶直,上将更要盟。丹陛祥烟灭,皇闱杀气横。喧阗众狙怒,容易八蛮惊。梼杌宽之久,防风戮不行。素来矜异类,此去岂亲征。舍鲁真非策,居邠未有名。曾无力牧御,宁待雨师迎。火箭侵乘石,云桥逼禁营。何时绝刁斗,不夜见欃枪。屡亦闻投鼠,谁其敢射鲸?世情休念乱,物议笑轻生。大卤思龙跃,苍梧失象耕。灵衣沾愧汗,仪马困阴兵。别馆兰薰酷,深宫蜡焰明。黄山遮舞态,黑水断歌声。纵未周鼎移,何辞免赵坑?空拳当作拳转斗地,数板不沈城。且欲凭神算,无因力争。幽囚苏武节,弃市仲由缨。下殿言终验,增埤事早萌。原注:先时桑道茂请修奉天城。蒸鸡殊减膳,屑曲异和羹。否极时还泰,屯余运果亨。流离几南渡,仓卒得西平。神鬼收昏黑,奸凶首去声满盈。官非督护贵,师以丈人贞。覆载还高下,寒暄急改更。马前烹莽卓,坛上揖韩彭。扈跸三才正,回军六合晴。此时惟短剑,仍世尽双旌。顾我由群从,逢君叹老

成。庆流归嫡长,贻厥在名卿。隼击须当要,鹏抟莫问程。趋朝排玉座,出位泣金茎。幸藉梁园赋,叨蒙许氏评。中郎推贵婿,定远重时英。政已标三尚,人今伫一鸣。长刀悬月魄,快马骇星精。披豁惭深眷,睽离动素诚。蕙留春畹晚,松待岁峥嵘。异县期回雁,登时已饭鲭。去程风刺刺,别夜漏丁丁。庾信生多感,杨朱死有情。弦危中妇瑟,甲冷想夫筝。会与去声秦楼凤,俱听汉苑莺。洛川迷曲沼,烟月两心倾。

咏怀寄秘阁旧僚二十六韵

年鬓日堪悲,衡茅益自嗤。攻文枯若木,处世钝如锤。敢忘垂堂戒,宁将暗室欺。悬头曾若学,折臂反成医。仆御嫌夫懦,孩童笑叔痴。小男方嗜栗,幼女漫忧葵。遇炙一作灸谁先啖,逢齑即便一作更吹。官衔同画饼,面貌乏凝脂。典籍将蠡测,文章若管窥。图形翻类狗,入梦肯非罴。自哂成书簏,终当呪酒卮。懒沾襟上血,羞镊镜中丝。橐籥言方喻,樗蒲齿讵知。事神徒惕虑,佞佛愧虚辞。曲艺垂麟角,浮名状虎皮。乘轩宁见宠,巢幕更逢危。礼俗拘嵇喜,侯王忻戴逵。途穷方结舌,静胜但搘颐。粝食空弹剑,亨衢讵置锥。柏台成口号,芸阁暂肩随。悔逐迁莺伴,谁观择虱时。瓮间眠太率,床下隐何卑?奋迹登弘阁,摧心对董帷。校雠如有暇,松竹一相思。

戊辰会静中出贻同志二十韵

大道谅一作自无外,会越自登真。丹元子何索,在己莫问邻。蕢璨玉琳华,翱翔九真君。戏掷万里火,聊召六甲旬。瑶简被灵诰,持符开一作关七门。金铃摄群魔,绛节何霓霓。吟弄东海若,笑倚扶桑春。三山诚迥一作回视,九州扬一尘。我本玄元胄一作胤,禀华由上津。中迷鬼道乐,沉一作况为下土民。托质属太阴,炼形复为人。誓将覆宫一作官泽,安此真与神。龟山有慰荐,南真为弥纶。玉管会玄圃,火枣承天姻。科车遏故气,侍香传灵氛一作芬。飘飘被青霓,婀娜佩紫纹。林洞何其微,下仙不

与群。丹泥因未控,万劫犹逡巡。荆芜既以薙,舟—作丹壑永无湮—作因。相期保妙命,腾景侍帝宸。

和郑愚赠汝阳王孙家筝妓二十韵

冰—作水雾怨何穷,秦丝娇未已。寒空烟霞高,白日一万里。碧嶂愁不行,浓翠遥相倚。茜袖捧琼姿,皎日丹霞起。孤猿耿幽寂,西风吹白芷。回首苍梧深,女萝闭山鬼。荒郊白鳞断,别浦晴霞委。长矵压河心,白道连地尾。秦人昔富家—作贵,绿窗闻妙旨。鸿惊雁背飞,象床殊故里。因令五十丝,中道分宫征。斗粟配新声,娣侄徒纤指。风流大堤上,怅望白门里。蠹粉实雌弦,灯光冷如水。羌管促蛮柱,从醉吴宫耳。满内不扫眉,君王对西子。初花惨朝露,冷臂凄愁髓。一曲送连钱,远别长于死。玉砌衔红兰,妆窗结碧绮。九门十二关,清晨禁桃李。

四年冬以退居蒲之永乐,渴然有农夫望岁之志,遂作忆雪,又作残雪诗各一百言以寄情于游旧

忆雪

爱景人方乐,同雪候稍愆。徒闻周雅什,愿赋朔风篇。欲俟千箱庆,须资六出妍。咏留飞絮后,歌唱落梅前。庭树思琼蕊,妆楼认粉绵。瑞邀盈尺日,丰待两歧年。预约延枚酒,虚乘访戴船。映书孤志业,披氅阻神仙。几向霜阶步,频将月幌褰。玉京应已足,白屋但颙然。

残雪

旭日开晴色,寒空失素尘。绕墙全剥粉,傍井渐消银。刻兽摧盐虎,为山倒玉人。珠远犹照魏,璧碎尚留秦。落日惊侵昼,余光误惜春。檐冰滴鹅管,屋瓦镂鱼鳞。岭霁岚光坼,松暗翠粒新。拥林愁拂尽,著砌恐行频。焦寝忻无患,梁园去有因。莫能知帝力,空此荷平均。

大卤平后移家到永乐县居,书怀十韵寄刘韦二前辈,二公尝于此县寄居

会昌四年,河东都将杨弁逐节度使李石,据军府应刘稹。三月,李义忠克太原,生擒弁。

驱马绕河干,家山照露寒。依然五柳在,况值百花残。昔去惊投笔,今来分挂冠。不忧悬磬乏,乍喜覆盂安。甑破宁回顾,舟沉岂暇看。脱身离虎口,移疾就猪肝。鬓入新年白,颜无旧日丹。自悲秋获少,谁惧夏畦难。逸志忘鸿鹄,清香披蕙兰。还持一杯酒,坐想二公欢。

河阳诗

黄河摇溶—作落天上来,玉楼影近中天台。龙头泻酒客寿杯,主人浅笑红玫瑰。梓泽东来七十里,长沟复堑埋云子。可惜秋眸一脔光,汉陵走马黄尘起。南浦老鱼腥古涎,真珠密字芙蓉篇。湘中寄到梦不到,衰容自去抛凉天。忆得蛟当作鲛丝裁小卓—作榨,蛱蝶飞回木绵薄。绿绣笙囊不见人,一口红霞夜深嚼。幽兰泣露新香死,画图浅缥松溪水。楚丝微觉竹枝高,半曲新辞写绵纸。巴西夜市红守宫,后房点臂斑斑红。堤南渴雁自飞久,芦花一夜吹西风。晓帘串断蜻蜓翼,罗屏但有空青色。玉湾不钓三千年,连房暗被蛟龙惜。湿银注镜井口平,鸾钗映月寒铮铮。不知桂树在何处,仙人不下双金茎。百尺相风插重屋,侧近嫣红伴柔绿。百劳不识对月郎,湘竹千条为一束。

自桂林奉使江陵途中感怀寄献尚书

下客依莲幕,明公念竹林。原注:公与江陵相国韶叙叔任。纵然膺使命,何以奉徽音。投刺虽伤晚,酬恩岂在今。迎来新琐闼,从到碧瑶岑。水势初知海,天文始识—作见参。固惭非贾谊,惟恐后陈琳。前席惊虚辱,华樽许细斟。尚怜秦痔苦,不遣楚醪沈。既载从戎笔,仍披选胜襟。泷通伏波柱,帘对有虞琴。宅与严城接,门藏别岫深。阁凉松冉冉,堂静桂森森。社内

容周续,乡中保展禽。白衣居士访,乌帽逸人寻。佞佛将成传,耽书或类淫。长怀五羖赎,终著九州箴。良讯封鸳绮,余光借玳簪。张衡愁浩浩,沈约瘦惛惛。芦白疑粘鬓,枫丹欲照心。归期无雁报,旅抱有猿侵。短日安能驻,低云只有阴。乱鸦冲晒网,寒女簇遥砧。东道违宁久,西园望不禁。江生魂黯黯,泉客泪涔涔。逸翰应藏法,高辞肯浪吟。数音朔须传庚翼,莫独与户谌。假寐凭书簏,哀吟叩剑镡。未尝贪偃息,那复议登临。彼美回清镜,其谁受曲针。人皆向燕路,无乃费黄金。

送从翁从东川弘农尚书幕

大镇初更帅,嘉宾素见邀。使车无远近,归路更一作便烟霄。稳放骅骝步,高安翡翠巢。御一作愈风知有在,去国肯无聊。早忝诸孙末,俱从小隐招。心悬紫云阁,梦断赤城标。素女悲清瑟,秦娥弄玉一作碧箫。山连玄圃近,水接绛河遥。岂意闻周铎,翻然慕舜韶。皆一作昔辞乔木去,远逐断蓬飘。薄俗谁其激,斯民已甚恌。鸾皇期一举,燕雀不相饶。敢共颓波远,因之内火烧。是非过别梦,时节惨惊飙。未至谁能赋,中干欲病痟。屡曾纡锦绣,勉欲报琼瑶。我恐霜侵鬓,君先绶挂腰。甘心与陈阮,挥手谢松乔。锦里差邻接,云台闭寂寥。一川虚月魄,万崦自芝苗。瘴雨泷间急,离魂峡外销。非关无烛夜,其奈落花朝。几处逢鸣佩,何筵不翠翘?蛮童骑象舞,江市卖鲛绡。南诏知非敌,西山亦屡骄。勿贪佳丽地,不为圣明朝。少减东城饮,时看北斗杓。莫因乖别久,遂逐岁寒凋。盛幕开高宴,将军问故僚。为言公玉季,早日弃渔樵。

李肱所遗画松诗书两纸得四十韵

万草已凉露,开图披古松。青山遍沧一作偏苍海,此树生何峰。孤根邈无倚,直立撑鸿蒙。端如君子身,挺若壮士胸。樛枝势矢矫,忽欲蟠拏空。又如惊螭走,默与奔云逢。孙枝擢细叶,旖旎狐裘茸。邹颠蓐发软,丽如字姬眉黛浓。视久眩目睛,倏忽变辉容一作融。竦削

正稠直,婀娜旋敷一作数峰。又如洞房冷,翠被张穹笼。亦若暨罗女,平旦妆颜容。细疑袭气母,猛若争神功。燕雀固寂寂,雾露常冲冲。香一作重兰愧伤暮,碧竹惭空中。可集呈瑞凤,堪藏行雨龙。淮山桂偃蹇,蜀郡桑重童。枝条一作修亮眇脆,灵气何由同。昔闻咸阳帝,近说稽山侬。或著仙一作佳人号,或以大夫封。终南与清一作青都,烟雨遥相通。安知夜夜意,不起西南风。美人昔清兴,重之犹月钟。宝笥十八九,香缇千万重。一旦鬼瞰室,稠叠张罬罿。赤羽中要害,是非皆忽忽。生如碧海月,死践霜郊蓬。平生握中玩,散失随奴童。我闻照妖镜,及与神剑锋。寓身会有地,不为凡物蒙。伊人秉兹图,顾盻择所从。而我何为者,开颜捧灵踪。报以漆鸣琴,悬之真珠栊。是时方暑夏,座内若严冬。忆昔谢四骑,学仙玉阳东。千株尽若此,路入琼瑶宫。口咏玄云歌,手把金芙蓉。浓蔼深霓袖,色映琅玕中。悲哉堕世网,去之若遗弓。形魄天坛上,海日高瞳瞳。终骑一作期紫鸾归,持寄扶桑翁。

戏题枢言草阁三十二韵

君家在河北,我家在山西。百岁本无业,阴阴仙李枝。尚书文与武,战罢幕府开。君从渭南至,我自仙游来。平昔苦南北,动成云雨乖。逮今一作及两携手,对若床下鞵一作鞋。夜归碣石馆,朝上黄金台。我有苦寒调,君抱阳春才。年颜各少壮,发绿齿尚齐。我虽不能饮,君时醉如泥。政静筹画简,退食多相携。扫掠走马路,整顿射雉翳。春风二三月,柳密莺正啼。清河在门外,上与浮云齐。欹冠调玉琴,弹作松风哀。又弹明君怨,一去怨不回。感激坐者泣,起视雁行低。翻忧龙山雪一作雷,却杂胡沙飞。仲容铜琵琶,项直声凄凄。上贴金捍拨,画为承露鸡。君时卧掁触,劝客白玉杯。苦云年光疾,不饮将安归?我赏此言是,因循未能谐。君言中圣人,坐卧莫我违。榆荚乱不整,杨花飞相随。上有白日照,下有东风吹。青楼有美人,颜色如玫瑰。歌声入青云,

所痛无良媒。少年苦不久,顾慕良难哉!徒令真珠肶一作胵,裹入珊瑚腮。君今且少安,听我苦吟诗。古诗何人作,老大徒伤悲。

偶成转韵七十二句赠四同舍

沛国东风吹大泽,蒲青柳碧春一色。我来不见隆準人,沥酒空余庙中客。征东同舍鸳与鸾,酒酣劝我悬征鞍。蓝山宝肆不可入,玉中一作山仍是青琅玕。武威将军使中侠,少年箭道惊杨叶。战功高后数文章,怜我秋斋梦蝴蝶。诘旦九门传奏章,高车大马来煌煌。路逢邹枚不暇揖,腊月大雪过大梁。忆昔公为会昌宰,我时入谒虚怀待。众中赏我赋高唐,回看屈宋由犹通年辈。公事武皇为铁冠,历厅请我相所难。我时憔悴在书阁,卧枕芸香春夜阑。明年赴辟下昭桂,东郊恸哭辞兄弟。韩公堆上跋马时,回望秦川树如荠。依稀南指阳台云,鲤一作红鱼食钩猿失群。湘妃庙下一作中已一作江春尽,虞帝城前初日曛。谢游桥上澄江馆,下望山城如一弹。鹧鸪声苦晓惊眠,朱槿花娇晚相伴。顷之失职辞南风,破帆坏桨荆江中。斩蛟断一作破璧不无意。平生自许非忽忽。归来寂寞灵台下,著破蓝衫出无马。天官补吏府中趋,玉骨瘦来无一把。手封狴牢屯制囚,直厅印锁黄昏愁。平明赤帖使修表,上贺嫖姚收贼州。旧山万仞青霞外,望见扶桑出东海。爱君忧国去未能,白道青松了然在。此时闻有燕昭台,挺身东望心眼开。且吟王粲从军乐,不赋渊明归去来。彭门十万皆雄勇,首戴公恩若山重。廷评日下握灵蛇,书记眠时吞彩凤。之子夫君郑与裴,何甥一作生谢舅当世才。青袍白简风流极,碧沼红莲倾倒开。我生粗疏不足数,梁父哀吟鸲鹆舞。横行阔视倚公怜,狂来笔力如牛弩。借酒祝公千万年,吾徒礼分常周旋。收旗卧鼓相天子,相门出相光青史。

五言述德抒情诗一首四十韵,献上杜七兄仆射相公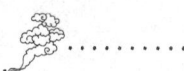杜惊

帝作黄金阙,仙开白玉京。有人扶太极,惟岳降元精。耿贾官勋大,荀陈一作杨地望清。旂常悬祖德,甲令著嘉声。经出宣尼壁,书留晏子楹。武乡传阵法,践土主文盟。自昔流王泽,由来仗国桢。九河分合沓,一柱忽峥嵘。得主劳三顾,惊人肯再鸣。碧虚天共转,黄道日同行。后饮曹参酒,先和傅说羹。即时贤路辟,此夜泰阶平。愿保无疆福,将图不朽名。率身期济世,叩额虑兴兵。感念骹尸露,咨嗟赵卒坑。倪令一作令安隐忍,何以赞贞明?恶草虽当路,寒松实挺生。人言真可畏,公意本无争。故事留台阁,前驱且旆旌。芙蓉王俭府,杨柳亚夫营。清啸频疏俗,高谈屡析酲。过庭多令子,乞音气野有名甥。南诏应闻命,西山莫敢惊。寄辞收的博,端坐扫欃枪。雅宴初无倦,长歌底有情。槛危春水暖,楼迥雪峰晴。移席牵缃一作湘蔓,回桡扑绛英。谁知杜武库,只见谢宣城。有客趋高义,于今滞下卿。登门惭后至,置驿恐虚迎。自是依刘表,安能比老彭?雕龙心已切,画虎意何成?岂有一作省曾黔突,徒劳不倚衡。乘时乖巧宦,占象合艰贞。废忘淹中学,迟回谷口耕。悼伤潘岳重,树立马迁轻。陇鸟悲丹觜,湘兰怨紫茎。归期过旧岁,旅梦绕残更。弱植叨华族,衰门倚外兄。欲陈劳者曲,未唱泪先横。

今月二日不自量度辄以诗一首四十韵干渎尊严,伏蒙仁恩俯赐,披览奖逾,其实情溢于辞,顾惟疏芜,曷用酬戴,辄复五言四十韵诗献上,亦诗人咏叹不足之义也

家擅无双誉,朝居第一功。四时当首夏,八节应条风。涤濯临清济,巉岩倚碧嵩。鲍壶冰皎洁,王佩玉丁东。原注:《执虞决录要注》曰:汉末绝无玉佩,侍中王粲识旧佩,始复作之。今玉佩受法于粲也,故云。处剧张京兆,通经戴侍中。将星临迥夜,卿月麓层穹。下令销秦盗,高谈破宋聋。含霜太山竹,拂雾峄阳桐。乐道乾知退,当官謇匪躬。服箱青海马,入兆渭川熊。固是符真宰,徒劳让化工。凤池春潋艳,鸡树晓瞳昽。愿守三章约,还期一作朞尝九译通。薰琴调大舜,宝

瑟和神农。慷慨资元老,周旋值一作直狡童。仲尼羞问阵,魏绛喜和戎。款款将除蠹,孜孜欲达聪。所求因渭浊,安肯与雷同?物议将调鼎,君恩忽赐弓。开吴相上下,全蜀占西东。锐卒鱼悬饵,豪胥鸟在笼。疲民呼杜母,邻国仰羊公。置驿推东道,安禅合北宗。嘉宾增重价,上士悟真空。扇举遮王导,樽开见孔融。烟飞愁舞罢,尘定一作起惜歌终。岸柳兼池绿,园花映烛红。未曾周颔醉,转觉季心恭。系滞喧人望,便蕃属圣衷。天书何日降,庭燎几时烘。早岁乖投刺,今晨幸发蒙。远途哀跛鳖,薄艺奖雕虫。故事曾尊隗,前修有荐雄。终须烦刻画,聊拟更磨砻。蛮岭晴留雪,巴江晚带枫。营巢怜越燕,裂帛待燕鸿。自苦诚先蘖,长飘不后蓬。容华虽少健,思绪即悲翁。感激淮山馆,优游碣石宫。待公三入相,不柞始无穷。

骄儿诗

衮师我骄儿,美秀乃无匹。文葆未周晬,固已知六七。四岁知名姓,眼不视梨栗。交朋颇窥观,谓是丹穴物。前朝尚器一作气貌,流品方第一。不然神仙姿,不尔燕鹤骨。安得此相谓,欲慰衰朽质。青春妍和月,朋戏浑甥侄。绕堂复穿林,沸若一作石金鼎溢。门有长者来,造次请先出。客前问所须,含意下吐实。归来学客面,闷败秉爷笏。或谑张飞胡,或笑邓艾吃。豪鹰毛崱屴化力切屼鱼直切,猛马气佶傈离直切。截得青篔于君切筜,骑走恣唐突。忽复学参军,按声唤苍鹘。又复纱灯旁,稽首礼夜佛。仰鞭冒蛛网,俯首饮花蜜。欲争蛱蝶轻,未谢柳絮疾。阶前逢何姊,六甲颇输失。凝走弄香奁,拔脱金屈戌。抱持多反侧,威怒不可律。曲躬牵窗网,衉唾拭琴漆。有时看临书,挺立不动膝。古锦请裁衣,玉轴亦欲乞。请爷书春胜,春胜宜春日。芭蕉斜卷笺,辛夷低过笔。爷昔好读书,恳苦自著述。憔悴欲四十,无肉畏蚤虱。儿慎勿学爷,读书求甲乙。穰苴司马法,张良黄石术。便为帝王师,不假一作暇更纤

悉。况今西与北,羌戎正狂悖。诛赦两未成,将养如痼疾。儿当速成大,探雏入虎穴。当为万户侯,忽守一经帙一作衮。

行次西郊作一百韵

蛇年建午月,我自梁远秦。南下大散关一作岭,北济渭之滨。草木半舒坼,不类冰雪晨。又若夏苦热,燋卷无芳津。高田长櫼枥,下田长荆榛。农具弃道旁,饥牛死空墩。依依过村落,十室无一存。存者皆面啼,无衣可迎宾。始若畏人问,及门还具陈。右辅田畴薄,斯民常苦贫。伊昔称乐土,所赖牧伯仁。官清若冰玉,吏善如六亲。生儿不远征,生女事四邻。浊酒盈瓦缶,烂谷堆荆囷。健儿庇一作旁妇,衰翁舐童孙。况自贞观后,命官多儒臣。例以贤牧伯,徵入司陶钧。降及开元中,奸邪挠经纶。晋公忌此事,多录边将勋。因令猛毅辈,杂牧升平民。中原遂多故,除授非至尊。或出幸臣辈,或由帝戚恩。中原困屠解,奴隶厌肥豚。皇子弃不乳,椒房抱羌浑。重赐竭中国,强兵临北边。控弦二十万,长臂皆如猿。皇都三千里,来往同雕鸢。五里一换马,十里一开筵。指顾动白日,暖热回苍旻。公卿辱嘲叱,唾弃如粪丸。大朝会万方,天子正临轩。采旄转初旭,玉座当祥烟。金障既特设,珠帘亦高搴。捋须塞不顾,坐在御榻前。忤者死艰屦,附之升顶颠。华侈矜递衒,豪俊相并吞。因失生惠养,渐见征求频。奚寇西当作东北来,挥霍如天翻。是时正忘战,重兵多在边。列城绕长河,平明插旗幡。但闻虏骑入,不见汉兵屯。大妇抱儿哭,小妇攀车辕。生小太平年,不识夜闭门。少壮尽点行,疲老一作者守空村。生分作死誓,挥泪连秋云。廷臣例麕怯,诸将如羸奔。为贼扫上阳,捉人送潼关。玉辇望南斗,未知何日旋。诚知开辟久,遘此云雷屯。送者问鼎大,存者要高官。抢攘互间谍,孰辨枭与鸾。千马无返辔,万车无远辕。城空鼠雀死,人去豺狼喧。南资竭吴越,西费失河源。因令左一作右藏库,摧毁惟空垣。如人当一身,

有左无右边。筋体半痿痹,肘腋生臊膻。列圣蒙此耻,含怀不能宣。谋臣拱手立,相戒无敢先。万国困杼轴,内库无金钱。健儿立霜雪,腹歉衣裳单。馈饷多过时,高估铜与铅。山东望河北,爨烟犹相联。朝廷不暇给,辛苦无半年。行人挥行资,居者税屋椽。中间遂作梗,狼籍用戈铤。临门送节制,以锡通天班。破者以族灭,存者尚迁延。礼数异君父,羁縻如羌零。直求输赤诚,所望大体全。巍巍政事堂,宰相厌八珍。敢问下执事,今谁掌其权?疮疽几十载,不敢扶其根。国蹙赋更重,人稀役弥繁。近年牛医儿—作师,城社更扳援。盲目把大旆,处此京西藩。乐祸忘怨敌,树党多狂狷。生为人所惮,死非人所怜。快刀断其头,列若猪牛悬。凤翔三百里,兵马如黄巾。夜半军牒来,屯兵万五千。乡里骇供亿,老少相扳牵。儿孙生未孩,弃之无惨颜。不复议所适,但欲死山间。尔来又三岁,甘泽不及春。盗贼亭午起,问谁多穷民。节使杀亭吏,捕之恐无因。咫尺不相见,旱久多黄尘。官健腰佩弓—作刀,自言为官巡。常恐值荒迥,此辈远射人。愧客问本末,愿客无因循。郿坞抵陈仓,此地忌黄昏。我听此言罢,冤愤如相焚。昔闻举一会士会也,群盗为之奔。又闻理与乱,在—作系,下同人不在天。我愿为此事,君前剖心肝。叩头出鲜血,滂沱污紫宸。九重黯已隔,涕泗空沾唇。使—云吏典作尚书,厮养为将军。慎勿道此言,此言未忍闻。

井泥四十韵

皇都依仁里,西北有高斋。昨日主人氏,治井堂西陲。工人三五辈,辇出土与泥。到水不数尺,积共庭树齐。他日井甃毕,用土益作堤。曲随林掩映,缭以池周回。下去冥—作寂寞穴,上承雨露滋。寄辞别地脉,因—作因言谢泉扉。升腾不自意,畴昔忽已乖—作垂。伊余掉行鞅,行行来自西。一日下马到,此时芳草萋。四面多好树,旦暮云霞姿。晚落花满地,幽鸟鸣何枝?萝幄既已荐,山樽亦可开。待得孤月上,如与佳人来。因兹感物理,恻怆平生怀。茫茫此群品,不定轮与蹄。喜得舜可禅,不以瞽瞍疑。禹竟代舜立,其父呼号哉!嬴氏并六合,所来因不韦。汉祖把左契,自言一布衣。当涂佩国玺,本乃黄门携。长戟乱中原,何妨起戎氐。不独帝王耳,臣下亦如斯。伊尹佐兴王,不藉汉父资。磻溪老钓叟,坐为周之师。屠狗与贩缯,突起定倾危。长沙启封土,岂是出程姬。帝问主人翁,有自卖—作夏珠儿。武昌昔男子,老苦为人妻。蜀王有遗魄,今在林中啼。淮南鸡舐药,翻向云中飞。大钧运群有,难以一理推。顾—作愿于冥冥内,为问秉者谁?我恐更万世,此事愈云为。猛虎与双翅,更以角副之。凤凰不五色,联翼上鸡栖。我欲秉钧者,朅来与我偕。浮云不相顾,寥沉谁为梯?悒怏夜将—作参半,但歌井中泥。

夜思以下续新添诗

银箭耿寒漏,金釭凝夜光。彩鸾空自舞,别燕不相将。寄恨一尺素,含情双玉珰。会前犹月在,去后始宵长。往事经春物,前期托报章。永今虚蘂枕,长不掩兰房。觉动迎猜影,疑来浪认香。鹤应闻露警,蜂亦为花忙。古有阳台梦,今多下蔡倡。何为薄冰雪,消瘦滞非乡。

思贤顿即望贤宫也

内殿张弦管,中原绝鼓声。舞成青海马,斗杀汝南鸡。不见华胥梦,空闻下蔡迷。宸襟他日泪,薄暮望贤西。

无题

万里风波一叶舟,忆归初罢更夷犹。碧江地没元相引,黄鹤沙边亦少留。益德冤魂终报主,阿童高义镇横秋。人生岂得长无谓,怀古思乡共白头。

有怀在蒙飞卿

薄宦频移疾,当年久深居。哀同庾开府,瘦极沈尚书。城绿新阴远,江清返照虚。所思惟翰墨,从古待双鱼。

春深脱衣

睥睨江鸦集,堂皇海燕过。减衣怜蕙若,展帐动烟波。日烈忧花甚,风长奈柳何。陈遵容易学,身世醉时多。

怀求古翁

何时粉署仙,傲兀遂戎旃。关塞犹传箭,江湖莫系船。欲收棋子醉,竟把钓车眠。谢朓真堪忆,多才不忌前。

五月六日一作十五夜忆往岁秋与彻师同宿知玄法师弟子僧彻

紫阁相逢处,丹岩议宿时。堕蝉翻败叶,栖鸟定寒枝。万里飘流远,三年问讯迟。炎方忆初地,频梦碧琉璃。

城上

有客虚投笔,无憀独上城。沙禽失侣远,江树著阴轻。边遽稽天讨,军须竭地征。贾生游刃极,作赋又论兵。

如有

如有瑶台客,相难复索归。芭蕉开绿扇,菡萏荐红衣。浦外传光远,烟中结响微。良宵一寸焰一作艳,回首是重帏。

朱槿花二首

莲后红何患,梅先白莫夸。才飞建章火,又落赤城霞。不卷锦步障,未登油壁车。日西相对罢,休浣向天涯。

勇多侵路去,恨有碍灯还。嗅自微微白,看成沓沓殷。坐疑忘一作忘疑物外,归去有帘间。君问伤春句,千辞不可删。

寓怀

彩鸾餐颢气,威凤入卿云。长养三清境,追随五帝君。烟波遗汲汲,缯缴任云云。下界围黄道,前程合紫氛。金书惟是见,玉管不胜闻。草为回生种,香缘却死熏。海明三岛见,天迥九江分。搴一作骞树无劳援,神禾岂用耘。斗龙风结阵,恼鹤露成文。汉岭一作殿霜何早,秦宫日易曛。星机抛密绪,月杼散灵氛。重押,一作芬,一作氲。阳乌西南下,相思不及群。

木兰

二月二十二,木兰开坼初。初当新病酒,复自久离居。愁绝更倾国,惊新闻远书。紫丝何日障,油壁几时车。弄粉知伤重,调红或有余。波痕空映袜,烟态不胜裾。桂岭含芳远,莲塘属意疏。瑶姬与神女,长短定何如。

细雨成咏献尚书河东公

洒砌听来响,卷帘看已迷。江间风暂定,云外日应西。稍稍落蝶粉,班班融燕泥。飐萍初过沼,重柳更缘堤。必拟和残漏,宁无晦暝鼙。半将花漠漠,全共草萋萋。猿别方长啸,乌惊始独栖。府公能八咏,聊且续新题。

病中闻河东公乐营置酒口占寄上

闻驻行春旆,中途赏物华。缘忧武昌柳,遂忆洛阳花。嵇鹤元无对,荀龙不在夸。只将沧海月,长压赤城霞。兴欲倾燕馆,欢终一作于到习家。风长应侧帽,原注:独狐景公信举止风流,常风吹帽倾,观者盈路。路隘岂容车。原注:相逢狭路间,路隘不容车。楼迥波窥锦,窗虚日弄纱。锁门金了鸟,展障玉鸦叉。舞妙从兼楚,歌能莫杂巴。必投潘岳果,谁掺祢衡过。原注:祢处士击鼓,能为渔阳掺过。刻烛当时忝,传杯此夕赊。可怜漳浦卧,愁绪独如麻。

回中牡丹为雨所败二首

下苑他年未可追,西州今日忽相期。水亭幕雨寒犹在,罗荐春香暖不知。舞蝶殷勤收落蕊,佳一作有人惆怅卧遥帷。章台街里芳菲伴,且问宫腰损几枝。

浪笑榴花不及春,先期零落更愁人。玉盘迸泪伤心数色角切,锦瑟惊弦破梦频。万里重阴非旧圃,一年生意属流尘。前溪舞罢君回顾,并觉今朝粉态新。

拟意

怅望逢张女,迟回送阿侯。空看小垂手,忍问大刀头。妙选茱萸帐,平居翡翠楼。云屏一作衣不取暖,月扇未遮羞。上掌真何有,倾城岂自由?楚妃交荐枕,汉后共藏阄一作钩。夫向羊车觅,男从凤穴求。书成祓禊帖,唱杀畔牢愁。夜杵鸣江练,春刀解若一作石榴。象床穿幰网,犀帖钉窗油。仁寿遗明镜,陈仓拂彩球。真防舞如意,佯盖卧篌篌。濯锦桃花水,溅裙杜若洲。鱼儿悬宝剑,燕子合金瓯。银箭催摇落,华筵惨去留。几时销薄怒,从此抱离忧。帆落啼猿峡,樽开画鹢舟。急弦肠对断,剪蜡泪争流。璧马谁能带,金虫不复收。银河扑醉眼,珠串咽歌喉。去梦随川后,来风贮石邮。兰丛衔露重,榆荚点星稠。解佩无遗迹,凌波有旧游。曾来十九首,私谶咏牵牛。

谢往桂林至彤庭窃咏

辰象森罗正,句陈翊卫宽。鱼龙排百戏,剑佩俨千官。城禁将开晚,宫深欲曙难。月轮移枒诣,仙路下栏干。共贺高谋应,将陈寿酒欢。金星压芒角,银汉转波澜。王母来空阔,羲和上屈盘。凤皇传诏旨,獬荐冠朝端。造化中台座,威风上将坛。甘泉犹望幸,早晚冠呼韩。

烧香曲

钿一作细云蟠蟠牙比鱼,孔雀翅尾蛟龙须。漳宫旧样博山炉,楚娇捧笑开芙蕖。八蚕茧绵小分炷,兽焰微红隔云母。白天月泽寒未冰,金虎含秋向东吐。玉佩呵光铜照昏,帘波日暮冲一作依斜门。西来欲上茂陵树,柏梁已失栽桃魂。露庭月井大红气,轻衫薄细一作袖当君意。蜀殿琼人伴夜深,金銮一作鸾不问残灯事。何当巧吹君怀度,襟灰为土填清露。

送从翁东川弘农尚书幕此题重见,又全诗都咏禄山乱后事,与题无干,疑有脱误。

昔帝回冲眷,维皇恻上仁。三灵迷赤气,万汇叫苍旻。刊木方隆禹,陞陑始创殷。夏台曾圮闭,汜水敢逡巡。拯溺休规步,防虞要徙薪。蒸黎今得请,宇宙昨还淳。缵祖功宜急,贻孙计甚勤。降灾虽代有,稔恶不无因。宫掖方为虫,边隅忽遘迍。献书秦逐客,间谍汉名臣。北伐将谁使,南征决此辰。中原重板荡,玄象失钩陈。诘旦违清道,衔枚别紫宸。兹行殊厌胜,故老遂分新。去异封于巩,来宁避处豳。永嘉几失坠,宣政遽酸辛。元子当传启,皇孙合授询。时非三揖一作指让,表请再陶钧。旧好盟还在,中枢策屡遵。苍黄传国玺,违远属车尘。雏虎如凭怒,藜龙性漫驯。封崇自何等,流落乃斯民。逗挠官军乱,优容败将频。早朝披草莽,夜缒达丝纶。忘战追无及,长驱气益振。妇言终未易,庙算况非神。日驭难淹蜀,星旄要定秦。人心诚未去,天道亦无亲。锦水湔云浪,黄山扫地春。斯文虚梦鸟,吾道欲悲麟。断续殊乡泪,存亡满席珍。魂销季羔窦,衣化子张绅。建议庸何所,通班昔滥臻。浮生见开泰,独得咏汀蘋。

晋昌晚归马上赠

西北朝天路,登临思上才。城闲烟草遍,村暗雨云回。人岂无端别,猿应有意哀。征南予更远,吟断望乡台。

哭虔州杨侍郎虞卿

汉网疏仍漏,齐民困未苏。如何大丞相,翻作弛刑徒。中宪方外易,原注:《史记》云:商鞅多左建外易。尹京终就拘。木矜能弭谤,先议取非辜。巧有凝脂密,功无一柱扶。深知狱吏贵,几迫季冬诛。叫帝青天阔,辞家白日晡。流亡诚不吊,神理若为诬。在昔恩知忝,诸生礼秩殊。入韩非剑客,过赵受钳奴。楚水招魂远,邙山卜宅孤。甘心亲垤蚁,旋踵戮城狐。原注:是冬舒李伏戮。阴骘今如此,天灾未可无。莫凭牲玉请,便望救焦枯。

寄太原卢司空三十韵卢钧

隋舰临淮甸,唐旗出井陉。断鳌搘四柱,

卓马济三灵。祖业隆盘古,孙谋复大庭。从来师俊杰,可以焕丹青。旧族开东岳,雄图奋北溟。邪同獬廌触,乐伴凤凰听。酣战仍挥日,降妖亦斗霆。将国功不伐,叔舅德惟馨。鸡塞谁生事,狼烟不暂停。拟填沧海鸟,敢竞太阳萤。内草才传诏,前茅已勒铭。那劳出师表,尽入大荒经。德水萦长带,阴山绕画屏。只忧非繁肯,未觉有膻腥。保佐资冲漠,扶持在杳冥。乃心防暗室,华发称明廷。按甲神初静,挥戈思一作鸣去醉欲醒。羲之当妙选,原注:小弟羲叟,早蒙恭以嘉姻。孝若近归宁。原注:三十五丈明府,高科来归膝下。月色来侵幌,诗成有转櫺。罗含黄菊宅,柳恽白蘋汀。神物龟酬孔,仙才鹤姓丁。西山童子药,南极老人星。自顷徒窥管,于今愧掣瓶。何由叨末席,还得叩玄扃。庄叟虚悲雁,终童漫识鯾。幕中虽策画,剑外且伶俜一作聘。侯侯行忘止,鳏鳏卧不瞑。身应瘠于鲁,泪欲溢为荥。禹贡思金鼎,尧图忆土铏。公乎来入相,王欲驾云亭。

安平公诗 原注:故赠尚书韩氏。

丈人博陵王名家,怜我总角称才华。华州留语晓至暮,高声喝吏放两衙。明朝骑马出城外,送我习业南山阿。仲子延一作廷岳年十六,面如白玉欹乌纱。其弟炳章犹两丱,瑶林琼树含奇花。陈留阮家诸侄秀一作璠玙并列诸姓秀,逦迤出拜何骈罗。府中从事杜与李,麟角虎翅相过摩。清词孤韵有歌响,击触钟磬鸣环珂。三月石堤冻销释,东风开花满阳坡。时邻得伴戏新木,其声尖咽如鸣梭。公时载酒领从事,踊跃鞍马来相过。仰看楼殿撮清汉,坐视世界如恒沙。面热脚掉互登陟,青云表柱白云崖。一百八句在贝叶,三十三天长雨花。长者子来辄献盖,辟支佛去空留鞾。公时受诏镇东鲁,遣我草诏一作奏随车牙。愿我下笔即千字,疑我读书倾五车。呜嘑大贤苦不寿,时世方士无灵砂。五月至止六月病,遽颓泰山惊逝波。明年徒步吊京国,宅破子毁哀如何。西风冲户卷素帐,隙光斜照旧燕窠。古人常欢知己少,况我

沦贱艰虞多。如公之德世一二,岂得无泪如黄河。沥胆咒愿天有眼,君子之泽方滂沱。

赤壁 此诗又见《杜牧集》

折戟沈沙铁未销,自将磨洗认前朝。东风不与周郎便,铜雀春深锁二乔。

垂柳

垂柳碧鬅一作鬝茸,楼昏雨带容。思量成夜梦,束久废春慵。梳洗凭张敞,乘骑笑稚恭。碧虚随转笠,红烛近高春。怨目明秋水,愁眉淡远峰。小阑花尽蝶,静院醉醒一作闻蛩。旧作琴台凤,今为药店龙。宝奁抛掷久,一任景阳钟。

清夜怨

含泪坐春宵,闻君欲度辽。绿池荷叶嫩,红砌杏花娇。曙月当窗满,征云出塞遥。画楼终日闭,清客为谁调。

定子 此诗又见《杜牧外集》,题作隋苑。注一云:定子,牛相小青。

檀槽一抹广陵春,定子初开睡脸新。却笑吃虚一作亏隋炀帝,破家亡国为何人。

木兰花

《古今诗话》:义山游长安,宿旅店,客赋木兰花诗,众皆夸示,义山后成,客尽惊。问之,始知是义山。一云陆龟蒙,误。

洞庭波冷晓侵云,日日征帆送远人。几度木兰舟上望,不知元是此花身。

游灵伽寺 以下见统签

碧烟秋寺泛湖来,水打城根古堞摧。尽日伤心人不见,石榴花满旧琴台。

龙丘途中 统签作一首误

汉苑残花别,吴江盛夏来。惟看万树谷,不见一枝开。

水色饶湘浦,滩声怯建溪。泪流回月上,可得更猿啼。

句

兰膏爇处心犹浅,银烛烧残焰不馨。好向书生窗畔种,免教辛苦更囊萤。金灯花。《事文类聚》。

遥想故园陌,桃李正酣酣。以下见《海录碎事》。

头上金雀钗,腰珮翠琅玕。

芦洲客雁报春来。

全唐诗卷五百四十二

纪唐夫

纪唐夫,开成中中书舍人。诗三首。

送友人归宜春

落花兼柳絮,无处不纷纷。远道空归去,流莺独自闻。墅桥喧碓水,山郭入楼云。故里南陔曲,秋期欲送君。

骢马曲

连钱—作年出塞蹋沙蓬,岂比当时御史骢。逐北自谙深碛路,连—作长嘶谁念静边功。登山每与青云合,弄影应知碧草同。今日房平将换妾,不如罗袖舞春风。

送温庭筠尉方城

何事明时泣玉频,长安不见杏园春。凤皇诏下虽霑命,鹦鹉才高却累身。且尽—作饮绿醽销积恨,莫辞黄绶拂行尘。方城若比长沙路,犹隔—作有千山与万津。

裴思谦

裴思谦,开成登第,官卫尉卿。诗一首。

及第后宿平康里—作平康妓诗

银缸斜背解鸣珰,小语偷—作低声贺玉郎。从此不知兰麝贵,夜来新染—作惹桂枝香。

李衢

李衢,开成中为屯田郎中。诗一首。

都堂试贡士日庆春雪

锡瑞来丰岁,旌贤入贡辰。轻摇梅共笑,飞袅柳知春。绕砌封琼屑,依阶喷玉尘。蜉蝣吟更古,科斗映还新。鹤毳迷难辨,冰壶鉴易真。因歌大君德,率舞咏陶钧。

李损之

李损之,文宗朝进士。诗一首。

都堂试贡士日庆春雪

春雪昼悠扬,飘飞试士场。缀毫疑起草,沾字共成章。匝地如铺练,凝阶似截肪。鹅毛萦树合,柳絮带风狂。息疫方殊庆,丰年已报祥。应知郢上曲,高唱出东堂。

李景

李景,陇西人,文宗朝进士。诗二首。

除夜长安作—作李京诗

长安朔风起,穷巷掩双扉。新岁明朝是,故乡何路归。鬓丝饶镜色,隙雪夺灯辉。却羡秦州雁,逢春尽北飞。

都堂试贡士日庆春雪

密雪分天路,群才坐粉廊。霭空迷昼景,临宇借寒光。似暖花消地,无声玉满堂。洒池偏误曲,留砚忽因方。几处曹风比,何人谢赋长?春晖早相照,莫滞九衢芳。

张元—作元宗

张元宗,太和时人。诗二首。

登景云寺阁

胡马饮河洛,我家从此迁。今来独垂泪,三十六峰前。

望终南山

红尘白日长安路,马足车轮不暂闲。唯有茂陵多病客,每来高处望南山。

李肱

李肱,开成二年第一人及第,官齐岳二牧。诗一首。

省试霓裳羽衣曲

开元太平时,万国贺丰岁。梨园献旧曲,玉座流新制。凤管递参差,霞衣竞摇曳。宴罢水殿空,辇余春草细。蓬壶事已久,仙乐功无替。讵肯听遗音,圣明知善继。

句

水光先见月,露气早知秋。见万花谷。

郑史

郑史,字惟直,宜春人。开成元年举进士第,国子博士,历永州刺史,即谷之父也。诗三首。

永州送侄归宜春

宁玉正秋悲,那堪更别离。从来襟上泪,尽作鬓边丝。永水清如此,袁江色可知。到家黄菊坼,亦莫怪归迟。

秋日零陵与幕下诸宾游河夜饮—作宴

湘月蘋风乍畅襟,烛前江水练千寻。新秋宋玉能为赋,永夕袁安好共吟。辇下翠蛾须强展,尊中绿蚁且徐斟。汀沙渐有珠凝露,缓棹兰桡任夜深。

赠妓行云诗

最爱铅华薄薄妆,更兼衣著又鹅黄。从来南国名佳丽,谁事今朝在北—作此行。

许澶

许澶,开成初进士。诗一首。

纪梦—作梦入琼台

《逸史》:澶游河中,忽大病,亲友环守三日。蹶起取笔,大书于壁,第二句云:坐中惟有许飞琼。明日惊起,又取笔改第二句,兀然如醉,良久渐言,曰:"昨梦到瑶台,有仙女三百余人,一人自云许飞琼,遣赋诗。及成,又令改。曰:'不欲世间人知有我也。'既毕,甚被赏叹。若有人导引,得回。"

晚入瑶台露气清,天风飞下步虚声。尘心未尽俗缘在,十里下山空月明。此首《本事诗》及《唐诗纪事》并作许浑。

牛丛

牛丛,字表龄,僧孺之子。开成初登第,历践台省方镇,终吏部尚书。诗一首。

题朝阳岩

蹑石攀萝路不迷,晓天风好浪花低。洞名独占朝阳号,应有梧桐待凤栖。

陈上美

陈上美,开成二年登进士第。诗一首。

咸阳有怀

山连河水碧氛氲,瑞气东移拥圣君。秦苑有花空笑日,汉陵无主自侵云。古槐堤上莺千啭,远渚沙中鹭一群。赖与渊明同把菊,烟郊西望夕阳曛。

杨鸿

杨鸿,开成二年登进士第。诗一首。

晴望九华山

九华闲望簇清虚,气象群峰尽不如。惆怅都南挂冠吏,无人解向此山居。

赵璜

赵璜,开成三年登第。诗四首。

正月

正月今朝半,阳台信未回。水芹寒不食,山杏雨应开。世网留三宿,真源寄一杯。因声谢猿鸟,岁晏会归来。

七夕诗一作李郢诗

乌鹊桥头双扇开,年年一度过河来。莫嫌天上稀相见,犹胜人间去不回。欲减灯花饶俗世,暂烦云月掩楼台。别时旧路长清浅,岂肯离情似死灰。

曲江上巳

长堤十里转香车,两岸烟花锦不如。欲问神仙在何处,紫云楼阁向空虚。

题七夕图

帝子吹箫上翠微,秋风一曲凤皇归。明年七月重相见,依旧高悬织女机。

潘咸 一作成,又作诚。

潘咸,与喻凫同时,集一卷。今存诗五首。

登明戍堡

来经古城上,极目思无穷。寇尽烟萝外,人归蔓草中。峰峦当阙古,堞垒对云空。不见昔名将,徒称有战功。

送陈明府之任

客见天台县,闾阎树色间。骖回几临水,带缓独开山。吏散落花尽,人居远岛闲。过于老莱子,端简独承颜。

长安春暮

客在关西春暮夜,远同江外已清明。三更独立看花月,惟欠子规啼一声。

舟行

平沙极浦无人度,犹系孤舟寒草西。半夜起看潮上月,万山中有一猿啼。

送僧

阙下僧归山顶寺,却看朝日下方明。莫道野人寻不见,半天云里有钟声。

句

栈踏猿声暮,江看剑影秋。送人游蜀。

僧老白云上,磬寒高鸟边。

心已同猿狖,不闻人是非。

行人渡流水,白马入前山。

秋深雪满黄金塞,夜夜鸿声入汉阳。以上并见《主客图》。

薛莹

薛莹,文宗时人,《洞庭诗集》一卷。今存十首。

秋晚同友人闲步

藕草与行莎,相看日未斜。断崖分鸟道,

疏树见人家。望远临孤石,吟余落片霞。野情看不足,归路思犹赊。

宿仙都观阴王二君修道处

十载别仙峰,峰前千古踪。阴王修道处,云雪满高松。洞口风雷异,池心星汉重。明朝下山去,片月落残钟。

宿东岩寺晓起

野寺寒塘晓,游人一梦分。钟残数树月,僧起半岩云。宿鸟惊初见,幽泉落不闻。吟余凭前槛,红叶下纷纷。

秋日湖上

落日五湖游,烟波处处愁。沈浮千古事,谁与问东流?

江山闲望

渺渺无穷尽,风涛几日平。年光与人事,东去一声声。

访武陵道者不遇

花发鸟仍啼,行行路欲迷。二真无问处,虚度武陵溪。

寄旧山隐侣

旧山诸隐沦,身在苦无身。莫锁白云路,白云多误人。

羡僧

处世曾无著,生前事尽非。一瓶兼一衲,南北去如归。

锦

轧轧弄寒极,功多力渐微。惟忧机上锦,不称舞人衣。

中秋月

三十六旬盈复缺,百年堪喜又堪伤。劝君莫惜登楼望,云放婵娟不久长。

句

单棹横疏雨,江滩秋泊时。
花留身住越,月递梦还秦。

崔元略

崔元略,博州人。第进士,更辟诸府,累迁殿中侍御史,进中丞,改京兆少尹,历散骑常侍,出为黔南观察使。敬宗初,拜户部侍郎。太和三年,以户部尚书判度支,留守东都,改义成节度使。卒,赠左仆射。诗一首。

赠毛仙翁

莫将凡圣比云泥,椿菌之年本不齐。度世无劳大稻米,升天只用半刀圭。人间嗟对黄昏槿,海上闲听碧落鸡,旌节行中令引道,便从尘外踏丹梯。

冯涯

冯涯,开成中进士第。诗一首。

太学创置石经《卢氏杂说》云:开成中,高锴知举,内出霓裳羽衣曲赋及此诗题。

圣唐复古制,德义功无替。奥旨悦诗书,遗文分篆隶。银钩互交映,石壁靡尘翳。永与乾坤期,不逐日月逝。儒林道益广,学者心弥锐。从此理化成,恩光遍遐裔。

全唐诗卷五百四十三

喻凫

喻凫,毗陵人,登开成五年进士第,终乌程尉。诗一卷。

赠李商隐

羽翼恣抟扶,山河使笔驱。月疏吟夜桂,龙失咏春珠。草细盘金勒,花繁倒玉壶。徒嗟好章句,无力致前途。

元日即事

敛板贺交亲,称觞讵有巡。年光悲掷旧,景色喜呈新。水柳烟中重,山梅雪后真。不知将白发,何以度青春。

送贾岛往金州谒姚员外

山光与水色,独往此中深。溪沥椒花气,岩盘漆叶阴。潇湘终共去,巫峡羡先寻。几夕江楼月,玄晖伴静吟。

送友人罢举归蜀

憔悴满衣尘,风光岂属身。卖琴红粟贵,看镜白髭新。栈畔谁高步,巴边自问津。凄然莫滴血,杜宇正哀春。

送卫尉之延陵

草木正花时,交亲触雨辞。一官之任远,尽室出城迟。乳滴茅君洞,鸦鸣季子祠。想知佐理暇,日有咏怀诗。

送越州高录事

官曹权纪纲,行李半舟航。浦溆潮来广,川源鸟去长。笋成稽岭岸,莲发镜湖香。泽国还之任,鲈鱼浪得尝。

送潘咸

时时赍破囊,访我息闲坊。煮雪问茶味,当风看雁行。心齐山鹿逸,句敌柳花狂。坚苦今如此,前程岂渺茫。

送友人下第归宁

紫阁雪未尽,杏园花亦寒。灞西辞旧友,楚外忆新安。细雨猿啼栿,微阳鹭起滩。旋应赴秋贡,讵得久承欢。

游北山寺

烟冈影畔寺,游步此时孤。庭静众药在,鹤闲双桧枯。蓝峰露秋院,灞水入春厨。便可栖心迹,如何返旧途。

冬日题无可上人院

人户道心生,茶间踏叶行。泻风瓶水涩,承露鹤巢轻。阁北长河气,窗东一桧声。诗言与禅味,语默此皆清。

游云际寺

涧壑吼风雷,香门绝顶开。阁寒僧不下,钟定虎常来。鸟啄林稍果,鼯跳竹里苔。心源无一事,尘界拟休回。

题翠微寺

沿溪又涉巅,始喜入前轩。钟度鸟沈壑,殿扃云湿幡。凉泉堕众石,古木彻疏猿。月上僧阶近,斯游岂易言。

广德官舍二松

杨公休簿领,二木日坚牢。直甚彰吾节,清终庇尔曹。幽阴月里细,冷树雪中高。谁见干霄后,枝飘白鹤毛。

浴马

解控复收鞭,长津动细涟。空蹄沈绿玉,阔臆没连钱。沫潋桥声下,嘶盘柳影边。常闻禀龙性,固与白波便。

和段学士南亭春日对雨

晨飞晚未休,兰阁客吟愁。萧飒柳边挂,萦纡花底流。声繁乍离一作杂籁,洒急不成沤。经夕江湖思,烟波一钓舟。

书怀

只是守琴书,僧中独寓居。心唯务一作慕鹤静,分合与名疏。暮雨啼蛩次,凉风落木初。家山太湖渌,归去复何如。

一公房

幽深谁掩关,清净自多闲。一雨收众木,孤云生远山。花萎绿苔上,鸽乳翠楼间。岚霭燃香夕,容听半偈还。

晚次临泾

路入犬羊群,城寒雉堞曛。居人只尚武,过客谩投文。马怯奔浑水,鹏沈莽苍云。沙田积蒿艾,竟夕见烧焚。

王母祠前写望

云霞千古事,桃李旧花颜。芳信沈青鸟,空祠掩暮山。香传一座暗,柳匝万家闲。那复伤神所,河昏落日间。

游暖泉精舍

坞木殿前空,山河泽国同。鸟闲沙影上,泉落树阴中。缆舸蒲花水,萦幡柳絮风。翛然方寸地,何事更悲蓬。

怀乡

秋风江上家,钓艇泊芦花。断一作古岸绿杨荫,疏篱红槿遮。鼍鸣积雨窟,鹤步夕阳沙。抱疾僧窗夜,归心过月斜。

岫一作隐禅师南溪兰若

锡影配瓶光,孤溪照草堂。水悬青石磴,钟动白云床。树色含残雨,河流带夕阳。唯应无月夜,瞑目见他方。

龙翔寺寄李频

钟声南北寺,不道往来遥。人事因循过,时光荏苒销。悬灯洒砌雨,上阁绕云雕。即是洲中柳,嘶蝉急暮条。

送武毂之邠宁

戍路少人踪,边烟淡复浓。诗宁写别恨,酒不上离容。燕拂沙河柳,鸦高石窟钟。悠然一暌阻,山叠虏云一作尘重。

夏日题岫禅师房
　　朝朝声磬罢,童子扫藤阴。花过少游客,日长无事心。回山闭院直,落水下桥深。安得开方便,容身老此林。

夏日因怀阳羡旧游寄裴书记
　　落日太湖西,波涵万象低。藕花熏浦溆,菱蔓匿凫鹥。树及长桥尽,滩回七里迷。还应坐筹暇,时一梦荆溪。

呈薛博士
　　辛勤长在学,一室少曾开。时忆暮山寺,独登衰草台。名期五字立,迹愧九年来。此意今聊写,还希君子哀。

即事
　　抱杖立溪口,迎秋看塞门。连山互苍翠,二水各清浑。笛发孤烟戍,鸦归夕照村。萋萋芳草色,终是忆—作思王孙。

龙翔寺阁夜怀渭南张少府
　　春城带病别,秋塞见除书。况是神仙吏,仍非尘土居。河风吹鸟迥,岳雨滴桐疏。坐阁驰思夕,沙东凉月虚。

夏日龙翔寺居即事寄崔侍御
　　古刹一幡斜,吹门水过沙。数声钟里饭—作钹,双影树间茶。落日穷荒雨,微风古堑花。何当戴豸客,复此问生涯。

龙翔寺居喜胡权见访因宿
　　林栖无异欢,煮茗就花栏。雀啅北冈—作窗晓,僧开西阁寒。冲桥二水急,扣月一钟残。明发还分手,徒悲行路难。

宿石窟寺
　　一刹古冈南,孤钟撼夕岚。客闲明月阁,僧闭白云菴。野鹤立枯栋,天龙吟净潭。因知不生理,合自此中探。

夏日龙翔寺寄张侍御
　　沙西林杪寺,殿倚石棱开。晓月僧汲井,残阳钟殷台。河冲绿野去,鸟背白云来。日夕唯增思,京关未想回。

秋日将归长安留别王尚书
　　朔漠正秋霖,西风传夕砧。沧洲未归迹,华发受恩心。露色冈莎冷,蝉声坞木深。清晨铁钺内,只献白云吟。

龙翔寺言怀
　　眠云喜道存,读易过朝昏。乔木青连郭,长河白泻门。钟沈残月坞,鸟去夕阳村。搜此成闲句,期逢作者论。

龙翔寺居夏日寄献王尚书
　　那期高斾下,得遇重臣知。泉石容居止,风沙免路岐。河兼落—作洛下望,句入大荒思。无复愁烦暑,回山翠—作倚阁危。

题弘济寺不出院僧
　　楚鞋应此世,只绕砌苔休。色相栽花视,身心坐石修。声寒通节院,城黑见烽楼。欲取闲云并,闲云有去留。

寄刘录事
　　城西青岛寺,累夏漱寒泉。今在提纲所,应难扫石眠。风沙榆塞迥,波浪橘洲偏。重整潇湘棹,心期更几年。

酬王檀见寄
　　驰心栖杳冥,何物比清泠。夜月照巫峡,秋风吹洞庭。酬难尘鬓皓,坐久壁灯青。竟晚苍山咏,乔枝有鹤听。

寺居秋日对雨有怀
　　修修—作偹偹复霙霙,黄叶此时飞。隐几客吟断,邻房僧话稀。鸽寒栖树定,萤湿在窗微。即事潇湘渚,渔翁披草衣。

答刘录事夜月怀湘西友人见寄
　　相逢仍朔漠,相问即波涛。江思苇花折,笛声关—作边月高。簿书君阅倦,章句我吟劳。竟夕空凭阁,长河漂石壕。

上高侍御
旧隐白云峰,生涯落叶同。关河一栖旅,杨柳十东风。迹处龙钟内,声居汩没中。酬恩若有地,宁止杀微躬。

冬日寄友人
空为梁甫吟,谁竟是知音?风雪坐闲夜,乡园来旧心。沧江孤棹逈,落日一钟深。君子久忘我,此诚甘自沈。

冬夜宿余正字静恭里闲居
每来多便宿,不负白云言。古木朔风动,寒城疏雪翻。微灯悬刻漏,旧梦返湘沅。先是琴边起,知为阁务繁。

得子侄书
远书来阮巷,阙下见江东。不得经史力,枉抛耕稼功。雁天霞脚雨,渔夜苇条风。无复琴杯兴,开怀向尔同。

献知己
亦忝受恩身,当殊投刺新。竟蒙分玉石,终不离埃尘。大谷非无暖,幽枝自未春。昏昏过朝夕,应念苦吟人。

赠张濆处士
露白覆棋宵,林青读易朝。道高天子问,名重四方招。许鹤归华顶,期僧过石桥。虽然在京国,心迹自逍遥。

早秋寺居酬张侍御六韵见寄
六十上清冥,晓缄东越藤。山光紫衣陟,寺影白云凝。湿叶起寒鸟,深林惊古僧。微风窗静展,细雨阁吟登。清韵岳磬远,佳音湖水澄。却思前所献,何以豸冠称。

和段学士对雪
盈尺知丰稔—作岁,开窗对酒壶。飘当大野匝,洒到急流无。密际西风尽,凝间朔气扶。干摧鸟栖柝,冷射夜残罏。赞月澄斜汉,兼沙搅北湖。惭于郢客坐,一此调巴歈。

监试夜雨滴空阶
霎霎复凄凄,飘松又洒槐。气蒙蛛网槛,声叠藓花阶。古壁青灯动,深庭湿叶埋。徐垂旧苑瓦,竞历小茅斋。冷与阴虫间,清将玉漏谐。病身唯展转,谁见此时怀?

春雨如膏
冪冪敛轻尘,蒙蒙湿野春。细光添柳重,幽点溅花匀。惨淡游丝景,阴沈落絮辰。回低飞蝶翅,寒滴语禽身。洒岳摧余雪,吹江叠远蘋。东城与西陌,晴后趣何新。

送友人南中访旧知
春尽大方游,思君便白头。地蒸川有毒,天暖树无秋。水急三巴险,猿分五岭愁。为缘知己分,南国必淹留。

玄都观李尊师
藓帻翠髯公,存思古观空。晓坛桎叶露,晴画柳花风。寿已将椿并,棋难见局终。何当与高鹤,飞去海光中。

送石贲归吴兴
同志幸同年,高堂君独还。齐荣恩未报,共隐事皆闲。访寺临河岸,开楼见海山。洛中推二陆,莫久恋乡关。

感遇
江乡十年别,京国累日同。在客—作客几多事,俱付酒杯中。

晚思
鹤下紫阁云,沈沈翠微雨。独坐正无言,孤庄一声杵。

赠空禅师
虎见修行久,松知夏腊高。寒堂坐风雨,瞑目尚波涛。

西山寒日逢韦侍御
獬豸霜中貌,龙钟病后颜。惨伤此身事,

风雪动江山。

题禅院
无花地亦香,有鹤松多直。向此奚必孤,山僧尽相识。

惊秋
莺啭才间关,蝉鸣旋萧一作骚屑。如何两鬓毛,不作千枝雪。

经刘校书墓
远冢松回曲渚风,一官闻是校书终。霜情月思今何在,零落人间策子中。

蒋处士宅喜闲公至
绝杯夏别螺江渡,单钵春过处士斋。尝茗议空经不夜,照花明月影侵阶。

绝句 一作忆友人
银地无尘金菊开,紫梨红枣堕莓苔。一泓秋水一轮月,今夜故人来不来。

句
颜雕明镜觉,思苦白云知。

沧洲迷钓隐,紫阁负僧期。见张为《主客图》。

全唐诗卷五百四十四

刘得仁

刘得仁,贵主之子,长庆中即以诗名。自开成至大中三朝,昆弟皆历贵仕,而得仁出入举场三十年,卒无成。集一卷,今编诗二卷。

听歌

朱槛满明月,美人歌落梅。忽惊尘起处,疑是有风—作有风飞来。一曲听初彻,几年愁暂开。东南正云雨,不得见阳台。

青龙寺僧院

常多簪组客,非独看高松。此地堪终日,开门见数峰。苔新禽迹少,泉冷树阴重。师意如山里,空房晓暮钟。

夏夜会同人

沈沈清暑夕,星斗俨虚空。岸帻栖禽下,烹茶玉漏中。形骸忘已久—作细故,偃仰—作寒趣无穷—作泰愚衷。日—作自汲泉来漱,微开密箓风。

游崔监丞城南别业

门与青山近,青山复几重。雪融皇子岸,春涩—作润翠微峰。地有经冬草,林无未老松。竹寒溪隔寺,晴日直闻钟。

答韦先辈春雨后见寄

风散五更雨,鸟啼三月春。轩窗透初日,砚席绝纤尘。帝里—作个个峰头出,邻家—作家家树色新。怜君高且静,有句寄闲人。

题吴先生山居

先生此幽隐,便可谢人群。潭底见秋石,树间飞雾云。山居心已惯,俗事耳憎闻。念我要—作自多疾,开炉药许分。

晚游慈恩寺

寺去幽居近,每来因采薇。伴僧行不困,临水语忘归。磬动青林晚,人惊白鹭飞。堪嗟浮俗事,皆与道相违。

题王处士山居
茅堂入谷远,林暗绝其邻。终日有流水,经年无到人。溪云常欲雨,山洞别开春。自得仙家术,栽松独养真。

宿僧院
禅地—作定,又作寂无尘夜—作地,焚香话所归。树摇幽鸟梦,萤入定僧衣。破月斜天半,高河下露微。翻令嫌白日,动即与心违。

晓别吕山人
疏钟兼漏尽,曙色照青氛。栖鹤出高树,山人归白云。月盈—作明期重宿,丹熟—作就约相分。羡入秋风洞,幽泉仔细闻。

送知全—作金禅师南游
师誉振京城,谈空万乘听。北行山已雪,南去木犹青。夜岳禅销月,秋潭汲动星。回期不可定,孤鹤在高冥。

上张水部
出入门阑久,儿童亦有情。不须将姓字,长说向公卿。每许连床坐,时容并马行。思深转无语,怀抱自分明。

塞上行作
乡井从离别,穷边触目愁。生人居外地,塞雪下中秋。雁举之衡翅,河穿入虏流。将军心莫苦,向—作到此取封侯。

赠江夏卢使君
诗人中最屈,无与使君俦。白发虽求退,明时合见收。登山犹自健,纵酒可多愁。好是能骑马,相逢见鄂州。

冬夜寄白阁僧
营营不自息,睽阔数年情。林下期难遂,人间事旋生。鸟栖寒水迥,月映积冰清。石室焚香坐,悬知不—作笑为名。

送姚合郎中任杭州
水陆中分程,看花一月行。会稽山隔浪,天竺树连城。候吏赏鱼印,迎船载旆旌。渡江春始半,列屿草初生。

西园
夏圃秋—作晚凉入,树低逢幪欹。水声翻败堰,山翠湿疏篱。绿滑莎藏经,红连—作繁果压枝。幽人更何事,旦夕与僧期。

昊天观新栽竹
清风枝叶上,山鸟已栖来。根别古沟岸,影生秋观苔。遍思诸草木,惟此出尘埃。恨为移君晚,空庭更拟栽。

晚步曲江因谒慈恩寺恭上人
岂曰趣名者,年年待命通。坐令青嶂上,兴起白云中。岸浸如天水,林含似雨风。南宗犹有碍,西寺问恭公。

送姚处士归亳州
白发麻衣破,还谯别弟回。首垂听乐泪,花落待歌杯。石路寻芝熟,柴门有鹿来。明王下徵诏,应就碧峰开。

寄楼子山云栖上人
一室凿崔嵬,危梯叠藓苔。永无尘事到,时有至人来。涧谷冬深静,烟岚日午开。修身知得地,京寺未言回。

秋夜喜友人宿
莫说春闱事,清宵且共—作但醉吟。频年遗我辈,何—作有日遇知音—作值公心。逼—作通曙天倾斗,将寒叶坠林。无将—作为簪绂意,只损壮夫心—作从古贵知音。

秋日同僧宿西池
菡萏遍秋水,隔林香似焚。僧同池上宿,霞向月边分。渚鸟—作岸鹭,一作峰鹤栖蒲立,城砧接曙闻。来宵莫他约—作宿,重此话孤云。

宿韦津一作律山居

永夕见招宿,诗书盈一作满草堂。静吟倾美一作药酒,高论出名场。窗飒松篁韵,庭兼雪月光。心期身未老,一去泛潇湘。

夜携酒访崔正字

只应芸阁吏,知我僻兼愚。吟兴忘饥冻,生涯任有无。惨云埋还岫,阴吹吼寒株。忽起围炉思,招携一作携来酒满壶。

送蔡京东归迎侍

高堂惟两别,此别是荣一作有成归。薄俸迎亲远,平时知己一作雄文解易稀。郓郊秋木见,鲁寺夜钟微。近腊西来日,多逢霰雪飞。

中秋

尘里兼尘外,咸一作皆期此夕明。一年惟一度一作夕,长恐有云生。露洗微埃尽,光濡是物清。朗吟看正好,惆怅又西倾。

池上宿

事事不求奢,长吟省叹嗟。无才堪世弃,有句向谁夸。老树呈秋色,空池浸月华。凉风白露夕,此境属诗家。

秋夕即事

永夕坐瞑久,萧萧一作不闻猿狖啼。漏微砧韵隔,月落斗杓低。危叶无风坠,幽禽并树栖。自怜在岐路一作无援者,不醉亦沉一作甘与路岐迷。

晚夏

日夕是西风,流光半已空。山光渐凝碧,树叶即翻红。学浅惭多士,秋成羡老农。谁怜信公道,不泣路岐中。

夏日即事

到晓改诗句,四邻嫌苦吟。中宵横北斗,夏木隐栖禽。天地先秋肃,轩窗映月深。幽庭多此景,惟恐曙光侵。

夏日通济里居酬诸先辈见访

君子远相寻,联镳到敝林。有诗谁索一作难疾和,无酒可赊一作徐斟。门列一作对晴峰色,堂开古木阴。何因驻清听,惟恐日西沉。

寄姚谏议

鸣鞭静路尘,籍籍谏垣臣。函疏封还密,炉香侍立亲。箧多临水作,窗宿卧云人。危坐开寒纸,灯前起草频。

和厉玄侍御题户部相公庐山草堂

白云居创毕,诏入凤池年。林长双峰树,潭分并寺泉。石溪盘鹤外,岳室闭猿前。柱史题诗后,松前更肃然。

题山中故静禅师

寂灭身何在,门人隔此生。影悬尘已厚,塔种柏初成。溪院秋先雪,山堂古有精。当时挂锡处,树老几枝倾。

夏日游慈恩寺

何处消长日,慈恩精舍频。僧高容野客,树密绝嚣尘。闲上凌虚塔,相逢避暑人。却愁归去路,马迹并车轮。

题终南麻先生寂禅师石室

因一作同居石室贫,五十二回春。拥褐冥一作忘心客,穷经暮齿人。翠沉空水定,雨绝片云新。危细秋峰径,相随到顶频。

送灵武朱书记

灵帅与谁善,得君宾幕中。从容应尽礼,赞画致元功。连塞云长惨,才秋树半空。相如偏自惬,堂记复乘骢。

吊草堂禅师

杖履疑师在,房关四壁蛩。贮瓶经腊水,响塔隔山钟。乳鸽沿苔井一作樵客收林果,斋猿散雪峰。如何不相见一作见性,倚遍寺前松一作星下哭双松。

早春送湘潭李少府之任

柳新春水湄,春岸草离离。祖席觞云一作酒怱尽,离一作行人泪各一作自垂。业文传不朽一作久,作尉岂多时。公退琴堂上,风吹一作来斑竹枝。

送越客归
霜薄东南地,江枫落未齐。众山离楚上,孤棹宿吴西。渚客留僧语,笼一作槛猿失子啼。到家冬即是,荷尽若耶溪。

送周钺往江夏
东西南北郡,自说遍曾游。人世终多故,皇都不少留。郢城帆过夜,汉水月方秋。此谒亲知去一作后,闻猿岂解愁。

送河池李明府之任
河池安所理,种柳与弹琴。自合清时化,仍资白首吟。程余行片月,公退入遥林。想得询一作除民瘼,方称单父一作长施父母心。

送蔡京侍御赴大梁幕
同城各多故,会面亦稀疏。及道须相别,临岐恨有余。梁园飞楚鸟,汴水走淮鱼。众说裁军檄,陈琳远不如。

哭鲍溶一作客有感
寥落故人宅,今来身已亡。古苔封一作浅墨沼,深竹映一作旧书堂。秋色池馆一作台静,雨声云水凉。无因展交道,日暮剖心肠。

送僧归玉泉寺
玉泉归故刹一作寺,便老是僧期。乱木孤蝉后,寒山绝鸟时。若寻流水去,转出白云迟。见说千峰路,溪深复顶一作顶复危。

宣义池上
修篁夹绿池,幽絮一作鸟此中飞。何必青山远,仍将白发归。鸟啼一作当时亦有恨,鸥习一作是日总无机。树起秋风细,西林磬入微。

回中夜访独孤从事
满庭霜月魄一作白,风静绝纤闻。边境时无事一作寇,州城夜访君。拥裘听塞角,酌醴话湘云。赞佐元戎美,恩齐十万军。

宿宣义池亭
暮色绕柯亭,南山幽竹青。夜深斜舫月,风定一池星。岛屿无人迹,菰蒲有鹤翎。此中足吟眺一作休便得,何用一作必泛沧溟。

送智玄首座归蜀中旧山
像教得重兴,因师说大乘。从来悟明主,今去证高僧。蜀国烟霞异,灵山水月澄。乡间诸善友,喜似一作似喜见南能。

贺顾非熊及一作上第其年内索文章
愚为童稚时,已解念君诗。及一作怪得高科晚,须逢圣主知。花前翻有泪,鬓上却无丝。从此东归去,休为坠叶期。一本截前半首作绝句。

冬日骆家亭子
亭台腊月时,松竹见贞姿。林积烟藏日,风吹水合池。恨无人此住,静有鹤相窥。是景吟诗遍一作与秋景,真于野客一作吟诗亦各宜。

题邵公禅院一作冬日题邵公院
无事门一作关多掩,阴阶竹扫苔。劲风吹雪聚,渴鸟啄冰开。树向寒山得,人从瀑布来。终期天目老,擎锡逐云回。

忆鹤
自尔归仙后,经秋又过春。白云寻不得一作见,紫府去无因。此地空明月,何山伴羽人?终期华表上,重见一作瞻望令威身。

听夜泉
静里层层石,潺湲到鹤林。流回出几洞,源远历千岑。寒助空山月,清兼此夜心。幽人听达曙,相和一作难罢藓床吟。

乐游原春望
乐游原上望,望尽帝都一作城春。始觉繁华地,应无不醉人。云开双阙丽,柳映九衢新。爱此频来往一作偏高野,多闲逐此身一作闲来竟日频。

赠雍陶博士

腹是群书笥，官为六义师。情高少尘事，朝下足闲时。有句同人伏，无私胄子知。汉庭公议在，正与触邪宜。

夏日感怀寄所知

了了见岐路，欲行难负心。趋时不圆转，自古易湮沉。日正林方合，蜩鸣夏已深。中郎今远在，谁识爨桐—作中音？

陈情上知己

性与才俱拙，名场迹甚微。久居颜亦厚，独立事多非。刻骨搜新句，无人悯白衣。明时自堪恋，不是不知—作忘机。

秋夜寄友人二首

永夜无他虑，长吟毕二更。暗灯摇碧影，滞雨滴阶声。道进愁还浅，年加睡自轻。如何得深术，相与舍浮名。

所思同海岱，所梦亦烟波。默坐看山久，闲行值寺过。独吟黄叶乱，相去碧峰多。我—作幸有归心在，君行竟若何？

寄春坊顾校书

宁因不得志，寂寞本相宜。冥—作瞑目冥心坐，花开花落—作叶合时。数畦蔬甲出，半梦鸟声移。只恐龙楼吏—作晓，归山又见—作更违。

寄雍陶先辈

久别青云士，幽人分固然。愁心不易去，蹇步卒难前。尽落经霜叶，频阴欲雪天。归山自有限，岂待白头年。

对月寄雍陶

圆明寒魄上，天地一光中。临水通宵坐，知君此兴同。华凝衣有露，静极树无风。若向湘江见，湘江彻—作见底空。

寄谢观

十五年余苦，今朝始遇君。无惭于白日，不枉别孤云。得失天难问，称扬鬼亦闻。此恩销镂骨，吟坐叶纷纷。

送鄂州崔大夫赴镇

廉问帝难人，朝廷辍重臣。入山初有雪，登路正无尘。去国鸣驺缓，经云住旆频。千峰与万木，清听雨情新。

送钱给事赴虢州

帝心忧虢俗，暂辍掖—作谏垣臣。疲瘵初承制，乡闾似得春。化成应有瑞，位重转闻贫。用作盐梅日，争回卧辙人。

送雍陶侍御赴兖州裴尚书命

纶阁知孤直，翻论北巷贤。且縻莲幕—作府里，会致玉阶前。洙泗秋微动，龟蒙月正圆。元戎军务息，清句待君联。

送新罗人归本国

鸡林隔巨浸，一住一年行。日近国先曙，风吹海不平。眼穿乡井树，头白渺潆程。到彼星霜换—作变，唐家语却生。

送车涛—作俦罢举归山

朝是暮还非，人情冷暖移。浮生只如此，强进欲何为？要路知无援，深山必遇师。怜君明此—作厌理，休去不迟疑。

送王书记归邠州

陈琳轻一别，马上意超然。来日行烦暑，归时听早—作早听蝉。阴云翳城郭，细雨萦山川。从事公刘地，元戎旧礼贤。

送谢观之剑南从事

迢递从知己，他人敢更言。离京虽未腊，到府已应暄。飞急奔行雁，啼酸忆子猿。江山无限思，君拟共谁论？

送顾非熊作尉盱眙

一名兼一尉，未足是君伸。历数为诗者，多来作谏臣。路翻平楚阔，草带古淮新。天下虽云大，同声—作人有几人。

送高湘及第后东归觐叔
　　此去几般荣,登科鼎足名。无惭入南巷,高价耸东京。窗对嵩山碧,庭来洛水声。门前桃李树,一径已阴成。

送友人下第归觐
　　君此卜行日,高堂应梦归。莫将和氏泪,滴著老莱衣。岳雨连河细,田禽出麦飞。到家调膳后,吟苦落蝉一作送斜晖。

送友人下第归扬州觐省
　　新柳间花垂,东西京路岐。园林知自到,寝食计相思。雨断淮山出,帆扬楚树移。晨昏心已泰,蝉发是回时。

早行
　　万类半已动,此心宁自安。月沉平野尽,星隐曙空残。马渡横流广,人行湛露寒。还思犹梦者,不信早行难。

通济里居酬卢肇见寻不遇
　　衡门掩绿苔,树下绝尘埃。偶赴高僧约,旋知长者来。云山堪眺望,车马必装回。问以何为待一作何以为相得,惭无酒一杯。

赠王尊师
　　为道常日损,尊师修此心。挂肩黄布被,穿发白菖簪。符札灵砂字,弦弹古素琴。囊中曾有药,点土亦成金。

冬夜与蔡校书宿无可上人院
　　儒释偶同宿,夜窗寒更清。忘机于世久,晤语到天明。月倒高松影,风旋一磬声。真门犹是幻,不用觉浮生。

冬日喜同志宿
　　相逢话清夜,言实转相知。共道名虽切,唯论命不疑。吟身坐霜石,眠鸟握风枝。别忆天台客,烟霞昔有期。

逢吕上山人一本无上字
　　尘里正愁老,相逢眼益明。从前枉多病,此后鲜一作解疏名。古柏今收子,深山许事兄。长生如有分,愿逐到蓬瀛。

春暮对雨
　　春暮雨微微,翻疑坠叶时。气蒙杨柳重,寒勒牡丹迟。未夕鸟先宿,望晴人有期。何当廊阴闭,新暑竹风吹。

长信宫
　　箪凉秋气初,长信恨何如。拂黛月生指,解鬟云满梳。一从悲画扇,几度泣前鱼。坐听南宫乐,清风摇翠裾。

初夏题段郎中修竹里南园
　　高人游息处,与此曲池连。密树才春后,深山在目前。远峰初绝雨,片石欲生烟。数有僧来宿,应缘静好禅。

题景玄禅师院
　　古僧精进者,师复是谁流?道贵一作愧行无我,禅难说到头。汲泉羸鹤立,拥褐一作氅老猿愁。曾住深山院,何如此院幽。

夏日樊川别业即事
　　无事称无才,柴门亦罕开。脱巾吟永日,著屐步荒台。风卷微尘上,霆将暴雨来。终南云渐合,咫尺失崔嵬。

寄无可上人
　　省学为诗日,宵吟每达晨。十年期是梦,一事未成身。枉别山中客,殊非世上人。今来已如此,须得桂荣新。

和范校书赠造微上人
　　得性见微公,何曾执著空。修心将佛并,吐论与儒通。晓漱松杉下,宵禅雪月中。他生有缘会,君子亦应同。

访曲江胡处士
　　何况归山后,而今已似仙。卜居天苑畔,闲步禁楼前。落日明沙岸,微风上纸鸢。静还林石下一作畔,坐读养生篇。

慈恩寺塔下避暑

古松凌巨塔,修竹映空廊。竟日闻虚籁,深山只此凉。僧真生我静—作敬,水淡发茶香。坐久东楼望—作上,钟声振—作送夕阳。

秋晚与友人游青龙寺

高—作直视终南秀,西风度阁凉。一生同隙影,几处好山光。暮鸟投赢木,寒钟送夕阳。因居话心地,川冥宿僧房。

春日雨后作

朝来微有雨,天地爽无尘。北阙明如画,南山碧动人。车舆终日别,草树一城新。枉是吾君戚,何门竭紫宸。

别王山人

旨甘虽自足,未是禄荣亲。尚逐趋时伴,多离有道人。山居衣以—作似草,生寄药随—作兼身。不食长无疾—作病,年知出—作过十旬。

赠陶山人

处士例营营,惟君纵此生。闲能资寿考,健不换公卿。药圃妻同耨,山田子共耕。定知丹熟后,无姓亦无名。

全唐诗卷五百四十五

刘得仁

禁署早春晴望—本题上有奉和翰林丁侍郎七字

御林闻有早莺声,玉槛春香九陌晴。寒著雾云归紫阁,暖浮佳气动芳城。宫池日到冰初解,辇路风吹草欲生。鸳侣此时皆赋咏,商山雪在思尤清。

山中寻道人不遇

年过弱冠风尘里,常拟随师学炼形。石路特来寻道者,云房空见有仙经。棋于松底留残局,鹤向潭边退数翎。便欲此居闲到老,先生何日下青冥?

赠敬眰助教二首—作无可诗

到来常听说清虚,手把玄元七字书。仙籍不知名姓有,道情惟见往来疏。已能绝粒无饥色,早晚休官买隐居。便欲去随为弟子,片云孤鹤可—作肯相于。

街西静观求居处,不到权门到寺频。禁掖人知连状荐,国庠官满一家贫。清仪称是—作都道蓬瀛客,直气堪为谏诤臣。自顾无成年渐长,报恩惟愿杀微身。

送祖山人归山

独来朝市笑浮云,却忆烟霞出帝城。不说金丹能点化,空教弟子学长生。壶中泻酒看云影,洞里逢师下鹤迎。料得仙家玉牌上,已镌白日上升名。

监试莲花峰

太华万余重,岧峣只此峰。当秋倚寥泬,入望似芙蓉。翠拔千寻直,青危一朵秾。气分毛女秀,灵有羽人踪。倒影侵官—作关路,流香激庙松。尘埃终不及,车马自憧憧。

京兆府试目极千里

献赋多年客,低眉恨不前—作且干。此心常

郁矣，纵目忽超然。送骥登长路，看鸿入远天。古墟烟幂幂，穷野草绵绵。树与金城接，山疑桂水连。何当开霁日，无物翳平川。

寻陈处士山堂

步溪凡几转，始得见幽踪。路—作地隐千根树，门—作房开万仞峰。片云生石窦，浅水卧枯松。穷谷风光冷，深山翠碧浓。鹤看空里过，仙向坐中逢。底露秋潭水—作石，声微暮观钟。他年来此定，异日愿相容。且喜今归去，人间事更—作事慵。

题从伯舍人道正里南园

帝里余新第，朱门面碧岑。曙堂增爽气，乔木动清阴。直去亲瑶陛，朝回左竹林。风流才子调，好尚古人心。薜荔遮窗暗，莓苔近井深。礼无青草隔，诗共白衣吟。轩静留孤鹤，庭虚到远砧。掩关裁凤诏，开镜理琼簪。种植今如此，尘埃永不侵。云奔投刺者，日日待为霖。

赋得听松声

庭际微风动，高松韵自生。听时无物乱，尽日觉神清。强与幽泉并，翻嫌—作疑细雨并。拂空—作云增—作憎鹤唳，过牖合—作入琴声。况复当秋暮，偏宜在月明。不知深涧底，萧瑟有谁听？

宿普济寺

京寺数何穷，清幽—作闲此不同。曲江临阁北，御苑—作永自墙东。广陌车音急，危楼夕景通。乱峰沉暝野，毒暑过秋空。幡扬虚无里，星生杳霭中。月光笼月殿，莲气入莲宫。缀草凉天露，吹人古木风。饮茶除假寐，闻磬释尘蒙。童子眠苔净，高僧话漏终。待鸣—作俄撞晓钟后，万井复曈昽。

和郑校书夏日游郑泉

太虚悬畏景，古木蔽清阴。爱有泉堪挹，闲思日可寻。来闻鸣滴滴，照辣碧沈沈。几脉成溪壑，何人测浅深。澄时无一物，分处历千

林。净溉灵根药，凉浮玉翅禽。饮疑蠲宿疾，见自失烦襟。僧共云前濑，龙和—作听月下吟。叠光轻吹动，彻底晓霞侵。不用频游去，令君少进心。

和段校书冬夕寄题庐山

名高身未到，此恨蓄多时。是夕吟因话，他年必去随—本无此四句尝闻—作当时庐岳顶，半入楚江湄。几处悬崖上，千寻瀑布垂。炉峰松渐沥，溢浦柳—作禅参差。日色连湖白，钟声拂浪迟。烟梯缘薜荔，岳寺步敧危。地本饶灵草，林曾出祖师。石楼霞耀壁，猿树鹤分枝。细径萦岩末，高窗见海涯。嵌空寒更极，寂寞夜尤思。阴谷冰埋术，仙田雪覆芝。乱泉禅客濑—作漱，异迹逸人知。薜室新开灶，桂潭未了棋。如何遂闲放，长得在—作任希夷。—本止此，无以下十句。空务渔樵事，方无道路悲。谢公台尚在，陶令柳潜衰。尘外难相许，人间贵迹遗。虽怀丹桂影，不忘白云期。仁者终携手，今朝预赋诗。

书事寄万年厉员外

帝城皆剧县，令尹美居东。遂拜赵张下，暂离星象中。拥归从北阙，送上动南宫。紫禁黄山绕，沧溟素浐通。封疆亲日月，邑里出王公。赋税充天府，歌谣入圣聪。土膏寒麦覆，人海昼尘蒙。廨宇松连翠，朝街火散红。文场新桂茂，粉署旧兰崇。留客挥盈爵，抽毫咏早鸿。前驺潘岳贵，故里邵平穷。劝隐莲峰久，期耕树谷同。凫飞将去叶，剑气尚理丰。何必华阴土，方垂拂拭功。

上姚谏议

高文与盛德，皆谓古无伦。圣代生才子，明庭有谏臣。已瞻龙衮近，渐向凤池新。却忆波涛郡，来时岛屿春。名因诗句大，家似布衣贫。曾暗投新轴，频闻奖滞身。照吟清夕月，送药紫霞人。终计依门馆，何疑不化鳞。

上翰林丁学士

今代如尧代，征—作紫贤察众情。久聆推

行实,然后佐聪明。官自文华重,恩因顾问生。词人求作称一作秤,天子许和羹。御柳雕霜晚,宫泉滴月清。直庐寒漏近,秋烛白麻成。玉殿移时对,金舆数侍行。赐衣香未散,借马色难名。时辈何偏羡,儒流此最荣。终当闻燮理,寰宇永升平。

二一本将后四句作下第吟绝句

何处访岐路,青云但忆归。风尘数年限一作恨,门馆一生依。

外族帝王是,中朝亲旧一作故稀。翻令浮议者,不许九霄飞。

山中舒怀寄上丁学士

五字投精鉴,惭非大雅词。本求闲赐览,岂料便蒙知。幽拙欣殊幸,提携更不疑。弱苗须雨长,懒翼在风吹。砺镞端杨叶,光门待桂枝。计闻尘里誉,因和禁中诗。一本作学士有禁中诗,早春曾命和。

莺出谷

东风潜启物,动息意皆新。此鸟从幽谷,依林报早春。出寒虽未及,振羽渐能频。稍类冲天鹤,多随折桂人。尊前喧一作忭有语,花里昼藏身。若向秾华处,余禽不见亲。

哭翰林丁侍郎

相知出肺腑一作深过等,非旧亦非亲。每见云霄侣,多扬鄙拙身。即期扶泰运一作匡圣主,岂料哭贤人。应是随先帝,依前作近臣。一本作五律无以下八句。平生任公直,爱弟尚风尘。宅闭青松古一作密,坟临赤水新。官清仍齿壮,儿小复家贫。惆怅天难问,空流泪满巾。

陈情上李景让大夫

一被浮名误,旋遭白发侵。裵回恋明主,梦寐在秋岑。遇物唯多感,居常只是吟。待时钳定口,经事压低心。辛苦文场久,因缘戚里深亲弟大中元年尚主。老迷新道路,贫卖旧园林。晴赏行闻水,宵棋坐见参。龟留闲去问,僧约

偶来寻。望喜潜凭鹊,娱情愿有琴。此生如遂意,誓死报知音。上德怜孤直,唯公拔陆沉。丘山恩忽被,蝼蚁力难任。作鉴明同日,听言重若金。从兹更无限,翘足俟为霖。

和郑先辈谢秩闲居寓书所怀

西风日夜吹,万木共离披。近旬新晴后,高人得意时。暂闲心亦泰,论道面难欺。把笔还诗债,将琴当酒资。蓝衫悬竹桁,乌帽挂松枝。名占文章重,官归谏宪迟。生涯贫帝里,公议到台司。室冷沾苔藓,门清绝路岐,莫言邻白屋,即贺立丹墀。岂虑尘埃久,云霄故有期。

病中晨起即事寄场中往还

昨日离尘里,今朝懒已成。岂能为久隐,更欲泥浮名。虚牖晨光白,幽园晓气清。戴沙寻水去,披雾入林行。叠叶孤禽在,初阳半树明。桑麻新雨润,芦荻古波声。易向田家熟,元于世路生。病多三径塞,吟苦四邻惊。

悲老宫人

白发宫娃不解悲,满头犹自插花枝。曾缘玉貌君王宠一作爱,准拟人看似旧时。

村中闲步

闲共野人临野水,新秋高树挂清晖。不知尘里无穷事,白鸟双飞入翠微。

上巳日

未敢分明赏物华,十年如见梦中花。游人过尽衡门掩,独自凭栏到日斜。

省试日上崔侍郎四首

衣上年年泪一作滴血痕,只将怀一作幽抱诉乾坤。如今主圣臣贤日,岂致人间一物冤。

如病如痴二十秋,求名难得又难休。回看骨肉须堪耻,一著麻衣便白头。

戚里称儒愧小才,礼闱公道此时开。他人何事虚相指,明主无私不是媒。

方寸终朝似火然,为求白日上青天。自嗟辜负平生眼,不识春光二十年。

秋夜
秋气满堂孤烛冷,清宵无寐忆山归。窗前月过三更后,细竹吟风似雨微。

长门怨
争得一人闻此怨,长门深夜有妍姝。早知雨露翻相误,只插荆钗嫁匹夫。

贾妇怨
嫁与商人头欲白,未曾一日得双行。任君逐利轻江海,莫把风涛似妾轻。

寄友人
风飒沉思眼忽开,尘埃污得是庸才。那堪更见巢松鹤,飞入青云不下来。

晏起
日过辰时犹在梦,客来还笑也求名。浮生自得长高枕,不向人间与命争。

马上别单于刘评事 时太和公主还京,评事罢举起职
庙谋宏远人难测,公主生还帝感深。天下底平须共喜,一时闲事莫惊心。

赠从弟谷
此世荣枯岂足惊,相逢惟要眼长青。从来不爱三闾死,今日凭君莫独醒。

别山居
万壑千岩景象开,登临未足又须回。凭师莫断松间路,秋月圆时弟子来。

赠道人
长在城中无定业,卖丹磨镜两途贫。三山来往寻常事,不省曾惊市井人。

对月寄同志
霜满中庭月在林,塞鸿频过又更深。支颐不语相思坐,料得君心似我心。

忆鹤
白丝翎羽丹砂顶,晓度秋烟出翠微。来向孤松枝上立,见人吟苦却高飞。

云门寺
上方僧又起,清磬出林初。吟苦晓灯暗,露零一作染秋草疏。旧山多梦到,流水送愁余。寄寺欲经岁,惭无亲故书。

中秋宿邓逸人居
偶与山僧宿,吟诗坐到明。夜凉耽月色,秋渴漱泉声。峒木如竿耸,窗云作片生。白衣闲自贵,不揖汉公卿。

句
外家虽是帝,当路且无亲。《读书志》

白日只如哭,黄泉免恨无。哭贾岛,以下《吟窗杂录》

身闲甘旨下,白发太平人。

同游芳草寺,见示白云诗以下《海录碎事》。

犹祈启金口,一为动文权。

深山寺路千层石,竹杖棕鞋便可登。

全唐诗卷五百四十六

权审

权审,字子询,天水人,累官常侍,诗二首。

题山院

万叶风声利,一山秋气寒。晓霜浮碧瓦,落日度朱栏。

绝句

得即高歌失即休,多悲多恨谩悠悠。今朝有酒今朝醉,明日愁来明日愁。

邢群

邢群,与杜牧同时,官歙州刺史。诗一首。

郡中有怀寄上睦州员外杜十三兄

城枕溪流更浅斜,丽谯连带邑人家。经冬野菜青青色,未腊山梅处处花。虽免嶂云生岭上,永无音信到天涯。如今岁晏从羁滞,心喜弹冠事不赊。

曹汾

曹汾,字道谦,河南人,历忠武军节度观察使、户部侍郎。诗一首。

早发灵芝望九华寄杜员外使君

戴月早辞三秀馆,迟明初识九华峰。嵯嵯玉剑寒铓利,袅袅青莲翠叶重。奇状却疑人画出,岚光如为客添浓。行春若到五溪上,此处褰帷正面逢。

严恽

严恽,字子重,吴兴人。举进士不第,与杜牧游。诗一首。

落花

春光冉冉归何处,更向花前把一杯。尽日问花花不语,为谁零落为谁开。

殷潜之

殷潜之,自称野人,与杜牧同时。诗一首。

题筹笔驿

江东矜割据,邺下夺孤嫠。霸略非匡汉,宏图欲佐谁?奏书辞后主,仗剑出全师。重袭褒斜路,悬开反正旗。欲将苞有截,必使举无遗。沈虑经谋际,挥毫决胜时。圜觚当分画,前筹此操持。山秀扶英气,川流入妙思。算成功在彀,运去事终亏。命屈天方厌,人亡国自随。艰难推旧姓,开创极初基。总叹曾过地,宁探作教资。若归新历数,谁复顾衰危?报德兼明道,长留识者知。

祝元膺

祝元膺,句曲人,与段成式同时。诗三首。

送高遘赴举

句曲旧宅真,自产日月英。既涵岳渎气,安无神仙名?松桂迤逦色,与君相送情。

寄道友

两颔凝清霜,玉炉焚天香。为我延岁华,得入不死乡。

梦仙谣

蟾蜍夜作青冥烛—作镜,蟏蛸晴为碧落梯。好个分明天上—作上天路,谁教深—作移入武陵溪?

句

雾纹斑似豹,水力健如龙。见张为《主客图》。

彭蟾

彭蟾,字东蟾,好学不仕。诗一首。

贺邓璠使君正拜袁州

六年惠爱及黎甿,大府论功侯陟明。尺一诏书天上降,二千石禄世间荣。新添画戟门增峻,旧躞青云路转平。更待皇恩醒善政,碧油幢到郡斋迎。

王枢

王枢,浙西湖州郡判官。诗一首。

和严恽落花诗

花落花开人世梦,衰荣闲事且持杯。春风底事轻摇落,何似从来不要开。

张希复

张希复,字善继,常山人,历官集贤校理学士。诗一首。

咏宣律和尚袈裟

共覆三衣中夜寒,披时不镇尼师坛。无因盖得龙宫地,畦里尘飞叶相残。

钱可复

钱可复,起之孙,累官礼部郎中。郑注镇凤翔,朝选充副使。注败,遇害。诗一首。

莺出谷

玉律阳和变,时禽羽翮新。载飞初出谷,一啭已惊人。拂柳宜烟暖,冲花觉露春。传风翻翰疾,向日弄吭频。求友心何切,迁乔幸有因。华林高玉树,栖托及芳晨。

张鹭

张鹭,开成中人。诗一首。

莺出谷

弱柳—作质随倚匹,迁莺正及春。乘风音响远,映日羽毛新。已得辞幽谷,还将脱俗尘。鸳鸾方可慕,燕雀迥无邻。游止知难屈,翻飞在此伸。一枝如借便,终冀托深仁。

刘庄物

刘庄物,开成中人。诗一首。

莺出谷

幸因辞旧谷,从此及芳晨。欲语如调舌—

作求友,初飞似畏人。风调归影便,日暖吐声频。翔集知无阻,联绵贵有因。喜迁乔木近,宁厌对花新。堪念微禽意,关关也爱春。

全唐诗卷五百四十七

朱景玄

朱景玄,会昌时人,官至太子谕德。诗一卷,今存十五首。

题吕食新水阁兼寄南商州郎中

丹槛初结构,孤高冠清川。庭临谷中树,檐落山上泉。晓色挂残月,夜声杂繁弦。青春去如水,康乐归何年?

华山南望春

灵岳多异状,巉巉出虚空。闲云恋岩壑,起灭苍翠中。皓气澄野水,神光秘琼宫。鹤巢前林雪,瀑落满涧风。春尽花未发,川回路难穷。何因著山屐,鹿迹寻羊公。

水阁

楼居半池上,澄影共相空。谢守题诗处,莲开净碧中。

迎风亭

山雨留清气,溪飙送早凉。时回石门步,阶下碧云光。

双槠亭

连檐对双树,冬翠夏无尘。未肯惭桃李,成阴不待春。

莲亭

回塘最幽处,拍水小亭开。莫怪阑干湿,鹓鹡夜宿来。

中峰亭

中峰上翠微,窗晓早霞飞。几引登山屐,春风踏雪归。

飞雪亭

上结孤圆顶,飞轩出泰清。有时迷处所,梁栋晓云生。

四望亭

　　高亭群峰首，四面俯晴川。每见晨光晓，阶前万井烟。

望莲台

　　秋台好登望，菡萏发清池。半似红颜醉，凌波欲暮时。

茶亭

　　静得尘埃外，茶芳小华山。此亭真寂寞，世路少人闲。

宿新安村步

　　淅淅寒流涨浅沙，月明空渚遍芦花。离人偶宿孤村下，永夜闻砧一两家。

远闻本郡行春到旧山二首

　　一身从宦留京邑，五马遥闻到旧山。已领烟霞光野径，深惭老幼候柴关。

　　清风借响松筠外，画隼停晖水石间。定掩溪名在图传，共知轩盖此登攀。

和崔使君临发不得观积雪

　　贫居稍与池塘近，旬日轩车不降来。一树琼花空有待，晓风看落满青苔。

句

　　塞鸿先秋去，边草入夏生。见《酉阳杂俎》。

薛宜僚

　　薛宜僚，会昌中为左庶子。诗二首。

别青州妓段东美

　　经年邮驿许安栖，一会他乡别恨迷。今日海帆飘万里，不堪肠断对含啼。

　　阿母桃花方似锦，王孙草色正如烟。不须更向沧溟望，惆怅欢情恰一年。

郭圆

　　郭圆，会昌中为剑南节度使李固言从事、检校司门员外郎。诗一首。

咏韦皋

　　宣父从周又适秦，昔贤谁少出风尘。当时甚讶张延赏，不识韦皋是贵人。张延赏妻苗夫人有鉴，特选韦皋为婿，延赏悔之，不加齿礼。后皋持节西川，以代延赏。延赏曰："吾不识人。"

崔铉

　　崔铉，字台硕，博陵人。擢进士第，累迁翰林学士、中书舍人。会昌二年，拜中书侍郎同中书门下平章事，与李德裕不叶，罢为陕虢观察使。宣宗初，以御史大夫召，进尚书左仆射，兼门下侍郎，寻出为淮南节度使。帝饯于太液亭，赐诗宠之。咸通初，徙山南东道、荆南二镇，封魏国公。诗二首。

进宣宗收复河湟诗

　　边陲万里注恩波，宇宙群芳洽凯歌。右地名王争解辫，远方戎垒尽投戈。烟尘永息三秋戍，瑞气遥清九折河。共遇圣明千载运，更观俗阜与时和。

咏架上鹰《太平广记》云：铉为儿时，随父元略访韩晋公滉，滉指架上鹰令咏，铉咏云云。滉曰："此儿可前程万里也。"

　　天边心胆架头身，欲拟飞腾未有因。万里碧霄终一去，不知谁是解绦人。

元晦

　　元晦，稹之从子。会昌初桂管观察使，终散骑常侍。诗二首。

越亭二十韵

　　乏才叨八使，徇禄非三顾。南服颁诏条，东林证迷误。未闻述职效，偶脱嚣烦趣。激水浚坳塘，缘崖皴磴步。西岩焕朝旭，深壑囊宿雾。影气爽衣巾，凉飔轻杖履。临高神虑寂，远眺川原布。孤帆逗汀烟，翻鸦集江树。独探洞府静，恍若偓佺遇。一瞬契真宗，百年成妄故。屭颜石户启，杳霭溪云度。松籁韵宫商，鸳鸯势翔逆。津梁危彴架,济物虚舟渡。环流驰羽觞,金英妒妆嫮。筱吟寒垒逈,鸟噪空山暮。怅望麋鹿心,低回车马路。悬冠谢陶令,褫珮怀疏傅。遐想蜕缨缕,徒惭恤襦袴。福盈祸之倚,权胜道所恶。何必栖禅关,无言自冥悟。

除浙东留题桂郡林亭

紫泥远自金銮降,朱旆翻驰镜水头。陶令风光偏畏夜,子牟衰鬓暗惊秋。西邻月色何时见,南国春光岂再游。莫遣艳歌催客醉,不堪回首翠蛾愁。

句

石静如开镜,山高若耸莲。笋竿抽玉管,花蔓缀金钿。<small>岩光亭楼海虞衡志。</small>

路贯

<small>路贯,与元晦同登第,官桂管观察副使。诗一首。</small>

和元常侍除浙东留题

谢安致理逾三载,黄霸清声彻九重。犹辍珮环归凤阙,且将仁政到稽峰。林间立马罗千骑,池上开筵醉一钟。共喜甘棠有新咏,独惭霜鬓又攀龙。

郑薰

<small>郑薰,字子溥。擢进士第,历宣歙观察使。懿宗初,召还,太常少卿,累吏部侍郎,进左丞,后以太子少师致仕。号所居为隐岩,莳松于庭,号七松处士。存诗一首。</small>

赠巩畴并序

九华处士巩畴,擅玄言之要,通易、老,其于净名、僧肇尤精达。余在句溪时,重其能,车币而致之。及到官舍,再说易,一说老氏,将儿侄辈执卷列坐而传之。老氏毕业,而寇难作,与巩各散去,不知其何如,存耶亡耶。余既休居洛师,锁扉独静。己卯冬十一月半,雪中有客叩柴门,樵童视之,走复曰:"巩处士。"遽下榻开关,执手话艰苦。巩背簦笈、草履、杖灵寿、下笠,且哈笑曰:"闻公恬养澹逸,不屑于荣悴,故以玄成来助之。"升榻解笈,散四书,即易、老、净、肇也。明日,讲肇论,阶前多偃松高桂,冰冻堕落,有琴瑟金石声。理致明妙,神骨超爽,自谓一时之遇。曰与故人为徒,又意此乐之难偕也,遂成二十韵赠之。

密雪松桂寒,书窗导余清。风撼冰玉碎,阶前琴磬声。榻静几砚洁,帙散缣细明。高论展僧肇,精言资巩生。立意加玄虚,析理分纵横。万化悉在我,一物安能惊?江海何所动,丘山常自平。迟速不相阂,后先徒起争。镜照分妍丑,秤称分重轻。颜容宁入鉴,铢两岂关衡?蕴微道超忽,剖鐙音泠泠。纸上掣牢键,舌端摇利兵。圆澈保直性,客尘排妄情。有住即非住,无行即是行。疏越舍朱弦,哇滛鄙秦筝。淡薄贵无味,羊斟惭大羹。洪远包乾坤,幽窅潜沈冥。罔烦跬步举,顿达万里程。庐远尚莫晓,隐留曾误听。直须持妙说,共诣毗耶城。

句

项斯逢水部,谁道不关情?

全唐诗卷五百四十八

薛逢

薛逢,字陶臣,蒲州河东人。会昌初,擢进士第,授为万年尉,直弘文馆,历侍御史、尚书郎,出为巴州刺史。复斥蓬州,寻以太常少卿召还,历给事中,迁秘书监,卒。集十卷,今编诗一卷。

镊白曲

去年镊白鬓,镜里犹堪认年少。今年镊白发—作鬓,两眼昏昏手战跳。满酌浓醅假颜色,颜色不扬翻自笑。少年曾读古人书,本期独善安有余。虽盖长安一片瓦,未遑卒岁容宁居。前年依亚成都府,月请俸缗六十五。妻儿骨肉愁欲来,偏梁阁道归得否?长安六月尘亘天,池塘鼎沸林欲燃。合家恸哭出门送,独驱匹马陵山巅。到官只是推诚信,终日兢兢幸无咎。丞相知怜为小心,忽然秦佩专城印。专城俸入一倍多,况兼职禄霜峨峨。山妻稚女悉迎到,时列绿樽酣酒歌。醉来便向樽前倒,风月满头丝皓皓。虽然减得阁门忧,又加去国五年老。五年老,知奈何? 来日少,去日多。金锤锤碎黄金镊,更唱樽前老去歌。

君不见

君不见,马侍中,气吞河朔称英雄;君不见,韦太尉,二十年前镇蜀地。一朝冥漠归下泉,功业声名两憔悴。奉诚园里蒿棘生,长兴街南沙路平。当时带砺在何处,今日子孙无地耕。或闻羁旅甘常调,簿尉文参各天表。清明纵便天使来,一把纸钱风树杪。碑文半缺碑堂摧,祁连冢象狐兔开。野花似雪落何处,棠梨树下香风来。马侍中,韦太尉,盛去衰来片时事。人生倏忽一梦中,何必深深固权位!

老去也

惆怅人生不满百,一事无成头雪白。回看幼累与老妻,俱是途中远行客。匣中旧镜照胆明,昔曾见我髭未生。朝巾暮栉不自省,老皮皱皱文纵横。合掌髻子蒜许大,此日方知非是我。暗数七旬能几何,不觉中肠热如火。老去也,争奈何?敲酒盏,唱短歌。短歌未竟日已没,月映西南庭树柯。

追昔行

朝光如飞犹尚可,暮更如箭不容卧。犍为穿城更漏频,一一皆从枕边过。一夕凡几更,一更凡几声。青春枉向镜中老,白发虚从愁里生。曾窥帝里东邻女,自比桃花镜中许。一朝嫁得征戍儿,荷戈千里防秋去。去时只作旦暮期,别后生死俱不知。风惊粉色入蝉鬓,愁送镜花潜堕枝。前年因出长安陌,见一女人头雪白。日中扶杖憩树阴,仿佛形容认相识。向予吁嗟还独语,曾与君家邻舍住。当时妾嫁与征人,几向镜头消夫主。花开叶落何推迁,屈指数当三十年。眉头蘸叶同枯叶,琴上朱弦成断弦。嫁时宝镜依然在,鹊影菱花满光彩。梦里长嗟离别多,愁中不觉颜容改。叹息人生能几何,喜君颜貌未蹉跎。因君下马重相顾,请奏青门肠断歌。

醉春风

去年春似今年春,依旧野花愁杀人。犍为县里古城上,开是好花飞是尘。戏蝶狂蜂相往返,一枝花上声千万。时节先后暖处开,北枝未发南枝晚。江城太守须髯苍,忽然置酒开华堂。歌儿舞女亦随后,暂醉始知天地长。顷年曾作东周掾,同舍寻春屡开宴。斗门亭上柳如丝,洛水桥边月如练。洛阳风俗不禁街,骑马夜归香满怀。坐客争吟云碧句,美人醉赠珊瑚钗。日往月来何草草,今年又校三年老。槽中骏马不能骑,惆怅落花开满道。为报时人知不知,看花对酒定无疑。君看野外孤坟下,石羊石马是谁家?

邻相反行

东家有儿年十五,只向田园得辛苦。夜开沟水绕稻田,晓叱耕牛垦堵土。西家有儿才弱龄,仪容清峭云鹤形。涉书猎史无早暮,坐期朱紫如拾青。东家西家两相诮,西儿笑东东又笑。西云养志与荣名,彼此相非不同调。东家自云虽苦辛,躬耕早暮及所—作得及亲。男舂女炊二十载,堂上未为衰老人。朝机暮织还充体,余者到兄还及弟。春秋伏腊长在家,不许妻奴暂违礼。尔今二十方读书,十年取第三十余。往来途路长离别,几人便得升公车。纵令得官—作贵身须老,衔恤终天向谁道?百年骨肉归下泉,万里枌榆长秋草。我今躬耕奉所天,耘锄刈获当少年。面上笑添今日喜,肩头薪续厨中烟。纵使此身头雪白,又有—作见儿孙还稼穑。家藏一卷古孝经,世世相传皆得力。为报西家知不知,何须谩笑东家儿。生前不得供甘滑,殁后扬名徒尔为。

灵台家兄古镜歌

一尺圆潭深黑色,篆文如丝人不识。耕夫云住赫连城,赫连城下亲耕得。镜上磨莹一月余,日中渐见菱花舒。金膏洗拭铗音生涩尽,黑云吐出新蟾蜍。人言此是千年物,百鬼闻之形暗慄。玉匣曾经龙照来,岂宜更鉴农夫质。有时霹雳半夜惊,窗中飞电如晦明。盘龙鳞胀玉匣溢,牙爪触风时有声。耕夫不解珍灵异,翻惧赫连神作祟。十千卖与灵台兄,百丈灵湫坐中至。溢匣水色如玉倾,儿童不敢窥泓澄。寒光照人近不得,坐愁雷电湫中生。吾兄吾兄须爱惜,将来慎勿虚抛掷。兴云致雨会有时,莫遣红妆秽灵迹。

观竞渡 —作刘禹锡诗,一作张建封诗。

三月三日天清明,杨花绕江啼晓莺。使君未出郡斋内,江上已闻齐和声。使君出时皆有引,马前已被红旗阵。两岸罗衣破鼻香,银钗照日如霜刃。鼓声三下红旗开,两龙跃出浮水来。擢影斡波飞万剑,鼓声劈浪鸣千雷。雷声冲急波相近,两龙望标目如瞬。江上人呼霹雳声,竿头彩挂虹霓晕。前船抢水已得标,后船失势空挥桡。疮眉血首争不定,输岸一朋心似烧。只将标示输赢赏,两岸十舟五来往。须臾戏罢各东西,竞脱文身请书上。吾今细观竞渡儿,何殊当路权相持。不思得所各休去,会到摧舟折楫时。

酬牛秀才登楼见示

旅馆再经秋,心烦懒上楼。年光同过隙,人事且随流。骨肉凭书问,乡关托梦游。所嗟山郡酒,倾尽只添忧。

夏夜宴明月湖

夏夜宴南湖,琴觞兴不孤。月摇天上桂,星泛浦中珠。助照萤随舫,添盘笋进厨。圣朝思静默,堪守谷中愚。

大水

暴雨逐一作随惊雷,从风忽骤来。浪驱三岛至,江拆二仪开。势恐圆枢折,声疑厚轴摧。冥心问元化,天眼几时回。

席上酬东川严中丞叙旧见赠

昔记披云日,今逾二十年。声名俱是梦,恩旧半归泉。朱绂惭衰齿,红妆惨别筵。离歌正凄切,休更促危弦。

禁火

日日冒烟尘,忽忽禁火辰。塞榆关水湿,边草贼回春。岁月伤风迈,疮痍念苦辛。沙中看白骨,肠断故乡人。

咏柳

弱植惊风急自伤,暮来翻遣思悠扬。曾飘紫一作绮陌随高下,敢拂朱阑竞短长。萦砌乍飞还乍舞,扑池如雪又如霜。莫令岐路频攀折,渐拟垂一作清阴到画堂。

宫词

十二楼中尽晓妆,望仙楼上望君王。锁衔金兽连环冷,水滴铜龙昼漏长。云髻罢梳还对镜,罗衣欲换更添香。遥窥正殿帘开处,袍袴宫人扫御床。

长安春日

穷途日日困泥沙,上苑年年好物华。荆棘不当车马道,管弦长奏绮罗家。王孙草上悠扬蝶,少女风前烂熳花。懒出任从游子笑,入门还是旧生涯。

韦寿博书斋一作温庭筠诗

玄晏先生已白头,不随鹓鹭狎群鸥。元卿谢免开三径,平仲朝归卧一裘。醉后独知殷甲子,病来犹作晋春秋。尘缨未濯今如此,野水无情处处流。

潼关河亭

重冈如抱岳如蹲,屈曲一作气蹙秦川势自尊。天地并功开帝宅,山河相凑束龙门。橹声呕轧中流渡,柳色微茫远岸村。满眼波涛终古事,年来惆怅与谁论?

送衢州崔员外

笑分铜虎别京师,岭下山川想到时。红树暗藏殷浩宅,绿萝深覆偃王祠。风茅向暖抽书带,露竹迎风舞钓丝。休指岩西数归日,知君已负白云期。

开元后乐

莫奏开元旧乐章,乐中歌一作高曲断人肠。邠王玉笛三更咽,虢国金车十里香。一自犬戎生蓟北,便从征战老汾阳。中原骏马搜求尽,沙苑年来草又芳。

汉武宫辞

汉武一作武帝清斋夜筑坛,自斟明水醮仙官。殿前玉一作童女移香案,云一作庭际金人捧露盘。绛节几一作有时还入梦,碧桃何处一作事更骖鸾。茂陵烟雨埋弓一作冠剑,石马无声蔓草寒。

潼关驿亭

河上关门日日开,古今名利旋堪哀。终军壮节埋黄土,杨震丰碑翳绿苔。寸禄应知沾有分,一官常惧处非才。犹惊往岁同袍者,尚逐江东计吏来。

五峰隐者

烟霞壁立水溶溶，路转崖回旦暮中。鸂鶒畏人沈涧月，山羊投石挂岩松。高斋既许陪云宿，晚稻何妨为客舂。今日见君嘉遁处，悔将名利役疏慵。

上吏部崔相公

龙门曾共战惊澜，雷电浮云出浚湍。紫府有名同羽化，碧霄无路—作伴却泥蟠。公车未结王生袜，客路虚弹贡禹冠。今日鑪锤任真宰，暂回风水不应难。

送刘郎中牧杭州

一州横制浙江湾，台榭参差积翠间。楼下潮回沧海浪，枕边—作前云起剡溪山。吴江水色连堤阔，越俗春声隔岸还。圣代牧人无远近，好将能事济清闲。

贫女吟

残妆满面泪阑干，几许幽情欲话难。云髻懒梳愁拆凤，翠蛾羞照恐惊鸾。南邻送女初鸣佩，北里迎妻已梦阑。惟有深闺憔悴质，年年长凭绣床看。

夜宴观妓

灯火荧煌醉客豪，卷帘罗绮艳仙桃。纤腰怕束金蝉断，鬓—作鬟发宜簪白燕高，愁傍翠蛾深八字，笑回丹脸利双刀。无因得荐阳台梦，愿拂余香到缊袍。

送西川杜司空赴镇

黑眉玄发尚依然，紫绶金章五十年。三入凤池操国柄，八分龙节付兵权。东周城阙中天外，西蜀楼台落日边。莫遣洪鑪旷真宰，九流人物待陶甄。

长安夜雨

滞雨通宵又彻明，百忧如草雨中生。心关桂玉天难晓，运落风波梦亦惊。压树早鸦飞不散，到窗寒鼓湿无声。当年志气俱消尽，白发新添四五茎。

猎骑

兵印长封入卫稀，碧空云尽早霜微。浐川桑落雕初下，渭曲禾收兔正肥。陌上管弦清似语，草头弓马疾如飞。岂知万里黄云戍，血迸金疮卧铁衣。

金城宫

忆昔明皇初御天，玉舆频此驻神仙。龙盘藻井喷红艳，兽坐金床吐碧烟。云外笙歌岐薛醉，月中台榭后妃眠。自从戎马生河雒，深锁蓬莱一百年。

惊秋

露竹风蝉昨夜秋，百年心事付东流。明霜义分成虚话—作语，阜俗文章惜暗投。长笑李斯称溷鼠，每多庄叟喻牺牛。五湖烟水盈归梦，芦荻花中一钓舟。

六街尘

六街尘起鼓咚咚，马足车轮在处通。百役并驱衣食内，四民长走路岐中。年光与物随流水，世事如花落晓风。名利到身无了日，不知今古旋成空。

悼古

细推今古事堪愁，贵贱同归土一丘。汉武玉堂人岂在，石家金谷水空流。光阴自旦还将暮，草木从春又到秋。闲事与时俱不了，且将身暂醉乡游。

九华观废月池—作题昭华公主废池馆

曾发箫声水槛前，夜蟾寒沼两婵娟。微波有恨终归海，明月无情却上天。白鸟带将林—作帘外雪，绿荷—作苹枯尽渚中莲。荣—作浮华不肯人间—作向庄周住，须读庄生第一—作南华齐物篇。

社日游开元观 时当水荒之后

松柏当轩蔓桂篱，古坛衰草暮风吹。荒凉

院宇无人到,寂寞烟霞只自知。浪渍法堂余像设,水存虚殿半科仪。因求天宝年中梦,故事分明载折碑。

九日曲池游眺

陌上秋风动酒旗,江头丝竹竞相追。正当海晏河清日,便是修文偃武时。绣毂尽为行乐伴,艳歌皆属太平诗。微臣幸忝颁尧历,一望郊原惬所思。

九日郡斋有感

白日贪长夜更长,百般无意更思量。三冬不见秦中雪,九日惟添鬓畔霜。霞泛水文沈暮色,树凌金气发秋光。楼前野菊无多少,一雨重开一番黄。

九日嘉州发军亭即事

三江分注界平沙,何处云山是我家。舞鹤洲中翻白浪,掬金滩上折黄花。不愁故国归无日,却恨浮名苦有涯。向暮酒酣宾客散,水天狼籍变余霞。

九日雨中言怀

糕果盈前益自愁,那堪风雨滞刀州。单床冷席他乡梦,紫椽黄花故国秋。万里音书何寂寂,百年生计甚悠悠。潜将满眼思家泪,洒寄长江东北流。

题剑门先寄上西蜀杜司徒

峭壁横空限一隅,划开元气建洪枢。梯航百货通邦计,键闭诸蛮屏帝都。西蹙犬戎威北狄,南吞荆郢制东吴。千年管钥谁熔范,只自先天造化炉。

八月初一驾幸延喜楼看冠带降戎

城头旭日照阑干,城下降戎采仗攒。九陌尘埃千骑合,万方臣妾一声欢。楼台乍仰中天易,衣服初回左衽难。清水莫教波浪浊,从今赤岭属长安。

送司徒相公赴阙

丞相衔恩赴阙时,锦城寒菊始离披。龙媒旧识朝天路,鸡树长虚入梦枝。十载殿廷连步武,两来庸蜀抚疲羸。莫愁中土无人识,自有明明圣主知。

送灵州田尚书

阴风猎猎满旗—作旌竿,白草飕飕剑气—作戟攒。九姓羌浑随汉节,六州蕃落从戎鞍。霜中入塞雕弓硬—作响,月下翻营玉帐寒。今日路傍谁不指,穰苴门户惯登坛。

座中走笔送前萧使君

笙歌惨惨咽离筵,槐柳阴阴五月天。未学苏秦荣佩印,却思平子赋归田。芙蓉欲绽溪边蕊—作脸,杨柳初迷渡口烟。自笑无成今老大,送君垂泪郭门前。

重送徐州李从事商隐

晓乘征骑带犀渠,醉别都门惨怏初。莲府望高秦御史,柳营官重汉尚书。斩蛇泽畔人烟晓,戏马台前树影疏。尺组挂身何用处—作说,古来名利尽丘墟。

醉中—作间闻甘州

老听笙歌亦解愁,醉中因遣合甘州。行追赤岭千山外,坐想黄河一曲流。日暮岂堪征妇怨,路傍能结旅人愁。左绵刺史心先死,泪满朱弦催白头。

北亭醉后叙旧赠东川陈书记

二十年前事尽空,半随波浪半随风。谋身喜断韩鸡尾,辱命羞携楚鹊—作鹤笼。符竹谬分锦水外,妻孥犹隔散关东。临岐莫怪朱弦绝,曾是君家入爨桐。

宣政殿前陪位观册顺宗宪宗皇帝尊—作徽号

楼头钟鼓递相催,曙色当衙晓仗开。孔雀扇分香案出,衮龙衣动册函来。金泥照耀传中旨,玉节从容引上台。盛礼永尊徽号毕,圣慈南面不胜哀。

元日楼前观仗

千门曙色锁寒梅,五夜疏钟晓箭催。宝马

占堤朝阙去,香车争路进名来。天临玉几班初合,日照金鸡仗欲回。更傍紫微瞻北斗,上林佳气满楼台。

瞳瞳初日照楼台,漠漠祥云雉扇开。星驻冕旒三殿晓,云翻珠翠六宫来。山呼圣寿烟霞动,风转金章鸟兽回。欲识普恩无远近,万方欢忭一声雷。

醉中看花因思去岁之任

去岁乘轺出上京,军机旦暮促前程。狂花野草途中恨,春月秋风剑外情。愁见瘴烟遮路色,厌闻溪水下滩声。不辞醉伴诸年少,羞对红妆白发生。

题白马驿

晚麦芒干风似秋,旅人方作蜀门游。家林渐隔梁山远,客路长依汉水流。满壁存亡俱是梦一作幻,百年荣辱尽一作不堪愁。胸中愤气文难遣,强指丰碑哭武侯。

题筹笔驿

天地三分魏蜀吴,武侯倔起赞讦谟。身依豪杰倾心术,目对云山演阵图。赤伏运衰功莫就,皇纲力振命先徂。出师表上留遗恳,犹自千年激壮夫。

贺杨收作相

阙下憧憧车马尘,沈浮相次宦游身。须知金印朝天客,同是沙堤避路人。威凤偶时因瑞圣,应龙无水漫通神。立门不是趋时客,始向穷途学问津。

元日田家

南村晴雪北村梅,树里茅檐晓尽开。蛮榼出门儿妇去,乌龙一作鸟飞迎路女郎来。相逢但祝新正寿,对举那愁暮景催。长笑士林因宦别,一官轻是十年回。

送庆上人归湖州因寄道儒座主

上人今去白蘋洲,雪水苕溪我旧游。夜雨暗江渔火出,夕阳沈浦雁花收。闲听别鸟啼红树,醉看归僧棹碧流。若见儒公凭寄语,数茎霜鬓已惊秋。

早发剡山一作赵嘏诗

正怀何谢俯长流,更览余封识嵊州。树色老依官舍晚,溪声凉傍客衣秋。南岩气爽横郭郭,天姥云晴拂寺楼。日暮不堪还上马,蓼花风起路悠悠。

题春台观

殿前松柏晦苍苍,杏绕仙坛水绕廊。垂露额题精思院,博山炉袅降真香。苔侵古碣迷陈事,云到中峰失上方。便拟寻溪弄花去,洞天谁更待刘郎?

春晚东园晓思

剑外春余日更长,东园留醉乐高张。松杉露滴无情泪,桃杏风飘不语香。莺恋叶深啼绿树,燕窥巢稳坐凋梁。也知留滞年华晚,争那樽前乐未央。

芙蓉溪送前资州裴使君归京宁拜户部裴侍郎

桑柘林枯荞麦干,欲分离袂百忧攒。临溪莫话前途远,举酒须歌后会难。薄宦未甘霜发改,夹衣犹耐水风寒。遥知阮巷归宁日,几院儿童候马看。

伏闻令公疾愈对见延英,因有贺诗远封投献

吉语云云海外传,令公疾愈起朝天。皇风再扇寰区内,人镜重开日月边。光启四门通寿域,深疏万顷溉情田。陪臣自讶迷津久,愿识方舟济巨川。

题独孤处士村居

江上园庐荆作扉,男驱耕犊妇鸣机。林峦当户茑萝暗,桑柘绕村姜芋肥。几亩稻田还谓业,两间茆舍亦言归。何如一被风尘染,到老云云相是非。

题上皇观

狂寇穷兵犯帝畿,上皇曾此振戎衣。门前

卫士传清警,砌下奚官扫翠微。云驻寿宫三洞启,日回仙仗六龙归。当时丹凤衔书处,老柏苍苍已合围。

奉和仆射相公送东川李支使归使府夏侯相公

两地交通布政和,上台深喜使星过。欢留白日千钟酒,调入青云一曲歌。寒柳翠添微雨重,腊梅香绽细枝多。平津万一言卑散,莫忘高松寄女萝。

送封尚书节制兴元

大封茅土镇褒中,醉出都门杀气雄。陌上晚花迎虎节,马前新月学弯一作雕弓。珂临响涧声先合,旆到春山色更红。欲识真心报天子,满旗全是发生风。

送西川梁常侍之新筑龙山城,并锡赉两州刺史及部落首长等

圣主忧夷貊,屯师翦束钦浪一名束钦。皇家思眷祐,星使忽登临。用命期开国,违天必衅碪。化须均草树,恩不间飞沈。束马凌苍壁,扪萝上碧岑。瘴川风自热,剑阁气长阴。迅濑从天急,乔松入地深。仰观唯一径,俯瞰即千寻。水作新城带,山为故垒襟。东开洞君听,南辟纳蛮心。渥泽濡三部谓三王部落,衣冠化雨一作两林。带文雕白玉,符理篆黄金。鸟道经卬僰,星缠过觜参。回轩如一作知睿奖,休作苦辛吟。

河满子

系马宫槐老,持杯店菊黄。故交今不见,流恨满川光。

题黄花驿

孤戍迢迢蜀路长,鸟鸣山馆客思乡。更看绝顶烟霞外,数树岩花照夕阳。

凉州词

昨夜蕃兵一作军报国仇,沙州都护破凉州。黄河九曲今归汉,塞外纵横战血流。

嘉陵江

备问嘉陵江水湄,百川东去尔西之。但教清浅源流在,天一作得路朝宗会有期。

观猎

马缩寒毛鹰落䗖,角弓初暖箭新调。平原踏尽无禽出,竟日翻身望碧霄。

狼烟

三道狼烟过碛来,受降城上探旗开。传声却报边无事,自是官军入抄回。

侠少年

绿眼胡鹰踏锦鞲,五花骢马白貂裘。往来三市无人识,倒把金鞭上酒楼。

感塞

满塞旌旗镇上游,各分天子一方忧。无因得见哥舒翰,可惜西山十八州。

听曹刚弹琵琶

禁曲新翻下玉都,四弦挟触五音殊。不知天上弹多少,金凤衔花尾半无。

定山寺

十里松萝映碧苔,一川晴色镜中开。遥闻上界翻经处,片片香云出院来。

越王楼送高梓州入朝

乘递初登建外州,倾心喜事富人侯。方当游艺依仁日,便到攀辕卧辙秋。容听巴歌消子夜,许陪仙躅上危楼。欲知恨恋情深处,听取长江旦暮流。

送李蕴赴郑州因献卢郎中以下九首,并见《赵嘏集》。

仆射陂西想到时,满川晴色见旌旗。马融闲卧笛声远,王粲醉吟楼影移。几日赋诗秋水寺,经年草诏白云司。唯君此去人多羡,却是恩深自不知。

送裴评事

塞垣从事识兵机,只拟平戎不拟归。入夜笳声含白—作素发,报秋榆叶落征衣。城临—作连战垒黄云晚,马渡寒沙夕照微。此别—作别后不应书断绝,满天霜雪有鸿飞。

送沈单作尉江都—作许浑诗

炀帝都城春水边,笙歌夜上木兰船。三千宫女自涂地,十万人家如洞天。焰焰花枝官舍晚,重重云影寺墙连。少年作尉须矜慎,莫向楼前坠马鞭。

送薛耽先辈归谒汉南

云绕千峰驿路长,谢家联句待檀郎。手持碧落新攀桂,月在东轩旧选床。几日旌幢延骏马,到时冰玉动华堂。孔门多少风流处,不遣颜回识醉乡。

送同年郑祥先辈归汉南 时恩门相公镇山南

年来惊喜两心知,高处同攀次第枝。人倚绣屏闲赏夜,马嘶花径醉归时。声名本自文章得,藩溷曾劳笔砚随。家去恩门四千里,只应从此梦旌旗。

李先辈擢第东归有赠送

金榜前头无是非,平人分得一枝归。正怜日暖云飘路,何处宴回风满衣。门掩长淮心更远,渡连芳草马如飞。茂陵自笑犹多病,坐有书斋在翠微。

送韩绛归淮南寄韩绰先辈

岛上花枝系钓船,隋家宫畔水连天。江帆自落鸟飞外,月观静依春色边。门巷草生车辙在,朝廷恩及雁行联。相逢且—作莫问昭—作扬州事,曾鼓盆庄对逝川。

送卢缄归扬州

曾向雷塘寄掩扉,荀家灯火有余辉。关河日暮望空极,杨柳渡头人独—作未归。隋苑荒台风袅袅,灞陵残雨梦依依。今年春色还相误,为我江边谢钓矶。

送判客

两重江外片帆斜,数里林塘绕一家。门掩右军余水石,路横诸谢旧烟霞。扁舟几处逢溪雪,长笛何人怨—作思柳花。若到天台洞阳观,葛洪丹井—作灶在云涯。

凉州词 第一首第三句缺一字

千里东归客,无心忆旧游。挂帆游□水,高枕到青州。

君住孤山下,烟深夜径长。辕门渡绿水,游苑绕垂杨。

树发花如锦,莺啼柳若丝。更游欢宴地,愁见别离时。

送萧俛相公归山—作赵嘏诗

眼前轩冕是鸿毛,天上人情谩自劳。脱却朝衣便东去,青云不及白云高。

石膏枕

表里通明不假雕,冷于春雪白于瑶。朝来送在凉床上,只怕风吹日炙销。

句

草荒留客院,泥卧馁生台。《游废寺》。以下见《海录碎事》。

碧碎鸳鸯瓦,香埋菡萏鑪。

初日晖晖上彩旄。

金鞍俯鞯尘开处,银镝离弦中处声。《猎》。

昨日鸿毛万钧重,今朝山岳一朝轻。《旧唐书》本传:王铎作相,逢有诗云云,铎怨之。